唐宫二十朝演义

（上）

许啸天◎著

吉林出版集团股份有限公司

图书在版编目（CIP）数据

唐宫二十朝演义 / 许啸天著 . —长春：吉林出版
集团股份有限公司，2017.11（2022.5 重印）
ISBN 978-7-5581-3409-8

Ⅰ . ①唐… Ⅱ . ①许… Ⅲ . ①章回小说—中国—现代
Ⅳ . ① I246.4

中国版本图书馆 CIP 数据核字（2017）第 259328 号

唐宫二十朝演义

著　　者	许啸天
策划编辑	杜贞霞
责任编辑	王　平　史俊南
封面设计	老　刀
开　　本	650mm×960mm　1/16
字　　数	756 千
印　　张	63
版　　次	2018 年 4 月第 1 版
印　　次	2022 年 5 月第 2 次印刷

出版发行	吉林出版集团股份有限公司
电　　话	总编办：010-63109269
	发行部：010-63109269
印　　刷	三河市京兰印务有限公司

ISBN 978-7-5581-3409-8　　　　　　定价：156.00 元（全三册）

目 录

第一回　浅笑轻歌内府开家宴
遗红拾翠深宫戏宣华

　　绣户微启，湘帘半卷。那戴黑头巾的男仆，在门外来来往往，手中托着盘儿，把一碗一碗热气熏腾的山珍海味，尽向门边送去。帘内伸出纤细洁白的手儿来，把肴馔接进去。屋子里一阵娇嫩的欢笑声，夹着一个男子的哈哈大笑声，飞出屋子外来。原来今日是中秋佳节，范阳太守朱承礼，在内室中会集他的妻妾儿女，举行家宴。

　　这朱太守约有五十来年纪，长着白净脸儿，三绺长须。他夫人荣氏，只生有一个女儿；长得娇嫩不过，取名便是"娇娜"两字。今年十八岁，正是女孩儿发长的时候。加上她花一般的容貌，玉一样的肌肤，腰肢袅娜，身材苗条，真是行一步也可人意儿，看一眼也使人魂销。这是朱太守夫妇二人的掌上明珠，娇生惯养，轻怜热爱。这位小姐也读得满腹诗书，行坐端庄，全不见半点轻狂。

　　朱太守有一位如夫人，小名飞红，年纪二十四岁，性格儿完全和娇娜相反，谈吐锋利，行为敏捷；一张嘴说得莺声呖呖，满屋子只听得她的说笑声音。她说的话，又有趣味，又叫人喜欢。太守共有六位如夫人：什么醉绿、眠云、漱霞、楚岫、巫云，却没有一个能赶上她的。外加飞红在六年前又生下了一位公子哥儿，取名安邦；这一下，莫说朱太守把个飞红宠上了天去，便是夫人荣氏想起朱门有后，也便把个飞红另眼相看。这飞红原也有可宠的地方，面庞儿俊俏，眉眼美秀，固然可以颠倒夫主；便是她知书识字，能算会写，偌大一座太守府第，上上下下、里里外外，全是这位如夫人看管照料。那合家三四十个丫鬟小厮，外至门公奴仆，不敢扯一句诳、漏一点水儿，这是何等的才干，哪由得朱太守不宠爱她！

如今在内室家宴，朱太守在正中坐着，左肩下是安邦公子，右肩下是娇娜小姐，荣氏坐在上首，飞红坐在下横头，那醉绿、眠云、漱霞、楚岫、巫云五位姬人，一字儿陪坐在下面，传杯递盏，说说笑笑。吃过几巡酒，上过几道菜，那楚岫便抱过琵琶来，眠云吹笙，漱霞吹箫，巫云拍板，醉绿便顿开了珠喉唱道：

> 清明寒食踏青游，生小娇怜未解愁；
> 买得扬州花线鬐，时新样子斗梳头。

> 曲栏低垂湘竹帘，分明窥月见纤纤；
> 丛头鞋子红三寸，金线编成小凤尖。

> 丛桂中秋始作花，一宵香露浸冰纱；
> 不嫌风露中庭冷，坐向三更看月华。

> 小庭雨过碧蒌蒌，采撷群芳各自携；
> 斗草归来香径里，裙花深处浣芹泥。

她唱一段，朱太守赞一声："好鲜艳的句子！"醉绿把四阕唱完，太守便问："是谁做的新诗？谱在这金貂换酒的曲子里，分外觉得婉转动人。"醉绿见问，不敢隐瞒，便站起来说道："这是娇娜的新诗，谱在曲子里，婢子们在三日前才唱得上嘴呢。"太守听说是自己女儿做的诗，喜得他笑逐颜开，忙伸过臂儿去，握住娇娜的手，笑说道："好孩子！难为你做出这好句子来。"说着，回过头去对飞红说道："你去把那翡翠砚儿拿来。"那飞红听说，便带了一个丫鬟，转身进房去了。

停了一会，见果然捧出一个黄缎子包裹的匣子来，交在太守手里。随手交给娇娜。娇娜接过去，打开包裹来看时，见里面一个玉匣，匣子里面端端正正地嵌着一方翡翠砚儿，光润翠绿。娇娜把纤指去抚摸着说道："这可爱的砚儿，爹爹赏了孩儿吧！"朱太守含笑点头说道："好孩子！你拿去好好地用着，多做几首好诗吧。这是咱在五年前，从海南得来的。虽算不得稀世活宝，也可算得贵重的物品了。藏在箱子里，几年来不舍得拿出来，如今便赏了你吧。"娇娜听了，喜得忙袅袅婷婷地站起身来，向他父亲道了万福。飞红在一旁接着说道："小姐得了这砚儿，从今以后做起诗来，不但是句子精、意思新，将来嫁了姑爷，眼见你两口儿酬和到天明呢！"娇娜听了，羞红满面，低低啐了一声。朱太守撑不住哈哈地笑起来。在这笑声里，便走上一个大丫头来说道："汴梁申家的公子来了！"荣氏听了，由不得欢喜起来，一迭连声地说："快请进来吃酒！想他千里迢迢地跑来，肚子也饿了。"那大丫头听了，急转身传话出去。这里五位姬人和娇娜小姐，听说有陌生人来，忙回避进去。

停了一会，软帘一动，只见玉立亭亭的一位哥儿，趑进屋子来，抢步上前，向朱太守夫妇两人请下安去。荣氏伸手去拉在怀里，一边捏着手，一边唤着："好孩子！"又问他："路上辛苦吗？家里父母都健康吗？"那哥儿一一都回了话。飞红送上椅子来，便在荣氏肩下坐着。丫鬟送上杯筷来，荣氏不住地劝酒劝莱。吃过几杯，朱太守说："甥儿在此，都是一家人，快唤他姐弟二人出来陪表兄吃酒。"飞红听了，急进里屋去，把安邦拉了出来。

他表兄弟二人拜见了，荣氏指着飞红对他外甥说道："这是你舅父的爱宠，也便是我家的泼辣货！好孩儿，你也见识见识。"这哥儿听说，原知是庶舅母，便也上去行了半礼，慌得飞红忙拉住袖子，连说："哥儿折杀我了！快莫这样。"又笑着说："六年不见，哥儿出落得这样风光了！可记得六年前在我家作客的时候，常常爱溜进屋子来瞧人梳头，又在镜子里看人搽胭脂。我那时初来，见了哥儿还十分怕羞呢。现在我孩儿也养得这般大了，哥儿若再来瞧我梳头儿，我便把哥儿和抱自己孩儿一般抱在怀里呢！"荣氏听了笑说道："了不得！泼辣货又显原形了！"一句话引得满屋子人哈哈大笑。

笑声未住，只见两个丫鬟捧着一位娇娜小姐出来。上下穿着锦绣衫裙，打扮得珠围翠绕，粉光红艳，把人耀得眼花。荣氏说："快过来拜见了申家哥哥！"那申厚卿听说，早不觉站起身来，抢步上前，在娇娜小姐裙边深深地作下揖去，他两人对拜着。这一对玉人儿面貌都长得俊俏动人。厚卿抬起头来，禁不住在娇娜脸上深深地溜了一眼。娇娜小姐被他看得不好意思，忙去在母亲肩头坐下。厚卿也归了座，说道："俺们五六年不见，妹妹越发长得和天仙一般了！怪不得我家三妹子天天在家里少也要念三五回娇娜妹妹呢！"飞红接着说："哥儿既说我家小姐是天仙，方才你为什么不多拜她几拜呢！"一句话说得朱太守和荣氏也撑不住笑了。娇娜羞得坐不住身子，悄悄地扶了丫鬟退进内房去了。

这里朱太守问些路上的情形，厚卿说："此番出门，一来是奉父母亲的命，特意到舅父、舅母前来请安的；二来待到明年春天，就近去赶一趟考。但是甥儿一路下来，看了种种情形，把我肚子里的功名之念，也灰去了大半！"朱太守听了，诧异起来，忙问："外甥，你为什么要灰心？"厚卿回答说："舅父谅来也是知道的。如今圣天子，一味耽玩声色，任凭那班奸臣，播乱朝政，把国事弄得糟而又糟。这还不算，从来说的，'民为国本，本固邦宁'；如今据甥儿沿途目击的情形，那百姓们吃的苦，胜过落在十八层地狱里。这样地糟蹋人民，不是甥儿说一句放肆的话，恐怕这隋朝的天下，也是不久长呢！"朱太守听了，不禁叹了一口气，说道："这情形，老夫做到命官，岂有不明白之理？无奈上有杨素、虞世基一般奸臣，横行当道，愚弄天子；老夫区区一个太守，也是无能为力。但说虽如此，朝廷昏乱由他昏乱，外甥功名也是要紧；将来得了一官半职，正可以替朝廷整顿国政。"厚卿听了，只是摇头。

荣氏伸手抚着厚卿的肩头说道："好孩儿！你路上到底见了些什么，叫你灰心到这步田地？"厚卿说道："舅母却不知道，甥儿住在汴梁，耳目甚近，所有皇上一举一动，甥儿都知道。当今炀帝自从第一次游幸江都以后，回宫去日夜不忘记扬州的风景，再加一班后妃奸臣的怂恿，便要第二次游幸江南。又因皇帝受不得路上的寂寞，要尽将宫中妃嫔带去，预备尽情游玩。又因嫌京城到扬州一条旱路，来往辛苦，便打算从水路走去。从京城到扬州，并没有河道可通；若要走水路，除非漂海过去。皇帝带了后妃漂海，究竟是一件危险事体，便有那凑趣的国舅萧怀静出了一个主意说：大梁西北方原有一条旧河道，秦朝时候大将王离曾在这地方掘引孟津的水，直灌大梁，年深日久，如今壅塞不通。现在只须多招人夫，从大梁起首，由河阴、陈留、雍兵、宁陵、睢阳一带地方重新开掘，引通孟津的水，东接淮河，不过千里路程，便可以直达扬州。"炀帝心中正因司天监台官耿纯臣报称睢阳地方有王气隐隐吐出，上冲房星，须天子亲临压制。如今听说可掘通睢阳地方，可以掘断王气，将来临幸到睢阳，又不愁不把王气压住，便立刻下诏，传征北大总管麻叔谋做开河都护，又传荡寇将军李渊做开河副使。这位李将军是正直君子，他知道开河的事是要坑害生灵的，便推病辞职。皇上又补传了左屯卫将军令狐达，充了副使，在汴梁地方立了开河公署。各处颁发文书，号召人夫。不到半年工夫，已招得丁夫三百六十万人；另选少年有力的人，充节级队长，监督工程。可怜连那老人小孩和好人家妇女，都被官家拉去，专做烧饭、挑水、缝衣、洗濯等事务，一共掠去五百四十三万人，一齐动工。

"那班丁夫，既被官家捉去，有那节级队长手里提着刀棍督看着，早夜不休地做着苦工，只得拼着性命一锹一锹掘去，一天到夜，不敢偷懒。个个弄得腰酸背折，力尽筋疲。若稍稍迟延，不是捆了重打，便是绑去斩首。看他们在那里做工，人人脸上露着惊慌的颜色。每日天未大亮，便要动工，直掘到天色乌漆也一般黑，才许住手。夜间又没有房屋居住，河边草地，随处安身。晴天日暖，还勉强可耐；若遇到雨雪天气，那班工人便直立在大雨地下，不住地向烂泥地上爬挖，弄得浑身沾满了泥土，好似泥鳅一般。不多几天，那班工人究竟都是血肉之躯，如何敌得风寒雨雪？早不觉一个一个地病倒了。无奈那管工的官员凶狠万分，任你病倒像鬼一般，也不能逃避工作。而且越是害病的工人，越是无力工作。那班队长见了无力工作的，越是打得凶恶，皮鞭下去，一条一条的血痕，打得那班工人和鬼一般地嘶叫着。

"那河道里，每天倒下去死的人，横七竖八，满眼都是。这情形看在过路人的眼里，任你是铁石人也要下泪的。可恨那班督工的官员，只顾官家工程，不顾百姓性命；那班丁夫死了一批，又补拉上一批。后来死的越多，拉的人也越多了。一处地方，能有几多精壮的男子？看看那男子拉完了，只得将那老幼妇女一齐拉来搬泥运土；便是住在乡僻小地里的小家妇女，也没有一个人能免得。那班老弱妇女，越发熬不起苦，不多几日，便死了无数。那尸身填街塞巷，到处哭声不绝。甥儿一路下来，只在死人堆里走去。有那心肠软些的县官，便另雇人夫，借用开河道装泥土的车子，先将尸骸搬运到荒野地方去埋葬。一天里边，还是埋的少、死的多。一路来，北起河阴，南至雍丘，那抬死人的和抬泥土的相伴而行。舅母请想想，这种凄惨的情形，果然是那些做官员的凶狠暴戾；但若遇到圣明当道，不贪游乐，虽有奸臣，也不可凭借了。如今昏君在上，奸臣在下，甥儿是生性憨直的，便是考取了功名，得到一官半职，在奸臣手下讨生活，也决弄不出什么好处来的。倒不如埋头读书，不求功名，养得才华，待他日去辅佐圣明。不然，仗着书生的本色，去上他一本万言书，尽言竭谏，也不失为一个忠义的秀才。"

朱太守听了，拍着他外甥的肩头，说道："好一个有志气的孩子！只怕举世浑浊，一人独清。你上了万言书，非但得不到好处，反惹下大祸来，倒不是玩的。我劝你还是莫问是非，多喝几杯酒吧！"说着，招呼丫鬟替厚卿斟上酒，舅甥两人传杯递盏，欢笑痛饮起来。

朱太守这时有了七分醉意，便吩咐把五位姬人唤出来，说："今日甥儿在此，不可不求一乐。甥舅和父子一般，原不用什么避忌，你们快拣那好的曲儿弹唱起来。"一句话未了，那巫云、楚岫、醉绿、漱霞因一班姬人一齐调弄乐器。眠云趁着珠喉，唱一曲《醉花枝》；楚云也唱了一折《凌波曲》。这《凌波曲》是说甄后的故事，朱太守作了，亲自教给眠云的。曲词道："燃豆萁，釜中泣。乘飞凫，波中立。有心得，无心失。杀贼今年为此奴，沉水神交梦有无？父兄子弟争一偶，独不念彼亦袁家之新妇！"一句一折，折到高处，余音娓娓，绕梁不断。朱太守听唱自己做的词儿，衬着娇喉，愈觉得意，早不觉连喝着三大觥，酩酊大醉。飞红上来，扶着太守进卧房睡去。

这里荣氏见丈夫出了席，便招呼五位姬人一齐坐下吃酒。这五个姬人个个都是绮年玉貌，爱说笑游玩的。见了申厚卿是一位公子哥儿，品貌又美，性情又和顺，谁不要和他去兜搭！大家抢着你一杯、我一杯劝他的酒。

厚卿原是大酒量，越是多吃了酒，越是爱多说话儿。那班姬人问他："哥儿在京城地方，可有宫里的新鲜故事，讲几桩给我们听？"厚卿听了，忙丢下酒杯，连说："有、有！如今的炀帝，原是一个好色之徒，他在宫中干的风流事体多呢！文帝原有两个儿子，都是独孤太后所生。大儿子杨勇，早年立为太子；第二个儿子，就是当今皇帝。当时取名杨广，先封晋王，出居晋阳。无奈炀帝久有谋夺皇位的心思，他虽封藩在外，却时时行些贿赂、尽些小心在文帝的近臣身上。那班近臣都替炀帝说好话。炀帝也时时进宫去，在父皇跟前尽些孝道。独孤皇太后原是宠爱小儿子的，又时时在文帝跟前替炀帝说话。炀帝又结识上了越国公杨素，里外合力，生生地把一位无罪的东宫废了，改立如今的皇上做太子。

"那炀帝改住东宫，天天在先帝宫中厮混。当时有一位陈氏宣华夫人，原是先帝所宠爱的，夜夜招幸。先帝已是年老了，又在色欲上面不免有些过度，不多几天，弄出一身病来。宣华夫人和先帝正在情浓，见先帝有病，便日夜不离，侍奉汤药。那炀帝也要博一个纯孝的名儿，时刻在父皇龙床前周旋。这时炀帝和宣华夫人天天见面，他见宣华夫人的打扮：黛绿双娥，鸦黄半额。蝶练裙不长不短，凤绡衣宜宽宜窄。腰肢似柳，金步摇曳翠鸣珠；鬓发如云，玉搔头掠青拖碧。雪乍回色，依依不语；春山脉脉，幽妍清倩。依稀是越国的西施，婉转轻盈；绝胜那赵家合德，艳冶销魂，容光夺魄。真个是'回头一看百媚生，六宫粉黛无颜色。'"

荣氏听了，笑说道："痴孩子！美便美罢了，念这一段酸词儿做什么？"厚卿自己也觉好笑，说道："甥儿也是随嘴念念罢了。总之一句话，炀帝是一个好色的人，他在宫里天天和美人厮混，岂有不动心的道理？有一天，炀帝进宫去问候先帝病情，正在分宫路口，遇到宣华夫人，他便抢上前去深深一揖，趁势把袍袖在宣华夫人的裙边一拂，裙底下露出宣华夫人的小脚儿来。宣华夫人见这情形，知道炀帝来意不善，急回身找路走时，早被炀帝上前来把身子拦住，嘴里说什么'俺杨广久慕夫人仙姿，今日相逢，实是天缘。倘蒙夫人错爱，我杨广生死不忘！'这些丑话。他竟涎皮涎脸地向宣华夫人怀中扑去，吓得宣华夫人不敢从分宫路走，依旧转身向文帝的寝宫中逃去。

"文帝这时正病得气息奄奄，昏昏沉沉地睡着。宣华夫人被炀帝追得慌张，急匆匆地逃进寝宫，不料头上一股金钗被帘钩抓下，巧巧落在一只金盆上面，当的一声响，猛可地把文帝从睡梦中惊醒过来。这时宣华夫人已走近龙床，只见她气喘吁吁，红晕满脸。文帝是久病的人，易动肝火，见了这情形，便怒声喝问。宣华夫人知道事情重大，便低着脖子不敢作声。文帝看了，愈加怒不可抑，颤着声音喝道：'什么事儿如此惊慌？快快说来！你若不说，便当传内侍立刻赐死！'宣华夫人见自己到了生死关头，没奈何只得跪倒在龙床前，一面淌着眼泪，慢慢地把炀帝调戏她的情形，一五一十地说了出来。文帝不听犹可，听了这个话，气得他目瞪口呆，半晌说不出话来。挣了多时，才挣出一句：'这淫贱的畜生！'一口气转不过来，便晕倒在龙床上。宣华夫人慌得忙抱住文帝的身体，大声哭喊起来。一时里那独孤皇后和三宫六院的妃子，统统赶进寝宫去。炀帝也得了风声，只是不敢去见父皇，却躲在寝宫门外探听消息。

"这里文帝隔了多时，才转过一丝悠悠的气来。见了独孤太后，便拿手指着太后的脸，气急败坏地说道：'全是皇后误我，枉废了吾儿杨勇！'又一迭连声说：'快旨宣杨素进宫！'"

厚卿说到这里，觉得口干了，便擎起酒杯要向嘴里倒。荣氏忙拦住说："冷酒吃不得的，快换热酒来！"这才把他的话头打断。

欲知后事如何，且听下回分解。

第二回　金盒传来子占父姜
凌波步去侬夺郎心

　　范阳太守府的内室里，正排家宴，一群姬妾们，正围住一个少年哥儿坐着，听那哥儿嘴里滔滔不绝地说隋炀帝风流故事，说得有声有色。那姬妾们都听怔了，满桌面排列着好酒好菜，也忘记去吃它。那两旁站立着的奴仆丫鬟，也听出了神，忘了传酒递菜。直到这少年厚卿说得嘴干了，才把话头打断。荣氏劝他吃些酒菜。内中一个醉绿，最是急性人，她正听到好处，如何肯罢休，便一迭连声地央告着道："好哥儿，快讲给我们听！那文帝要传杨素，后来便怎么样呢？"

　　厚卿吃干了一杯热酒，眠云凑趣儿，夹过一片麂肉儿送在厚卿跟前。厚卿忙站起来道了谢，拿筷子夹起吃了。又接下去说道："这里炀帝在偏殿候信，文帝传唤杨素，自有他的心腹太监前去报信。炀帝便吩咐他去候在朝门外，若见杨素到来，千万先引他到偏殿里见我。此时文帝卧病日久，百官无主，日日齐集在朝房中问安。忽见皇帝有旨意宜召越国公杨素，便一齐到午门外来探听消息。那杨素早已和炀帝通了声气，听得一声宣传，便随两个内史官走进宫来。到大兴殿前，早有几个太监上前来围住。嘴里说：'东宫有请。'杨素何等奸雄，他岂有不明白之理！待到得偏殿，见炀帝满脸慌张之色，见了杨素，便上去抓住袖子，低低地说道：'公倘能使孤得遂大志，定当终身报答大德！'杨素听了，只说得'殿下放心'四个字，便匆匆随着内史官走进文帝寝宫去。

"文帝一见杨素，便大声说道：'卿误我大事！悔不该立杨广这个畜生！'杨素听了，故作诧异的神色道：'太子一向仁孝恭俭，并无缺德，今何故忽违圣心?'文帝气愤愤地说道：'好一个仁孝恭俭！这全是平日的假惺惺。如今他欺朕抱病，竟潜伏宫中，逼占庶母。似这样的禽兽，岂可托付国家大事？朕病势甚重，眼见不能生存。卿是朕的心腹老臣，谅来决不负朕。朕死以后，必须仍立吾儿杨勇为嗣皇帝，千万勿误！'杨素听到这里，陡然变了脸上的颜色，冷冷地说道：'太子是国家的根本，国本岂可屡易？老臣死不敢奉诏！'文帝听杨素说出这个话来，早气得浑身打战，戟指骂道：'老贼明明与畜生同谋，叛逆君父。朕被你们欺瞒，生不能处你们于极刑，死去变成厉鬼，也不饶你们的性命！'听他喉间一丝气儿，越说越促。说到末一句，声嘶力疾，喘不过气来。他还死挣着大呼：'快唤吾儿杨勇来！快唤吾儿杨勇来！'一口血喷到罗帐上，猛把两眼一翻，便把身子挺直，不言不语了。

"文帝死过以后，杨素真地帮助炀帝登了皇帝大位。从此杨素的权势，便压在炀帝上面，他引进了许多奸臣，什么萧怀静、麻叔谋一班人，横行不法，闹成如此的局面。好在这炀帝自从即了皇帝位以后，从来不问朝政。他这时有了三宫六院、八十一御妻，尽够他淫乐的了，但他总念念不忘那位宣华夫人。他做天子的第三天，见各处宫院妃嫔夫人都来朝贺过，独不见那宣华夫人前来朝贺。他便忍不得了，把预备下的一个金盒儿，外面封了口，御笔亲自签了字，打发一个太监去赐与宣华夫人。

"那宣华夫人，自从那天违拗了炀帝，不肯和炀帝做苟且之事。如今见文帝死了，炀帝又接了皇帝位，知道自己得罪了新皇帝，将来不知要受怎的罪，独自坐在深宫里愁肠百结，又羞又恼。后来她横了心肠，准备一死，便也不去朝贺。她又想自己究竟是新皇帝的庶母，谅也奈何我不得。正是回肠九曲的时候，忽见一个内侍，双手捧了一个金盒子，走进宫来，说道：'新皇帝赐娘娘的，盒内还有物件，皇上吩咐须娘娘亲手开看。'宫女上去接来。宣华夫人看时，见盒子四周都是皇封封着，那盒口处，又有御笔画押。宣华夫人疑心是炀帝赐他自尽的毒药，想自己绮年玉貌，被文帝选进宫来，陪伴年老皇上，已是万分委屈的了；如今却因为要保全名节，得罪了新皇帝，不想便因此断送性命。一阵心酸，早不觉两行珠泪，直向粉腮儿上落下来。

"宫中许多侍女见宣华夫人哭得凄凉，便也忍不住陪着她淌眼泪。合个宫中，哭得天昏地暗。那送金盒来的太监，守候得不耐烦了，便一迭连声地催她开盒。宣华夫人延挨一回，哭泣一回，到末一次，她被内侍催逼不过，把牙齿咬一咬，小脚儿一顿，嗤地一声，揭破封皮，打开盒儿来一看。转不觉把个宣华夫人看怔了。这金盒里，原来不是什么毒药，却端端正正地放着一个同心结子。左右宫女，都围上去一看，一齐欢喜起来，说道：'娘娘千喜万喜！'倒把个宣华夫人弄得娇羞无地。她把盒儿一推，转身去坐在床沿上，低头不语。那内侍见宣华夫人既不收结子又不谢恩，便又催她说：'娘娘快谢了恩，奴才好去复旨！'两旁的宫女，谁不巴望夫人得宠，大家也可以得点好处，便你一句我一句，劝她说：'娘娘正在妙年，难道就竟在长门深巷中断送了终身？如今难得新天子多情，不但不恼恨娘娘，还要和娘娘结个同心，娘娘正可以趁着盛年，享几时荣华富贵。'这宣华夫人原是个风流自赏的美人，如今听了众人的劝，由不得叹了一口气说道：'新天子如此多情，我也顾不得了！'当下袅袅婷婷地站起来伸着纤指把结子取出，又向金盒拜了几拜。那内侍接过盒子，复旨去了。

"这里宣华宫的侍女，知今天新皇上要临幸太妃，便急急忙忙把宫中打扫起来。放下绣幕，撇下御香，那一张牙床上，更收拾得花团锦簇，大家静悄悄地候着。看看初更时分，不见御辇到来；过了二更时分，也不见动静。快到三更了，大家正在昏昏欲睡的时候，忽听得远远唉唉喝道的声音。大家惊醒过来，一齐抢到宫门外去守候着。只见御道上一簇红灯，照着一位风流天子，步行而来。

"原来炀帝初登帝位，六宫新宠，真是应接不暇。在萧后跟前，又须周旋周旋。又因子占父妾，给旁人看见，究属不妥。故意延挨到夜静更深时候，悄悄地来会宣华。这宣华夫人在宫中又惊又喜、又羞又愧，弄得情思昏昏，不觉和衣在床上朦胧睡去，忽被宫女上来悄悄地推醒，也不由分说，簇拥着走出宫来，在滴水檐前和炀帝相遇。身旁的太监高擎着红灯，照在宣华夫人脸上。宣华夫人不由得匍匐在地，低低地称了一声'万岁'。炀帝见了，慌忙上前用手揿住，领着走进宫去。

"这时屋内红烛高烧，阶前月色横空，映在宣华夫人脸上，娇滴滴越显红白。炀帝把宣华的手儿一引，引在怀前，低低地说道：'今夜朕好似刘阮入天台！'宣华夫人只侧着颈儿，不言不语。炀帝又说道：'朕为夫人寸心如狂，前日之事，几蹈不测，算来都只为夫人长得美丽风流，使朕心荡。如今天缘凑合，疏灯明月，又见仙容，夫人却如何慰藉朕心？'炀帝连问数次，宣华不觉流下泪来，说道：'贱妾不幸，已侍先皇，名分所在，势难再荐。前日冒犯之处，原出于不得已，万望万岁怜恕，况陛下三千粉黛，岂无国色？何必下顾残花败柳？既污圣身，又丧贱节，还望陛下三思。'炀帝听了，笑道：'夫人话原是好话，无奈朕自见夫人以后，早已魂销魄散，寝食俱忘。夫人倘不见怜，谁能治得朕的心病？'好个隋炀帝，他说到这里，便深深地向宣华夫人作下揖去，慌得宣华夫人忙把炀帝的袖儿拉住，便情不自禁，抬头向炀帝脸上一看，月光正照在皇帝脸上，见他眉清目秀，好一个风流少年。自古嫦娥爱少年，炀帝如此软求哀恳，宣华夫人心中早已下了一个'肯'字，只是羞答答说不出口来。

"正在这当儿，左右送上筵宴来。炀帝吩咐：'把筵席移在檐前，今夜陪伴娘娘赏月。'便揽了夫人的手，同步出帘幕来。此时宫禁寂静，月光如水；花影树荫，参差庭院。炀帝和宣华夫人相对坐在席上，真好似月宫神女、蓬岛仙郎。炀帝满斟一杯，递与夫人道：'好景难逢，良缘不再。今夜相亲，愿以一杯为寿。'宣华接着，含羞说道：'天颜咫尺，恩威并重。今夜定情，但愿陛下保始终耳！'说着，也斟了一杯，送在炀帝手里。他两人一言一笑，渐渐亲热起来。宣华夫人薄醉以后，风情毕露，轻盈旖旎，把个炀帝弄得神魂颠倒，一时里搔不着痒处。浅斟低笑，看看已是月移斗换，宫漏深沉，炀帝站起来，握住宣华夫人的手，在月光下闲步了一回，方才并肩携手，同进寝宫去。一个坠欢重拾，一个琵琶新抱，他两人你怜我爱，早把先帝的恩情、一生的名义置之度外。

"那时甥儿在京里听得有人传下来两首诗儿，专说炀帝和宣华夫人的故事道：

> 月窟云房清世界，天姝帝子好风流。
> 香翻蝶翅花心碎，妖嫩莺声柳眼羞。
> 红紫痴迷春不管，雨云狼藉梦难收。
> 醉乡无限温柔处，一夜魂消已遍游。

不是桃夭与合欢，野鸳强认作关雎。

宫中自喜情初热，殿上谁怜肉未寒？

谈论风情直畅快，寻思名义便辛酸！

不须三复伤遗事，但作繁华一梦看。"

　　荣氏听他甥儿说完了，笑说道："孩子这样好记性，罗罗嗦嗦说了一大套，又把词儿也记上了。"眠云接着说道："这一段故事，敢是哥儿编排出来的？怎么说来活灵活现，好似亲眼目睹的一般？听哥儿说来，当今天子如此荒唐，我却不信。"醉绿也接着说道："俺老爷常有宫里的人来往，怎么却不听得说有这个？"厚卿说道："诸位姨娘有所不知，舅父这里来往的，都是宫中官员，怎么能知道内官的情事？便是略略知道，于自己前程有碍，也决不肯说给外边人知道。俺家新近来了一个老宫人，他是伺候过宣华夫人来的，空闲无事的时候，他便把皇帝的风流故事，一桩一桩地讲给俺听。这情景虽不能说是俺亲眼看见的，却也和亲眼见的差得不远。"大姨娘说："不信当今天子有如此荒唐。"厚卿笑道："你不知道当今天子荒唐的事儿正多着呢！这样糊涂的天子，满朝都是奸臣，俺便赶得功名，有何用处？"说着，不觉叹了一口气。楚岫接着说道："好哥儿！你说当今天子荒唐的事体多，左右老爷不在跟前，再讲究一二件给我们听听吧。"

　　说话之间，飞红也悄悄出来，接着说道："好哥儿，你说的什么，我也不曾听得呢。如今求你快再说一个给我听听，我替哥儿斟一杯酒吧。"说着，从丫鬟手里接过酒壶来，走到厚卿跟前，亲手把整杯中的冷酒倒去，斟上一杯热酒，把酒杯擎在厚卿唇前。慌得厚卿忙站起身来，接过酒杯去，连说："不敢！"荣氏拦着说道："你们莫和哥儿胡缠了，哥儿一路风霜，想也辛苦了；再他话也说多了。哥儿在我家日子正长呢，有话过几天再谈。你们劝哥儿多吃几杯酒，却是正经。"飞红听了，把红袖一掠，说道："劝酒吗？还是让我呢。"说着，回头唤丫鬟在荣氏肩下排一个座儿坐下，趁着娇喉，三啊六啊和厚卿猜起拳来。看她一边说笑着，一边猜着拳儿，鬓儿底下的两挂耳坠儿似打秋千似地乱晃着。那臂上的玉钏儿，磕碰着叮叮咚咚地响起来。看看飞红连输了三拳，吃下三杯酒去，一时酒吃急了，那粉腮上顿时飞起了两朵红云来；一双水盈盈的眼珠，却不住地向厚卿脸上溜去。荣氏在一旁说道："大姨儿总是这样蛮干的，要劝酒也须斯斯文文地行一个令儿，慢慢地吃着，才有意思。"

眠云听说行令，她第一个高兴，忙说道："太太快想，俺们行一个什么令儿，才有趣呢？"荣氏略低头想了想，说道："俺们来行一个'女儿令'吧。第一句要说女儿的性情和言行举止，都可以，接一句要用诗书成句。说不出成句的，罚一大觥；说成句不对景的，罚一中杯；说得不错的，饮一小杯。门杯缴过令，挨次说出。"

飞红听了说道："太太快饮一杯发令，俺预备着罚一大觥呢！"丫鬟上来，先替荣氏斟一杯。荣氏拿起酒杯来饮干了，说道："女儿欢，花须终发月须圆。"接着便是厚卿说道："女儿妆，满月兰麝扑人香。"说着便饮过门杯。坐在厚卿肩下的，便是安邦。他年纪小，不懂得这个。

厚卿说道："我代安弟弟说一个罢。"眠云抢着道："我有一个了，代安哥儿说了罢。"荣氏点头道："你说！你说！"眠云道："女儿裳，文采双鸳鸯。"安邦听眠云说了，也饮了门杯缴令。安邦肩下，便是飞红。听她说道："女儿娇，鬓云松，系裙腰。"下去便是醉绿，说道："女儿家，绿杨深巷马头斜。"紧接着醉绿坐的，便是漱霞，说道："女儿悲，横卧乌龙作妒媒。"接着巫云说道："女儿离，化作鸳鸯一只飞。"荣氏听了，不觉向漱霞、巫云脸上看了一眼。巫云肩下才是眠云，她想了一个替安邦说了，轮到自己，却一时想不出好的来了。只见她低着脖子思索了半天，说道："女儿嫁，娥皇、女英双姊妹。"飞红第一个嚷道："三姨儿该罚一大觥！"眠云听了，怔了一怔，说道："我说得好好的，为什么要罚呢？"飞红把嘴一撇，说道："亏你还说好好的呢？你自己听听，那'嫁'字和'妹'字，敢能押得住韵吗？"眠云这才恍然大悟，连说道："我错我错，该罚该罚。"荣氏说道："罚一中杯吧。"说着，丫鬟斟上酒来，眠云捧着酒杯，咕嘟咕嘟地吃干了。

这时席面上只剩了一个楚岫，飞红催她快说。楚岫便说道："女儿怨，选入名门神仙眷。"眠云听了笑说道："五姨儿也该罚。我说的，只是不押韵罢了，五姨儿说的，竟是不对景了。"楚岫问她："怎的不对景？"眠云说道："你自己想吧，做女孩子选入了名门，又做了神仙眷，还要怨什么来？"一句话说得楚岫自己也笑起来，连说："我罚！我罚！"自己拿了一个中杯，递给丫鬟，满满地斟了一杯吃了，又合座饮了一杯完令。

忽然飞红跳起来说道："这法儿不妙，我们原是劝外甥哥儿的酒来的。如今闹了半天，外甥哥儿只饮了一小杯门杯，俺倒和他猜拳输了，反吃哥儿灌了三大杯，这不是中了反间计吗？"说得满桌的人，都不觉好笑起来。眠云接着说道："这也怨不得人，是你自己没本领败了下来。你有志气，还该再找外甥哥儿报仇去。"飞红忙摇着手说："我可不敢了！"眠云说道："你不敢，我却敢呢！"说着，唤丫鬟斟上两杯酒来，笑说道："外甥哥儿请！"这三姨儿的指甲是拿风仙瓣染得点点鲜红。她伸着指儿猜拳，一晃一晃地煞是好看。

正娇声叱咤、嚷得热闹的时候，忽见一个大丫鬟走进屋子里来，说道："老爷醒了，唤三姨儿和六姨儿呢！"那眠云听了，只得丢下厚卿，和巫云两人手拉手儿地离席进去了。这里安邦也曚眬着眼皮儿，拉着他妈的袖子，说要睡去了。丫鬟正送上汤果来，荣氏说道："也是时候了，外甥哥儿一路辛苦了，吃些汤果，早些睡去，有话明天再谈吧。"一场家宴直吃到黄昏人静。厚卿站起来告辞，退回客房去安睡。

从此厚卿便久居在他舅父朱承礼家里作客，有他舅父的六位如夫人和他作伴，天天说笑着，倒也不觉寂寞。朱太守的六位如夫人，飞红进门最早，合府上唤她大姨儿，唤醉绿做二姨儿，眠云做三姨儿，漱霞做四姨儿，楚岫做五姨儿，巫云做六姨儿。大姨儿为人最是锋利，模样儿也最是风骚，只因朱太守日久生厌，只把家务交给她管理。那床第之欢却唤三姨儿和六姨儿专夕去。只因三姨儿弄得一手好丝弦，唱得一腔好曲子，朱太守到沉闷的时候，却非她不可。六姨儿进门最迟，年纪也最小，旧爱果然夺不得新欢，因此六姨儿房中时时有朱太守的欢笑之声，不知不觉却把那其余的如夫人冷落了下来。如今却半天里落下一个申厚卿来，大家见他是一位年轻貌美的公子哥儿，性情又和顺，又会说笑，便终日围着他说说笑笑，解着闷儿。内中那位大姨儿更是爱斗嘴儿的。她见了厚卿，风里语里，总带着三分取笑的话儿。厚卿终日埋在脂粉堆里，心中却念念不忘那位表妹娇娜小姐。

原来这厚卿自幼儿在舅家养大的，他和娇娜小姐，只差得两岁年纪。厚卿只因生母死了，九岁上便寄住在舅家，直到十四岁上，他父亲调任岭海节度使，便道把厚卿带在任上，亲自课读。如今厚卿的父亲年老多病，告老在家，厚卿和娇娜小姐足足有六年不见面了。在这六年里面，厚卿虽说小孩儿心性，但他却无日不记念娇娜。只因两地隔得又远，无事又不能到舅父家里来。厚卿屡次想借探望舅父为名，来和娇娜见面，却屡次不敢和他父亲说明。如今幸得他父亲做主，打发他出门赶考，顺路来探望舅父，把个厚卿欢喜得忙着赶路。

却巧遇到沿路上万的人夫开掘河道，他眼见那人夫的困苦情形，又处处受工人的拦阻，害他不得和娇娜早日见面，因此他心中把个隋炀帝恨入骨髓。好不容易，千辛万苦，冒霜犯露，赶到了范阳城。他不曾见得娇娜的面，想起六年前和娇娜在一块儿那种娇憨的样子，真叫人永远忘不了的。后来在筵席前见娇娜打扮得端端庄庄出来，看她越发出落得花玉精神、天仙模样。不说别的，只看她一点朱唇，粉腮上两点笑涡，真叫人心醉神迷。只可惜当着舅父、舅母的跟前，不便说什么心腹话儿，他满想趁没人在跟前的机会，把别后的相思尽情地吐露一番，谁知自从当筵一见以后，五七日来，不能再见一面。反是那些什么大姨儿啊三姨儿啊，终日被他们缠得头昏脑胀。只因厚卿在娘儿们身上是最有功夫的，他心中虽挂念着娇娜，那嘴里却一般地和她们有说有笑。

直到第十天上，厚卿走进内堂去，正陪着他舅父、舅母谈话，娇娜小姐也伴坐在一旁。她见了厚卿，也只是淡淡地招呼了一声，低着脖子在她母亲肩下坐了一会，便起身回房去了。厚卿见了这情形，真是一肚子冤屈，无可告诉，便即立刻向他舅父、舅母告辞，说明天便要动身回家去了。娇娜正走到门帘下面，听厚卿说要回去的话，不由得把小脚儿略停了一停。只听她父亲对厚卿说道："甥儿多年不来，老夫常常记念。好不容易千里迢迢地赶来，正可以多住几天。况你父亲也嘱咐你，顺便明春赴了考再回去，也不算迟。怎么说住了不多几天，便要回去了？敢是我家简慢了你，使你动了归家的念头。甥舅原是和父子一般的，甥儿你肚子有什么委屈，不妨直说出来。好孩子！你在我家千万挨过了明春的考期回去，使我在你父亲面上也对得起。你有什么不舒服的地方，老实对我和你舅母说出来，俺们总可以依你的。再者，朝廷新近打发内官许廷辅南下办差，老夫在这几天里面，要赶上前站迎接钦差去。这衙署里还得托甥儿代为照看，怎么可以说归家去的话呢!"

欲知后事如何，且听下回分解。

第三回　夸国富海市陈百戏
　　　　　诉衷情明灯映红颜

　　申厚卿住在他舅父内衙里，一连十多天不得和他表妹说一句知心话儿，心中郁郁不乐，便起了归家之念。当时向他舅父告辞，被他舅父说了许多挽留他的话，又说自己要赶上前站迎接钦差去，托他甥儿照看衙署。这一番话，不容厚卿不留下了。

　　他舅母荣氏，也把厚卿揽在自己怀里，一手摸着他脖子，嘴里好孩儿长、好孩儿短地哄着他。又说："外甥哥儿住在外面客房里，清静寂寞，怨不得你要想家了。"说着，便回过头去对一班丫头说道："你们快把外甥哥儿的铺盖搬到花园里西书房去！住在里面，俺娘儿也得常见面热闹些，没得冷落了我这孩子。"只听得一班丫鬟噢地答应了一声。

　　当天晚上，厚卿果然搬在内厅的西书房里住。到二更时分，忽听得纱窗上有剥啄的声息。厚卿急开门出去看时，见娇娜小姐扶着一个丫鬟，站在月光地下。看她含着笑向厚卿点头儿，月色映在她粉庞儿上，娇滴滴越显红白。厚卿痴痴地看出了神，也忘了邀她们屋里坐。倒是那丫鬟噗哧地笑了说道："客来了，也不知道邀俺们屋里坐，只是目灼灼贼似地瞧着人！"一句话提醒了厚卿，道："啊哟！该死，该死！"忙让娇娜屋里坐下。

　　这时厚卿坐在书桌前，娇娜背着灯儿坐，两人默然相对，满

22

肚子的话抓不住一个话头儿。半晌，厚卿便就案头纸笔写成七绝两首。娇娜转过身去，倚在桌旁，看他一句一句地写道：

> 乱惹祥烟倚粉墙，绛罗斜卷映朝阳。
> 芳心一点千重束，肯念凭栏人断肠？

> 娇姿艳质不胜春，何意无言恨转深。
> 惆怅东君不相顾，空留一片惜花心！

　　厚卿才把诗句写完，娇娜急伸着手去把笺儿夺在手里，笑说道："这是说的什么？"厚卿道："这是我昨天在花园里倚着栏杆看花，随嘴诌的烂诗。如今妹妹来了，我便不怕见笑，写出来请妹妹修改修改。"娇娜听了，由不得把她的朱唇一撇，说道："哥哥哄谁呢？这上面的话，明明是怨俺冷落了你。"一句话说得厚卿低头无语。停了一会，厚卿便说道："妹妹自己想吧，六年前我住在妹妹家里，陪妹妹一块儿读书的时候，俺两人何等亲热？如今六年不见，谁知妹妹人大志大，见了我来了，给你个五日不理，十日不睬，这叫我如何能忍得？妹妹知道的，我母亲早已死了，父亲自从娶了继母以后，渐渐地把我冷淡下来。我在家里一个亲人也没有，这六年里面所念念不忘的，只有一个妹妹。如今妹妹又不理我，我没得别的望了，只有回家去闷死罢了！"厚卿说到这里，不由得他音声酸楚起来。

　　娇娜听了，只微微地叹了一口气说道："俺冷淡哥哥，原是俺不是，但哥哥也须替俺想想：一来，俺做女孩儿的年纪大了，处处须避着嫌疑；二来，俺如今家里也不比从前了，自从爹爹娶了几位新姨儿在家，人多嘴杂，俺平日一举一动，处处留神，还免不了她们说长道短。如今哥哥来了，她们打听俺和哥哥是自幼儿亲热惯的，便处处看冷眼留心着。倘有什么看在她们眼里，不说别的，只是那六姨儿，是俺爹爹最得宠的，只须她在俺爹爹跟前吐出一言半语，那我便休想再活在世上了！哥哥却不知道，如今俺家里已是颠倒过来了：俺母亲虽说是一家的主母，却拉不住一点权柄。大姨儿当了家，俺母女二人便须在别人手下讨生活；那六姨儿又爱在俺爹爹跟前拿俺母女凑趣儿。自从她进了门，满家里搅得六神不安。俺父亲和俺母亲，常为这个生了意见。他俩老人家，面和心不和。撇得俺母女二人，冷清清的！"娇娜小姐说到这里，也便把脖子低了下去，停住了说话。屋子里静悄悄地半响，那丫头催着道："小姐来得时候久了，怕老夫人查问，俺们回房去吧。"娇娜小姐才站起来，说了一句："明天会。"慢慢地走出房去。厚卿好似丢了什么，急站起身来要上去留住，心想又不好意思。娇娜小姐已走出屋子去了，他还痴痴地对着灯光站在屋子中间，动也不动。

从这一晚以后，娇娜小姐便常常瞒着她母亲，丫头伴着在黄昏人静时候，悄悄地到书房里来会厚卿。他二人见了面，不是谈一会从前年幼时候的情景，便是谈谈家务。谈来谈去，他二人总觉得不曾谈到心坎儿上。娇娜小姐又是多愁善悲的人，她谈起自己在家里孤单和生世来，便惨凄凄的十分可怜。厚卿听了，也找不出话来说劝她，只是大家默默地坐一会便散去了。厚卿见娇娜去了，便万分牵挂；待到一见了面，又找不到话说。娇娜又怕母亲知道，只略坐一坐，便告辞回房去了。

厚卿偶然到内堂或花园里走走，遇到了飞红或是眠云、漱霞这一班姨娘，大家便和一盆火似地向着他，拉住他便向他打听隋炀帝的故事。

厚卿便说隋炀帝西域开市的故事道："炀帝自从夺了皇帝座儿，强占了宣华夫人以后，日夜穷奢极欲，在宫中行乐。无奈他做晋王的时候，在外面游荡惯了；如今他困住在深宫里，任你成群的美人终日陪伴他嬉笑狎蝶，他总觉拘束得心慌。这时隋朝正在兴旺的时候，西域各路镇守的将军齐上文书，报说西域诸国，欲和中国交市。炀帝打听得西域地方出产奇珍异宝，又欲亲自带着妃嫔到西域地方去游玩一趟。只因皇帝这个念头，便平白地糟蹋了千万条性命。京城离西域地方，足有三千余里。一路沙草连天，荆棘遍地。天子的乘舆，如何过得？便由沿路各州县拉捉人夫，开成御道。从京城出雁门、榆林、云中、金河，不知费了多少钱粮，送了多少人命。又有吏部侍郎宇文恺凑趣，打造一座观风行殿。御道虽造成，路上却没有行宫别馆。山城草县，如何容得圣驾？

"这观风行殿，是建造在极大的车轮上。那行殿里足可容得五七百人，四围俱用珠玉锦绣，一般的有寝宫内殿、洞房曲户。妃嫔宫女一齐住在车里。车在路上行着，车内歌舞的歌舞，车外吹打的吹打。一天行不上二三十里，便靠山傍水地停下。随行军士五十多万人，一路上金鼓喧天，旌旗蔽日。到了夜里，连营数百里，灯火遍野，都围绕着观风行殿扎下。炀帝一路游去，到一处便召集群臣游山玩水，饮酒赋诗。若见有山川秀美、形势奇胜的地方，便留连着几天不行。后面辎重粮草和各处郡县所贡献的物产，堆山积海，拉捉了上万的人夫搬运着。

"看看走到金河地方，正是一片沙漠，一阵大风吹来，尘飞沙涌。炀帝避入行殿中，许多妃嫔在四周围住，居然风息全无。炀帝坐在肉屏风里，一边看着美人，一边饮着酒，十分快乐。无奈那班美人都是怯生生的身体，遇见漠北狂风，不独是翠袖衣单，那灰沙尘土依着风势，穿帘入幕，那班妃嫔满头都罩着黄沙，粉腮朱唇都堆积起尘垢来。炀帝看了，心中不快，便有内侍郎虞世基出主意，在行殿外造一座行城：高有十丈，一般地开着四座城门，下面装着车轮，把行殿围在中央，用大队兵士，前推后挽。果然风沙全无。逢到天气晴和，炀帝便走上城楼去，和百官饮酒望远。那行殿和行城在御道上缓缓走着，一路远山近林，都向城边抹过。炀帝到快活的时候，便提笔赋诗。百官们都抢着和韵，皇帝便各赐黄金彩缎。

“如此快乐过着日子，不觉到了西域地方。由吏部侍郎裴矩，带领着各路边将，前来朝贺。接着，许多外国可汗前来朝贡。第一个是突利可汗。他和炀帝是郎舅至亲，在文帝开皇年间，把义安公主下嫁给突利可汗，因此和隋朝格外亲近。当时炀帝见了义安公主，便宣她上殿赐坐，突利可汗也赐坐在阶下。排上筵宴，殿上传杯递盏，殿下鼓吹铙歌，煞是威武。接着又有室韦靺鞨、休邑女真、龟兹伊吾、高昌、苏门答腊、撒马儿罕、波斯等大小二十余国，逐日挨次前来朝贡，炀帝一一赏他酒宴。

“饮酒中间，只见苏门答腊走出位来匍匐在地，献上一只鸩鹊儿。那鸩鹊身高七尺，能作人言，原是西域地方的灵鹊。炀帝受了，赐酒三大杯。苏门答腊才下去，那于阗可汗，又上来献方圆美玉两方：那美玉各长五寸，光润可爱。圆玉名叫龙玉，浸在水中，便现出虹霓来，顷刻可以致雨；方的称作虎玉，拿虎毛拂拭着，便见紫光四射，百兽都逃避。炀帝得了这异宝，十分欢喜，吩咐一声赏，那几百万的金银绸缎顷刻分完。

“隔了几天，炀帝便传旨亲临突利可汗行帐。当时带领了两班文武，炀帝亲自跨马，向突利营中走去。看看走了二十里路，望见前面路上突利可汗和义安公主花帽锦衣、挂金披玉，骑了两头骏马，率领各部落小酋长，一队一队鸣金打鼓，前来迎驾。迎到可汗营门口，义安公主上来，亲自扶皇帝下马，直升牛皮帐。帐中早已设备下一张蟠龙泥金交椅，椅前安着一张碧玉嵌万寿的沉香龙案。炀帝升了宝座，文武百官，分作两行侍立。帐中公主和可汗上去行了大礼。这突利虽说是外国，却也十分豪富，绣帐中排设的都是精金美玉，珠光灿烂，十分美丽。一刹时献上酒来公主和可汗二人亲自斟酒，劝炀帝饮下三杯。炀帝赐他们在一旁陪席。突利可汗和义安公主方敢坐下。炀帝看席面上金盘玉碗，列鼎而食，虽没有龙肝凤髓，却尽多海味山珍。毳幕外笳乐频吹，金炉内兽烟轻袅。

"饮过数巡，突利可汗又唤一班女乐来。炀帝看时，却一个个生得明眸皓齿、长身丰体。个个袒着怀儿、露着臂儿，腰上围着五彩兽皮，挂上一串小金铃儿，歌一阵，舞一阵，在炀帝身体前后围绕着。炀帝目迷艳色，耳醉蛮歌，早不觉神魂怡荡，睁大了眼，嬉开了嘴，不知不觉地露出百种丑态来。大将军贺若弼站在一旁，见光景不雅，恐有不测，便以目视高颎。高颎会意，立刻出班奏道：'乐不可极，欲不可纵，请天子从早回銮。'炀帝心中依依不舍，只是沉吟不语。贺若弼接着奏道：'日已西斜，天色不早，在塞外断无夜宴之理。'炀帝没奈何，传旨回驾，一面吩咐多以金帛赏赐舞女。

"他回到行殿去，还是想念那突利可汗帐中歌舞的蛮女。后来打发内侍官悄悄地到突利可汗帐中挑选了十个蛮女来，藏在寝殿里，日夜迫欢，竟把原来的宫嫔，丢在脑后。这座行城行殿，停在塞外地方，足有半载，却不见皇帝下回京的诏旨。看看天气寒冷，漫天盖野地飘下雪来，文武百官，雪片似的奏章，劝皇上回銮。炀帝拗不过众人的意思，便在八月时节，启驾回京。那各国的可汗打听得炀帝回驾，便一齐送行，直送到蓟门。

"炀帝忽然转了一个念头，他要沿路游览边地的景色，却不愿依来时的御道回去。越是山深林密的地方，炀帝越是爱去。众官员再三苦谏，他只是不听。从榆林地方去，有一条小路，称做大斗拔谷，两旁全是壁立的高山。中间山路只有丈余宽阔，又是崎岖不平。莫说这硕大无朋的行殿、行城通不过去，便是那平常的车驾，也是难走。但是炀帝一定要打这大斗拔谷中走去，他也不顾后面的一班官员、嫔娥，如何走法，便丢下了行殿、行城，独自一人骑着马向前走去。慌得那班护驾的侍卫和亲随的大臣，都颠颠扑扑地跟随着。可怜那班宫娥彩女，没了行殿行城容身，或三五个在前，或七八个落后，都啼啼哭哭，纷纷杂杂，和军士们混在一起走着。到晚出不得谷的，也便随着军士们在一处歇宿。时值深秋，山谷中北风尖峭，嫔娥军士，相抱而死的，不计其数。

"满朝中大臣，只有高颎和贺若弼二人正直些。高颎看了这凄惨情形，对贺若弼叹道：'如此情况，朝廷纲纪丧失尽矣！'贺若弼也说道：'奢侈至极，便当受报。'他二人说话，早有讨好的奸臣去对炀帝说知。炀帝因为在路上不好发作得，后来圣驾回到西京，又吩咐宇文恺、封德彝两人，到洛阳去监造显仁宫。因洛阳居天下之中，便改称东京，以便不时临幸。

"那不知趣的贺若弼和高颎二人，又来多嘴。趁早朝的时候，便出班奏道：'臣等闻圣主治世，节俭为先。昔先帝教杨素造仁寿宫，见制度奢丽，便欲斩素，以为结怨天下。以后痛加节省二十余年，故有今日之富。陛下正宜继先帝之志，何得造起宫室，劳民伤财？'炀帝听了大怒，喝道：'这老贼又来多嘴！朕为天子，富有四海，谅造一座宫殿，费得几个钱财？前日在大斗拔谷中，因死了几个军士，便一个谤朕丧失纲纪，一个谤朕奢侈过分。朕念先朝老臣，不忍加罪。今又在大庭之上、百官之前，狂言辱朕，全无君臣体统。不斩汝二贼之首，何以整饬朝纲！'二人又奏道：'臣等死不足惜，但可惜先帝锦绣江山，一旦休也！'炀帝愈怒道：'江山便休，也不容你这样毁谤君父的人！'说着，喝令殿下带刀指挥，推出斩首示众。

第三回　夸国富海市陈百戏　诉衷情明灯映红颜

　　"众官员见天子动怒，吓得面如土色，抖衣战栗，哪个敢上去讨一声保。只有尚书左仆射苏威和刑部尚书御史大夫梁昆，同出班奏道：'高颎、贺若弼两人，都是朝廷大臣，极忠敢谏，无非为陛下社稷之计。纵使有罪，只可降调削职，万不可处以极刑，令天下后世，加陛下以杀大臣之名。'炀帝冷笑说道：'大臣不可杀，天子反可受辱吗？尔等与二贼，都仗着是先朝大臣，每每互相标榜，朋比为奸。朕不斩汝，已是万幸，还敢来花言巧语，保留他人。'便喝令削去二人职位，乱棍打出。苏威和梁昆二人又得了罪名，还有什么人敢来劝谏。眼看着高颎和贺若弼两人相对受刑。

　　"这里宇文恺、封德彝二人，领了造仁寿宫的旨意，竟到洛阳地方开设匠局，大兴土木。一面相度地势，一面差人分行天下，选取奇材异木和各种珍宝。水路用船、陆路用车，都运送前来。骚扰天下，日夜不得安息。不用说几十围的大树、三五丈的大石，搬运费事，便是那一草一木，也不知花费多少钱粮，害死多少人命，方能到得洛阳。不用说经过的地方，百姓受害，便是在深山穷谷里面，因为寻觅奇花异兽，也搅得鸡犬不宁。弄得百姓怨恨，府库空虚，只换得一座金碧辉煌和九天仙阙一般的显仁宫。

　　"显仁宫造成以后，炀帝车驾便向东京进发。宇文恺、封德彝二人领着皇帝，走到显仁宫前。果然造得楼台富丽、殿阁峥嵘。御苑中百花开放，红一团、绿一簇，都不是平常颜色。炀帝便问：'这些花木，却从何处移来，这般鲜妍可爱？'宇文恺在一旁奏道：'花木四方皆有，只那碧莲、丹桂、银杏、金梅、垂丝柳、夹竹桃，诸品艳丽的花草，都是扬州出产的。'

　　"炀帝听说'扬州'二字，心中已是万分艳羡，说道：'怪不得古人有"腰缠十万贯，骑鹤上扬州"的诗句儿。'接着封德彝又奏道：'御苑中这许多花木，还算不得扬州的上品。臣闻得扬州蕃厘观，有一株琼花，开花似雪，香飘数十里，远近遍天下再无第二株，这才是扬州的第一名花呢！'炀帝说道：'既有这样的神品，何不把它移植到禁苑中来？'封德彝奏道：'这琼花原是扬州的秀气所钟，不能移动，一移便枯。'炀帝听得高兴，便问：'东京离扬州共有多少路程？'宇文恺说：'约有一千余里。'炀帝听了，踌躇起来，说道：'朕欲往游，只苦道路遥远，不能多带宫妃，恐途中寂寞，这便奈何！'封德彝道：'这却不难，以臣愚见，只须三十里造一宫，五十里造一馆；造得四十余座离宫别馆，便可从东京直达扬州了。那宫馆里多选些美女佳人住着，分拨几个太监，掌管宫馆里的事务。陛下要临幸扬州，也不必行军马、动粮草，只消轻车简从，一路上处处有宫有馆、有妃有嫔，陛下可以随心受用、任意逍遥，胜如在宫禁中苦闷，何愁寂寞？'炀帝听了大喜道：'既如此，朕决意往游。二卿莫辞劳苦，那些离宫别馆，还须二卿督造。不限年月，却须尽善尽美。'当时炀帝赏宇文恺、封德彝二人在宫筵宴。

　　"宴罢，便各各领了圣旨，依旧号召了一班奇工巧匠，拉捉了几万人民夫役，往扬州地方，相度地势，起造宫殿。或隔三十里一处，或离五十里一处，或是靠山，或是临水，都选形胜的地方，立下基础。从东京到扬州，共选了四十九处地方，行文到就地郡县，备办材料催点人工。可怜那些郡县，为一所显仁宫，已拖累得仓空库尽、官疲民死。怎当他又造起四十九所宫馆来，早见得四境之内，哭声遍野。宇文恺和封德彝二人，却装作耳聋眼瞎一般，一味地催督郡县，一毫也不肯宽假。在东京点出二百名官员来，专去催督地方。如有迟误，即指名参奏处死。那郡县官看自己的功名性命要紧，便死逼着百姓，日夜赶造。不上半年工夫，百姓的性命却逼死了十万条。你道惨也不惨！那隋炀帝却安居在显仁宫里，新选了几位美人，昼夜行乐。

　　"这隋家天下全亏文帝在日节省，各处兵精粮足，外国人都畏威怀德，年年进贡、岁岁来朝。炀帝到东京的时候，又值各国使臣前来朝贡。炀帝要夸张他的富足，便暗暗传旨，不论城里城外，凡是酒馆饭店，但外国人来饮食的，都要拿上好酒肴哄他，不许取钱。又吩咐地方官员，把御街上的树木，全拿锦绣结成五彩。在通宫门的大街一带，处处都有娇歌艳舞、杂陈百戏。使外国人见天朝的富盛，便不敢起觊觎的心思。百官们领了旨意，真的在大街一带搭起了无数的锦栅，排列了许多的绣帐，令众乐人或是蛮歌，或是队舞。有一处装社火，有一处打秋千，有几个舞柘板，有几个玩戏法。滚绣球的，团团能转；耍长杆的，高入青云。软索横空、弄丸夹道，百般样技巧都攒簇在凤楼前。虽不是圣世风光，却也算是点缀升平。把一条宽大的御街，热闹得拥挤不开。

　　"那班外国人一路看来，果然个个惊诧，都说'中华天朝，真是富丽！'引得他们三五成群、四五结伴的在大街上游赏不厌。也有到酒肆中饮酒的，也有到饭馆里吃饭的。拿出来都是美酒佳肴，吃完了给钱时，都说道：'我们中国是富饶的地方，这些酒食都是不要钱的。'外国人见有白吃白耍的地方，都欢喜起来，便来来去去，酒饮了又饮、饭吃了又吃，这几个醉了，那几个又来，那几个饱了，这几个又来，好似走马灯一般，不得个断头。

　　"后来炀帝又在殿上赐各国使臣御宴，便问波斯国使臣道：'汝外国也有俺中华这等富盛吗？'谁知这使臣，却十分狡猾，他当时回奏道：'外臣国里虽无这样富盛，那百姓们却个个都是饱食暖衣，不像上国还有没衣穿、没饭吃的穷人！'又随手指着树上的彩绸说道：'这绸子施舍与那穷人穿穿也好，拴在树上，有何用处？'炀帝听了大怒，便要杀外国人。众官员慌忙劝谏道：

'这班外国人生长蛮夷，原懂不得什么礼节。但他们万里跋涉而来，若因一言不合，便将他杀死，只道陛下无容人之量，恐阻他向化的心思。'炀帝才把气平了，传旨一律打发他们回国去。"

厚卿只因心中瞧不起炀帝，所以把这些淫恶的故事，尽情说出来，那大姨儿、三姨儿、五姨儿、六姨儿和一班丫鬟，在一旁听一阵笑一阵，她们越听越有精神。正讲到热闹的时候，忽见荣夫人身旁的一个大丫头，名叫喜儿的，匆匆跑来说道："太太请诸位姨娘快去替老爷饯行呢！"

欲知后事如何，且听下回分解。

第四回　眼波当筵会心默默
火光匝地群盗凶凶

一抹斜阳挂住在杨树梢头。轻风吹来，那柳叶儿摆动着。在柳阴下站着一个英俊少年，他两眼注定在一涯池水里出神。柳丝儿在他脸上抹来抹去，他也化作临风玉树，兀立不动。池水面上一对一对的鸳鸯游泳自如，岸旁一丛一丛的秋菊争红斗绿地正开得茂盛。

这少年便是申厚卿。他到花园里来闲步，原指望遇到他表妹娇娜小姐，可以彼此谈谈心曲。他两人虽在灯前月下见过几面，只因有丫鬟在一旁，也不便说什么话。又因瞒着母亲，来去匆匆，便到底也不曾谈到深处。不想他到得花园中，却遇了一群什么大姨儿、三姨儿，被她们捉住了，围着他要他讲隋炀帝的风流故事。厚卿没奈何，只得把炀帝西域开市的故事，一情一节地讲给她们听。五七个娘儿们围坐在湖山石上，足足听了有一个时辰。直待荣夫人打发大丫头喜儿出来传唤，她们才一哄散去。

这里丢下厚卿一个人，站在池边出神。他嘴里虽和一班姨娘讲究，心中却念念不忘那娇娜小姐。他想出了神，不觉耳背后飞过一粒石子来，打在池面上，惊得那一群鸳鸯，张着翅儿，拍着水面，啪啪地飞着逃去。厚卿急回过脸来，原来不是别人，正是娇娜小姐身边的一个小丫头。她在柳树背面抛过石子去，惊散鸳莺，猛不妨柳树前面却转出一个人来。小丫头见了厚卿，只是开着嘴嘻嘻地笑。厚卿问她："小姐在什么地方？"那小丫头把手指着前面的亭子。厚卿会意，便沿着柳荫下的花径走去。果然见前面亭子里，娇娜小姐倚着栏杆，低着脖子，在那里看栏外的芙蓉。厚卿走上亭子去，笑着说道："这才是名花倾国呢！"娇娜小姐听了，愠地变了颜色，低着头，半晌说道："这样的娇花，却开在西风冷露的时节，它的命，却和俺一般的薄呢！"说着，又不觉泪光溶眼。厚卿忙拿别的话去搅乱她。

他两人一边说着话，一边走出亭子来，顺着园西小径，慢慢地走去。迎面一座假山，露出一个山洞来。厚卿先走进去，娇娜扶着小丫头，后面走来。洞中只有外面空隙中放射几缕微光进来，脚下却是黑黝黝的。厚卿只怕娇娜滑倒，走一步便叮嘱一声："妹妹脚下小心。"娇娜笑说道："你不用婆婆妈妈的，这洞里夏天来乘凉，是俺们走熟的路。哥哥却是陌生路，须自己小心着。"一句话不曾说完，只听得厚卿嚷着"啊唷"一声，他两手捧着头，急急奔出洞去。娇娜小姐也跟在后面，连问："怎么了？"厚卿说："不相干，只顾和妹妹说话，冷不防山石子磕了额角。"娇娜小姐走近身去，意思要去攀他掩在额角的一只手。嘴里说道："让我看，磕碰得怎么样了？"厚卿放开了手，让娇娜看。只见他左面额角上，高高地磕起了一大块疙瘩。娇娜连声问道："哥哥痛吗？"她从袖里掏出一方罗帕来，上去按在厚卿额角上才揉了一下，便觉粉腮儿羞得绯红，忙把那罗帕递给厚卿，叫他自己揉去。

厚卿这时，被娇娜脂光粉面，耀得眼花，又闻得一缕甜香，从娇娜袖口里飞出来，把个厚卿迷住了。他接了罗帕，也不搓揉，只是笑微微地看着娇娜的粉腮儿。娇娜羞得急低了粉颈，转过身去，看着路旁的花儿。正一往情深的时候，忽见娇娜身边的大丫头，正分花拂柳地走来。说道："我找寻得小姐好苦，谁知却躲在这里！"娇娜小姐听了，啐了一声，说道："谁躲来？"那大丫头说道："老爷明天要起身接钦差去，今天夫人排下筵席，替老爷饯行。六位姨娘都到齐了，独缺了小姐一个，快去快去！"娇娜听了，也便转身走去。走不上几步，便回脸儿去，对厚卿说道："哥哥回房去歇歇再来。"厚卿站着点点头儿。

这里大丫头扶着娇娜小姐，走出内堂去。只见他父亲和母亲，带着六位姨娘，团团地坐了一桌。见娇娜来了，荣氏拉去坐在她肩下。朱太守便问："怎不见外甥哥儿出来？"那大丫头，重复走进花园去，把个厚卿唤了出来。大家看时，见他额角上起了一个大疙瘩。荣氏忙拉住手问："我的好孩子，怎么弄了这个大疙瘩？"厚卿推说："是走得匆忙了，在门框子上磕碰起的。"荣氏把厚卿揽在怀里，着实揉搓了一会，便拉他坐在自己的左首肩下。厚卿和娇娜两人中间，只隔了一位荣氏。厚卿偷眼看娇娜时，见她只是含羞低头。荣氏对厚卿说："你头上磕碰坏了，快多吃几杯酒活活血。"说着，擎起酒杯来，劝大家吃酒。

今天这桌席，是饯朱太守行的，所以叫六位姨娘，也坐在一起，是取团圆的意思。朱太守对厚卿说道："老夫明天便要赶到前站去迎接钦差，此去有一个月的耽搁。衙署里的公事，自有外面诸位相公管理。内衙里，只有一个安邦是男孩子，他年纪太小，不中用的。其余都是女娘们，我实在放心不下。好孩子，还是你年纪大些，懂得人事。我去了以后，你须替我好好地看管内衙里，门户火烛，千万小心！"当时厚卿一一答应了。

丫鬟送上热酒热菜来，大家吃喝了一阵。朱太守见今天吃酒人多，便想行令。吩咐丫头传话出去，把外书房里一个酒令匣儿拿来。停了一会，帘外的书童捧着一个锦缎包的大匣来，交给帘内的丫鬟，送在朱太守跟前。打开匣子，厚卿看时，见里面横睡着五个碧玉的签筒。此外便是一个一个小檀木令签盒儿，上面雕着篆字的酒令名儿。朱太守随手拿了一个"寻花令"签盒儿，打开盒儿，拿出一个象牙令签来，点了一点人数，见是十一个人，便把十一支牙签，放入签筒里，又把签筒安在桌子中央。先由朱太守起，挨着次儿，每人抽一支令签去缩在袖里。大家低头看签上刻的字，知道自己是什么，便含着笑，不告诉人。

忽然听得飞红娇声嚷着道："这可坑死我了！怎么叫我这个莽撞鬼寻起花来了呢！"大家看她牙签上，刻着"寻花"两字。荣氏便笑说："你快寻，寻到谁是花园的，便和花园对饮一杯完令。倘寻错了人，便须照那签上刻的字意儿吃罚酒呢！"飞红听了，只是皱着眉心，摇着头，拿手摸着腮儿，向各人脸上看去。大家都看着她暗暗地好笑。飞红看了半晌，忽然伸着指儿向娇娜小姐指着说道："花园在小姐手里！"娇娜拿出牙签来给大家看时，见上面刻着"东阁"二字，下面又刻着一行小字道："无因得入，罚饮一杯。"飞红看了，便拿起一杯酒来，一口饮干。漱霞在一旁拿筷子夹了些鸡丝儿，送到她嘴里去。她一边吃着，一边又向别人脸上找寻去。

厚卿看她乌溜溜的两道眼光，不住地向众人脸上乱转，真是神采奕奕，那面庞儿越觉得俊美了，忍不住嗤地笑了一声。飞红听得了，急回过脸来，拿手指着厚卿笑说道："好外甥哥儿！不打自招，这一下可给我找到花园了。"厚卿听了，忍不住大笑起来说道："大姨儿你找到醉人，这可尽你吃个烂醉的了！"说着，把手里一支牙签送在飞红眼前，给她看，只见上面有"醉人"两字，下面又刻着一行小字道："拉寻花人猜拳无算，饮爵无算。"荣氏看了说道："这够你们闹的了！"

飞红见说猜拳，这是她第一件高兴事体，当下使唤丫鬟一字儿斟上十杯酒来，揎拳撸袖地和厚卿对猜起拳来。只听她娇声娇气地一阵五啊六啊嚷了半天，谁知她手气真坏，十拳里面却整整输了十拳，这十杯酒却都要飞红一个人消受。飞红看了，不由得娥眉紧锁，向厚卿央告道："好外甥哥儿！你素来知道你大姨儿量浅，受不住这许多酒的，请你醉人饶了我吧！我还要往下找寻去呢。若找寻不到花园，还不知道要罚我吃多少酒呢！好外甥哥儿你也疼疼你大姨儿吧！"几句话说得合座大笑起来。眠云在一旁也帮着说道："外甥哥儿，你听你大姨儿说得怪可怜的，便饶了她，一杯也不叫她吃吧。"厚卿说道："一杯不吃，令官面上也交代不过去，这样办吧，吃个对数儿吧。这对数儿里面俺再帮助大姨儿吃两杯，三姨儿帮着吃一杯，大姨儿自己两杯，也便交过令去了。"飞红听了，忙合着掌说道："阿弥陀佛！谢谢外甥哥儿的好心肠！"她一边说着，一边把两杯酒吃下肚去。接着又寻花园去。

这一遭，她不瞧人的脸色了，便随手一指，指着楚岫说道："五姨儿一定是花园了！"那楚岫笑说："我不是花园，我却是个柴门。"她拿出手中的牙签儿来一看，见上面果然有"柴门"两字，下面也有一行小字道："胜一拳，方开门。"楚岫便擎着粉也似的拳儿，豁过去，一拳竟被飞红猜赢了。没得说，楚岫饮干了一杯酒。飞红这时又猜醉绿是花园。醉绿拿的牙签上，却刻着"深院"两字，又注着：无花饮一杯。飞红依令饮了一杯。接着又猜荣氏是花园。荣氏拿出牙签来，却写着"小山"两字，又注着招饮一杯。飞红又饮了，去拉着安邦说："好哥儿！你可是花园了？"去拿过安邦手里牙签来看，上面是"酒店"两字，小字是"拉寻花人饮酒"。安邦说："我还要拉姨娘吃三杯酒去呢。"飞红笑说道："糟了！连哥儿也要捉弄你自己妈起来了！好哥儿，你店里的酒太凶了！我这个酒客量浅了，和你做一杯酒的买卖吧。"大家听了她的话，忍不住拨笑起来。

飞红吃干了一杯酒，安邦便拿筷子夹一片火腿去送在她妈的嘴里。飞红一边咀嚼着一边说道："出得酒店来，去找一处花园游玩游玩。"说得众人又哄堂大笑起来。在这笑声里，飞红便走出席来，去拉住朱太守的袖子说道："花园一定在老爷手里，拿出来放大家进去游玩游玩。"朱太守笑说道："我帮你去寻花吧。"说着，把手里的牙签拿出来一看，见上面是"仙蝶"两字，下面小字注着"请其寻花"。飞红说道："天可见怜我也找到替身了。"眠云接着说道："老爷最疼你，老爷不替你，谁来替你呢！"飞红回座儿去，正走过眠云身旁，听她说这个话，便悄悄伸手去在她粉腮儿上轻轻地拧了一把，急急逃回座位去了。眠云狠狠地向飞红溜了一眼。

接着听朱太守在那里说道："我做仙蝶的寻花，一寻便着——花在六姨儿身上。"果然巫云拿出牙签来一看，上面是"花园"两字，下面一行小字是"寻得者，对酌完令"。朱太守便和六姨娘对饮了一杯酒。飞红在一旁笑说道："怪道老爷常常到六姨娘房里去，原来六姨娘身上是一座花园！老爷又是一只仙蝶，怎不要唱起蝶恋花来呢！"一句话说得合座大笑。荣氏笑指着飞红说道："也不见你这个贫嘴薄舌的促狭鬼。"笑住了，眠云、漱霞交出令签来。眠云的令签上是"石径"两字，下面小字是"无花饮一杯"；漱霞的令签上是"水亭"两字，也注着"无花饮一杯"。朱太守说："你们各饮一杯吧。"

完了令，这一场热闹，只有飞红酒吃得独多。看她两腮和苹果似的鲜红，眼珠儿水汪汪的，看一眼愈觉勾人。听她拍着手说道："有趣、有趣！老爷再找一个令出来行。"荣氏笑说道："你还不曾醉死吗？"说着，朱太守又拣出一个"捉曹操"令来。大家说："这个令又热闹又有趣。"朱太守依旧拣了十一支牙签，放在签筒里，依次抽去。各人把牙签藏在袖子里不作声，荣氏却抽得了一支诸葛亮，便寻捉曹操。荣氏笑道："曹操是大胡子的，老爷也是大胡子，老爷是曹操了。"朱太守拿出牙签来看时，是"张辽"两字，下面注着"七拳"。荣氏便和朱太守三啊五啊的猜起拳来。七拳里，朱太守却输了五拳，荣氏只输两拳，各人依数吃了酒。接着又找了厚卿，拿出牙签来看，上面是"汉寿亭侯"，下面注着"代捉曹操"，又注着"遇张辽对饮，余具猜拳"。荣氏笑说道："好了，我也找到替身了。"厚卿笑说道："俺奉丞相军令，来到华容道上拿捉曹操。曹操，曹操！你还不快快跑出来下马投降，更待何时？"说得众人又大笑了。飞红接着说道："外甥哥儿，我便是曹操，你为什么不来捉我？"厚卿道："我便捉你这个曹操。"待拿出令签来看时，上面写着"赵子龙"，下面注"代捉曹操"，又注"猜过桥拳"。

　　厚卿先找他舅父充张辽的对饮了一杯以后，和飞红猜起过桥拳来。飞红又输了，饮过了酒，两人便一起去代捉曹操。飞红说道："我知道，曹操再没有别人，定是小姐拿着。"娇娜笑说道："你们找错了，我是老将黄忠！"那牙签上注着"代捉曹操，遇夏侯渊加倍猜拳。"厚卿说道："这倒有趣，三个人一块儿捉曹操，不怕曹操飞到天上去！"娇娜说道："这屋子里的曹操，年纪还小呢！"厚卿接着说道："我也这般想，一定是安弟弟。"安邦听了，先脸红了。娇娜把他的牙签抢过来一看，果然是曹操。小字注道"被获，饮酒三杯；一捉即获，饮五杯。诸葛亮与五虎将，各饮一杯庆功。"飞红替安邦讨饶说："哥儿年纪小，酒量浅，三杯改作三口吧。"朱太守也点头答应。安邦便吃了三口酒。这里荣氏点五虎将，除厚卿拿的"汉寿亭侯"、飞红拿的"赵子龙"、娇娜拿的"黄忠"，大家已知道了以外，眠云拿的"张飞"、巫云拿的"马超"，六个人各饮了一杯庆功酒。签子上写明：张飞遇到夏侯惇，是要加倍猜拳的。这时漱霞拿的"夏侯惇"，他两人便对猜起拳来。

一连猜了六拳，漱霞却输了四拳。她不肯服气，还要找眠云猜拳。是荣氏拦住了说："猜拳的时候多着呢。马超和许褚是要猜十二拳的。"这时醉绿拿的"许褚"。这醉绿的酒量很大，巫云的酒量很小，听说要猜十二拳、吃十二杯酒，早已捏着一把汗。待到猜拳，谁知巫云却完全输了。丫鬟酌上酒来，十二杯一字儿排在巫云跟前，把个巫云急得紧锁眉心，说不出话来。

醉绿满意要吃几杯酒，却没得吃，见巫云跟前摆着许多酒，她便抢过去，一杯一杯的十二杯酒一齐倒下肚去。安邦在一旁说道："许褚投降到蜀国去了，他帮着马超吃酒呢。"说得巫云和醉绿两人也大笑起来。

黄忠遇到夏侯渊，是要加倍猜拳的。这时楚岫拿的是夏侯渊，便和娇娜对猜起拳来。一连五拳，娇娜却输了三拳。丫头斟上三杯酒，娇娜是不能吃酒的，正在踌躇的时候，厚卿便伸过手去，把三杯酒拿来，统统替她吃下了。安邦看见，在一旁拍着手道："关公在那里替黄忠吃酒呢！"把个娇娜羞得低下头去，一边却溜过眼去，看了厚卿一眼。厚卿笑着对安邦说道："黄忠年老了，吃不得酒。关公原是酒量很大的，替人吃几杯酒，算不得什么事。"安邦说道："怪道关公把一张脸吃得通红。"飞红接着说道："如今关公的脸不曾红，却红了不吃酒的黄忠！"大家向娇娜脸上看时，果然粉腮上起了两朵红云。

荣氏怕她女儿着恼，便催着朱太守道："老爷看还有什么好的令儿，俺们再行一个？"朱太守见说，便随手在户签盒子里拿出一个访西施令来，把十一支牙签，放在碧玉筒里，各人依次抽去一支藏着。这令儿抽得范蠡的，便声张出来，去找寻西施。这时厚卿却抽得了范蠡，朱太守便催他快寻西施。厚卿便在满桌面上看人的脸色，娇娜小姐怕厚卿找不着西施，要吃罚酒，他两人坐得很近，便低着头向厚卿递过眼色去，又把那支牙签在桌下面摇着。厚卿会意，却故意沉吟了一会，先故意猜错，拉着荣氏的手，说道："舅母是西施了。"荣氏笑说道："你看我这样年老，还像得西施吗？"拿出牙签来一看，上面是"越王"两字，又注着"赐酒慰劳范大夫立饮"一行小字。

厚卿看了，心里欢喜，便站起身来。荣氏把酒送在他嘴边，便在荣氏手里饮干了酒，坐下来，指着娇娜说道："妹妹美得和西施一般，妹妹一定是西施了！"羞得娇娜把手里的牙签向桌上一丢，转过脖子去，看着别处。大家看桌子上，果然是西施，那小字道："歌一曲，劝范大夫饮"。众人都说："妙妙！小姐原唱得好曲子，只是轻易不肯唱的。如今天可怜见，小姐恰巧抽得这唱曲子的签子，酒令重如军令，小姐快唱一支好的，赏给俺们听听。况且外甥哥儿是客，小姐也不好意思怠慢这位范大夫呢！"

娇娜小姐被众人你一言我一语劝得无可推诿，便背着身子，低低地唱道：

芋萝村里柳絮飞，几家女儿制罗衣。

怪的西家有之子，乱头粗服浣纱溪。

乱头粗服天姿绝，何物老姬生国色？

向人含颦默无言，背人挥泪娇难匿。

一朝应诏入吴宫，珠衫汗湿怯晓风。

歌舞追欢乐未央，运筹衬席建奇功。

奇功就，霸图复；画桨芙蓉瘦，胥台麋鹿走。

响屧廊空馆娃秋，遗香残月黄昏候！

唱来抑扬顿挫，十分清脆。娇娜小姐唱完了，合座的人都饮一杯酒，庆贺范大夫。厚卿也跟着吃完了一杯酒。飞红却不依，说道:"俺小姐却为范大夫唱的,你做范大夫的只吃了一杯酒便算了吗?"厚卿笑问道:"依大姨儿说不算便怎么样呢?"飞红道:"依我说,范大夫还须拜谢西施。"厚卿巴不得这一句,真的站起身来,抢到娇娜小姐跟前,深深作下揖去,羞得娇娜小姐急向她母亲怀里躲去。大家看了,又笑起来。

荣氏把厚卿拉回座去,朱太守叫大家拿出牙签来看:见朱太守自己拿的是"文种",小字注着:"和范大夫对饮",厚卿便和他舅父对饮了一杯酒;安邦拿的是"诸稽郢",小字注着:"对饮各一杯",便也和厚卿对饮了一杯酒;飞红拿的是"吴王",注明"犒赏范大夫立饮,劝子胥酒,酌定拳数"。飞红笑对厚卿道:"大夫站起来,待寡人赐酒!"说得屋子里的人都笑起来。厚卿真的站起来,饮了一杯酒。飞红又看着娇娜小姐道:"小姐从此做了我的妃子呢!这样的美人,怎不叫寡人爱煞!"一句话说得满桌的人大笑。娇娜小姐啐了一声,低下头去,又偷溜过眼波去向厚卿笑了一笑。

眠云拿的是"伯嚭",注明"范大夫说笑话,奉酒太宰饮"。眠云笑说道:"大夫快酌酒来,待老夫痛饮一杯!"朱太守听了,也撑不住大笑起来。厚卿真的亲自执壶,走到眠云的跟前,满满地斟了一杯,双手捧着,说道:"丞相饮酒!"荣氏看了,笑说:"都是老爷引得大家都成了疯人呢!"

眠云饮过了酒,还催着厚卿说笑话。朱太守说道:"今天大家也笑够了,不说吧,还是罚他唱一支曲子吧。"厚卿听了,也低低唱道:

　　六宫谁第一?天下负情痴。耽闷岂独癖?为看不多时。卧而思,影何翩翩而垂垂?立而望,步何姗姗而迟迟?真耶幻?是耶幻?是耶非?瑟瑟兮帷风吹,盼彼美兮魂归，细认还疑不是伊。

大家听他唱完了，都说好，独有娇娜在暗地里溜了他一眼。

接下去漱霞拿的是"东施"，注明"作媒吃谢媒酒，回敬范大夫"，厚卿和漱霞都依着饮了一杯；楚岫拿的是"王孙雄"，注着"拇战一字清五拳"；巫云拿的是"华登"，注着"一认五，一认对，哑战三拳"；大家都照例行了。醉绿拿的"伍子胥"，注明"拇战无算，由子胥定数"；醉绿原是爱猜拳的，当下她便娇声叫着嚷着，和合席的人猜拳。满屋子嚷得十分热闹。

厚卿的酒量原是浅的，这天他又多吃了几杯酒，便觉得头昏眼花，胸颈一阵作恶，便哇地吐了出来，大丫头忙来扶住。荣氏说："快扶哥儿回房睡去！"这里大家也散了席。

厚卿这一睡，直睡到第二天下午，才清醒过来。急急到他舅父房里去送行，他舅父早已在清早动身去了。厚卿陪他舅母谈了一会话，精神还觉十分疲倦，便入房睡去。到了晚上，荣氏便吩咐把外甥哥的晚饭送进房去，丫鬟伺候着。厚卿吃完了饭，见窗外月色十分明亮，便独自一人步出院子去，在一株梧桐树下，仰着脸看天上的月儿。只见一个十分明净的月儿，四周衬着五色的薄云，飞也似地移向西去，照得院子里外透彻。

正静悄悄的时候，忽听得身后有衣裙窸窣的声儿。厚卿急转过身去看时，见娇娜小姐，正傍花径走来。看她身旁也不带丫鬟，厚卿心中一喜，忙抢上前去，两人并着肩。娇娜小姐靠近了厚卿的肩头，迎着脸儿，拿一手指着天上，低低地问道："哥哥！天上的牵牛、织女星在什么地方？"厚卿看月光照在她脸上，美丽清洁，竟和白玉雕成的美人一般。夹着那一阵一阵的幽香，度进鼻管来，不由得痴痴地看着，说不出一句话来。正在出神的时候，忽见娇娜又向西面天上指着，只嚷得一声："啊哟！"早已晕倒在厚卿肩头。厚卿急抱住她的腰肢，看四周天上时，早已满天星火，那火光直冲霄汉，反映在院子里，照得半个院子通红，连他两人的头脸上也通红了。

欲知后事如何，且听下回分解。

第五回 燕子入怀娇魂初定
才郎列座慧眼频亲

　　范阳太守府里，忽然失了火。一刹时，火光烛天，人声鼎沸。起火的地方，在后衙马槽。那马槽西面紧贴监狱，东面紧贴花园围墙。那火头一球一球和潮水似地向花园墙里直扑进来，正当那厚卿和娇娜小姐站立的地方。可怜娇娜小姐，自幼儿娇生惯养，深居在闺房里的，如何见过这阵仗儿？早吓得她倒在厚卿怀里，玉容失色，不住地唤着"哎哟！"厚卿一条臂儿，扶定她的腰肢。伸手到她罗袖里去，握住她的手，说道："妹妹莫慌！俺送妹妹到母亲跟前去。"

　　他两人正向通内堂的廊下走去，耳中只听得天崩地裂价似的一声响亮，那西面的一垛围墙，坍下一丈多宽的缺口来，恰恰把那座通内堂的月洞门儿堵住。那火炎滚滚，一齐向这墙缺里直拥进来。接着墙外一阵一阵喊杀连天，越喊越响。看看喊到墙根外面了，娇娜实在惊慌得撑不住了，她一转身，伸着两条玉也似的臂儿，抱住厚卿的颈子。只唤得一声："哥哥救我！"早已晕绝过去了。这时火已烧到花园里的走廊，那喊杀的声音，越逼越近。厚卿也顾不得了，把娇娜小姐拦腰一抱，转身向园东面奔去。直奔过荷花池，向那假山洞里直钻进去。

　　那洞里原是有石凳、石桌的。厚卿坐在石凳上，把娇娜坐在自己怀里。又低低地凑着娇娜耳边唤着："妹妹快醒来！"娇娜慢慢地转过气来，两行珠泪，向粉腮上直淌下来，点点滴滴落在厚卿的唇边。厚卿忙搂紧了娇娜的身体，脸贴着脸儿，低低地说了许多劝慰的话，又连唤着"好妹妹"。这时，听山洞外兀自汹汹涌涌的人声火声，十分喧闹。厚卿抱定了娇娜的娇躯，一个一声一声唤着"哥哥"，一个一声一声唤着"妹妹莫慌，有哥哥在呢"。他两人静悄悄地，躲在山洞里，足过了半个多时辰。听那外面的声息，渐渐地平静下来。厚卿才放下娇娜的身躯，扶着走出了假山洞。看时，四围寂静无声，只那西边半天里，红光未退。那一轮凉月，照得满地花荫。树脚墙根，虫声叽叽。再看娇娜时，云鬟半偏，泪光溶面。月色照在她脸上，真好似泣露的海棠，饮霜的李花。不由厚卿万分怜爱起来，拢住她的手，又伸手替她整着鬟儿，嘴里又不住地唤着妹妹。

他两人手拉着手儿，肩并着肩儿，缓缓地在月下走去。看看走到小红桥边，娇娜说道："俺腿儿软呢！"厚卿便扶她去坐在桥栏上，自己却站在她跟前。那月光正照在娇娜脸上，真觉秀色可餐，厚卿不觉对娇娜脸上怔怔地看着。娇娜这时惊定欢来，见厚卿目不转睛地看着自己，便忍不住噗哧一笑，低下头去。厚卿这时，真是忍不得了，便大着胆，上去搂定玉肩，伸手去扶起娇娜的脸儿来。娇娜也乘势软绵绵地倚在厚卿怀里，厚卿俯下脖子去，在她朱唇上甜甜接了一个吻。接着紧贴着腮儿，四只眼儿对看着；在月光下面，越觉得盈盈清澈。彼此静悄悄的，只觉得她酥胸跳动。半响，娇娜把厚卿的身体一推，两人对笑了一笑。

正情浓的时候，忽听得池那边有唤小姐的声儿，厚卿替娇娜答应着。那四五个丫鬟和娇娜的奶妈，慌慌张张地寻来。见了娇娜，气喘吁吁地说道："小姐快去，险些儿不曾把个夫人急死呢！"便有两个丫鬟，上来扶着娇娜。这时月洞门口已挖出一条路来，她们都爬着瓦砾堆儿，走进内堂去。荣氏见了娇娜，唤了一声："我的肉！"一把拉进怀里。娇娜呜呜咽咽地哭起来，荣氏再三抚弄劝慰着，娇娜才住了哭。停了一会，丫鬟传进来说："外面伍相公候着。"那飞红、醉绿、眠云、漱霞一班姬妾正在淌眼抹泪，一听说伍相公来了，大家便躲进屏后去，那奶妈也上去把娇娜扶进房去。

这里荣氏才说一声"请"，丫鬟出去把伍相公领进屋子来。荣氏见了，站起身来让坐。那伍相公上来请过了安，才退下去打偏着身儿坐下，说道："夫人和小姐、哥儿、二夫人都请万安，外边没有事了。那班死囚徒，也已一齐捉住，不曾漏走得一个。只是累得夫人们吃了这一场大惊吓，全是学生们防范不周的罪，还要求夫人们饶恕则个。"说罢，又站起来请下安去。

荣氏忙唤老妈子拉住，说道："如今火已救熄，囚犯不曾走得一个，这都是相公的大功和老爷的洪福。内宅女眷虽说受些惊慌，亏得不曾给囚徒打进来，这真是一天之喜。只是如今须打发一个妥当的人，赶到前站去通报老爷，请老爷公事完毕，赶快回来。再者，这花园是通内宅的，那墙垣坍倒了，赶快须传唤匠人来修理完好，方可放心。这几天须点拨几名兵丁来，早晚看守这个缺口，是要紧的。"荣氏说一句，那伍相公答应一个"是"。吩咐完了，便站起身来，请了一个安，倒走着退出去了。

这里众姬妾和娇娜小姐见伍相公去了，便又走出内堂来。厚卿向他舅母打听，是怎么样起火的。荣氏说："全是那看守囚徒的节级不小心闹出来的。那班囚徒，买通了小牢头，打听得俺老爷要出门去，他们便约在今夜，先点派小牢头在马槽里放一把火，接着那班囚徒打破了狱门，一齐冲出牢来。到那时，这个节级看事体闹大了，手下虽有几个士兵，如何抵挡得住？便急去报知伍相公。在这个时候，已有三十多个囚徒，逃出在外面。他们若只图逃去性命，原可以脱得身了。不料内里有一个领头的囚徒，他打听得老爷姬妾众多，便起了不良之念，重复打进衙门来。趁火势拥进马槽院里，意思要打从花园外面推翻墙头，冲进内宅来。当时三四十个囚徒扛着大木柱子，拼命地撞着墙，嘴里乱嚷乱喊，这是何等可怕的事？"

荣氏说到这里，娇娜不由得向厚卿偷偷地看了一眼。那飞红也接着说道："那时吓得我搂住安哥儿，只有打战的份儿。后来还是太太出了个主意，吩咐俺们一齐钻进地窖去躲着。太太又因不见了小姐，急得她四处乱找。亏得皇天保佑，那都尉官得了消息，立刻带了人马，赶进衙门来。这时那班囚徒，正撞翻了花园的墙垣，当头已有几个凶悍的囚徒，从火窟里爬进园来。那都尉手下的兵丁，把个马槽院子团团围住，又把那爬进墙来的几个囚徒捉了回去，才算把一天大祸平服了下来。"荣氏说道："这一场功劳，全亏那都尉和俺衙门里的几位相公。明天吩咐厨房里，须办上好的酒席，把都尉请来，请伍相公陪着，好好管待一天。便是俺内宅里，也须摆一席酒压压惊呢。"

那班姬妾听说要办酒席，便把愁容泪眼收去，个个欢喜起来。那安邦听了，快活得在屋子里打旋儿。荣氏说："时候不早了，大家睡去吧。明天早点起来，俺还要痛痛快快地喝一天酒呢。"说着，一眼见了厚卿，又笑说道："我几乎忘了，如今花园的墙垣打破了，园子里也住不得人了。外甥哥儿快搬进来，在我后院睡吧。"厚卿巴不得这一句话，当时许多丫鬟听了，便到西书房里七手八脚的一阵，把厚卿的铺陈书籍，一齐搬到荣氏的后院的东屋子里。

当夜各自散去，厚卿也回房去。听更楼上已打过四更，他兀自在床上翻来覆去地不能入睡。他做梦也想不到今晚一场乱子，却给了他一个亲近娇娜的机会。他爱娇娜的心，原不是一朝一夕，此番见他心上人出落得异样风神，更惹得他魂梦难安。他在灯前月下，常常想着，今生今世不知可有和她握一握手、亲一亲肌肤的机缘？他万想不到在今天这一夜里面都得到了。当他在月光下和娇娜小姐唇儿相接、腮儿相揾的时候，早已神魂飘荡。如今静悄悄地一个人睡在被窝里，细细地咀嚼着，越想越有味儿，心里甜腻腻的，心花也朵朵地开了，却叫他如何得睡？他这个好梦直到第二天日高三丈，还不曾睡醒。直待外边摆下酒席，荣氏打发丫鬟到后院去请，才把他的好梦惊醒。

丫鬟去揭起他的帐门看时，只见他抱住了枕角儿兀自朦朦胧胧地睡着。丫鬟伸手推醒他，他第一句便问："小姐呢？"丫鬟说："小姐和几位姨儿，都在内堂候哥儿入席去呢。"厚卿听说小姐候着，忙跳下地来，急匆匆地梳洗完了，跟着丫鬟走出内堂来，果然见荣氏带了姬妾们团团地坐了一桌，看娇娜小姐时，坐在荣氏右首肩下，左首肩下却空着一个位儿。荣氏拉厚卿过去坐下了。他第一句话问着娇娜妹妹道："妹妹夜来安睡吗？"娇娜向他溜了一眼，一阵红云上了粉腮儿，答不出话来。

荣氏也问着厚卿："哥儿夜来想不得安睡，所以直睡到中午才起身？"一句话也不觉把厚卿说臊了，回不出话来。这个心事，只有他二人会意，大家一时也不留意他。一时丫鬟送上酒菜来，荣氏劝众人吃喝了一阵。那三姨儿便又催着厚卿，要他讲隋炀帝的故事消遣。

厚卿见有娇娜在座，心中也便高兴。他思索了一会，说道："我如今讲的，却是当朝宰相杨素家里一个姬人的事体。那杨素自从帮着炀帝谋夺了太子以后，便自以为有大功的人，常常在宫中进出。见了炀帝也是大模大样的。见宫里有标致的宫女，他便向炀帝要回家去，陪他饮酒作乐。炀帝也因他是先朝的老臣，又是同谋篡位的人，自然诸事尽让他些。谁知杨素骄横之气，日甚一日。

"这一日，是长夏天气，炀帝驾临太液池纳凉，便派两个内相，传旨宣杨素进宫。杨素得宠的两位姬妾，一个是张美人，一个是陈美人，这时正伴着杨素在长杨馆下棋避暑。听得有旨宣召，便坐了一肩凉轿，带几个跟人，直进内殿来。到了太液池边，他还不下轿，反是炀帝迎下殿来，两人并肩走上殿去。炀帝赐他坐，杨素也不拜谢，只把手略略地拱了一拱，大模大样地坐下。两人略略谈了几句，杨素开口老臣，闭口老臣，老气横秋，说的全是自己称功的话。炀帝甚觉无趣，便说：'朕和卿赴太液池钓鱼如何？'杨素只把头点了一点，两人起身，慢慢地向太液池边走来。

"这太液池水直通外面江河，鱼类原是很多的。池身足有五七里开阔，一湾小港，绕过殿来，港面上驾着白石大桥，绕岸齐齐的杨柳，临风飘拂。这时他君臣二人并坐在柳荫下面，清风徐来，柳丝拂面。看那水面游鱼结队，来去自如。炀帝说道：'游鱼活泼可爱，朕为卿亲钓一尾下酒可好？'杨素说：'怎敢劳动陛下，待老臣钓一尾献与陛下。'炀帝又说道：'俺君臣二人，同时下钓。谁先钓得为胜；迟钓得的，回殿去罚饮一大杯。'说着，内侍们送上钓竿来，又把君臣二人坐的金椅紧紧移在岸边。这时岸边柳荫稀薄，从柳梢头微微地射下一层阳光来。那宫女忙取两柄黄罗御伞，一柄罩了炀帝，一柄罩了杨素。两旁簇拥着无数的官员，围定看着。宫人上去把香饵装上钓钩，两缕钓线，一齐投下水去。炀帝专心一意地看着水面；那杨素手中虽擎着鱼竿，那脑袋却好似拨浪鼓的向东西前后摇晃着。

"原来炀帝是好色之徒，在他身旁伺候侍奉的，全是选那绝色的女子。这时他君臣两人身后，足足有一百个宫女围绕着。那班宫女都施着香脂艳粉，一阵阵的甜香飞来，裹住了他二人的身体。恰恰这杨素也是一个好色之徒，这时他见站在他身体左面一个捧茶盘、紫色袖口的宫女，长得玲珑面貌，小巧身材，那十个指儿，和春葱儿似的，白洁纤细。杨素恨不得伸手去摸她一摸。只因碍着炀帝的面，不好意思动得手。但他的两只眼睛也够忙的了，看了这个，又看那个。鱼在水里把他的钩上的香饵偷吃了去，他也不曾知道。倒是炀帝才把钓竿垂下去，便钓得一尾三寸来长的小金鲫鱼。炀帝十分欢喜，笑对着杨素说道：'朕钓得一尾了，丞相可记一觞。'杨素正看得出神的时候，听炀帝说钓得一尾，只道是自己钓得了一尾，急把钓线扯起看时，却是一个空钩儿，那香饵早已没有了。宫女上去再替他装上香饵。在这当儿，炀帝又钓得了一尾小鲤鱼。那两旁的官员齐呼万岁。炀帝笑对杨素说道：'朕钓得二尾了，丞相可记二觞。'这时杨素的钓丝在水面上微微地正动着，他十分性急，扯起钓竿来看时，又是一个空钩儿。众官员都掩着嘴在那里窃笑，不觉把杨素羞恼了。他满脸怒容，说道：'燕雀安知鸿鹄志？这两个小鱼不足辱王者之纶，待老臣试展钓鳌手段，钓一尾金色大鲤鱼为陛下称万寿之觞。'炀帝听杨素说话无礼，心中十分不乐，便把竿儿放下，只推净手，遂起身直进内宫去。杨素竟装作不曾看见一般，只把手支着头坐着钓鱼。

　　"那炀帝走回内宫，萧皇后见他脸有怒色，忙问时，炀帝道：'杨素这老贼！骄傲无礼，在朕面前，十分放肆。朕意欲传旨出去，就宫中杀劫，以泄胸中之气。'萧皇后忙劝道：'这却使不得。杨素是先朝老臣，又有功于陛下；今宣他进宫来，无故杀了，外官必然不服。况他又是个猛将，几个宫人如何敌得他住？一时弄巧成拙，他兵权在手，猖狂起来，社稷不可保矣！'炀帝被皇后说得怒气和缓了下去，更了衣服，依旧来到太液池边，见杨素一个鱼也不曾钓得，却故意问道：'丞相可钓得了几个鱼？'

杨素却冷冷地说道：'化龙的鱼原能有几个！'一句话不曾说完，他把手一提，一尾金色大鲤鱼，却随钓丝提了上来。看时，足有一尺二三寸长，杨素大笑着，把钓竿丢在地上，说道：'有志者，事竟成！陛下以老臣为何如?'炀帝只得忍着气说道：'有臣如此，朕复何忧?'说着，便传旨看宴。

"君臣二人回上便殿，宴席早已预备下了。他二人坐定，饮过数巡，左右便把方才钓得的鲤鱼做成美羹，献上桌来。炀帝便吩咐宫女斟了一巨觥，赐杨素饮。说道：'钓鱼有约，朕幸先得，丞相请满饮此杯，庶不负嘉鱼美味。'杨素接着酒慢慢地饮干了，也吩咐他近侍，斟上一杯酒，奉与炀帝道：'老臣得鱼虽迟，那鱼却比陛下的大。陛下也该饮一杯赏臣之功。'君臣二人你一杯，我一杯，吃得都有些醉醺醺的。炀帝吩咐宫女再斟上一巨觥赐丞相饮，道：'朕钓得的鱼，却有二尾，丞相也该补饮一杯罚酒。,

"杨素酒已足了，见了这大杯，却不肯饮。又见那捧酒杯的宫女，正是在池旁捧茶盘、紫色袖口的那个绝色的宫女。他依着酒醉，带推带让的，隔着袖子去捏那宫女的手。那宫女虽说在皇帝跟前伺候酒饭的，却也是好人家的女儿，见杨素摸她的手，忙把手一缩，不提防噗当的一声响，金杯儿打翻，沾了杨素满身满脸，把一件淡青暗蟒纱袍都湿透了。杨素见那宫女不肯依从，他便老羞成怒，大声道：'这些蠢婢子如此无状，怎敢在天子面前戏侮大臣，要朝廷的法度何用!'喝叫左右：'揪下去重责!'炀帝见宫女泼翻了酒，正要发作，不想杨素全不顾君臣面子，竟自高声喝打。炀帝转不好发作，又不好拦阻，只得默默不语。那左右见炀帝不言不语，杨素又一迭连声地喝打，没奈何把那泼翻酒的宫女揪下殿去，打了几棍。

"杨素转过身来，对炀帝说道：'这些女子小人最是可恶。古来帝王稍加姑息，便每每被他们坏事。今日不是老臣粗鲁惩治她们一番，使她们知道陛下虽是仁爱，却还有老臣执法，以后自然不敢放肆了。'炀帝虽是昏愦，他却是极爱惜女子的。他在宫中只有和宫女玩笑的事，却没有责打宫女的事。如今见杨素擅自责打宫女，又剥了天子的脸面，又怜惜那个宫女，心中便万分不乐。杨素找炀帝说话，炀帝只是默默无言。停了半晌，冷笑着说道：'丞相为朕外治天下，内清宫禁，真功臣也！'杨素听了，也知道炀帝有些不乐，起来谢了宴，由他的跟人扶掖着出去。他一边走一边嘴里还呐呐地骂着宫女，直骂出朝门，才上轿回去。

"从此以后，他君臣二人各自在宫中府中寻欢作乐。那炀帝也永不宣召杨素进宫，杨素也永不入朝。他自从调戏宫女以后，回府去，便也广备姬妾，托人在扬州、荆襄一带地方选购小女进府去，教她歌舞。内中有绝色的，他便自己取做姬妾。行动坐卧，都有十多个姬人围随着他。有捧巾的，有托盘的，有执拂的，有掌扇的，有拿吐壶的，有拿坐褥的，真是粉白黛绿，鬓影钗光，耀得人眼花，看得人心醉。杨素是一个六七十岁的老头儿，在众姬妾里边好似一丛红杏林子围着一株梨花，怎不叫他颠倒痴迷呢？

"有一天，他在内院正和姬妾快乐饮酒的时候，忽然外面传进来说：'有一个少年求见。'杨素便问：'那少年有什么事须见老夫？'左右报说有机密话，要面见丞相才肯说。杨素一听说有机密话，便吩咐把那少年传进内院来相见。停了一会，果然见家丁领进一个清秀的少年来。杨素盘腿儿坐在大椅子上，见了那少年，也不起身，也不招呼，便问道：'你这个小娃娃有什么机密话对老夫讲？'那少年见杨素这一副骄傲的样子，便转过脸去，向庭心里看着，冷冷地说道：'我常听人说，丞相礼贤下士，上比周公。然周公一饭三吐哺，一沐三握发，决没有如此居傲能得天下贤士的。'杨素被他这几句话说得酒也醒了、心也清了，忙站起来，离了坐椅，吩咐给来客看座。那少年才转过身来，下了一个长揖，坐了下来。

"杨素又问：'有什么机密话？'那少年劈头一句便问道：'丞相愿做乱世的奸雄，还是做救世的仁人？'杨素问：'奸雄怎么样？仁人又是怎么样？'少年道：'奸雄如西汉的王莽、后汉的曹操，一味篡夺，受后世千万人的唾骂；仁人却如商朝的汤王、周朝的文王，仁心爱民，天下自然归之。如今隋炀帝荒淫无道，万民吁怨。丞相位极人臣，权侵百僚，既不行吊伐之事，也不尽辅佐之力，只是朝酒暮色，苟图淫乐。上昏下惰，隋家天下灭亡固不足惜，独可怜生灵涂炭，万劫难复！丞相莫以为百姓可欺，一朝暴怒，不但隋家天下不保，还怕丞相做了人民的怨府。那时丞相的性命，也是岌岌可危的了！因此小生今日为拯救百姓计，为保全丞相计，特来劝丞相上宜效法商、周，做一个万民归心的仁人；下亦须效法操、莽，躬行篡夺之事，早登斯民于衽席。'一席话说得杨素闭口无言，只是垂着头，默默地想着。

"这时杨素左右有许多姬妾围绕着，只因有生客在座，大家一齐把粉颈子低着。独有一个手执红拂的姬人，在那少年侃侃而谈的时候，时时溜过眼去偷看着。那少年说完了话，便抬起头来，他两道眼光和那姬人的眼光碰个正着。那少年心头一动，心想天下怎么有这般绝色的女子。正含情脉脉的时候，忽听那杨素说道：'先生且去，待老夫慢慢地思量。'那少年知道杨素不能用他的话，便也站起身来，打一躬告退。转身正走出院子，杨素忽然想起不曾问得他的姓名住处，忙吩咐出去问来。一句话不曾说完，那拿红拂的姬人答应着，急急追出院子去，唤住那少年问道：'俺丞相问相公姓甚名谁？住居何方？'那少年见问，便答道：'小生姓李名靖，暂时住在护国寺西院。'那姬人听了，说道：'好一个冷静的所在！'说着，向那少年盈盈一笑，转身进去了。"

欲知后事如何，且听下回分解。

第六回　红拂姬人奔公子
　　　　　紫髯侠客盗兵符

　　"李靖从相府退出来，回到护国寺里，满肚子不高兴，一纳头便倒在床上去躺下。原来李靖是一个有大志气的少年，他见炀帝荒淫，知道朝廷事不足为，便舍弃了功名，奔走四方，结识了许多豪杰。他们眼见国家横征暴敛，民不聊生，早打算效法陈胜，揭竿起义。一面杀了昏君，一面救了百姓。还是李靖劝住了他们，亲自到相府里来下一番说辞。杨素兵权在握，若能依从他的话，吊民伐罪，易如反掌。谁知这杨素老年人，只贪目前淫乐，却无志做这个大事，倒把这李靖弄得乘兴而来、败兴而返。且他数千里跋涉，到得西京，已是把盘川用尽。如今失意回来，顿觉行李萧条，有落拓穷途之叹。

　　"那护国寺的方丈，起初听说是来见丞相的，认他是个贵客，便早晚拿好酒、好菜供奉。又因外间客房门户不全，怕得罪了贵客，便把他邀进西院去住。这西院是明窗净几，水木明瑟，十分清雅的所在。李靖住下了十天，也不曾拿出一文房饭金来。

　　"如今这方丈见李靖垂头丧气地从相府里回来，知道他房饭金是落空了，便顿时换了一副嘴脸，冷冷地对李靖说道：'老僧看相公脸上，原没有大富贵的福命。不好好的安着本份，在家里多读些书，他日赶考，也可得一半个孝廉，在家中课读几个蒙童，也可免得饥寒。却痴心妄想地来见什么丞相！如今丞相封相公做了什么官？敢是封的官太小了，不合相公的意，所以这样闷闷不乐？相公官大也好，官小也好，都不关老僧的事。老僧这寺里的粮食房产，却全靠几个大施主人家抄化得来的。如今相公做了官，也曾打搅过小寺里几天水米，老僧今日特来求相公也布施几文。'这句话说得冷嘲热骂，又尖又辣。李靖是一个铁铮铮的男子汉，如何受得住这一口肮脏气？无奈这时囊无半文，自己的事业又失败下来，没得说，在人门下过，不得不低头，只得拿好嘴好脸，对那方丈说：'丞相改日还须传见，房饭金改日定当算还。'千师父、万师父地把个方丈攒了出去。

"这里李靖一肚子牢骚无处发泄，独自一人，走在院子里，低着头踱来踱去。秋景深了，耳中只听得一阵一阵秋风，吹得天上的孤雁一声声啼得十分凄惨。那树头的枯叶落下地来，被风卷得东飘西散。李靖看了这落叶，蓦然想起自己的生世来，好似那落叶一般，终年奔走四方，浮踪浪迹，前途茫茫，不觉心头一酸，忍不住落下几点英雄泪来。那西风一阵一阵刮在身上，顿然觉得衫袖生寒，忙缩进屋子去。这时天色昏黑，在平日那寺中沙弥早已掌上灯来，今天到这时候，西院子里还不见有灯火。李靖纳着一肚子气，在炕上暗坐着。想起幼年时候和舅父韩擒虎讲究兵书，常说'丈夫遭遇，要当以功名取富贵，何至作章句小儒？'这一番夸大的说话。不想现在却落魄在此。

"他正感慨的时候，忽见一个男子推门进来，看他头上套着风兜，身上披着斗篷，手中提着一个大包，便在靠窗的椅子上坐了下来。李靖看他诧异，忙上去问：'是什么人？'一问再问，他总给你一个不开口。这时屋子里昏暗万分，来客的脸嘴，却一些也分辨不出来。李靖没奈何，只得亲自出去，央告那沙弥，掌上一盏灯来。一看，那来客眉目却长得十分清秀。

　　"李靖看着他，他也只是看着李靖含笑。待那沙弥退出房去，那人却站起身来，袅袅婷婷地走着，去把那门儿闭上。转过身去，把头上兜儿、身上披风，一齐卸下。娇声说道：'相公可认识我吗？'李靖看了不觉大惊。原来她不是别人，正是日间在相府里遇到的那位越国公杨素身旁手执红拂的姬人。这时她绿裳红衣，打扮得十分鲜艳，笑嘻嘻地站在李靖面前。李靖连问：'小娘子做什么来了？'那姬人便和雀儿投怀似地扑在李靖膝上，那粉腮儿贴在他的胸口，呜呜咽咽地说道：'相公日间在丞相跟前说爱国爱民，多么仁慈的话，难道说相公便不能庇一弱女子吗？'说时，那一点一点热泪，落在李靖的手背儿上。李靖心中不觉大动起来，扶起那女子的脸儿来一看，只见她长眉入鬓，凤眼含羞，玉容细腻，朱唇红艳，竟是一个天人。慌得忙把她扶起来，说道：'丞相权侵天下，小娘子如何能逃出他的手掌？美人空自多情，只恐小生福薄！'那女子听了，笑说道：'天下都惧惮丞相，独有俺不畏丞相。杨素尸居余气，死在旦暮，何足畏哉！'

　　"李靖听了，也不觉胆大起来。回心一想，如今一身以外无长物，如何供养美人？转不觉又愁闷起来。那女子问他：'何事发愁？'李靖说：'旅况萧条，只愁无以供养美人。'那女子听了，不禁噗哧一笑，拉着李靖的手，走到炕前去。把那大包裹打开来一看，只见里面黄金珠玉，大包小包铺满了一炕。李靖不禁把这女子揽在怀里，连呼妙人！他两人欢喜多时，重复把金珠收起。另拿出一锭黄金来，搁在案头，叮嘱这姬人，依旧套上兜儿，披上斗篷。李靖出去，把那方丈唤进房来，拿一锭金子赏他。乐得这和尚把光头乱晃，满嘴的大相公长、大相公短，又说大相公脸上气色转了，富贵便在眼前。李靖也不去睬他，只吩咐他快备上酒饭来。那方丈听了，喏喏连声，出去预备了一桌上好的素席，打发沙弥，送进西院去。

"李靖和这红拂姬人促膝谈心，交杯劝酒，吃得非常甜蜜。这姬人自己说是张一娘，进丞相府已有三年，见丞相年老志昏，沉迷酒色，这场富贵，决不能久的了。自己年纪轻轻，不甘同归于尽，早有赏识英雄的意思。只因到相府来的少年全是卑鄙龌龊，只图利禄，不知气节的。今日见李靖倜傥风流，又是有气节的少年，知道他前途远大，所以情不自禁地问了姓名住址，亲自投奔了来。这一席酒直吃到夜深人静。李靖看看这姬人娇醉可怜，便拥入罗帏去。这一夜的恩情，便成就了千古的佳话。

"第二天，李靖和红拂双双起得身来，并坐在窗下。捧定了这美人的脸儿，越看越爱，便亲自替她梳头，画眉敷粉，依旧套上风兜，披上斗篷，居然一个俊美的男子。李靖和她并头儿在铜镜中照着，两张脸儿居然不相上下，喜得他两人只是对拉着手，看着笑着。

"李靖忽然想起越国公家里忽然走了一个宠爱的姬人，岂有不追踪搜寻之理。杨素自封了越国公以后，威权愈大，这西京地面，遍处都有丞相的耳目，我们须快快逃出京去才是。当时便把这意思对红拂说了，红拂也称郎君见地很是。两人便匆匆地告别方丈，跨两头马急急向城关大道走去。看看快到城门口，李靖回头向红拂看了一看，打了一鞭，两匹马直向城门飞也似跑去。待到得城下一看，李靖不觉把心冷了半截。原来城门紧闭，城脚下满站着雄赳赳的兵士，便上前来查问。李靖说道：'俺兄弟二人，是出外经商去的，请诸位哥儿快开城放俺兄弟出去。'内中有一个兵头说道：'昨夜奉丞相的大令，府中走失了人口，叫把四门紧闭起来，不论军民人等，非有丞相的兵符，不能放走。你哥儿两人要出城去，也很容易，只须拿出兵符来。倘然没有兵符，且回家去静候丞相挨家逐户地搜查过以后，自有开门的一日。'李靖听了这话，不觉酥呆了半边。

　　"那红拂在马上听说丞相要挨家逐户地搜查，知道自己的性命难保，一个头晕，几乎要撞下马来。亏得李靖眼快，忙赶上去扶住。两人回转马头，退回原路去。在长安大街上，找一家客店住下。这时满西京沸沸扬扬传说丞相府中走失了一个宠爱的姬人，如今四门锁闭，须候丞相挨家逐户搜索过以后，总准放行。李靖和红拂听了这个话，吓得他们躲在客房里不敢向外边探头儿，耳中只听得马嘶人沸，原来丞相府中，已派出无数军士，在大街上四处驱逐闲人，赶他们回家去住着，听候查点。

　　"李靖得了这个消息，只是搂住了红拂发怔，他得了这个美人，心中十分感激，自己的生死，早已置之度外。却看看这红拂天仙也似的美人，倘然给丞相搜寻了回去，少不得吃乱棍打死，也许拿白绫吊死。可怜她只图一夕欢娱，便把千古艳质，委弃尘土。想到这地方，也禁不住英雄热泪向红拂的粉腮儿上直滚。倒是红拂投在李靖怀里，却满面笑容，毫无忧愁之色。她说：'侬得郎君一夜恩爱，虽碎身万段，亦是甘心！如今时势紧急，郎君前程远大，快丢下妾身，前去逃命要紧。倘念及妾身，只望郎君在每年昨夜，在静室中点一炷清香，妾的魂魄，当永远随着郎君。'红拂说着，也忍不住珠泪双抛。他两人互相搂抱着，脸贴着脸儿，眼看眼儿，你替我拭着泪，我替你揾着腮。一场惨泣，互诉着衷肠，诉过了又哭，哭过了又诉。

　　"红拂一声声地催着郎君快去，李靖却只是搂定了红拂的腰肢不放。听听街道上军士们驱逐行人，越赶越凶了。红拂说道：'郎君快出去，再迟一步便行不得了！'这李靖如何肯走，红拂没奈何，挣脱了身，亲自替他带上方巾，又拔下髻上的珠钗来，塞在李靖的怀里。说：'妾的魂魄，都寄在这支钗上了！'又在包裹里拿出两大锭金子来，替李靖装上招文袋里。李靖看她这一番行动，越发不忍得走开。无奈吃红拂软语温言地劝着，又带推带送地看看送到房门口，伸着纤手替他开门。才开得一线缝时，忽见一队军士，正从门外廊下走来；慌得她忙把门儿紧紧闭上，耳中听得那军士一迭连声地传店小二，吩咐着道：'丞相的钧旨，你店中若无丞相兵符，不许一人出门，静候丞相派人来搜查，违令者斩！'那店小二便没嘴巴似地答应。那房里却苦坏了李靖和红拂二人，眼见得他二人插翅难飞，性命不保。红拂噗地跪倒在李靖的跟前，口口声声说：'都是妾身陷害了郎君！如今俺两人准备着死吧！天可见怜，俺们死过以后愿生生世世做着夫妻。'李靖把红拂抱在怀里，打叠起千言万语安慰着。这时已是日近黄昏，听里外都人声寂静，只有这客室里，发出悲悲切切的哭诉声来。

"李靖和红拂两人，正在难舍难分的时候，忽觉眼前一晃，从窗口跳进一个人来，站在当地。红拂见了，急向李靖怀中倒躲。李靖看时，见那人是一个伟岸丈夫，皂靴直裰，颔下一部大胡子，满满地铺在两肩。睁着铜铃似的眼睛，只是向李靖脸上瞪着。把个李靖也看怔了。半晌，只听得那大汉哈哈大笑道：'好一对痴儿女！一般的，急得也走投无路。你李靖，江湖上也颇有声名，如何遇到这小小事儿，便也急得手足无措？亏你还说什么吊民伐罪军国大事！'李靖听他口气，知道是有来历的人，便忙上前去一揖，说道：'英雄救我！俺李靖纵横天下，原不怕什么凶险事儿。如今遇到这妇女的深情，却弄得俺束手束脚，无计可施。大英雄既能到此，想来俺二人的话都已听得了，可有什么计较救救俺二人的性命？'那大汉听了，一手捋着胡子，说道：'这也不难，只须问小娘子，丞相府中兵符藏在何处？俺立刻去替你盗来，救你二人出城。'一句话点醒了他二人，红拂这时也不畏惧了，忙把丞相府中内宅的路径，细细地对那大汉说了，又说：'那兵符藏在丞相卧房东面炕上一只大拜匣里。'这句话才说完，只见这大汉把双脚一顿，他身子向窗外一飞，去得无影无踪。

"这里李靖和红拂两人，半忧半喜，捏着一把汗，痴痴地候着。听听远处谯楼上，打过二更，却还不见那大汉回来。向窗口望去，只见长空一碧，万里无云，一丸冷月，照着静悄悄的大地。李靖和红拂二人，手拉着手，你瞧着我，我瞧着你，不作一声。

"正寂静的时候，李靖听得远远的有一阵马蹄声，不由他从椅上直跳起来，一手搂着红拂，一手指着窗外。红拂听时，那马蹄声越走越近，听听直向窗外跑来，一阵震动，那窗户都摇撼起来。那一队骑马的人，竟一齐跑在客店门口停下，一阵马鞭刮门的声儿，吓得红拂攀住李靖的肩头，玉肩颤动着。一会儿听店小二去开了店门，拥进二十多个军士来，满嘴里嚷着：'查人、查人！'又听他打着客房门，挨次儿搜查着，直查到隔房来了。把个李靖也急得双眼直瞪，目不转睛地向那扇房门望着。接着便听得有人打着房门，李靖不由得回过脸去看着红拂，那眼泪点点滴滴地落在她粉腮上。红拂也慌得晕倒在李靖肩头，香喘微微，星眸半合。听那房门被军士打得应天价响，李靖知道躲不住了，便低下头去，在红拂的朱唇上接了一个吻，说道：'我和他们拼命去，愿一死报答娘子的恩情！'他正要放手，忽见那大汉跳进窗来，把那兵符向案上一抛，上来把红拂抢过来，掮在肩头，只说得一句：'俺们在东关外十里亭相见。'一耸身，去得个不见影儿。接着唿唧唧一声响亮，那扇房门被军士打倒了。十多个人和猛虎一般地扑进房来。李靖这时见红拂去了，胆子也放大了，见了众军士，忙喝声："站住！"一手指着案头上的兵符道：'现有丞相的兵符在此。这客店里俺已秘密查过，并不见有丞相的姬人，你们快到别处查去。'那军士们见了丞相的兵符，谁敢不服？早齐齐答应一声喏，一窝蜂似地退出房门，跳上马，着地卷起一阵尘土,那人马去得无影无踪。

"这里李靖却慢条斯理地收拾行囊,吩咐店家备马,骑着赶到东关。那把关军士验明了兵符,便放他出关。他在马上连打几鞭,一口气直追赶到十里亭下,下马看时,那红拂早已站在亭口盼望。那大汉哈哈大笑,走出亭来。李靖和红拂两人不觉双双拜倒在地,那大汉把他二人扶起。在月光下面,一个美人、一个书生、一个大胡子的大汉,煞是好看。李靖连连叩问大汉姓名,那大汉笑说道:'俺在江湖上专一爱管闲事,从不曾留下真姓名。如今成全了李相公一段婚烟,使俺看了快活也便罢了。何必定要留下姓名,闹许多怯排场,给天下英雄知道了,笑俺量浅?相公倘然少一个名儿相称,喏喏喏,这大胡子便是俺的好名儿!只称我虬髯公罢了。'李靖听了,便兜头拜下揖去说:'髯公恩德,改日图报。你我后会有期,便此告别。'说着,他扶着红拂,转身便走。虬髯公抢上前来,一把拉住,说道:'相公到哪里去?如今天下汹汹,群龙无主。相公前程万里,正可以找一条出路。此去三十里地面,佟家集上,有俺的好友住着。相公和娘子且跟俺去住下几时,包在俺身上,替相公找一个出身,将来飞黄腾达,也不辜负了娘子一番恩意。'李靖正苦无路投奔,听了虬髯公的话,便也点头应允。

"他三人各跨着马,在这荒山野地里,趁着月光,穿林渡涧地走去。红拂自幼深居闺阁,如何经过这荒野景象,只因心中爱着李靖,便也不觉害怕。他二人马头并着马头、人肩靠着人肩慢慢地谈着心走着。直走到月落参横,晨光四起,才到了佟家集地方。虬髯公领着去打开了一家柴门,进去见了主人。那主人眉清目秀,长着三绺长须,姓陈,号木公,也是一位饱学之士。虬髯公把来意说明了,那陈木公十分欢喜。从此李靖和红拂两人,便在佟家集住下。那虬髯公却依旧云游四海去了。

"看看秋去冬来，漫天飘下大雪。李靖和陈木公正在围炉煮酒。忽见虬髯公踏着雪走来，一进屋子，便催着李靖：'快去，快跟我去！有一条大大的出路。'这虬髯公生成忠义肝胆，从不打诳语的。李靖听了他的话，便立刻放下酒杯，回房去穿上雪披。说给红拂知道了，她如何肯舍得，便也把风兜和斗篷披上。依旧骑着三头马，冲风冒雪地走去。

"看看走的是向西京去的路，李靖却立住马，迟疑起来。虬髯公瞪着眼，说道：'敢是李相公不信俺了吗？'李靖忙拱手谢过，一路上不言不语，低着头骑在马上，一直跟进了京城。看看走到越国公府门口，李靖不禁害怕起来，低低地说道：'髯公敢是卖我？'髯公拍拍自己的胸脯说道：'倘有差池，一死以谢！'李靖没奈何，只得硬着头皮，跟他走进府去。红拂到此地步，便也说不得胆小两字，只紧紧地跟定在李靖身后。

"看看走进内堂，她止不住小鹿儿在胸头乱撞。他三人走到滴水檐前，便一齐站住。停了一会，只听得屋里嚷一声：'丞相请见！'便有人上来揭起门帘，虬髯公第一个大踏步走了进去，那李靖却拉住红拂的手，也挨身进去。见杨素在上面高高坐着，他两人腿儿一软，不由得齐齐地扑倒在地。杨素一见，不由得哈哈大笑，忙走下座来，亲自把他两人扶起，说道：'好一对美人才子！老夫如今益发成全了李相公，已在天子跟前保举你做一个殿内直长，从此一双两好地去过日子吧。'原来杨素听了虬髯公的劝，不但不罪李靖，索性拿自己的爱姬赠送给他，又推荐李靖做了官，自己博得一个大度的美名，成就了红拂的一场恩爱。如今杨素虽已死了，那李靖的功名却青云直上，从吏部尚书外放做到马邑丞。这才是替闺中人吐气呢！"厚卿说到这里，才把话头停住，拿起酒杯来饮了一杯。

这一个故事，足足讲了一个多时辰。讲到危险的时候，那班姨娘和娇娜小姐都替他急得柳眉双锁；讲到凄凉的地方，大家拿出手帕来揾着眼泪，替他两人伤心；讲到恩爱的地方，那飞红和娇娜小姐都偷偷地向厚卿度过眼去，盈盈含笑，楚岫、巫云这一班姨娘，都低着粉颈，抵着牙儿痴痴地想去；讲到快活的地方，把满桌子人都听得扬眉吐气，大说大笑起来。一屋子连丫鬟、女仆二十多个娘儿们的心都让厚卿一个人调弄得如醉如痴。

荣氏笑拍着厚卿道："你真是一个可儿！自从你来我家，无日不欢欢笑笑。好孩子，你便长住在我家，我家上上下下的人，都舍不得你回去呢！"飞红的嘴最快，听了荣氏的话，笑说道："要外甥哥儿长住在俺家，也是容易的事。只是找不出那个又美貌又多情的红拂姬人来！"一句话说得满桌子五个姨娘，一齐脸红起来。大家笑骂道："这大姨儿可是听故事听病了，索性把自己的心事也说了出来。"眠云也笑说道："大姨儿外面有什么心上人儿？想做红拂姬人尽管做去，再莫拉扯上别人！"一句话说得飞红急了，便和燕子入怀似的，抢过去拉住眠云的手不依。还是荣氏劝住了说："给外甥哥儿看了，算什么样儿呢？"她两人这才放了手。这一席家宴热热闹闹直吃到黄昏月上，大家都有醉意，便各自散了席。

从这一晚起，厚卿便睡在他舅母的后院，娇娜小姐睡在前院的东厢楼。前楼后院，灯火相望。他两人自从在月下花前相亲相爱以后，心头好似有一个人坐着，一刻也忘不了的。这一晚，厚卿大醉了，回房去睡着，头脑虽昏昏沉沉，心中却忘不了娇娜这可意人儿。对着荧荧灯火，不觉朦胧睡去。忽觉有人来摇他的肩头，急睁眼看时，袅袅婷婷站在他床前的正是娇娜小姐。厚卿心中一喜，把酒也醒了，急坐起身来，只觉头脑十分眩晕，撑不住又倒下床头去。娇娜小姐上去扶住，替他拿高枕垫着背，又去浓浓地倒了一杯参汤来，凑着他唇边，服侍他一口一口地呷下去。

略觉清醒了些，便又坐起身来，一倒头倚在娇娜怀里。娇娜坐在床沿上，一只左手托住厚卿的颈子，一只右手被厚卿紧紧地握住了。娇娜低声说道："哥哥酒醉很了，静静躺一会吧。"厚卿竟在娇娜怀里，沉沉睡去了。

欲知后事如何，且听下回分解。

第七回　荼蘼架下苦雨破好事
都护帐里烹儿餍馋涎

厚卿对这一群姬人讲说杨素姬人私奔李靖的故事，听的人也听出了神，说的人也越说越高兴。说到情浓的时候，便饮一杯，说到危险的时候，又饮一杯。一杯一杯地不觉把自己灌醉了。他不但把酒灌醉了，且把那娇娜的眼波也迷醉了。娇娜自从在月下让厚卿拥抱接吻以后，这一点芳心，早已给厚卿吊住。凡是厚卿的一言一笑，她处处关情，何况听他讲说红拂姬人和李靖，何等情致缠绵？女孩儿家听了，怎不要勾起她满腹的心事来？在厚卿原也有心说给他意中人听听。

到散席以后，娇娜小姐回房去，对着孤灯，想起厚卿的话来，她便把那厚卿比作李靖，自己甘心做一个红拂姬人。她想这才算是才子佳人的佳话呢！他两人的事，怕不是留传千古。自己对着镜子照看一会模样儿，不觉自己也动了怜借之念，心想一样的女子，她怎么有这胆子去找得意郎君？我一般也有一个他，却怎么又不敢去找呢？想起在那夜月光下的情形，觉得被他接过了吻，嘴上还热刺刺的，一颗心早已交给他了。待我去问问他，拿了我的心去，藏在什么地方？听听楼下静悄悄地，她便大着胆，站起身来，轻轻地走出房去。才走到扶梯口，便觉寸心跳荡，忙回进房去，对着妆台坐下。看看自己镜子里的容貌，心想这不是一般地长得庞儿俊俏，自己倘不早打主意，将来听父母作主，落在一个蠢男子手里，岂不白糟蹋了一世。再者，我如今和哥哥相亲相爱，我的心早已给他拿去了，如何能再抛下他呢！待我趁这夜深人静的时候，和他商量去。她这才大着胆，一步一步地踅下楼去，悄悄地走进厚卿房里，见厚卿醉得个不成样儿。

那厚卿见了娇娜，真是喜出望外。他几次要支撑着起来，无奈他头脑昏沉，口眼朦胧，再也挣扎不起，身不由主地倒在娇娜怀里。软玉温香，只觉得十分舒适，口眼都慵。娇娜初近男子的身体，羞得她转过脸去，酥胸跳荡，粉腮红晕。她一只臂儿被厚卿枕住了，那只手尖也被他握住了，看他两眼朦胧地只是痴痴地睡着。娇娜也不忍去搅醒他，一任他睡着。脸对着脸，娇娜这才大着胆向厚卿脸上看时，只见他长得眉清目秀，口角含笑。那两面腮儿被酒醉得红红的，好似苹果一般。

娇娜越看越爱，情不自禁地低下头去，拿自己的粉腮在厚卿的脸上贴了一贴，觉得热灼灼地烫人皮肤。娇娜便轻轻地把他扶上枕去，替他盖上被儿，放下帐儿，走到桌边去，剔明了灯火，又撮上一把水沉香，盖上盒儿。坐在案头，随手把书本翻弄着，忽见一面花笺上面，写着诗句儿道：

> 日影索阶睡正醒，篆烟如缕半风平；
> 玉箫吹尽秦楼调，唯识莺声与凤声！

娇娜把这诗句回环诵读着，知道厚卿心里十分情急，不觉点头微笑。略略思索了一回，便拿起笔来，在诗笺后面和着诗道：

> 春愁压梦苦难醒，日回风流漏正平；
> 飘断不堪初起处，落花枝上晓莺声。

写罢，把这诗笺依照夹在书中，退出屋来，替他掩上门，依旧蹑着脚回房睡去。

厚卿这一次病酒，在床上足足睡了三天。娇娜也曾瞒着人去偷瞧了他九次，无奈她背着人想的千言万语，待到见了面，却羞得一句话也说不出来。直到第五天黄昏时候，荣氏在屋子里拉着三位姨娘斗纸牌玩耍，厚卿也坐在他舅母身后看着。他留神偷觑着，却不见了娇娜，便也抽身退出房来，绕过后院寻觅去。只见娇娜倚定在栏杆边，抬头看着柳梢上挂的蛾眉月儿。

厚卿蹑着脚，打她背后走过去。低低地说道："月白风清，如此良夜何！"娇娜猛不防背后有人说起话来，急转过身来，低低地啐了一声，说道："我道是谁，原来是吹玉箫的哥哥！"厚卿接着也说道："原来是压梦难醒的妹妹！"两人看着笑了起来。厚卿抢上去拉着娇娜的手，步出庭心去。从那月洞门走进花园去，看那被火烧坏的墙垣，已拿木板遮着。他两人走到花荫深处，厚卿兜着头向娇娜作下揖去，说道："那夜我酒醉了，辜负了妹妹的好意，如今俺当面谢过！"娇娜故装作不解的样子，说道："什么好意？"厚卿说道："妹妹说谁呢？如今只有我和妹妹两个人，对着这天上皎洁的明月，还不该说句肺腑话吗？实说了吧，我这几天为了妹妹，神魂不安，梦寐难忘。恨只恨我那一夜不该吃得如此烂醉，妹妹来了，丢下了妹妹，冷冷清清地回房去，妹妹心中从此当十分怨恨我了？妹妹啊！求你饶我第一次，我如今给你磕头，你千万莫怨我吧！"他说罢，真的在草地上噗地跪了下去。慌得娇娜也跪下，扑在厚卿的肩头，呜咽着说道："哥哥如此爱我，我也顾不得了，从此以后，我的身体死着活着都是哥哥的了！水里火里都不怨，哥哥再莫多心。"这几句话乐得厚卿捧住了娇娜的脸儿，千妹妹万妹妹地唤着，又说：道："我替妹妹死了也愿意。"说着，眼眶中流下泪来。

他两人在树荫下对跪着，对拭着泪。那月光照得他两人的面庞分外分明。又密密切切地说了许多海誓山盟的话，彼此扶着站起来。厚卿踌躇着道："我后院屋子，离舅母睡房太近，妹妹又远在楼上，夜里摸索着走上来，又怕磕碰了什么，发出声息来，惊醒了丫鬟，又是大大的不妙。这便如何是好呢？"娇娜也思量了一会，说道："今夜三更人静，哥哥先来到这里荼蘼架下相候；此地人少花多，妹自当来寻觅哥哥也。"正说话时，只听得那大丫头在月洞门口唤着小姐找寻着，娇娜忙甩脱了厚卿的手，急急答应着走去。

那荣氏纸牌也斗完了，桌子上正开着晚饭。停了一会，厚卿也跟着来了，大家坐下来吃饭。厚卿心中有事，匆匆忙忙吃完了饭，便推说要早睡，回房去守着。他又重理了一番衣襟，在衣箱里找出一件新鲜的衫儿来穿上，再向镜子端详了一回，便对着灯火怔怔地坐着。耳中留心听那边屋子里，人声渐渐地寂静下来。接着打过二更，他便有些坐立不稳了，站起来只在屋子里绕着圈儿。一会又在灯下摊着书本，看那字里行间，都好似显出娇娜笑盈盈的嘴脸来。他心也乱了，眼也花了，如何看得下去。忙合上书本，闭着眼想过一会和娇娜月下花前相会的味儿，不由得他自己也撑不住笑了。他又站起来，推开窗去望时，见天上一轮明月，已罩上薄薄的一层浮云。一缕风吹在身上，衣袖生寒。他又闭上窗，挨了一会，再也挨不住了，便悄悄地溜出房去。

在暗淡的月光下面，摸索着出了月洞门，绕过四面厅，看着前面便是荼蘼架，他便去在架下回廊上恭恭敬敬地坐着，那两只眼只望着那条花径。听墙外打过三更，还不见娇娜到来。他正在出神时，忽觉一阵凉风，吹得他不住着寒噤，接着满满地落下雨来。幸而他坐的地方，上面有密密的花荫遮着，雨点也打不下来。只是那一阵一阵的凉风刮在身上，冷得他只把身体缩作一团，两条臂儿交叉着，攀住自己肩头，只是死守着。

挨过半个更次，那雨点越来越大了，越是花叶子上漏下来的雨点越是大，顿时把厚卿的一件夹衫，两肩上打湿了两大块。可怜他冷得上下两排牙齿捉对厮打。听听墙外又打四更，他实在挣扎不住了，只好抱着脖子，从花架上逃出来。一路雨淋着，天光又漆黑，地下又泥泞。

回得房去，向镜中一照，已是狼狈得不成个模样儿。他急急脱下湿衣和那泥染透了的鞋袜，又怕给他舅母看见了查问，便把这衣帽鞋袜揉作一团，一齐塞在衣箱里，另外又找了衣帽鞋袜。他冷得实在禁不住了，便向被窝里一钻，兀自竖起了耳朵听着窗外。只听得淅淅沥沥的雨声，便蒙蒙眬眬地睡熟去了。

一忽醒来，便觉得头昏脑胀，深身发烧。知道自己受了寒，便严严地裹住被儿睡着。看看天明，那头脑重沉沉的，兀自坐不起身来。直到他舅母知道了，忙赶进屋子来摸厚卿的皮肤，焦得烫手。说道："我的儿，你怎么了？这病来势不轻呢！快睡着不要动。"一面传话出去，快请大夫来诊病；一面吩咐大丫头快煎姜茶来，亲自服侍他吃下。这时六位姨娘和娇娜，都进屋子来望病。那厚卿见了娇娜，想起昨夜的苦楚来，泪汪汪地望着。娇娜怕人瞧见，急转过脖子去。停一会觑人不防备的时候，又转过脸来向厚卿默默地点头来。大夫来了，他们都回避出去。

厚卿这一场病，因受足了风寒，成了伤寒病，足足病了一个月，才能起身。在这一个月里，娇娜小姐也曾瞒着人私地里来探望他几次。只因丫鬟送汤送药和荣氏来看望他，屋子里常常不断人地走动。娇娜要避人的耳目，也不敢逗留。两人见了面，只说得不多几句话，便匆匆走开。

那朱太守早已在半个月前回家来了，吓得娇娜越发不敢到厚卿房里走动。倒是朱太守常常到他外甥屋里去说话解闷儿。说起此番炀帝开河，直通江都、沿路建造行宫别馆，预备炀帝游玩。那行宫里一般设着三宫六院，广选天下美人，又搜罗四方奇珍异宝、名花仙草，装点成锦绣乾坤。那许廷辅此番南下，便是当这个采办的差使。挖掘御河，皇上却委了麻叔谋督工。

说起开河都护麻叔谋，在宁陵县闹下一桩大案来。现在皇帝派大臣去把他囚送到京，连性命也不能保。

原来麻叔谋一路督看河工，经过大城大邑，便假沿路地方官的衙署充作行辕。到那山乡荒僻的地方，连房屋也没有，只得住在营帐里面。这营帐搭盖在野地里，大风暴雨，麻叔谋一路不免感受风寒。到宁陵县下马村地方，天气奇冷，一连十多天不住地大风大雨，麻叔谋突然害起头痛病来。来势很重，看看病倒在床上，一个月不能办事，那河工也停顿起来。没奈何，只得上表辞职。这麻叔谋是炀帝亲信的大臣，如何肯准他辞职？便一面下旨，令令狐达代督河工，一面派一个御医名巢元方的，星夜到宁陵去给麻叔谋诊病。

这御医开出一味药来，是用初生的嫩羔羊，蒸熟，拌药末服下。连吃了三天，果然病势全退。但从此麻叔谋便养成了一个吃羔羊的馋病，做成了定例，一天里边必要杀翻几头小羊，拿五味调合着，香甜肥腻，美不可言，便替它取一个美名，称作"含酥脔"。这麻都护天天吃惯了含酥脔，那厨子便在四乡村坊里去收买了来，预备着一处地方。或城或乡，无处不收买到。

麻都护爱吃羔羊的名儿，传遍了远近。起初，还要打发厨子去买，后来渐渐有人来献给他。麻叔谋因爱吃羔羊，又要收服献羊人的心，使他常常来献羊，遇到有人来献羊的，他便加倍给赏。因此一人传十，十人传百。那百姓们听说献羔羊可以得厚利的，便人人都来献羊。但献羊的人多，那羔羊却产生的少。离宁陵四周围一二百里地方，渐渐断了羊种。莫说百姓无羊可献，便是那麻叔谋的厨子，赶到三四百里以外的地方去，也无羊可买。麻叔谋一天三餐不得羔羊，便十分愤怒，常常责打那个厨子。慌得那个厨子在各村各城四处收买，因此便惹出下马村的一伙强人来。

这下马村中有一个陶家，兄弟三人，大哥陶榔儿，二哥陶柳儿，三弟陶小寿，都是不良之徒，专做鸡鸣狗盗的生涯。手下养着无数好汉，都能飞檐走壁。不论远村近邻，凡是富厚之家，便把作他们的衣食所在。靠天神保佑，他兄弟三人做了一辈子盗贼，并不曾破过一次案。据看风水的人说，他祖坟下面有一条贼龙，他子孙若做盗贼，便一生吃用不尽。只是杀不得人，若一杀人，便立刻把风水破了，这一碗逍遥饭也吃不成了。陶家三兄弟仗着祖宗风水有灵，竟渐渐地做了盗贼世家。

不想如今隋炀皇帝开河，那河道不偏不倚地恰恰要穿过陶家的祖坟。陶榔儿兄弟三人便着了忙，日夜焦急。便商量备些礼物去求着麻叔谋，免开掘他的祖坟。转心一想，这一番开河工，王侯家的陵寝也不知挖去多少，如何肯独免我家？若要仗着兄弟们的强力，行凶拦阻，又是朝廷的势力，如何敌得他过？千思万想，再也想不出一个好法子来。忽打听得麻叔谋爱吃羔羊，乡民们都寻了去献，陶榔儿说："我们何不也把上好小羔儿蒸几只去献？这虽是小事，但经不得俺们今日也献，明日也献，献尽自献，赏却不受。麻叔谋心中欢喜，我们再把真情说出来，求告着他，也许能免得。"小寿听了笑道："大哥这话，真是一厢情愿！我听说麻叔谋这人，贪得无厌。在他门下献羊的，一日有上千上百，哪里就希罕我们这几只羊？便算我们不领赏，这几只羊却能值得多少，便轻轻依着我们改换河道？怕天下决没有这样便宜的事呢。"柳儿也接着说道："除非是天下的羊都绝了种，只我家有羊，才能够博得他的欢心。"

兄弟二人你一言我一语争论着，榔儿却只是低下了头，全不理论。柳儿问道："大哥，你为何连声也不作了？"榔儿道："非我不作声，我正在这里打主意呢。"小寿道："大哥想得好主意了没有？"榔儿道："我听你二人的话，都说得有理：若不拿羊去献，却苦没有入门之路；若真的拿羊去献，几只羊却能值得多少，怎能把这大事去求他？我如今有一个主意：想麻叔谋爱吃羔羊，必是一个贪图口腹之人。我听说人肉的味儿最美，我们何不把三四岁的小孩子寻他几个来，斩了头，去了脚，蒸得透熟，煮得稀烂，将五味调得十分精美，充做羔羊，去献给他。他吃了滋味好，别人的都赶不上，那时自然要求寻我们。日久与他混熟了，再随机应变，或多送他银子，或拿着他的短处，要他保全俺们的祖坟，那时也许有几分想望。"柳儿、小寿两人听了，不禁拍手称妙。榔儿道："事不宜迟，须今夜寻了孩子，安排端正，明天绝早献去，赶在别人前面，趁他空肚子吃下才妙。"

兄弟三人计议定了，便吩咐手下几个党羽，前去偷盗小孩。那班兄弟们个个都有偷天换日的手段，这偷盗小孩越发是寻常事体、瓮中捉鳖，手到擒来。去不多时，早偷来两个又肥又嫩的三四岁的小孩子来，活滴滴地拿来杀死，斩去头脚，剔去骨头，切得四四方方，加上五味香料，早蒸得喷香烂熟。

次早起来，用盘盒装上。陶榔儿骑了一匹快马，竟投麻叔谋营帐中来。见过守门人役，将肉献上。那门差一面叫人把肉拿了进去，一面拿出簿册来，叫榔儿写上姓名。接着那献羔羊的百姓，又来了许多，有献活的，有献煮熟的。纷纷闹闹，挤满了一间。正热闹的时候，只见里面走出一个官差来，高声问道："谁是第一个献蒸熟羊肉来的？"陶榔儿便大着胆应声上去，心想这麻都护有几分着鬼了！

　　原来麻叔谋清早起来，才梳洗完毕，便有人献蒸熟羊肉来。他肚子正空着，见了这一大盘肉，便就着盘子拿到面前去吃，只觉得香喷喷、肥腻腻的，鲜美异常。心中十分欢喜，便问："这羊肉是何人献的？如何蒸法的？快把那献肉的人唤进来面问。"因此那差官出去，把陶榔儿传唤进来。当时陶榔儿见了麻叔谋，慌忙跪下叩头。麻叔谋问明了名姓住处，又问："这羔羊如何蒸得这等甘美可口？"榔儿只说："这羊是小人家养的，只怕进不得贵人的口。"麻叔谋听他恭维得欢喜，便吩咐赏他十两银子，那陶榔儿却抵死不敢收受。麻叔谋道："你若不受赏，我便不好意思再向你要吃了。"榔儿道："大人若不嫌粗，小人愿日日孝敬。"说罢磕了一个头，自去了。

　　从此以后，那班强人便天天去偷盗小儿，蒸熟来献与麻叔谋受用。麻叔谋吃得了这个美味，凡是别人献来的羔羊，他都嫌粗恶，一概不收，只爱吃陶榔儿献来的羊肉。那陶榔儿因献羊肉，天天到麻叔谋行辕中去，却和麻都护成了一个相知，常常和麻叔谋谈话。这麻叔谋因他不肯受赏，便另眼看待他。

　　有一天，麻叔谋对榔儿说："我自从吃了你蒸熟的羔羊，却天天省他不得。你天天蒸着送来，又不肯受我的赏，我心中十分过意不去。你何不将这烹庖法儿传给我行辕里的厨役，叫他如法炮制，免得你天天奔波。"陶榔儿却不肯说出实情，只说："大人不必挂心，小的愿日日蒸熟来孝敬大人。"麻都护说："这事不妥，我如今在宁陵地方开河，你还可以送来。再过几天，我开到别处去，你如何能送得？"这几句话，逼得陶榔儿不得不说实话。当时他踌躇了一会，说道："不是小人不肯说这蒸煮的方法，只是说破了这方法，若是提防不密，不独小人有过，便是老大人也有几分不便。"麻叔谋笑道："一个蒸羊肉的方儿，又不是杀人放火，怎么连我也不便起来了？你倒说来我听听。"榔儿道："大人毕竟要小的说出来，还求退了左右。"麻都护笑着道："乡下人这等胆小。"便转过脸去，对左右说道："也罢，你们便都出去，看他说些什么来。"左右听大人吩咐，急忙避出。

陶榔儿劈头一句便说道："小人只有蒸孩儿肉的方儿，哪里有什么蒸羔羊肉的方儿！"麻叔谋听得"孩儿肉"三个字，便大惊失色，忙问道："什么蒸孩儿肉？"严陶榔儿忙跪下磕着头，呜呜咽咽带哭带说道："实不瞒大人说，前日初次来献的，便是小人亲生的儿子，今年才三岁。因听说大人爱吃羔羊，便杀死蒸熟，假充羔羊来献。后来献的，都是在各乡村盗窃来的。大人若不信时，那盗得小孩人家的姓名，小人都有一本册子记着。便是孩子的骨殖头脚，都埋葬在一起，大人只须差人去掘看便知。"麻叔谋听了，这才惊慌起来，转心又疑惑道："我与你素不相识，又无关系，你为何干此惨毒事体？"榔儿道："小人的苦情到如今也隐瞒不住了。小人一族有百十名丁口，都靠着一座祖坟。祖坟上倘然动了一勺土、一块砖，小人的合族，便会要遭灾。如今不幸，这座祖坟恰恰在河道界限中间，这一掘去，小人合族一百多丁口，料想全要死亡。合族人商议着，打算来恳求大人，苦于不得其门。因此小人情愿将幼子杀死，充作羔羊，以为进身之地。如今天可怜小人，得蒙大人垂青，也是佛天保佑，只求大人开天地之恩，将河道略改去三五丈地，便救了小人合族百余口蚁命。"说罢，又连连磕头。

麻叔谋心中暗想：此人为我下此惨毒手段，我若不依，他是亡命之徒，猖狂起来，或是暗地伤人，却是防不胜防。又想小孩的肉味很美，若从此断绝了他，再也不得尝这个美味了。麻叔谋只因十分嘴馋，便把这改换御道的大事，轻轻答应下来。又叮嘱他，这蒸羔羊肉，却天天缺少不得。陶榔儿道："大人既肯开恩，真是重生父母！这蒸献羔羊的事，小人便赴汤蹈火也要去寻来孝敬大人的。"麻叔谋大喜。

第二天便暗暗地传令与众夫役，下马村地方河道须避去陶家祖坟，斜开着五丈远近。那陶榔儿见保全了祖坟，只是打发兄弟们出去四处竭力去偷盗小孩。先只是在邻近地方偷盗，近处偷完了，便到远处去偷。或托穷人去偷了来卖，或着人到四处去收买。可怜从宁陵县以至睢阳城一带地方，三四岁的小孩也不知被他盗去多少。这家不见了儿子，那家不见了女儿。弄得做父母的，东寻西找，昼哭夜号。后来他们慢慢地打听得是陶榔儿盗去献与麻叔谋蒸吃的，人人愤怒，家家怨恨，便有到邑令前去告状的，也有到郡中送呈。那强悍的便邀集了众人，打到陶榔儿家里去。

欲知后事如何，且听下回分解。

第八回　花嫩不经抽春风几度
眼媚宣露洗柳色无边

下马村大盗陶榔儿只因偷盗百姓家小孩，蒸献与麻都护吃。历来被他杀死的小孩，已有一千多个。那失了小孩的人家打听得是陶榔儿盗去的，便邀集了众人，一面到官府里面去告状，一面却扛着棍棒刀枪，汹汹涌涌地打到陶家去。纷纷扰扰，那陶家的房屋器具，被众人烧毁的烧毁，打烂的打烂。陶家三弟兄，早已闻风逃走，赶到麻都护行辕里哭诉去。

麻叔谋听了大怒道："几个鸟百姓，怎敢如此横行！莫说榔儿偷盗小儿，无凭无据，便算是俺吃了几个小孩，那百姓待拿我怎么样！"便着拿自己的名片到官府里去，只说得一个"办"字。那官府知道麻叔谋是隋炀帝的宠臣，谁敢说一个"不"字。反拿那告状的百姓，捉去打的打，夹的夹，问罪的问罪，充军的充军。弄得怨气冲天，哭声遍野。

那班百姓吃了这一场冤屈官司，越闹越愤。那宁陵和睢阳一带的百姓乱哄哄都赶到东京告御状去。那隋炀帝驾下虎贲郎将中门使段达原早得了麻叔谋的私情。见那状纸和雪片似地进来，众口一辞，告麻叔谋"留养大盗陶榔儿，偷盗孩子作羔羊蒸吃。历来被盗去小儿四五千人，白骨如山，惨不可言"等语。那段达一总收了八百多份状子，他便亲自传齐了众百姓审问。那班小儿的父母都啼哭着对这段达诉说麻叔谋吃小儿的惨毒情形。被段达一声喝住道："胡说！麻都护是朝廷大臣，如何肯做此惨毒之事？皆是你们这一班刁民，有意阻挠河工，造谣毁谤。况三四岁的孩子，日间必有人看管，夜间必有父母同寝，如何能得家家偷去，且一偷便有四五千之多？这一派胡言，若不严治，刁风愈不可问！"便不由分说，将众百姓每人重责一百棍，发回原籍去问罪。

这一班百姓吃了这个冤枉，直到隋炀帝驾幸江都，龙舟行到睢阳地方，见河道迂曲，查问起来，知道是麻叔谋作的弊，连带查出私通陶榔儿，蒸食小孩。炀帝大怒，一面传旨拿麻叔谋，打入大牢；一面差一个郎将，带领一千军校，到下马村捉住了陶家合族大小共有八十七人，一齐枭首示众。那麻叔谋问明了罪状，圣旨下来，绑出大校场腰斩，才算出了百姓的冤气。

朱太守讲过了这一席话，一般姨娘都听了吐出舌头来。厚卿病在床上，亏得他舅父常常来讲究几件外间的新闻，替他解闷。看看厚卿病势全退，他一般地行动说笑。有一日，他伴他舅父、舅母吃过晚饭，闲谈了一会，回进屋子去。只见那娇娜伏在他书案上，凑着灯光，不知写些什么。厚卿蹑着脚走去，藏身在她身后看时，见她在玉版笺上写着一首词儿说道：

> 晓窗寂寂惊相遇，欲把芳心深意诉。
> 低眉敛翠不胜春，娇转樱唇红半吐。
> 匆匆已约欢娱处，可恨无情连夜雨！
> 枕孤衾冷不成眠，挑尽银灯天未曙。

娇娜刚把词儿写完，厚卿便从她肩头伸过手去，把笺儿抢在手里。娇娜冷不防肩头有人伸过手来，骇得她捧住酥胸，低声道："吓死我了！"厚卿忙上去搂住她玉肩，一手替她摸着酥胸说："妹妹莫慌。"娇娜这时不知不觉地软倚在厚卿怀里，笑说道："哥哥那夜儿淋得好雨！"厚卿听了，便去打开衣箱，拿出那套泥雨污满的衣帽鞋袜来，摔在娇娜面前，说道："妹妹你看，我那夜里苦也不苦？又看我这一病三四十天，苦也不苦！这苦楚都要妹妹偿还我呢！"说着，脸上故意含着嗔怒的神色。娇娜看了，一耸身倒在厚卿怀里，说道："偿还哥哥的苦楚吧！"说着，羞得她把脸儿掩着，只向怀里躲去。厚卿听了，早已神魂飘荡，忙去捧过她的脸儿来，嘴对嘴地亲了又亲，脸对脸地看了又看，不住地问道："妹妹怎么发付我呢？"

娇娜和厚卿两人，当时搂抱着，说了无限若干的情话。娇娜见书桌上搁着一柄剪刀，便拿起来剪下一缕鬓发，塞在厚卿袖里；厚卿也卸下方巾，截下一握头发来，交与娇娜。娇娜把厚卿的手紧紧一握，说道："我今夜在屋子里守候着哥哥，三更过后，哥哥定须来也。"厚卿听了，喜得眉花眼笑，连声说："来！来！"忽然想到，到娇娜房里去，须先经过飞红的卧房门口，便说："但是这事很险呢！"娇娜听了，粉腮儿上愠地变了颜色，说道："事已至此，哥哥还怕什么？人生难得少年，又难得哥哥如此深情。妹志已决，事若不成，便拼着一死！"

厚卿听她说到死字，忙伸手去捂她的嘴。娇娜止不住两行珠泪，直滚下粉腮来。厚卿替她拭着泪，又打叠起千万温存劝慰着她，娇娜转悲为喜。厚卿送她走出房门，回房去想起今夜的欢会，总可以十拿九稳了，便忍不住对着镜子，对着灯光痴笑起来。

看看挨到三更过后，他便拍一拍胸脯，大着胆，走出房去，摸着扶梯，走上楼去。这时窗外射进来一层朦胧月光照着他。看看摸到了娇娜小姐的卧房门口，伸手轻轻地把房门一推，那门儿虚掩着。厚卿蹑脚走进房去，那绣幕里射出灯光来，娇娜小姐背着身儿，对灯光坐着，那两眼只是望着灯火发怔。厚卿上去，轻轻地把她身躯拥抱过来，进了罗帐，服侍她松了衣钮，解了裙带，并头睡下。这一番恩爱有他两人的定情词为证：

> 夜深偷展纱窗绿，小桃枝上留莺索。花嫩不禁抽，春风卒未休。千金身已破，脉脉愁无那！特地嘱檀郎，人前口谨防。
>
> 绿窗深处倾城色，灯花送喜秋波溢；一笑入罗帏，春心不自持！雨云情散乱，弱体羞还颤。从此问云英，何须上玉京。

他二人了过心愿，在枕上海盟山誓，千欢万爱。直到晨鸡报晓，娇娜亲替厚卿披上衣巾，送到扶梯口，各自回房睡去。

从此以后，他二人暗去明来，夜夜巫山，宵宵云雨，好不称心如意。只是白天在众人面前，却格外矜持，反没有从前那般言笑追随、行坐相亲的光景。反是那飞红、眠云、楚岫这几位姨娘，时时包围着他，要他讲故事。

那炀帝是一个风流天子，当时传在民间的故事，却也很多，只说他在东京的时候，大兴土木。在显仁宫西面，选了一大方空地，造起湖山楼阁来。在这地的南半，分着南北东西中，挖成五个大湖。每一个湖，方圆十里，四面尽种奇花异草。湖边造一圈长堤，堤上百步一亭，五十步一榭。桃花夹岸，杨柳笼堤。湖中又造了许多龙舟凤舸，在柳荫下面，靠定白石埠头泊着，听候皇帝随时传用。那北半地势宽大，便掘一个北海，周围四十里方圆，凿着河港，与五湖相通。海中央造起三座神山，一座是蓬莱，一座是瀛洲，一座是方丈。山上造成许多楼台殿阁，点缀得金碧辉煌。山顶高出海面一百丈，东可望箕水，西可见西京。湖海中间交界地方，造着一座一座的宫殿。海北面一带地方，委委曲曲凿成一道长溪。沿溪拣那风景幽胜的地方，建造着别院，一共十六座院宇。却选了三千美女，守候在院里。

绕着湖海，造着二百里方圆的一带苑墙，上面都拿琉璃作瓦，紫脂涂壁。又拿青石筑成湖海的斜岸，拿五色石砌成长溪的深底。清泉濚洄，反射出五色光彩来。宫殿院宇，全是金装玉裹。浑如锦绣裁成，珠玑造就。那各处郡县，都把奇花异草、飞禽走兽从各驿地上献送进京来。把一座西苑，顿时填塞得桃成蹊、李列径，梅绕屋、柳垂堤，仙鹤成行、锦鸡作对，金猿共啸、青鹿交游。这全是虞世基一人之力，逼迫着四方百姓，造成了这座西苑。

炀帝游幸西苑的第一日，便带了他宠爱的妃嫔，坐着玉辇，进苑来四处游玩。由炀帝定名：那东湖因四面种的全是绿柳，两山翠色与波光相映，便名"翠光湖"；南湖因有高楼夹岸，倒映日光，照在湖面上，便名"迎阳湖"；西湖因有芙蓉临水、黄菊满山，白鹭晴鸥时来时往，便名为"金光湖"；北湖因有许多白石，形若怪兽，高下错落，横在水中，微风一动，清沁人心，便名为"洁水湖"；中湖因四围宽广，月光射入，宛若水天一色，便名为"广明湖"。

那十六院：第一座是景明院，因南轩高敞，时时有薰风吹入；第二座是迎晖院，因有朱栏屈折，回压琐窗，朝日上时，百花呈媚；第三座是秋声院，因有碧梧数株，流荫满院，金风初度，叶中有声；第四座是晨光院，因将西京杨梅移入，开花时宛似朝霞；第五座是明霞院，因酸枣邑进玉李一株，开花虽白，艳胜霞彩；第六座是翠华院，因有长松数株，俱团团如盖，罩定满院；第七座是文安院，因隔水突起石壁一片，壁上的苔痕纵横，宛如天生一帽画图；第八座是积珍院，因桃李列成锦屏，花茵铺为绣褥，流水鸣琴，新莺奏管；第九座是仪凤院，因四围都是疏竹环绕，中间却突出二座丹阁，便宛以鸣凤一般；第十座是影纹院，因长溪中碎石砌底，簇起许多细细的波纹，水光反照，射入帘拢，便是枕簟上也有五色波痕；第十一座是仁智院，因左面靠山，右面临水，取孔子乐山的意思；第十二座是清修院，因峰回路断，只有小舟沿溪，才能通行，中间桃花流水，别有一天；第十三座是宝林院，因种了许多佛国祇树，尽以黄金布地，宛似寺院一般；第十四座是和明院，桃蹊桂阁，春可以纳和风，秋可以玩明月；第十五座是绮阴院，晚花细柳，凝阴如绮；第十六座是降阳院，有梅花绕屋，楼台向暖，凭栏赏雪，了不知寒。那一条长溪，婉转如龙，金碧楼台，夹岸如鳞，便定名龙鳞渠。隋炀帝穷日继夜地在这五湖十六院中游玩，不知闹出几多风流故事来。

有一天，风日晴和。炀帝下旨，召集文武大臣，在西苑中赐宴。这炀帝穿一件织万寿字的衮龙袍，戴一顶嵌八宝的金纱帽，高坐着七香宝辇，排开了氅毛御仗。文武官员全穿了朝服，骑马簇拥，左右追随。真的花迎剑佩，柳拂旌旗；万国衣冠，百官护卫。炀帝到了西苑，便传旨将御宴排在船上。炀帝自坐了一只大龙船，后面跟随着五十只凤舸。船行时，龙舟当先，凤舸随后，鱼贯而行；船住时，又龙船在中，凤舸团团围定在四面。炀帝领着众官员，先游北海，登三山，才回到五湖中赏玩饮酒。觥筹交错，管弦嗷嘈，君臣们尽情痛饮。炀帝饮到高兴时候，便对群臣说道："如今四海升平，禽鸟献瑞。君臣共乐，千秋胜事。湖上风光，万分旖旎。卿等锦绣满腹，何不各赋诗歌，纪今日之胜会？"

你道炀帝说的禽鸟献瑞是怎么一回事？原来西苑中楼台金碧，桃李红艳，转觉皇帝的舆仗，不甚鲜明。便有那凑趣的大臣虞世基，替皇上出主意，降一道圣旨，令天下各处郡县，不拘水

第八回　花嫩不经抽春风几度　眼媚宣露洗柳色无边

禽陆兽，凡是他羽毛可作舆仗氅毛用的，一齐采献。全拿鸟兽氅毛制成舆仗，自然文彩辉煌，不怕他不鲜明了。这个旨意一出，谁敢不遵。忙得那许多官员，这里取翠鸟之羽，那里拔锦鸡之毛。罗网满山，矢罾遍地。这时江南易程地方有一座升山，山顶上有一株松树，亭亭直上，有百余丈高。四围一无枝桠，清阴散落，团圆如盖。树的绝顶正中，结了一个鹤巢。巢中有一对仙鹤，饮风吹露，生雏哺子。也不知经历了多少年月，自以为深山高树，翔翔自由，再无祸患的了。不料一日里被那伙寻羽毛的人看见，便计算他一窝儿里的鹤氅。只是这样的高树，又无枝桠，如何得攀援上去？众人商量了半天，便想出一个把松树砍倒的主意来。却又怕砍倒了树，那仙鹤要飞去。谁知这鹤巢里却养着四只小鹤，那松树倒了，老鹤心疼小鹤，在别的树尖上飞绕悲鸣。又把自己身上几根氅毛，一阵乱啄，一齐拔了下来。这是老鹤悲愤之极做出来的，那班凑趣的臣民，便说成是禽鸟献瑞。

这且不去说他，当百官奉了炀帝的旨意，便搜索枯肠，在御宴前做起诗来。炀帝也做了八首写湖上景色的词，第一首是《湖上月》，第二首是《湖上柳》，第三首是《湖上雪》，第四首是《湖上草》，第五首是《湖上花》，第六首是《湖上女》，第七首是《湖上酒》，第八首是《湖上水》。那一首《湖上柳》的词意儿十分的佳妙，道：

　　湖上柳，烟里不胜摧；宿露洗开明媚眼，东风播弄好腰肢，烟雨更相宜。　　环曲岸，阴复画桥低；线拂行人春晚后，絮飞晴雪暖风时，幽忘更依依！

当时群臣传诵一遍，各有和词，又各献酒称贺。炀帝便命百官放量痛饮。君臣们饮了半日酒，俱觉大醉，便吩咐罢宴。众文武谢了恩退去。炀帝余兴未尽，便换来了一只小龙舟，驶入龙鳞渠，到十六院去闲玩。众夫人听得炀帝驾到，便一齐焚香奏乐，迎接圣驾。龙舟沿溪行来，妃嫔夹岸相随。见到那迎晖院，早有王夫人带领着二十个美人，后随着许多宫女，笙箫歌舞，将炀帝迎进院去。院中早排列着酒席，炀帝携着王夫人的手，与二十个美人一齐入席。那美人轮流歌舞，次第进觞。

忽见一个美人，献上酒来。看她时，生得绰约如娇花，清癯如弱柳，眉目之间，别有风情。炀帝便问她叫什么名字，那美人答称："姓朱，名贵儿。"炀帝伸手去揽在怀里，对她脸上细细地玩赏。那贵儿也十分卖弄，一手掌着杯儿，送在炀帝唇边。炀帝饮了酒，亲自执着红牙，听贵儿唱道：

人生得意小神仙，不是尊前，定是花前。休夸皓齿与眉鲜，不得君怜，枉得侬怜。　　君要怜，莫要偏；花也堪怜，叶也堪怜。情禽不独是双鸳，莺也翩跹，燕也翩跹。

把个炀帝听了，乐得忙把自己的金杯，命宫女斟满一杯酒，赏贵儿饮了。说道："朕听你唱来，不独娇喉婉转，还觉词意动人。你要朕怜，朕今夜便怜惜你一番。"这一夜，炀帝便留在迎晖院里，召幸了朱贵儿。

从来说的："妻不如妾，妾不如婢，婢不如偷。"炀帝在西苑里，夜夜行乐，那十六院夫人，果然长得个个千娇百媚，但她们见了炀帝，总不免拘束礼节，反不如那美人可以随意临幸。因此不多几天，那十六院中三百二十名美人，都被炀帝行幸过。他心还不足，下旨各院夫人、美人，不必迎送，听圣驾来去自由。他在月下花前，和那班宫女彩娥，私自勾挑，暗中结合。他最喜的

第八回　花嫩不经抽春风几度　眼媚宣露洗柳色无边

是偷香窃玉，若在花径中、柳荫下巧遇娇娃，私干一回，便觉十分畅快。那班宫人，都知道了炀帝的心性，明知山有虎，故作采樵人；一个个都假作东藏西躲，守候着皇帝来偷情。

有一夜，炀帝在积珍院中饮酒，忽听得隔墙笛声嘹声，不知谁家？他便悄悄地走出院去偷听着。那笛儿一声高、一声低，断断续续，又像在花径外，又像在柳树边。抬起头来，见微云淡月，夜景清幽。炀帝随了笛声，沿着那花障走去。刚转过几曲朱栏，行不上二三十步，笛声却停住了，只见花荫之下一个女子，腰肢袅娜，沿着花径走来。炀帝忙侧身往太湖石畔一躲，待那女子缓缓走来，将到跟前，定睛一看，只见那女子年可十五六岁，长得梨花皎洁、杨柳轻盈，月下行来，宛似嫦娥下降。

炀帝看到此时，情不自禁，突然从花荫中扑出去，一把抱住那女子。慌得那女子正要声唤，转过脖子来一看，见是炀帝，忙说道："婢子该死！不知万岁驾到，不曾回避得。"说着，便要跪下地去。炀帝忙搂住那宫女，说道："你长得这等标致，朕也不忍得罪你。只是你知道汉皋解佩的故事吗？朕今夜为解佩来也！"这宫女原是十分乖巧，便说道："贱婢下人，万岁请尊重，谨防有人看见不雅。"炀帝如何有心去听她，便悄悄地将那女子抱入花丛中去。原来这宫女还是处子，月下相看，娇啼百态。炀帝又怜又惜，十分宠爱。看毕以后，将她抱在怀里，问她："叫什么名儿？"那宫女却故弄狡诡，说道："万岁一时高兴，问她名儿作甚？况宫中女儿三千，便问了也记不得许多！"炀帝笑骂道："小妮子！怕朕忘了你今夜的恩情，便这等弄乖。快说来，朕决不忘你的。"那宫女才说是妥娘，原是清修院的宫人。

二人正说话时，忽见远远有一簇灯笼照来，妥娘便推着炀帝说："万岁快去吧！不要被人看见，笑万岁没正经。"二人站起身来，抖抖衣裳，从花障背面折将出来，才转过一株大树，碧桃下忽然有人伸出手来，将他二人的衣角拉住。回头看时，却是一丛荼蘼刺儿，钩住他二人的衣裙，炀帝握着妥娘的手，笑了一笑。妥娘自回清修院去。

炀帝出了花丛，找不到积珍院的旧路。望见隔河影纹院中灯烛辉煌，便过小桥，悄悄地走入院去。那院中刘夫人和文安院的狄夫人正在那里浅斟低酌。炀帝放轻了脚步，走到他二人跟前说道："二妮子这等快活，何不伴朕一饮？"两位夫人见了炀帝，慌忙起身迎接，一边邀炀帝坐下，一边斟上酒去。狄夫人眼尖，瞥见炀帝龙袖上一方血痕，便笑说："这黄昏人静，陛下来得有些古怪！"炀帝嘻嘻地笑道："有甚古怪？"狄夫人劈手扯起炀帝的袍袖来给刘夫人看，刘夫人笑说道："我说陛下如何肯来，原来有这样的喜事。"狄夫人道："陛下替哪个宫人破瓜？说明了待妾等会齐各院与陛下贺喜。"炀帝只是嘻嘻地笑着不说话。二位夫人和众美人轮流把盏，把个炀帝灌得烂醉如泥，当夜便在影纹院中睡下。

从此炀帝神情愈觉放荡，日日只在歌舞上留情，时时专在裙带下着脚。无一日不在西苑中游玩，偌大一座西苑，不消一年半载，竟被炀帝玩得厌了。那苑内十六院夫人、三百二十个美人、二千个宫女也被炀帝玩得腻了。

这一天，炀帝正在北海和众妃嫔饮酒，忽有宇文恺、封德彝差人来奏称："奉旨赴江都建造四十座离宫，俱已完备，只候圣驾临幸。"炀帝听了大喜道："苑中风景，游览已遍，且到江南看琼花去游乐一番。"便当筵下旨："宫馆既完，朕不日临幸江南。但一路宫馆，仍须着各处地方官广选民间美女填人，以备承应。"这个圣旨一下，朝臣中却不见有人谏阻。只是那班夫人妃嫔恐慌起来，齐来劝阻。说道："宫中虽贱妾辈不善承应，无甚乐处，但毕竟安逸。陛下若巡幸江都，未免车马劳顿。"炀帝道："江都锦绣之乡，又有琼花一株，艳绝天下，朕久想游览。况一路上有离宫别馆，绝无劳苦。贤妃等可安心在宫中，守过了五七个月，朕依旧回来，和诸位贤妃相见。"那几个不得时的妃嫔，听了炀帝这一番话，知道皇帝去志已决，便也不敢再说什么。只有那贵儿、妥娘、杳娘、俊娥一班得宠的美人，听说沿路有四十九座离宫别馆，那离宫别馆中又都有美人守着，只怕皇帝的宠爱移在别人身上，她们如何肯放手。早嚷成一片说："愿随万岁爷出巡去。一来得去游览江南风景，二来万岁爷沿路也得人陪伴，不愁寂寞。"炀帝原也舍不得她们，便答应携她们一块儿到江都地方去。到炀帝起身的这一天，各宫院妃嫔、夫人，俱设席饯行。炀帝一一领了，便打点出巡。此番也不多带人马，只带三千御林军，一路护卫着。文武官员，只带丞相宇文达和虞世基一班亲信的人。

正要起身的时候，忽有一人姓何名安，打造得一座御女车来献与炀帝。那车儿中间宽阔，床帐衾枕，色色齐备。四围又用鲛绡细细织成帏幔。外面望进里面去，却一毫不见；里面看到外面来，却又十分清楚。那山水花草在车外移过，都看得明明白白。又拿许多金铃玉片，散挂在帏头幔角。车行时，摇荡着，铿铿锵锵好似奏细乐一般，任你在车中百般笑语，外间总不得听见。一路上要行幸妃嫔，尽可恣意行乐，所以称作御女车。炀帝这时正因那班得宠的妃嫔，无可安插，在路上车马遥隔，又不得和她们说一句话儿。如今得了这御女车，满心欢喜，传旨厚赏何安。便携了妃嫔，坐上御女车。一路行来，三十里一宫，五十里一馆。到一处地方，那郡县官齐来接驾。一面把奇肴异味、美酿名产，络绎贡献上来。到了宫馆中，又有绝色的美人，弦管歌舞，前来承应。

欲知后事如何，且听下回分解。

第九回　剪彩成花秦夫人弄巧
　　　　　望辇结怨侯家女投环

　　厚卿生长在皇都，家中又有一个老宫人，常听得他说出隋炀皇帝的风流逸事来。如今他在舅父家中，一般地也把炀帝故事讲给一班姨娘们听。他正说到炀帝第一次坐御女车，游幸江都，一路上逢名山便登山览秀，遇胜水则临水问津，恍恍惚惚早已到了扬州地面。

　　这江南山明水秀，柳绿桃红，比北路上风光，大不相同。炀帝见了，心中十分欢喜。便道："向日所言琼花，开在何处？"当有大臣封德彝奏对道："琼花原在蕃丽馆中，每年三月开花。如今是四月天气，百花都谢，须到明春再得观赏。"炀帝听了，心中有些不乐。宇文恺在一旁劝解道："琼花虽然开过，江都地方还有许多名胜，可供圣上游览。"炀帝从此便天天在江都地方探胜寻幽。

　　一日，游到横塘上梁昭明太子的文选楼。昭明太子曾在这楼上选得许多古文，成了一部文选，所以称文选楼。这一座楼盖得曲折高峻，历代皇帝，时加修理，所以到隋朝尚不坍坏。炀帝先把带来的许多宫女，发在楼上去伺候着，圣驾一到，一齐细吹细打地迎接着。炀帝坐着七香宝辇，依着层层石级，转折上去。这一座楼高有百尺，共分五层。石级阁道都飞出在屋檐以外。人在

88

阁道上走着，从下面望上去，好似在空中行走一般。这一日恰东南风起，一队队的宫女行在阁道上，身上穿着薄罗轻縠，被风吹揭起来，露出那紫裙红裤，十分鲜艳。炀帝看了，也无心游览，便吩咐众宫女在月台上团团围绕着他，饮酒歌舞。直把个炀帝灌得烂醉如泥，才选了几个绝色的宫女，回离宫去寻欢作乐。

这样早歌夜宴，炀帝在江都地方足足玩了几个月。抛得那深宫里的萧皇后和十六院夫人，十分凄清，便联名上着奏章，接连催请，把个风流皇帝催回京都去。当夜萧皇后和十六院夫人，在宫中排着筵宴，替炀帝接风。饮酒中间，炀帝盛称江都地方风景秀美、山水清奇。那夫人们齐笑说道："陛下怕是留恋江南女色，并不是爱玩景色呢！"炀帝笑说道："讲女色，眼前几位夫人，都是尽态极妍，还有谁家美女能胜得？实实是贪玩江南山水，便把诸位夫人冷落了。不是朕夸奖江都景色，莫说那山水秀美，便是开一朵花儿，也毕竟比上苑中的红得可爱；便是放一枝柳儿，也毕竟比上苑中的绿得可怜。不像俺们北地的花柳，未到深秋，便一齐黄落，寂寞得叫人闷损。"

这一席话，言者无心，听者有意。当下有清修院的秦夫人听皇帝说了这个话，便回宫去和十六院夫人悄悄地商议，又和许多宫女一齐动手，只一夜工夫，便已布置妥帖。

第二天，十六院夫人一齐去请炀帝驾幸西苑。炀帝说："如今是仲冬天气，苑中花树凋残，有什么可玩赏之处？"无奈秦夫人再三劝驾，说："西苑中百花竞放，专候圣驾临幸。"炀帝素来在女人面上，是十分温柔的。当下便一任众夫人簇拥着，到西苑去。

御辇一进苑门，真个见万紫千红、桃李齐放，望去一片锦绣，哪里像个仲冬天气。草长莺飞，竟像个江南三月天气。莫说炀帝看了诧异，便是萧后也暗暗地吃惊。炀帝说道："只隔得一夜工夫，如何便开得这般整齐！"一眼见那柳树荫中一队队宫女彩娥，笙箫歌舞地迎接上来。炀帝看了，连连称妙。秦夫人在一旁奏道："陛下看这苑中风景，比江都如何？"炀帝一把拉住秦夫人的手，笑问道："妃子有何妙法，使这花柳一夜齐放？"秦夫人把衫袖掩着朱唇，笑说道："有甚妙法，只是众姊妹辛苦了一夜罢了！"说着，炀帝正走到一株垂丝海棠树下，伸手去采一朵来看时，原来不是从枝上长出来的，全是拿五色绸缎细细剪成拴在枝上的。炀帝不禁哈哈大笑道："是谁的机巧，也亏得她有这一路聪明！"众夫人奏道："这全是秦夫人主意，与妾等连夜制成。"炀帝笑对着秦夫人说道："这也难为你了！"看看走到一丛大梅树林下，看看枝上梅花，红白齐放。炀帝说有趣，便吩咐在花下摆起筵席来。

炀帝坐在席上，眼看着四围花木，不分春夏秋冬，万花齐放，心中十分有兴，一杯一杯地饮下酒去。一时里觥筹交错，丝竹齐鸣。炀帝已有几分醉意，便笑说道："秦夫人既出新意，诸美人也须换唱新歌，谁唱一支新曲儿？朕即满饮三杯。"说声未了，只见一个美人，穿一件紫绡衣，束一条碧丝裙，袅袅婷婷地走近筵前，娇声奏道："贱妾愿歌一曲新词，博万岁一笑。"炀帝看时，却是他宠爱的仁智院美人名雅娘的。只见她轻敲檀板，漫启朱唇，唱着《如梦令》词儿道：

莫道繁华如梦，一夜剪刀声送。晓起锦堆枝。笑煞
春风无用。非颂，非颂，真是蓬莱仙洞！

炀帝原是爱雅娘的，如今见她娇滴滴的声音唱出这新词来，早不觉连声说妙，连饮下三杯酒去。众夫人一齐陪饮一杯。才住了酒，又见一个美人，浅淡梳妆，娇羞体态，出席来奏称："贱

妾亦有新词奉献。"炀帝认得是迎晖院的朱贵儿。这贵儿原唱得好曲儿，当下听她也唱一折《如梦令》词儿道：

> 帝女天孙游戏，细把锦云裁碎，一夜巧铺春，尽向枝头点缀。奇瑞，奇瑞！写出皇家富贵。

炀帝听了赞道："好个写出皇家富贵！"便也连饮了二大觥酒。这场筵宴，直饮到黄昏月上。炀帝也被众夫人迷弄得酒醉昏沉，当下扶着秦夫人的肩头，临清修院去。

一连几夕，幸着秦夫人，把其余的夫人一齐丢在脑后，慌得众夫人或探消息，或赋诗词，百般地去勾引，无奈这秦夫人把个风流天子独霸住院子里，不放他出门一步。

这一天午膳，炀帝和秦夫人略饮了几杯，手携着手儿，走出院来。沿着长堤，看这流水玩耍。看看前面叠石断路，水中却浮着一只小艇。秦夫人把炀帝扶下小艇，两人荡着桨，委委曲曲地摇进曲港去。两岸柳树林子，种得密密层层，那树头上的假花，却开得十分灿熳，映在水面上，连水光也十分鲜艳。炀帝正痴痴地看着，忽见一缕桃花瓣儿，浮在水面上，从上流头断断续续地氽下来。炀帝认作也是秦夫人弄的乖巧，便笑着向秦夫人点头儿。这时有三五点花瓣儿正傍着小艇浮来。炀帝伸手去捞起花瓣儿在手掌中看时，不由炀帝吃了一惊，原来这花瓣鲜艳娇嫩，真是才从树上落下的，并不是假的。忙问秦夫人时，秦夫人也弄得莫名其妙，连说："怪事！"再看水面上时，那花瓣还是不断地浮着下来。炀帝说："如今仲冬天气，何处来这鲜艳的桃花？看来朕今日遇了仙子，这长溪正变作武陵桃源呢！"说着便把这小艇一桨一桨地沿着长溪依着花瓣的来路追寻上去。

绕过几曲水湾，穿出一架小桥，只见上流头一个美人蹲在石埠上，伸着玉也似的手，在水面上把桃花瓣儿一瓣一瓣地放着。只见她穿着紫绢衫子，白练裙子，低垂粉颈，斜拢云环，却认不出是什么人。直待小艇子摇近石埠，那美人抬起头来，炀帝才认得是妥娘。那妥娘年纪最小，炀帝最爱她有几分娇憨性情。她见了炀帝便拍着手笑说道："这番刘郎却被贱婢子诱出桃源来了！"炀帝见了妥娘，心中转觉欢喜，便离了小艇，走上岸来，拉住妥娘的手说道："你这小妮子，却在这里作乖弄巧！"妥娘说道："陛下在清修院里一共住六七天，丢得众夫人冷清清的，好似失了魂魄。大家满意闯进清修院里找寻陛下，又怕触犯了陛下的清趣，因此贱婢想出这放桃花瓣儿勾引陛下出来的法儿。这条溪水正通着清修院，陛下又是一个多情人，妾在上流头放着桃花瓣儿，从清修院门前流过，陛下见了，怕不是沿溪寻来。如今果然被贱妾把个陛下哄出来了！"炀帝问："众夫人现在何处？"妥娘用手指点着前面说："众夫人正在胜棋楼守候着陛下呢。"

说着，果然见花团锦簇的十五位夫人，从堤上迎接过来。她们见了炀帝，齐说："陛下快乐，却忘了贱妾们冷清清地难守。"说着，粉脸上都有怨恨之色。炀帝笑着，一一和夫人拉着手说道："朕偶尔避几天静，又劳诸位夫人想念。如今朕便伴着众夫人尽一日之欢。"说着，大家把个炀帝簇拥到胜棋楼去，传上筵席，歌舞畅饮起来。饮酒中间，炀帝又问妥娘："在这寒冷天气，那鲜艳的桃花片儿，究竟是从什么地方得来的？"妥娘便奏说："这是三月间从树上落下来的。妾闲时拿它收起来，密藏在蜡丸里。当时原也无心收着的，不期留到如今仲冬天气，还是不变颜色的。"炀帝见她小小年纪，如此乖巧，越觉可爱，当夜又便在妥娘院子里留幸。

炀帝从此便留住在西苑里，终日和一班夫人、宫女追逐欢笑。好似狂蜂浪蝶一般，不管黄昏白日，花前月下，遇着巧便和妃嫔戏耍一回。那班美人见炀帝爱好风流，便想尽许多法了去引诱着。这炀帝又生成下流性格，专一爱和宫女在花前柳下偷香窃玉。倘然正正派派讲究床笫之欢，他又转觉得索然无味。因此，那妥娘、贵儿、杳娘、俊娥一班有姿色的妃嫔，又故意打扮得和宫女模样，在花明柳暗的地方，掩掩藏藏。被着风流天子撞见了，便上前拉住，做出许多风流故事来。后来又因炀帝认识她们的脸面，便个个拿轻绡遮着头脸。一时宫里上上下下的宫娥彩女，上至妃嫔媵嫱，越是在灯昏月下的时候，越个个披着颜色娇艳的轻纱在各处回廊曲院里袅娜微步。远远望去，宛似月里嫦娥、洛水仙女，隐隐绰绰的煞是动人。炀帝见了，叫他如何忍得住。便不管蠢的、俏的、美的、丑的，但是遇到的便有姻缘。因此合一座西苑里的宫女，都深沾了皇帝的雨露恩情。

做隋炀帝的宫女的，有这许多好处。那外面百姓人家，凡有女儿略长得平头整脸些的，都巴不得把他女儿送进宫来。这位天子性格又风流，心肠又温柔，凡是做宫女的，从不曾受过皇帝的责骂。倘然一得了皇帝的宠幸，做她父兄的，少不得封侯的封侯，拜相的拜相。有这许多便宜之处。

那管理挑选宫女的宦官，名叫许廷辅。这许廷辅，他经手挑选宫女的遭数儿也多了，却是一个贪财的太监。有那贪图女儿富贵、愿送女儿听选的，他却百般挑剔，不给她入选。非得那父兄拿上千上万的银钱去孝敬他，他才给你挂上一个名儿。有那种世家大族，舍不得把女儿断送在宫廷里的，他却又百般敲诈，坐名指索。一面在炀帝跟前谗奏，说某家女儿长得如何美貌，那父兄急了，又非得拿出上千上万的银钱去买嘱他，才给你在册子上除了名。凡是在册子上挂上名字的，他如数拉进后宫去锁闭起来。到这时，那班做宫女的又非钱不行。炀帝又生成厌旧喜新的脾气，一个上好闺女，给他玩上几次，若没有特别动人之处或特别歌舞的技能，他便丢在脑后，又玩别个去了。虽说三千粉黛，像这样走马看花地玩着，不多几天，便又厌了。吩咐许廷辅，向后宫去挑选一班新的来。

那许廷辅到了后宫，便作威作福。那宫女有银钱首饰拿去孝敬他的，便选你进宫；你若没孝敬，他便看着你关到头发雪也似白，也不给你选进去。任你有西施、王嫱一般的才貌，他也束置高阁。因为太监弄权，便活活逼死了一个绝色佳人。

这佳人原是侯氏女儿，自幼儿长得天姿国色，又是绝顶聪明，在八岁上便懂得吟诗作赋。她虽生长在贫寒门户，却也是诗礼世家。当时便有许多名门豪宅，前来求婚。这侯女自己仗着才貌双全，便等闲不拿那班公子王孙看在眼睛里，因此一误再误。直到许太监来挑选美女，未曾到这地方，便听得远近沸沸扬扬地传说侯家的女儿，长得如何美丽，如何有才情。这许太监便慕名而往，一文孝敬也不要，把这侯女选进后宫去。

在许太监的心意，如此好意相待，你便当曲意逢迎。凡是选进后宫来的，见了许太监，便百般献媚，十分相亲。那班脂粉娇娃，终日围定了许太监，声声唤着爹爹，说说笑笑，歌歌舞舞，替许太监解闷儿。这许廷辅又拣那绝色的，左拥右抱，虽不能真个销魂，却也算得偷香窃玉。那班女儿又逢时逢节地做些针线，或是鞋儿、帽儿、袋儿、带儿，孝敬给爹爹；也有把自己耳朵上挂的珠环、臂上套的金钏，卸下来送给爹爹的。那许廷辅得了女孩儿许多好处，少不得要把她们早早选进宫去，早沾雨露之恩。

独有这侯家女，却生成端庄性格，全不露半点轻狂。她见了许太监，也不肯献媚儿，也没有孝敬。她住在后宫，静悄悄的一个人，点一炉好香，咏几首好诗。一任那班女伴卖尽轻狂，她却兀自孤高独赏。有时这许太监有意拿说话去兜搭她，她总给你个不理不睬。自来有色的女子和有才的男子，一般宁为玉碎，毋为瓦全。在侯女心想，自己长成这闭月羞花的容貌，任你是风流的天子、好色的皇帝，见了俺管叫你死心塌地，宠擅专房。到那时待俺放些手段出来，虽不愿做吴宫的西子，也做一个汉家的飞燕，做一个千古留名的美人。她存了这个心意儿，因此从不肯屈志求人。谁知这许廷辅也十分刻毒，他见侯女如此孤高，便给你个老不入选，年年寂寞，岁岁凄凉。

这侯女自从十五岁选入后宫来，一住三载，从未见过天子一面。她终日只是点香独坐，终宵只是掩泪孤吟。虽说装成粉白黛绿，毕竟也无人去赏识她的国色天香；虽说打点得帐暖衾温，却依旧是独宿孤眠。挨了黄昏，又是长夜；才送春花，又听秋雨。挨尽了凄清，受尽了寂寞。在晴天朗月，还勉强支持得过去，遇到凄风苦雨的时候，真令人肠断魂销。在白昼犹可度过，一到五更梦醒的时候，想起自己的身世，真是一泪千行。

侯女在起初的时候，还因爱惜自己的容颜，调脂弄粉，耐着性儿守着。只指望一朝选进宫去，说不定有一时的遇合。谁知日月如流，一年一年过去，竟是杳无消息，也便不免对花弹泪，对月长叹。有时虽有几个同行姊妹前来劝慰着，无奈愁人和愁人，越说越是伤心，因此她暗暗地也玉减香消。好不容易，盼到许太监到后宫来挑选美女，眼见那献媚纳贿的同伴一个个中了选，得意洋洋地进宫去了，自己依然是落了后，退回后宫去，独守空院。这一回望不到，再望下一回。每见许廷辅进后宫来一次，她总是提一提精神，刻意地梳妆起来。对着镜子自己看看容光焕发，美丽如仙，料想同院子的三千姊妹们，谁能比得上自己；那许廷辅也知道合院中要算这侯家女儿最美丽的了，无奈他两人只争了这一点过节儿。在许太监总要这侯家女在他跟前亲热一番，送几件饰物，他才平了这口气。在侯家女又因为自己长着这副绝世容颜，将来怕不是稳稳一个贵妃。这许廷辅是下贱的太监，我如何能去亲近他。讲到饰物，她带进宫来的原也不少，她只愿分送给同院的姊妹们。她自以为我长着这副容颜，许太监拿我选进宫去，皇帝看了欢喜，这一赏赐下来，也够他受用的了。两下里左了性子，尽是一年一年地空抛岁月。

如花美眷，似水流年，叫这青春孤寂的少女，如何不要伤感？每伤心到极处，便有姊妹们来劝慰她说："姊姊何必自苦，尽多的珠玉，拿几件去孝敬许爹爹，选进宫去，见了万岁，便不愁一世富贵了。"侯女听了，叹一口气说道："妹子，听说汉昭君长着绝世容颜，也因奸臣毛延寿贪赃，她便甘心给画师在她画像脸上点一粒痣，不愿拿一千两黄金去孝敬奸贼。她虽一时被害，远嫁单于，后来琵琶青冢，却落得个万世流芳。到如今提起她来，人人怜惜，个个悲伤，毕竟不失为千古美人。妹纵说赶不上昭君那般美貌，若要俺拿珠玉去贿赂小人，将来得了富贵，也落了一个话柄，妹抵死也不愿做这事的！"那姊妹说道："姊姊如此执拗，岂不辜负姊姊绝世容颜？"侯女拭着泪道："妹自知一生命薄，便是见了天子，怕也得不到好处。只拼一死，叫千载后知道隋宫中有这样一个薄命人，大家起一个怜惜之念，俺便是做鬼也值得的！"她说着，又止不住呜呜咽咽地哭了起来。那姊妹知道劝她不过来，便也听她伤心去。

到最后，侯女打听得那许太监又选了百十个宫女送进西苑去，自己依然落选。她这一番实实忍耐不住了，大哭了一场，说道："妾此身终不能见君王了！若要得君王一顾，除非在妾死后！"她打定了主意，茶饭也不吃，在镜台前打扮得齐齐整整。又把平日自己做的感怀诗，写在一副玉版笺上，装一个小锦囊中，挂在自己左臂上。余剩的诗稿，拿来一把火烧了。孤孤凄凄地在院子四下里走一会，呜呜咽咽地倚着栏杆哭了一会。挨到晚上，待陪伴她的宫人去安睡了，她便掩上宫门，悄悄地跪在当地，拜罢圣恩，拿出一幅白绫来，就低梁上自己吊死。待到宫人发觉，慌忙救时，早已玉殒香消。大家痛哭了一场，不敢隐瞒，挨到第二日天明，齐来报与萧后。萧后便差宫人到后宫去查看，宫人在侯女左臂上解下一个锦囊来，呈与萧后。萧后打开看，见是几首诗句，便吩咐转呈与炀帝。

这日炀帝正在宝林院和沙夫人闲谈解闷，炀帝自己夸说是一个多情天子，"虽有两京十六院无数粉黛，朕却一般恩宠，从不曾冷落了一个人。因此朕所到之处，总是欢欢笑笑，从不曾见有一个愁眉泪眼的"。在宫中正说得畅快，忽见萧后打发宫人送上侯女的锦囊来。炀帝打开看时，见一幅精绝的玉版乌丝笺，齐齐整整写着几首诗句。第一首是《梅花》诗，道：

> 砌雪无消日，卷帘时自矕。
> 庭竹对我有怜意，见露枝头一点春。
> 香清寒艳好，谁惜是天真？
> 玉梅谢后和阳至，散与群芳自在春。

炀帝把这首诗读了又读，赞道："好有身份的诗儿！"再看第二首，是《妆成》，道：

> 妆成多自惜，梦好却成悲。
> 不及杨花意，春来到处飞。

又《自感》三首道：

> 庭绝玉辇迹，芳草渐成窠。
> 隐隐闻箫鼓，君恩何处多？

> 欲泣不成泪，悲来强自歌。
> 庭花方熳烂，无计奈春何！
>
> 春阴正无际，独步意如何？
> 不及闲花草，翻承雨露多。

炀帝一边读着，连连跌足说道："如此才华，是朕冷落了她了！"再看后面是一首《自伤》长诗道：

> 初入承明殿，深深报未央。
> 长门七八载，无复见君王。
> 春寒入骨情，独卧愁空房。
> 飒履步庭下，幽怀空感伤！
> 平日新爱惜，自恃料非常。
> 色美反成弃，命薄何可量？
> 君恩实疏远，妾意待彷徨。
> 家岂无骨肉，偏亲老北堂。
> 此身无羽翼，何计出高墙？
> 性命诚所重，弃割良可伤！
> 悬帛朱梁上，肝肠如沸汤。
> 引领又自惜，有若丝牵肠！
> 毅然就死地，从此归冥乡！

炀帝读到末后几句，也忍不住流下泪来，说道："这样一个美人儿，怎么不使朕见一面儿，便白白地死了？真令朕追悔莫及！"说着，瞥眼见纸尾上又有一首诗儿，题目写着《遣意》两字，诗道：

秘洞扃仙草，幽窗锁玉人。

毛君真可戮，不肯写昭君！

炀帝不觉拍案大怒道："谁是毛延寿？却枉杀了朕的昭君！"沙夫人忙劝说道："陛下息怒，想这侯家女儿，原是平常姿色，所以许廷辅不曾选进宫来。这痴女子却妄想陛下雨露之恩，所以弄出这人命。"炀帝听说提起许廷辅，恍然大悟，说道："一定是这厮从中作弊，逼死了朕的美人！"当下便一迭连传唤许太监。

欲知后事如何，且听下回分解。

第十回　谈天文袁紫烟得宠
贴人情大姨娘多情

炀帝读侯女的诗，读到"毛君真可戮，不肯写昭君"两句，便知道许太监从中作弊，埋没美人。不觉大怒，一迭连声地传唤许廷辅前来查问。这许廷辅原是炀帝重用的太监。历来挑选美女，都是他一人经手。在宫中的威权很大，便是这十六院夫人，也是他手里选进来的。大家想起日前的宠幸，全是当日许太监挑选之德，岂有不帮助他之理？当时沙夫人便劝谏着炀帝说道："也许那侯家女儿本没有什么姿色。是她心存非份之想，枉自送了一条性命，这也不能专怪许太监的。"一句话却提醒了炀帝，便亲自起驾，亲临后宫去察看侯女的尸身，究竟是否美貌，再定许太监的罪。

这个消息传在许廷辅耳朵里，吓得他心惊肉跳，便和手下的小太监商量。那小太监便出了一个主意，说："不如趁现在皇上不曾见过尸身以前，悄悄地去把那侯女的脸面毁坏了，皇上看不出美丑来，便也没事了。"许太监连说："妙计！"便立即打发一个小太监去毁坏侯女的尸身。

谁知炀帝去得很快，待小太监到后宫一看，那一簇宫女，已经围定了炀帝。炀帝在便殿上坐着，吩咐太监们把侯女的尸身，上下解尽衣服，用香汤沐浴。宫女又替尸身梳一个垂云髻儿，抬上殿来。炀帝见一身玉雪也似的肌肤，先已伤了心，待到跟前看时，见她樱唇凝笑，柳眉侵鬓，竟是一个绝色的佳人。浑身莹洁滑腻，胸前一对乳峰，肥满高耸，真似新剥的鸡头肉。处女身体，叫人一见魂销。再看那粉颈上一抹伤痕，炀帝情不自禁地站起身来，走近尸身去，伸手抚摸那伤痕。才说得一句："是朕辜负美人了！"便撑不住放声大哭起来。一霎时合殿的宫女侍卫都跟着大哭。炀帝一面哭着，一面对尸身诉说道："朕一生爱才慕色，独辜负你这美人。美人长成这般才色，咫尺之间，却不能与朕相遇。算来也不是朕辜负了美人，原是美人生成薄命。美人原不薄命，却又是朕生来缘悭。美人在九泉之下，千万不要怨朕无情。朕和美人生前虽不能同衾共枕，如今美人既为朕自尽，朕便封你做一位夫人，也如了美人生前的心愿，安了美人死后的幽魂。"炀帝一边抚摸着尸身，一边诉说着。哭一阵，说一阵，哭个不了，说个不了。左右侍从看了，人人酸心，个个垂泪。

看看炀帝伤心没了，无法劝住，只得悄悄地去把萧后请来。萧后把炀帝扶进后殿去，拿好言劝慰。又说："死者不能复生，愿陛下保重龙体。倘然陛下哭出病来，便是死去的美人心中也不安的。"炀帝慢慢地止了伤心，便传旨出去，用夫人的礼节收敛侯女，从此宫中称侯女便称侯夫人。又吩咐把侯夫人的诗句，谱入乐器，叫宫女歌唱着。又因侯夫人的性命全是许廷辅埋没美貌，害她抱怨自尽，便传旨把许廷辅打入刑部大牢，着刑部堂官严刑拷问。

那许廷辅被官员一次一次地用刑，他实在熬刑不过，只得把自己如何勒索宫女的财物，才把她选进宫去，又因侯夫人不肯亲近，又不肯送礼物，因此不与她入选，不想侯夫人便因此怨愤自尽的话，一情一节相招认了。那问官得了口供，不敢怠慢，便一一照实奏闻。炀帝听了，十分动怒，说道："这厮辜负朕恩，在背地里如此大胆，不处死他却如何对得起那屈死的美人。"便传旨把许廷辅绑到东市去腰斩。那十六院夫人和众宫娥，都是许廷辅选进宫来的；今日亲承恩宠，未免念他旧功。如今听说要把许廷辅腰斩，便一齐替他竭力劝解，说："许廷辅罪原该死，但他也是陛下多年宠用之臣，还求陛下格外开恩，赐他一个全尸吧。"炀帝依了众夫人的劝，便批旨赐许廷辅狱中自尽。那权威赫赫的许太监空有千万家财，到此时得了圣旨，也不得不在三尺白绫上了却残生！

炀帝葬了侯夫人，杀了许太监以后，心中兀自想念侯夫人，终日长吁短叹，郁郁不乐。萧皇后百般劝慰，又终日陪着皇上饮酒游玩，那妥娘、杳娘、贵儿、俊娥，合那影纹院的刘夫人、文安院的狄夫人、迎晖院的王夫人、宝林院的沙夫人，这班都是炀帝宠爱的妃嫔，终日在皇帝跟前轮流着歌的歌，舞的舞，替皇上解闷。

一日，萧皇后和众夫人伴着炀帝游到绮阴院中，那院主夏夫人迎接进去，一般的也是饮酒作乐。酒吃到半醉，炀帝忽想起侯夫人的诗句来，要吩咐众宫女歌唱起来。萧皇后说："若讲到歌喉，要算袁宝儿唱得最好。"炀帝便传旨，唤袁宝儿。谁知众人寻袁宝儿时，却不知去向。后来只见她带领着一班宫女，嘻嘻笑笑地从后院走来。炀帝问："你这个小妮子，躲在何处?"宝儿和几个宫女一齐跪下说道："贱婢等在仁智院看舞剑玩耍，不知万岁爷和娘娘驾到，罪该万死!"炀帝听说看舞剑，便觉诧异。忙问："谁舞剑来?"宝儿奏称："是薛冶儿。"炀帝又问："谁是薛冶儿? 朕从不曾听说有能舞剑的宫人，快传来舞与朕看。"那太监得了圣旨，便飞也似地去把薛冶儿传来。

那冶儿见了皇帝，慌忙跪到。炀帝看时，见她脸若朝霞，神若秋水，玉肩斜削，柳眉拥秀，果然又是一个绝色的美人。炀帝心中便有几分欢喜，伸手亲自去把冶儿扶起来，说道："你这小妮子，既能舞剑，为什么不舞与朕看，却在背地里卖弄？"那冶儿娇声说道："舞剑算不得什么本领，岂敢在万岁与娘娘面前献丑？"炀帝笑说道："美人舞剑，原是千古韵事。你且舞一回与朕看。"一面吩咐赐一杯酒，与冶儿壮胆。冶儿听了，不敢推辞，跪着饮了酒，提起两口宝剑，走到院心里，也不揽衣，也不挽袖，便轻轻地舞将起来。初起时，一往一来，宛似蜻蜓点水，燕子穿花。把那美人姿态，完全显露出来。后来渐渐舞得紧了，便看不见来踪去迹，只见两口宝剑，寒森森地宛似两条白龙，上下盘旋。到那时剑也不见，人也不见，只觉得冷风飕飕，寒光闪闪，一团雪在庭心里乱滚。炀帝和合殿的后妃宫女，都看怔了。炀帝口中不绝地称妙。看冶儿徐徐地把剑收住，好似雪堆消尽，忽现出一个美人的身体来。

薛冶儿舞罢，气也不喘，脸也不红，鬓丝也一根不乱，走到炀帝跟前跪下，口称："贱婢献丑了！"炀帝看她温香软玉般柔媚可怜，便好似连剑也拿不动的模样，心中便十分喜欢起来，忙伸手去一把揽在跟前。回过头去对萧后说道："冶儿美人姿容，英雄技艺，非有仙骨，不能至此。若非朕今日亲自识拔，险些又错过了一个美人。"萧后也凑趣道："对此美人，不可不饮酒。"忙吩咐左右献上酒来。炀帝坐对美人，心花都放，便左一盅、右一盅只管痛饮，不觉酩酊大醉。萧后见炀帝有醉幸冶儿之意，便带了众夫人，悄悄地避去。炀帝这一夜，便真的在绮阴院中幸了薛冶儿。一连几宵，总是薛冶儿在跟前伺候。

后来炀帝忽然想起这后宫数千宫女，不知埋没了多少美人才女，若不是朕亲自去检点一番，怕又要闹出和侯夫人自尽的一般可怜事体来。他便去和萧后商量，意思是要和萧后亲自到后宫去挑选美人才女。萧后说："后宫数千宫女，陛下却从何人选起？"

炀帝说："朕自有道理。"

第二天，便传旨到后宫去，不论夫人、贵人、才人、美人，以及宫娥彩女，或是有色，或是有才，或是能歌，或是善舞，凡有一才一技之长的，都许报名自献，听朕当面点选。这个旨意一出，谁不是想攀高的？到了那一日，有能诗的，有能画的，有能吹弹歌唱的，有能投壶蹴鞠的，纷纷赶到殿前来献艺。炀帝欣欣得意地在显仁宫大殿上备下酒席，带同萧皇后和十六院的夫人，一齐上殿面试。萧后和炀帝并坐在上面，众夫人罗列在两旁，下面排列几张书案，把纸墨笔砚、笙箫弦管排列在上面。

炀帝拣那能做诗的，便出题目，叫她吟咏；能画的，便说景致，叫她摹画；能吹的，叫她吹；能唱的，叫她唱；一霎时笔墨纵横，玑珠错落，宫商迭奏，鸾凤齐鸣。便是那不能字画、只有姿色的，也一一叫她在炀帝跟前走过。那能舞的更是不断地在炀帝跟前翻跹盘旋。真是粉白黛绿，满殿尽是美人，看得人眼花，听得人心荡。炀帝看一个爱一个，后来狠心割爱，选而又选，只选了二百多个美人。或封美人，或赐才人，各赐喜酒三杯，一齐送入西苑去备用。

选到临了，单单剩下一个美人。那美人也不吟诗，也不作画，也不歌，也不舞，只是站在炀帝跟前，默默不语。炀帝看时，只见她品貌风流，神韵清秀，不施脂粉，别有姿仪。炀帝问她："唤什么名字？别人都有贡献，何以独你不言不语？"

那美人不慌不忙说道："妾姓袁，小字紫烟。自幼选入掖庭，从不曾瞻仰天颜。今蒙圣恩多情采选，特敢冒死进见。"炀帝道："你既来见朕，定有一技之长，何不当宴献与娘娘赏鉴？"袁紫烟却回奏道："妾虽有微能，却非娇歌艳舞，只图娱君王的耳目，博一己之恩宠。"炀帝听她说出大道理来，倒不觉肃然起敬。萧后便追问道："你既不是歌舞，却有何能？"袁紫烟道："妾自幼好览天象，观气望星，识五行之消长，察国家之运数。"炀帝听了，便觉十分诧异，说道："这是圣贤的学问，朕尚且不知，你这个红颜绿鬓的女子，如何能懂得这玄机？如今即便封你一个贵人，在宫中造一高台，专管内天台的职务，朕也得伴着贵人，时时领略天文，却是从来宫廷中所没有的风趣。"袁紫烟听了，慌忙谢恩。炀帝即赐她列坐于众夫人下首。众夫人贺道："今日陛下挑选美女，不独得了许多佳丽，又得了袁贵人为内助，皆陛下之洪福也！"炀帝大喜，与众夫人直饮到更深，便幸了袁贵人。

次日，炀帝便传旨有司，在显仁宫东南面，起一座高台，宽阔高低，俱依外司天台的格式。不到十天工夫，那高台早已造成。炀帝便命治酒，到黄昏时候，和袁贵人同上台去。袁紫烟一面伴着炀帝饮酒，一面指点天上的星宿：何处是三垣，何处是二十八宿。炀帝问道："何谓三垣？"袁紫烟回奏说："便是紫薇、太薇、天市三垣。紫薇垣是天子之宫；太薇垣是天子出政令诸侯的地方；天市垣是天子主权衡积聚之都。三星明清气朗，国家便可享和平的福气；倘晦暗不明，国家便有变乱。"炀帝又问："什么是二十八宿？"紫烟奏对道："角、亢、氐、房、心、尾、箕，七宿是在东方的；斗、牛、女、虚、危、室、璧，七宿是在北方的；奎、娄、胃、昴、毕、觜、参，七宿是在西方的；井、鬼、柳、星、张、翼、轸，七宿是在南方的。二十八宿环绕天中，分管天下地方。如五星干犯何宿，便知什么地方有灾难。或是兵变，或是水灾，或是火灾，或是虫灾，或是地震，或是海啸山崩，都拿青、黄、赤、白、黑五色来分辨它。"炀帝又问："天上可有帝星？"袁贵人说："怎的没有？"便伸手向北一指，说道："那紫薇垣中，一连五星。前一星主月，是太子之象；第二星主日、有赤色独大的，便是帝星。"炀帝跟着袁贵人的手指望去，见上面果然有一粒大星；只是光焰忽明忽暗，摇晃不定。忙问：

"帝星为何这般动摇？"袁贵人笑说道："帝星动摇，主天子好游。"炀帝笑道："朕好游乐，原是小事，却如何上于天象？"袁贵人便正色奏道："天子是一国之主，一举一动，都应天象。所以圣王明主，便刻刻小心，不敢放肆，原是怕这天象。"炀帝听了这话，也不答言，只是怔怔地抬头望着天上。半晌，问道："紫薇垣中为何这等晦暗不明？"袁贵人见问，便低下头去，说道："这是外天台臣工的职分，妾不敢言。"炀帝说道："天上既有现象，贵人便说说也有何妨？"再三催迫着，袁贵人只说得两句道："紫薇晦暗，只怕陛下享国不久！"炀帝听了，也默默不语。袁贵人怕炀帝心中不乐，忙劝着酒。一边说道："天上虽然垂象，陛下但能修德行仁，也未始不可挽救。"

他两人在台上正静悄悄的，忽见西北天上一道赤气，直冲霄汉。那赤气中，隐隐现出龙纹。袁贵人吃了一惊，忙说道："这是天子之气，怎么却在这地方出现啊！"炀帝也回头看时，果然见红光一缕，结成龙纹，照耀天空，游漾不定。炀帝便问："何以知道是天子之气？"袁紫烟道："这是天文书上载明的，五彩成纹，状如龙凤，便是天子之气。气起之处，便有真人出现。此气起于参、井两星之间，只怕这真人便出现在太原一带地方。"

谁知这夜炀帝和紫烟正在向司天台上看西北方的赤气，第二天便有外司天台的臣工奏称："西北方有王气出现，请皇上派大臣去查察镇压。"接着又有边关上几道告急表章："第一道表章，称弘化郡以至边关一带地方，连年荒旱，盗贼蜂起，郡县无力抵御，乞皇上早遣良将，前去剿捕的话；第二表章，却是兵吏两部共举良将，称关右十三郡盗贼蜂起，郡县告请良将，臣等公推现任卫尉少卿李渊，才略兼全，可补弘化郡留守，责成剿捕盗贼这一番话。炀帝看了，便在第二表章上批下旨语道："李渊既有才略，即着补授弘化郡留守，总督关右十三郡兵马，剿除盗贼，安抚民生"等话。发了出去，只觉心中不快，便信步在内苑中闲走。

才走到一丛沿水的杨柳树下面，一阵风来，度着娇滴滴的歌声。炀帝听了，心中便快活起来，急急寻着歌声走去。只见一个美人，临流坐在白石栏杆上，扭转柳腰，低垂粉颈，趁着娇喉，唱道：

> 杨柳青青青可怜，一丝一丝拖寒烟。
> 何须桃李描春色，画出东风二月天？
> 杨柳青青青欲迷，几枝长锁几枝低。
> 不知萦织春多少？惹得宫莺不住啼。
> 杨柳青青几万枝，枝枝都解寄相思。
> 宫中那有相思寄？闲挂春风暗皱眉！
> 杨柳青青不绾春，春柔好似小腰身。
> 漫言宫里无愁恨，想到秋风愁煞人！
> 杨柳青青压禁门，翻风挂日欲销魂。
> 莫夸自得春情态，半是皇家雨露恩。

那美人正要接下去唱时，炀帝已悄悄地走在她身后，伸手抚着她的脖子，笑说道："美人为何如此关情杨柳？江南杨柳正多着，朕带你到江南游玩去。"几句话把那美人吃了一惊，回过脸来，见是万岁，忙跪下地去接驾。炀帝认识她是袁宝儿。

这袁宝儿进宫来不久，原是长安令进献的，生得伶俐乖巧，又是天生成一副娇喉，能唱各种歌曲。炀帝十分宠爱她，当下为了到江南去的一句话，又连带想起到西北方巡游去镇压皇气，因此调动百万人夫，掘通御河，盖造江都行宫；这一场大工程，不知道断送了百姓多少性命，糟蹋了天下几多钱财。

这一番情形都是申厚卿家里一个老宫人传说出来。厚卿的姑夫、姨丈，有很多在宫廷里做官的，也常常把炀帝在宫中一举一动传说出来，听在厚卿耳中。如今他在舅父朱承礼家中作客。只因他和表妹娇娜小姐结下了私情，他舅父的姨娘很多，却个个爱和厚卿兜搭说话。厚卿只因和娇娜小姐恩情很厚，怕得罪了她们，于娇娜小姐有什么不方便的地方，因此常常在花前灯下，搬几桩宫廷中的故事来讲讲。上面说的隋炀帝第一次看琼花、秦夫人假装花朵、妥娘花瓣引帝、侯夫人含冤自尽，以及冶儿舞剑、炀帝选美、袁贵人识天文，种种宫闱艳闻全是厚卿传说出来的。

那班姨娘听厚卿说故事，越听越有趣，却天天成了功课。一有空，便拉着厚卿讲炀帝的故事。厚卿终日埋身在脂粉堆里，原是十分有艳福的，只是厚卿一心在娇娜小姐身上，却也淡淡的。只有那大姨娘飞红，她自从厚卿初来，便有了意思。从此一天亲近似一天，言里语里，总带几分情意。听厚卿讲故事的时候，也只有她挨近身去坐着。平日厚卿的饮食冷暖也只有大姨儿最是关心。厚卿明知道她一番情意，但一来因自己一颗心被娇娜小姐绊住了，二来又因舅父面上，却不敢放肆。因此一个却成了有意的落花，一个却做了无情的流水。但飞红只因要买服厚卿的心，每夜更深人静，厚卿悄悄地走上门来，在她卧房门外走过，到娇娜小姐房中去，她原是每夜听得的，只望日久了，厚卿也分些情爱在她身上，因此她非但不肯去破她们的好事，还暗暗地在背地里照应他。每到夜里，便悄悄地把自己身旁的丫头仆妇打发下楼去。看房门、路口有什么碍脚的物件，便暗暗地替他搬开了，怕厚卿在暗中摸索着，被器物绊翻了身体，跌坏了他的心痛的。这一番深情蜜意叫厚卿如何知道？一任她和一盆火似地向着，他总是冷冷地看待她。

看看从秋到冬，从冬到春，厚卿和娇娜小姐二人真是如胶似漆，难舍难分。在娇娜小姐的意思，自己这个身体终是厚卿的了，这样偷偷摸摸的，总非长久之计，便暗暗地催着厚卿两人暂时分别着，快回家去挽人出来向自己父亲求亲。父亲是十分看重外甥儿的，他看在姊弟份上，总没有不答应的。厚卿原知道娇娜小姐是好话，无奈舍不得娇娜小姐天仙般的一个美人儿，因此一天一天的延俟着。

　　看看考期已近，他舅父便叮嘱他温理文章，准备进京去夺取功名。在厚卿心里，却因炀帝无道，满朝全是奸臣，将来便是得了功名，也和这班小人合不上的，意思不愿去考取功名。无奈何娇娜小姐再三劝他，得了一官半职，也使闺中人吐气。厚卿没奈何，日间在书房中埋头用功，一到黄昏人静，便向娇娜房中一钻。他两人眼见分离在即，便说不尽的恩言爱语。厚卿声声答应俟考期一过，便回家去求着父母，挽媒人前来求亲。

　　谁知他们闺房中的恩情说话，却句句听在飞红耳中。她见这表兄妹二人，如此深情蜜意，越发勾动得她春心跳荡。隔了几天，看看合府上都睡静了，厚卿便按着时候，悄悄地会他心上人去。走上楼梯，正在暗中摸索着；忽觉劈空里伸过一只手来，拉住厚卿的臂儿。厚卿他握手时，纤细滑腻。接着那人贴过脸来，只觉得香软温暖。悄悄地凑在厚卿耳边说道："我的好宝贝哥儿！你莫害怕，是你大姨娘和你说话呢。我有多少心腹话儿对哥说，趁这夜深时候，人不知鬼不觉的，快跟我到房里去，我们好说话儿。"厚卿是偷情来的，原不敢声张，被她死拉住了臂儿，便挣扎也不敢挣扎，只是乖乖地跟着她走进卧房去。那飞红见厚卿进了房，便轻轻地将房门下了闩，转过身来，花眉笑眼地把厚卿拉在床沿上坐下，又剔明了灯。厚卿看飞红的粉腮儿上，两朵红云，红得十分鲜艳；那水盈盈的两道眼光，不停地向自己脸上斜溜过来。放下帐门，拿厚卿和抱小孩儿一般地抱在怀里。厚卿虽新近学得窃玉偷香，却从不曾见过这阵仗儿，早吓得他胸头小鹿儿不住地乱撞。嘴里只是低低地央告道："好大姨娘！咱们规规矩矩地说着话儿，莫这样动手动脚的！"

娇娜小姐在隔房听得飞红如此揉搓她的心上人儿，她又是气愤，又是心痛，又是害怕，只是暗暗地哭泣。想起自己终身大事，怕要坏在这大姨娘身上，想到伤心之处，便不由得不呜呜咽咽地痛哭起来。这一哭，直哭到四更向尽。是厚卿在隔房里听得了，再三央求着飞红，放他到娇娜房中去。

这一夜厚卿幸而不曾糟蹋了身子，在飞红见厚卿这一副可怜的神情，便也不忍得逼迫他。只是要厚卿答应她，从此分些情意于她，她便肯在暗中竭力帮助，劝她老爷答应他表兄妹两人的婚姻。她指望厚卿和娇娜成了眷属，两家可以时常来往，她和厚卿也得时常见面。能得厚卿一朝分些情爱与她，便也是终身的幸事了。这一点可怜的痴情，在厚卿当时，正要得她的帮助，也权宜答应了她。

欲知后事如何，且听下回分解。

第十一回 玉环赠处郎心碎
锦缆牵时殿脚行

那朱太守姬妾满前，广田自荒。飞红又是一个伶俐妇人，见了这玉也似一般的书生，岂有不动心之理？因此万种深情一齐寄在厚卿身上。她也明知自己是姬妾下陈，厚卿是一个公子哥儿，万不敢存独占的想望，只盼得厚卿肯略略分些恩情与她，已是终身之幸了。自从那夜一番情话以后，在飞红认作是厚卿的真情，便从此赤胆忠心地帮助厚卿起来。在背地里又百般安慰着娇娜小姐。

娇娜小姐原也感激飞红的一片好意，但爱情这件东西是得步进步的，只怕日久生变。便悄悄地叮嘱厚卿，早早动身赶考去。待到将来婚姻成就，那时正名正气，也不怕飞红变卦了。厚卿听了娇娜小姐一番话，只得向他舅父告辞，说要早日动身赶考去。如今路上各处建造行馆，开掘御河，怕沿路都有阻梗，不如早日启行的为是。朱太守听他外甥哥儿的话说得也是，那荣氏便忙着替厚卿料理行装，又制了许多路菜。诸事齐备，便在内室设下饯行的筵宴。依旧是朱太守和荣氏带着安邦公子和娇娜小姐，以及飞红、醉绿、眠云、漱霞、楚岫、巫云这六位姬人，团团坐了一大圆桌。

离筵原不比会筵，分别在即，彼此心中不免有些难舍难分。

又加娇娜小姐和厚卿有了私情，在众人眼前，要避去嫌疑，愈是不肯多说话。再者，她心中别恨离愁，柔肠九曲，再也找不出话来说了。那大姨娘飞红原是一只响嘴老鸦，平日只有她一个人的说话。如今在这离筵上，她心中的委屈便好似哑子吃黄连，说不出的苦。她看看厚卿玉貌翩翩，这几天才得和他亲近，还不曾上得手，便一声说要离去了，好似拾得了一件宝贝，便又失去了，叫她如何不心痛？因此她当时也默默的。那五位姨娘见大姨娘默默的，大家也便默默的。在席上只有荣氏叮嘱厚卿路上冷暖小心、朱太守吩咐厚卿努力功名的话。潦草饮了几杯，也便散去了。

到了当晚更深入静的时候，娇娜小姐房中却又开起离筵来。这筵席上的酒菜都是飞红瞒着众人一手料理的。娇娜小姐在日间筵席上不敢说的话，到了这时候，他二人促膝相对，那深情密意，伤离惜别的话，便絮絮滔滔地说个不完。飞红陪在一旁，一会儿替厚卿斟着酒，一会儿替厚卿拭着泪。看娇娜小姐和厚卿两人，唧唧哝哝地，说一回，哭一回。飞红自己也有一半的心事，在一旁也陪着淌眼抹泪的。这一场泣别，直哭到五更向尽。还是飞红再三劝解，又因厚卿明天一早要起程的，才慢慢地住了哭。

娇娜小姐拿出一个白玉连环来赠给厚卿，说道："伴着哥哥的长途寂寞，玉体双连，宛似俺二人终身相守。天可见怜，婚姻有圆满之日，洞房之夜，便当以此物为证。"厚卿接了这玉连环，便随手在汗巾子上解下一个翡翠的双狮挂件来，揣在娇娜小姐的手里，顺手在她玉腕上握了一握说道："妹妹闺中珍重，他日相见，愿长保玉臂丰润。"说着，匆匆地退出房去。他两人一步一回头地，娇娜小姐直送到扶梯口，实在撑不住了，便伏在扶手栏杆上呜呜咽咽地痛哭起来。这里飞红把厚卿送下楼去，悄悄地拿出一面和合小铜镜来。揣在厚卿怀里，也说了一句："哥儿珍重，长保容颜。"便送他进书房去了。厚卿这一宵昏昏沉沉的，到得自己房里，只伏在枕上流泪。一会儿天色大明，荣氏进房来料理起身。从此侯门一别，萧郎陌路。这且不去说他。

我如今再说隋炀皇帝因要重幸江都，带着众妃嫔海行不便，便想出一个开掘御河、放孟津的水直通扬州的法子来。一路上开山破城，不知道费了多少人力。好不容易，掘通了一条淮河，便把孟津闸口放开。那孟津的水势，比御河原高有几丈，待到闸口一放，那股水便翻波作浪滔滔滚滚地往御河奔来。从河阴经过大梁、汴梁、陈留、睢阳、宁陵、彭城一带，一直向东，通入淮水。果然清波荡漾，长堤宛转，好阔大的河面。这一场工役，拘捉的丁夫原是三百六十万人，到河道开成，只剩得一百一十万人。那管工的节级队长原是五万人，到后来只剩得二万七千人。此外沿途受害的人民也有十多万人。总算起来，造成这条御河，共送去三百万条性命。

炀旁见御河已通，十分欢喜，便吩咐工部打造头号龙舟十只，是供皇帝、皇后坐的；二号龙舟五百只，是与十六院夫人和众妃嫔美人坐的；其余杂船一万只，一并限三个月完工。那工部接了谕旨，不敢怠慢，忙发文书给各郡州县，分派赶造。大县造三百只，中县造二百只，小县造一百只。那州县官员又照上中下三户分派与百姓，也有大户独家造一只的，也有中户三五家合造一只的，也有下户几千家合造一只的。那龙舟要造得十分富丽，每一船动辄要上万的银两，方能造成。可怜便是上户人家，也弄得精疲力尽，中、下户人家，益发不用说起。那沿江、沿淮一带地方，家家户户，无一人不受他的祸，亡家破产，卖儿鬻女，弄得百姓十室九空，才把所有龙舟造齐，一字儿排在御河的白石埠头上。

炀帝吩咐在龙舟上排宴，亲自带领文武百官，来到御河上一看，只见碧波新涨，一色澄清，水势漾漾，一望如镜。再看那头号龙舟，有二十丈长，四丈多宽。正中蠢起了三间大殿，殿上起楼，楼外造阁。殿后依旧造一带后宫，四周围绕着画栏曲槛，玲珑窗户，壁间全用金玉装或五色图画，锦幕高张，珠帘掩映。满船金碧辉煌，精光灿烂。炀帝在船上四处巡游一回，心中颇觉得意。便在大殿上和群臣饮酒。

饮酒中间，炀帝忽然说道："龙舟果然造得富丽堂皇，只是太长太宽了些，似宫殿一般的。一只船篙也撑不动，橹也摇不动，行走时迟缓万分，不但朕在船中十分昏闷，似此慢慢行去，不知何日得到江都？"说话之间，那黄门侍郎王宏便奏对道："这不消陛下劳心，臣奉旨督造船只的时候，已将缎匹制成锦帆，趁着东风，扬帆而下，何愁迟缓？"炀帝听了，沉吟了一会说道："锦帆原是巧妙，但也须有风才好。遇到无风的天气，岂不又是寸步难行了吗？"王宏接着又奏道："臣也曾把五彩绒打成锦缆，一端缚在殿柱上，一端却令人夫牵挽而行，好似宫殿长出脚来。便是无风之日，也能极平稳地行着。"炀帝听了，这才大喜道："卿真是有用之才！"便赐酒三杯。

说话之间，只见那萧怀静接着又奏说道："锦缆虽好，但恐那人夫粗蠢，陛下看了不甚美观。何不差人到吴越一带地方选取十五六岁的女子，打扮成宫装模样，无风时上岸牵缆而行，有风时持桨绕船而坐？陛下凭栏闲眺，才有兴趣。"炀帝听了，不禁连声称妙。便问王宏道："船上共需多少女子，方可足用？"王宏略略计算了一会，便奏道："每一只船有十条锦缆，每一条缆须用十个女子牵挽，十缆共用一百名女子，十只大龙船共计要选一千名女子，方才够用。"炀帝笑道："偌大一只龙船，量这一百名娇小女孩儿，如何牵挽得动？朕意须添一千名内侍帮助着，才不费力。"萧怀静接着奏道："内侍帮助，臣以为不可。陛下用女子

牵缆，原图个美观。倘用男子夹杂其间，便不美观了。倘陛下顾
怜那班女孩儿，臣却有一计：古人尽多用羊驾车的，不如添入一
千头玉色山羊。每一女子手中拿一条彩鞭赶着山羊，人和山羊一
齐牵着锦缆。那山羊又有力，配着娇艳的女子，好似神女牧羊，
又是十分美观。圣意以为何如？"炀帝听了，十分欢喜，连说：
"卿言深得朕心！"

　　这一席酒，君臣们商商量量，吃得十分有兴。当时散席回宫
立刻传下圣旨，一面差得力的太监到吴越一带地方去选一千名美
女，一面着地方官挑选白嫩的山羊一千头。那牵缆的美女称作殿
脚女，只因龙船得了牵缆的女子，便能行走，好似宫殿长了脚的
一般。

　　那炀帝自从那日观察龙船回宫来，心中十分满意，告与萧后
和众夫人知道。那夫人们听说龙舟有如此好处，便撒痴撒娇地奏
明皇帝，也要跟皇上去看龙舟。炀帝拗她们不过，到第二天，便
又带了后妃，排驾到御河埠头去看赏龙舟。众夫人见了龙舟，便
嬉嬉笑笑地十分欢喜，大家在船舱里随喜了一会。你说我爱这个
舱房明静，她说我爱那个舱房宽敞。炀帝便替十六院夫人和一众
宠爱的妃嫔，预定了舱位。又在大殿上设下筵席，众后妃开怀畅
饮起来。众夫人到了这新造的龙舟里，便格外有了精神，大家歌
的歌，舞的舞，劝酒的劝酒。炀帝是一位快乐皇帝，见了这情
形，便十分快乐。看一回舞，听一回歌，饮一回酒，不觉吃得酩
酊大醉。众夫人见皇上醉了，忙忙扶上玉辇回宫去。炀帝虽觉酣
醉，只因心下畅快，还支持得住，和众夫人同坐在玉辇上，只是
调笑戏耍。

　　车驾方到半路，只见黄门官拦街奏道："有洛阳县令贡献异
花。"炀帝原是爱玩花草的，听说有异花，忙传旨取花来看。众
宫嫔将花捧到辇前。炀帝睁着醉眼观看，只见那花茎有三尺来

高，种在一个白玉盆里，花瓣儿长得鲜美可爱，一圈深紫色镶着边，花心儿却洁白如玉。拿手指抚摸着，十分滑腻，好似美人的肌肤一般。最奇的每一个蒂儿上，却开着两朵花，芬芳馥郁，一阵阵送在炀帝鼻管里，心脾清爽，连酒醉也醒了，便觉精神百倍。炀帝捧着花儿，只顾嗅弄，心中十分爱悦。便问："这花有何妙处？"便有黄门官奏称："此花妙处，据洛阳令奏说，香气耐久，沾染衣襟，能经久不散。那香味既能醒酒，又能醒睡。"炀帝又问："此花是何名儿？"黄门官又奏说："此花乃从嵩山坞中采来，因与凡花不同，便敢进献，实在连那洛阳令也不知道它的名儿。"炀帝听了，略略沉思一会，说道："此花迎着朕辇而来，又都是并蒂，朕便赐它一个名儿，称作合蒂迎辇花吧。"说着，便催动车驾，进了西苑。

众夫人见小黄门怀中捧着那合蒂迎辇花，大家便上前来争夺。这位夫人说："此花待贱妾养去，包管茂盛。"那位夫人说："此花待贱妾去浇灌，方得新鲜。"众夫人正纷纷扰扰的时候，炀帝笑说道："此花众夫人都不可管，惟交给袁宝儿管去，方得相宜。"众夫人听了，都不服气，说道："这陛下也忒偏心了！何以见得俺们都不及袁宝儿呢？"炀帝笑说道："众夫人不要说这小器量的话，须知道这袁宝儿原是长安令进贡来御车的。这花朕又取名叫迎辇花，御车女管迎辇花，岂不是名正言顺？"说着，便传袁宝儿来，亲自将这花交给她，又叮嘱好好看管。那袁宝儿自从那日炀帝偷听了她的歌儿，从此恩宠日隆。如今又做了司花女，便每日摘一枝在手中，到处跟定炀帝。炀帝因花能醒酒、醒睡，便时时离花不得，也便时时离宝儿不得，因此宝儿受的恩宠越发厚重了。这却不去提他。

如今再说炀帝自从开通了御河、造成了龙舟以后，便在宫中坐立不安，恨不得立刻坐着龙舟到江南去。无奈那一千个殿脚女还不曾选齐，那锦缆无人拉得，心中十分焦躁。忽然那西苑令马守忠进宫来求见。

那马守忠专管西苑一切工程事务的，如今听说皇上要抛下西苑游幸江都去，心中老大一个不乐。这一天他抓住一个大题目，进宫来劝谏炀帝，说道："古来帝王一行一动都关大典。陛下前次西域开市，受着远路风霜，已是不该的了。但开拓疆土尚算得是国家大事。如今陛下游幸江南，全是为寻欢作乐，驾出无名，只怕千秋万岁后，陛下受人的指摘。往年陛下造这一座西苑的时候，穷年累月，千工万匠，也不知费了多少心机，花了多少银钱，才盖成这五湖四海三神山十六院。这般天宫仙岛也似的风景，陛下何必抛弃了它再去寻什么江南景色？"这一番话，如何能劝得转炀帝的心意？只是驾出无名的一句话，炀帝细心一想，却有几分道理。如今这样大排场地巡幸出去，总得要借作大名儿，才可免得后世的笑骂。

当下炀帝在满肚子思索一回。忽然被他想起昨日遇见宇文达上奏章，说辽东高丽多年不进贡了。朕不如借征辽东为名，却先发一道诏书，传达天下，只说御驾亲征，却另遣一员良将，略带兵马前往辽东，虚张声势。朕却以征辽为名，游幸为实，岂不把这场过失遮掩过去了。当下主意已定。

第二天大开朝议，炀帝把这旨意宣下群臣，又下一道征辽诏书。上面写道："大隋皇帝，为辽东高丽不臣，将兵征之。先诏告四方，使知天朝恩威并著之化。诏曰：'朕闻宇宙无两天地，古今惟一君臣。华夷虽限，而来王之化不分内外。风气即殊，而朝宗之归自同遐迩。顺则援之以德，先施雨露之恩；逆则讨之以威，聊以风雷之用。万方纳贡，尧舜取之鸣熙；一人横行，武王守以为耻。是以高宗有鬼方之克，不惮三年；黄帝有涿鹿之征，何辞百战。薄伐狎狁，周元老之肤功；高勒燕然，汉嫖姚之大捷。从古圣帝明王，未有不兼包胡蛮夷狄而共一胞与者也。况辽东高丽，近在甸服之内，安可任其不廷，以伤王者之量；随其梗化，有损中国之威哉？故今爰整干戈，正天朝之名分；大彰杀伐，警小丑之跳梁。以虎贲之众，而下临蚁穴，不异摧枯拉朽；以弹丸之地，而上抗天威，何难空幕犁庭？早知机而望风革面，犹不失有苗之格；倘恃顽而负固不臣，恐难逃楼兰之诛。莫非赤子，容谁在覆载之外？同一斯民，岂不置怀保之中。六师动地，断不如王用三驱；五色亲裁，聊以当好生一面。款塞及时，一身可赎；天兵到日，百口何辞？慎用早思，无遗后悔。故诏。'"

却好这诏书发下，那一千名殿脚女也已选齐，便分派在十只大龙舟上。一缆十人，一船百人。有风时挂起锦帆，各持着镂金兰桨，绕船而坐；无风时各牵着锦缆、彩鞭，逐队而行。那总管太监也煞费苦心，教练了多日。炀帝便下旨着越王守国，留一半文武，辅佐朝政；又命礼官，选一个起行吉日。

到了这一日，炀帝和萧后果然龙章风藻，打扮出皇家气象，率领着十六院夫人和几位宠爱的妃嫔，共坐了一乘金围玉盖的逍遥宝辇。还有那三千美女、八百宫嫔都驾着七香车，围绕在玉辇前后。众内侍一律是蟒衣玉带，骑在马上。又因有征辽的名儿，銮舆前，却排列着八千锦衣军。龙旗招展，凤带飘摇，沿着御道排列着，足足有十里遥远。

一声号炮响，正要起驾，忽听得一派哭声，从宫中涌出。只见上千宫女聚成一堆，和一阵风似地直撞在御辇前，拦住马头，不容前进。只听得一片娇喉，齐声嚷道："求万岁爷也带我们往江都去！"原来炀帝宫中宫女最多，虽有上万龙舟，毕竟也装载不尽，只能带得三千名，留下这一千名看守故宫。

这一千名宫女，看见不得随行，因此撒痴撒娇地拥住车驾，不肯放行。炀帝平素看待宫女，俱有恩情；今见这般行状，也便不忍叫兵士打开。亲自倚定车辕，拿好言安慰众人道："你们好好安心在此看守宫苑，朕此番去平定辽东，少则半载，多则一年，车驾便回。"那班宫女如何肯听说，便个个不顾死活，上前挽留。也有拉住帏幔的，也有攀住轮轴的，也有爬上车辕来的，也有跪倒在地下痛哭的。炀帝看看没奈何，只得下一下狠心，喝士兵们驱车直前。那兵士们领了旨意，便不顾宫女死活，推动轮轴，向前转去。可怜众宫人俱是娇嫩女子，如何抵挡得住，早被车轮挤倒的挤倒，轧伤的轧伤，一霎时血迹模糊，号哭满路。炀帝在玉辇中听得后面众宫女一派啼哭之声，心下也觉有些不忍，便传唤内侍，取纸笔过来。便在辇上飞笔题了二十个字道："我慕江都好，征辽亦偶然。但存颜色在，离别只今年。"吩咐把这诗笺传与众宫女知道，不须啼哭。那宫女看了诗，也无可奈何，只得一个个凄凄惨惨地回进宫去。

这里御辇到了白石埠头，也不落行宫，炀帝带了后妃众人，一径上船。帝后坐定了十只大龙舟，用铜索接连在一起，居于正中。十六院夫人分派在五百只二号龙舟里，却分一半在前、一半在后，簇拥着大龙舟。每条船各插绣旗一面，编成字号。众夫人、美人依着字号居住，以便不时宣召。一万只杂船却分坐着文武官员和黄门内侍，随着龙舟，缓缓而行。只听着大船上一声鼓响，大小船只鱼贯而进；一声金鸣，各船便按队停泊。又设十名郎将，称为护缆使，不住地在龙舟周围巡视。虽说有一万只龙舟、几十万的人夫几乎把一条御河填塞满了，却是整齐严肃，无一人敢喧哗，无一船敢错落的。龙舟分派已定，便有大臣高昌带领一千殿脚女，前来见驾。炀帝看时，一个个长得风流体态，窈窕姿容。略略过目，便传旨击鼓开船。

恰巧这一天风息全无，张不得锦帆。护缆郎将便把一千头白山羊驱在两岸，又押着殿脚女一齐上岸去牵缆。那一班殿脚女都是经过教练的，个个打扮得妖妖娆娆，调理得袅袅婷婷。只听船上画鼓轻敲，众女子柳腰款摆，那十只大龙舟早被一百条锦缆悠悠漾漾地拽着前行。炀帝携着萧后，并肩儿倚在船楼上，左右顾盼，只见那两岸的殿脚女，娥眉作队，粉黛成行。娥眉作队，一千条锦缆牵娇；粉黛成行，五百双纤腰显媚。香风蹴地，两岸边兰射氤氲；彩袖翻空，一路上绮罗荡漾。沙分岸转，齐轻轻侧转金莲；水涌舟回，尽款款低横玉腕。袅袅婷婷，风里行来花有足；遮遮掩掩，月中过去水无痕。羞煞临波仙子，笑她照水嫦娥。惊鸿偎态，分明无数洛川神；黛色横秋，仿佛许多湘汉女。似怕春光去也，故教彩线长牵；如愁淑女难求，聊把赤绳偷系。正是珠围翠绕春无限，再把风流一线串。

炀帝在船楼上越看越爱，便对萧后说道："朕如此行乐，也不枉为了天子一场！"萧后也回奏道："陛下能及时行乐，真可称得达天知命！"站了一刻，萧后下船楼去。炀帝便也走下楼去，靠定船舷，细细观看。只见众殿脚女行不上半里，个个脸泛桃红，颈滴香汗。看她们朱唇一开一合的，便有几分喘息不定的神气。原来此时是四月初上的天气，新热逼人，日光又紧逼着粉面。这殿脚女全是十五六岁的娇柔女子，如何当得起这苦楚，所以走不多路，便露出这狼狈形状来。炀帝看了，心中暗想，这些牵缆的女子，原贪看她美色娇容。若一个个的都是香汗涔涔、娇喘吁吁地行走着，不但毫无趣味，反觉许多丑相。便慌忙传旨，叫鸣金停船。那殿脚女一齐收了缆回上船来。萧后见停住了船，不知何故。急问时，炀帝说道："御妻你不见这班殿脚女，才走不上半里路程，便一齐喘急起来，若再走上半里，弄得个个流出汗来，脂粉零落，还成甚么光景？故朕命她们暂住，必须商量一个妙法，才免了这番丑态。"萧后笑道："陛下原是爱惜她们，只怕晒坏了她们的嫩皮肤！"炀帝也笑道："御妻休得取笑，朕并不是爱惜她们，只是这般光景，实不美观。”

当帝后谈论的时候，恰恰有翰林院学士虞世基随侍在一旁，便奏道：“依臣愚见，这事也不难，只须陛下传旨，将两岸上尽种的垂丝杨柳，望去好似两行翠幛，怕不遮尽了日光。”炀帝听了，又摇着头说道：“此法虽妙，只是这千里长堤，一时叫地方官怎能种得这许多柳树？”虞世基奏道：“这也不难，只须陛下传一道旨意下去，不论官民人等，但有能栽柳一株的便赏绢一匹。那穷苦小民只贪小利，不消五七日，便能成功。”炀帝称赞道：“卿真有用之才也！”便传旨出去，着兵工二部，火速写告示，飞马晓谕两岸相近的百姓人家：有能种柳树一株的，赏绢一匹。又着许多内侍，督同户部官员，装载无数绢匹银两，沿途按树发给。

真是钱可通神，不上一日工夫，这近一百里的两岸，早已把柳树种得密密层层。炀帝坐在船上，看众百姓种柳树种得热闹，便说道：“这才是君民同乐！朕也亲种一株，留作纪念。”说着带领百官，走上岸来。众百姓见了，一齐拜倒在地。炀帝走到柳树边，选了一株，早有许多内侍把那柳树移去，挖了一个深坑，栽将下去。炀帝只把手在上面摸了一摸，便算是亲种的了。

欲知后事如何，且听下回分解。

第十二回　画长眉绛仙得宠
幸迷楼何稠献车

众百姓见炀帝亲自来种柳树，大家便愈加踊跃，不消五七天工夫，把这千里隋堤，早已种得和柳巷一般。春光覆地，碧影参天，风来袅袅生凉，月上离离泻影。炀帝看了，连称"好风景"，又对萧后说道："从前秦始皇泰山封禅，一时风雨骤至，无处躲避。幸得半山上五株大松树遮盖，始皇说它有功，便封它为大夫，称五大夫松。如今朕游幸江都，全亏这两行柳路遮掩日光，亦有大功，朕便赐它一个御姓，姓了杨吧。"因此后世的人，唤柳树便唤杨柳。当时萧后见炀帝加封柳树，便凑趣道："今日陛下得了同姓的功臣，也该庆贺。"便命左右看上酒来，奉与炀帝。炀帝接酒笑道："真可当得一个功臣！"饮了几杯，便命击鼓开船。

一声鼓响，一千殿脚女依旧上岸去牵着锦缆，手擎着彩鞭，赶着山羊，按步走去。此番两堤种了杨柳，碧影沉沉，一毫日影也透不下来，时时有清风拂面，凉爽可人。那众殿脚女在两岸走着毫不觉苦。炀帝带着众夫人在龙舟上饮一回酒，听一回歌，乘着酒兴，便带了袁宝儿到各处龙舟上绕着雕栏，将两岸的殿脚女细细地选着。只见那些女子绛绢彩袖、翩跹轻盈，一个个从绿杨荫中行过，都长得风流苗条，十分可爱。

第十二回　画长眉绛仙得宠　幸迷楼何稠献车

看到第三只龙舟上，只见一个女子，更长得俊俏：腰肢柔媚，似风前杨柳纤纤；体态风流，如雨后轻云冉冉。一双眼秋水低横，两道眉春山长画。白雪凝肤，而鲜艳有韵；乌云挽髻，而滑腻生香。金莲款款，行动不尘；玉质翩翩，过疑无影。莫言婉转都堪爱，更有消魂不在容。炀帝对着那女子从上看到下、从下看到上，看了半天，大惊道："这女子柔媚秀丽，竟有西子、王嫱般姿色，如何却杂在此中？"

炀帝正出神时候，忽见朱贵儿、薛冶儿奉了萧后之命，来请皇上饮酒。炀帝只是把两眼直直地注定在岸上，任你百般催请，他总给你个不睬。朱贵儿见请炀帝不动，只得报与萧后，萧后笑道："万岁又不知着了谁的魔了！"便同十六院夫人一齐都到第三只龙舟上来。只见炀帝倚定栏杆，那两道眼光，齐齐注射在岸上一个女子身上。萧后也赞道："这女子果然长得娇媚动人！"又说："远望虽然有态，近看不知如何。何不宣她上船来一看？"一句话提醒了炀帝，便着人去传宣。待宣到面前看时，不但是长得风流袅娜，她脸上画了一双弯弯的长眉，好似新月一般；最叫人动心的是明眸皓齿，黑白分明，一种奇香，中人欲醉。炀帝看了，喜得眉欢眼笑，对萧后说道："不意今日又得了这绝色美人！"这句话说了又说。萧后也说道："陛下天生艳福，故来此佳丽，以供玩赏。"

炀帝叫把那女子唤到跟前，问道："美人是何处人？唤甚名字？"那女子娇羞腼腆地答不出话来，左右宫女又一连催问着，她才低低地答道："贱妾生长在姑苏地方，姓吴，小字唤作绛仙。"炀帝又问："今年几岁了？"绛仙奏称十七岁。萧后在一旁说道："正在妙龄。"问她："曾嫁丈夫么？"绛仙害羞，把头低着，只是不说话。萧后在一旁凑趣道："不要害羞，只怕今夜便要嫁丈夫了！"炀帝听了，笑道："御妻倒像做媒人的！"萧后也笑说道:"陛下难道不像个新郎!"众夫人接着说道:"婢子们少不得有会亲酒吃呢!"你一言,我一语,愈把个吴绛仙调弄得羞答答的,只是背过脸儿去,说不出一句话来。这模样儿叫人越看越觉可怜,炀帝传旨,鸣金停船。

这时天已昏黑,船舱内灯烛齐明,左右排上夜宴,炀帝与萧后并肩坐在上面,十六位夫人分坐在两旁。那妥娘、贵儿、杏娘、俊娥、宝儿、冶儿、紫烟一班得宠的美人一字儿随立在炀帝身后。宫人指点绛仙斟上两杯酒去,一杯献与萧后,一杯献与炀帝。那绛仙却也很知礼节,双手捧着金杯儿,走到炀帝跟前去,双膝跪倒,把那金杯儿高高举起。炀帝正一心宠爱着她,如何舍得她跪,忙伸手去接过酒杯来,握住她纤纤玉手,说道:"你也伴着朕在一旁坐下。"绛仙忙谢恩说道:"有娘娘和众夫人在此,焉有贱婢的座位。贱婢得侍立左右,已是万幸。"几句话说得伶伶俐俐,炀帝听了,更是欢喜。说道:"你既守礼不肯坐,那酒总可以吃得的。"说着,唤宫女送上酒来,赐绛仙饮酒。绛仙饮了一杯,又跪下去谢恩。炀帝趁势握住绛仙的手不放。众夫人见炀帝有几分把持不定,便都凑趣,你奉一杯,我献一盏,把个炀帝灌得醉眼乜斜。炀帝到此时,却忍耐不住,便站起身来,一只手搭在绛仙的肩上,只说得一句:"朕不陪你们了!"竟退入后宫临幸绛仙去了。

这一宵恩爱,炀帝直把个吴绛仙当作天仙一般看待。次日直睡到晌午,还和绛仙在床上绸缪。绛仙再三劝谏道:"婢子蒙万岁收录,随侍之日正长。若垂爱太过,只恐娘娘见罪。"炀帝道:"这娘娘是再也不嫉妒的。"绛仙说道:"娘娘虽不嫉妒,也要各守礼分。"炀帝被她说不过,方才起身梳洗。果然萧后见炀帝贪欢晚起,心中大不欢喜,见着面便说道:"陛下初幸新人,正要穷日夜之欢,如何这早晚便起身了!"炀帝明知萧后说话里有醋意，且故意笑说道："只因绛仙柔媚可人，朕便不觉昏昏贪睡，是以起身迟了，御妻休怪。"萧后听了，却也不好意思再说，便邀着炀帝同出宫去用了早膳。吃酒中间，炀帝又提起绛仙来，说道："朕最爱绛仙两弯长眉，画得十分有韵。"正谈论时候，忽见一个黄门官进来，奏道："波斯国进献螺子黛。"炀帝大喜道："这波斯国却也凑趣，正要取来赐与绛仙画眉。"传旨将螺子黛取来，当筵打开，分了一斛，着宫人去赐与绛仙。

这日绛仙因起身迟了，尚在后宫梳洗。宫女捧着螺子黛，正要送进去，炀帝吩咐传话给绛仙道："你对她说，这螺子黛是波斯宝物，画眉最绿，最有光彩。今朕独赐与她画长眉用，叫她快画成了，出来与大家赏玩。"内侍传旨，忙把螺子黛送去，交与绛仙。绛仙这时要卖弄才情，便信笔写了四句诗，叫内侍拿出去，呈与炀帝，算是谢恩；一面细细地画着蛾眉。那诗道："承恩赐螺黛，画出春山形。岂是黛痕绿，良由圣眼青！"炀帝看了诗句，愈加欢喜，对萧后说道："绛仙诗句清新，不在班婕妤之下。朕意也要将她拜为婕妤，御妻意下如何？"萧后忙奏道："听说绛仙曾许嫁玉工万群为妻，如今陛下又拜她为婕妤，只怕外宫听了不雅。"炀帝知是萧后有嫉妒之意，便也不作声了。

停了一回，吴绛仙妆成了出来，先向炀帝谢了恩，再拜见萧后与众夫人。她昨日还是殿脚女打扮，如今经炀帝临幸过以后，便珠膏玉沐，容光焕发，更兼螺子黛画了两道弯弯的长眉，真个是眉彩飞舞，飘飘欲仙。绛仙拜谢过以后，依旧要上岸去充殿脚女。炀帝如何肯放，传旨在宫女中选一名去补充殿脚女，却令绛仙坐在船上，临流把桨，升她做龙舟首楫，便在炀帝坐的船上弄桨。只见她坐在船舷上，腰肢袅娜，顾盼生姿，真是一经雨露，便不寻常。众殿脚女见吴绛仙因画长眉得宠的，便大家也都学着她画起来。

无奈炀帝一片宠爱，全倾注在吴绛仙身上，绛仙每日把桨，炀帝也每日凭栏玩赏。看看爱到极处，便对萧后说道："古人说秀色可餐，以朕看来，如绛仙这般颜色，真可以疗饥呢！"说罢，便提起笔来写上一首诗道：

> 旧曲歌桃叶，新收艳落梅。
>
> 将身傍轻楫，知是渡江来。

又命左右把诗抄了，分头传与众殿脚女，大家念熟了，一齐当吴歌唱起来。唱了一遍又是一遍。两岸上殿脚女唱着，龙舟中众宫女和着，一片娇喉。炀帝听了，满心欢喜，便又把吴绛仙封作崆峒夫人，从此只须她每日陪伴在炀帝左右，不须她去持楫了。

龙舟在御河里一天一天地行着，不多日已到了睢阳地方。这炀帝预先吩咐下的，黄门官忙上殿去奏称龙舟已到了睢阳。炀帝传旨教停了船，自有一班地方官前来朝参。待挨过了白日，天色一黑，炀帝只同了萧后，登阁望气。此时红日西沉，早换上一天星斗。炀帝举头四望，只见银汉横空，疏星灿烂。高阁上灯也不点，只炀帝与萧后两人悄悄地凭栏而坐。炀帝因与袁紫烟讲究天文，便知道些星辰部位，便一一指点与萧后观看。

二人闲话了半晌，天气已渐近二更。此时河中虽有一万余只龙舟，两岸又有无数军马，只因炀帝立法森严，不许喧哗，无人敢犯他的旨意，因此四下里静悄悄的，绝无一人敢说笑。炀帝在阁上徘徊良久，四处观察，却不见有什么天子气出现，便笑对萧后说道："那些腐儒的谈论，如何信得！"萧后也说道："若非今夜陛下亲自察看，终免不了心中疑惑；如今陛下可放心了。"二人又立了一回，渐觉风露逼人，颇有凉意。萧后便把炀帝扶下高阁去。

第十二回　画长眉绛仙得宠　幸迷楼何稠献车

第二天开船，依旧今日吴绛仙、明日袁宝儿，早起朱贵儿、晚间韩俊娥地追笑寻欢。炀帝好似穿花蛱蝶，无日不在甜情蜜意中。一路上穷奢极欲，歌舞管弦，龙舟过处，香闻数里。过了几天，又早不知不觉地到了江都。众文武忙上船奏闻，炀帝大喜，便吩咐明日便要登岸。众官领旨，各各分头去打点。百事齐备，到了次日，炀帝和萧后并带了众夫人，依旧坐上逍遥宝辇，一路旌旗招展，鼓乐喧天，将车驾迎入离宫。

那离宫盖造得十分宽大，前面是宫，后面是苑。苑中也有十六所别院，在别院东边，盖了一所月观。宫门口三架白石长桥，九曲御池，十分清澈。一处处都是金辉玉映，一层层俱是锦装绣裹。萧后住了正宫，众夫人和美人依旧各住了一所别院，却独赐吴绛仙住在月观里。殿脚女分发各院，也便当做宫女供用。炀帝在宫中繁华歌舞，也玩得厌了。如今到了江南，见了这山明水秀，天然景色，很想得些自然的乐趣。

一夜，月色甚明，炀帝因厌丝竹聒耳，便同萧后带了十六院夫人和五六个宠爱的美人，命小黄门提了酒盒，缓缓地步行到白石桥头看月去。这时夜尽三更，一天凉月，正照当头。

炀帝吩咐不要设席，便拿锦毡铺在桥上，不分尊卑，团团席地而坐，清谈调笑。饮了一会酒，炀帝道："我们这等清坐赏月，岂不强似那箫歌聒耳？"萧后说道："在此时若得吹两三声玉箫，也是十分清雅。"炀帝也说道："月下吹箫，最是韵事。"便命朱贵儿取了一支紫竹洞箫，悠悠扬扬地吹了起来。大家听了，无不神往。箫声歇处，宝儿又提着娇喉，清歌了一曲；冶儿也趁着月光，舞了一回剑。炀帝看到开怀，便命宫女斟上酒来，饮了一回。萧后忽问："这桥儿唤什么名字？"炀帝说："还不曾题名。"萧后道："既未题名，陛下何不就今日光景赐它一个名儿，传在后世，也留一个佳话？"炀帝听了，便低头思索一回，又向众人看看，说道："景物因人而得名，古人有七贤乡，五老堂等，全是以人数著名。朕今夜和御妻与十六个夫人连绛仙一班美人在内，共是二十四个人，便赐它一个名儿，唤作二十四桥吧。"众人听了，齐声赞说："好一个二十四桥！足见陛下恩情普遍。"便一齐奉上酒去，炀帝接杯在手，开怀畅饮。后来唐人杜牧有一首诗，是吊二十四桥遗迹的，道："青山隐隐水迢迢，秋尽江南草未凋。二十四桥明月夜，玉人何处教吹箫！"

从此以后，炀帝在离宫里，一日亭台，一日池馆，尽足游玩。一日御驾临幸月观，吴绛仙正在对镜理妆，忙握住头发，要出来接驾。炀帝忙吩咐她："不用接驾，朕在水晶帘下看美人梳头，最是韵事。"说着，便走进房来，宫女移过一张椅子，坐在镜台旁，看绛仙梳着云鬟，画着长眉。绛仙见炀帝只是目不转睛喜孜孜地向她脸上看着，便笑说道："粗姿陋质，有什么好看之处，却劳万岁如此垂青？"炀帝说道："看美人窗下画眉，最是有趣。朕只恨那些宫殿盖得旷荡，窗户又太高大了，显不出美人幽姿。若得几间曲房小室，幽闺静轩，与你们悄悄冥冥相对，与民家夫妇一般，这才遂了朕生平之愿。"绛仙奏道："万岁若要造几间幽窗曲户，也并非难事。只是要造得曲折幽雅，怕宫中没有这般巧匠。"

炀帝当时便把管工程的近侍高昌，传唤进来，又把要造曲窗幽户的话对高昌说了。高昌奏道："奴才有一个朋友，常自说能造精巧宫室。此人姓项，名升，是浙江人，与奴才原是同乡，现在宫外闲住。"炀帝便吩咐传唤项升。高昌不敢迟留，便出去带领项升进宫来拜见。炀帝道："高昌推荐你能建造宫室，朕嫌这些宫殿式造得旷野穹荡，没有曲折幽雅之妙。你可尽心替朕造几间幽秘的楼房，先打图样进呈，候朕裁定了再行动工。"

项升领了旨意，退出宫来，独自一人在屋子里，满肚子思索着，通宵不睡，直费了十日的心力，才把图样画成，便进宫来献与炀帝。炀帝细看那图上画了一间大楼，中间分出千门万户，有无数的房屋，左一转，右一折，竟看不明从何处出入。炀帝大喜，说道："你有这般巧心，造出这一所幽秘的宫室，朕住在里面，也不负为天子一场，尽可老死其中了！"左右侍臣听炀帝竟说出这个话，大家都不觉脸上变了颜色。炀帝却毫不在意，便吩咐先赏赐项升许多彩缎金银，派他专事督看工程。一面传旨工部，选四方的材料。去派封德彝，催发天下的钱粮人夫，如有迟缓，便当从严查办。

朝廷意旨一下，谁敢不遵？可怜做地方官的，只得剜肉补疮，前去支应。争奈那天下百姓，自从炀帝开掘御河、建造各处行宫别馆以后，早已弄得民穷财尽。那封德彝奉了圣旨，便雷厉风行地到各处去催逼钱粮，捉拿人夫。他也不想在这几年里面起宫造殿：东宫才成，又造西苑，长城刚了，又动河工；又兼西域开市，东辽用兵，不知费了多少钱财，伤了多少人命。如今又要征集几十万人夫到江都去建造宫楼，那百姓原都是要性命的，大家把历来的工役都吓怕了，知道此一去十有九是性命不保的，在家里也是生计四绝。去也是死，不去也是死，便横一横心，拼着性命去做盗贼。这里成群，那里结党，渐渐地聚集起来。内中有几个乱世英雄，便把乱民搜集成队，像窦建德在漳南作乱，李密在洛阳猖狂，瓦岗寨有翟让聚义，后来又有刘武周称雄。盗贼纷纷四起，那班文武只图得眼前无事，便各各把消息瞒起。炀帝终日寻欢作乐，昏昏沉沉，好似睡在鼓里。

隔了一年工夫，那项升才把一座大楼盖造完竣。虽说费尽钱粮，却也造得曲折华美，极人天之巧。外边望去，只见杰阁与崇楼高低相映，画栋与飞甍俯仰相连。或斜露出几曲朱栏，或微窥见一带绣幕；珠玉光气映着日色，都成五彩。乍看去好似大海中蜃气相结，决不信人间有此奇工巧匠。谁知一走进楼去，愈弄得人心醉目迷。幽房密室好似花朵一般；这边花木扶疏，那边帘栊掩映。一转身只见几曲画栏，隐隐约约，一回头又露出一道回廊，宛宛转转。进一步便别是一天，转一眼又另开生面；才到前轩，不觉便转入后院。果然是逶迤曲折，有越转越奇之妙。况又黄金作柱，碧玉为栏，瑶阶琼户，珠牖琐窗；千门万户，辗转相通。人若错走了路，便饶你绕一天也绕不出来。唐韩偓的《迷楼记》里有一段说道："楼阁高下，轩窗掩映，幽房曲室，玉槛朱掆；互相连属，回环四合，曲屋自通，千门万牖，上下金碧。金虬伏于栋下，玉兽蹲于户旁；壁砌生光，琐窗射日。工巧之极，自古无有也！"这一番话，也可见得当时工程的巧妙了。

项升造成了这座大楼，便去请炀帝临幸。炀帝坐着油碧小车，一路行来，遥见景色新奇，恍恍惚惚，便好似到了神仙洞府一般。待走到屋子里面，只见锦遮绣映，万转千回，幽房邃室，婉转相通。炀帝一面走着，口中不绝地赞叹说道："此楼如此曲折精妙，莫说世人到此，沉迷难认，便是真仙来游，也要被它迷住，可取名便唤作'迷楼'。"又命项升领着众宫娥，细细地在楼中辨认路径；又传旨吏部赐项升五品官职，另赐内库绫绢千匹，项升谢恩辞出宫去。

炀帝这一天便不还宫，自在迷楼中住下；一面诏吴绛仙、袁宝儿一班得宠的美人，前来承应。另传下一道诏书，选良家十二三岁的幼女三千人，到迷楼中充作宫女。在正中大楼上安下四副宝帐，全是象床软枕，锦裯绣褥，特定下四个名儿：第一帐称作"散春愁"；第二帐称作"醉忘归"；第三帐称作"夜酣香"；第四帐称作"延秋月"。炀帝不分日夜，只除了吃酒，其余无一时一刻不在帐中受用；又把那水沉香、龙涎香在屋子的四角焚烧起来。香烟缭绕，从外面望进去，好似云雾一般，氤氲缥缈。

第十二回　画长眉绛仙得宠　幸迷楼何稠献车

炀帝终日在屋子里和几个最得宠的妃嫔游玩着，真宛同琼楼天女，神仙眷属。那三千幼女全是乳莺雏燕，嫩柳娇花。披着轻罗薄縠，打扮得袅袅婷婷，专在各处幽房密室中煮茗焚香，伺候圣驾。炀帝终日穿房入户地十分忙碌，只恨那幽密去处，全是透迤曲折，高低上下，坐不得撵，乘不得舆；每日全要炀帝劳动自己两条腿，走来走去，十分费力。谁知那时左右侍臣见炀帝专好游幸，便一齐在游幸的器物上用工夫，造出许多灵巧的机器来，讨皇帝的好儿。

只因当初何安献了御女车，得了功名富贵，他弟弟何稠这时打听得炀帝在宫中步行，十分劳苦，便用尽他的聪明，制造了一辆转关车，献进宫来。这车身下面装上四个轮子，左右暗藏机括，可以上，可以下。登楼上阁，都好似平地一般；转弯抹角，一一皆如人意，丝毫没有迟钝的弊病。那车身也不甚大，只需一个太监，在后面推着，便可到处去游幸。车子打造得精工富丽，全是金玉珠翠，点缀在上面。炀帝见了这车子，心中大喜，便亲自坐上车去，叫一个内侍推着试看。果然轻快如风，左弯右转，全不费力，上楼下阁，比行走快上几倍。炀帝试过了车，便传旨赏何稠黄金千两，另给官职，在朝随侍。

从此炀帝有了这转关车，终日在迷楼中往来行乐，也不知几时为日，几时为夜，穷日累月地只把个头脑弄得昏昏沉沉。他脾胃既被酒淘坏，又因欢欲过度，便支撑不住，大病起来。

欲知后事如何，且听下回分解。

第十三回　玩童女初试任意车
　　　　　　砍琼花忽得长春药

　　炀帝这一病，却非等闲。平日病酒病色，只须唤袁宝儿采那合蒂迎辇花来一嗅，便立刻把酒解去，精神复原。如今却不行了，那袁宝儿把花献上去，炀帝不住地嗅着，全然没有应验。只把花丢了，昏昏睡倒。后来亏得御医巢元方开方下药，尽力调治，炀帝的病才减轻了许多。

　　这时炀帝身边有一个忠义小臣，名唤王义。他原是炀帝在东京时候，南楚道州进贡来的。那时海内十分殷富，又值四方安靖，各处边远地方，年年进贡，岁岁来朝。也有进明珠异宝的，也有进虎豹犀象的，也有贡名马的，也有献美女的，独有那南楚道州，进这个王义。那王义身材长得特别地矮小，浓眉大眼，手脚灵活。只因他巧辩慧心，善于应对，才把他献进宫来。炀帝当面问过几次话，只觉他口齿伶俐、语言巧妙，便也十分欢喜。从此或是坐朝，或是议事，或是在宫外各处游赏，都带着王义在左右伺候。那王义又能小心体贴，处处迎合炀帝的心性。日子久了，炀帝便觉不能离他。只因他不曾净得身，只是不能带他进宫去。王义也因不能在宫中随驾，心常怏怏。后来他遇到仁寿宫的老太监，名叫张成的，给他一包麻醉和收口止血的灵药，竟狠一狠心肠，把下面那话儿割去了。从此便能进宫去，时刻随在炀帝左右，说笑解闷儿。炀帝也看他一片愚忠，便另眼相待。

如今王义见炀帝被酒色拉翻了身体，他便乘时跪倒在龙床前哭谏道："奴婢近来窥探圣躬，见精神消耗，无复往时充实。此皆因陛下过近女色之故。"炀帝道："朕也常想到此理，朕初登极时，精神十分强健，日夜寻欢，并不思睡。必得妇人女子，前拥后抱，方能合眼。今一睡去便昏昏不醒。想亦为色欲所伤矣！但好色乃极欢乐之事，不知如何反至精神疲倦？"王义奏道："人生血肉之躯，全靠精神扶养；精神消耗，形体自然伤惫。古人说：'蛾眉皓齿，伐性之斧。'日剥月削，如何不伤圣体呢？倘一日失于调养，龙体有亏，彼时虽有佳丽，却也享用不得，奴婢窃为陛下不取。"王义一时说得情辞激迫，不禁匍匐在地，悲不能已。炀帝被他这番尽言极谏，心下便也有几分醒悟。便吩咐王义道："汝可回宫，选一间幽静院落，待朕搬去潜养，屋中只用小黄门伺候，宫人彩女一个也不许出入，饮食供奉，俱用清淡。"王义领旨，忙到后宫去选得一间文思殿，殿内图书四壁，花木扶疏，十分幽静。王义督同黄门官，把屋内收拾得干干净净，便来请炀帝去养静。

众夫人听说炀帝要避去妇女，独居养静，早赶来把个炀帝团团围住。炀帝对众夫人说道："朕一身乃天下社稷之主，不可不重。近来因贪欢过度，身体十分虚弱，且放朕去调摄几时，待精神充足，再来与汝等行乐。"众夫人见炀帝主意已定，只得说道："万岁静养龙体，原是大事，妾等安敢强留。但朝夕承恩，今一旦寂寞，愿假杯酒，再图片时欢笑。"炀帝道："朕亦舍汝等不得，但念保身，不得不如此。众夫人既以酒相劝，可取来痛饮为别。"众夫人慌忙取酒献上，说道："万岁今日进殿，不知几时方可重来？"炀帝道："朕进文思殿，原是暂时调摄，非久远之别。少则一月，多则百日，精神一复，便当出来。汝等可安心相守。"说罢，大家痛饮了一回，天色已近黄昏，萧后便率领众夫人，点了许多灯笼，送炀帝进了文思殿，各各分手入宫院去了。

炀帝到了殿中，只见伺候的全是小黄门，并无一个妃嫔彩女。炀帝因有几分酒意，便竟自解带安寝。次日起身，小黄门服侍梳洗完毕，闲坐无事，随起身到各处看看花儿，又去书架上取几册图史来观看。只因乍离繁华，神情不定。才看得两行，便觉困倦起来，因想道："静养正好勤政"，随唤小黄门去取奏疏来看。谁知不看犹可，看了时，早把炀帝弄得心下慌张起来：看第一本，便是杨玄感兵反黎阳，以李密为主谋，攻打洛阳甚急。炀帝不觉大惊道："玄感是越国公之子，他如何敢如此横行？洛阳又是东京根本之地，不可不救！"便提笔批遣宇文术、屈突通领兵讨伐。再打开第二本看时，又是奏刘武周斩太原太守王仁恭，聚兵万余，自称太守，据住洛阳行宫，十分蛮横。再看第三道本章时，又称韦城人翟让，亡命在瓦岗寨，聚众万余人；同郡单雄信、徐世勣，都附和在一起。再看第四道奏章时，又称薛举自称西秦霸王，尽有陇西一带地方。再看第五道奏章，也称杜伏威起兵历阳，江淮盗贼蜂起相应。再看第六道本章，上称李密兵据洛口仓，所积粮米，尽行劫去。

一连看了二十多本奏疏，尽是盗贼反叛情形，炀帝不禁拍案大叫起来，说道："天下如何有这许多盗贼！虞世基所管何事，他也该早些奏闻，为何竟不提及？"说着，便一迭连声地传旨，唤虞世基进殿问话。那虞世基听说炀帝传唤，便急赶进宫来。炀帝一见，便把那一叠奏折掷给他看。问道："天下群盗汹汹，汝为何不早早奏闻？"那虞世基忙跪奏道："圣上宽心，那盗贼全是鼠窃狗偷之辈，无甚大事，臣已着就地郡县捕捉，决不致有乱圣心。"炀帝原是一时之气，听虞世基如此说了，便又转怒为喜道："我说天下如此太平，哪里有甚么许多盗贼。如今听你说来，全是鼠窃之辈，好笑那郡县便奏得如此慌张！"说着，便把那奏疏推在一旁。虞世基见瞒过了皇上，便退出殿去。

这里炀帝站起身来闲步，东边走一回，西边走一回，实觉无聊。左右排上午膳来，炀帝拿起酒杯来，看看独自一人，却又没兴，欲待不饮，又没法消遣，只得把一杯一杯的闷酒灌下肚去。冷清清的既无人歌，又无人舞，吃不上五七杯，便觉颓然醉倒，也不用膳，也不脱衣，便连衣服倒在床上去睡。一闭上眼，便见吴绛仙、袁宝儿、朱贵儿、韩俊娥一班心爱的美人，只在他跟前缠绕着。忽又见萧皇后从屏后转出来，对那班美人大声喝骂着。一忽醒来，原来是南柯一梦。

这一夜炀帝睡在文思殿里，也不知有多少胡思乱梦。好不容易挨到天明，他也等不得用早膳，急急上了香车，向中宫而来。王义慌忙赶上去谏道："陛下潜养龙体，为何又轻身而出？"炀帝气愤愤地说道："朕乃当今天子，一身高贵无穷，安能悒悒居幽室之中！"王义又奏道："此中静养，可得寿也。"炀帝愈怒道："若只是闷坐，虽活千岁，也有何用！"王义见炀帝盛怒，也只得默然退去，不敢再谏。

这里炀帝到了中宫，萧后接住笑说道："陛下潜养了这一两日，不知养得多少精神！"炀帝也笑道："精神却未曾养得，反不知又费了多少精神呢！"萧后劝说道："原不必闭门静养，只是时时节省淫欲便好。"炀帝道："御妻之言最是。"说着，帝后两人，又同坐宝辇到月观中看蔷薇花去。到了观中，早有吴绛仙接住。这时正是四月天气，蔷薇开得满架，花香袭人，十分悦目。炀帝又传旨十六院夫人和宝儿一班美人，前来侍宴。不消片刻，众夫人俱已到齐，团坐共饮，好似离别了多时，今日重逢一般。歌一回，舞一回，整整吃了一日一黄昏方住。从此炀帝依旧天天坐着转关车，在迷楼中游幸。

一天，炀帝坐着车任意推去，到一带绣窗外，只见几丛幽花，低压着一带绿纱窗儿，十分清雅有趣，炀帝认得称作悄语窗。忽见一个幼女在窗下煎茶，炀帝便下了车走向窗前去坐下。那幼女却十分乖巧，便慌忙取一只玉瓯子，香喷喷的斟了一杯龙团新茗，双手捧与炀帝，又拜倒身去接驾。炀帝顺手把她纤手拉住，仔细看时，只见她长得柳柔花娇，却好是十二三岁年纪；又且是眉新画月，鬓乍拖云，一种痴憨人情，更可人意。炀帝问她年岁名姓，她奏对称："一十三岁，小字唤作月宾。"炀帝笑道："好一个月宾！朕如今与你称一个月主如何？"

月宾自小生长吴下，十分伶俐。见炀帝调她，便微笑答道："万岁若做月主，小婢如何敢当宾字，只愿做一个小星，已是万幸的了！"炀帝见她答应得很巧，便喜得把她一把搂住，说道："你还是一个小女儿，便有这般巧思，真觉可爱！"一时欢喜，便有幸月宾之意。传旨取酒来饮，左右忙排上筵席来，月宾在一旁伺候着。欢饮了多时，不觉天已昏黑，炀帝已是双眼乜斜，大有醉意。左右掌上灯来，炀帝已昏昏睡去，月宾去悄悄地把琐窗闭上。扶着炀帝，在软龙床上睡下。又怕皇帝立刻醒来，她不敢十分放胆睡去。只挨在一边，朦朦胧胧地过了一宵。

到了次日一早，日光才映入窗纱，便悄悄地抽身起来，穿上衣服，在锦幔里立了。炀帝一觉醒来，见她不言不语地立在枕边，便笑说道："小妮子！好大胆儿，也不待朕旨意，便偷着起身。既是这样害怕，谁叫你昨日那般应承？"几句话吓得月宾慌忙跪倒。炀帝原是爱她的，见她胆小得可怜，便伸手去将月宾搀起。月宾急急服侍炀帝穿好了衣服，同到镜台前去梳洗，又伺候炀帝用早膳。正在用膳的时候，忽一个太监进房来报道："前日献转关车的何稠，如今又来献车，现在宫外候旨。"炀帝听了，便出临便殿，传何稠进见。

只见何稠带了一辆精巧小车上殿来，那小车四围都是锦围绣幕，下面配着玉毂金轮。炀帝道："此车精巧可爱，不知有何用处？"何稠奏道："此车专为陛下赏玩童女而设，内外共有两层。要赏童女，只须将车身推动，上下两旁立刻有暗机缚住手足，丝毫不能抵抗，又能自动，全不费陛下气力。"说着，便一一指点机括与炀帝观看。炀帝这时见了月宾，正没法奈何，如今见了此车，不觉满心欢喜。便问："此车何名？"何稠奏道："小臣任意造成此车，尚未定有名称，望万岁钦赐一名。"炀帝听了笑说道："卿既任意造成，朕又得任意行乐，便取名任意车吧！"一面传旨升何稠的官职。何稠谢过恩，退出宫去。

炀帝把任意车带进宫去，挨不到晚，便吩咐把车儿推到悄语窗下来哄月宾道："此车精致可爱，朕与卿同坐着到处闲耍去。"月宾不知是计，便坐上车儿去。炀帝忙唤一个小黄门上去推动。那车儿真造得巧妙，才一动手，早有许多金钩玉轴，把月宾的手脚紧紧拦住。炀帝看了笑说道："有趣、有趣！今日不怕你逃上天去了！"便上去依法赏看。这月宾是孩子身体，被炀帝蹂躏了多时，受尽痛楚，早哭倒在炀帝怀中。炀帝便用好言抚慰一番。

炀帝自得了这器械以后，便忘了自己身体，拼着性命，不论日夜，只在迷楼中找人寻乐。这迷楼中藏着三千幼女，只觉这个娇嫩得可爱，那个痴憨得可喜。一个人能得有多少精力，天天敲精吸髓，不多时早又精疲力尽，支撑不住。往往身体亏损的人，欲念更大。但因力不能支，常常弄个扫兴。无法可想，只得传画院官把男女的情意图儿多多画着，多多挂着在回廊曲槛上，触目都是。炀帝看了，便多少能够帮助他的兴致。

一日，忽有太监奏称："宫外有一人名上官时的，从江外得乌铜屏三十六面，特来献与万岁。"炀帝忙吩咐抬进来看。只见每幅有五尺来高、三尺来阔。四面都磨得雪亮，好似宝镜一般，光辉照耀，里外通明。每幅下面，全以白石为座。炀帝吩咐把一座一座排列起来。三十六座把个炀帝团团围在中央，便好似一座水晶宫；外面的花光树影，一一映在屏上，又好似一道画壁。人在屏前行动，那须发面貌，都照得纤毫毕露。炀帝大喜道："玻璃世界，白玉乾坤，也不过如此了！"便传旨唤吴绛仙、袁宝儿、杳娘、妥娘、朱贵儿、薛冶儿、韩俊娥、袁紫烟、月宾这一班美人，齐到屏中来饮酒。众群人在屏前来来去去，不知化成了多少影儿。只见容光交映，艳色流光，竟分辨不出谁真谁假。不觉大笑说道："何美人如此之多也？"袁宝儿也笑说道："美人原不多，只是万岁的眼多。"炀帝接着道："朕眼却不多，只是情多罢了！"大家说说笑笑，炀帝畅饮到陶然之际，见众美人的娇容艳态，映入屏中，愈觉令人销魂。从此日日带了众美人，不是在任意车上，便是在乌铜镜屏边，无一时无一刻能放空。争奈精神有限，每日只靠笙歌与酒杯扶住精神，一空闲下来，便昏昏思睡。

一日，正在午睡的时候，忽一个太监来报道："蕃厘观琼花已盛开了。"炀帝两次到江南来，只为要看琼花，都不曾看得。好不容易，守到如今花开，他心中如何不喜，随传旨排宴蕃厘观。一面宣到萧后和十六院夫人，同上香车宝辇，一路望蕃厘观中来，吓得观中一班道士，躲避得无影无踪。圣驾到得观中，走上殿去，只见一般也供着三清圣像。萧后终是妇人心性，敬信神明，见了圣像，便盈盈下拜。炀帝问："琼花开在何处？"左右太监忙说："琼花在后殿花坛上。"

传说这株琼花的来历，是从前有一个仙人，道号蕃厘，和同伴谈起花木之美，彼此赌胜儿，他取白玉一块，种在地下，顷刻之间，长出一树花来，和琼瑶相似，因此便名琼花。后来仙人去了，这琼花却年年盛开，左近乡里人家，便在这花旁盖起一座蕃厘观来。讲到这琼花，长有一丈多高，花色如雪，花瓣正圆，香气芬芳异常，与凡花俗草不同，因此在江都地方，得了一个大名。

第十三回　玩童女初试任意车　砍琼花忽得长春药

当日炀帝与萧后便转过后殿，早远远望见一座高坛上，堆琼砌玉地开得十分繁盛。一阵阵异香，从风里飘来，十分提神。炀帝满心欢喜，对萧后道："今日见所未见，果然名不虚传！"说着，一步步走近台去。忽然花丛中卷起一阵香风，十分狂骤。左右宫人慌忙用掌扇御盖，团团将炀帝、萧后围在中间。候到风过，把扇盖移开，再抬头看时，不由炀帝大吃一惊。只见花飞蕊落，雪也似地铺了一地，枝上连一瓣一片也不留。萧后和众美人都看着发怔，半晌作不得声。炀帝不禁大怒起来，说道："好好一树花儿，朕也不曾看个明白，就谢落得这般模样，实觉令人可恼！"再回头看时，见当台搭起一座赏花的锦帐，帐中齐齐整整地排着筵宴。一边笙箫，一边歌舞，甚是兴头。

无奈这时台上琼花落得干干净净，心中十分扫兴。意欲竟自折回，却又辜负来意；意欲坐下饮酒，又觉鼓不起兴致。沉思了半晌，胸头一阵怒气，按捺不住，说道："哪里是狂风吹落，全是花妖作怪，不容朕玩赏。不尽情砍去，何以泄胸中之恨！"便传旨喝令左右砍去。众夫人忙上去劝道："天下琼花，只此一株，若砍去了便绝了天下之种。何不留下，以待来年？"炀帝愈怒道："朕巍巍一个天子，尚且看不得，却留与谁看？今已如此，安望来年？便绝了此种，有甚紧要！"说着，连声喝砍。众太监谁敢违拗，便举起金瓜斧钺，一齐动手，立时将一株天上少、世间稀的琼花，连根带枝，都砍得稀烂。炀帝看既砍倒了琼花，也无兴饮酒，便率同萧后和众夫人，一齐上车，驾还迷楼。那玉辇走在路上，炀帝还是气愤愤的，只骂花妖可恶，萧后和众夫人都再三劝谏。

正说话时，忽见御林军簇拥着一个道士来，奏道："这道士拦在当路，不肯回避；又口出胡言，故拿来请旨。"谁知那道人见了炀帝，却全不行礼。炀帝问道："朕贵为天子，乘舆所至，鬼神皆惊，你一个邪道小民，如何不肯回避？"那道士冷冷地说道："俺方外之人，只知道长生，专讲求不死，却不知道什么天子，谁见你什么乘舆！"炀帝又问他道："你既不知天子乘舆，便该深藏在山中，修你的心，炼你的性，却又到这辇下来做什么事？"那道人却答道："因见世人贪情好色，自送性命。俺在山中无事，偶采百花，合了一种丹药，要救度世人，故此信步到这大街上来唤卖。"炀帝听说丹药，心中不觉一动，便问道："你这丹药有什么好处？"道人说道："固精最妙。"炀帝近日正因精神不济，不能快意，听说丹药可以固精，便回嗔作喜，忙说道："你这丹药既能固精，也不消卖了，可快献来与朕。若果有效，朕便不惜重赏。"道人听了，点着头说道："这个使得。"便将背上一个小小葫芦解下，倾出几粒丸药，递与近侍。近侍献与炀帝，炀帝看那丸药，只有黍米般大小，数一数刚刚十粒。炀帝不觉好笑起来，说道："这丹药又小又少，能固得多少精神？"道人说道："金丹只须一粒。用完了再当相送。"炀帝问："你在何处居住，却往何处寻你？"道人说道："寻俺却也不难，只须向蓄厘观中一问便知。"说罢，下了一个长揖，便摇摇摆摆地向东而去。

炀帝回到迷楼，萧后只怕皇帝心中不乐，便带了一班夫人美人，团团坐着，轮流替炀帝把盏。炀帝因得了丹药，一心要去试验，便也无心饮酒，巴不得萧后早散，只是左一杯、右一杯劝着。炀帝指望拿萧后灌醉了，便好寻欢；不期心里甚急，你一盏、我一杯的，倒把自己先灌醉了，倒在椅上，不能动弹。一众夫人把炀帝拥上了转车关，送入散春愁帐中去睡。炀帝这一睡，直睡到夜半，方才醒来，连连嚷着口渴。吴绛仙和袁宝儿守在一旁，忙送过一杯香茗去。炀帝急着要试药，便取一粒含在嘴里，送下一口茶去。谁想那丹药拿在手中时，便似铁一般硬，及在舌上，浑如一团冰雪，也不消去咀嚼，早香馥馥地化成满口津液。一霎时情兴勃勃，忙坐起身来，那头晕、酒醉，一齐都醒，精神大增，比平日何止强壮百倍。炀帝和众美人日夜寻着嬉乐，不知不觉，早把几粒金丹吃完，依旧精神萧索，兴致衰败。忙差遣前日跟随出门认得道人的几个太监，赶到蕃厘观中寻访道人。

谁知到观中去一问，并没有什么卖药的道士。众太监正要回宫去复旨，不期刚走到庙门口，只见对面照壁墙上，画着一个道人的像儿，细看面貌，却与前日卖药的道士，一模一样，手中也拿着蒲扇，背上也挂着葫芦。众太监一齐吃惊道："原来这道人是个神仙！"要拿像儿去复旨，却又是画在墙上的，扛也扛他不动，只得把实情前去复旨。炀帝急打发画院官前去临摹画像，那像却早已消灭了。炀帝便下旨，着各处地方官寻访仙人，不论道人羽士，但有卖丹药的，都一一买来。天下事无假不成真，是真皆有假。只因炀帝有旨寻求丹药，早惊动了一班烧铅炼汞的假仙人，都将麝香、附子诸般热药制成假仙丹来哄骗炀帝。也有穿着羽衣鹤氅，装束得齐齐整整，到宫门来进献的；也有披着破衲衣，肮肮脏脏，装作疯魔样子，在街市上唤卖的。这个要千金，那个要万贯。地方官因圣旨催逼得紧，又怕错过了真仙人，只得各处收买。不多时丹药犹如粪土一般，流水也似地送入宫来。炀帝得了，也不管它是好是歹，竟左一丸、右一丸地服下肚去。那药方原来是一味兴热的，吃下去，腹中和暖。只认作是仙家妙物，今日也吃，明日也吃，不期那些热药发作起来，弄得口干舌燥、齿黑唇焦，胸中便和火烧一般，十分难受。见了茶水，便好似甘露琼浆一般，不住口地要吃。

萧后看看，十分危急，便去宣御医巢元方来看脉。那御医看了脉，奏道："陛下圣体，全由多服了热药，以致五内烦躁。须用清凉之剂，慢慢解散，才能万安。又且真元太虚，不宜饮水，恐生大病。"便撮了两服解热散火的凉药献上。

欲知后事，且听下回分解。

第十四回　烽火连天深宫读表
笙箫彻夜绛帐摇身

炀帝多服了举阳的热药，肚子里十分焦燥。虽有御医巢元方献上清凉的药物，无奈炀帝心头烦闷至极，药力也是缓不济急。后来御医想出一个冰盘解燥的法子来，装着一大盘冰，放在眼前，炀帝把脸贴着，眼看着，心下稍稍宽舒。从此便行坐住卧，离不得冰。众美人见了，都去买冰来堆作大盘，望炀帝来游幸。一个买了，个个都买，迷楼中千房万户，无一处不堆列冰盘。江都地方冰价立时飞涨。藏冰的人家都得到大利。

幸而炀帝的病，一天一天地清爽起来。虽说一时精神不能复旧，但他是每天游幸惯的，如何肯省事，依旧带着众美人，饮酒作乐。自知身体不佳，却只饮一种淡酒，又拣那无风处起坐；便是于色欲上，也竭力避忌。炀帝究竟是先天充足的，不多几天，便把身体恢复过来。

有一天，炀帝十分有兴，把众夫人、美人和萧后，邀集在月观里，大开筵宴。你饮我劝，比平常更快活几分，歌一回，舞一回，整整吃到黄昏月上。炀帝吃得醉醺醺的，不放萧后回宫。这时是五月天气，满架荼蘼，映着月光，雪也似一片白，一阵阵送过幽香来，十分动人。炀帝恋着这风景，不肯入房，便在大殿上铺了一榻，和萧后共寝。

二人一忽直睡到三鼓后，方才醒觉。睁眼看时，里外清澈；侧耳听时，万籁无声。一抹月光，照入殿来。炀帝与萧后说道："月临宫殿，清幽澄澈。朕与御妻同榻而寝，何异成仙！"萧后笑道："想昔日在东宫时，日夕侍奉，常有如此光景。当时并不觉快乐，今老矣，不能如少艾时一般地亲昵，偶蒙圣恩临幸，真不啻登仙也！"两人说话未了，忽听得阶下吃吃笑声，炀帝急披上单衣，悄悄地寻着声走去，站在廊下，向院子里一看。

此时月色朦胧，只见荼蘼架外，隐隐约约有两个人影交动，一个是瘦怯怯的女人身影。炀帝疑心是袁宝儿和谁在花下偷情，忙跑下阶来，蹑着脚，直到花下去擒拿。原来不是袁宝儿，却是个小太监名柳青的，和宫婢雅娘在花下戏耍。两人衣带被花刺儿抓住，再也解拆不开，因此吃吃地笑不住声。忽见炀帝跑来，二人慌作一团，没躲藏处。炀帝看这情形，竟自哈哈大笑着走回殿去。萧后也披衣迎下殿来。炀帝说明小黄门和雅娘戏耍的情形，又说："朕往年在东京十六院中私幸妥娘，光景正与今夜相似，彼此犹如遇了仙子一般。"萧后也笑说道："往时曾有一夜在西京，妾伴着陛下在太液池纳凉，花阴月影，也正与今夜相似，陛下还记得否？"炀帝道："怎么不记得？朕那夜曾效刘季纳作《杂忆诗》二首，御妻也还记得否？"萧后道："怎么不记得了？"便信口念那二首诗道：

> 忆睡时，待来刚不来；
> 卸妆仍索伴，解佩更相催。
> 博山思结梦，沉水未成灰。
>
> 忆起时，投签初报晓，
> 被惹香黛残，枕隐金钗袅。
> 笑动上林中，除却司晨鸟。

炀帝听了笑说道："难得御妻如此好记性，光阴过得真快，一转眼又是多年了！"萧后说道："但愿陛下常保当年恩情，便是贱妾终身之幸。"帝后二人，亲亲密密地过了几天，丢得那袁宝儿、吴绛仙一班美人，冷冷清清的。便是炀帝也很记念那班美人，趁萧后回宫的时候，便到迷楼中来，大开筵宴，众美人一齐陪侍左右。

忽太监奏称："宫外有越溪野人，献耀光绫二匹，说是仙蚕吐丝织成的。"说着，把那二匹绫子献上。炀帝看时，果然十分奇异，光彩射人，绫上花纹，朵朵凸起。众美人看了，齐赞称果然精美的绫子！便传野人进宫来，当面问时，那野人奏道："小人家住越溪，偶乘小舟，过石帆山下，忽见岸上异光飞舞，只道是宝物，忙舍舟登山去看。到那放光处，却不见什么宝物，只有蚕茧数堆，便收回来，交小人女儿织成彩绫。后来遇到一位老先生说道：'这野蚕不可看轻，是禹穴中所生，三千年方得一遇，即江淹文集中所称：避鱼所化也。丝织为裳，必有奇文，可持献天子。若轻贱天物，必有大罪。'因此不敢自私，特来献上万岁。"

正说着，报萧后驾到。萧后见了这耀光绫，便欢喜道："好两匹绫子，天孙云锦不过如此！做件衣服穿穿，却也有趣。"炀帝说道："即是御妻要，便即奉送。"萧后忙即谢恩，她也不曾收，因有别事，便走出去。不期萧后才走开，那吴绛仙和袁宝儿又走来，拿这耀光绫看了又看，不忍放手。炀帝见她二人爱不释手，又认作萧后不要了，便一时凑趣说道："你二人既爱它，便每人赐你一匹。二人听了，满心欢喜，嘻嘻笑笑地拿去收藏。待萧后回来看时，龙案上已不见了绫子。便问道："陛下赐妾的绫子搁在何处？"炀帝佯惊道："这绫子因御妻不收，朕已转赐他人了。"萧后忙问："是赏了谁?"炀帝一时回答不出来，禁不住萧后连连追问，炀帝说道："方才是吴绛仙、袁宝儿二人走来，因她们看了喜欢，便赏了她二人拿去。"萧后因炀帝过分宠爱吴、袁二人，久已嫉妒在心。如今见炀帝把已经赐了自己的东西，又转赐给二人，如何再忍耐得住，气昂昂地大怒道："陛下欺妾太甚，专一宠这两个贱婢来欺压妾身! 妾虽丑陋，也是一朝主母。如今反因这两个贱婢受辱，教妾如何再有面目做六宫之主!"说着，便忍不住嚎啕大哭起来。炀帝慌得左不是、右不是，再三劝慰，如何肯住。那十六院夫人知道了，也一齐赶来劝慰。这萧后却声声说："除非杀了这两个贱婢，方泄我胸中之气!"秦夫人却暗暗地对炀帝说道："看来只是空言，却劝不住娘娘的伤心了。陛下只得暂将二位美人贬一贬，方好收场。"炀帝没奈何，只得将吴绛仙、袁宝儿二人，一齐贬入冷宫，永远不得随侍。萧后见真地贬了二位美人，又经众夫人再三劝说，便也趁势收篷。

正饮酒时候，忽见一个太监慌忙来报道："西京代王差一近侍，有紧急表文奏呈。"炀帝便接过太监手中的表文来看时，只见上面写道:

留守西京代王臣侄侑稽首顿首奉表于皇帝陛下: 自圣驾南迁，忽有景城人刘武周，杀马邑太守王仁恭，得众万余，袭破楼烦郡，进据汾阳宫，十分猖獗。前又掳略宫女，赂结突厥。突厥得利，随立武周为定阳可汗，兵威益震; 近又攻陷定襄等郡，自称皇帝，改元天兴。又与上谷贼宋金刚、历山贼魏刁儿，连结一处，甚是强横。自今又斩雁门郡丞陈孝思，窃据离宫，大有雄吞天下之心。侄侑懦弱，又无精兵良将，西京万不能守。屡疏求救，未蒙天鉴。今亡在旦夕，特遣宦臣，面叩天颜，伏望皇上念先皇社稷之重，早遣能臣，督兵救援。
犹可支大厦之将倾，挽狂澜于既倒。倘再延时日，则关
右一十三郡，非国家有矣！临表仓皇，不胜迫切待命
之至！

炀帝看了大惊道："朕只道是一班鼠贼，却不料竟结连胡奴，
这样猖狂起来。"便亲临便殿，宣虞世基和众文武百官上殿商议。
虞世基奏称："刘武周原系小贼，只因边将无才，不出力剿捕，
致养成今日不可收拾之势。为今之计，必须严责边将，再遣在朝
亲信大臣，带兵前往，保守西京重地，则长安可无虞了。"炀帝
便问："如今是何人把守边关？"宇文达奏称："关右一十三郡兵
马皆归卫尉少卿唐公李渊节制。"炀帝听了，不由得大怒道："李
渊原是独孤太后的姨侄，朕自幼儿和他在宫中游玩，何等亲密，
因此朕才付与边疆重权。他竟弄得丧地折兵，养成贼势，他的罪
真不容诛了！"遂传旨着钦使大臣，赍诏到太原地方去，囚执李
渊到江都来问罪。又下旨着朝散大夫高德儒为西河郡丞，多调兵
马，保守西京。

炀帝下了这两道旨意，只当大事已了，便急急退入后宫去。
萧后问起西京之事，炀帝说："朕已遣高德儒领兵前去救援，料
来不难恢复的。"萧后大惊道："妾素知高德儒是庸懦之辈，刘武
周结连突厥，声势浩大，叫他如何抵挡得住？"炀帝笑道："御妻
不用忧虑，天下大矣，朕有东京以为根本，江都以为游览，尽足
朕与御妻行乐。便算失了西京，也不过只少了长安一片土，也不
坏什么大事，御妻何必恼恨。且取酒来饮，以取眼前快乐。"萧
后听了，也不好再说，只得唤左右看上酒来。

炀帝正擎着酒杯要饮，忽又有一个太监来奏道："东京越王
也有表文奏上。"说着，呈上表文。炀帝看时，见上面写道：

第十四回　烽火连天深宫读表　笙箫彻夜绛帐摇身

留守东京越王臣侗稽首顿首奉表于皇帝陛下：去岁杨玄感兵反黎阳，蒙遣将宇文术、屈突通，率兵剿捕，以彰天讨，幸已败亡。但玄感虽死，而谋主李密统有其众，愈加猖狂。先夺回洛仓，后据洛口仓，所聚粮米，尽遭掳劫。近又追张檄文，侮辱天子，攻夺东京，十分紧迫。伏乞早发天兵，以保洛阳根本。如若迟延，一旦有失，则圣驾何归？临表惶恐，不胜激切待命之至！

炀帝又看那檄文时，上面写道：

大将军李密，谨以大义布告天下：隋帝以诈谋生承大统，罪恶盈天，不可胜数。紊乱天伦，谋夺太子乃罪之一也；弑父自立，罪之二也；伪诏杀弟，罪之三也；逼奸父妃陈氏，罪之四也；诛戮先朝大臣，罪之五也；听信奸佞，罪之六也；关市骚民，征辽黩武，罪之七也；大兴宫室，开掘河道，土木之功遍天下，虐民无已，罪之八也；荒淫无度，巡游忘返，不理政事，罪之九也；政烦赋重，民不聊生，毫不知恤，罪之十也。有此十罪，何以君临天下？可谓罄南山之竹，书罪无穷；扬东海之波，濯恶难尽！密今不敢自专，愿择有德以为天下君。仗义讨贼，望风兴师，共安天下，拯救生灵。檄文到日，速为奉行，切切特布！

炀帝看了大惊道："李密何人，却也敢窥伺东京？又出此狂言，朕恨不生嗜其肉！"意欲调兵救援，细思却又无良将可用，只长叹一声道："天意若在朕躬，鼠辈亦安能为也！"说着，依旧拿起酒杯来饮。争奈酒不解人真愁，吃来吃去，情景终觉索然。从此炀帝也自知天意已去，便一味放荡，每日里不冠不裳，但穿着便衣，在宫中和那班夫人美人们遣愁作乐。

一夜，和月宾、妥娘两人，同睡在解春愁帐中，想起东、西两京的事体来，睡不能安。在帐中左一翻、右一覆，竟不能合眼。半夜里复穿了衣服起来，带着众夫人，各处闲行。行了一回，实觉无聊。众美人要解圣怀，只得又将酒献上。炀帝强饮几怀，带些酒意，又拥了众美人去睡。先和杏娘睡一时，睡不安；又换了贵儿，依旧是睡不着。再换冶儿，换来换去，总是个睡不安。才朦胧了一回，又忽然惊醒。后来直换到韩俊娥，俊娥说道："若要万岁得安寝，必须依妾一计方可。"炀帝道："美人有何妙计？"俊娥道："须叫众美人奏乐于外，不可停声，万岁枕着妾身，睡于帐内，必定可以成梦。"炀帝依了韩俊娥的话，真个传命众美人，笙箫管笛，先奏起乐来。奏到热闹时候，便带着韩俊娥进帐去。在帐外的众美人只见流苏乱战，银钩频摇；箫笛之间，戛戛有声。羞得众美人的粉腮儿一齐红晕起来。哪消一刻工夫，早听得炀帝的鼾声雷动，沉沉一梦，直睡到次日红日上升，方才醒来。听那众美人的乐声犹未停住，炀帝大喜，对韩俊娥道："朕得一夜安寝，皆美人之功也！"说着便披衣而起，方叫众美人住乐。自此以后，便成了定例，夜夜皆要俊娥拥抱，帐外奏乐，方能入睡。若换别的美人陪寝，便彻夜不眠。炀帝因此甚爱俊娥，时刻不能离她，便宠擅专房。炀帝道："朕亏俊娥，方得成梦，便另赐一名，唤个来梦儿。"

俊娥如此得宠，别的夫人美人，原不敢有嫉妒之念。只是萧后心中却暗暗不乐。便背地里使人去窥探俊娥，看看是用何法，能使炀帝安寝。那人去打听了半天，却打听不出一个道理来。只说韩俊娥临睡时便放下帐幕，不知用何法术，只见床帐摇动，不多时万岁爷便鼾起入睡。萧后细细推敲，不解其理。

隔日乘炀帝不在跟前的时候，便私唤韩俊娥前来，问道："万岁苦不能睡，美人能曲意安之，必有善媚之术，可明对我说。"俊娥答道："婢子蒙娘娘宽恩，得侍御床、衾裯之内，行亵之行如何敢渎奏。"萧后道："是我问你，非你之罪，便说何妨？"俊娥至此只得说道："万岁圣心好动不好静。前次妾从游江都时，万岁在御女车中行幸宫女，见车行高下，享天然之乐，习以为常。今安眠寝榻，支体不摇，又加国事惊心，故不能寐。妾并非有善媚之术，不过仿效车中态度，使万岁四体动摇，便得安然而寝矣。"萧后道："你虽非善媚，迎合上意，用心亦太过矣！"韩俊娥道："妾非迎合，皆善体娘娘之意也。"萧后笑道："我之意非汝所能体也。且去、且去！"

俊娥听了，默默而退。从此萧后和炀帝同帐，也摹仿车中态度，取悦炀帝；然未经亲身经历过来，毕竟不如俊娥能够动荡合拍。炀帝每夜半睡半醒，终有几分思念俊娥，但又碍着萧后颜面，终不敢提起。

如今且丢开隋炀帝一面，再说那李渊，字叔德，原是陇西成纪人氏，是西凉武昭王李暠的七世孙。在东晋的时候，李暠占据秦凉一带地方，自立为王，传到儿子李歆，被北凉灭去。歆生子重耳，重耳生子名熙，熙生子名天锡，天锡生子名虎。李虎在西魏时候，是一位功臣，赐姓大野氏，官做到太尉。后来和李弼等八人，帮助周朝伐魏国，称作"八柱国"，死后便封唐国公。李虎的儿子名昞，在隋文帝驾下为臣，袭封唐公。李昞的夫人便是独孤氏，与隋文帝独孤皇后是同胞姊妹，因此文帝和李昞名为君臣，实是襟兄襟弟。后来独孤氏生下一个儿子，便是李渊。文帝见他相貌不凡，自幼儿养在宫中，和炀帝常在一块儿游玩。文帝格外垂爱他父子二人，便复李姓。李昞死后，便由李渊袭爵，历任谯州陇州刺史。隋炀帝登位，又升做太守。后来又召进京来，拜做殿前少监、卫尉少卿。待到炀帝征辽，又命李渊督运兵粮。那时楚国公杨玄感趁着车驾远征，便起兵作乱，围攻东都。李渊飞书奏闻，炀帝急回京师，便拜李渊做弘化留守，抵敌玄感。玄感兵败身死，李渊便久驻东都留守。他看待部下，宽大有恩，颇得人心。

隋朝自从炀帝即位后，日事荒幸，万民吁怨，京师地方，起了一种谣言。起初只在街市中宣传，后来便渐渐地传入宫廷之中，连炀帝也常常听得。那谣言是说"桃李子，有天下"，又说"李氏将兴，杨氏将灭"。炀帝听了这种谣言，便十分注意姓李的人。李渊是他的姨表弟兄，两人自幼儿交情很厚的，他做梦也不疑到这一个人。只有蒲山公李宽的儿子李密，常常入朝，随侍左右。炀帝暗暗地留心，见李密长得额高角方，目分黑白，便说他顾盼非常，立即罢职。这李密见无过丢了功名，从此便把个炀帝含恨在心。后来杨玄感造反，李密便从中指挥。待到玄感兵败，李密逃入瓦岗寨，投在翟让门下，颇想援据民谣，称孤道寡起来。他却不知真命天子，别有一李，不是他的李姓。炀帝赶走了李密，又疑心到郕国公李浑身上去，硬说他谋反，杀死李浑，还不放心，又拿他全家抄斩了。直到宇文达奏称李渊总督关右一十三郡兵马，他才慌张起来，便立刻派人去，推说因李渊保护地方不力，把他拿进京来。

这时李渊带兵留守太原，兼领晋阳宫监，裴寂为副监。听说有圣旨传他赴江都，便知事体不妙，眼看着从前李浑屈死，他越发胆寒起来，便和裴寂商议。那裴寂原是一个聪明有大志的人物，他见隋室江山，终是难保，早存了一条揭竿起义的心肠，只因李渊平素为人正直，不过不好把这意思说破。如今见事已危急，便教唆李渊，一面推病不见，一面拿许多金银去孝敬那位钦差官儿，算是程仪。便托他用婉言回京去复旨，只说李渊病势危急，待病状稍痊，便当入朝听命。炀帝手下的太监没有一个不是贪财的。那钦差官得了金银，便乐得做一个人情，便照样把李渊病重的话去复了旨。炀帝这时又恣意寻乐，早把李渊的事体丢在脑后了。

过了几个月，炀帝忽然在宫里遇见李渊的甥儿王某。这王某原在后宫当差多年，炀帝见了他，不由得便想起了李渊。便问王某道："你的母舅为何多日不来见朕？"王某答说："只怕病尚未痊，所以延迟了。"炀帝笑说道："你舅父死了也罢！"一句话吓得王某开口不得，待转了背，急急写了密书，寄与李渊，报告炀帝的话。李渊看了他外甥的信，顿时惹得惊魂不定，左思右想，无法脱祸，只得托病在家，纵酒养晦。

这李渊的夫人窦氏，原是一位女中豪杰。她父亲窦毅，在周朝官做到上柱国。当时周武帝的姊姊襄阳公主便下嫁给窦毅做妻子，生女窦氏，自小儿十分聪慧。母亲传授她《女诫》、《列女传》等书，便能过目不忘。后来隋朝高祖杨坚夺了周朝的天下，窦氏这时年纪还小，知道周朝灭亡，便哭倒在地说道："恨我非男子，不能救舅家！"窦毅忙掩住她的口，叫她不可妄说。暗地里却很是惊异，常对他夫人襄阳公主说道："此女有奇相，且是知识不凡，宜为她小心择婿。"便令木工制起一座精细的屏风来，在屏上画两只孔雀，凡有人来求婚的，便先令新郎向屏上连射三箭，有能射中孔雀双目的，才肯把女儿许配给他。一时里王孙贵胄，都来比射，几乎要把窦家的门限也要踏穿了。无奈那来射箭的一班公子哥儿，十有八九，都是连一只孔雀眼也射不中的，个个弄得乘兴而来、败兴而返。独有李渊最后赶到，只连发得两箭，一箭射中孔雀左眼，一箭射中右眼，因此便得成就了这一段良缘。这窦氏自嫁到李家以后，便接连生了四男一女：长子名建成，次子名世民，三子名玄霸，四子名元吉；一女嫁给临汾人名柴绍的。

就中单说李世民，是一位少年英雄。在世民四岁的时候，有一个书生，自称善相，特地上门来拜见李渊。才一见面，便说道："公当大贵，且必得贵子。"李渊便把自己的四个儿子一齐唤出去请书生察看，那书生却独指着世民道："龙凤呈姿，天日露表，将来必居民上。公试记取：此儿二十年后，便能济世安民，做一番掀天揭地的事业。"李渊听了书生济世安民的一句话，便把第二个儿子取名世民。

欲知后事如何，且听下回分解。

第十五回　楼外烽烟书生划策
宫中酒色将军入彀

隋炀帝北巡的那一年，驾出雁门，忽遇到一大队突厥兵，由酋长始毕可汗率领着，迎头拦击，竟欲劫夺乘舆。炀帝见时势危急，忙逃回雁门，据关自守。始毕可汗竟调集番兵数十万，把一座雁门关围得铁桶相似。炀帝闷在关里，心中十分焦急，便传檄天下，令各路都起勤王兵来救驾。

当时有一位屯卫将军，名叫云定兴的，便奉旨在营前召募天下义士。当时忠心皇室的人还多，便有许多少年英雄，前来应募。内中有一位英俊的少年，跑到定兴军营中来报名。云将军问他年纪，却只有十六岁。问他名姓，却原来便是留守将军李渊的次子李世民。云定兴知道他是将门之子，又兼面貌奇伟，便把另眼看待他。当下李世民向云将军领了一小队兵马，连夜偃旗息鼓，悄悄地绕到突厥兵后背去，在荒山暗地里齐声呐喊起来。东边喊声才了，西边又叫喊起来。喊了一夜，慌得那突厥兵满心疑惑，挨不到天明，便一齐拔营逃去。正出山口的时候，李世民带领校刀手，着地冲将出去，一阵大杀。打得突厥兵首尾不相应，弃甲抛盔，逃亡死伤的不知有多少。真把那突厥兵赶得很远很远了，世民才整队伍回来缴令。炀帝亏得他这一场杀，才得解围，安返东都。

世民立了这一场大功，却丝毫得不到好处。闲住在定兴营中，一年多光阴。听得炀帝游幸江都，早晚荒淫，不理朝政。世民叹一口气，说道："主昏如此，我在此何为！"便辞别定兴，回到父亲太原任上去。第二年，有一路贼兵主帅甄翟儿，他自号历山飞，带领大群贼党，来攻太原。李世民见有厮杀可寻，便提枪跃马，要冲出城去抵敌。李渊见他年纪太小，终觉不放心，便命世民守城，亲自带领兵马，前去杀贼。那贼兵来势十分凶猛，李渊和甄翟儿对阵，从午时直杀到黄昏，那贼兵越来越众，李渊一支兵被他们团团围在垓心，看看有些支持不住了。世民在城上看见，便带同生力军，冲出城去，直杀入重围，把他父亲救出。父子两人左右夹攻，杀得贼人尸横遍野，血流成渠。好不容易，把这甄翟儿杀退，太原百姓，又得太平无事。

但自从炀帝七年起直到十三年，这六年间，各路揭竿起事的直有四十九起：第一个刘武周称帝，起兵马邑；接着便是林士弘称帝，起兵豫章；刘元进称帝，起兵晋安；朱粲称楚帝，起兵南阳；李子通称楚王，起兵海陵；邵江海称新平王，起兵岐州；薛举称西秦霸王，起兵金城；郭子和称永乐王，起兵榆林；窦建德称长乐王，起兵河间；王须拔称漫天王，起兵恒定；汪华称吴王，起兵新安；杜伏威称吴王，起兵淮南；李密称魏公，起兵巩邑；王德仁称太公，起兵邺郡；左才相称博山公，起兵齐郡；罗艺称总管，起兵幽州；左难道称总管，起兵泾邑；冯盎称总管，起兵高罗；梁师都称大丞相，起兵朔方；孟海公称录事，起兵曹州；周文举称柳叶军，起兵淮阳。此外，高开道起兵北平，张良凭起兵五原，周洮起兵上洛，杨士林起兵山南，徐圆郎起兵豫州，张善相起兵伊汝，王要汉起兵汴州，时德睿起兵尉氏，李义满起兵平陵，綦公顺起兵青莱，淳于难起兵文登，徐师顺起兵任城，蒋弘度起兵东海，王薄起兵齐郡，蒋善和起兵郓州，田留安起兵章邱，张青持起兵济北，臧君相起兵海州，殷恭邃起兵舒州，周法明起兵永安，苗海潮起兵永嘉，梅知岩起兵宣城，邓文进起兵广州，杨世略起兵循潮，冉安昌起兵巴东，宁长真起兵郁林；李轨称凉王，起兵河西；萧铣称梁王，起兵巴陵。这数十起草头王，都是史册上有名姓可查的。此外还有许多妖魔小丑，东扑西起，真是数不胜数。可笑那日坐迷楼、酒色荒淫的隋炀帝，外面闹得天翻地覆，他却好似坐在鼓中一般，不见不闻。在他左右的百官，大家只图得眼前富贵，把各处的反信，瞒得铁桶相似。真是满朝君臣，醉生梦死地过着日子。

独有这位太原留守李渊，眼看着破碎的江山，时常愁叹；只有世民怀抱大志，时时留心眼前英雄，倾心结交，预备大举。内中晋阳令刘文静和副官监裴寂，二人来往得最是密切。有一夜，文静和裴寂二人同宿在城楼上，远见境外烽火连天，禁不住长叹一声说道："身作穷官，又遭乱世，叫人何以图存！"文静听了，忙一把拉住裴寂，说道："盗贼四起，时势可知。你我两人果属同心，还怕什么贫穷呢？"裴寂道："刘大人有什么高见，幸乞指数。"文静说道："从来说的，乱世出英雄，裴大人平日看在眼里，究竟谁是英雄？"裴寂听了，把大拇指一伸，说道："当今英雄，还属李总监！"文静点着头说道："李渊果然是英雄，他公子世民，尤属命世奇才，大人不可错过。"裴寂心中终嫌世民年纪太轻，听了文静的话，仍是将信将疑，含糊过去。

隔了几天，忽然江都早有诏来，说李密叛乱。文静和李密是儿女亲家，照律应该连坐，着即革职下狱。李渊奉到这个圣旨，却不敢怠慢，便将文静除去冠带，拿来拘入监中。待世民回衙来，听说文静下狱，急急赶到监牢中去探望。两下见了面，文静不但不愁怨，反箕踞在草席上，高谈天下大事。又说道："如今天下大乱，还讲什么是非。除非有汉高的约法、光武的中兴，拨乱反正，为民除暴，或尚有拨云见日的一天。"世民听了，直跳起来，说道："君亦未免失言，焉知目下无汉高、光武一般的救世英雄出现？只怕你肉眼不识真人呢。"文静急拍手大笑道："好，好！我的眼力果然不弱，公子果然是一位真人！如今天下汹汹，群盗如毛，公子正好收为己用，纵横天下。不说别的，单说太原百姓，因避盗入城，一旦收集，可得十万人。尊公麾下，又有数万精兵。趁此乘虚入关，传檄天下，不出半年，帝业成矣。"世民听了这一番话，转觉踌躇起来。文静再追一句道："敢是公子无意于天下吗？"世民叹着气说道："小侄原久有此志，只恐家父不从，奈何！"文静道："这也不难。"说着便附着世民耳边，低低地说了几句话。世民点头称是，告别出狱，自去邀裴寂饮酒、赌博。

裴寂生平所好的便是这两件事。世民这一天在私室里，用盛宴相待；又拿出十万缗钱来，两人作樗蒲之戏。从午刻赌起，直赌到黄昏人静，世民故意把自己的钱一齐输去。裴寂又赢了钱，又吃了酒，十分欢喜。从此两人天天聚在一处，话到投机的时候，世民便把文静的主意说了出来。裴寂听了，拍着手说道："我也有此意久矣。只是尊公为人正直，明言相劝，恐反见拒。如今我却想得一条偷天换日的妙计在此，今日既承公子相托，待我明日便把这条计行出去罢了。"说毕，两人各自分头去预备。

到了次日，裴寂便设席在晋阳宫，请李渊入席。这晋阳宫是炀帝在四处游幸预备下的行宫之一，行宫里一般也养着太监、宫女们，准备圣驾到时使唤的。皇帝不在行宫的时候，便立正、副官监二人，管理行宫中一切事务。如今这晋阳宫的正宫监，便是李渊，副官监便是裴寂。当日裴寂在宫中，设宴款待李渊。李渊心想自己原是宫监，可以进得宫去，又兼和裴寂是多年的老友，设宴相请，也是常有的事，便也毫不疑心，欣然赴宴去了。裴寂迎接入座，谈些知己说话，十分开怀。从来说去，酒落欢肠。两人说到同心处，便不觉连杯痛饮起来。裴寂这一天，特意备着许多美酒佳肴，把李渊灌得烂醉，他自己虽也一杯一杯吃着陪着，但却不是真心吃下肚去，却趁着李渊不见的时候，一杯一杯地倒在唾壶中去的。因此两人一般的饮酒，一个吃得醉态朦胧，一个却越吃越清醒了。

正在畅饮的时候，忽听帘钩一响，趑进来两个花朵儿也似的美人儿，长得一般长大，一般苗条；望去一般十七八岁年纪，好似一对姊妹花，笑盈盈拿手帕儿掩着朱唇，并着肩儿向李渊身边去。从来说的："酒不醉人人自醉，色不迷人人自迷。"如今李渊当着这酒、色两点，他肚子里装着绝好的酒，眼中看了绝好的色，任你是铁石人儿也要让它迷醉倒了。李渊睁着两只醉眼正看时，那两个美人已并对儿盈盈拜倒在地，慌得李渊忙伸手去扶起。裴寂吩咐两美人在李渊左右肩头坐下，那美人坐在两旁，不住地把着壶儿劝酒。李渊一边饮着酒，一边望着这两个美人的姿色。只见她眉黛含颦，低鬟拢翠，盈盈秋水，娇娇红粉，一言一笑，都觉可人。还有那一缕一缕的幽香，从她的翠袖中暗暗地度入鼻管来。可怜李渊半生戎马，如何经过这种艳福，早已弄得神情恍惚，醉倒怀中了。两美人便扶着李渊，竟直入内宫去安寝。这一睡，虽不及颠鸾倒凤，却也尽足偎玉依香。

到次日天明，李渊从枕上醒来，只觉锦绣满眼，深入温柔，鼻中送进一阵一阵异香来，似兰非兰，似麝非麝。急揉眼看时，只见左右两个美人，侧身拥抱着。看她穿着娇艳的短衣，长着白嫩的肌肤，由不得伸手去抚弄着。这两个美人也是婉转随人，笑啼如意。李渊便问她们的姓氏，一个美人自称尹氏，一个美人自称张氏。李渊又问她："家住在什么地方？是何等样人？是谁唤你们来侍寝的？"那两个美人听了，抿着嘴笑说道："如今妾身既已有托，便实告诉了大人吧。俺们并不是寻常女子，原是此地晋阳宫的宫眷。只因圣上荒淫，南游下返，烽火四起，乱象已成，妾等非大人保护，眼见得遭盗贼污辱了。今日之事，是依裴大人的主张，使妾等得早日托身，借保生命。"李渊话不曾听完，便吓得从床上直跳起来，说道："宫闱重地，宫眷贵人，这、这……这事如何可以行得！"他一边说着，一边急急跳下床来，连衣冠也来不及穿戴齐整，三脚两步，逃出寝宫。

兜头撞见裴寂，李渊上去一把拉住，呼着裴寂表字说道："玄真，玄真！你捉弄得我好！你莫非要害死我吗？"裴寂笑着说道："李大人为何这般胆小？收纳一二个宫女，算不得什么大事。便是收纳了隋室江山，也算不了什么大事呢！"李渊听了，越加慌张起来，说道："俺二人都是杨家臣子，奈何口出叛言，自招灭门大祸？"裴寂却正色说道："识时务者为俊杰，如今炀帝无道，百姓穷困，群雄并起，四方逐鹿，烽火连天，直到晋阳城外。明公手握重兵，公子阴蓄士马，今日不乘时起义，为民除暴，尚欲待至何日？"

正说话时候，突有一个少年，手挽着刘文静，闯入宫来。李渊认得是他次子李世民，忙指着刘文静说道："这刘大令是圣上旨意拿下的钦犯，你如何敢擅释放？"世民却大声说道："什么圣上不圣上！如今天下大乱，朝不保暮。父亲若再守小节，下有寇盗，上有严刑，祸至无日矣！"文静接着说道："大人事已至此，还不如顺民心、兴义师，或可转祸为福。"李渊被他三个人逼着，一时愤无可泄，便上去一把揪住他儿子世民，大声喝道："你们只是一派胡言，我只拿住你自首去，免得日后牵累！"裴寂见了，忙上去劝解。世民也说道："孩儿细察天时人事，机会已到，所以敢大胆发此议论。如大人必欲将孩儿扭送，孩儿也不敢辞死。"说着，不由得滴下泪来。父子究关天性，听世民这样说了，便也不觉把手放松。世民见他父亲怒气稍退，复又劝道："如今盗贼四起，横行天下，大人授诏讨贼，试思贼可尽灭的吗？贼不能尽，终难免罪。况世人盛说李氏当兴，杨氏当灭。郕公李浑，无罪遭祸；即使大人果能尽灭贼人，那时功高不赏，俺家又是姓李，那时又难免遭忌。今时起义，正是免祸之道。"李渊到此，自想既已污辱宫廷，时势逼迫，也是无法，只得叹一口气道："罢，罢！今日破家亡躯，由你一人；他日化家为国，也由你一人，我也不能自主了！"

第二天，便拜刘文静参赞军务，商议出兵的计谋。一面派人星夜赶赴河东去，迎接家眷。正商议间，忽报突厥大队人马杀来。刘文静眉头一转，计上心来，便令世民、裴寂率兵分头埋伏，反把四门大开，洞彻内外。突厥兵直闯进外城，见内城门一般也洞开着，不由得心头疑惑起来。喧哗了一阵，竟引兵退出城去。李渊才复阖上城门，调兵遣将。到次日，突厥兵又来攻城，渊遣部将王康达等率千余骑出战，不消片刻工夫，竟被突厥兵杀得全军覆没。城中得了败耗，顿时惊慌起来。世民想得一计，连夜打发将士，潜行出城。待至天晓，却张旗伐鼓，呐喊前来。突厥兵疑是别路来的救兵，便一齐退去。城中转危为安，军民相率欢慰。隔了几天，那李渊的家眷居然取到。

这李渊的正夫人窦氏，早已去世；二夫人万氏和长子建成，四子元吉，连同女婿柴绍，也一并入见。骨肉团聚，相对言欢。李渊问起三子玄霸，才知是在籍病故。又有万氏生的儿子，名智云的，已在中途失散，生死未卜，因此在欢叙中又带几分悲悼。李渊见了柴绍，便又想起女儿来，问："我女如何不来？"柴绍答说："小婿原寄寓长安，备官千牛。因得二舅兄密事相召，是以小婿星夜赶来。在中途适遇岳父眷属，幸得随行。小婿行时，原欲带令嫒同行；令嫒却说途中不便，临时自有妙计脱身。"

正谈话间，世民从外边进来，说道："如今家眷已到，大事须行，速议出兵，掩人不备，迟恐有变。"李渊便在密室，召集刘文静、裴寂一班人，共议出兵方法。文静说道："出兵不难，所虑突厥时来纠缠；今日要策莫如先通好突厥，然后举兵。"李渊说："这说得也是。"便由文静起草，与突厥通信，信上大约说："目下欲举义兵，迎立代王，再与贵国和亲，如汉文帝故事。大汗如肯发兵相应，助我南行，幸勿侵虐百姓；若但欲和亲，坐受金帛，亦惟大汗是命。"这一番话由李渊亲笔写就，便遣刘文静为使，送书到突厥营里去。

李渊自从文静去后，城中暂时无事，暇时便想起幼子智云，屡遣人到河东去探听下落，后来得到确实消息，智云被官吏执送长安，被留守阴世师所害。渊与如夫人万氏得了这个消息，十分痛心。裴寂和柴绍都来劝解。渊含泪说道："玄霸幼慧，在十六岁上，便在籍病死；智云颇善骑射，兼能书奕，年比玄霸尚小二岁，不料今竟死于奸吏之手，我他日出兵，必为吾儿报此仇恨！"

正伤心的时候，忽报刘文静从突厥营回来。李渊当即召入，问他情形。文静道："突厥主始毕可汗说：'须请大人自为天子，他方肯出兵相助。'"裴寂在一旁听了，不禁跃身而起，说道："突厥且愿主公为帝，大事不足虑矣！"不料李渊终觉胆小，便另立了一个主意，尊炀帝为太上皇，奉代王为帝，藉此安定隋室；一面移檄郡县，改换旗帜，一面再命刘文静往突厥营去报命，约与突厥共定京师，土地归李渊，子女、玉帛归突厥。始毕可汉大喜，便先打发使臣到晋阳城中来，馈马千匹，李渊也和突厥和好。此后每寄书与突厥，竟至自称外臣。在李渊原是暂时笼络外人的意思，但从此却叫突厥人瞧不起唐朝，真是自取其辱。

刘文静执掌文书，便传檄各处，自号义兵。檄文送到西河郡丞高德儒那里，他是新受炀帝征讨之命，便拒绝李渊的来使。李渊便命长子建成、次子世民，率兵直攻西河。世民的军队，直至西河城下。高德儒闭门拒敌，世民身先士卒，竭力猛攻。足足打了三天三夜，在清早时候，冒险登城。建成的军队，随后攻入。西河全城，顿时陷落。世民拿住高德儒，立刻斩首示众，当即大赦军兵，秋毫无犯。

李渊见初战得利，便决意打进关去。裴寂和同伴商量停妥，上李渊尊号，称为大将军。开府置官，命裴寂为长史，刘文静为司马，唐俭、温大雅为记室；大雅与弟大有共掌机密。武士彠为铠曹，刘政会和崔道、张道源为户曹，姜謩为司功参军，殷开山为府掾，长孙顺德、刘弘基、窦琮、王长谐、姜宝谊、阳屯都做左右统军。此外文武各属，量才授任。封世子建成做陇西公，兼任左领军大都督；封次子世民做敦煌公，兼任右领军大都督，都可任用官员；女婿柴绍做右领军府；长史咨议刘瞻领西河守。部署大定，各有专司。长史裴寂又把晋阳宫内的积粟移送到大将军府去，共有九百万斛；又有杂彩五百匹、铁盔四十万副，也一齐移送到大将军府中去。那第一夜在晋阳宫中伴李渊宿的尹、张两个宫眷，此时也都封了美人，早晚陪伴在李渊左右，李渊也十分宠爱。原有五百名宫女，也一齐拨入大将军内府去听用。

这时是隋炀帝大业十三年，李渊把家事、府事料理清楚，便亲自带了三万甲士，从太原出发；元吉留守晋阳宫，建成、世民都带兵从征。一面移檄各地，只说尊立代王为帝，谁知军队行到中途，便有探子来报，称隋郎将宋老生和将军屈突通，奉代王侑命，带领大队人马，前来抵抗。这时屈突通驻兵在河东，宋老生却已领兵到霍邑了。李渊听了，知道师出无名，不觉踌躇起来。这时李渊军队驻扎在贾胡堡地方，离霍邑还有五十多里路；又值大雨滂沱，不便行军。军中粮食原带得不多。数日前李渊已打发府佐沈叔安到太原去运一月粮草来，至今未到。看看那雨势一天大似一天，满路泥泞，眼见得大家坐食，无法行动。

正闷守的时候，忽有探子呈上李密的檄文，历数炀帝的十大罪状。李渊当即传裴寂、世民进帐来商议。裴寂说："李密如今略取河洛，有瓦岗寨大盗翟让等奉他为盟主，自称魏公，现有众数十万，声势极盛，为我军计，不如暂与联络，免有东顾之忧。"李渊父子听了，都以为是。当即由温大雅起稿，修成文书，约李密为同盟。李密复书，有"所望左提右挈，戮力同心，执子婴于咸阳，殪商辛于牧野"的一番话。李渊看了颇觉放心。

再过了几天，雨势依旧不减，那太原的粮米也还未到。看看坐食将尽，忽又有骑探特来急报，说刘武周约同突厥，将乘虚直攻晋阳。李渊看看时势不顺，便要打算退兵。这消息传到世民耳朵里，他是一个爱厮杀的英雄，如何肯罢休。他在父亲跟前，一再劝说，甚至泪随声下，李渊才慢慢地把退兵的心思打消。恰巧沈叔安的粮草也到了，天气也晴朗起来了。李渊便传令三军，就岗地阳面曝甲而行。不多几天，到了霍邑城下，宋老生固守不出。世民性急，先领数十骑，直趋城下，令众兵士辱骂。宋老生耐不住气，便率领三万大军。开城出战。李渊怕世民有失，便亲率数百骑前去接应；一面令殷开山催召后军，后军如召而至。李渊和建成合兵，列阵城东，世民列阵城南。城内隋兵，由东门如潮水一般涌出。李渊和建成父子两人迎头拦杀，两军喊声震天，从辰时直杀到未时，李渊手下伤亡的兵士很多，隋兵奋勇当先，步步进逼。看看李渊有些支架不住了，亏得柴绍领生力军跃入阵中，挥刀力战，才得支住。那宋老生又从南门杀出，趋向城东，夹攻李渊。世民在南城，看看父亲势危，便和军头段志玄带领大军从高岗上直冲杀下来。宋老生腹背受敌，见世民来势凶猛，只得回马交锋。

欲知后事如何，且听下回分解。

第十六回　聚家室李渊起义
　　　　　相英雄虬髯让贤

　　宋老生手下个个都是能征惯战的，幸得世民神力敌住，只见他手握双刀，转动如风，东冲西突，凡是近他的敌军，都被他杀死，流血满袖，刀口尽卷。世民急向左右亲兵手中换过刀来，再跃马奋臂，大杀一阵。段志玄等紧随马后，拼命赶杀。手下的战士，个个以一当十，以十当百，不消一两个时辰，早已杀得隋军旗靡辙乱、马仰人翻。世民心生一计，传令手下的兵士，大声呼唤着道："老生已被擒住，隋兵何不速降！"那时城东的隋军正与李渊酣斗，到吃紧的时候，忽听说城南主将已被擒捉，便也无心恋战，急急退避进城。李渊乘势紧迫，那隋兵只顾逃性命要紧，一路弃甲抛盔，飞也似地逃进城去，把城门紧紧闭住。恰恰把宋老生一支孤军，闭在城外，弄得他前无去路，后有追兵。急欲折回南门去时，被世民横冲过来，拦住去路；再欲转入东门，那李渊的兵又杀来，把宋老生的兵截成两段。他父子两支兵从两下里包围拢来。宋老生看看不是路，便长叹一声，提着马缰，向壕中一跃，意欲寻个自尽，恰巧刘弘基飞马赶到，一刀下去，把老生的身体砍作两段，转身又把隋兵杀得七零八落、东逃西窜。隋兵这时只恨爷娘不给他多生两条腿，使他可以快逃得性命。

　　这一场恶战，李渊虽得了胜仗，但手下兵士也是死亡枕藉。

李渊传令兵士在城下饱餐休息一回。到夜深时候，城外鼓声四起，李渊和世民手下的兵士一跃登城，城中守兵，便不战而降。李渊便进城安抚军民。

休息过两天，李渊又引兵攻打临汾。临汾守吏不战而降。从此一路打去，连得绛郡、龙门、河东几座城池，又从梁山渡过大河，夺韩城，攻冯翊，势如破竹。适值刘文静从突厥出使回来，带领五百突厥兵，又战马二千匹。那突厥兵又个个骁勇善战，战马又驰骋自如。李渊得了，便好似虎之添翼，军事十分顺利。

夺得河东以后，李渊自率诸军，沿河西进。一路朝邑、蒲津、中渲、华阴、永丰仓、京兆，许多郡县都自愿投降。李渊便命长子建成、司马刘文静，带同王长谐一班人，屯兵永丰仓，守潼关以控河东，慰抚使窦轨以下兵马，概受节制；命次子世民，带同刘弘基一班兵马，驻扎渭北，慰抚使殷开山以下战员，概受节制。两军分头行事，李渊自己住在长春宫里。

有一天，鄠县地方李氏女使人到宫中来下书，李渊拆开看时，知道是他亲女的书信。李渊十分欢喜，忙唤他女婿柴绍进宫来，一同观看。原来柴绍夫妇两人，住在长安的时候，接到世民唤她的信，在柴绍的意思，要和他夫人同行，李氏却说："夫妇二人在路同行，颇多不便，大丈夫功业要紧，你尽放心一人前去，我一妇人在家，容易避祸。且我也别有计较，君可莫问。"柴绍到此时，也无可如何，只得狠一狠心肠，丢下他夫人，到岳父这里来。那李氏自丈夫去太原以后，便悄悄地回到郡县的别庄上去，散去家财，招兵买马，也立起义师来。这时有李渊的从弟，名神通的，因地方官捉拿得他紧急，也逃到鄠山中来，却和长安大侠史万宝一班人暗通，起兵响应李渊。

李氏兵和神通兵合在一起，攻入鄠县，占据了城池；又令家奴马三宝召集关中群盗，如何潘仁、李仲文、向善志，一班人都打通一气，一路进兵出去。夺得盩厔、武功、始平一带县份，共有七万人马。左亲卫段纶，他的妻子原是李渊妾生的女儿，到此时也在兰田地方聚集同党一万多人，和李氏联为一气。如今打听得李渊大兵已过河来，便由李氏领衔通信，给他父亲，所有一班人马，都愿受他父亲的节制。这柴绍跟着岳父，东征西杀，多日得不到他妻子的消息，如今见了这封信，知道他妻子也带领人马攻城略地地大做起来，他忙向岳父讨得将令，出帐来跳上马，飞也似地迎接他夫人去。这里李渊便拜神通为光禄大夫，段纶为金紫光禄大夫。此外各路大盗，都给他官阶，照旧带领他部下，驻扎在原外。所有一切军队，都归世民调遣。

这世民带领大队人马，向西急进，沿路群盗归附，几不胜数。待到泾阳地方，连营数里，共有大军十万。路过隰城，隰城尉房玄龄亲自到辕门口来请见。世民和他一见如故，立时拜官记室参军，充做随营军师。两人在军中早夕谈论，十分投机。恰巧柴绍夫妇也带兵到来，世民欣然出迎，只见他姊姊首插雉尾，身披软甲，腰佩宝剑，足顿蛮靴，望去果然是十分威武，活似一位女将军。那柴绍却跨着一匹白马，随在他夫人身后。他脸上只有喜孜孜的笑容，后面便是万余人的军队。挑选得个个精壮，旗帜鲜明，刀枪雪亮。世民见了，忍不住眉眼上堆下笑来，拍马向前，向他姊姊拱手道："阿姊辛苦了！"三人并马进帐，帐中设下筵席，围坐痛饮起来。饮罢，各自归帐。柴绍军队居左，李氏军队居右。当时营中称李氏军为娘子军。

次日，世民率领左右军进兵阿城，一面遣使禀告父亲，请李渊会师长安。这时李渊已带领人马离长春宫，到永丰仓；一面开仓发粟，一面进兵冯翊。又命刘弘基、殷开山，分兵西攻扶风。扶风太守领兵应战，被弘基打败，便占得扶风城池，从此一路无阻，直到长安城下。那次子世民早已驻军待着，两方合兵，共有

165

二十余万。李渊一面巡视营垒，一面传谕守城官吏，愿拥立城中的代王。

这代王名侑，是炀帝的孙子，故太子昭季的儿子。太子早死，遗子三人：长子俊，封燕王；次子侗，封越王；侑是第三子，在长安留守。长安又称西京，有京兆内史卫文升一班人辅佐代王。保守城池。无奈这卫文升，年纪又老，受不起惊吓。听说李渊军队，已临城下，早吓出一场大病来，倒在床上，不能管事；只听那左翊卫将军阴世师、郡丞骨仪，忙着调兵守御。

李渊先把文书送进城去，被阴将军退回。李渊动了怒，便督同各军攻城。各将士奉令扑城。骨仪带同士卒，在城上抵御。孙华带领弓弩手，奋勇当先。城上矢石齐下，孙华用遮箭牌挡着，冒险越过城壕，手中摇着红旗，正要攀登城墙，忽然城上一箭下来，射中要害，立时阵亡。李渊兵士见先锋战死，便个个愤怒，死力进攻，前仆后继，日夜不休。战到第二天黎明时分，只见那军头雷永吉，左手执旗，右手握盾，首先登城，后面军士便和潮涌地一般上去，杀退城上守兵，斩开城门，迎李渊大军进城。那阴世师和骨仪还不肯投降，带领少数兵士，在街巷中喊杀，不多时都被李渊的军士擒住，解送中军帐中。卫文升病在床上，听得外面喊杀，又听说阴世师、骨仪两将军都已被擒，便立刻吓死。

这时代王侑在东宫接连几次太监报来，说李渊军队已杀进城来，又说阴将军和骨将军都兵败被擒，又说卫内史惊吓而死，又听得宫外一阵一阵喊杀之声，越喊越近。看看左右，都自顾逃命要紧，一齐丢下代王，东奔西窜。代王只是十三岁的孩子，如何吃得起惊吓？也不禁慌作一团。其时只有侍读学士姚思廉不曾走得，他站在殿前保护代王。李渊的兵士鼓噪入殿，思廉厉声呵止道：“千岁在此，何得无礼！”众兵士听了，便由不得禁声站住。李渊下马上殿，仍行臣礼，拜见代王，启请代王迁居大兴殿后厅。代王见李渊带剑上殿，他身体早已抖个不住。思廉至此也声无法，只得上去扶住代王下殿，泣拜而去。李渊亦退宿长乐宫，一面出令，约束兵士，毋得犯隋氏宗庙及代王宗室，有敢违令者夷及三族。

次日升座，从狱中拉出阴世师、骨仪等十多个官员，责他平日贪赃枉法，又抵抗义师，一律斩首。所有从前狱中被官员冤屈的犯人，便一齐释放。内中有一个犯官，长得眉清目秀，年纪甚轻。他见了李渊，却不肯下跪。李渊问他姓氏官职，犯了什么罪，却监禁在此？那犯官见问，便哈哈大笑道：“我李靖原不曾犯什么国法，现做马邑郡丞。只因打听得公在太原起事，我苦于无从告变，便自愿装入囚车，故令长官押送到江都去，以便在天子跟前告密。不料囚车送到长安，正值公来围城。城守不知我计，便将我寄在狱中。”李渊听到这里，忍不住大怒起来，说道：“谅你小小郡丞，却敢告发我么？”喝令左右推出辕门斩首。李靖见李渊动怒，便冷笑着说道：“公举义兵，欲平天下暴乱，乃竟敢以私怨杀忠义之士吗？”渊不答话，左右便上去把李靖拥出辕门，准备行刑。忽见敦煌公李世民，拍马赶来，喝叫“刀下留人”，急急下马进帐去求着李渊道：“这李靖和孩儿有一面之交，望父亲看在孩儿面上，饶他一命吧！况孩儿素知这李靖才勇兼全，大人不记得韩擒虎的遗言么？擒虎也说李靖可与谈将略。若收为我用，必能立功。请大人不念旧恶，赦罪授官。”李渊听了这番话，半晌才说道：“我看李靖矫矫不群，他日恐不易驾驭。”世民道：“大人若把李靖交给孩儿，我自有驾驭之术，大人不必过虑。”李渊至此，方才允诺。世民出帐，亲替李靖解缚，用好言抚慰一番。李靖进帐谢过李渊，世民引入自己帐中，待以上宾之礼。

讲到这李靖的来历，在下已在第六回书上交代明白，如今他又在长安城中出现，那虬髯客却又到什么地方去了呢？原来这虬髯客，也不是个平常人，他是专一在江湖上物色英雄的。那天在客店里遇到了李靖，他知道李靖将来是大富大贵的人，便一力成全了他和红拂姬人的姻缘，又替他在杨素跟前做说客，从此李靖反因他夫人得了一官半职，这真可算得裙带福了。

从此虬髯客把红拂姬人认做了妹妹，常到李靖家中来坐地。闲谈之中，问李靖："太原一带尚有异人否？"李靖答称："我交游之中，尚有一人，可以称得少年英雄。这人与俺同姓，名世民，是总督唐公李渊之子。"虬髯客听了，忙问："俺可以和他一见么？"李靖说："世民常在我友人刘文静家中起坐，只须走访文静，便可以见得。"虬髯客说道："俺生平相天下士，百不失一；郎君何不携带俺去见见？"李靖答应，虬髯客便约定次日在汾阳桥上相会。

到了时候，李靖跨马赶到汾阳桥上，那虬髯客早已候着，便一同到刘文静家中去。虬髯公自称善相，愿见李公子。文静平素也赏识世民，说他器宇不凡。如今听说虬髯善相，忙打发人去把世民请来。那世民不衫不履，大踏步走来。虬髯客见了，不觉大吃一惊，忙拉着李靖到屋角去，悄悄地说道："此人有天子之相，我看来已十定八九。俺尚有一道兄，给他一见，便百无一失了。"李靖听了，暗地里去对文静说了，文静便约在三日后再在寓中相见。

到了日子，虬髯客果然携一道士同来，邀着李靖同去访刘文静。文静正与客对弈，见道士来，便邀道士入局对弈；又写一字条儿，去把世民请来观弈。停了一刻，果见世民掀帘而入，长揖就坐，顾盼不群。道士见了，心中一动，下子也错了，忙把棋子收在盒子里。说道："此局全输，不必枉费心计了。"便起身拉着虬髯客，李靖在后面跟着，一块儿走出门去。走在半路上，那道士对虬髯客说道："此处已有人在，君不必强图，可别谋他处去吧。"说着，便一洒袖向别路扬长而去。这里虬髯客拉着李靖，跨上马在路默默地走去。

回到李靖家中，入内堂坐下。那红拂夫人见虬髯客来，便也出来在一旁陪坐着。半晌，虬髯客才抬起头来，对红拂一笑，说道："妹子不是常常说起要去见你嫂嫂吗？俺家住在城西大石坊第四小板门便是。俺明日合宅西行，便请妹子和妹夫明午到舍下来一别，顺便也可与你嫂子一见。"李靖平日常说要到虬髯家中去拜见嫂嫂，那虬髯总不肯告诉他地名。如今听虬髯邀他夫妻到家中去相见，喜得他直跳起来。当日和虬髯分别了，到了次日中午，红拂打扮齐整，坐着车儿，李靖跨着马，迤逦寻到城西去。

那大石坊是一个极荒凉的所在，走到第四小板门口，李靖上去，轻轻地打着门，便有一个僮儿走来开门，把他夫妇迎接进去。走过第三重门，李靖不觉怔了一怔，原来里面高厅大厦，杰阁崇楼，和外面绝不相称。望去帘幕重叠，奴婢成群。小僮儿把李靖夫妇引入东厅，只见虬髯客哈哈大笑着从里面迎出来。看他纱帽红衫，十分文雅；身后随着一个绝色少妇，端庄秀丽，把李靖的眼光也看住了。红拂夫人知是虬髯的妻室，忙悄悄地拉着他丈夫的衫袖，一齐上去拜见。那少妇也殷殷还礼。虬髯邀他们进了中堂，两对夫妻，相对坐定。有四个俊俏丫鬟，搬上酒肴来，大家开怀畅饮；又有一队女乐，在帘前吹打着劝酒。酒到半酣，虬髯站起身来，止住乐声，命二十个家奴，搬出二十具大衣箱来，排列在堂下。虬髯指着衣箱，对李靖说道："这里面全是我历年所积，如今送给你妹夫，算是俺妹子的奁资。我原打算在此地成立大业，昨日既遇有真人，便不应再在此逗留。那李公子确是英主，三五年内，当成大事。妹夫才器不凡，将来必位极人臣。俺妹子独具慧眼，得配君子，他年夫贵妻荣，亦是为闺中人吐气，非妹不能识李郎，非李郎亦不能遇妹，原非偶然的姻缘。从此妹夫努力前途，莫以我为念。十年后，只打听东南数千里外，有异人崛起，便是我成功之日，妹与李郎可在闺中沥酒相贺。"说着，便把府中内外钥匙、银钱、簿册和奴婢的花名册子，一并交出；又把合府中的奴婢僮仆，传集在院子里，命大家拜见李靖夫妇。又叮嘱众人道："这一对夫妇，便是尔等的新主人。事新主须如事旧主，不得略有怠慢。"李靖夫妇十分惶惑，正要推辞，那虬髯客和他夫人已转进入内，须臾便戎装出来，向李靖夫妇拱一拱手，出门跨马去了。

李靖夫妇送客出门，回进屋去，检点箱笼，尽是珍宝。从此李靖十分富有，又有虬髯客留下的兵书一箱，书中详说风角、鸟占、云祲、孤虚种种法术。李靖尽心攻读，颇有心得，从此用兵如神，料事如见。直到唐太宗贞观年间，有东南蛮奏称，海外番目入扶馀国，杀主自立。李靖知道虬髯事已成功，便告知红拂夫人，两人在闺中相对沥酒，向东南方拜贺。这都是后来的事，且不去说它。

当时李渊入踞长安，便奉代王侑为皇帝，即位大兴殿，改年号称义宁，遥尊炀帝为太上皇。渊自称大丞相，都督内外军事，自己加封为唐王；把武德殿改做丞相府，设官治事；仍用裴寂为长史，刘文静为司马，台前尚书左丞李纲为相府司录，专管选事；前考功郎中窦威为司录参军，使定礼仪。一面上尊号祖父虎为景王，父昞为元王，夫人窦氏为穆妃；立长子建成为世子，次子世民为京兆尹秦公，四子元吉为齐公。从此李渊的势力，一天大似一天，那各处地方官的文书，雪片也似报到江都地方来。无奈炀帝左右的大臣，都是只图眼前利禄的，把所有文书，一齐搁起，不送进宫中去。

那炀帝终日在宫中和众夫人、美人游玩着，昏天黑地的，也不知外间是如何的情形。这时炀帝因十分宠爱吴绛仙，不把别的美人放在眼里，那许多夫人和众美人不由得嫉妒起来，大家都在萧后跟前说绛仙的坏话。萧后也因为炀帝宠爱绛仙，待自己也冷淡了些，心中很不自在。只因自己是国母之尊，不便和别人去吃醋捻酸，便也暂时忍耐着。自从那天炀帝把已经赐给萧后的绫子，转赐了绛仙以后，便再也忍不住了，和炀帝大闹了一场，立逼着炀帝把绛仙贬入冷宫。炀帝看萧后正在气头里，又因她正宫的体面，便没奈何，暂时把吴绛仙贬入月观去，从此绝不临幸。但吴绛仙是炀帝心中最宠爱的人，日子隔得久了，难免两地相思。

一日，炀帝独步迷楼，见远处春山如画，忽然又想起吴绛仙来，叹道："春山如此明秀，宛如吴绛仙画的蛾眉。久不见美人，叫人十分想念。"心中正怅惘的时候，忽见一个太监，从瓜州公干回来，带得合欢水果一双，持进宫来献与炀帝。这水果外面重重包裹，上边嵌着玲珑花草，中间制成连环之状，所以称做合欢水果，看去十分工巧。炀帝大喜道："此果名色俱佳，可速赐与吴绛仙，以不忘合欢之意。"便唤小黄门捧着水果走马到月观去赐与绛仙，立等回旨。那黄门领了旨，不敢怠慢，上马加鞭，飞也似地向月观中奔去。

吴绛仙自贬入月观，终日以眼泪洗面。这一天也不梳不洗，悄悄地凭栏而立。忽见黄门手捧一物匆匆进来。绛仙问时，那黄门说道："万岁挂念贵人，今得合欢水果一双，特赐贵人，以表不忘合欢之意。"吴绛仙听了，顿把长眉一展，笑逐颜开，说道："自从遭贬，已拼此身终弃，再无蒙恩之时。不意万岁尚如此多情，今承雨露之私，不可不拜。"当即入内梳妆起来，排下香案，向北再拜。谢了圣恩，将合欢水果连盘捧来一看，不期黄门在马上跑得太急了，中间合欢巧妙之处俱以摇散。吴绛仙一看，不觉流下泪来说道：“名为合欢，实不能再合矣！皇上以此赐妾，是明明弃妾也！”黄门急解劝说道：“贵人不必多心，此果在万岁前赐来时，原是紧接相连。只因一时圣旨催促，走马慌张，以致摇散，实非万岁有意拿此破果赐贵人的。”绛仙说道：“既是好好赐来，到此忽散；纵非万岁弃妾，天意亦不容妾合矣！”说着只是淌眼抹泪的，一任黄门再三劝说，她总是悲咽难胜。黄门在一旁频频催着道：“万岁吩咐，立候回旨的。贵人有何言语，快快说来？”那吴绛仙这里愁肠百折，无从说起，被黄门官一声一声催逼不过，便在妆台上提起笔来，写成一首诗，交给黄门官。那太监接着诗，飞马回宫去复旨。炀帝看那诗时，上面写道：“驿骑传双果，君王宠念深。宁知辞帝里，无复合欢心。”

炀帝看了这诗，十分疑惑，说：“朕好意赐她合欢果，记念她昔日合欢之意。今看她来诗百种忧怀，尽流露在字里行间，何怨朕之深也？”那黄门官见问，知是隐瞒不过，忙跪倒在地，把在路合欢水果摇散的情形说了。炀帝听了，又拿绛仙的诗句细细吟咏，吟到出神的时候，不觉叹道：“绛仙不但容貌绝世，情思深长，即此文才华贵，也不愧于班婕妤、左贵嫔之流。”正嗟叹间，忽背后转出一人，劈手将炀帝手中诗笺夺去，说道：“这淫娃又拿这淫词来勾引陛下了！”

欲知后事如何，且听下回分解。

第十七回　陈水戏灯火澈御沼
　　　　步月光鹿影惊帝座

　　炀帝正把玩吴绛仙的诗笺，萧后从背后走来，劈手把诗笺夺去，说道："陛下尽看些淫词做什么！今日乃上巳良辰，有杜宝学士制成《水饰图经》十五卷，备言水中故事；又有黄衮所造水饰七十二种，上面都装着木人，那木人有二尺多长，穿着绫罗，内藏暗机，尽能生动如意。其他禽兽鱼鸟无一件不穷极天下之巧，妾已令陈设在九曲池中，特来请陛下前去游览。不料陛下又正思念那妖精吴绛仙，未得有闲心肠去行乐。"炀帝听了，只得勉强笑道："御妻又来取笑了，怎见得朕没有心肠？"说着，和萧后一同上辇，向九曲池来。未到池边，远远地见五光十色，堆垛得十分精巧。那许多太监和宫女，团团围住，看着笑着。

　　炀帝下辇，走近去看时，原来那水饰是用十二只方船装载着，一船一船挨次在水面上行去。船上雕刻着生动的木人，有傍山的，有临水的，有据定磐石的，有住在宫殿里的，装成七十二件水上的故事。船身一动，那木人笙箫管弦，齐齐奏乐，曲调悠扬，十分动听。又能舞百戏，百般跳跃，与生人无异。又有伎船十二只，杂在水饰船中。那伎女也都拿木头制成，专管行酒。每一船有一木伎，擎杯立在船头，又一木伎捧壶站在一旁，另一木伎站在舟梢上把舵，又二木伎坐在船中荡桨。船慢慢地行着，每到客位前，便停船不去，献上酒来，候客饮干，方才移动。酒若不尽，终不肯去。机括都在水中，绝看不见，真是穷极机巧，化夺天工。

这时炀帝和萧后同席坐在那池边，一面饮酒，一面把那水饰一样一样地玩赏。第一样，是神龟负八卦出河授于伏羲；第二样，是黄龙负图出河；第三样，是玄龟衔符出洛水；第四样，是鲈鱼衔箓图出翠妫之水，并授黄帝；第五样，是黄帝斋于玄扈，凤鸟降于河上；第六样，是丹甲灵龟，衔书出洛，投于苍颉；第七样，是赤龙载图出河授于尧；第八样，是龙鸟衔甲文出河授于舜；第九样，是尧与舜游河，值五老人；第十样，是尧见四子于汾水之阳；第十一样，是舜渔于雷泽，陶于河滨；第十二样，是黄龙负黄符玺图出河授于舜；第十三样，是舜与百工相和而歌，鱼跃于水；第十四样，是白面长人鱼身，捧河图授禹，舞而入河；第十五样，是禹治水，应龙以尾画地，导决水之所出；第十六样，是禹凿龙门；第十七样，是禹过江，黄龙负舟；第十八样，是玄夷苍水使者，授禹《山海经》；第十九样，是禹遇两神女于泉上；第二十样，是黄鱼化鲤，化为黑玉赤文；第二十一样，是姜嫄于河滨，履巨人之迹；第二十二样，是弃后稷于寒冰之上，鸟以翼覆之；第二十三样，是文王坐灵沼；第二十四样，是太子发渡河，赤文白鱼跃入王舟；第二十五样，是武王渡孟津，操黄钺以麾阳侯之波；第二十六样，是成王举舜礼，荣光幕河；第二十七样，是穆天子奏钧天乐于玄池；第二十八样，是猎于澡津，获玄貉白狐；第二十九样，是觞西王母于瑶池之上；第三十样，是过九江，鼋鼍为梁；第三十一样，是涂修国献昭王青凤丹鹊，饮于浴溪；第三十二样，是王子晋吹笙于伊水，凤凰降；第三十三样，是秦始皇入海，见海神；第三十四样，是汉高祖隐砀山，泽上有紫云；第三十五样，是武帝泛楼船于汾河；第三十六样，是游昆明池，去大鱼之钩；第三十七样，是游洛水，神上明珠及龙髓；第三十八样，是汉桓帝游河，值青牛自河而出；第三十九样，是曹瞒浴谯水，击水蚊；第四十样，是魏文帝兴师，寻河不济；第四十一样，是杜预造河桥成，晋武帝临会，举酒劝预；第四十二样，是五马浮溽沱，一马化为龙；第四十三样，是仙人酌醴泉之水；第四十四样，是金人乘金船；第四十五样，是苍文玄龟，衔书出洛；第四十六样，是青龙负书，出河，并献于周公；第四十七样，是吕望钓磻溪，得玉璜文；第四十八样，是钓汴溪获大鲤鱼，腹中得兵钤；第四十九样，是齐桓公问愚公名；第五十样，是楚王渡江，得萍实；第五十一样，是秦昭王宴于河曲；第五十二样，是金人捧水心剑造之；第五十三样，是吴大帝临钓台望乔玄；第五十四样，是刘备跃马过檀溪；第五十五样，是周瑜赤壁破曹操；第五十六样，是澹台子羽过江，两龙负舟；第五十七样，是留丘诉与水神战；第五十八样，是周处斩蛟；第五十九样，是屈原遇渔父；第六十样，是卞随投颍水；第六十一样，是许由洗耳；第六十二样，是赵简子值津吏女；第六十三样，是孔子遇浴河女子；第六十四样，是秋胡妻赴水；第六十五样，是孔愉放龟；第六十六样，是庄惠观鱼；第六十七样，是郑宏樵径还风；第六十八样，是赵炳张盖过江；第六十九样，是阳谷女子浴日；第七十样，是屈原沉汨罗水；第七十一样，是巨灵开山；第七十二样，是长鲸吞舟。形形色色，过了一船，又是一船。

　　炀帝赏玩到欢喜时候，命众夫人传杯痛饮。正热闹快乐的时候，忽见一官员踉踉跄跄地闯进宫来，那左右太监忙上去拦阻也拦阻不住。那人直跑到炀帝脚下，伏地痛哭。炀帝看时，原来是东京越王杨侗的近侍赵信。炀帝问他："何事如此凄凉？"那赵信奏道："东京亡在旦夕，越王殿下，遣奴婢潜身逃遁，来万岁爷

跟前告急。"炀帝是素来不问朝政的,如今听说东京危急,十分
诧异,忙问:"东京有何危急?"那赵信奏说:"西京已被李渊占
据,东京也被李密围困甚急,城破便在旦夕,望万岁速发兵去解
围。"炀帝听了,吓得手中的酒杯落在地上,打得粉碎。叹一口
气,说道:"朕久不问朝政,国事已败坏至此,如今大局已去,
叫朕也无可挽回。"说着,宫女换上酒杯。炀帝说道:"朕且图今
天的快乐,众夫人伴朕一醉罢!"说着,举杯向众夫人连杯痛饮。
那赵信却兀自跪在脚下,不肯起身,声声说:"求陛下快发兵去
救越王和代王!"炀帝笑对赵信说道:"朕江都富贵,享之不尽,
何必定要东京!局势既如此危急,索兴置之不问罢了!"赵信听
炀帝如此说法,便也不敢再奏,只得磕一个头,退下阶去。

　　炀帝见赵信起去,忽然想起东京的景色,忙唤住问道:"我
且问你,西苑中风景如何?"赵信奏道:"西苑自圣驾东游,内中
台榭荒凉,园林寂寞,朱户生尘,绿苔绕砌,冷落萧条,无复当
时佳丽矣!"炀帝道;"湖海中鱼鸟想犹如故?"赵信说道:"别的
鱼鸟如故,只有万岁昔年放生的那条大鲤鱼,二月内有一天风雨
骤至,雷电交加,忽化成一条五色金龙,飞上天去,在半空中盘
旋不已,京城内外人皆看见。"炀帝听了,十分吃惊,说道:"大
奇!大奇!这鱼毕竟成龙而去!"萧后在一旁说道:"曩日妾伴陛
下游北海时,妾见它头上隐隐有角,便已疑心,故劝陛下射它,
不料天生神物,竟是人力所不能害的。"炀帝接着又问道:"西苑
中花木想也无恙?"赵信奏道:"别的花木都依旧,只有那年酸枣
邑献的玉李树,近来越发长得茂盛;那晨光院的杨梅树,却在一
月前枯死了。"炀帝听了,不禁拍案大叫道:"李氏当兴,杨氏当
亡,天意有如此耶!"

　　原来炀帝素来以杨梅合姓,卜隋室之兴亡。今听说杨梅枯
死,李树繁荣,又听说鲤鱼化龙,他便认定姓李的要夺他的江

山，因此失惊打怪。吓得个赵信汗流浃背，不知是何故。惟有萧后知道炀帝的心事，当时便劝说道："无情花草，何关人事？陛下何必认真？"炀帝也觉萧后的说话有理，心里略放宽些。又想如今在江都的近臣，都没有一个姓李的，眼前量来总没有什么危险，心里更放宽了一层。便说道："外面如此反乱，两京纵不残破，朕亦无心归矣！听说江东风景秀美，丹阳、会稽、永嘉、余杭一带山水奇丽，朕欲别治宫室，迁都丹阳，不知御妻愿伴朕同去否？"萧后道："江东地方虽僻，晋、宋、齐、梁、陈五代皆相继建都，风景想也不恶，陛下之言甚是。"炀帝大喜。

到了次日，竟出便殿召集群臣商议。炀帝说道："两京皆为盗贼所据，朕不愿复归，意欲退保江东以为子孙之计，不识众卿之意如何？"当有虞世基出班奏道："退保江东，坐观中原成败，不独子孙万世之业，亦以逸待劳之妙策也。"炀帝听了大喜，便传旨丹阳，重治宫阙，接挖新河，以通永嘉、余杭，限日要成此大工。当下工部大臣领旨前去，开河的开河，治宫殿的治宫殿。此时民穷财尽，万人吁怨，那地方官却一味压迫，只图工程早完。

那炀帝也终日在迷楼中追欢寻乐，只待江东宫殿完工，早日迁都。那两京之事，早已置之度外。便是众美人也知道欢乐不久，没日没夜拿"酒色"两字去迷弄炀帝。炀帝身体虽寻着快乐，但因国事日非，心中终不免郁闷；再加他身体多年在酒色中淘磨过来，早不觉形销骨立。

有一天，杳娘正临镜梳妆，炀帝从她身后走去，原想逗着杳娘作乐的，谁知从镜中照着自己容颜，十分憔悴，满脸都是酒色之气，自己不觉惊诧起来，说道："何以消瘦至此！"萧后只怕炀帝伤心，故意凑趣道："这正所谓渣滓日去，清虚日来。"炀帝对镜注视了半天，忽然自己抚着颈子，说道："如此好头颅，有谁斩去？"萧后和众夫人听了，一齐大惊失色。萧后说道："陛下何出此言？"炀帝只是哈哈大笑，笑罢，又索酒与萧后对饮，直吃到酩酊大醉，由两个美人扶着进帐睡去。无奈上床睡不多时，便又惊醒，醒来无可消遣，和两个美人调弄着，转觉乏味。忽听得窗外隐隐有女子歌唱的声音，腔调悲悲切切，十分凄楚。炀帝不觉从床上惊起，问："谁在窗外唱这悲凉的曲子？"连问几声，没有人答应。炀帝耐不住，便披衣下床，走到帘枕之下，侧耳细听。那断断续续的歌声又起，却唱得字字清楚道："河南杨柳谢，河北李花荣，杨花飞去落何处？李花结实自然成。"

炀帝蹑着脚绕出帘外看时，只见七八个宫女，围着一个宫嫔，听她唱歌，那宫嫔站在中央。炀帝心中暗想，杨花、李花，一成一败，情见乎词，宫闱之中，如何有此不祥之歌？急上去唤那宫嫔问时，那宫嫔原是无心唱的，不期在这夜尽更深时候，被炀帝亲自出来唤住，慌得众宫女惊惶无措。那宫嫔尤其吓得匍匐在地，不敢抬起头来。这炀帝平素在宫女身上不肯用大声呼喝的，忙安慰众人说，"不要惊慌。"又拉起那宫嫔来问道："此歌是谁教给你唱的？"宫嫔奏对道："此乃道路儿童所歌，非妾婢自编的。"炀帝问："儿童之歌，你在深宫，如何得知？"宫嫔道："贱婢有一个兄弟，在民间听得，因此流传入宫。"炀帝听宫嫔说出这个话来，便不禁大声叫道："罢了，罢了！这真是天意呢！"

在这半夜时分，炀帝忽然大惊小怪起来，早有人报与萧后知道。萧后急急赶来，再三劝炀帝回宫安寝。炀帝说道："时势相逼而来，叫人如何安寝？惟酒可以忘忧！"吩咐快拿酒来。宫人把酒奉上，炀帝直着颈子，一连五七杯倒下肚去。他越是痛饮，越觉怒气冲冲，站起身来，在院子里走来走去，又仰首向天，夜空咄咄，心中没个安排处。又坐下来捧着酒壶，向口中直倒。放下酒壶，胸中觉得有万转千愁，便提起笔来，写出一首词儿道：

"琼瑶宫室，金玉人家，帘珠开处碧钩挂。叹人生一场梦话，休错了岁岁桃花。奈中原离黍，霸业堪嗟！干戈满目，阻断荒遐。梨园檀板动新稚，深痛恨，无勤王远将，銮舆迓。须拼饮，顾不得繁华天下。"写罢，自己又把词儿歌唱起来，歌声呜呜，声泪俱下。萧后忙上前来劝住，又拿酒劝炀帝饮着，直饮到迷迷糊糊，萧后亲自扶进帐去睡下。

第二天，从床上醒来，还未起身，便有王义头顶奏本，直走到御榻前跪下。炀帝随接过他奏本来看时，见上面写道：

犬马臣王义稽首顿首奉表于皇帝万岁：

臣本南楚侏儒，幸逢圣明为治之时，故不爱此身，愿从入贡。幸因自宫，得出入左右。积有岁时，浓被恩私，侍从乘舆，周旋台阁，皆逾素望。臣虽至鄙至陋，然素性酷好穷经，颇知善恶之源，略识兴亡之故。又且往还民间，周知利害，深蒙顾问，故敢抒诚沥血，次第敷陈。

自万岁嗣守元符，休临大器，圣神独断，规谏弗从，自发睿谋，不容人献。大兴西苑，两至辽东，开无益之市，伤有用之财。龙舟逾于千艘，宫阙遍于天下，兵甲常役百万，士民穷乎山谷。征辽者百不存十，死葬者十无一人。帑藏全虚，谷粟涌贵。乘舆四出，行幸无时，兵人侍从，常役数十万。遂令四方失望，天下为墟。方今有家之村，寥寥可数；有人之家，寂寂无多。子弟死于兵役，老弱困于泥土。尸积如岳，饿殍盈郊。狗彘厌人之肉，乌鸢食人之余。臭闻千里，骨积高原，血膏草野，狐兔尽肥。阴风吹无人之墟，野鬼哭寒草之下。目断平野，千里无烟；万民剥落，莫保朝昏。孤苦何多，饥荒尤甚！乱离方始，生死孰知？仁主爱人，一何至此！

　　陛下素性刚毅，谁敢上谏？或有鲠臣，又令赐死。臣下相顾钳结，以自保全，虽龙逢复生，比干再世，安敢议奏。左右近侍，凡阿谀顺旨，迎合帝意者，皆逢富贵。万岁过恶，从何可闻？方今盗贼如麻，兵戈扰攘。社稷危于春雪，江山险于夏冰。生民已入涂炭，官吏尽怀异心。万岁试思，世事至此，若何为计？虽有子房妙算、诸葛奇谋，亦难救金瓯于已破也！近闻欲幸永嘉，不过少延岁月，非有恢复大计，当时南巡北狩之神武威严，一何销铄至此！万岁虽欲发愤修德，加意爱民，然大势已去，时不再来。所谓巨厦之倾，一木不能支；洪河已决，掬壤不能救。

　　臣本远人，不知忌讳，事已至此，安忍不言。臣今不死，后必死兵；敢献此书，延颈待尽。伏乞圣明采择，臣不胜生死荣幸之至！

　　炀帝看完了奏折，便说道："你的话虽有理，但自古安有不亡之国、不死之主？"王义听了，忍不住大哭起来，说道："万岁时至今日，犹欲文过饰非。万岁常说当夸三皇、超五帝、视商周，使万世不可及。看今日时势，车辇尚不能回，还说什么富国强兵的话？"炀帝到此时，也撑不住流下泪来，说道："汝真是忠臣，说话如此剀切，朕悔不早听汝之言也！"王义说道："臣昔不言，诚恋主也，今既奏明，死又何憾？愿以此身报万岁数年知遇之恩！天下方乱，愿万岁努力自爱，勿以臣为念。"说罢，磕一个头，涕泣辞出。炀帝认他是悲伤感恩之意，也不在心意中。不料到了午后，忽有几个内相匆匆来报道："王义在自己屋中大哭一场，自刎死了。"炀帝听了，顿足流泪道："有这等事，是朕负王义了！"萧后在一旁劝道："王义既死，悲伤亦无益。"炀帝说道："朕看满朝臣子，皆高爵厚禄，曾无一人能如王义之以死谏，岂不可恨，岂不可惜！"便传旨命厚葬王义。

从此炀帝在宫中每想起王义，总是郁郁不乐。萧后百般指使宫女歌舞，美人劝酒。在十分热闹的时候，炀帝总是长吁短叹的不快乐。袁宝儿在一旁劝解道："如此年月，终日为欢，尚恐不足，况乃戚戚乎？"一句话点醒了炀帝，便又高兴起来。命众宫女日夜歌舞作乐，自己拉住几个宠爱的夫人、美人饮酒作乐，片刻不许离开左右。传旨一切国事，不许渎奏，如有报两京消息者斩。从此迷楼里的人终日戏笑歌舞，如痴如狂，所有外边烽火，遍地刀兵，他们都置之不理。炀帝更是彻夜欢乐，不到天明，不肯休息，弄成白昼高睡，夜半笙歌。越是夜深，炀帝越爱到各处去游玩。

这时初春天气，秦夫人院中梅花盛开。炀帝说月下看梅，更添韵致。传旨黄昏后在梅花树下开宴，炀帝披着重裘，带着十六院夫人和众美人赴宴去。只见一轮寒月，映着花光人面，备觉清艳。炀帝坐下，吃过几巡酒菜，命薛冶儿在月下舞一回剑，袁宝儿当筵唱一折歌。炀帝乘着酒兴，拉着秦夫人出席步月去。炀帝近日胸中烦闷，常爱离开众人，到清静无人的地方去走走。秦夫人也知道炀帝的意思，便也扶着炀帝，两人静悄悄地在月下走去。踱过梅花林，是一片空地，天上一轮皓月，正照当头。炀帝赞声"好月色"，吩咐秦夫人在一株梅花树下的石上坐着候着他，自己慢慢地向空地上踱去。他脚下走着，一面抬头望着天上的月儿，不期走到一丛荆棘面前。那荆棘忽地索索抖动起来，接着跳出一头长颈子的巨物来。炀帝原是心血淘虚的人，只叫得一声哎哟，急转身逃去，踉踉跄跄地逃到秦夫人跟前。秦夫人看炀帝吓得面貌失色，衣冠斜散，忙上去抱住问时，炀帝气喘吁吁地指着身后说道："怪物！怪物！"秦夫人是女流辈，有什么胆识的。一听说怪物，早已吓得两脚打战，软绵绵的一步也行不得了。幸得有许多宫女、太监，奉着萧后追踪寻来，把炀帝接回院去。一面命太监拿着兵器，去追捉怪物。

谁知众人在月光地下，空闹了一大场，也不见什么妖怪，只有几头长颈花鹿，在月光下吃着草游玩着，大家回来复旨。炀帝才知道月下所见的便是长颈花鹿，但这一惊也不小，从此一连卧床七八日不起身，待起得身来，也十分胆小，冷静所在，却不敢独自行走。

这迷楼宫殿，建造得十分广大，虽有三五千宫女和许多太监住在里面，但这宫女和太监，都是阴性的人，胆原是十分小的。自从那夜炀帝在月下受惊以后，便大家疑神疑鬼。有的说在冷宫里看见妖魔，有的说在长巷中遇到鬼怪。一人传十，十人传百，顿时传遍宫廷，说得人人心惊，个个胆战。这宫院中闲空的屋子，原是很多，一到天黑，大家便不敢向空屋中走去。那冷静的地方，越觉冷静；荒凉的所在，越觉荒凉。大好楼台任令狐鼠跳梁，一到夜间，空屋中的狐鼠成群结党地啼嘶跳掷，彻夜不休，给那班宫女太监听得了，更加说得活灵活现、神鬼出没。传到炀帝耳中，他虽不信有鬼怪之事，但一想到皇室正在危急之秋，宫殿中因近来玉辇不常临幸，那荒凉的院落，越是多了，深怕有刺客大盗，乘此躲在冷宫里，做出凶恶事体来。炀帝想到这里，真有些不寒而栗，便把这意思和萧后说知。萧后便劝炀帝，把御林军调进宫来，在冷落的宫院中，分班驻扎，又可以防得盗贼，又杜绝了众人的谣言。炀帝听了萧后的话，便连称"好主意"。

次日传旨，唤屯卫将军宇文化及进宫。这宇文化及便是宇文士及的哥哥，士及是炀帝的女婿，尚南阳公主的。化及和士及弟兄两人常在宫中走动，炀帝和家人父子一般看待。化及在朝供职也十分忠顺。炀帝因信托他，便把御林军归化及统带，随驾到江都来，保护皇室。

欲知后事如何，且听下回分解。

第十八回　巡宫阙月下遇红颜
坐锦屏裙边订白首

炀帝因宫廷中十分冷落，深怕有盗贼奸险匿迹在深宫里，便把屯卫将军宇文化及传进宫来，当面嘱咐他，要他把御林军调进宫来，在各处冷宫长巷里日夜看守盗贼。那宇文化及领了旨意，便去拣选了五百名少年精壮的兵士，亲自带领着进宫去，在各处冷静宫巷中驻扎看守。日夜分作四班，轮流替换，又派了四个少尉官，不时进宫查察。那少尉官全是大臣的子弟们保举充当。

内中单说有一位少尉官，便是宇文化及的四公子，名叫宇文庆德，长得猿臂狼腰，清秀面目，自幼儿爱玩刀枪，射得百石硬弓，百发百中。宇文化及最是宠爱这个儿子，其余三人，都从军在外，只把这庆德留在身旁，当了这一名清贵的少尉官。当时奉父亲的命，进宫去查察御林军。他们的军令每夜在三鼓以后直到五鼓，是巡查得最吃紧的时候。须这四个少尉督同手下的兵士，在冷落的宫巷中四处巡查。当时夜静更深，天寒露冷，在冷宫长巷中摸索着，原是一件苦事。但吃了皇上家的俸禄，也是无可奈何的事。

这一夜三更时分，宇文庆德正率领一队御林军，在衍庆宫的长廊一带巡查过去，才绕过后院，只听得东北角门"呀"的一声响，接着一盏红纱宫灯从走廊上慢慢地移动着。宇文庆德见了，

第十八回　巡宫阙月下遇红颜　坐锦屏裙边订白首

忙站住了，悄悄地约退兵士，吩咐他们退回前院去候着，他自己忙把手中的灯火吹熄了，隐身在穹门脚下。这时满天冷月，遍地寒霜，偌大一个院子，黑黝黝的，静悄悄的；那院子墙脚下一带花木，高高低低地蹲伏着，月光如水，照在树叶上，发出点点滴滴的寒光来。再看那走廊上一盏红灯时，却一步一步地越向眼前移来，院子里月光越是分明，走廊上却越是逼得黑暗。这时红灯离开得尚远，庆德用尽眼力望去，终看不出是何等样人。隋炀帝临幸宫女，常常爱在暗中摸索。宇文庆德是不曾见过皇上的，他想万一那来的是万岁爷，叫我却如何见得。想着，不觉心上打起战来。转心又想到万岁原是怕深宫冷巷中埋伏刺客，才叫俺们进宫来巡查的。前面那来的莫非便是刺客？他一想到这里，不觉连身子上也打起战来了。又转心想到宫中近来常常闹鬼，莫非那来的便是鬼怪？他一想到这里，更不觉连两条腿儿也索索抖动起来了。看那红灯时，越走越近，由不得这宇文庆德急把佩刀拔在手中候着。

那红灯慢慢地移到月光照着的廊下，才看得出那人上下穿着黑色衣裳，一手提着一盏红灯，一手托着一只炉盘，袅袅婷婷地走着，原来是一个女身。再向她脸上看时，不由得庆德又吓了一跳。只见她高高的梳着一个髻儿，漆黑的一个脸面，也分辨不出耳目口鼻来。这明明是一个鬼怪，庆德这一吓，连两条腿也酥软了，急欲转身时，那两只脚，宛如被长钉在地面上钉住一般，一步也不能移动；那手臂要举起来时，又好似被十道麻绳，绑住在身子上一般，只睁大了两眼，向那鬼怪不转睛地看着。看那鬼怪，兀自不停步地向宇文庆德跟前走过去。庆德万分慌张，几乎要失声叫喊出来。又转心一想，我在同伴中自命不凡，如今见了这一个女鬼，便如此胆怯，我这一叫喊出来，一世的英雄名儿扫地尽了。他急把自己的嘴扪住，又在自己胸口拍了一下，壮壮自

185

己的胆。正在这个当儿，忽见那女鬼，却转身冉冉地步下白石台阶去，在庭心里站着，头望一望天上的月色。看她把手中的炉盘，放在庭心的石桌上，又慢慢地伸手，把那头上黑色的罩纱除下，露出一张玉也似白脸儿来。看她点上三支香，俯身跪倒在地，一支一支地向炉中插下；又深深地拜着，站起身来。

看她体态长得十分苗条，原来是一个宫女，并不是什么女鬼，宇文庆德这才把胆子放大，便手提佩刀，抢到庭心里去。那宫女听得身后有人走来，急把那黑纱遮住头脸，捧着炉盘，转身要逃去。谁知已被宇文庆德拦住去路，见他手中提着明晃晃的刀，吓得那宫女"哎哟"一声，把手中的炉盘摔在地下，那身子便不由自主地倒了下来。庆德手快，急抢上去，把那宫女抱在怀中。可怜那宫女，已晕绝过去了。庆德伸手去，把她头上的黑纱揭起，露出脸儿来，月光照着看时，却把庆德吃了一惊：原来这个宫女竟是一个绝色的美女。看她弯弯的眉儿、高高的鼻儿、小小的唇儿、圆圆的庞儿，映着月光，把个庆德看出了神，几疑自己遇着天仙了。

这宇文庆德，也是二十四岁的少年了，在他伴侣中，也算得是一个美男子，生平高自期许，非有美女子，他是不娶的。他父母再三替他做主，劝他早早娶一房妻小，谁知这宇文庆德，终日却只知盘马、弯弓，从不知怜香惜玉的勾当。如今也是他的艳福到了。在这深夜里，深宫中遇到这绝世美人，他眼中看着这玉也似的容貌，鼻中又闻着一阵一阵中人欲醉的香味，便把他自出娘胎未曾用过的爱情，都勾引了起来。他趁这美人儿不曾醒来的当儿，便和她酥胸紧紧地贴着，香腮轻轻地揾着。

半晌半晌，那美人星眸微转，一眼见自己的身体，倒在一个男子怀里，羞得她急推开身，站起来，从地上拾着炉盘，一转身走去。这宇文庆德如何肯舍，忙抢上前去拦住。那宫女见庆德手中提着刀，认作是要杀她来的，忙跪倒在地，两行珠泪，从粉腮儿上直滚下来。庆德上去扶她，那宫女急把身体倒躲，一手指着庆德的佩刀。庆德知是她害怕，便把佩刀收起。那宫女站起身来，庆德问她叫什么名儿？在何处宫院当差？在这夜静更深的时候到这冷静宫院里来烧香是什么事？那宫女被他这一问，不曾开得口，只轻轻地叹了一口气，忍不住又把她袖口揾着眼泪。

庆德见了这娇姿艳态，也忘了自己的职务，便挨近身去，问道："你莫慌，我决不欺侮你，也不把你的事去告诉别人。你心中有什么为难的事，只须告诉我。你若许我替你帮忙，便是拼去我的脑袋也是肯的！"不想一个铁铮铮平日何等骄傲的少年公子，今日见了这个宫女，却说出这许多可怜的说话来。他原是被这宫女的美色打动了心，他心中早打定了主意，想我宇文庆德今生今世不爱女人便罢，若要爱女人，这个宫女，我是决不放她逃去的。因此一任那宫女如何冷淡，不作声，他总是一遍一遍地央告着。这宫女被他纠缠不清，便冷冷地说道："将军愿意帮婢子的忙么？婢子只求将军答应两件事儿：第一件事，请将军许婢子依旧每夜到此地院子里来烧香，莫说与外边人知道；第二件事，以后将军倘再遇到婢子，切莫和婢子说话。"那宫女把这两句话说完，急托着盘转身走去。

这两句话若出在别人口中，给宇文庆德听了，早要拿出公子哥儿的气性来，拔刀相向。无奈他如今心中已爱上了这个宫女，一任她如何抢白、如何冷淡，他总是不动怒。他非但不动怒，他只图要和这宫女天天见面起见，这每夜三更以后到衍庆宫去巡查的差使，便向他父亲去讨定了。每夜总是他带了一队御林军进宫来，先把兵士调开，吩咐他们在前院子守候着，他却独自一人转到后院去，看那宫女出来烧香，看她烧罢了香，捧着炉盘进角门去，他才回身走出前院来，带了兵士到别处巡查去了。

后来日子久了，那宫女见了庆德，也不觉害怕了。只是他们约定在先，不许说话的，这庆德竟和奉圣旨一般的，虽夜夜和宫女见面，却不敢和她说一句话，只怕这一开口，美人便要恼他。到后来，反是那宫女忍不住了，低低地问道："将军为何夜夜在此？"庆德便恭恭敬敬地答道："俺看你一个娇弱女儿，夜静更深在这深宫广院里烧香，怕有什么鬼怪来吓唬了你，因此俺夜夜到此来保护你的。"这一句话，柔情千叠，任你是铁石心肠的人，也要动了感恩之念，何况是一个多愁善感的女孩儿，听了，早不觉在她粉腮儿上堆下嫣然的笑容来。又低低地说了一声："多谢！"从此以后，这一对美男妙女夜夜在这深宫曲院中互诉起肺腑来。那宫女问："起初几夜见了俺为什么不说话儿？"庆德说："只因遵守美人的吩咐，又怕一开口恼了美人，反为不美；再者，便是不开口，静静地站在一旁看看美人的行动模样儿，已够人消受的了。"

看官须氪道，天下的女人都犯着一样的毛病，你若当面称她一声美，她心里便觉得非常得意，十分感激。如今这宇文庆德得步进步，竟对着这宫女美人长、美人短的称呼起来，这宫女非但不恼，反放出百般妖媚、千种风流来。两人看了愈觉得可爱，那说话也越说越多。你想一个美男、一个少女，在这夜静更深、幽宫密院、月下花前的地方，静静地相对着，如何不要勾起万种的柔情来。便是那宫女眼中，看着这月下少年，万分可爱，也不知不觉地有说有笑、相亲相爱起来。两人常常互握着手儿，互依着肩儿。后来他们谈话的时候愈久了，便觉得苍苔露冷，寒月浸肌。宇文庆德便大着胆，去偷偷地开了衍庆宫的正殿。这正殿原是预备炀帝平日召见妃嫔用的，中间设着软褥龙椅，四围竖着锦绣屏风。庆德便扶着这宫女去坐在龙椅上，自己却坐在宫女的脚边绣墩上说着话儿，便觉得十分温暖。

第十八回　巡宫阙月下遇红颜　坐锦屏裙边订白首

这宫女细细地告诉他：自己原是官家小姐，小名儿唤作凤君，父亲现任范阳太守，自幼儿养在膝下，和哥哥同在书房伴读。父母十分宠爱，只因前年父亲在公事上恼犯了西安节度使，他便要题本参奏，把俺父亲问成充军之罪。俺父亲急切无可解救，恰巧来了一位黄门官，奉旨到范阳地方来采选美女。俺父亲为要解脱自己的罪名要紧，便狠一狠心肠，把他的亲生女儿献给黄门官，断送到这江都行宫里来。俺当时离别了亲生的父母、亲爱的哥哥，千里跋涉，到这清静孤苦的深宫里来；又听得说当今万岁是一位多情的天子，凡是宫女，略长得平头整脸些的，都要得万岁的临幸。似俺这粗姿陋质，如何禁得起万岁的宠幸，俺一进宫来，便和同伴姊妹商量，要设法保全俺的贞节，又把自己所有的钗环、银钱搜括起来，统统去孝敬了那管事的宫监。亏得那宫监看俺可怜，又受了俺的孝敬，便替俺设法，派俺在这冷宫里充当宫女。这宫里全养的是失宠年老的妃子，万岁爷从不曾来临幸过，因此俺也免得这个灾祸。

宇文庆德又问她：“每夜烧着香祷告些什么？”这凤君说道：“俺第一支香祷告父母安康，第二支香祷告哥哥早得功名，第三支香却祷告俺自己。”说着，她忽觉得碍口，便停住不说了。庆德听了，便替他接下去说道：“祷告自己早得贵婿！”说着，便情不自禁地凑近脸去，低低地问说：“俺替美人说得可是吗？”连连地问着，把个凤君问得含着羞，低下脖子去；后来被庆德问急了，凤君忍不住噗哧一笑，伸一个纤指在庆德的眉心里戳了一下，说道：“将军真是一个鬼灵精！”庆德趁势扑上去，拥住凤君的纤腰，嘴里不住地央告着道：“好美人儿，好心上人儿，俺便做你一个贵婿罢！你须知道俺平日是一个何等高傲的人，俺父母几次替俺做主，有许多富贵小姐，还有万岁家里的公主，都愿给俺做妻小，只因俺生平立誓，非得一个绝色的女子，便甘一世孤独。如今遇到了美人，一来是你的面貌，实在长得美丽动人；二来也是天缘凑合。不知怎的自从俺一见了美人以后，睡里梦里，也想着你，我这魂灵儿全交给你了。你倘然不答应我这亲事，我也做不得人了。"说着伏在凤君的酥胸上，忍不住洒下几点英雄泪来。凤君听他絮絮滔滔地说了一大套，又见他低着头落下泪来。男儿的眼泪是很有力量的，凤君的心不觉软了下来，拿纤手去扶起他的头来。宇文庆德一耸身，站起来捧住凤君的粉腮儿，正要亲她的樱唇，那凤君急避过脸去，和惊鸿一瞥般逃下龙椅来，躲在绣屏后面，只探出一个脸儿来，向庆德抿着嘴笑。

这时月光正照进殿来，凤君的粉腮儿映在月光下面，愈觉得娇艳动人。庆德要上去捉她，凤君忙摇着手说道："你我相爱，原不在这轻狂样儿，将军如今爱上婢子，要婢子嫁与将军做妻小，那婢子也是愿意的。只是婢子也不是一个寻常女子，生平也曾立誓，非得一位极贵的夫婿，俺是也甘做一世老处女的。如今将军愿娶婢子，试问将军有怎样的富贵。"那宇文庆德听了，便拍着自己的胸口说道："俺如今二十多岁的年纪，做到殿前少尉，如何不贵？家中现有父亲传下来的百万家财，如何不富？"谁知那凤君听了他的话，只是摇着头。庆德又说道："俺父亲现做到屯卫将军，真在一人之下、万人之上，如何的不贵？"凤君听了，又摇了一摇头。庆德又接着说道："将来俺父亲高升了，俺怕不也是一位现现成成的屯卫将军了。"庆德不住嘴地夸张着，那凤君却也不住地摇着头。

宇文庆德把话也说穷了，便呆呆地看着凤君的脸儿，转问着她道："依美人说来，要如何富贵，才满得美人的心意？"只见她不慌不忙地走近龙床去，把手在龙床上一拍，说道："将军他日能坐得这龙床，才满婢子的意呢。"宇文庆德听了，好似耳边起了一个焦雷，把身体连退了三步，怔怔地说不出一句话来。那凤君却依旧满脸堆着笑，扭转了腰肢，站在面前。宇文庆德看她这娇媚的神韵，实在舍她不下，又把一股勇气，从丹田里直冲上来，急急地说道："美人敢是打谎吗？"那凤君指着天上的月儿说道："明月在上，实共鉴之。"宇文庆德忙抢步上前，拉住凤君的纤手，走出庭心去，双双跪倒。凤君低低地向月儿祷告着道："将军成功之日，所不如将军愿者，有如此钗。"说着把云鬓上的玉搔头拔下来，在石桌上一磕，磕成两半段，两人各拿着半段。这里宇文庆德也侃侃地说道："所不如美人愿者，有如此袍。"说着一手揭起袍角，一手拔下佩刀，"飕"的一声，把崭新的一只袍角，割下来交与凤君，一手把凤君扶来，顺势把凤君抱在怀里，又要凑上去亲她的朱唇。凤君笑着把袍角隔开说道："留此一点，为将军他日成功之贺礼。"一转身脱出怀去，和烟云似地走上台阶。庆德追上去，凤君转过身来，只说了一句："将军努力为之，待成功之日，再行相见。"说着一缕烟似地进角门去了。这里宇文庆德，独立苍苔，抬头向着天出了一回神，忽然把脚一顿，自言自语地说道："拼俺的性命做去吧。"说着大踏步地走到前殿去，领着一队御林军，悄悄地出宫去了。

从这一夜起，宇文庆德便立定主意，要推翻隋室的江山，夺炀帝的宝座。他虽每夜一般地带领御林军进衍庆宫去巡查，但他每夜走到后院去守候一回，却不见凤君出来，从此室迩人远。庆德要见他心上人的心思越浓，他要造反的心思也便越急。他在白天便在文武各官员家中乱跑，藉此探听各人的口气，又随处留心着起事的机会。

宇文庆德原是和司马德堪、裴虔通、元礼几位郎将，平素最是莫逆。他三个都是关中人，此次随驾到江都地方来，原是心中不愿意的。只说皇上来幸江都，少则百日，多则半年，便回关中去的。不想如今一住三年，也从不曾听炀帝提起说要回銮。他们都有家小住在关中的，久不回家，如何不要思念？如今又听说四处反乱，那关中也陷落在寇盗手中，自己又各有皇事在身，眼看着家乡烽火连天，不能插翅归去，叫他们如何不想、如何不怨。每到怨恨的时候，便集几个平素知心的官员，在深房密院里商量一回。这宇文庆德也常常被他们邀去商议大事。

在六个月以前，炀帝下旨，着封德彝到丹阳去建造宫殿；又捉住数十万人夫，开掘从丹阳到余杭八百里新河，预备他日迁都丹阳并游幸永嘉，龙舟航行之路。如今到了限期，封德彝居然一律完工，前来缴旨。那炀帝此时，正因在江都住得厌了，听说丹阳宫殿完工，便心中大喜，一面下旨嘉奖封德彝的功劳，又赏他金银彩绢；一面下旨各有司并侍卫衙门，限一个月内，俱要整顿车驾军马，随驾迁都丹阳宫。如有迁延不遵者，立即斩首。

这旨意一下，别的官员且不打紧，却触恼了元礼、司马德堪、裴虔通一班郎将，再加宇文庆德从中鼓煽着，大家约在黄昏时候，在禁营中商议。司马德堪说道："我等离别家乡，已有数年，谁不日夜想念父母家小？近来听说刘武周占据了汾阳宫，又听说李渊打破关中，眼见得家中父母妻子，都要遭他的荼毒，思想起来，寸心苦不可言！如今诏书下来，又要迁都永嘉，这一去南北阻隔，是再无还乡之期了。诸位大人，有何妙计，可挽回主上迁都之意？"元礼听了，接着说道："永嘉地方必不可去，不如会齐禁兵，将此苦情，奏明主上，求免渡江。"裴虔通忙摇着头说道："此非计也，主上荒淫无道，只图酒杯、妇人快乐，江山社稷尚且不顾，岂肯念及我等苦情。以下官愚见，不如瞒了主上，私自逃回西京，与父母妻子相见，岂不干净。"司马德堪和元礼一班人听了，都齐应声道："此言甚善！"当下各自散去，打点作逃归之计。

不想路上说话，草里有人，早被一个宫人在屏后听去，忙报与炀帝知道。谁知炀帝听了，反把这宫人痛恨大喝道："朕已有旨在前，不许人妄谈国事和两京消息。你这贱人，如何敢来渎奏？况那郎将直阁，全是朕识拔亲信的人，岂有逃遁之理，不杀汝何以禁别人的谗言！"说着，便喝令左右牵出打杀。可怜这宫人一片好心，无由分说，白白吃乱棍打死。炀帝既打死了这宫人以后，众内相虽再有听见，也不敢管闲事了。内中有一位郎将，姓赵名行枢，闻知此事，心甚不安，遂私自来拜访一人商量。

欲知后事如何，且听下回分解。

第十九回　撤宫禁私通魏氏
　　　　　　入阁门惨杀朱妃

　　宇文庆德自从爱上了宫女凤君以后，便蓄意谋反。他见近日满朝文武，都因炀帝要迁都丹阳，人心浮动，他便在各处官员跟前煽惑，劝他们乘机起事。宇文庆德的叔父宇文智及，现任少监，执掌禁兵。虽是炀帝的亲信侍卫，平素却最恨炀帝的荒淫无道。庆德又常在他叔父跟前下说辞，智及也很听信侄儿的话。

　　这一天，他叔侄两人又在后书房中密议。忽门官报称，外面有郎将赵行枢大人拜访。宇文智及和赵郎将原是知交，便立即迎入。赵行枢劈头便问道："将军知众将士近日之事乎？"智及原早已知道的，听了这话，便故意说不知道。赵行枢便说道："众军士不肯随驾渡江，纷纷商议，俱欲逃归；我也很思念家乡，特来请教，如何处置？"宇文智及拍案说道："若依此计，性命俱不保矣！"赵行枢问："为何性命不保？"智及道："主上虽是无道，然威令尚行。若私自逃走，不过单身一人，又不能随带兵士，朝廷遣兵追捉，却如何是好？岂不是白白地丢了这条性命？"赵行枢被这一句话说得踌躇起来。宇文智及趁势说他道："今炀帝无道，天下英雄并起，四海盗贼蜂生。我二人所掌禁兵，已有数万，依吾之见，莫若因众人有思归之念，就中图计。或挟天子以令诸侯，或诛无道以就有道，皆可成万世之业，何必作亡命之徒耶？"

194

赵行枢听了，大喜道："多承明教，真好似拨云雾而见青天。"宇文智及道："虽说如此，但恐人力不齐，尚须得二三同心，共勷大事，方可万全。"赵行枢道："司马德堪与元礼、裴虔通，既欲逃归，定有异志，何不邀来共谋。倘肯预闻，人力便齐矣。"智及便差人去请。

不多时，三人请到，相见毕，赵行枢忍不住先开口道："主上不日游幸永嘉，诸公行李打点得如何？"司马德堪诧异道："逃归之议，人人皆知。公犹问幸永嘉行李，何相欺也？"赵行枢哈哈笑道："非欺公也，聊相戏耳。"裴虔通道："既称同官知己，何必戏言？主上钦限严紧，若要逃归，须急急收拾行李。倘迟延落后，恐生他变。"智及说道："逃归虽好，但路途遥远，非一鞠可到，主上遣兵追捕，却往何处躲避？"

三人听了，皆面面相觑，一时说不出来。元礼跌足道："我等实不曾思量及此，却将奈何？"赵行枢说道："诸公勿忧，宇文将军已有妙计在此，但恐诸公心力不齐，不肯相从耳。"司马德堪说道："我等皆关中人，日夜思归，寸心俱断，既有妙计，安敢不从？如有异心，不得其死！"赵行枢大喜道："诸公如此，复何忧也！"遂将宇文智及之言，细细对三人说了。三人俱大喜道："将军等既图大事，吾三人愿效一臂之力。"宇文智及道："列位将军若肯同心戮力，不患大事不成矣！"司马德堪说道："校尉令狐行达、马文举，皆吾心腹之人，邀来皆可助用。"赵行枢道："既然是心腹，多一人便得一人之力，便可请来。"司马德堪便起身亲自去请来。赵行枢又把前议实说了一遍，二人齐声说道："列位将军之命，敢不听从。"宇文智及大喜道："众人志向既同，吾事济矣！但禁军数万，非可轻举妄动，必须立一人为盟主，大家听其约束，方有规模。"

说到这里，那宇文庆德站在一旁，暗暗地伸手去拉着司马德堪的袖子。司马德堪站起来说道:"吾举一人,可为盟主。"赵行枢忙问:"是谁?"司马德堪道:"吾遍观众人,虽各有才智,然皆威不足以压众;惟宇文将军令兄化及,是当今英雄,若得他主持,方可为也。"裴虔通与众人听了,也齐声说道:"非此人不可,司马将军之言是也。但事不宜迟,便可速行。"便一齐到宇文化及私宅中来请见。

宇文化及原是一个色厉内荏、奸贪多欲的人,当日闻众人来见,慌忙接入间道:"诸公垂顾,不知有何事故?"赵行枢首先说道:"今主上荒淫酒色,游侠无度,弃两京不顾,又欲再幸江东。今各营禁军,思乡甚切,日望西归,皆不愿从。我等众人意欲就军心有变,于中图事,诛杀无道以就有道,此帝王之业也。但必须立一盟主,统率其事。众议皆以将军位尊望重,可为盟主,故特来奉请。"宇文化及闻言,大惊失色,慌得汗流浃背,忙说道:"此灭族之祸也,诸公何议及此!"司马德堪道:"各营禁军,皆我等执掌,况今人心摇动,又兼天下盗贼并起,外无勤王之师,内无心腹之臣。主上势已孤立,谁能灭我等族?"宇文化及道:"说虽如此,满朝臣子,岂真无一二忠义智勇之士?倘倡义报仇,却将奈何?诸公不可不虑。"裴虔通道:"吾观在廷臣子,皆谄谀之人,不过贪图禄位而已,谁肯倾心吐胆为朝廷出力?即间有一二人忠心者未必有才,有才者未必忠心。只一杨义臣,忠勇素著,近又削职去矣。将军试思眼下谁能与我等为仇?将军可请放心为之,万无一失也。"

宇文化及听了,又沉吟半响道:"公言固是,但主上驻驾在玄武门,骁健宫奴,尚有数百人,纵欲为乱,何由得入?倘先把事机败露,我们难免十族之诛矣。"众人闻言,一时答应不出,俱面面相觑。宇文智及看看众人有畏缩的样子,便奋然作色道:"此事何难?宫奴皆司宫魏氏所掌,魏氏最得主上亲信。今只须多将金银贿结魏氏，托她说主上驱放宫奴。主上在昏聩之时，必然听从。宫奴一放，再无虑矣。"众人皆大喜道："此等谋算，不减汉朝张子房，何忧大事不成耶？"宇文化及说道："既蒙诸公见推，下官不得不从命，祸福听诸天罢了。"众人大喜道："得将军提携，我们富贵便在眼前了！"裴虔通说道："大计已定，事不宜迟，须先贿结魏氏，请放宫奴。"宇文化及道："谁人可往？"令狐行达便说道："某不才，愿去说魏氏。"便领了许多金银币帛，悄悄地去送给魏氏。

原来魏氏是一个妇人，专掌宫司之职，管领着一班骁勇宫奴，守卫玄武门，以备不虞。这一天，得了众官员许多贿赂，便进宫去奏明炀帝道："玄武门守御宫奴，日日侍卫，再无休息之期，甚觉劳苦。伏乞圣恩，放出一半，令其轮班替换，分值上下，则劳者得逸，逸者不劳，实朝廷休息军士之洪恩也。"炀帝道："这些宫奴，日日守御，亦殊太劳，又且无用，便依汝所奏，放出一半，其余分值上下，以见朕体恤军士之意。"魏氏忙叩头谢恩道："万岁爷洪恩，真天高地厚矣！"领了旨出宫来，便将宫奴放出一半，令其轮班更换。众宫奴见炀帝如此优待，便都懈怠躲避不来守御。

司马德堪等见其计已行，便都暗暗欢喜，便邀同裴虔通密召禁军，在自己府中会齐，对大众晓谕道："今主上不恤群下，流连忘返，纵欲无度；今两京残破，不思恢复，又欲东幸永嘉。俺们若跟着昏君出去巡游，便都要客死在他乡，父母妻子，今生不能见了。如今许国公宇文将军，可怜尔等，欲倡大义，指挥尔等复返长安，使尔等息其劳苦。不知尔等众人心下肯听从出力否？"众兵士齐声说道："某等离家数载，日夜思归。况主上荒淫不已，我等劳苦无休。将军若倡大义，提挈还乡，我等惟命是从。"司马德堪听了大喜，便当场约定在四月中旬举火为号，内外响应，共图大事。

外面闹得天翻地覆，炀帝在宫中却如何得知？每日只催逼着宫人，打点行李，预备徙都丹阳宫，又欲临幸永嘉，以图欢乐。这一天与萧后同游十六院，多饮了几杯酒，一时困倦起来，便在第十院中龙榻上倒身而睡。才朦胧睡去，恍惚之中忽见越国公杨素，青衣小帽走来。奏道："陛下好受用，整整一十三年，今日才来，教臣等得好苦。"炀帝猛抬头看见，吃了一惊，忙问道："与卿久别，为何这等模样？不知见朕有何话说？"杨素道："陛下还不知，当时遣张衡入侍寝宫，与假诏杀太子，二事俱发矣！今日单候陛下来三曹对案，看是何人之罪。"炀帝道："此皆卿设谋不善，朕有何罪？"杨素道："谋虽是臣设，然皇帝是谁做？主意谁出的？陛下如何推得这等干净？"炀帝道："是卿也罢，是朕也罢，此乃往事，今日为何提起？"杨素道："陛下快活日子多，往事想都忘怀了。臣也不与陛下细辩，只同去，自有人问陛下的。"

炀帝初尤延挨着不肯去，只因杨素催逼不过，不得已随杨素来到一处，仿佛是西京仁寿宫的模样。走到阶前，往上一看，只见正中间端端正正坐着一人，头戴冲天冠，身穿蟠龙绛袍，十分严肃。炀帝心中暗想，如何又有一个皇帝在此？忙定睛一看，却认得是先皇文帝。陡然吃了一惊，转身往外便走。脚才移动，只听得文帝大叫道："杨广哪里去！"炀帝吓得魂魄俱散，手足失措，只得走进殿来，俯伏在地。说道："儿久违膝下，时深孺慕，不期今日复睹慈颜。"文帝怒骂道："你这弑父畜生，已到今日，尚敢花言巧语欺谁？"炀帝道："篡逆之谋，皆杨素、张衡二人所设，与儿无干。"杨素在一旁忙说道："谋虽臣设，臣设谋却为何人？这且不说，难道奸烝父妃，也是老臣设谋？"一句话说得炀帝满面通红，无言回答。文帝骂道："你这畜生！罪恶滔天，不容于死，今日相逢，焉能饶你？"遂向近侍手中取了一口宝剑，亲自起身斩炀帝。炀帝汗流浃背，魂不附体。正无计奈何，忽屏风后面转出一人，仗剑奔来，炀帝看时，原来是太子杨勇。炀帝急拔脚逃下殿去，那杨勇在背后大踏步赶来，口中喊道："杨广哪里走，快还我命来！"炀帝吓得魂魄全无，正待上前分剖，杨勇怒气冲冲，不管好歹，举起钢刀，照顶梁骨砍来。炀帝一时躲闪不及，吆喝一声道："不好了，吾死也！"忽然惊醒，吓得满身上下，冷汗如雨。

萧后伴坐在一旁。看见炀帝神情怪异，忙斟了一杯参汤奉上，问道："陛下为何惊悸，想是有甚梦兆？"炀帝定了一回神，说道："朕得一梦，大是不祥。"萧后道："有何不祥？"炀帝便将梦中所遇，一一细说了一遍。萧后说道："梦寐原是精神所积，此皆陛下注重两京，追思先帝，故有此梦。"说着，天色已晚，院中掌上灯来，院妃吕夫人又排上宴来，大家依然又饮。

饮不多时，忽听得宫门外喊声震地，好似军马厮杀一般。炀帝慌忙丢下酒杯，拉着萧后，走出院去看时，只见东南之上一派火光烛天，照耀得满天通红。炀帝失惊道："此是为何？"随叫众太监去探望。众太监领着旨，正要跑到宫外去看，才走到宫门口，只见直阁中裴虔通领了许多军士，拦住宫门。问道："列位要往何处去？"众太监道："奉旨看是何处火起，为何有许多人声呐喊？"裴虔通道："乃城东草房中失火，外面军民救火，故如此喧嚷。列位不必去看，便拿这话去回旨便了。"众太监乐得偷懒，便把此话信以为真，便一齐退回院去，报与炀帝。炀帝道："原来是草房中失火。"便不拿他放在心上，依旧和萧后、众夫人回席去饮酒。大家饮得迷迷糊糊，萧后才把炀帝扶回正宫睡去。一觉醒来，天还未明，只听得一派喊声，杀入宫来。炀帝心中惊慌，忙打发人去看。

原来司马德堪与赵行枢、裴虔通，约定日期，内外举火为号，各领禁军，团团将皇城围住。各要害之处均着兵把守。见天色微明，便领了数百骑一齐杀入宫来。此时，骑勇、宫奴，俱被魏氏放出，无一人在宫。各殿中守御将士皆为裴虔通等预先劝散了，只有屯卫将军独孤盛与千牛备身独孤开远二人，这一夜正守宿内殿。听得外面兵马喧嚷，情知有变，独孤盛忙率了千余守宿兵士，出来迎敌。刚遇着司马德堪，杀将入来，独孤盛忙拦住大骂道："背君逆贼，休得无礼！有吾在此！"司马德堪道："识时务者，呼为俊杰；今主上荒淫无度，游侠虐民，我等倡大义诛杀无道，汝何不反戈相助，富贵共之。"独孤盛大怒道："你这反贼，不要走，吃吾一刀去！"便举刀劈头砍来。司马德堪挺枪相迎，二人战未数合，忽裴虔通从左掖门杀来，独孤盛猝不及防，被裴虔通斜刺一刀，将头砍下。众军看见主将被杀，如何有心恋战，又无处躲避，都一齐叫喊起来。司马德堪与裴虔通乘势乱杀，闹得宫中犹如鼎沸一般，独孤开远听得独孤盛被杀，再引兵来战，又虑众寡不敌，只得转进宫来，要请炀帝亲出督战，藉此弹压军心。

此时炀帝已知道是兵变，惊得手足无措，忙传旨将阁门紧紧闭上。独孤开远赶到阁门下面，只见双门紧闭。事起仓猝，也顾不得君臣礼节，便令众兵隔着门齐声喊奏道："贼兵变乱入宫，军心惧怯，请万岁天威亲临督战，则众贼必然震慑；臣等效一死战，则祸乱可顷刻定也。"接着听得阁门上面有人传旨道："万岁爷龙心惊怖，不能临战，着将军等尽力破贼，当有重赏。"独孤开远称道："万岁不出，则贼众我寡，臣等虽肝脑涂地，亦无用也。请圣驾速出，犹可御变；若再延迟，贼兵一到，便玉石俱焚，悔之不及矣！"门上又传下旨来道："圣驾安肯亲临不测，且暂避内宫，着将军努力死守。"独孤开远奏道："此时掖庭已为战

第十九回　撤宫禁私通魏氏　入阁门惨杀朱妃

场，贼兵一到，岂分内外？万岁往何处可避？若不肯出临，则君臣生命与社稷俱不能保矣！"说罢，首触阁门，嚎啕痛哭。近侍忙报与炀帝，炀帝惊慌得目瞪口呆！听得独孤开远竭力苦请，便要出去。萧后忙拦住道："众兵既已为乱，岂分君臣。陛下这一出去，倘战而不利，便如之奈何！莫如暂避宫中，俟天色明亮，百官知道了，少不得有勤王之兵，那时却再行区处。"炀帝道："说得有理。"慌慌张张便要拉着萧后去躲避。此时大家也无暇梳洗，蓬着头和三五个心爱的美人，躲入宫内一座西阁中去。

独孤开远在阁门外哭叫了一回，听听阁门内杳无消息，他知道炀帝不肯出来，大势已去，只索拼一拼性命的了。便回顾左右大叫道："众人有忠义能杀贼者，随我快来！"众兵见炀帝不出，料想是敌不住贼兵的，便无一人敢答应，皆渐渐散去。

独孤开远正无可奈何，只听喊声动地，司马德堪、裴虔通、令狐行达一班人如潮涌一般，杀奔阁门而来。独孤开远挺枪大骂道："逆贼终年食朝廷厚禄，今日乃敢反耶？"裴虔通亦应声骂道："我等杀无道以就有道，乃义举也；尔等不识天命，徒自取死。"说着，便举刀砍去。司马德堪与令狐行达俱一齐动手，大家混杀一场。独孤开远纵然生得骁勇，当不得贼兵人多势大，叫他如何抵挡得住？不多时，已被乱兵杀死。他手下兵丁，逃得一个影子也不留。

司马德堪领着众兵，直涌到阁门下，见双门紧闭，大家动手，乒乒乓乓一阵打开，竟冲杀到内宫去。吓得众宫女和太监们魂胆俱无，这边宫女躲死，那边内相逃生，乱窜做一堆。司马德堪杀入寝宫，见走了炀帝，便领兵各处寻觅。怎奈宫廷深远，左一座院落，右一处楼阁，如何找寻得到。不期寻到永巷中，忽撞见一个美人，她怀中抱了许多宝物，要往冷宫躲去，被裴虔通上去一把拉住问道："主上今在何处？若不实说。便一刀砍你成两

201

段！"那美人起初还推说不知，见裴虔通真的举刀要杀，来势十分凶恶，料想违拗不过，只得哀求道："望将军饶命！万岁实是躲往西阁中去的。"裴虔通听知是实，便把美人放走，带领众人，一齐赶到西阁中来。

到了阁下，听得上面有人声，知是炀帝在上面了。令狐行达拔刀先登，众人相继一涌而上，打进门去。只见炀帝与萧后相对垂泪。炀帝见了众人，便说道："汝等皆朕之臣下，朕终年厚禄重爵给养汝等，有何亏负之处，却行此篡逆之事，苦苦相逼？"众人听了，面面相觑，一时说不出话来。独裴虔通大声说道："陛下只图一人快乐，并不体惜臣下，故有今日之变。"炀帝见众臣下声势汹汹，气得一句话也说不出来。只见炀帝背后转出一个朱贵儿来，用手指定众人说道："圣恩浩荡，汝等是何心肝，行此昧心之事？且不论终年厚禄，只是三日前因虑汝等侍卫春寒，诏宫人与汝等装裹絮袍、絮袴，以赐汝等。万岁亲身临视催督，数千件袍袴只两日便已完工，前日颁发给汝等，汝等岂忘了吗？圣恩如此，还说并不体恤，是无心人也。"炀帝接着说道："朕不负汝等，何汝等负朕也？"司马德堪抢着说道："臣等实负陛下，但今天下已叛，两京皆为贼据，陛下归已无门，臣等生亦无路。且今日已亏臣节，虽欲改悔，岂可得乎？"炀帝大怒道："汝口中一派胡言，今汝等来此，意欲何为？"司马德堪忽把脸色改变，大声喝道："今来欲提陛下之首，以谢天下！"朱贵儿听了大骂道："逆贼焉敢口出狂言！万岁纵然不德，乃天下至尊，为一朝君父，冠履之分，凛凛在天地间；汝等不过侍卫小臣，何敢逼胁乘舆，妄图富贵以受万世乱臣贼子之骂名？趁早改心涤虑，万岁降旨赦汝等无罪。"裴虔通道："如今势成骑虎，万难放手。汝是掖庭贱婢，何敢放肆？"朱贵儿大骂道："背君逆贼！汝倚兵权在手，辄敢在禁廷横行！今日纵然不能杀汝，然隋家恩泽自在天下，天下岂无一二忠臣义士为君父报仇？勤王之师一集，那时将汝等碎尸万段，悔之晚矣！"令狐行达大怒道："淫乱贱婢，平日以狐媚蛊惑君心，以致天下败亡，今日乃敢以巧言毁辱义士，不杀汝贱婢何以谢天下？"便喝令乱兵一齐动手。朱贵儿大骂道："人谁无死，我今日死万岁之难，留香万世，不似汝等逆贼，明日碎尸万段，不免遗臭千载！"骂声未绝，乱兵刀剑早已齐上，可怜朱贵儿玉骨香魂都化作一腔热血。只听得一声惨号，早已倒卧在血泊里死了。

　　令狐行达见杀了朱贵儿，便一手执剑，一手竟来扯炀帝下阁去。炀帝见杀了朱贵儿，早已惊得魂不附体；又见来扯他，便慌得大声叫道："扯朕有何事，却如此相逼！"令狐行达却冷冷地说道："吾不知有何事，汝只去见了许公便知分晓。"炀帝道："今日之事，谁为首？"司马德堪道："普天同怨，何止一人？"炀帝却只是延挨着不肯下阁去，被众兵一齐上前，推拥而行。炀帝原不曾梳洗的，被众人推来攘去，弄得蓬头跣足，十分狼狈。萧后看见如此形状，赶上前去，双手抱住，放声痛哭道："陛下做了半生天子，何等富贵。不期今日反落在贼人之手，狼狈得这般模样，妾看了心痛万分！"炀帝亦大哭道："今日之事，料不能复活矣！只此便与御妻永别了！"萧后哭道："陛下先行，妾尚不知毕命在何时，料亦不能久活矣！"

　　欲知后事如何，且听下回分解。

第二十回 白绢绕颈炀帝就死
红颜帖体萧后贪生

炀帝被令狐行达揪住，要拉他下阁去见宇文将军。他知道自己性命难保，便和萧后两人抱头痛哭。令狐行达在一旁候得不耐烦了，大声叱道："许公有命，便可速行！哭亦无益了！"炀帝和萧后犹抱持不舍，被众兵拉开萧后，拥着炀帝，下阁往前殿而去。司马德堪吩咐把炀帝暂时拘禁在一间便殿里，一面却亲自带领甲兵，迎请宇文化及入朝为政。

此时天色初明，宇文化及得知令狐行达逼宫的消息，吓得他抖衣而战，半晌不能言语。裴虔通道："将军不必迟疑，大事已成，请速速入朝理政。"宇文化及见事已至此，料想推辞不得，只得内里穿了暗甲，外面蟒袍玉带，打扮得齐齐整整，宛似汉平帝时候的王莽，桓、灵二帝时候的董卓、曹操一般，满脸上都是要篡位的模样，带领众人齐入朝来。到得殿上，一班同党的官员都抢着来见。宇文化及说道："今日之事，须先聚集文武百官，令知改革大义，方能镇定人心。"司马德堪道："将军之议有理，可速发号令，晓谕百官。"宇文化及便传下令去道："大小文武官员，限即刻齐赴朝堂议事，如有一人不至者，定按军法斩首。"文武百官听了这号令，吓得魂魄齐飞。欲想会众讨贼，一时又苦无兵将，又见禁军重重围住皇宫，料已有定计，反抗也无用；欲思逃出城去，又见各门俱有人把守不放；欲思躲在家里不出来，又恐逆了宇文化及的军令，倘真的差人来捉，性命便要不保；欲思入朝降贼，又不知炀帝消息如何，恐事不成，反得了反叛的罪名。大家我推你，你推我，你打听我的举止，我打听你的行动。延捱了好一回，早有几个只顾眼前不顾身后、看势使风的官员，穿了吉服入朝来贺喜。一个走动，便是两个，两个来了，接着三个四个，上朝的络绎不绝。不消半个时辰，这些文武早来了十分之九。

众官到了朝中，只见宇文化及满脸杀气，端端正正坐在殿上。司马德堪、裴虔通、赵行枢一班贼党都是戎装披挂，手执利刃，排列两旁；各营军士，刀斧森严，分作三四层围绕阶下，望去杀气腾腾，好不怕人。众官看了，个个吓得胆战心惊，瞪目向视，谁敢轻发一语。宇文化及说道：“主上荒淫酒色，重困万民，两京危亡，不思恢复，又要徙都丹阳，再幸永嘉。此诚昏愚独夫，不可以君天下。军心有变，皆不愿从。吾故倡大义以诛无道，举行伊尹、霍光之事，汝等当协力相从，以保富贵。”众官俱面面相觑，不敢答应。正延捱着，只见人丛中先闪出二人，齐朝上打一恭说道：“主上虐民无道，神人共怒；将军之举，诚合天心人望，某等敢不听命。”众人看时，原来一人是礼部侍郎裴矩，一个便是内史封德彝。

众官员看了，心中暗暗地惊诧道：“主上所为荒淫奢侈之事，一大半皆此二贼在中间引诱撺掇。今日见势头不好，便转过脸来，争先献媚，诚无耻之小人也。”当时宇文化及坐在上面，听封德彝、裴矩二人说得凑趣，满心欢喜道：“汝等既知天意，便不愁不富贵矣。”话犹未了，只听得宫后一派人声喧嚷啼哭而来，涌到殿前，众人看时，只见炀帝蓬头跣足，被令狐行达与许多军士推推拥拥，十分狼狈，早已不像个帝王模样了。宇文化及远远望见，顿觉局促不安，恐怕到了面见不好打发，又恐怕百官见了动了忠君之念，便站起来挥手止住道："何必持此物来，快快领去！"令狐行达听了，便不敢上前，依旧把炀帝簇拥着回寝宫去。

司马德堪恐宇文化及要留活炀帝，忙上前说道："如此昏君如何放得？"封德彝也接着说道："此等昏君，留之何益，可急急下手！"宇文化及便在殿上大喝道："速与我结果了这昏君！"司马德堪得了令，忙回到寝宫去，对炀帝说道："许公有令，臣等不能复尽节矣！"说着，拔出剑来，怒目向视。炀帝叹一口气说道："我得何罪，遂至于此？"贼党马文举说道："陛下安得无罪！陛下抛弃宗庙，巡游不息。外则纵欲黩武，内则纵欲逞淫。土木之工，四时不绝；车轮马迹，天下几遍。致使壮丁尽死锋刃之下，幼弱皆填沟洫之中；四民失业，盗贼蜂生。专任谀佞之臣，一味饰非拒谏。罪大恶极，数不胜数，何谓无罪？"炀帝道："朕好游侠，实负百姓；至于汝等高位厚禄，终年荣宠，从未相负，今日何相逼之甚也？"马文举道："众心已变，事至今日，不能论一人之恩仇矣！"炀帝正要说话，忽抬头只见封德彝慌慌张张走进宫来，你道为何？

原来宇文化及知道封德彝乃炀帝心腹佞臣，今日第一个又是他先投降，心中疑他有诈，便心生一计，对封德彝说道："昏君过恶犹不自知，汝可到后宫去当面数说他的罪恶，使昏君死而无怨，便是你的功劳。"封德彝欲待推辞，因见宇文化及甲兵围绕，倘然一怒，性命难保；欲进宫去面数炀帝的罪恶，却又无颜相见。但事到如今，宁可做面皮不着，性命要紧，便应道："将军之言是也，某愿往说。"

炀帝被司马德堪正逼得危急的时候，见封德彝慌慌张张地跑来，自以谓平日待他极厚，只道是他好意前来解救，连声唤道："快来救朕的性命！快来救朕的性命！"封德彝却假装不曾听得，举手指着炀帝的脸儿，大声说道："陛下穷奢极欲，不恤下情，故致军心变乱，人怀异心。今事已至此，即死谢天下，犹是不足。臣一人之力，如何救得陛下？"炀帝见封德彝也说出这话来，心中不胜忿恨，便大叱道："侍卫武夫，不知君臣名分，敢于篡逆，犹可说也！汝一士人，读诗书，识礼义，今日也来助贼欺君。况朕待汝不薄，乃敢如此忘恩负义，真禽兽之不如也！"封德彝被炀帝痛骂了一顿，羞得满面通红，无言可答，只得默默而退。

此时宫女、内相们逃的逃、躲的躲，各寻生路，不知去向。炀帝跟前，惟世子赵王杨举一人。这杨举是吕后所生，年才一十二岁，当时见父亲，受臣下欺侮，他便号哭着，跟定在左右不离；见炀帝蓬头跣足的被众人牵来拽去，便扯住炀帝的衣角，痛哭不止！裴虔通在一旁催道："左右是死，哭杀也不能生，何不早早动手！"便抢步上前，扯过赵王来，照颈子一剑，可怜金枝玉叶的一个王子，竟死在逆臣之手！赵王的头颅落地，一腔热血直溅炀帝一身，吓得炀帝心胆俱碎。可怜他站在一旁，哭也不敢哭，逃也不敢逃。裴虔通此时乘势提剑，直奔炀帝。炀帝见来势凶恶，便慌忙大叫道："休得动手，天子自有死法，汝岂不闻诸侯之血入地，天下大旱。诸侯如此，况朕巍巍天子乎？快放下剑，速将鸩酒来。"马文举道："鸩酒不如锋刃之速，何可得也。"炀帝大哭道："朕为天子一场，乞全尸而死！"令狐行达便取出一匹白绢来，抛在炀帝手里。炀帝接绢大哭道："昔日宠妃庆儿，梦朕白龙绕颈，今日验矣。"司马德堪又催逼道："陛下请速速自裁，许公在殿上立等缴令的。"炀帝犹自延挨不舍，令狐行达便喝令众武士一齐动手，将炀帝拥了进去，竟拿白绢生生缢死。这时炀帝年纪只有四十九岁，后人有诗吊之曰：

> 千株杨柳拂隋堤，今古繁华谁与齐。
>
> 想到伤心何处是，雷塘烟雨夕阳低。

司马德堪见炀帝已死，便去报知宇文化及。宇文化及道："斩草不留根。"便下令着裴虔通等，勒兵杀戮宗戚蜀王杨秀、齐王杨𫸷以及各亲王，无老无少，皆被诛戮。惟秦王杨浩素与宇文智及往来甚密，得智及一力救免。

宇文化及既杀了各王，随自带甲兵，直入宫来，要诛灭后妃，以绝其根。不期刚走到正宫，只见一个妇人，同了许多宫女，簇拥在一处，抱头痛哭。宇文化及便上去喝问道："汝是何人，却敢在此啼哭？"那妇人慌忙跪倒在地说道："妾身便是帝后萧氏，望将军饶命！"说着低下脖子去拭着泪，那一头云鬓耀在宇文将军眼前，禁不住便伸手去扶起她脸儿来看时，真是月貌花容，妩媚动人，心中十分迷惑，便不忍得杀她。因说道："主上无道，虐害百姓，有功不赏，众故杀之，与娘娘无干，娘娘请勿惊慌。我手中虽有兵权，只为的是除暴救民，实无异心。倘娘娘有心，保与娘娘共享富贵。"说着，不觉哈哈大笑。此时萧后已在九死一生之时，得宇文将军一见留情，便含泪说道："主上无道，体宜受罪，妾之生死，全赖将军！"宇文化及伸手把萧后扶起说道："但请放心！此事在我为之，料不失富贵也。"萧后乘势说宇文化及道："将军既然如此，何不立隋家后代，以彰大义。"宇文化及道："臣亦欲如此，如今且与娘娘进入宫去商议国家大事要紧。"说着，他也不顾君臣体统，也不顾宫门前许多甲士，竟拥着萧后，进内寝宫去。

那班甲士在宫门外守候着，直守过两个时辰，只见宇文将军，脸上喜形于色，从内宫中大踏步出来，只带着随身亲兵，到别宫查抄去。吩咐甲士留下，看守正宫，不许放人进去骚扰。他

第二十回　白绢绕颈炀帝就死　红颜帖体萧后贪生

一处一处地去查宫。

炀帝宫中，原最多美貌妇人，宇文化及这时深入脂粉队里，看看都是天姿国色，真是见一个爱一个。他拣那最是年轻貌美的，吩咐亲信兵士，送去正宫安置。看看查到衍庆宫中，这原是冷宫，里面住的全是年老色衰、贬落下来的妃嫔；所以走进宫去，里面静悄悄的。谁知一脚跨进正殿，那龙座上却有一对男女，拥抱住坐着。那男子见有人进来，忙把女子推开，拔下佩剑相待。宇文将军一看，这男子不是别人，却便是他最宠爱的小儿子宇文庆德。那宇文庆德见了他父亲，把手中的剑也丢了，只是低着头，把脸羞得通红，宇文将军再看那龙椅上的女子时，真是长得搓脂搽粉一般娇嫩、秋水芙蓉一般艳丽。宇文化及上去拍着庆德的肩头笑说道："怪道我在各处找寻，不见我儿，原来在这里享艳福。这女孩儿，我见犹怜，我儿眼力到底不差！这宫里既有我儿在，我也放心！我儿你不必惊慌，好好地在这里玩罢。"说着便丢下庆德，退出衍庆宫去。

原来庆德为了凤君一句话，连日处心积虑，把这炀帝的皇位推翻了，大队禁兵杀进宫来。他原是禁兵的少尉，也带了一队甲士，混在众人里面。攻打阁门的时候，却是他杀得最是奋勇，提刀直入，大呼大喊。待到一杀进阁门去以后，便已不见他的影踪。在司马德堪一班人心中，只顾捉杀皇帝要紧，却也不去留心他。庆德撇下了众人，却转弯抹角地找到衍庆宫去。

庆德近来常常在宫中值宿，所以这宫里的路径，他非常熟悉。那衍庆宫的一班妃嫔忽见他手仗着白晃晃的宝剑，又带领了几十个勇赳赳的甲士，女流之辈，如何见过这阵仗儿，早吓得她们燕泣莺啼，缩成一堆。内中凤君见是宇文庆德，知道大事已成，反笑吟吟地迎出院子来，拿手拦住庆德说道："这里都是一班可怜的女人，将军休得吓坏了她们。"宇文庆德原只要这个凤君，他见了凤君，便也无心去搜查宫院了。当时吩咐甲士在院子里看守着，他却和凤君手搽手儿，走到那前日夜深私语的正殿上去，依旧把凤君捧上龙椅上坐着。两人你恋我爱，唧唧哝哝地只管说着恩情话头。说到情浓之处，便并肩儿在龙椅上坐着，脸贴脸儿互相拥抱着。庆德禁不住要在她朱唇儿上亲一个吻，那凤君只是抿着朱唇，把她粉脸儿闪来闪去，只是躲避。正在得趣的当儿，猛不防吃那宇文化及一脚走进殿来冲破了。幸而他父子们都是怜香惜玉的。宇文化及这时，已搜得了许多美人，心满意足，见儿子也得了一个，便也让他快活去，退出殿去了。

庆德见他父亲去了，这是走了明路的了，便去把凤君抱在怀里，美人、宝贝地唤着。又说："你看不是我父亲已成了大事吗？将来俺父亲做了皇帝，俺不是稳稳地做了太子，你不是稳稳地做了妃子吗？往后去俺又坐了这把龙椅做了皇帝，你便也升做皇后，这不是依了你的话吗？"说着捧过凤君的粉脸来，不住地在她朱唇上接着吻，乘势把凤君按倒在龙椅上，竟要无礼起来。凤君推住庆德的身体，低低地说道："将军放稳重些，天下岂有苟合的皇后。"庆德原也是一个多情种子，一句话把他的欲火按住了，便放了手。两人又密密切切地谈了一回，退出宫去了。

赶到正殿上，看他父亲正传下令来，说奉皇后懿旨，立秦王杨浩为帝，自立为大丞相；又封弟宇文智及和裴矩为左仆射；封异母弟宇文士及为右仆射；庆德升任屯卫将军；长子承基、次子承祉俱令执掌兵权；此外心腹之人都各重重封赏。又杀牛宰马，大宴群臣。酒饮到数巡，宇文化及对大众说道："吾本无压众之心，君等谬推我为主，我自谅德薄，不足以当大位，故承立新君，以表我无篡夺之心。"百官听了，齐应声道："丞相之命，谁敢不遵！"宇文化及大喜，又命进酒，大家尽欢方散。

第二天大丞相又传出令来说道："主上无道之事，全是奸臣虞世基、裴蕴、来护儿等数十人所为。今日昏君既诛，奸人岂容在侧，可收戮于市，以做后人。"司马德堪与裴虔通等得了令，遂领甲兵，挨家去搜捉，将数十个助桀为虐的奸臣，一齐拿至市中去行刑。虞世基的弟弟虞世南闻知这事，慌忙跑到市中，抱住世基，嚎啕痛哭，请以自身代死。左右报知宇文化及，宇文化及传讼道："昏君之恶，皆此贼积成，岂可遛之。且吾倡大义，只除奸佞，安可殃及好人。"竟不听。可怜众奸臣平日献谀献媚，不知费了多少心力，方得了高官厚禄，能享用得几日，便一旦同被诛戮，身首异处，好不苦恼！

宇文化及既杀了众奸臣，又传旨细查在廷中臣僚，昨日有几人不到。赵行枢查了回复道："大小官员俱至，惟仆射苏威与给事郎许善心，二人不到。"宇文化及道："二人素有重名，可恕其一次。"再差人去召，如仍执迷不来，即当斩首示众。

原来苏威因谏炀帝罢选美女与修筑长城，被炀帝削职罢归，后来虽又起官，然终有些侃直之名。当日闻炀帝被弑，竟闭户不出。次日见有人来召，自思逆他不得，遂出往见。宇文化及大喜，遂加其官为光禄大夫。

还有那许善心，字务本，乃高阳新城人，仕隋为礼部侍郎。因屡谏逆旨，便降官为给事郎。闻宇文化及之变，便闭门痛哭，不肯入朝。次日化及差人来召，许善心决不肯往，其侄许宏仁劝之，说道："天子已崩，宇文丞相总摄大政，此亦天道人事代终之常，何预叔事，乃固执如此，徒自苦耳。"许善心说道："食君之禄，当死君之难，虽不能死，焉肯屈膝而拜逆贼乎？"早有人报知宇文化及。宇文化及大怒道："许善心乃敢倔强如此！"遂差军士拿捉入朝。

众人得令，遂蜂拥而去，不移时即将许善心绑缚入朝来。宇文化及大怒道："吾举大义，诛杀无道，乃救民也。满朝臣子，莫不听从。汝是何等样人，乃敢与吾相抗？"许善心道："人各有导，何必问也。"宇文化及怒气不息。亏得众臣帮着劝道："昔武王伐纣，不诛伯夷、叔齐；今许善心虽违号令，然情有可原，望丞相恕之，令其谢罪改过。"宇文化及道："既是诸公相劝，且饶其死。"遂唤左右解其缚。许善心走起来，抖一抖衣冠，也不拜谢，也不开言，竟自转身昂昂然走出朝去。宇文化及看了大怒道："吾好意放他，焉敢如此不逊。"复喝令拿回来。众人又上来劝。宇文化及道："此人太负气，今不杀之，后必为祸。"竟不听众人劝说，命左右牵出斩首。信息报到许善心家里，他母亲范氏，年已九十二岁，临丧不哭。人问她为何不伤心？范氏说道："彼能死国难，吾有子矣，复何哭为！"便也绝食而死。

宇文化及杀了许善心以后，威权一天重似一天。他知众人畏服，便十分恣意，竟将少帝杨浩，迁入别宫，派兵在宫外团团围住。凡有一切政令，俱自己议定了，只令少帝用印颁发而已。自己竟搬进迷楼去住下，占据六宫，天天和萧后及十六院夫人，淫乱为乐。打落在冷宫里的吴绛仙、袁宝儿一班美人皆随时召幸，自己享用，宛如炀帝时候一般。放荡了一个多月，那班禁军，时时想念家乡。便是衍庆宫中的凤君，她也是关中人，她原和庆德说定的，只须把她送回家去，和父母说知，再由庆德依礼迎娶，方肯和他成夫妇，若要在宫中苟且成事，她抵死也不肯。庆德但求凤君愿嫁他，便也百依百顺，因此他也天天在父亲跟前，催着要回关中去。宇文化及见众人都有家乡之念，便逼勒少帝，并拥了六宫的妃嫔，带着皇帝的传国玺，拔队西行。一路上竟用炀帝的玉辇仪仗，其余宫人珍宝、金银缎帛，尽用骡马车辆装载。不足用的，便沿路抢劫。军士的车甲、行李，俱着其自负而行。

宇文化及在路上，和萧后及众美人，调笑放荡，毫不避人耳目，也不知道爱惜兵士，大家都起了怨心。看看走到彭城地方，赵行枢悄悄对司马德堪说道："当时隋主不仁，天下离乱，民不聊生。我等出此非常之举，原想转祸为福、改辱为荣，今不料所推的宇文化及，却是一个暴戾之人。立之为主，今日暴虐愈甚，反致六宫蒙羞。不久诸侯起兵除暴，此贼必死，我等从人为贼，如何得免。若不早图脱祸，将来死无葬身之地了。"司马德堪说道："诸公勿忧，众既怀怨，明早入朝，只须袖藏利刃刺之，有何难处。"众人计议已定，不期事机不密，早有人报知宇文化及。宇文化及大怒，便和亲信商议，将计就计，埋伏武士于帐下。

次日，赵行枢、司马德堪、裴虔通、元礼、令狐行达、马文举，一班贼党俱袖藏利刃，鱼贯着进帐来，准备行刺。他们才跨进帐门，宇文化及早大声呼武士拿下，在各人身旁，都搜得利器，谋刺真情，一齐显露。宇文化及喝令押赴市曹，将二十余人，一齐斩首。从此宇文化及目中无人，越发横暴起来。

看看走到聊城地方，凤君便和宇文庆德说知，她家便住在聊城东坊。宇文庆德便去和他父亲说知，又说明把凤君娶作妻子。宇文化及说道："我儿婚姻大事，原是要郑重的。"便拨了五百名甲士，又派两名亲信大臣，护送前去，算是替宇文庆德说媒去的。那宇文庆德也舍不得放凤君一人回去，便自己也跨着马，跟在凤君车儿后面，一同前去。

欲知后事如何，且听下回分解。

第二十一回　恩怨分明美人成烈女
忠义昭著内宫护幼君

　　凤君坐在七宝香车里，后面五百名甲士簇拥着；又有宇文庆德和两位大臣跨马护送，一路上何等荣耀。看看到了东坊，前面一座高大门楼，凤君在车中吩咐一声说到了，那车马一齐停住。这屋子外面来了许多兵马，把屋子里的人，吓得个个向门外探头儿。内中有一个老婆婆，她却认识车子里坐着的是娇娜小姐，忙嘴嚷着小姐，一颠一蹶地赶出门来，拉住凤君的手。

　　原来这凤君并不是别人，便是那第一回书上表过的范阳太守朱承礼的女儿娇娜小姐，那"凤君"是她选进宫去以后，改的名儿。这高大门楼也并不是什么娇娜小姐的家，竟是他表兄申厚卿的家。这申厚卿和娇娜小姐，上回书上不是表明过，很有一段缠绵悱恻的私情吗？而且娇娜小姐的身体，早已给厚卿破了，厚卿住在他舅父家里，和娇娜暗去明来，偷情也不知道偷过几次了。在他两人，以为终身之事，可以千妥万当的了。谁知自从厚卿和娇娜小姐分别过以后，他们的终身大事便大大地变起卦来了。厚卿也曾和他父母说知，几次打发人去向朱承礼求亲说媒，谁知这朱太守心眼儿十分势利，任那媒人如何说法，他总绝口回复说："我家女儿的亲事早已配定的了。"

　　其实他全没有这一回事；他眼中却瞧不起申家。他原知道女

214

儿长得十分美貌，如今天子好色，他尽可以靠着女儿的颜色，谋些高官厚禄。他自从那日去迎接总管太监许廷辅回家来以后，便早已打定了这个主意。他见尽多有绅富人家，把他亲生的女儿送进宫里去，得了皇帝的宠爱，合家父兄封侯的封侯，拜相的拜相。朱承礼看得眼热了，所以见申家来求亲，他便绝口不允。

谁知他夫人荣氏是十分爱这外甥儿厚卿的，照荣氏的意思，这头亲事是千肯万肯的了。还有那娇娜小姐，自从厚卿去了以后，便好似掉落了魂灵，天天伸长了粉颈儿，盼望申家有人来说媒。好不容易，盼望得媒人来了，谁知这无情无义的父亲，竟把这头亲事绝口回覆了。当时不但是娇娜小姐心中懊丧，便是荣氏心中也很觉可惜。连那大姨娘飞红也郁郁不乐起来。飞红几次在他老爷跟前劝说，把俺家小姐，配给申家的外甥哥儿，真是门当户对，一双璧人！俺们原是旧亲，又可以亲上加亲。飞红的一张嘴原是伶牙俐齿的，又是朱太守言听计从的。谁知只有这件亲事，朱太守却一句话也不肯听，荣氏的说话更是不愿听了。为了娇娜小姐的亲事，他老夫妻两人几乎反目。后来许廷辅第二次来采访美女的时候，朱承礼究竟拿他亲生的女儿，献了上去。可怜娇娜小姐和他父母分别的时候，哭得何等凄惨！朱承礼心中也觉得不忍，但为前途的功名富贵起见，也只得狠一狠心肠，和他女儿今生今世永别的了。

可怜娇娜小姐临走的时候，既舍不下父母，又挂念那厚卿哥哥，她一阵子伤心，早已晕倒在车儿里。待得清醒过来，离家已是远了。她便拭去眼泪，从此不哭了。她一路上打定两个主意：第一个主意，进得宫去，决计不和皇帝见面。一来替厚卿守着清洁的身子；二来不得皇帝的宠幸，她父亲也决计得不到好处，也叫父亲冷了这条富贵之念。第二个主意，她在宫中静心守着，得有机缘，便把这淫乱的皇帝刺死。她在家里，常常听厚卿说起这隋炀皇帝如何淫乱暴虐，她原痛恨在心；如今又因供皇帝的淫乐，打破了和表兄的一段好姻缘，又把自己的终身埋没在这暗无天日的深宫里，因此她把个隋炀帝越发恨入骨髓。

她在宫里，每到夜静更深的时候，便悄悄地出来，当天烧三炷香：第一炷香是愿皇天保佑她厚卿哥哥，长寿安康；第二炷香是愿天公帮助她早早报了这昏君的仇恨；第三炷香愿天保佑她保住贞节而死。这三句话，娇娜小姐在睡里、梦里，也念着不忘的。那夜给宇文庆德撞破了，说什么愿天保佑她早得富贵夫婿的话，原是哄着庆德的。谁知庆德竟认作是真的，便依着娇娜小姐的话，拼命地干起来。居然那炀帝的一条命，被娇娜小姐一句话，轻轻地弄丢了。娇娜小姐看看这宇文庆德的痴情，真痴得厉害。倘然没有申厚卿的一段恩情在前，这宇文庆德的人才也中得娇娜小姐的意了。无奈她立愿在前，替申厚卿守一世贞节的了，便任你宇文庆德琼姿玉貌、厚爱深情，她都不在心上。但她知道此生若不离了宇文庆德，依旧不免要给他糟蹋了身子，因此心生一计，只推说父母家住在聊城地方，把宇文庆德引到这东坊地方来。

这东坊人家原不是什么娇娜小姐的家里，竟是那申厚卿的家里。申厚卿这时父亲已死，只有母亲朱氏在家。厚卿自从朱家的亲事不成，他也立志终身不娶，也无意功名，只伴着母亲住在家里。忽然听得门外马嘶人喧，家里上下的人都涌出去看。停了一回，那老婆婆扶着娇娜小姐，走进院子来，后面跟定了一个雄赳赳、气昂昂的少年英雄。这老婆婆原是从前在朱家伺候荣氏的，所以认得娇娜小姐。当时申厚卿见了娇娜小姐，好似半天里落下来的一般，忙抢上前去拉住娇娜的手。娇娜急甩脱手说道："哥哥请站远些，如今俺的身子被别的男子拥抱过，已不是干净的身子了；俺的手被别的男子把握过，已不是干净的手了；俺的嘴被别的男子亲接过，已不是干净的嘴了。但是哥哥也须可怜俺，原谅俺。俺原是要报仇，出于不得已。"说着止不住呜呜咽咽地痛哭起来。

那朱氏见自己娘家的侄女儿来了，十分欢喜，亲自出来掺扶她。谁知娇娜小姐，噗地跪翻在地上，把自己在宫里做的事体，一五一十地说了。又回过身来向厚卿拜了几拜，说道："哥哥！如今妹子的身体污秽了，今生今世不能再事奉哥哥的了。哥哥千万不要以妹子为念，好好看奉姑母，娶一房贤淑的妻子，团圆了一家骨肉。妹子便是死在九泉之下，也是瞑目的了。"说着，看她袖中拔出一柄雪亮的尖刀来，向粉颈子上直刺。那申厚卿和宇文庆德见了，同时抢上前去夺时，早已来不及了。一朵娇花倒身在血泊里。

宇文庆德和申厚卿两人，你看着我，我看着你，怔怔地看了半天。宇文庆德才叹了一口气，伸手在厚卿肩上拍了一下，说道："美人儿是你的，终是你的。"说着一甩手，转身大踏步而去。他一走出门，既不招呼自己手下的甲士，也不上马，只是落荒而走，在山脚下找到了一座小庙，竟自落发做了和尚。任他父亲宇文化及再三来劝说，他终是不肯回去。宇文化及没奈何，便留下一队甲士，驻扎在庙里保护他。

宇文化及大队人马，依旧向前进行，看看到了魏县。宇文化及见少帝在一路走着，君臣的名分，终觉有些顾忌。便想道："千日为臣，不如一日为君。"当夜到了客店息下，竟将鸩酒，把少帝药杀了。魏县原也有一座行宫。第二天宇文化及进了行宫，便自即皇帝之位，国号改称"许"，把年份改作至道元年，发下许多诏书，上面盖着传国玺的印，颁布四方。

这个消息传到魏公李密耳中，先屯兵在巩水、洛水一带，拦住化及的兵马。那吴兴太守沈法兴得了宇文化及的诏书，十分愤怒。便乘势占得江表十余座城池，声称讨伐宇文化及。

那梁王萧铣见炀帝已死，居然自称大皇帝，徙都在江陵地方。

那李渊手下的许多谋臣，得了探报，各各谋自己的富贵，便连日连夜地劝李渊也自立称帝。李渊迟疑不决，便把建成、世民两人唤回长安来，把众人的意思，和他兄弟二人商量。谁知他兄弟二人比别人还高兴，便不由分说，立刻带剑进宫去，逼着代王侑，要他禅让帝位。代王是一个庸懦小儿，如何经得起这个威吓，见他兄弟二人前来逼迫，只得唯唯从命。一班攀龙附凤的臣子，便天天替代王拟诏，今日加唐王九锡，明日许唐王戴十二冕旒，建天子旌旗，出警入跸，延挨到五月戊午日，真的宣告禅位。那诏书上说道：

天祸隋国，大行太上皇遇盗江都，酷甚望夷，衅深骊北。悯予小子，奄造丕愍，哀号永感，心情靡溃；仰维茶毒，雠复靡申，形影相吊，罔知启处。相国唐王，膺期命世，扶危拯溺，自北徂南，东征西怨。致九合于诸侯，决百胜于千里。纠率夷夏，大庇氓黎；保乂朕躬，繄王是赖。德侔造化，功极苍昊；兆庶归心，历数斯在。屈为人臣，载违天命。在昔虞夏，揖让相推？苟非重华，谁堪命禹。今九服崩离，三灵改卜，大运去矣，请避贤路。予本代王，及予而代。天之所废，岂其如是。庶凭稽古之圣，以诛四凶；幸值维新之恩，预充三格。雪冤耻于皇祖，守禋祀为孝孙，朝闻夕陨，及泉无恨！今遵故事，逊于旧邸。庶官群辟，改事唐朝。宜依前典，趣上尊号。若释重负，感泰兼怀。假手真人，俾除丑逆。济济多士，明知朕意。

第二十一回　恩怨分明美人成烈女　忠义昭著内宫护幼君

代王发下这道禅位诏书，便打发刑部尚书兼太保萧造、司农少卿兼少尉裴之隐，捧了皇帝传国的玺绶，到李渊府中。

当时自有李渊手下的众官员，在府中大堂上，筑起一座受禅台来。诏书一到，便把唐王请出来。李渊到了台上，萧造和裴之隐，把诏书捧上去。李渊再三推让，揖三回，让三回，才行拜受。当时用全副帝王的仪仗，把唐王迎接进宫去。把大兴殿改称"太极殿"，定在甲子日登基。

到了这一日辰刻，先派萧造祭告南郊，再行即位的典礼。这时李渊年已五十二岁，须发花白。推算五运是土德，朝服都用黄色，戴黄冕，穿黄袍，由侍卫簇拥着，登上帝座。殿下一班宗戚大臣，趋跄上殿，排班朝贺，一齐跪伏在丹墀下面，三呼万岁。这便是唐朝第一代的高祖皇帝。下诏改义宁二年为唐武德元年，大赦天下；官员各赐爵一级；义兵过处，豁免三年赋税；废郡改州，改太守为刺史。退朝后，在便殿上赐百官筵宴，赏赉金帛。

第二日又下诏授世民为尚书令，从子瑗为刑部侍郎，裴寂为右仆射，刘文静为纳言，萧瑀、窦威为内史令，李纲为礼部尚书，窦琎为户部尚书，屈突通为兵部尚书，独孤怀恩为工部尚书。自殷开山以下，各加给官爵。又在都城里建立四亲庙，追尊高祖熙为宣简王；曾祖天锡为懿王、祖虎为景皇帝，庙号"太祖"；父昞为元皇帝，庙号"世祖"。祖妣和母后俱称后。追封妃窦氏，为太穆皇后，追封皇子玄霸为卫王，立世子建成为太子，封世民为秦王，元吉为齐王。又降故隋帝侑为酅国公，拨一座邸第在京师住着。追封隋太上皇为炀皇帝。

江都太守陈棱见宇文化及去了，便备了天子的仪仗，改葬炀帝在江都宫西面，吴公台下。所有当时被宇文化及杀死的炀帝弟蜀王秀、炀帝子齐王暕、长孙燕王俴以及宗室外戚，又有殉难的大臣虞世基、裴蕴、来护儿、萧钜、许善心，一班十多个人，都挨次分葬在炀帝墓旁。这一位风流天子，只落得这样惨淡的结果！

如今我再说江都宫中，有一位老太监，名秦真的，他原是服侍文帝的。炀帝即位，他便也在炀帝驾前侍卫，心中十分忠实。眼见炀帝如此淫乱，原知道不是好事；只以自己是下贱的人，不敢劝谏。他历来也积蓄得一份家产，这时他先将家财散去，结识了守苑太监郑理，与各门宿卫、宇文将军手下的将士，十分亲密。打听得司马德堪一班人，定期起事，便悄悄地打发他母亲姜氏，带一个丫鬟，坐了车，望宫苑中来。这姜氏苑中是常来的，也无人去拦阻她。到了苑中，下得车来，径投宝林院中，只见清修院的秦夫人、文安院的狄夫人、绮阴院的夏夫人、仪凤院的李夫人，四位夫人和袁紫烟、沙夫人，还有那沙夫人的儿子赵王，六七个人，在那里围坐着，看夏夫人和狄夫人围棋。姜氏一见，说道："外边事体不好了！亏众位夫人，还有这闲心下棋。"众夫人忙问何事？姜氏把司马德堪预备逼宫的危险情形说了。众夫人听了，只有哭泣的份儿。沙夫人劝着说道："你们尽哭是无益的，俺姊妹们快想一个脱身之计要紧。若说到我自己，倘没有这个赵王，便一死殉了国难，也是该当的。如今有了这个赵王，他究竟也是万岁爷的一派命脉。如今只得求姥姥救俺母子两个了！"说着，便向姜氏跪下去。姜氏忙把沙夫人扶起说道："今日老身原是救诸位夫人来的，如今请众夫人快快归院去收拾细软。"一句话点醒了众人，忙飞也似地各归院去。

正忙乱时候，只见薛冶儿直抢进院来，说道："朱贵儿叫我拜上沙夫人，外边信息紧急，今生料不能相见矣！只是赵王是圣上的亲骨血，务必带去，一同逃生。"沙夫人见了薛冶儿，便也不放她去，两人计议如何脱身的法儿。薛冶儿说道："这却不妨，贵妃与妹子已安排停当。"说着袖中取出一道圣旨来，说这是前日要差人往福建采办建兰的旨意，虽早已写就，只因万岁爷连日病酒，径搁着不曾发出。贵姐姐因要保全赵王，悄悄地去偷来，送与夫人应用。正说时只见四位夫人都带着随身衣服到来，大家看了圣旨。听袁紫烟说道："依妹子的意见，还该分两起出宫去才是。"姜氏又想得了一个计较，说道："快把赵王改了女妆，将跟我来丫鬟的衣服，脱与赵王穿了，混出宫门去。再将丫鬟改作小宫监模样，老身带着赵王先出宫去。众夫人也都改扮了内相模样，慢慢地混出宫门，由丫鬟领着，到老身家里，再和俺儿子秦真从长计议，岂不是神不知，鬼不觉的么？"众夫人听了，说道："计虽是好计，只是急切间哪里去取得七八副宫监衣帽。"姜氏说道："不劳众位夫人费心，老身早已携带得在此。"当下便从衣包中搬出十来套新旧内监的衣服鞋帽来。这原是秦真的衣服，如今与众夫人穿戴上去，恰恰正好。姜氏见赵王改扮已完，日色已暮，便带了赵王，慢慢地走出苑来。

原来秦真见姜氏进院去了，便如飞地来寻守苑太监郑理，邀他在自己家里，灌了他八九分酒，放他回宫来。时郑理带醉地站在院门口，看小太监翻觔斗耍子，见姜氏的车儿出宫来，便道："姥姥回府去了，刚才咱家在姥姥府上，叨扰得好酒、好菜。"姜氏笑说："公公有空儿请常来坐坐，俺家还酿得上好的瓮头春呢。"说着，车儿早混出苑去了，不过里许，已到家中。

秦真看见赵王，叫母亲不要改赵王的装束，藏在密室中。接着又有七八个太监，由丫鬟领着，大模大样，走进门来，大家会意。秦真也不敢停留，忙忙收拾，和众夫人上路。各城门上，都是秦真平日钱财结识的相知，谁也不去拦阻他。待到半夜时分，宇文化及领兵进宫去，秦真领着赵王和众夫人出城，已远走了二三十里。

那众夫人平日在深宫里，都是娇生惯养的，早个个走得一颠一蹶，狼狈不堪。秦真便去借一民户人家歇了。一夜之中，只听得城中炮声火光，响亮不已。来往之人，信息传来，都说城中大变。袁紫烟说道："我夜观天象，主上怕已被难，我们虽脱离樊笼，不知投往何处去才好？"秦真思索了半天，说道："别处都走不得，只有一个所在，可以逃生。"众夫人忙问何处？秦真说道："太仆杨义臣，当年主上听信谗言，把他收了兵权，退归乡里。他知隋家气数已尽，便变姓埋名，隐于雷夏泽中。此人是个智忠兼全、忠君爱国的人。我们找上他门去，他见了幼主，自然有个方略出来。"袁紫烟一听便喜道："杨义臣是我的母舅，必投此处方妥。"一行人商议既定，便买舟竟向濮州进发。

这杨义臣自从大业七年，纳还印绶，休官回家，犹怕惹祸，便改变姓名，隐居在雷夏泽中，早晚和渔樵作伴。那天偶从樵夫那里，打听得城中人传说：宇文化及在江都逼宫弑帝。不禁心中十分愤恨道："化及庸懦匹夫，何敢猖狂至此。他弟弟士及，却和我八拜之交，将来天下合兵讨贼，吾安忍见他遭这灭族之祸。"略一思索，便得了一计，可以指导他全身远害，便打发家人杨芳，送一瓦罐，亲笔封寄，径投黎阳来。

那士及接了瓦罐，打开封皮来一看，只见里面封着两枚枣子和一只糖制成的乌龟。士及看了，一时却摸不着头脑。他一面打发杨芳退去，把这瓦罐拿到书房里去，细细推敲。正纳闷的时候，忽画屏后转出一个美人来，正是士及的亲妹子，名唤淑姑的，年才十七岁，尚未字人。这女孩儿不独姿容绝世，更兼聪明过人。见士及对着瓦罐发怔，便问道："哥哥！这瓦罐是谁人送来的，却劳哥哥如此踌躇？"士及便说道："这瓦罐是我好友、隋太仆杨义臣送来的，这杨义臣深通兵法，颇明天文，只因忤了当今，削去兵权，退隐在家。如今他忽然送这瓦罐来，罐中藏此二物，这个哑谜，其实叫人难猜。"淑姑对瓦罐端详了一回，便道："这谜儿有什么难猜，这二物明明包含着'早归唐'三字。"一句话说得士及恍然大悟道："原来杨义臣怕我哥哥做了弑逆之事，性命被他拖累，是劝我投降唐王，避免灾祸的意思。妹妹到底是聪明人，想得出。但我如今也不便写书，也得用一件器物去报答他，使他明白我的意思才好。"淑姑说道："但不知哥哥主意可曾拿定？若主意定了，妹子却想得了一个回答的法子。"士及说道："愚兄也正思避祸之计。"淑姑便转身回到内室，去了半晌，捧出一个漆盒子来。揭开盒子，里面藏着一只纸鹅儿，鹅儿颈上挂一个小小的鱼网，网上面却竖着一个算命先生的招牌，紧紧地绑在鹅颈子上。士及看了，十分诧异，说道："这是何用？"淑姑便附在他哥哥耳边低低地说了几句。士及听了，连声说妙！便将漆盒封固，付与杨芳拿回去复命。

到了第二日，士及去见了化及，便说："近闻得秦王世民，领兵前来，臣意欲带领一二家僮，假装着避难人模样，前去探听虚实，回来报与陛下知道。"化及见自己亲弟弟愿去做探子，这是再好也没有，便一口答应。士及领命下来，便叫妻子和淑姑，扮作家僮模样，连晚混出长安，投奔唐王这里来。拿他的妹子，做了一封上好的赀见礼，进与唐帝，做了昭仪。唐帝见淑姑聪明美丽，十分欢喜，便拜士及为上仪，同管三司军士。

再说那杨芳带了漆盒回家来，交与主人。杨义臣打开盒儿一看，便知道他是回答"谨遵命"三字的意思。第二天杨义臣独自一人，拄着拐杖，到门口河堤边去眺望。这时天色尚早，河面上静悄悄的，忽然斜刺里咿哑咿哑地摇过一只小船来。

欲知后事如何，且听下回分解。

第二十二回　窦建德自立为王
　　　　　　　窦线娘巧战得婿

　　杨义臣正在家门口闲望，见门前小河的上流头，摇过一只船来，恰恰摇到杨家门口停住。船舱里一个老人走上岸来，东张西望的，正找寻得忙。杨义臣虽说是老眼昏花，但这秦真老太监，他在朝时候，朝夕见面的，因此也还认得。便上前去把那老人的手拉住，秦真也认识是杨太仆，忙跪下地去，给他叩头。杨义臣一把拉起，秦真止不住眼泪直滚。义臣邀秦真屋里坐定。秦真附杨义臣的耳说道："且慢，还有小主人和夫人们在舟中。"杨义臣听见，忙说道："快请上岸。"说着自己进去穿了巾服，命小僮开了正门，自己站在门首，看一行人走进门来。杨义臣不敢抬头，只在一旁打恭迎接着，忽然一个少年男子，上前来扶住杨义臣，口称母舅。杨义臣抬眼看时，却不认识。那男子去了方巾，露出一头云髻来，才知道是女子改扮的，又细细地向他眉目间一认，才认出是自己的外甥女儿袁紫烟。当下袁紫烟扶着舅父，回进草堂，见了赵王，重行君臣之礼，又一一见过众位夫人。厨房里煮些粗菜淡饭，劝赵王和众夫人胡乱吃些。杨义臣依旧执着臣礼，站立在一旁。

　　饭罢，沙夫人便和义臣商量，安插赵王的事。义臣说道："此地草舍茅庐，墙卑室浅，不是潜龙之所，一有疏虞，叫老臣何以对先帝于地下。"沙夫人道："只是如今投奔何处去好？"杨义臣道："眼下去处甚多，李密父子两人，都是隋臣，如今拥兵二三十万，屯扎金墉城；东都地方，越王侗令左仆射王世充，将兵数万，驻守洛仓地方；闻说西京李渊，也立代王侑为帝，大兴征伐。但这些多不过是假借名义，事成则去名而自立；事败则同遭灭亡，终不是万全之处。依老臣愚见，只有两个地方，可以去得。一处是幽州总管那里，他姓罗名艺，虽是年老之人，却是忠勇素著，先帝委他坐镇幽州，手下强兵勇将甚多，四方盗贼不敢小觑了他。若殿下和夫人们前去，他必能接待，或可自成一家，只可恨路上有窦建德这贼子，十分狂獗，梗住去路，如之奈何？若要安身立命，只有义成公主处。她虽是蛮夷之国，那驸马启民可汗还算诚实忠厚，比不得俺们中国人，心地险恶。他和殿下又是郎舅至亲，先帝在日，曾同公主前来朝觐，先帝看待他也十分优异。殿下若肯去，公主必以优礼相待，平安无虑。"

　　沙夫人听杨义臣说了这一番话，都点头称善。都说老将军金石之论，足见忠贞。但水远山遥，不知如何的去法？杨义臣道："若殿下主意定了，臣自有一个计较。但此去千山万水，不能人多，只好秦真伴着殿下，和夫人同去。闻说薛贵嫔弓马娴熟，亦可去得。此外四位夫人却未便同去。"那四位夫人听了，俱落下泪来道："妾等姊妹四人愿同生死，老将军莫谓忠臣义士，尽属男子，认俺女流，尽是随波逐浪之人。况朱贵儿、袁贵人一般是女子，都能骂贼而死，我等虽不能一齐殉难，但繁华好景，蒙先帝深恩，已曾尝过。将军若不放我等前去，却将我们安插到什么地方去？老将军若疑心我们有别的念头，我们若不明心迹，何以见我等的志气。"说着，忙向裙带上取下佩刀来，各向粉脸上左右乱划。慌得沙夫人和姜氏，忙上前一个个抱住。这时夏夫人脸上早已割了两道刀痕，血流满面。杨义臣忙出位向上拜着，连连磕头道："这是老臣失言，罪该万死！无奈此去启明可汗那里，实在路途遥远，四位夫人贵体娇弱，万不能去。但夫人们既有此决心，老臣却有一个计较。此去一二里，有一个断崖村。村上不过数十人家，全是朴实小民。村北有一座女贞庵，庵中有一老尼，即高开道之母，原是沧州人氏，只因少年时夫亡守节，故迁到南方来，建造此庵，以终余年。那地方是个车马罕见、人迹不到之处。若四位夫人在内焚修，可保半生安康。至于日用盘费，老臣在一日，自当供奉一日。"说着，赵王上前去把杨义臣扶起，当夜暂把众夫人和赵王，安插在草堂里住下。次日便把四位夫人，送到女贞庵去住下，又留下袁紫烟作伴。过了几天，又打听得有登莱海船到来，便悄悄地把赵王和沙夫人、秦真、姜氏四人，送上船去，向辽阳进发去了。

再说这时天下，自隋室灭亡以后，四方起义的豪杰越聚越多。内中有几个势力浩大的，都各各称帝称王。有一个窦建德，他也起义了多年，占据了许多地方，手下兵精粮足，在河北地方，可称一霸，早已自称长乐王。他打发祭酒凌敬，说河间郡丞王琮，举城来降。建德封王琮为河间郡刺史。河北郡县闻知，咸来归附。在一年冬天，有一只大鸟停在乐寿城楼上，有数万小鸟，在大鸟四周飞绕着，停了一日一夜才去。那乐寿地方的百姓，都说是凤凰来仪，国家的祥瑞；又有宗城人张亨，在山上樵采，得一玄圭，私地里去献与建德。因此建德便立意称帝，在乐寿城中，即皇帝位，改元称五凤元年，国号大夏，立曹氏为皇后。

建德手下统带一万多兵，意欲并吞李密，听说宇文化及弑帝称尊，竟和自己做了敌体，十分愤怒，便欲分兵讨之。只苦于自己兵少将寡，又无足智多谋的大将，心下正自踌躇。那酒祭凌敬，便推荐杨义臣，说他胸藏韬略，腹隐机谋，足能胜任。建德便又备了一份厚礼，打发凌敬到雷夏泽中，去把杨义臣请到。那义臣因宇文化及弒了炀帝，急欲报君父之仇，便肯替夏王出力。但他有三条约言在先：一不愿称臣于夏；二不愿显自己姓氏；三一俟擒住了宇文化及，报了先帝之仇，便当放归田里。这三条建德一一依从。杨义臣又替他招降了曹濮山的强盗范愿。他手下兄弟们数千，极其骁勇。杨义臣又替他招募了数万人马，日日操练，这夏国的威势，便顿时强盛起来。

正预备出兵，忽报唐朝秦王李世民，差纳言官刘文静送书来，建德打开书看时，原来是约同会兵黎阳，征讨化及，便对刘文静说道："此贼吾已有心讨之久矣，正在预备出动。烦纳言回上秦王，不必远劳大驾，只消遣一副将领兵前来，与孤同诛逆贼，以谢天下。"文静道："臣奉使出来时，秦王兵已离长安矣，望贵国速速出师。"建德送别了刘文静以后，便拜杨义臣为军师；刘黑闼为大将军，挂元帅印；范愿为先锋；高雅贤为前军；孙安祖、齐善行为后军；曹旦为参军；纳言裴矩、宋正本为运粮；建德的女儿线娘为监军正使；凌敬和孔德绍，留守在乐寿，与曹后监国。

如今说起线娘，却有段艳史。窦建德生这女儿，自幼儿却十分宠爱。原是建德发妻秦氏所生。那秦氏亡故已久，因常常想起前妻，便格外宠养这个女儿。自己做了大夏国王以后，便把女儿封作勇安公主。这勇安公主，惯使一口方天画戟，有神出鬼没之能；又练成一手好金弹丸，百发百中。这时年纪只有十九岁，长成苗条身材，秀丽姿容。那四方来求婚的少年公子，也不知有多少。有几个年貌门第相当的，建德便要与她做主许婚。谁知这位线娘小姐，却眼格甚高，必要才貌武艺和自己相等的，才肯以终身相托。因此把这婚姻之事，直耽搁到如今。

勇安公主却自己练一支女军，共有三百多人。建德每逢出师，却派公主领一军为后队，把这三百余名娘子军，却环列在这花容月貌的公主的左右。这公主对待军士，比较他父亲更加纪律严明、号令威肃。又因她容貌美丽动人，每到打仗的时候，只须她娇声一呼，那将士都肯替她去打拼命仗。因此这勇安公主的威名，一天大似一天。建德那时未得杨义臣帮助以前，兵力很是单薄。那北方总管罗艺，又常常出兵去骚扰他的后方。窦建德这时要去征讨宇文化及，又虑罗艺截他的后路。他女儿便劝父亲，须先打退了罗艺，才可放心前进。建德又怕自己兵力敌他不过，勇安公主却倒竖柳眉，连拍酥胸，说小小罗艺，包在孩儿身上，马到擒来。建德听了女儿的说话，不觉胆子也放大了，便立刻点起兵马，向北方进发。

说出那罗艺，原是一员宿将，年已六十四岁，精神却十分高强，与老夫人秦氏，齐眉共守。他手下原有精兵一二万，被隋主东调西拨，提散了一万多人马，只留下七八千人，只靠他儿子罗成，是一个少年英雄，有万夫不当之勇。罗艺传授他一条罗家枪，舞弄得出神入化。讲他的面貌，又是眉清目秀、齿白唇红。这样一个玉人，凡是家中有女儿的，谁不愿招他去做女婿。无奈这罗成生来也有些左性，父亲要替他做主定了亲事，罗成总说若不是他亲眼看过的绝色美人，他是愿终身不娶妻子。因此把他婚姻之事，耽搁下来了。这些闲话，且不去说他。

只因当时建德父女两人带了人马去犯罗艺的地界，哨马直报与罗艺知道。罗成正陪坐在一旁，听了直跳起来，说道："请父亲点交孩儿五千精兵，乘他未立营寨以前，迎杀上去，痛痛地打一仗，挫挫他的锐气，叫他知我们厉害，便可不战而退。"罗艺听了不许，却齐集众将，传发号令。第一路差标下左营总帅张公谨，领精兵一千，去埋伏城外高山之左，听城中子母炮起，杀出敌住建德前军；第二路差右营总帅史大奈，领精兵一千，埋伏城外高山之右，听城中子母炮起，杀出敌住建德中军；第三路便差儿子罗成，着他领精兵一千，离城三十里独龙冈下埋伏，如见建德败下阵去，便冲散他的后队，截取他的辎重；自己便留薛万彻、薛万均二人，在城中守护。这三路人马，各各领命前去。

那边窦建德带领大兵，直抵州城。先锋刘黑闼安了营寨。见城门紧闭，不肯出战，只得令兵士们在城外辱骂。后面建德领大队人马到来，看看攻城不下，便驾起云梯，上城攻打。不料城中火箭齐发，云梯被火烧断，夏兵只得退下。刘黑闼又安排数百辆冲车，鼓噪而进；城内把铁锁铁锤，飞打出来，冲车又一齐打折。两军相持数日，建德手下的兵都觉怠惰起来。

一夜三更时分，罗艺密传将令，三军饱餐战饭毕，人各含枚，杀出城来。赶到夏营，那夏兵正在好睡时候，只听得一声炮响，金鼓大振，如山崩海沸一般。窦建德在睡梦中惊醒过来，忙披甲上马，亲随邓文信紧紧随后，恰遇薛万彻杀入中军，把文信一刀斩于门旗下。窦建德转过身来，敌住薛万彻；高雅贤敌住薛万均；刘黑闼敌住罗艺。六人正在军中酣战之际，只听得子母炮三声响亮，左右山脚下，伏兵齐起。建德知中了敌计，便弃了营盘，如飞逃走，直奔了二三十里。众军士喘息未定，忽听得山冈下，一棒锣响，一员少年勇将冲杀出来。先锋高雅贤欺他年轻，把大刀直砍过去。

那少年将军便是罗成。只见他那时不慌不忙，把手中枪一逼，那高雅贤左腿上，早中了一枪。高雅贤痛彻心肝，几乎跌下马来，亏得刘黑闼接住。战了十数合，当不起罗成这条枪，如游龙取水一般，直搠进来。建德只怕黑闼有失，前来助战。罗成力战三将，愈觉精神抖擞。只见他向刘黑闼脸上虚照一枪，大喝一声，斜刺里却把枪尖向窦建德当胸点来。建德吃了一惊，即便败将下去。

罗成直杀到天明，只见阵后转出一队女兵来，中间拥出一员女将，看她头上盘龙裹额，额间翠凤含珠，身穿锦绣红绫战袄，手持方天画戟，坐下青骢马，却显出满脸妩媚，竟体风流。罗成只觉一阵眼花，早把手中枪停住了。谁知那边女将见了这俊秀儿郎，心中也暗暗地纳罕，只把手中画戟，搁在鞍桥上，流过眼波去，孜孜地看着。那手下的女兵齐声喊说："公主莫只是看他，快把弹丸打下这贼人来。"那罗成看了多时，心下转着道："我闻得窦建德之女，是一个儿女英雄，今日相看，竟是一个绝色女子，我也不舍得杀她。待我羞辱她两句，使她退去也罢了。"便欠身向前道："我想你父亲，也是一个草泽英雄，难道手下再无敢战之士，却叫你女孩出来献丑。"那线娘听了，也不动怒，只娇声喝道："我也在这里想，你父亲也是一员宿将，难道城中再无敢死之士，却赶你这只小犬出来咬人？"说着自己也撑不住，把一方罗帕，按住樱唇，嫣然微笑；惹得众女兵，狂笑起来。罗成起初听她骂小犬，心中不觉动怒，及抬头看见线娘的笑容，真觉妩媚动人，便也忍不住哈哈大笑起来，说："女孩儿好利嘴，莫多说话，且要你知道小犬的厉害！"说着，掉起手中枪，直向线娘粉脸上刺来。那线娘却也不弱，擎起手中方天画戟架住，一枪一戟，一往一来，在阵前战了三四十回合。

线娘看看罗成，枪尖如雨点似下来，有些招架不住，拨转马头便走。那罗成如何肯舍，便在后面紧紧跟定，流星赶月似的，直赶了四五里地。罗成看看赶上前面一丛树林，那线娘拍马向林中一攒，那罗成的马也直抢进林中来，马尾和马头相衔。罗成正要擎枪刺去，忽一阵风过处，夹着脂粉香直扑进鼻管来。罗成心中一动，不觉把手中枪停住，连坐下的马也停住了。前面线娘见罗成不赶了，便转过腰肢来，在锦囊内取一丸金弹子来，搭上弓弦，飕的一声，那粒弹子直向罗成的面门打来，只听得噗的一声，罗成的头盔落地。罗成在后面看线娘的背影，双肩削玉，一搦柳腰，正出神的时候，猛不防那金弹丸打来，他叫一声"哎哟"，捧着脑袋，转过马头便逃。这勇安公主的弓弹，不是上面说过，百发百中的么？为何今天这一弹，却偏偏不能命中呢？只因线娘在拉弓的时候，原打算觑准罗成眉心打去的，一看罗成长着这一副姣好的面目，高强的本领，这一弹打过去，好好的一个少年岂不白白地结果了性命？因此一念怜才，心中动了一动，那手中的弹弓，也略偏了一偏，不曾打中。

这时线娘见罗成败出林子去，便也勒转马头，追出林子。罗成一时心慌，也不回大路，只拣那荒僻小路走去，弯弯曲曲，直走到一座削壁下面，真是前无去路，后有追兵。罗成发一发狠，大喝一声，掉过枪尖，扑转身直向线娘的坐骑刺去，指着那马一声狂嘶，左眼上早着了一枪，满嘴喷出血来，倒地而死；跟着线娘也跌下马去，一支画戟，丢在一旁。罗成也跳下马来，且不上去捉拿，候线娘从地上爬起身来，拾了那支画戟，两人站在平地上，又一来一往地厮打起来。

那线娘到底是一个女孩儿家，方才从马上摔下来的时候，又跌坏了筋骨，手中提着一支画戟，便觉转运不灵，经不起罗成那杆枪儿，和灵蛇生龙一般逼来。线娘没奈何，只得且战且退，猛不防被脚后一块山石一绊，便和花摇柳搦一般，倒下地去。那罗成一耸身，压住在线娘身上，举起枪便要向线娘粉脸儿上刺去。线娘这时仰天倒着，紧锁着柳眉，闭上双目，只有听死的份儿。罗成到了此时，看了线娘这可怜的样子，实在心中不忍，便一丢下枪，扶着线娘起来；又从地上拾起那支画戟，递在线娘手中说道："小姐！我欺侮你了，你恨我吗？小姐心中若有恼恨之意，便请小姐把俺一戟刺死，俺闭上眼站在此地，决不躲闪，也决不回手。"说着，他真的远远地站在当地，反剪着两手，一动也不动，等勇安公主去刺他。你想这样一个俊秀的少年，站在面前，叫线娘如何下得这毒手。这时线娘忽然想到自己的终身上去，她想难得遇到这个美貌少年，性格儿又温存，说话儿又柔顺，俺窦线娘的终身不寄在此人身上，怕此生再没有可寄托的人了。

那边罗成闭上眼，候了半天，却不见画戟刺来。睁眼看时，只见那线娘，低着脖子望着地下，在那里出神。罗成趁势跑上前去，兜头作了一个揖，说道："俺不忍杀小姐，小姐也不忍杀我，俺们两家讲了和罢？"线娘因父亲打了败仗，自己也打了败仗，明知这场亏吃得不小，原只望两家说了和；听罗成这样说了，便接着说道："俺父亲此番前来，原打算和尊大人讲和，连结成一气，去打宇文化及的。"罗成也说："俺父亲原也有征讨宇文化及之意，待俺回营和父亲说去。"说着，便转身走去，待走了几步，忽又回转身来，把自己骑的马，拉在线娘跟前，说道："小姐想来十分辛苦了，快骑俺的马回去吧。"说着，便去把线娘扶上马鞍，亲自替她拉着马缰，慢慢地走去，一边走着，一边问道："小姐青春几何？"起初线娘还不肯说，经不住罗成连连地问着，那线娘才说了一句十九岁。接着罗成又说道："明天俺向尊大人求婚去，小姐可愿意吗？"

线娘在战场上，和男子对打对杀，却不害羞；如今被罗成一句话，说着她羞答答不肯抬头。那罗成手下的兵丁和线娘手下的女将，见男女两主将，直追杀到树林中去，半晌不见他们出来，便一齐拥进树林中找寻去。只见罗成替线娘拉着马，自己步行着，从山脚下出来。众兵士看了这神情，十分诧异，彼此也不打仗了，只是你看着我，我看着你。

看看那罗成把线娘拉进州城去，到了衙前，扶线娘下了马，双双去见了罗艺，便把这讲和的话对罗艺说了，又把要向窦建德求婚的事体，对他父亲说了。罗艺膝下只有此子，十分宠爱，百依百顺的。如今见罗成同这勇安公主说和了，又看他们双双对对站在面前，真好似一对璧人一般，便也十分欢喜。

罗成又立逼着他父亲，一块儿到建德营中去说定这头亲事。那罗艺看儿子面上，便带了罗成、线娘二人，出门上马，一直跑到建德营中来。建德这时打了败仗，见又走失了爱女，心中正是悔恨。忽见罗艺笑容满面地走进帐来，心中万分惊疑。那线娘一见了父亲，便耸身上前，投在父亲怀里，把在战场上的情形和讲和的情形，细细地说了。接着罗艺又把罗成求婚的话说了，一天杀气，都化作喜气。接着窦建德便在营中，摆上筵席，请罗家父子入席。一场杯酒把和也讲定了，把喜事也说定了，从此罗成在营中和线娘两人，同出同进，言笑追随。建德把罗成带回乐寿去住下。

这时杨义臣招降了范愿，声势顿时浩大起来，他一方会合了唐王的军队，一方会合了罗成的兵士，三路兵马，杀奔宇文化及的许国里来。那宇文化及打听得三路兵马，来锋甚锐，便将府库珍宝、金珠缎匹，招募海贼，以拒诸侯之兵。这时唐王派李靖、李神通、徐懋功一班人，带二万人，前去助战。那徐懋功探知化及募兵，密使心腹将王簿，带领三千人马，暗藏毒药三百余斤，授了密计，假名殷大用，投入化及城中。化及大喜，封为前殿都虞侯。淮安王李神通进兵去讨化及，离城四十里下寨。化及欺神通无谋，忙统众出城迎敌。

欲知后事如何，且听下回分解。

第二十三回　旧事重提萧后忍辱
新仇暗结秦王遭擒

　　三路兵进攻宇文化及，李靖的兵去得十分神速，他欺化及的兵马初到，未曾安营，却令刘宏基领一军，斜刺里飞骑出去，直取化及。那边杜荣、马华，各提一支画戟，如飞追来敌住。刘宏基一口刀向左右一挥，两戟齐断，杜荣、马华，只擎着两支戟杆，向宏基马头上乱打。正厮拼时候，那李靖却远远地搭上箭，向杜荣心窝射去，杜荣应弦落马，许兵大败。宇文化及守不住魏县，连夜带了萧后，逃至聊城。这一夜，李靖和神通回营，计议明日战略。李靖怕泄漏军机，便附耳向神通说了几句，神通点头称善。便传令屈突通，带领能打猎的五百人，各带兵器、网罗之类，游行郊外，只看聊城内飞出禽鸟，便上去捕捉。捉得活的，照数给赏。屈突通领命自去。

　　那边窦建德带领人马，也到了聊城地界，便问杨义臣破兵之计。义臣说道："初临敌境，不知虚实，且命范愿领三千人马，前往挑战，探贼动静，然后定计。"建德听了他话，便传令范愿领兵挑战，但令汝败，不令汝胜。范愿到了聊城，化及令长子宇文承基出战。两人战不到二十合，范愿便诈败，退后二十余里，承基亦不追来，各自鸣金收军。

　　消息传到李靖营中，知道杨义臣用诱敌之计，便将屈突通所捕捉得的鸟、雀、燕、鸽等类，共有数千头，将胡桃、李、杏之核打开去仁，俱把艾火装在里面，用线拴住飞禽之尾，叫军士齐放入聊城。那边宇文承基杀退了范愿以后，以为夏兵无用。第二日，化及传大将杨士览、郑善果、司马雄、宁虎一班战将授计，各自领兵，伏埋四方。太子承基为前军，智及为中军，化及自领后军，俱至聊城六十里外扎营，以号炮为信。留殷大用和承祉守城保驾。分派已定，当夜各将士俱领兵出城；独有化及，因迷恋萧后，尚未动身。到夜深时候，他两人正拥抱酣眠，忽报满城火发，化及忙出宫巡视，只见烟冲霄汉、烈焰冲天，瞬息之间，烧得城内一派通红。仓库殿阁俱烧成一片赤地。那殷大用和唐朝通了声气，便假救火为名，叫军士汲存三日之水，将毒药分投满城井内。化及见军士焦头烂额之后，忽然又上吐下泻，一齐病倒，便放声大哭，以谓天降灾殃，来夺朕命，日夜惊惶不安。

夏兵细作报与夏主，义臣知是李靖用计，便传令范愿领步兵一万，扮作许兵，各备记号，乘夜偷过智及大营二十里外，埋伏停当；又命刘黑闼、曹旦、王琮，引兵五万，与智及对垒；另拨精兵二万，义臣统带着，亲自去劫夺智及营盘；高雅贤、孙安祖、宋正本领兵四万，埋伏路中，以截承基兵队；留兵二万，与裴矩留守大营；勇安公主护驾。分派已定，军士们饱食战饭，大炮三声，夏主领兵，直逼聊城；唐、魏二营，探知夏主攻城，也放炮助威，向四门攻打。化及催督将士，同殷大用出城拒敌。夏主认得化及，便不打话，忙提偃月刀，直砍进来。

化及挺枪来战，战了二十余合，指望殷大用来接战，岂知大用反退进城去，将城门大开。化及知中了计，忙转身向智及营中跑去，且战且退。只见杨义臣劫了智及大营，纵马前来，挺枪直刺化及。两个只战了二三合，勇安公主在后面押阵，怕义臣有失，忙向锦囊内取出弹丸来，拽满雕弓，一弹打去，正中化及眉心。一群女将，手持团牌砍来，直滚到马前，乱砍化及的马足。杨义臣也赶上，奋力一枪，直把化及刺下马来。义臣喝令捆了，推上囚车。只见曹旦已斩了杨士览，刘黑闼与诸将尚与智及三四敌将一堆儿恋战。杨义臣分开众兵，将化及囚车推出军前，大声向敌将说道："汝等俱是隋国军民，为逆贼所逼；汝等家属尽在关中。今贼已被擒，汝等可速回家乡。愿投降夏国的，俱给官升爵。若犹执迷不悟，顽抗不降，吾当尽坑之。"许兵闻言，一齐丢去兵器，卸下甲胄，伏地求降。

智及见他哥哥已入陷车，心胆俱碎；又见众军倒戈弃甲，忙撇了众人，转身欲逃入承基营中去。不意孙安祖一骑飞来，一枪正中腰间，直跌下马来。众兵士一齐上，也把智及绑了，打入囚车。麾兵又去攻打承基营盘。那窦建德见手下将士打了胜仗，便领兵直冲到聊城下。只见城门大开，一将手提一颗首级，向建德马前投来。说道："臣乃魏公部下左翊卫大将军徐世勣首将王簿，奉主将之令，改名殷大用，领兵三千，假扮作海贼，投入化及城中，化及用为都虞侯。前日拿毒药投在井中，今日开城迎接大王，便是末将所为。"说着，又献上首级，说是化及次子承祉的首级，说罢，便要辞去。建德因他有破城之功，如何肯放他去。无奈王簿再三说是徐将军的令，不敢逗留，建德只得放他出城去。一面拥兵入城，到得宫中，请萧后出御正殿。建德行臣礼朝见，立炀帝少主神位，令百官一齐穿着素服发丧。

这时勇安公主带领诸将，陆续进宫，便将宇文化及、宇文智及弟兄二人，推到面前。曹旦提了杨士览首级，范愿提了宇文承基首级，刘黑闼、孙安祖一班人，绑获许多敌将，上来报功。建德吩咐武士，拿化及、智及两人，绑在殿柱子上，拿快刀细细碎剐，祭祀炀帝；又将许将排列着跪在灵座，愿降的赦他一死，不愿降的便立即杀死；一面收拾国宝、图籍，排宴在龙飞殿，庆赏功臣。

　　大小将领正在一堂欢饮的时候，忽见留守大营打发一个小将来送上禀帖，原来是杨义臣的。建德打开禀帖来一看，上面说："贼臣化及已擒，臣志已完，惟望大王实践前言，放臣即归田里。"建德看了，说道："义臣一去，朕失股肱矣！"刘黑闼、曹旦欲领兵追赶，建德说道："孤前曾许之，今若去追，是背约也，孤当成其名。"于是便将隋宫留下来的珍宝，悉分赏给各功臣；国宝、图籍，却付与勇安公主收藏。因问萧后："今欲何归？"萧后道："妾已国亡家破，今日生死荣辱，悉听大王之命！"建德听了，只笑而不言。勇安公主在旁，怕父亲也受了萧后的迷惑，忙接口道："既如此，何不将娘娘交与孩儿伴着，先到乐寿去？一则可慰母亲悬念，二则也免得娘娘在此多受惊恐。"当时建德深以为然。一宿无话。

　　第二日一清早，曹旦点兵二万，伺候萧后。萧后带了韩俊娥、雅娘、罗罗、小喜儿四个得意的宫人，上了宝辇；勇安公主也带了她的娘子军，一同起行。不一日，到了乐寿，哨马报知曹后，说公主回朝。曹后听说女儿回来了，十分欢喜，忙差凌敬出城去迎接。这凌敬到得城外，便请萧后暂在行馆中住下。

　　勇安公主随着他舅父曹旦进城，朝见过曹后，便将隋氏国宝、图籍、奇珍异宝呈上，曹后大喜。勇安公主又奏称："萧后现在客馆中，请母亲懿旨定夺。"曹后听了，冷笑道："什么萧皇后，此老狐狸把隋家整个江山断送了！亡国淫妇，要她来做什么！"凌敬劝说道："萧后既到这里，她是个客，俺们是个主，娘娘还当以礼待之，一俟主公回来，再商量个安置之处。"曹后听凌敬说话，也很有理，便说道："既如此，便吩咐摆宴宫中，只说我有足疾，不便迎接。"凌敬领了懿旨，便到行馆，把萧后请上銮舆，迤逦向宫门走来。萧后坐在宝辇上，想起当初随着炀帝在各处游幸时，扈从如云，笙歌触耳，与如今冷淡情景，两两相较，不觉伤心泪下。

不一时，到了宫门，勇安公主出来迎接进宫。萧后一眼望见曹后凤冠龙髻，鹤佩霞裳，端庄凝重，丝毫不露窈窕轻盈之态。四个宫女扶着下阶来，迎接萧后进殿。曹后请萧后上坐朝拜，萧后如何肯坐，推让再三，只得依宾主之礼相见。礼毕，大家齐进龙安宫来。只见正屋中摆着两桌盛筵，两位皇后分宾主坐下。曹后即举杯对萧后说道："草创茅茨，殊非鸾凤驻跸之地，暂尔屈驾，实是亵尊。"萧后答道："流离琐尾之人，蒙上国提携，已属万幸，又荷盛情，实深赧颜！"大家坐定，酒过三巡，曹后同萧后道："东京与西京是何处优胜？"萧后答道："西京只是规模宏大，无甚景致；东京不但创造得宫室富丽，兼之西苑湖海山林，十六院幽房曲室，四时有无限佳景。"曹后道："听说那时赌歌题句，剪彩成花，想娘娘必多佳趣？"萧后道："全是十六院夫人做来呈览，妾与先皇不过评阅而已。"曹后道："又闻月下长堤，宫人试马，这真是千古帝王未有的风流乐事。"

韩俊娥站在后面，代答道："那夜因娘娘有兴，故万岁爷选了许多御马进苑，以作清夜胜游。"曹后问萧后道："她居何职？"萧后指点着说道："她名韩俊娥，她名雅娘，此二人原是先帝在日承幸的美人；此罗罗、小喜儿两人，是从幼在我身旁伺候的。"曹后便问韩俊娥道："你们当初共有多少美人？"韩俊娥答道："朱贵儿、薛冶儿、杳娘、妥娘、贱妾与雅娘，后又添上吴绛仙、月宾一班人。"曹后说道："杳娘是拆字死的；朱、袁二美人，是骂贼死的，那妥娘是如何一个结局？"雅娘答道："是宇文智及要逼她，她跳入池中溺死。"曹后笑道："那人与朱、袁两美人，好不痴呆！她不想人生一世，草生一秋，何不学你们两个，随着娘娘，到处快活，何苦枉自轻生。"萧后还认是曹后也与自己同调的，不曾介意。

勇安公主在一旁接着问道："听说有一个能舞剑的美人，如今到何处去了？"韩俊娥答道："那人名叫薛冶儿，她随着五位夫人与赵王，是先一日逃出宫去的，不知去向。"曹后点头说道："她们毕竟是有见识的。"又问萧后道："当炀帝在苑中，虽与十六院夫人绸缪，听说却夜夜回正宫去的，这也可见得夫妻的深情了。"萧后道："一月之内，原也有四五夜住在苑中的。"

曹后又说："如今我宫中却有一个宫女，据说她原是当年娘娘身旁的宫女，待我唤她出来。"说着，便吩咐传青琴。只见一个十五六岁的宫女，出来叩见萧后。萧后仔细看去，认得是袁紫烟的宫女青琴，便道："我认你是随袁夫人去了，却不道落在此地？"勇安公主道："她原是南方人，被我游骑查见，知是隋宫侍女，便收留她在此。"曹后又笑指着萧后身后的罗罗道："听说昔年炀帝要临幸她，被她再三推却，难得她极守法度。又听说炀帝曾赠她佳句，娘娘可还记得么？"萧后道："妾还记得。"便吟着道："个人无赖是横波，黛染隆颜簇小蛾。今日叫侬伴入梦，不留侬住意如何。"曹后听了，叹道："好一个多情的皇帝！"勇安公主问道："听说吴绛仙秀色可餐，如今这人却在何处？"韩俊娥答道："她听说先帝被难，便和月宾缢死在月观中了。"勇安公主又问："十六院夫人，去了五位，那其余几位还在么？"雅娘答道："花夫人、姜夫人、谢夫人是缢死的了；梁夫人与薛夫人因不从化及，也被杀死；知明院江夫人、迎晖院罗夫人、降阳院贾夫人乱后也不知去向；如今只剩积珍院樊夫人、明霞院杨夫人、晨光院周夫人，三位还在聊城中。"曹后喟然长叹道："锦绣江山，却为几个妮子弄坏了。幸喜也有几个死节殉难的，捐躯报恩，稍可慰先灵于地下。"又问："这三位夫人还在聊城中，何不陪伴娘娘到乐寿来？"萧后不及回答，勇安公主却说道："既已别抱琵琶，何妨一弹三唱！"

此时萧后被她母女二人冷一句、热一句，讥笑得实在难当。只得老着脸强辩道："此中苦情，娘娘有所不知。妾原也不是贪生怕死之人，只因那夜诸逆入宫，变起仓卒，尸首血污遍地，先帝尸横枕席。若非妾主持，将沉香雕床改了棺椁，先殓了先帝，后再把那殉节的美人逐一收殓，安放停留。不然，那些尸首，必至腐烂，不知作何结局呢！"曹后听了，却忍不住说道："前此苦心，原也难怪。但不知后来贼臣既立秦王浩为帝，为何不久便被他毒杀了？这时娘娘正与贼臣情浓意密，竟不发一言解救，是什么道理？"萧后答道："当时未亡人一命悬于贼手，虽说了也无济于事。"曹后却冷笑着说道："'未亡人'三字可以免称，不知娘娘今日是隋氏的'未亡人'乎，抑为宇文氏之'未死人'乎？"一句话说得萧后无地自容，只得掩面悲啼。

正下不得台的时候，只见宫人进来，报道："主公已到，请娘娘快去接驾。"曹后一面起身，一面吩咐把萧娘娘送到凌大夫宅中去暂住。夏王窦建德此次回宫来，带得隋宫中遗留下来的彩帛绫罗以及宫娥彩女，却不计其数。提出十分之二，分赏给了功臣战士；余下的全数，收进宫去。曹后却笑着对夏王说道："如今却还有一个活宝在此，不知陛下将置之何地！"夏王道："御妻休认作俺也是好色之徒，只因怕萧后留在中原，又被别人奸污，于先朝面子上，太不好看，所以着女儿先把她带回宫来的。如今御妻既有疑朕之意，莫如立刻把萧后送到突厥启民可汗那里去。那义成公主和她有母女之分，想来决没有推却之理。"他二人商量已定，过了几天，便雇了一条海船，着凌敬送萧后飘海去了。从此便交代了隋宫的下场。

如今再说那唐王的次子秦王世民，他见夏国杀死了宇文化及，得了头功，便也班师回长安来，朝见唐主。父子二人谈起国事，说刘武周和萧铣二人，占住西北地方，其势十分猖獗，俺们须设法灭去此二人，方可高枕无忧。世民道："要用兵攻打刘、萧二人，必先结好王世充，免得瞻前顾后。"唐主听了，也连声称善。即由世民修书一通，著杨通、张千二人到洛阳王世充那里去投递。谁知王世充看了来信，拍案大怒，竟将杨通斩于阶下。张千再三哀求，被他割去两耳，只得抱头鼠窜，逃回长安来，哭诉一番。

那唐主听了大怒，自欲提兵去剿灭世充。秦王劝道："父皇不必动怒，臣儿自有灭世充之计。"当下差李靖为行军大元帅，领兵十万，去扼住刘武周；世民自己统带一支兵马，前往洛阳进发。命殷开山为先锋，史岳、王常为左右护卫，刘弘基为中军正使，段志玄、白显道为左右护卫，自领一军居后。长孙无忌、马三保等保卫船骑。水陆并进，来到洛阳地方。王世充探知，亦领军于睢水列阵。秦王屯兵于睢水以北，两军无日不交战。当不起唐家兵精将勇，杀得世充大败，逃进城去，闭门不出。

唐营中得了胜仗，便大排筵宴，犒赏三军。秦王乘着酒兴，骑马到北邙山去游玩。这北邙山离城北十里以外，周围有一百里地面，帝王陵寝、忠臣坟墓，全布满在山上。当时世民便带了一个马三保和十余骑亲兵，直奔山脚下打猎去。秦王看见高山上华表、墓碑和石人、石马，不觉叹道："此固一代雄主，只落得墓门宿草、狐兔纵横，想俺唐家天下，将来也难免这下场头，岂不可叹！"正说话时候，忽见一头白鹿，从树林中直冲出来，世民急扣满弓，一箭射去，正中鹿背。

那头鹿带箭向西逃去，秦王纵马追赶。跑过数里地面，转过山头，却不见鹿的影迹。秦王却不肯舍。放马四下追寻，不觉跑到一方大平原上来，远远望见那壁厢旌旗耀日、干戈如林，一座城门日光照着，射出"金墉城"三个字来。世民猛想起这是李密的城池，马三保跟在身后，也劝说道："此是魏主李密的地界，殿下请速回，若被他知道，便不得脱身了。"不提防那方守城兵士早已看见，忙来报知魏主。李密听了，心下还有几分疑惑，认是唐兵诱敌之计。程知节听了，却忍耐不住踊跃向前道："主公此时不擒，更待何时？"说着，也不候军令，手提大斧，跨马出城去了。秦叔宝在一旁看了，恐知节有失，随即赶出城去。

这时秦王听了马三保的话，正欲回马，只见一人飞马赶来，大叫道："李世民休走！"世民横枪立马，问道："你是何人？"知节道："我便是程咬金，特来捉你。"世民大笑道："谅你这贼人，有多少本领！"知节也不听话，举起双斧，直砍秦王。秦王挺枪相迎。两人斗了三十余合，因马三保被秦叔宝接住，世民只得拨转马头逃去，三保抵敌不住，也保住秦王逃去。

秦王回过头来，看敌人追得很紧，便搭上箭，拽满弓，飕的一声，正射中知节盔缨。世民见射不中，心中着慌，纵马加鞭逃走。看看当前一座古庙，牌上书"老君堂"三字，秦王此时也顾不得三宝了，忙躲进庙门，把门关上，搬过一条大石板来顶住了门，把马拴在庙廊下，踏进殿去，向神像作一个揖道："神圣在上，若能救得我李世民脱去此难，当重修庙宇，再塑金身。"祝罢，急向神座内一躲。此时程知节也赶到庙门口，上去把庙门乱推了一阵，却不见动静。正要回马，那秦叔宝也随后赶到，两人去抬了一块大石来，撞开了庙门。走到殿前，只见廊柱上拴着一匹马。他们认得是李世民的坐骑，便一拥进了殿。瞥见神台上帝幕摇晃，原来秦王见有人进殿来，便在帘幕中轻轻拔出剑来。知节眼快，抢步上前，把帘幕揭起，喝道："贼子，躲着的不是好汉！"举起大斧，向秦王头上砍来。世民急用剑挡住，随即逃下神座来。斧来剑往，狠斗起来；夹着又是秦叔宝的双铜直压下来，世民一个措手不及，把手中的剑打脱了。叔宝喝叫手下兵士上去，把世民绑了，扶出庙门，推上了马。程知节、秦叔宝两人押着，直送进金墉城来。

到了府前，魏公李密升座，程知节把秦王推至阶下。李密在堂上喝道："你这个猾贼，却自来送死！汝父镇守长安，坐承大统，吾居金墉，管理万民，原是各不相犯。如今你们却不知足，前已明取河南，今又暗袭金墉，是何道理？"世民只得分辩道："叔父请息虎威，侄儿此来，并非窥觑金墉；只因洛阳王世充杀我使臣，故侄领兵征讨，打败了他的三军。世充闭门不出，侄故退兵千秋岭下，偶因乘醉出猎，不觉来到叔父的地界上，不意叔反疑侄儿有窥觑之意。"李密怒道："你父子早晚觊觎我的地土，还讲什么交情？你既没有这个叔父，我也没有你这个侄儿。此番明明是来探吾虚实，如今被我捉住，还敢强辩么？"喝令武士推出斩之。此时一旁闪出一个魏徵来，劝道："此人杀不得。他父子两人坐承大统，兵精粮足，手下战将如云，谋臣如雨。我若杀其爱子，他父亲李渊必要起倾国之兵，前来报仇。"李密听了这几句话，不觉把怒气减了几分，便问道："依你意见如何？"魏徵道："莫若将他永远监禁在此。李渊怕伤了他爱子，便终生不敢来侵犯了。"李密听了，点头称是，便吩咐狱卒将李世民打入南牢。

唐主在长安，马三保回去报告此信，李渊急得坐立不安，亲自要提兵去讨李密，转心又想到刘文静和李密有郎舅之亲，便亲自修下书信，交文静带去交与李密。不料李密不但不肯放世民，反和文静变脸，要拿他斩首，亏得徐世勣在一旁劝解，便也打入南牢，拘禁起来。恰巧这时开州凯公校尉杀了刺史傅钞，夺了印绶，会合参军徐云，结连宁陵刺史顾守雍造反，大起人马，杀奔李密地界来；接连又见流星马报到说："凯公计诱了洪州何定刺史，献了城池，合兵攻打偃师、孟津一带地方，甚是紧急。"李闻报大惊，便亲率大军前去抵敌；传令命程知节为先锋，单雄信、王伯当为左右护卫，留徐世勣、魏徵、秦琼三人总理朝政。分派停当，立刻拔队往开州进发。这里徐、魏、秦三人照常每日管理朝政，不敢稍有怠慢。

　　欲知后事如何，且听下回分解。

第二十四回　马上坠弓鞯世民结袜
　　　　　　　宫中正帝位李渊点妃

　　那秦叔宝是个重义气、爱结交朋友的人，他虽亲自去捉了李世民来，暗暗地留神，知道世民确是一个英雄豪杰，他颇有结纳之意。当时碍着程知节的耳目，只得把世民捉来，关在监中。如今程知节随魏主出征去了，秦琼便常到南牢里来探望世民、文静两人，又时时馈送食物，买嘱禁卒，不叫他受苦。那南牢的狱官徐扶义，又是一个仁心仗义的人，更兼他见高识广，眼力极精。他一见了世民，便知道不是寻常人物，便处处从优款待。南牢里的犯人，吃的是粗恶囚粮；徐扶义却每日备些精美酒菜，送进狱中去，给刘文静、李世民两人吃着。

　　徐扶义妻子早死，只留下一个女儿，名唤蕙英，年已及笄，尚未适人。只因自幼生成绝色，性格又十分聪明，又知孝顺父母，她父亲自然格外痛爱她些，请一位老儒在家教蕙英诵读诗书。聪明女儿原是和书本儿有缘的。她一得了书中滋味，不论在梳妆的时候，或是在刺绣的时候，总是手不释卷的。到十四岁上，早已读得满腹诗书，又写得一手好秀媚的字。无事的时候，常常吟诗作赋、描龙绣凤。那时魏王册立正宫王娘娘的时候，广选天下绣女，进宫去替王娘娘绣袍。独有蕙英刺绣的本领，高人一等，绣来鲜艳夺目。王娘娘看了十分欢喜，当时便把蕙英传进宫去，试过她的文字，两人说话又十分投机。从此和王娘娘做了闺房知友。王娘娘每有为难事体，或忧闷的时候，必要把蕙英小姐宣进宫，去盘桓几天。因此把她父亲徐扶义升做了南牢狱官。

这南牢狱官，并不是等闲的缺分，专管的是军国要犯，狱官每日可以朝见魏王。在徐扶义的意思，王娘娘既是如此宠爱蕙英，索兴拿她献给魏王，做一位妃子，岂不是父女都得了富贵。谁知这位蕙英小姐，却是有大志气的，她早看到魏王无天子之量，决不能久有天下，因此一任她父亲如何劝说，她总是推说孩儿只愿嫁得如意郎君，却不贪图富贵。徐扶义是宠爱女儿的，便也不忍去勉强她。

此番捉得李世民，关入南牢。徐扶义回家的时候，对女儿说起，如今南牢中囚着一个唐王的世子，品貌如何俊伟，人才如何出众，不觉打动了她一寸芳心，便和她父亲说妥。在夜静更深、狱中无人的时候，扶义带着他女儿，悄悄地走进南牢去，在窗外窥探。这时李世民和刘文静二人，正对坐在室中谈论天下大事，看世民脸上眉飞色舞，却一点没有忧戚的神气。蕙英小姐在窗外看出了神，不觉低低说了一句："真英雄也！"扶义忙拉着蕙英走出南牢。

从此蕙英小姐一心在李世民身上，每日亲自烹调几色精美的肴馔，送进南牢去，给世民享用；又怕世民在牢中用的被褥不清洁，便把自己帖身盖用的一条绣花被儿，送进南牢去，给世民盖卧。这绸被儿上绣的是鸳鸯戏荷，那一对鸳鸯的毛色和荷花的颜色，都绣得活泼鲜艳。李世民虽是盖世英雄，见了这娇艳的绣被，又从被中领略得一阵一阵的幽香，不禁引得他雄心跳动起来。又常听得徐扶义说起他女儿如何美貌、如何有才学，他便一心向往，时时挂念着。只因自己是铁铮铮的男子，这儿女私情，不好意思出得口。

第二十四回　马上坠弓鞯世民结袜　宫中正帝位李渊点妃

那徐扶义见女儿的神色举动，知道她情有所寄，便格外把世民和文静两人好看好待。再加秦叔宝、魏玄成、徐懋公这一班人都是心向着唐王的，便也常常私地里到狱中来探望世民，用好言劝慰。玄成私地里对秦叔宝说道："秦王龙姿凤眼，真是英雄。如今趁他在灾难之中，先和他结交，日后相逢，也好做一番事业。"叔宝原是和唐王有旧的，听了玄成的话，便说道："我兄弟既有此意，不如趁主公不在朝中，大家备一席酒，到狱中去和他二人叙一叙交情。"当下便整治了一席盛筵，悄悄抬进南牢去。玄成、懋功和叔宝三人进狱去，邀狱官徐扶义四人，伴着李世民、刘文静二人，在监狱中浅斟低酌起来。

这时魏王带领人马，出去攻打开州凯公，朝廷大事，由徐世勣、魏徵、秦叔宝三人主持。他们在南牢中公宴李世民，有谁敢透漏消息。六人一边饮酒，一边商议日后大事。秦叔宝有心要开放李世民，便和徐扶义商议，如何使李世民得脱身之计。

正计议的时候，忽见一个家人，匆匆走来，在徐扶义耳边低低地说了几句，转身去了。秦叔宝问时，扶义说道："方才家人来报说王娘娘生了太子，传着懿旨出来，唤小女进宫去陪伴。小女特打发这家人来唤老汉回家去商议要事。如今老汉失陪了。"说着，便站起来，第一个退出南牢去。那徐、魏、秦三人听说王娘娘产了太子，各人衔中有事，便也和李世民告辞，一齐出来。

第二天，这个喜信传遍了金墉城，百姓听说魏王添了太子，便家家挂灯庆祝起来。当日王娘娘懿旨下来，大赦囚犯，只有南牢重囚不赦。秦叔宝看了这道赦旨，正在发愁。忽报徐扶义进府来，两人见了面，便谈起不赦南牢的事情。徐扶义说道："将军不必忧虑，下官已有释放李世民之计，特来邀请将军今晚到舍下去共同计议。"

秦叔宝挨到夜里，便悄悄地跑到徐扶义家里来。家人领进内

247

书房，一看，那徐、魏二公早已在座。停了一回，徐扶义却领着四个家人，从内房出来。秦叔宝眼快，认得那前面两个家人，是李世民、刘文静二人改扮的，忙上去相见；又看后面站着两个家人，却十分年轻，面貌又十分俊美。秦叔宝问："是何人？"徐扶义却笑说道："一个是小女蕙英，一个便是小女身旁的丫鬟秋云。"说着，便唤蕙英过去拜见了徐、魏、秦三位，转身过来，又拜见了李世民、刘文静二人。蕙英小姐被她父亲说破了，羞得她红晕满面，拜见过后，急急低着头，拉着她丫鬟，避进后房去了。这里李世民原也不留意的，如今听说蕙英小姐女改男装，急留神看时，果然长得俊美万分，直看到蕙英小姐躲进后房去，他兀自把两道眼光注定在房门上出神。

原来这全是蕙英小姐预先定下的计谋，她进宫去见了王娘娘，便替她父亲徐扶义讨了一个到开州魏王行营里报生太子的喜信的差使，却把狱官辞去，把李世民和刘文静二人改扮成家人模样，从南牢里混出来，藏在自己家里。又知道自己这一去，决没有回家的日子，蕙英小姐是他心爱的，如何肯丢她在家里吃苦，便也把女儿和丫鬟两人装成了男子，混充是差官的四个家人。这事须做得迅速，一到天明，南牢中便要发觉。当下他六人说了一番交情上的话，看看到了四更时分，院子里原备下五匹马，李世民依旧跨上自己的追风马，徐扶义父女二人和刘文静有徐世勣当初从宇文化及那里夺来的骏马三头。一行人骑上马，临走的时候，徐、魏、秦三人，又说了无数依恋的话，两方各各洒泪分别。六头快马、二十四只铁蹄，着地卷起一阵泥土，飞向城门口去。蕙英小姐早已在宫中盗得了兵符，那守城兵官验明了兵符，开城放他们出去。

徐扶义在马上不敢停留，快马加鞭地赶了一程，约摸走了三十里路，迎面一座高山，听得村鸡乱鸣，眼见东方发白。蕙英小姐是一向在深闺中娇生惯养的，如今跟着跑了这许多路，早已跑得腰酸腿软，在马上娇声呻吟起来。李世民自从在徐扶义家中和蕙英小姐一见以后，便十分钟情，如今见她娇喘细细，香汗涔涔，越是动了怜惜之念。忙吩咐住了马，亲自上前去，把蕙英小姐扶下马来，扶她去坐在山石子上休息一回。蕙英小姐慢慢地回过力来。一行人再上马，慢慢地走上岭去。这是一条有名的恶岭，山路崎岖，虎狼出没。李世民骑的是一匹追风马，不但来去神速，骑在马背上，跑山越岭，如履平地。五骑马在岭头慢慢地走着，独有世民的马，忽然跑在前面领路，忽然又跑下岭来押队，又时时跟在蕙英小姐的前后照看着。

正走着，忽听得蕙英小姐娇声惊喊起来，李世民带转马头，回头看时，只见一只大狼，和人一般站起来，正向蕙英小姐踏镫上扑去。幸而徐扶义弓箭在手，一箭射去，正中那大狼的颈子。那大狼负着痛，向森林中窜去。蕙英小姐惊魂略定，低头一看，才知道左脚上一只靴儿，被那大狼衔去了。蕙英小姐原是三寸长的小脚儿，只因要改扮男装，便在小脚儿外面宽宽的套上一双男靴；如今一只靴儿失了，不免要露出女孩儿的原形来。李世民见了，忙勒转马头，向森林中赶去，飞也似地越过几座林子，从草地上拾得那只靴子，李世民恭恭敬敬地捧着回来。只见蕙英小姐坐在马上，露出那只和春笋似小脚儿，世民情不自禁，走上前去，要亲自替蕙英小姐穿靴。把个蕙英小姐，羞得忙把袍角儿遮住了小脚。一面徐扶义上来，说："不敢亵渎公子。"把世民手上的靴子接了过去，递给蕙英小姐，背过身去穿上。

这一条岭，煞是难走，山壁又陡，山路又窄，世民下马，亲自替蕙英小姐拉住辔头，慢慢地走过岭去。蕙英小姐骑在马上，沿路和世民指点些风景，讲究些地势。到得岭下，已是暮色苍茫。徐扶义四处投奔，苦得找不到宿处，没奈何，只得在一处山

249

野人家，借宿一宵。只有一间屋、一张炕，六个人便睡在一个炕上。蕙英小姐沿路走来，已和世民厮混熟了。这时他二人同宿一炕，便有说有笑，十分亲爱。虽没有颠鸾倒凤之事，却也有偎暖依香之乐。

第二天，才得黎明，徐扶义从梦中醒来，只听得炕头蕙英和世民二人的声音，唧唧哝哝地说着话；又偷眼看时，见蕙英小姐伸着一只脚，搁在世民的膝上，世民屈一膝蹲在地下，捧住蕙英小姐的小脚儿，在那里替她穿靴儿。一个扬着脸，一个低着脖子，四道眼光，紧射着，看得正是出神。扶义心知自己女儿的终身，总结果在世民身上的了，便也一任他们亲热去。一行人起来，依旧赶路。

看看到了霸陵川头，忽听得身后喊声动地，尘土蔽天，一队人马赶来。世民知是魏国追兵，急吩咐徐扶义保护蕙英小姐，自己回身勒马，擎枪候着。看看敌兵越追越近，足有五六百人马，自己只有单枪独马，如何抵敌。但事到其间，也说不得了，只得拼一个你死我活。看看来将赶到面前，他也不打话，奋勇上前，刀枪齐举，刘文静自己是不惯厮杀的，只站在一旁干急。看看世民和敌将斗到五十余合，渐渐有些支持不住了，便把枪虚晃一晃，落荒而走。敌将如何肯放，便也拨马直追。蕙英小姐最是关心，见世民败了，只急得她娇声连呼："啊哟！"正在危急时候，猛不防赶上一队兵士来，把他四人团团围住，拿过绳索来，一个个拖下马来绑住。蕙英小姐到这时候，自己的生命，早已置之度外；她只伸长了粉颈，向世民逃去的一条路上望着，只恐世民被敌将追捉住了。不知道世民骑的却是一匹追风马，那敌将骑的一头平常战马，如何追赶得上？

扶义正仰首呼天、无可奈何的时候，一眼见上流尘头起处，赶来一队人马，打着大唐旗号。到跟前看时，刘文静认得是袁天罡、李淳风、李靖三人。他们杀退魏兵，解了绳索。文静又诉说世民落荒逃走。李靖听了，便嘱咐李淳风保护扶义、文静一班人，自己却和袁天罡二人带领本部人马，前去追杀敌将。文静立马在高地上观望，只听前面树林中喊杀之声不绝。一骑敌将前面逃着，李世民和李靖、袁天罡三人，一齐从林中追杀出来。看看追到跟前，扶义抽弓搭箭，"飕"的一声射去，正中敌将面门，应弦而倒。李靖手下兵卒上前去，割下首级来，献在世民马前。那魏兵见死了主将，早已四散奔逃，走得一个不留。

世民吩咐整队回国，进了潼关，望见城楼，那蕙英小姐却不肯进城去。世民正在情浓的时候，如何割舍得下，便再三劝说要她同进宫去。扶义也在一旁撺掇着。蕙英小姐说道："俺是一个寒贱女子，随公子进宫去，算是何等样人？"世民听了她的话，明白了她的意思，便吩咐差官，把她父女二人，寄顿在客馆里；自己带了刘文静、李靖一班人进宫去，朝见父皇。

说起李密，不念两家交情，唐皇便万分愤怒。世民说："父皇不须动怒，孩儿必有一天报了此仇。"刘文静又奏称南牢管狱官徐扶义，如何有恩，如何私放秦王。唐皇便打发人从客馆里把徐扶义传上殿来，亲自抚慰了几句。第二天，传谕下来，便拜他做上大夫；他女儿蕙英小姐，便配与秦王为妃，加封一品夫人。立妃的这一天，秦王府中十分热闹，唐皇也亲自到王府来吃一杯喜酒。侍女们给蕙英小姐全身披挂了。扶义出来，拜见唐皇。因新妃子有救秦王性命之恩，便赏她一对白玉如意。从此这新妃在府中，十分得秦王宠幸。这且不在话下。

唐皇在这时，势力极大，土地很广，差不多隋朝的天下，已有大半入唐皇之手。李靖和刘文静一班元老大臣便商量上表，劝主公接皇帝位。李渊当时因突厥未平，魏王的势力也很强大，意欲待天下一统以后，再登皇帝宝位。无奈臣下劝谏的人十分忠诚；秦王世民又自己承认去讨平突厥；王世充又一力担任去讨平李密。唐皇推辞不得，便下谕选定吉日登皇帝位。臣下奉上尊号，称"神尧大圣大光孝皇帝"。

这位皇帝，半生厮杀，到这时得安享富贵。他便参酌周官，在皇后下面，立贵妃、淑妃、德妃、贤妃四位妃子。立昭仪、昭容、昭媛、修仪、修容、修媛、充仪、充容、充媛，九人称作九嫔。此外又有婕妤、美人、才人，每种九人；再下又有宝林、御女、采女，也是每种九人，共八十一人。管宫的还有尚宫，管礼的还有尚仪，管衣服的还有尚服，管车马的还有尚舆，共称六尚。六尚以外，又采纳了二千名宫女。搜集了四千多工匠，建造起一座太和宫来，三年造成。却是殿阁崇宏、楼台曲折，把一班妃嫔宫女，养在宫里，顿时觉得花柳掩映，莺燕翩跹。唐皇朝罢游赏，十分快乐。他从前在晋阳宫私幸的张、尹两位宫女，只因窦皇后早已去世，便很得唐皇宠幸。到这时候，张氏已封了贵妃，尹氏已封了淑妃，在宫廷间颇有权威。此外得皇帝不时召幸的，在昭容、昭仪、婕妤、才人中，却也有二十多人。唐皇年已垂老，也不十分留心政事，终日便与这班美人说笑拥抱。

独有那秦王世民，和王世充、李靖一班大臣，却十分忠心。看看突厥兵势一天强似一天，渐渐地侵犯唐朝疆土，唐皇下旨，派并州行军总管张瑾，统带五万人马，在太谷地方，大战十日。张瑾大败逃归。那郓州都督张德政也阵亡了；行军长史温彦博却被突厥兵活活地捉去。接二连三的败信，传到太和宫中，把个唐皇气得咆哮如雷。秦王世民便自请出马去，征服突厥。

唐皇下谕，派大将军李靖，统率十万大兵，出师灵州；又派任城郡王道宗，带五万人马为后应；秦王世民屯兵蒲州，监督兵马。三面夹攻，才把这突厥兵马打败。突厥王打发他大臣屈列真前来唐营求和。这时唐皇在周氏陂一带地方打围猎，李靖便伴送屈列真到行宫去，面订和约。谁知唐朝气运十分旺顺，这边既打败了突厥，那边又收服了李密。

原来魏王李密，他自以为兵精粮足，地广人多，便四处讨伐，争城夺地。他新打败了开州凯公，得胜回来，越发不把唐朝放在眼里。满意班师回国，把南牢里的李世民拉出来砍了脑袋，和唐朝挑战。谁知在半路上，接到王娘娘的密报，说南牢狱官私放李世民、刘文静二要犯，一同脱逃。李密听了，不觉大怒，便也不班师了，随带原来人马，直奔向洛阳杀来。在李密的意思，唐朝正和王世充交兵，又有突厥为患；如今自己出其不意，拦腰痛击，怕不给他一个腹背受敌，眼见唐朝立刻灭亡。不料唐皇用兵如神，他这时早已打退了突厥，收服了王世充。这王世充在唐皇跟前，自己担承讨伐魏王，便早已领了一支劲旅，在偃师、邙山一带地方守候着。李密留王伯当把守金墉城，自引精兵，也从邙山一带地方进发。猛不防王世充伏兵齐起，杀得魏兵辙乱旗靡。这一仗，李密只带得三百骑脱逃。

手下的大将裴仁基、祖君彦俱被世充活捉了去。那洛口地方的守将郑颋，听说魏王大败，忙起兵来接应。谁知他手下的兵将，早已变了心。待郑一出得城，城内便大乱起来。五千兵士，冲进将军府去，把郑颋的妻小杀了，献了城池，投降了唐朝。郑颋在路上，得知了这个信息，便拔剑自刎而死，手下的兵丁，也各四散逃命。王世充不费一箭一卒之劳，便垂手得了洛口城。

消息传到金墉城，那王伯当看看守不住了，便弃了金墉，退保河阳；李密带了败残兵马，从武牢间道奔回河阳。见了王伯当，便说道：“败了、败了！诸位辛苦了！我如今便请一死谢诸位罢！”说着，便拔下佩刀来要自刎。伯当急抢上前去，抱住了李密的身体，两人同声大哭；手下的兵丁，都陪着淌眼泪。正在徬徨的时候，忽然传进唐皇的招降书来。王伯当便竭力劝李密入关投唐。府掾柳爽，也说道："明公与唐主同族，兼有旧情；虽未曾陪从起义，但出兵东都，断隋归路，使唐主不战而据京师，此亦公之功也。"众人都说："柳大夫的话有理。"王伯当便检点兵马，尚有六千余人，便一面修送降表，一面整队起程。那唐皇便打发使臣，在半路上迎劳。李密见唐主待他不薄，心中也十分喜悦。

谁知一到得京师，住在客馆里，一连半个月，不见唐主召见。那使臣招待也渐渐疏薄起来，竟向李密开口要他一千缎匹，才许他朝见。

欲知后事如何，且听下回分解。

第二十五回　通贵妃父子聚麀
　　　　　　争良田妃嫔结怨

　　李密既投降了唐朝，满想唐皇重用他的，谁知他到京师，一连十多天，不蒙召见；那使臣又十分简慢。李密是一个刚直汉子，如何受得起这肮脏气。却巧唐皇传谕下来，说黎阳地方还有李密的旧部，着李密亲自去招降，再来进见。李密便带了王伯当，行至桃林地方，便叛变起来。选骁勇兵丁几千人，扮作妇人模样，藏刀在裙底，假称婢仆、妻妾，直入桃林县城。脱去了衣服，杀出城来，把桃林县左右几个城池占据住了。这时右翊卫将军史万宝坐镇熊州。得了这个消息，便打发副将盛彦师带领步骑兵四千人，追到陆浑县南面七十里地方，先在深山野谷里埋伏着兵马。那李密亲自带了人马，从山谷中经过，意欲前去攻打陆浑县。兵队正在山谷下经过一半，那盛彦师一股生力军，拦腰杀出。这时李密的兵士，进退两难，前后不能相顾，一时措手不及，被盛副将卫向前来，斩了李密的首级去。

　　王伯当在后面压阵，听说李密阵亡，他便痛不欲生，在马上自刎而死。手下兵士，杀死的杀死，投降的投降。后面王世充兵马也赶到，把失去的几座城池一齐收复过来，班师回朝。

　　这时秦王李世民也打平了突厥，班师回国。两支人马会合。打听得唐皇在昆明池教练水战，便一齐赶到昆明池去，奏明皇帝。唐皇见自己儿子立了大功，便格外欢喜。一面庆功行赏，一面把世民留在行宫里。父子二人十分亲爱。这李世民是从晋阳起义以后，东征西杀，屡立大功。在唐皇意思，原欲立世民做太子，无奈世民一再谦辞，便立建成做了皇太子，封世民做了秦王。如今唐皇见世民又立了大功回来，便叹着说道："吾儿真是英雄！惜乎不得其位。他日功高震主，兄弟之间，怕不免有一番嫌疑。"世民平日待人接物，很是和气，因此臣下归顺他的很多。自从唐皇说了这句话以后，便有一班臣子，帮着世民，在唐皇跟前进言，劝唐皇废了太子建成，立世民为太子。但太子那边，也有党羽在唐皇身旁探听消息。早把唐皇说的话和臣下谋废太子的情形，去通报建成知道。建成听了十分惊惶，便连夜召他弟弟齐王元吉，进府去商议。

原来建成自立了太子以后，自以为唐朝天下，可以稳稳坐享的了，便放胆胡行起来。又有一班趋炎附势的大臣，见太子贪财好色，又爱游玩，便百般收刮金银来送到太子府里去，又搜寻了许多绝色的女子，安置在洞房曲院里，一任太子随意淫乐。这太子妃原是左仆射周禹吉的女儿，却生性端庄；跟着太子，从患难流离中吃尽辛苦。见太子如今得了富贵，便狂放胡为，也曾好言劝谏过几次。无奈建成心迷财色，把妃子的话当作耳边风，夫妻之间，情爱一天一天冷淡下来。

谁知那建成太子，真是色胆如天。他终日在府中寻欢作乐，还嫌不足。自有一班同流合污的官员，轮流着肆筵设席，征歌选舞，悄悄地把太子接了去享乐。这太子又生成一副下流性格，他到了那班官员府中，便逼着那官员把自己的妻女、姬妾贡献出来陪酒伴坐。见有几分姿色的，他便仗着酒盖住了脸，百般调笑。有几个生成轻贱的妇女贪慕太子荣华，也便急急把自己的身体献给太子享用。太子既奸污了人家的妻女，便也给他的丈夫加官晋爵。因此很有几个下流官员，遇着自己妻女去勾引着太子上了手，自己的官位，便立刻上升。

这时有一位骠骑将军彭人杰，他娶了一位夫人，真是天姿国色，满京城里谁不知道这位彭夫人是当今第一位美人。这名气渐渐地传进宫去，那张贵妃和尹淑妃便设下了筵宴，把这位彭夫人接进宫去。天下惟有美人能赏识美人，那张妃和尹妃也生成的芙蓉为面、杨柳为腰。当初唐皇在晋阳宫中，也曾一见魂销。如今听说彭夫人是一个绝色女子，两位妃子把她接进宫去，也是惺惺相惜之意。

她三人见面之下，果然十分羡慕，说话也很投机。从此这彭夫人也时常进宫去，和张、尹二妃说话消遣。那时唐皇宫中最得宠的，除张、尹二妃外，有万贵妃、莫嫔、孙嫔、郭婕好、宇文昭仪、王才人、张宝林、张美人、杨美人、刘婕好、崔嫔、小杨嫔、杨嫔、鲁才人、柳宝林，二十几位妃嫔。见张、尹二妃得唐皇的恩情深，大家都来亲近她二人，因此彭夫人也认识了这一班妃嫔。真是莺莺燕燕，袅袅婷婷。这班美人每日聚在一块儿说笑歌唱，好不热闹。唐皇又不时出外去游猎，不在宫中的日子多。因此这彭人杰也很放心，见他夫人常常进宫去，也不加阻止。

原来唐宫规矩，皇子一生下地来，便交保姆管养、到十岁上，便送交世子府教读，非奉传唤，不得擅自入宫。因此唐皇共生有二十二子，除窦皇后生的长子建成、次子世民、三子玄霸、四子元吉，除玄霸幼年死难，其余都封王开府。此外万贵妃生子智云，莫嫔生子元景，孙嫔生子元昌，尹妃生子元亨，张妃生子元方，郭婕好生子元礼，宇文昭仪生子元嘉和灵夔两人，王才人生子元则，张宝林生子元懿，张美人生子元轨，杨美人生子元凤，刘婕好生子元庆，崔嫔生子元裕，小杨嫔生子元名，杨嫔生子元祥，鲁才人生子元晓，柳宝林生子元婴，共十八位世子。年长的都娶了妃子，分居在外；年幼的也在世子府里，受师傅的教训。做他母亲的，心中虽一般想念她亲儿，无奈格于宫禁，非有大礼节，不得传唤进宫。独有这太子建成，他仗着当朝储君，父皇这时正驾幸昆明池观练水军，委太子留守监宫，他便耀武扬威，在宫中出入自由。

这一日合该有事，他在太和宫的长廊下，遇见了这位彭夫人：轻盈袅娜，冉冉行来，真好似月里嫦娥，从云中捧出。建成的一缕痴魂，直从泥丸宫中透出，只是怔怔地站着看着，直看到那美人儿转过穹门，不见了影儿，才转过气来。急拔步要追出穹门去，后面小黄门上来拉住，低低地说道："千岁不可卤莽，那位是当今骠骑将军彭人杰的夫人。"原来建成在他父皇宫中，早已肆无忌惮；见有姿色的嫔娥，他也不问是否父皇宠幸过的，便拉进密室去，威逼软诱。总要如了他的心愿，才肯罢休。那被奸污的嫔娥，有的畏惧太子的威权，有的羡慕太子的势位，便也含垢忍辱地受着。如今他见了这位彭夫人，便也忍不住放出老手段来。后来听说是骠骑将军的夫人，只得把一腔欲火，暂时按住。但他嘴里却自言自语地说道："这样的美人，叫俺如何放手得过！"连连地说着，正出神的时候，忽见一个小宫女迎上来，说道："张娘娘有请。"建成这才跟着那小宫女，曲曲折折地走进凤藻宫去。宫中的侍女一见了建成，便一齐避去。那张贵妃和建成两人，竟手拉着手儿，肩并着肩儿，走进寝宫去，只留下三五个心腹宫女，在走廊下静静地守候着。只听得那一阵一阵娇脆欢笑的声音，从帘幕里度出来。

原来这位张贵妃生性放荡，她在隋宫里，得炀帝一度雨露以后，便冷清清地丢她在晋阳宫。正凄凉得难受，后来得侍奉唐皇，枕席之间，颇得唐皇宠幸。与尹淑妃两人都是天生成的艳态媚骨，却是不可一日无陪伴的。无奈这位唐皇自接了皇帝位以后，年时已过半百；后宫的新宠一天多似一天；轮流侍寝的，共有一百四五十位妃嫔。这张、尹二妃位分虽是很高，但因日久恩疏，雨露之恩却一日稀少一日。唐皇年华日增，精力日衰，又以近来常爱在四处围猎，出京的日子多，驻宫的日子少。唐皇赴各处巡游，便把几个新宠的妃嫔，带在身旁，其余的一概丢在宫中。你想这张、尹二妃正在中年，情欲十分旺盛的时候，这长门寂寞，叫她如何忍得？她独守在宫中，常常对月长吁，看花洒泪。正凄绝无聊的时候，真是孽缘凑合。

张妃清晨起来，侍儿服侍她梳洗着，忽报太子建成请见。这时唐皇正巡幸龙跃宫去，却委太子留守宫中。因此太子得自由在宫中出入。张妃当时一面便催着侍女赶快梳妆，一面却吩咐宫女出去，挡住太子的驾，请太子在外室稍待；她又因要去和太子见面，便拣了一套美丽的衣裙穿上，脸儿上多擦些脂粉，鬓儿上多插些珠翠。正妆扮得慌张，忽觉门帘儿一动，接着小宫女报道："千岁来了！"这时张妃手中正拈着一朵鲜花，向鬓上插去。见那太子抢步上前，兜头一揖，口中说："参见娘娘。"那张妃慌忙敛袖还礼，一松手，把那朵鲜花落下地来。建成手快，忙去把鲜花拾在手中。身旁的侍女，正要上去接时，谁知太子竟甩脱了侍女的手，跨进一步，把鲜花送在张妃手里。张妃也不由得伸手去接，那太子的手，在袖口里却轻轻地扣住了张妃的纤指不放。张妃粉脸上不觉飞起了一重红晕，那手儿一任太子握着，却乜斜着媚眼，看定了太子的脸，只是孜孜憨笑。建成这时也酥呆了半边，两道眼光，只是不停地在张妃粉脸上乱转，两人险些不曾化了石头人儿。痴痴地站着，也不说话，也不让坐。那两旁的侍女，见了这神情，便也知趣，各自悄悄地退去。建成见左右无人，他便大着胆，伸手向张妃柳腰上轻轻一拢，低着声说道：

"待俺替娘娘戴花。"张妃也趁势软靠在太子肩头，一任太子轻薄着。

原来他两人心目中早已有了意思。张妃出身原是妖贱的，又是久旷的身体。见了这太子雄赳赳、气昂昂的一个伟少年，心中岂有不羡慕之理？在太子建成心目中，看张、尹二妃，最是妖冶动人，久已想下她的手了。只因父皇在宫中，耳目太近，怕闹出祸事来，是以忍耐在心。如今好不容易，天假良缘，父皇出外巡狩去了；自己又是宫监。不在此时下手，却待何时？因此他蓄意起一个早，过宫来偷香窃玉。两人的心意儿，一拍即合。不多几日，连尹淑妃也走在一条路上去。

从此建成常常进宫来，左拥右抱，送暖依香，替父皇尽了保护之责。在张、尹二妃私通着太子，除贪图恣欲之外，却另有一种心意儿。上面说过张妃生的儿子，名叫元方；尹妃生的儿子，名叫元亨。这时元亨封作酆悼王，外任做金州刺史；元方封作周王，却开府在京中。这两人年幼软弱，张、尹二妃，深怕唐皇去世以后，两儿受弟兄的欺负。因此有意结欢太子，也无非望将来太子登位以后，另眼看待这两位皇弟。

但在这建成，蓄意要勾引张、尹二妃上手，除贪图恣欲以外，却也另有一层深意。建成自己也知道，狂放行为很不满人意的，况且密报传来，秦王左右正在那里谋废太子。如今要保全太子的名位，又非有人在父皇跟前替他说话不可。当朝大臣中，父皇最亲信的，如刘文静、房玄龄、萧瑀、宇文士及、封德彝、陈叔达、裴寂、长孙无忌、杜如晦、尉迟敬德、侯君集这一班忠直的官员，大都是和秦王亲近的，谅来也不肯帮助自己。他便从内宫下手。好在宫中那班妃嫔都要望太子将来保全自己儿子的禄位，十有七八是和太子结识下私情的。内中又算是张、尹二妃的势力最大，他便打通了全宫中的妃嫔，替太子在父皇跟前说话。

妃嫔们保住了太子的禄位，便是保住了自己儿子的禄位，如何不替他出力呢！

男人的嘴，究竟敌不过女人的嘴。有几位忠直的大臣也曾在唐皇跟前劝谏，说："建成在外面如何跋扈，若不从早废除，后患便不堪设想。"唐皇也明知道这太子行为不端，将来难继大业。但一进宫去，给那班妃嫔七嘴八舌地说这太子如何忠实贤孝，因此他心中便摇惑起来。又回想到从前，初打天下的时候，建成在河东保护家小，又帮着在太原起义，带兵略定西河，打平洛阳，立着很大的功劳。也不忍心去废除他。再加张婕好从中竭力替太子说着话。

这张婕好在妃嫔中，原是最得唐皇的宠爱，也是和秦王有嫌隙的人。当初唐兵攻下洛阳的时候，隋宫中珍宝财物和田宅契券真是堆山积海的多；还有那三十六院房屋的曲折、装饰的美丽，久已天下闻名。如今一齐落在唐皇手里，唐皇因兵马倥偬，无暇顾问。那班妃嫔知道了，却一齐向唐皇吵嚷着，说要到隋宫去游玩。唐皇也要趁此迁都洛阳，便打发这班妃嫔先行。一路上香车络绎，绣旗飘展。卫怀王带领羽林军士，保护着妃嫔，进了洛阳城。秦王世民正在点收宫廷，听说妃嫔驾到，忙出去迎接进城。张婕好的意思，便要直入隋宫中驻扎，秦王却不答应，说宫中器物，尚未点查清楚，一时不便移居。却把这一群妃嫔，安置在别殿里。房屋十分狭小局促，弄得那班妃嫔，人人怨恨。

好不容易，盼望得隋宫中收拾清楚了，妃嫔们搬进宫去一看，大失所望。原来秦王早已把三十六院中陈设的珍奇玩物，一齐收起，只留下空洞洞的几座高大院落。张婕好问秦王时，秦王说那些珍宝器物，未曾父皇过目，小王不敢擅自动用，现在一齐收藏在府库里。诸位贵妃若要玩赏时，请到府库中一看。那张婕好便带着一群妃嫔们，到府库中来观看。谁知那些珍宝衣饰以及钱财契券，俱装着箱子。箱子上面，都有秦王府的封条贴着。那班妃嫔一齐吵嚷起来，说要打开箱子来看。谁知那秦王却执意不从，说非待父皇来过目，不能轻自开拆。那班妃嫔个个乘兴而来、败兴而返，人人心中怨恨秦王。

那张婕妤一回宫去，便写了一本奏章，说秦王封锁珍宝的事，又替他父亲求上党的美田。原来上党的美田是隋炀帝的御田，每年丰成十分富厚。张婕妤在晋阳宫的时候，早已闻名。张婕妤的父亲，原是一个田舍翁，家中十分贫寒。张婕妤是天生丽质，在家中的时候，受尽饥寒。父女两人常常在茅舍中对泣。张老儿叹着气，说："家中倘有三亩薄田，也不教你女儿受着饥饿了。"后来真正穷苦不堪，张老儿才把他女儿卖在城中一家富户去做养女。后来选进宫去，张婕妤时时不忘家中的老父。如今得了唐皇的宠爱，又见攻得了洛阳，她知道上党的美田是归皇家享用的，想起父亲从前说的话，便在奏章上求唐皇把上党的美田赏给她父亲。

谁知这奏章才送出宫去，那唐皇却有一道谕旨送进秦王府中来。谕旨上说："除内宫服玩、财帛外，所有官爵、田宅秦王得专权处决。"秦王得了这谕旨以后，第一件，便把上党的美田，赐给了淮安王神通。只因攻打洛阳，神通是立的头功，所以秦王便把这美田赏给他。此外封爵的封爵，赐田宅的赐田宅，一时文武百官，都欢声雷动。独有那妃嫔们的亲族，都得不到好处，大家把个秦王都恨得牙痒痒的。谁知不多几天，唐皇又有第二道谕旨下来，把那妃嫔的父兄、亲戚，一齐封作列侯；有的还兼宫廷差使，一般地赐田赐宅。又另下一道诏书，把上党的美田，赏给了张婕妤的父亲。张婕妤得了这道诏书，欢喜得笑逐颜开，立刻打发内监到乡间去，把她父亲找来，沐浴衣冠，住着高大的府第。一般的豪奴艳婢，十百成群。一面又打发内监带领数十豪奴，到上党去点收美田。

谁知一到田边，早已有淮安王派了庄丁，在那里看守田地。两家都是有大势力的人，如何肯让，一言不合，便动手斗殴起来。那班庄丁十分凶横，打死了张家的豪奴。那内监见事体闹大了，便扭住了看守庄田的头儿，一同进京来，在太尉衙门里告状。那太尉见原告是张贵妃的内监，被告是淮安王的庄丁，这样大的来头，他如何敢问？便亲自到秦王府中来，请秦王判断。秦王也十分诧异，忙亲自到张府中去查问。那张老儿拿出唐皇的诏书来，秦王看了，也无话可说，只得把这公案搁起。

后来唐皇到洛阳来，一进了宫，张婕好便哭诉秦王如何如何欺侮她父亲。唐皇听了大怒，立刻把秦王传进便殿来。喝问他："如何不奉诏？"吓得秦王忙忙奏辩说："臣儿已有手敕在先，把上党的美田，赏给了淮安王。臣儿原也不敢专主，只因父皇有诏在前，许臣儿专权处决。"唐皇听了，不待秦王奏说完毕，便大声喝道："我的诏令却不如你的手敕吗？"一句话，吓得秦王哑口无言，忙爬在地下，动也不敢动。这时裴寂在一旁，忙上去解劝，把秦王扶起，令内监送出宫门。这里唐皇叹着气，对裴寂说："此儿多年厮杀，心气粗暴，被那班儒生教坏，非复我昔日的儿子了！"到了第二日，圣旨下来，依旧把上党的美田赏给了张妃的父亲。但是张妃心中怨恨秦王的意思，终不能解去。

不料一波未平，一波又起。不多几天，那秦王府的属官杜如晦又和尹淑妃的父亲结下了深仇，险些连世民也丢了王位。

原来杜如晦和秦王是个患难之交。唐皇在隋朝做弘化留守官时，他便在府中。后来秦王打平了京城，便用杜如晦为兵曹参军。生性忠正，很得秦王的信任。秦王此番因为上党的美田，受了冤屈，杜如晦很替世民抱不平。常对他同僚房玄龄说，必要替秦王报了这冤仇。房玄龄劝说："如今主上宠爱张、尹二妃，妃嫔的戚党势焰正大，你却不可在虎头上搔痒，反误了主公的事。"杜如晦听了房玄龄的劝，只得忍气吞声地耐着。

无奈这时妃嫔的戚党一天蛮横似天。他们里面仗着妃嫔的宠幸，外面又勾结着太子府和卫怀王府中的爪牙，在京城地方，胡作妄为。大街小巷，抢劫奸淫的案件，告到御史衙门里的，每天总有十多起。查问起来，十有八九是那班妃嫔的戚党犯下的案子。地方官深怕遭祸，便也不敢过问。弄得京城地方的百姓，家家怨恨。

欲知后事如何，且听下回分解。

第二十六回　卫怀王淫凶杀乳母　隐太子贪色劫夫人

　　在妃嫔的戚党之中，却要算张、尹二妃的父亲，最是跋扈。他们竟结合了太子手下的大盗侠客，去抢劫京师地面上的富户。这建成太子历来跟着父皇东征西杀，手下原养着一班猛将；又因为自己做了太子，别的弟兄也各各分立私党，在背地里图谋他的也很多，他又收养着许多飞檐走壁的侠客。每在黄昏夜静的时候，悄悄地到各处王府里去探听消息，回府来报告太子知道。这一班侠客原是大盗出身，他在各处王府富户中出入，见了珍宝财物，总不免手痒。盗劫出来，那张、尹二妃的父亲便做了窝家，专一收藏盗劫来的宝物。那些被抢劫的官富人家把盗案报到官里，永没有破案日子的。弄得满城的官家富室，顿时惊惶起来。那张、尹两家胆子却越闹越大了。他手下的奴仆，见过路的人，手中拿了值钱的东西，他们便用威逼着，喝令留下。

　　这个情形，传在秦王府中，秦王只因从前吃过亏来，却敢怒而不敢言；那杜如晦知道了，他是一个正直君子，如何忍得。他便瞒着秦王，带着一班兵士，手中各各捧着宝物，自己骑着马押着，故意打从尹家门前走过。这尹家便是尹妃的父亲，他门口站着一班如狼虎般的奴仆，见兵士捧着财物经过门口，便一齐拥上前去，喝声站住，大家伸过手来，把兵士手中的财物，统统劫了过去。那兵士们预先得了他主人的嘱咐，如何肯罢休，一声喝打，便在大门外一片空场上厮打起来。那班兵士原厮杀惯的，各人身旁都带着小刀。不一刻，那尹家奴仆被兵士杀死的十多个，尸首七横八竖地倒在空场上，其余未死的奴仆，却抱头鼠窜逃进大门去。

那杜如晦见吐了气，正要拨转马头走时，忽见又有二十多个奴仆，拥着一个老年人，从大门中出来，喝着道："你们这班强盗休想脱身。快站住，听老夫来捆绑！"杜如晦听了，转觉愤怒起来。便拍马上前，喝问："老贼是什么人？"那老头儿拍着自己胸脯，大笑着说道："老夫当今尹国丈的便是！你这妖魔小丑，见了国丈，如何不下马？"杜如晦一听说是尹妃的父亲，却好似火上浇油，心中越是愤恨。便喝令手下兵士，上前去把这老贼揪住。跳下马来，拔出佩刀，把这尹国丈的两个中指割去。那尹国丈痛彻心骨，只喊一声"阿唷"，晕倒在地。杜如晦冷笑一声，便丢下手，转身跳上马，扬长而去。当尹国丈被杜如晦割去手指的时候，尹家的奴仆逃进大门去，连一个影儿也不留。如今见杜如晦去了，大家才走来，把尹国丈扶进内宅去，请医生的请医生，报官的报官，忙得一团糟。

尹家被秦王府中的属官杀死了十多条人命，尹国丈又被割去手指，这个新闻，顿时传遍了京城。地方官出来验过尸身，收拾棺埋，知道是秦王府中闹下的案件，他如何敢受理。后来还是尹妃的母亲，坐着车，赶进宫去，在尹妃跟前哭诉。尹妃听了，便在唐皇跟前撒痴撒娇地哭着诉着，要万岁替她伸冤。说话里面，又说了秦王许多坏话。

这唐皇因世民劳苦功高，原有几分疑他不服教令。自从那上党美田的事出后，便也时时留意着，深怕秦王做出不守法度的事体来。如今听了尹妃一面之辞，便不禁拍案大怒，立刻亲临便

第二十六回 卫怀王淫凶杀乳母 隐太子贪色劫夫人

殿，一迭连声地传世民进宫来。那边秦王府中早已得了这个消息，世民埋怨杜如晦，不该闯下这个大祸，那杜如晦说："赴汤蹈火，臣下愿一身当去。"内监到秦王府中来传唤，那杜如晦早已自己捆绑整齐，坐在囚笼里，两个兵士抬着，跟着秦王进宫去。这边房玄龄见杜如晦闯了大祸，便悄悄地去通报裴寂、刘文静、长孙无忌、尉迟敬德这一班大臣，快进宫去解救。只因这几位大臣是唐皇的患难之交，平日言听计从的。

当下这四人得了信息，急急赶进宫去，只见唐皇正在那里拍案大骂，说："你家中的属官，胆敢欺侮我妃家，你平日怂恿手下人欺凌百姓的情形，也便可想而知了。"那秦王匍匐在地，痛哭分辩。唐皇也不去听他，只喝令把秦王废为庶民，把杜如晦碎尸万段。裴寂、刘文静、长孙无忌、尉迟敬德四人，忙也跪在地下，代秦王求情，说："秦王在皇家是父子，在国家是功臣，陛下纵不念父子之情，也当为功臣留一分颜面。如今陛下为了一妃父废了秦王的爵位，从此却使一班功臣人人寒心。"这一番话，才把唐皇的心肠说软来。便转旨赦了秦王的罪，把杜如晦逐出京师，永不任用。又把那行凶的兵士二十人，一齐在尹家大门口斩首抵罪。秦王天大一件祸事才得解救下来。

但是那班妃嫔的戚党，经杜如晦一番惩创以后，却也敛迹了许多。建成太子看看秦王不得唐皇的欢心，他便格外在唐皇跟前献些殷勤，又在各妃嫔跟前陪些小心。那妃嫔又时时替太子在唐皇跟前说些好话，因此唐皇便十分信任太子。

如今江山一统，天下太平。唐皇闲暇无事，便爱在各处游行田猎。六年驾幸温汤，又在骊山田猎；七年出驻庆善宫，又在鄠南田猎；八年巡察太和宫工程，又在甘谷田猎；这一年又幸龙跃宫，幸宜州，幸西原田猎，幸华池北原田猎，幸鸣犊泉田猎，直到十二月，才回洛阳。每次出巡，总是太子建成留守监宫。秦王每因战争事体，统兵在外。京师地方，只有建成和元吉二人，耀武扬威，无恶不作。

讲到这元吉，自幼便长成丑恶容貌，生下地来，窦皇后便十分厌恶他，吩咐乳母陈氏，悄悄地去丢在野地里。那陈氏却生成慈悲心肠，她不忍下这个毒手，便抱去家里私自乳养。待长大成人，窦皇后去世以后，这陈氏却把元吉送去见他父皇。唐皇见他面貌虽生得丑陋，但他十八般武艺件件皆精。唐皇这时东征西杀，正要用人的时候，便把元吉留在营中，遇有厮杀的事，便打发他出去。却也十分勇猛，屡立战功。唐皇看了大喜，封他做卫怀王。自领一支大兵，驻扎在边疆地方。他离开了父皇耳目，便十分跋扈起来。他行军出去，沿路见有美貌的女子，便掳去充他的姬妾。玩过三次五次，他便厌弃了，把她丢在后帐。后来他抢劫来的女人，一天多似一天，后帐中十分拥挤，容积不下了，他便想出一种新奇的玩耍法儿来。把那班他厌弃了的姬妾，拉出帐来，脱去她们上下的衣服，赤条条的一队一队地站着，给她们每个人一柄剑、一张藤牌；又另选了几队凶猛的武士，各各手执刀枪，逼着他们和那班姬妾厮杀。

可怜这班姬妾，原都是良家女子，被这王爷强抢了来奸淫着，心中已是万分的委屈；如今又拿她剥得赤条条的，逼着她和武士斗殴。莫说这娇弱女子，没有气力抵敌武士，到了此时，她们羞也羞死了，大家把身子缩作一团，拼着玉雪也似的皮肤，一任枪搠刀砍，一霎时这几十百条娇嫩的身体横七竖八地一齐杀死在地下。卫怀王看了这情形，便拍手大笑。

卫怀王帐中有一个最宠爱的妃子陈氏，便是那乳母陈善意的女儿，和卫怀王同年伴岁，却长得娇艳动人。乳母陈氏把卫怀王收养在家里的时候，她女儿早晚和他做着伴。后来两人慢慢地年岁大起来，那男女之事，人人都是欢喜的，何况这卫怀王自幼儿色胆如天一般大的，这就口馒头，他岂肯不吃？待陈氏十六岁那年，卫怀王便瞒住乳母，早已和她偷过情了。直到养下私生子来，那乳母方得知道。但木已成舟，乳母明知道这元吉是金枝玉叶，女儿结识上了他，将来少不得享一份富贵，便也顺水推舟地成就了他二人的良缘。元吉是天生好色的性格，那陈氏却又十分风骚，因此直到元吉封王、陈氏做了贵妃，别的姬妾早已被王爷抛弃，独有陈氏却宠爱不衰的。

从来的女子仗着宠幸，总不免有几分嫉妒之意。到这时，她见卫怀王滥行淫杀，她一半也有几分醋意，一半也动了慈悲之念。这一天卫怀王正看了武士杀死一群姬妾回进内室去，那陈贵妃絮絮滔滔地说了一番劝谏的话。谁知却触动了卫怀王的怒气，当下他也不念夫妻十余年的交情，只喝一声揪出去！便来了十多个和狼虎一般的勇士，鹞鹰抓小鸡似地抓到外面空场上。卫怀王吩咐一般的把贵妃斩讫报来免贻后患。十多个兵士，拔出刀来，你也一刀，我也一刀，向陈贵妃雪也似的皮肤上砍去。看她婉转娇啼，颠扑躲闪，元吉十分快活。一霎时这陈贵妃早已香魂邈邈，玉躯沉沉，死在地下。

到这时那乳母陈善意方得了信息，急急赶到空场上看时，她女儿早已胭脂零落，血肉模糊。陈氏一股怨愤之气，无可发泄，一纵身上去，扭住了卫怀王的衣领，声声说要赔她女儿的命来。接着又说自幼儿如何抚养他成人，又如何送他去见父皇，她女儿又如何和他恩情深厚。哭哭啼啼，诉说个不了。

卫怀王杀了陈贵妃，原也有几分悔恨。如今被陈氏说得老羞成怒，他一不做二不休，便一甩手，把这乳母推在地下。喝道："拉碎了这贱人！"原来卫怀王府中有一种私刑，用五个大力的勇士，拿绳子缚住手脚和颈子，每人拉住一条绳子，用力向五方扯去，那个人的身躯，生生地扯碎成五块尸肉。如今勇士得了王爷

269

的号令，也如法炮制，活活地把这乳母的身子拉碎，死在阶下。卫怀王吩咐把她母女二人的尸身一齐去抛弃在深山谷里。从此以后，元吉无论如何淫凶残恶，也没有人敢说一个"不"字了。直到他回洛阳，在京师建立了王府，回想起从前乳母收养之恩，便又替她建立祠堂，私封慈训夫人。但他住在京师，仗着建成太子的威势，父皇和二哥世民又不常在京师，胆子却越闹越大了。

那建成太子却终日在皇宫里，和一班妃嫔鬼混。宫女们略平头整脸些的，没有一个能逃过太子的手。后来渐渐地奸污那班妃嫔。他和张、尹两妃私通以后，更加是明目张胆，在宫廷中留宿。这元吉看了太子的榜样，又是生成的淫棍，他王府中收罗下三五百个娇娃美女，还是不知足，常常不论青天白日，或是夜静更深，便闯进人家的内宅闺闼中去，见有年轻的女眷，他便随意奸污，放胆调笑。他随身带着二十个勇士，闯进了人家去，便分几个把守大门，又分几个把她家的父兄捆绑起来。这元吉便大模大样地直入闺榻，尽情取乐。事过以后，便一哄而散。那受他污辱的人家打听得是四王爷，又有当朝太子和他通同一气，如何敢喊一声冤枉。有几个不识时务的，受了奸污，实在气愤不过，去告到当堂。那地方官不但不敢收受你的状子，一个转眼，那告状人的全家老小，被卫怀王打发刺客来，在半夜时分，杀得你寸草不留。

这卫怀王又最欢喜打猎，他每日带了鹰犬和一大队弓箭手，坐着三四十辆猎车，在大街上扬长过去。吓得路上百姓，个个躲避得影儿也不见。到了乡间，把那好好的田稻，践踏得东倒西歪；好好的民房，拉扯得墙坍壁倒。那手下的兵丁要讨主子的好，也不管家禽、家畜，一齐拉来，献在卫怀王马前讨赏。到临走的时候，又把乡下人家储藏着的鱼肉、果菜，吃得个干干净净，弄得十室九空，男啼女号。因此卫怀王每出去打一次猎，便去糟蹋一处地方。

当时有一位大臣，名叫歆骤的，他见元吉如此胡作妄为，便亲自到王府去恳恳切切地劝谏了一番。说："皇上以爱民得天下，殿下亦当罢猎爱民。"谁知元吉听了，只冷笑几声，说道："俺不知道什么叫做爱民。俺只知道打猎寻乐。俺宁可三日不食，不可一日不猎。俺不但要猎兽，还请歆大夫看俺猎人呢！"歆骤问："殿下猎人如何？"元吉当即命弓箭手，驾着车子，自己拉歆骤坐在车上。那车子向热闹街上驰去，元吉喝一声放箭，那箭如飞蝗，竟向人丛中射去。吓得那百姓们，四散奔逃。有躲闪不及的，便被流矢射死在街心里。有几个中了箭倒在车前，辗转呼号。元吉吩咐把车子向前驰去，可怜那班良民，不死在箭锋之下，也死在车轮之下。歆骤坐在车上，只把袍袖掩住了脸面，不忍看得。那元吉在车上看了，却拍手大乐。直到他兴尽了，才缓辔回府。那车轮子上已染成一片血肉。从此京师地方的百姓，吓得不敢在街上走路。

这年唐皇从高陵田猎回来，秦王和歆骤密密地去奏诉建成和元吉如何跋扈情形。唐皇把建成、元吉二人，召进宫去察看，见他二人十分恭顺，不像有凶恶行为的。唐皇最信任的一位老臣，是中书令封德彝，便又把封德彝传进宫去查问。谁知那封德彝早已受了建成、元吉二人的贿赂，便竭力替他二人分辩。唐皇便疑心到他弟兄们不和，所以互相攻讦，便想要使他们兄弟和睦。下旨令秦王搬进西宫承乾殿来居住，元吉却搬进武德殿去居住，建成太子却住在上台东宫，三处相离甚近。在唐皇的意思，是望他弟兄三人朝夕见面，格外亲热的意思。谁知元吉和建成二人防备秦王的心思愈深。宫中弟兄来往，都带着弓刀。一言不合，两处的侍卫，便在宫廷中厮杀起来。建成又私地里在外面招募了四方骁勇和长安地方的恶少，共有二千人，带进宫来，驻扎在左右长林门，称作长林兵；又令左虞侯可达志，往幽州去招募得突厥兵三百名，悄悄地带进宫去埋伏着。两路伏兵，俱约在半夜时分举事。又被歆骤觉察了，便悄悄地去在唐皇跟前告密。唐皇亲自入宫去一搜，果然搜出许多兵士来。追问情由，那建成和元吉两人你推我诿。唐皇也不忍穷追，便把可达志刺配到嶲州去了事。

第二天，正是唐皇万寿之期，唐皇颇欲借此使他弟兄调和，便在太和宫设下筵宴，把自己宠爱的二十多妃嫔、二十多王子，一齐邀在宫中团坐饮酒，庆祝千秋。大家正在吹呼畅饮的时候，独有秦王世民坐在一隅，垂头丧气，郁郁不乐。唐皇招呼他饮酒，他一手擎着酒杯，脸上竟掉下两行眼泪来。合席的人都看了诧异，唐皇也连连追问。那秦王竟呜咽得说不出话，急急放下酒杯，转身逃出宫去了。一场饮宴竟弄成不欢而散。因此那班妃嫔都在唐皇跟前说秦王的坏话。张贵妃说道："如今海内升平，陛下春秋已高，正当及时行乐；如今秦王胆敢对陛下哭泣，他心中怨恨陛下的意思很深，他厌恶妾辈的形态更是显明。陛下他日万岁后，秦王得志，妾辈便死无葬身之地！幸得太子慈爱，他日必能保全妾辈。"说着，众妃嫔都悲咽起来。唐皇急用好言抚慰，说待我问秦王去。

隔了几天，唐皇真的把秦王唤进宫来，问他为何当筵涕泣？世民奏称因见骨肉团聚，独生母不及见父皇有天下，是以悲不自胜。秦王说话虽如此，但唐皇心中，终是不乐。因张贵妃有太子慈爱的话，便格外信任建成太子。从此以后，凡是宫中一切重要事体，统交给了太子。太子和妃嫔们连成一气，在宫中一切奸恶邪僻的事体样样都做出来。

这时唐皇又出巡到鄠县甘谷一带地方去打猎。建成太子便终日迷恋在宫中。那许多妃嫔伴着太子饮酒作乐，不分昼夜。正快活的时候，忽然在宫中遇到这位千娇百媚的彭将军夫人，把这位风流太子的魂灵，勾出宫外去了。建成也明知道这位彭将军是不好惹的，但彭夫人这种美色，真是天上人间，国色无双。在这太子的意思，若能和这位夫人真个销魂，那便为她送去了性命，也是甘心的。

太子府中，有一位杨大夫，他是足智多谋的，专替太子在背后计划些阴谋诡秘的事体。当时太子一回府去，便和杨大夫商量。杨大夫眉头一皱，计上心来，便教给太子如此如此一条计儿。太子听了大喜，便在府中，另辟一间秘密精室，收拾得绵衾绣幕。在半夜时分，便打发府中一个侠客，悄悄地飞檐走壁，偷进将军府去。这时彭将军正随着秦王出征在外，那彭夫人绣衾独拥，正朦朦胧胧地睡着。忽觉罗帐外一个人影一闪，夫人惊醒过来，正要声张，鼻管中只觉一缕香气，沁人心脾，便也模模糊糊地开不得口。那侠客见夫人让蒙汗药迷倒了，便动手轻轻地把夫人的娇躯，从被窝中抱起；又怕她在睡梦中着了风寒，便随手拉一幅绵被裹住，回身从楼窗口跳出去，不消片刻，便送进密室中来。

太子接着，拥进销金帐去。见彭夫人星眸微启，云鬟半偏，粉颊红润，朱唇含笑，太子便禁不住连连在粉窝儿上接了几个吻，待到揭开绣衾看时，真是肤如凝脂，腰如弱柳。建成太子痴痴地抚摸赏鉴着，一时爱也爱不过来，趁夫人半睡的时候，便搂抱着轻薄了一回。依旧交给侠客，悄悄地抱着，送回将军府去。神不知鬼不觉的，这样暗去明来，将军府中上上下下的人，却一个也没人知道。便是这位夫人几次遭建成太子污辱了以后，心中也恍恍惚惚。每值阳台梦醒，云雨淋漓。但看看枕屏岑寂，却又疑去疑来。如此羞人答答的事体，叫她如何可对旁人说得？回想梦中的来去踪迹，疑心是狐鬼作祟；因此她吩咐府中的家院，去请了几位高僧高道来，在府中大做法事。

欲知后事如何，且听下回分解。

第二十七回　弟杀兄玄武门喋血
　　　　　　　父禅子唐太宗即位

　　建成太子用尽心计，奸污了彭将军夫人的身体，总算如了他的心愿。但是每次销魂，总在美人沉睡的时候，默默相对，总觉有些美中不足。在太子的意思，凡与女子通奸，为难的便在第一次。如今和这位彭夫人，肌肤之亲，也不只一次了。倘然能够在她清醒的时候，和她謦笑相对、言语相亲，这旖旎风光不知如何地迷人呢？

　　建成太子心中打了这个主意，恰巧彭夫人家中，有一班高僧高道在那里做驱邪避祟的法事。太子便打扮得浑身风流，摆起全副道子，竟到彭将军府中去参拜佛事。彭将军不在府中，彭夫人在内院，一听说太子驾到，忙出来走到中堂，隔着帘儿迎接。太子在帘儿外殷勤行礼，彭夫人在帘儿里深深回礼。太子说："俺和夫人在宫中那里，不是一天见几回面儿的。如今隔着一层帘子，模模糊糊的，岂不要闷死了咱家。快请夫人撤去了帘儿吧！"彭夫人心想，太子的话却也不错，我和太子在宫中，也曾见过几面，如今相见，也何必遮掩。当下命丫鬟撤去了帘子。太子用神看时，见彭夫人盛装着，益发出落得仪态万方、富丽无比。彭夫人见太子两眼晶晶地射定在自己的粉脸儿上，觉得不好意思，便把脖子低了下去，低低地说道："千岁请外边书房中坐。"当下便有府中的参军，上来引导太子曲曲折折地从外宅院绕过花园，走进书房中去。

太子看看这情形，不得和彭夫人亲近，岂不是白白地跑这一趟。他便心生一计，只说"咱家今日到府，一来是拜佛，二来因张贵妃有几句心腹话儿，托咱家传说与夫人知道，快请夫人来听话。"那参军又急急忙忙地跑到内院，对着夫人，把太子的话说了。那彭夫人却轻易不出中门的，听了这话，心中便踌躇起来；又想太子如今是奉贵妃之命传话来的，况且这位太子的性格横暴，不是好缠的，没法躲避，只得硬着头皮，带着一个小丫鬟，悄悄地从陪衖中绕到书房里去。太子又传话出去，把丫鬟留在外厢，只准彭夫人一人进见。待彭夫人走进屋子去一看，只见太子一个人坐在室中。他见了彭夫人，劈头一句，便问："贵妃和夫人很是知心的吗？"彭夫人回说："承蒙贵妃瞧得起，所有心事，都晓谕妾身知道。"太子接着又问道："那贵妃和咱家的一段姻缘，夫人也该知道的了？"彭夫人猛不防太子问出这个话来，便羞得她红晕双颊，低着头说不出话来。

太子这时，抢上一步，挨近夫人身边去，说道："你可知道自己也和贵妃走上一条路来了？如今贵妃托咱家传话与夫人，要夫人好好地看待这个宠爱你的人。"太子说着话，竟伸手去拉夫人的纤手。夫人急缩着手，把身子向后退去，愠地变了脸色，嘴里说道："千岁须放稳重些，俺将军知道了，不当稳便的。"太子听了，便哈哈地笑道："什么稳便不稳便的，夫人的肌肤也给咱家亲过了；如今捏一捏手儿，料也无妨！"说着，又要扑上前去轻薄。夫人急缩身在书架背后，随手在书架角上拔下一柄宝剑来，握在手中，挡住了太子的身体，厉声说道："千岁说话，如此污蔑妾身，请问千岁有什么凭据，却如此大胆地说出这种轻薄话来？"那太子又笑着说道："夫人要向咱家问凭据么，那却很容易，只须在夫人身上找便是了。夫人的左面乳头下面，不是有一点鲜红的小痣吗？这便是凭据了！夫人裤带儿头上，一头绣着鸳，一头绣着鸯，这也是咱家亲手替夫人松过的，这还算不得是凭据吗？"接着太子便把第一次与夫人在宫中相遇、一见魂销，回府以后如何眠思梦想、如何用谋设计，又如何打发侠客在半夜时分跳进夫人卧室来，把夫人迷倒了，偷偷地送到了太子府去，一任太子轻薄过后，又偷偷地把夫人送回卧房去，和夫人肌肤之亲，也不只一遭了；如今特来和夫人当面说明，求夫人以后继续了这个良缘，免得彼此再在暗地里摸索着。太子说完这个话，便也追到了书架背后去，意欲搂抱夫人。不料那夫人只惨声唤了一声："将军！"回手把剑锋在粉脖子上一抹，飞出了一缕鲜血来，倒地死了。把这个大胆的太子，也吓得酥呆了半边。半晌，他觉得自己逗留在书房里是不妙的，便匆匆打道回府去。

第二天，满京城传说彭将军夫人暴病身死。这个闷葫芦也只是建成太子一个人知道。他心中总觉不安，悄悄地把齐王元吉唤进府来，告诉他彭夫人被逼身死的事体。元吉听了，十分惊慌，说道："那彭将军是有功于国家的，况且他大兵在手，生性又十分猛烈。这事一破裂，怕不要闹得天翻地覆。"太子听了，也十分慌张。后来还是元吉心生一计，说庆州总管杨文干，原是东宫的心腹。如今趁彭将军不曾回朝，速命杨总管募三千勇士，秘密送进京师埋伏着。彭将军回朝，没有举动便罢；倘有什么举动，太子便可以命这三千勇士围攻将军府。杨文干却在庆州起兵响应，声讨彭将军，怕不取了彭将军的性命。建成听了，连说"好计、好计"，当下便依计行事去。

待到年终，唐皇从鸣犊泉罢猎回朝。彭将军带领上万兵士，沿途护送着，分八千兵士驻扎在城外，带着二千兵士进城来。这时秦王世民，也从蒲州回朝。半夜时分，忽传彭将军请见，两人在密室中相会。世民见彭将军脸上，气愤愤的颜色，便问将军有何心事？彭将军冷冷地说道："俺替你李家一生厮杀，几些送了性命。如今家中一个妻小，你李家还不能容得，活活地被你家太子威逼死了。"世民听了，陡地变了颜色，忙问怎么一回事？彭将军接着把他夫人被太子威逼惨死的情形，详详细细说出来。说到气愤的地方，便握拳透掌；说到悲惨的地方，也撑不住洒下几点英雄泪来。秦王听了，也忍不住怒气满腔，便用好言安慰着，说："将军且请息怒。小王明天去奏明父皇，务必要请父皇废去了这淫恶的太子！"彭将军拿起佩剑来，刮的一声，把剑折作两段，说道："若不助千岁出死力驱除此淫恶太子者，有如此剑。"接着他两人又谈了些机密话，彭将军便告辞回家。

第二天世民独自一人进宫去，在便殿中参见父皇。正要奏说太子的事，忽然杜凤送进奏本来，上面说庆州总管杨文干，起兵谋反，带领五万人马，直扑京师。唐皇急把奏本掷与世民观看，世民正看时，忽又见黄门急急进来奏说："不知哪里来的一支兵马，围攻彭将军府。彭将军已被乱兵杀死。现在乱兵正围攻太和宫，听声说要捉拿秦王。"唐皇听了，也不觉慌张起来。世民却知道是太子闹的事，便奏说："此事惟太子知道，父皇速速传太子进宫来。"唐皇到此时，心下有几分明白，便传出诏书去召太子进宫。

建成太子正和元吉两人，在府中调兵遣将。忽见宫中传出圣旨来，知道不免要受罪，心想一不做、二不休，便点齐府中二千勇士，意欲直冲进宫去杀了世民。正出府上马，那詹事主簿赵弘智上前去把太子的马扣住，再三劝谏："不可妄动，务须轻车减从，前往谢罪"。又说"皇上待千岁并不薄，千万不可去惊坏了万岁圣驾"。太子才依着赵弘智的话，带了几个随身卫士进宫来。见唐皇满面怒容，他弟弟秦王也愤愤地站在一旁。建成便不由得跪倒在父皇跟前谢罪。那宫门外兵士喊杀的声音，直吹进宫来。秦王也由不得跪在地下，求父皇杀死了孩儿，平了宫外兵士的怒气。这唐皇看看他兄弟二人，并肩儿跪在殿下，心中却有几分不忍。便命黄门官把他兄弟二人扶起。

看看天色近晚，那宫外喊杀的声音愈是凶恶。唐皇没奈何，只得带了太子和秦王二人，从后宫溜出，在黑夜里，脚下七高八低地走了十多里路，逃上南山离宫去。一面传旨，着魏徵速平京师叛徒。那彭将军留下的二千兵士要替他主师报仇，便帮着魏徵的兵士，在宫门外杀贼，直杀到天明，才把那班叛徒杀退。宫门外杀得尸横遍野、血流成渠。魏徵一面派人打扫宫廷，一面率领满朝文武，步行到南山去请唐皇回宫。

那唐皇才回得宫中，忽有紧急文书报说："杨文干已陷落宁州。"唐皇听了大惊失色，说宁州离京师不远，谁去抵敌。话未说完，秦王便出班奏称："文干竖子耳，孩儿愿率一旅之师擒之。"唐皇见说，便把世民传上殿去，附耳说道："这事关连建成，只怕响应的，不只是文干一人，你此去须好自为之。事成，孤便以尔为太子，封建成为蜀王。蜀地狭小，不足为患；万一有变，汝灭之亦甚易。"秦王当即磕头，领旨前去。带领十万人马，浩浩荡荡，杀奔宁州地界去。谁知那文干手下的兵士，听说秦王兵到，便在半夜时分，杀死了杨文干，把首级献进秦王营中来。秦王便分一半兵士，驻扎在宁州一带，自己带了文干的首级回朝。

在秦王的意思，此番进宫见了父皇，这太子的位置稳稳是他的了。谁知那唐皇见了世民，只说了几句安慰的话，却绝不提废立太子的事体。出宫来一打听，才知道他带兵在外的时候，那班宫中妃嫔和齐王元吉，都替建成太子说着好话；建成又求封德彝去奏谏唐皇，说国家不可轻易废立太子，改换储君便是启乱之道。那唐皇给他们你一句、我一句，说得没了主意，后来依旧下诏，赦了建成的罪，留守东京。又怕秦王和太子的意见越闹越深，便又嘱咐封德彝陪着秦王、齐王两人，到太子府中去会面。

那建成太子留着二位弟弟在府中饮宴。这时元吉衣袋中带有毒药，他乘秦王不留神的时候，用指甲把毒药弹入秦王的酒杯中。秦王吃下肚去，一霎时捧着肚子嚷痛，立刻吐出一口鲜血来，晕倒在椅子上，不省人事。这时淮安王神通，也在一旁陪饮，忙扶着秦王回府，请大夫下药解救。幸而中毒尚浅，不曾送得性命。秦王病了三个月，才得起床。

事体传入宫去，唐皇说是秦王府中的奴仆不小心，反把秦王亲近的奴仆，拿去问罪。一面下手诏，说秦王不能饮酒，以后不可夜间聚饮。又隔了几天，唐皇特意把秦王传唤进宫去，在密室里对世民说道："朕自晋阳起义，平定天下，皆汝之力。当时朕欲使汝正位东宫，汝乃力辞，因立建成，成尔美志。如今太子已立多年，若重夺之，不但朕心不忍，且使汝兄弟仇恨愈深。然汝兄弟终不能相下，若同在京师，变乱益多。朕欲使汝回洛阳旧都。自陕以东，悉以与汝，准汝建天子旌旗，如梁孝王故事如何？"秦王听了，不觉落泪，当即叩头谢恩。又奏称远离膝下，非臣儿所愿。唐皇再三开导，秦王总是不肯奉诏，退出宫去。

这消息传在东宫耳中，忙和元吉一班人商议。元吉说："父皇已有疑太子之心，吾等宜先发制人。"接着边关报来，说突厥兵势浩大，杀近边关。建成便进宫去，在父皇跟前，保举元吉统兵北讨。这原是他二人商量下来的计策，使元吉借着征伐突厥的名儿，带着大兵，待一出京城，把京师团团围困起来，指名要提拿秦王，一天不杀秦王，便一天不解围。那时太子在城内响应，内外夹攻，怕不取了秦王的性命。

谁知秦王的耳目很长，建成太子这一番计谋，早已给世民左右的人识破。当时秦王府中如长孙无忌、房玄龄、杜如晦、尉迟敬德、侯君集，这一班谋臣勇士，齐集秦王府中告密。房、杜两人，自从那年得罪了尹淑妃的父亲，被唐皇革职，逐出京师以后，秦王又悄悄地去把他唤进府来，暗地里运谋定计，颇有奇功。如今的事也是房、杜二人首先觉察。当下众人劝秦王事机危迫，主公到此时也顾不得弟兄的情义了，快快进宫去求万岁做主。世民听了，也不由得慌张起来，立刻悄悄地从后门走进宫去。

这时已是黄昏，宫中灯火齐明，唐皇正在后宫进膳。黄门官报说秦王有要事求见，唐皇急把秦王唤进来，在膳桌前传见。那秦王一见了父皇，忙跪倒在地，满面流着泪，口称"父皇快救臣儿的性命"！唐皇见这情形，忙退去左右，把秦王唤到跟前来问话。秦王劈头一句，便问："父皇可曾发下元吉去征讨突厥的旨意？"唐皇说道："这事朕已准了太子的奏本，明日一早便须下旨。"秦王急急说道："父皇若爱怜臣儿性命，万万不可下这道圣旨。"接着又把太子和元吉二人反叛的计策奏明了，索性又把太子历来私通宫闱、强奸民妇、作践人民、淫逼官妻的种种劣迹，说了出来；又说："臣儿倘有半句虚言，便教天诛地灭。"唐皇听了，气得他咆哮如雷。依唐皇的意思，连晚要把建成、元吉二人，传进宫来问罪。世民又奏说："太子党羽甚多，仓促之间，怕有祸变。待臣儿出宫去召集兵士，保护宫廷，再传唤太子未迟。"

当时秦王退出宫来，悄悄地四处召集兵马，在宫门外四处埋伏着；又令府中参军，带一支人马，在太子府门外伺探着，若有人出入，便须在暗地里擒住，莫惊动了太子。果然不出秦王所料，这晚秦王在宫中和唐皇说的话，早有小黄门偷听了去告诉了张贵妃。张贵妃连夜打发黄门官到太子府中去报信。那黄门官才

第二十七回　弟杀兄玄武门喋血　父禅子唐太宗即位

走到太子府门口，却被暗地里埋伏着的兵士上去擒住，连夜送入秦王府去。秦王用严刑拷问，那黄门官便把太子如何与妃嫔们通奸，如何谋害秦王；又如何窃听了消息，特打发他到太子府中去报信，一一招认出来。当夜便把这黄门官囚在府中。

第二天一清早，秦王骑着马，带着三十个勇士，到玄武门去巡察了一周。见人马在宫墙外驻扎得十分严密，便进宫去候着。停了一回，圣旨下来，传裴寂、萧瑀、陈叔达、封德彝、宇文士及、窦诞、颜师古，一班文武大臣进宫。最后又下旨传唤太子建成和齐王元吉。唐皇驾临临湖殿。那建成和元吉两人奉了圣旨，还不知道是什么事体，便各各乘马，随带十二名勇士，到临湖殿来朝见父皇。他二人才走到朝门，便有御林军上前来，把十二个勇士扣住在门外，说万岁有旨，太子入朝，不得随带护卫。元吉看了这情形，心中便有几分疑惑。两人骑着马，进了宫门，在甬道上走着。元吉留心看时，见两旁埋伏着兵士。看看走到殿门口，守门兵士，喝一声下马。建成正要下马来，元吉上去向建成丢了一个眼色，建成心中也疑惑起来。只听得殿上一片声唤，快宣太子和齐王上殿。元吉心知不妙，忙拨转马头，向门外逃去。太子见元吉逃出宫门去，他也转身拍马，在甬道上逃向朝门外去。正逃时，忽听身后秦王的声音，喝着建成站住，父皇有旨。接着耳旁呼呼地飞过三支箭来，最后一支却射中了太子的后心，建成只喊了一声"啊哟!"便身不由主地撞下马来死了。

那秦王丢下了太子，抢着太子的马骑着，急急向宫门外去追着元吉。看看追上，那元吉转过身来，换弓搭箭，飕飕飕的三支箭，径对秦王面门上射来。秦王一低头，避过箭锋，依旧拍马赶着。忽然前面横路上冲出一个尉迟敬德来，手起刀落，把元吉砍死在马下。

二人见已除了大害，便并马回朝。忽听玄武门上，鼓声如雷，即有飞马报到，说太子手下兵马二千人，围攻玄武门甚急。秦王听了，急把手中枪一举，宫内伏兵齐起，大家跟着秦王向玄武门杀贼去。顿时喊声如雷，箭如飞蝗，有几支箭落在唐皇御座前，裴寂急保护唐皇退入后殿去。萧瑀和陈叔达二人，急急到唐皇跟前来跪奏道："臣闻内外无限，父子不亲，失而弗断，反蒙其乱。建成、元吉，自草昧以来，未始与谋，既立又无功德，疑贰相济，为萧墙忧。秦王功盖天下，内外归心，宜立为太子，付以军国大事，陛下可释重负矣。"唐皇听了他二人的话，便说道："朕欲立秦王为太子之心久矣。"便草诏命尉迟敬德捧着诏书，到玄武门城楼上，高声宣读，说建成已死，立世民为太子，付以军国大事。那班叛兵听说建成已死，便无斗志，各各四散逃窜。

世民回进宫来，哭倒在唐皇脚下。唐皇用好言抚慰。从此世民做了皇太子，移入东宫去居住；一面又替建成、元吉二人发丧。灵柩过宣武门，唐皇亲自带领建成、元吉二人的旧臣，在柩前哭得十分伤心。世民上去把父皇扶进宫去，劝住了悲伤。从此唐皇便觉精神恍惚，心中郁郁不乐，便下诏传位给太子，称太宗皇帝，改年号为贞观。太上皇移居大安宫。

太宗即位，便拜房玄龄为中书令，萧瑀为尚书左仆射，其余宇文士及、封德彝、杜如晦，都得了高官。又立妃长孙氏为皇后。到贞观九年，太上皇崩于垂拱殿，庙号称"高祖"。太宗皇帝把从前所有高祖得宠的妃嫔，一齐迁入别宫，又放三千宫女出宫。从此宫廷间便觉十分静穆。只有张、尹二妃和建成、元吉二人，内外行奸。太宗未即太子位以前，暗暗地被张、尹二妃在高祖跟前，日进谗言，害太宗受尽冤屈。这个仇恨，太宗心中刻刻不忘的。只因张妃的儿子元亨，现封酆悼王；尹妃的儿子元方，现封周王。都是年幼，太宗很是爱怜他，也便不忍伤害他母亲。

欲知后事如何，且听下回分解。

第二十八回　王将军巧计杀主　魏丞相私访遗孤

　　元亨、元方兄弟二人，自幼和太宗十分亲近，天真烂漫。太宗看幼年弱弟，也很是顾怜他。但自从世民即了皇帝位以后，张、尹二妃，退处别宫，母亲爱子心切，只怕受太宗的欺凌，便和郭婕好商议。郭婕好自承高祖临幸以后，早年得子，便是徐康王元礼。这元礼年纪已有四十八岁，在弟兄辈居长，生性持重，太宗很是看重他。张、尹二妃，便托郭婕好把元亨、元方兄弟二人，寄在徐康王府中，请元礼保护管教着。

　　谁知元礼有一个不成材的儿子名茂的，受封为淮南王，他是元礼的长子，便另立府第。这淮南王却常来徐康王府中，和元亨、元方二人盘桓着。有时骑马、射箭，有时鞠球、掷枭，凡是奸暴邪僻的事体，都是淮南王引导他们的。这元亨、元方二人，也渐渐跟着学坏了。他兄弟三人在府中，常常瞒着徐康王，和那班年轻的姬妾们通奸。那姬妾们只贪他们年轻貌美，便也把伦常大礼丢在脑后。日子久了，这淮南王渐渐地和府中的赵姬勾搭上了。这赵姬原也生有倾国倾城的姿色，是徐康王新纳进府来的。和淮南王两人，一见倾心，背着人偷偷摸摸地弄上了手，只瞒了徐康王一个人的耳目。那元亨、元方弟兄们见了，并不避忌，常在一处调笑取乐。这风声传播出去，那建成的几个儿子，安陆王承道、河东王承德、武安王承训、汝南王承明、钜鹿王承义，也常常到徐康王的府中来鬼混。徐康王看他们都是无父之儿，便也格外看顾些。

有一天正是盛夏的时候，徐康王午睡醒来，也不唤从人，独自一人步到花园中去纳凉，瞥眼见那大花厅上，这班王爷，每人拥着一个府中的姬妾，在那里调笑戏弄；最惹眼的，见他儿子淮南王怀中却拥抱了一个他最宠爱的赵姬。徐康王大喝一声，这一班男女，各各抱头窜去，独有那淮南王站着不动。徐康王掳袖揎拳，要上去揪淮南王打时，那淮南王力气极大，顺手向他父亲胸前推去，徐康王一个站脚不住，倒下地去，被椅子绊住了脚，那额角碰在柱子上。徐康王心中又气又痛，胸中一阵痰涌，便昏迷过去。

待清醒过来，自己身体睡在床席上，睁眼看时，屋子里静悄悄的一个人也没有。徐康王觉得口干舌燥，意欲喝一杯水润润喉，直着声嘶唤着，却不见有人走进屋来。自己挣扎着起来，一个眼昏，又倒下身晕过去了。停了许久时候，悠悠醒来，已是夜半，满院子静悄悄的，屋子里也不点灯火，正万籁无声的时候，忽听得隔房传来一阵男女欢笑的声音。徐康王留神听时，分明是淮南王和赵姬在那里做无耻的勾当。徐康王一股气涌上喉咙口来，便也昏昏沉沉地睡去。好不容易，挨到天明，只见一个小奴婢，踅进屋子来。徐康王唤住她，倒一杯水喝下，又命她去把淮南王唤来。眼巴巴地望了半天，才见淮南王走进屋子来，远远地站着。徐康王颤着声说道："你看俺父子一场份上，如今我病到这步田地，也该替我唤一个医官来医治医治。"那淮南王听了，却冷冷地说道："为王五十年，也心满意足了，何必医治，老而不死，反叫俺看了讨厌。"一句话气得徐康王哇地吐出一口血来，又晕厥过去了。从此徐康王睡在床上，奄奄一息，饥寒痛苦，也没有人去照料他。这淮南王依旧和元亨、元方、承德、承道一班荒淫的弟兄，在府中和一群姬妾，寻欢作乐。那徐康王挨到第八日上，竟活活地饿死。

这消息传到太宗皇帝耳中，十分震怒。当即派司徒校尉，带领御林军，直入徐康王府，把一群王爷捆绑着，捉进宫去。太宗皇帝亲自审问。淮南王无可抵赖，便一一招认。太宗吩咐打入西牢。第二天圣旨下来，把淮南王充军到振州地方去。元亨、元方，恕他年幼无知，便永远监禁在西牢中。独有安陆王承道、河东王承德、武安王承训、汝南王承明、钜鹿王承义五人，因他是叛逆之子，如今又做出这荒淫乱伦的事体来，二罪俱发，着司徒校尉，押赴南郊去斩首。宇文士及进宫去奏说："陛下如今杀建成之子，那元吉之子心中不安，怕旦夕要做出叛逆的事体来，不如斩草除根，趁此把元吉的儿子一并捉来斩首，免却后患。"太宗依奏，接着便去把梁郡王承业、渔阳王承鸾、普安王承奖、江夏王承裕、义阳王承度，一齐绑赴校场行刑。那侯君集又开了一张东宫余党的名单一百多人，请太宗按名捕捉。还是尉迟敬德当殿竭力劝阻，说罪魁只有二人，今已连后嗣一齐诛灭，不宜再事株连。倘追求不休，恐反激成祸乱。太宗皇帝便依奏下诏大赦，反把那东宫余党，拣几个有才学的，加他的官，进他的爵。独有那旧太子洗马官名魏徵的，不肯受官。

这魏徵是唐朝有名的忠义之臣，他平日见高祖或太子有过失时，便尽言极谏。高祖和太子被他说得老羞成怒，要下诏杀他。他却毫不畏缩，依旧劝谏不休。因此高祖在日，见了魏徵，也有几分害怕。后来做了建成太子的洗马官，他见世民功高势盛，便有压倒东宫之势，却暗暗地劝建成须早早下手，除去世民，免却日后之患。如今建成果然死在太宗手里，他便逃回家乡，隐居不仕。太宗皇帝却派人四处寻访，把这个魏徵寻来。

那魏徵入朝，见了太宗，长揖不拜。太宗喝问："何得在先太子跟前，斥寡人为奸险之徒，离间我兄弟？"魏徵听了，冷笑一声说："先太子若肯听臣言，何至有今日之祸。先太子秉性拙直，不如陛下之善于逢迎取巧，能得人心。然直者为君子，巧者为小人，窃为陛下不取也。"太宗见魏徵直斥他是小人，不觉勃然大怒，说道："汝说寡人逢迎取巧，有何凭证，快快说来！若有半点差池，休怨寡人辣手。"那魏徵不慌不忙地说道："陛下杀死先太子以后，深恐太上皇加罪于陛下。陛下在延德宫见太上皇之时，正当盛暑。太上皇坐在东轩，开胸纳凉。陛下跪在太上皇膝前，太上皇只说得一句：'骨肉相残，可恨可悲！'陛下无言可对，只以口吮着太上皇乳头，假作悲泣，这便是逢迎取巧之道。这情形陛下犹记得否？"魏徵话才说完，宇文士及接着说道："先太子今已无道伏诛，万岁神圣聪明，谁不敬服，汝何得当殿无礼？"魏徵大声说道："昔管仲为子纠臣，曾射桓公中钩。今臣仅为先太子分辩了几句，何得谓臣无礼？"太宗见魏徵如此刚直，即转怒为喜，忙以好言抚慰。即下旨与王珪同领谏议大夫之职，以后如遇有朕不德之事，许汝尽言极谏，当即退朝回宫。

接着便有侯君集进宫来请见，太宗在书房召见，问有何要事？侯君集当即从衣袖中献上一封密书来。太宗接在手中看时，原来是庐江王瑗，寄与先太子建成的密书。信上面的话，是唆使建成、元吉二人，速速谋害太宗的话。太宗看了大怒说道："此人不可不除。"侯君集奏说："陛下不如着人去悄悄地把庐江王唤进京来，再明正其罪。"太宗便打发通事舍人崔敦礼，捧着诏书，驰赴幽州。见了庐江王，只说太宗有要事相商，速即入朝。

那庐江王自己做下亏心事，终觉心中不安。他一面安置崔敦礼，一面退入府中，忙去召王将军进府来商议。这庐江王瑗，原是太祖的孙子、高祖的从弟、太宗的从叔，依例得封王爵。从前曾奉高祖之命，与赵郡王孝恭，合力征讨萧铣，又调洺州总管。因刘黑闼势大，不能安守，便弃城西走。高祖改任瑗为幽州都督，又虑瑗才不能胜任，特令右领军将军王君廓，帮助他看守城池。

这王君廓原是一名大盗，勇猛绝伦。投降唐朝以后，颇有战功。庐江王依他为心腹，把妹子嫁与王将军，原是联络交情的意思。从此庐江王遇有机密事体，便与王将军商议。如今见太宗召他入朝，便也去把王将军唤进府来商量着。在庐江王的意思，从前自己是反对太宗的，曾有信札和先太子来往着，说着谋害太宗的事体。如今太宗忽然来召唤，怕是旧案重翻，当下便把这个意思，和王将军说了。谁知王将军听了庐江王的话，心中忽然变了主意，当下便说道："当今皇上，居心叵测，事变之来，原不可料。但大王为国家宗亲，受命守边，拥兵十万，万不能轻易入朝。大王如决欲入朝，恐不能免祸。"庐江王原存着满肚子疑心，如今听了王将军的话，便愤然作色道："事已至此，我不能坐以待毙，我计已决矣。"当即传下命去，把崔敦礼拘禁起来，起兵为先太子报仇。一面召北燕州刺史王诜，合兵一处，共主军事。

当有兵曹参军王利涉在一旁劝谏着说道："王今未奉诏敕，擅发大兵，明明是造反。诸刺史若不遵王令，王便立蒙其害。臣今有一计，山东豪杰，尝为窦建德所用，今皆失职为民，不无怨望。大王若传檄山东，许他悉复旧职，他们必愿效驰驱。一面再令王诜，外连突厥，从太原南蒲趋绛；大王自率大兵，直驱关内，两下合势，不出旬月，中原可定矣。"庐江王听了甚喜。当即与王君廓商议。王将军道："利涉之言，未免迂远。试思大王已拘禁朝使，朝廷旦夕必发兵东来。如今大王尚欲传檄山东，北连突厥，只恐急迫不及待矣。臣意乘朝廷大兵未至之时，即出兵西攻，乘其不备，或可成功。末将愿率一旅之师，为大王前驱。"

庐江王听了王将军的话，信以为真，便道："我今以性命托公，内外各兵，都付公调度便了。"当即将兵符、印信，一齐交与王将军。王将军接了印信，匆匆出府。

王利涉得知了这个消息，急急赶进府去，对庐江王说道："王将军性情反复，万不可靠，大王宜将兵权交与王诜，不可委托王将军。"庐江王听了这一番话，心中正疑惑不决的时候，忽有人报进府来。说王将军用兵符调动大军，诱去王诜，已将王诜杀死。"庐江王顿足叹息，连说"我中了奸计也"。正慌张的时候，又连连报进府来，说朝使崔敦礼，已由君廓从狱中放出。满城贴着告示，说庐江王谋反，欲进府来擒捉大王呢。

庐江王听了，吓得他魂不附体，回头看王利涉时，已不在左右了。庐江王转心想，自己与王将军是郎舅至亲，决不忍心至此，待我亲自责问他去。便唤备马，庐江王披甲上马，带领亲兵数百人，疾驰出府，在府门口恰巧遇到王将军。庐江王正要开口，忽见王将军大声向众兵士说道："李瑗与王诜谋反，拘禁使臣，擅发兵马。如今王诜已伏诛，尔等何不一并擒了李瑗，立此大功。"说话未了，那数百亲兵一齐散去，只留下庐江王一人一骑，正要转身逃进府去，王将军大喝快把这反贼拉下马来。当有众兵士上前去，把庐江王团团围住。有十多个人上去，把庐江王横拖竖拽地从马上拉下地来，反绑着拥进王君廓营中去。王君廓高坐在帐上，把庐江王拖至面前，庐江王骂不绝口。王将军一言不发，吩咐把庐江王在帐前活活地绞死，当即割下首级，交与崔敦礼带回京师去。

太宗下旨，把庐江王废为庶人，升君廓为幽州都督。这事传在谏议大夫魏微耳中，心中十分不安，便去朝见太宗，说先太子初死，人心未靖，朝廷宜坦示大公，不再株求，方可免却大祸。太宗依奏，便着魏徵去宣慰山东一带，许他便宜行事。

第二十八回　王将军巧计杀主　魏丞相私访遗孤

魏徵奉了圣旨，向山东进发。在半路上遇到先太子千牛官李志安、先齐王护军官李思行二人，被地方捉住，打入囚笼，押送京师。恰巧与魏徵遇见。那李志安和李思行二人，是认识魏徵的，当即在囚笼中大声呼救。魏徵忙吩咐留下二人，对押解官说道："皇上已有诏书在此，所有前东宫齐府的余党，概不按问。如今若再将二李囚解入京，是赦书反成虚文了。"当即把二李解放，自己修了一道奏本，交押解官送进京师去。太宗说他有识，传旨奖许；一面再降谕旨，自后凡事连东宫、齐府及庐江王瑷的，概不准告讦，违令者反坐。

谁知这魏徵巡查到山东地界，又查出一桩秘密案件来了。这时魏徵行辕，驻扎在草桥驿地方。这草桥驿原是荒凉的所在，地面上只住着二三十家村人农户。魏徵原要访问民间疾苦，来到这冷僻的地方，忽见一清早差官从门外揪进一个乡妇来。那乡妇手中抱着一个才吃乳的孩儿，差官手中捧着一袭衮衣，到魏徵前跪倒。差官呈上那袭衮衣来，魏徵细细翻看，见衣领后面，有"齐王府督造"几个字样。魏徵便问差官，这衮衣从何处得的？那差官指着那乡妇说道："小人清早从这乡妇家门口走过，见她家屋檐头，晒着这件衮衣。小人疑心这衮衣，只京师地面王府中有，如何乡间也有此衣？当即进门去查问，果然衣领上有'齐王府督造'字样。小人便追问这乡妇是何等人家，丈夫作何生理，这衮衣是何处得来的？这乡妇见小人查问，便露出慌张的样子来。小人再三追问，她总是不肯回答。正在这时候，忽听得隔房有小儿啼哭的声音。这妇人听得小儿啼哭，愈加显露出惊惶样子来，当即三脚两步，抢进隔房去。小人便在外房候着她。半晌不见妇人出来，那小儿的哭声愈厉害了。小人便隔着门缝望去，见这妇人手中抱着小儿，手忙脚乱的，正在屋子里四下里找地方藏起来。是小人心中疑惑，便抢进房去，把她小儿夺住；又查问她这孩儿是否亲生儿子，你丈夫现在何处？谁知这妇人被小人追问得厉害，便说这孩儿不是她亲生的，她是没有丈夫的，她是一个未出阁的闺女呢。小人见案情离奇，便带她进府来，求大人亲自审问。"那差官说完了话，便后退几步站着。

魏徵唤这乡妇上前来看时，虽说乱头粗服，但看她皮肤白净，眉目秀丽，决非久住在乡间的女子。魏徵心知有异，当即喝退左右，把这女子带进内书房去，先用好言安慰她，又和言悦色地探问她，这小孩和衮衣的来处。起初这女子抵死不肯说。魏徵说自己是皇帝派下来的宣慰使，一切事体都可以替皇上做得主，又从前做过太子洗马，凡有与先太子有关的案件，总是帮着超免的。那妇人听到这句话，才慢慢地说出来："自己原是从前齐王府中，杨妃身边的一个侍女，名唤采苹。这孩儿是杨妃生的，也便是齐王的血统。可怜他生下地来，不上三个月，祸便发了。杨妃只生了这一块肉，知道将来小性命不保的，当晚打发了一个内官，拿了路费，保护着婢子，带了这小儿，逃到山东地界来，假扮着乡妇，在这草桥驿荒僻的地方住下。这一件衮衣原是杨妃当时交给婢子，裹着这小王子的身体拿出来的。那时杨妃还说：'天可见怜，俺母子有重见之日，便拿这件衮衣为凭据。'因此婢子不敢把这衮衣丢去。如今住在这偏僻地方，料想是皇上耳目所不及的，是婢子一时胆大，拿出衮衣来，在阳光中晒着。不想恰巧被大人府中的差官查见了，如今案情已破，婢子原是罪该万死，只是当初杨妃把这小王子托付婢子的时候，曾向婢子下过跪来，说不论如何千辛万苦，总要保全这小王子的性命，使齐王不绝后代。如今婢子给大人叩头，大人拿婢子去千刀万剐，都是甘心的，只求大人看在杨妃的面上，保全这位小王子的性命吧！"这侍女说罢，满面流着泪，趴在地下不住地叩着头。

魏徵看了，心中不觉感动起来。说一个无知女儿，尚知忠心故主，我枉为朝廷大臣，岂不能庇一王子？当时他便打定主意，要保护这王子的性命。将这侍女和王子收养在内宅里。又问那保护他出来的内官，如今到何处去了？这侍女说："已在一个月前得急病亡故了。"魏徵又吩咐那差官，不许在外面胡说，如有漏泄风声，便当处以重刑。因此魏徵内衙里留养着这位王子，外间绝没有人知道。

魏徵在山东一带地方宣慰，直到这年冬天，才回京师。太宗依了魏徵的奏章，又召还先太子党羽王珪、韦珽、杜淹，同为谏议大夫，下诏令冯翊立、薛万彻等都得归里。一时人心大定，内外都安。独有魏徵府中，收养着这位小王子，一时不好与太宗说得。后来暗地里打听这小王子的母亲杨妃，已被太宗收入后宫去封了贵妃，得太宗万分地宠幸。

原来这杨妃，是元吉在世时候，新纳的妃子，年纪只有二十四岁，生成花玉精神，冰雪聪明。元吉所宠幸的二十多位妃子中，只有这杨妃知书识字，能吟诗作赋，元吉便十分宠爱她。选进府去，在第三年上，便生下这个小王子，取名承忠。这承忠面貌酷像他母亲，看是又美丽，又聪明，王妃两人十分珍爱。

谁知好事多磨，霹雳一声，元吉被杀死在玄武门。信息传来，杨妃痛不欲生。她在阖府慌张的时候，打发侍女和内官二人，带着小王子，从后院爬墙逃出。这时看看府中，一霎时鸦飞鹊乱，独有杨妃却胸中横着一死殉节的念头，便也十分镇静，孤凄凄的一个人守在房中，正要乘人不备，寻个自尽。忽然黄门官传出一道皇后的懿旨，来接杨妃进宫去。杨妃再三辞谢，那黄门官不许，立逼着杨妃坐着宫中的香车，送进宫去。长孙皇后见了，拉住杨妃的手，再三抚慰着。原来这杨妃和长孙皇后本是亲戚，长孙皇后在秦王府中的时候，杨妃也常常进府中去探望，两人十分亲爱，同起同坐，望去好似姊妹一般。那时见了秦王，也不十分避忌。秦王心中常常想着：这样一位绝色美女，他日不知落在谁人手中呢。

欲知后事如何，且听下回分解。

第二十九回　恩情缠绵杨妃失节
宫闱幽秘裴氏送儿

　　杨妃的美貌，任你是铁石心肠的人，见了她也是要动心的。何况太宗皇帝，是一个盖世英雄，自来英雄没有不好色的。长孙皇后在秦王府中的时候，杨妃常常在府中走动，世民每见了杨妃，总是十分殷勤。在世民的意思，原要博美人的欢心，但这杨妃却总是凛凛不可侵犯的神色。世民心中虽是十分爱慕，无奈这美人儿艳如桃李，冷若冰霜，使你近身不得。好似一树玫瑰花，满枝长着刺，使你攀折不得。她和长孙皇后说笑着，却又是妩媚缠绵，娇憨可怜。因此长孙皇后十分欢喜她，常常留她在闺闼中说笑解闷。这杨妃又常对长孙皇后说自己的心事，她说天下最难得的是多情人。一个女孩儿，轻易不可失身在富贵公子手里，惟天下富贵人中，最是无情。

　　后来杨氏被齐王元吉娶去做妃子，长孙皇后见了面，常常笑她，说妹妹不愿失身在富贵公子手中，却又如何做了俺四王爷的妃子？况且这四王爷的面貌，又最是丑陋不过的。但这齐王自从得了杨妃以后，便打叠起万般温柔，把个杨妃出奇的宠爱起来。这杨妃在齐王的姬妾中，原是年纪最轻、面貌最美，齐王便宠以专房，从此便一双两好的，和杨妃守在一处，寸步不离。在外面荒淫横暴的举动，也统统改换，竟成了一位温柔多情的男子。杨妃见齐王在她身上如此钟情，也便心满意足，把自己多年藏在心底里的一片柔情，也禁不住勾引出来，两相怜爱着。

谁知大祸临头，齐王竟遭乱兵杀死，在杨妃那时痛不欲生，已拼寻一短见，追随齐王于地下。那长孙皇后一听说齐王已死在玄武门，太宗又要派兵到齐王府中去查抄，知道杨妃和齐王正在恩爱头上，听了这个恶消息，也不知道要悲痛到如何地步；再杨妃是一位娇柔的美人，眼看着兵士们到府中去查抄，岂不要把这美人惊坏了。因此忙打发黄门官去把杨妃接进宫来，用好言劝慰着，又备了丰美的筵席，邀着宫中的妃嫔陪伴着她，劝酒压惊。那阴妃、王嫔、燕妃、韦妃、杨美人、杨婕妤，都是太宗宠爱的妃嫔，大家都来轮流把盏，好言相劝。内中又是一个燕妃，她长着娇小身材，说话儿甜甜蜜蜜的，叫人听了消愁解闷。她和杨妃格外地亲热，拉着杨妃到她屋子里去，同起同卧，又打叠起千言万语来劝她。

杨妃被众妃嫔，你一言、我一语的，解劝得悲伤的心思，也减轻了几分。看看妃嫔们都和她亲热，她也不好意思冷淡了人，少不得也要敷衍几句说话，因此渐渐把她觅死的念头打消了。又想自己还有一个小王子流落在外面，不知生死如何，自己倘然寻了短见，他日小王子长大起来，我母子二人，永无见面之日，岂不害他做了一个无父无母的孤儿。细细一想，只得暂抑悲怀，偷生人世，图一个母子见面之日。她打定了主意，便和长孙皇后说明，若要她住在宫中，须依她四件事体：第一件是要另外收拾起一座宫院，拨八名宫娥、八名小黄门服侍着她；第二件是她住在宫中，起居自由，无论喜庆事体，不随妃嫔朝参皇帝；第三件是须在宫院中设一齐王灵座，许杨妃早晚拈香礼拜；第四件是不论何时，可以出宫。这四个条件，长孙皇后当即与太宗皇帝商量。太宗听说杨妃肯住在宫中，便一一答应。当时拨一座迎紫宫给杨妃住下。

这杨妃住在里面淡妆素服，早晚在齐王灵前焚香祝祷，祷告齐王的神灵，默佑着小王子在外面身体康健、无灾无难，母子得早日相见。那太宗虽不得和杨妃见面，但心中却念念不忘，每日打发宫娥，拿名花异果，送进迎紫宫去，在齐王灵座前供奉。那杨妃却跪在灵座前，代已死的齐王叩谢圣恩。每遇到春秋佳节，杨妃虽不出宫来朝贺，但太宗每赏赐妃嫔花粉珍宝，也照样赏赐杨妃一份。赏赐杨妃的一份礼物，却与赏赐皇后的一般丰厚。那杨妃得了这一份礼物，却谢也不谢，淡淡地吩咐宫娥收下了。每次皇帝赏赐她的衣服、珍玩，她眼睛一觑也不觑，只冷冷地丢在一旁，永远不服用它。杨妃穿的用的，依旧是从前在齐王府中穿过的几件旧衣，用过的几件旧物，虽穿到破烂，也不肯丢去。非得皇后和妃嫔她的物件，她才肯收用。这情形传在太宗皇帝耳中，太宗叹着气说道："这才是清洁多情的美人呢！"

杨妃在宫中住下了一年多工夫，太宗在暗地里用尽心计，拿许多珍奇异宝去赏给杨妃。杨妃得了赏赐，总是淡淡的，从不说一句感激的话。太宗也无可如何，只在背地里说道："齐王一生淫暴，如今反得这美人替他守节，这真是各有缘法，无可勉强的。"看看到了新年元旦，宫中大小妃嫔都打扮得花枝招展似的，到皇帝、皇后跟前去朝贺。独有这杨妃却依旧一步不出宫门，守着齐王的灵座，终日淌眼抹泪地伤心不住。她只在第二天悄悄地到皇后宫中去拜年，略坐了一坐，便回宫去。

到元宵的这一天，忽然日本国遣使臣来朝贡，有四百六十件贡品。里面有鲛绡宫帐两顶，是南海中鲛鱼吐的丝织成的，薄得和蛛网一般，拿在手中不满一握，抖开来却是很大；挂在床上，里外光明，异香扑鼻。太宗皇帝看了欢喜，便吩咐收入后宫，一顶赐与皇后，一顶却赐与杨妃。从来宫中赏赐，没有人敢与皇后相同的，如今杨妃得了与皇后一样的鲛绡帐，满宫中人都替杨妃欢喜。那杨妃见皇帝如此深恩待她，反觉满面羞惭。这鲛绡帐送进宫来，那班宫娥一力撺掇她挂起，说万岁爷屡次赏赐娘娘贵重物品，终不见娘娘收用。如今这鲛绡帐，是稀世之宝，除正宫外只赏赐娘娘一人，这真是万岁的深恩。娘娘若再不把这顶鲛绡帐挂起，给万岁爷知道了，娘娘不领万岁爷的情，岂不要触怒圣上。万岁爷动了怒，娘娘也不当稳便的。你一句、我一句，把个杨妃说得没了主意。大家见杨妃心思活动了，便七手八脚地替她把这顶鲛绡帐挂起。

看看又到了齐王的死忌日。早几天，杨妃因记念齐王，悄悄地在齐王灵座前哭过几次。到了这一天，太宗皇帝下诏，在太极殿用八十一个高僧高道，追荐齐王。又送进一桌丰富的素席来，在齐王灵座前祭奠。这一来杨妃略觉安心，她一清早起来，全身素妆，着宫娥扶着到太极殿去拜过神，又回宫来哭拜着齐王的灵座，孤凄凄一个人守在灵座前。

正伤心的时候，忽见小黄门飞也似抢进宫来，报说万岁驾到。宫娥扶着杨妃在灵帏里面跪着接驾。院子里一阵靴声橐橐，走到灵座前站住，满屋子静悄悄的，只听得那礼官赞着礼，皇上拈过香，便放声大哭起来。这一哭引得杨妃也忍不住在孝帏中嘤嘤啜泣。太宗皇帝哭了多时，左右侍从，上前来劝住。宫娥上去服侍洗脸漱口已毕，太宗便退出外室，传谕请杨妃出见。

这杨妃当初因齐王死在太宗手里，把这个太宗恨之切骨。如今住在宫中，见太宗柔情蜜意地待她，任你如何冷淡，那太宗总是一盆火似地向着她。这一年以来，不由得这杨妃把心肠慢慢地放软来。如今又见这位万岁爷，在齐王灵座前哭得如此凄凉，声声唤着皇弟。杨妃心想，却不料这皇上如此重手足之情，又怨齐王在世时候，太无兄弟之情，一味结党营私，和皇上作对。齐王虽说死得可怜，却也咎由自取。她想到这里，把悲伤齐王之念，渐渐化作怨恨齐王之心。如今听说皇上又宣召她去相见，她又怕违拗了圣旨，使皇上动怒，便略略整理，拭去了粉腮上泪痕，四个宫女簇拥着走到前殿。

只因杨妃声明在先，见了皇帝不朝参的，当时便对太宗低低裣衽。太宗吩咐赐坐，问了几句妃子近来身体如何？杨妃答谢过以后，接着太宗又说："当初齐王在日，俺弟兄在一起，东征西杀，原是十分和睦的。后来只因受了先太子的哄骗，竟做出了这大逆不道的事体来。当时朕奉了父皇之命，捕捉齐王。朕原欲放他一条生路，却不料被尉迟将军，在乱兵中杀死了。朕至今想起骨肉之情，令人十分痛心！"太宗说到这里，不住地拿龙袖抹着眼泪。杨妃的粉腮上也止不住挂下泪珠来。左右站着的宫监、宫娥，见皇上和杨妃对泣着，便送上手绢来，请皇上和杨妃抹干了眼泪。接着太宗又说道："我这皇弟，他千不该、万不该，和妃子千恩万爱，便轻轻地丢开手去做这叛逆的事体，自取杀身之祸。如今丢下妃子一个人，冷清清地守着节，妃子原可以对得起皇弟。俺皇弟丢下了妃子，度着这孤苦岁月，实在是齐王对不起妃子了。"几句话打动了杨妃的愁肠，可怜杨妃忍不住呜呜咽咽地哭成一个泪人儿模样。太宗又着意劝慰了几句，起身出宫去了。

这杨妃回进房去，把太宗的话细细地咀嚼了一回，觉得太宗竟是一位多情天子，他如此供养着我，还句句怜惜着我。说也奇怪，自从杨妃改了心思以后，每到清夜梦醒的时候，那鲛绡帐上，度出一缕一缕的幽香来。杨妃眼中见着这鲛绡帐，便想起太宗的恩情，止不住心头微微地跳动。一个青春鳌妇，当此良夜怀恩，旧爱新情，一齐涌上心头。在锦衾中转侧着，教她一寸芳心，如何安排得下。

这多情天子从此便出奇地怜惜起来，香花供养，锦绣点缀。杨妃一向矜持，到此实再难抵抗皇上频赐恩义，她只得一件一件地领受着。太宗怕杨妃深宫凄寂，又打发一队舞女来，早晚歌舞着，为杨妃解闷。有时太宗竟和长孙皇后，亲自到迎紫宫中来，和杨妃说笑着，慰她的寂寞。杨妃深感皇帝的厚意，见了太宗也不似从前的严冷，一般地有说有笑了。太宗又体贴杨妃的心意，下诏给齐王在太极殿西面造一座祠庙，庙中专供着齐王的灵座。那祠庙建造得富丽堂皇，杨妃看了心下又是万分感激。

这时三年丧服已满，迎紫宫中撤去了齐王的灵座，杨妃换上吉服，越显得娇艳美丽。太宗皇帝越看越爱，从此一缕痴情却缠住在迎紫宫里，觑空便进宫来找杨妃谈笑。这杨妃受着太宗如此宠爱，她一寸芳心，从此也被太宗的声音笑貌占据住了。她终日寂处深宫，嘴里虽不说什么，心中却念念不忘这位多情的天子。太宗偶然有一天不到迎紫宫来，杨妃心中便好似丢了什么爱物儿一般，坐也不定，食也无味，魂梦也不安。一待到听得宫外小黄门喊喊喝道的声儿，杨妃便不觉柳眉轻舒，桃腮凝笑。她宫中的宫娥和小黄门看了这情形，没有一个不抿着嘴在背地里匿笑的。

杨妃是奉旨不朝参皇上的，因此太宗进得宫来，只有宫娥出来迎接着，领着直走进内院去。才见杨妃倚在软帘下，一手抚着云鬟，含着笑，在房门口迎候着。太宗抢步上前，两人低低地说笑着，肩并着肩儿，走进屋子里去了。那随侍的宫娥见此情形，便一齐退出到廊下去守候着。只听得人语细细，跟着一缕沉烟，从纱窗中轻轻地荡漾着出来。半晌、半晌，听得屋中"噹"的一声金钟响，两个宫娥揭着绣帘，走进屋子去，献上茶汤。皇上和杨妃相对饮着，他两人每天如此静悄悄地对坐着，直到东窗日落。杨妃再三催促着，太宗才依依不舍地退出宫去。

人非木石，太宗这样子的幽情蜜意，用在杨妃身上，岂有不感激之理。因此太宗再三劝慰着，到最末一次，杨妃便忍不住把自己身子，许给了太宗。但她究非寻常女子，不是苟且可以图得欢娱的。太宗件件依了杨妃的意思。一面给齐王发丧，改葬在高陵，下诏追封齐王为海陵郡王。杨妃在早几天，迁出宫去，寄住在母家。再由太宗下诏，纳杨妃为淑妃，打扫起延庆宫，做杨妃的寝宫。

杨妃进宫的这一天，满朝文武齐集太极殿朝贺，在西偏殿赐百官筵宴。杨妃进宫，按着大礼，朝参过皇上、皇后，口称臣妾，又称愿吾皇、皇后万岁千秋。太宗坐在殿上见杨妃袅袅婷婷地拜下丹墀去，止不住心中万分欢悦。赏赐内外臣工、宫中妃嫔，黄金彩缎。那妃嫔得了赏，都到杨妃跟前来谢恩。当下宫里宫外，挂着灯彩，照耀得内外通明。宫中七日七夜的歌舞，人人喜欢快乐。

太宗在杨妃身上，足足下了三年的苦心，才得到今日的深怜热爱，看着这千娇百媚的杨妃，早已把六宫粉黛，弃如粪土。太宗每天除坐朝下来，到正宫里去略坐一回，便向延庆宫中一钻，任那三千宫娃，从早望到晚、从晚望到早，休想望得万岁来临幸，千恩万爱，都是杨妃一个人承受着。但杨妃受着太宗如此宠爱，却不露半点轻狂，依旧是很恭敬地侍奉着皇后，很和气地待遇着宫嫔。杨妃最爱的是吹笙，她进宫来，随带着一支玉笙，低低地吹着，婉转悠扬，令人意远。太宗也最爱听杨妃吹笙，两人常常焚香静坐，月下听笙。选那善歌的宫女，依着声调歌去。每到动听的时候，太宗和杨妃便相视一笑。这情形脱却宫廷排场，却宛似民间夫妇。

有一天正是中秋良夜，杨妃坐在太宗肩下，又对着一轮明月，吹起笙来。太宗正听到出神的时候，忽见杨妃丢下了笙，低着脖子在那里拭泪。太宗看了诧异，忙上去搂着杨妃的纤腰，温存慰问。在太宗的意思，认是杨妃见景怀人，又在那里想念齐王了。谁知杨妃心中，却全不是这件事体，原来她心中记念的是她亲生的儿子，便是逃亡在外的小王子承忠。

那承忠生下地来，面貌和她母亲相似，真是玉雪可念，生性又十分聪明。杨妃每到烦闷的时候，便把承忠抱在怀里逗弄着。这才下地的小孩，便知道对着他母亲，憨孜孜地笑，终日也没有哭吵的时候。偶尔有时吵嚷起来，只须他母亲拿着玉笙，吹这么两三声，这小王子便住了哭，睁大了眼睛，撑大了嘴，怔怔地听着。如今杨妃在太宗皇帝跟前，吹着玉笙，便陡地想起她怀抱中的孩儿来。想当年合府慌乱的时候，把这二尺长的小孩匆忙中拿齐王的衮衣包裹着，交给那宫女，从后院爬墙逃去。如今飘流在外，一别三载，小小孩儿，使他冒着风霜雨雪，到如今消息杳无，不知道这条小性命，能不能保得住在人间。杨妃想到这里，忍不住掉下泪来。任太宗皇帝百般慰问着，杨妃终不敢把这实情说出来。当时齐王留下来的五个儿子，承业、承鸾、承奖、承裕、承度，均被太宗皇帝杀死。如今只留下这小小承忠，承接着齐王的后，倘然给太宗知道了，下一个斩草除根的辣手，把这承忠去搜寻了来，一并杀死，岂不是断绝了齐王的后代，也好似挖去了杨妃的心头肉。因此一任太宗如何慰问，杨妃总不肯说实话，只把别的说话掩饰了过去。

其实杨妃却不知道她这块心头之肉，早已被丞相魏徵，在草桥驿搜寻到了，连那宫女，一块儿收养在丞相府中，已是两年了。

这小王子虽只有四岁年纪，却也有大人的志气，在丞相府中，跟着一般公子学说话、学礼节，很有成人的模样。魏徵的夫人裴氏十分宠爱这个小王子，又可怜他是一个无父的孤儿。便常对魏丞相说："早早把这王子送还他母亲，使他母子得早日见面。"魏丞相总摇着头说："尚非其时。"直到太宗皇帝明诏纳杨妃为淑妃以后，魏丞相才吩咐把这王子送进宫去。夫人裴氏，问他是什么意思？魏丞相说："昔日杨妃虽在宫中，但名分未定，犹是齐王之妃，设一旦忤了皇上，变爱成仇。若把这小王子送进宫去，不但杨妃性命不保，便是这小王子，因他是齐王的种子，怕这条小性命更是难保呢。如今皇上既明诏娶了杨妃，莫说新宠恩深，皇上看在新妃子面上，饶了这条小性命，怕因爱屋及乌，皇上更把这小王子多疼怜些呢。"裴氏听丈夫的主意不错，便上了一道奏章：丞相夫人求入宫觐见新贵妃。皇上下手诏，准于三月三日觐见。

当时裴氏得了诏书，便把这小王子打扮舒齐，依旧用那衮衣包裹着，使旧时的宫女抱着他，坐着二辆轻车，推进宫来。杨淑妃便在延庆宫正屋中延见，裴氏上去行过大礼。杨妃命宫娥引导着内院看座。裴氏坐定，便请杨妃屏退左右，说："小儿随来觐见，只因年幼怕羞，请娘娘屏去左右。"那杨妃听了，便吩咐屋中宫娥，一齐退出院子去。只见一个丫鬟，抱着一位小公子，走进屋来。杨妃一眼见了这丫鬟，便不觉怔怔的了。

欲知后事如何，且听下回分解。

第三十回　天子风流侄配婶
东宫横暴奴私主

那裴氏带着宫女和小王子，进宫去觐见杨妃。杨妃一眼便认出那抱小公子的小鬟，便是当年保护着承忠，从齐王府中逃出去的那个宫娥。又看那裹着孩子身体的一件衣服，却是当年齐王的袗衣。看袗衣裹的孩儿，长得越是白净秀美。这几天杨妃正想得她儿子厉害，现在果得见面。杨妃喜出望外，忙离开座儿，伸手把这孩儿抢在怀里，低低地说道："我的心肝，几乎把你娘想死了！"接着那宫娥伏在杨妃的膝下，细细地把别后的情形说着。说那内监，如何在半路上得了急病身死；又如何在草桥驿遇到魏丞相的差官，破露真情；如何由魏丞相带进京来，养在内衙里两年工夫。杨妃听了，便向裴氏敛衽说："夫人如此好心，便是齐王在天之灵，也感激丞相和夫人二人的。"慌得裴氏忙忙还礼不迭。

杨氏便依旧把这小王子，交给宫女看养。这延庆宫中，一般的有亭台楼阁、花草树木，地方甚大，藏着这一个四岁的小孩，真是神不知鬼不觉的。那宫中上上下下的人，都是帮着杨妃的，谁肯去揭破她的秘密。因此杨妃在太宗皇帝跟前，依旧瞒得铁桶相似。

不料太宗皇帝，和杨妃几度欢爱，便在杨妃腹内，留下了一个龙种。十月满足，生得一个白白胖胖的小王子来，取名明。太宗看了，十分欢喜。又格外把个杨妃宠上天去，因为要得杨妃的欢心，把这乳头上的孩儿，便封他作曹王。乳母抱着他在宫中来来去去，都用那王的仪仗，前后簇拥着。杨妃看了，果然欢喜。

谁知祸不单行，福无双至，杨妃一边新生了一个王子，心中正觉欢喜；一边那藏在宫中的小王子承忠，忽然出了一身痘子死了。杨妃见断了齐王的种，心中痛如刀割，在背地里哭了几场，瞒着太宗，悄悄地在后园里埋葬着。杨妃便推说有病，常常躲在帐中哭泣。太宗见杨妃郁郁不乐的样子，便亲自侍奉汤药，在床榻前说笑陪伴着，无奈这杨妃，悲伤在心里，一时如何解放得开。

谁知那正宫长孙皇后，忽然也得了重病，太医院天天诊脉调治，终是无用，在三十六岁这一年的冬天死了。太宗皇帝这时，虽宠爱杨妃，但和皇后是患难夫妻，一旦分手，心中也万分悲痛。

这长孙皇后在史书上原是一位贤德的女子，她母亲是河南洛阳人，她祖宗原是魏朝拓拔氏的子孙，后来是宗室的长房，所以改称长孙。皇后的父亲名晟，字季涉，在隋朝时候做左骁卫将军。这时唐高祖李渊的夫人窦氏，跟着丈夫去征伐突厥，窦氏亲把大义去劝化突厥女子。季涉的哥哥长孙炽，便劝季涉把女儿去嫁给世民，说她如此明睿人，必有奇子，不可以不图婚媾。长孙后嫁到李家去，做新娘才满月，回娘家来，住在东屋里。这时有她舅父高士廉的爱妾，住在西屋里。在半夜时候，只见有一匹大马，约二丈高，站在东屋的窗外，忙去告诉高士廉知道，合家惊慌起来。长孙季涉去卜了一个卦，是遇坤之泰。那卜卦的人说道："坤顺承天，载物无疆。马，地类也；之泰，是天地交而万物通也。辅相天地之宜，繇协归妹，妇人事也。女处尊位，履中而居顺，后妃象也。"

　　这时先太子建成，处处想法要陷害太宗。长孙皇后低声下气地极尽孝道，侍奉公婆，在高祖的妃嫔跟前，竭力替太宗分辩，解释嫌疑。后来太宗登位，立为皇后，服饰甚是朴素。太宗虽不喜欢，但也不能勉强她。皇后在梳头洗脸的时候，也手中捧着书本儿不肯放的。太宗有时跟皇后说起天下大事来，皇后便推说牝鸡司晨，是国家的大忌。太宗故意问她朝延的事体，皇后终不肯回答。皇后的哥哥长孙无忌，和太宗原是患难的朋友，做了唐朝的开国元勋。太宗欲拜无忌为丞相，和皇后商议着，皇后再三劝说不可。她说道："妾托体紫宫，尊贵已极，不愿私亲占据权势，如汉朝的吕后、霍后，使万世之下，受人唾骂。"后生太子承乾，乳母请皇后加多东宫的什器。皇后说道："太子只患无德与名，器何请为？"皇后到病危的时候，太子请父皇大赦天下，又请僧道做法事，替皇后拔除灾难。皇后说："死生有命，非人力所支。若修福可延寿，吾不为恶；若行善无效，我尚何求。况且赦令是国家的大事，佛老是异教，高祖所不为，岂宜以吾乱天下法。"太宗听皇后说话有理，便也罢了。皇后平时读书，常采古妇人事，著成《女则》十篇。死后，太宗使宫中妃嫔，人人抄读。

　　皇后死后，葬在昭陵。太宗皇帝日夜想念不休，便在宫中后苑，造一座高台，称作层观，太宗常常独自登台，从台上望见昭陵。有一天，魏徵有要事进宫面奏，太宗皇帝正站着台上落泪。便召魏徵上台来，太宗拿手指着昭陵说道："丞相可看见那座陵寝吗？"魏徵睁大了眼睛，伸长了颈子，向宫墙外望去，望了半天，连连摇着头说道："臣目力眊昏，实未能见。"太宗又举手指着昭陵说道："那边高高的，不是长孙皇后的陵寝吗？"魏徵便说道："臣认为陛下望先帝的陵寝呢。若说娘娘的陵寝，臣也早已望见了。"一句话点醒了太宗，便和魏徵拉着手，走下台来。从此太宗也不上层观去了，吩咐把这层观毁去，自己却天天临幸延庆宫。

　　杨妃见太宗想长孙皇后想得厉害，百般劝慰，也不能解他的悲怀。便也假装作佯嗔薄怒，对太宗总是冷冷的。太宗却诧异起来，反把自己的伤心丢开，温存慰问。杨妃流着泪说道："如今娘娘去世，使万岁如此想念，这全是娘娘在世时候，贤德贞淑，去世后叫人忘却不得。如贱妾辈命薄早寡，故主死后，又不能矢志守贞。莫说死后风光，便是活在世上，也多得被人轻贱。臣妾愿陛下早赐一死，免得在世使故主蒙羞。"几句话说得娇弱可怜，不由太宗皇帝不动了怜惜之念，忙把杨妃揽在怀里，百般劝慰，才见杨妃回嗔作喜。太宗心中实在宠爱杨妃，想如今皇后去世，中位已虚，不如把这杨妃升入正宫，也可博得美人的欢心。当时便把这意思对魏徵说了。魏徵再三争论，说杨妃有辱妇节，陛下须为万世家法，万不可使失节妇人，母仪天下，使天下人笑陛下为荒淫之主。且陛下更不可以辰嬴自累。几句话十分严正。太宗见丞相反抗，便也只好死了这条心肠。又因杨妃常常提起齐王，尚未立后，便下诏把杨妃的亲子曹王明，立作海陵郡王元吉的嗣子，又把海陵郡王追封作巢刺王。

　　这时天忽大旱，有十个月不曾下雨，京师一带地方，田稻枯死。太宗也曾几次驾临天坛求雨，雨终不至。有司天台右丞李百药奏称因宫中阴气郁结，宫女太多，足以致旱；宜多放宫女，宣泄其气，则甘雨可至。太宗依奏下诏，宫女年在二十五岁以上者，从优资给，放令出宫婚嫁。内宫奚官局常侍，奉旨简出三千多宫女，放令出宫。

　　太宗又虑有冤狱，致上违天和，便下诏亲御太和宫审囚。那刑部尚书奉旨，便把那御监内的男女犯人，一齐提进宫去，听候太宗皇帝复审。这一日武库中把大鼓移设在宫门外，待天色微明，内侍上鼓楼，挝鼓一千声，宫门大开。男女囚徒，从两廊鱼贯俯伏进宫，排列在丹墀下。太宗全身朝服，升上宝座，由刑部左右仆射喝名，那犯人一一上去叩见天颜。遇有可疑的形迹，太宗便详细审问。从辰牌时审起，直审到午牌，男囚已审完，便开审女囚。

第一个女囚崔氏，铁索郎当地由内常侍牵引着上殿来，匍匐在龙座下面。太宗打开案卷来看时，见上面一行字写着"犯妇李庶人瑗姬人崔氏"，太宗不觉心中一动，那李瑗原是庐江王，且是太宗的叔父，只因庐江王谋反，事败身死，全家抄没。王妃崔氏，因不得太宗明诏，至今还拘囚在御监中。当下太宗见了案卷，心中才想起，忙传旨令犯妇抬头，太宗也举目向崔氏脸上一看，由不得他心中荡漾起来。在太宗心中想崔氏是他的叔母，年纪总已半老，且在狱中幽禁多年，必也憔悴不堪的了。待到向崔氏脸上一望时，见左右内侍，把崔氏的脸扶住，看她端庄流丽、丰容盛鬓、眉弯呈秀、唇小含珠，竟是一个少年美妇人。太宗忙下旨说："崔氏是宗室犯妇，不宜当堂对质。"吩咐快送进后宫去，由宫娥看守着，自己也便退朝回宫。

挨到黄昏时候，太宗便在宣华宫中传崔氏进宫去问话。那崔氏是何等聪明的女子，她见太宗把她送入后廷，知道皇上已动了怜惜之念，进得宫来，便沐浴薰香，百般修饰。太宗这时接近容光，微闻香泽，在灯下相看，愈觉明媚动人。崔氏见了太宗，便在膝前跪倒。太宗问她多少年纪，崔氏低声回奏说：二十六岁。又问她在狱中几时，对说被囚三年。以下的话，任太宗百般审问，她总是嘤嘤啜泣，一句也不答。问得急时，她只说薄命女子，求皇上开恩，早赐一死。听她娇脆的声音，好似笙簧，如此美人，教太宗如何忍心审问得。当时便斥退侍卫，亲自上去把崔氏扶起，说这三年牢狱，委屈美人了。崔氏便奏说："自己原是士人黄源的妻子，被庐江王在路中强劫了去，又把前夫杀死，奸占着妾身。如今反因庐江王之事，使妾身无辜受这三年牢狱之苦，妾身好苦命也！"那崔氏说着，又止不住哽咽起来。大宗上去，亲自拿袍袖替崔氏拭着泪，用好言劝慰着。崔氏明知皇帝已爱上了她，便也一任太宗抚弄着。太宗笑说道："朕初认作美人是朕的叔母，心中正恨俺二人缘分浅薄。如今听美人说，原是黄氏之妇，朕如今封美人德妃，想来也不致关碍朕与庐江王叔侄的名分了。"崔氏听了，忙跪下地去谢恩。这一夜，崔氏便伴着太宗，留宿在宣华宫中。第三天太宗下了诏，册立崔氏为德妃，使在宣华宫中起居。

这崔氏却不比杨妃，生性十分放荡。太宗迷恋着她，一连五天不去坐朝。那魏丞相、房玄龄、杜如晦一般大臣，交章谏劝，太宗却置之不理。后来还是杨妃入宫去劝谏说："陛下不宜以私废公。"太宗才勉强坐朝，不久便退朝回宫，向宣华宫中一钻，直到夜也不肯离崔氏一步。那朝廷大臣有要事要面见圣上的，太宗便把那大臣召进宣华宫去。每值君臣谈论，那崔氏便也寸步不离地随侍在皇帝身后。那班大臣见了崔氏，都免不得要行个臣礼，崔氏便很是欢喜，常常拿许多珍玩去赏赐大臣。那一班趋炎附势的臣子，渐渐地都赶着崔妃孝敬财物去。那杨妃宫中，反慢慢地冷落下来。

那时有一位谏议大夫王珪，为人甚是忠直，见人有过失，便尽言极谏。太宗也很是敬重他的。如今杨妃见太宗如此迷恋崔妃的声色，只怕误了国家大事，便在背地里和王珪商议，如何可以劝主上醒悟过来。王珪受了杨妃的托付，便直进宣华宫去，朝见皇上。太宗和王珪谈论国家大事，那崔妃也随侍在身旁。君臣二人谈罢了正经事体，王珪故意指着崔妃说道："此是何人？"太宗便对他说："是朕新立的德妃崔氏。"王珪故作诧异的神色说道：

"并听民间传说主上新册立的妃子，原是庐江王的故妃，在名义上讲起来，和万岁却有叔侄之称呢？"太宗忙分辩道："朕新纳的妃子，原是士人黄源的妻子，被庐江王杀死了他丈夫，霸占过来的。朕自娶黄家的寡妇，原没有什么名分之嫌。"说着，又叹了一口气道："这庐江王杀人之夫而纳其妻，如此荒淫，是自招灭亡了！"王珪正色说道："陛下以庐江王的行为是耶非耶？"太宗诧异着道："杀人而奸其妻，尚有何是非可言。"王珪道："臣读史有管仲曰：'齐桓公之郭，向其父老曰：郭何故亡？父老曰：以其善善而恶恶也。桓公曰：若子之言，乃贤君也，何至于亡？父老曰：不然。郭君善善而不能用，恶恶而不能去，所以亡也。'今庐江王所奸占的妇人，尚留在陛下左右，陛下心中必以庐江王的行为是矣。若陛下以庐江王之行为为非，那如今这妇人必不在陛下左右了。"

太宗听了这番话，便也默然无语。从此以后，太宗每逢召见臣工，这崔妃便不敢随侍在左右了。杨妃趁此也常常劝谏说："陛下宜常常接见大臣，谈论国家得失，不宜溺爱声色，致亏龙体。"太宗也明知道杨妃说的是好话，但崔妃的美貌，心中实在爱得厉害，虽不好意思夜夜临幸，但觑空依旧是在宣华宫中起坐的。直到查抄得侯君集家中两个美人，才把太宗宠爱的心肠，改移过来。

这侯君集是幽州三水人，性极武勇，善于弓马。太宗在秦王府中的时候，跟着南征北讨，颇立奇功。后来玄武门擒杀建成太子，君集也很出力。当时太宗便拜为右卫大将军，进封潞国公，赐邑千户。太宗即位以后，侯君集又与李靖、薛万均、李大亮诸位大将，征伐吐谷浑，转战万里，直到星宿海、积玉山，望黄河源头，得胜回朝，改封陈国公，进位光禄大夫。此时回夷慑服，万国来朝，国家承平无事。太宗便在御苑中建造一座凌烟阁，把当朝文武，有功之人，画像在阁上。又在阁中大宴群臣。侯君集见自己的像，也画在阁上，心中便十分骄傲，处处欺凌同僚。满朝官员又因他是有功之臣，便不敢和他计较。谁知侯君集的性情愈觉骄横，他胆子也愈闹愈大。后来君集统兵出征西域，得了许多奇珍异宝，他也不奏闻皇上，私自没收在府中。待班师回朝，被部下将士告发，幸得中书侍郎岑本奏称功臣大将，不可轻加屈辱。太宗也念君集前功，不加追究，只把他的本官削去。君集闲居府中，心中十分怨恨。便私与太子承乾来往着，结党行私，胡作妄为。

这承乾太子原是太宗的长子，长孙皇后所生。因生在承乾殿中，便取名承乾。在八岁时候，便能应对宾客，太宗十分宠爱。待年长成人，更能帮助太宗料理国家大事。那时太宗因高祖新丧，在宫中守孝，遇有国家大政，便由太子裁决，却颇知大体。从此太宗每有出狩行幸，便留太子监国。谁知这太子貌为忠厚，心实险恶。他见父皇不在跟前，便任性妄为，常逼着近侍，微服出宫，夜入人家，强奸民妇。见有绝色的女子，便令府中勇士，拿少许银钱去，把那女子强买回府来，充作姬妾。太子妃嫔，共有二百余人，教成歌舞，太子终日在府中，声色征逐。每在酒醉时候，便逼着众妃嫔，赤身露体地在大庭中，白昼宣淫，使宫女在旁鼓吹作乐。

那民间被太子欺凌，忍无可忍，纷纷到有司衙门去控告太子荒淫无道。那官员收了人民的状子，也无可如何。孔颖达、令狐德棻、于志宁、张玄素、赵弘智、王仁表、崔知机这一辈，全是忠义大臣，常常用好话去劝谏太子。承乾却正襟危坐，议论滔滔，说的尽是微言大义。那班大臣听了，都十分敬服，都疑心百姓谎告太子，反帮着太子在太宗跟前分辩。太宗也认太子是忠厚君子，绝不疑他在外面有不德的事体。

这太子又生成一种怪僻的根性，他在府中使奴婢数百人，学习胡人的音乐，结发成锥形，剪彩为舞衣，跳剑打鼓，歌声呜呜，通宵达旦，不休不止。又在阶下排列六大钢炉，烈火飞腾，使勇士在四处盗劫民间牛马，太子亲事宰割，夹杂在奴婢中，喧哗争食，以为笑乐。在府中又爱学着突厥语言，穿着胡人的衣服，披羊裘，拖辫发；在后苑中排列着胡人的毡帐，使诸姬妾扮着胡姬，与奴仆夹居在穹庐中。承乾太子装作可汗模样，腰佩短刀，割生肉大嚼。又装作可汗死的模样，使姬妾奴婢围着他跳掷号哭。正哭得热闹的时候，太子便厥然跃起，拍手大笑，随意搂住一个姬妾，进帐嬉乐去了。

东宫中有一个娈童，名唤俳儿，面貌长得娇媚动人，又能歌舞欢笑，机敏胜人。承乾太子宠爱他胜于诸妃嫔，在宫中行动坐卧，都带着俳儿在身旁，谈笑无忌，行乐不避。有时这俳儿便夹睡在众妃嫔之间，互相扑掷，资为笑乐。俳儿又长成一身白净皮肉，太子常令俳儿脱得上下衣服不留，与众妃嫔比着肌肤。这俳儿也十分狡黠，觑着有美貌的妃嫔，便私地里和她勾搭上了，把个东宫弄得污秽不堪。太子妃颖氏，是一位端庄的女子，面貌虽也长得美丽，举止却很凝重。承乾太子却不爱她，便暗地里唆使俳儿去调戏颖氏，看颖氏的惶急样子，太子反在一旁拍手笑着。颖氏羞愤至极，便入宫去奏知太宗。太宗大怒，立刻着内侍到东宫去，把俳儿擒来缢杀在殿柱上。

从此，太子和颖氏结下了很深的仇恨。颖氏也因太子行同疯狂，不敢留住东宫，常在贵妃宫中躲避。这太子也置之不问，只终日在东宫与一班蠢奴、武士戏弄，把宫中侍卫，尽改作胡兵装束，树起红旗，和汉王元昌，分领兵士，在后苑中学作两军战斗的样子，呐喊进攻。太子在后面执着大刀压阵，有畏缩退后的，便把他剥得赤身露体的，绑在树根上，用皮鞭痛打至死，轻的也把他的乳头割去。一场儿戏后，苑中竟杀得尸横遍地，血染花木。太子常说："我作天子，便当任性作乐。如敢劝谏者，吾便杀之，连杀至五百人，便没有人敢来劝谏了。"

　　欲知后事如何，且听下回分解。

第三十一回　双美人搓脂摘玉
一老妻结义守情

承乾太子胡作妄为，太宗早已闻知。太子自从俳儿被太宗杀死以后，心中郁郁不乐，日夜想念着俳儿，特在府中建一座念儿室，面着俳儿的像，在屋子里供奉着。又私封他太子洗马官，悄悄地埋葬着。造一座高大的坟墓，墓旁立一座祠堂，太子常常到祠堂里去哭祭。一连三个月，不去朝见父皇。后来被太宗知道了这情形，唤太子进宫去，痛痛地训斥了一番，又着人平了俳儿的祠墓。太子失了体面，心中敢怒而不敢言。

这时有太子的叔父汉王元昌，也是一个好色之徒。叔侄二人同气相投。元昌常常到太子府中来游玩，悄悄地告诉太子，说："皇上近来颇宠爱四王子，俺从燕妃那里得来的消息，皇帝早晚要立四王子做太子，却把你的太子名位废去了，你却须小心些。"承乾太子听了大怒，狠狠地说道："这老悖！看俺早晚把他从皇帝位子上推翻下来，待俺做了皇帝，再取这四小子的性命！"元昌听了，心中甚是欢喜，忙凑在太子耳边去，说道："你倘若一朝做了皇帝，休忘了把那弹琵琶的宫娥赏给我呢！"太子听了，把头点点。

原来太宗宫里，有一个善弹琵琶的宫女，名叫小燕。这一天朝廷大庆，营中排着筵宴，汉王随着众亲王进宫去朝贺。太宗见都是自己的子弟，便在内宫赐宴。汉王把酒喝得酩酊大醉，溜出席来，独自到御苑中去玩赏。看看鸟语花香、绿荫如幕，贪看园中的景色，不觉走到沉香亭畔来。耳中只听得弦索琤之声，悠扬悦耳；那一带海棠花，密密地围在亭子四周。汉王从花枝桠杈中望去，只见六七个宫女，围着一个穿绿的，在那里听弹琵琶。看那穿绿的宫娥，云鬟低敛，杏靥含娇，竟是一个绝色的美女。汉王看了，情不自禁，便大声喊道："快弹一曲与小王听听！"说着，便大脚步闯进亭子去。那一群宫女蓦地里惊得四散奔逃；汉王正要追上前去拉那穿绿衣的，忽见小径中走出两个内监来，把汉王扶住，送回席去。从此，汉王心里念念不忘这个弹琵琶的宫娥，只恨平日无故不能进宫去。如今听说承乾太子要谋反，他便从旁一力怂恿着。

这时侯君集因贪赃得罪，被囚禁了三十日。中书侍郎岑文本上章，替侯君集求恩，太宗便下诏放免。侯君集自恃平西域有大功，今反见罪，心中常怀怨愤。汉王打听得君集也有谋反之意，便从中和太子拉拢着。侯君集也在太子府中，秘密商议过几次。太子便拣了一个日期，邀集了李安俨、赵节、杜荷、侯君集、汉王元昌，连自己六个人，在密室中，各人拿佩刀割臂出血，沥在酒中，饮血酒立誓结盟。约定齐王事祐，在齐州起兵，打进京师来。太子亲率御林军，攻入西宫响应。

谁知事机不密，齐王在齐州失败了，被李勣擒住，送进京师来，招认出太子和侯君集、汉王元昌一班人来。太宗十分震怒，一齐捉住，便派长孙无忌、房玄龄、萧瑀、李勣、孙伏伽、岑文本、马周、褚遂良一班忠义大臣，会同审罪。太宗下诏，把承乾太子废为庶人，发配黔州。太子在路上受不住辛苦，便死了。其余人犯，一概赐死。独把侯君集提上殿来，亲自审问。太宗对侯君集说道："朕不欲使刀笔吏辱公，故自加审问。如今谋反的证据确凿，卿尚有何说？"侯君集只是叩头乞死。太宗回头问左右大臣道："回想昔时，国家未安，君集转战万里，实有大功。今虽有罪，朕实不忍置之于法。朕今为君集向诸公乞免其性命，不知卿等许朕否？"太宗话未说完，那左右大臣，齐声说道："君集今日之罪，天地难容，请陛下明正典刑，以维国家之大法。"太宗听了，不禁拭着泪，对君集说道："众怒难犯，非朕不赦卿也，与卿长诀矣！而今、而后，但能在凌烟阁上见卿遗像矣！"说着，止不住落下泪来。侯君集也哭着叩着头，求皇帝保护他的家小。太宗下诏，送侯君集往京师大街十字街口斩首示众；一面下诏，查抄侯君集府第，所有男妇，都押入宫，只留一子，回乡看守侯君集田墓。把一桩天大的乱事，扫除得烟消云散。

有一天，太宗在宫中，想起侯君集的家眷来，便悄悄地步行到下宫去。这下宫在御苑西墙外，一带平屋，甚是狭小，原是容留犯官的妻小所在。这时太宗御着便衣，到下宫中一看。只见小儿妇人，十分嘈乱，那一阵一阵的秽气，扑人鼻管，不能安身。太宗正要回身走时，瞥见那小窗里面伸出两只白玉似纤洁的手来，卷着帘子。太宗看了，不觉怔了一怔。心想这污秽的地方，何来如此清洁的妇人？再看时，那帘子高高卷起，露出那女子的脸儿来。虽说是乱头粗服，却长得十分妩媚。那段粉颈儿，竟和雪也似白、玉也似润。太宗不觉动了心，忙唤管宫侍卫问时，是侯君集的姬人，姊妹二人，长得一般的娇洁的容貌。

太宗查问明白了，便回到清心院，吩咐把她姊妹二人带进院来。一对璧人肩并肩儿跪在太宗跟前。太宗笑说道："你姊妹二人，长得如此清洁，真好似一朵并头莲花，出污泥而不染的呢。"那一个年长一些的便含笑说道："便请陛下赐俺名儿唤作莲花吧！"太宗听她说话伶俐，心中格外欢喜。便把她姊妹二人留住在清心院里，连着临幸了十多天。

她姊妹二人，浑身长着洁白肌肤，在帐中看时，真好似玉雕的美人。太宗十分怜惜。年长的赐名琼，年幼的赐名玖，都封作美人。在闲谈的时候，太宗便问二美人肌肤何得如此洁白？那琼美人奏称，自嫁得侯公，得侯公十分怜爱，长年吃着人乳，少吃烟火食，因此得肌肤如此洁白。太宗听了，便传谕在清心院中，长年雇用乳母二十人，每日挤乳，供二位美人服食。消息传出宫去，那些王府中的妃子和大臣们的姬人，都学着样，人人家里雇用起乳母来服食着。顿时所有四乡的乳母，一齐赶赴京师来享用一份丰厚的俸钱，反丢得那穷家的小孩，个个因失了乳，病的病、死的死，民间颇觉不安。

有一天，魏国公房玄龄入朝，谈罢了军国大事以后，太宗便问玄龄道："先生亦有姬妾几人？"玄龄奏对道："贫贱夫妻，不敢相负，是以未置妾媵。"太宗笑道："先生为国辛劳，朕今赠美人二，早晚为先生夫妇抱衾与裯。"说着，当即传内侍在婕妤中选美貌处女二人，坐着香车，随玄龄入魏国公府中去。

到了第二天，那玄龄又进宫来叩谢圣恩。太宗问二美人尚当意否？房玄龄奏对说："天子之赐，臣福薄，实在不敢当。二美人昨夜与贱内相处一宵，今仍携入宫中，奉还陛下。"太宗听了，十分诧异，忙问："敢是小妮子不听使令么？"玄龄正容说道："实不敢瞒陛下，贱内不愿因此分夫妇之爱，臣亦万死不敢受。"太宗也久知魏国夫人是奇妒的，听了玄龄的话，便命杨妃召夫人入宫，百般劝解。说天子之赐，义不当辞，况媵妾之流，今有常制。魏公身为大臣，为国宣劳，天子欲优恤暮年，不可辜负圣恩。无奈这魏国夫人，执定主意，不容丈夫有妾，便竭意谢绝。杨妃没奈何，便来太宗跟前复旨。

太宗思得一计，吩咐在延庆宫设席，赐魏国夫人筵宴。饮酒至半，忽近侍报说天子亲赐夫人饮酒。那魏国夫人听了，慌忙下席来迎驾。太宗走至筵前，回头唤内侍拿酒过来，那内侍手中正捧着一个长颈酒瓶，倒出红色的酒来，斟着满满的一杯。内侍喝一声夫人听旨。魏夫人忙又跪倒，匍匐在地。太宗大声说道："妒为妇人大罪，今有毒酒一杯，为天下妒妇而设。夫人速速自决，愿不妒而生，抑愿妒而死？"夫人听了，即奏对道："臣妾宁妒而死。"说着，上去接过酒来，一仰脖子，咕嘟咕嘟地把一大杯毒酒，都倒下肚子去，立刻辞出宫来。

回到府中，拉着魏国公，把天子赐死的情形说了一遍。夫妇二人拉着手大哭一场。魏国夫人急急回到房中，香汤沐浴，更换朝衣，直挺挺地睡在床上候死。那魏国公也忙忙地署备衣衾棺椁。看看天晚，便也进房来，守在夫人床前；又把合府中的亲丁男女骨肉，唤进卧室去，候送夫人的终。夫妻二人相看着哭一回，说一回，十分凄惨，乱哄哄地闹了一个通宵。夫人只觉醉醺醺的睡了一夜，到天明时候，依旧清醒过来，合府欢腾。

第二天房玄龄进宫去朝见皇帝。太宗笑对玄龄说道："尊夫人朕亦畏之，何况玄龄。"便留玄龄在宫中陪膳。当时陪膳的有长孙无忌、欧阳率更和尉迟敬德四人。那无忌和率更二人最喜嘲笑，虽在天子跟前，也不避忌的。二人酒醉饭饱以后，无忌便援笔写诗一首道：耸膊成山字，埋肩不出头。谁家麟阁上，画此一猿猴。写罢，又写"题欧阳公像"五字，掷给欧阳率更。欧阳公看了，不发一言，也援笔写一首诗道：索头连背暖，侂裆畏肚寒。只有心混混，所以面团团。太宗在一旁看着，摇着头说道："欧阳询如此无赖，不怕皇后在地下震怒吗？"欧阳公听了，忙向长孙无忌长揖谢过。

这时太宗乘着酒兴，登御床提笔写飞白屏风，笔饱墨酣，淋漓尽致。每写成一幅，被大臣们夺去，再叩头谢恩。这时，有一个散骑常侍刘洎，因身体矮小，屡次不能夺得，他一时性起忘形，便耸身跳上御床，从太宗手中夺得一纸。太宗见大臣争夺的样子，揎拳掳掌的煞是好看，把笔一掷，哈哈大笑。那时有许多还得不到御书的，心中嫉妒刘洎。便奏称刘洎登床劫夺，失却大臣风度，罪当处死，请陛下交付大法。太宗笑着说道："昔闻婕好辞辇，今见常侍登床，也是千古佳话，诸大臣看朕的面，便恕了刘洎的罪吧。"太宗接着又说道："字学小道，初非急务，时或留意，犹胜弃日。凡诸艺业，未有学而不得者，病在心力懈怠，不能专精耳。朕临古人之书，实不学其形势，只须学其骨力。及得骨力，形势自能生动矣。"说着，又传谕各赐初拓王右军《兰亭序》一本。又说，"这兰亭真迹，在陈朝天嘉年间，为永大师得去。到太建年间，由永大师献与陈宣帝。到隋朝，有人献与晋王，晋王不知宝爱，便流落在民间，先父皇从民间得来。又有果大师向先父皇借去拓印，先父皇登极以后，忘却索还。果大师死后，落入他弟子辩大师手中。朕在秦王府中的时候，便爱好墨宝，见兰亭拓本，便诧为奇宝，日后方知原是吾家旧物，便使萧翊设法，向辩大师手骗得，如今藏在大内。他日朕千秋万岁后，诸大臣为朕作主，须将兰亭原碑，同葬陵寝。"

太宗说毕，诸大臣齐呼万岁，一齐退出宫来。只有尉迟敬德走在最后。太宗忽然想得一事，便把敬德留住。待室中无人，太宗便对敬德说道："朕闻夫人年老龙钟，卿起居又不能无人侍奉，朕将嫁女予卿。卿可即回家收拾屋子，预备迎娶。"尉迟敬德听了，慌忙叩头称谢。口中连称："臣万死不敢当！臣妇虽鄙陋，亦不失夫妇之情。臣闻古人有言，贵不易妻，仁也。万乞陛下成全臣夫妇之私，停止圣恩。"说着，又连连叩头。太宗笑慰着道："朕与卿戏耳。"尉迟敬德才敢起身出宫。

第二天，这消息传出宫来，长孙无忌便进宫去，替儿子长孙决求婚。太宗便指第五女长乐公主下嫁，只因长孙无忌，原是舅家，皇室懿亲。便下诏有司，令资送倍于永嘉长公主。魏徵知道了，便进宫谏劝道："昔汉明帝欲封皇子曰：'我子岂得与先帝子比，皆令半楚淮阳。'今陛下奈何资送公主，反倍于长公主乎？"太宗便把这话去转告长乐公主。长乐公主肃然起敬，说道："女久闻父皇称重魏徵，女愚昧，不知其故。今观魏丞相，引礼义以抑人主之私情，真社稷之臣也！"便奏请太宗，赐魏徵钱四十万，绢四百匹，进爵郡公。太宗又把六公主下嫁与魏徵第四子，依例公主下嫁，舅姑须向媳妇行朝见礼。独魏徵却令公主行媳妇礼，拜见翁姑，说家庭之礼，不宜上下倒置。太宗知道了，便下诏，以后公主下嫁，一律须执媳妇礼。

太宗诸驸马中，只有尚丹阳公主的薛驸马，是行伍出身，举动甚是粗蠢。太宗每对人说："薛驸马甚是村气。"丹阳公主也很厌恶驸马，常常几月不和驸马同席。这一年，太宗因诸公主大半下嫁，便在清心院设下筵席，召所有公主在内院赐宴，所有驸马在外院赐宴。这许多公主，虽说是同父姊妹，但自幼儿便有保姆管教着，分院居住，不常见面。今日在一堂聚首，姊妹们说说笑笑，甚是快乐。独有丹阳公主一人郁郁不乐。姊妹们都追着她玩笑，公主只是叹着气说道："诸姊都嫁得如意郎君，独俺命薄，适此村气驸马，一世也吐不得气。"正嗟叹的时候，忽宫女报进内院来，说外院诸位驸马，只薛驸马得万岁爷欢赏。万岁亲解佩刀，赐与薛驸马。诸位驸马正抢着送酒，贺薛驸马的喜信。

原来这薛万彻，因平日受丹阳公主的冷淡，便发奋读书，在府中聘着饱学之士，教授他经史，不上数月，居然也能涉笔成文。这一天在清心院领宴，太宗明知薛驸马不解文字，便传命用隋炀宫人吴绛仙的故事，各作乐府一首。别个驸马都暗暗地替薛万彻捏一把汗。谁知薛驸马得了题目，竟不假思索，一挥而就。太宗把诸驸马作的拿来一一看过，最后再看薛驸马的，竟是最佳。太宗大喜，唤薛万彻到跟前来，亲自把佩刀解下来，给薛驸马挂上。笑拍着薛驸马的肩头说道："驸马居然秀气独钟！"众驸马见薛驸马得了皇上的褒奖，便争着读薛驸马做的乐府道：

> 持短棹，持短棹，三千殿脚羞花貌；描长黛，描长黛，三千殿脚摹娇态。玉工有如真玉人，秀可疗饥色可餐。谁将十斛波斯螺，勾出广陵新月痕，千载尚销魂；无怪当年看煞隋家风流之至尊。

太宗又令把这篇乐府，送进内院去，传观众公主。那丹阳公主看了，尤其得意。一时宴罢。众公主和驸马都辞谢出宫，那薛驸马正也要跨上马去。忽见一个侍女，走到跟前说："公主请驸马同车回府。"薛万彻看时，见果然道旁停着一辆七宝香车，那丹阳公主含笑，揭着车帘候着。薛驸马这得意，有如登天一般，急急下马，赶到车前去。侍卫上来，开着车门，薛驸马向车中一钻，同坐着车儿回府去。从此他夫妇两人，十分恩爱，常常一对儿在宫中出入，太宗也另眼看待着。

这时太宗也有五十岁年纪了，渐渐地懒于听政，爱在后宫和妃嫔们取乐。唐宫中自从高祖即位，放出无用宫女一千多人。太宗皇帝初登大位，放出宫女三千余人。贞观二年，因天久不雨，又放出宫女三千余人。最后因大赦，也放出宫女三千余人。四次共放出宫女一万多人，宫中便处处觉得冷落起来了。如今太宗坐朝的时候少，在宫中游幸的时候多，所到之处，顿觉楼台冷落，池馆萧条，便下诏令地方有司选送宫女一千名，分值各处宫院。又令民间有淑德、美貌女子，准有司访报五十名，分任九嫔、婕妤、美人、才人之职。

太宗久闻得士人郑仁基有女，美而多才，命掖庭局下聘书，聘郑女为充容。原来唐朝太监的制度，立内侍省官员，分内侍四人，内常侍六人，内谒者监六人，内给事八人，谒者十二人，典引十八人，寺伯二人，寺人六人；另立五局：掖庭局专管宫人名册；宫闱局专管宫内门禁，又分掌扇给使等员；奚官局，专管宫人疾病死丧；内仆局专管宫中供张灯烛；内府局专管财物出入。宫中内外大小，共有太监二千六百多人。这时掖庭局奉了旨意，便派典引内侍八人，捧着册书冠带，到郑家去。

这一行人，正要走出宫门，顶头遇到魏丞相进宫来，问起情由，内侍把聘郑家女为充容的话说了。魏丞相忙说不可，便把这一班内侍留住，匆匆进宫去，朝见太宗。奏道："臣闻郑仁基女已许嫁士人陆爽，奈何陛下强夺有夫之妇？"太宗也不觉大惊，一面即传谕停止册命，一面令房玄龄到郑家去，切实察访；又唤陆爽进宫来，太宗亲自问话。那郑仁基对房玄龄再三说，小女并未嫁人；陆爽也奏对说，民人并未聘有妻室。

太宗心中疑惑起来，又请魏丞相进宫商议。朕已亲自问明陆爽并未聘有妻室，那郑仁基也说并未将女儿许配给人，丞相何以又说那郑女是有夫之妇呢？魏丞相奏道："这全是下臣迎合上意，故意将陆家这段婚姻瞒起。臣已访查确实，那郑家女儿却自幼儿许配给陆爽为妻的，万岁万不可强娶有夫之妇，破人婚姻，使百世之下，为盛德之累。"太宗道："群臣容或有迎合之心，但那陆爽何以也肯舍去他的未婚妻子呢？"魏丞相奏道："陛下圣明，当能洞察民隐，彼陆爽不敢自从，只疑陛下外虽舍之，而阴加罪谴，故尔。"太宗听了，悖然动容道："朕之不能见信于民有如此耶？"魏丞相又奏说："天下多美人，何必郑家女。"太宗当即下诏，立刻停止选女。

欲知后事如何，且听下回分解。

第三十二回 兴佛法玄奘出使
伏祸胎武氏承恩

魏丞相见太宗毅然罢免选女的事，便乘机劝谏太宗，当少近女色，保爱身体，又拿古来圣贤豪杰的故事，讲解与太宗听。

君臣二人，终日在御书房谈论着，闲着吟一首诗，下一盘棋，却是十分契合。太宗忽问："朕推阐佛法，使天下人民，咸知向善，岂非佳事？"魏丞相原不甚信佛的，只因太宗迷恋色欲，怕因色欲糟坏了身体。今见皇上信佛，便也一力劝助，也是望太宗借此可以休养身心的意思。太宗当下便打定主意，要召集天下高僧，修建一场水陆大会，超度枉死孤魂。传旨命中书官出榜招僧，又行文各处地方州县，推荐有道的高僧，上长安做会。

不满一月之期，已送到了八百名高僧。太宗传旨，着太史丞傅弈，选举高僧，修建佛事。恰恰那傅弈又是不信佛的，当即上疏谏止。那表上说道："西域之法，无君臣父子，以三涂六道，蒙诱愚蠢，追既往之罪，窥将来之福，口诵梵言，以图偷免。且生死夭寿，本诸自然；刑德威福，系人之主。今俗徒矫托，皆云由佛，自五帝三王，未有佛法，君明臣忠，年祚长久。至汉明帝，始立胡神，然推西域桑门，自传其教，不作为信。"

太宗将此表章，掷付群臣会议。时有宰相萧瑀，出班俯伏奏道："佛法兴自汉朝，引善遏恶，冥助国家，理无废弃。佛，圣人也。非圣无法，请实严刑。"傅弈与萧瑀便在当殿论辩道："礼本于事亲事君，而佛背亲出家，以匹夫抗天子，以继体悖所亲，萧瑀不生于空桑，乃遵无父之教，正所谓非孝者非亲。"萧瑀听了，也不分辩，只合掌道："地狱之设，正为此辈。"太宗见二人争论不休，便召太仆卿张道源、中书令张士衡，问道："佛事营福，其应如何?"二臣同声奏道："佛在清静仁恕。周武帝以三教分次，大慧禅师有赞幽远，历众供养，而无不显；五祖投胎，达摩现象，自古以来，将云三教至尊，而不可毁，不可废。"太宗听了大喜，便传谕再有敢劝阻者，便以非圣无法论罪。便令魏丞相会同萧瑀、张道源考察诸僧，选举一名有德行的僧人作坛主，设立道场。这三位大臣，便于次日，聚集众僧，在山川坛，逐一查选。内中选得一名有德行的高僧，法名玄奘。

这玄奘自出娘胎，便持斋受戒，外祖父便是当朝一路殷开山，父亲便是状元陈光蕊，官拜文华殿大学士。一心不爱荣华，只喜修持寂灭，德行高超，千经万典，无不通晓。当时三位大臣，把这玄奘领上殿来，朝见太宗，玄奘拜伏在丹墀下。萧瑀在一旁奏道："臣瑀等奉旨选得高僧一名陈玄奘见驾。"太宗听了"陈玄奘"三字，沉思良久，便问道："可是学士陈光蕊的儿子吗?"玄奘叩头奏对道："臣正是臣陈光蕊之子。"太宗大喜，便传谕封玄奘为天下大都僧纲之职。玄奘叩头谢恩。又赐五彩织金袈裟一件、毗卢帽一顶，教他前赴化生寺，择定吉日良时，开演经法。玄奘再拜领旨而出。回到化生寺里，聚集各僧，共计一千二百名，分派上、中、下三堂。一切佛寺齐备，选定日期，开坛做四十九日水陆大会，演说诸品妙经。玄奘具表申奏，请太宗至期赴会拈香。

到了吉日，太宗早朝已毕，带领文武百官，乘坐凤辇龙车，离了金銮宝殿，径到化生寺前，吩咐住了音乐响器，下了御辇，领着百官礼佛拈香，三匝已毕。又见那大阐都僧纲陈玄奘法师，引着一群高僧，前来参拜太宗。礼毕，分班各安禅位，当头揭着济孤榜文。太宗看那榜文道：

> 至德渺茫，禅宗寂灭，周流三界，统摄阴阳，观彼孤魂，深宜哀愍！兹奉至尊圣命，选集诸僧，参禅讲法，大开方便门庭，广连悲慈世楫，普济苦海众生，脱免沉疴六道。引归真路，普接鸿蒙，动止无为，混成绝素。仗此良因，邀赏清都绛阙；乘吾胜会，脱离地狱樊笼。早登极乐任逍遥，求往西方随自在。

太宗看毕，满心喜悦。对众僧传谕道："汝等切勿怠慢，待功成缘满，朕当重赏，决不空劳。"众僧一齐顿首称谢。当日太宗便在寺中用斋，斋毕，摆驾回宫。

一转眼又当七日正会，玄奘又具表请太宗降坛拈香。此时善听普遍远近，太宗即排驾，率文武多官、后妃国戚，无论大小尊卑，俱诣寺听讲。到得坛前，只见玄奘法师，高坐在台上，授一回受生度亡经，谈一回安邦定宝篆，又宣一回劝修功卷。听讲的人头挤挤，约有三五万人，满场肃静，一心皈依。

众人正听讲时，忽见两个满头长着癞疮的游僧，挤进人群中来，直抢到坛前，举手拍着宝台，厉声高叫道："那和尚，你只会谈小乘教法，可会谈大乘教法么？"玄奘闻言，心中大喜。翻身下台来，对那两个游僧稽首道："老师父，弟子失瞻多罪，现前的大众僧人，都讲的是小乘教法，却不知大乘教法如何？"那游僧道："你这小乘教法，度不得亡者超升，只可浑俗和光而已。我有大乘佛法三藏，能超亡者升天，能度难人脱苦，能修无量寿身，能做无来无去。"

正喧嚷的时候，有司香巡堂官，急去奏知太宗道："大师正讲谈妙法，忽被两个满身长疥癞的游僧，扯下台去，满口说着混话。"太宗听了大怒，喝命擒来。只见许多人推推攘攘地拥着两个游僧，进后法堂来，见了太宗，首也不稽，掌也不合，仰面道："陛下问我何事？"太宗看了他踞傲的样子，心下却疑惑，便说道："你这两个和尚，既来此处听讲，只该吃些斋便了，为何与朕法师乱讲，扰乱经堂。"游僧答道："你那法师讲的是小乘教法，度不得亡者升天。我自有大乘佛法三藏，可以度亡脱苦，寿身不坏。"太宗问："你那大乘佛法，却在何处？"游僧道："大西天天竺国大雷音寺，我佛如来处，能解百冤之结，能消无妄之灾。"太宗道："你可记得么？"游僧道："我记得。"太宗听了大喜，便命司香巡堂官引去，请上讲台开讲大乘教法。

那两个游僧奉了旨意，手拉手儿，转身大脚步出去，跃上高台，一霎时祥云四起，把这座讲坛密密围住，中间现出一座观世音菩萨来，手中托了净瓶杨柳，左边木吒童儿，右边韦陀菩萨。喜得个玄奘大师，忙倒身下拜。那太宗皇帝得报，也率领文武百官，朝天礼拜，满寺僧尼道俗，无一个不拜倒在地，口中念着南无观世音菩萨的佛号。太宗即把吴道子传来，对菩萨画下真形来，渐渐地彩云散去，金光消灭，菩萨真身倏已不见，只见那半空中飘下一张简帖儿来，上面写着几句偈语道："礼上大唐君，西方有妙文。程途十万八千里，大乘进殷勤。此经回上国，能召鬼出群。若有肯去者，求正果金身。"

太宗读了偈语，便传谕且把水陆道场收起，待朕差人去取得大乘经来，再秉丹城，重证善果。一面在京师城里城外，遍贴黄榜，寻求肯上西天去拜佛求经的僧人。第二天那玄奘法师，便袖中藏了黄榜，进宫去朝见太宗皇帝，跪奏道："贫僧不才，愿孝犬马之劳，与陛下求取真经，便可保得陛下江山永固。"太宗大喜。便亲自下殿来，伸手将玄奘扶起说道："法师果能尽此忠勤，朕愿与法师结为方外弟兄。"便与玄奘同坐玉辇，摆驾到水陆道场，在佛座前，拉着玄奘，拜了四拜，口称御弟圣僧。慌得玄奘忙还礼不迭，说道："贫僧何德何能，敢蒙天恩如此眷顾。我此一去，定要捐躯努力，直达西天。如不到西天，不取真经，即死也不敢回国，永远沉沦在地狱之中。"说着，便在佛前拈香为誓。太宗大喜，暂送玄奘回洪福寺去。寺中许多僧徒，听得玄奘要赴西天去取经，都来相见道："尝闻人言，西天路远，更多虎豹妖魔，法师这一去，只怕难保性命。"玄奘道："我已发下誓愿，此去若取不得真经，便愿永沉地狱。但长途跋涉，渺渺茫茫，吉凶正是难定。"

次日，太宗设朝，聚集文武，写了取经文牒，用了通行宝印。随即把玄奘宣上殿来，口称御弟道："今日是出行吉期，御弟可就此起行。朕又有一个紫金钵盂，送与御弟，途中化斋需用。再选两个长行从者、白马一匹，送御弟为远行脚力，便请御弟起程。"玄奘接了钵盂，谢了圣恩。太宗排驾率同众文武官员，送至关外。那洪福寺僧徒，又将玄奘的冬夏衣服，俱送在关外侍候。太宗先叫长行从者，收拾行李、马匹，然后命宫人执壶看酒。太宗举杯问道："御弟可有雅号？"玄奘奏称："贫僧出家人，未敢称号。"太宗道："当时菩萨说：'西天有经三藏'，御弟便号称'三藏'如何？再者御弟此一去，远适异国，可改姓唐，用'唐三藏'三字是表明不忘本国、不忘此去取经的意思。"玄奘又谢了恩。接了御酒，正要饮时，只见太宗低着头，向地面上抓一些尘土，弹入酒杯中。三藏不解是何用意。太宗笑道："御弟此去，到西天何时可回？"三藏道："只在三年，径回上国。"太宗又劝着酒道："日久年深，山遥路远，御弟可饮此酒，宁恋本乡一捻土，莫爱他乡万两金。"三藏方悟太宗撮土入酒之意，便举酒杯一饮而尽，告别出关。

此一去，三藏到处为人讲经说法，远近异国人，一齐尊敬他。在西域地方，共留住十七年工夫，经过一百余国，都能通得他国里的语言。三藏便采取各国的山川谣俗土地，著成《西域记》十九卷。回国之日，太宗差工部官在长安关外，建起了一座望经楼接经，共得有梵字经典六百五十七部。太宗下诏，便在洪福寺翻译，仍令右仆射房玄龄、太子左庶子许敬宗，广召硕学沙门五十余人，相助整理。那经卷的名目，有《涅槃经》四百卷，《虚空藏经》二十卷，《恩意经大集》四十卷，《宝藏经》二十卷，《礼真如经》三十一卷，《大光明经》五十卷，《维摩经》三十卷，《金刚经》一卷，《菩萨经》三百六十卷，《楞严经》三十卷，《决定经》四十卷，《华严经》八十一卷，《大般若经》六百卷，《未曾有经》五百三十卷，《三论别经》四十二卷，《正法论经》二十卷，《佛本的经》一百六十卷，《菩萨戒经》六十卷，《摩诃经》一百四十卷，《瑜伽经》三十卷，《西天论经》三十卷，《佛国杂经》一千六百三十八卷，《大智度经》九十卷，《本阁经》五十六卷，《大孔雀经》十四卷，《贝舍论经》十卷，《五龙经》二十卷，《大果经》三十卷，《法华经》十卷，《宝藏经》一百七十卷，《僧祇经》一百十卷，《起信论经》五十卷，《宝威经》一百四十卷，《正律文经》十卷，《维识论经》十卷，共有五千零四十八卷。

玄奘一身，共遭了八十一难。第一难是金禅遭贬；第二难是出胎几杀；第三难是满月抛江；第四难是寻亲报冤；第五难是出城逢虎；第六难是落坑折从；第七难是双义岭上；第八难是两界山头；第九难是陡涧换马；第十难是夜被火烧；第十一难是失却袈裟；第十二难是收伏八戒；第十三难是黄风怪阻；第十四难是请求灵吉；第十五难是流沙难渡；第十六难是收得沙僧；第十七

难是四圣显化；第十八难是五庄观中；第十九难是难活人参；第
二十难是贬退心猿；第二十一难是黑松林失散；第二十二难是宝
象国捎书；第二十三难是金銮殿变虎；第二十四难是平顶山逢
魔；第二十五难是莲花洞高悬；第二十六难是乌鸡国救主；第二
十七难是被魔化身；第二十八难是号山逢怪；第二十九难是风摄
圣僧；第三十难是心猿遭害；第三十一难是请圣降妖；第三十二
难是黑河沉没；第三十三难是搬运车迟；第三十四难是大赌输
赢；第三十五难是祛道兴僧；第三十六难是路遇大水；第三十七
难是身落天河；第三十八难是鱼篮现身；第三十九难是金岘山遇
难；第四十难是普天神难伏；第四十一难是问佛根源；第四十二
难是饮水遭毒；第四十三难是西梁国留婚；第四十四难是琵琶洞
受苦；第四十五难是再贬心猿；第四十六难是难辨猕猴；第四十
七难是路遇火焰山；第四十八难是求取芭蕉扇；第四十九难是收
缚魔王；第五十难是赛城扫塔；第五十一难是取宝救僧；第五十
二难是棘林吟咏；第五十三难是小雷音遇难；第五十四难是诸大
神遭困；第五十五难是柿林秽阻；第五十六难是拯救驼罗；第五
十七难是朱紫国行医；第五十八难是降妖取金圣；第五十九难是
七情迷没；第六十难是多目遭伤；第六十一难是路阻狮驼；第六
十二难是怪分三色；第六十三难是城里遇灾；第六十四难是请佛
收魔；第六十五难是比丘救子；第六十六难是辨认真邪；第六十
七难是松林救怪；第六十八难是僧房卧病；第六十九难是无底洞
遭困；第七十难是灭发国难行；第七十一难是隐雾山遇魔；第七
十二难是凤仙郡求雨；第七十三难是失落兵器；第七十四难是宴
庆钉钯；第七十五难是竹节山遭难；第七十六难是玄英洞受苦；
第七十七难是赶捉犀牛；第七十八难是天竺招婚；第七十九难是
铜台府监禁；第八十难是凌云渡脱胎；第八十一难是通天河落
水。后人便把唐三藏这八十一难，演成功了一部《西游记》小说。此外与唐宫不相干的事体，在下也不多说了。

如今还需补说一件唐宫中紧要的事体，只因那年太宗下诏挑选宫女，又传谕地方有司，进献美人。虽说因郑女的事，下诏罢免选女，但内中有一个并州刺史，因访得并州文水地方都督武士彟的女儿，长得绝色，便选作美人，送进宫来。太宗一见，叹为国色，便封作才人。这才人虽生成妖媚，年纪却只有十四岁，还羞答答地不甚解得风情。太宗常常唤她媚娘，抱在怀里，抚摸玩弄一阵罢了。武才人的小名唤作媚娘，太宗唤着她的小名，原是宠爱她的意思。无奈这武媚娘一味娇憨，不解风趣，太宗常常用恩情挑逗她，她总是避着，不肯承恩。

恰巧有一天午后，太宗坐在月华池边，看鸳鸯戏水，媚娘捧着拂尘，站在一旁。这时左右无人，静悄悄地只见一个文彩华美的鸳儿，追赶着另一个鸯儿，在水面上成其好事。媚娘看了，不觉掩着唇儿嗤地一笑。太宗看她粉颊红晕，娇羞可爱，便也搂抱了媚娘，成其好事。媚娘年纪幼稚，身躯娇嫩，在承恩之际，婉转娇啼。太宗轻怜热爱，一连临幸了三夜，把个媚娘弄得病倒了。一病二十多天，太宗也到别处临幸去了。

谁知这时民间，忽起了一种谣言，说图谶上载明唐朝三世以后，当属女主武王，代有天下。传在太宗耳中，心中十分疑虑，便下密诏给地方有司，秘密侦查，遇名姓有武字，或与武字同音的，便从重办理。恰巧有华州刺史李君羡，小名五娘，官封武卫将军，又是武安县人氏，封武连县公。太宗便授旨借别故杀死他。司天台又报告太白昼见；大史官占卦，说是女主昌盛。太宗便召李淳风进宫，问他禳解之法。淳风奏称女主不死，徒多杀无疑。臣仰观天象，俯察历数，此人当已在宫中，自今以后，不过三十年，便当王天下，杀唐家子孙殆尽。太宗听了，更觉惊惶，便说道："朕欲将宫中，迹涉疑似者尽杀之如何？"淳风奏道：

"天命已定，非人力所能挽回。自今以往三十年，幸其人已老，也许能发生慈心，为祸或浅。今若得而杀之，天或更生年少者，肆其怨毒，恐陛下子孙无遗类矣。"太宗听了，只得罢休，但心却日夜不安，时时留心这个姓武的女人。这冥冥之中，也是天意，那武才人日日在太宗身旁侍奉着，太宗却毫不疑心，反百般地宠爱她。直到武才人病倒，太宗才觉得才人年幼娇弱，不胜雨露，便许她在后宫中静养，还时时拿许多珍宝、缎匹去赏她。

这武媚娘虽说年纪幼小，却是一个工于心计的女子，她自己知道长着豆蔻年华，洛神风韵，仗着她的媚骨花容，正可以颠倒少年，操纵英主。因此太宗虽百般宠爱，她总是淡淡的，只因太宗已有五十岁以外的年纪，享国不久，又多内宠，自己是新进的，位卑职小，谅来也得不到几日的风光。因此这武才人并不把太宗的宠爱放在心头，只暗暗地在诸位王子中物色人才，用心笼络。那时承乾太子因谋反废为庶人，死在黔州地方。依照定例，挨着次儿弟四皇子魏王泰当立为太子。

这魏王却长得一副美丽的容貌，活泼的性情，太宗皇帝原也十分宠爱他的。泰又爱结交宾客，酷好文学，太宗下诏便在魏王府中，立文学馆。魏王在馆中著书讲学，延请著作郎萧德言、秘书郎顾胤、记室参军蒋亚卿、功曹参军谢偃等学士入府，撰成《括地志》一书。太宗命卫尉供帐，光禄给士，天下文学之士，都投到在魏王门下。那富贵子弟又互相标榜，魏王府中门庭若市。便是太宗皇帝，也亲自临幸魏王延康坊私第。魏王私第中，服用豪华，侍卫如云。太宗又顾怜魏王，身躯肥胖，行动不便，便特许魏王，乘坐小舆，出入宫禁。太宗在宫中时时思见魏王，便敕魏王移居宫中武德殿。因此魏王得时时与宫中妃嫔亲近。魏王面貌又长得俊美，仗着皇帝的宠爱，宫中妃嫔便争夺着去讨魏王的好。魏王便渐渐地放肆起来，拣几个美貌的妃嫔，暗暗地和她结识下私情了。

　　这时承乾太子害了足病，走路成了跷子，照定例皇子肢体有残疾的，便当退出东宫。那承乾太子，平时又无恶不作，太宗也很不满意于太子了。那妃嫔们打探得了这个消息，便一力怂恿魏王，去谋夺太子的位置。魏王便结识下了驸马都尉柴令武、房遗爱、韦挺、杜楚客这一班人，常常在太宗跟前，说着太子的坏话。后来侯君集谋反事败，连累太子也去了位。

　　欲知后事如何，且听下回分解。

唐宫二十朝演义

（中）

许啸天◎著

吉林出版集团股份有限公司

第三十三回　箫声起处初施雨露
　　　　　　　素筵张时再证恩情

　　武媚娘究竟是有见识的女子，当时魏王泰得太宗的宠爱，宫中的妃嫔，都和魏王私通声气，有几个放荡的妃嫔，竟暗暗地和魏王结下了私情。她们一来贪恋魏王长得年轻貌美，二来也是攀援魏王的势力，他日魏王做了太子，多少也得到一点好处。独有这武媚，只对着魏王冷冷的。别的妃嫔见魏王进宫来，便一盆火似的向着；媚娘见了魏王，却避得远远的。魏王原是一个好色之徒，他见了媚娘这般美色，岂有不贪慕之理，便也用尽手段，百般地去趋奉她，勾引她。在魏王的意思，媚娘是新承恩宠的，皇上正溺爱她的时候，若能勾引得她上了手，替魏王在父皇跟前说几句好话，比到别的妃嫔，便格外有力。

　　谁知媚娘的心思，却完全和魏王相反。在媚娘原也存心要结识上一个少年美貌的皇子，图她日后的风流；但她是要拣那忠厚少年，一旦得宠之后，可以颠倒操纵的。偷眼看着那魏王，是一个浮滑、阴险的少年，将来决不能成大器；便是成了大器，也是一个无情无义的薄幸郎君。因此立意不愿和魏王交结，任那魏王温存体贴，殷勤馈送，总给他个不理不睬。媚娘在暗地里，却看中了一位第九皇子晋王治。

　　讲到这位晋王，生性是一个忠厚老诚的青年，他虽是文德皇后亲生的儿子，但因他生性懦弱，在宫中常常受弟兄们的欺侮。娶妃王氏，却是从祖母同安长公主的孙女。生性也是十分贞静。夫妇两人住在宫中，常常受妃嫔们的奚落，但晋王却毫无怨言。独有这武媚娘，每值宫中闲静之时，便到晋王府中，找王妃闲谈去。那内仆局，也明欺晋王夫妇是忠厚老实的人，一切供应，都十分减薄。出进晋王府中去，只见婢仆零落，帘幕萧条。王妃自己已补缀着衣服，晋王也亲自拂拭着窗户。媚娘便在不周不备之处，私自拿些银钱绸缎去贴补晋王妃子，又把自己院中使唤的宫女内侍，拨十六名去听候晋王呼唤。这一来把个晋王夫妇，感激得深铭肺腑。

恰巧晋王又在此时，患起病来了，病得昏昏沉沉，也经太医诊脉服药，但晋王这一病，竟病了三个月。王妃朝晚在一旁看护着，常常守到夜深，不得安睡。后来晋王病势渐渐减轻了，武媚娘也不时进府来探望。在白天的时候，媚娘也替王妃看护晋王的病。王妃也觑着空儿回房去安息片刻，媚娘便乘这个机会下手，看看晋王面貌清秀、性情忠厚，将来也容易操纵。本来人在患病的时候，倘然有人怜惜他，便容易触动感情，何况一个是美女子，一个是美男子，各在少年，昼长人静，枕席相对，岂有个不动邪念的。再加媚娘放出她轻挑浅逗的手段来，在色授魂与的时候，他俩人便成就了好事。晋王是一个忠厚男子，便在枕上立着誓，说愿世世生生不忘今日之情。从此以后，他二人便瞒着王妃，做着无限若干的风流的事体。

恰巧承乾太子得罪废死，太宗意欲立魏王泰为太子。但武媚娘几度侍奉过太宗以后，深知太宗的性格，便暗暗地指教晋王，须如此如此，必可得父皇的欢心。恰巧有一天，太宗命诸皇子学习骑射，唤晋王也一块儿到郊外去。晋王便推辞说："非臣儿所好，但愿得奉至尊，居膝下，则儿心所好也。"太宗听了，心中十分喜悦，便传谕工部，在太宗寝殿左侧，造一座别院，使晋王搬入居住。

从此太宗心中，暗暗有立晋王为太子的心意。承乾太子谋反的计策败露以后，不久那魏王泰结党营私、倾轧太子的计谋，也败露了。太宗下诏，自今太子不道，藩王窥望者两弃之。便改魏王为顺阳王，出居均州之郧乡。长孙无忌又一力保举晋王治，堪为太子。太宗道："公劝我立雉奴，雉奴仁懦，得无为宗社忧。"雉奴便是晋王的小名。长孙无忌力言其无妨。太宗便下诏立第九子晋王治为太子，入居东宫。

那东宫接近后宫，从此媚娘与太子的踪迹，却愈加密切了。王妃平日暗地留意，残云零雨，也有几次落在眼里。只因他夫妇二人，得有今日，全是媚娘的妙计胜人。如今虽说行径不端，也只得一只眼开、一只眼闭地忍耐下去。正在这时，太宗皇帝突然崩了，遗诏传位太子治。太子便在太宗枢前接位，便称"高宗"。太宗另有遗诏，令先朝诸嫔媵，承恩过的，一律出宫为尼。那武媚娘虽说一心迷恋着高宗，但自己是先帝的才人，被遗诏逼迫着，也只得随着众妃嫔出宫，削发为尼。

媚娘住的尼庵，名唤水仙庵。高宗便暗暗地嘱咐内侍，凡是水仙庵中的器用服食，格外供应丰美。又时时着心腹内侍，拿奇珍异宝去赐与媚娘。他俩人一在宫里，一在宫外，无时无刻，不是挂念着。高宗因想媚娘，想得十分厉害，每日朝罢无事，坐在宫中，长吁短叹。虽一般有六宫粉黛、三千嫔娥侍奉着，但都是庸脂俗粉，在高宗眼里看着，好似粪土一般。高宗既即了皇帝位，照礼便册立王妃为皇后，又立着贵妃、淑妃、德妃、贤妃、昭仪、昭容、昭媛、修仪、修容、修媛、充仪、充容、充媛、婕妤、美人、才人。共二十七世妇，又立宝林、御女、采女，各二十七人，合八十一御妻。内中虽有几个，也得高宗宠信的，但比到媚娘那种旖旎姿态、艳冶风光，真是有天凡之隔。

有一日，高宗因天气昏闷，带着一个小黄门，无意地走到御苑中长廊下纳凉。这时两廊下古树参天，浓荫密布，一阵阵凉风吹来，沁人心脾。高宗连称好风，便倚着雕栏，坐了下来。正静悄悄的，只听一缕箫声，从浓荫中度来，吹得抑扬宛转、悠静动人。高宗便留小黄门在长廊下守候着，自己便分花拂柳地寻着萧声走去。那小黄门在长廊下守候了半晌，不见万岁出来，那箫声却早已停住了。看看那天的西北角上，忽然起了一朵乌云，一霎时风起云涌，满天罩住了黑云，大有雨意。这小黄门便忍不住了，依着万岁爷走去的路，向花木深处找去。曲径通幽，看看走到葡萄架下，前面有一带芙蓉，花光灿灿。从花间叶底望去，只见两个人影儿，肩并着肩，脸贴着脸，一个是云鬟高拥、玉肩斜
亸，一望便知是宫中的嫔娥；一个却是万岁爷。这时那宫娥把粉脸软贴在万岁爷的肩头，手中弄着那支玉箫，低低地度着莺声，唧唧哝哝的不知在那里说些什么。

那小黄门远远地站在花架外面，却不敢做声儿。忽然如豆子一般大的雨点，夹脸扑来。那雨势又密又急，一霎时把个小黄门浑身淋得湿透，兀自不敢作声，直挺挺地站在雨中。那高宗皇帝和这宫娥，并肩儿坐在葡萄架下，上面浓荫密布，雨点稀少，一时他两人正在色授魂与的时候，倒也不觉得，后来那雨势却愈来愈大了，高宗只觉得肩头一片冰冷透湿，才唤着一声"啊哟"，一手拉着那宫娥，飞也似地向前面挹翠轩中奔去。

那小黄门也浑身水淋淋地跟着向挹翠轩中走来。那宫娥一眼见那小黄门，好似落汤鸡一般的，忍不住把一手掩住樱唇，躲在万岁怀里，吱吱地笑着。高宗皇帝一面伸手抚摸着宫娥的脖子，一面对这小黄门说道："快回房换衣服去。传御膳局备筵宴来，朕在此挹翠轩中饮酒赏雨。"小黄门口称领旨，匆匆退去。

第三十三回　箫声起处初施雨露　素筵张时再证恩情

不一刻，果然御膳局送上美酒佳肴、龙肝凤髓。高宗皇帝慢慢地饮着酒，赏着雨，又看着这宫娥。这宫娥居然长得冰肌玉骨、身材苗条、语言伶俐、眉目俊俏。看她眉心儿一层，朱唇儿一裂，嫣然的笑容，真要引得人心醉。高宗问她名姓，现居何职？这宫娥奏称姓萧，小名唤作云儿，进宫来不及三载，内侍省分派婢子在御苑来喜轩中承值，现充良娣之职。高宗听了笑说道：“来喜、来喜，今夜果然喜来矣；云儿、云儿，今宵朕便与汝会云雨去也。”萧良娣听了，不觉娇羞腼腆，忙跪下地去谢恩。高宗伸手把她扶起来，坐在膝下，命良娣吹一曲凤求凰。这时雨过天晴，花木明净，悠悠的箫声从万绿丛中，一声一声地度出来，望去好似仙境。

看看夕阳在树，高宗皇帝也有了几分醉意，萧良娣扶着临幸来喜轩去。这一夕萧云儿曲意承迎，婉转荐寝，虽说是破瓜处女，但在嬉乐间的一种擒纵手段，教这高宗皇帝，竟有应接不暇之势。高宗十分宠爱，第二天便下诏册封云儿为萧淑妃，腾出一座彩霞宫来，给萧淑妃居住。从此高宗每日朝罢回宫，便向彩霞宫中一钻，饮酒歌舞，快乐逍遥，早把六宫粉黛，一齐丢在脑后。

别人却不打紧，独有那王皇后，从前在王府中的时候，是患难夫妻，如今一朝富贵，便沉迷女色，把这正宫娘娘，一连冷落了五六个月。王皇后心中十分怨愤，只因自己是六宫之主，不能轻易去和妃嫔争宠的，只打发宫婢在外面打听，打听得高宗每夜总在彩霞宫中，寻欢作乐。

那萧淑妃把一个万岁霸占住在自己宫里，便想出种种歌舞、饮食的法子来引诱着皇帝。萧淑妃在母家的时候，原制得一手好汤饼，这时她在宫中，也设着内厨房，淑妃亲自到厨房里去，烹调各种美味的汤饼来献与万岁爷吃着；又学着民间夫妇的模样，萧淑妃做着主母，高宗做一家的主人，选那面貌俊秀的宫女和内侍，充着儿媳，假装着一家骨肉，团圆笑乐。有时高宗也亲自到厨房里去，替萧淑妃执着炊。又把日用饮食器具，在宫中排列成街市，做各项买卖。皇帝和淑妃挽着竹筐，扮作平民模样，入市去买物。那街市中各内侍，扮作店肆中掌柜的，故意和皇帝争论价值，学着市井中骂人的口吻；又有那耍拳棒的、卖草药的、要戏法的、卖熟食的喧嚷纷哝。皇帝和淑妃插身其间，恣为笑乐。有时萧淑妃扮着嫦娥舞，轻纱四垂。淑妃穿着一身白色舞衣，在纱帐中，婉转俯仰地舞着。纱帐后面，拿灯儿做成一轮明月，那明月愈近愈大，光照一室。嫦娥便在明月光中翩跹舞着。高宗在帐外设着筵席，一边饮着酒，一边看着。只见那嫦娥长袖轻裾，舞衣如雪，态若游龙。正看得出神的时候，那嫦娥直奔出帐来，向高宗怀中一倒，高宗也不顾左右内侍门，便拥着嫦娥进帐去，内侍们急退出屋去。那萧淑妃在帐中的吃吃笑声，直送到户外来。这样的尽情旖旎，澈胆风流，高宗乐也乐不过来，却如何能念到皇后的孤寂和妃嫔们的嫉妒呢。

到这时皇后却忍无可忍，便授意给侍郎上官仪，上一本奏章，说皇上当爱惜精神，勤理朝政，不当亲匿群小，玩物丧志。高宗看了奏章，一笑置之，依旧寻他的快乐去。

王皇后看看无计可劝住皇帝行乐，又实是嫉妒萧淑妃宠擅专房，便私地里召集了几个妃嫔，大家商量着，要设法离间萧淑妃的宠爱。内中有一位刘贵妃，她和王皇后最是投机，在后宫中，年纪也最长，跟随着王皇后在王府中的时候，亲眼见皇后躬操井臼，深夜缝纴，十分辛苦着。如今见皇帝冷淡着正宫娘娘，她心中也代抱不平；再者这刘贵妃和王皇后格外密切，内中也存着一段私意。只因王皇后无子，刘贵妃在王府中却生下了一个儿子。名忠，字正本，在皇子中年纪是最长。当正本满月的时候，王府

第三十三回　箫声起处初施雨露　素筵张时再证恩情

设着盛大的筵席，太宗皇帝也临幸府第，对群臣道："朕初得长孙，今日欲与诸卿共乐。"酒吃到半醉的时候，太宗命庭前作乐，自己便在席间舞着。高宗皇帝也和群臣跟着起舞。舞罢，太宗赏赐的珍宝很多。高宗看父皇如此宠爱长孙，又因正本的母亲刘氏充仪，出身太低，便和王皇后商妥，把这长子正本，认作自己的儿子。这时王皇后的舅父柳奭，也劝皇后把正本养为己子，太宗便封正本为燕王。后来高宗即位，柳奭和褚遂良、韩瑗、长孙无忌、于志宁一班大臣，奏请立正本为太子。从来说母以子贵，王皇后也奏请立太子生母为贵妃，从此这刘贵妃感恩知己，处处帮助王皇后的。

如今王皇后召集妃嫔，商量离间萧淑妃之计，当时在座的还有郑德妃、杨贤妃，大家商议了半天，也想不出一个好法子来。正踌躇的时候，那刘贵妃忽然思得一计，说道："先皇妃嫔中，不是有一位武才人吗？万岁做太子的时候，俺们和她一块儿住在宫中，她也和俺们很说得投机。便是万岁的能够做太子，大半也还是这武才人的计谋。那时俺万岁也很迷恋着武才人，娘娘不是也亲自撞见过几次的吗？如今俺们不妨悄悄地依旧把这武才人唤进宫来。从来说的新婚不如久别，那时万岁爷见了武才人，包在俺身上便把这淫贱的萧丫头，丢在半边了。"刘贵妃说了这一番话，一班妃嫔们都说是好计。独有王皇后却摇着头说道："前门拒虎，后门进狼。俺这万岁爷，又是没主意的，见一个爱一个，只怕那武才人，也不是好惹的呢。"一句话点破了，众人也无法可想，便各各散去。

那边高宗皇帝和萧淑妃的恩情，一天深似一天，看看萧淑妃已有孕在身。刘贵妃深怕将来萧淑妃生出一个男孩儿来，仗着万岁爷一时的宠爱，便夺了她儿子太子的位置。因此悄悄地去见王皇后，催她速行把武才人唤进宫来的计策。

事有凑巧，这时正值太宗死后四周年之期。京师地方、大小寺院，齐做着佛事，追荐先皇。高宗也亲到各寺院去拈香祭典。看看来到水仙庵中，女尼们料理出一桌素席，请高宗用斋。高宗正端起一只白玉酒盅儿饮时，一眼见那盅儿上雕着一个篆体双钩的媚字来，高宗顿时记起来，这水仙庵原是武才人落发修行的所在。当下便传谕左右侍卫，一齐退去，传庵中女尼出来侍奉。果然走出来了四个年轻俊美的女尼，站在两旁，伺候高宗饮酒。高宗看看这四个女尼中，却没有一个是武媚娘，心中不乐，便停着杯儿不饮，低低地问媚娘何在。内中有一个乖觉的女尼，奏对说："媚娘因今日是先帝忌日，心中悲伤，无心修饰，怕亵渎了万岁爷，便不敢接驾。"高宗听了，笑说道："朕能替媚娘解忧，今日虽是先皇忌日，俺们见个面儿，却也何妨，快传谕去请媚娘相见。"

一个女尼奉了圣旨，进内院去传唤媚娘。媚娘说"未亡人已截发毁容，不可亵渎圣目，不敢见驾"。高宗如何肯依，便接二连三地传谕进去，说倘再不来见驾，万岁便要亲自移驾进内院来了。媚娘违拗不过，只得略整衣襟出来，走到筵前，低着头，捧着酒壶，替高宗斟了一杯酒，放下酒壶，转身便要走去。高宗上去，伸手拉住衣袖，说道："媚娘，媚娘，缘尽于此了吗？"说着，止不住眼泪纷纷落下来。那媚娘也不禁低头宛转，拿衫袖拭着眼泪。高宗伸手去紧紧地握住媚娘的手，两人黯然相对了半晌。媚娘叹着气说道："昔日恩情，而今都成幻梦，陛下去休，莫再以薄命人为念。"说着，便要夺手进去。高宗如何肯舍，便道："吾二人岂不能重圆旧梦乎？"媚娘摇着头说道："妾已毁容，势难再全。况子纳父妃，名分攸关，愿陛下舍此残花败柳，海样深恩，妾三生衔感不尽也！"媚娘愈说得可怜，高宗愈不肯舍。看她柳眉锁恨，杏靥含愁，高宗恨不得立刻带她进宫去重圆好梦；又看她清鬓已经剃尽，实是无可挽回了，便只得忍心挥泪别去。

谁知高宗在水仙庵中私会武媚娘这件事，被护驾的侍卫，偷偷地去告诉了王皇后。王皇后便与刘贵妃商量。刘贵妃道："万岁还未忘情媚娘，迟早总要把媚娘弄进宫来的，那时媚娘一得了宠，俺和皇后越发要吃她们的欺侮了。依俺的意见，不如请皇后悄悄地把媚娘接进宫来，在宫中养着，慢慢地给她留起头发来。那萧家婢子，倘再迷住皇上不放，俺们便把这媚娘献出去。那时媚娘若得了宠，那萧家婢子便失了宠。再者这媚娘是娘娘弄她进来的，自然和俺们连通一气，凡事也肯帮助俺们了。"她后妃两人正计议着，忽见宫女报来，说萧淑妃产下皇子来了。刘贵妃听了，一拍手说道："更不得了，万岁爷从此更把那萧家婢子宠上天去了，三五年以后，怕不要把这小东西立做太子，把那萧家丫头，封作皇后呢。"王皇后听到这一句话，便不由得怒气直冲，说着："好，好！俺便把媚娘接进宫来，看这贱婢能保得几时宠幸。"

那边高宗见萧淑妃产下一个皇子，心中万分的欢喜。取名素节。到满月的那一天，彩霞宫中，十分热闹，许多妃嫔进宫来贺喜，欢笑畅饮；又在弘德殿上，赐百官筵宴。

欲知后事如何，且听下回分解。

第三十四回　排异己萧妃遭谪
　　　　　　　结欢心王后屈尊

　　彩霞宫中正在欢笑畅饮的时候，只见一辆轻车，悄悄地推进了后宫门，直送到正宫里停下。宫女上去，从车子里扶出一位娇貌轻盈的女尼来。那女尼见了王皇后，便拜倒在地，口称娘娘千岁。皇后亲自去把女尼扶起，拉起手儿，走进寝宫去，两人密密切切地谈着心。从此王皇后便把这女尼留养在宫中，暗暗地给她留起头发来。这个女尼不是别人，便是被太宗临幸过，又和高宗偷着情的武媚娘。这媚娘此时还只有十八岁年纪，王皇后着意调理着，益发出落得艳冶风流。她性格又乖巧，心地也聪明，每日伺候着皇后的饮食起居；闲暇的时候，又说笑着替皇后解着闷儿。皇后也不时赏她金银衣饰，媚娘便拿了悄悄地赏了宫女，因此合一个正宫上上下下的人，没有一个不说武媚娘是大贤大德的。便是那刘贵妃，越发和媚娘说得投机，两人在宫中拜了姊妹。刘贵妃把媚娘拉到自己宫中去，同起同卧，十分亲密。

　　看看过了两年，媚娘鬓发如云，翠鬓高拥，越发出落得容光焕发、妩媚动人。那时打听得高宗宠爱萧妃的心思也差了些，有暇御驾也常临幸正宫。那萧淑妃打听得万岁在正宫留住，便在背地里骂皇后是骚狐，又假说素节哭唤阿父，接二连三地把个万岁逼回宫去；也便有人把萧淑妃辱骂皇后的话，悄悄地去告诉了皇后。皇后大怒说："这贱婢，俺须不能饶她！"

隔了几天，高宗又临幸正宫，帝后对坐着用膳。在饮酒中间，皇后故意说："当年若无武才人为陛下设谋，如何能得有今日？可怜那武才人自先皇去世以后，便守着暮鼓晨钟，向空门中度着寂寞光阴。陛下也曾怜念及否？"高宗自从那日和武媚娘在水仙庵中相遇以后，回得宫来，也便时时挂念。如今听皇后提起，便不由得叹了一口气道："空门一别，有如隔世，每值花前月下，如何不念？只因关系着先王的名分，且美人业已削发出宫，无可挽回的了。"王皇后笑说道："妾身亦知陛下未能忘情武氏，已为陛下物色得一个女子在此，容貌举止，完全从媚娘脱胎得来，今敢献与陛下，以解相思之渴。"高宗听说，忙问女子何在？王皇后回头去吩咐宫女，把那新入宫的女子唤出来。

停了一会儿，果然两个宫女，扶着武媚娘出来，走在高宗跟前，深深拜倒。待高宗扶起她头来看时，丰容盛鬋，这不是媚娘，却是何人？当下王皇后便把如何探听得陛下私访尼庵，知道陛下还想念武氏，便悄悄地去把她接进宫来，留着头发，藏在宫中，待陛下临幸。一席话说得高宗心花怒放，连声赞叹，说皇后真是好人，当夜便在西宫临幸武氏。

他二人久别重逢，自有一番缱绻。武氏如今年已长成，床席之间，自解得一番擒纵手段，不复如从前一味地娇憨羞缩了。高宗十分欢喜，便拜为昭仪。那武氏因不忘皇后引进之恩，便每日到正宫去朝见，伺候着皇后的起居，依旧陪着皇后说笑解闷直到万岁在西宫守候着，几次打发内侍来传唤，她才回西宫去。隔了几天，又亲自把皇帝送进正宫去，劝皇帝不可失了夫妇患难之情。又说那萧淑妃，出身淫贱，只知一味沽宠，不顾后妃大礼，劝皇帝少亲近为是。高宗听了武氏的话，果然把萧淑妃冷淡下来。王皇后和刘贵妃二人，都是十分感激武氏的。

　　这武昭仪在床笫之间，果然是妖冶浮荡，把个风流天子，调弄得颠倒昏迷；但每值她敛容劝谏的时候，眉头眼角，隐隐露着一股严正之气，不由这位懦弱的皇帝见了不畏惧起来。你若依从了她，一转眼便横眸浅笑，叫人看了煞是可爱；你若不依从她，见她那副轻颦薄嗔的神韵，叫人看了又煞是可怜。

　　日子久了，这皇帝便被武氏调弄得千依百顺。有时高宗朝罢回宫，心中遇到大臣争执，难解难理的事体，武氏只须一句话，便处置下来了。从此高宗越发把这武氏另眼看待，每天把朝廷大事和武氏商量着，又把各路的奏章给武氏阅看。武氏做女孩儿的时候，原读得很多的诗书，当下便替皇帝批着奏章。起初原和皇帝商量妥当了，再动笔批写，后来因高宗怕烦，一切奏章都由武氏做主批阅。这高宗皇帝原是好逸恶劳的人，如今见武氏能批阅奏本，便也乐得躲懒去。这武氏原也生得聪明，又因她随侍先皇帝的时候，先皇帝批阅奏章，她看在眼里。如今她批去的奏本，果然语言得体，处置得宜，外间臣工毫无异言，高宗也很是放心，把武氏加封为德妃。

　　这武氏地位一高，她却渐渐地放出手段来。第一个便拿刘贵妃开刀，她在高宗跟前，说王皇后和萧淑妃两人，在暗地里闹着意见，全是刘贵妃从中挑拨成功的。这刘氏原是后宫出身，她仗着太子是她的亲儿子，便敢任意播弄，宫廷之内，不能容此小人。况当今太子，即经皇后认为亲子，如何又留刘氏在宫。他日太子觉悟，使皇后一番苦心，付诸东流，便硬逼着把刘贵妃废为庶人，打入冷宫。

　　高宗又把武氏升为贵妃，与皇后只差一级。那萧淑妃的位置，却在武氏之下。这武氏却日夜在高宗跟前，诉说萧淑妃居心阴险，只因她生有皇子，却在外面结党营私，谋害太子，却要把自己儿子立做太子。这句话萧淑妃原也对高宗说过，高宗如今听了武氏的话，却也半信半疑。武氏又暗暗地把这话去对皇后说了，皇后久已怀恨萧淑妃了，便也在高宗跟前，说萧淑妃如何如何包藏祸心。

刘贵妃既已废黜，皇后跟前没有亲信的人，便把武氏认为心腹，朝晚商量如何谋陷萧淑妃。便有正宫里的内侍，悄悄地把这消息传给萧淑妃知道。萧淑妃十分惊惶，打听得武氏不在皇后的跟前的时候，便悄悄地赶到正宫去，在王皇后跟前跪着求着，不住地叩头哭着说道："婢子原自己知道福薄，受不起万岁的宠幸，无奈万岁恩重如山，把婢子升做淑妃。婢子也曾几次劝万岁不可冷落了娘娘，婢子也知道娘娘当时十分愤怒。婢子不该把万岁的宠爱一个人霸占着，但婢子终是一个愚昧女子，只知道承受着万岁一人，时时刻刻怕失了万岁的宠。天日可鉴，那时婢子实不敢在万岁跟前，进娘娘的谗言。如今这武贵妃一进宫来，第一步便驱逐了刘贵妃；第二步便要驱逐婢子。婢子虽万死不足惜，但婢子被逐以后，那武贵妃便要不利于娘娘，那时娘娘左右没有一个心腹，一任武贵妃欺弄着，再欲思及婢子今日之言，悔之已晚。婢子今日把一片真诚，奉劝娘娘，不如留着婢子，为娘娘做一个耳目，婢子愿缴还皇帝的册封，从此不回彩霞宫去，留在娘娘身旁，充一个忠心的奴仆，只求娘娘救我！"

几句凄凄切切的话，果然把王皇后劝醒，从此着着防着武贵妃的举动，果然打听出武贵妃的诡计来：那武贵妃一面在高宗跟前进谗，又联络一班外官刘仁轨、岑长倩、魏玄同、刘齐贤、裴炎等，替武贵妃在外面招权纳贿。皇后这才懊悔起来，常常召萧淑妃进宫来商议抵制武贵妃的计策。

有一天高宗在正宫中用膳，王皇后和萧淑妃两人，一齐劝着皇帝，须防武贵妃弄权，须从早制裁，他日势力盛大，便难图了。谁知高宗听了，便勃然大怒，拿手指在萧淑妃的脸上骂道：

"全是你这贱婢，在中间搬弄是非。前几天皇后尚与朕说起你这贱婢，如何阴险，谋害太子的话，如何今日又一变说起武贵妃的坏话来了，这显系是你这贱婢，从中教唆。武贵妃原屡次对朕说：'须速把你这贱婢，赶出宫去。'还是朕顾念昔日恩义，不忍下此毒手。今日贱婢胆敢进武贵妃的谗言，这真是自作孽不可活了。"说着，便喝左右，把这贱婢立刻赶出宫。萧淑妃慌了，忙跪倒在皇帝膝前，连连叩头求万岁爷开恩。那王皇后也满面流泪，跪下来替萧淑妃求着。外面走进四个内侍来，揪着萧淑妃的衣领便往外走。那萧淑妃两手紧紧地抱住皇帝的袍角不放，口头只嚷着："万岁爷顾念昔日恩情，饶婢子一条蚁命吧！"王皇后也上去劝，说萧氏已生有皇子，为万岁体面计，也不宜受辱。高宗听了这一句话，才喝令内侍们住手。萧淑妃退回宫去候旨。第二天圣旨下来，贬萧淑妃为庶人，打入后宫牢中。凡是萧淑妃的亲族，都捉去充军到岭南。

不多几天，武贵妃便产下一子，十分肥硕，高宗常常抱持在怀，取名弘字。这武贵妃生了皇子以后，愈觉骄贵。但唐宫定制，贵妃的地位，最是高贵的了。高宗要讨武氏的欢心，便在贵妃上又定了一个宸妃的名儿，封武氏为宸妃。一切起居服用，车马仪仗，和皇后仅仅差了一级。武氏高贵到这个地位，她又渐渐儿地不把皇后放在眼里了。高宗又拜武宸妃的父亲武士彟为司徒；宸妃的哥哥元庆为宗正少卿，元爽为少府少监；宸妃的侄儿惟良为卫尉少卿，怀远为太常卿。武士彟原有妻妾二人，妻是相里，生子元庆、元爽二人，妾是杨氏，只生女子三人，长女嫁与越王府功曹贺兰越石，次女便是宸妃，三女嫁与郭姓。又有武承嗣原是武宸妃的族侄，只因宸妃宠爱他，高宗便拜承嗣为荆州都督。一门富贵，内外煊赫。

王皇后看看自己势力愈孤，宸妃权威愈盛，只因皇帝的宠爱全在武氏一人身上，不得不凡事忍让些。武氏自从升宸妃以后，也不守做妃子的规矩：六宫妃嫔遇有喜庆大节，都要到正宫里去行着朝贺的礼；独有这武宸妃，却自恃宠爱，从不向皇后行过礼儿。有时皇后反到宸妃宫中去闲谈，这宸妃和皇后说话之间，竟称姊道妹起来。每值皇帝朝罢回宫，便驾幸宸妃宫中。这宸妃便把朝廷大事，问个备细，有时还说皇帝某事处置失当，某事调理失宜。皇帝听了，非但不恼，且称赞宸妃是女中丈夫。宸妃听皇帝称赞她，便又撒娇撒痴的，要跟着皇帝一块上殿听政去。皇帝也欢喜，便传谕内侍省，在太和殿上挂起帘子来，在帘内照样地设着宝座。

第二天早朝，武宸妃也按礼穿着大服，用一半皇后的仪仗，坐着宝辇，率着内侍和宫娥，前呼后拥地和皇帝一齐上了太和殿，在帘内坐着，受百官的朝拜。又见那班大臣，一个一个地上殿来奏事，皇帝又当殿传旨，该准的准，该驳的驳，约摸一个半时辰，便鸣鼓退朝，从此却成了例规，宸妃每天跟着皇帝垂帘听政去，皇帝坐在帘外，宸妃坐在帘内。每遇有疑难的事，宸妃便在帘内低低地说着话，替皇帝解决下来。皇帝便也依着宸妃的话，传谕下去，日子久了，便慢慢地成了习惯。高宗原是一个善于偷懒的人，每日坐朝，和大臣们奏对，原也厌烦。如今见百事有宸妃替他打主意，而且宸妃打的主意、说的话，也很冠冕得体，有时宸妃打的主意还胜过自己的。从此高宗皇帝，每天坐朝，也非武宸妃陪着他不可了。

王皇后在暗地里留心着，实在有些看不过去了。有一天高宗和武宸妃正朝罢回宫，王皇后便手捧奏本，在宫门口候着。见高宗驾到，便跪倒在地，双手把奏本高高擎着，口称"臣妾有奏本在此，愿吾皇过目，依臣妾所奏，从此免宸妃临朝，实国家之大幸"。高宗拿奏章看时，那奏章上引着太宗文德顺圣皇后长孙氏的话道："牝鸡司晨，家之穷也。"高宗看了，不觉动容，便把宸妃临朝的事体罢免了。

从此这武宸妃便把王皇后恨入心肺。在武氏做才人的时候，便蓄意将来要做一个独揽朝纲的女主。她明知这位高宗皇帝，是个懦弱无能的人，若能收服了他，将来便可以为所欲为，因此高宗在做藩王的时候，便百般勾引他上了手，又竭力帮助他设谋定计，争得了皇位。第二次进宫来，她设法排去了刘贵妃和萧淑妃二人，自己也挣扎到了宸妃的地位，慢慢地在朝中植党，把持政权。好不容易自己能够天天陪着皇帝垂帘听政，正想把朝廷的大权，揽在一个人手中，不料平空里吃这王皇后上了一本，把她满心的想望，打得烟消雾散，叫她心中如何不恨！这一恨她便起了一个狠心，从此蓄意便要推倒这个皇后，才出她胸头之气。

这时王皇后的父亲王仁祐去世，皇后是很有孝心的，一闻得父亲去世的消息，便在宫中日夜哭泣。高宗偶到正宫去，见皇后有泪容，知道是想念亡父，便下谕准皇后的母亲柳氏进宫来互相慰劝。那柳氏便是国舅柳奭的妹妹，虽是女流，却颇有才智，当下奉了谕旨，便对她哥哥柳奭说道："宫中后妃，互相倾轧，我不当进宫去召人嫌疑，落在是非圈中。"柳奭再三劝驾，说皇帝旨意不可违，宫中甥女，念母甚切，及此图母女相见，亦足慰怀。柳氏听了他哥哥的劝，便进宫去见皇后，母女相见，自有一番悲切。

这消息传在武宸妃耳中，心中便得了主意，当即用财帛去买通了正宫门监。那柳氏自从得了皇帝谕旨，许自由出入宫廷，常常进宫来探望皇后。有一天柳氏出宫以后，恰巧是皇帝到正宫去。正走进宫门，那宫监呈上一张黄色的纸条儿来，上面写着时辰八字，又有一枝绣花针儿，刺在那纸条儿上。皇帝一看那八字，却是他自己的生年月日，当下心中便觉纳闷，查问那门监时，说是方才柳氏出宫，经过宫门上车的时候，这纸条儿便从柳氏的衣襟里落下来的。高宗听了，心中大怒，便不进宫，转身向武宸妃宫中走来，便把这纸条儿掷给武宸妃看。武氏看了，故作惊惶的样子说道："啊哟！这是邪教厌胜，迷人魂魄的法儿，如何把陛下的生辰写在上面，这人竟要取陛下的性命，岂不是大逆不道的事吗？"说着把那纸条儿扯得粉碎。高宗也气得连声说："快传谕给宫门监，自此以后，不许柳氏进宫，凡有出入正宫的，须在身上细细地搜查。"从此高宗也不到正宫去，只在武宸妃宫中，和武氏两人打得火一般热，把这皇后丢在脑后。

可怜这王皇后，看着高宗渐渐地转过心意来，常常临幸正宫，又许她母女时在宫中相见，心中把个皇帝却感激到万分，忽然她母亲许久不进宫来了，那皇帝也许久不临幸正宫了。皇帝禁止柳氏进宫，皇帝心中十分愤恨皇后，皇后却好似睡在鼓中一般，一点也不曾知道。

那武宸妃看看皇帝第一步便中了她的计，便在背地里再行她更毒更深的计策。这时武宸妃又新产了一个女儿，高宗因宠爱宸妃，一般地也在宫中筵宴庆祝。那六宫的妃嫔要得宸妃的欢心，便也各各把贺礼送给这小孩儿，算是见面的仪物。正宫里有一位赵婕妤，她是很忠心于皇后的，看着皇后失势，便劝着皇后，须格外自己忍性耐气去笼络着宸妃，得了宸妃的欢心，那皇帝的恩情，便依旧可以恢复过来，把这些话再三劝着。皇后听了她的话，便趁这武宸妃产生女儿的时候，特令宫女，绣着衣裙，另备黄金百两，拿去赏给那新生的小孩，满心想买回宸妃的交情来。谁知这宸妃的心肠狠毒，她打定主意，要陷害皇后。

隔了几天，那王皇后看看依旧不见皇帝回心，绝迹不临幸正宫；那武宸妃受了皇后的赏，也依旧不见她来谢赏。心中万分愁闷。那赵婕妤又再三劝皇后须亲自到武宸妃宫中去慰问，乘机也可以探听探听皇帝的消息。王皇后看看事已如此，不得不低头，便忍着怒气，亲自到武宸妃宫中去，见了武氏，便百般抚慰，有说有笑的。那武氏却大模大样地不很理睬。皇后又把宸妃新生的女儿，抱在怀里，抚弄了一回，便搭讪着回正宫去。

　　王皇后这一去，受着一肚子的冷气，回得宫来，想起自己的冤苦，便倒在床上，痛痛地哭了一场。赵婕妤在一旁劝着，正在这时候，忽然见一个宫女，匆匆忙忙地跑进来报说："那武宸妃新生的一个女孩儿，忽然气绝死了！"王皇后听了，也十分诧异，说道："方才睡在我怀中好好的，怎么得一时三刻便死了呢？"

　　欲知后事如何，且听下回分解。

第三十五回　王皇后失宠遭废　韩夫人当筵承幸

　　武宸妃费尽心计，买通了看守正宫的门监，把那用邪术厌胜谋害皇帝的罪名，加在皇后母亲柳氏身上。原是要陷害皇后，只望高宗一怒，把皇后废去，从此拔去了眼中钉，自己稳稳地升作皇后，大权独揽，可以威福自擅了。谁知这糊涂的皇帝，他一怒之下，仅仅把个柳氏禁止入宫。王皇后的名位，依旧不伤分毫。她一不做，二不休，便发了一个狠心，再用第二条毒计去陷害皇后。那天恰巧王皇后亲自屈驾到宸妃宫中去探望武氏，又抱着武氏新产的女孩，抚弄一会。见武氏待她总是淡淡的，便忍着一肚子肮脏气，回正宫去。谁知这里武氏见皇后前脚出宫去，她便立刻亲自下毒手，把这个初生下地玉雪也似洁白的女孩儿，狠狠地扼住她喉咙，登时气绝身死。武氏又悄悄地把尸身去放在床上，用锦被盖住，转身走出外房去，若无事人儿一般，找宫娥们说笑着。武氏下这毒手，原没有别人在她身旁的。

　　停了一会儿，那高宗皇帝退朝回宫来，武宸妃上去接住。高宗一坐下，便说："快把我的孩儿抱来！"这是宫女们每日做惯的事，当下便有宫女急急进里屋去，抱那孩子。接着忽听得那宫女在屋子里一声怪叫，连跑带跌地走出房来，噗地跪倒在武宸妃跟前，看她浑身发抖，嘴里断断续续地说道："奴婢该死！奴婢该死！"高宗看了十分诧异。忙问："什么事？"那宫女一边淌着眼泪，一边磕着头说道："奴婢该死！奴婢不小心，这位小公主，不知在什么时候归天去了！"

高宗和武氏听了这句话，一齐吓了一大跳。当下皇帝也无暇问话，拉住宸妃的手，飞也似地抢进里屋去一看，这孩儿果然是死了。这宸妃便捧住孩儿的尸身，一声儿一声肉地大哭起来。高宗跑出房去，咆哮大怒。吓得合宫的内侍和宫女们，齐齐地跪在皇帝跟前，不住地叩着头。高宗喝叫把这看管孩子的宫女八人和乳母四人，一齐绑出宫去绞死。又细细地查问："有什么人进宫来着？"内中有一个宫门监，奏说："今天只有娘娘进宫，探望小公主来着。"高宗听了，忙问武氏："皇后可曾抱弄过孩儿？"那武氏听了，却故意装作悲痛的样子，呜呜咽咽地说道："臣妾不敢妄议皇后。"高宗听了，把手一拍，脚一顿，大声儿说道："什么皇后不皇后！她作恶也作够了，看朕早晚把这贱人废去！"说着又追问宫女，宫女才说曾亲眼见娘娘进宫来抱弄着小公主的。高宗听了，说道："好了、好了，不用说了！准是这贱人下的毒手，待朕问她去！"说着便站起身要出去。武宸妃急急上前，把皇帝抱住。

到了夜里，武宸妃在床席之间，用尽迷惑的功夫，把个皇帝调弄得服服帖帖，他两人商量了一夜。高宗声声答应把王皇后废去，册立武氏为皇后。这武氏才欢欢笑笑，亲热了一阵。但这废皇后是国家的大事，非得皇后犯了大故，由文武大臣奏请，轻易不能废皇后的。高宗也为这事，颇费踌躇。武氏说："当今大臣中，最可畏的莫如长孙无忌。他是国舅，凡事国舅不答应，那文武百官便都不敢答应。如今俺们只须在长孙国舅前把话说通，这事体便好办了。"

过几天，正是长孙无忌的生辰。在前几天，高宗便拿黄金八百两、绣袍一袭，赐与无忌。到了这一天，长孙无忌家中大开筵宴，宾主正在欢呼畅饮的时候，忽见皇帝和宸妃一齐驾临，慌得长孙无忌和众宾客，一齐跪接圣驾，在大堂上面高高地摆起一桌酒筵来，请皇帝入席。长孙无忌家中，原养着一班舞女的，当时便把舞女唤出来，当筵歌舞着。高宗看了大乐，便多饮了几杯酒。里面无忌的姬妾们，伺候着武宸妃饮酒。那班姬妾竭力地趋奉着宸妃，宸妃心中欢喜。无忌有宠妾三人，一是黄氏，一是杨氏，一是张氏。三位姬人，每人都生有一子。当时宸妃把三位公子传唤出来相见，果然个个长得眉清目秀、齿白唇红。宸妃把三个公子拉近身去，抚弄一番。酒罢，无忌把皇帝邀进书房去坐，那宸妃也在一边陪坐，说起无忌三位公子如何可爱，高宗便传谕，拜三位公子为朝散大夫，又赐三位如夫人金银缎匹十车。无忌奉了旨，忙带着他姬人、公子出来跪谢皇帝。皇帝便和无忌在书房中闲谈起来。说话中间，高宗常常说起皇后不产皇子，接着又叹息了一阵。但长孙无忌每到皇帝说起这个话来，便低着头不作声了。宸妃拿眼睛看着皇帝，皇帝也无法可想，便怏怏的摆驾回宫。

长孙无忌见皇帝回宫去了，便邀集了在座李勣、于志宁、褚遂良、韩瑗、来济、许敬宗一班大臣，在密室中会议。无忌说："今天万岁爷对老夫常常说起皇后无子，原是要探听老夫的口气。老夫受先帝的重托，不愿中宫有仳离之变，因此当时老夫不曾开得口。老夫久已知道万岁爷因宠爱宸妃，有废立皇后之意，俺们做大臣的，都该匡扶皇上的过失，不可使皇上有失德之事，不知列位意下如何？"当时众大臣听了，齐声说道："俺们都该出死力保护皇后，不使君主有失德。"独有那许敬宗说："君子明哲保身，万岁爷主意已定，俺们保护也枉然，倒不如顺了万岁爷的意思，免得伤了俺君臣的感情。"这句话一说出，把个褚遂良气得直跳起来，伸着一个指儿，直指到许敬宗的脸上去骂道："我把你这阿顺小人……"一句话不曾说完，两人便扭作一团。褚遂良把许敬宗的纱帽也打下来了，长孙无忌和许多大臣上去，把两人劝开，弄得一场扫兴，各自散去。

第二天果然圣旨下来，传长孙无忌、李勣、于志宁、褚遂良一班大臣，进内殿去商议大事。他们接到诏书，便一齐赶到长孙无忌家中来商议。褚遂良说道："今日之事，必是商议废立中宫，主上主意已决，逆着必列。长孙太尉是国家的元舅，李司空是国家的功臣，不可使皇上有杀元舅功臣的恶名，望两位大臣不可进宫去。我褚遂良出身草茅，无汗马功劳，得此高位，已是惭愧，况俺也受先帝顾托，今日不以死争，何以见先帝于地下。"李勣便称疾不朝，独长孙无忌和褚遂良两人进内宫去。高宗一见他二人，劈头问道："武宸妃现已生子，朕意欲立为皇后如何？"褚遂良当即跪下说道："皇后名家子，先帝为陛下娶之。临崩，执陛下手谓臣曰：'朕佳儿、佳妇，今以付卿，非有大故，不可废也。'还乞陛下三思。"说着便直挺挺地跪着不肯起来。高宗听了却也无话可说，便令褚遂良退去。

第二天早朝时候，高宗又在当殿传谕，皇后无子，武宸妃生子，意欲废王皇后，立武氏为皇后。褚遂良又忍不住了，便气愤愤地出班跪在当殿奏道："陛下如必欲易后，尽可另选大族，何必定欲立武氏。武氏原是先帝才人，众所共知，今立为陛下后，使千秋万代后，谓陛下为何如主乎？"高宗不防他当着众臣说出这个话来，他老羞成怒，把龙案一拍，正要说话，那褚遂良接着又说道："臣明知忤陛下意，罪当万死；然骨鲠在喉，不得不吐！"说着便把手中的朝笏，搁在丹墀上，连连地碰头，血流满面说道："臣今还陛下笏，乞陛下放臣归田里。"这时武宸妃正坐在帘内听政，听褚遂良说话，句句辱没着自己，便忍不住在帘内厉声喝道："陛下何不扑杀此獠！"一缕尖脆的喉声，直飞到殿下来，两旁百官听了，都不觉毛骨悚然。

韩瑗听了，不觉大怒，也出班去跪倒奏说："如今武宸妃内惑圣明，外弄朝政，长此不除，与桀之褒姒，纣之妲己无异。陛下宜乾纲独断，立废宸妃为庶人，免致他日之祸。今若不听臣言，恐宗庙不血食矣。"说着也不住地在丹墀上碰头，把纱帽除下来说："臣出言无状，愿陛下赐死。"高宗到了此时，也怒不可止，便传谕把褚遂良、韩瑗两人，一齐交刑部处死。那左右武士一声领旨，便如狼似虎地直扑上殿来，要揪褚、韩两人。幸得长孙无忌上前去拦住，跪奏道："褚遂良、韩瑗二人俱是先朝功臣，又受先皇顾托之重，有罪不可加刑，愿陛下念先帝之意，赦此二人。"说着也止不住满面流泪，把个白发苍苍的头儿，向丹墀下碰着。高宗见舅父代为乞恩，也便不好意思，传谕把褚遂良、韩瑗二人，推出朝门，非奉呼唤，不得入朝。退朝下来，高宗和宸妃二人，心中都郁郁不乐。

有一天，李勣和许敬宗两人在内宫中陪着高宗闲谈，高宗又问起废后、立后的事体。李勣说道："此乃陛下的家事，何必更问外人。"许敬宗也说："田舍翁多割十斛麦，尚思易妻，况陛下身为天子，立一后何干别人之事，却劳大臣们哓哓置辩不休耶？"高宗听了他二人的话，便决定了主意，下诏废王皇后为庶人，与萧庶人同打入冷宫；又立武氏为皇后。那诏书上说道："武氏门著勋庸，地华缨黻，往以才行，选入后宫。朕昔在储贰，常得侍从嫔嫱之间，未曾迕目，圣情鉴悉，每垂赏叹，遂以赐朕，事同政君，可立为皇后。"他诏书上说的事同政君，便是说仿汉元后故事。

这武后册立的一天，朝廷内外命妇，在肃仪门内朝贺；文武百官和四方外国的酋长，齐在肃仪门外朝贺。武后又随着高宗去参见宗庙。外面太和殿上，里面坤德宫中，却排下盛筵。武氏合族，都召进宫去赐宴。诏书下来，赠武后的父亲武士彠为司徒，封周国公，谥称"忠孝"，配享高祖庙；武后的母亲杨氏，封为代国夫人。许敬宗又上奏说："前后王氏，父仁祐，无他大功，只因中宫懿亲，便超列三等。今王庶人谋乱宗社，罪应灭族。"高宗下诏破仁祐棺，戮其尸身，追夺生前官爵，尽捉王氏同族的子孙，放逐岭南。又降封太子正本为梁王，梁州都督，后因武氏不乐，又降为房州刺史。这太子见武后处处和他作对，心中十分害怕，成了疯病，终日穿着妇人衣服，大惊小怪，声声说皇后派刺客来谋害他的性命。高宗又下诏把正本太子废为庶人，囚禁在黔州，便是从前承乾太子囚禁的地方。武后又因长孙无忌、褚遂良、来济、韩瑗这一班大臣，不是自己的同党，便故意上表说："陛下昔欲以妾正位中宫，韩瑗、来济、长孙无忌、褚遂良辈，面折廷争，忠义可嘉，乞陛下加以褒赏。"高宗便把皇后的表章，掷给无忌一班人看，褚遂良辈看了大惧，忙叩头乞休。皇帝下诏，放逐长孙无忌、褚遂良一班人，任用武氏子侄。从此朝廷中尽是武后私党，合伙儿听皇后的意旨，愚弄皇帝。

武后刻刻用心，要夺皇帝的政权，但自己终究是一个皇后，凡事不能越过皇帝的位份，所以每天皇帝坐朝，武后便隔着帘子，坐在皇帝的身后。百官奏事，先由武后传话给高宗，再依着武后的意思，宣下旨意去，这国家大事，实在已经是操在武后手中了。武后终觉不十分舒服，便想用美人计把皇帝弄昏迷了，那时精神衰弱下来，便也无心问国家大事，自己便可以乘机把大权握在手中了。武后的母亲这时已改封为荣国夫人，常常进宫来和武后相见。武后便把这意思对荣国夫人说了，荣国夫人也说是好主意，只是怕高宗迷恋上了别的女子，武后反失宠幸，岂不是弄巧成拙吗？当下她母女二人商议了半天，却商议出一个主意来，便吩咐荣国夫人按计行去。

过了几天，便是武后的生辰，这是武氏入主中宫以后第一个生辰。高宗要讨皇后的好儿，故意给她热闹热闹，下诏大赦天下，许百官妻母进宫朝贺。宫中结起灯彩，歌管细细，舞袖翩跹，到处张着寿筵。一班命妇，打扮得珠围翠绕，娇红嫩绿，各来赴宴。武后一席酒设在百花洲中，摆着三大席：一席是皇后中坐，一旁荣国夫人陪席；左面一席，坐着武氏同族的女眷；右面一席，坐着武氏亲戚的女眷。一屋子妇女莺歌燕语，粉腻脂香。

正饮到快乐的时候，忽报说万岁爷到，那许多妇女听了，顿时惊慌起来，正要起身躲避去。武后传谕说："内家眷属，不用回避。"众女眷听了皇后的懿旨，只得静悄悄地候着。窗外一阵靴声橐橐，皇帝步进屋子里来了。众命妇见了，一齐把脖子低下去，只听得皇帝哈哈大笑着说道："待朕来亲自替娘娘把盏，劝娘娘开怀畅饮一杯。"说着，便有小黄门捧着金盘，盘中放着玉杯，宫女捧着金壶，满满地酌上一杯酒，小黄门把盘顶在头上，在武后跟前跪倒，有帖身宫娥，把酒杯接去，送到武后唇边。武后就酒杯内饮了一口，便向皇帝检衽着，口称"谢万岁洪恩"；接着，便又亲自酌了一杯酒，回送在高宗手内，口称"愿吾皇满饮此杯，万岁、万岁、万万岁"！高宗手执着酒杯，回顾众妇人说道："朕与众妇人同饮一杯，为娘娘上寿！"只听满屋子尖脆的喉咙说："领旨，愿吾皇万岁！娘娘千岁！"

高宗在一阵莺声呖呖之中，忽觉有一缕娇脆喉音，送在耳管中，分外动人。忙举目看时，只见一个二八娇娃，倚立在一个美妇人肩旁，看她眉弯含翠，杏靥凝羞，娇嫩得可怜；再看那妇人时，雅淡梳妆，婷婷出世。高宗看在眼中，不觉心头微跳，忙问着武后道："此夫人是何家眷属？"武后见问，忙奏对说："此是臣妾长姊，越王府功曹贺兰越石之妻，不幸新寡，才于三日前回京，无怪陛下不认识了。"高宗又问："那娇小女儿，却又是何人?"荣国夫人便代奏道："此是妾身的外孙女儿也，便是长女武氏之女贺兰氏。"问话的时候，武后便招呼她母女走上前去，参见皇帝。她母女口称见驾，正盈盈下拜，慌得高宗忙唤左右宫女扶住，向她母女二人脸上端相了一回，羞得她母女二人，忙把头低下。高宗叹了一口气说道："真是美玉明珠，绝世佳人，只是太可怜些。"说着，又回头对武后说道："大姨儿不是外人，既进宫来了，俺们留着她多住几天，在御苑中陪着娘娘玩玩，解了娘娘的寂寞，又给大姨儿散散心。"武后听了，连称领旨。那武氏和贺兰氏母女二人，也口称谢吾皇洪恩。高宗退出内宫，便有内侍捧着诏册进来宣读，封皇后长姨武氏为韩国夫人。夫人谢过恩，众命妇齐来围着韩国夫人道贺。从此武后便把韩国夫人母女安顿在宫里。

隔了几天，武后在内宫摆宴，为韩国夫人贺喜。六宫妃嫔都来陪着劝酒。韩国夫人原是爱饮酒的，看看屋子里全是妃嫔们，也毫无顾忌，放量饮起酒来。这韩国夫人最讨人喜欢的是一喝醉了酒，便有说有笑，能歌能舞。看她一张樱桃似的小嘴里，一开一合，一搦杨柳似的软腰儿，一摆一折，便同是妇人看了，也止不住动起心来了。武后看她醉得太厉害了，怕她这软弱的身躯当不住，便命宫娥扶着她进自己的寝宫去，在龙床上暂睡一会儿，养养神儿。谁知这韩国夫人一倒下身去，便懵腾腾地睡熟去了。

正在酣睡的时候，忽觉有人把住她的小腿儿，轻轻地替她解去了一双绣鞋。韩国夫人猛然从梦中惊醒过来，从龙床上坐起身来看时，只见那位皇帝，不知什么时候偷进屋子来的，这时站在龙床前，只是笑嘻嘻的，手中擎着韩国夫人的一双绣鞋儿。见韩国夫人醒来，便低低地说道："好一位风流放荡的夫人，怎地放着自己屋子里的床儿不睡，却睡到朕的床上来了? 夫人做的什么好梦，被人偷去了绣鞋儿，也还不知道呢?"几句话说得韩国夫人娇羞腼腆。她转过脖子去，止不住那红潮一阵一阵罩上粉腮儿来，又把那一双尖瘦白净的罗袜露出在裙下。高宗看了又忍不住伸手握去。韩国夫人急把两只小脚儿，向裙幅儿里躲着，口中低低地说道："万岁爷快莫这样，放稳重些。给俺妹妹进来撞见，算什么样儿呢?"这韩国夫人径自退让，那高宗皇帝却径涎着脸向胸中扑来。韩国夫人不由得嗤地一笑说道："陛下空放着六宫粉黛，不去临幸，为何只和未亡人来缠绕不清?"那高宗听了，叹一口气说道："六宫粉黛尽是庸脂俗粉，有谁能赶得上夫人的一分一毫。再者夫人长着这般天姿国色，若没有一个多情知趣的男子来陪伴你，未免也辜负老天的美意。朕原是一个最是多情的人，夫人若是一位观音，朕愿做一个韦陀;夫人若是一位嫦娥，朕愿做一头白兔。一辈子追随着夫人，侍奉着夫人，替夫人解愁销闷。"高宗说着，真地亲自去拿了一只玉杯，倒了一杯醒酒汤儿来，捧着送到韩国夫人唇边去。

这韩国夫人原是一位聪明多情多愁善感的妇人。如今青春新寡，对着这良辰美景，正百无聊赖的时候，蓦地里遇到了这五百年前的风流冤孽，听着这风流天子，把柔情蜜意的话，向耳边送着，任你铁石人也不由得把心肠软了下来。当下韩国夫人便就皇帝手中，饮了一口解酒汤儿，两人便在龙床上就成了佳话。

欲知后事如何，且听下回分解。

第三十六回　迎喜宫母女承宠
荣国第帝王祝寿

　　武后酒饮到半酣，便起身更衣去。四个帖身的宫娥跟在后面。看看走到寝宫的长廊下，院子里静悄悄的，只有两只白鹤，拳着一条腿缩着脖子，在那里打盹。武后吩咐宫女们，站住在廊下候着。小宫女见皇后进屋子来，便上去打起软帘。武后一脚跨进房去，只见绣幕沉沉，炉香袅袅，低低的笑声从绣幕里面度出来。武后忙站住脚，不觉一缕红云，飞上粉颊来，那心头小鹿儿，也不住地跳动。接着又听得男子的声音，轻轻地唤着："美人儿！美人儿！"这分明是万岁爷的口音。武后忍不住一腔怒气，抢步上前，举手把那绣幔揭起。瞥见韩国夫人，正伸出一条腿儿，搁在万岁爷的膝上；那万岁爷捧着韩国夫人的小脚，正在那里替她结鞋带儿呢。

　　他二人见破了好事，吓得和木鸡一般。韩国夫人坐在床沿上，把双颊羞得通红；万岁爷站在床前，只是装着傻笑。武后一眼见那白玉几儿上，还搁着一只绣鞋儿；再看那韩国夫人，露出一只尖瘦白罗袜的小脚儿，搁在床沿上。武后一缕酸气，直冲头顶，飞也似地上去，把那只绣鞋抢在手中，把韩国夫人按倒在床上，擎着那只绣鞋儿，向韩国夫人夹头夹脸地打去。嘴里声声地骂着："你这浪人的小寡妇！你这浪人的小淫妇！"打得韩国夫人婉转娇啼。

高宗站在一旁看了，心中万分疼痛。她姊妹两人爬在龙床上扭成一团，云髻散乱，衣裙颠倒。高宗忍不得了，便上前把她姊妹二人用力解开。那武后余怒未息，一阵子把自己身上的冠带脱卸下来，抛掷满地，直挺挺地跪在万岁跟前，一边哭着，一边说道："姊氏污乱宫闱，臣妾无颜再居中宫，愿陛下另选贤德，收回成命，废臣妾为庶人，臣妾便感恩不浅！"说完了话，叩了几个头，站起身来，便要往外走。慌得高宗忙上去拉住，嘴里连连说道："朕不但不废去你这皇后，还要让你做皇帝呢。"说着，真的把自己头上戴的一顶皇冠除下来，给武后戴在头上，又涎着脸，口称"臣李治见驾，愿吾皇万岁、万岁、万万岁"！说着真地要拜下地去。武后看万岁这种形景，忍不住嗤地一笑，忙上去扶住。

荣国夫人正在外边和众夫人饮酒饮得热闹，忽宫女飞也似地出来报说："万岁和韩国夫人偷情，吃娘娘进来撞破了，和万岁爷闹得不得开交呢！"荣国夫人这时已喝得醉醺醺了，听了宫女的话，笑对众夫人说道："我那孩儿，又在那里打破醋罐子了。"急急地扶着一个宫女，走进寝宫去看时，只见那皇后头上戴一顶皇冠，那万岁却秃着头，向皇后参拜着。荣国夫人看了，莫名其妙。

那韩国夫人倒在床上，呜呜地哭泣着，正下不得台。忽见母亲走进屋子来，忙下床来，倒在荣国夫人怀里，声声说"万岁欺我，妹妹又打我，好好的名节，给万岁爷糟蹋了，我也没脸去见人，便在万岁爷跟前图个自尽吧"。说着，真的一纳头向墙上撞过去。慌得荣国夫人，忙去抱住。那韩国夫人兀自呜呜咽咽地哭个不休。高宗看了，心中万分不忍，他也顾不得当着武后的面，便向韩国夫人左一个揖、右一个揖地拜着。又把皇后的凤冠，亲自去给韩国夫人戴上，口中说："朕如今便拜你做皇后吧。"武后看了，不禁噗哧一笑，说道："万岁让俺做了皇帝，又封俺姊姊做了皇后，不知万岁自己却做什么？"高宗说道："朕便替你姊妹两人，做着奴才吧。"说着，引得她母女三人，吃吃笑起来。

荣国夫人便出了一个主意，说："俺这长女，既承万岁临幸过了，她也决没有这颜面再回到贺兰家去了。只求万岁好好地把她养在宫中，不可辜负我女儿今日顺从万岁爷的美意。"这句话真是高宗求之不得的，当下便连连答应，说："夫人请放心。朕若辜负了大姊姊今日的好意，便天地也不容！"荣国夫人又回头劝着武后道："娘娘请把胸怀放宽些，看在同胞姊妹分上，你大姊若得万岁爷的宠爱，她也忘不了娘娘的大德。"说着，又唤韩国夫人过来给娘娘叩头。那韩国夫人满面娇羞，上去给武后叩过头，武后拉住韩国夫人的手，对拭着眼泪。荣国夫人又亲自把皇后的冠戴，给武后穿戴上去。这时一顶皇冠，还戴在武后头上。荣国夫人要去给她除下，武后却不肯，正色说道："天子无戏言，俺如今已代万岁为天子，这顶皇冠是万不能除去的了。"后来还是荣国夫人再三劝说，高宗又答应她以后在殿上并坐临朝，不用垂帘，武后才肯把这皇冠除下来，交给她母亲去替高宗戴上。

从此每日临朝，便是皇帝和皇后并坐在宝位上，文武百官，都得仰睹皇后的颜色。遇有军国大事，传下谕旨来，全是皇后的主意。皇帝虽说坐在当殿，却不敢多说一句话。内外臣工奏章上，都称皇上、皇后为二圣。但这时高宗一心在韩国夫人身上，原也无心管理朝政，见武后凡事抢在前面，他也乐得偷懒，把国家大事丢在脑后；每日退朝回宫，便急急找韩国夫人游玩去。

这时韩国夫人，十分得高宗的宠幸。韩国夫人住在正宫的东偏延晖宫中，却嫌她院子狭小，高宗便传谕工部，立刻在御苑西偏空地上，建立起一座美丽高大的宫院来，一切装饰制度，都照

第三十六回　迎喜宫母女承宠　荣国第帝王祝寿

正宫格局，称它作"迎喜宫"。宫后面又盖造成一座花园，花园内楼台曲折，廊阁宛延。内中有一座采云楼，真是雕琼刻玉，富丽幽深。高宗便把这一座楼给韩国夫人的女儿贺兰氏做了妆阁。一般的十二个宫女、十二个小黄门，在楼中伺候着。这贺兰氏天生秀美，虽说是小小年纪，她一言一笑，却妩媚动人。她终日伴着母亲韩国夫人，住在迎喜宫中。高宗和韩国夫人每在花前月下戏弄着，却也不避忌贺兰氏的耳目。女孩儿在二八年华，渐渐地懂得男女的情趣。她又和高宗十分亲热，在宫中终日追随在皇帝左右，赶着皇帝，唤他阿爹。那高宗也常常抚弄着贺兰氏的粉脖儿，唤她小美人儿；又拿许多珍宝玩物，赏给贺兰氏。贺兰氏清晨睡在床上，还未起身的时候，高宗便悄悄地进房去，坐在一旁，直看她梳洗装饰完毕，抱在怀里，玩笑一阵，才拉着她手儿，送进迎喜宫去，和韩国夫人一块儿用着早膳。

高宗终日迷恋着韩国夫人母女二人，也无心去问朝廷大事，一切大权渐渐地都操在皇后手中。有几天，高宗因夜间贪和韩国夫人游戏，睡时过于夜深了，第二天不能起早。那早朝的时候，只有武后一人坐在正殿上，受百官的朝参。

那韩国夫人受了高宗的宠爱，便放出百般本领来，迷住了这位风流天子。他二人玩到十分动情时候，也不问花前月下、筵前灯畔，随处干着风流事体。便有那宫女、内侍们，在一旁守候着，他们也不避忌。

有一晚，高宗搂定了韩国夫人，交颈儿睡着，香梦沉酣的时候，忽然高宗被夜半的钟声惊醒过来。睁眼看时，那一抹月光正照在纱窗上，映着窗外的花枝，好似绣成的一般。高宗看了，十分动情，忙把睡在怀中的韩国夫人，悄悄地推醒来。这时正是盛夏天气，韩国夫人袒着雪也似酥胸，只用一幅轻纱，围着身体。高宗一骨碌坐起来，拥着韩国夫人的娇躯，悄悄地扶她走出院子来。那草地上原有几榻陈设着，预备纳凉时候用的。便扶着韩国夫人，在榻上躺下。月光照着玉躯，那光儿直透进轻纱去，映出韩国夫人，如搓脂摘酥一般白净的皮肤来。高宗看了，忍不住低低地唤了一声天仙，一亲嘴上去。他二人在凉月风露之下，直玩到明月西沉，才觉睡眼朦胧，双双进罗帐睡去。

谁知第二天醒来，高宗皇帝和韩国夫人一齐害起病来，初觉头眩发烧，慢慢地昏沉呓语起来。武后知道了，急急来把高宗扶回正宫去，分头传太医诊脉服药。那御医许胤宗，年已八十余岁，在隋唐时候，是一位名医，生平医治奇症怪病的人，已有数千人了。当时诊了高宗的脉，又去诊了韩国夫人的脉，说："万岁与夫人，同患一病，因风寒入骨。但万岁体力素强，尚可救药。夫人娇弱之躯，已无法可救矣。"武后听说韩国夫人的性命已不可救，究竟骨肉，有关天性，便再三传谕，命御医竭力救治。那许胤宗看着病人，口眼紧闭，气息促迫，已无法下药。便用黄蓍、防风各二十斤，煎成热汤，闷在屋子里，使病人呼吸着药味，满屋子热气奔腾，势如烟雾。每天这样熏蒸着，病人淌下一身大汗。一连十多天，那高宗病势果然渐渐减轻，清醒过来。只有那韩国夫人的病势，却一天重似一天，到第二十日上，竟是香魂渺渺，离开她玉躯死去了。

高宗病在床上，虽也常常念着韩国夫人。武后只怕高宗得了韩国夫人逝世的凶信，反而增添病势，便传谕内外宫人，把这恶消息瞒得铁桶相似。看看过了五六十天，高宗病势全去了，便由内侍们扶着，要到迎喜宫探望韩国夫人去。武后这才上去拦住御驾，奏说："韩国夫人早已归天去了。"高宗听了，只说了一声："是朕害死了夫人也！"便忍不住泪珠从脸上直滚下来。武后也陪在一旁拭着泪。

高宗究竟放心不下，亲自到迎喜宫中去。一走进宫中，只见屋子正中，供着一座灵台，素幡白帏，煞是凄凉！高宗想起往日的欢乐，便忍不住扶住灵座，大哭了一场。内侍上来劝住了哭，接着又听得灵帏里面，有隐隐的女子啜泣声。高宗认得是韩国夫人的女儿贺兰氏，当时便把贺兰氏传唤出来。那贺兰氏见了高宗，只唤得一声阿爹，直扑在高宗怀中，哭得十分凄凉。高宗看她穿着一身缟素衣裳，雅淡梳妆，竟是和她母亲初入宫时一般动人怜惜。当下便把贺兰氏搂定在怀中，百般抚慰，半晌才劝住了她哭。那贺兰氏又搂着高宗的脖子，娇声说道："阿爹！今夜莫丢着我一人在宫中，冷清清地，害怕煞了呢！"从此高宗竟依着贺兰氏的说话，伴着她住在迎喜宫中。两人终日起坐一处，寸步也不离。

在武后起初认作是高宗和韩国夫人情重，伴守着韩国夫人的灵座。后来在暗地里一打听，那位多情的皇帝，连个姨甥女儿，也偷偷地临幸上了。不多几天，果然传出谕旨来，封贺兰越石氏的女儿，晋封为魏国夫人。这魏国夫人见过了明路，便也不用避忌，竟把一个天子，羁占在宫中，暮暮朝朝，寻着欢乐。魏国夫人年纪又轻，面貌又美丽，这个高宗皇帝，越发被她调弄得神魂颠倒，竟把朝廷大事，丢在脑后，一任武后临朝听政，擅作威福。原来当初荣国夫人和武后商量定的美人计，是有意拿韩国夫人和魏国夫人母女二人的美色来迷弄高宗，使高宗贪婪行乐，无暇顾问政事，武后便可以乘此独揽朝纲，任性妄为。

讲到武家的女人，却个个是生成妩媚淫荡的。便是这位荣国夫人，已是五十左右年纪了，却长得丰肌腻理、媚视烟行，望去好似二十许的少妇。这时她丈夫武士彟，早已去世。荣国夫人耐不得空房寂寞，便暗暗地挑选几个年轻力壮的奴仆，在夜半人静的时候，唤进房去受用着。后来她长女韩国夫人，因丈夫贺兰越石死了，便带着儿女二人，回京师来，投奔母亲。越石的儿子，名唤敏之，便是魏国夫人的哥哥，长成风流体态，白净肌肤。荣国夫人见了这俊美的外孙儿，早不觉动了邪心，只因碍着韩国、魏国二夫人的耳目，不好意思动得手。

后来武后和她商量用美人计，荣国夫人趁此机会，把韩国夫人母女二人，送进宫去，自己在府中和她外孙儿，两人偷摸上了，放浪形骸，昼夜狎蝶。荣国夫人把个贺兰敏之，直爱到心窝里，便推说自己无所出，把敏之承继在士彟名下，做一个过房孙子，把敏之改姓做武。从此敏之便长住武氏家中，陪伴着这外祖母，朝朝行乐着。原来武士彟娶有两房妻子，长妻相里氏，生有两个儿子，长子名元庆，次子名元爽。次妻杨氏，便是荣国夫人，生有三女，长女嫁贺兰氏，次女册立为皇后，三女嫁与郭氏。

士彟自武氏入宫后，不多几年，便已去世。那元庆的儿子，惟良、怀运二人，和叔叔元爽，都因杨氏是父亲的次室，很是瞧她不起，事事在暗地里欺侮她。杨氏也常常进宫去，把这情形，诉说与武氏知道。后来武氏立为皇后，元庆拜为宗正少卿，元爽拜为少府少监，惟良拜为卫尉少卿。武后心中怨恨她两个哥哥和侄儿，便以外戚退让为名，降元庆为龙州刺史。元爽为濠州刺史，惟良为始州刺史，元庆心中懊恨，便死在龙州地方；元爽又被流到振州去，死在振州地方；只留下惟良、怀运二人。

这时魏国夫人在宫中得了皇帝的宠幸，年少任性，仗着自己的威势，便欺压六宫。又见武后起居奢侈，服用豪华，自己也便事事摹仿着，也居然用起皇后的仪仗器服来。她每与皇后见了面，便做出十分骄傲的神气来，有时竟出言顶撞。武后在皇帝跟前诉说几句，皇帝反帮魏国夫人，说皇后有嫉妒之意，因此皇后把个魏国夫人，恨入骨齿，早已蓄心要谋害她的性命了。

恰巧这一年是荣国夫人六十大庆，家中悬灯结彩，十分热闹。事前魏国夫人和武后商量，想要出宫拜外祖母的寿去。武后听了，却一力怂恿她，说自己也很记念母亲，只因忝位中宫，不能轻举妄动，能得甥儿回家去，替我探望探望母亲，使我心中也可放心；又答应拿皇后的仪仗，借给她用。魏国夫人心中原要借回外祖母家去，在亲戚前夸耀夸耀自己的威福。谁知这位糊涂皇帝，他听说魏国夫人要出宫去祝外祖母的寿，自己也高兴起来，说待朕和夫人一块儿前去，也使夫人在母家格外增些光荣。到了那日，竟用帝后的全副的龙凤旌旗，到武家来祝寿。武家的亲族，远远地望见龙凤彩车，认作是武皇后也来了。忙各按着品级，到大门外跪接去。女眷跪在门里，男子跪在门外。

这时荣国夫人，已把她两个侄儿，惟良、怀运二人召回家中，招待宾客。待彩舆到门，宫女上去，从车中扶出一位魏国夫人，看她穿着皇后的服装，合府的女眷们看了，谁不艳羡。第一个她外祖母荣国夫人，抢过去把魏国夫人搂在怀里，一声儿、一声肉地唤着。在内宅里，自有许多女眷，陪着魏国夫人，饮酒谈笑，大家问她些宫中的故事，和皇帝、皇后的情形。外屋子里，又有一班官员，和惟良、怀运兄弟二人，侍候着高宗，说笑饮酒。荣国夫人也在家中养着一部声乐，一群小女儿、小男儿，歌着、舞着，十分热闹。高宗看了，也很是欢喜。传谕各赏彩缎二端、黄金十两。

这一席寿酒，直饮到夜色西斜，高宗才带着魏国夫人，摆驾回宫。今天魏国夫人回家去，在亲戚、女眷们跟前夸耀了一番，心中异常快乐！回得宫来，对着万岁爷有说有笑，高宗看了，也觉可爱，把魏国夫人搂在怀里。谁知正亲呢的时候，忽见魏国夫人大叫一声，两眼翻白，口吐鲜血，顿时气绝过去。高宗抱住魏国夫人娇躯，大声哭唤！两手把她身体，不住地摇摆着，停了一会儿，才悠悠醒来，星眼微微地睁着，又听她声音在喉咙底下，低低地唤着："阿爹救我！"高宗看了，心如刀割一般疼痛，忙传御医进宫来诊脉。御医奏说："夫人是食物中毒，已是不可救药的了。"延到半夜时分死了。

高宗握住尸体的手，嚎啕大哭！那武后知道了，也赶进宫来，抱着魏国夫人的尸身，一声儿、一声肉的捶床大哭！宫女、妃嫔们上来劝住了哭。武后便说魏国夫人是在武惟良家中中的毒，陛下须替魏国夫人雪冤。高宗拭着泪说道："是卿家中人，朕不便顾问。"武后便愤愤地说道："待臣妾与陛下作主如何？"说着也不候皇帝说话，便起身出宫去，立刻传内侍官，捧着圣旨，带领羽林军士，连夜赶到荣国夫人府中，把惟良、怀运二人捉住，送在刑部监狱里，立刻杀死；又唆使百官，第二天连名上表，声讨武惟良、怀运二人谋死魏国夫人之罪；请皇上下诏，把惟良、怀运二人的姓，改为蝮氏，是说他二人的心，和蛇蝮一般的毒。

实在这毒死魏国夫人的计谋，还是武后一个人指使出来的。原来魏国夫人平日仗着皇帝的宠爱，渐渐跋扈起来，凡事都要和武后争胜。武后便趁魏国夫人回外祖母家祝寿的机会，暗暗地买通魏国夫人的贴身的宫女，带着毒药，觑人不见的时候，把毒药放在魏国夫人的酒杯里。可怜这魏国夫人，正在欢喜的时候，却不知道暗暗地已中了毒，捱不到半夜，便毒发身死。武后又深恨从前惟良、怀运兄弟二人，瞧她母女不起，常常在家中欺负她母亲。如今便将计就计，把这毒杀魏国夫人的罪名，移在惟良、怀运二人身上，说他是因妒生恨，谋死魏国夫人。杀死惟良兄弟二人，武后还嫌不足，又把二人的合家亲族，一齐捉住，充军到岭外地方去。

欲知后事如何，且听下回分解。

第三十七回　逼奸宫眷敏之得罪
惨杀后妃武氏行权

　　武敏之自从惟良、怀运二人处死以后，在家中益发肆无忌惮，他和荣国夫人二人，双宿双飞，名是祖孙，实是夫妻。但荣国夫人是六十岁的老妇人了，如何敌得住武敏之年富力强的人。日夜淫乐的，便不觉精力衰弱，在六十一岁上，一病不起。消息传到宫里，武后因荣国夫人是亲生母亲，心中十分悲伤。便发十万两银子，替荣国夫人治丧，又令禁中白马寺僧人二百名，到荣国夫人府中礼经拜忏，超度亡魂。武后又赐大内的大瑞锦十端，交给敏之，命他造着佛像，替荣国夫人追福。

　　这大瑞锦，是西域番僧进献的希世之定，制成衣衫，穿在身上，便可以益寿延年，造福无量。这武敏之虽说与荣国夫人结下私情，但他仗着自己多财、美貌，暗暗地在京师地方，勾搭上的粉头，却也不少。竟有几个官家闺女，和他暗去明来，成就恩爱的。如今见宫里赐下大瑞锦来，敏之知是希世之宝，他也不造佛像，只拿着自己制了几身衣衫；又给那平日来往的粉头闺女们，每人也制了一身衣衫。这大瑞锦是大红大绿的丝缕织成的，武敏之却在孝帏里面，穿着这大红大绿的衣衫，左抱粉头，右拥闺女，饮酒作乐。这荣国夫人死后，府中已没有一个正主儿，任敏之在家中胡行妄为，也没有人敢去干涉他。

到了荣国夫人灵柩出殡的日子，满朝文武官员都来送丧。武后是六宫之主，轻易不能出宫的，便打发她亲生女儿太平公主，出宫去替着武后，送荣国夫人的丧。这太平公主，长得美丽聪明，年纪也有十六岁了。武后和高宗二人十分宠爱她，终年养在宫中，真是娇生惯养，平常用十六个美貌宫女，陪伴着吃喝玩笑。如今代母后出宫去送外祖母的丧，武后便把全副皇后的舆仗旌旗，假给女儿使用，沿路招摇威武。

到了武家门口，文武百官都来跪接。可笑这武府上，偌大一件丧事，里面却没有一个女眷招待宾客的。只因荣国夫人在日，把个武敏之霸占住了，不许他娶妻，亦不许他纳妾，所以到今日偌大一座府第中，却找不出一个正经的女眷来。如今府中开吊，那官府的内眷，却来得不少。武敏之侧身在脂粉队里，见有年轻貌美的命妇，他便任意调笑着。那班妇女都知道武敏之威势，却也不敢十分违拗他，好容易挨过一天，那女客陆续退去。敏之便把太平公主，留在府中玩耍。

这太平公主，因为是荣国夫人嫡亲的外孙女儿，平日也常常在武府中走动，自幼儿也和敏之见惯了。太平公主见敏之，唤他大哥，敏之也唤太平公主做小妹妹。谁知这一晚，太平公主住在敏之家中，敏之看了顿然起了邪心。到半夜时分，敏之穿着短衣，手拿利剑，悄悄地挖开了太平公主的房，他原意是要强奸太平公主的，但太平公主此时睡在里房，外房全是那陪伴的宫女睡着。敏之一脚跨进了外房，只见那床上，罗帐高高挂起，一个年长的宫女，横身睡着。

敏之不看便罢，看时，早不觉把魂灵儿飞去。一抹灯光照在那宫女的身上，只见她把绣衾儿推在一旁，小红抹胸儿脱去了带儿，开着怀，露出那高耸耸、白净净的两只处女的乳峰，下面围着葱绿色的裳儿，露出一弯尖瘦洁白的小脚儿来。再看她头上，

第三十七回　逼奸宫眷敏之得罪　惨杀后妃武氏行权

云鬓半偏，星眸微启，粉脸凝脂，樱唇含笑，那两条好似粉搓成的臂儿，一条擎起，搁在枕上；一条恰恰按在乳峰下面，那玲珑纤指，轻轻地抚着自己的乳头。看了这样的美人睡态，不由得这好色的武敏之，不动起心来。当下他也把想念太平公主的心思丢起，这样一来，先把这个宫女糟蹋了。这一夜，武敏之竟在外房，一连糟蹋了六个美貌的宫女。那宫女害怕他的势力，又害怕他的利剑，只得忍辱含羞地一任他糟蹋了去。最可怜的里面有一个十三岁的小宫女，被敏之用强奸污了，第二天回到宫里去，下体发炎，活活地腐烂死了。

从此武敏之的色胆愈闹愈大。这时司卫少卿杨思俭，有一个女儿，长得十分的美丽，京师地面上，人人知道她的美名。这名气慢慢地传进宫去，给高宗、武后知道了。这时武后亲生的长子，名弘，已立为太子，年纪十六岁，还不曾册立太子妃，便和高宗商量，要选杨思俭的女儿进宫来做太子妃。谁知那武敏之，早已也想娶杨思俭的女儿做自己的妻房，只因杨家女儿太小，那时自己的身体，又有荣国夫人霸占住了，不许他别娶妻房。如今荣国夫人也死了，那杨家女儿年纪也长成了，忽然听说皇后要选进宫去做太子的妃子。武敏之心中不由得焦急起来，他想凡事先下手为强，当时他带了府中二十个豪奴，捧着金银缎匹，自己跨一头高头大马，径向司卫少卿杨府中来。那杨家守门人，见是周忠孝王府中来的，便不敢怠慢，领着武敏之直到客厅上。杨思俭被皇帝召进宫去，商议太子的婚事，不在家中，由杨家西宾，出来招呼武敏之坐下。问起来意，武敏之便把久慕女公子的美名，特来亲自求婚的意思说出来。那西宾把敏之的话，吩咐管家传与内宅仆妇，再由仆妇转禀主母。

停了一会儿，那管家传出主母的话来道："万岁已有意旨下来，拟选寒家女儿为太子妃。今日传家主进宫去，原为商议女儿的婚事。寒家如今须静候谕旨，不能另配高门。"敏之听了，不觉勃然大怒。骂一声："糊涂虫！待咱家亲自找你家主母说话去。"说着，把手一招，带着二十个豪奴，向内宅闯去。这里府中西宾，和家院们见了，急欲上前去阻住，却被武家豪奴，一拳一脚，一齐打倒在地。

这武敏之冲进了内宅门，那杨夫人和几位亲戚家的女眷，正在内堂谈论；忽见如狼虎般的豪奴，拥着一个少年公子，直向内堂上扑来。那公子口内嚷道："哪里一位是杨家岳母，快出来见你家的新女婿！"喊得霹雳也似地响，慌得那班女眷，四散奔逃。一个丫鬟嚷了一声不好了！那强盗来抢俺们的小姐了，一转身向西院里小姐房中逃去。那杨夫人也一时慌得没了主意了，跟着那丫鬟也向西院中逃去。这一逃，好似替武敏之领着路，他带着豪奴，却紧跟在杨夫人后面，看看追到那小姐的绣房门口，杨夫人和那丫鬟急转身张着两臂，把这绣房门拦住，不肯放武敏之进去。敏之到了此时，一不做、二不休，上去一手揪住一个，向院子里摔出去。可怜她主婢两人，都是娇弱的女流，有多大的气力，被敏之这一摔，早和鹞子翻身似的，直向庭心里倒下。上来四五个豪奴，把她两人按住，杨太太身体虽被豪奴擒住了，挣扎不得，但她还直着嗓子向女儿房中喊道："好孩儿！快逃性命吧！强盗来了。"一句话不曾嚷完，早被豪奴上去，按住了嘴，做不得声。接着听得房中女儿哭喊的声音，一声声地嚷着天呀！救命呀！那声音十分凄惨。

后来那喊声渐渐地微弱下去，寂然无声的半响，原来那杨小姐晕绝过去了。杨太太在外面听了，心如刀割，几次要挣扎着赶进屋子救她的女儿，无奈一个娇弱妇人如何能抵抗得这四五个强壮男子，她心中一急，眼前一阵黑云罩住，早也晕绝过去了。武敏之在里面，把这杨小姐强奸过了，便放开手，哈哈大笑着，大脚步走出房来。那豪奴们见了，一齐上去叩着头，嘴里说道：
"恭喜相公！"那敏之把手一扬，说道："回府去领赏。"那二十个
豪奴簇拥着他主人，又好似一窝蜂地退出杨家大门来。武敏之跨
上雕鞍，拿起马鞭指着杨家的门口说道："看你家小姐，如今还
做得成太子妃吗？"说着在马上哈哈大笑着去了。

　　谁知到了第二天一清早，东窗事发，那武家门口，忽然来了
一大队羽林军士，一个内侍捧着圣旨，喝一声动手。那军士们进
去，把武敏之绑住，推出大门，送在马上。后面那二十个豪奴，
一齐拿绳索反绑着，一大串军士们牵着，一齐押送到刑部衙门里
去。圣旨下来，把这二十个豪奴，齐绑赴刑场去斩首；武敏之问
了发配雷州的罪。原来那杨思俭的女儿被武敏之强奸以后，便自
己缢死。杨夫人亲自赶到宫里来告御状。在宫中遇到了丈夫杨思
俭，夫妇二人双双跪在皇帝跟前，连连叩头，请求万岁申冤！那
高宗因武敏之还关系着武后的颜面，一时不敢做主，便进宫去问
着武后。这武敏之在外面跋扈的情形，武后早有所闻，只是他是
自己母家面上的人，便也格外矜全他些。

　　如今听皇帝说敏之做出如此无法无天的事体来，真是冤家路
狭，高宗说话的时候，恰值太平公主也站在一旁，当时也便把敏
之那晚强奸宫女的事体，说了出来；又有人说武敏之拿皇后赏令
造佛像的大瑞锦，却私地里去制着衣衫。三罪俱发，武后便勃然
大怒！立刻替皇帝下旨去掩捕武敏之，交刑部定罪。那武敏之恶
贯满盈，充军到雷州去，他行到韶州地方，却悄悄地在客店里，
拿马缰绳自己缢死了。

　　如今再说高宗皇帝，自从韩国夫人、魏国夫人相继逝世以
后，心中恍恍惚忽，好似丢了一件什么宝贝一般，终日长吁短
叹，说笑也没有了，茶饭也少进了。看着那班妃嫔，全是庸脂，
蠢笑粗言，没有一个当得意的。他烦恼到了十分，便一个人静悄

悄地去在御书房中坐着。左右无事可做，便拿大臣们的奏本批着看着。这高宗皇帝久已不问朝政了，如今看起奏章来，诸事膈膜，不得不去和武后商议着办。这武后又因大权独揽惯了，凡事独断独行，不容高宗有一分主意。帝后两人往往因朝廷的事体，彼此争执起来，争执得十分凶。高宗只因宠爱武后，便也凡事忍让她些，因忍让成了畏惧；因畏惧成了怨恨。高宗只因武后，凡事要干涉他，对于朝廷大事，自己反没有主意，便把个武后怨恨到十分。高宗生性是懦弱的，他心中愈是怨恨，外面愈是畏惧。因怨恨武后，便又想起从前的王皇后和萧淑妃来，王皇后和萧淑妃二人，平日侍奉高宗，何等柔顺，何等贤淑。自从贬落冷宫以后，已有五六年不得见面了。

如今高宗因受了武后的欺弄，便又十分挂念王皇后、萧淑妃两人。他却瞒住了武后的耳目，只带了帖身的两个内侍，悄悄地寻到幽禁王皇后、萧淑妃的宫院里。走进庭院去一看，只见落叶满地，廊庑尘封，静悄悄地也找不到一个人影。高宗看了，不禁叹了一口气，便低低地唤了几声王皇后、萧淑妃，却也不见有人答应，半晌，只见一个小内侍，从侧门出来。那皇帝帖身的内侍，上去拉住了这小内侍，问他王皇后和萧淑妃，幽禁的屋子在什么地方？那小内侍领着路，绕过屋子后面去，见低低的两间屋子，墙上挖着一个泥洞。这屋子四周，并无门窗，恰巧一位宫女，把茶饭从泥洞中送进去。高宗上去看时，那茶的颜色，好似酱油一般，饭菜也十分粗劣，里面伸出一只女人的手来接受。高宗看那手时，又黑又瘦。正出神的时候，洞里那个女子见了皇帝，便拜下地去，口称万岁、万万岁。高宗在她眉目之间还隐隐认得是萧淑妃。高宗看了，心头一酸，忍不住溜下眼泪来，对萧淑妃说道："皇后、淑妃无恙吗？"接着那王皇后也走到洞口来，拭着泪说道："臣妾等已蒙圣恩，废为庶人，又何处再有此尊称耶?"说道,忍不住呜咽痛哭。

高宗便安慰着她们说道:"卿等勿愁!朕当设法依旧令卿等回宫。"王皇后说道:"今日天可见怜!陛下回心转意,使妾等起死回生,复见天日,陛下可赐此宅,名为回心院。"高宗此时也十分伤心,便也站不住了,把袍袖遮住脸,说道:"卿等放心,朕自有处置。"说着,退出院子去。

谁知早有人把皇帝私幸冷宫的消息,报与武后知道。武后听了大怒!便假用皇帝的诏书,在半夜时分,打发几个内侍,到冷宫里去,把王皇后和萧淑妃二人,从睡梦中拖起来,跪在当院,听读诏书。王皇后听罢诏书,便叩头说道:"陛下万年,武后承恩,吾死分也。"那萧淑妃却顿足骂道:"武氏贱婢,淫污宫廷,我死后当为猫,使贱婢为鼠,我当咬断贱婢喉管,以报今日之仇。"接着来四个武士,一把揪住王皇后的头发,按倒在地,拔出雪也似的钢刀来,只听得刮刮两声,可怜王皇后的两手两脚,一齐血淋淋地斩了下来,只听得一声惨嚎,王皇后痛得晕绝过去了。又把粗麻绳子,反绑着臂和腿,抬过一口大缸来,满满地盛着一缸酒,颠倒把王皇后的身体,竖在酒缸里。又揪过那萧淑妃来,照样用刑。可怜萧淑妃抛下酒缸去的时候,还是贱婢、淫婢地骂不绝口呢!那内侍见已把王皇后、萧淑妃两人,依旨处死,便回正宫去复旨。

武后听了,还不放心,又亲自到冷宫里来,见果然把王皇后、萧淑妃两人绑得结结实实,身上脱得一丝不挂,颠倒浸在酒缸里,那手脚斩断的地方,兀自一阵一阵的血涌出来。武后便指着缸中的尸体,哈哈大笑着说道:"令这两个老媪,骨也醉死你。"又听宫女传说"萧淑妃临刑的时候,说来生为猫,武氏为鼠"的话,便从此宫中禁止养猫。虽说如此,武后自从杀死王皇后、萧淑妃二人以后,平日在宫中起坐,恍惚见她二人的阴魂,跟随在左右，面目十分凄惨，手足流着鲜血。武后外面虽十分强项，她心中却十分害怕。从此便不敢住在正宫，移居在蓬莱宫中去。谁知那阴魂依旧在蓬莱宫中出现。武后便出主意，连高宗一块儿搬出长安，到洛阳行宫去居住。

高宗此时，因武后毒杀了王皇后、萧淑妃二人，从此见了武后，又是怨恨，又是害怕，却一句伤心的话也不敢在武后跟前说。每到无人的时候，便忍不住流下泪来。谁知这时武后，心中还是不知足，终嫌高宗时时要干预政事，不能任意作为。

听内侍们说，洛阳地方有一个道士，名唤郭行真，却是法力无边，能蛊祝厌胜诸术，驱逐鬼神，制服人心。这时武后怕王皇后、萧淑妃的阴魂，正怕得厉害，便把郭行真召进内宫来，做了七日七夜的法事，驱除鬼怪。又用蛊毒和在法水里，交给武后，觑便给皇帝饮下，能一见武后，便心中悚惧，事事依顺着武后做事了。

当时有一个宦官，名唤王伏胜的，原是高宗最亲信的内侍，探听得这个消息，心中万分愤怒，便悄悄地去报与万岁知道。高宗听了，也不觉大怒起来，立刻要赶到正宫去，责问武后。那王伏胜连连叩着头说道："万岁这一闹，奴才性命休矣。万岁须得想一条先发制人的计策，把皇后制服了才是正理。"高宗听了，叹了一口气道："如今满朝文武，全是武后的爪牙，谁是朕的心腹。"王伏胜奏道："西台侍郎上官仪，素称忠义，万岁可召进宫来，与他密议。"高宗便付他密诏，王伏胜悄悄去把上官仪领进宫来。

那上官仪见了高宗，叩头行过礼。高宗劈头一句便问道："皇后为人如何？"那上官仪见问，便又跪下叩着头说道："恕臣万死！母后专恣，失海内望，不可承宗庙。"高宗听了，不禁顿足叹道："真是忠义大臣！"当下便命上官仪在宫中，草就废武后的诏书。

武后在当时，胆量愈来愈大了，她明欺着高宗懦弱无能，见那郭道士长得面貌俊美，便早晚唤他进宫来，伺候着皇后。

这郭行真仗着皇后的势力，在宫中进进出出，便也目中无人。见了美貌的宫娥，却又任意调笑着。这一天他正在宫中过道儿上，伸手摸着一个宫女的脖子，恰巧撞见王伏胜，从背后走来，便勃然大怒！从腰上拔下了佩剑来，看定了郭行真后脑脖子上一剑挥去，早已人头落地，慌得那宫女拔脚飞奔。

别的内侍，从这地方经过，见杀死了郭道士，忙报与武后知道。武后听说郭行真被杀，早已十分痛心，正欲出宫亲自看去，忽又有内侍报说：“上官仪在宫中草废皇后的诏书。”武后听了，又惊又怒！便也丢下郭道士的事体，急急赶到上书房去一看，见皇帝和上官仪、宦官王伏胜三个人，都在屋中。高宗猛不防皇后竟亲自赶来，慌得忙把那诏书，向袍袖中乱塞。

武后一眼瞥见了，劈手去夺下来，从头到底，读了一遍。竟是说武后专恣，失皇帝望，不可以承宗庙，着即废为庶人的一番话。武后不看犹可，看了这诏书，便揪住了皇帝的衣带，嚎啕大哭起来。一边低着头向皇帝怀中撞去，顿时云髻松散，涕泪狼藉，任你皇帝如何抚慰，左右如何劝谏，她总是一味地撒泼，全个身儿，扭在皇帝身上，口口声声嚷着：“求万岁赐臣妾一死吧！”

欲知后事如何，且听下回分解。

第三十八回　一废再废终立太子哲
初立继立虚设皇帝位

高宗见武后哭闹不休，心中先软了一半。武后又带哭带诉地说道："早知今日要废去臣妾，当初臣妾原是先帝的才人，也承先帝临幸过，陛下又何必拿甜言蜜语来哄骗得臣妾失了节。臣妾当时也枉废了心计，替陛下用尽了心思，谋得这太子的位置，才有今天这至尊极贵的一日。臣妾原也自知命薄，享不得荣华，受不得富贵，好好地削发在尼庵，也便罢了。谁知陛下又百般地勾引臣妾进宫来，骗臣妾坐了正宫，却又要废去臣妾。既失了节，又失了位，臣妾实在丢不下这个脸呢。"说着，又一声一声地哭起先帝爷来了，把高宗和武后两人从前的私事，一齐嚷了出来。高宗给她说得无地自容，又看她娇啼宛转的神气，早不觉把心肠全个儿软了下来。当时亲自上去拉住武后的手，说道："朕初无此意，全是上官仪教朕的。"慌得上官仪忙趴在一旁叩头。

武后听了，立刻放下脸儿来喝道："圣上有旨，上官仪草诏。"那上官仪听了，忙去把纸笔拿在手中。武后口中念着道："上官仪离间宫廷，罪在不赦，着交刑部处死。"上官仪写成了诏书，武后又逼着高宗用了印，便有武士上来，把上官仪连王伏胜，一齐绑着，押出宫去，交刑部绞死。第二天诏书下来，说故太子忠，与上官仪同谋，赐忠自尽；又说右丞相刘祥道，与忠自通往来，流配沧州。武后趁此时机，把平日忠于皇帝的大臣，一概罢免，全用了自己亲信的人。又下诏改王皇后姓为蟒氏，萧淑妃姓为枭氏。朝廷一切大权全在武后掌握，发号施令，也绝不与高宗商议，高宗也不敢过问。武后要使臣下尊敬，她便暗地里指使许敬宗领衔，会同一班文武大臣上奏章，尊高宗为天皇，武后为天后。天后便废太子弘，立贤为太子。

这弘原是武后亲生的长子，当时高宗宠爱武后，便把武后的亲生儿子，做了太子。谁知这位太子，生性却绝不像他的母亲。平日待人，十分谦和；待兄弟姐妹，十分友爱；读《春秋》至楚世子商臣弑其君一段，便掩着书本不愿读。率更令郭瑜，在一旁进言道："孔子作《春秋》，善恶必书，褒善以劝，贬恶以解，故商臣之罪，千载犹不得灭。"太子说道："然！所不忍读，愿读他书。"郭瑜便改授《礼记》。太子上奏章，说追封颜回为太子少师，曾参为太子少保。高宗与武后驾幸洛阳，便下诏使太子监国。太子在长安地方，常常问百姓疾苦，救济灾民。

这时萧淑妃虽死，只留下义阳、宣城两位公主，却长成天姿国色，性情也十分贞静。太子弘虽和她异母姐弟，却也十分友爱。此时义阳公主、宣城公主，因母亲犯了罪，便也被幽禁在掖庭里。太子弘常常瞒着人，到掖廷去探望她们。姐弟三人，拉着手哭泣一场。太子弘很有搭救两位姐姐的意思，只因害怕母亲的威力，不敢说话。可怜这两位公主，直幽禁到四十岁，还不得释放的恩诏，眼看着如花美眷，似水流年，等闲过去。

女孩儿年纪长大了，不免有一番心事。她和太子弘虽说是姐弟相称，但在忧愁困苦的时候，得一个少年男子，私地里来温存体贴着，便不觉动了知己之感。那义阳公主，便动了一个痴念头，每值太子弘来看望她时，她便把太子帖身的挂件儿或是汗巾儿，留下一二件，藏在枕席儿下面，到夜间无人的时候，便搂着那汗巾子睡。只因这位太子，是十分方正的人，却也不觉得他姐姐的心事。只见义阳公主，常常对着自己叹气，看她粉庞儿一天一天地消瘦下去。

有一天，义阳公主清早起来，悄悄地一个人在花下，见一双粉蝶，在花间一上一下地飞着追着，那神情好似十分依恋的。公主猛可地想起了自己的心事，一缕酸气，直冲心头，接着那两行泪珠，点点滴滴地落在衣襟上，从此回房去便一病不起。死后，宣城公主检点她的尸身，便在义阳公主怀中，检出一方太子弘的汗巾来，便悄悄地对太子弘说了。

太子弘也十分感慨，到义阳公主尸身旁，痛痛地哭了一场，用上等的棺木收殓过，以后，便去朝见母后。说宣城公主年已四十，尚幽禁掖廷，不使下嫁，上违天和，下灭人道，几句话说得十分严冷。武后听了，不觉大怒！便立刻下诏，把宣城公主指配与掖庭卫士。那卫士已有五十多岁的年纪了，面貌黑丑，性情粗暴，且是一个下贱的，叫宣城公主如何受得住这个侮辱。太子弘替他姐姐再三求告着，须另嫁大臣子弟。武后不许，且把太子弘痛痛训斥了一场。太子弘终以皇家公主，下嫁卫士，有失国体，心中快快不乐。从此神情恍惚，喜怒无常。到上元二年时候，太子弘跟着父皇、母后到合璧宫去，武后便暗暗地在太子弘酒杯中下了毒药，太子饮下肚中去，毒发而死。立潞王贤为太子。

这潞王贤又是一个循规蹈矩的少年，八岁读《论语》，至"贤贤易色"一句，便连连读着不休。高宗在一旁坐着，问他为什么屡读不休？潞王回奏说："儿性实爱此语。"高宗便十分欢喜。他对李世勣说道："此儿有宿慧，后当立为太子。"便迁入东宫，每月朝见武后。贤虽也是武后生的，但生性也极正直，平素见武后那种骄横专恣的行为，心中也是十分不以为然。如今见自己立为太子，他在朝见母后的时候，也婉言劝谏母后，把朝政归还父皇。武后听了，心中老大的个不乐意。从此看待太子贤，也便冷冷的了。

那武后自从郭道士被内侍王伏胜暗杀死了以后，心中每次想念起来，总是郁郁不乐。便假说要在宫中超荐荣国夫人亡魂，命京城官吏，访求道行高深的道士进宫去，做超荐的法事。便有京兆府尹访得一个道士，名明崇俨的，据说他在深山修练，已有六十多年了，望去还好似二十多岁的少年，眉清目秀，齿白唇红。修练得千年不老仙丹，有缘的便赠与仙丹一粒，寿活千年；又能超度亡魂，早登仙界。府尹把他送进宫去，大得武后的宠用，白天召集一班道侣，鼓钹喧天地做着法事；夜间闭门静坐，香花供养，修炼仙丹。武后有时也在法坛前参神拜佛，有时在丹室中参证问道，有时竟把个明崇俨道士，召进皇后寝宫去，讲法说理，直到夜深人静，还不见放道士出来。一个多月来，这道士和武后二人却常常不离左右，那宫女和内侍们看了，都在背地里匿笑。待到七七四十九日，大丹告成，明崇俨献上仙丹。武后便大设筵宴，独赐崇俨一桌素席，令百官们陪宴。又下诏拜明崇俨为正谏大夫。从此明崇俨的踪迹，在正宫里出现得愈加勤了。外面沸沸扬扬，传说明崇俨道士和武后通奸。

这风声传在太子贤耳中，如何忍得。他原想去奏明父皇，下诏拿明崇俨正法。这时高宗头风病害得十分厉害，皇上已有三个月不进皇后宫中了，又怕父皇得知了这消息，加上气恼，病势更甚，便也只好忍耐着。但武后有时在崇俨丹房中留宿，愈闹愈不像样了。太子贤这口气忍无可忍，这太子自幼儿长成勇武有力，他便带了几个有气力的武士，悄悄地去候在那丹房门外的过道上。见那明崇俨从丹房里出来，两个武士上去，把那道士的嘴堵住，反绑着手臂，直送到太子跟前，按他跪倒在地。起初那明道士十分骄傲，不肯吐露真情。那武士拿皮鞭子在明道士脊梁上痛痛地抽着，那道士忍痛不过，便招认说："自己原是京师地方一个无赖，实在年纪只有二十六岁。什么修丹成仙、超度亡魂等话，全是哄着天后的。"太子问可曾与天后犯奸？那明崇俨却只是叩着头，不敢说话。太子看这神情，气愤极了！便亲自上去，把明崇俨的颈子扼住，谁知用力过猛了，那明崇俨已气绝身死。太子吩咐在尸上绑住一块大山石，拖去悄悄地抛在玄武湖中，这才出了太子胸头之气。

第二天武后忽然不见了这个宠爱的明道士，心中万分焦急，虽不好意思张明较著地找寻，但也暗暗地令内侍们在各处寻访，却终觅不到崇俨的踪迹。后来日子久了，那内侍们同伴中，渐渐有人吐露出口风来，说明道士是吃太子贤杀死的。武后心中越发把个太子贤恨如仇敌一般，时时要趁机会报这个仇。太子贤也刻刻提防着。

这时宫中又生出一种谣言来说，这太子贤原不是武后的亲生子，却是高宗和武后的姐姐韩国夫人私通后生下来的私生子。这谣言听在太子耳中，更觉害怕！便暗暗地调进二百名武士来，日夜埋伏在东宫里防备着。武后知道了，十分动怒，说太子有弑母之意，不可不除去此害。当时便下诏薛元超、裴炎、高智周，一班武将，带领羽林军士，直扑进东宫去，搜出甲士数百人。武后亲自拉着太子贤，到高宗跟前去，请皇帝发落。那高宗因头风卧病在床，见太子贤犯了罪，心中十分悲伤，只自落着眼泪，不说话。武后愤愤地说道："太子大逆不道，不可赦，便在皇帝榻前，下诏废太子贤为庶人，立哲为太子。"这太子贤被逐出宫去，武后便密诏左金吾将军邱神勣，带兵去围住府第，逼令太子贤自杀。

那高宗见又废了太子贤，心中郁闷，病势愈重，两手捧着头，日夜嚷着头痛，眼眩心跳，不能起坐。六宫妃嫔日夜不休地在床前侍奉汤药，看了大家心中都十分焦急。这时有一位御医，名秦鸣鹤的，便奏称陛下肝风上逆，只有用钢针刺头，出血可愈。武后坐在一旁喝道："秦鸣鹤可杀，帝体岂是刺血处耶？"高宗忙拦住说道："医议病，乌可罪，且朕眩不可堪，姑听治之。"当时秦鸣鹤便大胆上前，在皇帝左右太阳穴上，重重地挑下两针去，淌出血来。高宗便霍地坐起身来说道："朕目明矣。"武后便向空拜着说道："天赐我师。"高宗传谕，赏秦鸣鹤黄金百两、彩缎十端。但过了几天，高宗旧病复发，头痛得比前更甚。宫中常常有怪异出现，有时空屋中发着大声，有时在夜深时候，走廊下显着巨影。高宗依旧传秦鸣鹤来刺头出血，又投着百药，终无大效。

忽有一个姓陈的宫女，自己称是世代行医，且善治头风，请为皇上修合药饵。高宗听了，不很信她。无奈那宫人再三请求。高宗便令亲信内侍，监察着她修合药饵。宫人在院子里，掘地埋锅，才掘得一二尺深，忽见一头大虾蟆，从泥中跳出，色如黄金，背上现出一个红色的"武"字。那内侍见了，不敢隐瞒，便去奏明皇上。高宗看了，一时里也不解是何征兆，便命内侍拿去放在后苑池中。宫女又到别院去找地开掘，才掘开地，便又有一头金色虾蟆，跳着出来，虾蟆背上依旧显着一个红色的"武"字。内侍又拿出献与高宗观看，高宗心中也疑是不祥之兆，便命把虾蟆杀死。到第二天，那修药的宫女和内侍，都一齐死在床上。接着高宗也死了。把武天后升作皇太后，遗诏立太子哲为中宗皇帝，一切军国大事，悉听太后参决。

皇太后为收拾人心，便下诏立十二事：一劝农桑，薄赋徭；二给复三辅地；三息兵，以道德化天下；四南北中尚禁浮巧；五省功费力役；六广言路；七杜谗口；八王公以降，皆习《老子》；九父在为母服齐衰三年；十上元前勋，官已给告身者，无追核；

十一京官八品以上，益禀入；十二百官任事久、材高位下者，得进阶申滞。

但这中宗即位以后，便事事要专主，发号施令，从不与皇太后商议。皇太后十分愤怒。也曾和中宗争论了几次。中宗不听。皇太后大怒。便下诏废中宗为庐陵王。立子王旦为睿宗皇帝，陪皇太后坐武成殿。

皇太后命礼部尚书摄太尉武承嗣，太常卿摄司空王德真，捧号册进与睿宗皇帝。从此皇太后每日在紫宸殿坐朝。宝座两旁，用紫色帐幔围着。下诏追赠五世祖后魏散骑常侍克己为鲁国公，妣裴氏为鲁国夫人；高祖齐殷州司马居常为太尉北平郡王，妣刘氏为王妃；曾祖永昌王谘议参军赠齐州刺史俭为太尉金城郡王，妣宋氏为王妃；祖隋东郡丞赠并州刺史大都督华为太尉太原郡王，妣赵氏为王妃。皆置园邑五十户。父为太师魏王加实满五千户，母为王妃；置园邑，守百户。这时睿宗虽立为皇帝，却终年幽囚在宫中，不得预闻政事。

凡是武后家里的人，都握着大权，内中单说一个武承嗣。他原是武太后异母兄元爽的儿子。武敏之犯罪自己缢死以后，武家族人，便公请把承嗣从岭南召还。嗣圣元年，拜承嗣为礼部尚书；载初元年，拜为文昌左相，同凤阁鸾台三品，兼知内史事。

武承嗣便奏请在东都建造武氏七庙，武太后下诏：追尊周文王为始祖文皇帝，王子武为睿祖康皇帝，赠五代祖太原靖王居常为严祖成皇帝，高祖赵肃恭王克己为肃祖章敬皇帝，曾祖魏康王俭为烈祖昭安皇帝，祖周安成王华为显祖文穆皇帝，父忠孝大皇为太祖孝明高皇帝；又封元庆为梁宪王，元爽为魏德王；又追封伯父、叔父俱为王，诸姑娣为长公主；加封承嗣为魏王，元庆子夏官尚书三思为梁王。武太后的从父兄子纳言攸宁，亦封为建昌王，太子通事舍人攸归为九江王，司礼卿重规为高平王，左卫亲府中郎将载德为颖川王，右卫将军攸暨为千乘王，司农卿懿宗为河内王，左千牛中郎将嗣宗为临川王，右卫勋二府中朗将攸宜为建安王，尚乘直长攸望为会稽王，太子通事舍人攸绪为安平王，攸上为恒安王；又封承嗣子延基为南阳王，延秀为淮阳王；封武三思子崇训为高阳王，崇烈为新安王；封武承业子延晖为嗣陈王，延祚为延安王。一门富贵，作威作福，横行无忌。武承嗣心中还不知足，却时时劝武则天杀尽皇家子孙。承嗣的弟弟武三思，也竭力地劝诱着。武承嗣自以为他日可以稳稳地得了皇帝位置，便令凤阁舍人张嘉福，迫令百姓上表，请立武承嗣为太子。武太后不许。承嗣心中郁郁不乐。

这时有柳州司马徐敬业、括苍令唐之奇、临海丞骆宾王，痛恨武太后威逼天子，便召募义兵万人，杀扬州大都督府长史陈敬之，占据州城，传檄四方，欲迎立庐陵王仍为中宗皇帝，那檄文上说道：

> 伪临朝武氏者，性非和顺，地实寒微，昔充太宗下陈，曾以更衣入侍。洎乎晚节，秽乱春宫，潜隐先帝之私，阴图后房之嬖。入门见嫉，蛾眉不肯让人；掩袖工谗，狐媚偏能惑主。
>
> 践元后于翚翟，陷吾君于聚麀。加以虺蜴之心，豺狼成性，近狎邪僻，残害忠良，杀姐屠兄，弑君鸩母，人神之所同嫉，天地之所不容。犹复包藏祸心，窥窃神器，君之爱子，幽之于别宫；贼之宗盟，委之以重任。呜呼！霍子孟之不作，朱虚侯之已亡，燕啄皇孙，知汉祚之将尽；龙漦帝后，识夏廷之遭遽衰。
>
> 敬业皇唐旧臣，公侯冢子，奉先君之成业，荷本朝之厚恩！宋微子之兴悲，良有以也；袁君山之流涕，岂

徒然哉。是用气愤风云，志安社稷，因天下之失望，顺宇内之推心。爰举义旗，以清妖孽；南连百越，北尽山河；铁骑成群，玉轴相接；海陵红粟，仓储之积靡穷。江浦黄旗，匡复之功何远。班声动而北风起，剑气冲而南斗平，喑呜则山岳崩颓，叱咤则风云变色。以此制敌，何敌不摧；以此图功，何功不克。公等或居汉地，或叶周亲，或膺重寄于话言，或受顾命于宣室。言犹在耳，忠岂忘心。一杯之土未干，六尺之孤何托。倘能转祸为福，送往事居，共立勤王之勋，无废大君之命。凡诸爵赏，同指山河。若其眷恋穷城，徘徊歧路，坐昧先几之兆，必贻后至之诛。请看今日之域中，竟是谁家之天下。

　　这一道檄文传到四方去，那被他感动起义的兵士，竟有十万多人。徐敬业带领人马，直扑婴城，又渡江占据润州，杀死刺史李思文。武太后下诏，拜左玉钤卫大将军李孝逸为扬州道行军大总管，率兵三十万，抵敌敬业。又拜左鹰扬卫大将军黑齿常之为江南道行军大总管，从后路包围敬业的军队。

　　欲知后事如何，且听下回分解。

第三十九回　炊突无烟佳人丧命
闺闱抱病公主易夫

　　徐敬业是前朝徐世勣的孙子，他怀着一腔忠义，迎立中宗，起兵声讨武太后。谁知这班文武官，尽是武太后的爪牙，间有一二是先朝的旧人，但都惧怕武太后的威力，谁敢到老虎头上去搔痒。徐敬业手下的十多万兵，东奔西杀，死的死去，逃的逃去，不上三个月工夫，这忠心耿耿的徐敬业，早已败得一塌糊涂。被黑齿常之捉住，割下脑袋来，用香木匣子装着，送进京师去。在徐敬业不曾失败以前，朝廷中有一位中书令裴炎，又有一位左威卫将军程务挺，都上表劝谏武太后，去把庐陵王迎回宫来。如今徐敬业已死，武太后下诏，也把裴、程二人处死。朝廷中人，个个吓得噤若寒蝉。

　　第二天，武太后临朝，把骆宾王的一篇讨武氏檄文掷与百官观看，笑说道："这孩儿文章却做得不坏，我也爱他。可惜他犯了弥天大罪，不免一死。"接着又问着百官道："朕与天下无负，汝等知之乎？"百官听了，一齐喊着万岁。太后又说："朕辅佐先帝，已逾三十年。汝等爵位富贵，朕所与也；天下安佚，朕所养也。先帝弃世时，以社稷为托，朕不敢爱身，只知爱人。今甘为戎首者，俱将相种子，若辈何负朕之深也？老臣中伉扈难制，有若裴炎者乎？世将中能合亡命，有如徐敬业者乎？宿将中骁勇善战，有如程务挺者乎？彼等皆一世之豪，今图不利于朕，朕能置之法。公等中才有胜彼者，可早自为之，不然，只能谨慎事朕，毋贻天下笑！"那百官们听了太后的话，一齐趴在地下叩头，不敢仰起头来。同时奏答道："惟陛下之命是从！"

武太后便命武承嗣捧着玉玺，假意说要归政给睿宗皇帝。那睿宗皇帝正要上去接受玉玺，忽见武承嗣怒目相视，吓得睿宗忙缩手不迭，再三退让着，说请母后临朝。武太后见睿宗如此识趣，也便依旧收回成命。一面由武三思暗中指使御史傅游艺，率关内父老，上表请革命，改帝姓为武氏；一面又逼迫着百官，一齐上表劝进，假造说凤凰飞集在上阳宫，赤雀见于朝堂，天意已归武氏。睿宗见人心都向着太后，心中十分惊慌，便也上表，请改帝姓为武氏，使天下定于一尊。武太后到此时，知道威信已归于一己，便大赦天下，改国号称周，自称神圣则天皇帝。皇帝取名"曌"字，又造作墨、西、埊、囝、囝、○、再、瀛、㝢、乖、盂十二字，旗帜一律用红色。睿宗皇帝退为太子；父武士彠封为孝明高皇帝，号称"太祖"；母杨氏，封为孝明高皇后。

废去唐朝各庙，又搜捕唐朝宗族，不论男女老幼，尽流配到岭南地方去。一面使人故意向朝廷告密说："岭南流人谋反"，太后便令摄右台监察御史万国俊，赴岭南查审。那万国俊到岭南去，便假造圣旨，召集流人，一齐赐死。那流人号哭不服，国俊命兵士拿刀剑追逼着，直逼到水边，使不能脱逃，便一个一个地去抓来杀死。一天里面，竟杀死了三百多人。可怜他们大半是金枝玉叶、皇家的子孙。如今既被流配到南方瘴蛮的地方来，依旧不能保全性命。那时被武则天流配到岭南地方来的犯人，竟有三五千人。他们见万国俊威逼杀死了三百条性命，大家心中不服，在背地里不免有怨言恨语。给万国俊知道了，他索性一不做二不休，一道奏本上去，说流人尽皆怨望，请悉除之。武则天看了奏

第三十九回　炊突无烟佳人丧命　闺闼抱病公主易夫

本，便打发右卫翊府兵曹参军刘光业、司刑评事王德寿、苑南面监承鲍思恭、尚辇直长王大贞、右武卫兵曹参军屈贞筠，都加着监察御史的官衔，分做剑、南、黔、中、安、南等六道去查审流人。他们见国俊杀死了三百人，得了则天皇帝的欢心，便一齐下辣手杀人去。光业御史杀死九百人，德寿御史杀死七百人，思恭御史、大贞御史每人都杀死五六百人。一时六道的流人，俱被他们杀得干干净净，大家得意洋洋地回京去复命。

那万国俊又奏称路过房陵，谒见庐陵王，王妃赵氏有怨恨之色，请皇帝废庐陵王为庶人，赐赵氏自尽。原来中宗幽囚在房陵，身旁原带着一妻一妾：妻赵氏，妾韦氏。那赵氏原是常乐公主的女儿，中宗在王府时候，便聘娶赵氏为妃。这赵氏幽娴贞静，高宗在世的时候，很欢喜她的。只有武则天因她性情拘谨，不甚合意。如今这万国俊巡察到房陵地方去，看望庐陵王。那庐陵王和韦氏都有财帛送与国俊，又亲自劝国俊饮酒。独有这赵氏她非但没有财帛孝敬国俊，连陪酒也不肯出来。万御史怀恨在心，回进京去，便给她上了一本，说了许多赵氏的坏话。那则天皇帝原和赵氏不很对劲的，如今听说她怨恨朝廷，便立下旨，把这王妃赵氏提进京来，打入冷宫，囚禁在暗室里。

室中只有一洞，派一个内侍，每日拿些柴米送进洞去，令赵氏自煮自吃。这赵氏原是一位娇贵的妇人，如何受得住这样的侮辱，她被囚在这暗室里，一时又想念王爷的恩情，一时又悲吊自己的身世，终日以泪洗面。起初她哭到腹中饥饿的时候，便支撑着自己去煮一碗饭充充饥。她在屋子里煮饭，屋子外面烟囱中便冒着烟。那看守的太监，见冒了烟，便去拿柴米来送进洞去，给她下一次煮饭用的。谁知后来这太监在屋子外面察看，已有三天不见烟囱中冒烟了，送进洞去的柴米，也不见赵氏前来接受。他心中疑惑起来，便去奏明则天皇帝。皇帝命人去把墙洞打开一看，见那赵氏，已直挺挺地睡在床上，尸身已腐烂不堪了。则天皇帝吩咐草草收殓，拿去在荒地上掩埋下了。

赵氏的父亲赵瓌，官拜定州刺史，驸马都尉。自赵氏死在宫中，便把赵瓌降到括州地方去；常乐公主也流配到括州去，不许朝见。这常乐公主原是高宗的同胞妹妹，兄妹二人，交情很厚，高宗常把公主留在宫中游玩。这常乐公主性情很是正直，见宫人有不守规矩的地方，便要训责。这时武后有一个亲生女儿太平公主，只因面貌长得美丽，生性也很聪明，武后便十分宠爱她。这太平公主仗着母后的宠爱，便也十分放纵，被常乐公主见了，却时时要训斥她。太平公主受了气，便去哭诉她母后。武后当时因碍于高宗的面子，便也只得忍耐着些。如今大权在握，便也把常乐公主贬逐了出去。以报她女儿的仇恨。

讲到这太平公主，是高宗皇帝的幼女，则天皇帝亲生的。长得肌肉丰满，面貌艳丽，方额广颐。少年在宫中，处世有权谋。则天皇帝十分宠爱她，朝廷大事，都和公主商议。宫禁森严，公主能守着秘密，不使机谋外泄，则天皇帝更是欢喜她。

到永隆年间，则天皇帝见薛绍长得年少美貌，便下诏太平公主下嫁给驸马薛绍，又发内帑二十万，给薛绍建造驸马府，十分华美。则天皇帝在位二十余年，天下只有一太平公主，父为帝，母为后，夫为亲王，子为郡王，富贵已极。唐朝定制，亲王食邑八百户，最多至一千户。公主下嫁，食邑三百户，长公主加五十户。独有太平公主得食邑一千二百户；圣历初年，加至三千户；神龙元年，又加至五千户。平日赏赐珍宝衣饰，不可胜数。

到垂拱年间，武三思告密说："驸马薛绍，与诸王连谋造反。"则天皇帝十分愤怒。欲杀薛驸马，又怕伤太平公主的心，便预先把太平公主召进宫来，留住在宫中。一面下旨发羽林军士去捉拿薛驸马，捆交刑部正法。谁知这太平公主和薛驸马，夫妻

第三十九回　炊突无烟佳人丧命　闺闱抱病公主易夫

恩情是很厚的，她被则天皇帝软禁在宫中，不得和丈夫见面，心中甚是不乐，却又不好说得。看看在宫中住下了半年，还不见放她回去。公主和薛驸马生有二男二女，如今丢在府中，母子们不得见面，公主记念着丈夫，又挂念着儿女，郁郁不乐地成了疾病。则天皇帝是很宠爱公主的，今见公主害起相思病来，便懊悔不该把薛驸马杀死，害她夫妻生生地分离。但看看公主的病势，一天深似一天，睡在床上，神志昏沉，则天皇帝亲自去探望。只见公主声声唤着驸马爷，又说快放俺回家看俺儿女去。

则天皇帝，十分心酸，她便心生一计，暗地里去把母家的侄子武攸暨，召进宫来。这武攸暨是则天皇帝伯父武士让的孙子，在武氏子弟中，面貌最是清秀，年纪也只有二十岁左右。则天皇帝平日很宠爱他的，这时已封士让为楚王，攸暨为千乘郡王，赐食邑三百户。今见皇帝召唤，便急急进宫来。则天皇帝悄悄地对攸暨说道："太平公主想驸马，想得很是厉害，看她性命已快要不保，教朕到哪里去找一个驸马来还她。好孩子，只有你脸儿长得不错，很像那薛驸马，你可怜你妹妹些，你便暂时充一充驸马，伴着公主，住几天吧。"这武攸暨家中原娶有妻子甄氏，面貌胜过公主，夫妻甚是恩爱。今受了则天皇帝的旨意，不敢违抗，只得忍耐着，一任宫女们，把他拥进公主房中去，哄着公主说："驸马爷来了。"

公主这时正昏沉得厉害，一听说驸马爷到，便把这武攸暨拉进床去，紧紧地搂抱着不放，把个武攸暨羞得不敢抬头。那屋子里的宫女都掩着唇儿匿笑。公主却伸着手不住地在武攸暨脸上、颈脖子上抚摸着，嘴里不住地亲人儿、好人儿唤着。看看过了十多天，那公主的病势果然轻减起来。见伴着她的男子，并不是薛驸马，却是她的表弟武攸暨，不觉诧异起来。问起真情，才知道薛驸马已犯罪被杀死了。只因这武攸暨和公主做着十多天的伴，公主在病中，虽不至有非礼的事做出来，但几日来耳鬓相摩，肌肤相亲，渐渐地也发生出爱情来。再加此番武攸暨是奉旨来安慰太平公主的，这武攸暨长成温存妩媚，和女子一般，任何女子见了，都要动情的。因此太平公主把个想念悲痛丈夫的心肠，也减杀了许多。这武攸暨一见公主哭泣的时候，便百般劝慰，这都是则天皇帝的旨意；在武攸暨心中，却无时无刻，不在那里想念他家里的妻子甄氏。攸暨和甄氏做夫妻，才得一年。因甄氏长得十分美丽，夫妇二人正在恩爱头上。如今攸暨忽奉皇帝之命，传他进宫去，给太平公主消愁解恨，这原是很勉强的事体。但因皇帝的威迫，不得不和公主欢笑承迎。公主正在伤心头上，见有这个如意郎君伴着她起坐说笑，不觉把她一缕痴情，重复提起。

过几天则天皇帝亲自来看望她女儿，这太平公主自幼儿在她母后手中，娇纵惯的，当下见了，便一纵身倒在皇帝怀中，哭泣不休。则天皇帝拿手抚着公主的脖子，又拿好话劝慰着公主，慢慢地住了哭。则天皇帝笑着对公主说道："女娃子，年纪轻轻，守着空房，原是很可怜儿的。朕如今赔你一个驸马，可好吗？"太平公主一扭头说："不愿再嫁丈夫了，丢不下家中的男孩儿、女孩儿呢。"则天皇帝听了，把手在公主肩上一拍，说道："傻孩儿，俺们皇帝家的女儿，带着孩儿招驸马，谁又敢说一个不是呢？"公主也不禁一笑说道："母亲给孩儿招一个怎么样的驸马，嘴脸儿不好的，孩儿可不要。"则天皇帝笑道："你看武攸暨如何？"公主听了，却连连摇着头说："不要！不要！"则天皇帝见公主这样神情，却不觉怔住了。

原来太平公主和武攸暨二人，平日在房中无人的时候，虽没有私情的事体做出来，但也渐渐地调笑无忌，起坐不离。公主又很有意似地拿这武攸暨玩弄着，又做出许多可怜的模样来，去招惹他。这情形宫女偷看在眼里，悄悄地去报告则天皇帝。则天皇

第三十九回　炊突无烟佳人丧命　闺闱抱病公主易夫

帝认作是公主看上了这武攸暨，便故意说出这话来，探她的口气。谁知公主却一味地拒绝，却把个则天皇帝怔住了，忙连连追问为何不愿意嫁武攸暨？公主被皇帝追问不过，才说道："武攸暨家中不是好好有妻子的吗？"则天皇帝这才明白过她女儿的意思来，便笑着说道："那容易办，那容易办。"则天皇帝一转身，便下了一道谕旨，赐武攸暨尚太平公主，授驸马都尉，进封定王，实封食邑一千户。这武攸暨接了圣旨，十分诧异，忙去朝见则天皇帝，说明自己是已娶妻室的人，如何敢重婚公主。则天皇帝笑对武攸暨说道："你那前妻，朕已赐她自尽了。"

武攸暨听了，真好似头顶上起了一个焦雷，忙赶回家去一看：那妻子甄氏的尸身，早已陈列在中堂，尸身颈子，还绕着一幅白绫。攸暨看了，心如刀割，纵身上去，抱住尸身，大哭一场，亲自把她颈子上的白绫解下来。则天皇帝特发治丧费一万两，照长公主礼服收殓；又令太平公主亲自去吊奠。武家这丧事办得十分威风。又在武家左近，盖造起十分高大的驸马府来；又派一支御林军士，在驸马府把守大门；府中又盖着极大的花园，每隔十步造一亭，五十步造一阁，奇花异草，和御苑中一般富丽。

公主下嫁的日子，则天皇帝亲自送嫁，百官齐到驸马府中来道贺，一时车马盈门，十分热闹。太平公主又把在薛驸马府中的二男二女，领进府来，拜见武驸马，认作后父。从此公主在武驸马府中，骨肉团圆，夫妻恩爱，过着快乐的日子。则天皇帝又时时临幸武驸马府中，看望女儿，有时竟留宿在驸马府中，不回宫去。百官们齐到驸马府中来，朝见奏事。

太平公主随侍着母亲，也参预着军国大事，她的聪明见识，竟能胜过皇帝。则天皇帝也常令公主听大臣们奏事，一时权侵中外。文武百官齐在公主跟前，行着贿赂。公主也看他银钱的多少，定爵位的高低。则天皇帝在宫中，渐渐地厌倦朝政，一切将相奏事，都到驸马府去和公主商议。公主得了众人的钱财，便广置田园。府中动用的器具，全是金装玉琢的，吴越岭南，四处贡献来绮疏宝帐、音乐车马，共备两份，一份献与皇帝，一份献与太平公主。府中侍儿，披罗绮的数百人，苍头临妪，也在一千人左右。外路州县又四处贡献狗马玩好、山珍海味。公主在府中斗鸡走狗，陈着百戏，放那少年官员、年轻子弟，进府来陪伴公主游玩。在花园中排列筵席，奇珍异味。少年男子围着公主，欢呼畅饮。公主一行一动都有少年子弟追随，在左右扶掖说笑着。公主有遗巾堕带，各少年便争拾收藏，公主看着大笑。

花园石洞中，有一密室，铺设着锦衾绣茵，常常有少年官员、年轻子弟，被武士捉进洞去，只觉得床褥温软、香味馥郁，便有人上来替他解除衣巾，扶进帐去，被一个香馥馥、油腻腻的女子身体抱住了。那男子到了这时，也便情不自禁，在暗中摸索着，成其好事。再有几个女子服侍他，穿上了衣服，扶出洞来，由武士领出园去。这样一个一个地轮着，那满朝中的少年官员、年轻子弟，人人都尝过温柔滋味。他们谁都知道这石洞中的女子，是当朝第一贵人，但大家都不敢说出来。

这时京师地方，忽然来了一个胡僧，名惠范的，说是朝过天子千山万寺，会过真仙活佛，年纪二百余岁，望去好似二十余岁的少年，住宿在本愿寺中。顿时哄动了京师地面的妇女。起初几个平民百姓，前去朝拜，后来那官家内宅，纷纷备着香烛礼物，前去瞻拜。有女眷们拜在惠范大师门下做徒弟的，也有拜和尚作干父亲的。大家都替和尚绣着袈裟帐幔，把个和尚的卧房，打扮得花花绿绿，好似小姐们的绣房一般。那和尚见有女眷们送衣物来的，必要令她跪在膝前，伸着手摸一摸粉脸，或是摩一摩云鬟，说是赐福。那女眷们得活佛摸索过的，便欣欣地回去，在闺阁中对同伴夸耀着，说今天得活佛赐福了。还有那礼物送得薄了一点，得不到活佛赐福的，懊丧着回去。

有一天那本愿寺门前，忽然车马如云，兵卫森严，太平公主也亲自移驾来求活佛赐福，一切官府女眷，俱被兵士挡在门外，不得进寺去。公主这一来，直到日色西沉，才回府第。第二天便把黄金十万、彩缎千端，孝敬于惠范大师。过了几天，又把惠范请进公主府第去，这一去一连十多天，不放出府第来。

那班求活佛赐福的人天天到本愿寺门外去守候着。那守候的人愈聚愈众，望去人头济济，把个寺院围得水泄不通。好不容易盼望得惠范大师回寺，只见幢盖宝幡，夹着刀枪剑戟，前面是活佛的车辆，后面是公主的绣车，簇拥着一直进寺门去。随后便有军士上去，把那门外守候着赐福的人，一齐赶走。从此这本愿寺前，警备森严，任何富贵眷属，一概不得进寺去。那惠范大师，赐福也只赐与太平公主一个人，所有从前收下的女徒弟和干女儿，上门去拜望她师父和干父亲的，一齐挡住在寺门外，不得进去。暗地里一打听，原来这位太平公主，天天到寺中来求惠范赐福，把个和尚霸占住了，不许别人染指。

欲知后事如何，且听下回分解。

第四十回　冯小宝初入迷魂阵
来俊臣威震丽景门

　　惠范和尚，身体长得异常魁梧，气力也伟大。他伺候女人，又能婉转如意，因此很合了太平公主的心意。便代他奏请，发给内帑，替他建造一座圣善寺，在驸马府隔壁。这座寺院建造得十分高大，则天皇帝下旨，拜惠范和尚为圣善寺主，加三品封。寺旁有一条甬道，通着驸马府的后园，太平公主常常来往着，有时竟住宿在寺中，说是宿山求仙。那驸马武攸暨看了这情形，便也无可奈何。说也奇怪，那太平公主自从求惠范和尚赐福过以后，便接连着生了二男一女，那男的一般也长成肥硕伟大。则天皇帝很是欢喜，下旨封二子，一为卫王，一为成王，封一女为郡主。从此以后，那百官们在太平公主门下奔走的，一般也要到惠范和尚跟前去伺候；那财帛礼物儿，去孝敬太平公主的，也一般要备一份礼物儿去孝敬惠范和尚。这惠范大师居然声威煊赫，权侵中外。这时四处的游僧和浮浪无赖，见惠范大师得了好处，便一齐赶到京师地面来，闲游浪荡，招惹是非。

　　唐宫中自从则天皇帝登极以后，所有大小公主，都十分放荡。有一群侍儿簇拥着，骑着马，到山林中围猎去的；有车马旌旗，招摇过市，在大街小巷中游玩着的；也有到各处寺院中去烧香礼佛的。她们各个都是年轻美貌，见了寺院中的和尚、街道上

第四十回　冯小宝初入迷魂阵　来俊臣威震丽景门

的恶少，便也一般地谑浪戏笑毫不避忌。见有面目清秀、能言识趣的，便带进府去，好茶好饭，供养着称作"清客"。那班清客，在府中出入，一般地绫罗遍体，裘马轻肥。有时和公主并驾齐驱，遨游都市，指点说笑，毫无顾忌。因此那班浮滑少年看了，愈加如醉如狂，个个敷粉搽脂，鲜衣艳服，站立在街头。有弄鹰的，有踢球的，见有公主车马经过，便争着上去趋奉，公主也和他们兜搭几句，赏赐些财物，见有俊秀的，便也带进府去。

这时有一位千金公主，在诸位公主中，年纪最轻，也最爱游玩，常常一个人装着男儿模样，私自出府去，在大街小巷中闲逛。洛阳市上，有一个卖药的少年，名冯小宝的，面貌长得十分俊美。他卖药的时候，唱得一口好曲子。千金公主在一旁，暗暗地看着，看他招呼主顾，口齿十分伶俐，便不觉爱上了他，悄悄地嘱咐侍女，在他药台旁候着，自己便急急回府去，改换了女装。那侍女原也改扮着男装的，她静静地候在路旁。那大街上来来往往的行人，向冯小宝买药料的很多。

看看到了天色昏暗，冯小宝收拾药台，正要收市回去。忽见一个年轻的小厮，走近身去，悄悄地在他衣角儿上一拉，低低地说了一句快跟我去。那冯小宝是何等乖巧的人，他也常听人说：京师地面，常有公主打发人出来，找寻年轻的男子，进府去寻着快乐，得着许多好处的。如今见轮到了自己身上来，岂有不去之理，当即便在左近店铺中，寄顿了药担，暗暗地跟着那小厮，曲曲折折地走过许多大街小巷，迎面拦住一道高墙，墙的西偏，开着一重小门。小厮上去，把门上机括轻轻地一按，小门开处，里面露出一座大花园来。只见花木阴森，楼台重叠，那小厮把冯小宝向假山洞中一推，叮嘱他千万莫作声，待我来领你进去。这时冯小宝的身体，好似堕入五里雾中，黑漆漆的一个人，躲在山洞中，心中又是诧异，又是惊慌。候了半响，才听得洞外有低低地叫唤声音，小宝走出去一看，见日间的那个小厮，忽然已变成了一个俊俏的丫鬟，看她长得长眉侵鬓，杏靥凝脂，在月光下照着，却是美丽万分。这冯小宝看了，如何忍耐得住，唤了一声"我的天仙"，直向那侍女怀中扑去。这侍女拉住小宝的手，两人肩并肩儿，向东面走廊下，走向屋里去。

这侍女把冯小宝藏在屋中，服侍他上上下下，洗刷干净，然后双双扶进罗帐中去。原来这位千金公主，每觅得一个中意的男子，唤进府去，第一夜便令侍女去伴寝。若遇男子身上有奇怪气味的，或是长着疮疤的，或是外强中干，不济事的，便立刻推出门外不用。如今这冯小宝，身体又高，气力也伟大，又能说会道，善收善放，先把个侍女在床第之间，调理得服服帖帖。身上既无疤点，皮肉又长得十分白净。第二夜便送小宝到公主外房去，替他脱去外衣，洗净了身体，再送他进内房去。那内房却黑沉沉的，公主静悄悄地睡在房内候着。小宝摸索着进房去，伺候着公主，居然服侍得公主十分欢喜。

第二天，公主拿明珠、白玉，赏给那领路的侍女。侍女这时，经冯小宝和她春风一度以后，只觉得其味无穷。如今冯小宝天天在房中，伺候公主，如何有工夫再来伺候她。无奈这侍女，虽说男子试验得不少，但总没有这个小宝能得人心意，因此日夜想念他。虽有公主赐她的明珠、白玉，她也不在意中，只是悄悄地托女伴去哀求着冯小宝。冯小宝如今得了好处，想起那侍女汲引之恩，便也瞒着公主，暗地里去安慰着那侍女。

这公主身旁，原有十多个亲信侍女，个个都长成眉清目秀，又大家在二八年华，知情识趣的时候，见了这魁伟男子，如何不动心。便在暗暗之中，你抢我夺，弄得这个冯小宝，实有应接不暇之势。内中恼怒了一个侍女，她便到千金公主跟前去说："许多侍女，背地里勾引着冯小宝，和他犯奸。"千金公主便大怒，立刻传齐了手下的侍女，每人给她二十下皮鞭，打得莺啼燕泣。

公主又要拿那汲引冯小宝进府来的侍女处死，吓得那侍女连夜逃进宫去。那侍女有一位姐姐，在则天皇帝宫中，当了一名宫女。当下那侍女便把千金公主私通卖药的冯小宝，藏在府中，日夜纵乐的情形，对她姐姐说了。她姐姐心想，这一件却是自己进身的好机会，当下便悄悄地去奏明了则天皇帝。

原来则天皇帝因天生丽质，不甘寂寞，自高宗驾崩以后，虽常有俊伟的男人，拉进宫来，但那班蠢男子，却没有一个当得则天皇帝的意。每一个男子进宫去，用不上三天五天，便让内侍拿绳子浑身捆绑着，抬去在御苑中万生池里抛下。这池面十分阔大，周围有十里远近，则天皇帝做皇后的时候，便欢喜收买许多毒蛇、鳄鱼、大鼋等毒物，养在池中放生。年深月久，那毒蛇、鳄鱼，越产越多。千头万头，每到阴雨天气，或是傍晚时候，那许多毒虫，便一齐爬上岸来，有的蹲在岸旁，有的挂在树梢，千奇百怪，人人见了害怕。那内侍或是宫女们，平日有违旨的，恼动了则天皇帝，便喝令捆绑起来，丢在万生池里，喂毒虫吞食。在一年里，那宫女、内侍们；暗暗地死在这池中的，少说也有五六百人。如今那班毒虫，又添了一种食品，凡有那外边拉进宫来的壮健男子，当不得则天皇帝的意的，便也绑着去抛在池中。在则天皇帝，原是要借此灭口的意思。可怜那班男子，父母生下他来，养成年轻力壮，正是有用的时候，只因在床笫之间，当不得则天皇帝的心意，便生生的去给那班毒虫，连皮带骨的吞下。在这三五年来，那壮健男儿，死在毒虫肚子里的，也已有三五百人之多。

那则天皇帝，因找不到一个合自己心意儿的男子，心中也是十分不乐。如今有这宫女来告密，说千金公主得了一个好的男子。第二天则天皇帝，便把千金公主召进宫来问时，那千金公主也十分乖觉，她见则天皇帝脸色很是严厉，忙奏道："冯小宝有非常材，陛下可用为近侍。"则天皇帝见千金公主说话，也很知趣，便也笑说道："好孩子，难为你替朕留心，明天将那人好好地送进宫来。"便传谕赏千金公主黄金三百两、彩缎五十端。那千金公主谢过恩出去。

第二天便把这个冯小宝，悄悄地送进宫去，当夜便在万寿宫中承恩。则天皇帝试用一番，果然俯仰如意，进退识趣。一连十日，则天皇帝也忘了设朝，军国大事全由太平公主主持着。后来还是太平公主替母亲想出一个主意来，说冯小宝出入宫禁，很是不便，莫如把小宝剃度为僧，奉旨进宫说法，那时光明正大，谁也不敢非议的。则天皇帝便依了公主的意思，悄悄地唤内侍，把小宝押着领出宫去，剃度作僧人模样。那小宝又找寻了一班旧日同伴无赖，一齐剃作僧人，取名法明、处一、惠俨、稜行、感德、感知、静轨、宣政，自己取名怀义，号称"西域九僧"，在京师广化寺中，建立道场，施行法事。则天皇帝亲自到场拈香，便把这怀义接进宫去，拜他为国师。宫中另外收拾起一间清净的房屋，给国师住下。又因怀义原姓冯，那京师地面，却没有姓冯的世家大族，便令驸马薛绍，认怀义做叔父，从此这冯小宝便改称了薛怀义。

这薛怀义在宫中出入，便乘着厩中御马。宫中待卫、一切文武官员，远远地见薛怀义骑着马走来，便一齐匍匐在路旁，口称国师，直待国师过去，才敢起来。薛怀义又因广化寺房屋狭小，起居不便，奏请另建寺院。则天皇帝便下诏发国库十万，工部招募人夫五万，把旧时洛阳城中的白马寺，修理建造起来。不上百日，便已造成，望去殿阁凌霄，花木匝地，则天皇帝便拜薛怀义为白马寺主，亲劳御驾，伴送国师入寺。怀义便在寺中建设四十九日水陆道场，把个女天子留在寺中。寺中原设备着一座行宫，布置得花木清幽、房闼锦绣，薛大师终日只伴着女天子，在行宫中说笑起坐。每天在散场的时候，双双走上殿去，拜一次佛。他两人竟赤紧地不离，双宿双飞，四十九天工夫，功德圆满。那右台御史冯思勖，再三上表，请圣驾回宫。则天皇帝没奈何，只得摆驾回宫，才隔离得三天工夫，宫内手诏下来，又把薛国师召进宫去，留着不放。

这里白马寺中，住着法明、处一、惠俨、棱行、感德、感知、静轨、宜政，一班无赖假和尚便仗国师的威势，在地方上横行不法、无恶不作。那班和尚，原是色中饿鬼，那左近小家碧玉、略平头整脸些的，便抢进庙去奸宿。遇有官家眷属，入寺烧香的，便使人在半路上埋伏着，见香车经过，便一拥上前，把女眷插戴的珠宝首饰，一齐抢去。如见少年美貌的，索性连人抢进寺去，由这些无赖和尚轮流强占，待放出寺来，那女人已被他们弄得半死半活。家里的父兄、丈夫知道了，懦弱些的也只得忍辱含羞地过去；强项些的，便赶到御史衙门、刑部衙门去告状。那官员一打听是白马寺和尚做下的案子，便吓得问也不敢问。白马寺中一班小和尚，也在外面恃强欺人，闯到大街店铺中去，强赊硬抢，吃醉了酒，又在地方上斗殴生事，巡城御史也不敢顾问。

这情形给冯御史知道了，便上了一本，痛斥薛怀义污乱宫廷，扰害地方，请即绑赴西郊正法。那补阙王求礼，也上表请阉割薛怀义，免致秽辱宫闱。则天皇帝拿这两道奏本，给薛怀义看。怀义假作哭泣，伏地请罪。则天皇帝亲自扶怀义起来，拿这两本奏折，向地上一丢，薛怀义这才喜笑起来，辞出宫门。

才走到玄武门外，顶头撞见那冯御史走来，真是冤家路狭相逢，分外眼明。只听得薛怀义喝一声打，便拥上来十多个武士，一把揪住冯御史的衣领，横拖竖拽地，从车上拖下地来，一阵子拳脚齐下。那冯御史大喊大嚷，也没有人敢上来解救，直打得冯御史晕厥过去，那薛怀义才带着众武士，一哄而散。这里冯御史的仆人，见众人散去，才敢从墙角里出来，把冯御史扶上车去，送到家中。这时冯御史虽清醒过来，但已被打得皮开肉绽，血肉模糊。冯御史原和仆射苏良嗣，交情很厚的，当时苏仆射便来探望冯御史。冯御史哭着在枕上叩头说："此贼不除，国难未已，仆射为当朝忠臣，务请为国除奸。"苏仆射当下拍着胸脯，大声说道："所不如君命者，有如天日。"那冯御史听了，便大笑一声死去了。

原来这时满朝中官员，全是武氏私党，只有这苏良嗣，是先朝旧臣，生性刚直，文武百官都见他害怕，便是则天皇帝，也拿另眼看待他的。如今这苏仆射见冯御史死得如此凄惨，心中十分悲愤！

第二天苏仆射退朝下来，在朝堂下与薛怀义相遇。那怀义却昂着头，装作不曾看见，不和苏仆射招呼，仆射大怒！喝令左右，把薛怀义揪至跟前，这时怀义左右，却无人保护，被苏仆射亲自动手，在薛怀义面门上，痛痛地打了几十下，打得怀义满面红肿。他捧着脸进宫去，在则天皇帝跟前哭诉，要求皇帝下旨，拿这苏仆射严办。则天皇帝一听是苏仆射的事，便摇着头说道："这老头子，朕也见他害怕，阿师以后当于北门出入，南衙宰相往来之路，不可去侵犯他。"薛怀义也只得白白地吃打一顿罢了。

这时新丰地震，平地上突起一座高山来，则天皇帝说是吉祥之光，便下旨免这地方的赋税，赦去了这一县地方的罪犯，把县城改名庆山县。有荆州人俞文俊上书言："人不和疣赘生，地不和堆阜出。今陛下以女主虚阳位，是人不和也；山变为灾，非可庆也。"则天皇帝看了奏章大怒！命刑部把俞文俊捉去，发配到岭南地方，又令各处地方官，搜查有唐朝的远族宗室，不论老少男女，有无谋反的行为，统统抄家，发配岭南。原来这时则天皇帝，早已探听得有宗室谋反，特用此先发制人之计。

果然韩王元嘉等，准备起兵，号召天下，欲迎中宗复位。如今见则天皇帝，先发制人，那琅琊王冲、越王贞，便迫不及待，首先发难。诸王因约期未到，一时仓促，不敢响应。则天皇帝命武三思率兵征讨，不上二十天，那琅琊王和越王，一齐兵败逃去。韩王元嘉和鲁王灵夔，一班起义的宗室，都畏罪自己缢死。其余李姓诸王及唐室的亲戚，都被官员搜捉得，共一千四百人，一律押赴南郊杀死，此外虽襁褓小儿，也一齐发配岭外。

则天皇帝，又用周兴、来俊臣一班严酷的人，做地方官员，到处捉人滥杀。那来俊臣是雍州万年地方人，父亲名操，原是一个赌徒，和同乡人名蔡本的结作好友，便和蔡本的妻子私通成奸。那蔡本又赌输了，欠来操钱数十万，蔡本无力还钱，便听来操霸占了他的妻子。那蔡本的妻子，到来家的时候，肚子里已经有孕了，生下来一个男孩儿，取名俊臣。

这俊臣自幼浪荡凶恶，不事生产，平日专以播弄是非、残害同伴为事。因犯奸盗罪，被刺史东平王续，捉去杖一百，枷示通衢。俊臣衔恨在心。后来则天皇帝登位，来俊臣便赴京师告密，说东平王续谋反。则天皇帝称他忠实，便拜他作侍御史，加朝散大夫，专管刑罚狱讼，稍不如意，往往因一案牵累到一千多人。后升任左台御史中丞，满朝中文武官员，见来俊臣来，都远远地避去，不敢和他说话。来御史在道路上经过，路上的人都侧眼看着。俊臣和侍御史侯思止、王弘义、郭霸、李仁敬，司刑评事康晔、卫遂忠一班人，结为同党。招集地方无赖数百人，专觅地方绅富，敲诈诬告。一案发动，千里响应，欲诬陷一人，便有几十处具状上告，那状纸上的话，都是一鼻孔出气。所有各路文告，则天皇帝统发交来俊臣推勘。则天皇帝又在丽景门，立一推事院，令来俊臣任院主，推勘重大案情。

百姓称这推事院为新开门。凡是被告入新开门的，一百人中，难得一二人保全的。弘义又称这丽景门为例竟门，是说进这门去的，照例都要送去性命的。

俊臣和他的同党朱南山一班人，造《告密罗织经》一卷，里面讲的尽是用刑威吓的法子。来俊臣每次审问囚犯，不论轻重，都拿醋灌进犯人的鼻子去，囚禁在地牢中；或拿犯人的身体，装在大瓮中，审问时候，拿炭火在瓮的四周熏炙起来。又断绝他的粮食，犯人到十分饥饿的时候，便拿秽恶的棉絮，给犯人吃下。犯人坐卧的地方，秽气熏蒸，备受苦毒，非至身死，不能出狱。每遇有大赦，来俊臣便先把狱中重罪的犯人，一齐杀死，再把大赦的旨意，宣布出去。又造大枷十号，一名定百脉，二名喘不得，三名突地哮，四名著即承，五名失魂胆，六名实同反，七名反是实，八名死猪愁，九名求即死，十名求破家。又有铁笼头，连带在枷上的，犯人被枷压着，被铁笼闷着，立刻便死。每有罪犯捉到，先给他在刑具前走一遭，但魂胆飞越，无不含冤招认。

则天皇帝见俊臣判案如神，便屡加重赏，天下官员便竟尚残酷，凡有良臣故吏、阀阅之家，一竟诬告，便立见毁灭。因此薛怀义的徒党，在各处横行不法，杀人越货，奸淫妇女，谁也不敢喊一声冤枉。那薛怀义在宫中出入，竟潜用皇帝的舆仗。他手下的僧人都骑着厩中的御马，前呼后拥的，所过之处，行人避道，商肆闭户。朝中贵如武承嗣、武三思辈，见了薛怀义，也要一齐下马下车，口称"国师爷爷"，在路旁鞠躬迎送。薛怀义又因白马寺，隔离宫廷路远，便在建春门内，就敬爱寺原址，别造殿宇，改名佛授记寺住下。

欲知后事如何，且听下回分解。

第四十一回　筑明堂大兴土木
　　　　　　　夺宠姬祸因奸淫

　　薛怀义出入宫禁，承迎女皇帝色笑，他宠爱一天深似一天。则天皇帝要使怀义升官，苦得没有名儿，恰巧有突厥酋长默啜，领人马来侵犯唐朝边界。则天皇帝便拜怀义为清平道大总管，带领十万人马，则天皇帝亲自送至城外。怀义大兵到了单于台，那突厥兵已在边界上掳掠了一阵，退兵回去了。怀义便上表夸张自己的战功，又在单于台地方，立一纪功石碑，班师回京师。则天皇帝又亲自离城十里迎接。那薛怀义竟和皇帝并辔回宫。

　　圣旨下来，加怀义为辅国大将军，进右卫大将军，封鄂国公、柱国，赐帛二千段。则天皇帝也自加号称"金轮圣神皇帝"。在朝堂上，陈设七宝，一名金轮宝，二名白象宝，三名女宝，四名马宝，五名珠宝，六名主兵臣宝，七名主藏臣宝。怀义也为颂扬则天皇帝的功德，拿铜铁铸成柱子，立在端门之外。高一百五尺，对径十二尺，上面刻文字，记则天皇帝在朝的功德，名大周万国颂德天枢。京师地方的铜铁，搜括已尽，但搜收农人种田的铁器来化去。武三思作颂德文。成功之日，则天皇帝亲临端门，赐百官在天枢下，领颂德筵宴。

　　则天皇帝赞叹薛怀义有巧思，便下旨在宫中建立明堂，使怀义监督工作。怀义在宫中相定地势，拆去乾元殿，下令各处地方官，搜捕工役十六万人，动用国库银一亿两，派人赴四郊深山，伐取大木，数千人抬一大树，经过百姓庐墓田园，都被毁坏。怀义因欲赶速成功，便督促着工人，日夜赶造。那工人被木石压死，劳苦而死的，每日总有一二百人。待明堂造成，那工役死的已有五六万人。

这明堂却也造得十分伟大。大屋分作三层，其高二百九十四尺，方三百尺；下层依着春、夏、秋、冬四时，分作四方四色；中层依着十二时辰，分作十二间，屋顶成一圆盖，铸铜雕成九龙，捧着屋顶；上层按着二十四节气，分成二十四间，屋顶亦作圆形，最高的屋顶上，站着一丈高的一头铁凤凰，身涂着黄金，称作"万象神宫"。宫成之日恰是次年正月，则天皇帝便亲临万象神宫，行大飨礼。皇帝服衮冕，搢大珪，执镇珪，为初献，睿宗为亚献，太子为终献。封怀义为威卫大将军、梁国公。次日在宫中，合祭天地、五方帝、百神。配祭着高祖、太宗，高宗、魏王武士彟为从配。第三日在宫中大享百官，薛怀义高踞上座，百官轮流着献爵进酒。

则天皇帝下诏，号武士彟为周忠孝太皇，杨氏为忠孝太后，改称文水墓为章德陵，咸阳墓为明义陵，太原安成王为周安成王，金城郡王为魏义康王，北平郡王为赵肃恭王，鲁国公为太原靖王。

薛怀义便久占宫廷，权侵天下。则天皇帝十分宠爱他，每在花前月下，总是薛国师在一旁陪侍说笑着。薛怀义又与众僧人，造作《大云经》，颂扬则天皇帝功德，受命为帝。那春官尚书李思文，又造作周书《武成篇》，说垂拱天下治，为则天皇帝受命之兆。则天皇帝大喜！下旨命天下各寺观，传抄《大云经》一部收藏。怀义又诋神佛传说则天皇帝是弥勒下生，唐氏合微，周氏合兴。则天皇帝封法明等僧人九人为县公，一律赐紫袈裟、银龟袋，出入宫廷无禁。又使诸县公，分赴天下，讲说《大云经》，晓谕天下，以武氏革命大义。

怀义又奏请在明堂北面，起造天堂，比明堂更高峻，共分五层，将怀义所作夹纻大像，分悬在各层中。那天堂第三层，已高出在明堂屋顶以上。怀义借着监造天堂之名，便时时在则天皇帝宫中起坐。皇帝每值退朝，便与怀义在宫中欢宴。又在寝宫后面秘室中，设一佛堂，里面重帏明灯，绣榻宝盖，十分富丽幽静。怀义陪着这女皇帝，每饮酒至半酣，笑乐的时候，便双双携着手，进佛堂去礼拜。外面绣幕深垂，十二个宫女，捧着盆中香盒，静候在幕外。只听得幕中清磬一声，那十二个宫女，鱼贯似的，走进绣幕，服侍则天皇帝和薛国师两人，洗漱梳妆。则天皇帝换着一身艳服，重复入座畅饮，饮到开怀时候，又携手进绣幕去。每进去一次，必要洗漱梳妆一次；每出来一次，则天皇帝便也换一次艳服。这样子每天无论白昼深夜，最少必要礼佛四五次，才双双归寝。有时则天皇帝精神饱满，竟和怀义二人，纠缠着直到天明，不肯休息的。

怀义一人的精力有限，看看有些支持不住了，便奏请带领大兵，北伐突厥。那怀义军行到紫河地方，鼓噪了一阵，捉住了几个土人，扮作突厥酋长，押着凯旋。则天皇帝一面升座万象神宫受馘，一面摆设庆功筵宴。怀义嫌那颂德天枢，不十分雄壮，又搜集民间铜铁二百万斤，改造成一八面高柱。每面有八尺宽阔，柱下雕铁成山岳之形，铸一大铜龙，负着大柱，四围又雕刻成各种怪兽，柱顶又雕成云盖，云中四蛟捧一大珠，柱的八面尽刻着两次出战将士的名姓和各酋长的名姓。

从此薛怀义的行为一天骄横似一天，满朝文武大半是薛师父的徒子徒孙。便是那权侵中外、声势煊赫的武承嗣，见了薛师父，也不由得卑躬屈节，称他作叔父。那太平公主和驸马，都称薛怀义为父亲。当时有一御史，名张岌的，最能谄事薛师父，每逢薛怀义在宫中出入，这张御史必手捧黄伞，跟随在薛师父身后。薛师父上马、下马，张御史便急急去趴在地下，做着踏凳，任薛师父在他背上踏着。薛怀义回府去，这张御史也追随在左右不离。见薛师父咳嗽，他便捧着唾壶；见薛师父登坑，他便捧着溺器。又有一人，名宗楚客的，也最能谄事怀义，因怀义能得则天女皇帝的爱宠，床笫之间，十分有本领，便作《薛师父传》二卷，说薛师父身体雄伟，是天生圣人，释迦重生，观音再世。薛怀义看了，甚是欢喜。不上半年，便把宗楚客的官，升到内史。

这宗内史便仗着薛师父的威权，在外面贪赃枉法，无恶不作，不久便得了千万家财，在京城地方，造起新屋子来。十分华丽广大，拿文柏雕刻成梁柱，拿沉香和着红粉涂在墙上，便觉满屋生香、金光耀目；烧磁石铺着甬道，着吉莫靴在上面走着，便站脚不住，倒下身子去。一时权贵，都在内史府中出入。太平公主听得宗内史府中，房屋华丽，便也和驸马到府中来，饮酒游玩，见屋中装饰富丽，雕刻精巧，便叹道："看他行坐处，我辈一世虚生浪死矣。"

那武承嗣内托帝王宗室，外依薛师权势，见宗内史如此豪华，便也指使他的爪牙，四处搜括银钱，在家中造着高大房屋、锦绣花园，养着许多姬妾，天天教着歌舞，十分享乐。每值盛宴，必把薛师父去请来，一同欢乐。那时武承嗣身旁有一个最宠爱的姬人，小名碧玉。承嗣在府中行坐，便带着这姬人，寸步不离左右。这姬人面貌，果然长得十分美丽，但她终日低着粉颈，双眉微蹙，默默地不言不笑。承嗣越是见了美人颦态，觉得可爱，便出奇地拿这碧玉宠爱起来。谁知美人命薄，那天薛怀义到武府中来赴席，一眼见了这碧玉姬人，便老实不客气，向武承嗣索取，武承嗣如何肯舍，两人在当筵，把言语顶撞起来。

第四十一回　筑明堂大兴土木　夺宠姬祸因奸淫

薛怀义喝一声，把这娃娃抱去。便有十多个武士上去，为头的一个，轻轻地把碧玉背在背上，转身便走，其余的拔出刀剑来，拥护着，且战且走。一场欢筵，变作了战场，杀得杯盘满地、血迹斑斑，这碧玉终被薛怀义抱去府中受用了。

可怜这碧玉原是右司郎中乔知之家的婢女，那乔知之长得少年美貌，碧玉原是乔知之母亲——乔老太太身边的侍女，不但长得容颜绝世，且轻歌妙舞，荡人心魄。和乔知之做着伴，也解得吟咏之事，乔知之十分宠爱她。碧玉也是有心于公子的，他两人背着老太太，说不尽的恩情软语，轻怜热爱。只因这碧玉，不是平常婢女，不甘于媵妾之列，便是乔知之也不忍把这绝世美人，充列下陈。当时也向他老母求着，要娶碧玉做夫人。这老人因为婢做夫人，有辱门楣，便不许他。乔知之见不能娶得碧玉，宁愿终身不娶，洁身守着，那碧玉也宁愿终身不嫁。

不知怎地这碧玉的美名儿，传入武承嗣耳中去，便借教姬人歌舞为名，把碧玉诳进府去，强迫污辱了碧玉的身体，从此碧玉便做了武承嗣的姬人。在碧玉受了这奇耻大辱，原不难舍身一死，但想起乔公子的海样深情，便也只得忍耐着，希望天可见怜，或有团圆之一日。因此她终日含颦默默，真是满怀愁情无可诉。不想这美人命中，魔蝎未退，竟又遭薛怀义用强劫去。

这消息传到乔知之耳中，便不觉悲愤填膺，吟成一首《绿珠怨》，悄悄地托人寄给碧玉。那词儿道：

> 石家金谷重新声，明珠十斛买娉婷。
> 此日可怜偏自许，此时歌舞得人情。

> 君家闺阁不曾观，好将歌舞借人看。
> 意气雄豪非分理，骄矜势力横相干。

> 辞君去君终不忍，徒劳掩袂伤铅粉。
>
> 百年离恨在高楼，一代容颜为君尽。

　　碧玉得了这首词儿，在暗地里痛哭了三日三夜，不食三昼夜，悄悄地在后园投井而死。薛怀义从井中捞起碧玉的尸首来，在她裙带儿上搜得了知之的词儿，不觉大怒！便喝令他手下的御史官，诬告乔知之谋反。把知之捉去，在南市杀死，又查抄家室。这乔老夫人，因此受惊而死。武承嗣因失了这爱姬，便也把这薛怀义恨入骨髓。

　　这薛怀义夜夜伺候着女皇帝，寻欢作乐，不论花前月下、酒后梦里，只是女皇帝兴起，薛怀义便须鞠躬尽瘁地服侍着，得女皇帝欢心而后已。这位则天皇帝年纪虽已有望五，只以平日调养得宜，又是天生丽质，越发出落得花玉容貌，鹰隼精神，每日和这薛怀义纠缠不休。这薛怀义精力却渐渐衰败下来，每日出宫来，总是弄得精疲力尽，弃甲曳兵而逃。因此怀义常常推说是修练，躲在白马寺中，不敢进宫去。如今见了这温馨柔媚的碧玉，比那骤雨狂风似的则天女皇，便大有精粗之别，劫进府来，正想细细领略，不料昙花一现，美人物化，薛怀义心中愈觉痛苦不堪，因此宫廷的职务，便略略放弃。则天女皇帝也因贪恋欢爱，不避风露，御体便略略有几分不快，连日传御医请脉服药，病势终不见轻退。内府官忙张起来，奏请皇帝下旨，传榜天下，访寻名医。

　　这时恰巧武承嗣府中，出了一桩风流案件。原来武承嗣府中，养着许多清客，有能吟诗作赋的，有弹棋作画的，也有能医卜星相的。就中单说一个沈南璆，长得清秀面目，风流体态，只因深明医药，武承嗣便把他留在府中。女眷中有伤风头痛的，得沈南璆医治，便一剂而愈，因此武承嗣一班姬妾们，交口争颂，称他是沈仙人。不知怎地，这沈南璆和武承嗣的一位宠姬，名佩云的，在诊病的时候，两人眉来眼去，竟暗地里结下露水恩情，常常瞒着武承嗣的耳目，在花前月下，畅叙幽情。

这一晚合该有事，武承嗣因天气奇热，便悄悄地起身来，在中庭徘徊着，隔着花荫，便见沈南璆和姬人佩云在月下搂抱求欢。武承嗣不觉大怒！趔进卧室去，从壁上拔下宝剑，直赶上前去。可怜一对痴男女，见剑光闪闪，顿时吓得魄散魂飞、衣裳倒置。那佩云袒着酥胸，沈南璆露着身体。武承嗣借着月光，一眼看见他形体十分伟大，便顿时心生一计，喝令沈南璆把衣服穿起，又把手中宝剑递给沈南璆，逼着他把佩云杀死。佩云原是南璆私地里结识下的情人，他两人背地里也不知说过多少海誓山盟，如今却被武承嗣逼着要杀死他的爱人，叫他如何下得这毒手。看看那佩云，跪在地下，不住地叩头，云鬟散乱，玉肌外露，沈南璆也跪下地来，替佩云求着。这时早已哄动了府中的侍卫，各各挂着佩刀赶来，把这沈南璆团团围住。武承嗣从内侍卫手中夺得佩刀，拿刀夹逼着沈南璆。那沈南璆看看自己性命，危在呼吸，便横着心肠，闭眼举着刀，向佩云夹头夹脸地斩去，只听娇声惨呼着几声救命，早已似残花萎地一般死了。

沈南璆见杀死了佩云，知道自己的性命也是不保，便连连向武承嗣叩着头。那武承嗣一把揪住了沈南璆的衣领，走进密室去，不知说了些什么。当夜沈南璆在密室里监禁了一夜。第二天武承嗣便带着沈南璆进宫去，朝见则天皇帝，奏说沈南璆深明医理，请留在宫中，为陛下治病。这沈南璆绝处逢生，又得亲近御体，真是出于意料之外，他便竭尽心力，把则天皇帝的病医治痊愈。则天皇帝阅人甚多，见沈南璆形体十分伟大，便深合了御意，从此便把沈南璆留在宫中，早晚应用。

从来说的旧爱不敌新欢，则天皇帝新宠上了这个沈南璆，对于薛怀义，便自然冷淡下来；再加薛怀义精力渐渐地不济，如何比得那沈南璆，生力军一般地勇猛精进。这薛怀义见失了女皇帝的宠，心中万分怨恨，偷偷地进宫去，在天堂下放一把火。时在深夜，风势又大，火夹风威，烘烘烈烈地燃烧起来，夜静更深，又没有人来救火。只一夜工夫，把那颂德天枢，连带明堂，烧得干干净净。

则天女皇帝正带了沈南璆在南宫中夜宴，左右进宫去奏报，说薛怀义烧了天堂，毁了明堂，便有拾遗刘承庆上来奏请辍朝停宴，以答天谴。则天皇帝正疑惑不决，便有侍臣姚踌奏称明堂乃布政之所，非宗庙可比，况此系人祸，并非天灾，不应妄自贬损。则天皇帝应了姚踌之奏，便依旧饮酒作乐。

在吃酒中间，则天皇帝便说起要处死薛怀义，只因薛怀义权势煊赫，党羽众多，一时不便下他的手。沈南璆便献计说："可如此如此，定擒住了这薛怀义。"则天皇帝依了沈南璆的主意，第二天便下了一道密旨给太平公主，令她用密计擒捉薛怀义。

这薛怀义和太平公主，原也有过私情的。如今见公主打发来唤他，他正因一肚子冤屈，无处告诉，便也不带仆从，单身一人，到公主府中去。公主把他唤进内室去，这怀义原是走惯公主内室的，便也不迟疑，大脚步向内室走去，一眼看见公主打扮得十分美丽，坐在床沿上，桌上陈设着酒菜，好似专待怀义去赴宴一般。怀义一脚跨进房去，就桌边坐下来，正要诉说"皇上近日厌弃他，宠上了姓沈"的话，只听得太平公主喝一声来，便见有二三十个壮健女仆，一拥上前，伸出四五十条粗壮臂膊，用死力把怀义的身体抱住。怀义原是气力强大的人，只因这几年来，陪伴着女皇帝，把身体淘虚了，虽说一个男子，如何抵敌得住二三十个有蛮力的女子，早已浑身被他们用粗麻绳缚住，动弹不得了。怀义到此时，才知中了公主的计，便也破口大骂说："你们母女，一对淫妇，如今爱上了别人，竟忘记了俺从前的恩情。"那话愈说愈不好听。公主喝令拖出外院，交驸马爷处死他，便有十多个壮丁进来，把怀义捆绑在杠子上，和抬猪猡一般的，扛了出去。

那建昌王武攸宁，高坐堂皇，喝问他烧毁天堂、明堂的罪。薛怀义一一招认，他虽被绑。倒在地下，还是仰天大骂着武则天淫贱妇人。建昌王大怒！喝令武士，用乱棍打。可怜薛怀义被打得起初还在地上乱滚乱嚷，渐渐地皮开肉绽，脑浆迸出，他瞪着两眼死去了。建昌王便命用一辆破旧车儿，载着怀义的尸身，送还白马寺去。那白马寺僧众，见薛师父已死，便各各逃散。朝廷官员，十有七、八，出在怀义门下的，一得了这个消息，便也立刻烟消云散，逃得影迹全无。

这薛怀义的尸身丢在破车子上，日晒雨打，经过六日，还不见有人来收殓，后来还是白马寺里的一个烧火和尚，偷偷地去拿这腐烂尸身埋葬了。那鄂国公宏大华丽的府第，则天皇帝下旨，赐与御医沈南璆住了。

欲知后事如何，且听下回分解。

第四十二回　薛怀义力竭身死
张易之身强中选

　　薛怀义在则天皇帝宫中，极得宠幸，赫赫一世，炙手可热的人。只因强占了武承嗣的爱妾，武承嗣一股酸劲，无可发泄，便借沈南璆伟大的形体，去献与则天皇帝，离间了薛怀义的宠爱。薛怀义正在精疲力尽的时候，如何能与这养精蓄锐的沈南璆争宠。这则天皇帝得了沈南璆的好处，自然把个旧宠，丢在脑后。薛怀义平日恃宠而骄飞扬跋扈惯了，如何肯忍这一口气，便做出这火烧天堂、明堂，反叛的事体来，弄得身死在乱棍之下，这都是在武承嗣计算之中。如今武承嗣看看已报了薛怀义的仇，但沈南璆奸污了他的姬人，反得则天皇帝的宠爱，因祸得福，武承嗣也是不甘心的，便在背地里暗暗摆布，也要谋去沈南璆的性命。

　　这时则天皇帝因薛怀义烧毁了天堂、明堂，特再发内帑三百万，令沈南璆监工，改造天堂、明堂，用了十多万人工，经两年工夫才造成，号称"通天宫"。则天皇帝特下诏改元"万岁通天"，在通天宫内，铸铜造成九州大鼎，分四隅排列着；又铸铜成十二生肖，如子鼠、丑牛一类，每一年肖，高一丈，按照方位，安置在通天宫外。这个工程完毕以后，则天皇帝便赐沈南璆在仁寿宫，领庆功宴。沈南璆这时，得了女皇帝的宠幸，正兴高采烈的时候，忽然在当筵，口吐狂血不止，内监忙把他扶回府去，召大夫医治，已是来不及，延到黄昏时候死去。这是武承嗣买通了值宫太监，趁不防备时候，把毒药放入沈南璆的酒杯里，沈南璆无意中服下，中毒而死。武承嗣也算报了心中仇恨。只是则天皇帝，一时失了宠爱的嬖臣，心中未免郁郁不乐。虽然太平公主，物色了几个奇伟的男子，送进宫去，但都是不中用的。

这时则天皇帝，深怕人心不服，有人谋反，便派了许多内监，到各道去查察，见有先朝旧臣，或是唐室懿亲，她都想法遣刺客去，暗杀的暗杀，捉将宫里去，处死的处死。又另派存抚使到各处去招访贤才，凡有愿做官吏的，只须自己报名，不问智愚贤不肖，悉加擢用；高的给他试给事中舍人的官，次一等的也给他员外郎、御史、拾遗、补阙、校书郎的官，又添了许多行御史的名目。

当时民间有一种歌谣说道："补缺连车载，拾遗平斗量，榷椎侍御史，脱腕校书郎。"有一位举人，名沈全交的，便续下二句道："曲心存抚使，昧目圣神皇。"被当时那班御史知道了，便大怒。一齐上表弹劾这位举人。则天皇帝笑说道："只须卿辈不滥，何恤人言。"过几天有一位御史台令史，骑着驴子，走进朝门来，有一群行御史，聚集在门里，那令史也不下鞍，骑着驴子向众人中冲过去。那许多御史大怒！齐声喝令拉下来打，这令史却不慌不忙，下骑向众人一揖说道："今日之过，实在此驴，乞先骂驴，然后受罚。"转身便擎着鞭子，向驴子说道："汝技艺可知，精神极钝，何物驴畜，敢于御史里行。"令史这个话，明明在那里辱骂这班里行御史，骂得他们都哑口无言。这令中官却仰天大笑着去了。

则天皇帝又最爱祯祥，不论臣民，有报告吉祥之兆的，便从重嘉奖。当时有一位拾遗官，名朱前疑的，奏称昨夜得一梦，梦见陛下，发白更黑，齿落更生。则天皇帝大喜，便立刻下旨，给他升官，做都官郎中。司刑寺中有死囚三百人，秋分后一齐要绑赴刑场斩决，内中有一个有智谋的囚犯，用金钱买通了牢头节级，在牢门的围墙地面上，悄悄地去做下一个五尺长的大人足印。到半夜时分，那三百个囚徒，一齐大声叫喊起来。管牢内使听得了，忙进牢来查问。那三百人齐说："见一圣人，身长三丈，面作金色，口称汝等俱是冤枉，不须害怕，天子万年，便能赦放汝等。"那内使官听了不信，便带领十多个狱卒，擎着火把，到院子里各处去照看，在西面墙脚下，果然照见一巨大足印。第二日内使不敢隐瞒，便去奏明女皇则天皇帝，便下诏把这三百囚徒，一齐释放了，又改元称大足元年。

那时又有一个襄州胡延庆，得一大龟，龟腹上有红色"天子万年"四字，认作是吉祥之兆，便用盆水养着，送进宫来。有凤阁侍郎李昭德，见龟腹之字，似系假造，拿小刀在龟腹上刮着，四字一齐落下来，原来是拿红漆写上的。便奏请皇上，定胡延庆以欺圣之罪。则天皇帝下诏，非但不加罪，反赏胡延庆百金，说事虽不实，然彼本无恶意，因此四方假造祯祥的，京师地方纷纷皆是。

则天皇帝又命太监，教猫与鹦鹉同器而食，说是皇帝仁德，化及万物，拿去设在朝堂上，令御史彭先觉在一旁监视着。百官见了，都跪称天子万岁。正夸示的时候，那猫儿忽伸出爪来，扑杀鹦鹉，咬而食之。则天皇帝老羞成怒，把监视的御史和调养的太监一齐打入牢中处死。

则天皇帝这时虽有二十六名近臣，个个都长得少年美貌，在宫中陪伴着寻欢作乐，但这班美少年，都是精力不济，少有当得皇帝心意。皇帝在宫中，闲着无事，便和太平公主、安乐公主、长宁公主、上官昭容，一班宫眷，讲骑射诗赋，消遣光阴。

这上官昭容，小名婉儿，她母亲郑氏原是侍郎上官仪的妻子，只因上官仪有罪，将郑氏没入掖庭。高宗见郑氏长得年轻貌美，便封为婕妤，十分宠爱。郑氏进宫，不上三个月，便生下一个女儿来，取名婉儿。在婉儿未生以前，郑氏夜得一梦，见一天神，手拿一秤，递与郑氏。郑氏料想腹中，必是一个男子，将来必能称量天下人才。谁知生下地来，却是一个女儿，郑氏心中甚是不乐。这婉儿面貌美丽，却胜过她母亲，自幼儿长成聪明伶俐，出世才满月，郑氏抱婉儿在怀中，戏问着道："将来称量天下文才的，可是你吗？"婉儿便应声说是。从此高宗和郑氏，都拿另眼看待她。婉儿年纪渐渐长大起来，出落得秀美轻盈，一颦一笑，自成风度，郑氏十分爱重她。高宗崩时，婉儿年已十六岁，她母亲早已去世。

这婉儿善于修饰，画眉贴翠，搔首弄姿。在十六岁上，便和中宗皇帝，偷上了私情。这时中宗初近女色，把个婉儿，宠上天去。待中宗即位，便封婉儿为婕妤，后又进封昭容。婉儿为人，十分机警，她见则天皇后威权一天大似一天，便百计献着殷勤，终日在则天皇后跟前，承迎笑色。则天皇后见她活泼机警，也十分爱她。后来中宗被废，幽囚的在房州地方，只有韦后伴着中宗皇帝在幽囚地方，吃尽苦楚。这上官昭容仗着则天皇帝的宠爱，在宫中反而权势一天大似一天。

上官昭容自幼儿爱读诗赋，便学得满腹文才，出口成章，因此昭容的举止，越觉风雅可人。则天皇帝每日和她吟咏酬答着，言笑追随，十分快乐。自从中宗废黜，上官婉儿便孤凄凄地，一个人住在宫里。则天皇帝自己自有一班少年侍臣，终日调笑取乐，看婉儿冷静得可怜，便拜婉儿为修文馆学士，又选少年有文才的公卿，李峤一班人，共有二十余人，为修文馆陪侍。每年召集官家子弟，赴修文馆，考试文才。上官婉儿充作主考，评定甲乙，居然应了天神称量天下人才的梦。

那一班少年公卿，个个都长得潇洒风流，终日陪侍着上官昭容，在宫中游宴吟咏。从来才子爱佳人，如今佳人也爱才子，渐渐地在花前月下也干出许多风流事体来了。则天皇帝又十分听信昭容的话，外官有事去求着昭容，拿整千整万的银钱去孝敬她，只须昭容略略在皇帝跟前说几句话，这事体便求下来了。因此上官昭容手头，很是富足。她见有年少俊美的儿郎，便留养在宫中，拿绫罗珍宝打扮着。那儿郎一个个都脸上敷着粉，唇上点着胭脂，在昭容跟前，作娇献媚，昭容看了，甚是欢喜，赏给他们许多银钱，从此成了风气。那文武百官一个个脸上敷起粉来，打扮得伶伶俐俐。

这上官昭容既有了势，又有了钱，中宗远贬在房州，跟前又没人管束，便在京师地方建造起高大的府第来，称作学士第。上官婉儿在宫中府中，早晚出入，每一出来，必有一群少年儿郎，在车后跟着，宫中府中，昼夜调笑，毫无避忌。所有朝中文学官员，都由学士第封拜，用斜封墨敕授官。

上官昭容又与安乐、长宁两公主，十分相投。两位公主都招有驸马，出入不能似昭容一般自由，因此两公主在外面觅得了几个少年男子，便都寄藏在学士府中。有时两公主借着赴昭容宴为由，便到学士府中来，兴欢作乐，彻夜不休。有时则天皇帝高兴，也移驾到学士府中来，饮酒作乐。昭容见皇上驾临，便把府中藏着的儿郎，一齐打扮着，献出来陪侍皇帝筵宴。

则天皇帝捡几个中意的，带进宫去受用。谁知那班儿郎都是不中用的，伺候不到十天，便一个个瘦弱得好似痨病鬼一般，则天皇帝看他们不中用了，便一齐去抛在后宫小屋子里，果然一个一个成了痨病死去。则天皇帝吩咐把尸身去丢在昆明池里，可怜这昆明池中，也不知丢下多少少年男子的尸身。每有那伺候则天皇帝，不如意的，便立刻绑着，抛下池去淹死。后来玄宗朝开浚昆明池，只见池底堆着白骨，有如山陵，这是后话。

如今再说则天皇帝，要选一个如意的郎君，带进宫去的，已有一百多个，却没有一个赶得上从前薛怀义和沈南璆一般的本领。这一天则天皇帝，带着上官昭容和安乐、长宁两公主，到西郊围猎去，从土山下奔出一头牯牛来，东冲西突，这牯牛自带毒箭，还兀是不倒，看看扑上御车来，那左右御林军士，正举枪拦着，忽见斜刺里跳出一对少年勇士来。看他也不带枪，不用刀，只是赤手空拳地奔上去。一人伸出一只手来，攀住牛角，把牛头向下一按，那牛膝一屈，端端正正地向则天皇帝跪倒。这两个勇士也一齐低下脖子去跪着。则天皇帝传旨，命两个勇士，抬起头来。则天皇帝用凤目向那勇士脸上看去，不觉凤心一动。原来这两个勇士，一般长得眉清目朗、面白唇红，又看他身体也十分魁梧，猿臂狼腰，扎缚得十分俊美。则天皇帝问两勇士名姓，一个年纪略大的勇士，报名说："小臣张易之见驾。"一个年纪略幼的，接着报名说："小臣张昌宗见驾。"听上去声如洪钟。

则天皇帝十分中意，当即罢猎，带着张氏弟兄二人进宫去，一夜欢娱，居然深合圣心。当即传谕下来，拜二张为散骑常侍，终日追随圣驾，寸步不离。则天皇帝因宠爱二张到了十分，便唤张易之为大儿郎，张昌宗为小儿郎。这时易之年纪二十四岁，昌宗二十二岁，正是年富力强，又是面貌俊美，力大如神，二人轮流伺候着女皇帝，深得女皇帝的欢心。

这张易之、昌宗弟兄二人，自幼儿没了父母，在京师地方，赶车为生。易之行五，昌宗行六，他同伴中呼他为张五儿、张六儿。后来安乐公主嫁与武崇训，他弟兄二人，选入驸马府去，当一名御人。是上官婉儿去探望安乐公主，见他弟兄二人，知是有真本实力的，便向安乐公主要了过来，养在学士府里，当一名厩长，夜间一般也去伺候着昭容的起居。如今在表面上看去，张氏弟兄都伺候上了则天皇帝，但一块儿在宫中，有空的时候，他弟兄二人也偷偷地到昭容宫中去，叙着旧情。

易之、昌宗二人在朝中仗着皇帝和昭容的威势，不把文武官员放在眼里。那文武百官，个个都赶着他弟兄，胁肩谄笑，十分逢迎。大家唤易之为五郎，唤昌宗为六郎，从此五郎、六郎，唤顺了口，满京城官民都在背地里唤起五郎、六郎来。则天皇帝把五郎、六郎二人，打扮成仙郎一般，羽衣金冠，翩翩如仙。则天皇帝下诏特立控鹤监，后又改为奉宸府，封张易之为府令，从此贵盛无比。弟兄二人，偶出宫来，满朝百官见了，便远远地拜倒在地，直待舆马过去，才敢起立。每到一处，那王公大臣一齐抢着上去，替他捧鞭接镫。则天皇帝每召武氏宗室，在内殿赐宴，易之和昌宗二人，吃酒到醉醺醺地，和诸武嘲谑，唤着好儿子、好奴才，那武氏子弟不以为辱，反以为荣。

则天皇帝把易之、昌宗二人，留在宫里，怕外人说闲话，便下诏令易之、昌宗和李峤三人，修《三教珠英》，在内殿索性连李峤也留在宫里，推说是修道，掩住外人的耳目。皇帝和上官昭容二人，没日没夜地在寺观中寻欢作乐。武三思赶着凑趣儿，奏称张昌宗原是列仙王子晋后身。则天皇帝便使昌宗穿着仙衣，吹着笙。又有武承嗣献一只木鹤，则天皇帝命昌宗骑着在庭中翩跹起舞。武三思第一个献诗颂美，说张昌宗仙骨玉容，极尽谀媚。当时文学之臣，群起附和，一时百官献的诗，不下数百首。昌宗分订成本，用金匣儿藏着。一时权贵，都奔走张氏弟兄门下。

昌宗有一个弟弟名昌仪，则天皇帝拜为洛阳令，在外卖官鬻爵，求富贵的，只须去求着洛阳令，没有不灵的。当时有一个选人姓薛的，拿黄金五十两，押着名帖，投在昌仪门下，求注册为郎官。昌仪收了黄金，便拿名帖交给天官侍郎张锡。隔了多日，张锡把那姓薛的名帖丢失了，四去找寻也找不到，不得已再去问昌仪，那昌仪说道："谁能记得这许多名姓，只须是薛的，便给他注上册子便了。"张锡诺诺连声地退回衙署去一查，姓薛的共有六十余人，张锡没奈何，只得替他一齐注册为郎官。昌仪的权力，也有如此大，那易之和昌宗权力的大，也便可想而知了。昌仪平日起居服用，十分奢侈，出入警卫，竟和王公一般。有一天昌仪乘舆回府来，见府门上有人题着一行字道："一绚丝能得几日络。"昌仪便取笔接写在下面道："一日即足。"因此人人背地里传说："张家弟兄势力不久的。"

但这时昌宗和易之二人的势炎，却是炙手可热。易之、昌宗二人仗着自己美貌，在宫中随处奸淫。凡有年轻美貌的宫女，却暗暗受他弟兄的欺侮，忍辱含垢的，不敢声张。他弟兄二人终是敷粉涂朱，衣锦披绣，许多姓武的子弟，终日陪侍他游玩宴乐。他弟兄每到高兴的时候，便把皇帝赏赐他的各种珍宝，便也转赏与武氏子弟，那武承嗣、武三思、宗楚客、宗晋卿，一班亲贵都候在他弟兄门下，献媚争谀。有一天张氏弟兄在府中荷花池畔宴客，众人要讨他弟兄的好儿，齐说六郎貌似莲花，武三思独大声说道："诸位错了！不是六郎貌似莲花，乃是莲花貌似六郎耳。"昌宗听了，不错！呵呵大笑，便把手中一个则天皇帝赐与的玉如意，赏给了三思，三思急忙趴下地去叩谢。

张易之因住在宫中，十分拘束，便在宫门外造一府第，中有一大堂，十分壮丽，用工费在六百万以上，拿红粉涂壁，文柏帖柱，四处饰着琉璃沉香。新屋初成，便有鬼在壁上题着字道："能得几时。"易之令人削去。第二天看时，依旧写在上面，易之又令人削去。这样连削了六七次，那鬼却写六七次，不肯罢休。易之恼怒起来，便亲自去接写在下面道："一月即足。"从此却不见鬼书了，后来易之和他弟弟昌仪，谈起此事，昌仪也说出他大门上鬼题着字。弟兄二人十分诧异，但是他弟兄仗着则天女皇帝的宠爱，也毫不畏惧。

则天皇帝又久居宫廷，深觉闷损，易之和昌宗两人，便乘机说皇上造兴泰宫于寿安县的万安山上。易之和昌宗二人，拜为大总管，监督工程。从长安到万安山上，沿途一百里地，开着康庄大道，路旁种着四时不断的花木，用黄砖填着路，铺出龙凤花纹来。路旁五里一亭，十里一阁，画栋雕梁，十分华丽，那座兴泰宫越发造得层楼杰阁，高出云霄。

欲知后事如何，且听下回分解。

第四十三回　玉臂触处情心动
　　　　　　美貌传时赘婿来

　　那座兴泰宫费去百万黄金，招募二十余万人夫，经过三次春秋，才得造成。则天皇帝下旨，称张氏兄弟督造有功，便拜易之为镇国大将军，昌宗为护国大将军，定在大足四年正月朔，驾幸兴泰宫。到那时，舆马压道，旌旗蔽天。则天皇帝坐着五凤黄舆，张易之、张昌宗在左右骑马护卫着。一路鼓吹护送。那亭阁中，设着妆台锦榻。则天皇帝每过一亭一阁，便要下舆，更衣休息。只有张氏兄弟二人陪侍在身旁，和女皇帝说笑着解闷儿。这百里长途，行行止止，足足走了五天，才到了万安山。

　　那行宫门外，夹道早已人头济济，文武百官和宫嫔彩女混夹在一起，接候圣驾。则天皇帝下车来，只听得一声万岁，好似山崩海啸一般。皇帝举目看时，只见山抱翠拥，中间高高地矗起一座金碧辉煌的宫殿，心中颇觉合意。当时百官们簇拥着女皇帝进了寝宫，传下旨意来，令众官员散去，只留下张易之、张昌宗兄弟二人，在宫中陪侍。则天皇帝看看御床上铺设得十分香软，便除下盛妆，一横身向御床上倒下去，自有易之、昌宗兄弟两人，上去服侍。则天皇帝住在兴泰宫里，十分舒适，便纵情欢乐，任意流连。一住三年，也不想回銮。朝廷大事，全交给宫中的太平、安乐、长宁三公主办去。

则天女皇帝今年七十六岁了，只因生成肌肤洁白，骨肉丰腴，又是善于修饰，望去还好似一位中年的美貌妇人；精力又过分的强盛，有这铜筋铁骨的张易之、张昌宗两兄弟日夜伺候着，还是精神抖擞的。如今在这离宫里，百官耳目较远，便也尽情旖旎，彻胆风流，公然带着张氏兄弟二人，同起同卧。张氏兄弟被皇帝幽禁在宫里，三年未曾出宫门一步，便觉万分气闷。则天皇帝便带着他兄弟二人，封嵩山，禅少室，册立山神为帝，配为后。那嵩山上有一株大槲树，便置一金鸡在树梢，封为金鸡树，刻石在嵩山脚下，敕地方官四时祭着树神。又在嵩山下围猎，尽欢而回。不料当夜则天皇帝在离宫中，便得了一梦：梦见一只白色鹦鹉，站在当殿。忽一阵狂风，把鹦鹉的两翼一齐吹断。醒来十分疑惑，当即把梦中的情况，对易之、昌宗两人说知，他兄弟两人也圆解不出主何吉凶。

恰巧第二天丞相狄仁杰从长安来，奏请皇帝从早回銮。则天皇帝便把昨夜的梦境，问狄丞相是主何吉凶？狄仁杰便奏对说："武，是陛下本姓；两翼，是陛下的两子。如今陛下两子幽囚在外，便好似狂风吹折了鹦鹉两翼。伏望陛下下诏召回二帝，以全天下臣民之望。"这时则天皇帝因自己年老，心中颇想立武承嗣、武三思为太子，振兴武氏宗族。如今听狄丞相如此说法，便趁此把欲立武承嗣或武三思为太子的意思，对狄丞相说。狄仁杰听了，忙趴在地下，连连碰着头奏道："太宗栉风沐雨，亲冒锋镝，以定天下，传之子孙。大帝以二子托陛下，陛下今乃欲移之他族，无乃大违天意乎？况姑侄比较子母，谁疏谁亲？陛下立子，则千秋万岁后，配食太庙；立侄，则自古未有侄为天子，祔姑于庙者，愿陛下详思而熟虑之。"则天皇帝听狄仁杰说到未有侄为天子祔姑于庙一句话，便不觉心中一动，半晌，才说道："此朕家事，卿勿问可也！"狄仁杰又亢声奏道："帝王以四海为家，四海之内，何者不为陛下家事？况元首股肱，义同一体。臣备位宰相，岂有事可不问耶？"说着，又连连叩头道："愿陛下速召还庐陵王，使母子团聚。"则天皇帝听了，低头半晌，说道："卿且退，朕自有主张。"

当时则天皇帝退回寝室，想起昨夜一梦，又想起狄丞相的话，心中忐忑不定，便召张易之、昌宗二人进宫去商议。那张易之听说则天皇后要迎回庐陵王，知道这庐陵王一回朝，自己便无立足之地了。当时便竭力说："陛下已得罪唐朝宗室，不可再立唐嗣，以自取不便。"则天皇帝心想易之的话却很有道理，便又把召庐陵王的意思搁起了。

只因则天皇帝带着易之、昌宗二人在离宫中贪恋风月，昼夜不休，寒暑不避，到底年纪大了，身体渐渐地有些支持不住了，便下诏回銮。到得京师，那病势一天一天地沉重起来。这时有一个大臣，名吉顼的，与张易之、张昌宗同在控鹤监供奉。便悄悄地劝着张氏弟兄，说道："公兄弟贵宠，天下侧目。今陛下春秋高，非可久恃，不立大功，何以自全？"昌宗被他说得害怕起来，忙向吉顼问计，吉顼说道："天下未忘唐德，公等何不乘机劝陛下迎归庐陵王？他日皇帝念公等迎立有功，则不独可以免祸，且可以长保富贵。"昌宗听了这番话，心中大悟，忙去和他哥哥易之商量。

第二天弟兄二人一块儿进宫去，正打算劝谏则天皇帝迎回庐陵王，谁知才走到宫门口，却被武三思率一群校尉，上前来拦住。这易之和昌宗弟兄二人，在宫中出入惯的，如今见三思不放他进去，便觉十分诧异。问时，原皇帝圣躬不豫，奉旨在宫门检查，无论何人，不许放入。这武三思平日见了张氏弟兄，总是卑躬屈节的；今日无端踞傲起来，其中必有变。

易之和昌宗弟兄二人，急退回府中，召集了一班平日的心腹，商量大事。内中有一个黄门侍郎，名余日通的，他宫门中的消息最灵，当下报告说，有人也向武三思献计，劝他出面迎回庐陵王，为日后立功地步。他又打听得主公也有迎回庐陵王之意，只怕主公夺了他的头功，因此先下手占住宫门，是要隔绝主公和圣上之意。易之、昌宗弟兄二人听了大怒，愤愤地说道："三思这小狗！他平日拜俺做干爷，捧唾壶、捧溺器地伺候着。是俺看他可怜，在圣上跟前保举他，到了如今富贵的地步，不想他如今反咬起主人来。俺不杀这小狗，誓不为人！他还不知道俺便是当今真正的皇上呢！俺如今不迎庐陵王，谁也奈何俺不得？俺们今日索性反了吧！"他弟兄二人说一声反，众人也齐声说反了。当下易之和昌宗二人，派定分两支大兵，一支兵直扑宫门，一支兵把守外城。

谁知他兄弟二人正调兵遣将地十分忙碌，那武三思也不弱。则天皇帝看看自己抱病已久，想起从前狄仁杰一番劝谏的话，很是有理；自己又得了一个鹦鹉折翼的梦，很是怀疑。当与太平公主、上官昭容、安乐公主、长宁公主商议，意思也想把庐陵王接回京师。那几位公主都有骨肉儿女之情，也极愿把庐陵王迎回宫来，一块儿住着，只是不敢直说。恰好在这时候武三思进宫来，也主张去迎接庐陵王回宫。则天皇帝被你一句、我一句，说得心活了，便下旨召庐陵王与韦妃俱回京师侍疾。

武三思得了圣旨，急急出宫，与丞相狄仁杰、张柬之、崔玄暐一班大臣商议。正商议的时候，忽报说张易之、昌宗二人密谋起事。狄仁杰原与羽林将军李多祚一班武将交好，当下修成密书夤夜偷出京城去求救；一面由武三思亲自赶赴房州去，迎接庐陵王。

这庐陵王自从高宗弘道元年十二月奉遗诏，在枢前即位，称中宗太和圣昭孝皇帝。转眼皇太后武氏临朝称制，改元嗣圣元

第四十三回　玉臂触处情心动　美貌传时赘婿来

年，二月，被废为庐陵王，与皇后赵氏、妃韦氏三人，幽囚在一室中。后赵皇后被则天女皇帝提进宫去，因吃苦不起，自己饿死，便改囚庐陵王与韦妃在均州地方。隔五年，又改囚在房州地方。一共十二年工夫，王与韦后二人，一室相对，担惊受怕，在患难之中，恩情甚笃。这时则天皇帝每以杀戮唐朝宗室为事，庐陵王的弟兄叔伯，都已杀尽。每一杀人消息传来，心胆都碎。庐陵王在幽囚的地方，每见有敕使从京师来，总认作是来赐死的，便抱着韦妃，嚎啕大哭。有时急得无路可走，便要先寻自尽。每次总得韦氏百般劝慰，又私自在使臣前献些殷勤，送些礼物，因得保全他夫妇二人的性命。庐陵王常对韦妃私地里立着誓道："异时若得见天日，当惟卿所欲为，不相禁止。"

如今听说武三思又传着圣旨下来，庐陵王一想，这武三思近来竭力谋为太子，正是自己的对头人，此番得了圣旨，一定是来取自己的性命了。这一急，急得他只拉住韦妃的手儿，顿着脚哭着。韦妃也被他哭得没了主意，一眼见武三思已走进屋中来了，口称王爷、王妃接圣旨。韦妃到了此时也顾不得了，急抢上前去，跪倒在地，伸着两条玉臂，攀住武三思的手，不教他宣读圣旨。这武三思原也是好色之徒，他手尖儿触着韦妃的玉臂，滑腻香软，不觉心中一动，低头看时，见她肌理莹洁，忍不住伸手去握着韦妃的臂儿，扶她起来。口称王妃大喜，是咱家在万岁跟前竭力劝谏，好不容易，挽回天心，如今圣旨下来，召王爷和妃子作速回京，怕不有将来重登帝位之望呢。庐陵王听了武三思的话，只是不信。直待开读了圣旨，这才乐得他夫妇二人笑逐颜开。

当下便留武三思在府中张筵痛饮，不敢怠慢，当日打点起程。在路上武三思把计除张易之兄弟的意思说了。庐陵王心想，如今母后老病，此番进京去，正要下一番辣手，警戒奸佞。当时在路上，便下了一道手谕，给羽林将军李多祚，令他通力合作，入清帝侧，谕中有格杀勿论的话。令武三思先驰赴军中，李多祚带领三万人马，直攻玄武门。张易之也指挥城中御军，闭门抵敌。武三思令人把庐陵王手谕，向城中兵士高声宣读。那兵士们原心向着唐室，一听说庐陵王驾返京师，便大呼万岁，一哄散去。李多祚挥兵直入。张氏兄弟退入迎仙院。兵士们把一座迎仙院密密围住，爬墙进去，易之、昌宗二人双双被擒。这时庐陵王和韦妃已到城下，文武百官齐赴郊外迎驾，随把易之、昌宗二人绑赴军前。庐陵王传谕斩首，武三思便亲自动手，把张氏弟兄杀死，然后庐陵王摆驾进宫。

则天皇帝一听说庐陵王杀死了她心爱的易之、昌宗二人，不觉一惊，原是病倒在床上的，便要支撑着起来。左右上去扶持，只因病热沉重，连坐也坐不住，只得依旧睡下。当有一位亲信大臣，名桓彦范的，进宫来劝谏说："张氏弟兄在外作恶多端，如今既已杀死，陛下也可不必置念。陛下春秋已高，圣体多病，宜及早退位休养，请下明旨，传位与庐陵王。"则天皇帝听了，也不作声。桓彦范忙去写了圣旨，就则天皇帝榻前，用了玉玺。恰巧庐陵王与韦妃进宫来朝见，则天皇帝便亲手把传位的诏二书，递给庐陵王。王和妃子谢过了恩；武三思和桓彦范一班大臣，簇拥着庐陵王登通天宫即位，仍称中宗皇帝，受百官朝贺，大赦天下。惟薛怀义、张易之、张昌宗等同党，罪在不赦。凡为酷吏周兴、来俊臣所陷害的，一概昭雪。

则天皇帝徙居上阳宫，上尊号为"则天大圣皇帝"，复国号依旧称"大唐"。每隔十日，皇帝率领后妃及文武大臣，至观风殿朝见母皇帝一次。则天皇帝直到八十一岁崩，改称为则天皇太后，封韦氏为皇后。一时武三思、张柬之、李多祚、桓彦范一班大臣，结联韦后、太平公主、安乐公主、长宁公主，内外把持朝

第四十三回　玉臂触处情心动　美貌传时赘婿来

政，大弄权威。

自从则天皇帝登位以来，民间便争唱着一种苤挈儿歌，那词句十分妖艳。后来则天皇帝宠幸张易之，易之小名苤挈，人皆大悟。到咸亨年间，民间又唱道："莫浪语，阿婆嗔，三叔闻时笑杀人。"后来果然武后接位，孝和继承为皇太子。阿婆便指武后，孝和行三，所以歌中称为三叔。当时又有童谣云："张公吃酒李公醉。"张公，是说张易之兄弟二人。唐朝天子原是姓李，李公醉，是说唐朝天下复兴也。在龙朔年间，百姓间通行一种酒令道："子母相去离，连台拗倒。"子母，是说酒盏和酒盘。在则天皇帝永昌年间，大杀唐氏宗室，有宫中宿卫十余人，在清化坊饮酒行此令，有人去告密，十人一齐斩首。后来庐陵王在房州幽囚，果然是子母相离。连台拗倒，是说除去则天皇帝尊号。一切民间歌谣，都已应验。

当时则天皇帝已死，凡是姓武的，都革去官职。独有武三思因杀张易之、张昌宗的功劳，又有上官昭容和太平公主在中宗跟前给武三思讲好话，因此他的爵位愈高，在宫中自由出入，毫无禁忌。

又有武承嗣的次子，名延秀，尚安乐公主，官拜左卫中郎将。安乐公主是韦后最小的女儿，中宗皇帝十分宠爱。安乐公主原是韦后迁居房州的时候在半路上产生的，韦后在客店里生产，万分痛苦，又因安乐公主面貌长得十分美丽，便也十分宠爱她。自幼儿听其所欲，不加禁止；凡有奏请，无不允许，因此渐渐地恃宠而骄，权侵天下。这时，中宗夫妇二人还幽囚在房州，安乐公主即留养在祖母则天皇帝宫中，只因她长得聪明伶俐，则天皇帝也十分宠爱。那时，有一位武崇训，原是武承嗣的侄儿，也便是延秀的从兄，年纪只长得安乐公主一岁，品貌却是不凡，常在宫中出入。则天皇帝因是自己的内侄孙，便格外地宠爱他，常把崇训留宿在宫中。这崇训仗着自己年少貌美，又有祖姑祖护着，在宫中便偷香窃玉，和那班宫女闹下许多风流案件。外面沸沸扬扬，竟说武崇训上烝祖姑母，传在则天皇帝耳中，觉得太不堪了，便把安乐公主指配与崇训，以息浮言。实在这个风流公子和那位风流公主，早已待不得则天皇帝的谕旨，已在暗中勾搭上了。下嫁以后，不上六个月，已产下一位男孩儿来。这武崇训精力过人，却也伺候得安乐公主称心如意。夫妻二人一双两好的，却也过得安乐日子。

后来，有一位武延秀，是崇训的从堂弟弟，年纪比崇训还要年轻，面貌比崇训还要美。崇训只因看在弟兄分上，常常领着延秀进驸马府来游玩。这时，安乐公主和延秀是嫂叔的名义，一家人也不避忌，常常在一块儿说笑玩耍。这延秀又长得一身的风流家数，见着这嫂嫂，无意中暗暗地卖弄风情。这位嫂嫂又是知情识趣的，见了这位风流小郎，便和一盆火似地向着他。叔嫂二人终日在府中打情骂俏的，也不避人耳目。便是崇训有时撞见了，一来是碍于兄弟交情，二来是害怕公主势力，也只得把这口冤气闷在肚子里，装聋作哑地过日子。

讲到这位武延秀，在当时原有美男子的名儿，这美名儿直远远地传在突厥国王默啜的公主耳中，听说大唐国有如此一位美男子，便终日眠思梦想，非欲把这美男子弄来和她成双作对地结为夫妻不可。这外国公主今天也想美男子武延秀，明天也想美男子武延秀，竟想成了一个刻骨的病儿。那默啜可汗十分宠爱这位公主的，一打听了女儿的心病，便立刻调动兵马，直犯大唐边界，口口声声说有女欲招武延秀为驸马，使两国和亲。边报传到朝廷，则天皇帝便问武延秀可愿意到外国去和亲，这武延秀听说有人倒贴妻子上门，又是一件外国货，他原生成喜新好奇的性格，便也十分愿意。

428

第四十三回　玉臂触处情心动　美貌传时赘婿来

当时，则天皇帝便派中郎将阎知微护送着武延秀到突厥国去成亲。那位默啜公主，却也长得端庄美丽，见了这武延秀，果然是一位美如冠玉的少年，便也出奇地宠爱起来。怕他身在异国，心中忧闷，便弄了许多蛮姬在延秀跟前，歌的歌，舞的舞，默啜公主陪伴着在一旁劝酒说笑。有时，夫妻二二人并肩儿骑着马，到郊外打猎去。延秀原是少年好色的，见了这异国声色，却觉得别有风味，便和几个绝色的蛮姬，暗暗地勾搭上了，倒也过得快乐的日子。谁知这延秀天天享着温柔之乐，那阎知微却受着缧绁之苦。

欲知后事如何，且听下回分解。

第四十四回　皇太女天开异想
崔侍郎暗纵娇妻

这阎知微原是护送武延秀到突厥国成亲的，他留住在突厥国中，闲着无事，偶然写了一封家书，寄回大唐国去。让突厥国王知道了，说他做奸细，私通消息，立刻把阎知微捆绑起来，点起三万人马，挟着阎知微，直打进中原来，一连攻破了赵州、定州一带地方。大唐天子见突厥兵来势凶勇，便下诏讲和，默啜可汗怕武延秀久留异邦，容易变心，但借通和为名，命延秀捧着和书，放回大唐国去。可怜这位突厥公主，正和这位中国驸马一双两好地过着温柔日子，如今生生地被他拆散了，叫她如何不伤心！从此眠思梦想，渐渐地成了一个相思病。给她父皇知道了，又替她另招驸马，重圆好梦，这也不去说他。

这里武延秀回得国来，则天皇帝说他通和有功，便升他的官，听他在宫中自由出入。武延秀在突厥国里偷香窃玉弄惯了，他回得国来，如何肯安分？早在宫中和一班宫娥彩女，偷偷摸摸地做下了许多风流事务。他心中还不知足，他见这安乐公主长得真是天姿国色，便一心一意地在这公主身上用工夫。武崇训又领着延秀进驸马府去，一任他叔嫂二人调笑嬉谑着。

这武延秀在突厥国中，学得一口的突厥语言，便唱几折突厥歌儿，舞几种胡旋舞儿，给安乐公主解着闷儿。安乐公主看他知趣识窍，寻欢献媚；看看他面貌却比他哥哥武崇训俊得多，便也把持不住，二人在背地里结下风流私情，在府中明来暗去，只瞒着武崇训一个人的耳目。这武崇训却也识趣，在中宗回朝的时候，他却一命呜呼死去了，是安乐公主自己去对韦皇后说了，便老老实实把武延秀招作了驸马。韦后见这位新驸马眉眼儿长得俊，便也出奇地宠爱起来。满朝王侯宰相，都在驸马府中奔走。

　　安乐公主又大兴土木，在闹市中建起高大的驸马府来，造着飞楼，跨过长街。公主和驸马二人，并肩儿依在飞楼上，向街心里抛下彩绸去；有时命使女们捧着大把的金钱，向街心里洒去，眼看着一般过路的男女，在街心里奔走抢夺，公主不觉大乐。公主又在府后小山上，建造一座安乐佛寺，金碧辉煌，十分宏大。另造一条长廊，蜿蜒曲折地通着驸马府。最新奇的，那佛寺里并没有什么神身佛像，只空塑着一座莲台，安乐公主每到高兴的时候，自己却打扮成观音模样，穿着白衣白兜，赤着玉也似的双脚，盘腿儿坐在莲台上，命府中的侍女、太监们，在佛座上罗列着拜着。这时，武延秀在一旁看公主扮着观音，越发出落得清洁美丽了，便也忍不住拜倒在莲台下面。公主在莲台上受着驸马的跪拜，便不觉点头微笑。那侍女、太监们，齐声呼着活佛。安乐公主又在城西开凿一口定昆池，沿池造着许多庄屋，招集了许多渔户、猎户，住在庄屋里。公主自己也打扮着渔婆猎户的形状，在池上钓鱼，在山上打猎。驸马在一旁伺候着。

　　讲到安乐公主下嫁武延秀的时候，韦后因十分宠爱她，便把宫中皇后用的全副仪仗、舆马等物，借给公主使用。那班大臣们因要得皇后的欢心，便私自贴钱给京城里的百姓们，家家张灯庆祝，从安福门直到宫中，沿途灯光照耀，胜于白昼。韦后与中宗皇帝临幸安福门观灯，下诏授延秀为太常卿，兼右卫将军，驸马都尉，封恒国公。又在金城坊赐宅，穷极壮丽，国库为之空虚。

一年后，安乐公主产一男孩，韦后十分快乐，群臣入宫朝贺，韦后便在宫中赐宴百官，下旨京师地方大小庙宇，都演戏酬神。一时，百姓们男女老小，看戏的，哄动了全城。中宗和韦后，双双临幸驸马府中，慰视公主，又赏十万洗儿钱，便在驸马府中开喜庆筵席。文武百官在两旁陪席，中宗皇帝就驸马府中下诏，大赦天下。又令宰相李峤，文学士宋之问、沈佺期、张说、阎朝隐等，献诗赞美。

安乐公主收集天下巧匠，在洛州昭成佛寺中，造成一座百宝香炉。炉身虽只三尺来高，开着四门，架着四座小桥，雕刻着花草、飞禽、走兽和诸天、伎乐、麒麟、鸾凤、白鹤、飞仙，丝来线去，鬼出神没，炉身又满嵌着珍珠、玛瑙、琉璃、琥珀、玻璃、珊瑚、车渠等一切宝贝。足足用钱有三百万之多，把公主陪嫁来的私房钱，都已化去。韦后又私地里拿体己钱一百万，赐予安乐公主。

公主仗着皇后宠爱，便放纵无忌；和上官婉儿、长宁公主、太平公主一班人，在府中卖官鬻爵。中宗又命安乐、太平两公主，各开府置官，势倾朝野。不论屠沽走卒，只须纳钱三十万，便由公主立降墨敕除官。一时由三位公主所授官职，如员外、同正、试摄、检校、判知等官，竟有五六千人，皆不由两省敕授。那两省官员，见有公主放的官职，也不敢查问。三位公主中，以安乐公主权力最大，凡有愿出巨金，例外有所要求的，均来求安乐公主。公主仗着父皇的宠爱，便依了那人的请求，自写诏书。拿进宫去，觑着皇上正在署名的时候，公主便把自己写的诏书，送上龙案去，一手掩住诏书上的文字，一手却捉住了皇上的臂儿，要皇上在诏书上署名。中宗皇帝见公主娇憨动人，便也笑着依了她，在诏书上署下名去，绝不拿诏书上的文字察看一番的。因此，常有京师地方的土豪劣棍，走了安乐公主的门路，忽然诏书下来，拜了大官，不但吏部衙门绝不知道，便是那中宗皇帝也弄得莫名其妙。

安乐公主自幼儿养在武则天娘娘身旁，看惯了女皇帝那种独断朝纲的威风，便异想天开，说："男儿可为皇太子，我女子何独不可为皇太女？"便天天在中宗皇帝跟前絮聒，求父皇册立她为皇太女。那中宗皇帝听了，不但不加深责，还呵呵大笑，抚着公主的脖子说道："俟你母后做了女皇帝，再立我女为皇太女也不迟呢！"安乐公主一句话听在肚子里，便天天在背地里串哄着母后韦氏，仿则天皇帝故事，临朝听政。她满心想望韦后临朝以后，可早日册立自己为皇太女，将来或有和她祖母则天皇帝一般君临天下的一日。今天也说，明天也说，韦皇后的心肠果然被她说动了。

这韦皇后因中宗在房州幽囚的时候，有惟卿所欲为的私誓。待进宫复位以后，仗着患难夫妻的名义，处处专权揽事，无形中，中宗已被皇后钳制住了。后来，韦皇后听信了安乐公主的话，便渐渐有预闻朝政的意思。每值中宗坐朝听政，韦后便在宝座后面，密垂帷帐高坐帐内，一同听政。每有臣下奏事，皇帝尚未下谕，只听得呖呖莺声，从帷帐中度出来，替皇帝判断了许多朝政，下了许多上谕。从此以后，韦后因中宗皇帝体弱多病，常常劝皇帝罢朝，皇后便实行垂帘听政了。一切权力、一切事务，都从皇帝手中夺了来，独断独行，她处处行着威权，处处用着私情，比则天皇帝时候还要厉害十倍。中宗皇帝念在患难夫妻份上，也不好意思去禁止她。

韦后的气焰，一天强盛似一天；中宗皇帝便也一天退缩一天，终日躲在宫中，找几个美貌的宫女调笑解闷。所有军国大事，全听韦后一个人主持。那安乐公主见母后握了大权，她想望做皇太女的心思愈切了，她便天天向韦后说着。韦后每日坐朝，也令安乐公主陪坐在一旁听政。

中宗又因上官婉儿深通文墨，又能处治朝政，便也命婉儿掌管制命。这婉儿的势力也便不小。婉儿在则天皇帝时候，便已和武三思私通了，三思出入宫禁，一无避忌。自从韦后回宫以后，三思仗着有护驾之功，益发肆无忌惮，在宫中和一般后妃任意调笑。有一天，三思怀中正拥抱着婉儿在御花园柳荫深处，喁喁情话，让韦后直走撞破了。婉儿见皇后身旁没带随从侍女，便递过眼色给三思，三思也便会意。见皇后正站在台阶上，脸上并无怒容，便也大着胆子上前去一手扶住皇后的玉臂，扶下台阶来。婉儿见皇后一手搭在三思的肩上，只是笑盈盈地对自己说道："昭容，好乐啊！"婉儿忙低头退去。

这里，武三思使用尽平生温柔功夫，伺候着韦后。从此以后，韦皇后和上官昭容同走上一条道路。后、妃二人，同心合意地十分亲密。那武三思仗着后、妃二人的宠爱，却一天骄横似一天。韦后常常在中宗皇帝跟前，说了武三思的好处，直把三思拜为司空之职。遇有紧急大事，皇帝便改扮作平常百姓模样，出宫来悄悄地临幸司空府第，和三思商议着。三思府中也养着许多美貌的姬妾，每见皇帝临幸，便把府中的姬妾传唤出来，在皇帝跟前歌的歌、舞的舞。君臣二人，对坐着拍手欢笑。三思府中养着这许多销魂荡魄的美人儿，便快活得连宫中也忘记去了。

韦皇后见三思久不进宫来，心中便郁郁不乐，便是在中宗跟前，也是唉声叹气的。这时正值春日困人天气，昼长无事，韦后心中记念三思，便觉精神颓丧，百无聊赖。中宗知道皇后记念三思，便命太监去宣召武三思进宫。韦后见了三思，顿时笑逐颜开。韦后平日在宫中爱赌双陆游戏的，便和武三思对坐着赌起双陆来，韦后故意撒痴撒娇的，逗着三思玩笑。中宗皇帝手中握着一把牙签儿，还替他二人算着输赢的数儿呢。正在这时候，内侍进来奏称，丞相李峤有要事进宫来面圣。中宗皇帝丢下了牙签，急急出去。这里韦皇后见中宗出去，便把双陆一掀，撒得满地，一耸身倒在三思怀里，两人手拉着手儿进寝宫去了。从此，韦皇后把个武三思霸占住了，上官婉儿却落了个空。

从来绝色的美人，天也见怜，岂肯使她空度着无聊的岁月呢？早有一位兵部侍郎名崔湜的，做了入幕之宾。上官婉儿万分地宠爱他。当初，崔湜原是桓敬的心腹。这桓敬是唐室一位忠臣，眼看着武三思专权跋扈，便私地里结识了崔湜。因为崔湜常在宫中出入，桓敬借重他做一个耳目。这崔湜如何能出入宫禁？只因他长得十分俊美，则天皇帝时时传他进宫去问话。

崔湜又长于文才，和上官婉儿吟诗酬答，两人十分投合。后来，中宗下诏，命上官婉儿执掌诏制，常在外舍起坐，崔湜无日不是陪侍在一旁的。从来佳人、才子，没有不相怜相惜的。当初上官婉儿和武三思尚结一份私情，见了崔湜，神情之间，若接若离。如今武三思被韦皇后管住，丢下婉儿一个人孤凄凄的，一缕痴情，便全寄在崔湜身上。他二人，有一天同在御书房中办事，便情不自禁地干下了风流事体。

崔湜的父亲崔挹，官拜礼部侍郎，父子二人同为南省副贰，是唐朝以来所未有的盛典。崔湜的弟兄崔涪、崔液、崔涤，说也凑巧，他弟兄四人，个个都生成眉清目秀，面如冠玉。崔湜一个一个地引他们进宫来，和上官婉儿见面。婉儿见了这许多美貌少年，一时里爱也爱不过来。从此，上官昭容行走坐卧，无时无刻没有这崔家弟兄四人追随陪伴在一旁的。上官婉儿常常在宫中设宴，一个美人儿中间，坐着四个少年儿郎，在两旁陪着饮酒说笑，行令赋诗。

崔湜一心迷在上官婉儿身上，不但不替桓敬做耳目，反倒在三思一边，把桓敬的计议行事，尽情去告诉三思。三思大怒，和韦皇后说了，矫诏尽杀五王，把桓敬刺配到岭南地方去。

这崔湜官升到中书令，弟兄三人各据津要。崔湜对人常常自夸为王谢之家，在家中日日开宴，对一班宾客说道："吾之门第及出身历官，未尝不为第一！大丈夫当先据要路以制人，岂能默默受制于人？"当时，朝中女权甚大，除韦皇后、上官昭容和安乐公主以外，那太平公主也是一向在宫中掌大权的。

这太平公主，在宫中年纪略大些。但徐娘虽老，风韵犹存，她又生成有母亲风流的性格。当时见崔湜玉一般的美男子，心中早已中意，便瞒着昭容，打发宫女悄悄地去把崔湜唤进宫去，也成就了她的心愿。崔湜自从巴结上了太平公主，他的权势也愈大了，官拜中书侍郎平章事。太平公主自从得了这崔湜以后，心中十分宠爱，称他是可意儿郎。这太平公主生平宠爱过的男子，也不计其数，从没有似崔湜玉雪一般的美少年，叫她心中如何不爱，便一日也丢不开手。只因上官婉儿在宫中也很有势力，便也不敢彰明较著的霸占着，只能瞒着昭容，每天私会一次。这太平公主欲念是十分大的，她同时也爱上了几位王子。

内中有一位谯卫王，也可称得美貌少年，只是和崔湜一比，却直比下去了。太平公主的宠爱，也渐渐地淡薄下去，谯卫王心中正怀恨。有一天，正是昼长人静的时候，谯卫王悄悄地闯进公主府第去。这谯卫王原是在府中出入惯了的。他和公主一般的风流私情，府中上下人原也知道，所以谯卫王进府来，也没有人拦阻他。这时正是盛暑天气，太平公主原是放诞惯了，她和崔湜二人在走廊下横着一张湘妃榻儿，帘儿也不放，帏儿也不掩，竟在那里大寻其欢乐。谯卫王瞥眼见了，心中一股酸气，向脑门直冲，急急转身退出，在外书房中守候着。直守到崔湜事毕出府，谯卫王却拦住去路，说他污辱公主，要揪他进宫去告诉上官婉儿。崔湜一听说要告诉昭容，那昭容的醋劲儿却是很大的，吓得忙把这谯卫王拦住，邀他一块儿到自己家中去饮酒解说。

这谯卫王一到崔湜家中坐下饮酒，只听得隔着屏儿娇声悄语的，又有环珮铿锵，早不觉把个谯卫王一缕魂灵儿飞进屏门里面去了。酒过数巡，崔湜吩咐传女乐出来侑酒。接着只见一群粉白黛绿的女儿，围绕在谯卫王身旁，歌的歌，舞的舞，把个谯卫王看得眼花缭乱，神魂颠倒，举着酒杯，尽自痛饮。

正迷乱的时候，忽的虞侯进来，传说丞相有请。崔湜听了，不觉左右为难。谯卫王正在得趣的时候，深愁崔湜被丞相唤去，自己也不能久坐饮酒了，便拉住崔湜的手不放，说道："相公莫去，俺们饮俺们的酒，莫问丞相的事。"这崔湜却推说丞相有要事相商，不能不去。谯卫王却延挨着不肯走。正在左右为难的时候，忽然见一个年轻的侍女，从屏门后转出来，同崔湜耳旁低低地说了几句，崔湜连连点头道："这也使得。"那侍女转身进去，崔湜便对谯卫王说道："千岁和小臣，彼此原是通家之好，今日舍间有幸，得千岁降临，真是蓬壁生辉。可恨不晓事的丞相，早不相唤，晚不相唤，恰恰在这时候相唤，又说有什么紧急事相商。小臣待丢下千岁去，又怕得罪了千岁；待不去时，又怕丞相责怪。千岁千万多坐一会儿，待小臣去去便来。小臣妻小，也颇懂得礼貌，方才侍女出来，传说意欲代小臣出厅来奉陪千岁饮酒，万望千岁勿怪。"谯卫王听说崔夫人肯出来陪酒，真是喜出望外。

原来崔湜的夫人在京师地方，是著名的一位美人，在朝的文武百官，谁不想瞻望美人的颜色。今天谯卫王于无意之中得之，岂不要使他乐死？王爷嘴里尽推说："小王决不敢劳夫人的驾！"但他两眼却不由得向屏风后面不停地转着，心中只盼望这位美人儿早些出来。

欲知后事如何，且听下回分解。

第四十五回　拔佛须公主斗巧
游夜园驸马偷香

谯卫王道言未了，只听得耳中一阵环珮声响，接着风中送过一阵阵脂粉香味来，四个侍女捧着一位天仙似的美妇人，冉冉地出来。走近王爷身边，便深深地道了一个万福，慌得王爷还礼不迭。抬眼看时，只见容光妩媚，真和搓脂摘粉相似，吓得谯卫王不敢正眼相视，急把头低下了。接着崔夫人双手捧着玉壶，斟着一杯酒，低低地说了一声："千岁！请满饮此杯。"那呖呖莺声，听得人心骨都醉！又偷眼看崔夫人一双手时，皎洁玲珑，真和玉壶一样的洁白。王爷恨不能伸手过去在这玉手上抚摸一回，只因碍在崔湜跟前，不敢放肆。谁知崔湜这时早已抽身出去了！这王爷全个魂灵儿正扑在夫人身上，连崔湜向他告辞出去，他也不曾听得。直到崔夫人再三请王爷坐下，他抬头向屋子四周一看，才知道崔湜早已不在屋中。他把崔夫人斟下的一杯酒，一仰脖子，饮得个滑滴不留。从来说的："酒落欢肠"。王爷对美人，三分酒意，七分色胆，看看崔湜不在眼前，便渐渐地拿话儿去挑逗她。那崔夫人最动人的去处，便是低鬟微笑，这王爷看看，实在忍不住了。那时，一班歌舞的姬妾和侍女们，俱不在跟前，便陡然胆大上前去，一把将崔夫人的柳腰儿抱住，一任崔夫人宛转支撑，王爷已是欲罢不能，他两人在这一刹那之间，便已成就了好事。

这也是崔湜故意安排下的美人计，借此也钳住了谯卫王的口。

从来功名念切的人，儿女的私情一定是浅薄的，这崔湜因为要图自己的功名，一天一天地发达，便不恤把自己的一位天仙似的夫人，送给别人去享受。那谯卫王得了崔湜的好处，心中万分感激，便竭力在中宗皇帝跟前替崔湜誉扬，因此崔湜的官位愈高，愈见重用。后来，那班王爷，人人都知道谯卫王得了好处，有妒忌他的，有羡慕他的，大家都到崔湜家中去寻欢作乐。那崔府的一班姬妾，原是生成性格风骚，见了那班王爷，真是见一个欢迎一个，把个崔府做了众王爷的寻欢之所。

那崔湜有两位女公子，原是崔湜原配王氏所生。一对姊妹花，雪肤花貌，和她继母崔夫人真不相上下。长女公子自幼儿说与张说之子为妻。如今年纪长成十七八岁，正在妙年。每日有这班少年王爷在府中出入，看在他们眼中，如何肯轻易放过，早抢着向崔湜求婚。那崔湜也看在势利面上，把长女公子献与了八王爷，把次女公子献与了十二王爷。给张说知道，忙找人去和崔湜理论，女儿已经送给了人，真是覆水难收，也是无法挽回的了。

从此，张说衔恨在心，时时在背地里想法，要报这赖婚的仇恨。但崔湜正在得意的时候，却休想损伤得他分毫。有一天，崔湜从宫中回府，见自己大门上有人写着两行字道："托庸才于主第，进艳妇于春宫。"崔湜不觉大怒，一面令家人擦去字迹，一面查问那题字的人。把合府中的人查问遍，也无人知道。这两句题词，却传遍了京师，人人在背地里笑话着。崔湜仗着宫中宠爱，便也毫不在意。

这时，高宗之女太平公主和中宗之女长宁公主、安乐公主、宜城公主、新都公主、安定公主、金城公主，共七公主，中宗一齐赐宅，在京师与亲王一例开府设官。每一府第，给卫士五百人，环守宅门。十步一兵，十分威严。内中以太平公主久持朝政，有擒杀薛怀义和二张之功，朝廷赏赐最厚，权力也最大，食邑至一万户。因她初嫁与薛绍，后嫁与武承嗣，所以薛、武两家的女子，都封王、封主，食邑三千户。公主平日衣紫袍玉带，倜傥风流，一如男子。此外，安乐公主食邑三千户，长宁公主食邑二千五百户，宜城公主非韦后亲生，只食邑二千户。

这七位公主，和上官昭容每日在一处游玩，连车并马，在大街上游览，在郊外行猎，有时在府中聚欢。太平公主府中，还养了一班小戏子，都是十三四岁年纪的男孩儿。公主亲自调教者，教得一曲成熟，更邀集一群公主在府中开筵听曲。这班小戏子里面，有一个唱小生的，名字叫荷生，长得最是得人意儿，年纪已有十六岁了。他除唱戏以外，太平公主每日携带他在身边，不论行走、坐卧，总有荷生陪伴在一旁。便是那六位公主见了荷生，也人人喜欢他。各各带他到府中去游玩、调笑，赏他许多珍宝挂件。外边有许多奔走谋事的人，都在荷生跟前献殷勤。因此。荷生虽说是一个童儿的身体，但他在府外，也暗地里置下许多田庄，存积下许多银钱。

这时，新都公主的驸马武延晖和宜城公主的驸马裴巽，都是爱寻花问柳的，常常整天整夜地宿在娼家，不回府来。新都和宜城两公主，在府中空守着闺房，闷得慌，便时时找到大公主府中来游玩解闷儿。正是端阳佳节，唐宫中有斗草之戏。在事前，各妃嫔、公主、郡主，竞出奇思妙想，欲制胜他人，以为笑乐。

这时，安乐公主忽发奇想，想起京师南海泥洹寺维摩诘佛像的五绺须，是拿晋朝时候谢灵运的真须装着的，倘然拿来和诸妃嫔斗草，定可以制胜他人。便悄悄地打发黄门官，骑着马，飞也似地跑到南海泥洹寺里，偷偷地把佛须割取回宫。安乐公主又怕留下的佛须被别人割取去，又命黄门第二次赶去，把佛须一齐割下来，抛弃在御河里。从此，这维摩诘佛的下颔，便光滑滑的不留一绺须了。原来晋朝时候的谢灵运，长得很美的须髯。他在生的时候，自己十分宝爱，每晚临睡时候，便用纱囊子装起来，平

第四十五回　拔佛须公主斗巧　游夜园驸马偷香

日在须髯上抹些香油，五绺长须，黑润柔软，十分可爱。后来，谢灵运犯了死罪，临刑的时候，便自愿把须髯割下来，施给泥洹寺僧，为装塑佛像之用。那寺中大和尚，每见有人来随喜，便将佛须指示与人看，平日很是宝贵。如今见黄门官奉公主之命，前来把佛须一齐割去，心中万分痛苦。但公主的威力，也奈何她不得。这安乐公主得了佛须，便藏着。

到了端午这一天，那一群公主郡主和妃嫔们，都聚集在昆明池畔大草地上，设下了盛宴斗草。韦皇后也来赶热闹，从袖中拿出西方柳来，便有太平公主拿出东方桃和皇后相斗。又有上官婉儿的夫妻蕙和寿昌公主的兄弟连相斗。正斗得热闹，那安乐公主忽然拿出谢灵运的真须来，招人相斗，一时人人惊奇，大家都赞叹公主聪明伶俐。安乐公主手中拿着一绺须髯，向众人夸张着，众人也找不到能够和她相斗的东西。正在这时候，那荷生忽然把自己头上一绺发儿剪下来，悄悄地递与宜城公主，那公主接发儿在手，便高声向安乐公主说道："公主有死人须儿，俺有活人发儿，愿与公主比斗！"安乐便问公主，"拿的是什么人的发儿？"宜城公主口称是荷生的发儿，安乐公主不信，便把荷生传到跟前来，除下头巾，看时，果然鬓边剪去了一绺发儿。众妃嫔和公主一齐说："今天只有安乐公主和宜城公主斗得最是新奇，该公贺一杯。"说着，宫女斟上酒来，大家饮着。这时，武三思在一旁伺候着韦皇后，崔湜在一旁伺候着上官婉儿，太平公主也携了荷生，各各说笑饮酒。真到夜色昏沉，各府中舆马簇拥着公主、郡主回去。

这宜城公主，自从荷生截发相赠以后，便从此关情，常常到太平公主府中去找荷生说笑。他二人瞒着太平公主，在花木幽僻的地方，早已成了好事。过了几天，安乐公主府中开凿定昆池成功，发着笺帖儿，请许多皇亲国戚，在府中开庆功宴，连中宗皇帝和韦皇后也被邀在内的。

原来宫中有一口昆明池，是在西汉武帝时候开凿的，池中产鱼很多。安乐公主和一班姊妹们，自幼儿在宫中游钓惯了。后来，安乐公主下嫁出宫去，心中常常记念昆明池畔的风景，她便仗着中宗宠爱，向父皇请求把昆明池赏给她，划入在驸马府园地中去。中宗说："这昆明池，自从前代以来，从不曾赏给人，朕也不敢违背祖宗成例。况且这池鱼每年卖得十万贯，宫中妃嫔花粉之资，全靠着它。今若将这池赏给人，便教妃嫔们脸上失了颜色？"安乐公主见皇上不能答应她的请求，心中十分懊闷。后来，还是韦皇后再三劝说，又拿体己的三万贯钱赏给安乐公主，公主自己添十万贯，招集了京师数万工人，在一年之间，府中开凿了这口定昆池。池边草木风景，全照昆明池一样。格局落成的这一天，满园点缀着灯彩。到了夜间，树头灯光闪耀，好似天上繁星。

在池畔大草地上，排列下酒席。中宗亲率文武百官，降幸园中饮酒。那班年轻的公主、郡主和妃嫔们，打扮得花枝儿似的，夹杂在男子中间，往来戏笑，毫不避忌。这时，高宗的女儿，有太平公主、义阳公主、高安公主；中宗的女儿，有新都公主、宜城公主、安定公主、长宁公主、成安公主，个个都出落得态若惊鸿、神若游龙，在林间池畔出没着。安乐公主和驸马武延秀，来往着招呼宾客。这时，武三思、崔湜、荷生一班得宠的官儿，都各各跟着他女主人进园来游逛。安乐公主邀众宾客入席，一时履舄交错，欢呼畅饮，直饮到夕阳西下，接着一轮皓月，从水面捧出，照成金光万道，在水面上闪耀不定。

安乐公主高兴，慌唤备船，乘着月光，在池面上游玩去。一时，皇帝、皇后和随从的妃嫔官员们，都下了彩船。船四檐，缀着五色明角灯，荡漾在湖心，倒映在水中，煞是好看。这太平、安乐、长宁、宜城、新都、安定、金城七位公主，却棹着七条小采莲船儿，在彩船四周，一往一来的，出没不定。一群船只，正漾在水中央，忽见满池浮着荷花灯儿，倒映着天上的一轮明月，倍觉光辉。灯光深处，度出一缕歌声来，令人心神清凉。

这定昆池，有十里水面，都由司农卿赵履温替她一手营造。在池中央，堆起一座石山来，仿着华山模样，从山巅上飞下一股瀑布来，倒泻在池水里。另避一条清溪，用玉石砌岸，两岸琪花瑶草，芬芳馥郁。溪底全用珊瑚、宝石筑成，从水中反映出珠光宝气，在月光下照着，分外清澈。

长宁公主和太平公主，各棹一只小艇，悄悄驶入小溪，在白石埠头上了岸。她两人身旁各带着一个儿郎，携着手儿，走到花木深处去，正打算寻她们的快乐。长宁公主忽然止步，一手指着那边，隔着一丛花木，水边月光明亮的地方，有一男一女，并坐在草地上，脸贴着脸儿，正是情浓的模样。太平公主看时，那一对男女，正抬起头来，月光照在脸儿上，太平公主认识一个男子便是她宠爱的荷生，那女子却是宜城公主。太平公主心中这一气，当时便要赶上前喝破他们。还是长宁公主劝住了，说："看在姑侄份上，饶了她一次，明天待俺去说给妹妹知道，警戒她下次不可再犯。如今倘一闹出来，这荷生又是姑姑私地里宠爱的人，给众人知道，彼此脸上都不好看。"太平公主听她说得有理，也便点头说道："饶便饶了这丫头，但教俺如何耐得这一口气呢！"她眉头一皱，计上心来，说道："有了！待俺去唤她驸马亲自来看他女人这浪人的样儿。"说着，她便丢下了长宁公主，急坐着小艇子回去到那大草地上遍地找寻，又问那场上的守卫太监，大家说方才见驸马裴巽和薛国公主在那杏树下说笑着，一转身向那小径中走去了。

太平公主听了太监的话，便向那小径上找去，看看走到路尽头一座亭子跟前，一抹月光斜照着，只见亭子里那薛国公主正倒在裴驸马的怀里，紧贴着。太平公主看在眼里，不觉冷冷地一笑，低低地自言自语道："这真是循环报应！他女人在那里偷别人的汉子，他汉子也在这里偷他自己的妹子。"原来这薛国公主是睿宗的第七个女儿，和宜城公主是嫡堂姊妹，已下嫁驸马王守一。只因王守一生得粗蠢，爱裴巽人物漂亮，他两人早已有心，只恨不得其便。如今趁此良夜，又在人众之下，觑着大家不防备的时候，便悄悄地在这僻静所在，了此心愿。谁知天下的事，若要人不知，除非己莫为，巧巧地给太平公主走来撞见。

太平公主见他们正在情浓的时候，自己不便上去打叉，便悄悄地吩咐自己身旁的小太监，快快去把宜城公主唤来，只推说是裴驸马有请。太平公主的意思，这桩风流公案，让他们自己去闹穿了，夫妇之间起一场大大的争吵，也泄了胸头之气。

那宜城公主正和荷生情浓的时候，听说驸马有请，她一时如何舍得丢下她的心上人便去，两人在月下又纠缠了许多，才由小太监领她到那小亭子边。宜城公主举眼一望，见一片月光照在亭心里，那位裴驸马正俯着身把一个宫女搂倒在栏杆上，不知做些什么，只听那宫女嘴里还不住地嘻嘻笑着。原来这宫女是安乐公主身边的，裴驸马和薛国公主在亭子里做这瞒人的勾当，让这宫女走来撞破了，裴驸马仗着自己长得一副好嘴脸，便拉着这宫女也走上了一条道路，也是借此灭口之计。万想不到，鬼使神差一般的，这时候宜城公主巧巧撞来。宜城公主生性是悍泼的，她如何肯耐？早耸身扑向亭子里去，右手揪住驸马，左手揪住那宫女，直揪上彩船，到中宗皇帝跟前理论去。

这中宗皇帝原是一位好好先生，他见宜城公主闹上船来，早没了主意。这时韦皇后和太平公主、上官昭容，一席儿坐着饮酒。只有太平公主心里明白，便向韦皇后耳边低低地说了几句话。韦皇后见皇帝没有主意，便上去替皇上作主，宣旨下去，便把这宫女赏给裴驸马。这个旨意一下，顿时气死了宜城公主，又乐死了这裴巽。当时，裴驸马上前谢过了恩，一手拉住了那宫女，肩并肩儿退出船去，把个宜城公主气得酥呆在半边。这原是太平公主用的离间的毒计，后来还是寿昌公主过去把宜城公主拉入席去饮酒，暂时把这股气按住了。

那裴驸马得了这个宫女，便连夜带回府去享用。那宫女原也长得白净美丽，裴驸马十分地宠爱着她，一连二十晚不曾到公主房里去。那宜城公主气愤到了极处，有一天，觑裴驸马到王守一驸马府中去，府中没有人的时候，便令自己的心腹侍女十多个人，拥进这新姬人房中去，把那宫女捆绑得和猪猡一般。

宜城公主高坐在堂上，那宫女被绳子绑成一团，掷在阶下，杀猪般地叫喊着。宜城公主吩咐拿藤杆儿浑身抽着，那宫女却也不弱，她身子在阶石上打着滚，却骂不绝口。又把宜城公主私通荷生的事体，直喊出来。这羞辱叫公主如何忍得住？便一声大喝，命割去贱丫头的鼻子，免得她胡说乱道。喝声未了，早有几个勇妇上去，捉住头脸，把这宫女的鼻子用快刀割了下来。

可怜这宫女，满脸淌着血，痛得晕绝过去。停了半晌，悠悠醒来，嘴里还是含含糊糊地骂着人。宜城公主到了这时候，一不做，二不休，便喝令再割去她的耳朵。那勇妇正动手割时，只见那裴驸马急急从外面跑进来，口中连连喊着："请公主饶了她罢！"说时迟，那时快，那勇妇早已把宫女的两耳割在手中。

裴驸马看了，万分心痛，一耸身上去，抱住宫女的身体，嚎啕大哭。宜城公主见驸马如此爱惜这宫女，心中愤火愈烧愈高，好似火上加油，她也顾不得了，急急赶下堂来，从勇妇手中夺过那尖刀来，一把揪住那驸马的头巾，拿刀割去。那驸马双手捧住了颈子，急转身逃去。只听得"嗖"的一声，那一个发髻儿已割下来，握在公主手中。驸马拔脚飞奔，一溜儿烟逃出府门外，去得无影无踪了。

欲知后事如何，且听下回分解。

第四十六回　皇后裙边云飞五色
太子府中议灭三思

　　裴驸马原是去赴薛国公主的幽会，见府中心腹太监接二连三地来报说："新姬人被宜城公主捆绑起来，割去鼻子。"那姬人是驸马的新宠，听了好似万箭穿心，飞也似地赶回府去，已是来不及了。那宫女被她们宰割得好似一个血人儿，死在台阶上了。幸而裴驸马逃避得快，那发髻已被宜城公主割去。倘然迟一步，驸马这颗脑袋，怕也要保不住了呢。裴驸马一肚子悲愤，逃出府门，一径走进宫来，兜头便遇到太平公主，把宜城公主撒泼狠毒的情形，告诉一番。太平公主正要拿宜城公主的错儿，当下听了裴驸马的话，便拉着驸马一块儿去朝见中宗皇帝。太平公主又在一旁说了许多宜城公主的坏话，中宗皇帝难得勃然大怒，立刻下诏把宜城公主降为县主，召进宫来，监禁在冷巷里。太平公主又请把薛国公主下嫁与裴巽，中宗皇帝也便依了奏。这一来，把个裴驸马和薛国公主感激得死心塌地。

　　从此，裴驸马在外面替太平公主做耳目，四位公主都是卖官鬻爵的，独有太平公主门下卖出去的官最多，这大半是裴驸马替她在外面张罗之力。裴驸马和薛国公主虽如了他们的心愿，独冤枉死了一位王守一。那王守一原是薛国公主的驸马，只因中宗做主，把薛国公主改嫁给裴巽，便硬说王守一有谋反的罪，生生地把他杀死。同时，又有一位安定公主，闹出了一桩风流案件。

这安定公主，却是中宗皇帝的亲生女儿，在姊妹中生性最是幽静。韦皇后生了安定公主以后，便被则天皇帝废逐。韦皇后在临行的时候，悄悄地把安定公主去寄养在叔父韦昌荫家中。这韦昌荫是韦皇后的从堂叔叔，只因是远房，他侄女儿进了宫，点了贵妃，韦昌荫也得不到什么好处，世代在京师东郊外守着一座庄院，耕着几亩田地，过他农人的生活。后来，韦皇后遭废逐，凡是姓韦的在京中做官的，一齐被武则天革去官位，捉去关在牢监里。这韦昌荫只因不曾做得官，便也不曾被捉，依旧安安闲闲地住在乡下地方。当初，韦皇后把女儿托给叔叔，也是因为他能够避灾免祸。这安定公主寄养在舅父家中，舅父、舅母都十分宠爱她，却也过得安乐的岁月。

他舅父有一个儿子，名叫韦濯，和安定公主长成同年伴岁，终日陪伴着安定公主游玩。一对小儿女有时在池畔钓鱼，有时在山下采花，两人交情一天亲密一天起来。这安定公主秉有母亲多情的天性，在十六岁上，便勾搭上了这韦濯；韦濯也是一片痴情向着这位公主。两人在山巅水涯、花前月下，不知做出多少风流故事来。正在如胶似漆的时候，忽然中宗和韦后回宫来，把这安定公主接进宫去，选了吉日，下嫁与王同皎。

这王同皎原是富贵子弟，不解得温柔，只知道任性使气。安定公主这时见不到她心上人儿，已是万分的委屈，如今又嫁了这一个粗暴的驸马，叫她如何能忍得？在中宗皇帝时候，公主的权柄最大，那时韦濯因韦皇后提拔他，已进京来做小卿的官。因他是外戚，也得在宫中自由出入，无意中与安定公主相遇，彼此勾起了往日的旧情，便也情不自禁地两人在背地里偷过几次情了。在宫中耳目众多，偷偷摸摸的，总是不方便。安定公主便仗着自己的权力，索性把这韦濯唤进驸马府中，停眠整宿起来。

事机不密，风声传在驸马王同皎耳中，便气愤不过，正打算进宫奏明皇上，谁知安定公主竟先发制人，她连夜进宫去，口称告密，说驸马王同皎谋反。中宗皇帝胆子最小，一听说有人谋反，便也不分皂白，立刻下诏禁卫军，把王同皎捕来，问成弃军的罪，发配岭南去。独有安定公主亲生的儿子，留在公主身旁。那安定公主见去了王同皎，便暗地里向韦皇后说知，韦皇后替她做主招韦濯做了驸马，从此两人如心如意过着日子。

这时，宫中秽乱不堪，所有太平公主起，中宗皇帝的八个公主和睿宗皇帝的十一个公主，谁不是私地里养着许多少年男子，充作面首，每每瞒着自己的驸马，在背地里寻欢作乐。

这安定公主虽说嫁了韦濯，如了自己的心愿，但每日和姊妹们在一块儿游玩，见她们各有心爱的少年男子，带在身旁游玩，十分快乐，便也不觉心动起来。当时，有一个崔湜的弟弟，名叫崔铣，年纪最小，长得活泼伶俐，常跟随他哥哥在宫中出入，给安定公主看上了，便和韦皇后说知，拜崔铣为太府卿，又把驸马韦濯废去。安定公主便又改嫁崔铣。这时，崔铣是一个十七八岁的孩儿，安定公主已在中年，不免有美人迟暮之感。

自得了这崔铣以后，便尽夜纵乐。他二人狂荡到十分，也不避寒暑，不避风雨，不上三年工夫，安定公主竟一病身亡。死后，那王同皎的儿子便上奏道，请将公主的遗体和父亲合葬。那给事中夏侯铦上书劝谏，说公主义绝王庙，恩成崔室，逝者有知，同皎将拒诸九泉！同时，那崔铣也不肯把公主的遗体听人搬去。中宗便把安定公主的遗体，判给崔铣埋葬，却把夏侯铦贬为泸州都督。

从此以后，那班公主和妃嫔，益发放诞不羁，常常姊妹三五成群，打扮做富贵子弟模样，骑着高头骏马，招摇过市。每见有热闹围场，公主们也挨肩擦背地混在人丛中，和一班市井无赖调笑为乐。见有中得自己心意的，便暗暗地招呼侍卫，捉进府去养着。

这时，京师东街有一个走方道士，名唤史崇玄的，每日在那旷场上飞钹舞剑，为人治病。那左近居民男女围着观看的，十分拥挤。有一天，这史崇玄正在舞剑作法的时候，忽见东南角上十数个差役拥着一个贵官儿冲进围来，将闲人驱散。史崇玄看时，那贵官眉目清秀，神态威严，忙上去打恭问讯。差役传着贵官的话说："贵官患骨节酸痛，请道人同进府去，为贵官治病。"那道士听了，诺诺连声。当有随从的人，拉过一匹马来，令道士骑着，随这贵官进了一所庞大的府第。

转入一座园林里，建造得楼台起伏，花木森幽，来来往往的仆役都是内宫黄门一般打扮。这史崇玄心中战战兢兢的，跟定了一个官役，在园中绕着许多弯儿，走进一座大厅屋中坐下。静悄悄地隔了半晌，只见窗外人影幢幢，往来不息，夹着娇声细语，环珮叮咚。史崇玄心知是内宅眷属，在窗外窥探，早吓得忙把头低下。又过了一晌，进来了两个官役，手中捧着衣巾等物，领史崇玄到浴室中去，替他浑身梳洗，又漱口净面，换上一副华丽的靴帽袍褂。在镜中照着，果然衣履翩翩、面目清秀，心想为贵官治病，何必费如许周折？

正怀疑的时候，那两个官役，将他送进一座穹门，转出一双垂髫的女儿来接引着，向重房深闼中走去。走进了几重帷幕，只见满目锦绣，芬芳扑鼻，一位丽人高踞绣榻，史崇玄慌忙拜倒在地。只听莺声一啭，说："师父起身。"史崇玄抬头一看，才恍然大悟，原那贵官便是这丽人改扮的。如此华贵的丽人，想来不是公主，便是妃嫔了，心中不觉害怕起来，尽跪倒在地，不敢站起身来。后来，转进四个侍女来，把史崇玄扶起，又排上酒菜儿来。那贵妇人高坐当筵，命史崇玄陪坐在一旁，侍女一齐退出。

史崇玄眼对美色，鼻领奇香，三杯酒下肚，渐渐地胆大起来。当夜，那贵妇人便把史崇玄留住在这锦绣堆成的闺房，替她治病。日子久了，史崇玄才知道这贵妇人便是太平公主，从此便尽心竭力地伺候得太平公主欢喜。

那公主们知道这姑母得了一位师父，便大家到府中来参谒。一群脂粉，围住了这史崇玄，大家唤他师父。这师父原也长得仙容道貌，精力过人。内中睿宗皇帝的女儿金仙公主和玉真公主，最是爱修仙学道，各各在府中摆下了盛大的筵席，请史崇玄饮酒，当筵拜史崇玄为师父。这史崇玄的名儿，一天大似一天，传在韦皇后和上官昭容耳中，便求皇帝下诏，把师父召进宫来，听他讲经说法。这史崇玄留在宫中十多天，皇后和各妃嫔赏了无数的金帛。皇帝又下诏拜史崇玄为鸿胪卿，发内帑一百万，替金仙、玉真两公主造两座高大的仙观。两位公主住在仙观中修道，每隔五六日，史崇玄便要到观中来传道。每来时，总和太平公主同坐着一车，旌旗舆仗，前后呼拥着。两人进得观来，总是并肩儿走着，对面儿坐着。

这史崇玄攀上了太平公主，声势一天一天地浩大起来。满朝的将相，谁不到观中来拜见，献着礼物儿，满嘴地称着师父。安乐公主又在定昆池边，摆下酒席，请史崇玄赴宴，中宗皇帝和韦皇后也临幸。饮酒中间，皇帝先赋定昆池诗一首，令群臣和诗。那时，有一位黄门官李日知的，诗中有两句道："但愿暂思居者逸，无使时传作者劳！"诗意有讥刺的意思。当时，群臣见日知的诗，都怕他得罪公主，替他捏着一把汗。幸得安乐公主是不懂文字的，便也含混过去。

这时，京师的人民，忽然唱着两句歌谣道："桑条韦也女！时韦也！"乐宫中有一个值夜的宫女，忽见皇后的衣箱上裙上有五色云飞出，便声张起来。中宗皇帝认是祥瑞之兆，便令内务官

第四十六回　皇后裙边云飞五色　太子府中议灭三思

写成图画，给百官传观。侍中韦臣源又奏称："此是千载难逢之事，请布告天下。"中宗依奏，便布告天下，又下诏大赦天下。迦叶志忠也奏称："昔尧帝未受命，天下歌桃李子；文皇未受命，天下歌秦王破阵乐；则天未受命，天下歌武媚娘；皇后未受命，天下歌桑条。"韦谨上《桑韦歌》十二篇，请编入乐府，皇后祀先蚕，则奏之。中宗览奏大喜，传旨厚赏，一面与皇后行祀南郊。国子祭酒祝钦明、司业郭山恽，奏称："古者大祭祀，后裸献以瑶爵，皇后当助祭天地。"接着，太常博士唐绍、蒋钦绪却奏谏说："周礼只有助祭先王、先公，无助祭天地之文。"中宗不理，仍以皇后为亚献，宰相女为齐娘，助执笾豆。齐娘有丈夫的，一律升官。礼成，大赦天下。武三思要讨皇后的好，又劝众文武上后号为"顺天皇后"。中宗又与皇后亲谒韦氏宗庙，封后父玄贞为上洛郡王。

当有左拾遗贾虚己奏谏说："盟书有非李氏王者，天下共弃之。今陛下复国未几，遥私后家，先朝祸鉴未远，其可惧也！如能令皇后固辞封位，使天下知后宫有谦让之德，不亦善乎？"韦后见了这奏章，大怒，逼着皇上下旨，革去贾虚己功名，流配到岭南去。

从此，韦后的权威一天大似一天。那武三思既与韦后、上官昭容通奸，久有谋弑中宗的意思，时时哄着韦后仿武后故事，自立为女皇。那三思的儿子武崇训又是安乐公主的驸马，也时时哄着安乐公主进言母后，请废太子重俊，立自己为皇太女。这重俊太子，原不是韦后的亲生儿子，安乐公主仗着自己是韦后的女儿，常常欺辱太子，骂太子为奴才。这时，太子无权无势，只得忍气吞声的，不敢在宫中逗留，常常与丞相李多祚在背地里议论父皇懦弱无能，时时有肃清君侧的意思。那李多祚总劝太子说："时机未至，且忍耐着！"

这一天，冬至节，太子进宫去朝贺，无意中见韦后和上官昭容陪伴着武三思那种轻狂淫冶的样儿，早不觉把个重俊太子气得无明火向顶门上真冲，他也不候皇帝出来，急急出宫，在丞相李多祚府中，暗暗地去召集左羽林军李思冲、李承况、独孤祎之、沙叱忠义一班心腹武将，矫皇帝旨意，发左羽林军及千骑兵，在半夜时分，分两路军马直扑武三思、武崇训府第。

那三思父子正做好梦，被羽林兵直冲进卧室去，活活地擒住，拿粗绳子捆住，送在太子跟前。他父子二人齐声嚷着："太子救我！"重俊太子见了武三思，忍不住满腔怒气，拔下佩刀一挥，把三思、崇训二人的脑袋，一齐砍下。接着，又搜捉了三思的同党十多个人，太子吩咐一齐杀死。一边使左金吾大将军，成王千里，领一千兵士，守住宫城。太子自己统兵三千，直趋肃章门，斩关直入，搜索韦皇后、安乐公主、上官昭容一班淫妇。惊动了中宗皇帝，披衣跣足，带领十数名太监走出宫来。正值韦后和安乐公主、上官昭容，慌慌张张地逃来，一见了皇上，便上前去围住，前推后拥的把个皇帝送上玄武门楼去，吩咐紧闭宫门。一面传旨，宰相杨再恩、苏瓌、李峤、宗楚客、纪处讷一班武臣，统兵二千余人，守住太极殿。又诏右羽林将军刘仁景一班武将，带领留军飞骑数百人，去抵敌太子的人马。

那李多祚兵到玄武门，不得入。中宗皇帝倚身在城楼上，亲身向城下兵士说道："尔等原皆是朕之爪牙，今为何忽然作乱？速杀贼者有赏！"那班兵士，见了天子的颜色，一齐拜倒在地，口称万岁。转过身去，反把李多祚用乱刀吹死。那李思冲、李承况、犯孤祎之、沙叱忠义一班同党，见大势已去，便也纷纷逃散。

重俊太子带着手下几个亲兵，逃出京城，逃上终南山去宿了一宵。这终南山离突厥很近，第二天，太子便从终南山逃下来，

第四十六回　皇后裙边云飞五色　太子府中议灭三思

向通突厥的大路上走去。看看走到靠晚，两腿酸痛，万分难走，肚子里又十分饥饿，便拣路旁一方大石头上坐下。歇歇看看，左右只剩两个兵士，都是垂头丧气的模样。太子奔波了一天，十分疲倦，不觉把身躯斜倚在树根上矇眬睡去。那两个兵士，见太子睡熟了，便陡起歹意，悄悄地商量，乘太子睡熟的时候，拔下佩刀，把太子杀死，拿了太子的首级，奔回京师来。在半路上，遇到赵思慎带了大队人马赶来，那兵士献上首级。赵思慎把太子首级缴与宗楚客，楚客去奏明皇上。中宗下诏将太子首级献上太庙。这时，韦皇后见死了武三思，心中万分凄凉，听说太子首级到京，便下懿旨："将太子首级，在三思、崇训父子柩前致祭。"韦皇后和安乐公主亲自到灵前吊奠。

正在这时候，忽见一位官员，白袍、白冠，抢上灵座前来抱住太子的首级，嚎啕大哭。又脱下白袍来裹住太子的首级，抱在怀中不放。众人看时，这官员名叫宁嘉勖，现为永和丞之职。当时，宗楚客带领兵士在灵前保卫，见宁嘉勖如此行动，便喝令兵士上前去把首级夺下，把宁嘉勖揪下堂来，交刑部打入监狱中去。

自从重俊太子死后，那韦皇后的权力愈大，每日由皇后垂帘听政，中宗皇帝只坐在宫中不问外事。皇后下谕，改国号为景龙元年。这一年，元宵灯节。京师地方为庆祝皇后，大街小巷，都挂着奇异灯彩，十分热闹。韦后便和中宗打扮成平民模样，悄悄地从后宰门坐着街车，到大街上观灯游玩去。又下旨，命开放宫门，纵令宫女出外观灯。

那三千宫女得了这个旨意，人人欢喜，呼姊唤妹的，打扮成红红绿绿，一队一队地走出宫去，在大街小巷中游玩着。那班宫女长年幽居在宫中的，如今放出宫来，忽然见了这繁盛的街市，便十分快乐，成群结队地到处游行、说笑，快活得忘了形。便有京师地面许多流氓无赖，好似蚊蝇见了血一般的，大家上去把宫女紧紧围住，花言巧语地哄着说：某处有奇妙的灯彩，某处有热闹的市场。那班宫女，齐是天真烂慢的女孩儿，如何懂得外面险恶的人心！有许多年纪已到十七八岁，平日在宫中，看惯了后妃那种淫荡的样儿，自己也巴不得拣一个如意的郎君，一双一对地过着日子。因此她们一见男子来哄骗，她便也甘心情愿地跟着男子们跑去。这一跑，三千个宫女，竟跑去了大半，只有一千多名宫女回宫来的。

这一晚，皇帝和皇后从大街上看灯回来，又悄悄地临幸兵部侍郎韦嗣立府中去。那韦嗣立正和一班同僚官在家中开夜宴，饮酒行令，十分热闹，忽然见皇帝、皇后直走到筵前，吓得屋子里的那班官员，一齐跪下地去接驾。

欲知后事如何，且听下回分解。

第四十七回　韦皇后妙选面首
冯七姨奇制荐枕

　　中宗皇帝和韦皇后微服到了韦嗣立府中，传旨众文武不要拘束，一般地饮酒行令。韦嗣立家中，原教导着一班小戏子，便在当筵扮演起来，一时锣鼓喧天，笙歌匝地。韦嗣立自己也能唱曲，便打扮成老渔翁模样，登台唱了一出《渔家乐》。韦皇后在宫中游玩着，最爱看宫女和太监抛球、拔河，如今见文武百官俱在，便下旨："文武官在三品以上的，作抛球、拔河之戏。"

　　先在台上，文官和文官，武官和武官，捉着对儿拔河。文官中有韦巨源和唐休璟二人，年纪都在七十岁以上，形状十分龙钟。韦皇后故意要闹着玩笑，特命韦、唐二人上台去拔河。那唐、韦二人，奉了圣旨，不敢违抗，便领旨上台去。谁知两人才动得手，便气喘吁吁，手脚打战，绳子落地，两个老头儿也跟着倒在地下，翻了一个跟头，只见他擎着手脚向空乱抓乱爬，煞是好看。皇帝和皇后看了，不觉呵呵大笑。

　　这抛球之戏原要在空旷地方行去，韦嗣立家中原造得极大园林，听说皇后要看抛球之戏，便立刻在花园中拣一方大草地，安下皇上和皇后的龙位。点起数千盏灯笼，挂在树枝儿上，照耀得这草地如同白昼。便有许多三品以上的武官，显出全副好身手来，把一个彩球踢来踢去，却踢得个个不落空。渐渐地天色明亮，皇后才觉精神困倦，便启驾回宫。

第二天，一查点昨夜放出去看灯的宫女，竟有大半不曾回宫来的，当有总管太监奏明圣上。皇后便下懿旨，派四路太监，向民间去采买女儿。这个旨意一下，那太监们便如虎似狼地向民间去骚乱，弄得民间儿啼女号。不上一个月工夫，已选得三千女孩儿，带进宫来，安插在各处充当宫女。那太监还不住地向民间搜括。早有给事中李景伯上章奏谏，请皇上停止采买宫女之事。中宗却全不知道有这件事，见了李景伯奏本，忙下旨停止。

韦皇后自从游过韦嗣立园林以后，常常称赞他建造得巧妙，只恨那时在昏夜，不曾游遍，便特意拣一个天朗气清的日子，皇上和皇后又临幸韦嗣立园中来。慌得众文武官员，得了这个消息，车水马龙地齐赶到园中来候着。韦嗣立陪着皇帝、皇后在凤凰原上饮酒听曲子。这凤凰原是一座高坛，四面白石台阶，筑着一百四十级，坡上种着各种奇花异草，一片灿烂，把坛顶上一座凤凰亭子团团围住。这座亭子却造得十分精巧，所有一切梁柱窗槛，都雕刻着大小凤凰，共有数千头。亭子的顶上，一只金子铸成的大凤凰装着飞鸣的样子，十分生动。亭内用杂锦槅子分着间，满槅子罗列着珍奇宝玩。皇帝和皇后在亭子里盘桓多时，十分愉快，传旨把凤凰原改称作清虚原。帝后在亭中用膳毕，又下亭去游幽栖谷，又游兴庆池。在池边又开筵畅饮，侍宴的文武官都叠起歌舞，一个歌了，又是一个；一个舞了，又是一个。直闹到夕阳西下，还不罢休。班中便闪出一个李景伯，当筵唱道："回波，尔持酒卮，兵儿志在箴规！侍宴既过三爵，喧哗窃恐非宜！"合座听了他这歌词，都不觉悚然。皇帝也觉出宫太久了，便催着皇后一同回宫去。

一转眼，又是大除夕，韦后先和皇帝说知，须传中书门下与学士诸王驸马一律入阁守岁。宫中遍设庭燎，照耀得里外通明。翊圣宫中数十重门，内外洞开。每重门上悬灯结彩，每座殿上摆满了筵席，一直进六座大殿，殿上坐满了文武官员和亲王驸马等亲贵。皇后特下恩诏："凡官阶在三品以上的，以及亲王驸马们，都许他夫妻同席。"因此，亲王中如守礼嗣王、谯王、让王、隋王等共十八位王爷，携着王妃在第四殿上坐席。

驸马中如武攸暨与太平公主、武延晖与新都公主、杨慎与长宁公主、韦捷与成安公主共二十四位公主与驸马，在第五殿上坐席。中宗皇帝与韦皇后，坐在第六殿中。韦皇后自武三思被杀以后，心中失了一个宠爱的人，常觉郁郁不乐。今夜中宗在宫中大开筵宴，也是要讨皇后欢喜的意思。当时在第六殿上陪席的人，有刑部尚书裴谈、工部尚书张锡、将军赵承福、将军薛简，又有卫谯王重福、温王重茂，又有国子祭酒叶静、常侍马秦客、光禄少卿杨均，各各带着自己的夫人王妃，陪坐在皇后左右。看官，你知道为什么这帝后的殿上，却有这些不伦不类的官员和亲王坐着？只因这一班官员全是韦后的心腹，都仗着韦后一手提拔起来的，因此韦后把他们召集在第六殿上坐着。

再说，内中的杨均、马秦客、叶静三人都得了皇后宠爱的。那杨均原是韦嗣立家中雇用着的厨子，烹调得酒菜最是有味。韦皇后临幸韦嗣立家中饮酒，尝得酒菜，十分赞叹，说有味，立刻赏黄金百两。杨均上来叩谢皇后的恩赏，韦后一眼见杨均长得少年面美，便暗暗地中了心意，下诏把杨均调入宫中去，专替韦皇后做酒菜。每于夜深时，韦后在别室里悄悄地把杨均传唤进去，赐以雨露之恩，杨均因此便得了光禄少卿的官衔。

讲到这马秦客，原是太医院的御医，皇后偶尔受了一点感冒，传秦客进宫去诊脉，谁知因秦客的眉目长得实在清秀，不过却把皇后的病也治好了，从此以后，皇后常常把秦客传进宫去治病。他的宠爱，也不在杨均之下。

再讲到那叶静，原是一个马贩子出身，在马上的功夫很好。景龙四年的元宵，京师地方盛行灯会，韦皇后微服出宫，在韦嗣立的庄楼上赏灯，那一套一套的杂耍从楼下经过的时候，叶静骑在马上搬弄诸般技艺，什么镫里藏身，鳌头独立，搬弄得十分灵活。韦后在楼上望去，见叶静好一条大汉，浑身铜筋铁骨、猿臂狼腰，魁梧可羡。皇后心中不知怎么一动，便悄悄地传旨左右心腹太监，暗暗地出去把这大汉留下，当夜送进宫去，在皇后跟前玩了许多把戏，觉得十分受用。从此，叶、马、杨都做了入幕之宾，追随着韦后，不离左右。这一夜，宫中守岁，自然也少不了这三位宠臣。只因碍着皇帝的耳目，皇后故意装出不十分欢乐的样子来。中宗皇帝见皇后越是不欢乐，却越要设法使皇后欢乐。

当时，有一位皇后的老乳母王氏，原是蛮妇，面目长得奇丑，却十分忠心于皇后。韦皇后进宫来，也便把这乳母带在身边，好看好待着。又因这王氏善于插科打诨，皇后每到忧闷的时候，便找这乳母王氏说笑一阵，解去了心中的焦闷。如今皇后在殿上饮酒守岁，乳母王氏也随侍在一旁。如今这王氏是五十岁的老妇人，面貌长得愈加丑陋。她丈夫早在十年前去世，并不曾留得一男半女。只因皇后看待她很好，却也不觉老苦。

中宗皇帝见皇后今夜不甚说笑，认是皇后心中有不快活的事体，便悄悄地去把乳母王氏唤来，命她去劝皇后的酒，要引得皇后欢笑，便重重地赏赐。那王氏得了圣旨，便蹒跚着走到皇后跟前，捧着金壶，给皇后斟上一杯酒，说道："娘娘饮了此一杯酒，娘娘明岁便一统天下！"韦皇后近年来颇有自立为女皇的意思，听了乳母这一句话，正是深中圣怀，便把一杯酒饮下。接着又斟上第二杯酒去，皇后摇着头说："不吃了。"乳母说道："娘娘快饮下罢！像贱婢要饮这一杯，也没这个福。"皇后听了，觉得诧异，便问："饮酒要什么福呢？你要饮时，俺便赏你饮这一杯。"乳母忙摇着头说道："奴婢不敢奉旨！这第二杯酒，名叫成双杯。饮成双杯，须得夫妻双全的人可饮。娘娘若定要奴婢饮这一杯时，须先求娘娘给奴婢做一个媒，赏奴婢一个老女婿，待奴婢和老女婿在洞房花烛时候，饮个成双杯儿，也还不迟！"一句话，说得韦皇后呵呵大笑。一旁，温王的妃子插科道："姥姥这大年纪，还想女婿吗？"乳母说道："怎么不想！不瞒贵妃说，奴婢每日害着相思病呢。诸位娘娘、贵妃、公主们，谁可怜我老奴婢，有剩下的女婿，赏一个给奴婢罢！"众人听了王氏的话，越发笑得厉害。皇后忍着笑说道："这有何难？如今宫中上上下下的男子汉，姥姥放着眼拣去，看拣中了谁，俺便把那男子赏你。"王氏摇着头说道："可怜巴巴的，如今在殿上的，尽是老爷太太捉着对儿守着，奴婢也不敢作这个孽，生生地去拆了他们的对，剩下那太太，害她和奴婢一般地也害着相思病，岂不罪过？"这句话，连皇帝听了也大笑起来。忽然想起御史大夫窦从一却是一个鳏夫，他妻子死了已有十年，却还未娶有继室。当下便笑对王氏说道："姥姥是嫁一个老鳏夫么？那也很容易，待朕来替你做媒罢。那御史大夫窦从一，妻子死了已有十年，却还未娶有继室，姥姥愿意嫁他么？"王氏听了，忙爬下地去叩着头说道："这个话原是奴婢哄着娘娘欢笑，奴婢实在不敢害什么相思！奴婢今年已五十四岁，倘再打扮着去做新娘，怕也没有这样好的兴子了。"

　　中宗皇帝说这个话，原也是逗着王氏玩的，不料给给事中李景伯听得了，忙出席奏道："自古天子无戏言！周成王桐叶封弟，亦因戏言而成事实，千古传为佳话。陛下既有指婚窦大夫之言，不可徒事戏谑，有失天子威信，望陛下立为主持，使窦大夫与王乳母成为夫妇。帝王仁政，施及无告，从此寡者有夫，鳏者有妻，亦千古之美谈。"中宗给李景伯一番话说住了，当即从第三殿上把窦从一宣召到御座前，降谕道："闻卿久无伉俪，得无嫌孤寂寡欢乎？今当除夕良宵，人皆团圆，朕不忍见卿之茕独，特为卿成婚。"说道，便回过头去，看着韦皇后微笑，韦皇后到此时，却已笑不可仰。从一听了皇上的谕旨，一时摸不清头路，只是叩头谢恩。一霎时，鼓乐大作，一对红纱灯配着一对金缕罗扇，六个宫女簇拥着一位新娘。只见她兜着红巾，穿着礼衣，花钗满头，环珮声声，步出殿来。便有礼官喝着礼，一对新人在帝后跟前交拜，成了夫妇大礼。皇后特传懿旨，用软车把一对新人送回府去，一路上爆竹喧天，笙歌满路。有许多好事的文武官员，跟前到窦府去看热闹。

新郎、新娘进了洞房，挑去头巾一看，才认出那新娘便是韦皇后的老乳母王氏。看她粗手大脚，鸡皮鹤发，涂着许多脂粉，越显得十分丑陋。那文武官员见了这形状，不禁大笑。独有窦大夫却十分快乐，他意谓娶得皇后乳母为妻子，从此可以接近权贵，不愁没有发达的日子了。当夜，又重新排起筵宴来，邀那班文武官员重饮喜酒。到了第二天，果然不出窦大夫所料，内宫传出诏旨来，拜窦从一为莒国公，封王氏为莒国夫人。皇后又妆内帑十万，为乳母添妆。从一喜出望外，立刻写表申谢，表上自称翊圣皇后阿𰁸。俗称乳母之夫为阿𰁸，翊圣是韦皇后的尊号。中宗皇帝自为窦大夫主婚以后，朝野传为笑谈。

接着，韦皇后又为她妹妹七姨作媒，嫁与冯太和为妻。这七姨原是韦后的从堂妹妹，韦后入宫的时候，七姨年纪尚幼。如今已长成十六岁，却是姿态曼妙，容色艳冶，一举一动隐含荡意。韦皇后把她留养在宫中，不知什么时候，已与这位温王重茂偷摸上了手。这重茂自有王妃，其势不能再嫁为王妃，韦皇后作主，便赐配与冯太和为妻。这冯太和官拜兵部侍郎，也因善于逢迎皇后，是一个少年新进，得配皇后之妹，便觉十分荣幸，终日与七姨纵乐。

那七姨年纪虽小，嬉乐工夫却甚深。她闺中自制去魅的白泽枕，辟邪的豹头枕，用锦绣制成式样，十分精巧，人睡在上面，十分舒适。最动人的是伏熊枕，是在男子安睡时候用的，七姨常夸说用伏熊枕可以宜男。冯太和是一个血气未定的少年，如何经得七姨在枕席之上日夜调弄着，冯太和鞠躬尽瘁地报效着，要图得七姨的欢心，可怜不上一个年头，却活活地把个冯太和欢乐死了。虢王打听得七姨的好处，便亲自向韦后求着，娶七姨去做王妃。直到韦后事败以后，虢王怕连累自己，便亲自把七姨的头砍下来，送上朝堂去，这是后话。

如今再说安乐公主，自从再醮与武延秀以后，因帝后宠爱，愈加跋扈。她和长宁、安定两公主的仆役，打迸在一起，在外面四处劫掠民间子女，拉进公主府中去充作奴婢。略有姿色的女子，还免不了受豪仆的奸污。因之，公主府中园林幽僻的地方，常常有女孩儿缢死的，投井投河的。那失了子女的民家，一齐赶到刑部大堂告去。那官员一听说公主府中的事，吓得他问也不敢问。那子女的父母，受了一肚子的冤屈，无可告诉，便也在家中寻死觅活，闹得家破人亡，民怨沸腾。

这信息传到一位左台侍御史袁从一的耳中，便十分愤怒，暗地里打发衙役在外面四处探访。访到西城脚跟，果然见一群豪奴在民间骚扰，强夺一家的女孩儿，那家父母哭着跪着，向豪奴求饶。豪奴捉住那女孩儿，转身便走，连正眼也不去睬他。躲在暗地里的一群衙役，见了这情形，便一拥而上，把那豪奴的手脚捆住，送回御史衙门去。那袁从一坐堂一审问，知是安乐公主家中的奴仆，便喝令重责，打得那豪奴皮开皮绽，关在死囚牢里去。当时，还有走脱的豪奴，急急逃回府去，把御史衙门捉人的话告与公主。

安乐公主一听御史衙门胆敢捉她的人，便大起咆哮，立刻穿戴起来，一乘软车进宫去，向他父皇要回府中的奴仆来。中宗皇帝听了安乐公主的话，便下一道手诏给御史衙门，命从速把安乐公主家的奴仆放了。谁知那袁御史竟不奉诏，亲自赶进宫去，奏道："陛下听公主一面之辞，纵令豪奴，劫夺良家子女。陛下若不从重治罪，将何以治天下！臣明知释奴可以免祸，杀奴便得罪公主，然臣终不愿枉法偷生！"说着，连连碰头。袁御史一番理直气壮的话，中宗皇帝听了，一时也无话可说，便令公主且退。那袁御史回到衙门，立刻把那豪奴绑赴西城根出事的地方，枭头示众！自己也弃了冠带，上一本表章，丢下官去山中隐居了。

安定、长宁两公主见杀了安乐公主的家奴，大家便觉胆寒，从此也敛迹起来。但安乐公主丢了这个脸，如何肯罢休？便天天向父皇絮聒，说要把袁御史捉来，偿她家奴的命。中宗百般安慰，又把临川长公主的宅第赐给安乐公主，安乐公主才欢喜起来，立刻召集了五万人夫去建造新宅第。宅第四周的民房都被霸占住，被她拆毁改造做府中的园林。可怜那穿家小户，三瓦两舍的聊避风雨，如今被安乐公主这一霸占，便顿时站在白地上，无家可归了。大家纷纷地到京兆尹衙门中告去，却是十告九不准，因此那班穷人纷纷到公主府门外去哭诉求告。那公主吩咐一齐打出去，可怜有许多男女，被府中豪奴用粗棍子打死的，也有许多自己拿脑袋撞在阶石上死的，更有许多悄悄地在半夜时分去在府门外吊死的。一座新府第门外，弄得尸体累累，甚是凄惨。那地方衙门中伸冤的状纸，便和雪片也似地送进来。但官员们全是趋奉势力的，有谁肯去替人民伸冤理枉？

安乐公主宅第落成的这一天，用御林军一万骑，又用宫中的音乐，送公主和驸马进宅。中宗皇帝和韦皇后，也亲幸府中筵宴。这时，安乐公主前夫崇训的儿子，只有八岁，便来朝拜帝后，很懂得礼貌。韦皇后看了，甚是欢喜，把孩子抱在膝上，便下手诏，拜为太常卿，镐国公，食邑五百户。中宗皇帝见韦皇后擅自作主下旨，不把皇帝放在眼中，心中万分地不愿意，当时便拦住韦皇后的手诏说："且慢下诏！待朕回宫去，再作计较。"韦后听了，却冷冷地说道："什么计较不计较？陛下在房州时候，不是说将来一听妾身所为吗？为何如今又要来干涉妾身呢？"中宗皇帝，见皇后把自己私地里的话当众宣布出来，心中愈觉耐不住了，心想皇后如今一天跋扈似一天，不趁今日收服她，将来不又要闹成武太后的故事么？皇帝便一句话不说，传旨起驾回宫。

韦皇后早已不把皇帝放在眼中，见皇帝负气回宫，也毫不惊惧，一般地在安乐公主府中饮酒作乐。直热闹到半夜时分，宾客渐渐散去，皇后便在内室，暗暗地把她一班心腹官员召来，商量大事。一时，如国子祭酒叶静、常侍马秦客、光禄少卿杨均、刑部尚书裴谈、工部尚书张锡，又有将军赵承福、薛简，卫谯王重福，温王重茂，纷纷在安乐公主府第中密议，议定在长宁公主新造的东都宅第中举事。

原来长宁公主一般也是韦皇后的亲生女儿，她见妹妹安乐公主新造了宅第，便也向她母亲韦皇后去要地来建造新宅第，韦后便把乐都洛水边的一大方鞠球广场和废永昌县主的府第，一并赐了她。长宁公主又向皇帝要得内帑二十万，便在这地方大兴土木。府的东面，原有魏王泰的旧府地，又让长宁公主霸占了过来。在东西两尽头，开成两大池沼，每一池有三百亩方圆。池面上建着曲桥水阁，玲珑剔透，与水晶宫相似。沿洛水一带，又建造着高台大厦，望去十分富丽。在韦皇后的计划，原想候长宁公主府第落成的这一天，和中宗皇帝同临公主府中，府外由将军赵承福、薛简二人带领御林兵士，把府第围住，鼓噪起来，逼迫着中宗皇帝下手诏，把玉玺交出，把皇位让与韦皇后，立安乐公主为皇太女。

看看那长宁公主的府第快要落成了，忽然卫谯王来告密说："太平公主带着她公子崇简，昨夜逃出京城，与临淄王隆基谋反。"韦后听了大惊，连说："俺的计划被她破了！"

欲知后事如何，且听下回分解。

第四十八回　慧范和尚双雕艳福
太平公主三日奇缘

太平公主原是和韦皇后同谋的，只因后来韦皇后霸占了她心爱的武三思，韦后的势力在太平公主以上，公主心中敢怒而不敢言。太平公主有一个儿子名崇简，实是武三思的私生子，太平公主十分爱怜他。见韦后拜崇训的儿子为太常卿，又封镐国公，十分眼热，便也替崇简去向韦皇后求封，谁知韦后不许。因有这两重原因，太平公主把个韦皇后恨入骨髓，从此便在暗地里时时探听韦后的举动，去报告与睿宗父子知道。

睿宗的儿子，便是临淄郡王隆基，是一位英俊少年，小小年纪，已在疆场上立了许多功劳。太平公主暗暗地看在眼里，知道这位王爷将来必有一番作为，便在背地里竭力地拉拢。那韦皇后还蒙在鼓中。那日在安乐公主府中召集心腹秘密会议，太平公主也在座的。公主知道京师地方旦夕必有大变，便带了崇简避出京城，也是为将来自己洗刷的地步。

谁知韦皇后听说太平公主母子二人逃出京去，深怕破了她的秘计，便立刻下了一个决心。从来说，先下手为强。当夜在宫中和马秦客、杨均二人活活把个中宗皇帝杀死，时已三更。皇后用手诏召刑部尚书裴谈、工部尚书张锡，主持朝政，留守京都。另诏发府兵五万屯京师，以韦温总知内外兵马。直到第六日，才收

第四十八回　慧范和尚双雕艳福　太平公主三日奇缘

殓皇帝的尸身，发丧。矫遗诏，自立为皇太后。立温王重茂为皇太子。将军赵承福、薛崇简领兵五百，保护皇太子入宫，即皇帝位，称作殇帝。皇太后临朝听政，以族弟韦播宗子捷璿、甥高崇和武延秀一班同党，分领左右屯营羽林飞骑一万骑，把个京师把守得水泄不流。京师地方人民大起恐慌。韦播和捷璿二人，原是纨绔子弟，不懂得军事的，便日夜鞭笞兵士，那兵士大怨。

消息传到睿宗府中。这睿宗自武则天废去，中宗立为皇帝后，武则天自立为帝，改国号称周，睿宗又退居东宫，立为皇嗣。迨中宗自房州还朝，立睿宗为安国相王，子隆基为临淄郡王。如今父子二人，眼看着韦后弑了中宗皇帝，另立重茂为皇帝，这事如何甘心？韦皇后也明知睿宗不甘心，且此时军民的心，大半向着睿宗，为笼络人心计，韦后便下诏拜睿宗为参谋政事，改元称唐隆元年，大赦天下。一转眼，又罢免睿宗参谋政事，改拜为太尉。睿宗一切都不奉诏，也不入京师。

临淄王隆基，日与太平公主子薛崇简，尚衣奉御王崇晔，公主府典签王师虔，朝邑尉刘幽求，苑总临钟绍京，长上折冲麻嗣宗，押万骑果毅、葛福顺、李仙凫，道士冯处澄，僧普润，一班心腹，计划攻打京师的事。有人劝隆基去和父亲睿宗商议，隆基说："父亲宅心仁厚，议而从，是父王有杀嫂之名；议而不从，则吾计败矣！今成败由吾一人当之。"这时，韦皇后遣纪处讷、张嘉福、岑义一班武将。捧着皇帝节钺，巡抚关内河南北一带。临淄郡王伺着京中空虚，便自率万骑，乘夜与刘幽求等爬城，偷入御苑中。又令福顺、仙凫另率万骑，围攻玄武门，杀死左羽林将军韦播、中郎将高嵩，挥左万骑兵从左门冲入，挥右万骑兵从右门冲入。临淄王率领总临羽林兵，与诸路兵马在两仪殿上会合。

这时，宫中守卫中宗灵柩的兵士，尽起响应，首先打入宫去，领导临淄王冲入了韦皇后寝宫。那兵士进去把韦后从睡梦中拖拽出来，临淄王见她浑身穿着鲜艳的寝衣，睡眼惺忪地站在跟前，不觉一股怒气，喝一声把这淫妇杀了！便有左右刀斧手拉去，杀死在中宗枢前。好好一个美人胎儿，只因中宗任卿所为一语，把她放纵得淫乱了一世，到头来弑了丈夫，连自己也杀了头。眼看着一个艳丽的尸首，倒在阶前，一任那蚊蝇来吮她的血，蛇鼠来啮她的肉，也不见一个人来照看她，怜惜她。

临淄王杀了韦后，一转身便攻到安乐公主府中，那安乐公主正对镜画眉，一个少年美貌男子在一旁陪侍着。只听得门外一声呐喊，慌得公主把画眉的笔丢在地下，站起身向后花园中逃出，可怜已来不及了。临淄王指挥着兵士，蜂拥上去，明晃晃的刀向粉颈儿上砍去，只听得一声惨呼，安乐公主倒地死了。

临淄王吩咐割下头来，转身又去搜捉得马秦客、杨均、叶静一班韦后的面首，和驸马都尉武延秀，押赴宫门外斩首。所有京师各路兵士，都来归顺，临淄王一拿好话安抚他们。

看看诸事已定，便回睿宗府，见了父亲，拜伏在地，自认不先禀告的罪。睿宗也流下泪来说道："我全赖汝免祸，岂复有责备之理？"说着，把临淄王扶起。接着，满朝文武俱来迎接睿宗复位，左右羽林兵士簇拥着睿宗父子二人进宫。睿宗御安福门，接皇帝位，受百官朝驾。睿宗下诏，贬韦后为庶人，安乐公主为悖逆庶人。进封隆基为平王。太平公主加封至一万户，三子俱封王。又捕捉李日知、纪处讷、韦温、宗楚客、赵履温，一齐处死。贬汴王邕为沁州刺史，萧至忠为许州刺史，韦嗣立为宋州刺史，赵彦昭为绛州刺史，崔湜为华州刺史。

那太平公主因与闻诛讨韦氏之功，权势又复大振。睿宗久不在朝，诸事隔膜，一切用人行政，便和太平公主商酌施行。公主每与睿宗皇帝在宫中商议国家大事，直到夜深才得退出。睿宗和

第四十八回　慧范和尚双雕艳福　太平公主三日奇缘

太平公主是同胞姐弟，凡是公主所说，皇帝无不听信，因之公主府第中都有献着金银前来请托的。凡是公主推荐出去的人，个个都位至公卿。竟有一介寒儒，略略孝敬了几个钱，一转眼间，便官至将相。每遇朝廷大政，非把公主请进宫去商议定了，不能施行。偶值公主体有不适，或是懒得进宫，睿宗便打发宰相到公主府中去请示。那睿宗皇帝却毫无主见，只依着太平公主的话行去便了。

这位公主，自武则天皇后在日，帮着管理政事。日子很久，一切行为，照着公主意思做去，无有不妥的，睿宗便觉得处处非有公主在旁谋划不可。太平公主生性最爱钱财，她得了银钱，便置买田地，凡近京城四郊肥美的田地，尽被公主收买完了。平日在府中一切起居饮食，十分讲究。远至江浙、四川、广东，所有著名出产的食物、运用器具，都由就地州县官采办，派差役送至京师，供太平公主享用。那采办的差役在水路、陆路上往来不绝。公主府中，又挑选一班绝色的女孩儿，习着歌舞，天子也常常临幸公主府第听歌。

公主每一出入，便有数百名侍儿和奴仆护卫着。府中奴婢千数百人，个个夏曳罗绮，冬披狐裘。陇右有公主的牧马场，养马一万头，公主常常与临淄王骑马出郊去打猎。公主所骑的马，金铃绣鞍，尽是名马。

京师天王寺有一个僧人，法名慧范，长得白净肥胖，自称是活佛转世，太平公主亲自到寺中去参拜。哄动了京师地面的愚夫、愚妇，个个去跪求活佛赐福、赐寿。有大家女眷捐助金银的，因此慧范手中财产多至千万。公主有一乳母年纪已四十岁，却是生性淫荡，在公主府中和那少年仆役私通的，不计其数，公主却十分信任这位乳母。公主所到的地方，总是这乳母陪伴着。如今她一见了僧人慧范，便觉十分可爱，即在寺中和慧范勾引成奸。乳母又怕奸情败露，为公主所不容，便设计悄悄地把慧范引至府中。

太平公主盛夏病暑，慧范假说是为公主治病，便又和公主私通。从此，慧范在京师地方，权力极大，有许多将相都拜在慧范门下，认为寄子。那寄媳每逢菩萨生日，或慧范生辰，都打扮得花枝招展似的，到寺中宿山去。许多年轻妇女，在僧人房中留宿，弄得声名狼藉，便有御史魏传弓奏劾僧人慧范奸赃四十万，请付有司论死。睿宗皇帝因慧范是太平公主的师父，便置之不问。魏御史又上奏章道："刑赏国之大事！陛下赏已妄加矣，又欲废刑，天下其诣陛下何？"睿宗皇帝不得已，罚慧范报效朝廷银十万两。又有青阶大夫薛谦光，上表弹劾慧范不法，不可贷。太平公主大怒，去对睿宗皇帝说知。睿宗下诏，反革去薛谦光的官位，流配到岭南地方去。从此，太平公主的权力愈大，人人害怕，不敢侵犯。

太平公主最忌临淄王，因临淄王聪明、英俊，睿宗已立为太子，一朝有权，便大不利于太平公主。因此，公主常在睿宗皇帝跟前诉说太子的短处。太子也知道公主的势力很大，凡事都避着公主的耳目。这时，太子的宠姬杨氏，正有孕在身，太子怕犯了公主的忌，暗劝杨氏服打胎药，免得给公主知道了，在皇帝跟前说短道长。原来这杨氏原是睿宗的贵嫔，长得妩媚玲珑，太子常在父皇跟前走动，两下里眉目传情。从来慧眼识英雄，杨氏虽为贵嫔，却未曾得睿宗临幸，还保全得一个白璧无瑕的身体。这一天，太子在宫中御书房里代父皇披览奏章，杨氏假着传达皇帝旨意为名，在书房中和太子成就了好事。后来，又买通了宫内太监，把杨氏改扮作内侍模样，混入东宫去收养着。如今这杨氏身怀胎孕，太子深怕让太平公主知道了，传在皇帝耳中，父子之间，伤了情感，因此劝杨氏服打胎药。

第四十八回　慧范和尚双雕艳福　太平公主三日奇缘

这杨氏正与太子爱情浓厚，太子的话，岂有不从。但深居宫中，这打胎药何从去买得？这时，张说为侍读学士，常在太子宫中出入，平日十分忠心于太子，太子也每事与张说商量。如今姬人杨氏堕胎的事，太子也悄悄地找张说商量去，张说一力承当。隔了三天，张学士在衣袖中悄悄地怀着三剂堕胎药进宫去，献与太子。

太子得药后，便进内宫，退去左右宫女，亲自在殿壁后面取火煎药。一时药不易熟，便倚着殿壁守候着，不觉矇眬睡去。恍惚间，忽见有一个金甲神人，身高丈余，手执长矛，走上殿来，在药炉旁绕走着不停，那药炉被神人的脚尖踢翻。太子在睡梦中惊醒过来一看，那药罐已完全倾覆在地。太子心中十分诧异，便又将第二剂药倾入罐中，添火再煮，自己坐守在炉旁。一转眼间，那药炉中炭火下堕。药罐一倾侧，药又完全倾翻了。如此连煎三次，那药罐也连翻三次，太子也无可奈何，只得守着，俟次日张说进宫来，把这情形说了。张说听了，便拜倒在地，贺道："恭喜千岁！这胎中贵子，实天命所归，不宜再加伤害了！"太子也觉有异，便把杨氏密密地藏起。

杨氏肚子一天大似一天，便爱酸味食物。太子对张说说知，张说推说是进献经典，把许多酸味瓜果，暗藏在书箱里，送进东宫去。杨氏吃着瓜果，心中十分感激张说。后来，杨氏肚子大如斗米布袋，渐渐地有些隐瞒不住。

正在惊慌时候，忽然睿宗皇帝下诏，命太子即皇帝位，自尊为太上皇。皇帝听小事，太上皇听大事，追封武则天为圣后。太子接了这个圣旨，十分惶惧，便入宫求父皇收回成命。睿宗皇帝不许，说："此吾所以答天戒也！"隆基太子只得遵旨，在武德殿即位，便是玄宗皇帝，尊睿宗为太上皇，立妃王氏为皇后，姬人杨氏为贵妃。

　　玄宗皇帝第一道旨意，便是使宋王、岐王总领禁兵。这职位原是太平公主的长子、次子的，如今夺了兵权，太平公主心中十分不乐，便亲自坐车至光范门，朝见太上皇，请废玄宗帝位。这消息给御史宗璟、姚元之知道，十分愤怒，便上表太上皇，请将太平公主逐出东都。太上皇不许，只下手诏令太平公主出居蒲州。太平公主在蒲州，心中十分疑惧。

　　这时，在朝宰相七人，却有五人是公主提拔出山的，五宰相邀同左羽林大将军常元楷、知羽林军李慈，一齐赶赴蒲州去私谒公主。公主和这几位心腹官员，秘密谋反。又去把尚书左仆射窦怀贞，侍中岑羲，中书令萧至忠，崔湜，太子少保薛稷，雍州长史李晋，右散骑常侍昭文馆学士贾膺福，鸿胪卿唐晙和元楷慈、慧范一班文武，召来会议了三日三夜。太平公主立意要谋反，废去玄宗皇帝。约定令元楷慈带领羽林兵杀入武德殿，又令萧至忠伏兵在南衙为内应。

　　早有几个玄宗的心腹官员，得了消息，飞也似地赶进宫去报告。玄宗皇帝却不动声色，暗地里召集岐王、薛王，兵部尚书郭元振，将军王毛仲，殿中少监姜皎，中书侍郎王琚，吏部侍郎崔日用，一班忠臣，在宫中会议定计，便在太平公主举事的前一日，王毛仲率太仆少卿李令问、王守一和内侍高力士、果毅、李守德，暗暗地带领五千禁兵，假说是收处御马三百匹，乘其不意地冲进了虔化门，砍下元楷慈的首级，在北阙上号令。又活捉住贾膺福、岑羲、萧至忠，捆赴朝堂，当着皇帝面，砍下头来。

　　太平公主在蒲州得了这消息，一时措手不及，便带了慧范逃到南山中去躲着，被乡村中人瞥见，一个和尚同着一个妇人在山野地方东奔西逃，看了十分诧异。众人齐说这和尚奸拐妇人，一拥上去，七手八脚，把这慧范打死。太平公主见打死了慧范，吓得魂不附体，只向荆棘丛中乱逃乱窜。太平公主原是金枝玉叶，一生在宫中府中娇养惯了，如何耐得住这辛苦惊恐！

幸得脱了众乡人之手，看看逃到一个荒山壁下，落日西斜，满眼荒芜，又没有一个奴婢在跟前，一阵阵西风吹来，冻得她浑身索索地打战。看看天色晚下来了，四面山谷中奇怪的鸟兽，一喊一嘶的声音，公主心中一慌，那眼泪止不住扑簌簌地落下粉腮来。可怜她从辰至酉，肚子里不曾有半粒饭米进去，早饿得饥肠如雷一般地鸣起来。

正仓皇的时候，忽听远远地有人唱歌的声音，那歌声愈听愈近。只听他唱着道："幕天席地无牵挂！"从山坳里转出一个少年樵子来，慢慢地走近太平公主跟前。公主偷眼看时，那樵子眉目也还清秀，知道不是歹人，便只得忍着羞上去向这樵子要一碗饭吃，要一间屋子住。那樵子听说，便站住了脚，向公主浑身上下打量了一番，便问道："看你是一位大家夫人，为何到这荒野地方来？难道说不怕虎狼咬吗？"太平公主见问，只得打着谎话哄他道："俺原是好人家妇人，只因家中遭强盗抢劫了，房屋被放火烧了，一家男女十六口，尽被强人杀死，只逃出了我薄命人的一条性命！如今我弄得无家可归，逃在这荒山野地里，肚子又饿，身上又冷，可怜我一生养在绮罗丛中，几曾吃过这样的苦痛，眼见得我今日性命休矣！"说着，止不住两行热泪挂下粉腮来。

樵子看她哭得可怜，便说："俺茅屋离此不远，夫人若不嫌肮脏，请权去宿一宵，明日再作计较。"太平公主到了这水尽山穷的地步，要不跟这樵子去，实在也无路可奔。当下，那樵子一路歌唱着，在前面领着路，太平公主低着头，在后面一步一步地跟着。看看转入山僻小径，脚下坡路崎岖，石子嵌在脚心里，十分痛楚。看那樵子，赤着脚在坡上大脚步走着，毫无痛苦。坡下露出一间小小茅屋。望进去黑黝黝的。太平公主向门里一探，只觉一阵臭气直扑进鼻管来，忍不住连打几个干呕，急急退出廊下。那樵子搬一个树根子在庭心里，请公主坐下。又拿一方木板，用几根树枝儿支撑起来，便算一张板桌儿。看他撮了一把柴火，在廊下土灶上煮起饭来。一阵饭香，吹在公主鼻管里，引得那肚子里的饥肠越发和雷一般地乱鸣起来。

一刻儿工夫，樵子热腾腾地端出两大碗饭来，和公主对吃着，又拿些菜干、兽肉做下饭的菜。公主看那饭时，又黄又黑，拨进嘴去，粒粒和铁珠一般，又粗又糙，实在不能下咽。只因肚子里饥饿万分，闭着眼乱嚼乱吞的，吞下半碗饭去。这时，月光照在旷场上，冷风一阵一阵吹在身上冻得打战，耳中远远听得狼啼虎嚎的声音，公主止不住心中害怕。到此地步，也说不得了，只得钻身进了茅屋。那樵子搬过一方大石来，挡住柴门。公主黑黝黝地坐在茅屋里，被臭气熏得头痛脑胀。屋子里原有一架床铺，樵子让公主上床去睡，公主如何肯睡？坐在破凳子上出神。一霎时，只听得那樵子鼻息如牛鸣一般。公主到此境地，不觉把已往的事体，一桩一桩从心头涌起。

想起幼年时候，在则天皇帝膝下过的日子，何等风光？皇后在诸公主中，最爱自己，自小怕不能养大，便给自己做女道士打扮。后来，吐蕃国打听得自己的美名，便来求婚，皇后不愿把自己最疼爱的女儿下嫁给夷人，便特意替自己建造起一座道院来，推说公主已出家修道，绝了吐蕃人的妄想。记得公主有一天穿着紫袍，围着玉带，戴上折角巾，在父皇、母后跟前唱着舞着。母后见了，大笑说道："孩儿不做武官，为何有如此打扮？"公主便回说："求母亲把衣冠赏赐给驸马，可好吗？"父皇知道女儿的意思，便立刻给她下嫁驸马薛绍。大婚的这一日，假万年县为洞房，门狭不能容舆马，左右把墙垣拆毁了，容车马出入。婚礼既成，两新人肩并肩儿坐在车上，从兴安门进，时在深夜，沿路设着火炬，直到驸马府门口，好似一条火龙一般。路旁的树木，全被火炬熏灼枯死了。自从嫁了薛驸马以后，便知道男女的趣味。薛绍死后，又改嫁驸马武承嗣，第三次又嫁与武攸暨。说也奇怪，一个女孩儿嫁第一个丈夫，心中十分贞洁；待到嫁第二个丈夫，便有玩弄男子的意思，从此见了中意的男子，便好奇心发，有意地去勾引他上手。上手的男子越多，心中愈觉快意。后来，自己一意去找寻那雄壮、美丽的男子，藏在府中快活。屈指儿一算，生平被自己玩弄的男子，已有四十多人！某人的气力最大，某人的面貌最美，某人的身体最雄壮。太平公主闭着眼，一个一个地想着，想得十分出神，她也自己忘了坐在茅屋里了。又想到自己势力最大的时候，田园万亩，宅第千间，真是何等的舒适，何等的享用！千不该，万不该，听信了慧范的话，谋废天子。到如今，弄得身败名裂，幸而逃得性命，落在这荒野茅屋中。往后叫我如何度日？

可怜她回肠九转，想了又想，不觉东方已白，阳光照进屋子来，满地的柴草，满屋的灰土。又看那樵子时，只见他伸手舒脚地睡在一架草床上。日光从窗棂中射进来，照在他眼上，把他从梦中惊醒，一骨碌从床上翻身下来，搬开了大石，出得屋子，走到溪边去洗净了头脸。回身拿一个瓦盆，盛了一盆清水，送在公主面前，催公主梳洗。

欲知后事如何，且听下回分解。

第四十九回　朱棒横飞后妃惨杀　香木杂珮帝子中谗

太平公主落身在荒山茅屋中，幸得这樵子十分用心照看她，水啊、饭啊，忙着供给。太平公主住到第二天，看看四山清秀，地方幽静，她一生从富贵奢靡中出来，到此便觉别有天地，渐渐地把心中的忧愁也抛开了。又看这樵子性情忠实，身体强壮，自己得了倚靠，心也略略放下。

在白天，樵子依旧上山去樵采，太平公主在茅屋中闲着无事，便替他打扫打扫，整理整理，又从溪头去取了一瓮水来，在窗户床桌上揩抹一番。这是公主自出母胎不曾做过的事，如今做着，反觉别有趣味。公主是不曾操作惯的，她忙了一阵，不觉粉汗涔涔，满身躁热，便把外面穿的一件半臂脱下来，搭在床架上。又略略把头上发髻儿整了一整，回头望着窗。一片夕阳，照在山顶上，那樵子又远远地唱着歌回来了。

太平公主看他眉目间一片天真烂漫、快乐无忧的神气，自己也受他的感动，快活起来了。樵子从柴草中捉出两只活兔儿来，拿到庭心里去杀了，剥了皮，洗净了，放在土灶上煨起来，顿时肉香四溢。太平公主鼻管中闻了，也不觉馋涎欲滴。他把兔肉煨好了，便进屋子来，打开床后的木柜，拿出几件粗布衣裤来，拣了一套衣服，抱着向公主笑了一笑，向溪边走去。公主回头看时，见床上留下一件樵子的布衣，恰巧遮在那件半臂上面，两件衣服并在一块儿。公主看了，不觉心中一动，那两道眼光注定在布衣上，睁睁地看着，心中不知道想到什么地方去了。一刻儿，樵子从溪心里洗干净了身体回来，身上也换了干净布衣，忙忙地煮饭，把兔肉扯成小块，又支起那板桌，和公主对坐吃着饭。吃饭的时候，彼此默默无言。吃罢了饭，那樵子从柴担上掏出许多芦花来，先把床上肮脏的被褥拿去，把那芦花厚厚地软软地铺了一床，打开木柜，拿出一幅布来，遮住那芦花，成了一床很厚很软的褥子。又另外拿一卷干净的棉被来，叠在床头。看那被面上，虽是一方蓝布，一方白布地补缀着，望去却是洗得十分清洁。樵子忙了一阵，天色却已晚了，他把自己的被褥铺在地下，先去卧了，留着那床铺让给公主睡去。那公主见樵子的行动，心中很是感激。这茅屋很是狭窄，在床前铺着被褥，已无立足之地，不得已便爬上床去睡了。

今夜，公主的心里又与昨夜不同，她心中七上八下的，不知在那里想些什么，那身躯翻了半夜，还不得入梦。说也奇怪，听那地上睡着的樵子也不能安睡，只不停地有窸窣翻腾的声息。公主心中一阵跳动，便从床上坐起身来，原想使心地清醒些的。这时，公主的身体靠床沿坐着的，两只脚儿垂在床沿下面，她腿儿略一摆动，忽然黑地里伸过一只手来，将公主的腿儿轻轻握住，一缕热气从腿儿上直钻入心头。这时，公主也支撑不住了，便在暗地里伸过手去握住那樵子的手。公主这时虽已是四十岁以外的妇人了，但对于风流事体，虽在这极困苦危险之中，还不能叫她灰心。她在日间，早已看中了这樵子的身体强壮，如今又有患难中知遇之感。两人便恩爱缠绵了一夜。

直到第二天日上三竿，双双起身，公主便打定主意，跟着樵子度着下半世了。当下，便把自己随时插戴的珍宝珠翠，一齐脱卸下来，估量最少也卖得上万银钱，便统统交给这樵子，叮嘱他拿到城中去折卖了。又把自己的生世，原原本本地告诉他。

樵子听说是一位公主，惊得他目瞪口呆，两眼注定在公主的粉脸儿上，疑心自己遇到了仙佛一般。一转念，又快活起来，在满屋子跳着笑着。公主去拉住他，又把得了银钱和他逃到远外僻静州县住着做一对长久夫妇的话说了，这樵子愈听愈高兴，忍不住捧着公主的手臂狂舔。公主也用手抚着樵子的颈子，两人亲热了一会。这樵子才拿着那珍宝向进城市的大路上走去。

这里，公主坐在茅屋中守候着，闲着无事，便拿起一件樵子穿的破衲，背着身躯，坐在太阳光中补缀着。正静悄悄的时候，忽然十多名官兵一拥进屋来，把公主的手脚捉住。便有一个内侍上去，拿绳子把公主的身体绑住，推押着出了茅屋，可怜公主娇声啼哭着，那兵士们毫无怜惜之意。横拖竖拽地拉出了山径，路旁停着一辆板车，推公主进了车厢。一群兵士前后围随着向通京师大道走去。进了京城，依旧把公主送进府第，在一间小屋子里幽囚起来。看看到了天晚，一个黄门官捧着圣旨下来，赐公主自尽。太平公主到了此时，也知道自己是不免一死的了，满面流着泪，跪倒在地，谢过了恩，解下腰间白罗带来，套在颈子上，便有两个太监上去用劲一绞，把个风流一世的太平公主活活绞死。

第二天，又派一队兵士到南山茅屋中去搜查，只见一个乡村打扮的男子，也高高地挂在屋脊子上吊死了。搜那男子身畔，还怀着一包珍宝珠翠，不曾卖去，这明明是那痴心的樵子了。可怜他得了公主一夜的恩情，便把自己一条清白的性命送与公主了。

玄宗皇帝既把太平公主赐死以后，查明公主长子崇简却是十分贤明的。太平公主秘密谋反的时候，崇简竭力劝谏，他母亲大怒，喝令家奴捉住痛打，崇简被打得皮开肉绽，倒在床上不能行走。直到公主死后，玄宗皇帝把他扶进宫来，当面劝慰了一番，复了他的官，又赐姓李氏。

玄宗见去了太平公主，便把杨氏加封为元献贵妃，不久便生下一位皇子来。这位皇子却是学士张说保住了他的性命。

张说原懂得推算命理的事体。这皇子生下地来，玄宗皇帝拿生辰八字给张说推算。张说拿回家去细细地一算，知道这位皇子是难养的。玄宗皇帝偶与王皇后说起，王皇后正苦无子，便把这皇子抱去抚养，十分宠爱，后来便是肃宗皇帝。张说从此得了皇帝的信任，直做到丞相。元献贵妃后又生一女，便是宁亲公主，到十八岁上下，嫁张说之子张垍，这都是后话。

且说睿宗皇帝自让做太上皇以后，年纪虽不算老，但身体常常有病，精神也很衰弱，安居在西宫，每日斋戒诵佛。想起从前刘皇后和窦德妃二人死得甚惨，便在宫大设道场，超度亡魂。那窦德妃是玄宗皇帝的生母，今日在西宫建醮，便和王皇后二人双双临幸西宫，去参拜神佛，又朝省太上皇。那刘皇后原是睿宗在仪凤年间藩王的时候娶的，初封孺人，五年以后，改封王妃，生宁王和寿王代国二公主。武则天为皇太后，睿宗即位为皇帝，立刘氏为皇后。后武则天自立为女皇帝，睿宗降号为皇嗣，幽囚在宫中；刘皇后复降为王妃，与睿宗分住，不得见面。这时，刘皇后与窦德妃合居在后宫，窦德妃是睿宗拜相王时候纳为孺人。睿宗即皇帝位，进为德妃，生玄宗皇帝，金仙、玉真二公主。睿宗既被幽困，后妃二人日夜悲泣。

每当黄昏人静，她二人便向天焚香祷告，愿以身为替，使睿宗皇帝早见天日。事机不密，给看守的宫婢知道了，暗暗地去告诉武则天，说后妃二人每夜对天咒诅。武则天大怒，喝令内侍："把两个贱婢揪来，待俺处治。"不一会儿，那刘皇后和窦德妃二人，被一群狼虎拟的太监当髻一把揪住，拖到武则天跟前。可怜后妃二人，见横祸从半天里落下来，吓得她玉容失色，见了则天女帝，只是不住地叩头求饶。则天皇帝见了她二人，气得眼中迸出火来，只听得喝一声打，那七八条朱漆棍儿，向后妃二人身上乱打，打得二人在地上乱滚，口中一声声天啊、万岁啊地惨叫。武则天怒气不息，喝令先把后妃二人的舌头连根挖去。二人都是娇弱的身躯，如何受得住这个痛苦，早已晕绝过去了。则天皇帝见二人已不能活命，便传旨把两个贱婢的身躯毁了。当有刀斧手上来，把后妃二人的尸身抬去，在御苑冷僻的地方，砍做了二三十块，向草地上乱抛。第二天，这草地上飞集了一大群鸦鹊，衔着尸肉，向四处飞散去了。

如今睿宗皇帝想起当初刘皇后、窦德妃二人死得很惨，又无处找寻尸身，只得请了高明的道士，在御苑中筑台招魂，备了皇后的衣冠，装在两口空棺木里，用皇太后的舆马、旌旗出丧。

在京师大街上经过，人人看了酸鼻。灵枢抬出东都的南郊，埋入土中，建成两座高大的陵墓。下诏封刘氏为肃明顺圣皇后，封窦氏为昭成顺圣皇后。肃明后的陵墓称作惠陵，昭成后的陵墓称作靖陵。太上皇自埋葬两后以后，心中总是忧闷不乐，精神锐减。玄宗皇帝挟持太上皇至安福门观乐三天，原是要解去太上皇忧闷的意思，谁知自观乐以后，便病卧在西宫。延挨到开元四年六月，太上皇崩于百福殿，年五十五岁。

玄宗皇帝在宫中守孝，所有朝廷一切大事，统统交给丞相张说管理。皇帝在宫中闲着无事，不免多与后妃周旋说笑解闷。

那时，玄宗在后宫临幸的妃嫔，共有四十余人。宠爱既多，子息亦蕃，共有皇子三十人。刘华妃生子名琮，第六子琬，第十二子璲。赵丽妃生子名瑛。元献皇后生肃宗皇帝。钱妃生子名琰。皇甫德仪生子名瑶。刘才人生子名琚。武惠妃生第十五子名敏，第十八子瑁，第二十一子琦。高婕好生子名璬。郭顺仪生子名璘。柳婕好生子名玢。钟美人生子名环。贞美人生子名瑝。阎才人生子名玭。王美人生子名珪。陈才人生子名珙。郑才人生子名瑱。武贤仪生子名璿，又生第三十子名璬。其余七子，便自幼夭折。

在诸妃嫔中，玄宗最宠爱的，原是那元献贵妃。杨氏自生第三皇子亨以后，又生宁亲公主，身体十分虚弱，常常害病，在十年上便已薨逝。玄宗想起昔日儿女私情，殿壁煎药的光景，便十分悲哀，原拟追封为皇后，只因碍着王皇后的面子，便也罢了。这时，有一个武惠妃，也是玄宗宠幸的，她是恒安王武攸止的女儿，自幼儿养在宫中，和玄宗朝夕相见。玄宗做藩王的时候，便和妃子结识上私情了。玄宗即皇帝位，封武氏为惠妃。

诸位妃嫔中，惟惠妃最能明白玄宗的性情。每次玄宗临幸惠妃，诸事设备，都能合玄宗的意，使皇帝十分舒适。惠妃容貌又十分美丽，虽不多言笑，但静默相对，自能使人心旷神怡。因此，杨氏去世以后，玄宗便常常在惠妃宫中起坐，颇能解得皇帝忧愁，惠妃便大得宠幸。连生皇子二人，公主一人，都不满三岁，便夭折了。惠妃悲泣不已，皇帝竭力劝慰着。接着又生一皇子名瑁，玄宗欲惠妃欢喜，以襁褓时候，便封为寿王。又怕养在宫中不祥，便抱出宫去，寄养在宁王府中。自寿王生后，又生盛王和咸宜、大华二公主。

当时，王皇后在宫中权力甚大，她仗着是太上皇聘娶的皇后，平日便不把诸位妃嫔放在眼中。太平公主之乱，王皇后又是从中预闻大计的，因此恃功而骄。但入宫多年，一无生育，这时见皇帝宠爱武惠妃，心中甚是妒恨，每见皇帝，便说武惠妃的坏话。有时见了惠妃，后妃二人总是争吵不休。这时，惠妃身怀六个月的孕，皇后见了，心中更是妒忌。谁知因几次哭闹，震动了胎气，便小产下来。皇帝知道了，又是痛恨，又是痛惜，当下便有废去皇后的意思。

这一天，见姜皎进宫来奏对，玄宗便说起废立皇后的事体。姜皎忙跪下地去奏说："帝后不和，非国家之福！"谁知这姜皎一转身，便到皇后跟前去告密。皇后听了，十分恐慌，忙把国舅王守一唤进宫来，兄妹二人商量个抵制的法子。依皇后的意思，欲先下手毒死惠妃。经守一再三劝说，皇后又想起京师地方崇圣寺和尚明悟久有厌胜的本领，便令守一去和明悟商议。那明悟原和守一交友，听了守一的话，便说贫僧自有使帝后和好、又使皇后生子的方法。守一听了，十分欢喜，忙送过一万银子去。那明悟和尚便在寺中筑起一座七层的高坛来，按着二十八宿的方位，用二十八个小和尚手执幢幡宝盖，分站在七层台阶上。又悄悄地进宫去，偷得一件皇帝平日穿过的衣裳来，写着生年月日时辰，镇压在坛下。这和尚每日起五更上坛去拜祭北斗，连拜了四十九日，功德完成，从祭坛上取下一方香木来，交给王守一，恭恭敬敬拿进宫去，令皇后挂在帖身的黑衣上，说是皇帝自能把宠爱的心思用在皇后身上的。这皇后信以为真，把这香木早晚不离地挂在帖身。

这时，惠妃和皇后的意见愈闹愈深，各人都有心腹的宫女，混在左右打听消息。那皇后的一举一动，早有心腹宫女报与惠妃知道。这时，皇帝夜夜临幸惠妃，惠妃一心想巴结上了皇帝，废去了皇后，自己稳稳做一个正宫娘娘。趁着欢乐过后，便把皇后如何背地里令崇圣寺和尚行厌胜的魔法，又说着谎道："皇后帖身还挂着勾魂木，欲勾去皇上的魂魄，一意想候陛下千秋万岁以后，那国舅便造反自立为皇帝。"玄宗心中原厌恶皇后的，再经惠妃如此一挑拨，不觉勃然大怒，他也不传宫中守卫，亲自大脚步赶到正宫去。

那宫女们见皇帝怒气勃勃，飞也似地抢进宫来，也不及通报。皇后坐在镜台，正梳妆着，从镜中望见皇帝已站在自己身后，不觉大惊，忙回身站起，一眼见皇帝脸色气得铁也似青，知道有大祸，忙跪下地去叩头。这时，皇后正散着发儿，皇帝伸手过去揪住皇后的鬓发。皇后身体原是十分娇小的，被皇帝一把提起身体来，伸过右手去，只听得嗤的一声，那皇后的围裙也被皇帝扯破了一大幅，露出帖身的腰带来。一眼望去，那腰带上挂着一块香木。那皇帝，这时气得双手索索乱抖，劈手去把香木夺在手中一看，见正面刻着"霹雳木"三字，下面又刻着天地日月之文。阴面上却恭恭整整地刻着"李隆基"三个字。这李隆基原是玄宗皇帝的名讳，皇帝一想，那惠妃说欲勾去皇上魂魄的话，有着落了。伸过手去一掌搁在皇后粉脸上，可怜打得皇后的嘴脸立时浮肿起来。依皇帝的气性，还要赶上前去踢打，这时赶进许多妃嫔来，一齐跪倒在地，替皇后求饶。

有几个略得宠幸的妃嫔，上去把皇帝的身体扶住，在椅上坐下。那皇后跪倒在地，一边磕头，一边哭诉实因，希望得皇帝的宠幸，便用着这厌胜法儿，又把如何得了姜皎的密报，又如何托国舅王守一去求明悟和尚作法事，取了这霹雳木来挂着，说个备细。皇帝先有惠妃的话在耳，如何肯听皇后的话，便一迭连声喝着说："把这贱婢捆绑起来，送交刑部去处死。"这圣旨谁敢不依，早已进来了四个内侍，上去把皇后掖住。慌得皇后哭着爬在地下挣扎着，不肯起来。说道："陛下纵不念俺夫妻患难一场，独不念阿忠脱紫半臂，易斗面，为生日汤饼邪？"一句话，不觉触动了皇帝的心，阿忠便是皇后父亲仁皎的小名。

正在不可开交的时候，报说丞相张说进宫来。那张说原是玄宗亲信的大臣，常在宫中出入的，当时也顾不得了，踏进皇后的寝宫。一眼见皇后倒在地下，那种可怜的样子，忙也脱去帽子，趴在地下磕头。那皇帝便说："皇后有谋害朕性命之意！"张说忙解说道："贵莫贵于天子，亲莫亲于夫妇！皇后正位中宫，荣宠极矣。纵使夫妇不合，亦万不致有不利于陛下之念！皇后若无陛下，则皇后之荣宠俱失。皇后虽愚，愚不至此！"玄宗听了张说的一番话，慢慢地把气也平下来了，便立刻下诏，把皇后废为庶人。姜皎、王守一、浮屠明悟，一齐斩首。便有立惠妃为皇后之意。当有御史潘好礼上疏奏道：

> 礼，父母仇不共天；春秋，子不复仇，不子也。陛下欲以武氏为后，何以见天下士？妃再从叔，三思也；从父，延秀也。皆干纪乱常，天下共疾！夫恶木垂荫，志士不息；盗泉飞溢，廉夫不饮；匹夫匹妇尚相择，况天子乎？愿慎选华族，称神祇之心！春秋，宋人夏父之会，无以妾为夫人；齐桓公誓葵邱日，无以妾为妻；此圣人明嫡庶之分，分定则窥觑之心息矣。
>
> 今人闲咸言，右丞相欲取立后功，图宠幸。今太子非惠妃所生，而妃有子。若一俪宸极，则储位将不安。古人所以谏其渐者，有以也！

玄宗看了这奏章，想到惠妃是罪人之后，怕立为皇后，负罪于祖宗，便也只好罢休。但从此宫中没有皇后，惠妃的权力一天大似一天，也和做皇后一般的威风了。只因潘好礼有这本奏章，便痛恨他到底，找了他一点错处，革去了潘御史的官。

玄宗也十分宠爱惠妃，无日不在惠妃宫中起卧。惠妃乘此把自己平日不对心意的妃嫔，在皇帝跟前进了谗言，一齐打入冷宫。内中有一个林昭仪，原也很得皇帝宠爱的，自从有了武惠妃以后，这林昭仪的宠爱渐渐地失去了，如今也被打入冷宫。

林昭仪却不怨恨皇帝，只怨恨那武惠妃。昭义在宫中原积蓄得极多的银钱，她把这银钱交与一个姓黄的太监，拿出宫去，买一个绝色的女子，在宫外候着皇帝，使那女子分去武惠妃的宠，借出了胸中的气。

这年冬天，皇帝照例到各处皇陵去祭祖，经过潞州城，宿在行宫中。在黄昏正沉闷的时候，忽见一个绝色女子，托着盘儿，献上酒菜来。只看她一双白净纤尖的手儿，早已勾动了皇帝的春心。玄宗传谕，留下这女子。一宵恩爱，把皇帝全个儿心肠都挂住在这女子身上。据这女子说姓赵，原是看守行宫赵侍郎的女儿，玄宗信以为真，便把这赵家女子百般宠爱起来。

第二天下旨，立赵氏女为丽妃，赵侍郎进位为尚书。在行宫里流连了五六天，便带着丽妃进宫去，在御花园里打扫出一间精美的宫室来安顿下。从此，玄宗每日非赵丽妃不欢，饮食坐卧，都在这丽妃宫中，早把个武惠妃抛在脑后了。这赵丽妃原是娼家出身，是林昭仪指使黄太监花了三千银子去买来，寄养在赵侍郎家中，觑玄宗皇帝孤寂的时候，便进献上去。赵丽妃放出娼家房第之间迷人的工夫来，皇帝便落在彀中了。

欲知后事如何，且听下回分解。

第五十回　惠妃得子金神入胁
　　　　　明皇遇仙黑僧降龙

　　这赵丽妃除房第工夫以外，又善于歌舞。她每日陪皇帝筵宴，便在筵前娇歌曼舞，引得皇帝心神俱荡。这消息传在武惠妃耳中，便一边四五天痛哭不食，自己修了一本表章，说了许多从前和皇帝在宫中恩情的话，一心想挽回圣心。谁知表章送去，终不见圣驾临幸。惠妃一肚子怨恨，便病倒在床上。起初还支撑着薄施脂粉，斜倚在床头，想望承幸。后来，愈盼愈不得消息，知道自己终失了宠幸，便大哭一场，吐出血来，害了一年的痨病死了。临死的时候，眼前走得一个人也没有，只留下一个小宫女，听她大呼三声万岁，便咽了气。从此，玄宗更把这赵丽妃宠上天去，这赵丽妃便乘机植党营私。这时，李林甫初拜相，处处迎合上意，玄宗便十分信用李丞相，凡是李丞相的话，皇帝句句听信他。赵丽妃便暗暗地托她义父赵尚书送四千银子去给李丞相，认李林甫做义父，凡事求他在皇帝跟前帮衬几句。

　　那李林甫原是一个奸险小人，善于逢迎势力，自幼寄养在大舅父姜皎家中。后姜皎因漏泄了皇帝废后的旨意被杀，他便在皇帝跟前出首诬告姜皎的子孙，全被皇帝下旨搜捕，幽囚在刑部狱中。后见武惠妃当权，李林甫尽力结交宫中中贵，时时拿珍宝献与惠妃，因此惠妃在玄宗跟前时时称赞李林甫的好处。这李林甫又是十分邪淫，他在舅父家中，所有婢妾都被他用手段一一地勾引上手。后来，看见侍中裴光廷的夫人长着国色天姿。这裴夫人原是武三思的女儿，生下来颇有父风。裴夫人常在姜皎府中来往着，和李林甫一见便爱上了，两人瞒着裴光延的耳目，在府中暗去明来，成就了许多恩爱。一转眼，武惠妃在宫薨逝，李林甫看看自己要失势了，他便求着裴夫人转求着高力士，在玄宗皇帝跟前，替他说了许多好话。那高力士当初也是武三思一力提拔出来的人，今裴夫人是三思之女，嘱托他的话，岂有不出力的？那李林甫也善于逢迎势力，今见赵丽妃得势，正想托高力士从中拉拢，宫内、宫外连成一气，忽见丽妃反来认他作义父，岂有不愿之理？当时，丽妃和高力士、李林甫一班人，狼狈为奸。林甫拜为丞相。

这时，赵丽妃虽不能生育，但因皇子众多，只怕他日吃众皇子的亏。武惠妃虽死，但惠妃的亲生子名瑛的，已立为太子。丽妃却日夜在皇帝跟前说太子瑛如何结党营私，如何贪赃枉法。这时，玄宗所亲信的，宫中只有内侍省事高力士，宫外只有丞相李林甫。玄宗便把丽妃的话，去问高力士、李林甫二人。

他二人原和丽妃一鼻孔出气的，见皇帝问他，便也一味说太子的坏话。玄宗原不爱惠妃了，心中也疑太子有变。如今听了旁人的话，便立刻下诏，把太子废了，便改立鄂王为太子。不上一年，也被丽妃进谗废去，改立光王为太子。赵丽妃依旧不快乐，玄宗又想把太子废去，去问张九龄。那张九龄是一位大忠臣，便竭力劝谏，说储君是国之根本，根本不可动摇，太子不可屡废，望陛下乾纲独断，不可轻信妇人、小子之言！玄宗听说他信妇人小子之言，心中老大一个不高兴。李林甫在一旁进言道："天子家事，于外人何与？"玄宗听了，连连赞说李丞相是明白人，便也不和臣下商量，立刻下诏，把个太子废去，改立忠王亨为太子，便是将来的肃宗皇帝。

这太子亨是玄宗献贵妃杨氏所出，玄宗因是自己的私生子，便格外地宠爱他。但这太子在藩府中，久已闻知李林甫是一个大奸臣，握着朝廷的大权。如今住在东宫，时时防着李林甫陷害他。那李林甫先设法使太子不得和皇帝见面，又常常向太子需索钱财。这太子无权无势，又不得和父皇见面，实在没有银钱去孝敬李林甫。这李林甫便用语言百般地恐吓着太子，说要奏明皇帝，把太子废去。那太子日夜忧愁，弄得寝不安枕、食不甘味。

这一天，是玄宗皇帝的万寿。许多皇子和公主纷纷进宫去朝贺，皇帝赐他们在宫中领宴。太子亨乘这机会去朝见父皇，玄宗一眼见太子须发也花白了，不觉大诧，便拉住太子的手，问："吾儿何憔悴至此？"太子见父皇问，也不敢回奏，只是低着头说不出话来。玄宗见这样子，知道太子有难言之隐，便悄悄地对太子说道："汝且先归，朕当幸汝第也。"太子领了旨意，便回到东宫去候着。

隔了一天，那玄宗皇帝果然临幸东宫，一进门来，只见庭宇不扫，帘幕尘封。走进屋子去，只有三五个小太监奔走着，也不见一个宫女。那琴瑟乐器，高搁在架上，满堆尘埃，玄宗不觉叹了一口气。这时，高力士陪侍在一旁，便对高力士说道："太子居处如此，将军何以早不相告？"这时，高力士已拜为右监门卫将军，玄宗因十分宠信他，所以呼为将军，不呼名字。那力士却不慌不忙地奏道："臣见太子如此刻苦，常欲奏明陛下，千岁屡次拦阻说，不要为区区小事，劳动圣心！"玄宗回宫，便下旨着京兆尹速选民间女子颀长洁白者五人，送东宫听候使唤。高力士见了上谕，忙入宫回奏皇帝道："臣前亦令京兆尹选民间女子，民间因此受差役骚扰，朝廷中御史官员又取为口实。臣以谓掖庭中故衣冠眷属以事没入者不少，宜有可选者。"玄宗依了高力士的话，便令力士召掖庭，令按簿籍点阅。完好女子，选得了三人，便赐与太子。这三人中，以吴姓女子为最美，一入东宫，便得太子爱幸。

他二人在夜静更深香梦沉酣的时候，忽见这吴氏在梦中叫苦，似甚痛楚。太子把她搂在怀中唤着，这吴氏被梦魇住了，看她四肢抽索，喉间气息微细。太子大惊，心想圣上赐我此女子不久，倘从此不醒，圣上便当疑我虐待致死，岂不从此失了父皇的欢心，又使李林甫容易进谗？便自己下床来，执着灯烛照着，伸手在吴氏的酥胸上抚弄良久良久，只见她哇的一声哭醒来。

太子忙问梦见什么？吴氏拿手抚着自己左胁，还好似十分痛楚的一般，说道："妾梦见一金甲神人，身长丈余，手持利剑，对妾说道：'帝命吾入汝腹中，为汝之子。'说着，便拿利剑剖开妾之左胁进去，妾身痛不可忍，竭力呼唤，如今左胁还隐隐作痛呢。"太子听了这一番话，便替她解开小衣，看去，那肋骨皮肤上，果然隐隐显露一缕红丝，深入肌里，衬着洁白的肌肤，更觉娇艳可爱。太子抚摸了一会儿，便入宫去把这情形奏明皇上。玄宗听了，也颇觉奇异，从此便留意着吴氏的胎儿。不久，果然生下一个男孩儿来，这孩儿便是他日的代宗皇帝，这吴氏也便是将来的章敬皇太后。

只因吴氏年幼体弱，这皇孙身体也十分瘦弱。玄宗打听得太子果然生了儿子，便三朝亲自临幸东宫，赐以金盆洗浴。那乳媪只因皇孙身体瘦小，怕皇上见了不乐，心中甚是惶急。后来，打听得贞王也得一子，与皇孙同日，身体却长得十分肥白，便偷偷地去抱进东宫来。俟皇上驾临，便拿贞王的儿子跑出来。

玄宗一看，忽然不乐，说道："此非吾孙也！"太子大骇，忙将皇孙抱出。玄宗抱在手中，玩弄一会儿，又向着日光照看着，笑说道："此儿福禄过其父！"便吩咐设宴，召宫中乐工、舞女歌舞着。玄宗上坐，太子和高力士在两旁陪坐。玄宗笑对高力士道："此一室中，有三天子，岂不大乐哉?"从此，李林甫和高力士便以另眼看待太子。

唐朝宫中太监的制度，原有内侍四人，内常侍六人，内谒者监内给事各十人，谒者十二人，典引十八人，寺伯寺人各六人。又在宫中设着五局，便是掖庭局、宫闱局、奚官局、内仆局、内府局。太宗皇帝遗诏：内侍不立三品官，不任外事，惟门阁守御廷内，扫除禀食而已。到武则天自立为女皇时候，便放宽内侍定额。到中宗皇帝时候，黄衣太监多至二千员，七品以上员外置一千员。但这时太监穿朱紫色衣的还少。到如今玄宗皇帝时候，因财用富足，在开元、天宝年间，宫嫔多至四万人，黄衣太监多至三千人，朱紫太监也增加至一千六百人。有得皇帝亲信的，便拜三品将军官。那太监私宅中，门外居列戟，有在殿头供奉的，便权倾四方。每有使命出京去，所至郡县，奔走献奉，动辄万金。便是平日在京师地方来往，出宫一次，总得数千缗的孝敬；因此，凡宫中的重要太监都在近郊一带购置田园，威赫一世。所有监军节度等官，威权反在太监之下。

玄宗即位之初，有一太监名杨思勖的，也很得皇帝信任。当初，思勖帮助玄宗在宫中为内应，削平韦后之难，升为左监门卫将军。在开元初年，安南蛮酋长梅叔鸾反，自称黑帝，夺得三十二州的地方，又结连林邑、真腊、金邻等国，占据海南，号称四十万蛮兵。思勖招募十万子弟兵，从马援故道侧攻，敌出不意，大败。思勖杀贼二十万人，尸积成山，称为京观。接着又是五溪首领覃行章作乱，思勖率兵六万往讨，生擒首领覃行章，斩首三万级。思勖拜辅国大将军，又封虢国公。此后，思勖六次出征，每次总杀敌数万。

杨思勖生性阴险残忍，每战得俘虏数万，必尽杀之，剥去面皮，挖去脑髓，又拔去毛发。他手下将士，人人害怕，便肯遵守号令。当时，有内给事牛仙童，受了张守珪贿赂败露，玄宗下诏，付思勖审问。思勖问定了罪，便把牛仙童剥去了上下衣服，绑在木格上，用牛尾抽打，皮肉尽烂，惨不忍睹。思勖又亲自动手，剖开仙童胸膛，探取心脏，又截去手足，细细地剔取肩背上肌肉，肉尽才得死去。不久，这杨思勖也逝世了，那高力士又慢慢地露出头角来了。

在圣历年间，有岭南讨击使李千里，献上阉儿二人：一名金刚，一名力士。武后见力士身体坚强，又很聪明，便留在左右使唤。后因贪赃败露，被武后逐出宫来。当时，有太监高延福，收留他为养子，因此便冒姓高。玄宗做藩王的时候，高力士便能倾心结附。后又因杀萧岑有功，拜右监门将军，知内侍省事。他的威权一天大似一天。在宫中所有四方奏章，须先经高力士审察以后，再送至御书房披览。宫中大小事务俱由高力士一人专主。力士在宫中却十分谨慎，日夜随在玄宗左右，非奉差遣，不离宫门。便是沐浴眠息，也在皇帝寝宫外一间小屋中。玄宗常说力士在旁，我寝乃安。

当时和力士通同一气在朝廷内外掌着大权的，如李林甫、宇文融、盖嘉运、韦坚、杨慎铦、王供、杨国忠、安禄山、安思顺、高仙芝一班人，但都依靠着高力士一个人提拔起来的。当时为高力士爪牙的一班有势力的太监，如黎敬仁、林昭隐、尹凤翔、韩庄、刘奉廷、王承恩、张道斌、李大宜、朱光辉、郭全、边令诚等，有在内廷供奉的，有外放拜节度官的。每遇宫中修功德，买鸟兽，太监奉使出京，每出京一次，便得款在四五万以上。京师地方，甲第亭园，良田美池，尽是内侍产业。但高力士的产业，又比这班太监的多过十倍。不说别的，只是那西庄田地，骑在马上，在他田旁跑一天路，也不能走尽。京师地方人民，每说起高力士，好似天人一般敬重。皇太子在东宫，称高力士为兄。此外一班王公大臣，俱称高力士为翁。力士的亲戚朋友都称他为阿爹。便是玄宗皇帝，也只呼将军，不敢唤他名姓。

力士自幼卖作奴仆，待富贵时，便想念他的母亲麦氏，苦于家庭失散，无处寻觅。后岭南节度使在陇州地方，觅得麦氏，迎回京师，母子相见，不能相识。麦氏说记得儿当胸有黑痣七粒，如今在否？力士袒胸，果见七痣。麦氏从怀中出一金环道："此儿幼时所服！"母子二人相抱大哭。从此，高力士孝养母亲，王公大臣俱有馈送。玄宗封麦氏为越国夫人，追赠力士之父为广州大都督。这时，朝廷官员，不论大小，几无一不是高力士同党。

只御史严安之从未有一丝一缕馈送与力士的。这严安之为官清正，爱民如子，平日在街市中行走，便喜问民疾苦，见有老幼疾病，便下车扶持着，同坐着车，送回家去。因此，京城地方的人民，人人都感动他的恩德，唤严御史为严父母。

这时，是元旦大节，玄宗有与民同乐之意，隔年便下谕，使军民预备灯戏。到这一日，皇帝赏人民酒肉，玄宗亲御勤政楼，大宴群臣。楼下杂陈百戏，纵人民游观。一时人声鼎沸，如山如海，把个勤政楼挤个水泄不通。宫中金吾卫士，手擎白色木棍棒，如雨下地赶逐闲人。那群百姓便东奔西避，十分扰乱。玄宗在勤政楼上见此情形，心中不乐，便对高力士道："朕以年岁丰盛，四方太平，故为此乐，欲与百姓同欢。不料喧乱至此，将军将以何来止之？"高力士奏对道："臣实无法制止，只闻严御史恩在人民，百姓无不爱服，陛下何不即召严安之？以臣愚见，必能使人民安静也。"玄宗便传严御史上楼，告以人民喧乱，心中不快。

严安之奉命，便下楼去在四方绕行一周，以手版划地成线，对众人高声道："敢越此线者，便杀无赦！"那人民顿时安静下来。玄宗在勤政楼，连宴群臣五日，不闻楼下有喧乱声。那严御史所划地上界线，始终无一人敢犯的。玄宗叹道："严公威信，朕不及也！"

但玄宗自从勤政楼五日筵宴以后，便引起了他游乐的兴趣。皇帝久居在东都，所有宫中亭园都觉可厌。且宫廷宽广，时见怪异，有临幸西京之意。次日，便召宰相，告以欲幸西京。裴稷山、张曲江二大臣谏曰："百姓场圃未毕，恐有扰碍！陛下如必欲西幸，请待冬时。"李林甫在一旁，见皇上有不悦之色，待宰相退去的时候，李林甫故意装成脚病，行在最后。皇帝问："李丞相有足疾否？"这时，李林甫见左右无人，便奏对道："臣并无足疾，因欲奏事，独留后耳。窃意二京为陛下之东西宫，既欲临幸，何用待时？即使有妨田事，亦只须蠲免沿途租税，百姓反感皇恩不浅矣！"皇帝听李丞相所奏，不觉大悦，便宣告有司，即日西幸。从此，圣驾常住长安，不复东矣。

皇上既到西京，每日在园林游乐。只因皇上喜学神仙，那郡国官员，时时征求得奇士，送进宫来。这时，陪皇上在宫中游玩的，尽是一班得道之士。那时，有一道行高深的人，名张果的，在则天皇帝时候已闻其名，四处寻访，不能得其踪迹，玄宗又下诏访求。地方官员在终南山中寻得，便送至宫中。玄宗与之接谈，说过去未来事，甚是灵验。常与皇上对饮，张果拔簪划酒杯中，酒分成二半：以一半敬帝，一半自饮。随手拿酒杯向空中抛去，立变成黄雀，在庭中飞鸣，绕屋檐一周，那黄雀千百成群，纷纷落在筵前，立变成千百只酒杯，御厨中所藏酒杯，俱搬运一空。玄宗大乐，日日跟张果学仙术。

又有一人名邢和璞，善于推算，人将生辰投算，便能知此人善恶寿夭。玄宗便令推算张果，便茫然不知张果究有多少年岁。又有一人名师夜光的，能见鬼怪。玄宗召张果与夜光二人对坐，夜光却不能见张果。对玄宗奏称："张果何在，臣愿得见之！"张果已久坐在帝旁，不觉大笑。夜光只闻张果笑声，终不能见其人。

玄宗对高力士道："朕闻奇士至人，外物不能败之，试以堇汁饮之，不觉苦者，真神仙中人矣！"一夜，玄宗与张果围炉对饮，高力士潜将堇汁倾入张果杯中，张果连饮二大觥，便醺然醉倒，朦胧中笑对力士道："此非佳酒也！"便倒头睡去。待醒来取镜自照，上下牙齿尽成焦黑。张果微笑着，拿手中的铁如意，尽把牙齿打落，藏在袋中，又从怀中取出药粉一包，向牙床上涂抹，那上下牙床立刻长出两排洁白的牙齿来。玄宗连呼仙人。张果笑说："臣有师弟，在圣善寺祝发，法名无畏，又号三藏，原是黑番奇人，有呼风唤雨的本领。"

这时，适值天旱，玄宗便命力士捧诏书去，速传无畏进宫，令速唤雨。无畏奏道："今岁大旱，乃天数使然！若召龙行雨，恐烈风大雨，转伤人物，方外愚臣，不敢奉诏！"玄宗不听道："人民苦旱已久，虽暴风骤雨，亦足快意。"无畏不得已，便奉旨。玄宗命有司照例筑坛，陈设法器，幢幡铙、钹，无一不备。

无畏登坛，大笑道："似此俗物，何能求雨？"便尽令撤去，只捧着一个钵盂，满盛清水，解下佩刀，向水盂中搅着，口中用胡语诵咒数百遍。一刻工夫，见有一物，大才如指，略具龙形，在水中盘旋，周身赤色，伸首水面，旋又俯首水中。无畏又用刀搅着水，念咒三次，俄而白气一缕，从钵中上腾，状如炉烟，直上数尺。命内侍捧钵出讲堂外，回顾力士道："速去！迟则淋漓矣！"高力士急急上马疾驰而去，回头看时，只见白气渐起渐粗，从讲堂飞出，好似一匹白练高悬空中，顷刻见天上阴云四合，大风震电，雨下如注。高力士驰过天津桥以南，风雨随马脚而至，街旁大树，尽被大风拔起。待高力士回宫复旨，那衣冠已尽被大雨淋湿了。这时，孟温礼做河南尹，正出巡街道，亦亲身遇此大雨。如今洛阳京城天津桥畔，有一荷泽寺，便是高力士那时往请祈雨回宫，在此寺前遇大雨，玄宗便在桥旁建一座寺院，题名荷泽。

当时，臣民见玄宗皇帝亲信奇术之士，便又有罗思远入宫请见。罗思远秘术甚多，更善施隐身之术，使人对面不相见。玄宗亲见罗思远作法，果然奇验。玄宗大乐，欲就学习此隐身法术，思远故意作难。玄宗愿拜思远为师，思远略一传授，终不肯尽其技。玄宗每欲与思远同在一处学习，思远用隐身术避去，使皇帝无处找寻。玄宗独行法术，终不能把身体完全躲去，或衣带外露，或巾角外显。宫人见之，皆拍手大笑。玄宗心中颇觉不乐，但亦无之如何。高力士献计，多赐金帛，罗思远亦淡漠视之；又变计以刀斧恐吓之，思远终不为动。玄宗大怒，传旨命高力士以油裹住思远身体，置在油榨下压毙之，埋尸在郊外。不及旬日，便有四川官员奏称："罗思远骑驴出没于峨嵋山一带。"

这年冬天，玄宗皇帝巡幸四岳。车驾到华山脚下，皇帝见岳神下山迎谒。帝问左右，左右答称不见。高力士奏称："山下有女巫阿马婆，能见鬼神。"玄宗便召阿马婆使视之。阿马婆奏道："神在路左，朱发紫衣，迎候陛下！"

欲知后事如何，且听下回分解。

第五十一回　惠妃计杀太子　力士夜进梅妃

　　阿马婆所见神像，与玄宗皇帝所见相同，玄宗便令阿马婆传旨，令山神回驾，那山神果然不见了。皇帝进庙，又见此山神挂剑匍匐殿庭东南方一株大柏树下，帝又召阿马婆问之。阿马婆所说形状，也与皇帝所见相同。皇帝便向山神行敬礼，命封阿马婆为圣姑，封山神为金天王。玄宗自写山神碑文，立碑在华山麓。碑高有五十余尺，阔一丈，厚四五尺，为天下最大的石碑。碑阴刻着当时护从天子王公以下的官名，制作壮丽，雕琢精巧，一时无比。

　　那时，又有一位神医名周广的，他不用诊脉问病，只须观人颜色谈笑，便知他受疾深浅，把病人的情状说得详详细细。

　　据说，那时有一神医纪明隐，居在山中，周广入山求教，尽得其秘。玄宗闻周广之名，召至宫中，凡宫女有疾病的，均召集在庭中，使周广验看。有一宫人得一奇病，每至傍晚，便歌笑啼哭，状如癫狂，又疑似鬼魅迷人。最奇怪的，她病发时，每至两足不能踏地。周广一望，便说此女必因饱食时用力太促，颠仆卧地，故成此病。这宫女自己说，前因太华公主生日，宫中大陈歌舞三日，宫女是领班歌唱的，只恐发声不清，有忤观听，便私地里多食炖蹄。因味美，食之不觉过饱，匆匆奉召，当筵歌数曲。

曲罢，只觉胸中闷热，欲赴庭心纳凉，又因儿戏心重，从台阶上跃下，颠仆于地，一时晕绝。久之苏醒，从此便得狂病，且两足不能踏地。周广便投以一剂而愈，玄宗甚是诧异。

又有一太监，奉使从交趾回宫，拜舞于帝前。周广从旁观之，便奏道："此人腹中有蛟龙，明日当产一子，但从此不能再活在世上的了！"玄宗听了，不觉诧怪，便问这黄门官道："卿体觉有不适否？"黄门官奏道："臣奉使骑马过大庾岭时，天气正是炎热，顿觉身体疲倦，口渴异常，因下马在路旁取饮野水，便觉腹中积块坚硬如石。"周广奏道："此龙胎也！"便开方令取雄黄硝石煮而饮之，立吐出一物，长仅数寸，其大如指。细视之，悉具头角。投入水中，立长数尺，昂首盆外。周广急取苦酒浇之，又缩小如旧，体僵而死。这黄门官自吐龙以后，腹块尽销。玄宗深为叹服，授以官爵。周广力辞，回吴中而去。玄宗下诏，令郡县访问有奇才异能之士，征献阙下。

京兆尹奏举李氏三子，善作歌舞：李龟年、李鹤年善歌，李彭年善舞。皇帝召入宫去，龟年信口作歌，能令帝随之哀乐不定，忽觉回肠荡气，忽觉眉飞色舞，不能自持。彭年作彩凤舞，翻飞翩跹，令人眼花。玄宗大喜，每到之处，便令李氏兄弟随侍。又选宫女数百人，教成歌舞。龟年制成《渭州曲》，教宫女齐声歌唱，娇媚可听。皇帝大乐，时以金帛赏赐龟年。

龟年在京都大起甲第，栋宇如云，富比王公。通远里中一宅，占地十里。以沉香木起一大堂，能容客千人。别家宅第，无有胜于李氏的。可惜后来龟年流落在江南地方，穷苦不堪，见有人家喜庆筵宴，便为当筵砍数阕，座中闻之，莫不掩泣罢宴。杜甫赠诗道：

> 岐王宅里寻常见，崔九堂前几度闻。
> 正是江南好风景，落花时节又逢君！

龟年故宅后为裴晋公所得。中有一绿野堂，建筑最是幽雅。龟年盛时，常在堂中宴客，朝中公侯，争相结交。

玄宗自得李氏兄弟后，常在五凤楼下，宴集群臣，歌舞达旦。又下诏命三百里内州县官，教成歌舞，前来阙下助乐。玄宗亲自临观，比较优劣而赏罚之。各处地方官见皇帝爱歌舞，便教成声乐，齐献阙下。时有河南郡守，命乐工数百人，在车上作乐，乐工身衣锦绣。又令士卒身蒙虎豹犀象之皮，伏在车厢，乐声一作，群兽起舞，跳掷抟噬，一如真形。群臣观之，莫不骇目。又有元鲁山，献乐工数十人，联袂作于芬之歌，声调怪越，玄宗听之，不觉大笑。每次赐宴，皇帝亲御勤政楼，金吾军士披黄金锁甲，列仗楼下；太常陈乐、卫尉张幕，令诸将酋长就食庭前。教坊大陈山车楼船，寻橦走索，丸剑角抵，戏马斗鸡。又令宫女数百人，饰以珠翠，衣以锦绣，自绣幕中出，击雷鼓为《破阵乐》、《太平乐》、《上元乐》。又引大象犀牛入场拜舞，动中音节，皇帝顾而大乐。

当时，又有厩官教成舞马四百匹，分列左右，进退跳舞，列成部目，称曰"某家宠"、"某家骄"。这时，塞外亦贡善舞之马，玄宗命并入教练，无不曲尽其妙。衣以文绣，络以金银，饰其鬃鬣，杂以珠玉，奏曲名为《倾杯乐》，聚马数十匹，奋鬣竖尾，纵横合节。又施三层板床，乘高而上，旋转如飞。或令壮士举一榻，马舞于榻上，乐工数人立于左右前后，皆衣一色淡黄绸衫、文玉带，皆选年少而姿貌秀美者充之。每岁过中秋节，使舞于勤政楼下，君臣相顾笑乐。

正开怀的时候，忽内侍慌张报称："武惠妃遇鬼发狂，病势十分危急，请万岁爷回宫。"玄宗这时十分宠爱惠妃，听了内侍的话，忙丢下酒杯，匆匆下楼。到宫中一看，只见武惠妃衣裙散乱，口眼歪斜，趴在地下不住地叩头乞饶。看她嘴角上淌下白沫来，那叫唤的声音渐渐低沉。玄宗心中十分怜惜，过去把惠妃抱在怀中，连连唤问。只见惠妃伸手向空中，指着说道："太子瑛、鄂王和光王三人，都来索妾命也，万岁爷快快救我！"

当初，玄宗宠爱赵丽妃，已把这武惠妃丢在脑后。不久，赵丽妃生了皇子名瑛，玄宗要得丽妃的欢心，便立瑛为皇太子。这太子瑛却生得聪明正直，自幼入国学，诏右散骑常侍褚无量教授经学，又选太常少卿薛绦之女为太子妃。玄宗因宠爱丽妃，也便宠爱太子，常把太子瑛召进宫来，父子二人在一处游玩。

十六年冬季，玄宗带领太子瑛和诸王在御苑中种麦。玄宗对太子瑛道："此麦为明春祭祀宗庙之用，故亲种之，亦欲尔等知稼穑之艰难也！"当时，赵丽妃权倾六宫，玄宗又拜妃父元礼、兄常奴，官至尚书侍郎。玄宗除爱太子瑛以外，又爱鄂王、光王。玄宗为临淄王时，二王的母亲亦深得玄宗的宠幸。

不料这时武惠妃忽然也产了一个皇子，便是寿王瑁。这寿王自幼生成绝美的容貌，又是十分伶俐的性格。在七岁时候，与诸兄拜舞，进退有节，玄宗宠爱。这寿王又胜过太子瑛和鄂、光二王，因宠爱寿王，玄宗也常常临幸惠妃宫，因此那惠妃依旧得起宠来，反把这赵丽妃冷淡下来。那太子瑛和鄂、光二王，从此不得与父皇见面。弟兄三人在背地里，不免有怨恨惠妃的话，落在驸马杨洄耳中。这杨洄是咸宜公主的丈夫，咸宜公主又是惠妃的亲生女儿。当时，杨洄听了太子瑛三人在背地里毁谤的话，便令咸宜公主在惠妃跟前造谣生事，说太子瑛在背地里如何毁谤皇上，又说鄂、光二王有谋反的意思，惠妃便日夜在玄宗皇帝跟前哭诉。

玄宗听信了惠妃的话，不觉大怒，急召宰相张九龄进宫，议废太子。张九龄急叩头劝谏道："太子和诸王，日受圣训，天下共庆！陛下享国日久，子孙蕃衍，奈何一日弃三子？昔晋献公惑骊姬之谗，申生忧死，国亦大乱；汉武帝信江充巫蛊，祸及太子，京师喋血；晋惠帝有贤子，贾后潜之，乃至丧亡；隋文帝听后言，废太子勇，遂失天下；今太子无过，二王亦贤。父子之道天性也，虽有失，尚当掩之。推陛下裁赦！"玄宗听张丞相说了这一番大道理，便也把废太子的心搁起。但此时李林甫当国，嫉恨忠良，时时在皇帝跟前挑拨是非，说了张丞相许多坏话，那张九龄竟罢官退去。从此，李林甫大权独揽，惠妃也时时拿财帛去打通李丞相。

李林甫见丽妃已经失势，便又倒在惠妃一面，在玄宗跟前，时时赞扬寿王如何美丽、如何聪明。又勾结驸马杨洄，在玄宗跟前告密，说太子瑛和鄂王瑶、光王琚，暗约丽妃之兄谋反。玄宗初不甚信，惠妃便使人去召太子瑛和鄂、光二王，推说宫中有贼，请太子和二王须甲胄佩刀入宫。那太子和二王信以为真，便披甲戴盔，腰佩长剑，匆匆走进宫来。走到熙春宫门口，被守宫卫士拦住，问起情由，说是奉武惠妃宣召，特来宫中捉贼。

那守门卫士不敢怠慢，把太子和二位王爷留住在宫门外，急急进宫来报与惠妃知道。那惠妃听说太子已到，她也不去见太子，急赶到御书房里，报与玄宗知道，说太子瑛和鄂、光二王谋反，带剑逼宫，现被宫门卫士挡住在宫门外，请陛下作速避乱！玄宗听说大恐，一面起身避入紫光阁，一面令高力士带领宫中禁军出宫去观看。不一刻，只见一群兵簇拥着太子和二王直奔阁下，玄宗见三子俱是甲胄挂剑，怒不可遏，也不容太子分辩，喝令打入内监。一面急召李林甫进宫来商量，废立太子的事体。

李林甫奏道："此陛下家事，非臣所宜与闻！"玄宗便立刻下诏，废太子瑛与瑶、琚二王，均为庶人，打入内牢。惠妃又买通管狱太监，断绝饮食，活活把太子瑛和鄂王、光王三人饿死，形状十分凄惨。这消息传出去，满朝文武都替太子含冤，独这位玄宗皇帝，只因正在宠爱惠妃，也毫不觉悟。

只是武惠妃自从谋死了太子瑛和鄂、光二王之后，时时心惊胆战。每在夜深人静以后，良心发现，好似那太子和鄂、光二王的鬼魂惨凄凄地站在跟前向自己索命一般。她无论黑夜、白日，总把这件事搁在心头，那鬼魂愈缠绕得厉害。甚至青天白日，不论惠妃行走坐卧，总见鬼影憧憧，把个美人般的惠妃，早吓得魂梦难安、饮食不进，渐渐地形销骨立起来。只因她要在万岁跟前恃强沽宠，见了万岁爷，打起精神，一般地敷粉匀脂，轻颦浅笑。玄宗只顾自己寻乐，不曾留意到惠妃的身体。

说也奇怪，惠妃正在疑神弄鬼的时候，只须万岁爷一到，那鬼魂便逃走得无影无踪，惠妃也觉得精神清醒过来。因此，惠妃越发撒痴撒娇，竭力把这位万岁爷迷住在宫中，也是借着万岁爷的威光，抵敌鬼魂的意思。但可怜这惠妃饮食不进，日夜无眠，把个病体硬支撑着，总是支撑不住的。

那日，玄宗出宫，在勤政楼大宴群臣的时候，惠妃在床上假寐。一睁眼，只见那已死的太子瑛带领着一群小鬼，直扑上床来，举起手中狼牙棒，向惠妃酥胸上猛打，打得惠妃痛彻心肝，惨声大叫，接着呕出十几口鲜血来，两眼一翻，死过去了。那内宫太监见不是事，急急去报与总管太监，总管太监报与高力士知道。高力士不敢怠慢，一面报与万岁知道，一面急去传御医进宫请脉。待皇帝到来，惠妃已转过一口气来，一眼见玄宗坐在跟前，她神魂也定了些，两手紧紧地拉住玄宗的袍袖，声声说："万岁救我！"御医进来请过脉象，奏说："万岁爷请万安，贵妃是一时痰迷心窍，玉体是不妨事的。"

谁知这惠妃挨到夜深时分，更加混闹起来，吓得宫人个个害怕。惠妃被鬼魂捉弄得床上睡不住了，便有两个宫女上去扶着下床来。忽见她双膝跪倒，说一会，哭一会。有时趴在地下叫饶，说太子拿狼牙棒打死我了！那身体在地上打滚躲闪，好似避打的样子。双手合在胸口，只是嚷痛。玄宗看了，心中万分不忍，上去抱持她。惠妃力大无穷，从皇帝怀中挣脱下来，仍倒在地上。只见她眼珠突出，口中鲜血直流，头发披散，人人害怕，不敢近前。将近五更天气，那武惠妃嘶叫得声哑力竭，直着嗓子哭唤，居然鬼嚎一般。一时死去，一时又醒来，整整闹了一夜，好不容易，挨到天明。玄宗也再没有这个精神支撑了，便幸高婕妤宫中休息去。这武惠妃见皇帝去了，她也不言语了，只装着鬼脸，自己拿手撕开衣服，露出雪也似白的胸膛来，便好似有人在剥她衣服的样子。可怜武惠妃虽说不出来，其痛苦之状，实在难堪！直延挨到第二日傍晚，才真的咽过气死去了。玄宗得了消息，想起往日的恩爱，便亲自临幸惠妃宫中，抚尸痛哭了一场，命高力士好好收殓。

那高婕妤把皇帝劝回宫去，自己妆成花朵儿模样，又令宫女当筵歌舞，在一旁装尽娇媚，劝皇帝饮酒。无奈玄宗总因想念着惠妃，酒落愁肠，便觉得凄凉无味。夜间在床上总是长吁短叹，不能成寐。高婕妤无法可想，便暗暗地约同后宫中诸妃嫔，在御苑中安排下盛大的筵宴，不但是庖龙炙凤，且调齐了六百名歌舞的宫女，候着天子一到，便齐齐地歌舞起来。配着悠扬宛转的音乐，娇滴滴的歌喉，软绵绵的舞态，真令人骨醉魂销！时值秋深，居然满园红紫，垂丝剪彩，装点作春花模样。

玄宗皇帝举目看时，见两旁随侍的妃嫔，如武贤仪、郑才人、陈才人、王美人、阎才人、卢美人、钟美人、柳婕妤、郭顺仪、刘才人、皇甫德仪、钱德妃、刘华妃和高婕妤，大半是玄宗平日宠爱的。玄宗生平最欢喜公主，这时高婕妤也悄悄地把那班公主和驸马唤进宫来陪宴，如：永穆公主和驸马王繇、常芬公主和驸马张去奢、常山公主和驸马窦泽、晋国公主和驸马崔惠童、新昌公主和驸马萧衡、临晋公主和驸马郭潜曜、卫国公主和驸马杨说、贞阳公主和驸马苏震、信成公主和驸马独孤明、楚国公主和驸马吴澄江、昌乐公主和驸马窦锷、永宁公主和驸马裴齐邱、宋国公主和驸马杨徽、齐国公主和驸马裴颖、成宜公主和驸马杨洄、广宁公主和驸马苏克贞、万春公主和驸马杨锜、寿昌公主和驸马郭液、乐城公主和驸马薛履谦、新平公主和驸马姜庆初，一对对佳儿佳婿，围绕着皇帝。玄宗见人多热闹，才慢慢地把悲哀忘去。

　　这许多妃嫔，却长得各有动人之处。高婕好口齿伶俐和百灵鸟似的，能说能笑；刘华妃却是静默幽雅，明眸一睐，含羞微笑，令人见之意远；钱德妃却苗条得可爱；皇甫德仪又丰柔得可玩；刘才人的淡装、郭顺仪的礼服，互相辉映，顾盼宜人；柳婕好的点额妆，眉心微蹙，令人可怜；钟美人的醉颜妆，双颊胭脂，却又红得可怜；卢美人的细腰、阎才人纤手，令人一见心醉。此外，王美人、陈才人、郑才人、武贤仪，或以姿色胜，或以神态胜，各有动人之处。这一班妃嫔都深承帝王恩泽的。当时，玄宗见了，回想前情，便各赏彩缎十端、黄金百两。一场歌舞直热闹到天色傍晚。玄宗见钱德妃柳腰儿转侧得可爱，便倚醉攀住德妃肩头，手拉手儿，临幸钱妃宫中去。

　　从那天御苑宴会以后，玄宗皇帝勾起往日旧情，便依次轮流着到各妃嫔处临幸去，一时雨露普及，惹得一班望幸的妃嫔们，夜夜在宫中金钱暗卜。后来给玄宗知道了，索性命诸妃嫔以金钱赌赛，胜者得侍帝寝。一时，宫中金钱之戏，甚是盛行。玄宗在一旁眼看着诸妃嫔争夺自己的身体，心中甚是得意。

　　这时，高力士出使在闽、粤一带地方，在次年春季回宫，采办得许多奇花异草，又有鹦鹉、白鹤、彩鹿、金鸡，散放在御花

501

园中。一时哄动了合宫的妃嫔，引逗玩弄着。玄宗也命在勤政楼为高力士洗尘、赐宴，高力士在当筵说些闽中风景、粤地人物。君臣二人直饮到黄昏月上。力士又悄悄奏道："臣此次奉使南行，已为陛下物色得一枝解语花在此！愿陛下屏退左右，下阁观赏。"

玄宗听奏，真的只带一个小太监下阁去，只见月移花影，满地如绣，映照在白石台阶上，一片皎洁。廊下铺设着宝座。玄宗皇帝才坐定，只觉远远一阵香风，从花下吹来，夹着环珮丁当的声音。向阶下望去，只见一对雉尾，拥着一个美人儿，冉冉地从花下行来，走上白石台阶。月光照在她粉脸上，看时，玄宗心头不觉一惊，真是搓脂摘粉，羞花闭月，又妖媚，又白净。看她披着雾縠云裙，手握一枝梅花，疏影横斜，几疑是月里嫦娥，下临尘世！直看到那美人盈盈下拜，娇声称："奴婢江采苹见驾，愿吾皇万岁、万岁、万万岁！"莺声呖呖，喜得玄宗皇帝忙亲自下座伸手去扶起。向粉脸看时，只见眉弯入鬓，星眼羞斜，把个皇帝乐得连连呼着美人，当夜便在翠华西阁临幸了。因江采苹性爱梅花，第二天，圣旨下来，便封她为梅妃。

这梅妃幽娴贞静，玄宗坐对美人，闺房静好，宛似新婚夫妇一般。梅妃天性爱洁，她妆台绣榻，打扫得绝无点尘。说也奇怪，玄宗在别个妃子房中，那妃子歌着舞着说笑着，百般讨皇帝的好儿，这皇帝玩过一两天，便觉玩腻了，便丢开手找别个妃子玩去了。独有这梅妃，她陪伴着皇帝在屋中，也不歌，也不舞，也不说笑，只是静静的。玄宗和她说话，她总是抿着朱唇，微微一笑。在这一笑中，便显露出无限娇媚神气来，把个风流天子，整日迷住在妆阁中，一连十日不坐朝，把满朝文武盼得望眼欲穿。

高力士进宫去探望，总见这玄宗怀中拥着梅妃，拿着彩笔，画着眉儿，有时捧着那双玉也似的纤手，替梅妃修着指甲。高力士看这情形，也不敢进去惊扰。直到大祭之期，李林甫进宫去面请圣上祭祀皇陵。玄宗是一刻也不能离开梅妃的，如今要出宫有十多日的分别，如何舍得下，便想把梅妃带去。只因祖宗定例，非皇后不能亲与祭祀。玄宗一心想把梅妃立为皇后，又怕臣下不服，便亲自和梅妃去商量着。谁知自承恩幸以后，已有了三个月身孕，不耐车马之劳。玄宗满心欢甚，便放梅妃在宫中静养，自己摆驾出宫，带了文武百官祭祀陵寝去。满意待梅妃产下皇子来，便立她为皇后。

欲知后事如何，且听下回分解。

第五十二回　廊阁纤耸骊山宫
龙凤腾舞华清池

　　玄宗出得京城，只见山环水绕、一带苍翠，却也不觉心旷神怡。一时把温柔滋味，丢在脑后。祭过皇陵，皇帝住在山下行宫里。这时初夏天气，玄宗靠南窗坐下，清风拂树，花雨缤纷。远远地见林外一片水光，有一群村童，在水中出没游泳为戏，衬着碧波，那儿童精赤着身体，愈显得娇洁可爱。玄宗触景生情，便想起六宫妃嫔，个个是白玉也似的肌肤，惊鸿也似的姿态，倘能个个把衣裳脱去，露出娇嫩的身体来，在碧波中游泳着，一来也不辜负了她天生成一身好肌肤，二来传在后世，也是一段风流佳话。

　　当下急回宫去，原想和梅妃商量如何建造浴池，如何使各妃嫔在池中游戏。谁知玄宗和梅妃，只分别得十多天，把个梅妃却害成相思病了。玄宗进宫去看时，只见她双鬓飘蓬，眉峰蹙损，那粉庞也消瘦了许多。玄宗看了，十分心疼，便终日陪伴着梅妃，在房中料理汤药，寸步不离。这梅妃原是娇怯怯的身躯，又因怀孕在身，一连五六天身体发烧，便把腹中的皇子小产下来了。这一小产不打紧，从此梅妃的病势，愈见虚弱。玄宗皇帝一面痛惜这个流产的皇子，一面传御医给梅妃服药调理。梅妃在病中，自不能与皇帝寻欢作乐，反把这位风流天子久旷起来。

第五十二回　廊阁纤耸骊山宫　龙凤腾舞华清池

玄宗每日在宫中，除照料汤药以外，闲着无事，便想起造浴池的事体来，便召高力士商议此事。高力士听玄宗说要造浴池，便奏道："洗浴以温泉为最妙，先帝在日，常驾幸骊山温泉就浴。那处泉水温暖，浴之又可以祛病延年。骊山下原有行宫一座，而今不如就那座行宫改造，将温泉遮盖在内，不论冬夏，俱可入浴。"玄宗听了高力士的话连说："妙、妙！朕如今下旨内藏府官，多发内帑。即着卿为朕督造骊山浴宫，不必节省金钱，总以精美为是。"高力士领了圣旨，便向内藏府去领了金钱，立刻召募八万人夫。赶往骊山，动工建造。亏他运用巧思，又去觅得了许多巧匠，日夜赶造。共经过二年的时间，把一座精巧壮丽的行宫造成了。

在这二年之中，高力士又打发内侍官，向各路去搜集珍宝玩物，搬进行宫去装点起来。工成之日，便奏请天子临幸。玄宗在宫中，正闷得慌，听说浴宫完工，便轻衣减从地驾幸骊山去。皇帝骑在马上，那文武百官前后簇拥着。看看到骊山脚下，远远望去，见山抱树绕，林中起一条白石甬道，路尽头树深处，藏着一座精美的行宫。那宫殿全倚着山脚造的，楼阁起伏，半显半隐；那屋顶全是白石造成。玄宗望见外面的模样，便称叹说："好一个幽静的所在！"进得宫来，那屋宇十分宏壮，画角飞帘，果然不用说它。便是那人在殿中走着，地势渐渐地高耸，地面上不露行级，行走又不十分吃力，不知不觉已走到山腰。只见眼前起一座飞桥，足足有五六十丈长、七八丈宽。两旁雕栏文窗，推窗一望，只见远处平畴绿野错落帘前，近处奇峰翠障奔赴脚下。那桥下又万紫千红开遍，一股清泉宛转奔腾，从林中流出，向桥上经过，流向宫墙里去。只见水面上热气熏腾，这便是著名的骊山温泉。

玄宗下得桥来，已是行宫的后苑。回看那座长桥，真如天半玉楼，又如飞龙就饮。玄宗赞叹道："真神工也！"说着，已进入后苑，在织锦回廊上走着。那回廊全是雕梁文砖，绿窗锦槅，这也不去说它；最可爱的，是那路径回环曲折，人在两处行走，看看槅窗相近，忽然又被花树遮槅，相离渐远，往还追随，便有咫尺天涯之感。玄宗大笑道："先隋炀皇帝有迷楼，朕却有迷廊！"

绕了半天，才出了迷廊，眼前便是一片池汤，上面飞栋雕梁，遮着一层明瓦，十分宽敞。分作东西两池：东池称为龙泉，西池称为凤池。那龙泉是雕成一只大龙，在池面上团团盘住，梁柱尽是龙身，龙头在西面池角上俯着，张大了嘴，一股泉水从龙口里喷涌出来；凤池却雕成接连的五色云章，作为梁柱，一只彩凤，浮在东面池角上，张着翅儿，装成戏水的模样，那温泉便从彩凤的两翼下流出，恰恰水没着凤翅，看不出流水的痕迹来。一隐一现，十分巧妙。这时水面上浮着翠色的荷叶、红色的莲花。那荷叶是以翠玉琢成，大如桌面；莲花是以红玉琢成，大如蒲团，浮在水上，生动有致。龙泉中又有一头白玉琢成的骏马，备为皇帝入浴时乘坐之用；那凤池中的彩凤，却备皇妃入浴时乘坐用的。最可爱的，那池底、池岸，俱用一色绿砖砌成，映得水也成了碧绿色。沿池边种着龙须瑶草，四周围着白石雕栏。栏外走廊，十分宽阔，陈设着锦椅绣榻，预备出浴、入浴时随意起坐。这龙、凤两池，水面宽阔，只有十丈方圆。此外又隔分长汤浴池四十余间，环回砌以文石，为各妃嫔入浴之处。入水的一面，筑成银镂漆船，或白香木船。水中叠瑟瑟及沉香为山，仿着瀛洲方丈模样，为各妃嫔入水休息之地。最巧妙的，各池水设一总机括，只须将机括一搬，那池水立刻退尽，池底绿砖，一齐显露出来。

高力士陪侍天子，在池旁口讲指划，说出许多妙处来，把个玄宗听得心花怒放，把这座行宫，赐名华清宫，那浴池便赐名华清池。回宫去拣了一个天气晴和之日，下诏命六宫妃嫔和公主、王妃、内外命妇，尽入华清池试浴。那许多命妇和王妃公主，听说天子赐浴，便个个打扮得粉白黛绿，珠围翠绕，准备朝天子去。

到了这一天，玄宗先在华清正宫中赐宴，众夫人和公主妃嫔等，满屋子脂粉少妇，蟫首蛾眉，钗光鬓影；只听得环珮玎珰，衣裙悉瑟，传杯递盏，静悄悄地领着御宴。饮到半酣，只见高力士进殿来，高声传话道："万岁驾到！"慌得众夫人齐齐站起，分班候着。妃嫔和公主站在前面，夫人们站在后面。

只听得殿廊下云板响亮，接着小太监唵唵喝道的声儿，万岁的小羊车，直到庭心停住，靴声囊囊地走上殿来，慌得众夫人齐齐跪倒。万岁爷走上殿去，在中央宝座上坐下，那梅妃却陪坐在一旁。有小太监唱着各夫人、各公主妃嫔的名儿，唱完了名，只听得娇滴滴的一阵唤："愿吾皇万岁、万岁、万万岁！"玄宗看时，见一屋子黑魘魘的云鬓齐俯，那花香粉味，充满了殿宇。皇帝心中甚是快乐，忙传旨赐众夫人华清池汤沐。

众夫人领旨，谢过恩，由宫女上来，引导入后苑华清池中，脱去衣裙，一个一个露出白润的身体来，走下分间的长汤浴池中洗着身体。那温泉天然温暖，润着肌肤，十分舒畅。每一间浴池，却有宫女二名伺候着。那宫女们早已将上下衣服脱去，只腰间围着短罗裙，入水扶侍着。众夫人游入池心，戏弄一回，去坐在银漆船头上。宫女献上御赐的祛寒葡萄酒一杯，众夫人饮下。宫女拿浴巾替她在浑身上下洗抹着，洗得身体洁净，又下水戏弄一回，扶上岸去，在锦廊下白石凳上坐着。又有宫女替她抹干了身体，重整过云鬓，穿齐整了衣裙，出殿去谢过皇恩。皇帝赐各夫人银花一朵，缀在鬓儿上，才各各告辞出宫去。

这里众妃嫔公主在殿上陪伴着万岁饮酒，传李氏兄弟，带领歌姬、舞女上殿来歌舞着。那李龟年和李彭年兄弟二人，各领一班宫女，教授歌舞，制成《渭州曲》，教成惊鸿舞；唱来宛转抑扬，舞来翩翩飘忽。玄宗看了，甚是叹赏，传旨各赏龟年、彭年黄金千两。梅妃见万岁爷爱惊鸿舞，便亲自下座来舞着，经李彭年略一指点，居然也进退中节，宛转多姿。玄宗看了，更是甚欢不尽，亲自下座把梅妃的腰肢扶住。梅妃舞罢，也娇喘细细地软伏在万岁肩头。玄宗送过一杯酒在梅妃唇旁，梅妃就万岁手中饮下，归座去。接着众妃嫔要争万岁的宠爱，各个离席来，歌的歌，舞的舞；歌的珠喉宛转，舞的柳腰起伏，真令人目迷心醉。玄宗看到快乐的时候，便传旨各赏彩缎二端、玉搔头一支。众妃嫔分占了四十余间浴池，各各有宫女服侍着，卸去衣裙，顿时百余条皓腕齐舒，数十个玉肩斜鳟。那长汤浴池，虽说分着间儿，一齐在目。

玄宗和梅妃自有宫女扶着，入龙泉、凤池沐浴。有四个宫女，扶着梅妃入水去，斜坐在凤背上。玄宗看时，雪肤花貌，衬着她那副娇羞宛转的神韵，真欲令人看煞。正看得出神的时候，只见梅妃蛾眉紧锁，朱唇失色，嘤咛一声，早已晕倒在那彩凤背上。慌得众宫女把梅妃扶上岸来，替她摩着酥胸，一声一声地在她耳旁唤着；慌得玄宗皇帝也在水中跳起来，把梅妃水淋淋的身体搂在怀里，拍着肩儿唤着。那梅妃哇地一声，从喉底里转过气来。宫女把她拭干了身体，扶出外房去。玄宗也无心洗浴，穿上衣服，跟出外屋来。便有御医进来请脉，奏说娘娘一时气闭，是不妨事的。玄宗看梅妃，果然神气清醒，依旧说笑自如，便也放了心，吩咐把梅妃扶进寝室去睡着养神。自己究竟舍不下那众妃嫔，便又返身走入浴池去。

看时，那众妃嫔正隔着窗儿泼水戏耍，那粉脸上都被水沾得胭脂淋漓。玄宗看了，不觉大笑。那妃嫔们见万岁驾到，一齐在水中躬身接驾。玄宗含笑，向众妃嫔招着手儿，众妃嫔一齐水淋淋地奔上岸来，把个皇帝团团围住，跳着唱着。玄宗一件崭新的龙袍，被水沾得湿透了肩袖，玄宗非但不恼，看她们赤着玉也似的身体，站在面前，忙得他丢了这个，又抱那个，更把一件袍儿尽染上脂粉水儿去。玩笑多时，各妃嫔才拭干身体，穿上衣裙。玄宗也另换了一件袍儿，一群妃嫔簇拥着一位风流天子，从织锦回廊中走去。

玄宗一瞥眼，只见一个女子，露着上半身，隔着廊儿，在花窗下斜倚着。看那女子背着身儿，云髻半偏，香肩斜弹，衬着苗条的腰肢儿，已是动人心魂。待她一回过脸儿来，那半边腮儿，恰恰被一朵芙蓉花儿掩住，露出那半面粉靥来，娇体丰润，也分辨不出花光人面，真可称是国色天香。玄宗虽有三宫六院的妃嫔，终日赏玩着。娇小的、丰腴的、浓妆淡抹的，虽见了许多，却不曾见有如此绝色的美人儿。不知不觉把皇帝的魂儿绊住，那脚踪儿也不由得向美人身旁行去。众妃嫔见万岁爷注定全神，在隔廊的美人身上，便也知趣，一齐悄悄地退去，只留着高力士随侍在皇帝身后。

玄宗正向美人身畔走来，看看已近在咫尺，谁知却被雕栏隔住，可望而不可接。看那美人却也放刁，见万岁爷行来，她便佯羞低头，一转身和惊鸿一般，向廊东头行去。玄宗正想上前去招手唤住，一转念今日有各路亲王妃子放进宫来游玩。那美人也须是亲王的妃子，却不可冒昧召唤。狠一狠心，又想丢下手走开。看那美人在前面缓缓地行走着，看她腰肢袅娜，凌波微步，真好似轻云出岫一般，看了叫人爱煞。玄宗便也隔着廊儿，跟定了那美人的脚踪儿走着。高力士也默默地跟随在身后，亦步亦趋地沿着回廊，转弯抹角地走着。上面说过这织锦回廊，原建造得十分巧妙，倘不得门径，便够你绕一辈子也绕不出来。如今玄宗皇帝是有意跟踪那美人，那美人儿也有意引逗这位风流皇帝，只向那曲折幽密处行去。看看两面只隔着一重回廊，但绕来绕去，总不能接近；看看已赶上了，不知怎么一绕，那美人儿被花障儿遮住，忽已不见了，一转眼已在身后出现。玄宗急急转身走去，依旧是被一重雕栏隔住。看那美人，只是掩袖一笑，转向别处去了。急得玄宗皇帝只是抱怨那建造这织锦回廊的工匠，如此捉弄人。

待玄宗走到那美人站立的地方，已是去得无影无踪。高力士向四处走廊上去找寻，那美人早已绕出回廊，向别殿游玩去了。玄宗见跟不上这美人，只得垂头丧气地也出了回廊，出了后苑，走在飞桥上，向下望去，一瞥眼儿又见方才那美人，出没在桥下花树之间。这时身旁多了两个侍婢，一个手中捧着一个胆瓶，瓶中插着二三朵折枝芙蓉；一个手中拿着拂尘帚儿，时时在美人儿身体四周拂去空中的飞虫和那蜂儿、蝶儿。这美人儿只低着头沿着溪水边慢慢地行去，玄宗在桥上遥指着，对力士说道："你看这模样儿真可写入图画呢。谁家这可喜娘，总有时将她宣召在朕当面，待朕看一个饱呢！"高力士到这时候，实在忍不住了，便奏对道："这有何难？陛下自己的媳妇儿，少不得由陛下看一个饱也！"玄宗见说，不觉一惊，忙问他："是谁家的王妃！"高力士忙奏道："那妇人便是寿王的妃子杨氏。"玄宗一听，真是自己的媳妇儿，不觉满面羞惭，忙自己掩饰着说道："怪道呢，这孩子自从武惠妃生下地来，怕不能养大，自幼抱在宁王府中管养。元妃看教他，好似亲生儿子一般，那媳妇儿也在宁王府中娶的。不常到朕宫中来，一家子翁媳，反觉生疏了，想来真觉好笑！"说着，便哈哈大笑。

高力士听了玄宗的话，便奏请道："可要去召这杨氏来进见？"玄宗忙摇着手道："不必，不必！"说着，便走下桥去，在那甬道上低头默默地走着，半晌，不觉叹一口气，自言自语地说道："瑁儿这孩子，真好艳福也！"玄宗说了这句话，才觉自己说得太忘形了，忙又自己掩饰着说道："想俺大哥在世的时候，俺弟兄们何等的亲热，终日吃也在一处，玩也在一处，卧也在一处。还记得朕初即位的时候，离了众弟兄，孤凄凄的一个人住在宫中，心中好不烦闷，便把俺大哥召进宫来，依旧和他在一处儿玩着喝着。还记得有一天，是朕和大哥对坐着，尝那内厨房新制的荷叶羹。大哥正满嘴含着羹汤，不知怎的，错了喉，一个喷嚏，喷得朕满脸、满胡须尽是羹汤。俺大哥急得满脸通红，忙拿自己的袍袖替朕拂拭着。朕怕大哥心中羞惭，便唤内侍们上来，收拾干净。这时黄幡绰在一旁，笑奏道：'这不是宁王错喉，这是宁王喷帝！'俺和宁王两人听了，撑不住呵呵大笑起来。至今想来，还是很有味儿的呢！"

玄宗说着，已走进了华清正宫。想起梅妃方才晕倒在浴池中的，便重入寝宫，探视梅妃的病情去。这一晚，玄宗和梅妃是第一夜临幸这华清行宫。梅妃得玄宗如此宠爱，便支撑着病体，百般承迎。但是看玄宗神气，却大变了，不论一言一笑，总是怔怔的，好似魂不守舍，心中别有心事一般，一任梅妃如何装娇献媚，玄宗总是淡淡的神情。

好不容易，挨过了一夜。第二天清晨起来，玄宗便离了寝宫，出御便殿，悄悄地把高力士召进宫来。这高力士原眠息在殿帏中的，一听说圣上召唤，便急急进宫来。一看万岁孤凄凄的一个人坐在屋中，看他脸色，便知道昨夜失眠。见高力士进来，也好似不看见的一般，只是怔怔的。高力士心中禁不住惊慌，他认作昨夜万岁和梅妃闹翻了，又疑是自己得了什么罪，万岁正震怒呢。忙悄悄地爬下地去，跪在一旁。半晌、半晌，只听得玄宗打着手掌，自言自语地道："这美人儿正可爱！叫朕心下好难抛下也!"高力士听了,才恍然知道皇帝依旧在那里想念那寿王这妃子杨氏。看万岁那痴痴的神气,甚是可怜,便奏道:"万岁若爱那杨氏,奴才却能替万岁爷去召进宫来见一面儿。"玄宗叹着气说道:"俺们翁媳见一面儿,有什么意思,眼见得朕这相思害到底也!"说着,又连连地叹气。高力士听了玄宗的话,心中一转念,便得了主意,便抢上一步,在玄宗耳旁,低低地说了一番话。玄宗听了,也连声赞说:"好主意!好主意!朕便依卿的主意行去。"

玄宗自从和高力士在背地里商量得了主意以后,便觉玄宗每日笑逐颜开。他也不找众妃嫔游玩,也不在梅妃屋中勾留,每日只打扮得遍体风流,在书房中静养,兹有高力士伴在一旁。

再说那寿王的妃子杨氏,真是长成国色琼姿。世居在永乐地方,自幼儿父母双亡,在叔父家中养大。十八岁选入寿邸,为寿王妃子。如此美人,夫妻自然十分恩爱。但自从那日在华清宫赐浴回来,不知怎的,心中总留着一个皇帝的风流影儿,从此茶饭也少进,睡眠也不安。便是夫妻之间,也便觉得淡淡的,一任寿王百般宠爱,那妃子却越觉得可厌,总是远远地避着。这样一天一天地下去,夫妻之间忍无可忍,在半夜时分,他两口子便大闹起来。合府内外的人都慌得不敢睡觉。挨到天明,他们去把宁王夫妇二人请来。那寿王自幼在宁王府中养大的,见了宁王的元妃,两口子便诉说不休。杨氏却一口咬定,说愿入庵当姑子去。一任你那宁王夫妇如何劝说,那寿王如何求告,这杨氏如铁石铸成的心肠一般,总是啼啼哭哭的。在府中又留了三天,杨氏却寻死寻活地吵闹不休。元妃看看,实在留不住了,便劝着寿王说:"这妇人心肠已变,放她当姑子去吧。"这寿王没奈何,把自己心爱的美人儿,生生地眼看她辞别出府去。

寿王看看杨氏登车,自己却撑不住那泪珠儿扑扑索索地落下来。宁王夫妇伴着寿王在府中，早夕劝戒，又传府中的姬人来歌舞，劝着寿王的酒。可怜寿王这时滴酒难咽，又选几个绝色的妓女，到寿王寝室中去伴寝。一连三夜，竟是各不相犯的。杨妃在府中时，原有帖身两个侍女，一名永清，一名念奴，却也长得伶俐美貌。如今杨妃已带着出府去，丢下这寿王，愈觉得冷清清的没了手脚。

　　隔了几天，皇帝圣旨下来，替寿王选定了韦昭训的女儿韦氏，配与寿王为妃子。玄宗特赐黄金万两、彩缎千端，为新妃子的见面礼儿。寿王见是父皇特旨替他娶的妃子，却也不敢怠慢。看那新妃子，一般也长得美丽贤淑，得了新欢，便忘了旧爱。

　　欲知后事如何，且听下回分解。

第五十三回　翁占媳杨贵妃承宠
　　　　　　兄通妹虢夫人守寡

　　寿王妃子杨氏带了她帖身两个侍女，永清、念奴，出了王府，真的进万寿庵做姑子修行去，那庵中老姑子替她取个法名，唤做太真，既不责她絮絮念经，也不劳她打扫佛堂。主婢三人，在庵中自由自在地度着岁月。挨到第二年春天，高力士受了皇帝的密旨，悄悄地来在庵中，把杨氏宣召进华清宫去。

　　原来这杨氏出寿王府，入万寿庵，全是高力士的计策。买通了永清、念奴二人，时时劝杨氏，丢下寿王，进宫去得万岁爷的宠爱，少不得享荣华富贵，正位六宫，至少也封一个贵妃娘娘。杨氏究竟是一个女流之辈，享荣华的心重，爱寿王的心薄。她在华清宫中，见皇帝对着她露出痴痴癫癫的样子来，不觉又感动了她的柔肠。心想自己长得这一副绝世的容颜，也不可辜负了自己。如今难得这多情天子，如此流连，便是拼着失了节，也是值得的。她如此一想，便听信了永清、念奴的话，决意和寿王决绝了，推说是做姑子修行去，假此遮掩人的耳目。如今高力士把她悄悄地迎进宫来，在华清宫西阁中召见。

　　永清、念奴两婢，簇拥着杨氏走近皇帝身前去，盈盈跪倒。只听得娇滴滴的声音道："婢子杨玉环见驾，愿吾皇万岁、万岁、万万岁！"玄宗一见这杨玉环，喜得心花怒放，忙吩咐平身，又令高力士看座，赐杨玉环坐下。此时美人咫尺，玄宗且不说话，目不转睛地向杨氏浑身上下打量着。只见她云鬟低覆，玉肩斜靬；那脸蛋儿长得丰艳圆润，在妩媚之中，另具一种柔和的神韵。红红的粉腮儿，花娇玉晕，真令人目迷神往。

玄宗皇帝两道眼光憨孜孜地注定在杨氏两面粉腮儿上。把个杨玉环看得娇羞腼腆，低下粉脖去，只是弄着衣带。玄宗看够多时，便传旨赐杨氏在凤池中沐浴；这里传御厨房摆一桌盛筵，在华清宫西廊。玄宗也退入后宫去，换了一身轻衫，早在西廊上坐着。

半晌，杨氏浴罢出来，看她穿了一件银红衫子，雅淡梳妆，愈觉她容光焕发、莹洁可爱。玄宗上去，从袖子里握住杨氏的手，托在掌上，细细把玩。见她柔纤白净，好似白玉琢成的一般，不禁赞叹道："好美的手也！"永清在一旁，斟过一杯酒来，递在杨氏手中，杨氏捧着，献与玄宗。玄宗就杨氏手中饮了，心中一乐，不觉呵呵地笑着。忙唤高力士把盏，杨氏也饮了一杯。两人携着手并肩儿坐上席去，传杯递盏。玄宗尽逗着杨氏说笑，又不住地赞叹杨氏的美貌。杨氏欠身谢道："臣妾寒门陋质，充选掖庭。忽闻宠命之加，不胜隅越之惧。"玄宗也褒奖几句道："美人世胄名家，德容兼备，取供内职，深惬朕怀！"说着，便把杨氏拥在杯中，两人浅斟低酌，轻怜热爱。说不尽的同心话，喝不尽的合卺酒。玄宗饮到半酣，便提起笔儿来写道："端冕中天，垂衣南面；山河一统皇唐，层宵雨露回春，深宫草木齐芳。升平早奏，韶华好行乐何妨？愿此身终老温柔，白云不羡仙乡。"

写成，便传李氏弟兄，率领两班歌舞姬人上殿来，把皇帝这词儿谱入曲中歌着。李龟年才思十分敏捷，当下也制成两阕歌词，依着笙箫，分两队吹唱起来。第一队姬人齐趁着娇喉唱道：

  寰区万里，遍征求窈窕，谁堪领袖嫔嫱？佳丽今朝
天付与，端的绝世无双！思想，擅宠瑶宫，褒封玉册，
三千粉黛总甘让。惟愿取恩情美满，地久天长！

这一队歌声才息，那一队接着唱道：

  蒙奖，沉吟半晌，怕庸姿下体，不堪陪从椒房；受
宠承恩，一霎里身判人间天上。须仿冯媛当熊，班姬辞
辇，永持彤智侍君旁。惟愿取恩情美满，地久天长！

这两队歌姬，一酬一答，唱得悠扬夺耳。玄宗不觉大乐，传
谕赏李龟年黄金百两、彩缎十端。这一席酒，直喝到月照瑶阶。
高力士上来奏道："月上了，启万岁爷撤宴。"玄宗听奏，便离席
道："朕与美人，同步阶台玩月一回。"说着，扶住杨氏的玉肩，
向月台上走来。
  那李龟年又制成歌儿，在月台上作乐。歌姬唱道：

  下金堂笼灯就月，细端相庭花不及娇模样：轻偎低
傍，这霙影衣光，掩映出丰姿千状。此夕欢娱，风清月
朗，笑他梦雨暗高唐。

前队唱毕，接着后队唱道：

  追游宴赏，幸从今得侍君王；瑶阶小立，春生天
语，香萦仙仗。玉露冷沾裳，还凝望，重重金殿宿
鸳鸯。

第五十三回　翁占媳杨贵妃承宠　兄通妹虢夫人守寡

真是笙歌嘹亮在这月明夜静时候，那三宫六院，处处闻得这歌声。玄宗听了歌词，备添兴趣，便吩咐打道西宫。一簇宫女内侍们随侍着，玄宗和杨氏迤逦向西宫走来。

看看走到西宫廊下，玄宗便吩咐左右回避，只留这永清、念奴两侍女，扶着玄宗和杨氏走进寝宫去。屋子里面红烛高烧，绣帏低挂。永清、念奴服侍皇帝和杨氏二人，除去冠戴，卸去外衣，退出房门外去候着。这里玄宗看杨氏只穿一领杏绿小衣，烛光摇曳，映射在粉庞儿上，别有丰采。玄宗且不唤睡，就灯光下面细细地把玩杨氏姿色，低低地唤着美人。一回儿从怀中取出一支金钗、一个钿盒来，递与杨氏，说道："朕与美人偕老之盟，今夕伊始，特携得金钗、钿盒在此，与卿定情。"杨氏接过金钗、钿盒，深深拜倒在榻前，口称："谢万岁海样深恩！"玄宗趁势亲自把金钗替杨氏插在云鬓上，一手把杨氏扶起，搂住腰儿，相视一笑，同进罗帏去。

这一夜恩爱，龙飞凤舞，直到次日近午时分，才见宫女出到廊下来，卷起帘子，打开窗幕。玄宗起身梳洗，又转身坐在妆台畔，笑孜孜地看杨氏梳妆着。直到傍晚时分，内宫传出圣旨来，册封杨氏为贵妃，拜高力士为骠骑将军，追赠杨贵妃父杨玄琰为太尉齐国公，又拜贵妃叔父杨玄珪为光禄卿，兄弟杨铦为鸿胪卿，杨锜为侍御史，杨钊为司空。这杨钊便是杨国忠，善权变，工心计，早与高力士约为兄弟。后来玄宗传见杨锜，见他面貌长得清秀，便招做驸马，把武惠妃的女儿太华公主下嫁给杨锜为妻。从此杨氏一门显贵，势焰日盛。

如今再说那杨国忠，原是杨贵妃的从堂兄，素性淫恶。少年时候，在家乡永乐地方饮酒赌博，银钱到手辄尽，一到无钱时候，便向各处亲友中强借硬索。那亲友们个个厌恶他，渐渐地没有人理睬他了。国忠在家乡乏味，便投军去，强横多力，临阵十分勇敢。只是平日在军中，专一欺弄良懦，结交无赖，鱼肉人民。有人告到节度使张宥跟前，照军功国忠有功当升，只因他横行不法，便把国忠传至帐前，痛痛地责打了五百棍，打得他皮开肉绽，受伤卧倒在营房中。待创伤养得痊愈，朝廷换了一个新都尉下来，查出杨国忠种种罪恶，便把他军籍革去，逐出营来。这杨国忠越是穷困无路，终日在荒山野地里拿弓箭射些野兽充饥。恰巧遇到当地的一个土豪，名唤鲜于仲通的，带了数十名庄客，入山去围猎。见这杨国忠状貌魁梧、勇猛有力，便收留他回庄院去。闲着无事，令他看管庄门。杨国忠一改从前的凶横的行径，专一当面逢迎，背后放刀。那鲜于仲通看他很是识趣，又能趋奉，便也渐渐地信用着他，使他掌管庄客的口粮。

谁知杨国忠却暗暗地克扣银钱，时时短少庄客们的口粮，弄得众人动怒。这时杨国忠腰包里搜刮得颇有几文银钱，见众人怨恨，他便一溜烟逃回家去，到蜀州地方，依靠他的叔父杨玄琰。这叔父在外行商，家中颇积蓄些钱财。谁知这年冬天，他叔父客死在他乡，家中只抛下了一门细弱。他叔母甄氏，只生有四个女儿。长女杨玉珮，次女杨玉筝，三女杨玉钗，四女杨玉环。个个出落得风流娇艳，妖媚动人。国忠护送她母女五人，扶枢回乡去。沿途车船上下，国忠却十分小心地伺候着。甄氏甚是感激，待到蒲州家乡，甄氏便留着国忠在家中代为照料门户，撑持家计，从此国忠留住在他婶母家中，甚是安乐。

日子一久，他渐渐地放出本性来，在外面酗酒赌博。他婶母甄氏，身体本来虚弱，终年卧病在床，家中一切银钱出入，统由次女杨玉筝掌管。这杨玉筝不但长得艳丽妖媚，且又风骚动人。那两弯蛾眉、一双剪水明眸，再也没有人赶得上她那种玲珑剔透的了。终日娇声说笑，莺鸣燕语一般，满屋子只听得玉筝的声音。她说话时，眉尖飞舞，眼波流光，那一点樱桃似的朱唇，真

第五十三回　翁占媳杨贵妃承宠　兄通妹虢夫人守寡

叫人看了爱煞。杨国忠因是一家兄妹，平日穿房入户，都不避忌；那玉筝妹子，又终日赶着国忠哥哥长、哥哥短地说着话，好似小鸟依人一般。两人眉来眼去，风言悄语，已是关情的了。只因碍着姊妹们的耳目，不可以下得手。

这时长夏无事，杨国忠在外边赌输了钱，急急赶回家来，找他妹妹玉筝要钱去翻本。谁知一走进内室，他姊妹们各在房中，午睡未醒。国忠蹑手蹑脚地溜进他二妹妹房中去，一眼见杨玉筝上身只遮着一方猩红抹胸，露出雪也似的肩颈。两弯玉臂一伸一屈，横搁在凉席上。下身系一条葱绿色散脚的罗裤，两弯瘦棱棱的小脚儿高搁在床沿上，套着紫色弓鞋。腰间系一条褪红色汗巾，巾上满绣着鸳鸯。看她柳腰一搦，杏靥半贴，朦胧睡眼，香梦正在酣呢。杨国忠眼中看着这样的美色，接着又是一阵阵兰麝幽香，送进鼻管来，由不得他心旌大动，色胆如天。他也顾不得兄妹的名分，竟上去把个白璧无暇的杨玉筝推醒了。这杨玉筝一段柔情，正苦无聊。今得哥哥怜惜她，年幼无知，竟把全个恩情，用在国忠身上。玉筝平日手中有的是钱，便暗暗地送与国忠，拿到外面饮酒赌博去。他兄妹二人暗去明来，这恩爱足足过着二年的光阴。

杨国忠在外面越发放荡得厉害。他手中一有钱，便又在外面养着粉头，渐渐有些厌恶玉筝了。又因向玉筝手中讨生活，不得大笔银钱供他挥霍，他起了一个歹意，在夜深觑着玉筝浓睡的时候，便悄悄地起来，打开箱笼，盗得一大笔银钱细软，出去带着那粉头，一溜烟地逃走了。这一去有五六年工夫，不见他的影踪。他婶母甄氏和一家姊妹，都怨恨国忠。独有玉筝春花秋月，寄尽相思。甄氏以一门细弱，无可依靠，在三年之中，打点着玉珮、玉筝、玉钗，一齐出阁。嫁得少年夫婿，却也十分欢乐。家中只留下小女杨玉环一人，奉着病母，苦度晨昏。甄氏便携着女儿，流寓在京师地方。

正盼望一个亲戚来慰问寂寞，忽然那多年不见的杨国忠又找上门来。甄氏见了自己的侄儿，正要责备他不该别而行。谁知国忠不候他婶母开口，便天花乱坠地说："如今寿王府中，正选王妃，何不把玉环妹子献进府去？倘得中选，也图得一门富贵。"又说："如今自己在京师行商，颇有资财，又结识得宫中许多有权势的太监。倘把妹子送进府去，只须俺从中说一句话，又不怕她不中选。"一番花言巧语，富贵之事，人人贪心的，何况甄氏是妇人见识，听了国忠一番话，早已打动了心肠。当时便依国忠的意思把杨玉环的名儿，报进府去。到检验的日期，有两个宫里妈妈到杨家来察看，果然中了选，娶进宫去，册立为王妃。从此杨家便显赫起来，家中亦时有贵人来往。国忠仗着推荐之功，便也久住在他婶母家中。恰巧这时杨玉筝新丧了丈夫，回家来守寡。他兄妹二人久别重逢，堕欢再拾，竟公然同起同卧，欢娱不止。直到杨玉环被玄宗召进宫去，册立为贵妃，杨国忠因贵妃外戚，也被召进宫去朝见天子。玄宗见他对答便捷，性情爽利，很是合意，便升任为金吾兵曹参军。

又传见杨贵妃三位姊姊，长姊玉珮封为韩国夫人；次姊玉筝封为虢国夫人；三姊玉钗封为秦国夫人。各赐巨大府第，盛列荣载。就中以虢国夫人，仗着自己的面貌动人，便常常进宫去，和贵妃相见，便是见了玄宗皇帝，也不避忌。皇帝唤她为阿姨。从此三位夫人恩宠日隆，声势煊赫。

虢国夫人在宫中出入，那命妇、公主见了都排班站立，不敢就位。虢国夫人府中，常有各处台、省、州、县官，进献珍宝，奔走请托。门庭若市，财币山积。夫人家中豪奴在外横行不法；这日虢国夫人从宫中回府，在大街上遇到建平公主和信成公主的舆仗，那驸马都尉独孤明，乘马在后面护卫着。前队与虢国夫人的卤簿相撞，两方各不相让。虢国夫人的豪奴，便恃强殴打。一时街道拥挤，人声鼎沸起来。虢国夫人大怒，吩咐转过马头，重复进宫去，在皇帝跟前申诉。圣旨下来，追夺二位公主的封物，又革去驸马独孤明的官职。从此虢国夫人在大街上出入，不论大小官员遇到了，乘舆的下舆，骑马的下马，让在道旁，候夫人的舆仗过去，才敢行走。

如今再说杨贵妃深居中宫，终日得玄宗皇帝轻怜热爱，真是受尽恩宠，享尽荣华。那皇帝每日除坐朝以外，行走坐卧，与贵妃寸步不离。每有饮宴，必令李龟年率全部乐队，在筵前鼓吹。那声调抑扬顿挫，甚是悦耳。贵妃便问："鼓吹的是什么曲调，却如此动听？"永清偷偷地诉说："这曲调名《惊鸿》，原是梅妃制就的。那梅妃还有惊鸿舞，是万岁爷所最爱的。"

贵妃听说《惊鸿舞》是梅妃制成的，心想如今万岁虽说一时宠爱全在妾身，但这梅妃的遗曲，天天在万岁耳旁鼓吹着，保不定一旦勾起了万岁的旧情，重复爱上了梅妃，那时自己岂非也要被万岁抛弃了么。她想到这里，心中不由得焦灼起来。耳中听着那一阵阵乐声，反觉十分难受，便推说有病离席，退回寝宫去。玄宗见贵妃身体不适，便也不忍去惊扰她，自己便守在外屋里，随手拿起一本书看着解闷儿。那永清服侍贵妃睡下，念奴却伺候着万岁，一室中静悄悄的，贵妃在床上不觉沉沉地入梦去了。

只听得窗外有人轻唤娘娘的声音，玉环急从床上坐起，室中静悄悄地不见一人，忙唤永清，又唤念奴，半响不见有人答应。那窗外却又听得有人唤道："娘娘快请！"玉环忍不住，亲自走出廊下去看时，只见一个女孩，宫女打扮的，站在帘前。

玉环不由得动怒起来，喝问："俺好好的正睡得入梦，你一个人大惊小怪的，在这里嚷什么！还不快出去么！"那女孩却笑嘻嘻地回说道："娘娘莫错认了，俺原不是宫人也。"玉环问道：

"你不是宫人，敢是别院的美人吗？"那女孩儿又摇摇头说道："儿家原是月宫侍儿，名唤寒簧的便是。"玉环又问："月中仙子，到此何事？"寒簧回说："只因月主嫦娥，向有《霓裳羽衣》仙乐十部，久秘月宫，未传人世；知下界唐天子知音好乐，娘娘前身，原是蓬莱玉妃，特令俺来请娘娘到桂宫中去，重听此曲，将来谱入管弦。使将天上仙音，留作人间佳话，岂不是好？"玉环听仙女如此说法，心想："俺正要制一曲，胜过那梅妃的《惊鸿曲》。如今有仙乐可听，待俺去偷得宫商，谱入曲中。天上仙曲，终胜人间凡响。"当下玉环并不迟疑，跟定那仙女走去。

一路冷露寒风，砭人肌骨。玉环十分诧异，便问道："正是仲夏天气，为何这般寒冷？"那仙女答道："此即太阴月府，人间所传广寒宫是也。"玉环抬头看时，只见迎面一座穹门，弯弯如月。仙女道："来此已是，便请娘娘进去。"玉环心中一喜，便自言自语道："想我浊质凡胎，今日得到月府，好侥幸也！"门内繁花杂树，中间露出一条甬道。玉环和仙女二人迤逦行去，看四周景色，清幽明媚，令人神爽。一眼见那壁拔地栽着一丛桂树，繁花点点，从风中吹来，异香扑鼻。玉环问道："此地桂花怎开得恁早？"仙女答道："此乃月中丹桂，四时常茂，花叶俱香。"玉环走向树下去，盘桓一回，口称："好花！"正玩赏的时候，只见一群仙女。齐穿着素衣红裳，个个手执乐器，从桂花树下吹奏而来。那声调铿锵，十分悦耳，顿觉身体虚飘飘的，如升天际。玉环连连赞叹道："好仙曲也！"那仙女在一旁说道："此便是《霓裳羽衣》之曲。"玉环再留神看时，只见那群仙女，各各雪衣红裙，云肩垂络，腰系彩带，在那一片芳草地上，分作两队：一队吹打着，一队歌舞着。隐约听得那歌词道：

携天乐花丛斗拈，拂霓裳露沾；迥隔断红尘荏苒，直写出瑶台清艳。纵吹弹舌尖，玉纤韵添；惊不醒人间梦魇，停不住天宫漏签。一枕游仙，曲终闻盐，付知音重翻检。

听她歌喉，字字圆润，响彻云霄。歌息，舞罢，乐停。玉环才好似梦醒过来，叹道："妙哉此乐！清高宛转，感我心魂，真非人间所有呢！"眼见那一群仙女冉冉地退入花间去，只留一片清光，照彻林间。玉环忽然记起嫦娥来，便道："请问仙子，愿求月主一见。"那仙女却笑说道："要见月主，还早呢！你看天色渐暗，请娘娘回宫去罢。"说着，把玉环身躯轻轻一推，一个翻身，跌出月洞门外。只听"啊哟"一声，醒来原是南柯一梦。但仙乐、仙歌，洋洋盈耳；减字偷腔，隐约可记。

玄宗坐在外室，听得贵妃在床上娇声呼唤，忙进房来，挨身坐在床沿上慰问着。贵妃拥衾斜倚，掠鬓微笑。这时已近黄昏，玄宗传内侍床前搁一矮几，陈列几色肴馔，便在床头和妃子两人浅斟低酌起来。妃子只得倦眼朦胧地饮下几杯酒，两颊红艳，分外可爱。玄宗看了，十分怜惜，便命撤去杯盘，携着妃子的纤手，双双入睡去。直到次日清晨，皇帝出宫坐朝，玉环方从枕上醒来；默记广寒宫中的《霓裳羽衣曲》，字字都在心头。便吩咐永清婢子，到御苑中去收拾荷亭，安排笔砚，预备制曲。又吩咐念奴婢子，就西窗下安排晓妆。自己只披得一身轻衫，把云鬟略拢一拢。永清扶着到荷亭去，耳中只听得鸳声上下，燕声东西；默忆仙曲，宫商宛然。便提起笔来，按谱就腔，填就词句。永清忙着在一旁打扇添香。贵妃一边慢填，一边低唱。间有不妥之处，便反复吟咏，多时才把曲儿制就。便回头问永清："什么时候了？"永清回答说："晌午了。""万岁爷可曾退朝？"答称："尚未。"贵妃起身，带着小宫婢，回宫更衣去。又叮嘱永清在此候着，万岁爷到时，速即通报。

　　这里妃子才进宫去，那玄宗已退朝下来，她原约着万岁爷在荷亭纳凉的。待玄宗到荷亭，不见妃子，便问永清道："你娘娘在何处闲耍？"一眼瞥见案上有笔墨排列着，永清便回奏说："娘娘在此制谱，方才更衣去了。"玄宗见了曲谱，便坐下来，逐句推敲，轻吟低唱，音节甚是清新，不觉叹道："妃子啊，美人韵事，都被你占尽了！莫说你这娉婷绝世姿态，只这一点灵心，有谁及得你来！"

　　欲知后事如何，且听下回分解。

第五十四回　冰盘献荔枝
温池赐香汤

夜深人静，山高月明。这座华清宫正傍着骊山西麓。靠山峦一带，宫墙蜿蜒西去。这时宫墙里，朝元阁上，灯火明灭，照出五七个人影来。原来自从那日，杨贵妃制就《霓裳羽衣曲》以后，先教与永清、念奴二宫婢念熟了，每夜传伶官李龟年，带领唱曲的马仙期、打铁拨的雷海青、弹琵琶的贺怀智、打鼓板的黄幡绰，在朝元阁上，教授曲谱歌词，以便传入梨园，依声歌舞。因此歌声笛韵，每夜从朝元阁上度出来。

这时早已引动了长安市上一个少年，名唤李謩的。他自幼儿精通音律，一支铁笛，大江南北，都是有名。如今他适巧在京师遨游，打听得贵妃制有《霓裳羽衣》新曲，颇思一听新声，苦于宫中秘曲，民间无从传闻。在日间悄悄地走到骊山脚下，绕到宫墙后面去，只见危楼高耸，斜阳照着露云"朝元阁"三个字来。他又打听得李龟年每夜在阁上教歌，便于夜深人静之时，袖中怀着铁笛，倚身在宫墙下，听楼头仙乐、仙歌。乐声止处，一缕娇喉，唱着第一阕道：

骊珠散迸入拍初，惊云翻袂形，飘然回雪舞风轻，
飘然回雪舞风轻。约略烟蛾态不胜。

宫墙内娇声唱着，宫墙外铁笛和着。第一阕唱罢，接着唱第二阕道：

> 珠辉翠映，凤翥鸾停。玉山蓬顶，上元挥袂引双成，萼绿回肩招许琼。

第三阕唱道：

> 音繁调骋，丝打纵横；翔云忽定，慢收舞袖弄轻盈，慢收舞袖弄轻盈。飞上瑶天歌一声。

那李暮在宫墙外静听数阕唱完，不觉低声赞道："妙哉曲也！真个如敲秋竹，似戛春冰；分明一派仙音，信非人世所有。被我都从笛中偷得，好不侥幸！"他自言自语地赞叹着，一抬头，见阁上寂然无声，人灯俱灭。回头看天际河斜月落，斗转参横，便也袖着铁笛回去了。

这李龟年在宫中领了歌曲，便去传授梨园子弟，细细拍奏。又教一班歌伎，表演羽衣舞。日夜辛苦教练，待得纯熟，便去奏明皇上。玄宗因六月初一日，是杨贵妃的生辰，特令设宴在长生殿中，李龟年带领歌舞子女，也候在殿下，听传旨试演。

这日玄宗早朝初罢，便临幸长生殿。只因时候尚早，一班宫女正忙碌着铺设筵席。那李龟年却已在殿前候旨。玄宗便命高力士去视妃子晨妆完未。高力士去不多时，只见一群宫女簇拥着杨贵妃，轻移宫扇，走上殿来。看妃子时，却换了一身鲜艳的云裳，走近皇帝身前盈盈参拜。口称："臣妾杨氏见驾，愿吾皇万岁、万岁、万万岁！"玄宗忙伸手去，把妃子扶起，说道："这万岁千秋，愿与妃子同之。"贵妃坐定，玄宗道："今日妃子初度，寡人特设长生之宴，同为竟日之欢。"杨贵妃忙离席谢道："薄命生辰，荷蒙天宠，愿为陛下进千秋万岁之觞。"说着，宫女捧过金杯来，贵妃献与皇帝。玄宗饮了，又把身前玉杯，高力士斟上一满杯酒，递与贵妃道："为妃子添寿。"杨贵妃谢过恩，两人相对坐下。

阶前仙乐齐奏，殿上传杯递盏。正欢乐时候，那高力士上来奏称："启万岁爷、娘娘，国舅杨丞相同韩、虢、秦三国夫人，献上寿礼贺笺，在宫门外朝贺。"玄宗取过礼笺来，递与妃子看去。回头传谕道："生受他们，丞相免行礼，回朝办事去。三国夫人，候朕同娘娘回宫，再赐筵宴。"高力士才得传旨下去，又走上席间来，奏道："启万岁爷，涪州海南贡进鲜荔枝在此。"玄宗忙命取上来。只见三个小太监，头顶着三个大冰盘，盘中满堆着鲜红的荔枝。

杨贵妃见了这荔枝，不禁笑逐颜开。原来贵妃生长蜀中，爱食荔枝。待选入中宫，便有各路节度使，按时贡献。南海涪州一带所产荔枝，色鲜味美，尤胜蜀中。便命地方官一路设备驿马，到初夏荔熟，采下藏在冰囊中，飞骑按站递送。人马竭力奔驰，人饥马乏，沿路倒毙，又踏死行人的，不计其数。待献进宫去，一般的色香味美，丝毫不走。费去数十万财力，作践千百条性命，只博得妃子食荔枝时候的盈盈一笑。玄宗的宠爱杨贵妃，真是无以复加。杜牧诗中说："一骑红尘妃子笑，无人知是荔枝来。"真是实在情形。后人谱《长生殿传奇》，有一折进果的道得好。我如今附写在此，看官不妨参读，可见当时贡使之劳，驿骑之苦，并伤残人命，蹂躏田禾。以见一骑红尘，足为千古警戒。

（末扮使臣持竿挑荔枝篮作鞭马急上）过曲（柳穿

鱼)一身万里,跨征鞍,为进荔枝受艰难。上命遣差不由己,算来名利怎如闲。巴得个到长安,只图贵妃看一看。(白)自家西川道使臣,为因贵妃娘娘爱吃鲜荔枝,奉敕涪州,年年进贡。天气又热,路途又远,只得不惮劳苦,飞马前去。(作鞭马重唱巴得个三句跑下)(副净扮使臣持荔枝篮鞭马急上)(撼动山)南海荔枝味尤甘,杨娘娘偏喜啖。来时连叶包缄,封贮小竹篮。献来晓夜不停骖,一路里怕耽,望一站也么奔一站。(白)自家海南道使臣,只为杨娘娘爱吃新鲜荔枝,俺海南所产,胜似涪州,因此敕与涪州并进。但是俺海南的路更远,这荔枝过了七日,香味便减,只得飞驰赶去。(鞭马重唱一路里二句跑下)(外扮老田夫上)(十捧鼓)田家耕种多辛苦,愁旱又愁雨。一年靠这几茎苗,取来半要偿官赋。可怜能得几粒到肚,每日盼成熟,求天拜神助!(白)老汉是金城县东乡一个庄家,一家八口,单靠这几亩薄田过活。早间听说进鲜荔枝的使臣,一路上抄着径道行走,不知踏坏了人家多少禾苗,因此老汉特到田中看守。

(望介)那边两个算命的来了!(小生扮算命瞎子手持竹板,净扮女瞎子弹弦子同行上)(蛾郎儿)住襄城,走咸京,细看流年与五星;生和死,断分明,一张铁口尽闻名。瞎先生,真圣灵。叫一声赛神仙,来算命。(净)老的,我走了几程,今日脚痛,委实走不动。不是算命,倒在这里挣命了!(小生)妈妈,那边有人说话,待我问他。(叫介)借问前面客官:这里是什么地方了?(外)这是金城东乡,与渭西乡交界。(小生斜揖介)多谢客官指引。(内铃响外望介)呀,一队骑马的来了！（叫介）马上长官，往大路上走，不要踏了田苗。（小生一面对净语介）妈妈，且喜到京不远，我们叫向前去，雇个毛驴子与你骑。（重唱瞎先生三句走介）（末鞭马重唱前巴得个三句急上）（冲倒小生净下）（副净鞭马重唱前一路里三句急上踏死小生下）（外跌脚向古门哭介）天呀！你看一片田禾，都被那厮踏烂，眼见的没用了。休说一家性命难存，现今官粮紧急，将何办纳？好苦也！

（净一面作爬介）哎呀！踏坏人了！老的呵，你在哪里？（作摸着小生介）呀！这是老的，怎么不作声，敢是踏昏了？（又摸介）哎呀！头上湿漉漉的！（又摸闻手介）不好了！踏出脑浆来了！

（哭叫介）我那天河！地方救命！（外转身作看介）原来一个算命先生，踏死在此。（净起斜福介）只求地方叫那跑马的人来偿命！

（外）哎！那跑马的呵！乃是进贡鲜荔枝与杨娘娘的，一路上来，不知踏坏了多少人，不敢要他偿命！何况你这一个瞎子？（净如）此怎了！（哭介）我那老的呵！我原算你的命，是要倒路死的。只是这个尸首，如今怎么断送？（外）也罢，你那里去叫地方，就是老汉同你抬去埋了吧！（净）如此多谢，我就跟着你做一家儿，可不是好。（同抬小生哭诨下）（丑扮驿卒上）（小引）驿官逃，驿官逃！马死单单剩马廠。驿子有一人，钱粮没半分。拼受打和骂，将身去招架，将身去招架。（白）自家渭城驿中一个驿子便是。只为杨娘娘爱吃鲜荔枝，六月初一，是娘娘的生日，涪州海南两处进贡使臣，俱要赶到。路由木驿经过，怎奈驿中钱粮没有分文，瘦马刚存一匹，本官怕打，不知逃在哪里去了，区区就便权如此驿。只是使臣到来，如何应付，且自由他！

（末飞马）（急急令）黄尘影内日衔山，赶赶赶！近长安。（下马介）驿子，快换马来。（丑接马末放果篮整衣介副净飞马上）一身汗雨四肢瘫，趱趱趱！换行鞍。（下马介）驿子，快换马来！（丑接马副净放果篮与末见介）请了！长官也是进荔枝的？（末）正是。（副净）驿子，下程酒饭在那里！（丑）不曾备得。（末）也罢，我们不吃饭了，快带马来！（丑）两位爷在上，木驿只剩有一匹马，但凭那一位爷骑去就是。（副净）咄！偌大一个渭城驿，怎么只有一匹马？快唤你那狗官来，问他驿马哪里去了！（丑）若说起驿马，连年都被进荔枝的爷们骑死了。驿官没法，如今走了。（副净）既是驿官走了，只问你要。

（丑指介）这棚内不是一匹马么？（末）驿子，我先到，且与我先骑了去。（副净）我海南的，来路更远，还让我先骑。（末作向内介）（恁麻郎）我只先换马，不和你斗口。（副净扯介）休恃强，惹着我动手。（末取荔枝在手介）你敢把我这荔枝乱丢！（副净取荔枝向末介）你敢把我这竹笼碎扭！（丑劝介）请罢休。免气吼。不如把这瘦马同骑一路走。（副净放荔枝打丑介）咄，胡说！（前腔）我只打你这泼腌脏死囚！（末放荔枝打丑介）我也打你这放习顽贼头！（副净）克官马，嘴儿大油。（末）误上用，胆儿似斗！（同打介）（合）鞭乱抽，拳痛殴，打得你难挨那马自有。

（丑叩头介）（前腔）向地上连连叩头，望台下轻轻放手。（末副净）若要饶你，快换马来。（丑）马一匹，驿中现有。（末副净）再要一匹。（丑）第二匹，实难补凑。（末副净）没有只是打！（丑）且慢扭，请听剖，我只得脱下衣裳与你权当酒！（脱衣介）（末）（白）谁要你这衣裳！（副净作看衣披在身上介）也罢，赶路要紧，我原骑了那马，前站换去。（取果上马重唱前一路里三句跑下）（末）快换马来我骑！（丑）马在此。（末取果上马重唱前巴得个三句跑下）（丑吊场）咳，杨娘娘、杨娘娘！只为这几个荔枝呵，铁关金锁彻夜开，黄纸初飞敕字回；驿骑鞭声書流电，无人知是荔枝来。

这一折词儿虽说是后人铺张臆测之词，但在那时，作践民命，伤害田禾，实在有此情形。如今再说玄宗对贵妃说道："妃子，朕因你爱吃荔枝，特敕地方飞驰进贡。今日寿宴初开，佳果适至，当为妃子再进一觞！"杨贵妃领旨饮酒，永清、念奴在一旁剥着荔枝，进献于万岁和妃子。李龟年带领一群《霓裳羽衣》的歌童、舞女上殿来叩见天子，龟年奏道："乐工李龟年，率领梨园子弟，叩见万岁爷、娘娘。"玄宗传谕快把《霓裳羽衣曲》奏来。李龟年领旨下去。只听得殿前一片仙乐，更和迭奏。玄宗听了，也不觉心旷神怡。接着又有一队队舞女，在当筵依着声儿，娇歌曼舞，把满殿人的神魂儿全个儿迷住了。玄宗也连连赞叹，说："好舞姿也！"

歌息舞停，杨贵妃离席奏道："此等庸姿俗舞，甚不足观。妾制有翠盘一架，请试舞其中，以博天颜一笑。"玄宗听说妃子能舞，且能在翠盘上舞，喜得他笑逐颜开。便说道："妃子妙舞，寡人从未见过。"回头便唤永清、念奴，可同郑观音、谢阿蛮二人，服侍娘娘上翠盘来。杨贵妃暂时告退，更换舞衣。

只见二十来个小太监，扛着一架七尺来高翡翠琢成的舞盘。那盘儿圆如月，滑润鲜艳；盘座雕成莲花模样，一柱承托；脚下又雕成四头玉鱼，昂首顶住。玄宗看了高兴，便唤高力士传旨，李龟年领梨园子弟按谱奏乐，又令把那羯鼓移上殿来，待朕亲自打鼓。只见杨贵妃花冠白绣袍，璎珞锦云肩，翠袖大红舞裙，那郑观音和谢阿蛮，也各穿一色的白舞衣，手执五彩霓旌，孔雀云扇，遮着贵妃上殿。永清、念奴簇拥着妃子，上了翠盘。乐声起处，那旌扇徐徐移开。玄宗打着鼓，杨贵妃在盘中，俯仰翻跹地舞起来。看她腰肢细软，盘旋跌宕；乐声愈起愈高，那舞姿也愈舞愈急。只见那翠盘上鞋尖点点，舞袖儿回风团团。愈转愈急，也分不出人影钗光。正缤纷历乱时，忽地乐停舞止，旌扇又合。

永清、念奴二人上去，把贵妃扶下盘来，走在玄宗跟前，深深一拜。玄宗扶住贵妃腰肢赞道："妙哉舞也！逸态横生，浓姿百出，宛若翩风回雪，恍如飞燕游龙，真独擅千秋矣！"回头又唤宫娥看酒，待朕与妃子把杯。贵妃领了酒，玄宗便传旨，速把朕的十匹鸳鸯万金锦，一个丽水紫磨金步摇，取来赏与妃子，聊作缠头之赠。说着，又亲自从腰间解下一枚瑞龙璃八宝锦香囊来，递与贵妃，说："这个助卿舞珮。"贵妃一一领受。玄宗见贵妃脸泛桃红，微润香汗，便吩咐备下温汤，朕与妃子一同入浴去。说着，携定贵妃的玉手，迤逦向华清池来。

这时那龙泉凤池中，又有安禄山从范阳进贡来白玉雕成的鱼龙凫雁，杂浮在水面。玄宗和妃子解衣入水，那鱼龙奋鳞举翼，状似飞动。池中有银镂小舟，皇帝和妃子各各露着身体，坐在舟中，互通往来。又缝锦绣为各种花朵，浮在水面，任妃子戏弄着。玄宗游泳多时，才把妃子扶出水来。看她一搦腰肢，柔软无力，玄宗十分怜惜，便抚着进寝宫一同睡去。

这里再说安禄山，原是营州柳城地方的胡人，本姓康。他母亲名阿史德，有邪术，住在突厥国中，入轧荦山，与人野合有妊，便生安禄山。当时便推说入轧荦山在斗战神前祷子而得。

禄山生时，有奇光上射天际，野兽尽鸣，望气的人说是祥瑞，报与范阳节度使张仁愿知道。张仁愿知是反叛降世，忙带领人马，亲自去搜捉。阿史德携子，遁入轧荦山中。后母再醮胡将安延偃，禄山便冒姓安氏。在开元初年，延偃带禄山入中国，寄住在将军安道买家中，与道买的儿子约为兄弟。禄山渐渐长大，生性阴险，多智虑，善测人情，能通六蕃言语，充亘市郎。

蕃人牧羊，禄山盗羊，被人捆送节度衙门。节度使张守珪，喝令杀却。禄山大呼道：“公不欲灭两蕃邪？欲灭两蕃，便不当杀我！”张守珪听他说话有大志，又见他身体高大，皮肤白净，便释放他去。禄山和史思明游手无事，每日在山巅水涯，捕捉生物，于六蕃的山川水泉，地理颇熟。他们五人骑着马，能生擒契丹兵数十人，送至节度使。张守珪奇之，便拨一小队兵马，交安禄山统带。安禄山每战得胜，升为偏将。张守珪见禄山身躯十分肥胖，便劝他少食，禄山每食不敢饱。张守珪便收他为养子，官直升到幽州节度副使。时适御史中丞张利贞到河北来采访，禄山百计献媚，多出金宝结纳左右。利贞回朝，在玄宗皇帝跟前，竭力说安禄山如何忠勇。圣旨下来，升禄山为营州都督。每有京师往来的官员，禄山深以财帛结纳。那官员们在皇帝跟前，都说禄山是好官。玄宗又升禄山为两蕃、渤海、黑水四府经略使。

天宝二年入朝，先去拜见杨国忠和李林甫两位丞相，献上金帛无数。李林甫便奏称，如今契丹为患，宜重用蕃将。玄宗便拜禄山为骠骑大将军。玄宗退入后宫，兀自称赞禄山人物漂亮，身材魁梧，绝不绝口。杨贵妃听了，不觉心中一动。便奏道：“万岁得此大将，是国家之幸。臣妾拟明日在中宫赐安禄山宴，想他得臣妾赏宴，心中必愈知感激，愈肯为国家出力了。”玄宗听奏，连声说妙。又称妃子若为天子，定是圣明之主。

第二日，杨贵妃真的在中宫盛排筵宴，玄宗下旨，宣骠骑大将军安禄山进宫领宴。那安禄山便全身披挂，踱进宫来。一见贵妃，便拜伏在玉墀下，口称娘娘千岁！杨贵妃见安禄山果然长得身材魁伟，面貌漂亮；最可爱的，是一身肥白，举动从容。便以娇滴滴的声音，传下懿旨去说："大将军平身，上殿领宴。"其时适值玄宗退朝回宫，安禄山上去参拜过了。皇帝与妃子二人正中同坐一桌，禄山在下侧独坐一桌。禄山谢过了恩，入座领宴。阶下乐声大作，在饮酒之间，禄山便夸说自己在幽州两蕃一带的战功，如何手擒敌将，如何追亡逐北，说得天花乱坠，把个杨贵妃也听得眉飞色舞。贵妃见他口齿伶俐，语言有趣，便一句一句地问着话，安禄山也一一奏答。妃子看看禄山眉目清秀，年纪正在少壮，便不觉神往。

禄山是何等灵敏之人，见了贵妃神色，岂有不知。他福至心灵，便离席拜倒在地，叩头不已。玄宗看了，很是诧异，忙问："大将军为何多礼？"安禄山一边不住地叩头，一边奏道："外臣罪该万死，有心腹之言，不敢奏明万岁和娘娘！"说着，不觉又流下泪来。玄宗忙用好话安慰着，贵妃也在一旁说道："大将军有话不妨直说，俺这万岁爷，最是宽宏大量的。"玄宗也说："恕将军无罪，有话快说！"安禄山才用袍袖拭去眼泪，奏道："这原是臣一时孩儿之见，只因臣见了娘娘面貌，便想起臣的生母来，却与娘娘的面貌相似，是以心中万分悲伤。如今既蒙万岁和娘娘天样宏恩，恕臣无罪，臣该万死，求娘娘收臣为养子，则虽立赐臣死，心亦慰矣！"贵妃听了，不觉掩唇一笑，却不敢说话，只向玄宗脸上看看。谁知玄宗却一口允许，说便依将军之愿，收在贵妃名下为养子便了。乐得安禄山连连叩头，口中敢称父皇万岁，母亲千岁！

　　从此玄宗异常宠爱禄山，禄山久住京师，自由出入宫禁，常与杨贵妃对坐谈心，十分亲昵。有时玄宗在座，禄山只拜贵妃，不拜皇帝。玄宗笑问："吾儿何不拜父？"禄山奏道："胡家儿，知有母而不知有父，是以不拜。"玄宗大笑。只见禄山肚腹肥大，玄宗便指若问道："吾儿腹中何物，却如此庞大？"禄山应声答道："臣腹中更无他物，只有赤心耳！"玄宗愈觉禄山可爱，从此禄山每上朝，玄宗却待以殊礼。殿西张有金鸡障，禄山来，便赐障中坐。太子见了，便在背地里劝谏道："天子殿前，无人臣坐礼。陛下宠禄山已甚，必将骄也。"玄宗低低地向太子说道："此胡儿有奇相，朕以恩宠收伏之。"

　　但安禄山得了玄宗皇帝和杨贵妃的宠爱，却能想尽方法，得皇帝和贵妃的欢心。他见玄宗宠爱贵妃，日夜寻欢，惟恐不足，便暗暗地献助情花香一百粒。此香是以胡中药品制成，大小如米粒，色微红，娇艳可爱。皇帝每与贵妃在深宫之间，含此香一粒在口中，便能助情发兴，筋力不倦。皇帝和妃子都得了欢喜，很是宝爱它，藏在枕函中，每至清浓时，便取来应用。玄宗常说："此亦汉宫之慎恤胶也！"

　　玄宗不在宫中，安禄山也时时进宫去朝见贵妃。贵妃赐安禄山在华清池洗浴，浴罢，用杂色碎锦，结成一小儿摇篮，令安禄山装作孩儿模样，卧在摇篮中。数十个宫女，抬着摇篮，至贵妃跟前。安禄山口中唤着妈妈，杨贵妃看这模样，也撑不住掩唇吃吃地笑个不住。正欢乐时候，玄宗皇帝进宫来，看了大笑，忙命赏十万洗儿钱。禄山从摇篮中跳出来，爬在地下谢恩。玄宗把禄山扶起，携着手同走到西阁去。

　　欲知后事如何，且听下回分解。

第五十五回　盗美姬庆绪夺父妾
　　　　　　续旧欢采苹承皇恩

　　安禄山随着玄宗到西阁中坐下，高力士捧出棋盘来，君臣二人对局。小太监又献上美酒来，玄宗和安禄山对酌着。禄山心计甚工，每胜一着，便饮酒一杯。玄宗的棋法，远不如禄山，常为禄山所窘。禄山也毫不让步，玄宗不以为忤。每败一着，也饮一杯为禄山贺。连称"吾儿真国手也！"说着，不觉掀髯大笑。

　　安禄山身体有三百斤重，原是十分肥胖的人。肥人最是怕热，他三杯酒下肚，更觉得浑身燥热。玄宗见他热得满脸通红，抓头挖耳，便命他脱去外服，袒怀取凉。谁知禄山脱去了外服，还只是汗淋如雨，玄宗命他索性把上衣脱尽，赤膊对坐。玄宗看禄山长着一身白肉，便笑说道："好肥白的孩儿！"

　　道言未了，高力士报说："杨娘娘驾到！"慌得安禄山扯住衣襟，向身上乱遮乱盖。贵妃已到了跟前，手中却抱着一头白色猧儿。禄山赤着膊，爬在地上叩头说道："臣儿失礼，罪该万死！"贵妃笑扶着禄山的肥膊，命他起来，又笑说道："谁家母亲不见她孩儿肌肤，何失礼之有？"禄山听贵妃如此说法，便也依旧赤着膊坐下。因要在贵妃跟前卖弄他的本领，便用尽心计，和玄宗对局，着着进攻，玄宗着着失败。杨贵妃站在一旁，看看皇帝全局将输尽了，玄宗一手拈着长须思索得正苦，贵妃故意放猧儿跳上棋盘去，一阵践踏，把满盘黑白棋子混乱得不能分辨。三人相视大笑，玄宗拉住贵妃，连称好计，好计！忙唤："拿朕的织锦缎十端来，赏与妃子。"一刻工夫，便见小太监二人，各人手托漆盘，每盘各排列着锦缎五端，望去霞光闪彩，鲜艳夺目。

　　贵妃谢恩毕，正要拿着这锦缎下阁去，忽然安禄山起身奏道："臣儿请与娘娘赌彩为戏，以掷骰得重四者为胜，谁胜者，谁得此锦缎。"道言未了，玄宗便连声赞说："妙妙！"在杨贵妃爱看禄山这一身肥白肌肤，正想多观赏一会，只怕玄宗犯疑，便欲匆匆辞去。如今听玄宗在一旁助兴，便也乐得与禄山多亲近一会，得彩不得彩，却还是小事。当下，便有宫女捧上玉碗来，当几放下，碗中有四粒骰子。玄宗命安禄山先掷，禄山便也不推让，抓起散子一掷，得了一个重幺，眼见是败了。

　　次后轮到妃子掷了，杨贵妃徐舒玉指，抓着骰子在手，向禄山盈盈一笑。这一笑，现出万种妖媚来，禄山看了，几乎支撑不住了。回头一看，玄宗两道眼光怔怔地望着自己的脸，吓得他忙把神魂收住。只听得"当啷"一声响亮，那三粒骰子已转定了，全露出四来，只一粒骰子在碗心里旋转不休，倘再转出一个四来，便是重四。玄宗在一旁大声喝着说："四！四！"那骰子奉了圣旨，果然转出一个四来。杨贵妃笑得把柳腰儿一侧，倒在皇帝怀里，却把两道水盈盈的眼光，暗递过去，望着禄山。禄山便凑趣，忙跪倒在贵妃裙下，口称恭贺娘娘得彩！玄宗笑说道："大家得彩。"回头又命小太监去拿锦缎五端来，赐与安禄山。又取一端大红彩缎来，赐与贵妃挂彩。从此，把骰子四点染成红色，直流传到后世。

　　安禄山从此以后，不独在皇帝跟前常常赤膊相对，便是对着贵妃，一声嚷热，尽把上衣脱去。他这赤膊是奉过圣旨的，对人毫不避忌的。贵妃却最爱看禄山的一身白肉，见皇帝不在跟前，便是禄山不赤膊，也要命他赤膊的。禄山得贵妃如此宠爱，他在外面便十分地骄傲起来。

贵妃又替禄山在玄宗跟前说了造一高大府第，赐与禄山，名亲仁坊。雕梁画栋，异常奢华。玄宗下旨工部，只求美丽，不惜工资。亲仁坊落成之日，皇帝和贵妃二人，亲送禄山进宅。满朝文武，具来道贺。

禄山平日住在府中，也是姬妾满堂。内中有一爱姬，名软红的，不但面貌美丽，且又擅长歌舞，深得禄山宠爱。那软红也仗着主公宠爱，便百般需索。那时，朝中大吏，谁不在禄山门下奔走，时有金珠珍宝献进府来，一齐被软红藏匿起来，禄山也笑着听她去。那软红又欲去霸占民间的珍宝，打听得府后面一家，世传有翡翠砚一方，便遣豪奴去威逼着把那翡翠砚夺来。那家人去告状在司署，理司署官置之不理。禄山大怒，遣部卒十人，去把那一家人尽行屠杀。从此，不论官民，凡受禄山欺侮的，都相戒不敢声张。禄山长子名庆绪，性情尤是强悍，在外横行不法，更不肯受乃父约束。

那禄山又因迷恋着杨贵妃，常常进宫鬼混。有一次，禄山进宫去，适值玄宗坐朝未回，禄山和贵妃杂坐一室，调笑戏谑，无所不为，满宫院只听得贵妃和一班宫女的说笑声。原来贵妃拿锦缎制成极大的襁褓，令禄山脱去衣眼，睡在襁褓中，又偎在贵妃怀里。那安禄山睡在襁褓中，两眼望着贵妃的脸，口中装着小儿的啼声，引得一屋子宫女个个笑得前仰后合。直待内侍报说万岁退朝，禄山才穿上衣服，候皇帝进宫来，略坐一会，便退出宫来。

禄山回到府中，又有一群姬妾们奉承。这一夜，禄山正醉酒，睡在外室书房中。到半夜时分，只听得内室中人声鼎沸，禄山扶醉惊出，手仗利剑，慌张出房。在中庭遇一家奴，问何事。

第五十五回　盗美姬庆绪夺父妾　续旧欢采苹承皇恩

家奴答称："内室有盗！"禄山急急赶至中门看时，只见双门紧闭，门内啼哭惊诧之声，一时并作。禄山心中最爱的一位姬人，名唤软红的，此时适在门内。他急欲进门去救此姬人，便传齐家将各执利斧劈门而入，待到得内室，那强人早已远扬，只见一家妇女，脂粉狼藉。细查屋中，别无所失，只有那爱姬软红遭强人劫去了。禄山十分愤怒，把软红室中的侍女，用鞭痛打。问众妇女时，都说见一盗魁，率领三四十人，从西垣上跳入内院，径打入软红室中。盗魁负着软红，群盗拥护着，呼啸越西垣而去。禄山问盗魁是何面貌，众女俱说盗魁以猪血涂面，不能辨认眉目。禄山立召巡城御史周良臣，拍案大骂道："禁城之中，出此巨盗，汝御史所为何事？限汝一日期捉得盗魁，送本府严办。倘有差池，待俺奏上天子，管教汝首领不保！"吓得那御史只是索索乱抖，连连碰头，口称下官该死。急急退出府来，连夜派遣差役四处兜拿。谁知查遍九城，竟似石沉大海，杳无形迹。那安大将军府中，却流星似地前来催逼，竟把这御史官捕去，押在府中，不得盗魁，便不释放。

那周御史的夫人黄氏见丈夫禁押在府中，心中十分忧惧，她便把衙中差役传入后堂，向众人哭拜着，求众差役努力捕盗。内中有一个差班头儿名唤魏三的，他见夫人哭得可怜，便挺胸出来，大声说道："夫人万安！小人拼着一身碎剐，凭三寸不烂之舌，到安将军府中去保得主公无事。"黄氏听说，便向魏三深深下拜。

那魏三头也不回，出了衙门，跑到安禄山府门口，口称查得劫将军姬人的大盗在此。那府中豪奴，喝令快快说出。魏三说："事关家丑，非面见大将军不可！"豪奴进去报至主公知道，禄山吩咐招来人带进上书房去问话。魏三见了禄山，便说："小人查得大盗踪迹在此，望大将军退去左右，容小人大胆说出！"禄山听了魏三的话，便令左右退去。魏三见室中无人，便说道："俺主公早已查得强人踪迹，只因那盗魁不是别人，正是将军的大公子！他已劫得将军的爱姬，在那密室中双宿双飞！"禄山听了这话，不觉脸上温地变了颜色，提起宝剑，指着魏三道："狗奴才！胆敢胡言！"那魏三又连连叩头道："小人若有半句胡言，听凭将军割去首级！将军若还不信，那大公子现在西域坊大屋子中住着！"禄山听他说到这里，便也不催问下去，吩咐把这魏三也一同拘留在府中。一边悄悄地打发心腹，到西域坊去探听，果然是大公子庆绪霸占住了他父亲的姬人。

禄山一听，气得大叫一声，晕倒在椅上，不省人事。家人扶进卧房去，请医生来诊脉，说是急怒伤肝，须要小心调治，方保无事。从此，安禄山一病，足足有三个月不曾进宫去。

原来庆绪就是禄山的长子，生性横暴，尤过于其父。七岁时，禄山授以弓马，技术大进，觑父不备，射中禄山肩胛。禄山怒不爱之，自幼寄住外府。后来，禄山得玄宗宠任，庆绪亦拜为兵马使之职，于是别立府第，大治宫室，劫民间美女子充姬妾，群雌粥粥，日追随左右者以百计。庆绪性喜水戏，在府中多掘池沼，排列楼船，率歌女舞姬为长夜之饮。庆绪享着如此艳福，但他心中终不能忘情于软红。有时，禄山府中家宴，庆绪必早早混进府去，和软红鬼混。便是当着禄山，他两人也禁不住眉眼传情。禄山左右珠围翠绕，正目迷心醉的时候，也不曾留意他二人的行动。

后来，歌停舞息，忽然不见了他二人的踪迹，禄山才微微有些疑心到庆绪身上去。他觑着众人正在欢呼畅饮的时候，便溜出席去，正在回廊上遇到那庆绪和软红二人追扑调笑着。这时，西园回廊下灯昏月上，人声寂静，好一个幽密的所在！软红原倚在栏杆旁望月儿的，庆绪从她身后，蹑着脚掩将过去。看看快到跟前，伸着两条臂儿正向她柳腰上抱去，那软红早已觉得了，只是低着脖子不回过脸儿来。庆绪快要到手的时候，只见软红把细腰一侧，避过庆绪的臂儿圈，翩若惊鸿般地一溜烟逃出回廊外去，在庭心里月光下站着，只是望着庆绪娇笑。月光下看美人，原是愈添风姿的，怎禁得她掩唇媚笑，把个庆绪急得只是低低地唤着娘，连连向软红作揖，又赶向庭心里去，那软红却又逃回廊下来了。看她一手扶住栏杆，只是嗤嗤地笑。庆绪觑她不防备的时候，一耸身跳进栏杆来，紧紧地搂住细腰，只把嘴脸向软红的粉脖子上乱送。

正在这当儿，禄山闯进园中来，见了，大喝一声说："该死的畜生！"那软红一缕烟向小径中逃去。禄山上去拧住庆绪的耳朵，直拖出大客厅来，一叠连声喊着大棍打死这畜生。后经众亲戚劝解，才把这庆绪赶出门去，从此，父子断绝来往。无奈庆绪在京中权势喧赫，党羽甚多，他自被父亲逐出府来，心中时时记念软红。在夜定更深的时候，庆绪拿猪血涂着脸，亲自带领家将三十人，爬墙打进安禄山的内宅去。庆绪熟门熟路，那软红正想得厉害，见了庆绪，便将错就错地给他抢去。两人躲在西域坊幽室里，双宿双飞，过着快乐的日子，把个安禄山气成大病。

待病愈以后，禄山便要亲自去查问庆绪。左右劝住说："庆绪家中死党甚多，倘有一言不合，争闹起来，岂不反遭毒手？"禄山愤愤地说道："待俺杀了这畜生，方出我胸中之气！"当有手下的谋士献计。原来庆绪左右有通儒和希德分成两党，互争宠任。庆绪却听信通儒的话，和希德疏远。希德衔恨在心，时时想报此仇。禄山府中的谋士，悄悄地去对希德说知，约他在府中为内应，杀了庆绪，自有上赏。庆绪府中护兵有三千之众，只因庆绪平日御下十分严厉，通儒生性又是刚愎，那兵士们却听希德的号令，不肯受通儒的指挥。不知怎的，事机不密，这消息被通儒探得，忙去报与庆绪知道。庆绪大怒，便假作商议机密为由，把希德传进密室去，伏兵齐起，把希德斩死。那三千护兵见事机败露，便一哄逃去。庆绪见去了爪牙，忙也带了软红，星夜逃入卫州。

这禄山见捉不得庆绪，心中正是愤恨。只见家人报称，门外有一妇人，带一胡儿，说是大将军亲戚，求见大将军。禄山忙命传进府来。看时，不觉大喜。众人看这妇人，满身是胡俗打扮，望去虽说有三十左右年纪，却长得白净皮肤、清秀眉目。那细腰一摆，眼波一动，甚是动人。看那胡儿时，是一个十二三岁的童儿，面貌俊美，颇有母风。禄山见了这妇人，不觉笑逐颜开，两人拉着手，叽叽咕咕地笑着，十分亲热。又吩咐陈设筵席，两人对坐着饮酒。那妇人饮到半酣时候，放出全体风骚来，和禄山亲昵着。禄山也被她迷住了神魂，酒罢，竟手拉手儿地同入罗帐去了。家中的姬妾，看了十分诧异。

后来一打听，那胡儿名叫孙孝哲，原是契丹人种。禄山在两番的时候，孙孝哲的母亲帖木氏已和禄山私通。这帖木氏自幼长成淫荡的性格，艳冶的姿容。那左近的浮浪少年见了这般一个尤物儿，谁不愿意去亲近她？招惹得那班游蜂浪蝶，终日为这帖木家的女儿争风吃醋、喧闹斗杀。尽有许多少年男儿，为这粉娃儿送去了性命。内中只有安禄山和孙孝哲的父亲和特，讲到这两人的身体面貌，都是魁梧漂亮，不相上下，只是和特比禄山多几个钱，因此这美人儿便被和特占据了去。和特知道这安禄山十分勇猛，不是好惹的，便带了帖木氏避到别处去。

安禄山和帖木氏正勾引上手，在甜头儿上，一旦失了这心上人，岂不要气愤？他发奋要找寻帖木氏，因此在两番幽州一带地方，流浪了五六年，中间吃尽苦楚，受尽风波，便也靠此懂得六番的言语，知道得番中的山川脉络、风俗人情，得节度使的重用，得了今日的富贵荣华。从来说的，艰难玉汝。帖木氏这一走，反而成就了安禄山一生的功名！

那和特得了帖木氏，向中国内地一跑，贩卖皮毛为生，坐拥美人，享着温柔幸福。只因他恩爱过分，不多几年，得了一个吐血症儿，丢下这心爱的美人儿和亲生的儿子孙孝哲，便撒手死去。这时，帖木氏已成了一个半老佳人，她失了个恩爱的伴侣，固是伤心，从此又无人赚钱管养，教她母子两人，孤苦零丁，又如何过活？她没奈何，把和特留下来的些少货物和家具，统统变卖了，充作路费，到长安城里来。无意之中，打听得她前度刘郎安禄山，官拜骠骑大将军，每日出入宫禁，十分荣宠。她正在进退无依的时候，如何不找上门去？

这也是帖木氏的机缘凑巧，安禄山这时失了软红，正心中空洞洞的没有一个着落之处，忽然见了旧日的情人，勾起了往日的情怀。再加这帖木氏虽说徐娘半老，却更觉风骚，把个好色的安禄山，赤紧地迷住了。当时，收留在府中，十分宠爱起来。那孙孝哲寄养在府中，充作假子。鲜衣美食，也得安禄山好心看待。这孙孝哲皮肤又白净，脸蛋儿又俊美，终日追随安禄山左右，屈意逢迎，深得禄山的宠任。待他年纪长大，又得他母亲在枕席上进言，到天宝末年，官作到大将军，这都是后话。

如今再说杨贵妃每日和安禄山厮混惯了，近二三个月，忽然不见他心上人进宫来。杨贵妃身旁失了一个说笑打诨的人，顿觉十分冷清。虽有玄宗皇帝百般宠爱她，终日陪伴她，但比到安禄山，一个是老夫，一个是壮男；一个是给自己玩弄的人，一个是玩弄自己的人，两两比较，一个多么有趣，一个多么无趣。如今这有趣的人却去得杳无踪迹，一个无趣的人却终日和她厮缠着，她心中如何不恼？她不但是恼，只因每天想着安禄山，竟想出相思病来了。

　　杨贵妃仗着半分的恼、半分的病，又仗着皇帝的恩宠，便佯羞薄怒，撒痴撒娇，处处给皇帝一个没趣。你想皇帝何等尊贵，任你如何骄法，也骄不到皇帝上面去的。况且皇帝的玩弄妃子，原为自己寻欢作乐，岂肯反受妃子的冷淡？虽说玄宗生性温存，在女人面上不计较的。谁知女人的性格却是愈宠愈骄的，你越是爱怜她，她却越是爬上你的头来，到那时候，任你男子如何好的性儿，也不由得恼怒起来了。这杨贵妃不曾遇了安禄山以前，虽明知玄宗皇帝年老，但看着一生富贵面上，便也死心塌地地拿自己的身子供皇帝糟蹋去。后来结识了安禄山，她得了少年强壮男子的滋味，便把这玄宗皇帝看作味同嚼蜡，在言语举动之间，便露出一种骄慢冷淡的神色来，把个玄宗气得住在翠华西阁上，却悄悄地去把那住在东阁上的梅妃去召来临幸着。

　　这梅妃原也得玄宗一番宠幸过来的。梅妃名江采苹，原是莆田地方人，父名仲逊，世代是名医。梅妃九岁时候，便能读《诗经·二南篇》，有采蘩采苹说女子勤苦的话，梅妃便对她父亲说："我虽一小女子，却也要学着古时女子一般勤力！"她父亲很爱她，便取名采苹。在开元年间，高力士出使到闽、粤等地去，打听得江家女儿十分美丽，便选进宫去，得玄宗十分地宠幸。当时，玄宗甚是好色，在长安地方大内、大明、兴庆三座宫中和东都地方大内、上阳两座宫中，共有妃嫔宫女四万人。自从得了这梅妃，便把这数万女子丢在脑后。梅妃又颇有文才，自己常比作谢家女儿，有咏絮之才。平日喜淡妆雅服，却愈显得姿色清秀。生性爱梅，她住在宫中前庭后院，遍种梅花。院中有一亭，玄宗亲写着"梅亭"两字的匾额。每值梅花开时，梅妃在亭中吟诗赏玩，直到黄昏月上，还不舍得离去。

　　玄宗因她爱好梅花，便戏称她为梅妃。梅妃除吟诗外，又善作赋，曾作成《萧》、《兰》、《梨园》、《梅花》、《凤笛》、《玻杯》、《剪刀》、《绮窗》八赋，进呈玄宗御览，玄宗十分叹赏。

　　在开元年间，天下太平日久，深宫无事。玄宗和宗室弟兄甚是友爱，常常召弟进宫，说笑饮宴。每遇宴会，玄宗必令梅妃随侍在侧，谈笑无忌。有一次，正是中秋佳节，玄宗召诸弟兄在宫中家宴，饮至半酣，内监献上黄橙一筐，说自御园中采下，特献与万岁爷尝新。众人看时，见橙色金黄，香味可爱，玄宗便吩咐赏给众兄弟分尝之。内监奉旨，便分给每位王爷黄橙十枚。梅妃原佩有随身小金刀，当时拿金刀破着橙子，献与万岁。玄宗尝着，连称美味。又命梅妃替各位王爷剖橙，各位王爷见梅妃亲自过来替他们破着橙子，慌得他们一个个地站在一旁，局促不安，头也不敢抬一抬，大气儿也不敢喘一喘。梅妃便轮流走到每一位王爷跟前，破开一个橙子。

　　欲知后事如何，且听下回分解。

第五十六回　杨贵妃翠阁争夕
唐明皇夹幕藏娇

　　玄宗皇帝命梅妃替众王爷剖着橙子，原是表示亲爱的意思。便是那班亲王，见梅妃走到跟前来，也个个低头躬身，让过一偏去站着。待轮到汉王跟前，这汉王原是一个好色之徒，他仗着是皇弟，皇帝又是十分友爱，凡事容忍，平时在京城地方，便令府中爪牙在外面打听得有良家美女，便强去诱骗进府来奸占着。人民吃了他的亏，只是敢怒不敢言。汉王平日打听得梅妃是天姿国色，心中已是十分羡慕，只怕不得机缘进宫一见。如今承玄宗赐宴，得见了梅妃容貌，果然秀媚动人，他时时偷渡着眼光过去，早把他看得神魂颠倒。怎经得这梅妃又走近他眼前来，亲自替他破着橙子，眼看着梅妃十指玲珑，剥着橙皮，又有那一阵一阵的幽香，度进鼻管来，早把个汉王引得心痒痒的。只苦当着万岁爷跟前，不敢抬头平视。他虽一般地低着头，躬着身体，但两道眼光却注射在梅妃的裙下。却好一阵风来，吹动裙幅，露出那一双瘦瘦的鞋尖来，嵌着明珠，绣着鲜花，看着十分可爱。汉王原是专一留意女子裙下双钩的，在这时候，他实在被美色昏迷了，心想不在此时下手，更待何时？当下他大着胆，悄悄地伸过一双靴尖去，轻轻地踹住梅妃的鞋尖。

　　这梅妃却是十分贞节的，她如何把这汉王放在眼中？只见她

第五十六回　杨贵妃翠阁争夕　唐明皇夹幕藏娇

粉庞儿愠地变了颜色，那手中的橙子，只破得一半，便放了手，转身向万岁告辞，宫女扶着走下阁去。这皇帝饮酒却非梅妃不欢的，如今见梅妃下阁去，久久不来，心中不免挂念，连连打发高力士去宣召。梅妃只因心中恼恨汉王，便推说适因珠履脱去系钮，正在缝结，缝竟便当应召。直至席散，也不见梅妃上阁来。

玄宗十分记念，亲自进梅妃宫中去看望，那梅妃提裙出迎。玄宗见她面有余怒，问时，梅妃便把汉王调戏的事说出来。在梅妃的意思，万岁听了这话，必当大怒。谁知玄宗听了，却毫无怒容，只把梅妃劝慰一番。又说："朕为太子时，先皇赐弟兄五人第宅在庆隆坊，称作五王宅，环列宫侧。朕在东宫，特制长枕大被，召诸弟兄同睡一床，十分亲昵。先皇在宫西建一楼，名花萼相辉之楼；宫南建一楼，名勤政务本之楼。朕弟兄常在西楼谈笑作乐，赋诗戏嬉。先皇在南楼一闻乐声，便登西楼，赐金帛无数。有朕与诸弟兄在御苑中击球斗鸡，放鹰逐犬，弟兄朝朝相见，何等快乐！今朕深居宫中，每念及幼时情景，不可再得！"说着，止不住连连叹息。梅妃见玄宗皇帝弟兄之念甚深，便也不敢再说什么了。

原来在唐朝历史上，这玄宗是最友于兄弟的人。《唐书》中说："天子友悌，古无有者！"玄宗手足情深，天性使然，虽有谗言，亦无由得入。在开元十三年，有数千头鹡鸰，飞集在麟德殿前，满院满阶，见人也不惊避，欢噪终日不去。当有左清道率府长史魏光乘献上颂辞，说是天子友悌之祥。玄宗大喜，亦作颂一篇，弟兄传观。每对诸兄弟道："昔魏文帝诗：'西山一何高，高高殊无极！上有两仙童，不饮亦不食，赐我一丸药，光耀有五色！服之四五日，身体生羽翼！'但朕意服药而求羽翼，何如兄弟友爱，为天生之羽翼也！以陈思王之才足以经国，绝其朝谒，卒使忧死。魏祚未终，司马氏夺之。岂神丸之效耶？虞舜至圣，舍弟象傲以亲九族，九族既睦，平章百姓，今数千载后，天下称之。此朕废寝忘食，所敬慕者也！"玄宗平时翻阅仙录，得一神方，便传抄与众弟兄道："今持此方，愿与兄弟共之，同至长寿，永永无极！"

那时，寿春王宪，玄宗待之最厚，每到寿春王生日，皇帝必幸其第祝寿。弟兄二人同床留宿。平时赏赐不断。宫中尚食总监新制食物，或四方有献酒馔的，每次均分，赐与寿春王尝之。每到年终，寿春王写一赐目，把皇帝一年中所赐，一一写上，付交史官，每写必数百纸。寿春王有病，玄宗便遣使御医，赐膳、赐药，陆续于途。有一和尚名崇一的，治寿春王病稍好，玄宗大喜，赐徘袍银鱼，但寿春王病终不救而死。玄宗失声大号，左右皆泣下，传旨追封寿春王为让皇帝。

寿春王在日，陪伴玄宗至万岁楼就宴。兄弟二人，从小路走去，玄宗一眼看一卫士把吃剩的酒菜，抛弃在阴沟中，不觉大怒，立传高力士捕此卫士至阶下，欲杖杀之。寿春王在一旁从容谏劝道："从小径中窥人之私，恐从此士不自安，且失皇帝大体！况性命岂轻于余食乎？"玄宗不觉大悟，立止高力士不杀。叹道："王于朕，可谓有急难也，朕几误杀卫士矣。"又有西凉州俗好音乐，当时新制一曲，名《凉州》。玄宗召诸王在便殿同听《凉州曲》。曲终，诸王拜贺，独寿春王不拜。玄宗问兄不乐乎？寿春王奏道："此曲虽佳，但臣闻音者始之于宫，散之于商，成之于角、徵、羽，莫不根蒂而袭于宫商也。今此《凉州曲》，宫离而少徵，商乱而加暴！臣闻宫君也，商臣也。宫不胜则君势卑，商有余则臣事僭。卑则逼下，高则犯上。发于忽微，形于声音，播之于歌咏，见之于人事。臣恐一日有播越之祸，悖逆之患，莫不兆于此曲也！"玄宗听了这一番话，便命停奏《凉州曲》。

梅妃知玄宗停奏《凉州曲》，便自制《惊鸿曲》，奏来婉转动人。玄宗赐玉笛一支，每在清风明月下一吹，玄宗在一旁看着，真飘飘欲仙。梅妃又作惊鸿舞，进退疾徐，都依着乐声。玄宗大加叹赏，说梅妃事事皆能，便称她为梅精。从此，后宫一班妒梅妃的妃嫔，都取她绰号，称她梅精。宫中有斗茶之戏，玄宗常与梅妃斗茶而败，顾谓诸王道："此梅精也，今又胜我矣！"梅妃应声道："草木之戏，误胜万岁。设使调和四海，烹任鼎鼐，万乘自有心法，贱妾何能与万岁比胜负呢？"玄宗见梅妃口齿伶俐，心中愈觉可爱。

　　后来，只因梅妃一病不能供应皇帝，又值杨贵妃入宫，一个新欢、一个旧爱，在玄宗的心中，原是两面都丢不下的，常把梅妃和杨妃召在一处，亲自用好言安慰，劝她二人效娥皇、女英，同心合意侍奉一人。但梅妃有此绝世才华，杨妃又秉天姿国色，便两不相下。两人在宫中，不但不肯和好，且各避着路，不肯见一面儿。江采苹生性柔缓，杨太真却心机灵敏，见皇帝正在宠爱头里，在枕席上天天说着梅妃的坏话。自古旧爱不敌新欢，梅妃身体又十分柔弱，不能时时供应，渐渐地皇恩冷淡下来。后来，玄宗竟听了杨贵妃的话，把梅妃迁入上阳东宫，从此一入长门，永无雨露。

　　直到此时，玄宗念及梅姐往日的好处，便暗地里打发小黄门，灭去灯烛，捧着万岁手诏，暗地里摸索着到东阁去宣召梅妃。那梅妃自从被皇帝弃置以来，却终日静坐一楼，吟诗作画，十分清闲。忽见万岁召唤，梅妃知道有杨妃在侧，自己决不得志，便谢恩辞不奉诏。奈这痴心的皇帝，越见梅妃不肯出来，却越想起梅妃旧日的好处，非把梅妃召到不可。打发小黄门连去了三次，又把自己平日在御苑中乘坐的一匹千里驹赐给梅妃乘坐，在黄昏人静的时候，悄悄地去把梅妃驮来，在翠华西阁上相见。梅妃见了万岁，便忍不住眼泪和断了线的珍珠一般挂下粉腮来。从来说的，新婚不如久别，玄宗见梅妃哭得可怜，便百般安慰，拥入罗帏，说不尽旧日恩情，诉不完别后的相思。两人卿卿哝哝的，直诉说了一夜。

这边欢爱正浓，那杨贵妃多日不见万岁临幸，自觉作娇过甚，失了皇帝恩宠，心中万分凄惶，便暗暗地遣永清、念奴二婢子到西阁悄悄地打听去。这杨贵妃平日和玄宗是片刻不离的，如今抛得她漫漫长夜，孤衾独宿，叫她如何眠得稳？到半夜时分，杨妃挑灯就妆台铺着玉笺，写下一首词儿道：

> 君情何浅？不知人望悬！正晚妆慵卸，暗烛羞翦，待君来同笑言！向琼筵启处，醉月觞飞，梦雨床连。共命天分，同心不舛，怎蓦把人疏远？

掷下笔，上床睡去。天色微明，便有永清婢子进来报："娘娘！奴婢打听得翠阁的事来了。"杨妃急坐起身来，连问怎么说？永清道："奴婢昨夜奉娘娘懿旨，往翠华西阁守候着。这时已近黄昏，忽闻密传小黄门进阁。那小黄门奉了皇上旨意，悄拉御马，灭熄灯烛，出阁门去。"贵妃忙问："到何处去？"永清答称："是向翠华东阁而去。"贵妃连连顿足道："呀！向翠华东阁，那是宣召梅精了。不知这梅精来也不曾？"永清答道："恩旨连召三次，才用细马驮着那佳人，暗地里送至西阁。"贵妃忙问："此语果真否？"永清道："奴婢探得千真万确，倘有不真，奴婢敢是不要命了！"贵妃听着，不觉落下泪珠来，叹着气道："唉！天啊！原来果真是梅精复邀宠幸了！"永清劝慰着道："娘娘且免愁烦！"贵妃如何忍得，早抹着泪，在那幅诗笺儿上，接下去又写上了一首词道：

> 闻言惊颤伤心痛，怎言把从前密意，旧日恩眷，都付与泪花儿弹！向天记欢情始定，记欢情始定，愿以钗股成双，合扇团圆；不道君心霎时更变！总是奴当谴，也索把罪名宣，怎教冻蕊寒葩，暗识东风面？可知道身

虽在这边，心终系别院，一味虚情假意，瞒瞒昧昧，尽
欺奴善！

　　写毕，掷下笔儿道："自从梅精触忤圣上，将她迁置东楼，
俺想万岁总可永远忘了这妖精，如何今日忽又想起这妖妇来？真
令俺气死也！"永清接着又说道："娘娘还不曾知道，奴婢打听得
小黄门说：'那梅妃原也不肯来的，那晚万岁爷在华萼楼上，私
封珍珠一斛，赐与梅妃不受，交珍珠原封退还，又献一首诗
来。'"贵妃忙问："那诗上字句，你可曾记得？"永清道："奴婢
也曾听那小黄门念来道：'柳叶双眉久不描，残妆和泪湿红绡，
长门自是无梳洗，何必珍珠慰寂寥？'万岁爷见她诗句可怜，便
接二连三地把这梅妃召到，重叙旧情。"贵妃听了，不由得骂了
一句："这个媚人的妖狐，却敢勾引俺的万岁爷？待俺问万岁爷
去，暂不与这贱妖狐干休！"说着，霍地立起身来，回头对永清、
念奴二人道："你二人随俺到翠华西阁去来！"永清道："娘娘！
这夜深时候，怎去的来？"贵妃道："俺到那里，看这贱狐如何献
媚，如何逗骚。"永清劝道："奴婢想，今夜万岁爷翠阁之事，原
怕娘娘知道。此时夜将三鼓，万岁爷必已安寝。娘娘猝然走去，
恐有未便，不如且请安眠，到明日再作理会！"贵妃听永清说得
有理，只得回身坐下，叹着气道："罢罢！只是今夜叫俺如何得
睡也！"这一夜，杨贵妃睡在空床上，真的直翻腾到天明也不曾
入睡，她却不知道在翠华西阁下面，也有一个人陪着贵妃一夜不
曾得好睡！

　　这是什么人？原来便是那高力士。玄宗皇帝因召幸梅妃，特
遣小黄门去把高力士密召到来，戒饬大小宫监，不得传与杨娘娘
知道。又命高力士在阁下看守着，不许闲人擅进。高力士奉了圣
旨，在翠华阁下，眼睁睁地看守了一夜，连眼皮儿也不敢合一
合。看看天色微明，又怕万岁传唤，送梅妃回宫去，因此愈加不

敢离开。谁知玄宗和梅妃一夜欢娱，正苦夜短，好梦醒来，看看已是日高三丈。那高力士在阁下看看不见皇帝有何动静，也不见皇帝出阁坐朝，也不见送梅妃下楼回宫。

正彷徨的时候，忽见那杨贵妃从廊尽头冉冉行来。高力士心上不觉一跳，低低地自言自语道："呀！远远来的正是杨娘娘，莫非走漏了消息么。现今梅娘娘还在阁里，这却如何是好？"高力士正要奔上阁去报信，才移动得脚步，已被杨贵妃瞥见了，命永清远远地喝住。

高力士没奈何，只得转身迎上前去，叩见道："奴才高力士叩见娘娘！"只听得杨贵妃冷冷地问道："万岁爷现在哪里？"高力士一听声音不对，知道已不知被何人在娘娘跟前漏泄了春光，心头止不住怦怦地跳着，只得硬头皮答道："万岁现在阁中！"贵妃又问："还有何人在内？"高力士连说："没有！没有！"贵妃见高力士神色慌张，早已瞧透了，不禁冷笑了几声道："你快开了阁门，待我进去看来。"高力士越发慌张起来，忙说："娘娘且请暂坐，待奴才去通报万岁爷。"贵妃忙喝住道："不许动！俺且问你，万岁爷为何连日在西阁中住宿？"高力士忙答道："只因万岁爷连日为政勤劳，身体偶尔不快，心儿怕烦，是以静居西阁，养息精神。"贵妃道："既是万岁爷圣体不快，怎生在此住宿，却不临幸俺宫中去？"高力士答道："万岁爷只因爱此西阁风景清幽，不觉留恋住了。"贵妃又问："万岁爷在里做什么？"答道："万岁爷床上静卧养神。"贵妃又问："高力士！你在此何事？"高力士说："万岁爷着奴婢在此看守门户，不容人到！"贵妃听了愠地变了脸色，厉声问道："高力士！你待也不容我进去么？"慌得高力士急急趴在地上叩着头道："娘娘请息怒！只因俺亲奉万岁爷之命，量奴婢如何敢违抗圣旨？"贵妃道："咦！好一个掉虚脾的高力士！在俺跟前，嘴喳喳地装神弄鬼？"高力士道："奴婢怎敢！"贵妃也不去理他只自说道："俺也知你如今别有一个人儿受着万岁爷的宠爱，爬上高枝儿去，却不把俺放在心头了。也罢，待俺自己去叫开门来。"杨贵妃说着，却提着裙幅儿，亲自要奔上阁去打门。慌得高力士连连摆手道："娘娘请坐！待奴婢来替娘娘叫门。"永清、念奴两人也上去劝杨娘娘，且在阁下坐下。贵妃又逼着高力士叫门去，高力士没奈何，只得硬着头皮上去高叫道："杨娘娘来了！快开了阁门者！"叫了几声，却不听得阁内有人答应。

原来玄宗和梅妃久别重逢，诉说了一夜恩情，此时日上三竿，还是沉沉入睡。却不料高力士在阁楼下高叫，那守在帐前的宫女听得了，也不敢去惊动皇帝。又听得高力士在下面叫道："杨娘娘在此，快些开门！"这一声，却把玄宗惊醒了，忙问何事。那宫女忙奏道："启万岁爷，杨娘娘到了，现在阁下。"玄宗听了一惊，从被窝中坐起来说道："谁人多嘴，把春光漏泄，这场气恼，却怎地开交也？"接着，又听得打门声。宫女便问："请万岁爷旨意，这阁门儿还是开也不开？"玄宗忙摇着手道："慢着！"回头看枕上的梅妃，也吓得玉容失色，甚是可怜。这时，梅妃身上只穿一件小红袄儿，葱绿裳儿。玄宗扶着她腰肢，还是软绵绵地抬不起头来。宫女上去，服侍她披上衣儿。只因外面打门十分紧急，也来不及穿绣鞋儿，只拽着睡鞋，玄宗抱住她娇躯，向夹幕中藏去。回身出来，向御床上一倒，挨着枕儿，装作睡着模样。又命宫女悄悄地去把阁门开了。

贵妃一脚跨进门来，且不朝见皇上，只是把两眼向屋子的四周打量半晌。玄宗便问："妃子为何到此？"那贵妃才走近榻去参见道："妾闻万岁爷圣体违和，特来请安！"玄宗道"寡人偶然不快，未及进宫，何劳妃子清晨到此。"贵妃恃着平日皇帝的宠爱，也不答玄宗的话，只是冷冷地说道："万岁爷的病源，妾倒猜着几分了！"玄宗笑着道："妃子却猜着什么事来？"杨贵妃道："妾猜是万岁爷为着个意中人，把相思病儿犯了！"玄宗又笑说道：

"寡人除了妃子，还有什么意中人儿？"贵妃道："妾想陛下向来钟爱无过梅精，如今陛下既犯着相思病儿，何不宣召她来，以慰圣情？"玄宗故作诧异的神色道："呀！此女久置楼东，岂有复召之理？"贵妃也不禁一笑，说道："只怕春光偷泄小梅梢，待陛下去望梅而止渴呢！"玄宗故意正色道："寡人哪有此意。"贵妃接着道："陛下既无此意，怎得那一斛明珠去慰寂寥？"玄宗摇着头道："妃子休得多心，寡人只因近日偶患微疴，在此静养，惹得妃子胡思乱猜，无端把人来奚落。"说着，又连连地欠伸着道："我欠精神，懒得讲话，妃子且请回宫，待寡人休息些时，进宫来再和妃子饮酒可好？"杨贵妃这时，一眼见御榻下一双凤舄，用手指着道："呀！这御床底下不是一双凤舄么？"玄宗见问，忙说："在哪里？"急起身下床看时，那怀中又落下一朵翠钿来。贵妃急去抢在手中，看着道："呀！又是一朵翠钿！此皆是妇人之物，陛下既是独宿，怎得有此？"问得玄宗也无言可答，只得假作猜疑样子道："呀！好奇怪，这是哪里来的？连寡人也不解呢。"杨贵妃忍不住满脸怒容道："陛下怎的不知道？"

高力士在一旁看看事情危急，便悄悄地去对宫女附耳说道："呀！不好了，见了这翠钿、凤舄，杨娘娘必不干休。你们快送梅娘娘从阁后破壁而出，回到楼东去吧。"那宫女听了高力士的话，便悄悄地去在夹幕中把梅妃扶出，一溜烟向后楼下去。小黄门帮着打破后壁，送回东楼去。

那杨贵妃手中拿着凤舄、翠钿两物，连连问着皇帝，昨夜谁侍奉陛下寝来？玄宗只是涎着脸，憨笑着不答话。杨贵妃一股醋劲儿按捺不住，把那手中的凤舄、翠钿狠狠地向地上一丢，转身去在椅上坐下，噘着朱唇，怔怔地不说一句话。屋子里静悄悄地半晌无声息，高力士上去把那凤舄、翠钿拿起。杨贵妃忽庄容对着玄宗说道："一宵欢爱颠倒至此，日上三竿，犹未视朝。外臣不知道的，不道是陛下被梅家妖精迷住了，还认作陛下是迷恋

第五十六回　杨贵妃翠阁争夕　唐明皇夹幕藏娇

着妾身，这庸姿俗貌，误了陛下的朝期！如今为时尚早，请陛下出阁视朝，妾在此候陛下朝罢同返中宫。"玄宗让杨贵妃催逼不过，便拽着衾儿，依旧睡倒，说道："朕今日有疾，不可临朝。"杨贵妃见玄宗踞卧着不肯离开御床，便认定皇帝把梅妃藏在衾中，满怀说不出的恼怒，只是掩面娇啼。

高力士觑着贵妃掩面不见的时候，便凑着皇帝耳边，悄悄说道："梅娘娘已去了，万岁爷请出朝吧。"玄宗点着头，故意高声对高力士说道："妃子劝寡人视朝，只索勉强出去坐坐。高力士传旨摆驾，待朕去后，再送娘娘回宫。"高力士喏喏连声，领着旨意，送过皇帝离了西阁。

杨贵妃便转身唤着力士道："高力士！你瞒着俺背地里做的好事！如今只问你这翠钿、凤舄，是什么人的？"高力士见问，便叹了一口气道："劝娘娘休把这烦恼寻找！奴婢看万岁爷与娘娘平日寸步不离，形影相随，这样的多情天子，真是人间少有！今日这翠钿、凤舄，莫说是梅妃，俺万岁旧日和她有这一番恩情，久别重逢，难免有故剑之恩，便是六宫中选上了新宠娘娘，也只索假装着耳聋，不闻不问，怎么不顾这早晚，便来闹得万岁爷不得安睡？不是奴婢多口，如今满朝臣宰，谁没有个大妻小妾，何况当今一位圣天子，便容不得他一宵恩爱了么？还请娘娘细细思之！"高力士这一席话，说得杨贵妃哑口无言，她一时无可泄愤，便把那翠钿来摔碎了，把这凤舄来扯破了，哭着回宫去了。

欲知后事如何，且听下回分解。

第五十七回　杨玉环醉排风流阵 李太白狂草训蛮书

　　杨贵妃才出西阁，那玄宗皇帝又匆匆进阁来，一眼见那破碎的翠钿、凤舄，问高力士时，知是杨贵妃临行时拉掷的。这翠钿原是昨夜玄宗赐与梅妃，亲自替她在宝髻上插戴着的，只因一夜颠倒，这翠钿又落在玄宗怀中，满拟今日令高力士送至东阁去的，不料被杨贵妃掷破了，这叫玄宗皇帝如何不恼！便立刻传旨，着高力士送杨氏出宫，归其兄光禄卿杨铦第中。一面又另拿一对翠钿去赐与梅妃。把个高力士忙得东奔西走，送杨贵妃出宫回来，又送翠钿与梅妃。

　　梅妃打听得杨妃已被逐出宫，便思恢复旧日的恩宠，来拿一千两黄金与高力士，要他去找一个文士，拟司马相如作一篇《长门赋》去感动圣心。高力士因怕杨国忠、李林甫的权势，只推说朝中无人能作赋的，梅妃便自作《楼东赋》一篇，呈与玄宗。那赋中略道：

　　　　玉鉴生尘，凤奁香殄。懒蝉鬓之巧梳，闲缕衣之轻练。若寂寞于蕙宫，但凝思于兰殿。信摽落之梅花，隔长门而不见！

　　　　况乃花心颬恨，柳眼弄愁，暖风习习，春鸟啾啾。

楼上黄昏兮，听风吹而回首；碧云日暮兮，对素月而凝眸。温泉不到，忆拾翠之旧游；长门深闭，嗟青鸾之信修！忆太液清波，水光荡浮；笙歌赏燕，陪从宸旒；奏舞鸾之妙曲，乘画鹢之仙舟。君情缱绻，深叙绸缪，誓山海而常在，似日月而无休！奈何嫉色庸庸，妒气冲冲，夺我之爱幸，斥我乎幽宫？思旧欢之莫得，想梦著乎朦胧！度花朝与月夕，羞颜怕对春风！欲相如之奏赋，奔世才之不工；属愁吟之未尽，已响动乎疏钟！空长叹而掩袂，踌躇步于楼东！

梅妃这篇《楼东赋》献去以后，满心想望皇帝立赐召幸，但她在楼头一天一天地望着，只是杳无消息。看看已到暮春天气，梅妃独立楼头，引领远望。这时，夕照衔山，烟树迷蒙，树径下蓦地起了一缕尘土，原来是岭南驿使回来。梅妃便问身旁的宫女道："何处驿使来，敢是岭南梅使来也！"那宫女答道："岭南梅花使者，久已绝迹！此驿使，是为杨娘娘送荔枝来也！"梅妃听了，撑不住两行珠泪落下粉腮来，只听她娇声喊道："啊唷！"柳腰儿一折，向宫女肩头倒去。原来梅妃一时悲愤，晕绝过去了。宫女们慌慌张张扶她上床去睡，只见她悠悠醒来，哇的一声，吐出一口鲜血，止不住一阵悲啼，泪湿了罗巾。宫女们在一旁劝着。这时，黄昏冷巷，窗外淡淡的灯光，映着窗里淡淡的灯光，又照梅妃淡淡的容光，一片寂静凄凉，连宫女也撑不住哭了。

原来玄宗皇帝一心还是宠爱着杨妃的，前日因一时之怒，把杨妃送出宫去。玄宗一人住在宫中，便觉郁郁不乐，任你后庭歌舞，声声入耳，玄宗听着，转觉心烦意乱，忙命停歌止舞。

这一天，直到午后，还不见皇帝传唤御膳，高力士进去请旨传膳，满案陈列着肴馔，看看玄宗只是叹着气，不下箸。高力士奏请，把杨娘娘的一份膳儿送光禄卿杨铦府第，玄宗点着头。又传谕把御膳分一半，一并赏与杨铦。高力士知皇帝尚不能忘情于贵妃，待到傍晚，见左右无人，高力士便跪求请万岁爷下恩旨，召杨娘娘回宫。玄宗默默不语，高力士又说："万岁若虑一出一召，为天下笑，奴婢请令妃子改从安兴坊门入，以避人耳目。"玄宗便点着头，高力士取金头牌，请皇帝盖上小印，作为凭证，拿着到光禄卿杨铦家中去召杨贵妃回宫。

杨铦因妹子得罪回家，心中正是惶惑，忽见高力士到，手中拿着宣召御牌，不觉大喜。杨贵妃也终日哭泣着自怨自艾，此时随着高力士重复进宫，见了万岁，急忙跪倒，只是痛哭。玄宗伸手把妃子扶起，百般劝慰着。这一晚，雨露恩深，胜于往日。次日，杨铦打听得妹子复得皇帝恩宠，便与丞相杨国忠，韩国、虢国、秦国三夫人，一同进宫去献食作乐。玄宗大喜，便赏黄金无数，又赐三夫人脂粉钱，每岁一百万。另赐建造高大府第五座，与宫殿相连，门外列戟，府中陈设胜于宫禁。姊妹互相比赛，见有一亭一屋，胜过自己的，立刻把房屋拆毁，重复盖造。一堂之费，至千万缗。奇巧美丽，惊心骇目。

从此，五家以奢侈相尚。初时，姊妹出入乘小犊车，满饰金翠，杂以珠玉。一车之费，至数十万贯。那车身愈加愈重，牛力不胜，便各各奏请皇上，改乘马入宫，玄宗许之。姊妹各出万金，派人四出购求名马，以黄金为衔辔，绵绣为障泥。三夫人在国忠家会齐，同入禁中。时已黄昏，一路灯火照耀，街衢有如白昼，道旁观者如堵。从国忠宅门，直至城东南隅，沿途仆马喧腾，直至更深，人民不得安枕。杨国忠常笑对客道："某起家细微，因椒房之亲，宝贵至于无极！吾今未知税驾之所，念终不能致令名，要当取乐于富贵耳。"

当时，宫中、府中奢侈成风，诸王子亦竟相仿效。申王府中尤是奢靡，每夜在宫中与诸王贵戚聚宴，非至天明不止。用龙檀木雕成童子，高与案齐，手擎灯烛，称作烛跋童子。衣以绿袍，系以锦带，立在筵席之侧，又称为烛奴。一时，三夫人与丞相府中俱用烛奴。申王每饮酒至醉，便命宫中姬妾将锦彩结成一兜子，申王仰卧在兜中，使众妾抬归寝室，宫中皆称为醉舆。这风气传至杨氏弟兄府中，每一饮酒，便都用醉舆抬回卧房去。杨国忠又在冬月风雪苦寒的时候，使府中姬妾密坐在四周，成一圆圈，抵敌寒气，称作妓围。从此，诸王府中也都用妓围取乐。那班姬妾，个个都能清歌奏乐。

玄宗知道了，在宫中宴会，也令诸宫妃嫔围坐四周。那妃嫔们个个手中抱着乐器奏弄着，又歌唱着，玄宗也命杨贵妃歌唱。贵妃能唱的曲子很多，她还有一种绝技，能打得磬子，打来轻重疾徐，十分动听。玄宗十分爱听，便命乐工采蓝田绿玉，琢之成磬，使贵妃击之。一声清磬，四座神远。又造簨簴流苏等乐器，都拿金玉珠翠珍怪之物装饰起来，听贵妃使用着。贵妃使用乐器件件都精。

玄宗御勤政楼，赐诸王听贵妃奏乐。贵妃高坐上席，足下踏二金狮子，宫女们捧着各种乐器，在左右侍立着。贵妃徐徐地把乐器一样一样地摆弄，每弄一器，诸王都进酒为贵妃寿。诸王也带着各种声乐，在皇帝跟前献奏。申王献一王大娘，这王大娘原是教坊中的伎女，喜戴百尺竿，竿上雕刻成木山装成瀛州方丈模样。又令小儿手持红竿，在王大娘四周围绕着，歌舞不休。诸王看了，大为笑乐。

这时，有一神童名刘晏的，年只十岁，官拜秘书正字。杨贵妃欲一见之，玄宗即召刘晏于筵前。众妃嫔见他状貌奇丑，和皇帝对答，却甚是聪明。贵妃见他身体矮小，便抱着他身体坐在膝上，笑说道："此儿待吾为之妆饰，或可掩其丑陋。"说着，便命宫女取巾栉脂粉来，贵妃亲自替他梳妆，果然掩去几分丑相。玄宗问刘晏道："卿为正字，至今正得几字？"刘晏立刻奏对道："天下之字皆正，惟有朋字不正！"玄宗拍手称妙。贵妃又令当筵作《王大娘戴竿》诗，刘晏索纸笔，立成一绝道：

> 楼前百戏竞争新，惟有长竿妙入神！
> 谁得绮罗翻有力，独自嫌轻更著人。

玄宗连称真神童也！命赐以牙笏黄袍。刘晏披衣在身，三呼万岁而退。从此，臣下在四处去搜寻神童，送至宫中面试，但总不及刘晏一般的敏捷。

玄宗和杨贵妃在宫中长日无事，每至酒醉之时，便斗风流阵解闷。玄宗自领小太监百余人，令贵妃亦领宫女百余人，排成两阵，拿霞帔锦被缚在竿头，代作旗号。另有一班小黄门，在阶下击鼓鸣金，作两阵进退之号。进时，小太监和宫女互相扭结，各不相让。打败的，罚饮酒一巨杯。一顿堕冠横钗，娇声叱咤，玄宗不觉大笑。高力士在一旁看着，以为是不祥之兆，便劝皇上停止这风流阵。

时值上元灯节，贵妃命兄弟姊妹各府中举行盛大的灯会。韩国夫人在后园中立灯树，每树八十尺高，每株有灯百余枝，共百余株灯树，竖在后园高山上。入夜望去，园内外都照耀得如同白昼。百里外地方，都望见之，满天光明，竟与星月争辉。杨国忠府中又领少年子弟千人，手中各执火炬，环列府门左右。每到游春的时候，便用数十辆大车，上搭彩楼，每楼有女乐数十人，每府各有大车数十辆，前后衔接，在京师郊外游行着，宛如长城。许多姬妾们列坐在彩楼上，顾盼笑乐。从此，长安地方一班富户贵族，都学着五府豪侈模样，游春观灯，各有一番热闹。虽在平民士庶之家，亦必点缀一二，不令辜负良辰。

杨贵妃又想得一种斗花之戏。所谓斗花之戏，是以各人头上插戴奇花多者为胜。贵妃生性更是爱花，往往不惜千金去购得名花来，移植庭院中。那五府姬妾，亦各各种着奇花异草，为春来斗花之用。都中妇女一到春日，多不守闺门，女伴数人，相约野步嬉游。遇有名花，便设席藉草，各出美酒佳肴，共相劝饮。防有外人闯入，便解下红裙，连结成帷，遮蔽着，称作宴幄。这种放诞风流的情形，全是三位夫人和一班王府中的姬妾行出来的。那良家妇女都仿着她行去。一时郊外堕钗遗舄，遍地皆是。

宫中除贵妃爱吃荔枝以外，玄宗却爱吃乳柑桔。那时，江陵地方进献乳柑桔，玄宗食之鲜美，便亲自拿柑十枚，种在蓬莱宫中。三年后，便结实累累。皇帝大喜，特采下赐与各大臣。下手诏道："朕前于内庭种柑子树数株，今秋结实一百五十余颗，取而尝之，竟与江南及蜀道所进者无别。"当时，杨国忠便进表贺道：

> 伏以自天所育者，不能改有常之性。旷古所无者，乃可谓非常之感。是知圣人御物，以元气布和；大道乘时，则殊方叶至。且桔柚所植，南北异名，实造化之有初，匪阴阳之有革。陛下元风真纪，六合一家。雨露所均，混天区而齐被；草木有性，凭地气以潜通。故滋江外之珍果，为禁中之佳实。绿带含霜，芳流绮殿，金衣烂白，色丽彤庭。

这一道贺表当时传诵中外。在这一百五十余个柑子之外，又采得一枚两柑合结成一个的柑子，玄宗称它为合欢柑，说是天赐他和贵妃二人的，特采入后宫，与贵妃互相把玩。玄宗道："此柑子真知人意！朕与卿恩爱如同一体，从此当永永合欢。"便并肩儿坐在榻上剥着合欢柑，互相送至口中吃了。又传画工，把同食合欢柑的情形，画在图上，传在后世，作为佳话。

这柑子除江陵所出以外，益州的亦是佳品。每年由益州进贡来的柑子，亦是不少。

当时，为益州进贡柑子的事，也曾闹过笑话。平时，益州所进柑子，因防虫咬，外部都用纸裹着。在天宝中，那承办贡物的长史官，嫌纸裹太粗劣，便改用细布包裹。但布质粗硬，在长途转运，又怕把柑子擦伤，这长官心中时时忧惧着。这年，忽然有御史姓甘名子布的，巡查到益州地方来。长史官得了此消息，心中疑惧，必是来推问布裹柑子的事体。待那甘子布御史到益州境界，这长史官忙到驿站中去迎候，一见面，便连连申说布裹柑子，实是表示臣下诚敬之意，把这话说了又说。这甘子布只听得长史官连连唤着自己的名字，疑惑不解。后来，经长史官剖说明白，彼此不觉大笑。

当时，天下升平无事，玄宗每日在宫中除与杨贵妃戏嬉外，又召集一班文学之士，在御苑中吟咏为乐。当时，文学侍臣中有一个李太白，诗才最是清高，玄宗十分敬爱他。这李太白名白，生在四川的昌明青莲乡，因取别名为青莲居士，天资十分聪明，能辨识蝌蚪古字。用手抚摸着碑文，倒读着很快，好似读熟的一般。当时有岭南知州官名毛榆桑的，自以谓文章优胜，后来与李白相见，二人共观碑文六十余座，每座约数百字。毛榆桑只能背诵一二篇，还是十分生涩的；李太白却能完全背诵碑文六十余座，从首至尾背诵得很快，一字不误。毛榆桑见了，大惊道："此仙才也，吾如何可及！"但李白天性豪侠，击剑，喜纵横术，轻财仗义，交友满天下。在任城作客，与孔巢父、韩准、裴政、张叔明、陶沔，住在徂徕山中，昼夜痛饮，称竹溪六逸。李太白酒量甚大，斗酒不醉，常自称斗酒百篇。酒兴浓时，握管作文，万言立就，人又称他为酒仙。后李太白至京师，与贺知章相遇，知章读太白之文，叹道："此谪仙才也，人间无此妙文！"同时，士大夫又称为李谪仙。

当时，有诗人杜甫，深得玄宗契重。杜甫字子美，世居杜陵，家世清贫。后中进士，诗名传四海。玄宗皇帝读杜甫所作赋，称为奇才，拜为集贤院主。后贺知章又荐李太白，玄宗读李白所作诗，叹为李杜双绝，拜李白为供奉翰林。玄宗尤爱李白之诗，时时传入内宫去，饮宴吟咏。玄宗赐李翰林食，亲为调羹。李白又时喜入市沽饮，每有宣召，太监们便骑马至长安市上四处找寻，见李翰林当门与屠贾争，饮已大醉。太监急以水喷面使醒，扶至马上，送入内廷。见玄宗时，衣冠不整。玄宗笑扶之坐，杨贵妃制《清平乐》曲，尚无词句，玄宗命李白依谱填词。李白乘醉在玉笺上写成《清平调》三阕。道：

> 云想衣裳花想容，春风拂槛露华浓。
> 若非群玉山头见，会向瑶台月下逢！

> 一枝红艳露凝香，云雨巫山枉断肠。
> 借问汉家谁得似？可怜飞燕倚新妆！

> 名花倾国两相欢，长得君王带笑看。
> 解释春风无限恨，沉香亭北倚阑干！

玄宗又命作《宫中行乐词》八首，李太白也不假思索，拂笺写道：

小小生金屋，盈盈在紫薇！

山花插宝髻，石竹绣罗衣。

每出深宫里，常随步辇归。

只愁歌舞散，化作彩云飞。

第二首道：

柳色黄金嫩，梨花白雪香。

玉楼巢翡翠，珠殿锁鸳鸯。

选妓随雕辇，征歌出洞房。

宫中谁第一？飞燕在昭阳！

第三首道：

卢桔为秦树，蒲桃出汉宫。

烟花宜落日，丝管醉春风。

笛奏龙鸣水，箫吟凤下空。

君王多乐事，何必向回中！

第四首道：

玉树春归日，金官乐事多。

后庭朝未入，轻替夜相过！

笑出花间语，娇来足下歌。

莫教明月去，留著醉嫦娥！

第五首道：

绣户香风暖，纱窗署色新；

宫花争笑日，池草暗生春。

绿树闻歌鸟，青楼见舞人。

昭阳桃李月，罗绮自相亲。

第六首道：

今日明光里，还须结伴游！

春风开紫殿，天乐下珠楼。

艳舞全知巧，娇歌半欲羞。

更怜花月夜，宫女笑藏钩！

第七首道：

寒雪梅中尽，春风柳上归！

宫莺娇欲醉，檐燕语还飞。

迟日明歌席，新花艳舞衣。

晚来移彩仗，行乐好光晖。

第八首道：

水绿南薰殿，花红北阙楼。

莺歌闻太液，凤吹逞瀛州！

素女鸣珠珮，天人弄彩球。

今朝风日好，宜入未央游！

从此，玄宗每逢宴会，便命宫女唱《清平调》，或歌《宫中行乐词》，后宫八千嫔娥都知道李太白的名儿。玄宗每有欢宴，便召李白侍坐，饮酒赋诗，君臣甚是快乐。

其时，适值黑水靺鞨国打听得大唐天子沉迷声色，不理朝政，上下酣戏，国势日衰，便遣使赍表，藉探中国的虚实。平日，外番上表，先用中文，后用番字。今日黑水靺鞨国上表，满纸写的尽是鞑靼文字，形状与鱼鸟相似。满朝文武无有识者。当时，只有青州刘宽能辨六体文字，玄宗把刘宽宣召进宫，见这靺鞨国的表文，也瞠目不知所对。玄宗大怒，说："满朝官员平日食皇家俸禄，有事便不能一用耶？今蛮奴之文，百官竟无一人能辨识，岂不贻笑外人？"众大臣正慌张无法可想的时候，忽尚书裴晋奏道："今翰林学士李白天下超逸，此事恐非李白莫辨！"玄宗急召李白，李白大醉，左右有小黄门扶持而至。参拜毕，玄宗以靺鞨文示之。李白手捧靺鞨文，毫无疑难，朗诵一过，便即译成汉语。文中多藐视中国之言，玄宗大怒，便欲斩杀来使，兴师征讨。李林甫上前去劝住玄宗，便宣靺鞨使臣上殿，痛痛地训斥了一番。又令李白当殿宣读靺鞨国来文，一字无讹。靺鞨使臣，见唐朝如此威严，不禁骇得汗流浃背，匍匐在地，叩首不已。玄宗叱退靺鞨使臣，传谕次日入朝。再领上谕，使者诺诺而退。

玄宗便命李白，以靺鞨文作上谕，以儆诫之。设几案在金殿檐下。李白拜奏："臣无酒不能为文，既勉强成之，亦不能佳。幸陛下赐臣当殿饮酒！"玄宗便命赐御酒，李白连尽三爵，握着笔，久久不下。玄宗问："李学士为何不下笔？"李白奏道："臣闻高力士善于磨墨，今大胆求高将军为臣研墨！"玄宗便传谕，着高力士为李白磨墨。高力士在朝廷权力甚大，真是一人之下，万人之上，如今为一翰林磨墨，心中却老大一个不愿意。只以皇上的旨意，不敢不从，没奈何上去倚定书案，为李太白磨着墨。

李太白又令高力士斟酒，力士含着满腔怒气，替他斟了酒，又连尽三觥，在金殿上和群臣谈笑自如。作文至一半，李白忽翘一足，令高力士脱靴。力士在皇帝跟前，不敢不依，只得蹲下地去，为李白脱靴，李白不禁大笑。李白平日知高力士在朝中依仗权势，作威作福，今当着众文武官，有意羞辱他。两旁站着的文武官员，见李太白当着皇帝如此狂放，却个个变色咋舌。看高力士时，却满面怒容，却也不敢说一句怨恨话。

一刻工夫，已草成诏书，李白掷笔大笑而起。左右将诏书译文呈上，大意谓：尔乃小邦蛮夷之辈，不识礼仪，蔑视天朝，尤属可恶。本应斩却来使，着边疆督帅加以征讨，用显天朝之刑威，正上国之纲纪。姑念尔乃荒僻小国，不胜刑戮，是以额外赐恩，赦尔罪戾。尔宜自知悔悟，来朝请罪。如或顽抗，决不尔贷，切切！此谕。玄宗阅罢此文，不觉大喜，命李白乘御马出殿，又赏御酒八罇。次日早朝，靺鞨使臣便领回国。果然那靺鞨国王亲来朝贡，自谢罪谴。但高力士自被李白一番戏弄以后，时时衔恨在心，只因玄宗正十分宠用李白，虽欲进谗，亦无隙可乘。

欲知后事如何，且听下回分解。

第五十八回　幸曲江寡妇承恩
返杨府宠姬逢怒

　　李太白得玄宗皇帝宠用，十分狂放。他每见当朝权贵，便百般戏弄，如李林甫、高力士一班大臣，都受过李太白的侮辱，只因看在皇帝面上，大家便敢怒而不敢言。玄宗知道李白爱游山玩水，便给他御牌一道，挂在襟头，在各处郡县山水佳胜的地方，留连着。地方官见了这御牌，便供应他饮食起居，十分恭敬。那李白打听得是贪官污吏，便百般侮辱他。那贪官污吏大都与李林甫、高力士通同一气的，早把李白这情形，报到京中去。

　　高力士和李林甫商量得一条计，便在杨贵妃跟前进谗说："李太白《清平调》、《行乐词》中，都把娘娘比做汉朝的赵飞燕！"杨贵妃听了，果然大怒，说道："飞燕是何等轻贱淫污的人，怎将俺比她？这李白真是大胆的狂奴！"从此，杨贵妃早晚在玄宗跟前说李白如何不敬朝廷，如何侮辱大臣。因此，玄宗宠用李白的心，也渐渐地冷淡下来。李白知道自己不为玄宗的左右所容，便越是狂放不拘，与贺之章、李适之、王琎、崔宗之、苏晋、张旭、焦遂，终日饮酒，自称为酒中八仙，便上表恳求还山。玄宗赐以黄金，令回乡里。李白却遨游四方，在月下与崔宗之乘船自采石至金陵，着宫锦袍，坐舟中，旁若无人。游并州，见郭子仪，两人甚是相投。子仪犯法当死，李白为之营救，得免。后郭子仪任大将，也竭力保全李白。李白有罪，玄宗下旨充军至夜郎，勾留甚久，这都是后话。

如今再说杨贵妃因得玄宗宠爱，杨氏一家尽立朝堂。这时，朝中共分为三党：杨贵妃、杨国忠一党，最有势力；李林甫一党次之；高力士是宦党中首邻，其势亦不在李林甫以下。玄宗被群小包围，昏愦糊涂，日甚一日。李林甫因杨氏日盛，便屈意结合杨国忠。高力士外有国忠提携，内有贵妃包庇，势力也十分稳固。

俗传贵妃酒醉一事，甚是艳美。当时，贵妃因恨李白，不愿唱《清平调》。玄宗命贵妃习《满江红》曲，贵妃每饮必歌此。《满江红》曲原是传之裴钟。裴钟是襄阳人，性爱歌曲，富有家财。因好歌曲，遍请名师传授学习。不及十年，家财荡尽，流为乞丐，在长安市上卖歌为活。高力士过长安市，闻裴钟歌声，十分赞美，便留之私第中，给以衣裳，教以礼仪，献入宫中。玄宗听裴钟之曲，心中大乐，便令教授贵妃。贵妃问此曲是何人所制，裴钟不忘高力士汲引之功，便奏说："是高将军所制。"从此，贵妃记在心中。

一日，玄宗入长兴宫，妃独坐无聊，命高力士备酒置筵。宫中谈笑甚豪，且饮且歌，渐至大醉。忽忆高力士能制曲，必能知诗书。便顾力士问道："吾幼时读书，有'霏霏'一语，是在何书中？"力士见问，忙奏道："臣未习四书，实不知也！"贵妃怒道："你敢欺我吗？汝既能制曲，又闻万岁言汝又能吟诗，如何又说不曾读书？"力士急分辩道："臣偶作粗俗之歌谣，非真能作诗也。"贵妃道："汝即作歌谣，我亦爱闻之。"力士急叩头道："臣才疏学浅，不能立刻作成，须明日出宫作就，再行献上。"贵妃已有醉意，即纠缠不休道："万岁爷命汝作曲、作歌，即顷刻作成；吾今命汝作，汝即推三阻四，岂因吾贵妃的权力不如皇上吗?"力士连连叩头道:"愚臣岂敢!"贵妃道:"汝既不作诗,今问当一诗:'缬春万紫满园香'一诗,是何人作?汝可即联下句!如能联此一句,即可免汝作歌。若不奉命,便当罪汝!"高力士至此,窘迫已极,奏道:"臣实不知音韵,不能联句。"贵妃道:"既不能按韵,作歌谣一句即可。"力士再三求免,说道:"臣实无才,乞娘娘恕免!"贵妃拍案大怒道:"汝敢违吾旨耶?"力士匍匐在地道:"奴婢实该死!幼不读书,于文字丝毫不解,实非敢违旨也!"贵妃道:"汝既不尊吾旨,便当受吾之罚。"力士道:"奴婢该罚!"

在高力士侍俸贵妃多年,不曾见贵妃有疾言厉声,今又在酒醉,既使受罚,当不甚重,便声声说求娘娘责罚。贵妃喝命宫女拿竹板来。高力士在宫中威权甚大,宫女都怕他,今见欲责打力士,彼此面面相觑,不敢动手。贵妃愤不可忍,力掷酒杯于地,大声喝骂宫女道:"汝等贱婢子与高力士结党欺吾耶?"宫女见贵妃动了真气,便不敢违拗,去取一大竹板来。

贵妃传谕道:"高力士忤旨,着速掌颊五百,笞股一千。"高力士惶恐万状,伏地哭求娘娘开恩。满屋子宫女一齐跪地代高力士求饶。贵妃道:"力士之罪,原无可饶,今看汝等薄面,改笞股一百。"宫女不得已,上去把高力士按倒在地,轻轻地笞下。贵妃见宫女不肯重打,便喝道:"汝等贱婢,与高力士有私情,不肯用力责打,待我亲自打之!"贵妃说着,却真的走下席来,夺竹板在手,喝令力士伏地,双手举起竹板,用力笞在力士背上。那竹板下去,又重又快,不料贵妃在酒醉之中,气力甚大,打着不计其数,一任高力士一声声哭救着,贵妃却不肯住手。可怜打得高力士血肉斑烂。两旁宫女从未见贵妃有如此狠毒行为,大家不觉骇然。直待贵妃力竭酒醒,才丢下竹板。永清、念奴二婢,上去扶着归寝。宫女们见娘娘去了,便上去把高力士扶起,送至寝室。力士身为骠骑将军，骄养已惯，今受贵妃鞭扑，身既受伤，心又惭恨，便托病不朝。

　　直到三月三日，玄宗传谕与贵妃游幸曲江行宫，凡诸王妃嫔以及各公主、各夫人均须陪从前往。高力士得了这谕旨，便再也躲不住了，便出宫去，先赴杨国忠、杨铦、杨锜诸兄弟家中去通报，又至韩国、虢国、秦国三夫人家去通报，再至诸亲王、诸公主家中去通报。一时，亲贵妇女和宫中妃嫔，大起忙乱，个个都斗奇争艳，要打扮得出众，在曲江边求万岁爷一看。玄宗又下谕："乘舆游曲江，准百姓在道旁观看，以示与民同乐之意。"

　　那沿江一带，黄沙铺地，彩幔蔽天，哄动得一班百姓，扶男携女的，赶赴江边来看热闹。远远的舆马如云，旌旗如林，圣驾到了，六匹马驾着龙舆，缓缓地过去。后面紧跟着凤辇。

　　杨贵妃端坐在辇中，一群小黄门手提御炉，走在前面，一队宫女手执箫管，跟在后面，香烟缭绕，笙乐悠细。道旁观看的人，盈千累万，却肃静无声。眼看着一队队地过去，后面便是各宫的妃嫔，接着是各位公主，最后是韩国、虢国、秦国三夫人，杨国忠骑着马在后面押道。诸位宫眷夫人的香车过时，美艳夺目，香闻十里。那宫眷夫人个个打扮得浓脂艳粉，中人欲醉。独虢国夫人，却娥眉淡扫，不施粉脂，自然娇美。路旁观看的人见虢国夫人长得妩媚动人，个个都把眼光注定，齐声赞叹说："好一位美人儿！"虢国夫人听了，不觉微微含笑，心中甚是得意，故意把罗帕、银盒，抛出车外去，看百姓们在路旁抢着拾着。杨国忠在马上看了，不觉哈哈大笑。他兄妹两人，一个在马上，一个在车中，觑人不留意的时候，便时时递过眼风去看，相看一笑。一大队舆仗从曲江边行过，好似长蛇一般，蜿蜒不断。

　　待御驾过去，那一群闲看的妇女们在道上抢拾遗物，顿时起了一阵喧哗。赵家大娘向吴家二姐道："你拾的什么？"吴二姐回说是拾得一支簪子！赵大娘就吴二姐手中一看，不觉大惊道：
"呀，是一支金簪子。上面还嵌着一粒绯红的宝石！二姐，你真
好造化也！"那壁厢，孙家姑娘问着陈家嫂子道："嫂子，你又拾
了什么？"那陈嫂子回说是一只凤鞋套儿。孙姑娘道："好、好！
你就把这凤鞋儿穿了如何？"陈嫂子笑着，拿鞋儿往自己脚上一
试，说道："啊呀！一个脚趾儿都着不下呢！"孙姑娘劈手把这鞋
儿抢去，说道："待我把鞋尖儿上这粒珍珠摘下来吧。"说着，把
那珠子摘下，把那鞋儿丢还陈嫂子。这陈嫂子如何肯依，两人扭
作一团，把头上的髻儿也打散了。幸得走过一位富家公子，见这
凤鞋儿瘦棱棱、香馥馥的，可爱可怜，便出一两金子，向陈嫂子
买了去。这陈嫂子见有了金子，便也不要珠子了。

那边二姊儿问着三妹子道："你拾的什么东西？也拿出来大
家瞧瞧。"一群女伴围着，只见那三妹子拿出一幅鲛绡帕儿来，
裹着一个金盒子。打开盒子一看，里面黑黑的、黄黄的薄片儿，
闻着又有些香味。三妹子道："莫不是香茶么？"二姊儿道："待
我尝一尝！"急急吐去道："呸！稀苦的，吃它怎么？"她大哥儿
走来一看，不觉大笑道："这是春药呢！你们女孩可吃得么？"说
得众女伴羞脸通红，连骂该死。三妹子忙把药片倒去，把金盒儿
揣在怀中，急急逃出了。这一天，百姓们在曲江边拾着的珍奇玩
物，却也不计其数。

一大队香车迤逦行去，看看到了曲江行宫，车停马息。妃嫔
夫人，各各有侍女扶持下车，在御苑中游散。只见万紫千红，艳
如织锦。那班女眷平日深宫幽处，难得有如此放浪的一天，早已
各寻伴侣，四处游玩去了。亦有登山的，亦有临水的，亦有采花
的，亦有垂钓的，还有荡舟的，亦有斗草的，莺鸣燕语，花飞蝶
舞。玄宗携着贵妃，高坐降雪亭中，亭下美人环绕，顾盼生姿，
心下十分快乐。众女眷玩够多时，廊上云板敲动，知道午时已

到，高力士出到台阶上，传谕道："万岁有旨，众妃嫔在万花宫中领宴，众公主、夫人在迎晖宫领宴，独留虢国夫人乘马进望春宫，陪杨娘娘领宴。"

这虢国夫人正与杨国忠在树荫下切切私语，忽听高力士传旨，宣她进宫陪万岁爷饮宴，不知是何用意，心中正自纳闷。那韩国、秦国两夫人听了，齐来向她道贺，说："妹妹得万岁爷另眼相看，真可喜也！"虢国夫人愈觉没意思起来。当下，有小黄门牵着一匹马，在一旁候着，虢国夫人没奈何，便离了杨国忠，坐上马去。小太监拉住马缰，慢慢地向内宫行去。

那秦国夫人年纪最轻，打扮得也最是娇艳。如今见万岁爷独召她姐姐去陪宴，却不唤自己去，心中老大一个纳闷，便拉住韩国夫人的手说道："你看裴家姊姊，竟自扬鞭去了。她这淡扫娥眉，如何朝得至尊？"韩国夫人道："且自由她去受窘，俺们乐俺们的。"说着，姊妹二人上迎晖宫领宴去了。

那虢国夫人平日自己仗着容貌美丽，甚是骄人。虽说是少年嫠妇，雅淡梳妆，但她每日香汤沐浴，薰衣，漱口，闺房中甚是清洁。一张脸儿脂粉不施，自然皎美。当时，玄宗皇帝在筵前一见，真疑天仙下降，转把个杨贵妃看做庸脂俗粉，污人耳目。因此，一意与虢国夫人周旋着。虢国夫人初近天颜，未免有娇羞腼腆的样儿。谁知这位痴情皇帝，愈见虢国夫人害羞，他却愈是怜惜起来，在筵席上，口口声声唤着阿姨，问长问短。起初，杨贵妃在一旁要夸张她妹子多才多艺，说裴家妹子小字唤作玉筝，弹得一手好筝。玄宗听了，喜之不胜，连连向虢国夫人作揖，求她弹一套筝下酒。虢国夫人深恼她姊姊多嘴，后来见万岁爷纠缠得可怜，便也不好意思违拗圣旨。内侍捧过一个玉筝来，弹了一套《昭君怨》。玄宗听了，连声赞叹，说道："小小年纪，怎的有如此凄凉的音儿？"杨贵妃便奏称："玉筝青春守寡，怎不凄凉！"

玄宗一听说如此美人早年守寡，便又连连拍案叹息道："真可怜儿的了！如此丽质，闺房中却少了一个伴儿，个儿郎却也消受不起阿姨的美貌！好阿姨，快莫悲伤，待朕来替你解个闷儿。"便传旨，令霓裳乐队在筵前歌舞起来。果然仙乐悠扬，舞袖翩跹。但虢国夫人看了总是低颈愁眉的。玄宗皇帝是一个多情天子，见虢国夫人这可怜的样儿，便命停止歌舞。

待乐队退去，玄宗又命看酒，便亲自执着壶儿，去在虢国夫人面前斟满了一杯酒，双手捧着送到唇边去，低声柔气地说道："阿姨快饮此一杯解解闷儿吧！"虢国夫人仗着自己美貌，平日很是骄傲，轻易不肯和人说笑的。如今见万岁爷如此低声下气地伺候气色，便也撑不住盈盈一笑，从皇帝手中接过酒来，谢过恩，饮下酒去。

玄宗这时贴近美人，香泽微闻，秀色饱餐，神魂儿飘飘荡荡，早已把持不定了。趁她一笑的时候，便伸手过去，隔着前袖儿，把虢国夫人的纤指握定。虢国夫人吃了一惊，急夺手看时，见那室中静悄悄地去得一个人也没有了。那杨贵妃也不知什么时候离席走去的。虢国夫人也觉心头小鹿儿乱跳，急欲离席辞退。那玄宗皇帝如何肯舍，只把她的尖儿握得紧紧的，两道眼光注定在她粉腮儿上，露出可怜的神色来。虢国夫人的两面粉腮儿上，也跟着飞上两朵红云，那粉脖子不觉慢慢地低垂下去。静悄悄的半晌，那守在窗外的宫女只听得万岁爷低低的一声一声地唤着美人儿。又说："这快乐光阴，朕与美人共之！"又半晌，听得虢国夫人低低的笑声，一会儿又弹着筝，这筝声却是柔和快乐。筝声住处，接着又是娇脆的歌声，万岁爷连声称妙。停了一会儿，传谕出来，叫另备酒筵，设在望春宫月楼儿上，万岁爷与虢国夫人对酌。

起初，杨贵妃避出屋来，原指望万岁爷和玉筝妹子调笑一阵，便退出宫来。不料传谕出来，两人还要对饮细酌。她知道妹子已勾搭上了万岁爷，将来自己免不了要失却恩宠，心中一阵妒恨。她也不去辞别万岁爷，也不招呼嫔妃们径自坐着凤辇，永清、念奴两个婢子伴着，冷清清地回长安宫院去。那玄宗这时和虢国夫人杯酒传情，欢爱正浓的时候，谁也不敢进去通报。

月楼上这一席酒直饮到黄昏人静。虢国夫人说着，笑着，唱着，饮着，把往日人前一副矜持的态度，完全丢去了，只媚着万岁一人。这风流天子早已被她引得骨醉心迷。直到后来，虢国夫人也饮得醉眼矇眬，柳腰倾侧。玄宗扶住她腰肢，同入鸳帐，成就了好事。一夜颠倒，直至次朝日午，才矇眬醒来。行宫寝殿，原靠着浴恩汉池，池中满蓄鸳鸯。这时，众宫女几次到寝宫窗外来伺候，见万岁爷与虢国夫人香梦未醒，便大家伏在池边栏杆上，争看雌雄二鸳鸯水中相戏。玄宗醒来，把虢国夫人拥在怀中，揭起帐门来，笑对宫娥道："尔等爱水中鸂鶒，争如我被底鸳鸯！"众宫女齐呼万岁，把个虢国夫人羞得直向玄宗怀里倒躲。

宫女上来服侍梳洗，高力士进来请驾回宫。玄宗和虢国夫人一夜恩情，如何舍得，便要带她进宫去。虢国夫人再三辞谢说："薄命人生性孤僻，享不得宫中富贵，愿留此不断之恩，为后日相见之地！且宫中有俺姊姊在着，亦不便相处。"玄宗再三相邀，虢国夫人只是不从。玄宗也不忍相强，只赏她脂粉、金珠无数，又赏她御苑名马一匹，许她乘马入宫。两人在行宫中依依分别了。

玄宗自回长安宫中，因心中记念着虢国夫人，见了杨贵妃，便觉冷冷的。那杨贵妃因万岁爷分宠在妹子身上，心中又妒又恨，见万岁爷回宫来，也便冷冷的。合宫的妃嫔太监见万岁神情冷冷的，大家也都冷冷的。长生殿中，平日总是笙歌欢笑不断的，如今皇帝与妃子反目，殿中便冷冷清清的。那宫女和太监们来来去去，也不敢高声说笑，背地里唧唧哝哝的，只是在那里谈论万岁爷和虢国夫人的事。独把个高力士弄得摸不着头路，他一个人在殿头坐着，自言自语地道："前日万岁爷同杨娘娘游幸曲江，欢天喜地，不想次日忽然杨娘娘先自回宫，万岁爷昨日才回。看去，万岁爷和娘娘都有了烦恼，不知何故？"

他一个人正叽咕着，见永清姐远远地走来，他便上去问道："永清姐来得正好！我问你，万岁爷这几天为何不到杨娘娘宫中去？"那永清丫头答道："唉！公公，你还不知么俺娘娘正和万岁爷两下里闹翻了！"高力士十分诧异道："为什么闹翻了？"那永清丫头一笑道："只为的并头莲儿旁，又开了一枝花儿呢！"高力士问："是哪一枝呢？"永清道："说起来，此事也是俺娘娘自己惹下的。只因俺娘娘平日常在万岁爷跟前夸说虢国夫人的美貌。那日在望春宫中，故意叫万岁爷召虢国夫人侍宴，不料两下里鸳鸯牒上，已是注定了姻缘，三杯酒之后已结上了同心罗带！"高力士道："这事已过去了，如今万岁爷为什么又着恼呢？"永清道："只因万岁爷回得宫来，时时想念虢国夫人，叫俺娘娘去召虢国夫人进宫来。娘娘不曾依得，万岁爷好生不快，今日竟不进西宫去了！娘娘在那里只是哭呢。"高力士说道："这件事俺娘娘也未免小器儿了！须知道连枝同气，情非等闲，怎为这一点也难看破呢！"永清正要说话，忽听里面传永清姐，便急急走去。那高力士见左右无人，便独自叹道："俺娘娘近日性情未免忒煞骄纵了些！那一日酒醉，却无缘无故打得老奴皮开肉绽，至今伤势未痊。如今娘娘一般也有失宠的时候？待俺在万岁跟前去挑拨几句，怕不又要把你送回杨家去呢！"正自说话间，忽听得里边又传旨宣高公公。力士连声答应："来了！"急急奔向玄宗宫中去。

这里，杨贵妃十分烦恼，那边虢国夫人自得了皇帝恩宠，又得赏赐了许多金珠，却是十分快乐。平日，虢国夫人总是雅淡梳妆的，自从那日曲江行宫承幸过以后，便见她梅花点额，每日眉黛唇脂，红红的双颊，总是作醉颜妆，却平添了许多妩媚。那虢国府中，顿时车马喧填，文武官员齐声趋候，有献金帛的，有献珠玉的，虢国夫人给他一个倒提全收。

那韩国、秦国两夫人和杨国忠、杨铦、杨锜三兄弟都一齐到虢国府中来道贺。韩国夫人一见了虢国夫人，便嚷道："妹妹喜也！"虢国夫人假装没事儿一般道："妹子一生薄命，年轻守寡，有何喜来？"那秦国夫人抢着说道："讲到薄命，俺的命还薄似姊姊！讲到年轻，俺的年纪还轻似姊姊！如今姊姊一枝以傍日边红，如何不喜呢？"虢国夫人由不得一笑，说道："妹妹说哪里话来？俺那日在曲江行宫，也无非是杯酒陪奉，这圣恩原不分内外的。"秦国夫人听了，把颈儿一扭，嘴儿一噘，道："这话俺只不信！既说圣恩不分内外，却为何万岁又独赏与姊姊许多脂粉、金珠？"虢国夫人道："这原是万岁可怜俺寡妇失业的，无人照应，特赐与俺平日使用的。"她们姊妹两人正论着，韩国夫人却插嘴道："这种废话，不用多说了。我如今且问你，看见玉环妹妹在宫中光景如何？"虢国夫人道："俺那姊姊的性儿，越发骄纵了！她如此性儿下去，只恐怕他日君心不测！"

一句不曾说完，只见那个骠骑将军高力士慌慌张张地进府来，见了许多宾客，他也不及招呼，只拉住杨国忠道："不好了！贵妃杨娘娘忤旨，圣上大怒，已命俺送归丞相府中。丞相快回府去，俺还有话说呢。"这几句话，好似耳边起了一个焦雷，大家吓得目瞪口呆。

欲知后事如何，且听下回分解。

第五十九回　贵妃截发赎宠
宫女窥浴动情

　　高力士自从让杨贵妃酒醉毒打以后，时时怀恨在心。如今见杨贵妃一朝失宠，他便趁机报仇，在万岁跟前诉说杨娘娘在背地里如何怨恨。这时玄宗皇帝正一心迷恋着虢国夫人，叫贵妃用姊姊的名儿，去把虢国夫人召进宫来，杨娘娘不肯奉诏，听了高力士一番话，正一肚子没好气，立刻把杨贵妃传来，责罚了几句。这杨贵妃平日恃着皇帝的宠爱，从没受过大气儿呵斥。如今又有一股醋意，郁在胸头，再经万岁爷一阵呵斥，她如何忍得住气，早撒痴撒娇地哭着，拿话儿顶撞着。这素性温柔的玄宗皇帝也不由得动起气来，立刻下旨，着高力士把杨玉环退回国忠府中来。

　　这是一件极大的变动，把杨家弟兄姊妹，除虢国夫人以外，都一时慌张起来，个个弄得好似没了手脚一般。他们一生的富贵原是系在杨贵妃一人身上。如今杨贵妃忍不住一时的醋气，和万岁爷顶撞，打破了醋罐子，被万岁爷退出宫来，眼见这杨氏一门的富贵，都要坏在贵妃一人身上，他们如何不愁，如何不恨？那杨国忠、杨铦、杨锜兄弟们和韩国夫人、秦国夫人姊妹们，都赶来，围定了杨玉环一人，你一言，我一语，个个都抱怨她。你说："妹妹太骄纵了！"我说："姊姊醋劲太大了！"说得贵妃无言可答，只有啼哭的份儿。可怜她绝代容颜，如今弄得脂粉不施，泪光满面。她哭到伤心的时候，只抱着头在左右乱撞着。虽有永清、念奴两个婢子在左右扶持着，但她一头云也似的鬓儿，被她一摇晃，一齐散乱下来。杨国忠在一旁看了，也转觉可怜。

正惶恐的时候，又报说："高力士在外面候丞相说话。"杨国忠匆匆出去，见了高力士，便道："贵妃如今被谪出来，怎生是好！"高力士听了，冷笑几声道："不是咱家多嘴，俺娘娘性情，原也偏急了些！如今圣上一动怒，咱家也无法可想了！"杨国忠见了高力士这神情，便知道他的来意，当即凑过耳边去，说了几句话。高力士不觉哈哈大笑说道："俺们自家弟兄，莫说这钱不钱的话。丞相倘有意，便请拿出三千两黄金来，散给咱家小弟兄们，使他们大家欢喜欢喜。"杨国忠听了，连说："有有！"当即回头吩咐家奴，去开了府库，捧出黄金来，当面点交给高力士带来的奴仆，用车儿载去。这里府中摆下盛大的筵席，款待高公公。在席间，杨国忠又说："贵妃如今被谪出来，却怎生是好！"高力士思索了半晌，说道："这事儿，丞相且到朝门谢罪，相机行事。"杨国忠连连向高力士作揖道："下官到朝门谢罪，这其间全仗老公公成全，在万岁爷跟前，替俺说几句好话儿，才得有效！"高力士点头道："这个咱家当得尽力，不消丞相费心。"两人说说谈谈，饮完了酒，高力士起身告别。杨国忠送至门外，力士道："咱家先进宫去，丞相随后快来。"国忠连声称是，回进府中，急急忙忙更换朝衣，一面吩咐丫鬟，好生伺候娘娘。

那杨贵妃回得丞相府中来，总是啼啼哭哭，茶饭也无心进得。杨国忠也替她收拾起一间绣楼来，丫鬟们扶持她上了绣楼。

杨贵妃在楼中，只是长吁短叹，自怨自艾。只听她说道："我杨玉环自入宫闱，过蒙宠眷，只道是君心可托，百岁为欢。谁想妾命不犹，一朝逢怒。遂致促驾宫车，放归私第。金门一出，如隔九天。唉！天呀！禁中明月，永无照影之期，苑外飞花，已绝上枝之望！抚躬自悼，掩袂徒嗟，好生伤感人也！"她自言自语了一阵，又就那粉台上拂纸握管，写上一首词道：

> 罗衣拂拭犹是御香薰，向何处谢前恩？想春游春从晓和昏，岂知有断雨残云？我含娇带嗔，往常问他百样相依顺。不提防为着横枝，陡然把连理轻分。凭高洒泪，遥望九重阍，咫尺里隔红云。叹昨宵还是凤帏人，冀回心重与温存。天乎太忍，未白头先使君恩尽！

杨贵妃掷下笔儿，问着念奴道："丫鬟，此间可有哪里可以望见宫中？"念奴答道："前面东书楼上，西北望去，便是宫墙了。"贵妃便扶定念奴的肩儿，到东书楼上，凭栏站定。念奴向西北角上指道："娘娘，这一带黄澄澄的琉璃瓦，不是九重宫殿吗！"贵妃怔怔地望了一会儿，忍不住唤了一声："万岁爷！"两行泪珠落下粉腮来。

正凄惶的时候，那永清丫鬟一手指着楼下道："呀！娘娘快看，远远一个公公骑马而来，敢是奉万岁旨意，召娘娘回宫哩！"贵妃向楼下望去，果然见一骑马当先飞也似地跑来。马上一个内官，口称："万岁有米面酒食赐与娘娘，快请娘娘下楼谢恩。"永清、念奴二人，急急扶着杨贵妃下楼，谢过圣恩，见外面推进小车百余辆来，满装着米面酒馔。贵妃道："俺自从一别圣颜，茶饭滴粒也不曾进口。如今万岁爷赏赐这许多米面，却是为何？"那太监是中使韬光，便说道："万岁爷自娘娘出宫，独坐御楼，长吁短叹，一般的也茶饭不进。中官献上御馔，具被万岁爷答挞流血。适才高公公回宫复旨，万岁细问娘娘回府光景，似有追悔之意。是高公公迎合上意，命将这米面百余车，送来与娘娘备用。当时万岁爷也说妃子如何惯食民间的米面，快把这酒食车儿送去给妃子吧。如此看来，万岁爷一定在思想娘娘，因此特来报知。"杨贵妃听了，又不禁流下泪来，叹道："万岁爷早已有心爱的玉筝婢子了，哪里还想着我来！"韬光道："奴婢愚不是谏贤，娘娘也不可太执意了。倘有什么可以打动圣心的东西，付与奴婢，乘机进上，或可感动万岁的心，也未可知。"杨贵妃哭道："韬公公，你叫我进什么东西呢！"韬光劝道："娘娘且慢伤心，俺们慢慢想个主意出来。"

　　说着，贵妃低头思索了半晌，叹道："叫我拿什么去打动圣心呢？想俺一心以外，皆万岁爷所赐，算只有下眼泪千行，却不能和珍珠一般拿金线穿着、拿玉盘盛着去献与君王。"说话时候，那一缕青丝，从肩上散下来。贵妃看了，便心生一计，说道："哦！有了！唯有这一缕又香又润的青丝，曾共君王在枕上并头相睡，又曾对君王照着镜儿梳妆；也唯有这发儿是我父母所生，可以剪下来，献与君王。"说着，便回头命丫鬟取过金剪来，一手握着发儿，一手擎着剪儿，不由得掉下泪来。叹道："发呀！发呀！你伴着我二十余年，每晨经我轻梳慢弄，原是十分爱惜。今日只欲为表我衷肠，全仗你去在君王前寄我殷勤，我也顾不得你了，只索把你剪去一缕吧！"说着，把头发分做一股来，凑在剪刀口上，飕的一声，可怜和灵蛇似的一缕断发，落在手中。贵妃一面淌着眼泪，把断发交与韬光，凄凄咽咽地说道："韬公公！快把这发儿拿去，与我转献与圣上，只说妾罪该万死，此生此世，不能再见天颜。一身之外，皆圣恩所赐，唯发肤是父母所生，今当即死，无以答谢万岁海样深恩，谨献此发，以表终身与陛下依恋之意。"说着，竟至呜咽不成声。韬光接过发来，在袖中拢着，说道："娘娘且免愁烦，奴婢去了！"贵妃直望到韬光去远了才回房去，倒在床上睡下。

　　这边杨贵妃啼啼哭哭，度着晨昏；那边玄宗皇帝，却也气气恼恼，过着光阴。也曾打发中使去宣召虢国夫人，虢国夫人却含羞不肯进宫来；也曾打发小黄门去召梅妃，谁知梅妃病了，也不能进宫来。只丢下这个玄宗皇帝，一个人冷冷清清地度着晨昏。杨国忠入朝来谢罪，万岁爷也不好意思见他，连那高力士也不叫他在跟前，只留一对小太监在屋中伺候着。

一会儿内侍又上膳了，一个太监战战兢兢跪下奏道："请万岁爷上膳。"玄宗只是不应，那太监伺候了半晌，又催道："请万岁爷上膳。"那万岁爷愠地把脸色变了喝道："走！谁着你请来！"那太监声儿打着战说道："万岁自清晨不曾进膳，后宫传催排膳伺候。"玄宗又喝道："哦！什么后宫？快传内侍。"接着，廊下两个太监应声走进屋子来，玄宗指着跪在地下的太监，说道："揪这厮去，打一百，发入净军所去！"那两个太监听了，应一声领旨，上来揪着那太监出去了。这里玄宗自言自语恼恨着道："哎！朕在此想念妃子，却被这厮搅乱一番，好不烦恼人也！"玄宗皇帝正烦恼的时候，忽然又有一个太监进来跪奏道："请万岁沉香亭上饮宴，听赏梨园新乐。"玄宗听了，把双目一弹，双脚一顿，喝道："哦！说什么沉香亭，好打！"那太监忙叩头道："此非干奴婢之事，是太子和诸王说万岁爷心绪不快，特请消遣则个。"玄宗又喝道："哦！朕的心绪有何不快？叫内侍来，揪这厮去，打一百，发入惜薪司当伙夫去！"便又有两个太监进屋来，口称领旨，上去把这个太监推出宫外去了。

那高力士在宫外打听，见连捉出两个太监来，分发入净军所、惜薪司去，知道万岁爷正在气愤头上，也不敢进去，只躲在宫门外候着。远远见御史吉温走来，高力士便上前去迎住，商量如何挽回圣心。正说话时候，那太监韬光，正从贵妃处回来，三人在一处商议。韬光便说贵妃如何悲戚，又从袖中掏出一缕断发来，高力士看了，说："万岁正在气愤的时候，纵有娘娘的头发，叫俺如何去进言？"说着，那杨国忠也到宫门外来探听消息，连连向高力士打躬，说总求高公公帮忙。这高力士被杨国忠逼得无法，只伸手轻轻地在自己额角上一拍，说道："也罢！拼着我老高这个脑袋不要了，总得向万岁爷去把这个人情求下来呢！"

说着，高力士走在当先，杨国忠、吉温和韬光三个人跟在后面，悄悄地向宫门进去。才走到那穹窿下面，便有一群武士上前来拦住。高力士十分诧异，忙问道："怎么连咱家也拦阻起来了？"那武士答道："只因万岁爷十分着恼，把进膳的连打了两个，特着我们看守宫门，不许一人擅入，违者重责。"高力士又问："万岁爷现在哪里？"那武士答道："独自坐在宫中。"吉温听了，便说："原来如此，我们且在宫外候着。"又叫高力士把贵妃的头发拿出来，搭在肩上。四个人一字儿静悄悄地站在门外。

半晌半晌，忽然见玄宗从屋子里出来，走在亭心中闲步。看他长吁短叹，无情无绪地四处闲行了一回，又踅到宫门外来。高力士悄悄地说道："万岁爷出来了，咱们且闪在一旁，觑个机会，候万岁爷出来，用话儿打动圣心。"

果然见玄宗向宫门外行来，口中自言自语地说道："寡人在此思念妃子，不知妃子又怎生思念寡人呢！早间问高力士，他说妃子出得宫去，泪眼不干，叫朕寸心如割。这半日间，无从再知消息。高力士这厮，也竟不到朕跟前，好生可恶！"高力士听了，忙走上前去跪倒，说道："奴婢在这里，万岁爷有何吩咐？"玄宗一眼见高力士肩上搭着一缕头发，便由不得问道："高力士，你肩上搭的什么东西？"高力士道："是杨娘娘的头发。"玄宗道："什么杨娘娘的头发？"高力士道："娘娘说来，自恨愚昧，上忤圣心，罪应万岁。今生今世，不能够再见天颜，特剪下这头发，着奴婢献上万岁爷，以表娘娘依恋之意。"高力士说着，把一缕发儿献了上去。玄宗接在手中，细细地看着玩着。半晌，落下泪来，便拿着这发儿擦着眼泪，说道："哎哟，我那妃子啊！前宵这发儿还长在你头上，和朕一个枕儿睡着，可怜你到今朝却被金剪铰了下来，不能再上妃子头去了！"吉温觑着机会，便上去奏道："娘娘一时知识短浅，有忤圣上，罪该万死。但娘娘久蒙圣恩，便是有罪，亦当在宫中赐死。陛下何惜一席之地，使其领罪，何忍使娘娘受辱于外乎？"接着，高力士也奏道："万岁爷休惨凄，奴婢想娘娘既蒙恩幸，万岁爷何惜宫中片席之地，却使娘娘沦落在外。"

玄宗听了他二人的奏话，心中颇有悔意。便叹着气道："只是寡人已经放逐出去了，怎好召回？"吉温奏道："有罪放出，悔过召回，正是圣主如天之度。"高力士也说道："况今朝单车送出，才是黎明。此时天色已暮，开了安庆坊，从太华宫而入，外人谁得知之？"到此时，杨国忠也抢步上前，急急跪倒，不住地叩着头道："臣德薄，不能感化娘娘，请陛下赐死！"玄宗忙吩咐："把杨丞相扶起，此事与杨丞相无干。"一面又对高力士道："你们既如此说法，高力士，便着你迎取贵妃便了。"四人听了，不由得齐呼万岁，退出宫去。

这里一班宫女听说杨娘娘又要回宫来了，便个个高兴起来，忙着打扫寝宫，添上香儿，插上花儿。玄宗也去梳洗了一番，换上一件新袍，命御厨房备下酒席，赐娘娘回宫来领宴。又命发入净军所、发入惜薪司去的两个太监，免了他的罪，召回宫来，各赏黄金一锭、彩缎两端。那两个太监便上来谢恩。

看看宫中灯火齐明，却还不见妃子回宫来。玄宗忙打发太监向安庆坊一路迎候去，自己也站在宫门口台阶上，伸长了脖子盼望着，自言白语地说道："唉，妃子来时，叫朕怎生相见也！"正说着，那高力士匆匆进来，报说道："万岁爷，杨娘娘到了。"玄宗听了，由不得笑逐颜开，说道："快宣进来！"自己退入宫去。

这时室中银烛高烧，盛筵罗列。玄宗站在桌旁，杨贵妃走进宫来，在玄宗跟前跪倒，说道："臣妾杨氏见驾，死罪、死罪！"玄宗忙伸手去扶着妃子，口中说着："平身。"那眼泪便止不住扑扑簌簌地落下来。杨贵妃也揾着泪，呜咽着说道："臣妾无状，上干天谴，今得重见圣颜，死亦瞑目。"玄宗道："妃子何出此言？是寡人一时错见，从前的话不必再提了。"说着，两人手拉手儿，并肩坐上席去，传着杯儿，递着盏儿。这一席酒，饮得十分沉酣，吃得十分甜蜜。看看妃子粉脸儿上，酒晕儿鲜红得可爱，那玄宗酒落欢肠，也不觉多饮了几杯。只觉周身燥热，便想夜间幸华清池洗澡去，便与贵妃说知，传下旨意去，华清池宫婢，看浴水伺候。

当下看守华清池的，原有数十个宫女，只因时在夜间，料定万岁爷不用浴水了，便各自找姊妹到各宫游玩消遣去了。这时只留下一个宫女，名金儿的；一个宫女，名珊珊的。二人在那里看守浴池。那金儿长得十分丑陋，却爱搔首弄姿；珊珊却长得十分秀美，又解得诗词，往往出口成章。她见了金儿这副丑怪的容貌，常常要拿语言去讥笑她。当夜她二人坐在池边，珊珊又对金儿道："金儿姐，俺如今有了一首好词儿，念与你听可好？"那金儿听了，忙把两手掩住耳朵，摇着头说道："俺却不要听你尖嘴刻薄的话，你的词儿，总是编派我的。"珊珊笑说道："我编派着自己可好？"金儿点点头儿说："好、好。"珊珊便念道：

我做宫娥第一，标致无人能及，腮边花粉糊涂，嘴上胭脂狼藉。秋波俏似铜铃，弓眉弯得笔直；春指十个擂锤，玉体浑身糙漆。柳腰松段十围，莲瓣滩船半只。杨娘娘爱我伶俐，选做霓裳部曲。只因喉咙太响，嘴边起个霹雳。身子又太狼伉，舞去冲翻筵席。万岁见了发恼，打落子弟名籍；登时发到骊山，派在温泉承值。

那珊珊还不曾念完，金儿却纵身上去，把珊珊按倒在地，数她的肋骨。嘴里说道："你这刁钻古怪的丫头！你说不编派我，却句句在那里编派我呢！"珊珊痒得把身体缩作一团，却没嘴地讨饶。正玩笑的时候，小黄门传下万岁的旨意来，说看龙泉、凤池浴水，候万岁和娘娘洗澡。那金儿见了小黄门，便一把搂住了，和他胡缠，引得那小黄门只是嘻嘻地笑。还是珊珊，催着她快到各宫去，把各位姐姐唤回来，赶着预备浴水，万岁爷快到来呢。一句话提醒了金儿，忙提着两只大脚，向外飞跑。顿时各宫女回来，把池水放得满满的，灯烛点得亮亮的，灯光照在池水里，发出烨烨的光彩来。才预备齐全，那玄宗和杨贵妃已走近廊边来。宫女说一声："内侍回避。"那小太监一齐退出外殿去。

一群宫女上来，服侍玄宗脱去衣服，又服侍贵妃，先把她满头珠翠一齐卸去，再脱去外衣、外裙，只留一身小衣衬裙。玄宗上去，把她腰肢儿扶住，轻轻地解着衣带，脱下小衣，露出两弯玉臂，一幅猩红抹胸，遮住双乳。玄宗去替她解开抹胸，露出洁白高耸的乳房来，已把个杨贵妃羞得一个粉脸直躲向胸前去。后来宫女替妃子解去裙带，早现出肥肥的白白的双股来。

玄宗忍不住伸手在上下摩挲着，那杨贵妃羞得伏在皇帝的肩头，低低地唤着万岁，又低低地笑着。玄宗笑道："妃子，你长着这珠玉也似的肌肤，不由朕对你爱你抚你看你怜你啊！你莫害羞，朕同妃子试浴去来。"说着，便有宫女上前扶着玄宗和贵妃二人，慢慢地走下池心去。那温泉一抹齐腰，水面上浮着各色花灯，照在杨贵妃玉肌上，愈觉得珠玉光辉。

那时宫女珊珊站在屏门外面，对金儿说道："金儿姐，你看万岁爷和娘娘恁般恩爱，真令人羡杀！想我那万岁爷和娘娘，花朝月夕，拥着抱着，不知尝尽了多少温柔滋味。二人好似形和影一般追随着，又好似拿刀划着水一般，割不断的恩情。俺万岁爷千般依顺，百般体贴，两人合着一副肠子似的。"金儿接着说道："姐姐，我与你服侍娘娘多年，虽睹娇容，未窥玉体。今日从这屏门缝隙中偷觑一觑。"说着，她两人一齐俯下身去，把脸儿凑着隙缝觑见时，那金儿忍不住低低地说道："珊珊姐，你看俺娘娘的玉体，上半截露在水面上，好似出水荷花，清洁娇艳。两个滑腻高耸的乳房，一点深深的脐眼；红巾覆处，微微映出那私处来。"金儿说着，忙又推着珊珊的臂儿道："姐姐你看俺万岁爷在一旁觑定了眼光，笑孜孜地看得酥呆过去了。呵！你看他不住地把嘴儿凑在娘娘肩窝上嗫着。呵！俺娘娘被万岁爷嗫得微微含笑，尽向万岁爷怀中躲去呢！"这两个宫女正在偷觑得高兴，忽然又来了两个，低低地说道："两位姐姐，看得真高兴啊！也让我们来看看。"金儿道："我们伺候娘娘洗浴，有甚高兴？"那宫女接着说道："只怕不是伺候娘娘，还在那里偷看万岁爷呢！"珊珊道："啐！休得胡说。你看万岁爷和娘娘出浴来也。"

　　宫女忙把屏风撤去，上去服侍穿衣梳妆。小黄门进来道："请万岁爷娘娘上如意小车回华清宫去。"玄宗便携着杨贵妃的手，二辆小车并肩推着。玄宗在车上和杨贵妃说说笑笑，一刻儿已到了华清宫里。走上台阶，只见那玉几上陈设着瓜果，炉台中炷着清香。杨贵妃猛可地记起，便对玄宗说道："啊，万岁爷，今夕原来七夕，臣妾却不曾乞得巧来。"玄宗听了，又高兴起来，便道："如此良夜，不可虚度。朕陪着妃子去乞巧来。"说着，便传谕在长生殿大月坛上陈设瓜果清香，待朕与娘娘乞巧。那高力士应一声领旨，便去安排。

　　欲知后事如何，且听下回分解。

第六十回　占厦屋夫人营新第
　　　　　　调灵禽天子泣花坟

　　永清、念奴听说万岁爷要和娘娘到长生殿乞巧去，此时夜凉如水，清风微寒。便替娘娘加上半臂。玄宗也换上夹袍，轻衣小帽。一群宫女太监，又围随着两辆如意小车，拥护着皇帝和贵妃二人，向生长殿走来。一路花径寂静，虫声东西。那一钩明月，挂在杨柳梢头，甚是动人情趣。玄宗手指着一弯眉月，向杨贵妃道："妃子，你看这一钩凉月，不知钩起了人心中多少情绪，也不知钩起了人心中多少怨恨。"杨贵妃答道："但愿世间人，仗着陛下的福庇，便怨恨全消，乐事增多。"

　　说着话，已到了长生殿中。玄宗和杨贵妃坐下，略进了些汤果。高力士来奏说，月坛上香案已设下了。玄宗起身，携着贵妃的手，绕过后殿去。迎面矗起一座白石月坛，那座月坛，十分高峻，设着八十一级阶石。玄宗命太监和宫女留在坛下，自己扶着贵妃，慢慢地走上月坛去。到坛顶上一望，只见一片清旷，万里无云。玄宗说："好月色也！"看贵妃时，走得娇喘细细，忙扶她在花鼓石凳上坐下。看那香案上时，陈设着果盆、瓶花、金盒、香炉，当案设着一个蒲团。贵妃上去，炷着清香，深深拜倒。口低低地祝道："妾身杨玉环，虔燕心香，拜告双星，伏祈监祐。愿万岁与妾身钗盒之缘，地久天长。"玄宗上去，把贵妃扶起，说道："妃子已巧夺天工，何须再乞？"说着，揭开那金盒来看时，只见那盒中龙眼似大的一只蜘蛛，满挂着丝儿，在盒儿中心盘定。玄宗说道："妃子巧多也！"杨贵妃说了一声惭愧。

玄宗又说道："妃子，朕想牵牛、织女，隔断银河，一年才会得一度，这相思真非容易呢！"杨贵妃答道："陛下言及双星别恨，使妾凄然。只可惜人间不知天上的事，如打听得这两位星主，决为相思成了病也。"贵妃说着，不禁落下泪珠来。

玄宗慌张中说道："呀，妃子为何掉下泪来？"杨贵妃奏道："妾想牛郎、织女，虽是一年一见，却是地久天长，只恐陛下与妾的恩情，不能够似双星一般长远呢。"玄宗忙去握住贵妃的手，把她腰肢一拢，说道："妃子说哪里话来，那双星虽说能长远，但朝朝暮暮，相亲相爱，怎似我和卿呢。"杨贵妃道："臣妾受恩深重，今夜有句话儿，须奏明圣上。"玄宗说道："妃子有话，但说不妨。"杨贵妃到此时，又忍不住拿罗帕揾着泪珠道："妾蒙陛下宠眷，六宫无比，只怕日久恩疏，臣妾身不免有白头之叹。若能得万岁爷许臣妾终身相随，白头相守，臣妾便是死也甘心，死也瞑目！"玄宗忙去捂住贵妃的朱唇，道："妃子休要伤感，朕与妃子的恩情，岂是等闲可比？我和你二人啊，好比酥儿拌蜜，胶漆粘定，今生今世，总不得须臾分离。"杨贵妃道："既蒙陛下如此情浓，趁此双星之下，乞赐盟约，莫再似今日般地放逐出宫了。"玄宗听了，便伸手搂定贵妃的香肩，移步到坛角上，凭着白石栏杆，一手指着天上双星，口中说道："妃子听朕说誓者：双星在上，我李隆基与杨玉环……"玄宗说到此处，低头向贵妃脸上看着。杨贵妃笑着，把玄宗肩儿一推。低低地说道："万岁爷快说下去！"玄宗接着说道："我二人情重恩深，愿生生世世，共为夫妇，永不相离。有渝此盟，双星鉴之！"玄宗说着，又拉着贵妃，双双向双星跪下，齐齐拜着，又对扶着起来。玄宗又口

唐宫二十朝演义

赞一诗道:

> 在天愿作比翼鸟，在地愿为连理枝。
> 天长地久有时尽，此誓绵绵无绝期。

玄宗念罢，杨贵妃又跪下去，谢恩拜着。说道："深感陛下情重，今夕之盟，妾死生守之矣。"这一夜，玄宗和杨贵妃二人，在月坛上唧唧哝哝，深情密意地直谈到斗转参横，才双双携着手回宫，重圆旧梦去。

杨贵妃见皇帝对她恩情如旧，便也把她姊姊韩国夫人、虢国夫人、秦国夫人召进宫来，一般地宴饮游玩着。那虢国夫人因受过玄宗的恩宠，诸事便比姊妹们娇贵些，便是玄宗也常常把珍贵的物品，独赐与虢国夫人享受。那虢国夫人仗着天子的威力，在外面便十分放纵起来。玄宗原赐有虢国夫人宅第，与韩国、秦国两夫人的宅第，一般大小。虢国夫人却自以谓是天子的外宠，不甘与姊妹同等，便向玄宗另求宅第。玄宗便说道："卿爱谁家宅第，便可购入，朕与卿付价可也。"虢国夫人领旨出宫。

这时京师地方，只有中书韦嗣立的宅第，最是广大。这日韦家诸子弟，饭后无事，正在庭院中闲坐着。忽然见一乘步辇，直抬进中庭停下，一个贵妇人从辇中扶出，数十个娇艳侍婢簇拥着。看那妇人时，旁若无人。那韦家诸内眷看了十分诧异。那韦老夫人上去问："贵夫人是谁家眷属？光降寒舍，有何事故？"那夫人也不答话，只问："汝家的宅子，将售于人，其价如何？"韦老夫人更是诧异，忙摇手道："夫人当是误听人言，此屋是先夫旧庐，何忍舍去。"一话未毕，忽见有工役数百人，一拥而入。韦家子侄，纷纷上去拦阻。那工役不由分说，径相登屋上楼，纷纷将屋瓦揭去，楼窗卸下，那石块瓦片如雪点似地落在庭心里。

第六十回　占厦屋夫人营新第　调灵禽天子泣花坟

韦老夫人见来势汹汹，不可理喻，只怕自己子女吃了工役的眼前亏，便先率领家中女眷，慌慌张张地避出。那韦家男子也只搬出了一些琴书，那细软衣服俱被这班工役抛弃在路旁。直到第三天上，那虢国夫人才打发人去对韦家说："京师西城根，有空地十数亩，便赏与韦家，换此宅第。"到此时，那韦老夫人才明白，那天到宅中来的那个穿黄罗披衫的贵妇人，便是宫中赫赫有名的虢国夫人，自知势力不能相敌，便也只得忍性耐气的迁避到西城根去，草草建了一座房屋住下。

这里虢国夫人占住了韦家的房屋，便大兴土木。画栋雕梁，倍极华美。一时京师地方，便是长生殿也不及虢国夫人的宅第精美。不说别的，单说那灰粉涂壁一项，合着百花的香汁，和在泥粉中，涂在墙上，满屋子永永生香。那房屋又造得十分严密，没有一丝罅隙可寻。工成以后，虢国夫人拿钱二百万和金珠瑟瑟三斗，赏与圬墙的工人。那圬者却不顾而去。虢国夫人十分诧异，忙打发婢子去问圬者："二百万工资，尚嫌少乎？"那圬者笑道："请夫人再加二百万，亦不为多。"婢子问："是何神工，却需如此巨值？"那工人只说："请夫人明日观吾侪之神工也。"

到了明日，虢国夫人便亲自去察看圬墙的工程；见细腻芬芳，墙根塑着鱼龙水怪，果然是十分工细的工程。忽见那圬者，负着一个大斛子，进屋子来。揭开盖子看时，却满满地盛着一斗蟏蛸，蠕蠕乱动着。虢国夫人见了害怕，急避出屋去。那圬者随手把一斛蟏蛸倒在屋中当地，把屋子所有的门窗四周，密密关闭起来。这盈千累万的虫儿，顿时在满室中爬走。虢国夫人在屋外四周察看，见窗槅门缝，都十分严密，没有一个虫儿能钻得出来的。虢国夫人大喜，便又加赏了二百万钱。从此这虢国夫人的宅第得了大名。

在这年冬天，京师忽起大风，虢国夫人宅第中的大树，被暴

风连根带土拔起，直落在虢国夫人的卧室顶上，轰天价的一声响
亮，直把虢国夫人从梦中惊醒过来，急急避出屋子去。第二天风
停天朗，命工匠上屋去，把那大树抬下来看时，那树身竟是合抱
不交的。虢国夫人忙命人上屋子去查看，屋脊可曾打坏。谁知撤
去屋瓦来看时，下面满衬着木瓦，屋脊便不曾打坏。便是那屋
瓦，也俱是精铜铸成的，任你重大的压力，它都不受损伤。

　　虢国夫人造成这座宅第，玄宗在暗地却花去一千万两银子。
虢国夫人受了天子这样重大的赏赐，心中如何不感激。从此常见
她跨着小白骢，后面跟随着一个小黄门，在宫中进出着。那小白
骢的骏健，小黄门的瑞秀和虢国夫人的美丽，唐宫中人称作三
绝。后人有一首诗道：

> 虢国夫人承主恩，平明骑马入宫门。
>
> 却嫌脂粉污颜色，淡扫娥眉朝至尊。

便是说她这时候的情形了。

　　却说玄宗和虢国夫人在暗地里虽意惹情牵，但与杨贵妃自从
那七夕私誓以后，两个人的情爱便也一天一天似增加起来了。从
此每年到七月七日的夜间，令京师宫廷内外，下至民间，都举行
乞巧之宴。长生殿中，到了这一晚，只见天上一弯明月照着，六
宫粉黛齐在月坛四下里花间石上游戏。那月坛上排列长案，陈设
着奇巧的瓜果香花；同时六宫中都供养着牛、女两星，替万岁爷
祈求长生不老之福。那妃嫔们各各在香案上供一小金盒，捉一蜘
蛛，闭在盒中，至夜午开盒，视蜘蛛网的稀密，以卜得巧的多
少。一时民间妇女，都学着宫中风气，京师地方，蜘蛛大贵。在
七夕前数日，便有蜘蛛市场。最大的蜘蛛，为进贡万岁用的，价
值白银一百两。玄宗又命巧匠在长生殿前，用锦彩结成百尺高

楼，四面用五色长线数千道，挂在树梢，宛如蛛网。入晚，那长线上依着线的颜色，挂着各色灯笼，望去好似五色繁星。楼上可容宫眷数十人，楼的最高层，供着牛、女二星的座位。贵妃亲自上楼去拜祭，楼下声乐大作。

到月上的时候，各宫妃嫔都上楼来手擎九孔针，用五色线，向月穿之。穿过时，称为"得巧"。玄宗赐红缎两端，称为"贺巧"。

在这时候，满园挤着五六千宫女及各宫妃嫔，在花间草上，游嬉无忌。各宫女携着丝竹，就各处吹弹起来。满园只听得笙歌嘹亮，笑语如篁。在这时候，宫女拿彩绸掩住双目，在草地上作迷藏之戏。玄宗故意在宫女身旁走过，任宫女上去捉住，便赏小金锭一枚。玄宗也集数十妃嫔，在大草地上捉迷藏。被万岁捉得的妃嫔，须歌一曲，玄宗赐以脂粉、金珠。又在各处空旷地方，设着秋千架。宫嫔身系五彩飘带，坐上架去。下面宫女，扯动绳索，直把这宫嫔送在半天里。那飘带临风吹动着，好似临虚仙子，宫中称作"半仙之戏"。这热闹的游玩直到天明始散。

玄宗觉得很有兴味，每到八月十五夜，玄宗与杨贵妃在太液池边祀月，绕着太液池，结着五色的灯彩。那宫女数千人临水望月，也和七夕一般的热闹。玄宗和贵妃在摘星楼上饮酒赏月，李龟年领着歌姬、舞女，在筵前酶歌恒舞。玄宗看了，十分快乐，直到月色西斜，还不肯罢休。传谕左右，在池西岸别造百尺高望月台，为朕与妃子他年望月之用。太液池中，植有千叶莲数十株，每至八月盛开，玄宗与贵戚诸王，在池边置酒宴赏。又在池边置五王帐，邀五王弟入宫，长枕大被，玄宗即晚与诸兄弟同卧起。

诸王中唯宁王最是风流放诞，王有紫玉笛一枝，终日把玩不丢手。这时也携着玉笛进宫来，玄宗命贵妃唱《水调歌头》，宁王吹玉笛和之。笛声嘹亮，歌声娇脆，甚是动人。宁王将玉笛挂在帐中，这晚五王正在池边陪玄宗宴饮，杨贵妃觑着无人，便悄悄地走进宁王帐中，偷吹着紫玉笛，但吹不成声。正把弄时，忽见宁王掩入，便与妃子并肩坐下，把着妃子的玉臂，教她掩着笛眼学着吹去，呜咽成声。妃子不觉倒在宁王肩头，嗤嗤娇笑。在这笑声里，玄宗也掩入帐来，妃子依旧与宁王并肩儿坐着，毫不避忌。玄宗相对坐下，看宁王教妃子吹着笛子嬉笑着。后人张祜诗道："梨花深院无人见，闲把宁王玉笛吹。"便是说杨贵妃偷吹宁王玉笛的故事。当时贵妃在帐中嬉笑了一阵，又随着玄宗至池边，赏花饮酒。玄宗一手指着池中千叶莲花，一手指着杨贵妃道："菡萏虽娇，怎如我之解语花耶！"五位王爷，都举杯庆祝娘娘娇姿，贵妃也陪饮了一杯。

玄宗性爱名花，又爱美人，常说道："坐对名花，不可不与美人共赏。"一日，玄宗与贵妃同幸华清宫中，此时玄宗宿酒初醒，凭着妃子肩头，同看着庭中木芍药。玄宗走下栏杆边去，亲折一枝，与妃子同嗅着花味。道："此花真醒酒妙品也！"命杨益往作岭南长史，献千叶桃花五百株，玄宗命植后苑中。

明年，桃花盛开，玄宗与贵妃日逐在花下宴饮。头上繁花盛开，如张锦幕。玄宗笑道："不独萱草可以忘忧，此花亦能消恨。"便离席去，亲折一枝，插在贵妃宝冠上着："戴此助卿娇态百倍矣！"

杨贵妃养一头白色鹦鹉，宫中称作"雪衣女"，随贵妃已多年，甚是驯善。每随玄宗坐宫中如意小车游行御苑，必置雪衣女于小车竿头。所有宫中歌唱的《清平调》、《行乐诗》，此鹦鹉都能背诵，一字不错误。玄宗与杨贵妃都爱之。此鹦鹉原是林邑国进贡的，初养在金笼中，玄宗时时把玩。这时大臣苏颋初入相，常奏劝道："书云：鹦鹉能言，不离飞鸟。臣愿陛下深以玩物为戒。"但此雪衣女，十分聪慧，能通人意。一日，贵妃临镜梳妆，鹦鹉忽飞上镜台，对贵妃作人言道："我昨夜做一梦，见天上飞鹰来捉侬去。"玄宗命贵妃教鹦鹉念《多心经》，自度灾厄。此鹦鹉便日夜念着《多心经》。后玄宗与贵妃游别殿，仍放雪衣女在小车竿上。忽有飞鹰下来，咬住鹦鹉颈子，左右太监急上前救护，从鹰爪下夺得，早已气绝而死。玄宗与贵妃皆为之流泪。在后苑中筑起一鹦鹉冢，每日令宫女取鲜鱼、果实祭之。

玄宗除笙歌外，又爱挝鼓。宁王长子，汝南王琎，亦能打鼓。汝南王面如冠玉，胜于其父，玄宗甚是钟爱他，常把琎传唤至宫中，亲自传授鼓调。汝南王生性敏慧，一经指点，便能会意。玄宗每有游幸，便令汝南王追陪左右。常使琎戴砑绢帽打曲，玄宗自摘红槿花一朵，置于汝南王帽沿上。三物都是极滑，久之方能安下。汝南王便奏《舞山香》一曲，花能不落，玄宗大喜，赐琎金器一橱。常对左右夸称："真花奴姿资明莹，肌发光细，非人间人，必神仙谪降人世的。"宁王在一旁拜谢。便说："小孩子不足称。"玄宗笑说道："大哥不必过虑，阿瞒自能相人。帝王之相，须有英特奇越之气，不然也须有深沉包涵之度。若我家花奴，但端秀过人，却无帝王之相，可不必替他担忧呢。"花奴是汝南王的小名，玄宗每与兄弟诸王讲谈，总自称阿瞒。当时玄宗又说："花奴举止娴雅，能得公卿间令誉。"宁王又谢道："若如此，臣乃输之。"玄宗笑道："若此一条，阿瞒亦输大哥矣！"宁王又谦谢。玄宗道："阿瞒赢处多，大哥亦不用太谦。"左右见皇帝兄弟如此谦爱，便齐声欢贺。玄宗生平最不爱听琴，一闻琴声，拨弄未毕，便喝令弹琴者速去。又令内宫速召花奴，将羯鼓来，为朕挝鼓解秽。

当时乐官黄幡绰深明乐理，玄宗时时召幡绰进宫。一日，屡召幡绰不至，玄宗大怒，便一连打发十数个太监去召唤十数次。

待幡绰进宫，走至殿旁，玄宗正在殿上打鼓。幡绰停步听鼓声，知皇帝余怒未息，便止住内侍，令莫去通报。半晌，殿上鼓声停住，又改作别调，声曲和平。才打三数声，黄幡绰便走上殿去。玄宗问幡绰，何故久召不至？绰奏称有亲故远适，送至郊外。玄宗便点着头，待玄宗一曲鼓罢，便对黄幡绰道："幸汝来稍迟，若在朕怒时来，必汝矣。适方思之，汝在宫中供奉已有五十日之久，暂一日出外，亦不可不放他东西过往。"黄幡绰便伏地谢恩。

此时左右有相偶语窃笑的，玄宗便问："汝辈有何事可笑？"左右便将方才黄幡绰进宫来听陛下鼓声，知余怒未已，便嘱内侍稍缓通报的情形说了。玄宗心中甚奇之，故意厉声说道："朕心脾肉骨下事，安有待官奴闻小鼓能料之耶？今汝且谓朕心中如何矣？"黄幡绰急走下阶去，面北躬身大声道："奉敕监金鸡。"玄宗不觉大笑而罢。

又有宋开府，名璟，性虽耿介不群，亦深好声乐，更善打羯鼓。玄宗召之入宫，论鼓事道："不是青州石末，即是曾山花瓷，捻小碧上掌下须有朋肯之声，乃是汉震第二鼓也。且鬷用石末花瓷，固是腰鼓掌下朋肯声，是以手拍，非羯鼓明。盖所谓第二鼓，左用杖右用手指也。"又开府对玄宗讲论打鼓之法道："头如青山峰，手如白雨点。"此即羯鼓之能事也。山峰，取不动之意；雨点，取碎急之意。即陛下与开府兼善两鼓也。而羯鼓偏好，以其比汉震稍雅细焉。开府之家悉传之。东都留守郑叔则祖母，即开府之女。今尊贤里郑氏弟有小楼，即宋夫人习鼓之所也。开府孙沇，亦工之，并有音律之乐。贞元中进《乐书》三卷，皇帝览而嘉之，又知是开府之孙，遂召赐对坐，与论音乐，喜甚。数日，又召至宣徽，张乐使观焉。曰："有舛误乖滥，悉可言之。'"沇曰："容臣与乐官商榷讲论具状条奏。"皇帝使宣徽使就教坊与乐官参议数日，然后奏二使奏。

第六十回　占厦屋夫人营新第　调灵禽天子泣花坟

乐工多言沆不解声律，不审节拍，兼有聩疾，不可议乐。皇帝颇异之，又宣召见，对曰：“臣年老多病，耳实失聪；若迫于声律，不至无业。”皇帝又使作乐，曲罢问其得失，承答舒迟，众工多笑之。沆顾笑者，忽愤然作色，奏曰：“曲虽妙，其间有不可者。”上惊问之，即指一琵琶云：“此人大逆戕忍，不日间廉即抵法，不宜在至尊前。”又指一笙云：“此人神魂已游墟墓，不可更留供奉。”帝愈惊奇，令主乐者潜伺察之。旋而琵琶者，为同辈告讦，称六七年前，其父自缢，不得端由，即令按审，遂伏其罪。吹笙者，乃忧恐不食，旬日而卒。皇帝因此愈加知遇，面赐章绶，累逢召对，必令察乐。乐工即沆，悉惴恐胁息，不敢正视。沆惧罹祸，辞病退休。

玄宗昔年在东都时，白昼假寐，梦见一女，容貌十分美艳，梳交心髻，大袖宽袍，拜倒在床前。玄宗问：“汝是何人？”那女子答称：“妾是陛下凌波池中龙女，看守宫廷，保护圣驾，妾实有功。今陛下洞晓钧天之音，乞赐一曲，以光族类。”玄宗便在梦中对女子弹胡琴，拾新旧之曲声，为《凌波曲》。龙女再拜而去。醒来，尽记其曲调，自抱琵琶习而翻之。集文武臣僚于凌波池，临池奏新曲。池中波涛涌起，复有神女出池心。视之，便是所梦之女。玄宗大悦，向丞相李林甫说知，便在池上筑庙，每年祭祀不绝。后玄宗制成《凌波曲》。因梦见十仙子，又制成《紫云回曲》。二曲既成，遂赐宜春院及梨园子弟并诸王。这时有善舞的女伶，名谢阿蛮的，玄宗与杨贵妃御清元小殿，看谢阿蛮舞。宁王吹玉笛，玄宗打羯鼓，贵妃弹琵琶，马仙期奏方响，李龟年吹笛篥，张野狐弹箜篌，贺怀智打象拍，齐唱《紫云曲》、《凌波仙子》二曲，从朝至午，酣歌不休。只有贵妃女弟秦国夫人，这时端坐在一旁静听。待歌停乐止，玄宗对秦国夫人道：“阿瞒乐部，今日幸得供奉夫人，请夫人赏赐。”秦国夫人微笑，奏对道："岂有大唐天子阿姨无钱用耶?"便赏三百万贯为一局票。玄宗接票,命群臣谢赏。玄宗又独向虢国夫人乞赏,虢国夫人即取杨贵妃玉搔头赐与玄宗。笑道:"大唐天子阿姨,不能赏大唐天子。今代大唐贵妃赏大唐天子。"玄宗便向贵妃谢赏,合座大笑。

　　欲知后事如何,且听下回分解。

第六十一回　唐天子斗鸡
杨国舅私妹

安禄山在外任节度使时，常有奇珍异宝，献与贵妃，便是乐器一项，共有三百事。管笙具用媚玉制成，皆非世所常见者。每一奏动，便觉轻风习习，声出天表。贵妃所用琵琶，是逻沙檀寺人白季贞出使蜀地回京时所献，其木温润如玉，光可鉴人，有金缕玉文，隐约如双凤。所用弦线，是末诃弥罗国在永泰元年时进贡的，是国中渌水蚕丝制成的，光莹如贯珠瑟瑟。玄宗朝，诸王郡主妃之姊妹，皆奉贵妃为师，自称琵琶弟子。贵妃每授一曲，各郡妃均有献奉。独谢阿蛮无物可献，贵妃对阿蛮道："尔贫无以献师长，待我与尔。"便命宫女红桃娘红粟玉臂一支，赐与阿蛮。当时玄宗尚有一虹霓屏风，赐与贵妃，称为异宝。

某日，玄宗在百花院便殿读《汉成帝内传》，不觉神往。杨贵妃从身后走来，伸手替皇帝整理衣领。问道："万岁看何文书？"玄宗笑说道："卿且休问，倘被卿知，便又将缠人不休，教人去寻觅了。"贵妃果然追问不休，玄宗便说："汉成帝得美人赵飞燕，身轻弱不胜风。只怕被风吹去，成帝便为造水晶盘，令宫人托盘，飞燕在盘中歌舞。又造一七宝避风台，间以诸香安于上，恐其四肢不禁也。"说着，又向贵妃身上下打量着，笑说道："此则卿可无虑，任风吹不动也！"因杨贵妃身体丰润，故玄宗以此语戏之。贵妃心中不乐，冷冷地道："《霓裳羽衣》一曲，可掩前古。"玄宗忙揽着贵妃腰肢道："我才戏汝，便生嗔乎？卿莫恼，朕记得有一屏风，当尚藏在上方，待令内官觅出，即以赐汝。"屏风是以"虹霓"为名，屏上雕刻前代美人之形。每一美人，长可三寸许。其间服玩之器，衣服皆用众宝杂厕而成，水晶为地，外以玳瑁木犀为押，络以珍珠瑟瑟，嵌缀精妙，迨非人力所能制。此屏原是隋文帝所造，以赐义成公主。随公主辗转入北朝。唐贞观初年，灭去胡国，此屏又随萧后同归中国。玄宗此时，便将此屏赐与杨贵妃。贵妃取去，陈设在高楼上。

一日，杨贵妃午倦，就楼上偃息。方就枕而屏风上诸女悉下，至床前，自通所号，曰：裂缯人也，定陶人也，穹庐人也，当炉人也，亡吴人也，步莲人也，桃源人也，班竹人也，奉五官人也，温肌人也，曹氏投波人也，吴宫无双返香人也，拾翠人也，窃香人也，金屋人也，解珮人也，为云人也，董双成也，为烟人也，画眉人也，吹箫人也，笑躄人也，垓中人也，许飞琼也，赵飞燕也，金谷人也，小鬟人也，光发人也，薛夜来也，结绮人也，临春阁人也，扶风女也。贵妃虽开目，而历历见之。只是身体不能动，口不能发声，诸女各以物列坐。俄而，有纤腰伎人近十余辈，曰楚章华踏谣娘也。诸美人乃连臂而歌之曰："三朵芙蓉是我流，大杨造得小杨收。"又有二三伎人，自称是楚宫弓腰，看她绰约花态，弓身玉肌。一一向贵妃递名帖，复一一归屏上。贵妃似梦餍初醒，惶惧不可名状。急走下楼，便令将高楼封锁。贵妃以为妖异，从此不敢再见此屏。

玄宗又赐贵妃碧芬裘一袭，披在身上，可以避暑。只因贵妃身体肥胖，比常人格外怕热。这时与玄宗在兴庆宫避暑，天气十分炎热，贵妃一时娇喘细细，香汗涔涔。太宗时林氏国进贡此碧芬裘，碧芬兽是驺虞与豹相交而生，大才如犬，毛色碧绿如黛，香闻数十里，原是希世之宝。玄宗命内府官取出，赐与杨贵妃。每到大暑天，贵妃便披上这碧芬裘，顿时汗收喘止，十分凉爽。又有玉鱼一对，每至夏月，杨贵妃把玉鱼含在口中。此玉出自昆冈，含在口中，顿时凉沁心脾。一裘一玉，贵妃每至夏天，总是少不得它的。贵妃天生丽质，眼中流的泪，身上流的汗，色艳丽好似桃花。初承恩召，与父母相别，贵妃流泪登车，这时天气甚寒，泪落在地，结成红冰。在盛暑时候，衣轻绡之服，使数侍儿在两旁交扇鼓风，尚不能解热。每有汗出，红腻多香，拭在巾帕之上，色鲜艳如桃花。贵妃不能多饮酒，每值宿酒初醒，便觉肺热。每日清晨，独游后苑，依花树以手攀枝，口服花露，用以滋润肺腑。如此娇态，玄宗见之，便愈觉可爱。皇帝宠爱愈甚，贵妃的娇态亦愈甚。

一日，正是秋深，玄宗欲与妃子游园。贵妃说秋园风景萧杀，见之令人不快。玄宗再三强之，贵妃总卧床不起。玄宗抱之在怀，低问："妃子爱观何戏？"杨贵妃道："臣妾久闻陛下在藩府时，每至清明节，便作斗鸡之戏，臣妾颇思一观，以解昼困。"玄宗听说，笑道："不是妃子提及，朕几把这最有趣味的游戏忘怀了。"但这斗鸡的事，也不是轻易便可以玩的。当即下诏，在长生殿与兴庆宫间，筑一斗鸡坊。命黄门搜索长安市上的雄鸡，金毛铁爪、高冠长尾的数千头，养在鸡坊中。又选六军小儿五百人，使之调弄驯养，进退冲决，都听人号令。

小儿入鸡群，如与群儿戏狎。永谷之时，疾病之候，小儿均能知之。养之百日，便可使斗。由护鸡坊谒者王承恩，率领群鸡至殿庭。玄宗与贵妃同御殿上观斗鸡，文武左右，侍从如云，分列两廊。王承恩年才十二三，为五百小儿长。冠雕翠金华冠，锦袖绣襦袴，执铃拂，领群鸡，兀立广场，顾盼如神。群鸡一闻号令，便竖毛掇翼，砺嘴磨爪，抑怒待胜，进退有节，鸡冠随鞭指低昂，不失常度。胜负既定，胜者在前，败者在后，随童子后，归于鸡坊。贵妃观之，不觉大乐。从此京师地方，家家都事斗鸡。诸王、世家、外戚家、公主家，以及各侯伯家，倾家破产市鸡，以偿鸡值，更以金银博彩，往往一掷千金，毫不吝惜。都中男女，以弄鸡为事。贫家弄假鸡。

玄宗一日出游，见有儿童名贾昌的，面貌俊秀，在云龙门路旁玩弄木鸡。玄宗便收入为鸡坊小儿，衣食于右龙武军。贾昌为人忠厚谨密，因此日邀皇帝爱宠，贵妃亦日赐金帛。开元十三年，玄宗封禅东岳，使贾昌笼鸡三百随驾出发。贾昌父贾忠，恐儿年幼，便相随以行，至泰山下，贾忠病死，玄宗恤以万金，赠官上大夫。贾昌奉父枢归葬雍州，县官为葬器，丧车乘传洛阳道。十四年，玄宗幸华清宫温泉，命贾昌衣斗鸡衣冠来见。当时天下号贾昌为神鸡童。民间唱着歌谣道：

> 生儿不容识文字，斗鸡走马胜读书。
> 贾家小儿年十三，富贵荣华代不如。
> 能令金距期胜负，白罗绣衫随软舆。
> 父死长安千里外，差夫持道挽丧车。

至开元二十三年，玄宗为贾昌娶梨园弟子潘太同女为妻，男服佩玉，女服绣襦，皆为内府所赐。昌妻潘氏，雅善歌舞，为贵妃所宠爱。夫妇在宫中供奉四十年，玄宗爱之不衰。当时人皆羡之。

玄宗一生因太平无事，在宫中日事游宴，更是爱好音乐。一日，玄宗正坐朝，以手指上下按其腹。朝退，高力士问道："陛下顷间屡以手指自按其腹，岂圣体有小不适？"玄宗笑道："非也，朕昨夜梦游月宫，诸仙奏上清之乐，嘹亮清越，殆非人间所得闻。酣醉久之，又令奏诸乐以送吾归。曲调凄楚动人，杳杳在耳。朕醒时，以玉笛寻之，尽得之矣。方坐朝之际，深虑或有遗忘。怀藏玉笛，时以手指上下寻之，非体有不安也。"高力士再拜贺曰："此非常之事也。愿陛下为奴婢一奏之。"玄宗便依声吹之，其音寥寥然不可名言。力士又再拜，且请万岁赐乐名。玄宗笑言曰："此曲名《五色云》。"次日，下诏，将曲名载之乐章。玄宗又制《圣寿乐》，令教坊诸女衣五方色衣以歌舞之。

宜春院伎女，教一日，便能上场。掐弹家弥月不成，至戏日，玄宗令宜春院人为首尾，掐弹家在行间，令学其举手也。宜春院亦有工拙，必择优者为首尾。首即引队，众所瞩目，故须能者。乐将阕，稍稍失队，余二十许人，舞曲终，谓之合杀，尤要快健，所以更须能者也。圣寿乐舞，衣襟皆各绣一大窠，各随其衣本色，制纯缦衫，下才及带，若短汗衫者以笼之，所以藏绣窠也。舞人初出，乐次皆是缦衣，舞至第二叠，相聚场中，即于众中从领上抽去笼衫，各纳怀中。观者忽见众女衣绣炳焕，莫不惊异。凡欲出戏，所司先进曲名，上以墨点者即舞，不点者即否，谓之进点。戏曰：内伎出舞，教坊人惟得舞伊州，五天来重叠不离此两曲，余尽让内人也。垂手罗，回波乐，兰陵王，春莺半社，渠借席，鸟夜啼之属，谓之软舞。阿辽，柘枝横，一拂林，大渭州，达摩之属，谓之健舞。凡楼下两院进杂妇女，上必召内人姊妹入内赐食，因谓之曰："今日娘子不须唱歌，两饶姊妹并两院妇人。"于是内伎与两院歌人更代上舞台唱歌，内伎歌则黄幡绰赞扬之，两院人歌则幡绰辄訾诟之。

有肥大年长者，即呼为屈突干阿姑；貌稍胡者，即云康太宾阿妹。随类名之，标弄百端。诸家散乐，呼天子为崖公，以欢喜为蚬斗，以每日长在至尊左右为长八。凡伎女入宜春院，谓之内人，亦曰前头人，以其常在上前也。其家犹在教坊，谓之内人家。宫中酣歌恒舞，终年不休，朝廷大事，付之丞相。于是大臣弄权，日相倾轧。玄宗日被群小播弄，却冥无知觉。

当时握朝大权的，内外共有四人：一是李林甫，二是杨国忠，三是安禄山，四是高力士。李林甫、杨国忠、安禄山三人，俱与高力士勾结，内外呼应，高力士坐得其利。安禄山原是杨国忠一力提拔起来的，后来仗着杨贵妃的宠爱，其势几乎驾杨国忠而上之。但因杨国忠是国舅之亲，又与虢国夫人私通，夫人新得玄宗宠爱，其势亦甚盛，不可轻侮。其时最使他二人畏忌的，便是那李林甫。李林甫这时年纪已老，手段更辣。身为首相，文武都听他指挥。四方贿赂具集丞相府中。杨国忠心怀妒忌，常与高力士勾通，在玄宗跟前说林甫罪恶。

这李林甫在开元初年，便握大权。当时宫中武惠妃有宠，妃子、寿王、盛王，与林甫结好，林甫愿拥护寿王为万岁计。惠妃亦在皇帝跟前保举林甫。丞相裴光廷夫人武氏，是武三思之女，李林甫在裴家出入，见武氏美丽，便与私通。不久裴光廷死，武氏替林甫在武惠妃前说情，玄宗便使林甫代光廷为大丞相。光廷夫人，从此与林甫双宿双飞，恩情甚是美满。那高力士，原是武三思家的奴仆，因光廷夫人是旧主，便也在皇帝跟前极力为林甫说项。林甫宠位日高，当时满朝中唯右丞相张九龄是忠义之臣。林甫令牛仙客常在帝前道九龄之短，九龄愤而退位。从此林甫独步朝堂，威福擅作。唐时有三丞相，每入朝，左右二丞相，躬身侧步，独李林甫在中昂头阔步，旁若无人。当时朝中称为一雕挟两兔。

林甫常在玄宗前说寿王贤孝，劝皇帝立寿王为太子。但玄宗因杨贵妃旧为寿王妃，欲避嫌，便立肃宗为太子。林甫恚恨，便与太子妃兄韦坚友善，使任重职，将覆其家，藉以摇动东宫。

后韦坚犯法，入狱，累及太子，太子绝妃以自明。林甫又使魏林使诬河西节度使王忠嗣欲举兵拥护太子。玄宗不信，以问林甫。林甫道："此事太子必与谋。"玄宗道："吾儿在内，安得与外人相闻？此妄语耳！"林甫数欲危太子，未和志。一日，从容对玄宗奏道："古者立储君必先贤德，非有大勋力于宗社者，莫若立长。"玄宗沉思久之道："长子庆王，往年猎，为犳伤面甚。"林甫答称："破面不愈于破国乎？"玄宗闻林甫语，心中颇动，便道："朕徐思之。"但太子在当时以谨孝闻，内外无间言，故飞语不得入。

　　林甫每次奏请，必先遗赠左右金帛，先通皇帝意旨，以固恩信。下至庖夫御婢，皆得林甫厚贿，甘为丞相效奔走。其后皇帝春秋见高，怠于坐朝，便深信林甫不疑。玄宗一味沉蛊酒色，深居燕适，朝廷大事，一任李林甫任意播弄。林甫心阴密，好诛杀，喜怒不现于面。初与进接，貌若可亲，胸中崖井深阻，人不可测。每兴大狱，连坐数百人。王铼、吉温、罗希奭为李丞相爪牙。前丞相李适之为林甫排去。适之子名霅，一日盛治酒筵，在家召客，客畏林甫，乃终日无一人往者。丞相家中有一堂名月堂，形如眉月。林甫每欲兴大狱，构陷大臣，即居月堂，苦思终日。若见林甫面现喜色出堂，即其家立碎矣。

　　林甫子，名岫，深明大义，见其父权势熏灼，心常畏惧。一日，随父游后园，见园工嬉酣林下，优游自得。便跪地泣曰："大人居位久，枳棘满前，一旦祸至，虽欲比若人不可得也！"林甫不乐，斥曰："势已骑虎，毋多言！"是时玄宗恩宠日隆，凡御府所贡、远方珍鲜，使者传赐相望；帝食有所甘美，必赐之。尝诏百僚，在尚书省收阅四方贡物。收阅毕，举贡物悉赐林甫，用大小辇送至其家。一日，林甫从幸华清宫，玄宗赐御马武士百人、女乐二部。当时薛王别墅，广大美丽，在京师为首屈一指。玄宗又举以赐与林甫。李丞相平日高车肥马，衣服侈靡，最爱声伎，姬妾满房，选俊美男女五十人，出入自随。

唐至宰相，皆丰功盛德，不务权威，出入骑从减少，人民见丞相车马，不甚引避。至李林甫，因结怨日深，时虑刺客，于其出入，必以骁骑先事清道，百步传呵，人民避走；丞相府第，皆重门复壁；林甫卧室，一夕数迁，即家人亦莫知所在。

皇帝停朝，百官悉奔走其门，衙署一空。左丞相陈希烈，因正直不阿，虽坐守衙署，卒无人入谒。林甫未曾学问，发言鄙陋，闻者窃笑。久之，又兼安西大都护朔方节度使，俄兼单于副大都护。朔方副使李献忠不服，起兵反，声讨李林甫，便退还节度使。王铁为李林甫私党，至是以赇败。玄宗诏李丞相治状，林甫大惧，不敢见铁。因以杨国忠代为御史大夫，审问王铁赇案。林甫素薄视国忠，又以贵妃故，虚与结纳。国忠至是时，权威益盛，贵震天下，二人交恶，势如仇敌。

李林甫家有一奴，号苍璧，性敏慧，林甫甚信任之。一日，忽猝然而死，经宿复苏。林甫问彼："死时到何处？见何事？因何又得活？"奴曰："死时固不觉其死，但忽于门前见仪仗，拥一贵人经过，有似君王。奴潜窥之，遽有数人走来擒去，至一峭拔奇秀之山。俄至一大楼下，须臾，有三四人，黄衣小儿曰：'且立于此，候君旨。'见殿上卷一朱翠帘，依稀见一贵人，坐临砌阶，似专断公事。殿前东西立仗卫，约千余人。有朱衣人携一文簿奏言：'是新奉命乱国革命位者，安禄山及禄山后相次三朝乱主，兼同时悖乱贵人定案。'殿上人问朱衣曰：'大唐君隆基，君人之数虽将足，寿命之数未足，如何？'朱衣曰：'大唐之君，奢侈不节俭，本合折数，但缘不好杀，有仁心，故寿命之数在焉。'又问曰：'安禄山之后数人，僭为伪王，杀害黎元，当须速之，无令杀人过多，以伤上帝心虑，罪及我府。事行之日，当速止之。'朱衣奏曰：'唐君绍位，临御以来，天下之人安居乐业，亦已久矣。据世运推迁之数，天下之人自合罹乱惶惶；至于广害黎元，必不至伤上帝心也。'殿上人曰：'宜速举而行之，无失安禄山之时也。'又谓朱衣曰：'宜便先追取李林甫、杨国忠也。'朱衣曰：'唯。'受命而退。俄又有一朱衣，捧文簿至，奏曰：'大唐第六朝天子复位，及佐命大臣文簿。'殿上人曰：'可惜大唐世民效力甚苦，方得天下治，到今日复乱也！虽嗣主复位，乃至于末代，终不治也。'谓朱衣曰：'但速行之。'朱衣奏讫，又退。及将日夕，忽殿上有一小儿，急唤苍璧，令对见。苍璧匍匐上殿，见殿上一人坐碧玉床，衣道服，戴白玉冠，谓苍璧曰：'当即回，寄语林甫，速来归我紫府，应知人间之苦也。'放苍璧回阳。"

林甫闻言，知不久于人世，从此精神懊丧，语言恍惚。林甫私党吉温，知李丞相势且倒，急投国忠，谋夺林甫政。林甫知之，大怒伤肝，呕血数升。玄宗知之，犹以马舆从御医，珍膳继至，诏旨存问，中官护起居。病剧，巫者视疾云："见天子当少闲。"玄宗闻之，欲往丞相宅视之，左右谏止。乃诏林甫出廷中，帝登降圣阁，举红巾招之，林甫已不能兴，左右代拜。

杨国忠适使蜀回，谒李丞相。林甫下床垂涕，托后事，曰：'死矣！公且入相，以后事累公！"国忠惧其诈，不敢当，流汗被面。林甫果不食而死。玄宗拜杨国忠为右丞相，兼文部尚书集贤院大学士，监修史崇玄馆大学士，太清太微宫使，更兼旧时节度使、采访使、判度支，一人领四十要职，皆贵妃在帝前为之说项。一时国忠权侵中外，便穷追李林甫生前奸事，毁林甫家。帝以为功，封卫国公。

国忠与虢国夫人兄妹通奸，路人皆知。虢国夫人居宣阳坊左，国忠在其南。国忠自宫廷出，即还虢国夫人第。郎官御史白事者，皆随以至。兄妹居同第，出并骑，互相调笑，施施若禽兽然，不以为羞，道路耻骇。每遇大选，就虢国夫人第唱补。堂上杂坐女兄弟观之，士之丑野塞伛者，呼其名，辄笑于堂，声彻诸外。士大夫诟耻之，恬不为怪。此时玄宗皇帝时临幸杨丞相家，铦、锜二兄弟，韩国、虢国、秦国三姊妹宅第，连绵相望，玄宗幸国忠第，必遍幸五家。在虢国夫人第中，欢宴最久。皇帝第一次临幸，便赏赐不计其数。驾出有赐，名曰"饯路"；驾返有劳，称曰"软脚"。远近馈遗阉稚、歌儿、狗马、金贝，门如山积。贿赂公行，毫无顾忌。国忠盛气骄复，百官莫敢相向。

此时满朝唯安禄山仗贵妃宠爱，骄傲不相让。国忠原与禄山互通声气，禄山未得幸前，因兵败押至京师，几至处死，幸投国忠门下，得以身免。故林甫擅权之时，国忠常与禄山同谋倾轧。及林甫卒，国忠气焰日甚，禄山在朝，有两虎不相容之势。国忠常在玄宗前毁禄山，玄宗因禄山为贵妃所亲昵，心怀疑忌，亦急欲为调虎离山之计。林甫在日，亦曾上计，谓以陛下雄才，国家富强，而夷狄未灭者，因用文吏为将，畏矢石，不身先士卒。不如用蕃将，彼生而雄伟，马上长行，诚天性然也。若陛下感而用之，使必死，夷狄不足图也。今因国忠时时不满意于禄山，将相不和，是国家的大患，便与贵妃言之，欲遣安禄山领兵边防。那安禄山自得孙孝哲母，重续前缘，恩情颠倒，便亦不甚思念贵妃。禄山身躯日胖，两臂垂肉，终日张臂而行。入宫每多顾忌，深以为苦。非妃子宣召，亦少入宫廷。贵妃念之虽甚切，然亦不便形诸辞色；见皇帝问，亦只得唯唯承诺，却暗暗使人与禄山通消息。

禄山见国忠与已相仇，便有谋反之意，每过朝堂龙尾道，必向南北睥睨，良久方去。又筑城于范阳北，号称"雄武城"；招兵积谷，养蕃中子弟八千人，为假子。教家奴善弓矢者数百人，畜大马三万，牛羊五万，汲引同类，各据要津。私与胡人往还，诸道岁输财百万，大会群胡。禄山踞重床，燎香陈怪珍。胡人数百，侍左右，引见诸贾，陈牺牲，女巫鼓舞于前以自神。阴令群贾市锦彩朱紫服数万为叛资。月进牛、骆驼、鹰、狗、奇禽异物以蛊帝心，而人不知。自以无功而贵，见天子盛开边，乃绐契丹诸酋，大置酒毒焉。既酣，悉斩其首，先后杀数千人，献馘阙下。帝不知，赐铁券封柳城郡公，又进乐平郡王。禄山生子十一人，玄宗以其长子庆宗为太仆卿，庆绪为鸿胪卿，庆长为秘书监。但安禄山的行为，却一天跋扈似一天。

当时有一位武将，名郭子仪的，本是华州郑县人氏，学得满腹韬略，秉性忠正，以武举出身，进京谒选。眼见杨国忠窃弄威权，安禄山滥膺宠眷，把一个朝廷，弄得个不成模样，因此他怀着满腹义愤，无处发泄。

欲知后事如何，且听下回分解。

第六十二回　赐御香明驼私发
辱宠臣内殿愤争

　　郭子仪闲住京师地方候选，每日闷坐无聊，满街听人谈论的，尽是杨国忠纳贿、安禄山谋反的话。他常常独自一人，向空叹息，自言自语地说道："似俺郭子仪，未得一官半职；不知何时，方能替朝廷出力？"他到万分无聊的时候，便走向长安市上新丰馆酒楼中沽饮三杯，以遣客愁。他饮到半醉的时候，便提笔向那粉墙上写着两首词儿道：

　　　　向天街徐步，暂遣牢骚，聊宽逆旅。俺则见来往纷如，闹昏昏似醉汉难扶，哪里有独醒行吟楚大夫？待觅个同心伴侣，恨钓鱼人去，射虎人遥，屠狗人无！

　　第二首词儿道：

　　　　俺非是爱酒的闲陶令，也不学使酒的莽灌夫，一谜价痛饮一豪粗；撑着这醒眼儿谁瞅睬？问醉乡深可容得吾？所街市恁喧呼，偏冷落高阳酒徒！

　　郭子仪每天到这酒家饮酒，也走惯了。这一天，他向大街上

610

走时，只见车马喧阗，十分热闹。他抓住一个酒保，问道："咱这楼前那些官员，是往何处去来？"那酒保道："客官，你一面吃酒，我一面告诉你听。只为国舅杨丞相，并韩国、虢国、秦国三位夫人，万岁爷各赐造新第，在这宣阳里中。四家府门相连，俱照大内一般造法。这一家造来要胜似那一家的，那一家造来要赛过这一家的；若见那家造得华丽，这家便拆毁了，重新再造，定要与那一家一样，方才住手。一座厅堂，足费了上千贯银钞。今日完工，因此合朝大小官员都备了羊酒礼物，前往各家称贺。那各家的官役都要打从这楼下经过，因此十分热闹。"郭子仪听了，不觉把手向桌子上一拍，叹着气道："唉，外戚宠盛到这个地位，如何是了也！"他眼中看不进去，急回头向四壁闲看，只见那壁上也写上数行细字。郭子仪忙凑近身去看时，见是一首绝诗，便念道：

燕市人皆去，幽关马不归。若逢山下鬼，环上系罗衣。

下面写着李遐周题。这李遐周，是唐朝一个术士，能知过去未来。这首诗中，显藏着国家隐事。

郭子仪正逐句猜详着，忽听得楼下又起了一阵喧哗之声，忙问酒保，楼下为何又这般热闹？那酒保拉郭子仪至窗前道："客官靠着这窗儿往下看去，便知。"那郭子仪向下看时，只见一个胖大汉子，头戴金冠，身披紫袍，一群衙役簇拥着，张牙舞爪地过去。郭子仪忙问："这又是何人？"那酒保道："客官，你不见他的大肚皮么？这便是安禄山，万岁爷十分宠爱他，把御座的金鸡步障，都赐与他坐过；把贵妃的凤池温泉，也赐与他洗过浴哩。今日听说封他做东平郡王，方才谢恩出朝，赐归东华门，打从这里经过，是以这般威武。"郭子仪听了酒保的话，半晌说道：

"呀，这便是安禄山么？他有何功劳，遽封王爵？我看这厮，面有反相，乱天下者，必此人也！你看他蜂目豺声，又是犬羊杂种。如今天子引狼入室，将来做出事来，人民涂炭，怕不与这题壁诗上的话相符事。"郭子仪长吁短叹，那酒保在一旁看了，十分诧异，便说道："客官请息怒，再与我消一壶酒去。"那郭子仪这时，满腹的忧国忧民，如何再吃得下这酒去，便把酒壶一推道："纵叫俺吃了千盏，尽了百壶，也难把这担儿消除！"说着，付过了酒钱，便跑回下处去。一见朝报已到，兵部一本奉旨授郭子仪为天德军使。郭子仪看了朝报，却自言自语地道："俺郭子仪虽则官卑职小，便可从此报效朝廷。"

他自从那日在酒楼上见过安禄山，便心中念念不忘，每日在兵部尽心供职。那杨国忠只因安禄山在四方收罗英才，储为己用，杨国忠也托人在京师内地物色英雄。兵部尚书把郭子仪推荐上去，杨国忠初见郭子仪之日，郭子仪便说须防安禄山谋反。这一句话，深深中了杨丞相之意。当下杨丞相告以天子亦防安禄山肘胁之患，已遣之出外，率河东兵讨契丹去矣。郭子仪听了，连连跌足说道："大事去矣！"杨国忠问是何故，子仪道："禄山面有反骨，此去重兵在握，宛如纵虎归山，反中原必矣！"杨国忠听了子仪的话，亦不觉恍然大悟。一面表奏郭子仪为卫尉卿，统兵保卫京师；一面入宫面奏天子，说安禄山有反意，不可使久留在外。玄宗疑信参半，国忠再三言之，玄宗始下诏召禄山还朝。

安禄山在京师时，知杨丞相不能相容，便入宫与贵妃密议。杨贵妃劝禄山出外建立奇勋，再回朝来，替他在皇帝跟前进言，退去杨国忠，便可立禄山为相。禄山听了贵妃的话，又想到将来功成回朝，身为丞相，大权在握，那时出入宫廷，与贵妃早夕相见，谁也奈何他不得。因此他辞别玄宗，一意图功去。这时适值契丹弄兵，玄宗便命禄山率河东兵讨契丹。

第六十二回　赐御香明驼私发　辱宠臣内殿愤争

贵妃自禄山去后，寂处宫中，时时想念。适有交趾贡龙脑香，有蝉蚕形状的五十枚，波斯人言老龙脑树节上方有，宫中呼为"瑞龙脑"。玄宗赐贵妃十枚，贵妃私发明驼史，持三枚赠与安禄山。后又私赐金平脱装具玉合、金平脱铁面碗。禄山在军中，也时与贵妃通消息。明驼是一种驼鸟，腹下有毛，夜发光明，日行五百里。唯帝王有军国要事，可遣发明驼。今贵妃因爱禄山甚切，亦私发明驼，玄宗却不知道。

那禄山受贵妃宠爱，便力求立功战场。兵至土护真河，禄山传令，每兵持一绳，欲尽缚契丹兵。连夜进兵三百里，直上天门岭。忽遇大雨，弓软箭脱，败坏不可用，禄山在后催逼前进，不肯停留。大将何恩德劝道："兵士疲于奔命，宜少息，待天晴再行。"禄山大怒，欲斩思德。思德大惧，便带领士卒，奋勇下山杀敌。何思德面貌与安禄山相同，那敌营中箭如飞蝗，齐向何思德射来，可怜何思德死于乱箭之下。手下数千兵士，尽向四处逃命。禄山见势不佳，忙拨转马头，落荒而走，后面契丹兵乘胜长驱。正危急时候，只听得空中呜呜一声响，一枝箭飞来，正中安禄山肩窝，顿时马仰人翻，滚下山涧去。幸他儿子庆宗、养子孙孝哲，紧随在后，忙下涧去，把禄山扶起，乘夜逃窜。看看到了平卢地界，有安禄山部将史定方，统兵十万把守着。

这时朔方节度使阿思布统帅雄兵，镇守边关。安禄山这时地位狭小，无可立足，见阿思布兵多地广，便令史定方带领大兵，出其不意，直攻阿思布。口称："奉天子之命，取叛将阿思布首级。"那阿思布一时惊慌无措，便单骑出走，奔葛罗禄。安禄山便坐得数千里地方，领兵四十余万，声势甚大。葛罗禄酋长，畏唐皇加罪，便活捉阿思布，送安禄山营。当时禄山报入朝廷，说阿思布谋反，已将叛臣擒住。玄宗下旨，令安禄山解送京师。那时杨国忠和太子已知道安禄山兵败和并吞阿思布的实情。便同进宫去，奏明皇上，玄宗不信，说且看禄山来京形状如何。

那禄山到京，已有他的心腹人告诉他，丞相和太子在天子跟前说的话。安禄山便至华清宫朝见天子。那时杨贵妃也侍坐在旁，一见禄山回朝，芳心不禁喜悦。禄山却做出一副可怜的样子来，哭拜在地。口称："臣儿生长蕃中，不识上国文字，蒙陛下宠爱过甚，使臣儿统兵在外。朝内杨丞相因妒生恨，必欲置臣儿于死地，求陛下见怜！"玄宗见他这副可怜的样子，便竭力拿好话安慰他。杨贵妃忙命看酒，赐吾儿洗尘。这一天，安禄山吃得醺醺大醉，从宫中出来，回到府中，自有孙孝哲母子二人伺候。

孙孝哲见安禄山奸污了他的母亲，不但心中不愤怒，而且又百般承迎着，得安禄山的欢心。孙孝哲面貌既长得俊美，皮肤又生成白净；兼之语言伶俐，举动轻巧，禄山常常玩弄着他，拿他消愁解闷。孙孝哲的母亲作主，命孝哲拜禄山做义爷。孝哲每见义爷出外回家，总是寸步不离的。便是眼看着他母亲被禄山拥抱戏弄着，他也毫不觉得羞耻，反在一旁欢笑助兴。有一天，安禄山在朝门候旨，忽然衣带中断，正进退两难，孙孝哲在一旁，他衣袋中原带着针线的，便跪近身去，替他把衣带缝好。禄山大喜，回得府来，便把一个绝美的姬人，赏与孝哲做妻子。如今因孝哲在天门岭救了禄山的性命，回得府来，愈加把个孝哲宠上天去了。孝哲在禄山府中，出入内室，毫不避忌。禄山原有姬妾数十人都和孝哲调笑无忌，渐渐地都和孝哲勾搭上手了。禄山却昏昏沉沉地睡在鼓中。

这一次，禄山进京来原来探听消息。他也曾几次偷进宫去，和杨贵妃相会。安禄山便悄悄把自己的意思对杨贵妃说了。在安禄山的意思，因贵妃深居宫闱，每次相会，颇不方便。此次禄山有兵四十余万，驻扎在边境，他想把妃子劫出宫去，同至边境，一双两好地过着日子。因此早已把府中的细软人口，陆续搬运出京，送至边境安顿。可笑满朝文武数千人、把守京城的兵士余万人，竟没有一人发觉安禄山的奸谋。这安禄山看看诸事停妥，便又偷进宫去，劝杨贵妃逃出宫去，图个天长地久。

杨贵妃听了这禄山的话，便笑说道："痴儿！人皆为天子，汝独不能为天子乎？我大唐妃子也，不能学村妇私奔。"一句话提醒了安禄山，忙叩着头说道："孩儿领娘娘旨意。儿去矣，娘娘珍重！"说着，便出宫来。

那杨国忠却略探知安禄山的行动，便又急急进宫去，报说安禄山谋反。这时贵妃在旁，便低低地说道："将相不和是朝廷之大患，愿陛下乾纲独断，明察万里。"玄宗被杨贵妃一句话，便又把疑心去了。命杨丞相且退，朕自有后命。当即下旨，拜安禄山为尚书左仆射，赐实封三千户，又赐奴婢第宅；又拜为总闲厩，掌管陇右群马。禄山奉旨入朝谢恩，又保举心腹吉温为副将军。此外封将军的五百人，拜中郎将的二千人，声势大震。禄山出京的时候，玄宗亲御望亭饯行，又脱御服，亲自替禄山披在肩上。禄山大惊，急急率领他的护卫兵马，匆匆告辞，奔出了淇门，驾着百余号大船，顺流而下。召募万余人夫，挽纤而行。日三百里，至范阳，夺去张文俨马牧，便占驻了范阳城。地方官把安禄山谋反的情形，雪片也似报上朝廷。那玄宗却只是不信，反把报信的人，捆送至范阳，交禄山监禁起来。

杨国忠打听得安禄山在外招兵买马，声势一天大似一天，便屡次入宫去劝谏，收回安禄山的兵权。玄宗又经太子几次劝谏，才稍有觉悟。欲召安禄山回京，拜同中书门下平章国事官。太子劝暂把拜官的旨意留住，先打发黄门官璆琳，假着赐柑子为名，到范阳察看安禄山的情形。那禄山早知道来意，忙备下盛大筵席，款待那位黄门官。又赐璆琳黄金一千两，求他在天子跟前包瞒一二。那璆琳得了安禄山的好处，便回朝来奏知玄宗，说安禄山在范阳地方，甚是安分，并无谋反形迹。

谁知这情形早已被杨国忠打听得明白，悄悄地去奏明玄宗，说，安禄山如何强占范阳城池，那璆琳又如何受安禄山的贿赂。玄宗听了，十分动怒，把璆琳传进宫去，严刑审问。那璆琳受刑不过，只得把安禄山如何谋反、如何行贿的情形，招认出来。玄宗和杨国忠商议，便推说璆琳忤逆圣上，命武士推出午朝门外斩首。从此，玄宗心中便时时防着安禄山，常常派遣使臣到范阳去察看禄山的动静。安禄山心中虚怯，每见朝廷使臣到来，就推病不出。那使臣奉了天子的命令，一定要见。安禄山没奈何，在堂上四壁埋伏下刀兵，才肯与使臣相见。玄宗又遣黜陟使裴士淹，到范阳去察看安禄山。守候了十多天，不得一见。裴士淹回朝去，不敢把这情形奏明，只说安禄山十分畏罪。

玄宗虽明知安禄山有反叛之意，但每日在宫中，听了杨贵妃劝谏的话，还是想望禄山回心转意。特下旨，赐禄山次子庆宗，娶宗室女为妻，宣安禄山进京观礼。那安禄山满肚子包藏着反叛的心思，如何敢再进京去，便上表推说病重，不能奉召。又献马三千匹、车五百乘。每一辆车上，坐御卒三人。在安禄山的意思，便令这一千五百御卒，混进京师去，作为内应，暗袭京师。却被河南尹达奚珣，上了一本，说外臣兵马，非奉天子召命，不能擅入京城。玄宗便下谕，把安禄山车马留在京城外，又给安禄山手书，说道："朕已为卿别治汤邑，十月，朕当待卿于华清宫相见。"安禄山见天子另赐他汤沐邑，得宗室女下嫁，愈觉荣宠，从此举动更是骄傲，越发不把众文武放在眼中。

到了十月之期，安禄山带领十万大兵，驻扎在骊山下。自己进华清宫去，朝见天子。玄宗留心察看安禄山的举动，依旧是十分依恋，声声自称臣儿。玄宗便也不去疑心他，一般地在宫中摆下筵席，赐安禄山饮宴。那杨贵妃便把安禄山悄悄地唤到无人之处，切切地劝他，不可谋反。又说："万岁爷待你我恩情不薄，我儿纵有心事，也须忍耐着，候皇上千秋万岁以后，那时任凭你去胡作妄为，俺再也不来阻止你了。"杨贵妃说着，不觉淌下眼泪来。安禄山见贵妃这可怜形状，便也跪着，口口声声说："孩儿敬遵娘娘的旨意，守候着罢了！"说罢，重复入席。禄山酒饮到半醉，因有事在心头，便辞别出宫来。安禄山因得皇帝的宠爱，便是进宫来，也是摆着全副执事，剑戟旌旗，在禁地上也喝着道进出着。

今日领罢宴出来，却巧遇到杨国忠，也进宫来。那杨国忠在宫门过道上，遇到了老公公高力士，两人谈起安禄山的跋扈都十分痛恨。那杨国忠道："俺杨国忠外凭右相之尊，内恃贵妃之宠。不是说一句自尊的话，满朝文武，谁不趋承？独有安禄山这厮，外面假作痴愚，腹中暗藏狡诈。不知圣上因甚爱他，加封王爵，另赐汤邑。那厮竟忘了下官救命之恩，遇事欺凌，出言顶撞，好生可恨！俺前日曾面奏圣上，说他狼子野心，面有反相，恐防日后有变，怎奈未蒙圣上听从！今日又赐安禄山这厮在内廷领宴，待俺也闯将进去，须索要当面说破，必要皇上黜退了这厮，方快吾心头之愿也！"高力士正听杨国忠说着，远远地却听得宫内有喝道的声儿，两人十分诧异。高力士急进宫去看时，见安禄山高据鞍马，左右喝道出来。高力士怕惹祸，便急急向别路中避去。

那杨国忠进来，两个正碰个着。杨国忠忍不住说道："这是九重禁地，你怎敢在此大声儿呵殿？"安禄山听了，却冷笑道："老杨！且听俺念出四句词儿来：脱下御衣亲赐着，进来龙马每教骑；常承密旨趋朝数，独奏边机出殿迟。俺做贵妃娘娘儿子的，又做郡王的，便呵殿这么一声儿，也不妨！比似你做右丞相的，要在禁地上喝道，却还早呢！"杨国忠听了，把个胡须气得倒竖，气喘吁吁地说道："好、好！好个不妨！安禄山，我且问你：这般大模大样，是几时起的？"安禄山却大笑道："下官从来如此大模大样的，却谁能管得我！"杨国忠道："禄山，你也还该自去想想，你只想，当日来见我的时候，可是这个模样的？"安禄山把手一摇，说道："彼一时，此一时，说他怎的。"杨国忠拿手指着安禄山说道："安禄山，安禄山！你本来已是刀头之鬼，死罪难逃。那时候长跪在阶前，哀求着俺，保全你的性命，是何等一副面孔来？"安禄山也怒冲冲地说道："赦罪加官，出自圣恩，与你何干？"杨国忠冷笑着道："你听他倒也说得干净，可惜你全把良心昧了，把俺一番恩义，全付与流水飘萍。"安禄山说道："唉，杨国忠！你道我失机之罪，可也记得你卖官鬻爵之罪吗？"杨国忠道："住了，你道我卖官鬻爵，且问你今日的富贵，从哪里来的？"说着，便回顾左右道："你们快把当年一个边关犯弁失意的模样，扮演出来与王爷看看。"

说着，便有两人跟随，搬两张坐椅过来，请杨丞相和安郡王坐下。走过一个跟随，把帽儿压在眉心，做出一副失意落魄的样子，站在当地，唱道："腹垂过膝力千钧，足智多谋胆绝伦。谁道孽龙甘蠖屈，翻江搅海便惊人。"接着自己表白道："自家安禄山，营州柳城人也。俺母亲阿史德，求子轧荦山中，归家生俺，因名禄山。那时光满帐房，鸟兽尽多鸣窜。后随母改嫁安延偃，遂冒姓安氏。在节度使张守珪帐下投军，他道我生有异相，养为义子，授我讨击使之职。去征讨西契丹，一时恃勇轻进，杀得大败逃回。幸得张节度宽恩不杀，解京请旨。昨日到京，吉凶未保。且喜有个结义弟兄，唤作张千。原是杨丞相府中干办，昨已买嘱解官，暂时松放，寻他通个关节，把礼物收去了，着我今日到相府中候示，不免前去走遭。"扮安禄山的那个亲随，表白完毕，又唱着词儿道："莽龙蛇本待将河翻海决，反做了失水瓮中鳖。恨樊笼霎时困了豪杰！早知道失军机要遭斧钺，倒不知丧沙场免受缧绁。蓦地里双脚跌，全凭仗金投暮夜，把一身离阱穴；算有意天生吾，也不争待半路枉摧折！"

这词儿唱毕，杨丞相身后闪出一个真的张千来，唱道："君王舅子三公位，宰相家人七品官。"两人作相见的样子，那张千道："安大哥来了？俺丞相爷已将礼物全收着，你进府相见。"那亲随作着揖道："多谢兄弟周旋。"张千道："丞相爷尚未出堂，且到班房少待。"说着，转身便至杨丞相跟前跪倒，口称："张千禀事。安禄山在外伺候。"杨国忠道："着他进来。"张千应一声领钧旨，转身去把那扮安禄山的亲随，带至杨国忠面前。那亲随噗地跪倒在地，拿膝盖走着路，口称："犯弁安禄山，叩见丞相爷。"那杨国忠装作大模大样地道："起来！"那亲随叩着头道："犯弁是应死的因徒，理当跪禀。"国忠道："你的来意，张千已讲过了。且把犯罪情由，细说一番。"那亲随应了一声遵命，便唱着道："恃勇锐冲锋出战，指征途所向无前；不提防番兵夜来围合，转临白刃剩空拳。"杨国忠故意问道："后来你却怎得脱身？"那亲随接着表白道："那时犯弁杀条血路，奔出重围，单枪匹马身幸免。只指望鉴录微功折罪愆，谁想今日啊，当刑宪。"那亲随唱着，又叩着头唱道："望高抬贵手，曲赐矜怜。"那杨国忠在上面，拿腔作势道："安禄山，你的罪名，刑书已定，老夫却无力回天。"那亲随又再三叩头求道："丞相爷若肯救授，犯弁就得生了。可怜我这条狗命，全仗丞相爷作主！"

那安禄山坐在一旁，看他主仆三人就在殿廊下演唱了半天；又听骂他狗命，叫他如何忍耐得，早跳下座来，过去一把拉住杨国忠的袍袖，狠狠地说道："你这老贼！装神弄鬼的半天，句句凭虚捏造，污蔑小王。俺如今与你同去万岁前讲理去。"原来这一番做作，这几句词儿，在杨国忠早已编练纯熟；如今打听得安禄山进宫领宴，便故意带领亲随，跟进宫来，原要当面搬演给安禄山看，羞辱着他。安禄山看了，果然怒不可当。

　　杨国忠听安禄山说要拉他去面圣上，那杨国忠仗着自己是一代权贵，便也大声说道："去见万岁爷，谁怕你来，同去、同去！"当时，他将相二人，互扭着衣带，闯进后宫。玄宗和杨娘娘尚未能罢演。

　　欲知后事如何，且听下回分解。

第六十三回　赐婚姻杨家极宠
讨奸佞张氏遗裔

　　杨国忠和安禄山二人，气冲冲的，互相扭打，直闯到玄宗筵前。杨丞相先跪倒，气喘吁吁地奏道："臣杨国忠谨奏：安禄山辜负圣恩，久藏异志，在外招兵买马，蓄意谋反。望陛下立赐罢斥，早除凶恶，朝廷幸甚，百姓幸甚！"接着，安禄山跪下，一面抹着眼泪哭诉道："臣安禄山谨禀：微臣谬荷主恩，触怒权贵。可怜臣势孤力弱，纵有赤心，丞相不能相容，也是枉然！求陛下免臣官职，放归田里，使苟全性命，皆陛下天高地厚之恩也！"说着，他又向杨贵妃叩着头哭诉道："孩儿承娘娘恩宠，只因杨丞相不能相容，可怜孩儿不能久依膝下了！"杨贵妃眼看着一个哥哥、一个义儿，各争宠爱，心中既丢不下哥哥，又丢不下义子。当下便也向万岁爷跪奏道："将相不和，非国家之福，望陛下明察调处。"这几句话，杨贵妃原是关切着安禄山，只怕安禄山吃了杨丞相的亏。当下玄宗一面把贵妃扶起，一面传谕，杨国忠和安禄山二人，且退在朝门外候旨。

　　那杨国忠和安禄山二人，没奈何垂头丧气地一前一后，退出宫外去。在朝门口，各人背着脸儿站着，候着旨意。停了一会，只见高力士传下圣旨来道："杨国忠、安禄山，互相讦奏，将相不和，难以同朝理政。特命安禄山为范阳节度使，克期赴镇。"

安禄山对朝门谢过圣旨，起来向杨国忠拱一拱手道："老丞相，下官今日去了，你再休怪我大模大样！朝门内，一任你张牙舞爪；朝门外，却由得我快乐消遥。"说着，他大摇大摆地向玉墀下走去。在到庭心中，又回过脸儿来，高声说道："杨丞相，下官还有一句话儿：今日小王出镇范阳，想也是仗着丞相之力吗？"接着，冷笑了几声，走出宫门，跨上玉骢儿，一群家将，簇拥着去了。

这里杨国忠看他去远，半晌，才叹着气道："这明是放虎归山，纵蛟入海！天下有这等事，叫老夫满腔块垒，怎生消得！今日满想灭那厮威风，谁知道反给他添了荣耀。但愿禄山此去，早早做出事来，到那时万岁爷方知俺有先见之明。"杨国忠一人在朝门口叹一会，说一会，里面高力士又传出谕旨来，大叫："杨国忠听旨！杨国忠长男杨暄，授为银青光禄大夫太常卿，兼户部侍郎；又赐杨暄尚延和郡主，赐杨国忠幼男杨朏尚孟春公主。"这是杨国忠几次在玄宗跟前恳求的，如今玄宗授安禄山为范阳节度使，深恐杨国忠心中不服，便下这道旨意，安慰安慰杨国忠的意思。

杨国忠谢过圣恩，果然十分高兴，回家去便分派府中总管，分头去召募夫役，大兴土木，建造两座驸马府第，在宫东门前，与丞相府第相连接着。皇帝又下旨赐杨国忠弟秘书少监杨鉴尚承荣郡主，又建筑高大的驸马府第，在丞相府左面一带。连韩国、虢国、秦国等姊妹弟兄五家，共有十座府第，楼阁崇宏，夹道相对；门前十马前行，踏直如矢，地平如镜。各有执戟武士，把守门户。平常百姓，见了这气派，早已吓得远远躲避出去。那三座宅第完工，杨国忠又派遣家院们，分头到淮扬苏杭一带去采办珍宝器皿。

一公主二郡主下嫁之日，皇上和贵妃亲自送嫁，临幸杨丞相府第。朝廷文武大臣齐至丞相府中道贺。杨国忠以盛筵款待，又另设一筵，请皇上和贵妃入座，便有韩国、虢国、秦国三夫人，相陪劝酒。门内笙歌聒耳，门外车马喧阗。玄宗举杯笑对杨国忠道："丞相一门富贵，位极人臣。朕今浮一大白，为丞相贺。"杨国忠忙亲自斟上酒去，陪着皇上饮干一杯。笑说道："此皆圣天子天高地厚之恩，愚臣一生庸碌，只怕无福承当。"说罢，便跪下地去谢恩。玄宗又笑对杨贵妃道："你杨家一门，已有一贵妃、二公主、三郡主、三夫人。那男子高官厚爵，不计其数，岂非荣宠极矣？"杨贵妃也忙躬身谢恩道：'臣妾托庇圣光，已惧殒越，何堪一门恩宠，臣妾实不胜惶恐感激之至！"玄宗这时，酒吃到高兴，便拉住贵妃的手，哈哈大笑道："妃子有如此谦德，何患无福承当？朕如今只索加恩卿家。"便当筵传谕："加杨国忠为司空，重赠贵妃父杨元琰为太尉，封齐国公，母为梁国夫人。着工部为齐国公造庙，御书碑额。拜国忠叔父元珪，为工部尚书；拜韩国夫人婿崔珣，为秘书少监；秦国夫人婿柳澄，为礼部侍郎。"

这时韩国、虢国、秦国三夫人，肩下都有面貌姣好的小儿女陪坐着。玄宗独爱那韩国夫人的女儿，小字芹姑的，长得明眸皓齿、苗条身材。玄宗向芹姑招着手儿，韩国夫人推着她上前去；小小女儿，居然参拜如仪。玄宗大喜，把她揽在怀中，问她："多少年纪？"韩国夫人代奏说："十二岁。"玄宗笑说道："却与朕家俶孙同年。朕今便面求韩国夫人，给与朕家做了孙媳妇儿吧。"说着，便传旨至宫中，把长皇孙接来，与芹姑相见。那芹姑却娇羞腼腆地奔在她母亲怀中躲着。玄宗便命长皇孙过去，拜见韩国夫人。韩国夫人忙拉着他手看时，只见这长皇孙眉目俊秀、身材英挺，也不觉大喜。

原来玄宗皇帝有孙儿百余，独爱此儿孙俶儿。这时年才十五岁，便拜为广平王。平日常养在宫中，玄宗每宴大臣，便令长皇孙坐在御案前。玄宗每对左右大臣说道:"此儿甚有异相,他日亦是吾家一有福天子也。"左右大臣,齐称万岁。这时适有罽宾国进贡上清珠一双,珠光明亮,入放映照一室。看那珠面,有仙人玉女,乘云跨鹤之相。玄宗便取一粒,赐与长皇孙,用红纱包裹,挂在颈上。这时当筵玄宗取长皇孙颈上明珠,与众夫人传观。果然奇彩四射,光照一室。玄宗立刻传命,去宝库又取一粒上清珠来,赐与芹姑。杨国忠见自己甥女配与广平王为妃子,又得赐上清珠,便与同在府中宴饮的大臣,齐来与皇上和韩国夫人道贺,又与广平王道贺。

玄宗见众人高兴,又见虢国夫人膝前依着一男一女,便也传旨,赐虢国夫人子裴徽,尚延光公主,女指配为让皇帝媳。虢国夫人见自己子女都得了富贵,便带了她子女二人离席谢恩。玄宗看虢国夫人,喜得花眉笑眼,平添妩媚,心中说不出的爱恋。只因碍着众人的耳目,只唤虢国夫人平身。这时秦国夫人也携着一个儿子柳钧、一个夫弟柳潭,叔侄二人一般地长得清秀。玄宗问他年纪,一般的十五岁。玄宗笑说道:"朕家的女儿,益发都给了你杨家吧!"又传旨,赐柳钧尚长清公主,赐柳潭尚和政公主。

当时杨贵妃见母家的人,都和皇家结了婚姻,心中欢喜,便亲自斟酒,献与玄宗道:"臣妾进万岁喜酒一杯。"玄宗就贵妃手中饮了,又满斟一杯,与贵妃道:"妃子也喜。"接着,便有杨丞相领着众大臣,齐至筵前来劝酒。玄宗命取大觥来,说道:"朕今为诸大臣饮一大杯,愿诸大臣也喜。"一屋子大臣听了,轰雷也似一齐呼了一声万岁。各人陪饮一杯。玄宗此时颇有醉意,宫女扶上御辇,摆驾回宫。

时已夜午,丞相府中,歌停舞止。五家侍卫分作五队,每队着一色衣。这时韩国、虢国、秦国三夫人,各各用细乐吹送着,红灯照送着回府去。五家合队,五色相映,如百花之焕发。

第六十三回　赐婚姻杨家极宠　讨奸佞张氏遗裔

一路车马行去，遗钗堕舄，沿路可拾。独杨国忠与虢国夫人，连骑并辔，挥鞭笑谑。一路行去，略无羞耻。这时路旁军士万人，手执火炬，照耀如同白昼。如此连接着三五个月，十家府第中筵宴笙歌，十分热闹，才把这各头婚嫁大礼，料理清楚。

内中算是韩国夫人的女儿，福分最大。那长皇孙，便是将来的正位天子代宗皇帝，芹姑一般地也立为贵妃。此是后话。

再说那日玄宗从广平王府中饮酒回宫，忽接安北都护使郭子仪奏章一道，内夹着诗笺一纸。那纸上绝好的簪花格字写着两首五言绝诗道：

　　　　沙场征戍客，苦寒若为眠。
　　　　战袍经手做，知落阿随边？

　　　　蓄意多添线，含情更著绵。
　　　　于今已过也，重结后生缘！

原来这时郭子仪自领一军，驻扎在边地木刺山。玄宗念边军苦寒，令后宫嫔娥制棉衣万套，赐与军士。有一姓赵的军士从棉衣领中，得了这张诗笺。知是宫女写的，不敢隐瞒，便呈上主帅。郭子仪又把这诗笺封奏入朝。玄宗见了诗笺，心中却也好笑了。便怀着诗笺，踱进后宫来，命高力士去遍示六宫。又传着谕道："谁作此诗，不必隐瞒，朕当成汝好事也。"

传至兴庆宫中，有一宫女，跪下地来，口称万岁。高力士便把这个宫女带去朝见天子，玄宗看那宫女，果然也长得白净秀美。问她名姓，那宫女叩着头，回说："魏紫云，父亲魏卓卿，原也是士人，自幼儿传授诗书，颇解文墨。"玄宗笑道："汝诗中说后生缘，朕今偏与汝结今生缘！"便令将此宫女送至边关，与那得诗笺的军士成婚。又加恩升那军士为帐前少校。这军士名陈回光，后来帮助郭子仪，屡立战功，官拜卫尉卿。夫妻二人十分恩爱，留在后世，传为佳话。

如今再说安禄山离了京师，心中日夜想念杨贵妃。他和杨国忠在天子跟前一番争执，心中十分愤恨，誓欲报此仇怨，方可与杨贵妃亲近。他因玄宗皇帝恩情甚厚，原欲依杨贵妃的嘱咐，把这口气忍在心头，待皇上千秋万岁以后，再发作起来。

无奈杨国忠因在皇帝跟前说安禄山必反，欲皇上信他的话，便步步逼着安禄山造反。凡是玄宗赐与安禄山的诏旨和安禄山所上奏章，都被杨国忠扣住不发。一面打发他的门客何盈蹇昂，在京师安禄山的亲友前打听安禄山谋反的消息；又指使京兆尹李岘带领兵马，围困安郡王的府第；又捉去安禄山的好友李超、安岱、李方来、王岷，打入死牢里；买通了牢头禁子，把这几人活活地勒死。又打听得吉温是安禄山的死党，便亲自带领兵士，半夜时分，去围住吉温的屋子，把吉温捉至丞相府中，百般拷打，审问安禄山谋反的凭据。那吉温熬刑不过，晕死过几次，却不肯吐出一句话来，杨国忠便把吉温发配到合浦地方。从此京师地面，杨国忠的威权大震。

这消息传到范阳安禄山耳中，如何忍得，便立即拜表入朝，诉杨国忠有二十条大罪。一面召集大兵二十万，发令何千年为范阳镇东路将军，崔乾佑为范阳镇西路将军，高秀岩为范阳镇南路将军，史思明为范阳镇北路将军。安禄山手下，原有三十二路人马，分三十二名将官统带。本是番人、汉人并用的。自从安禄山为节度使，推说是番汉并用，易起嫌疑，奏请一律改用番将。安禄山自己也是番人，如今同谋造反，自然听从号令。又用高尚、严庄为随军参谋，孙孝哲、高邈、张通儒为参军。

在范阳西城外，高立将台。安禄山一身披挂，高坐将台。二十万人马，各路统兵官领带着，排成阵势，一队一队地在将台前走过。那一千名将官，全身甲胄，齐站在将台前参拜。高声唤道："末将们参见大元帅！"安禄山看众军士操练已毕，便杀牛宰羊，在校场上摆起千余桌酒席来，赐将士们痛饮。

在饮酒中间，便走出一队番姬来，打扮得花枝儿似地招展着，在筵前舞着唱道：

> 紫缰轻挽，双手把紫缰轻挽，骗上马，将盔缨低按。闪旗影云般没，揣的动龙蛇一直地通宵汉。按奇门布下了九连环，觑定了这小中原在眼，消不得俺众路强蕃。这一员身材慓悍，那一员结束牢拴；这一员莽兀喇拳毛高鼻，那一员恶支沙雕目胡颜；这一员会急迸格邦弓开月满，那一员会滴溜扑碌的锤落星寒；这一员会咭叽克嚓的枪风闪铄，那一员会悉力飒剌的剑雨澎湃。端的是人如猛虎离涧，显英雄大可汗！

番姬唱到此处，那满场数十万兵士，齐声接唱道：

> 振军威扑通通鼓鸣，惊魂破胆；排阵势韵悠悠角声，人习马闲。抵多少雷轰电转，可正是海沸也那河翻；折末的铜做壁铁做垒，有什么攻不破攻不破也雄关！

唱完了词儿，接着一阵角声呜呜，鼓声通通，锣声堂堂，将台上砍下一个人头来，正中间竖起一面大纛旗，二十万人马拔脚齐起，浩浩荡荡，杀奔灵武关来。

就中再说那位范阳镇北路将官史思明，原是突厥种人。长成长颈驼背，深目斜鼻，生性狡猾。和安禄山自幼儿生同乡里，早禄山一日生，禄山称他为兄。通六番言语，亦为互市郎。欠了官钱，无力偿还，逃去，被契丹国的巡查兵捉住。见他容貌奇怪，要杀死他。史思明颇有急智，哄着巡查兵说道："我是大唐朝使臣，谁敢杀我。你们快送我去见大可汗，便有大功。若杀唐天子使臣，汝国旦夕便有大祸。"那契丹兵听了，果然十分害怕，便送他到契丹王前。史思明直立不拜，大声道："天子使见小国君不拜，礼也。"契丹王疑是真使者，便收拾庐帐，安顿他住下；杀牛宰羊，好好地看待他。

史思明打听得契丹国有一位大将，名琐高的，颇能用兵，中国常受他的兵祸。便思活捉琐高回中国去，将功赎罪。他心生一计。一日，见契丹王，说欲回天朝，可汗亦应当遣使报聘。

契丹王果然派一大臣，并番兵三百，备下牛羊礼物，欲随史思明去大唐朝见天子。史思明故意笑道："此大臣无足与见天子者，唯琐高大名，久闻于中国，可与见天子。"那琐高在一旁听了，十分喜悦，便自请欲与史思明同去朝见唐国天子。这琐高是契丹王十分亲信的大臣，一刻也不能离开左右的。当时不许，无奈琐高再三自告奋勇，契丹王不得已，着他随史思明一同到唐朝去。一队人马，走到平卢关外；史思明又生一计，约定三百名番兵和琐高大将，在关下略候，自己匹马先闯进关去。

见了平卢节度使，又打着诳道："番兵数百，直逼关外，口称入朝，心实有变。请大将军设下埋伏，待小人去诱他进来，伏兵齐起，可杀尽番人也。"平卢节度使信了史思明的话，在府中伏下数千兵士。史思明去把琐高和三百番兵，一齐迎接进府来。堂中盛设筵席，琐高正要就席，忽然两廊伏兵齐起，史思明率武士二十人，奋勇当先，把琐高活活擒住，打入囚笼，送至幽州节度使张守珪处。

第六十三回　赐婚姻杨家极宠　讨奸佞张氏遗裔

张节度甚爱史思明骁通多谋，便留在帐下，表奏入朝，官拜史思明为将军。后来屡立战功，加官为平卢军事。玄宗宣召进宫，赐坐，问："年几何？"史思明答称："四十岁矣。"玄宗亲抚其背道："汝贵在晚年，好自为之！"后又拜为大将军，任为北平太守。

史思明自幼贫贱，欲娶妻子，无人肯嫁他。思明乡中有一豪富辛氏，膝下只生一女，长得甚是娇美。四方大族求亲的朝暮不绝。女均不愿嫁，独愿嫁史思明。辛氏父大怒，辛女啼哭不休，必欲嫁思明。史思明闻之，大喜，在市井中召集无赖数十人，深夜时打入辛家，劫女去，远至师州，为夫妇。八年，生男儿六人，日见富贵。他任北平太守时，夫妇二人衣锦荣归。辛氏父母都拜倒在门外迎接。此时范阳节度使安禄山造反，史思明大喜，说道："此正大丈夫有为之时！"便统帅本部人马，去投入安禄山。安禄山拜他为北路将军，一齐杀奔灵武关来。

当时张通儒为安禄山作成一大篇檄文，说受天子密诏，特举义师，讨国贼杨国忠，列举国忠大罪二十条。又说杨国忠并非贵妃弟兄，乃是逆臣张易之孽种。原来武则天女皇当时最宠爱张易之。易之每次入宫，常留住宫中十余日，不放他回家。

张易之当时在京师，虽一般也建造着高大府第，但因女皇帝耳目甚长，管束甚严，易之在府中，不许召幸姬妾。武则天为张易之在府中造一座望恩楼，楼高无梯。易之每回府，武则天便派人监视着，用山梯度易之上楼，楼上一切饮食供应，童男仆役俱全。待张易之一上楼，便立刻把楼梯撤去，把荆棘满堆楼下，令人不能走远。四面又用禁兵守卫着，真是围得水泄不通。

张易之母亲，见此情形，深怕张氏绝后，便拿银钱买通仆役，俟张易之在宫中的时候，选了一个绝色的女奴，扮着童男，送上楼去，藏在夹幕上。待张易之回府来，幽居在高楼上，心中正烦闷无聊，忽见此绝色女奴，便十分宠爱，日夜缱绻。谁知不多几日，张易之失势，家破人亡。这女奴在慌乱时候，逃出府来，投入杨家。杨国忠父亲纳为姬人。不久，便生杨国忠。所以安禄山把檄文腾榜郡县，说杨国忠是逆臣遗种，污辱贵妃门楣，誓欲杀此奸贼。

飞马报到灵武城，那灵武太守正是郭子仪。他秉一片忠心，兼管文武两职。当时他一见探子，便吩咐把门儿掩起，悄悄地盘问，那探子便细细地报说。说安禄山驰缴各郡，欲清君侧。现在兵马，已直扣灵武关。郭子仪听了，不觉大惊失色。忙全身披挂，出至大堂，点齐人马，星夜出城，驰上关去，把守得如同铁桶。第二天，果然蕃兵大至；关外箭如飞蝗，关上石如雨下，两下里死力攻打了三天三夜。郭子仪也曾带领一千名校刀手，冲杀出关去。无奈那边安禄山的兵，愈来愈众，足有十万人马，把这小小关城，围困得水泄不通。郭子仪在关内身先士卒，竭力防守；安禄山督同军士，几次上关攻打，关上矢石齐下，终是不能得手。

看看攻打了十天，安禄山便与史思明在帐中商议。史思明献议，此去西北路潼关，是入京师第一捷径，打听得把守潼关的是一员老将，名哥舒翰。年已八十，虽说有万夫不当之勇，但因他生性刚强，部下十分怨恨。如今之计，王爷可统兵一半，前去攻打潼关，用计破了关隘；末将领兵五万，在灵武关遥为声势，使郭子仪不敢离关救应哥舒翰。一旦潼关打破，这灵武关也不攻自破了。安禄山听了，连说："妙计，妙计！"当夜分兵五万，安禄山统领着，悄悄地离开了灵武关，杀奔潼关而来。

那潼关守将哥舒翰，果然年老昏聩。每在关中无事，便饮酒消愁。每至酒醉，便拷打士兵，为醒酒之用。那兵士们人人怨恨，每日有逃生的。待安禄山一到，打听得关中兵士稀少，又知

第六十三回　赐婚姻杨家极宠　讨奸佞张氏遗裔

道哥舒翰手下军心怨恨，便令张通儒写成劝降书，在半夜时分，把书信绑在箭头上，射进城去。那军士们见书信上写着，献了城关自有重赏，当下便各自暗地里商量献关之法。

内有一个监军内侍，平素与哥舒翰极不相能。今见报仇的机会已到，当时进帐去见哥舒翰，探听主帅的口气。哥舒翰自知将寡兵少，不愿出战。这监军内侍却竭力怂恿开关迎战。又说："敌至不战，朝廷养我们将士何用？"今天也催逼，明天也催逼。哥舒翰被部下催逼不过，便开关迎敌去。谁知主帅才走出关门，只听得门里一声号炮响亮，那关中军士倒过戈来，生擒了自己的主帅，献进安禄山营中。那安禄山竟不费一矢一卒之劳，安然得了潼关。当夜进了关城，犒赏士卒已毕，他心中念念不忘杨贵妃的恩情和杨国忠的仇恨。打听得此去西京，旦夕可至，便催动大小三军，连宵杀奔京师而来。

这时玄宗皇帝，正与杨贵妃在御花园中小宴。酒到半酣，玄宗对贵妃说道："妃子，朕与卿清游小饮，那些梨园旧曲，都不耐烦听它。朕记得那年与妃子在沉香亭上赏牡丹花，召学士李白草《清平调》三章，令李龟年度成新谱，其词甚佳。不知妃子还记得吗？"杨贵妃便奏称臣妾还记得。玄宗便吩咐内侍，取过玉笛来，亲自吹玉笛，贵妃娇声唱着。

欲知后事如何，且听下回分解。

第六十四回　安禄山惊破霓裳曲
　　　　　　杨贵妃醉戏小黄门

杨贵妃提着娇脆的声音唱道：

　　花繁浓艳想容颜，云想衣裳，光璨新装，谁似可怜飞燕？

　　娇懒名花国色，笑微微，常得君主看；向春风，解释春愁，沉香亭同依栏杆。

玄宗听毕，大喜，命左右献上玉杯，进葡萄酒。正嬉笑的时候，高力士头顶着冰盘，献上满盘红艳的荔枝。贵妃见了荔枝，不觉嫣然一笑。合殿宫娥，齐声娇呼万岁。玄宗又传谕：命小部乐队奏曲。小部是梨园法部所置，共小儿女三十人，年皆在十五岁以下。当日所奏新曲，因未有曲名，玄宗便赐名《荔枝香》。杨贵妃这时酒醉腰软，便向万岁告辞。宫女捧着荔枝，退回后宫去。

　　这里杨国忠见皇帝罢宴，便从袖中拿出边报来，奏明安禄山四路人马，打向中原来。玄宗看了，不觉大惊。说道："这孩儿竟做出这等大逆来！此去范阳，逼近潼关，潼关有失，京师便不能保。如今事已危急，非朕亲去招降不可。"杨国忠站在一旁，

第六十四回　安禄山惊破霓裳曲　杨贵妃醉戏小黄门

满脸露着得意之色，冷冷地说道：“陛下当初不信臣言，致有今日之变。”玄宗立刻传命，宣召太子进宫，又把几位亲信大臣，召进宫来。玄宗说明欲使皇太子监国，御驾亲征去。

杨国忠听了，不觉大惊失色，忙向众大臣暗暗地递过眼色去。谁不是看着杨国忠的脸色说话的，当时众大臣一齐奏劝：“禄山小儿，谅也无什大力，陛下只须下诏与灵武太守郭子仪、潼关将军哥舒翰，命他二人并力杀贼，坚守关隘，必无大患。”那皇太子也奏说：“父亲年高，不宜劳苦。”高力士和杨国忠二人也竭力劝阻，玄宗才把心放下。当夜下诏，着郭子仪、哥舒翰二人，力守关隘，速平贼寇。但玄宗有事在心，回到后宫去，一连几天，酒也不饮，歌舞也消沉。杨贵妃陪侍在一旁，各有各的心事，自然也减少欢笑。顿时把热闹的唐宫，冷静下来。

玄宗在宫中一连一个多月，不见边报，心头愈是焦急。又悄悄地去把皇太子宣召进宫来，商量欲御驾亲征，令太子留守京师。这消息传在杨贵妃耳中，便暗地里打发高力士出宫去，报与杨丞相知道。那杨国忠得了消息，便大起恐慌，立刻去把秦国、虢国、韩国三夫人和两位哥哥请到府中来商议。大家齐声说：“皇太子若一朝掌大权，我姊妹弟兄，便死无葬身之地矣！”姊妹们商量了半天，也商量不出一个主意来。还是韩国夫人说道：“俺们进宫求贵妃去。”于是姊妹三人乘坐着车马，一清早赶进宫去。打听得万岁爷正坐早朝，贵妃一人在宫中。她姊妹三人便去见了贵妃，一字儿跪倒在娘娘跟前说道：“皇太子若一旦握了国家大权，莫说俺姊妹弟兄，从此休矣，便是娘娘，也有许多不便之处。还求娘娘看在俺姊妹们份上，在万岁前劝谏，不可使太子监国。保住俺姊妹们的性命，也便是保住娘娘的恩宠。”韩国夫人说着，哭着，拜着。

正慌张的时候，忽宫女一叠连声报进来说：“万岁爷退朝回宫，娘娘快接驾去！"韩国夫人听了，急忙抢步到院子里，在地上抓了一块泥土在手中，回转身来，把泥土向贵妃嘴里一送。贵妃也会意，口中衔着泥土，急急走出宫去。那玄宗正从甬道上走来，见了妃子，正要上去搀扶，忽见妃子走到跟前，噗地跪倒在地，把那块泥土吐出，哀声奏道："臣妾杨玉环冒死上奏：万岁年事已高，不宜轻冒锋镝。禄山小儿，不足为患。如陛下为策万全之计，可使太子监军，陛下万不可舍去臣妾辈远离京师！"说着，不觉落下泪来。玄宗伸手把贵妃扶起，看她满面泪光，朱唇上满涂泥土，云鬟不整，娇喘欲绝。心中大是不忍，忙把袍袖替她拭去嘴边泥土。揽住了贵妃玉臂，并肩儿走进宫去。

三位夫人见了万岁，也齐齐地低头跪倒。宫女们上去，忙服侍贵妃重整云鬟，重匀粉靥。玄宗皇帝坐在一旁，默默地看着。直待贵妃梳洗完毕，换上一件鲜艳的衣服，皇帝便吩咐摆上筵席，韩国、虢国、秦国三夫人，在一旁侍宴。酒过三巡，玄宗看众人淡淡的神情；看虢国夫人时，蛾眉双锁，粉颈低垂，尤觉得可怜的模样。玄宗便微微叹道："朕每日在深宫伴着美人，饮酒寻乐，何等自在？莫说美人们舍不得朕，叫朕也如何舍得美人。方才早朝时候，满朝文武也齐劝朕不宜劳苦。如今朕细细想来，实实也是舍不下美人。大家放心吧，朕意已决，不去亲征了。夫人切莫愁苦坏了身子，快饮了这一杯欢喜酒儿！"玄宗说着便举起玉杯，劝贵妃和三位夫人满饮了一杯。

三位夫人便告辞出宫来，把天子不去亲征的话，对杨国忠说了。杨国忠当下便去和常侍璆琳商议，二人直商议了一夜，便得了主意。第二天，国忠便把一家细软珍宝，装了二十辆柴车，又使府中姬妾子女，面上涂着泥炭，扮作赶车的模样，分坐在柴车上。又派一队家将，个个身藏利器，扎缚成乡村男子，一般押着柴车，偷偷地运出了西城，向剑南大道奔去。又悄悄地去通知韩国、虢国、秦国三夫人和诸位杨氏王府中，各各如法炮制。车底装着珍宝，车面上堆着柴草，混出了京师，先在剑南郡中住下守候。只因当时杨国忠兼拜剑南节度使，那梁州、益州一带，都有杨丞相置下的田地产业。那剑南的大小地方官，谁不是杨丞相的心腹，见有丞相的姬妾到来，便竭力招呼看护。此时独有那虢国夫人因与阿兄情重，不肯离开京城。杨国忠索兴把她搬进府来，兄妹二人一屋子住着。

杨国忠又把璆琳假造的边报，藏在怀中，走进宫去。打听得万岁爷和贵妃在长生殿中游玩，便一路向长生殿走来。见万岁正和杨娘娘在棋亭上对局，国忠上去朝见过，起来屏息静气地站在一旁看着。玄宗和杨贵妃争一个犄角儿，看看贵妃快要输了。两个纤指，夹着一粒棋子，看她双眉微蹙，正在苦思的时候，玄宗便把袍袖儿在棋盘上一拂，满盘棋子搅乱了。推着棋盘起身来，笑着说道："是朕输了，罚朕为妃子戴花如何？"说着，早有一个宫女，献上金盆，盆中一朵牡丹花，十分浓艳。玄宗伸手去取过花朵儿来，向贵妃招手儿。贵妃一笑，走近天子怀里，低着粉颈。玄宗把花儿替贵妃插在宝髻上，贵妃跪下去谢过恩，玄宗搀住贵妃的纤手，并肩儿走下亭子来。

杨国忠默默地跟在身后。玄宗在草地上闲步着。忽然停步，回过脖子来问道："丞相可得有边报？"杨国忠趁机上去拜贺，口称万岁。接着把那封假边报献了上去。玄宗接在手中看时，说："灵武、潼关两路兵马，大获全胜。安禄山兵败逃遁，不知去向。现由郭子仪统领十万大兵，出关追擒。"玄宗看了，不觉掀髯大笑，口称："好快人意也！朕因边事，郁闷多日。今得捷报，当与诸大臣作长日痛饮。"说着，传谕文武百官，在兴庆宫作庆功筵宴。一时兴庆宫中，笙歌饮宴，十分热闹。文武百官俱在外殿领宴，天子和诸宫妃嫔在内殿欢宴。当时只有虢国夫人陪宴，玄宗问："秦国、韩国二夫人何以不见？"虢国夫人代奏说："有小病，不能进宫领宴。"玄宗见有虢国夫人在座，便也十分快乐。当下传小部乐队，在筵前更舞迭奏。

玄宗酒饮到半酣，便亲自打羯鼓，殿下齐呼万岁。玄宗笑道："久不观霓裳舞，聆羽衣曲。今日国家有大喜，不可不观此妙舞，聆此妙曲。"当下高力士便传天子意旨去。有大部乐队，引着全班梨园子弟，进宫来参拜过天子，就当筵歌舞起来。玄宗看了，倍觉有兴，只开着笑口，连声称妙。杨贵妃见万岁如此有兴，便奏道："臣妾也有俚歌助兴。"玄宗见妃子献歌，便越觉欢喜，忙命取玉笛来，玄宗亲自吹着。这时殿上下寂静无声，只听得杨贵妃提着娇脆的喉咙唱道：

携天乐花丛斗拈，拂霓裳露沾；回隔断红尘荏苒，直写出瑶台清艳。纵吹弹舌尖，玉纤韵添；惊不醒人间梦魇，停不住天宫漏签。一枕游仙，曲终闻盐，付知音重翻检。

一曲唱罢，殿上下齐呼："吾皇万岁！娘娘千岁！"玄宗连说："看酒。待朕亲劝妃子一杯。"高力士上去斟了酒，贵妃满满地饮了一杯。接着虢国夫人也上去敬了一杯，杨国忠也上去进了一杯。杨贵妃酒饮多了，便觉粉腮红晕，星眼朦胧起来。玄宗见了，万分怜惜。说："妃子醉了，宫娥们快扶娘娘上凤辇回宫睡去。"贵妃谢过恩，上去扶住永清、念奴肩头，辞了万岁，上车回宫去。李龟年上来奏称："有《贵妃醉酒曲》，献与万岁。"玄宗听说大喜，便道："快唱来朕听！"李龟年便打鼓板，乐工吹着笙箫，谢阿蛮作沉醉舞。那小部乐队齐声唱道：

第六十四回　安禄山惊破霓裳曲　杨贵妃醉戏小黄门

态恹恹轻云软四肢，影蒙蒙空花乱双眼，娇怯怯柳腰肤难起，困沉沉强抬娇腕，软设设金莲倒退，乱松松香肩軃云鬟，美甘甘思寻凤枕，步迟迟倩宫娥搀入绣帏间。

玄宗正听歌出神时候，忽听得外面景阳钟鼓齐鸣，把殿上下文武大臣，吓得脸色齐变，大家面面相觑。玄宗正手中擎着玉杯，不觉手指一松，喤啷啷一声，玉杯打碎在地；接着一个宫门常侍急匆匆闯上殿来，伏身在地，气喘吁吁奏道："万岁爷不好了！方才边报到来，安禄山起兵造反，杀过潼关，不日就到长安了！"玄宗"啊"地喊了一声，急得双目圆睁，身子直立起来。口中连连说道："有这等事！有这等事！"杨国忠见事已败露，忙跪倒在地，不住地叩头。满殿的大臣，一齐跪倒。玄宗看了，跺脚道："这不是讲礼节的时候，诸大臣快想一条免祸之计！"玄宗说了这一句话，满殿一百多官员都目瞪口呆，想不出一个主意来。大家都鸦鹊无声地站着。玄宗看了，不觉大怒说道："平日高官厚禄，养着尔等，谁知临时一无用处！"高力士却战战兢兢地上来，跪奏道："如今贼势逼迫，京师震惊。万岁爷玉体为重，宜出狩万全之地，再图善后之道。"接着杨国忠也跪奏说："愚臣之意，也以暂避贼锋为是。"

玄宗低头思索了一会，叹道："事到如此，也是无法。只不知迁避何处为宜？"杨国忠不假思索，立即奏道："蜀中现有行宫，此去蜀中，离贼氛甚远。陛下幸蜀，可保万安。"玄宗说道："事起仓促，量来一时不能抵敌。如今依卿所奏，快传旨诸王百官，即刻随朕幸蜀便了。"满殿的大臣齐齐答应一声："领旨！"和潮水一般地退出宫去。玄宗又回头对高力士道："快传谕出去，速备车马。传旨右龙武将军陈元礼，统领御林军士三千，护驾前行。"高力士应了一声领旨，急急出宫传旨去。这时众夫人和各妃嫔俱已惊散。独有杨国忠，随侍在一旁。奏道："当日臣曾三次启奏，禄山必返，陛下不听，今日果应臣言。"玄宗把袍袖一摔，说道："事到如今，还说它作甚！丞相快回府去收拾细软，安顿家小，与朕同行。朕亦欲回宫休息片刻，且待明早五鼓，再议大事。"杨国忠当即告辞出宫。

玄宗也回后宫去，永清、念奴出来接驾。玄宗问道："娘娘可曾安寝？"念奴奏道："娘娘已睡熟了。万岁爷有何吩咐？待婢子去唤娘娘起来。"玄宗忙摇着手道："不要惊她，待朕自己看去。"说着，便放轻了脚步，走进了寝宫去。宫女们上去揭起罗帐，只见杨贵妃斜依绣枕，双眼矇眬，正好睡呢。

玄宗反背着两手，走近床前去，细细地端详了一会。忙吩咐宫女，放下罗帐。说："怕妃子睡里吹了风。"说着，又退出房来，有小黄门跟随着。玄宗走在廊下，见天上月色甚明，仰面对天叹了一口气，低低地说道："天哪！寡人不幸遭此播迁，眼见得累她玉貌花容，驱驰道路，好不痛心也？"说着，高力士进宫来，回说已传旨出去，车马军士均已备齐。

玄宗也不说话，只低着头，向宫门外走去。看看离了长生殿，来到花萼相辉楼，回头命高力士快请诸王来。原来这花萼相辉楼，在兴庆宫的西南墙外。玄宗平日与诸弟兄十分友爱，每日朝罢，便至花萼相辉楼，与诸兄弟相见。有时带着杨贵妃，与诸王杂坐，饮酒笑乐。如今玄宗想起明日播迁，弟兄便要分散，便乘着月色，来到这个花萼相辉楼，与诸兄弟再图一见。

诸王奉召，便齐集楼头。玄宗登楼一望，四顾凄然，便命取玉环来。这玉环，是睿宗皇帝遗传下来的琵琶。当时皇太子也随侍在一旁，玄宗命太子拨着琵琶，自己唱道：

稳稳的宫廷宴安，扰扰的边廷造反，咚咚的鼙鼓喧，腾腾的烽火烟。滴溜扑碌臣民儿逃散，黑漫漫乾坤覆翻，惨磕磕社稷摧残，惨磕磕社稷摧残！当不得萧萧飒飒西风送晚，黯黯的一轮落日冷长安！

玄宗唱毕，四座静悄悄的，黯然魂销。案上有现成笔砚，玄宗上去，提笔写着："皇太子与诸王留守京师。"几字，交与太子，匆匆下楼回去。

这时六宫的妃嫔都已知道万岁明天要幸蜀，顿时恐慌起来。最是那班宫女，各各收拾细软预备，随驾逃难。那永清和念奴二宫女，也打听得消息明白。见贵妃睡兴正浓，便各各回到私室去收拾衣饰。贵妃从梦中醒来，只觉舌上苦涩，便娇声唤着永清。这时廊下，却有一个小黄门守候着，听娘娘在里面叫唤；永清、念奴出屋子去的时候，也曾嘱托这小黄门，留心娘娘醒来声唤。这时他看左右无人，便应声进屋子去。见贵妃袒露着酥胸，矇眬着睡眼，倚着绣枕儿卧着。朱唇微微动着，含糊说道："汤来！"那玉几上原燉着醒酒汤儿，小黄门去倒了一杯擎在手中，走至床前，口称："娘娘用汤。"连唤了几声，那贵妃一侧着粉脖子，又沉沉睡去了。小黄门却不敢离开，只是静静地站着。见贵妃在睡梦中，一侧身儿，把那绣被儿推在半边，露出那半弯玉臂、一钩罗袜来。她酥胸一起一落，十分急迫；粉靥上两朵红云，尚未退尽；鼻管中吐出一阵阵香息，还夹着酒味。一会儿贵妃又微微睁开眼来，见有人擎着杯儿，候在床前。贵妃把玉臂儿一伸，朱唇一噘，意思是要饮醒酒汤儿。小黄门看看贵妃，依旧把双眼紧紧地闭着，也不见她把身儿坐起来，嘴里只是低低地唤着："拿汤来！"小黄门便大着胆上去，把娘娘的粉颈儿扶起，把杯儿送在娘娘的朱唇边。那贵妃从小黄门手中饮着醒酒汤儿，她慢慢地把睡眼微启，才认出那送汤的，并不是宫婢，却是一个小黄门。再看那小黄门，眉目长得十分俊秀，年纪望去也有十六七岁了；又见自己把粉颈儿依在小黄门的臂上，不禁噗哧一笑，伸手把小黄门的臂儿推开。那小黄门忙低着头，离开绣榻。正要退出屋子去，忽听娘娘又低声唤着："来！"小黄门回过脸去，只见那妃子拥着被儿，在床上坐着含笑招着手儿。

小黄门才走到床前，只见贵妃霍地把绣被揭去，露出一身娇艳的衬衣来。小黄门忙低下头去，跪倒在床前。猛地娘娘把一双洁白的纤足，送在小黄门怀里。小黄门急把袍幅儿遮掩着，杨贵妃只是喜孜孜地笑。忽而把一只脚儿搁在小黄门的肩上，忽而又搁在他膝上。小黄门一眼见床栏上挂着一双罗袜，四周绣着云凤。小黄门取过罗袜来，替贵妃套在脚上。一眼见那袜底上，还绣着"臣李林甫敬献"的一行小字。小黄门又替娘娘套上睡鞋。杨贵妃一手搭在小黄门肩头，站下地来。只觉得眼眩头昏，一个立脚不定，便软软坐在小黄门怀中。小黄门看娘娘只穿着单绸衫儿，虽说天气和暖，但时已二鼓，夜气甚凉。一眼见那衣架上挂着一件绣衫，小黄门去拿来给贵妃披在肩上。

那贵妃披着绣衫，便在榻前舞起来。只见她一搦腰儿，弯得好似弓背儿；那粉腮几乎贴着地面，却侧过脸儿来，水盈盈的两道目光看着那小黄门笑着。小黄门怕妃子倾跌，便上去跪着一膝，扶住贵妃的腰肢。贵妃趁势在小黄门膝盖上一坐，又伸手把小黄门头上戴的冠儿，捧下来，套在自己云鬟上。只见她一抹帽沿，压住了眉心，却愈添妩媚。

杨贵妃两道眼光注定在小黄门脸上，半晌半晌。贵妃忍不住了，把两手捧住小黄门脸儿，不停地揉搓着，又贴近脸去，鼻尖和鼻尖接着。一双星眸不住地在小黄门眉眼间乱转。噗的一声，杨贵妃在小黄门嘴上接了一个吻。慌得那小黄门只爬在地上，不

第六十四回　安禄山惊破霓裳曲　杨贵妃醉戏小黄门

住地叩头，一边把双手摇着。那贵妃忽然恼怒起来，看她柳眉微蹙，星眼圆睁，啪的一声，一掌打在小黄门脸儿上。接着又是啪啪十几下，十分清脆的声音，打在小黄门两面腮儿上。那小黄门只抬高脸儿，动也不敢动。看那腮儿愈觉红润起来。忽见贵妃又露着笑容，捧过小黄门的脸儿来，不住地闻着香，又把粉腮儿贴着小黄门的脸儿。

正在不可开交的时候，忽听得一声叱咤，贵妃吃了一惊，把手松了。那小黄门一溜烟似地从永清、念奴二人肋下冲出去，逃得无影无踪。那永清、念奴，走进房来，不曾看得清楚，认做是小黄门欺负了娘娘，所以叱咤着。杨贵妃这时酒也渐渐地醒了，想起调戏小太监的事，脸上觉得没有意思，便装做倦态，命永清、念奴伺候上床安睡。

正朦胧的时候，忽听得宫门口云板不住点当当地敲着。杨贵妃顿时从梦中惊醒过来，可怜吓得她玉容失色。娇躯打战。声声说："怎不见万岁爷到来！"接着，听得宫门外一片号哭的声音，杨贵妃也不由地搂住永清、念奴二人，扑簌簌落下眼泪来。正慌张的时候，只见玄宗皇帝一面摇着手，走进屋子来，口中连说："莫惊坏了妃子！莫惊坏了妃子！"贵妃也从床上直跳下地来，倒在玄宗怀里，口中不住地喊："万岁救我！"玄宗一边吩咐永清、念奴，快替妃子穿戴起来。一边拉住贵妃的手，柔声下气地说道："原来安禄山起兵造反，如今已杀过潼关，向长安打来。朕当即与杨丞相及诸王、皇太子商议，直商议了三个更次。众人意思，都劝朕向蜀中迁避。朕已下诏，令太子监国，陈元礼保驾；只因妃子酒醉未醒，不忍惊爱卿的好梦，特令俟明早五更鼓启程。谁知那贼兵来得好快，方才驿马报进宫来，说安禄山人马，离京师只一百里地。朕没奈何，便传旨令各宫打动云板，叫他们快随朕出宫逃生去。可怜妃子平日住在深宫，娇生惯养，如何经

641

得这蜀道艰难！但如今也说不得了，拼着朕天子之力，保护妃子一人。妃子切莫愁苦，放心随朕出宫去吧！”这时杨贵妃已穿戴舒齐，那宫门口打着云板的声音，一阵紧似一阵的，贵妃禁不住索索乱抖。玄宗亲自扶着她出宫来。一到宫门外看时，只见那班妃嫔、宫娥，愁容泪眼，衣履零乱，黑压压地坐了一地，东一声娇啼，西一阵惨号。

玄宗皇帝也顾不得这许多了，自己和贵妃坐了一辆御苑中的黄盖车，一队御林军士在车儿四周拥护着。那高力士在半夜里去打开车店的门雇车，谁知京师地方的百姓，家家逃难，一时都把车马雇完了。那高力士张罗了半天，整个京师地方的车店都搜查遍了，只雇得十二辆敞车。车上略略盖些芦席，捡一辆略结实些的，先请虢国夫人抱着儿子坐了。其余十一辆，赶进宫来。各宫妃嫔坐了七辆，只剩下四辆车儿，那宫女们人人要命，见有空车儿，一拥上前，攀辕附辙，你争我夺。有扯破衣裙的，有拉散发髻的，顿时又起了片惨号声。那时皇帝传下令来，喊一声启驾，顿时车马齐动。看看还有一大群宫女，未曾找得车儿坐，便是坐在车上的，也是二三十人挤着一辆车。

那车轮子辗动着，两旁还有宫女伸着粉也似的臂膀，攀住车辕儿，不肯放的。可怜这班女孩，能有多大的气力，只听得一声声惨叫，一个个娇躯，辗死在车轮子下面，连那车轮轴子，也染着一片腥红的鲜血。此外还有许多妃嫔、宫女，坐不着车儿的，只是互相搀扶着，啼啼哭哭，跟着一大队车马走去。个个走得娇喘细细、珠泪纷纷。后面三千御林军士押着队。有几个脚小的宫女，实在赶不上前队，落在后面。只见红粉朱颜，与金戈铁马混乱走着。

欲知后事如何，且听下回分解。

第六十五回　长生殿梅妃受辱
马嵬驿国忠丧生

　　月移梅影，万籁无声。这时翠华东阁上，独倚着一个梅妃。可怜她远隔宫闱，如今大祸临头，六宫妃嫔走得一个也不留，梅妃却好似睡在鼓中。长门静寂，无事早眠。她乘着绝世聪明，绝世姿容，贬入冷宫，年年岁岁，度此无聊的朝暮，叫她如何能入睡。在这月明人静时，她兀自倚遍栏杆，对月长吁，望影自怜。忽听得远远地起了一片喧扰，接着火光烛天，起自南内。

　　梅妃不禁一声长叹，自言自语道："你看那班妖姬，彻夜笙歌，只图自身的宠爱，也不知体惜万岁爷的精神。"原来唐宫中往往深夜歌舞着，又在御苑夜游，高烧庭燎，照彻霄汉。梅妃在冷宫东阁上，时时望见。有时一派歌，传到枕上，由不得梅妃落下几缕伤心泪来，把枕函儿也湿透了。如今合宫妃嫔随着车驾，连夜逃出京去，起了一阵纷扰。在梅妃听了，还是误认做深宫歌舞。

　　直到次日清晨，那服侍梅妃的一个老宫女，慌慌张张地奔上阁来，口中连声嚷道："不、不、不好了！"梅妃忙问："何事？"那老宫女说道："只因安禄山造反，杀进潼关，直逼京师。万岁爷已于昨夜率领六宫妃嫔，由右龙武将军陈元礼，带领三千御林军士保驾，迁幸西蜀去了。如今偌大一座宫殿花鸟寂寞，宫娥大半逃亡。只留下奴婢和娘娘二人，一旦贼至，如何是好！"梅妃听了，只喊得一声："万岁爷！"珠泪双抛，一合眼晕倒在地。宫女上去搂住梅妃的身躯，哭着嚷着，半晌，才见妃子双目转动，哇地一声哭出来。嘴里只嚷着："我的爷爷！我的妈妈！我的万岁！"那宫女劝说道："娘娘快打主意，这不是哭的时候，俺们也须逃性命为是。"梅妃摇着头道："想我这薄命人，父母远在海南，入得宫来，承万岁爷百般宠爱，满望恩情到头，不料来了这不要脸的杨玉环淫婢，他媳妇儿勾搭上了公公，生生地离间了俺和万岁的恩爱。如今身入长门，早已没有生人趣味，又遭离乱，还要贪什么残生，还不如早早寻个自尽，保住了俺清白身子，死去也有面目见俺父母。"梅妃一边说着，淌眼抹泪的，十分凄凉，又连连催着宫女："快逃生去吧！"宫女哭着，说道："万岁爷忍心抛得娘娘，奴婢却不忍心抛得娘娘去。奴婢这大年纪，死也死得了。况且生成薄命，空守冷宫一世，便是逃得性命出去，还是贪图什么来！着娘娘看待奴婢恩宠深厚，奴婢今日便拼一死守着娘娘！"

正说着，忽听得风送来一阵喧嚷，接着一阵号哭。梅妃吓得朱唇失色，一把拉住那宫女的手，颤声说道："敢是贼人到也！"接着，她霍地推开了宫女，转身飞也似地向楼窗口扑去。看她一耸身，正要跳下阁去，却被宫女抢上来，紧紧地把她的纤腰儿抱住，嘴里劝着说道："娘娘且免烦恼，蝼蚁尚且贪生，娘娘秉着绝世容颜，还当珍重。若一旦轻了生，万岁爷有一日回心转意，那时想念娘娘，何以为情？"几句话说得梅妃珠泪和潮水一般地直涌出来。两人对搂着，对哭着。听那外面哭喊的声音，一阵紧似一阵，十分凄惨。

忽然那宫女心生一计，对梅妃说道："奴婢有一舅家，在京师南城门外。此处打从兴庆宫南便门出去，甚是近便。娘娘快随奴婢逃出宫去，暂到舅家躲避几时，再找万岁爷去。"梅妃只是摇着手说道："万岁爷忍心抛下我在此遭难，我也只拼此残生结果在贼人手中，决不再想逃避的了。姐姐既有舅家在此，正当快去。"说着，又连连推着宫女下楼去。宫女却站住身躯，动也不动，口中只说："奴婢只守着娘娘，活也同活，死也同死！"梅妃见宫女如此忠心，倒不觉感动了，忙说："既承姐姐一番好意，俺便和姐姐一同逃生去。"宫女听了，才欢喜起来。急急去收拾了一些细软，打成一小包挟着，一手扶住梅娘娘，走下东阁去。

听东北角上哭声震地，由不得两人两条腿儿索索地抖动。宫女把手指着西南角上一条小径，说道："俺们打此路奔去，花萼相辉楼一带，都是幽僻地方。绕过长生殿西角，出了南便门，便没事了。"说着，她主婢二人向花径疾忙行去。一路上亭台冷落，池馆萧条，梅妃又无心去凭吊。宫女扶着她，弯弯曲曲，经过十数重门墙，却见不到一个人影。看看走到花萼楼下，只见那窗户洞开，帘幕随风飘荡着。楼下一片草地，一头花鹿伸长了颈子，慌慌张张左顾右盼地走去。宫女搀住梅妃，走过九曲湖桥，迎面一座穹门。走出门去，便是长生殿西角。只见一幅轻纱，委弃尘埃，望去甚是艳腻。宫女指着那轻纱道："这是杨娘娘的浴纱，如何抛弃在此？"

正说时，忽见西墙角下，跳出一群强人来。各各手执雪亮的钢刀，饿虎扑羊似的，向她主婢两人奔来。那宫女忙擎着衣袖，遮住梅妃的粉脸，急急转身逃时，如何逃得脱身，早被四五个强人，上来捉住臂儿，动不得了。一个大汉伸手向梅妃的粉腮儿上摸着，梅妃早吓得晕绝过去。那宫女嚷着道："这是一位娘娘，万岁最宠爱的，你们须污辱她不得！"接着骂了几声贼人。那强人怒起，拾起地上那幅轻纱，活活地把那宫女勒死在东殿角上。只因这宫女说了一声娘娘，众贼汉把梅妃认做是杨贵妃。大家都说，俺们在边关时，常听得说杨贵妃长得一身好白嫩肌肤。如今果然不差，快送她到温泉洗浴去。脱干净了她身上的衣裙，让俺弟兄们也赏识赏识。究竟是怎么一个宝物儿，害得老昏君如此为她颠倒。说着，众人不觉大笑。内中一个大汉上去把梅妃的身躯，好似抱婴儿的，轻轻一抱，搁在肩头，大脚步向华清宫走去，后面一群贼汉跟随着。

这贼汉原是安禄山的急先锋，他们打进宫来，好似虎入平阳，四处吃人。当时各处宫殿中，原也留下逃不尽的宫女、太监，抛下拿不尽的金银财帛。这班贼兵，见金银便抢，见太监便杀，见宫女便奸污。把锦绣似的三宫六院，搅得山崩海啸、鬼哭神嚎。只见那阶头屋角，抛弃了许多红衫绿袄；水面树下，浮荡着无数女体男尸。

如今这一小股强人，遇到这千娇百媚的梅妃，如何肯干休。可怜这梅妃晕绝过去，醒来见自己身躯被贼人搁在肩头走着，她便倔强啼哭，那贼人一路捏弄笑谑着。看看到了华清池边，那贼人擎刀威逼着梅妃，要她脱去衣裙，下池洗浴去。梅妃如何肯依，贼人见梅妃哭骂着，抵死不肯脱衣。便恼怒起来，亲自上去，要剥梅妃的衣服。吓得梅妃惨声呼号着，又求着说："大王饶命，待妾身自己脱衣。"那贼人信以为真，便也放了手，梅妃趁势，一转身惊鸿一瞥，逃进锦屏去，把那门环儿反扣住了。贼人急切打不进门来。梅妃见前面一座院落，种着梅树数十株，心想这是我归命之所。听那贼人，把门打得应天价响，梅妃急解下白罗带，向梅树下上吊去。只听山崩似的一声响亮，那一带锦屏门，已被贼人打倒。赶先一个贼人追出院子来，梅妃欲转身逃时，腿已软了，一跤倒在苍苔上。那贼人赶上前来，手起刀落；可怜梅妃胁下，已深深被砍了一刀，顿时一声惨号，两眼一翻，死去了。

第六十五回　长生殿梅妃受辱　马嵬驿国忠丧生

第二天，安禄山摆驾进城，自然有一班不要脸的官员出城去迎接，递上手本，口称万岁。一群文武簇拥着安禄山进宫来，在长生殿上坐朝。众文武参拜毕，便有手下军士，一批一批把捉住的宫眷、太监和不愿投降的文武官员、乐工人等献上殿去。

安禄山一一审问过了，该留的留，该杀的杀。分发已毕，便在长生殿上，大开筵宴，赐众文武在华清池洗浴。安禄山自己在龙泉中沐浴，孙孝哲的母亲在凤池中沐浴。两人一边洗浴，一边调笑着。安禄山忽然记得梅妃，忙命人到冷宫去宣召，早已不知下落。这一晚，安禄山选了十个绝色的宫女，便在杨贵妃寝宫中睡宿。又传命把韩国、虢国、秦国三夫人府第，杨国忠和杨家诸王府第，放一把火烧着。可怜杰阁崇楼，化为焦土。十六座府第，直烧了七天七夜。安禄山在宫中搜刮了许多金银财帛，用大车五百辆装载着，迁都到洛阳地方去。

安禄山从前随侍玄宗在宫中游宴的时候，见李太白做诗，乐工奏乐，甚是有味。待玄宗迁避，乐工大半星散，便是一班学士文人，也吓得深山中逃避。安禄山便谕，搜寻乐工和文人。众军人向各处深山荒僻地方去捉捕，在十日里面，捕捉得旧日乐工和梨园子弟数百人。安禄山便在凝碧池头，大开筵宴。把宫中搜刮来的金银珍宝，在殿上四周陈列起来。酒至半酣，传谕乐工奏乐。

玄宗时候，原养有舞马四百头。天子避难出宫，那舞马也逃散在人间。安禄山进京，在百姓家中，搜捉得数十头。这时乐声一动，那舞马便奋鬣鼓尾，纵横跳跃起来。众乐工听了旧时的乐声，又见那舞马被军士鞭打着舞着，不觉想起了旧主。伤心起来，大家相看着淌下眼泪来。那音乐也弹不成调，舞马一时乱舞起来。安禄山大怒，命军士手执大刀，在乐工身后督看着。稍有疏忽，便用刀尖在肩背上刮刺。有一乐工名唤雷海青的，一时耐不住悲愤，便把手中琵琶，向阶石上一摔，打得粉碎。他噗的向西跪倒，放声大哭，口中嚷："万岁爷！"安禄山看了，愈是怒不可当，立喝令军士，把雷海青揪去，绑在戏马殿柱上，把他手脚砍去，再把他的心肝挖出来。雷海青到死还是骂不绝口的。

那时有一位诗人，名王维的，也被军士捉去，监禁在菩提寺中。闻得雷海青惨死的情形，便作一首诗道：

> 万户伤心生野烟，百官何日更朝天？
> 秋槐落叶空宫里，凝碧池头奏管弦。

如今再说杨贵妃与杨国忠，未出京以前遇见神鬼的事，早已预伏今日的大变。那时贵妃在长生殿中昼寝，醒来，见帘外有云气濛濛，罩住屋子，便令宫人走出屋子去察看。忽见一头白凤，口衔天书，从空中飞下院子来，站在庭心里。宫女十分诧怪，忙去报与贵妃知道。贵妃亲自走到庭心去，命永清、念奴，设下香案拜着，把天书接来，那白凤一伸翅，向天空飞去了。看那天书上写道："敕谪仙子杨氏，尔居玉阙之时，常多傲慢；谪居尘寰之后，转复骄矜。以声色惑人君，以宠爱庇族属；内则韩、虢蠹政，外则国忠兼权。殊无知过之心，显有乱时之迹。比当限满，合议复归。其如罪更愈深，法不可贷，专兹告示，且与沉沦。宜令死于人世。"贵妃读毕，心中老大一个不乐。嘱令宫女守着秘密，莫说与万岁知道。把那天书收藏在玉匣中，隔着三天，打开玉匣看时，已不知去向了。

不多几天，那杨国忠宅门外，忽然来了一个中年妇人，指名要拜见丞相。那看守宅门的家院，如何肯替她通报，吆喝着驱逐她出去。那妇人抵死不肯走，惹得众家丁恼怒起来，擎着鞭子赶着打她。那妇人大叫起来，说："我有紧要机密大事，须面见丞相，尔等何得无礼？若不放我进去见丞相，我即刻能令宅中发火，把丞相府第烧个干净。那时尔等才知我的厉害呢。"那门公听她说出这个话来，便慌慌张张地进去，报与丞相知道。杨国忠听了，也很是诧异，便命召那妇人进见。那妇人见了杨国忠，便正颜厉色地说道："公身为相国，何不知否泰之道？公位极人臣，又联国戚，名动区宇，亦已久矣。奢侈不节，德义不修，壅塞贤路，谄媚君上，年深月久，略不效法前朝房、杜之踪迹，以社稷为念。贤愚不别，但纳贿于门者爵而禄之。才德之士，伏于林泉，不一顾录。以恩付兵柄，以爱使民牧。噫，欲社稷安而保家族，必不可也。"国忠大怒，便喝问："妖妇何来？何得触犯丞相？何不畏死耶？"妇人听了，却仰天哈哈大笑道："公自不知有死罪，奈何反以我为死罪！"国忠怒极，喝令左右："斩下这妖妇的头来！"

一转顾间，这妇人忽随地而灭。众人见了，一齐惊惶起来。一转眼，那妇人又笑吟吟地站在面前。国忠喝问："是何妖妇，胆敢戏弄丞相？"那妇人长叹一声，说道："我实惜高祖、太宗之社稷，将被一匹夫倾覆。公不解为宰相，虽处辅佐之位，无辅佐之功。公一死小事耳，可痛者，国自此弱，几不保其宗庙，乱将至矣！"她说完了话，大笑着，出门而去。如今果然闹得京师亡破，皇室播迁。

那玄宗带着众宫眷，西出长安，一路风餐露宿，关山跋涉。将军陈元礼统领三千御林军，一路保护着圣驾，在前面逢山开路，遇水填桥。忽而在前面领路，忽而在后面押队，兵士们奔波得十分辛苦。到晚来，还要在行宫四周宿卫，通宵不得睡眠。那军士们心中，已是万分怨恨。

那时因长途跋涉，后面输送粮食，十分困难，只留下一二担白米，专供应皇上御膳用的。便是那文武大臣都吃着糙米饭，军士们吃的更是粗黑的麦粉，每人还不得吃饱。原是每人领一升麦粉的，这一日到了益州驿，军士们在驿店中打尖，上面发下麦粉来，每人只有六合。军士们大哗起来，围住军粮官，声势凶凶的，几至动武。那军粮官对众军士道："这是杨丞相吩咐的，只因粮食不敷，每人减去四合麦粉。"内中有一个胖大的军汉，跳起身来，大声喝道："什么杨丞相，俺们若没有这奸贼，也不吃这一趟辛苦了！这奸贼总有一天叫他知道俺弟兄们的厉害！"他一句话也没说完，便有一个军尉，在一旁喝住他。那军士们非但不服号令，反大家鼓噪起来，说军尉欺压军士。正扰乱的时候，那大将陈元礼恰从行宫中出来，见了这情形，便喝一声："砍下脑袋来。"便有校刀手上去，"咯嗒"一声，把那胖大军汉的头斩下，便在行营号令，才把军心震服。

看看夜静更深，官店里忽然并头儿踱出两头马来。在店门口执戟守卫的军士，认得骑在马上的，一个是杨丞相；一个却是虢国夫人，身上披着黑色斗篷，骑在马上，愈觉得妩媚动人。他兄妹二人，虽在逃难时候，却还是互相调笑着，一路踏月行去。清风吹来，那守卫兵隐约从风中听得杨国忠说道："明日在陈仓官店相候吾妹。"以下的话，便模糊听不清了。他兄妹二人，偷着并骑出去，在野外月下偷情。直到三更向尽，还不见杨丞相回店来。

守卫兵直立在门外守候着。他日间跑了一天路，已是万分疲倦了。如今夜深，还不得安眠，冷清清一个人站在门外，由不得那身躯东摇西摆地打起瞌睡来了。看他两眼眈着，实在支撑不住，便搂住戟杆儿，将身倚定了门栏，沉沉睡去。正入梦的时候，猛不防杨丞相从外面回来。他见这守卫兵睡倒在门槛上，便赶上去，擎着马鞭子，飕飕几声，打在那军士面颊上。一鞭一条血，打得那军士爬在地上，天皇爷爷地直号。直打得杨丞相手酸，才唤过自己的亲兵来，喝令把军士捆绑起来，送去右龙武将军斩首。那陈元礼明知这军士不至犯死罪，但丞相的命令，如何敢违，便推出辕门。正要开刀，只见将上们进帐来跪求，口口声声求大将军寄下人头。待到得蜀中，再杀未迟。看看挤满了一屋子的将军，陈元礼深恐军心有变，便吩咐看在众将士面上，暂时寄下那军士的脑袋。那军士松了绑，进来叩头，谢过元帅不杀之恩。陈元礼吩咐打入军牢，自有他弟兄轮流到牢中去送茶送饭，劝慰探望。这一夜，御林军士便借着探望为由，军牢中挤满的是军士，商量大事，十分热闹。

第二天，万岁启驾，御林军也拔队齐起，从辰牌时分。走到午牌时分；走的全是山路，崎岖曲折，军士们走着，甚是辛苦。看看走到马嵬坡，前面一座小驿，玄宗吩咐驻驾，令军士们休息造饭，饭后再行。杨贵妃在车中颠顿了半天，只觉筋骨酸痛，便也随着皇帝下车，进驿门去休息。略进茶汤。玄宗携住杨贵妃的纤手，踱出庭心，闲望一回，只见屋宇低小，墙垣坍败。不觉叹着气道："寡人不道，误宠贼臣，致此播迁，悔之无及。妃子，只是累你劳顿，如之奈何！"杨贵妃答道："臣妾自应随驾，焉敢辞劳？只愿早早破贼，大驾还都便好。"

杨贵妃说着，一举目，只见隔院露出一带红墙，殿角金铃，风吹作响。便问高力士道："隔院可是庙宇？"高力士奏道："隔院是如来佛堂，从此驿旁小巷中走去，有一门可通。"杨贵妃便欲去拜佛，玄宗便伴着她，从夹巷中走去。到得佛院看时，却也甚是清洁。殿中间塑着庄严佛像，杨贵妃见了，不由得上去参拜，口中默默祝祷着："早平贼难，早回京师。"拜罢起身，向院中看时，只见一树梨花，狼藉满地。杨贵妃不禁叹道："一树好花，在风雨中自开自落，甚觉可怜。"说着，又从夹巷中回至驿店。

玄宗传谕，命六军齐发，今夜须赶至陈仓官店投宿。高力士便传旨出去。右龙武将军陈元礼，奉了圣旨，便发下号令去，令六军齐起。谁知连发三次号令，那军士们非但不肯奉令，却反而大声鼓噪起来。陈元礼全身披甲，出至门外，喝问："众军为何呐喊？"那三千军士齐声说道："禄山造反，圣驾播迁，都是杨国忠弄权，激成变乱。若不斩此贼，我等死不护驾！"那声音愈喊愈响，震动山谷。陈元礼正颜厉声地喝道："众兵何得如此无礼！杨丞相是国家大臣，天子国舅，谁敢轻侮？"谁知陈元礼这句话不曾说完，只见那三千杆长枪，一齐举起，枪尖儿映着日光，照耀得人眼花。便有随营参军上去悄悄地拉着陈元礼的袍袖，陈元礼才改着口气，大声道："众军不必鼓噪，暂且安营。待我奏过圣上，自有定夺。"

众兵士正要散去，只见那杨国忠，骑着高头大马，后随着一个吐蕃使臣，远远地向驿店中行来。这来的，原是吐蕃和好使。国忠正要带他去朝见天子，给众军士瞥见了，便齐声喊道："杨国忠专权误国，今又欲与蕃人谋反。我等誓不与此贼俱生！要杀杨国忠的，快随我等前来"说着，三千军士把枪一举，拍马向杨国忠赶去。杨国忠见势不佳，便拨转马头，向坡下逃去。谁知山坡下早已埋伏下一队军士，一声呐喊，跳出来拦住去路。杨国忠见不是路，便又向西绕过驿店后面逃去。两路兵飞也似地追赶上去，看看追近，众兵士齐声大喊起来。杨国忠的坐骑吃了一惊，把后蹄儿向天一顿，却把个杨国忠直掀下马来。众兵赶上，刀枪齐举，把个杨丞相，立时砍成肉泥。那吐蕃使臣也死在乱兵之中。众国士恨杨国忠深入骨髓，便抢着去吃杨国忠的肉，顷刻肉尽，便把脑袋割下来，正要去见天子。只见御史大夫魏方进，从驿店中出来，喝问众兵道："何故杀丞相？"一句话未毕，众兵大怒，只喊得一声："杀！"魏方进便也被众人杀死。又从驿店中搜出杨国忠的两个儿子来。杨暄身中百箭而死，杨晞亦被乱刀杀死。

驿店门外，喊杀声、号哭声，嚷成一片。玄宗正在行宫中，只听得围墙外喊声震天，把个杨贵妃吓得玉貌失色。玄宗也不觉慌张起来。忙问："高力士，外面为何喧嚷？快宣陈元礼进见！"高力士急急传谕出去，只见陈元礼跟着进来，拜倒在地。口称："臣陈元礼见驾。"玄宗问："众军为何呐喊？"陈元礼奏道："臣启陛下：杨国忠专权召乱，又与吐蕃私通，激怒六军，竟将国忠杀了。"玄宗听了，不觉大惊失色；杨贵妃听说哥哥被乱兵杀死，忍不住哇地哭了出来。玄宗睁大了双眼，半天，说道："呀，有这等事！"说着，又低下头去，沉思了半响，说道："这也罢了，快传旨启驾！"陈元礼叩了头，起来，急急出去，对众兵高叫道："圣旨道来，赦汝等擅杀之罪，作速起行。"

谁知众军士听了，还是把个驿店团团围定，三千军士直挺挺站着不动。陈元礼看了诧异，忙问："众军士为何还不肯行？"接着又听那军士齐声叫道："国忠虽诛，贵妃尚在。不杀贵妃，誓不护驾！"陈元礼听了，也不禁吓了一跳，只喝得一声："无礼！"那军士个个拔出腰刀来，竟要抢进驿店来了。慌得陈元礼忙转进去，见了万岁，便哭拜在地。口中奏道："臣治军无方，罪该万死！"玄宗忙问："众兵为何不肯起行？"陈元礼只得奏道："众军士道来：国忠虽诛，贵妃尚在，不杀贵妃，誓不起行。望陛下念大局为重，割爱将贵妃正法。"接着，只听得"噗通"一声，那杨贵妃听了此言，早已晕倒在地。玄宗忙去扶起，搂在怀中。

欲知后事如何，且听下回分解。

第六十六回　白绫三尺贵妃毕命
短剑一挥夫人轻生

　　玄宗怀中搂着贵妃，不禁流下泪来，回头对陈元礼说道：
"将军！杨国忠纵说有罪当诛，如今已被众兵杀了。妃子日处深
宫，不问外事，国忠之事，于她何干？"陈元礼只是叩着头道：
"圣谕极明，只是军心已变，如之奈休！"玄宗面有怒容，说道：
"如何将军也说此话，快去晓谕众军士，莫再不知高低，出此狂
言。"陈元礼吓得低下头去，喏喏连声。正要退去，只听得驿门
外军士们又是一阵鼓噪，喊声震天，声声说："快杀下杨贵妃的
头来！"陈元礼急跪倒在地，叩着头道："听军士们如此喧哗，教
小臣如何去传旨！"杨贵妃也跪倒在一旁，呜咽着说道："万岁
呵！事出非常，教臣妾惊吓死也！妾兄既遭乱兵杀死，如今又波
累臣妾。这是妾身和众军士前生注定的冤孽，看众兵如此凶横，
谅来也躲避不得。万岁爷龙体为重，事到如今，也说不得了，望
吾皇抛舍了奴吧！"杨贵妃话不曾说完，止不住嘤嘤啜泣。玄宗
看了，心如刀割，一手拉住贵妃的手，只是顿足叹气。猛可地见
有七八个兵士，冲进驿门来，大喊道："不杀贵妃，死不护驾！"
陈元礼急拔佩剑上去，砍倒了一个，其余的兵士才退出去。杨贵
妃看了，只喊得一声："万岁！"早又晕绝过去。陈元礼又说道：
"臣启陛下，贵妃虽说无罪，国忠实其亲兄。今在陛下左右，军

654

心难安。若军心安，则陛下安矣。愿陛下三思。"

玄宗也不及听陈元礼的话，只搂抱着杨贵妃，一声一声"妃子"唤着。杨贵妃"哇"的一声哭着，醒来又止不住悲悲切切地呜咽着。忽见高力士慌慌张张地进来，说道："启万岁爷，外厢军士已把守门武士打死。若再迟延，恐有他变，这怎么处！"玄宗道："陈元礼快去安抚六军，朕自有道理。"陈元礼就了一声："领旨！"急急回身出去。

玄宗只听那驿门外又起了一片呐喊之声，高力士又急忙进来，奏道："万岁爷不好了！那陈将军奉旨出去，不曾说得半句话，军士们鼓噪起来，齐说快拿贵妃头来，不必罗唆！竟有一队军士，要冲进门来。陈将军没奈何，拔刀亲自杀死了几个。谁知军士们大怒，三千人一齐向陈将军拥来，陈将军力难支架。万岁爷快传谕去禁止！"

玄宗听了，忙把贵妃交给永清、念奴扶持着，大踏步亲自向驿门外走去。一眼见陈将军满面流血，头盔倒挂，一手擎剑，向众兵士支架着。那军士们来势甚凶，陈元礼且战且退，看看退进驿门来，一眼见玄宗皇帝直立在门中，众军士立刻如潮水一般直向门外退去，口称"万岁"，一齐拜倒在地。口称："万岁爷快打发贵妃登天！"陈元礼也高叫道："万岁爷自有道理，众军士不得喧哗。"说着，两眼不住地望着玄宗。当时有京兆司录韦锷随驾在侧，低声奏道："乞陛下割恩忍爱，以宁国家。"那军士们不见皇帝下旨，人人变了脸色，大家拿手去摸着刀枪。陈元礼看了，急站在当门，高叫道："众兵不得无礼，万岁爷快要降旨了！"说着，保护着玄宗，退进院子去。

玄宗走至马道北墙口，便站住脚，叹道："堂堂天子不能庇一妇人，教朕有何面目去见妃子！"说着，那永清、念奴扶着杨贵妃，从马道迎接出来，跪下地去，奏道："臣妾受皇上深恩，杀身难报。今事势危急，望赐臣妾自尽，以定军心。陛下得安稳至蜀，妾魂魄当随陛下，虽死犹生也！"玄宗一见杨贵妃这可怜样子，心中又不忍起来，扶住贵妃，说道："妃子，说哪里的话，你若死了啊，朕虽有九重之尊、四海之富，要他则甚？宁可国破家亡，决不愿抛弃你也！"说着，把靴尖儿一顿，扶住了贵妃，转身欲进屋子去。正在这时候，忽听得门外震天价嗡喇喇的一声响，接着地面也震动起来。

玄宗和杨贵妃脸上都变了色。高力士奔进来，气喘吁吁地说道："外面兵士，不见圣旨，便耐不住一拥挤，把门外照墙推倒了。情势万分危急，望万岁爷快传谕旨，立赐娘娘自尽，实国家之福也！"接着左右大臣，及陈元礼，也齐身跪倒，口称："万岁爷聪明神智，当机立断不可再缓。"杨贵妃也哭着说道："事已至此，无路求生。若再留恋，倘玉石俱焚，益增妾罪。望陛下舍妾之身，以保国家。"接着，众大臣也说道："娘娘既慷慨捐生，望万岁爷以社稷为重，勉强割恩吧！"

玄宗到此时，弄得左右为难，眼向左右看着，半晌，一顿足，说道："罢罢！妃子既执意如此，众臣工又相逼而来，朕也做不得主了。高力士，只得但凭娘娘吧！"说着，举手把袍袖遮着脸，那泪珠直向衣襟上洒下来。玄宗一放手，贵妃倒在地下，捧住玄宗的靴尖，呜咽痛哭。

那左右大臣见皇帝下了旨，便齐呼："万岁！"陈元礼便急急走出驿门去，对众军士大声说道："众军听着，万岁爷已有旨，赐杨娘娘自尽了。"那三千军士又齐声高呼："万岁、万岁、万万岁！"里面高力士去把杨贵妃扶起。贵妃向众大臣说道："愿大家好住，善护陛下。妾诚负国恩，死无恨矣！"高力士递过一幅白罗巾去，杨贵妃接在手中。玄宗呜咽着说道："愿妃子善地受生！"杨贵妃也说道："望万岁爷勿忘七夕之誓。"永清、念奴，

第六十六回　白绫三尺贵妃毕命　短剑一挥夫人轻生

扶着拜谢过圣恩。高力士上去，扶过来，说道："那边有一座佛堂，正是娘娘的善地。"杨贵妃也说道："待我先去礼拜过佛爷。"回过脸儿去对玄宗说了一句："万岁珍重！"便倚住高力士肩头，向佛堂行去。玄宗眼眶中满包着泪珠，望着贵妃去远，不见影儿了。永清、念奴二人上去扶住，回进屋子去。

那高力士扶杨贵妃进了佛堂，跪倒在蒲团上，口中祝祷着道："佛爷，佛爷！念俺杨玉环罪孽深重，望赐度脱！"高力士也在一旁跪下祝祷着道："愿佛爷保佑俺娘娘，好处生天。"祷毕，去把贵妃扶起。自己跪下，说道："娘娘有甚话儿？快吩咐奴婢几句。"杨贵妃道："高力士！圣上春秋已高，我死之后，只有你是旧人，能体圣意，须索要小心奉侍。再为我转奏圣上，今后休要念我这薄命人了！"说着，不禁又呜咽起来。高力士道："奴婢把娘娘的话切记在心。"杨贵妃住了悲声，又说道："高力士！我还有一言。"说着，从怀中拿出钿盒来，从髻上除下金钗来，交与高力士道："这金钗一对，钿盒一枚，是圣上定情时所赐，你可将来与我殉葬，万不可遗忘！"高力士接过钗盒，口称："奴婢晓得。"贵妃还想嘱咐几句话，忽听那佛堂门外又有一群军士，高叫道："杨妃既奉旨赐死，何得停留，稽迟圣驾！"接着嗡啷啷一声，众军士把庙门打开，蜂拥进来。高力士急上前拦住，大声说道："众军士不得近前，杨娘娘即刻归天了！"

杨贵妃在佛堂上，听得众军士鼓噪，便也不敢延挨，急急走出院子来，向四处寻找。一眼见院中一株梨花树，便叹道："罢罢，这一枝梨花树，便是我杨玉环结果之处了！"说着，跪下，向空叩谢圣恩，口称："臣妾杨玉环，叩谢圣恩！从今再也不得相见了！"高力士上去，只说得一句："奴婢罪该万死！"便帮着贵妃，把罗巾套在粉颈子上，向空中一吊，便气绝身死。

那门外的军士，还是一声声地催逼着。高力士解下贵妃颈上

657

的罗巾来，擎在手中，拿出去给军士们看。说道："杨妃已死，众军速退！"那军士们却仍是兀立着不动。高力士去把陈元礼请来。陈元礼问众军士道："众军士为何不退？"那军士们齐声说："未见杨妃尸体，军心未安。"陈元礼便率领数十名军士，走进院子来。高力士把杨贵妃的尸身，陈设在庭心里，上用锦被覆着。那军士们绕成一个圈儿，围定了杨妃的尸体。陈元礼上去，用手臂挽起杨妃的颈子来，军士们见杨妃果然死了，便齐喊一声万岁！退出门去，立刻解了围。

那高力士拿了那幅白罗巾和金钗、钿盒去见皇帝，跪奏道："启万岁爷，杨娘娘归天了！"那玄宗靠定在案头，怔怔地出神。高力士跪在一旁，候了半天。玄宗好似不曾看见。高力士又奏道："杨娘娘归天了！有自缢的白罗巾在此，还有金钗、钿盒在此。"玄宗才跳起身来，接过罗巾去，大哭道："妃子！妃子！兀地不痛煞寡人也！"高力士忙劝道："万岁且免悲哀，收拾娘娘遗体要紧。"玄宗道："仓卒之间，怎生整备棺椁？也罢！权将锦褥包裹，须要埋好，记明，以待日后改葬。这钗盒就与娘娘殉葬吧。"高力士答应一声："领旨！"正要起去，忽见小黄门头顶冰盘，献进荔枝来。玄宗见了，又是一场嚎啕大哭。吩咐高力士，拿荔枝去祭着妃子。高力士祭殓已毕，抱着妃子尸身，去在马嵬西郊外一里许道北坎下埋葬下。杨妃死时，年只三十八岁。

銮驾驻扎在马嵬驿中，初因军士要杀贵妃，不肯护驾。如今已杀了贵妃，只因玄宗皇帝哭念贵妃，也不肯启驾。一连在驿店中住下了五天五夜。陈元礼和高力士二人，天天劝皇上启驾，玄宗顿足说道："咳！我不去四川也值甚么！"陈元礼与高力士商议，取美酒置在皇帝案头。皇帝终日兀坐案头，闷闷地不说一句话，见有美酒，便一杯一杯饮着。直把个皇帝吃得醉醺醺的。高力士悄悄拉马过来，扶皇帝上马。众军士一声呐喊，掌起大旗，浩浩荡荡，投奔陈仓大路而来。

这陈仓原是一个热闹去处，人民殷富，市烟繁盛。杨国忠在这地方，置有田产房屋。如今时局变乱，杨国忠早把一家姬妾，珍宝细软，搬运在陈仓别业中，不料自己在马嵬坡被乱兵杀死，丢下心爱的姬妾财帛，都孝敬与陈仓县令薛景仙一人享用。

那薛景仙原是杨丞相的心腹，做了十年相府家人。只因杨国忠有产业置在陈仓地方，特派薛景仙放到此处来，做一位县令，藉便可以照管杨丞相的财产。这杨丞相何处置有田庄，何处造着房屋，何处藏有银钱，别人都不甚清楚，只有薛景仙一人知道；又哪一位姬人最是年轻，哪一位姬人最是美貌，哪一位姬人最是风骚，薛景仙在相府中日子伺候得最久，也只有薛景仙一人知道。杨国忠的正夫人裴氏，名柔，原是蜀中的妓女，长得白净肌肤，妩媚容貌。薛景仙已久看在眼中，记在心头。如今天从人愿，杨国忠把一家细弱，都寄托给薛景仙。虢国夫人和裴氏合住着一个院子。那虢国夫人的轻盈姿态、风骚性格，又是叫这薛景仙魂梦颠倒的。到这时候，一听说杨丞相被乱兵杀死，他便老实不客气，把杨国忠一生辛苦积蓄下的财帛田屋和姬妾奴婢，他便一齐霸占了去。一面打发一队兵士，来取裴氏和虢国夫人二人。

虢国夫人正在妆楼上淡扫蛾眉，忽见她的幼子名徽的，慌慌张张跑上楼来，哭嚷道：“强盗杀进来了”那虢国夫人住在这别院，只因自己长得美貌，却时时怕有强人来欺侮她。如今听说果然强盗来了，她便掷下画眉笔，一手拉她儿子，一手拉住她女儿，急急奔下楼去。只听那前面院子里呐喊声一阵紧一阵，便知大事不好，急转身向后花园奔去。走过那西书房，只见夫人裴氏，一手扶着小姐，站在书房门口发怔。一见了虢国夫人，两人便对拉着手，对哭着。虢国夫人说道：“快逃生要紧！这不是啼哭的时候。”裴氏把两只小脚儿，连连顿着，哭道：“叫我何处去逃生!"虢国夫人把手指着那后门,拉着裴氏的手,走出了书房,向后园门奔去。这座后门远隔着一片湖水,湖面上架着九曲长桥,她姑嫂二人向桥上奔去。看看奔到跟前,忽听得唿喇一声响亮,那两扇后门,一齐倒地。一大群强人,各各手执刀剑,杀进门来。虢国夫人喊一声不好,带着她女儿,转身又向湖对岸逃去。

看看奔进了一座大竹林中,那裴氏一蹲身,坐在地下,只有哭泣的份儿。虢国夫人到此时,也不觉凄然泪下。耳中只听得一阵阵喊杀,夹着墙坍壁倒的地声音。裴氏说道:"想我们年轻女子,一旦落在贼人手中,还有什么好事。倒不如俺们趁贼人不见,早寻个自尽吧。"一句话不曾说完,只见虢国夫人从裙带下解下一柄羊角尖刀来,一闭眼,向粉脖子上抹去。她儿子、女儿眼快,急上去攀住他母亲的手臂,哭嚷道:"母亲若死了,却叫孩儿去靠谁?"一句话,触动了她的心事。母子三人抱头痛哭了一回。忽见虢国夫人含着一眶眼泪,睁大了眼睛,咬一咬牙齿,只把刀尖向她儿子胸前一送,又向她女儿咽喉上一抹,接着两声"啊哟",这一对玉雪也似的儿女,一齐倒下地去死了。裴氏在一旁,看了这形状,吓得腿也软了。一蹲身坐在地上,哭着说道:"夫人慈悲,快把俺这薄命的女儿,也送她上天去吧!"一句话未了,虢国夫人竟也抢上去,一刀戳在腰眼里。只见一个粉脂娇娃,倒下地去,只嚷了一声:"妈!"两眼一翻,死过去了。裴氏看了,心如刀割,一纵身上去,抱住女儿的尸身,嚎啕大哭。

这时虢国夫人好似害了癫狂病一般,两眼直射,云鬓散乱。看着地下倒着的尸身,只是哈哈大笑,笑够多时,她忽然仰天一声大叫,拿刀子用力向自己颈子上抹去。那鲜红的血,和泉水似的,直涌出来。接着虢国夫人的娇躯,倒在地下,那泥土也染着一大滩血。裴氏看了,便也不哭,急上去从虢国夫人手中抢得那柄尖刀，回手向自己酥胸口刺去。只见竹林子外奔进一群强人来，把她手中尖刀夺去，一人一条玉臂，拉着便走。可怜裴柔原也是一个绝世美人，竟不能免强人之手，送去充作薛景仙的姬妾。那虢国夫人，因气管尚未断，一时痛醒过来，血流满颈，直延挨到第二天，才气绝身死。薛景仙吩咐，将她子女的身体，一并抬出东郭十余里道北白杨树下埋葬。

第三日，陈元礼御林军赶到，又从深山中搜寻出杨国忠的第三子杨晞来杀死，又杀杨国忠的同党翰林学士张渐、窦华、中书舍人宋昱、吏部郎中郑昂，都是逃在深山中，被乡民搜出来的。那杨国忠的四子杨晓，逃去汉中地方，被汉中王瑀捉住，活活打死。杨氏一门俱已杀尽，军心大快。独是玄宗皇帝心中凄凉万状，三千御林军士簇拥着勉强上道，骑在马上，长吁短叹。高力士在一旁，故意指点着远山近水，玄宗如何有心赏玩。勉强又行了一程，到了扶风地面，驻跸在凤仪宫内。高力士收拾寝枕，玄宗只是怔怔地忘了睡眠；又献上酒肴，玄宗也是沉沉的忘了饮食。整日里淌眼抹泪，废寝忘餐。高力士看了，心中也是愁闷，也曾劝过几次。玄宗终是念着妃子，少也要唤三百遍，常常自言自语地说道："空做一朝天子，竟成千古罪人！"一个人不停步地在屋子里踱来踱去。

忽然有一个农人，名郭从谨的，煮得一盂麦饭，献进宫来。高力士见皇上终日愁眉不解，正无可劝慰。今见有野老献饭，便欲借此分解万岁的愁怀。便传进话去，奏道："扶风农人郭从谨特煮一盂麦饭，特欲进献万岁。"玄宗听了，却不觉欢喜起来，忙传旨召扶风乡老郭从谨进宫来。那郭从谨头顶麦饭，进宫来跪倒在当殿。口称："草莽小臣郭从谨见驾。"玄宗便问："你是何处人氏？"那郭从谨奏道："小臣生长在扶风地方，如今六十岁年纪了，托圣天子庇宇，年年风调雨顺，国泰年丰。如今听得御驾出巡，来到扶风地面，小臣特备得一盂麦饭，匍匐奉献。野人一点忠心，望吾君莫嫌粗粝。"玄宗笑说道："寡人晏处深宫，从不曾尝得此味。难得汝一片忠心，如今生受你了！高力士，快取上来。"玄宗就那瓦盂吃了几口麦饭，连称："好香甜的饭儿！"

那郭从谨在一旁又奏道："陛下今日颠波，可知为谁而起？"玄宗也问道："你道为着谁来？"郭从谨奏道："陛下若赦臣无罪，愿当冒死直言。"玄宗命高力士扶此老人起来，又传谕老人："从直说来。"那郭从谨便高声说道："都只为杨国忠，依势猖狂，招权纳贿。他与安禄山朋比为奸，流毒十年，天怒神怨。"玄宗叹道："国忠弄权，禄山谋反，教寡人如何知道？"郭从谨奏道："这安禄山久已包藏祸心，路人皆知。去年有人上书告禄山谋反，谁知陛下反赐诛戮，从此言路尽塞，谁肯冒死上言？"玄宗叹着气道："此皆朕之不明，以致于此！从来说的，斟量明目达聪，原是为君的当虚心察访。朕记得姚崇、宋璟为相的时候，屡把直言进谏，使万里民情，如在同堂。不料姚、宋亡后，满朝臣宰，一味贪位取荣。郭从谨呵！倒不如你草野之臣，心怀忠直，能指出叛臣奸相。"郭从谨奏道："若不是陛下巡幸到此，小臣如何得见天颜。如今话已说多了，陛下暂息龙体，小臣告退。"玄宗便在衣带上解下一方佩璧，赐与郭从谨说："拿去做个纪念吧！"郭从谨得了璧，连连叩头谢恩。

郭从谨退去，高力士又上去奏称："现有成都节度使差遣使臣，解送春彩十万疋，来得行宫，候万岁爷发落。"玄宗传旨道："春彩照数收明，打发使臣回去。"玄宗和郭从谨谈论一番，心中略觉宽舒。内侍献上御膳，玄宗也略略进了半盏。

起身闲行到宫门口，忽记得那春彩十万疋，如今嫔嫱散尽，歌舞停息，要这春彩何用？便唤高力士："可召集御林军将士，来宫口听朕面谕。"高力士便在宫门外高声叫道："万岁爷宣召龙武军将士听旨。"不须一刻工夫，那班将士全身甲胄，齐集在宫门口，口称："龙武将士叩见万岁爷！"

玄宗对众将士道："将士们听朕传谕，如今变出非常，劳尔等宵行露宿，远涉关山。今日大难已脱，奸相已除，尔等远离故乡，谁没有个父母妻儿之念？此去蜀道难如登天，朕不忍累尔等抛妻撇子，就今日便可各自回家。朕待独与子孙辈慢慢地挨到蜀中。高力士可将使臣进来的春彩，分给将士，以为回乡盘费。"众将士听了万岁谕旨，不觉一起落下泪来，同声说道："万岁爷圣谕及此，臣等寸心如割！自古道，养军千日，用在一朝。臣等不能预灭奸贼，使陛下有蒙尘之难，已是罪该万死。如今臣等护从陛下至此，便死也愿从行。从来说的，军声壮天威，这春彩臣等断不敢受，请留待他日记功行赏。"玄宗道："尔等忠义虽深，但朕心实有不忍，还是各回家乡去吧。"当时陈元礼在一旁，便忍不住说道："呀！万岁爷如此厌弃臣等，莫不因贵妃娘娘之死，有些疑惑么？"玄宗道："非也。只因朕此次蒙尘，长安父老颇多悬望。你们回去呵，烦为传说，只道是朕躬无恙。"众军士听了，齐声说道："万岁爷休出此言，臣等情愿随驾，誓无二心！"玄宗点头叹息道："难得众军一片忠义，只今天色已晚，今夜就此权驻，明日早行便了。"众军士齐称领旨，退去。

第二天，高力士依旧扶玄宗上马，军士排队先行。玄宗在马上，看着四面山色，不住地叹着气说道："对此鸟啼花落，水绿山青，无非助朕悲怀，如何是好！"高力士奏道："万岁爷途路风霜，十分劳顿，请自排遣，勿致过伤。"玄宗叹道："高力士，朕与妃子坐则并几，行则随肩。今日仓猝西巡，断送她这般结果，教寡人如何撇得下也！"说着，不禁把袍袖抹着眼泪。一队旌旗枪戟，缓缓向山腰栈道行来。玄宗皇帝骑在马上，好似酒醉的一般，痴痴迷迷，歪歪斜斜，马蹄儿一脚高一脚低走着。高力士见了，忙赶上前去，拢住万岁的辔头，奏道："前面已是栈道了，请万岁爷挽定丝缰，缓缓前进。"

才走到半山上，忽然一阵风来，挟着雨点，向玄宗皇帝迎面扑来。看那雨势，愈下愈大了。恰巧前面一座高阁，依着山壁造成。高力士看看万岁爷须眉上都挂着雨点，淋淋漓漓地湿满了衣襟。他好似毫不觉得，只是愁眉泪眼地冒雨行去。高力士跳下马来，向前去挽住辔头，奏道："雨来了，请万岁暂登剑阁避雨。"玄宗如梦初醒一般，抬起头来，向空中一望，兀自惊诧着道："怎么好好的天，却下起雨来了。快吩咐军士们，暂且驻扎，雨住再行。"军士们听了，齐呼一声万岁。满山峡上支起篷帐来躲雨。

欲知后事如何，且听下回分解。

唐宫二十朝演义

（下）

许啸天◎著

吉林出版集团股份有限公司

第六十七回　蜀道中玄宗让位
新殿上龟年骂贼

玄宗避雨，走上剑阁去。登高一望，只觉山风削面，冷雨敲窗，景象十分凄楚。耳中又听得一阵阵铃声呜咽，便问高力士道："你听那壁厢不住的声响，聒的人好不耐烦，高力士，看是什么东西？"高力士忙奏道："那是树林中的雨声，和着檐前铃铎，随风而响。"玄宗道："呀，这铃声钩得人心碎，这雨声打得人肠断，好不做美也！高力士，拿着玉箫来吹着，待朕歌一曲解闷儿。"高力士便从靴统中拿出一支玉箫来，吹着。玄宗依声唱道：

> 袅袅旗旌背，残日风摇影；匹马崎岖怎暂停。只见阴云黯淡无昏暝，哀猿断肠，子规啼血，好叫人怕听。兀的不惨杀人也么哥！兀的不苦杀人也么哥！萧条怎生，峨嵋山下少人行；雨冷斜风扑面迎。

玄宗唱完这第一阕，不觉喉中悲哽，略停了一停。高力士箫声又吹着第二折，玄宗接着唱道：

> 淅淅零零，一片凄然心暗惊，遥听隔山隔树战，合

风雨高响低鸣。一点一滴又一声，一点一滴又一声；和
愁人血泪交相迸！对这伤情处，转自忆荒茔；白杨萧瑟
雨纵横，此际孤魂凄冷，鬼火光寒，草间湿乱萤。只悔
仓皇负了卿！负了卿，我独在人间，委实地不愿生。语
娉婷，相将早晚伴幽冥。一恸空山寂，铃声相应，阁道
峻嶒，似我回肠恨怎平。

玄宗唱到末一句，心中万分凄凉，便止不住掩面呜咽起来。
高力士抛下玉箫，急上前劝慰。玄宗一时勾起了伤心，如何止得
住，慌得那文武百官，都上阁来，跪求万岁爷暂免悲哀。

好容易劝住了玄宗的伤心，忽见递到太子的奏本，说太子率
领诸亲贵，避难在灵武关。反贼安禄山攻破京师，大掠宫廷；建
设伪都于洛阳，自称天子。现由灵武郡太守郭子仪统带十万雄
兵，收复京师，进逼洛阳，杀平贼寇，在指顾间事。请父皇回
銮，早视朝政。玄宗看了这道奏章，略略开颜，便把太子奏本递
与群臣观看。百官齐呼万岁。

玄宗便与众大臣商议，京师不可一日无君，如今朕决意传位
与太子，先在灵武设朝，俟郭子仪杀平贼寇，再回京师。文武官
员听说玄宗欲退位，却齐声劝谏。无奈玄宗因死了贵妃，万事灰
心。他看这天子之位，有如敝屣，一任百官如何劝说，玄宗便亲
自写下诏书。当日遣发使臣，捧了传国玺册令，文武官员一齐随
同使臣回灵武关去，侍奉新天子登位。一面又下诏：拜郭子仪为
朔方节度使，即率本军人马，火速进剿。众文武见劝不转玄宗的
心意，只得辞别太上皇，回灵武去。玄宗亲自下阁，送众文武登
程。这时风息雨止，高力士传谕军士们，前面起驾，一队人马簇
拥着玄宗皇帝，依旧向万山丛杳中行去。

不多几天，便到了成都。玄宗太上皇在行宫住下，依旧朝朝

暮暮，想着杨贵妃，淌眼抹泪，长吁短叹地过着日子。这晚，玄宗在行宫中哭念贵妃，耳中听那风吹铁马，雨打梧桐，哭倦了不觉伏案睡去。恍恍惚惚，又到了那马嵬坡下。只见那杨贵妃，颈上挂着白色罗巾，飘飘荡荡地从那座佛堂中出来。玄宗急抢上去，跟在后面。听杨贵妃一边走着，一边说道："我杨玉环随驾西行，刚到马嵬驿内，不料六军变乱，立逼投缳。"说着，止不住嘤嘤啜泣。玄宗看了，心中万分怜惜，欲上去拉住妃子的衣袖劝慰一番。说也奇怪，任你如何奔跑，只见杨妃飘飘荡荡地走在前面，总是赶不上的。看杨妃哭泣一回，又追赶一回。走在一片荒野地方，她便站住了，望着前面烟树苍茫，贵妃又不禁凄苦起来。哭道："不知圣驾此时到何处了！我一灵渺渺，飞出驿中，不免望着尘头，追随前去。"看杨贵妃在一条崎岖山路上，正一颠一蹶地赶着。转过山坡，前面树梢上露出一簇翠旗尖儿来，杨妃口中说道："呀，好了，望见大驾，就在前面了！不免疾忙赶上去。"看贵妃拽着翠裙儿，又赶了一阵。忽见迎面起了一阵黑风，风过处，把眼前的道路遮断了，那翠盖旌旗都不见了。杨贵妃不由得大哭一声，坐倒在地，喊一声："好苦啊！"便一声"天"一声"万岁"地哭嚷着。

玄宗在一旁看着，好似万箭穿心，只苦得不能近身去劝慰，只远远地站着，高声喊道："妃子，莫苦坏了身儿，有朕在此看管着你。"一任玄宗如何叫喊，那贵妃兀自不曾听得。

一转眼，见那边愁云苦雾之中又有个女子，躲躲闪闪地行来。待走近身旁看时，原来便是虢国夫人。只见她满脸血污，后面追上两上鬼卒来，喝道："哪里去！"便上去一把揪住。那虢国夫人便哀声求告道："奴家便是虢国夫人，当年万岁爷的阿姨。"那鬼卒大笑道："原来就是你，你生前也忒受用了，如今且随我到枉死城中去！"说着，便不由分说，上去揪住一把云髻。玄宗

667

看了，想起从前在曲江召幸的恩情，便扑身上前去救护。口中高喊："大唐天子在此，不得无礼！"一转眼，那虢国夫人和二鬼卒，都失去了形迹。

急向四面看时，那边又来一个男子，满身鲜血，飞奔前来。后面一群鬼卒，追打着那男子，跑到玄宗跟前，跪翻在地，不住地磕头求救道："万岁爷，快救臣性命！"玄宗看时，原来便是杨国忠。正慌张的时候，那鬼卒赶上来，一把揪住杨国忠的衣领，大声喝道："杨国忠，哪里走！"杨国忠用手抵抗着道："呀，我是当朝宰相，方才被乱兵所害，你们做甚又来拦我？"那鬼卒骂道："奸贼！俺奉阎王之命，特来拿你，还不快走！"杨国忠道："你们赶我到哪里去？"那鬼卒冷笑着道："向酆都城，教你剑树刀山上寻快活去！"正纷争着，那杨贵妃到了跟前，一见了杨国忠，便嚷道："这不是我的哥哥，好可怜人也！"杨国忠见了自家妹子，正要扑上前去招呼，那鬼卒如何容得，早用槌打着、脚踢着推推搡搡地去了。

那杨贵妃见捉了国忠去，便自言自语道："想我哥哥如此，奴家岂能无罪。虽承圣上隆恩，赐我自尽，怕也不能消灭我的罪孽。且住，前途茫茫，一望无路，不如仍旧回马嵬驿中去，暂避几时。"说着，便转身找旧路行去。玄宗见贵妃在前面独自行走着，便在后面追赶着，口中高叫道："妃子，快随朕回行宫去。"那杨妃却不曾听得，兀自在前面走着。玄宗如何肯舍，便一步一步地在后面跟着。看看走到马嵬西郊道北坎下，白杨树上，用刀尖儿挖着一行字道："贵妃杨娘娘葬此。"玄宗看了，也止不住眼泪潮水似一般直涌出来。那杨贵妃的魂儿见了树下一堆新土，也不禁悲悲切切地说道："原来把我就埋在此处了！唉，玉环，玉环！这冷土荒茔，便是你的下场头了！且慢，我记得临死之时，曾吩咐高力士将金钗、钿盒，与我殉葬，不知曾埋下否？就是果然埋下呵，还只怕这残尸败蜕，抱不牢这同心结儿！待我来对她叫唤一声，看是如何。杨玉环！杨玉环！你的魂灵儿在此，我如今叫唤着你，你知也不知。可知道在世的时候，你原是我，我原是你。呀，你如今直怎地这般推眠妆卧！”

玄宗站在杨贵妃身后，也撑不住频频把袍袖儿揾着泪珠。正凄惶的时候，只见一个白髯老者，拄着拐杖行来。玄宗上去拉住问道：“你是何人？敢近俺妃子的葬地。”那老人见问，便道：“小神是此间马嵬坡土地，因奉西岳帝君之命，道贵妃杨玉环，原系蓬莱仙子，今死在吾神界内，特命将她肉身保护，魂魄安顿，以候玉旨。”说着，便上去，擎着手中的拂尘帚，向杨贵妃肩上一拂道：“兀那啼哭的，可是贵妃杨玉环鬼魂么？”杨妃答道：“奴家正是，老丈是何尊神？”那土地神说道：“吾神乃马嵬坡土地。”杨妃敛衽说道：“望神与奴做主。”土地神点着头道：“贵妃听我道来，你本是蓬莱一仙子，因微过谪落凡尘。今虽限满，但因生前罪孽深重，一时不得升仙。吾今奉岳帝敕旨，一来保护贵妃肉身，二来与贵妃解去冤结。”那土地神说着，伸手把杨贵妃颈子上的白罗巾解去。

杨贵妃又向土地神道着万福，说：“多谢尊神！只不知奴与皇上，还有相见之日么？”土地神便摇着头道：“此事非小神所知，贵妃且在马嵬驿佛堂中暂住幽魂，待小神复旨去也。”那土地神一转身，便不见了。

玄宗看杨贵妃一人独立在白杨树下，便赶上前去，向她招手儿，口称：“妃子快随朕回行宫去，莫再在此凄凉驿店中栖身。”那杨妃却睬也不睬，一低头，向马嵬驿佛堂中走去。玄宗也跟进佛堂去，一闪眼，却失了妃子所在，抬头看时，只见满天星斗，寒月十分光辉。那杨贵妃又从屋子里转出来，走在庭心里，抬头望着，自言自地说道：“你看月淡星寒，又到黄昏时分，好不凄凉煞人！我想生前与皇上，在西宫行乐，何等荣宠。今一旦红颜断送，白骨冤沉，冷驿荒垣，孤魂淹滞，有谁来怜惜奴身！"说着，从袖中拿出金钗、钿盒来，在月光下把玩一回。只听杨贵妃凄凄地唱着《凉州曲》调道：

看了这金钗儿双头比并，更钿盒同心相映；只指望两情坚，如金似钿，又怎知翻做断绠。若早知为断绠，枉自去将他留下了这伤心把柄。记得盒底夜香清，钗边晓镜明，有多少欢承爱领；但提起那恩情，怎教我重泉目暝？苦只为钗和盒那夕的绸缪，翻成做杨玉环这些时的悲哽！

玄宗听了，点头叹息道："想朕在长生殿中，最爱听宫女们唱《凉州曲》调；不想如今听妃子唱出这凄凉声音来。"接着，又听杨贵妃叹道："咳，我杨玉环生遭惨毒，死抱沉冤，或者能悔前愆，得有超拔之日，也未可知。且住，只想我在生所为，哪一桩不是罪案。况且兄弟姊妹，挟势弄权，罪恶滔天，总皆由我，如何忏悔得尽。不免趁此星月之下，对天哀祷一番。"说着，她便在当庭扑地跪倒，对着那星月，深深下拜。口中祝告着道："皇天、皇天！念俺杨玉环呵，生前重重罪孽，折罚俺遭白绫之难。今夜俺对天忏悔，自知罪戾，望皇天宥我。只有那一点痴情，做鬼也未曾醒悟。想生前那万岁爷待我的一番恩爱，到如今纵令白骨不能重生，也拼着不愿投生。在九泉之下等待俺万岁到来，重证前盟。那土地神说我原是蓬莱仙子谪谪人间，天呵，只是奴家如何这般业重。不敢望重列仙班，只愿还我杨玉环旧日的婚姻。"

玄宗听贵妃声声记念着万岁爷旧日的恩情，心中起了无限的感慨。又见杨贵妃一个人冷冷清清地跪在庭心里，左右不见一个宫女伺候他，心中万分不舍。便扑向庭心去，想把杨贵妃抱在怀中安慰一番。

忽见那土地神又从门外进来，向杨玉环说道："贵妃，吾神在此！"杨贵妃便道："尊神命吾守在马嵬驿中，但此寂寞荒亭，又不见我那万岁爷，却叫我冷清清地一人守着，好怕煞人！"土地神说道："贵妃不必悲伤，我今给发路引一纸，千里之内，任你魂游罢了。"贵妃接了路引，道声万福。土地神转身别去。杨贵妃得了路引，不觉喜道："今番我得了路引，千里之内，任我游行，好不喜也！且住，我得了路引，此去成都不远，待我看万岁爷去。"说着，便提着裙幅儿，向门外行去。

玄宗见杨贵妃在前面走着，便急急追赶上去，口中高喊道："妃子且慢走，待朕扶着你同行。"脚下愈跑愈快，口愈喊愈高，那杨贵妃却终是不能听得，独自一人，看她一颠一蹶地向荒山野路中行去。玄宗如何肯舍，便飞也似地赶去。忽被脚下石块一绊，一个倒栽葱，"啊哟"一声，睁开眼来一看，原来是一场大梦。

那高力士正拿手拍着自己肩头，一声一声"万岁、万岁"地唤着。玄宗也不去睬他，只吩咐快开门儿，快迎接妃子去。说着，从被窝里直跳起来。高力士拿一袭龙袍，替万岁爷披在身上扶着，急急去开着房门看时，只见一片凉月，万籁无声，那一阵一阵冷风，吹在身上，令人打战。玄宗痴痴地望了半天，不觉哭道："我那可怜的妃子！"高力士扶着，回至床上去睡倒，又是一番捣枕捶床的痛哭。高力士百般劝慰着。玄宗说："妃子的魂儿，一定来在朕身旁了。"第二天下敕成都府，在行宫旁建造贵妃庙一座，招募高手匠人，用檀香木雕成杨贵妃生像一座。完工之日，先把生像送进宫了，由玄宗亲自送入庙来。

如今再说安禄山破了京师，得了许多美女财帛，便迁都到洛阳城中，大兴土木，建造宫殿。这一日，新宫落成，便大集文武百官在新宫中，大开筵宴。那官员大半都是唐室的旧臣，如今见了安禄山，一般地也齐声高呼着"皇上万岁，万万岁！"安禄山高坐殿上，见了众官员，不觉哈哈大笑，说一声："众卿平身！想孤家安禄山，自从范阳起兵，所向无敌，长驱直入，到得长安，那唐家皇帝已逃入蜀中去了。眼看这锦绣江山，归吾掌握，好不快活！今日新宫落成，特设宴殿上，与众卿共乐太平。"接着，殿下轰雷似一声唤着："万岁！"各自就坐，吃喝起来。酒至半酣，安禄山便传谕唤梨园子弟奏乐。那班梨园子弟当殿奏着乐器，齐声唱道：

当筵众乐奏钧天，旧日霓裳重按；歌遍，半入云中，半吹落风前。希见，除却了清虚洞府，只有那沉香亭院。今日个仙音法曲，不数大唐年！

安禄山听罢曲子，不禁赞道："奏得好！"便有张通儒出席奏道："臣想天宝皇帝，不知费了多少心力，教成此曲，今日却留与主上受用，真用齐天之福也！"安禄山听了，又不禁哈哈大笑道："卿真言之有理，再上酒来。"殿上殿下，正在欢饮的时候，忽听得殿角上发出一缕冷冷的琵琶声音来，接着带哭的声儿唱道：

幽州鼙鼓喧，万户蓬蒿，四野烽烟；叶堕空宫，忽惊闻歌弦。奇变，真个是天翻地覆，真个是人愁鬼怨。

接着又大声哭唱道：

我那天宝皇帝呵，金銮上百官拜舞，何日再朝天！

这一声唱把合殿的人都听了停杯垂泪。安禄山不觉大怒道：
"呀，什么人啼哭？好奇怪！"孙孝哲出立当殿道："是乐工李龟
年。"安禄山喝一声："拿上来！"当有值殿禁军，把李家龟年、
彭年、鹤年弟兄三人，一齐揪在当殿。安禄山大声喝问道："李
龟年，孤家在此饮太平筵宴，你敢擅自啼哭，好生可恶！"李龟
年到此时，却也面无惧色，厉声说道："唉，安禄山，你本是失
机边将，罪应斩首。幸蒙圣恩不杀，拜将封王。你不思报效朝
廷，反敢称兵作乱，秽污神京，逼走圣驾，这罪恶贯盈。指日天
兵到来，看你死无葬身之地！还说什么太平筵宴。"

安禄山被李龟年骂得拍案大怒，大声说道："有这等事！这
狗贼，骂得孤家如此凶恶，好恼、好恼！孤家人登大位，臣下无
不顺从，量你这狗乐工怎敢如此无礼！"说着，在殿上不住地拍
案顿足，慌得左右大臣齐跪在当殿，奏道："主上息怒，无知乐
工，何足介意。如今命他重唱一折好的《凉州》曲子，赎过罪
来。"李龟年也称愿唱一折新词儿，为诸位新贵人劝酒。合殿的
官员听李龟年说愿唱新曲，便大家替他求着，说："看李龟年的
新词唱得如何，倘再有冒犯，便当重罚。"

安禄山被众官面求着，缓下气来，便对李龟年说道："孤家
念你是先朝的旧臣，宽恕你一二。如今众文武既替你求饶，看在
众文武面上，这一个死罪，且寄在你身上。倘有不是，定当杀
却。你可知道朕杀死雷海青之事么？那便是不敬孤家的模样。"

李龟年听了，也不说话，便有值殿太监，替他送过琵琶来。
李龟年接在手里，琤琤琤琮地弹了一套，听他提高着嗓子，
唱道：

怪伊忒负恩，兽心假人面，怒发上冲冠！我虽是伶工微贱，也不似他朝臣腼腆！安禄山，你窃神器上逆皇天，少不得顷刻间尸横血溅。我掷琵琶将贼臣碎首报开元！

他唱到这一句，猛不防擎起琵琶，向孙孝哲夹脸地打将过去。只听得一声惨叫，孙孝哲头也打破了，死在地下。那琵琶也打得粉也似碎。满殿的人齐声喝道："这狗奴才该死、该死，他辱骂俺们圣君贤臣不算，还敢当殿打死万岁的宠臣。"安禄山也高叫："武士何在，快拉这贱奴出去看刀！"便有一队武士，应声上殿来，把这李龟年、彭年、鹤年三弟兄，横拽着拖下殿来。

安禄山被李龟年骂了一场，酒也骂醒了，兴子也没有了，便站起身来，说道："孤家心上不快，众卿且退。"众官员齐声答道："领旨。臣等恭送主上回宫。"合殿的人一齐跪倒。安禄山气愤愤地退进宫去。那孙孝哲的尸身便有太监领去棺殓。众官员乘兴而来，没兴而返，纷纷退出殿去。一路上议论着道："真是好笑，一个乐工思量做起忠臣来了！难道我们吃太平筵宴的，倒吃差了不成。李龟年！李龟年！你毕竟是一个乐工，见识尚浅。"

谁知这李龟年弟兄三人，虽被武士揪出午门去，正要斩首，忽见那李猪儿手捧小黄旗，飞也似地赶出午门来，高叫："刀下留人！主上吩咐，暂把李氏弟兄，寄在监中，好好看守着。"那武士们见李猪儿有小黄旗在手，便信以为真。又把龟年、彭年、鹤年三人，推入刑部大牢中去关着。到半夜时分，便有一个短小身材的人，从屋檐上跳进大牢去，把李氏弟兄三人，一齐救出。拿绳子捆住身子，一一缒出城外去。龟年、彭年、鹤年三人，得了性命，星夜向江南一路逃去。

这救李龟年性命的人，便是李猪儿。李龟年原与猪儿不认识的，但猪儿为什么却要一力救龟年三人性命呢？这其中却另有一层缘故。李龟年虽得了性命，却做梦也想不到这救命恩人，究竟为的是什么。

原来这孙孝哲的母亲孙氏，在安禄山后宫多年。只因生性淫荡，深得安禄山宠爱。后来安禄山反进潼关，又得了一个民间妇人李氏。那天安禄山在行营中，左右不曾带得妇人，十分寂寞。便有手下军士，在民间搜得这妇人李氏，献进来。李氏长得娇艳面貌，白净身体，安禄山得了滋味，也十分宠爱起来。李氏前夫，生有一子，便是这李猪儿。安禄山因宠爱他母亲，便也收猪儿为义子。见他人材俊美，性格聪明，与自己儿子一般看待。一日，禄山酒醉，忽然现出猪头龙身。自道是个猪龙，必有天子之分，因把李氏儿子的名字，顺口唤作猪儿。现在果然做了皇帝。那孙孝哲的母亲早已替安禄山生了儿子，取名庆恩。这庆恩却长成聪明秀美，安禄山欢喜得和稀世活宝一般。

从来说的，母以子贵。这安禄山既宠爱幼子，便把孙氏立做皇后，李氏立做贵妃。李猪儿见自己母亲，只做了一位贵妃，心中不甘；又加那孙孝哲因母亲做了皇后，便十分骄傲起来。二人常在宫中出入，大家不肯服气，见了面不是冷嘲热骂，便是相扭相打。安禄山虽立孙氏做了皇后，但心中却甚是宠爱李氏。见孙孝哲和李猪儿两个拖油瓶，时常打吵，却也无法可治。

李猪儿把这孙孝哲恨入骨髓，却暗暗地去与安禄山长子庆绪钩通一气。那庆绪现拜为大将军，手下有十万雄兵，帮着父亲东征西杀，功劳实是不小。满意此番父亲称帝，这太子的位份总稳稳是自己的了。谁知安禄山因宠爱庆恩，颇有立庆恩为太子之意。那孙孝哲见主上欲立庆恩为太子，这庆恩和自己原是同母弟兄，将来弟弟做了皇帝，那哥哥总也逃不了封王进爵。因此极力替庆恩在外面拉拢一班大臣，要他们帮着庆恩，在安禄山跟前进言，早早立庆恩为太子。这大将军庆绪打听得这消息，心中如何不恨？李猪儿正也恨孙孝哲，便与庆绪钩通一气，一面也替庆绪在外面拉拢诸大臣，要他们帮着庆绪说话，劝安禄山立庆绪为太子。一来因庆绪年长，二来因庆绪有功。他们两家结党营私，正在相持不下的时候，忽然见这不共戴天的仇家孙孝哲，被李龟年打死了，庆绪心中，如何不喜，李猪儿见无意中报了此仇，便一心要救李龟年弟兄三人的性命。他母亲正在后宫得宠，便由李氏偷得这小黄旗出来，救了李龟年的性命。

李猪儿又自幼儿学得一身纵跳的本领，飞檐走壁，如履平地。当夜李猪儿便亲自跳进刑部大牢去，把龟年、彭年、鹤年三人劫出牢来，偷偷地放他出城逃命去。

欲知后事如何，且听下回分解。

第六十八回　李謩题词看锦袜
呆卿割舌殉孤城

　　李龟年、李彭年、李鹤年弟兄三人在玄宗宫中，充当乐工，不独俸给富厚，又因妙制《渭州》乐曲，深得天子的宠爱。在开元年中，李氏弟兄三人在东都地方，大起第宅。广大崇隆，与当时公侯的府第相仿佛。玄宗特赐名"通远里"。龟年感激皇上的恩德，深入骨髓。只因安禄山也爱好音乐，便把梨园子弟和李氏弟兄，都捉去洛阳宫中，听候召宣。那日龟年在当殿辱骂安禄山，自问必死。不料被那李猪儿救出大牢，放他弟兄三人，出城逃命。龟年沿路乞食，流落在江南地方。每见良辰美景，士人游宴，他便手抱琵琶，为人歌一曲《凉州》。听他歌曲的人，都不禁掩面流泪。打听得他是宫中乐工，便大家赏他些钱米。当时有一位诗人，名杜甫的，赠李龟年一首诗道：

　　　　岐王宅里寻常见，崔九堂前几度闻。
　　　　正是江南好风景，落花时节又逢君。

　　江南士人看着可怜，便大家凑集了些束修，请他传授琵琶。这李龟年弟兄三人，也只得暂在江南地方安身。

　　如今再说杨贵妃当日仓皇自缢在马嵬驿佛堂梨树下，遗落下锦袜一只。圣驾过去，有一王妈妈，去打扫佛堂，便拾得这锦袜，收藏着，当作宝贝一般。这王妈妈原在马嵬坡下，开一个冷酒铺儿度日。自从她拾得锦袜，被远近的住户知道了，都来铺中沽饮，兼看锦袜。那王妈妈收了人家酒钱，还要收看袜钱，生意顿时热闹起来。

当时有一位书生，名李暮的，因被兵马拦阻，留住在马嵬坡下。打听得王妈妈酒店中，藏有杨妃锦袜，便也赶来看袜。这李暮是富家子弟，打扮得甚是整齐。王妈妈见了，急捧出一个锦盒来，送与李暮观看。李暮才打开盒儿，便觉异香扑鼻；拿在手中，又觉滑腻温柔。由不得连声赞道："妙呀！"只见那一弯罗袜，四周绣着云凤；翻过袜底来看时，又绣着"臣李林甫恭献"一行小字。李暮拿在手中，翻来覆去地看着，爱不忍释。这时一旁走过一个道姑来，看着赞道："好香艳的袜儿！"李暮道："你看锦纹缜致，制度精工，光艳犹存，异香未散，真非人间之物也！"他说着，便向酒家要过一副笔砚来，就壁上题着一首词儿道：

> 你看薄衬香绵，似一朵仙云轻又软；昔在黄金殿，小步无人见怜。今日酒垆边，等闲携展。只见线迹针痕，都砌就伤心怨。可惜了绝代佳人绝代冤！空留得千古芳踪千古传！

那道姑接过锦袜去，也细细地看着，不觉叹着气，说道："我想太真娘娘，绝代红颜，风流顿歇。今日此袜虽存，佳人难再，真可叹也！"说着，也提起笔来，在李暮写的词儿后面，接着也写道：

第六十八回　李䔉题词看锦袜　呆卿割舌殉孤城

　　你看璨翠钩红，叶子花儿犹自工；不见双跌莹，一
只留孤凤。空流落，恨何穷？马嵬残梦，倾国倾城，幻
影成何用！莫对残丝忆旧踪，须信繁华逐晓风。

　　李䔉一边看那道姑在壁上题词，一面手中把玩着那只锦袜不
释。忽见走过一个老人来，说道："唉，官人看它作甚！我想天
宝皇帝，只为宠爱了贵妃娘娘，朝欢暮乐，弄坏朝纲。致使干戈
四起，生民涂炭。老汉残年向尽，遭此乱离；今日见这只锦袜，
好痛恨也！"他说着，夺过道姑手中的笔来，也在壁上写着一首
词儿道：

　　想当日一捻新裁，紧贴红莲着地开。六幅香裙盖，
行动君先爱。唉！乐极惹非灾，万民遭害。今日里事去
人亡，一物空留在。我蓦睹香袿重痛哀，回想颠危泪
乱揩！

　　那老汉写毕，掷下笔来，兀自的跌足叹气。那王妈妈在一旁
说道："呀，这客官见了锦袜，为何着恼？敢是不肯出看钱么？"
老汉听了，跳起来，喝道："什么看钱！"王妈妈冷笑道："原来
是一个村老儿，看钱也不晓得。"那老汉听说他是村老儿，不禁
咆哮起来，大声嚷道："什么村老儿，俺万岁也见过来，却不曾
见你这老淫妇！"王妈妈听他骂老淫妇，便顿时两眼直瞪，红筋
直绽，赶上前去，一把揪住老汉的胸襟，要厮打起来。李䔉忙上
前劝住，说道："些须小事，不必斗口，待小生一并算钱与你罢
了。"说着，便拉着老汉，又邀着那道姑去同桌饮酒。

　　李䔉动问名姓，那老汉便说是郭从谨，原是扶风野老，万岁
驻跸凤仪宫中时，曾进宫去献过饭来。如今要往华山访友，经过

此马嵬坡下，走得乏了，特来沽饮三杯。那道姑说，是金陵女贞观主。彼此对饮着酒。那王妈妈来索回锦袜，道姑说道："妈妈，我想太真娘娘，原是神仙转世。欲求喜舍此袜，带到金陵女贞观中供养仙真。未知许否？"那王妈妈笑道："老身无儿无女，下半世的过活，都在这袜儿上，实难从命。"李暮接着说道："小生愿出重价买去如何？"那王妈妈不曾答话，郭从谨却拦着说道："这样遗臭之物，要它何用？"

大家正在说话的时候，忽见一个半老妇人，后面跟定了一个十六七岁的女娃子，怀中抱着琵琶，走进酒店来，向众酒客道了个万福，坐下来，把琵琶弹得忒楞楞响。顿开娇喉唱道：

咳！想起我那妃子呵，是寡人昧了她誓盟深，负了她恩情广；生拆开比翼鸾凰！说什么生生世世无抛漾，早不道半路里遭魔障。

唱完一段，琵琶又忒楞楞地弹了一段过门，接着唱道：

恨寇逼得慌，促驾起得忙！点三千羽林兵将，出延秋，便沸沸扬扬。甫伤心第一程，到马嵬驿舍旁。猛地里炮雷般齐呐起一声的喊响，早只见铁桶似密围住，四下里刀枪。恶噷噷单施逞着他领军元帅威能大，眼睁睁只逼拶得俺失势官家气不长。落可便手脚慌张。恨只恨陈元礼呵。不催他车儿马儿一谜家延延挨挨望，硬执着言儿语儿一会里喧喧腾腾的谤。更排些戈儿戟儿一哄中重重叠叠地上，生逼个生儿命儿一霎时惊惊惶惶地丧。兀的不痛杀人也么哥！兀的不痛杀人也么哥！闪得我形儿影儿这一个孤孤凄凄的样。寡人如今好不悔恨也，羞

杀咱掩面悲伤，救不得月貌花庞，是寡人全无主张。不
合呵，将她轻放。我当时若肯将身去抵搪，未必他直犯
君王。纵然犯了又何妨？泉台上，倒博得个永成双。如
今独自虽无恙，问余生有甚风光？只落得泪万行，愁千
状。我那妃子呵！人间天上，此恨怎能偿！

　　这一段曲子，真唱得一字一咽，声泪俱下。把满店堂的酒
客，听得个个停杯揾泪。李謩看那姑娘时，一双瘦棱棱的脚儿，
葱绿色的散脚裤儿，上身配着桃红袄儿；身材苗条，腰肢瘦小。
鬓发覆额，云髻半偏，越发显得面庞圆润，眉样入时。李謩把这
姑娘，从下打量到上，心中不觉暗暗的动了怜惜。听她唱完曲
子，便拍着桌儿，赞叹道："好哀艳的词儿！"那半老妇人向众酒
客一个一个道过万福，说："可怜见，俺娘儿孤苦零丁，请诸位
客官破费几文钱钞。"谁知向各酒客哀求过来，竟没有一个肯给
钱钞的。那妇人愁眉泪眼地走在李謩跟前，李謩随手从怀中掏出
一把散银来，估量有三两左右。那妇人千欢万喜地收了银子，又
唤女儿过来道过万福。

　　李謩命她母女二人坐下，动问何处人氏？那妇人回说梁氏，
女儿紫云，原是京师士人的妻小，只因安禄山造反，丈夫带了妻
儿逃难出来，到了成都，身染重病，死在客店中。所带旅费，都
作了医药棺殓之用。如今听说京师已定，俺娘儿二人飘流在外，
终不是事。离家千里，欲回家去，又无盘川，幸得近日成都地
方，流行得这上皇哭妃的曲子，俺女儿拿它谱在琵琶上，一路卖
唱而来。

　　那李謩听了这妇人的生世，便愈觉可怜，不觉动了侠义之
念。当时对那妇人说道："女孩儿家廉耻为重，好好士人的妻女，
便不应当在外抛头露面卖唱为生。如今恰巧小生也是要到京师去

的，你母女二人的盘川，都有小生照顾。紫云小姐从此可不须卖唱了。"这几句话，说得她母女二人，真是感恩知已。当下那妇人急急趴在地下拜谢着，便是那紫云小姐也抱着琵琶，遮住半边粉脸儿，露出一只眼睛，暗暗地向李蓍递过眼光去，表露着无限感谢的神色。李蓍给了酒钱和看袜钱，站起身来，带着她母女二人，离了酒店，向长安大路走去。

如今再说这上皇哭妃的曲子，原是成都地方一个词人编制出来的。一时因为他词句儿哀艳，便大家小户地传授着唱着。

那玄宗太上皇，在成都行宫旁，为杨贵妃建造一座庙宇。又传高手匠人，用檀香木雕成贵妃的生像。这一天，用一队宫女，高力士领导着，幢幡宝盖，笙箫鼓乐，把杨贵妃的生像，送进行宫来。玄宗已早站在台阶上候着。那宫女们把木像抬至万岁跟前，扶着，把木像的头略略低着，高声说道："杨娘娘见驾。"高力士在一旁，也高声宣旨道："爱卿平身。"那玄宗见这杨贵妃的雕像，真似活的一般，不觉流下泪来。唤道："妃子，妃子！朕和你离别一向，待与你叙述冤情，诉说惊魂，话我愁肠。妃子，妃子！怎不见你回过脸儿来，近过身儿来，转过笑容来。"说着，不禁伸手去摸着那木像的脸儿，叹着道："呀！原来是檀香木雕成的神像。"玄宗自言自语地说着。高力士在旁跪奏道："銮舆已备，请万岁爷上马，送娘娘进庙。"玄宗传旨："马儿在左，车儿在右，朕与娘娘并行。"殿下齐呼一声："领旨！"玄宗踱出宫去，高力士扶上马，一队队金瓜伞扇，簇拥着车马行去，直走进庙来。

只见那庙宇建造得金碧辉煌，中间宝座配着绣幕锦帐；两旁泥塑的宫娥、太监，双双分立着。宫女们服侍杨娘娘木像升座，玄宗亲自焚香奠酒，使命宫女太监，由高力士带领着，暂退出殿外。玄宗端过椅子来，与那杨贵妃的木像对坐着，哭着诉说着。

直到天色昏黑，高力士几次进去请驾，可怜这玄宗兀自迷恋着杨贵妃的生像，不肯走开。后来宫女、太监们，一齐进殿去跪求。玄宗看着宫女放下神帐，才一步一回头地走出殿去。直到临走时候，还回过脸去，对神像说道："寡人今夜，把哭不尽的衷情，和妃子在梦儿里再细细地谈讲。"一句话，引得左右的宫女、太监们一齐落下泪来。因此外边便编出这上皇哭妃的曲子来唱着。

玄宗太上皇在成都过了几时，又接得郭子仪的奏本，说安禄山在洛阳被刺，逆子安庆绪亡命在外，洛阳业已收复。天下大定，便请上皇回銮。玄宗看了这奏本，不觉心中一喜。

原来禄山左右的谋臣是高尚、严庄二人，心腹是孙孝哲、李猪儿二人，战将是次子安庆绪一人。在禄山起兵之初，统带大兵二十万，日行六十里，直扑潼关，打先锋的，便是他次子庆绪。这安庆绪非但骁勇善战，且是足智多谋。他起兵的前三日，便召集将士，置酒高会，细观地图，从燕州到洛阳一带，山川险要，都画得详详细细。便把这地图分给众兵士，又遍赏金帛，传令不得误期，违令者斩。安禄山却率领牙将部曲，一百余骑，先至城北，祭祀祖先的坟地。行至燕州，有老人拦住禄山的马头，劝说不可以臣叛君。禄山命严庄用好言辞退老人，说禄山是忧国之危，非有争国家的私意。赏老人无数金帛，送回乡里。从此下令，有敢来劝阻的，便灭三族。

禄山得了潼关，直至七日以后，这消息传至京师，玄宗大怒。禄山第四子庆宗，为驸马在京师，玄宗命禁军去搜捕庆宗全家老小，送至西城外斩首。那荣义郡主，亦赐死。天子下诏，切责禄山，不忠不义，许他自新，来京请罪。禄山答书，十分傲慢。一面遣贼将高邈、臧均，率领蕃兵，打入太原。又令张献诚守定州。安禄山谋反十余年，凡有蕃人投降，他都用恩惠收服他；有才学的士人，他便厚给财帛。因此蕃中的情形，他十分明了。他起兵的时候，把俘虏的蕃人释放为战士，因此人人敢死，所向无敌。

玄宗见时势危急，便发左藏库金，大募兵士，拜封常清为范阳平卢节度使，郭子仪为朔方节度关内支度副大使、右羽林大将军，王承业为太原尹卫尉卿，张介然为汴州刺史、金吾将军，程千里为潞州长史，以荣王为元帅，高仙芝为副元帅，四路出兵讨贼。安禄山行军至钜鹿城，便停兵不进，说鹿是吾名，便改道从沙河进兵。把山上树木砍下来，用长绳穿住，抛在河中。一夜水木冰结，如天然浮桥，便渡河攻入灵昌郡。又三日，攻下陈留、荥阳一带地方。在罂子谷遇将军守瑜，杀死数百人，流矢射中禄山乘舆。便不敢前进，从谷南偷进。守瑜军士矢尽力竭，将军守瑜，跃入河中自尽。封常清兵败，失去东都，常清逃至陕州，留守李憕被杀。御史中丞卢奕、河南尹达奚珣，都投降禄山。这时高仙芝屯兵在陕州，闻常清战败，便弃甲夜逃至河东。常山太守颜杲卿杀死安禄山部将李钦凑，生擒高邈、何千年。但这时赵郡、钜鹿、广平、清河、河间、景城六郡，都被安禄山占有。

讲到颜杲卿这人，真是唐朝数一数二的忠义之士。他原是安禄山识拔的，表奏为常山太守。待到安禄山起兵谋反，军马过处，颜杲卿与长史袁履谦，出迎道左。禄山赐杲卿紫色袍，赐履谦红色袍，令与假子李钦凑，领兵七千，屯扎在土门地方。杲卿退，指所赐衣，对履谦说道：“吾与公何为著此？”履谦大感悟，便私与真定令贾深、内邱令张通幽定计杀贼。杲卿推病，不为贼任事；暗遣长子泉明，奔走四处，结合太原尹王承业为内应，使平卢节度副使贾循攻取幽州。早有细作报与安禄山知道，禄山便杀死贾循。

杲卿日与处士权涣、郭仲邕定计。这时杲卿同五世祖兄真卿，在平原暗养死士。守臣李憕被贼兵杀死。禄山使段子光，割下李憕首级，传示诸郡。到平原，真卿命死士刺杀子光，遣甥卢逖至常山，约期起兵，断贼北路。杲卿大喜，便假用安禄山命令，召李钦凑回常山议事。钦凑连夜回城，杲卿推说城门不可夜开，便令宿城外客舍。又使履谦和参军冯虔、郡豪翟万德一辈人，在客舍中，陪钦凑夜饮。酒醉，杀死钦凑，又杀贼将潘惟慎。用大兵围困旅舍，钦凑领兵数百人，俱被履谦兵杀死，投尸在滹沱河中。履谦拿钦凑首级，送与颜杲卿。杲卿又喜又泣。前几日，禄山遣部将高邈，到范阳去招兵未回。颜杲卿便令藁城尉崔安石，用计杀邈。高邈行至蒲城，与虔万德同住在客店里。崔安石推说送酒到客店中去，便预先埋伏武士在客店中，安石喝一声："武士何在!"那高邈便立刻被擒。又有禄山大将何千年，从赵州来，亦被虔万德捉住。

杲卿便把钦凑首级和二贼将，令子泉明送至太原。王承业欲据为己功，便厚给金帛，令泉明自回常山。又暗令刺客翟乔候在半路上，刺死泉明。那翟乔见王承业行为奸险，心中不平，便去见泉明，告以王承业的阴谋。玄宗见王承业立功，便升为大将军。后因袁履谦上奏，始知全是杲卿功劳，便拜杲卿为卫尉卿，兼御史中丞，袁履谦为常山太守。杲卿用计，使先锋百余骑，马尾缚着柴草，在树林中往来驰骤。远望尘头蔽天，使人传称王师二十万南下。禄山部将张献诚，围攻饶阳正急，见颜军大至，便弃甲而走。一日之间，夺回赵州、钜鹿、广平、河间一带地方。杀各地贼官首级，送至常山。从此杲卿兄弟，兵威大振。

禄山大惧，使史思明等率平卢兵渡河，攻常山。这时颜杲卿坐守城中，遣兵四出。城中兵力单薄，贼兵围攻甚急，杲卿无奈何，便派人至河东，向王承业求救。那王承业因从前有夺功的仇恨，便不肯发兵。杲卿昼夜督战，亲自登城御敌，力战六昼夜，箭尽粮绝。城破。杲卿率子侄，犹自巷战，血流蔽面，刀折被擒，送至敌营。袁履谦也同时被捉。

敌将劝杲卿降，杲卿昂头不应；又取杲卿幼子季明，送至杲卿前，以白刃加季明颈上，大声道："杲卿若降，我当赦尔子！"杲卿闭目不答。敌将怒，便将幼子季明与杲卿的甥儿卢逖，一并杀死。将杲卿打入囚笼，送至范阳。

安禄山见了，拍案大怒道："吾拔尔为太守，有何负尔之处，却如此反吾？"杲卿怒目大骂道："汝本营州一牧羊奴耳，天子洪恩，使汝大富极贵，有何负汝之处，却如此反天子耶？颜杲卿世为唐臣，力守忠义，恨不能杀汝叛逆，以谢皇上。岂肯从汝反耶？"禄山急以两手掩耳，喝令武士拽杲卿出宫，绑在天津桥柱上，用刀碎割，令杲卿自食其肉。杲卿且食且骂，武士以刀钩断其舌，犹狂吼而死。其时年已六十五岁。袁履谦亦被武士砍去手足。何千年弟适在旁，履谦嚼舌出血，喷何弟面，何弟大怒，执刀细割履谦之身而死。一时杲卿的宗子近属，都被禄山搜捉杀死，尸横遍地，却无人来收殓。所有杲卿生前收复的各郡县，此时又一齐投降了禄山。

当时还有一位守城的勇将，名唤张巡的，为真源令。有谯郡太守杨万石，降安禄山，逼巡为长史，使起兵接应。张巡便率领部属，哭于玄宗皇帝祠。起兵讨贼，有兵二千人。那时宋州、曹州一带，都已投降禄山，禄山自称"雄武皇帝"，改国号为"燕"。雍邱令令狐潮，为禄山统兵，杀至淮阳，城破，淮阳将吏，俱被缚在庭中，将杀之。忽报城外有一路人马到来，令狐潮便急急出城去察看。淮阳城中囚犯反牢出，解诸将吏缚，杀死守卫的贼兵，迎单父尉贾贲与张巡二人入城。张巡乃尽杀令狐潮的妻儿，把尸身高悬在城上。令狐潮不得归城，又见自己妻小被人杀死，心中万分悲愤，便出死力攻打淮阳城。贾贲首先出城应敌，两员勇将，战斗足足有三个时辰，贾贲力弱，渐渐有些不支，急挥戈退回城来。那部下的兵士见敌军来势凶狠，便各各向淮阳城中逃性命，一时势如潮涌，门小人多。贾贲喝止不住，便勒马回头，站住在城门口，高喊："军士们慢进！"谁知那头马被众人挤得立脚不住，一个翻身，倒在地下，那贾贲一条右腿，压在马腹底下，一时不能挣脱，竟被众践踏如泥。

张巡看自己兵士已不能支撑，那敌兵却和猛虎一般地扑来，便大吼一声，擎着大刀，从城楼上飞奔下来。他在马上，往来驰骤，刀尖所过，人头落地。那敌兵见张巡刀法如神，便也不敢追扑，纷纷向后退去。城中兵士见主帅得了胜仗，顿时胆气粗壮起来，重复杀出城来。张巡在前面领路，着地卷起一阵尘土，追杀敌兵三十余里。张巡也身受枪伤，血流铠甲。但他毫不畏缩，兀自横刀跃马，杀人如捣蒜。部下兵士见了，齐呼："将军天人！"当年淮阳城外这一战，转败为胜，张巡的威名，从此大震。郭子仪便举张巡为兖东经略使，坐守淮阳。

令狐潮经此大败，便调集兵马四万人，再来围城。城中兵士大恐，张巡谕诸将士，毋得惊惶。贼知城中虚实，有轻我之心。今出其不意，可惊而使走也。若与斗力，势必至败。诸将齐称将军高见。张巡便分一千人在城楼上呐喊，另分十数小队出城，埋伏在四处荒山野谷里。东面打鼓，西面呐喊，四处八方，都打着张字的旗号。那敌兵见此情形，心中不由得疑惑起来。正要退去，城门开处，杀出一支人马来，当选一员大将，便是张巡。看他手举大刀，见人便杀。近他身的，已经杀翻了数十个。那四山喊声震地，敌兵便弃甲而走，不敢恋战。张巡追过四十里，便鸣金收军。

到第二日，令狐潮到底仗着人众，又来攻城，四百架百尺云梯攻打着。张巡便命兵士在城墙上赶造木栅和云梯一般高低。令数百箭手，爬上木栅去，箭头上绑着干草，灌透油质，用火烧着，一齐射将过去。那云梯见火便着，一时轰轰烈烈，把数百座云梯，一齐烧去。爬在云梯上的兵士，烧死的烧死，跌死的跌死。张巡觑着敌兵慌乱的时候，一阵鼓响，便带领千名勇士，箭也似地冲杀出去，又得了一个全胜，杀得敌兵不敢近城。

张巡死守在城中，前后六十日，经过大小战争数百次，城中兵士，人人带甲而睡，裹伤而战，精神十分勇猛。令狐潮的兵士，每天被张巡杀死数百人、千余人，看看四万人马，逃的逃，死的死。

欲知后事如何，且听下回分解。

第六十九回　许远计杀敌将
　　　　　　　张巡惨烹爱姬

　　令狐潮奉了安禄山之命，攻打淮阳城，相持六十日，死亡日多。令狐潮没奈何，只得暂且退兵，一面打发人投书给张巡，劝张巡投降。那书上说道："本朝危蹙，兵不能出关，天下事去矣。足下以赢兵守危堞，忠无所立，盍相从以苟富贵乎？"张巡立刻答书道："古者，父死于君义不报，子乃衔妻孥怨，假力于贼以相图，吾见君头悬于通衢，为百世笑，奈何！"令狐潮得了张巡复书，心中也觉惭愧，便也不出力攻城。

　　张巡守此孤城，与京师不通消息，道路谣传，说天子已遭弑。当有人将六人，从各处郡县中来，劝张巡不如降禄山，可得富贵。这六员大将手下各有兵士，多则数千，少则数百。他们吃了国家的俸禄，一旦有事，便任令军士逃散，大家合伙儿商量停妥，来劝张巡做降将军去。张巡听了他们一番说话，心中万分气愤，便推说此事须与部下将士商议。到了第二日，便在公堂上设着香案，上面高高地挂着一轴天子画像。张巡全身披挂，率领合城将士，走上堂去，哭拜在地。引得两廊下将士，高举剑戟，齐呼万岁。那六位大将也分立在堂下。看这情形，知道不妙。正要拔脚逃走，张巡喝一声："跪下！"那六人便齐齐地向上跪倒。张巡便把这六人来劝降的话，对众军士说了，只听得几千人轰雷也似齐喊一声"杀"！这六颗人头便在这喊声里，一齐落地。

正在这时候，外面敌兵又来攻城。张巡便带领众兵，登城御敌。那军士们自杀了这六员大将以后，人人都觉精神抖擞，莫不以一当十，以十当百。张巡亲自冒矢石，在城上督城，一连三昼夜，不曾合眼。正在吃紧的时候，忽管粮官前来报告，说："城中盐米俱无。"张巡听了，顿时气馁了下去。这一夜，他独坐在大堂上，愁容满面，正无可设法的时候，忽然探子报到说："敌军有盐米船数百艘，正沿西河而下。"张巡听了，不觉拍案大呼道："此天与吾也！"当下，便传集众将，上堂来听令。来朝调三千兵士，在城东挑战。只须摇旗呐喊，多放火箭。一面由张巡亲自率领勇士五百人，偷偷地出了西城，到河边劫粮去。

第二天，令狐潮在中军帐中，正进早膳。忽听得城东面喊声大起，说是张巡兵欲出城冲阵。令狐潮便调右路兵去，包围东城。城上见敌兵走近，千万道火箭齐下。夹着风势，那令狐潮军中旗帜、车辆，一齐着了火，愈烧愈旺，不可扑灭。令狐潮见此情形，便倾全部兵马，上去攻打东城。那城中兵士忽然火箭不放了，只躲在城垛里摇旗呐喊。城外兵士爬上城去。忽然城头上木石齐下，打死了许多兵士。从早到晚，足足厮杀了一天。城中兵士丝毫不受损伤；城外兵士，却又死了许多。

看看天色已晚。令狐潮没奈何，只得鸣金收军，回到帐中。忽见一个解粮官，垂头丧气地跑来。看他身上狼狈不堪，问时，原来这解粮官，从洛阳运粮到此。看看已近河西，忽然水底里钻出数百个黑衣兵来，一拥上船，各各拔出佩刀，把船上兵丁杀死。那四百艘粮船尽被黑衣兵劫去。解粮官跳入河中，才得逃了性命。不用说，这黑衣兵便是张巡的军士了。当时张巡趁城东厮杀得热闹的时候，令狐潮全副精神注定在东城；这城西地方，却毫无设备。张巡亲自带了这五百名黑水兵，偷偷地出了东城。这五百名兵士个个识得水性，赶到西河，便一齐跳下水底去躲着。看看粮船到来，那五百黑衣兵一拥而上，不费气力，便把五百号大粮船，劫夺过来。果然盐米十分充足，只可惜张巡手下，只有五百个人，他们用尽气力，只取得一千斛盐米。抛在船上的盐米正多呢。张巡无法可想，只得把剩下的盐米，放一把火，连船连米，烧得干干净净。

城中得了这一大批粮食，顿时全军欢腾起来。正高兴的时候，忽见那管军火的仓官上来报说："因日间兵士们放火箭过多，如今武库中已不留一箭。"张巡听了，顿时又吃了一大惊，心想兵士没了箭，叫他明日如何应敌。抬头向天上一望，忽见月暗星稀，满空中布着云雾，立时心生一计，当即传令军中，限二鼓以前，扎齐草人一千个候用。此时正是初更时分，众军士得了军令，便一齐动起手来。到二更时分，果然扎成一千个草人，前来交纳。张巡便命把草人一齐穿起黑衣来，在颈子上各系着一条绳子。看看三鼓时候，一千名军士抱着一千个草人，走上城头去，一声呐喊，把这手中草人，一齐向城墙外面抛去。那军士们却躲身在城墙里面，手中各各把绳子牵动着。

令狐潮的兵士正在睡梦中，被呐喊声惊起。这时夜深雾重，远远望去，只见城中兵士沿着城墙，用绳子缒下城来，满城墙蠢动着，也不知有多少兵士。急急去报与令狐潮。令狐潮亲自来察看，果见无数黑衣兵，在城腰上缒下城来。令狐潮便传令箭手放箭，顿时箭如飞蝗，万弩齐发。射了半夜，看看那城上的兵士，只在半空中缒着，也不下来，也不上去，也不听得城头上有半点声息。令狐潮令住了箭，到天明看时，原来城墙上挂着的，齐是草人。那草人浑身上下密密插满了箭，正与刺猬相似。令狐潮到此时，才恍然城中用计借箭的，气得他命众军士一拥而上去抢那草人时，城中兵士，把绳子一牵动，把草人一齐提进城去了。张巡点了一点，足足得了三十万支利箭，便令军士登城高呼道：
"谢令狐将军赐箭！"那令狐潮听了，又是好气，又是好笑，便鸣
金回营去了。

不料第二夜，城中又鼓噪起来。令狐潮出帐看时，依旧见许
多草人披着黑衣，缒出在城墙外，半空中随风飘荡着。令狐潮在
马上看了，不觉哈哈大笑。令众军士莫去睬他，依旧回帐安睡。
令狐潮的兵士，睡在枕上，远远地听城中的兵士，越鼓噪得厉
害，他们也越笑得厉害。睡至三鼓，忽然帐外一声喊起，那城中
兵士如潮涌而至。令狐军从睡梦中惊醒，人不及甲，马不及鞍，
个个赤脚飞逃。城中兵士就帐前放一把火，杀入中军帐去，一眼
见令狐潮把卧被裹在身上，向帐后逃去。众军士看看赶上，举刀
砍去，忽见一个胡子大汉，一伸手把令狐潮抢在背上，大脚步从
后营门出去。营门外另着一匹马，那大汉子把令狐潮扶上马背，
一鞭打去，那马便如飞地逃去。城中兵士见捉不得贼帅，便回身
扑入敌兵帐中，混杀一阵。这一战，令狐潮伤失了无数人马，又
烧去了许多营垒，带着败残兵士，直奔了八十余里，才住了脚。
检点兵士，已死了一万余人。

令狐潮发个狠，便向雍邱重调人马，前来围城。此一番，却
不比从前，把个睢阳城围得水泄不通。从早到晚，却不住地攻
打。张巡在城上昼夜督战，一连攻打了八日八夜，城中柴草用尽
了，张巡心中不觉愁闷起来，便与诸将士商议。内中有一位行军
参军，便献计道："如此如此，包管得了柴草。"张巡连称好计。
到了次日，张巡站在城楼上，竖起黄旗，令两军停战，高叫：
"令狐将军出阵答话。"停了一会，果然见敌军中，阵门开处，令
狐潮全身披挂，骑在马上，左右武士随着，直至城下。张巡满脸
装着笑容，在城楼上欠身说道："将军请了，俺二人相持日久，
劳师縻众。如今俺这城中粮尽援绝，急欲领众出走，请将军领

兵，退去二舍之地，使我们从容让城。"令狐潮多日攻城不下，心中正是焦急。今听张巡如此说法，正中心怀，当即传令，众军士退去二舍之地，放张巡兵出城，不得追杀。不消几个时辰，那令狐军士，果然拔寨退尽。

张巡先打发哨兵出城去打听虚实，果然四门不见敌兵，张巡便传令众军士，午时出城去砍柴，限申时回城。顿时四门大开，那军士们各各腰插利斧，奔出城去，先把四郊的民房拆去，又上山去砍倒许多树木，捆载着回来。张巡看看柴草十分充足，那近城三十里的树木房屋，都已搬尽，便吩咐依旧把四门严闭起来，日夜用兵看守着。那令狐潮兵退二舍之地，看看过了三日，还不见张巡让城，便立刻修书一封，打发差官，送进城去，谁知那差官也被张巡扣住在城中不放。

令狐潮不觉大怒，又带领人马，前来攻城。张巡亲自在城楼上，对令狐潮说话。令狐潮责问："为何失信？"张巡不慌不忙地说道："并非俺家失信，只因城中缺马，俺将士深恐汝军追杀，不得乘骑，不能速走。愿将军赐马三十匹，即当让城。"令狐潮便信以为真，即选良马三十匹，送进城去。张巡早与部下将士约定，选骁勇有膂力的将士三十人，人各得一骑，冲杀出城去，人各取敌军一将。敌军无将，则军心自乱。当日见令狐潮果然把马送来，张巡令众将官各各饱餐一顿，开着城门，直冲杀出去。令狐潮的兵士正待城中兵士出走，猛不防那敌将早已冲杀到跟前。那来将如入无人之境，令狐军将士一个措手不及，有被砍下首级来的，有被活捉过去的，一时阵脚大乱，令狐潮只得带领众军且战且退。张巡在城中指挥兵士，如山崩海啸地掩杀过来。这一战，张巡军砍得敌兵首级千余个，掳得牛马器械无数。令狐潮屡次中张巡的计，屡次打败仗，心中又羞又愤，便退回陈留去，坚守不出。

直至是年七月，令狐潮又率领将士瞿伯玉生力军一万人，前来攻城；另命四人，假扮着宫中尉官，手捧圣旨，混进城来。那圣旨令张巡率领本部人马，前赴行在。张巡设宴款待此四人，席问张巡道："此去行在千里，道路为梗，教俺如何去得？更不知诸公如何来得？"一句话，问得这四人面面相觑。张巡喝一声"拿下！"帐下健儿一拥上去，砍下四人的首级来。令狐潮见计策不行，又斩了他的来使，便奋力攻城。张巡自令狐潮军退去以后，便积聚钱粮，训练士卒；又与河南节度使虢王巨，遥相呼应，心中也觉毫无恐怖。此番令狐潮再来攻城，足足打了四个月，令狐军愈来愈多，竟有兵士四万余人；而张巡手下的兵士，因战争日久，死亡日多，此时只有一千多兵士。但经过大小二百余战，每战必胜，令狐潮也没法奈何他。

这时虢王屯兵在彭城地方，拜张巡为先锋大元帅。接着鲁东平地方，被禄山右翼军队攻陷，济阴太守高承义，便献城投降禄山。虢王不能守彭城，便领兵退守临淮。张巡困守绝地，外失应援。贼将杨朝宗出兵宁陵，断张巡粮草之路，张巡大恐，便率领马三百、兵三千，乘黑夜退出淮阳，投奔睢阳城而来。

睢阳太守许远，原是一位忠义之士。他部下有大将两人，一名雷万春，一名南霁云，各领兵数千，在宁陵北道，一日之中，斩杀贼将二十、贼兵二万余人，投尸在汴河中，河水为之不流。从此军威大震。如今许远与张巡合兵，势力更是雄厚。

这睢阳城是东西往来要道，兵家所必争之地。安禄山便遣发部将尹子琦，带领数万突厥兵，与杨朝宗合兵十余万，来攻睢阳城。许远自知才不及张巡，便让张巡为主帅，在城中调遣兵士，自己却专管军用粮食战具。张巡分兵守城，自己却开城出战，从辰至午，大小二十战，气不稍衰。尹子琦大败。张巡所得车马、牛羊，尽分给士卒，令城中秋毫无犯。

第六十九回　许远计杀敌将　张巡惨烹爱姬

太子即位灵武，下诏拜张巡为御史中丞，许远为侍御史。

张巡以久困孤城，无异束手待毙，欲乘胜进攻陈留。尹子琦又用大兵围城，张巡、许远杀牛大犒士卒，统合城兵士五千人，出城奋战。子琦望见城中兵少，鼓掌大笑。许远登城，亲自击鼓，城中兵士出死力与贼战，子琦兵大败，张巡穷追数十里而还。至五月，子琦又领大兵围城。张巡命城上遍插旌旗，深夜击鼓呐喊。贼兵大惊，严阵待旦，至天明，见城上寂无声息，偃旗息鼓。子琦兵士，疲倦不堪，便回营休息。张巡便令南霁云，领五百骑士，随后刀斧手一千人，含枚疾走，觑贼不备，直冲中军。一声喊起，骑兵四突，南霁云在马上斩将拔旗，一时敌营大乱，尹子琦只领数十兵士，落荒而走。

南霁云见得亲切，急急拍马赶上。忽横路里杀出一员大将来，身披铁甲，后随蕃兵千人，各骑高头大马，直向南霁云杀来。南霁云见自己兵力单薄，怕遭敌人围困，只得拨转马头，奔回睢阳城来。张巡在城上，见南霁云被敌兵追赶得紧，便急放下吊桥，把自家兵士接应进城来。待敌兵赶到，已把吊桥高高吊起，城壕边预埋着箭手，把敌人阵脚射住。尹子琦见军士转败为胜，便又挥动大兵，前来接应。那大将带领兵士，几次爬城，俱被张巡军士，在城上射退。南霁云退进城去，重复登城助战，见尹子琦在城脚下往来督战。南霁云躲在张巡身后，搭箭上弦，飕的一声，飞出城去，那尹子琦左眼上早中了一箭，应声倒下马来。敌兵见伤了主将，便顿时哗乱起来。许远奋力打鼓，张巡冲杀出去，又夺得敌人军器、车马，不计其数。子琦兵一时退尽，张巡兵得稍休养。

这睢阳城中原有稻谷三万斛，足敷一年之食。在春间因邻郡濮阳、济阴绝粮，虢王命分粮一半，接济濮阳、济阴两郡。许远当时也竭力劝阻，虢王不许。济阴太守高承义，得了粮米，便即投降禄山去，虢王也懊悔不及。到七月时候，尹子琦又带兵来围城。这时睢阳城中，粮食已尽；每一兵士，每日只给米一勺，煮着树皮、破纸，吞下肚去充饥。可怜那兵士终日饿着肚子，奋勇杀贼，渐渐有些不支起来。老弱的先行倒毙，日子久了，那强壮的也都活活的饿死，境状十分凄惨。但那班兵士到死也没有一句怨言。看看城中士兵只剩下了一千多人，便是这一千多人，也个个饿得骨瘦如柴，力不能举矢。张巡和许远二人，心中万分焦灼，日夜盼望救兵不至。张、许二人也商议不出一条好计策来。围城的兵打听得城中粮尽援绝，便死力攻城，用云梯爬城，四面放箭；那城中兵士，卧地用钩杆推倒云梯，又抛下火球去，烧断云梯。城外兵又用钩车木马，往往被张巡用木石打破。贼兵无法可施，便在四城筑栅包围。

那城上守兵日有饿死的。张巡命城中百姓，罗雀掘鼠，以享士卒。但城中雀鼠有限，且百姓也日有饿毙的，如何顾得兵士。张巡、许远眼看着守城兵士，一天少似一天，便是不死的，也伤气乏力，惨无人形。张巡一日退入后堂，与爱妾申氏谈论。看见申氏肌肤丰润，便立生一计，出至堂上，传集众将士，齐至堂中，大设筵席。众将士列坐两旁，只见桌面上排列着空盘、空碗。停了一会，抬出一个大行灶来，放在筵前。张巡吩咐到后堂去请夫人出来，只听得一阵环珮声响，两个丫环扶着一位千娇百媚的申氏出来。众将士见是主将的爱妾出来，便一齐把头低下。

那申氏走至张巡跟前，深深裣衽着，低声问道："老爷唤妾身出来，不知有何吩咐？"张巡看他爱妾时，越发打扮得齐整了，便指着身旁一个坐椅说道："你且坐下了，我有话说。"那申氏半折着纤腰，打偏坐下。众人见张巡霍地立起身来，一纳头便拜倒在申氏石榴裙下。慌得申氏忙跪下地去，还礼不迭。张巡站起身来，满面流着泪，说道："俺今已拼这条性命，做一个忠臣，也愿夫人成全了俺的志道，做一个烈妇。你看堂下众将士，都为俺忍饥耐苦，死守着这座睢阳城。我只因一身关系一城存亡，不能割下肌肤，以享众士。夫人身体肥嫩，其味当比俺的肌肉美，还求夫人替俺杀了身吧！夫人这一死，不独我做丈夫的感恩不尽，便是万岁爷也知道夫人的好处呢！"

好个申氏夫人，她听了张巡一番话，便毫不迟疑，当下用纤手打开衣襟，露出洁白的酥胸来。两旁将士看着，其势不好，便一齐抢上前去。说时迟，那时快，张巡早已拔下佩剑，只一剑，只听得娇声喊："我的老爷！"那酥胸上早已搠了一个窟窿。申氏倒下地去，众将士一齐跪倒在地，嚎啕痛哭。张巡喝令把尸身拖下堂去，洗剥了放在大釜中熬煮起来。正凄惨的时候，忽见那许远也一手揪住一个已杀死的僮婢，满面泪痕，走上堂将那僮婢交给左右，一块儿洗剥熬煮起来。满堂上将士，齐声哭喊道："小人们愿随张大元帅、许大元帅赴汤蹈火，同生共死。"

一刻儿，那大釜中已把人肉煮成羹，一碗一碗地盛着，端在众将士面前。那将士们如何肯吃，大家喊一声："谢二位将军大恩！"便各各擎着兵器，一拥上城去，依旧和城外敌人对垒。可怜他们都是四五日不吃饭的人了，如何擎得起枪，射得动箭，只是倒在地上干嚎着罢了。张巡一般的也是腹中饥饿，只扶住城垛子。两眼不住地向城外望着；见有敌兵爬上城来，便直着嗓子喊起来，放出几支有气没力的箭，把敌人打退了。

那许远坐在西门城楼上，也饥饿得头昏眼花，打几下有气没力的鼓，逼着众军士出战。那班兵士饿得站也站不住，被风一刮，便倒下地去，如何能打得仗。急得许远只是抱头向天，大声喊道："皇天有灵，救我一城市义士！"

一日，张巡伏在城楼上，见城墙外尹子琦部下大将李怀忠，匹马在城下经过。张巡唤住他问道："君降贼几何日？"李答：

"已二月矣。"巡道:"君祖父亦为唐臣乎?"答曰:"然。"巡曰:"君世受官,食天子粟,奈何一旦从贼?"怀忠答道:"非敢叛也,我数死于战,今竟被掳,亦天也!"张巡大声道:"自古悖逆,终至夷灭。一旦贼败,君父母、妻子俱死,汝何忍为此?"怀忠无言,掩面拍马而去。当夜二鼓将近,忽闻有扣关声,巡问:"何人?""李怀忠来降。"许远疑有诈,劝巡莫纳,巡流泪道:"事已至此,成败听天。"便令开城,怀忠率本部兵二百人,负米而入。全城兵士大喜,以米煮粥,饱餐一顿,精神大震。

从此不战,张巡与许远二人,各据东西城楼,见有敌将经过城下,即苦口劝降。敌将感二人忠义,陆续有进城投降,并私赠粮食的。城中兵因得稍延时日。忽得报,说朝廷已派遣大将贺兰进明,进屯临淮;又有许叔冀、尚衡,进兵彭城。这两处地方,都离睢阳甚近。张、许二人日夜望救兵到来。但守候了十多日,毫无影响。

看看城中又是粒米无存了,张巡与许远商议,修书一封,令南霁云率领勇士三十人,各骑快马,冲出城去。城外兵士数千,向霁云围来,霁云令三十人分左右,用强弩射住。一夜赶到彭城,拜见主将许叔冀,把张、许二人求救的书信交上。叔冀看了书信,忙去把贺兰进明请来。进明素忌张、许二人声威,恐救之功出己上,便不愿救助。又爱南霁云忠勇,便置酒高会,又盛设音乐。南霁云登堂问:"贺兰将军,已发兵救睢阳乎?"进明微笑道:"睢阳城亡在旦夕,出师亦无益,将军只饮酒,莫问睢阳事。"霁云大哭道:"昨出睢阳城时,将士已不得粒米入腹,不饱食亦一月余。今将军不救此数千义士而广设声乐,末将与睢阳城众义士,有同生死之心,义不独享!"进明与叔冀二人,再三劝酒,霁云勃然大怒,起身道:"今末将奉主帅之命,不得达,请留一指以报我诸义士。"他说罢,急拔下佩刀来,砍断一指,一座大惊。霁云掉头不顾，大踏步出门去，跃身上马，回身抽箭，射佛寺塔上，射落塔砖及半。霁云愤愤道："吾破贼必杀贺兰，以此箭为信！"急至真源郡，得李贲助马百匹；至宁陵，又得城使廉坦助兵三千。霁云率兵，星夜奔回睢阳，杀进一条血路。睢阳城外大兵如云，霁云且战且进，四面受敌。追至城下，只得八百人，时值大雾，对面不见人。张巡在城楼上听得城外喊杀之声大震，大喜道："此南将军之声也！"急开城。霁云入城，已杀得血满战袍，面无人色。

欲知后事如何，且听下回分解。

第七十回　猪儿夜刺禄山
龟年途遇李謩

南霁云只讨得八百个救兵，何济于事。睢阳城外敌兵越打越凶，到十月癸丑日，许远正守西城，忽听得天崩地裂价一声响亮，睢阳城倒了东北角，敌兵如潮涌而进。张巡见大势已去，便在城楼上向西哭拜道："孤城备竭，弗能全，臣生不报陛下，死为鬼以杀贼。"便与许远同时被擒。睢阳城中大小将士，共有三十余人，一齐被绑着去见尹子琦。那三十余人见了张巡，不禁失声大哭。张巡对众人道："安心，不要害怕，死是天命。"子琦对张巡道："听说将军每次督战，必大呼眦裂血面，嚼齿皆碎，何至于此？"巡答称："我欲气吞逆贼，苦于力不从心耳。"子琦闻张巡骂他逆贼，不觉大怒，便拔刀直刺张巡嘴口中，齿尽落，只存三四枚。张巡大骂道："我为君父而死，虽死犹生！汝甘心附贼，是真犬彘耳！决不得久活。"子琦命众武士拿快刀架在张巡颈子上，逼他投降，张巡只仰天大笑。又令威逼着南霁云，霁云低头无语。张巡在旁大声呼道："南八男儿死耳，不可为不义屈！"霁云笑道："公知我者，岂敢不死。"子琦见将士都不肯降，便令刀斧手押出辕门去。张巡为首，后面南霁云、姚訚、雷万春一班三十六人，一齐斩首。张巡死时，年四十九岁。此时许远被囚在狱中，子琦令与三十六人头一齐押送至洛阳。路中经过偃

700

师，许远对贼大骂，亦被押解武士杀死。

张巡身长七尺，须长过腹。每至怒时，须髯尽张。读书不过三次，便永久不忘。守淮阳城、睢阳城时，经过大小四百余战，杀死敌将三百人，敌兵死十余万人。他用兵不依古法，调兵遣将，随机应变。有人问他："何以不依兵法？"张巡答称："古时人情朴实，故行军分左右前后，大将居中，三军望之，以齐进退。今贼兵乃胡人，胡人乌合之众，不讲兵法，变态百出，故吾人亦须出奇计以应之。只须兵识将意，将识士情，上下相习，人自为战，便能制胜。"每战必亲自临阵，有退缩者，巡便进而代之。对兵士道："我不去此，为我决战。"军士们感其诚意，便各以一当百。

张巡又能与众人共甘苦，大寒大暑，虽见厮养贱卒，亦必整衣正容。与许远二人困守睢阳城中，初粮尽杀马而食，马尽则杀妇人、老弱而食。守城三月，共食人至三万口。日杀城中百姓，而百姓无一怨恨者。城破之日，城中只有百姓四百人。后人议论张巡，初守睢阳，有兵六万人。至粮尽，不知全师而退，另图再生之路，卒至出于食人，杀人宁若全人？当时朝臣如张澹、李舒、董南史、张建封、樊晃、朱臣川、李翰一班人，都上奏说："睢阳为江淮咽喉，天下不亡，皆张、许二人守城之功也。"天子下诏，赠张巡为扬州大都督，许远为荆州大都督，南霁云开府仪同三司。张巡子亚夫，拜为金吾大将军；许远子玫，拜为婺州司马。在睢阳城中，建立双忠祠。

张巡与许远，同年生而长巡数月，巡因呼远为兄。后肃宗皇帝大历年间，张巡的儿子去疾，上书请褫夺许远官爵。他奏章上说道："孽胡南侵，父巡与睢阳太守许远，各守一面；城陷，贼从远所守处入。巡及将校三十余人，皆割心剖肌，惨毒备尝；而远与麾下无伤。巡临命叹曰：'嗟乎，贼有可恨者！'贼曰：'公恨我乎?,巡曰:'恨远心不可得,误国家事。若死有知,当不救于地下。使国威丧失,功业堕败,则远之于臣,实不共戴天。'请追夺官爵,以洗冤耻。"皇帝下诏与百官议,当时朝臣都替许远抱屈,上章辩道:"去疾证状最明者,城陷而远独生也。且远本守睢阳,凡屠城以生致主将为功。则远后巡死,实不足惑。若曰,后死者与贼,其先巡死者,谓巡当叛可乎?当此时,去疾尚幼,事未详知。且禄山之役,忠烈未有若二人者。事载简书,若日星,不可妄议轻重。"后世韩愈也说:"二人者,守死成名,先后异耳。二家子弟材下,不能通知其父志,使世疑远畏死而服贼,远诚畏死,何苦守尺寸地,食其所爱之肉抗不降乎?且见援不至,人相食而犹守,甚愚亦知必死矣。然远之不畏死甚明。至言贼从远所守处入,此与儿童之见无异。且人之将死,其脏腑必有先受病,引绳而绝之,其绝必有处,今从而罪之,亦不达于理也!"所以张、许二人守睢阳城,一般地有大功。只因他能出死力守城至三月之久,那郭子仪和李光弼的大兵,才赶得上在江淮一带收复十三座郡城,贼势大衰。

　　那安禄山住在洛阳宫中,只因庆绪和庆恩二人争立太子的事,两下里明争暗斗,十分激烈。这一天,安禄山在孙孝哲母亲房中临幸,那孙母仗着和安禄山多年的恩情,便立逼着安禄山要他早定了庆恩为太子。安禄山原也爱庆恩的,又念在与孙氏早年患难恩情,便也一口答应了。说:"明日与丞相商定了,下立太子的诏书。"这消息传得真快,那孙氏和安禄山在枕上说的话,早已有人去报与大将军庆绪知道。庆绪听了大怒,便去唤李猪儿进府来商议。李猪儿说道:"事已至此,大将军宜从早下手。"庆绪问:"如何下手?"李猪儿在庆绪耳边,只说了一个"刺"字。庆绪怔怔的半天,说道:"怕与人情上说不过去吧?"李猪儿冷笑一声说道:"什么人情不人情!安禄山受大唐天子那样大恩,尚且兴兵谋反，也怪不得俺们今日反面无情了！"庆绪点头称是：
"但要行此大事，不宜迟缓，趁今夜深更人静，便去结果了这老
昏君吧。"

李猪儿得了庆绪的说话，便回家去，扎缚停当，听醮楼上打
过三鼓，便在黑地里沿着宫墙走去，一路里树荫夹道，凉月窥
人。正走着，忽见前面巡军来了。李猪儿便闪身在大树背面，听
那巡军走到跟前，嘴里噜噜唆唆说道："大哥你看那御河桥树枝
为何这般乱动？"一个年老的说道："莫不有什么奸细在内？"那
第一个说道"这所在哪得有奸细，想是柳树成精了！"巡军头儿
道："呸！你们不听得风起吗？不要管，一起巡去就是了。"待巡
军去远了。李猪儿又闪身出来，慢慢地行去。

看看已到后殿，那一带矮墙，蜿蜒围绕着，李猪儿一耸身轻
轻地跳过墙去，侧耳一听，那后宫中风送出一阵一阵笙歌之声。
李猪在安禄山宫中，原是熟路，他先悄悄地去爬在寝宫屋檐上候
着。直到四鼓向尽。只见两行宫灯，一簇宫女扶着安禄山酒吃醉
了，东歪西斜地进寝宫来。

禄山年老，身体愈是肥笨，那腿弯腋下都长着湿疮。又因好
色过度，把两只眼睛也玩瞎了。每日在宫中出入，须有六个宫女
在前后左右扶持着。但安禄山还是日夜与孙氏、李氏纵淫不休。
且酷好杯中之物，每饮必醉，每醉必怒。李猪儿和严庄二人，终
日随侍在安禄山左右，进出扶胁，又陪侍在床第之间，替他解扣
结带。每值安禄山酒醉，便拿这两人痛笞醒酒。李猪儿和严庄二
人，受了这折辱，也是敢怒而不敢言。每一次怒发，必得李氏来
劝慰一番，又陪着在床第间纵乐宣淫。这李氏却是夏姬转世，因
要讨安禄山的好儿，竟日夜与安禄山纠缠不休。安禄山虽爱好风
流，但经不得李氏一索再索，竟渐渐地有些精力不济了。后来安
禄山竟常常推托酒醉，独自一人，睡在寝宫里躲避着。

这一夜，李猪儿跳进宫去行刺，正是安禄山酒醉，安息在便殿中。李猪儿站在屋檐上，看得真切。见众宫女扶持着安禄山醉醺醺地进宫去安寝，只听得安禄山唤着宫娥问道："李夫人可曾回宫去？"宫女答称："回宫去了。"安禄山又自言自语地说道："孤家原不曾醉，只因打破长安以后，便想席卷中原。不料近日闻得各路兵将，俱被郭子仪杀得大败，心中好生着急。又因爱恋李夫人太甚，酒色过度，不但弄得孤家身子疲软，连双目都看不见了。因此今夜假装酒醉，令她回宫，孤家自在便殿安寝，暂且将息一宵。"安禄山口中咕噜着，慢慢地睡熟去了。那在跟前伺候的宫女，一个一个地退出房来，坐在廊下打盹儿。

李猪儿看看是时候了，不敢延挨，便把大刀藏在胁下，噗地一声，落下地来，又蹲身一窜，窜进了殿里。看绣幔低垂，门儿虚掩着。李猪儿拍一拍胸脯，把胆放一放大，一侧身便钻进门去。见窗前红烛高烧，床上罗帐低垂，一阵一阵的鼾声如雷。猪儿一耸身，轻轻地站在床前，拿刀尖拨开帐门看时，见安禄山高高地叠起肚子睡着。猪儿咬一咬牙，对准了安禄山的肚子，便是一刀直捅下去，刀身进去了一半，接着听到杀猪般地大喊一声。安禄山从睡梦中痛醒过来，把两手捧住刀柄，用力一拔，那肠子跟着刀尖直泻出来。一个肥大的身体在床上翻腾了一阵，两脚一挺，直死过去了。

那廊下守着的宫女，正在好睡时候，被安禄山的喊声惊醒。再细听时，安禄山在床上翻腾，直震撼得那床柱也摇动起来。四个宫女一齐跳起身来，抢进屋子去。才到房门口，那李猪儿正从屋子里冲出来，只略略一举手，把四个娇怯怯的宫女一齐推倒，眼看着他一耸身跳上屋檐去，逃走得无影无踪。待宫女进屋子去看时，那安禄山死得十分可怕，只喊得一声："不好了，外厢值宿军士快来！"连跑带跌地逃出房来，正遇到那值宿军士，问：

"为何大惊小怪?"宫女齐声答道:"皇爷忽然梦中大叫,急起看时,只见鲜血满地,早已被刺客杀死了。"那军士进屋去看了,便去报与大将军庆绪知道。

庆绪连夜进宫来料理,把安禄山的尸身,用毡毯包着埋在床下,推说皇上病危,下诏立庆绪为太子。到第二日清早,又传谕称禄山传位与庆绪,尊安禄山为太上皇,改国号为载初元年,逐孙氏母子出洛阳。庆绪既做了皇帝,每日与李猪儿母子二人,在宫中饮酒纵乐,朝廷政事悉听严庄一人主持。令张通儒、安守忠二人,屯兵长安;史思明领范阳节度使,屯兵恒阳;牛廷玠屯兵安阳;张志忠屯兵井陉。一时军事大盛。

消息传到灵武,肃宗皇帝便下旨,令广平王统率大军东征。李嗣业统前军,郭子仪将中军,王思礼将后军。又有回纥叶护部落各骑兵助战。张通儒兵十万,驻扎长安。大部是胡人,胡兵素畏回纥声势,一见回纥,骑兵便一哄惊散。李嗣业将兵合攻,通儒大败,弃妻子,逃至陕中。广乎王夺回长安,又转向洛阳攻来。此时蔡希德从上党来,田承嗣往颖川来,武令珣从南阳来,有兵六万人,会攻洛阳。安庆绪势不能支,弃洛阳宫殿而逃。捉得庆绪弟庆和,送京师斩首。庆绪只得兵五百人,去投史思明。史思明闻庆绪来奔,先令军士披甲埋伏在两廊,待庆绪到,再拜伏地,谢曰:"臣不克负荷,弃两都,陷重围,臣之罪,惟大王图之!"史思明怒曰:"兵利不利亦何事,而为人子杀父求位,非大逆耶?吾今乃为太上皇讨贼!"说至此,向左右回顾,便有武士牵出,斩下庆绪首级来。

肃宗知庆绪已死,使下诏令郭子仪、李辅国,统九节度使兵二十万,来攻思明。可笑史思明才篡得安庆绪的皇位,不多几天,便也被他儿子史朝义指使他手下的曹将军,拿绳子活活地缢死。那朝义也被他臣下田承嗣逼得出走,缢死在医巫闾祠下。

安、史两贼俱灭。当时受史思明官职的恒州刺史张忠志、赵州刺史卢傲、定州刺史程元胜、徐州刺史刘如伶、相州节度使薛嵩，又有大将李怀仙、田承嗣，一齐献出城池，投降唐朝，从此天下太平。

肃宗皇帝率领文武大臣，回到长安，修复宗庙，招安人民；一面赍表到成都，请太上皇回銮。玄宗得了京中表章，便也打点启驾回京。一日，匹马在成都郊外游行，后面只高力士一人随侍着。忽见迎面一架大桥，玄宗举手中鞭，指问："此桥何名？"高力士奏称："名万里桥。"玄宗在马上叹道："一行师真神仙中人也！"高力士忙问："何事？"玄宗道："朕六年前幸东都，与一行师共登天宫寺阁，心中不觉感慨起来，便问一行师：'吾甲子得终无患乎？'一行答称：'陛下行幸万里，圣祚无疆。'至今想来，朕到此万里桥边，当是前定。"高力士也奏道："人间万事莫非前定，万岁爷诸事宽怀便是。"正说着，一阵西风吹来，甚是寒冷；玄宗心中想着杨贵妃，不觉又流下泪来，说道："妃子匆匆埋葬，只有一紫褥裹身。如此寒天，叫她冰肌玉肤，如何耐得！"便急急回宫去，下旨，欲为杨贵妃改葬。陈元礼见了圣旨，甚是畏惧。当有礼部侍郎李揆奏道："龙武将军以杨国忠反故诛之，并及其妹。今若改葬贵妃，恐令武将士疑惧。"玄宗看了奏章，只得作罢。

此时太上皇銮驾已从成都出发，玄宗究竟放心不下，便暗暗地打发高力士，赶到马嵬驿，用锦绣被服，改葬贵妃。谁知掘开坟土来一看，只见一幅紫被，裹着一把白骨，却全无贵妃的尸骸。只有一个锦香囊，尚挂在胸骨前。高力士把锦香囊取得，胡乱拿锦被包着残骨葬下，回京来把这锦香囊呈与太上皇。太上皇便藏在怀袖中，终日不离。但玄宗此次回宫，景物全非。便是那梨园子弟和龟年弟兄，还有昔日服侍贵妃的永清、念奴两个宫女，都不在眼前了。心中万分凄凉。却不知道李龟年已流落在江南地方，卖歌乞食。

这一日，是青溪鹫峰寺大会，红男绿女，游人挤满了道路。那李龟年也抱着琵琶，向人丛中行来。他一边行着，一边叹说道："想我李龟年，昔日为内苑伶工，供奉梨园。蒙万岁爷十分恩宠，自从朝元阁教演《霓裳曲》成，奏上龙颜大悦，与贵妃娘娘各赐缠头，不下数万。谁想禄山造反，破了长安；圣驾西巡，万民逃窜。俺们梨园部中，也都七零八落，各自奔逃。老汉如今流落在江南地方，沿门卖歌，真凄凉死人也！"他说着，便去坐在庙门外墙角上，脱楞楞弹得琵琶响亮。便随意唱道：

不提防余年值乱离，逼拶得岐路遭穷败；受奔波风尘颜色黑，叹衰残霜雪鬓须白。今日个流落天涯，只留得琵琶在；揣羞脸上长街又过短街，哪里是高渐离击筑悲歌，倒做了伍子胥吹箫也那乞丐！想当日奏清歌趋承金殿，度新声供应瑶阶；说不尽九重天上恩如海，幸温泉骊山雪霁，泛仙舟兴庆莲开。玩婵娟华清宫殿，赏芬芳花萼楼台。正担承雨露深泽，蓦遭逢天地奇灾。剑门关尘蒙了凤辇鸾舆，马嵬坡血污了天姿国色，江南路哭杀了瘦骨穷骸。可哀落魄，只得把霓裳御谱沿门卖，有谁人喝声彩，空对看六代园陵草树埋，满目兴衰！

李龟年这一场弹唱，顿时哄动了逛寺院的闲人，围定了李龟年，成了半个大圈子。听他琵琶意儿弹得幽幽咽咽的，众人止不住落下泪来。忽见一个少年，上前对李龟年打一个恭，说道："小生李謩，自从在骊山宫墙外偷按《霓裳》数叠，未能得其全谱。今听老丈妙音，当时梨园旧人？小生想天宝年间，遗事甚多，何不请先把贵妃娘娘当时怎生进宫来的情形唱来听听！小生备得白银五两在此，奉与老丈，聊为老丈润润喉儿。"李龟年也不答话，便抱起琵琶来，弹着唱道：

> 唱不尽兴亡梦幻，弹不尽悲伤感叹。大古里凄凉满眼对江山，我只待拨繁弦传幽怨，翻别调写愁烦。慢慢地把天宝当年遗事弹。

他唱完这第一阕，略停了一停，接着唱第二阕道：

> 想当初庆皇唐太平天下，访丽色把蛾眉选刷。有佳人生长在弘农杨氏家，深闺内端的玉无瑕。那君王一见了欢无那，把钿盒、金钗亲纳，评拔做昭阳第一花。

当时有几个听唱的女子，便忍不住问道："那贵妃娘娘怎生模样？可有咱家大姐这样标致么？"李龟年又拨动琵琶唱着第三阕道：

> 那娘娘生得来仙姿佚貌，说不尽幽闲窈窕；真是个花输双颊柳输腰，比昭君增妍丽，较西子倍风标，似观音飞来海峤，恍嫦娥偷离碧霄。更春情韵绕，春酣态娇，春眠梦俏。纵有好丹青，那百样婷婷难书描！

场中有一个老头儿，听完了这一段，便掀髯笑道："听这老翁说得杨娘娘标致恁般活现，倒像是亲眼见的，敢则谎也！"李薯拦着说道："只要唱得好听，管他谎不谎。老丈你自唱下去，那时皇帝怎么样看待她家呢？"李龟年接唱着第四阕道：

那君王看承得似明珠没两，镇日里高擎在掌。赛过那汉宫飞燕倚新妆，可正是玉楼中巢翡翠，金殿上锁着鸳鸯。宵偎昼傍，直弄得个伶俐的官家颠不剌懵不剌撇不下心儿上。弛了朝纲，占了情场，百支笔写不了风流帐。行厮并，坐厮当，双赤紧地倚了御床，博得个月夜花朝同受享。

有一个小老儿正蹲在地下听唱，他听到有趣时，噗的一声，仰翻在地，哈哈大笑道："好快活，听得咱似雪狮子向火哩！"便有一个小伙子扶着他起来，问道："你这话怎么说？"那小老儿说道："雪狮子向火，便是化了！"听得众人也撑不住哈哈大笑起来。李謩又问道："当时宫中有《霓裳羽衣》一曲，闻说出自御制，又说是贵妃娘娘所作，老丈可知其详？请再唱与小生听听。"那李龟年便点点头，接着唱第五阕道：

当日呵那娘娘正荷庭把宫商细按谱新声，将霓裳调翻；昼长时亲自教双鬟，舒素手拍香檀，一字字都吐自朱唇皓齿闻。恰便似一串骊珠声和韵闲，恰便似莺与燕，弄关关恰便似鸣泉花底流溪涧，恰便似明月下冷冷清梵，恰便似缑岭上鹤唳高寒，恰便似步虚仙珮夜珊珊。传集了梨园部教场班，向翠盘中高簇拥着个娘娘，得到那君王带笑看。

李謩听了叹道："果然是好仙曲！只可惜当日天子宠爱了贵妃，朝欢暮乐，致使渔阳兵起，说起来令人痛心呢！"李龟年却忍不住替贵妃辩护着道："相公休只埋怨贵妃娘娘，只因当日误任边将，委政权奸，以致庙谟颠倒，四海动摇。若使姚、宋犹存，哪见得有此。若说起渔阳兵起一事，真是天翻地覆，惨目伤心。列位不嫌絮烦，待老汉再慢慢弹唱出来者。"说着，又接唱第六阕道：

恰正好呕呕哑哑霓裳歌舞，不提防扑扑突突渔阳战鼓；划地里出出律律纷纷攘攘奏边书，怎得个上上下下都无措。早则是喧喧嗾嗾惊惊遽遽仓仓卒卒挨挨拶拶出延秋西路。銮舆后携着个娇娇滴滴贵妃同去，又只见密密匝匝的兵，恶恶狠狠的语，闹闹吵吵轰轰騞騞四下喳呼。生逼散恩恩爱爱疼疼热热帝王夫妇，霎时间画就了这一幅惨惨凄凄绝代佳人绝命图！

李薯听了，不觉流下泪来，叹道："天生丽质，遭此惨毒，真可怜也！"那旁一个小老儿指着李薯拍手笑道："这是说唱，老兄怎么认真掉下泪来？"李薯也不去睬他，只赶着李龟年问道："那贵妃娘娘死后，葬在何处？"李龟年又接唱着第七阕道：

破不剌马嵬驿舍，冷清清佛堂倒斜。一代红颜为君绝，千秋遗恨滴罗巾血。半棵树是薄命碑碣，一杯土是断肠墓穴。再无人过荒凉，野茫天涯谁吊梨花谢。可怜那抱幽怨的孤魂，只伴着呜呜咽咽的望帝悲声啼夜月！

李龟年停住琵琶，又插着一段道白："哎呀，好端端一座锦绣长安，自被禄山破陷，光景十分不堪了。听俺再弹波。"

接着又唱第八阕道：

自銮舆西巡蜀道，长安内兵戈肆扰；千官无复紫宸朝，把繁华顿消顿消。六宫中朱户挂蟏蛸，御榻旁白昼狐狸啸。叫鸱鸮也么哥！长蓬蒿也么哥！野鹿儿乱跑，苑柳宫花一半儿凋，有谁人去扫去扫。玳瑁空梁燕泥儿抛，只留得缺月黄昏照，叹萧条也么哥染腥臊。玉砌空堆马粪高。

李龟年唱到这里，那琵琶脱楞一声弹个煞尾，也便收场。那班男女便也各各轻身散去，独有这李謩呆呆地站着不去。

欲知后事如何，且听下回分解。

第七十一回　念梅妃宫中刻像
　　　　　　欺上皇道旁拉马

　　李龟年收了场子，夹了琵琶，正转身要走，忽见那李謩抢上前来，一把拉住道："老丈，小生听你这琵琶，非同凡手，得自何人传授的？"李龟年见问，不禁神色惨然道："你问我这琵琶么？它曾供奉过开元皇帝。"李謩诧异道："这等说来，老丈定是梨园部内人了？"李龟年答道："说也惭愧，老汉也曾在梨园中领班，沉香亭畔承值，华清宫里追随。"李謩更觉诧异道："如此说来，老丈莫不是贺老？"李龟年摇着头道："俺不是贺家的怀智。"问："敢是黄幡绰？"答道："黄幡绰和俺原是老辈。"问："这样说来，想必是雷海青了？"答道："俺是弄琵琶的，却不是姓雷！他呵，已骂贼身死。""这等想必是马仙期了？"答道："俺也不是擅长方响的马仙期，那些都是旧相识，恰休提起。"李謩却依旧追问道："不知老丈因何来到这江南地方？"李龟年答道："俺只为家亡国破，从死中逃生，来自江南地方，乞食度日。"李謩道："说了半天，不知老丈究是何人？"答道："老汉姓李，名龟年的便是。"李謩道："呀！原来是李教师，多多失敬了！"李龟年问了李謩名姓，才恍然道："原来是吹铁笛的李官人，幸会幸会！"李謩问："那《霓裳》全谱，可还记得么？"答道："也还记得，官人为何问它？"答道："不瞒老丈说，小生性好音乐，向客西

712

京，老丈在朝元阁演习《霓裳》之时，小生曾傍着宫墙，细细窃听，已将铁笛偷写数段，只是未得全谱，各处访求，无有知者。今日幸遇老丈，不知肯赐教否？”

李龟年流落在江南，正苦不遇知音，且找不得寓处。李薯便邀着龟年到家中，每天传授《霓裳羽衣曲》去。这李薯年少风流，浪迹四海，只因酷好音乐，便散尽黄金，寻觅知音。如今得了李龟年传授妙曲，真乐得他废寝忘食。李薯原不曾娶得妻小的，在家中便与李龟年抵榻而眠。每至梦回睡醒，便与李龟年细论乐理。李龟年自到得李公子家中，每天好酒、好饭看待，身上也穿得甚是光鲜，因此他心中十分感激李公子的恩德，正苦无法报答。

这一日，正是清明佳节，李薯被几个同学好友，邀去饮宴。只留下李龟年一人在家中，独坐无聊，便出东门找幽静地方闲步去。在一带柳荫下走着，忽然一阵风夹着雨点，扑面打来。李龟年浑身被雨水打湿了，不由得慌张起来，急急找有房屋的所在躲去。抬头只见前面一座道院，那横额上写道“女贞观”三字。两扇朱红门儿，却虚掩着。李龟年却也顾不得，便一纳头侧着身儿挨进门去看，好一座庄严的大殿。殿中供着如来佛的丈六金身，钟鼓鱼磬，排列得十分整齐。那佛座下面又设着一个牌位，李龟年不由得走近去看时，见牌位上写着一行字道：“唐皇贵妃杨娘娘灵位。”李龟年再低低地念了一遍，不由得两行眼泪，扑簌簌地向腮儿上直流下来。一面倒身下拜，口中说道：“哎哟！杨娘娘不想这里颠倒有人供养。”拜罢起来，只见里面走出一个年轻女道士来，口中问：“哪个在这里啼哭？”待走近看时，不觉一惊，道：“你好似李师父模样，何由到此？”李龟年口中答应道；“我李龟年的便是。”细细看那女道士时，却也大惊道：“姑姑莫非是宫中的念奴姐姐么？”

那女道士见了李龟年，却只有悲咽的份儿，哭得说不出话来。龟年连问："姐姐几时到此？"念奴勉强抑住悲声，说道："我去年逃难南来，出家在此。师父因何也到此地？"龟年道："我也因逃难流落江南，前在鹫峰寺中遇着李謩官人，承他款留在家。不想今天又遇到姐姐。"念奴问："哪个是李謩官人？"龟年道："这人说起来也奇，当日我与你们在朝元阁上演习《霓裳》，不想这李官人就在宫墙外面窃听，把铁笛来偷记新声数段。如今要我传授全谱，故此相留。"念奴道："唉！《霓裳》一曲，倒得流传；不想制谱之人，已归地下！连我们演曲的，也都流落他乡，好伤感人也！"念奴说着，止不住把罗袖拭着眼泪。李龟年忙安慰着，又问："那永清姐姐却为何不见？"念奴见问，便又不觉叹着气道："我们二人原和姊妹相似，赤紧地不忍分离。谁知她身体单薄，受不住路上风寒，如今病倒在观中。"说着，那观主也出来了。龟年看时，一位三十岁左右的妇人，气度甚是雅淡。因听他二人说得十分凄凉，便出来好言相劝。接着那道婆出来说："永新姑姑唤呢。"念奴急急进里屋看视。此时天色已是晴霁，李龟年便也起身告辞。

回到家中，把在女贞观中遇到念奴的话，告诉李謩知道。李謩听说永清、念奴也是旧时朝元阁演曲的人，便喜得什么似的，隔了几天，便央着李龟年，带他到女贞观去拜见念奴。谁知念奴正泪光满面的在那里哭她的同伴永清。原来永清恰于昨夜死了，此时正忙着收殓。李謩在一旁劝慰了几句，又丢下十两银子，给永清超荐的，念奴千恩万谢。

李謩正要辞去，一眼见那观主出来，原来正是去年在马嵬坡同看袜的女道姑。今日无意相逢，那观主便邀住李謩不放，摆上素斋来，李謩与李龟年二人胡乱吃了些。从此李謩心中却撇不下这念奴，常常独自一人瞒着李龟年到这女贞观中来走动。他一来果然也爱上了念奴的颜色，二来也怜惜她的身世，又因她能演唱《霓裳》曲子，不觉也动了知音之感。便是念奴到此时，身世飘零，却有人来深怜热爱，不觉全个儿心肠扑在这多情公子身上去。后来还是李龟年成就了他们的好事，替他们做了一个月老。念奴便还俗出来，嫁与李謩，一双两好地过着日子。

这时太上皇已回京师，怀念天宝旧人，李謩夫妻二人都被召进宫去，拜李謩为中书舍人。只可怜李龟年在前几天已病死在李謩家中，不及再见太上皇的颜色了。太上皇回宫，肃宗皇帝便奉养在兴庆宫中，朝夕与张皇后来宫中定省。所有昔日天宝旧人，都拨入兴庆宫中伺候太上皇。这兴庆宫，原是太上皇做太子时候住的，如今垂老住着，心中却也欢喜。只因杨贵妃已死，宫中三千粉黛俱已凋零，别无太上皇宠爱的人。

这时忽然想起那梅妃江采苹，忙命高力士到翠华东阁去宣召，满拟诉说相思，慰问乱离。谁知高力士去到东阁找寻梅妃时，早已人去楼空。问旧日宫女，却没有一个在了。便在后宫中寻遍，也不见有梅妃的踪迹。没奈何，只得空手回来复旨。太上皇听了，不禁万分伤心。想起梅妃的美丽婉恋，与她昔日两地相思的滋味，便愈觉得梅妃的可爱了。他疑是兵火之后，流落在民间。肃宗皇帝便下诏在民间察访如有寻得梅妃送还京师的，当给官三秩，赏钱百万。这样的重赏，谁人不愿。民间顿时热闹起来，家家户户，搜寻的搜寻，传说的传说，哄动了多时，却不见有梅妃的形迹。太上皇又命道士飞神御气，上升九霄，下察九洲，也不可见。太上皇因想念梅妃，又时时悲泣。肃宗皇帝暗令丹青妙手，画一幅梅妃小像，令高力士献与上皇。太上皇看了叹道："画虽极似，可惜不活。"便题诗一首在画上道：

忆昔娇妃在紫宸，铅华不御得天真。

霜绡虽似当时态，争奈娇波不顾人！

写罢，不觉泪滴袍袖，命匠人把像刻在石上，藏在东阁中。

这时天气渐渐暑热，太上皇昼卧在竹林下纳凉，矇眬睡去，仿佛见梅妃隔竹伫立，掩袖而泣。太上皇招以手，问妃子："究居何处？"梅妃哽咽着说道："往昔陛下蒙尘，妾死乱兵之手，怜妾者葬妾于池东梅树旁。"太上皇大哭，一怆而醒，立传高力士，命率众内侍往太液池发掘。掘遍池东梅树下，却毫无音响。太上皇愈是悲伤，忽想到温泉汤池旁，亦有梅树十多株，便亲自坐小辇到温泉，见了华清池，又不觉想起往日情形，十分感慨。命内侍在梅树下发掘，才一动手，便见一酒槽中，以锦裀裹尸。拂土视之，面色如生。太上皇扶尸大怆，亲去揭视，见玉体胁下有刀痕，忙命高力士备玉棺收殓。太上皇自制诔文，用妃子礼改葬在东陵。

那兴庆宫外，便是勤政楼。太上皇于黄昏月上时，便登楼远望，见烟月苍茫，凄凉满眼，便信口歌道：

庭前琪树已堪攀，塞外征人殊未还！

歌罢，远远地听得宫墙外有人和着唱《宫中行乐词》。太上皇心中大感动，问高力士道："此得非梨园旧人乎？明日为我访来。"明日，高力士依声寻去，果是梨园子弟。高力士又在民间寻得昔日杨贵妃的侍女名红桃的，太上皇命红桃唱《凉州词》。这词儿昔日杨贵妃亲制的，太上皇又亲自吹着玉笛，依声和之。红桃唱罢，不觉相视而泣。红桃说："昔日娘娘在华清宫中，常唱此曲。"太上皇便携着红桃，重幸华清宫。见宫中嫔御，都非旧人。太上皇至望京楼下，传张野狐在楼上奏《雨霖铃》曲。此曲原是

第七十一回　念梅妃宫中刻像　欺上皇道旁拉马

太上皇西幸至斜谷口时，遇雨旬日，在栈道上隔山闻雨打铃声相应，太上皇因想念妃子，便采其声，制成此曲。今张野狐在楼上奏此曲，未及半，太上皇已涕不可仰，左右也十分感伤。高力士命罢奏，劝上皇回宫。上皇见宫院荒凉，也无可留恋，便回兴庆宫来。

在宫门口，又遇到昔日新丰女伶，名谢阿蛮的。这谢阿蛮瘦削腰肢，善舞《凌波曲》，容貌也长得美丽，旧时养在宫中，杨贵妃认做养女，十分得宠。此时重与太上皇相见，但形容已憔悴消瘦得可怜。太上皇带她回宫去，召旧日乐工奏《凌波曲》，令阿蛮再舞。可怜她腰肢已生硬了，又因病后无力，才转得几个身，便又晕倒在地。太上皇亲自去扶她起来，想起贵妃在日那种酣歌醉舞的情景，有如隔世，不禁相看落下泪来。

阿蛮又从她纤瘦的臂上脱下一双金粟装臂环，呈与太上皇。说："此环是娘娘在日赐与婢子的。"太上皇见了金环，又禁不住哽咽着说道："此环是我祖太帝，破高丽时，获得二宝：一名紫金带；一是金粟装臂环。当时岐王献《龙池篇》一文，朕即以金带赐之；后贵妃进宫，又以此臂环赐贵妃。数年后高丽国王知此二宝已归朕处，便遣使臣上书求赐还二宝。因高丽国失此二宝，国中风雨不调，人民灾病。朕即还以紫金带一事，此臂环则以妃子所爱，不还。汝今既得此，当宝爱之。朕今再见此物，回想当年妃子丰隆玉臂，几经把握，不觉令人悲从中来！"高力士在一旁，见太上皇悲不能已，便以目视阿蛮，令退，扶太上皇回宫安息去。太上皇怜阿蛮病弱，便传谕给医药钱五百两，放回家中调养。

过了几天，高力士又觅得老伶工贺怀智进见。太上皇问："可有妃子旧事足使回忆？"贺怀智奏称："臣忆得上皇夏日，与亲王在勤政楼下棋，传臣至座前独弹琵琶。此时杨娘娘手抱康国

717

猧立案旁观局，上皇数枰子将输，娘娘即放猧子落棋盘上乱之，使不分胜败。上皇拍手笑乐。风吹娘娘围巾，落于臣头颈上，缠绕久之，始落地。臣归家，觉满屋香气，发于头巾，臣即藏巾于锦囊，此香味至今不散。"太上皇问："锦囊何在？"贺怀智即从腰间卸下锦囊，呈与上皇。上皇发囊，便觉奇香扑鼻。便叹道："此妃子生前爱用之瑞龙脑香。妃子每入华清池浴时，必以此香洒于玉莲朵上而坐之，一再洗濯，香气不散。况此丝织润腻之物，宜其经久不散也。"

太上皇在宫中所遇皆伤心事，所说皆伤心话，从此神情郁郁，常绕室闲步，口中微吟道：

刻木牵丝作老翁，雉皮鹤发与真同。

须史舞罢寂无事，还似人生一世中！

高力士见太上皇哀伤入骨，怕有大患。那勤政楼有一飞桥，桥下横跨市街，只因宫禁森严，帝后亲贵从不至飞桥上观览的。此日天气晴和，高力士欲使太上皇解愁散闷，便扶至桥上，推窗闲眺。那街市上的人民从楼下走过，抬头忽见飞桥上站着一位太上皇，大家不觉喜形于色，依恋桥下。人数愈聚愈多，竟把一条大街壅塞住了。那太上皇见人民如此爱戴，便也含笑向众人点头示意。人民不禁跳跃着欢呼道："今日再得见我太平天子！"齐呼万岁，欢声动地。太上皇得人民如此拥戴，却不觉把满腹忧愁忘去了。

这时肃宗皇帝卧病在南内，朝廷大事都有丞相李辅国专权。肃宗宠爱张皇后，李辅国诸事便禀承张皇后，内外通成一气。这张皇后因太上皇在位之时，溺爱王皇后，至今怀恨在心，便时时在肃宗皇帝跟前说上皇如何偏心，又说如仙媛、高力士、陈元礼

第七十一回　念梅妃宫中刻像　欺上皇道旁拉马

一班勾通上皇，密谋变乱。如今肃宗既已卧病，李辅国又大权在握，见太上皇深得民心，怕与自己有不利。便乘肃宗病势昏迷的时候，假造皇上旨意，奉太上皇迁居西内，使与人民隔绝，只选老弱内监三十余人，随太上皇迁居。

移宫之日，李辅国全身披挂，率御林军士一千人，个个提刀跃马，在太上皇前后围绕着。上皇马蹄略缓了一些，那军士们便大声呼叱起来，慌得太上皇把手上缰绳失落，几乎撞下马来。亏得左右常侍上去扶住。高力士见此情形，不觉义愤填膺，急拍马抢上前去，扶住上皇的辔头，大声喝道："上皇为五十年太平天子，李辅国旧时家臣，何得无礼"几句话说得李辅国满面羞惭，不觉失落手中辔头，忙滚身下了马鞍，躬身站在一旁。高力士又代上皇传谕问众将士："各得好在否?"一时千余兵士，个个把刀纳入鞘中，跳下马来，拜舞在上皇马前。口称："太上皇万岁!"高力士又喝令李辅国拉马，李辅国便诺诺连声，抢步上前，替太上皇拉住马缰，直送到西内安息。太上皇俟李辅国退后，便握着高力士的手，流泪说道："今日非将军在侧，朕早死于李贼刀下矣!"

这李辅国，本名静忠，原是宫中小太监。玄宗时候，当了一名闲厩，专一调养马匹。面貌甚是丑陋、稍解得书算，事高力士二十余年，荐与皇太子，得随侍东宫。陈元礼杀杨国忠，李辅国原也是同谋的。待太子在灵武即位，愈得亲信，拜为行军司马。得肃宗皇帝信任，凡有四方章奏、军符禁宝，统交与辅国管理。辅国在肃宗前，能伪作小心，迎合意旨。胸中满藏奸险，使人莫测。生平不食荤。时时赴佛寺礼拜，貌为慈善，使人不疑。肃宗还京，愈见宠任，拜殿中监闲厩，五坊宫苑营田栽接总监使，兼陇右群牧，京畿铸钱长春宫等使，少府殿中二监，封成国公，实封五百户。凡朝中宰相百官欲见天子的，须先谒李辅国，才得无阻碍。肃宗每下诏书，须得李辅国署名，方能通行。在宫中出入，有三百武士，披甲保卫。满朝亲贵，不敢呼名，只呼为"五郎"。李揆为丞相，拜辅国为义父，称做"五父"。

此时太上皇初回大内，住兴庆宫中。肃宗每日从夹道中来候上皇起居。太上皇有时念及肃宗，亦至大明宫，父子笑谈甚乐。有时帝与太上皇在中途相逢，肃宗命陈元礼、高力士、王承恩、魏悦、玉真公主一班先朝旧臣，常侍太上皇左右；又令梨园弟子，日奏声乐。宫廷之内，常得享天伦之乐。

李辅国虽说骄贵，但因自幼在高力士手下，高力士十分瞧他不起。在宫中相遇，高力士也不与之为礼。因之李辅国含恨在心，每欲立一奇功，自立威望。因人民爱戴太上皇，他便乘机诬告，说陈元礼、高力士、如仙媛、王承恩一班旧人，谋举太上皇复位，矫旨迁太上皇入西内。当日李辅国受了高力士的羞辱，欲杀高力士的心更甚。第二日，又矫旨流王承恩至播州，流魏悦至溱州，流如仙媛至归州，又欲流高力士至岭南。

高力士奉诏，便向太上皇痛哭叩别。太上皇大愤，即下手谕与肃宗，请留高力士在左右听给使。张皇后又怕太上皇见肃宗时有私心语言，便令万安公主、咸宜公主往上皇宫中视服膳，暗地里却监察着太上皇与高力士二人的言语举动。因之太上皇心中郁郁不乐。肃宗虽病愈，却听信了张皇后和李辅国二人的言语，久不往朝上皇。父子之间，恩义隔绝。文武大臣俱上表请皇上朝见上皇，那表章俱被李辅国留置不发。

时值五月五日，肃宗怀抱小公主在便殿，接见李唐，指小公主对李唐道："朕爱此女，故不忍释手，卿勿怪也。"李唐奏道："太上皇思见陛下，当亦如陛下之爱公主也！"肃宗听了此话，顿时天良发现，那泪珠夺眶而出，急从夹道去朝见太上皇，父子执手痛哭。从此肃宗不时至西内定省，太上皇稍稍得安居。但所有天宝旧人，俱被李辅国驱逐得干干净净，独留得高力士一人，年老龙钟，早晚陪着上皇。

时交秋令，太上皇每于黄昏人静，听窗外雨打梧桐，倍觉伤心。一粒冷幽幽的灯火，照着他君臣二人，万分凄凉。太上皇问道："当年朕在剑阁听雨，所制《雨霖铃》曲，高力士可还记得么？"高力士忙答道："臣字字记在心中。"太上皇便自吹玉笛，高力士依声唱道：

> 万山蜀道，古栈岧峣；急雨催林杪，铎铃乱敲，似怨如愁，碎聒不了。响应空山魂暗消，一声儿忽慢嫋，一声儿忽紧摇；无限伤心事，被他斗挑。写入清商转恨遥！

太上皇听高力士唱罢，不禁又长吁短叹起来。高力士深怕上皇又勾起愁肠伤心不已，便连连催道："夜已深了，请万岁爷安寝吧。"太上皇侧耳听时，宫墙外更鼓三敲，便站起身来，自有两个老宫女扶着到御床上去安睡。太上皇睡在枕上，还自言自语地说道："哎，今夜呵，知甚梦儿到得俺眼前来也！"高力士便吩咐宫女："万岁爷睡了，姐姐们且去歇息儿来。"待宫女退去，高力士便打开被儿，就御床下睡了。太上皇在枕上才说得一句话儿，便已沉沉睡去。

恍惚间见两个内侍在御床前跪倒，高声叫："万岁爷请醒来！"太上皇问："你二人哪里的？"那内侍奏称："奴婢奉杨娘娘之命，来请万岁爷。"上皇喜道："呀！原来是杨娘娘不曾死。如今却在何处？"内侍奏道："娘娘在马嵬驿中，恭候圣驾。"上皇道'："朕为妃子百般相思，谁知依旧在马嵬驿中。你二人快领朕前去，连夜迎妃子回宫来便了！"上皇正随着二内侍行去，忽见一位将军，骑马执枪，向前来拦住，大声喝道："陛下久已安居西内，因何事深夜微行，却到什么地方去？请陛下快快回宫！"上皇抬头看时，认得那马上将军，便是陈元礼。不觉大怒喝道："哇！陈元礼，你当日在马嵬驿中，暗激军士，逼死贵妃，罪不容诛！今日又特来犯驾么？"那陈元礼打恭奏道："陛下若不回宫，只怕六军又将生变。"

上皇又大惊喝道："哇！陈元礼，你明欺朕闲居退朝，无权杀你。内侍们，快把这乱臣贼子斩下首级来！"一阵吆喝，那陈元礼却躲避不见了。只见那荒亭冷驿，照在斜阳里，却不见有人出入。上皇忙问内侍："已到马嵬驿来，妃子却在何处？"

正问时，那驿亭也不见了，只见眼前一片大水，怒潮汹涌，向岸上扑来。在大水中间，又涌出一头怪物，猪首龙身，张牙舞爪扑来。上皇急倒退数步，只喊得一声："虎杀我也！"

高力士在睡梦中，被上皇唤醒，忙走近御床去看时，上皇恰也从枕上醒来，问道："高力士，外边什么响？"高力士奏称："是梧桐上的雨声。"上皇在枕上回想梦境，便道："高力士，朕方才梦见两个内侍，说杨娘娘在马嵬驿中，来请朕去。多因是妃子的精魂未散，朕想昔时汉武帝思念李夫人，有李少君为之召魂相见，今日岂无其人？你待天明，可即传旨，令天下地方官为朕遍觅方士来，与杨娘娘召魂。"

高力士奉了上皇旨意，便去奏明肃宗皇帝。肃宗又下诏令各处地方官，访求道行高深的羽士，为杨娘娘招魂。这圣旨传遍天下，谁不希图富贵？那班方士便齐集都门，人人自称有李少君之术。上皇大喜，一一召见，命招杨娘娘的精魂。谁知那班方士，本领都不高强，只能在地府中搜索，却不见有杨娘娘的魂魄。最后有一位道士，自蜀中奉诏来至京师，自称能升天入地，访求魂魄。上皇在便殿中召见，这道士自称名杨通幽。便向上皇求一净室，杨道士一人坐室中，焚香闭目，一灵出窍，先在地下搜索不得；第二天便游神至天界寻觅，亦不可得；第三天，却访求四方上下东极，渡大海跨蓬岛。忽见东南最高峰上，有红楼隐约。杨道士便凝神聚气，飘然下降，站身在红楼前。

欲知后事如何，且听下回分解。

第七十二回　会亡妃玄宗宴驾
　　　　　　爱良娣肃帝惧内

　　杨道士的精魂站定在蓬岛红楼前。迎面一座大穹门，便放大胆挨身走进门去。渐渐走近西厢，只见一洞户东向，双扉紧闭。洞上横额，写着"玉妃太真院"五字。杨道士拔下髻上簪子来，轻轻地叩着洞门，那门"呀"地开了。杨道士看时，见是一个童女，梳着双鬟，面貌长得十分秀美。见了杨道士，十分怕羞。不待杨道士开口，便低鬟含笑而入。接着，又出来一个碧衣女侍，开口问杨道士："仙客从何处来？扣门何事？"杨道士自称为大唐太上皇使臣，来寻觅杨娘娘精魂。那碧衣侍女听了，踌躇半晌，答道："此处并无杨娘娘，只有玉妃，现方昼寝。俟妃子醒来禀明，再行奉请。"杨道士诺诺连声，只得在洞门外静静地候着。

　　直到夕阳西下，只见方才那碧衣侍女出来，只说得一声："玉妃召大唐使臣进见。"杨道士不敢怠慢，只躬身短步，随在侍女身后走去。经过几处琼楼玉宇，在一座寝宫庭下。侍女唤声："站住！"杨道士屏息低头，只听得殿上呖呖莺声，传问："上皇安否？"杨道士在上皇宫中，原见过杨贵妃画像的。至此，他微微抬头，见绣幕启处，上面坐着一位，竟是杨娘娘。

　　看她云裳霞帔，羽扇宝盖，仪态万方。左右两行侍女侍立着，传下玉妃的话来。杨道士忙叩首奏说："上皇相思甚苦，特遣方外微臣，来求娘娘精魂相见。"玉妃听了，微微叹息道："上皇宜自保养。"便令一绛衣侍女，去取出金钗一股，钿盒一个。玉妃亲自将钗盒折作二份，以一份交与杨道士，令拿去复命："为我谢太上皇。谨献此物，证旧好也。"杨道士得钗钿，将要起身告辞，忽念此钗钿恐不足取信于上皇，便求玉妃，须有当时一事为他人所不得知者，藉以复命。玉妃听奏，低头思索了一会，便徐徐言曰："忆昔天宝十年，侍万岁避暑骊山宫，新秋七月，在织女、牵牛双星相见之夜，上皇凭肩指说牛、女故事，心有所感，便双双拜倒，密密相誓，愿生生世世，结为夫妇。誓毕，吾与上皇执手相看，呜咽不胜。此事独上皇知之耳，吾今为此一念，又不得久居于此，当坠尘劫，再与上皇结后缘，或为天，或为人，可得再见，好合如旧日也。今汝以此言复上皇，当能使上皇安慰。且为我寄语太上皇，亦不久于人世，幸当自爱，勿自苦也。"杨道士听毕，再拜叩首而出。

急睁眼看时，身在净室，摸怀袖中，得断钗半盒，便去献与上皇。又把玉妃传言，说个备细。上皇悲道："朕此生竟无与妃子一面之缘乎！"杨道士即奏："臣尚有小技，可使陛下慰情。"便向高力士索黄绢一轴，自出袖中笔墨，诵咒呵气，仿佛画一女人像形，如羽士画符，只略是人形而已。次日，请上皇斋戒沐浴，入净室，对黄绢坐定，凝神一志，默想平日妃子形态，三日夜不休。杨道士灭烛，请上皇再向黄绢详视，乃真贵妃面貌也。上皇连呼妃子，不觉大喜。杨道士奏称："尚未也，便请备五色帐，设坛室中，虔诚供养。"又另觅十五六岁聪慧端正的女儿，共二十四人，在室中曼声唱子建《步虚词》。杨道士也在室中禹步诵咒，连焚符箓，又吸烟直呵像上，又命二十四女儿，一一如法向像上呵烟。

至黄昏人定时，杨道士与二十四女儿一齐退出，请上皇秉烛独进帐中去。上皇手中所执之烛是杨道士用五色石名衡遥者研成细末，与诸药相和，制成一烛，外画五色花，称做"还形烛"。上皇执还形烛，进帐见杨贵妃，宛然睡在帐中。上皇低声呼之，贵妃以手拭泪道："陛下以天下之主，尚不能庇一弱女子，有何面目再相见乎？沉香亭下七夕之誓，陛下岂忘之乎？"上皇听贵妃声声悲咽，亦不觉凄然泪下，便再三抚慰。说："马嵬之变，是出于不料。"两人唧唧哝哝，曲尽绸缪。贵妃又脱臂上玉环，为上皇纳臂上。正怜爱时，忽听晨鸡远唱，杨道士推门入内，高声奏称："天晓宜别矣！"枕上贵妃忽已不见，上皇亦如梦初醒。急起身出帐，见臂上玉环宛然。从此上皇心大彻悟，移居大内甘露殿，习避谷练气之法。

张皇后进樱桃、蔗浆，上皇不食，终日只玩一紫玉笛，闲吹数声，便有双鹤飞下庭心，徘徊不去。一日，上皇对侍儿宫爱说道："吾奉上帝之命，为元始孔升真人，此去可会妃子矣！"便命扶入帐中，首才着枕，便已崩矣。一时肃宗皇帝与张皇后齐来哭临，就中只谢阿蛮哭之最哀。

玄宗一生多情，宠爱杨妃，艳传千古。后有诗人白香山，制《长恨歌》一首，历叙玄宗与贵妃一生事迹，传诵人口。那歌辞道：

> 汉皇重色思倾国，御宇多年求不得。
> 杨家有女初长成，养在深闺人未识。
> 天生丽质难自弃，一朝选在君王侧。
> 回头一笑百媚生，六宫粉黛无颜色。
> 春寒赐浴华清池，温泉水滑洗凝脂。
> 侍儿扶起娇无力，始是新承恩泽时。
> 云鬓花颜金步摇，芙蓉帐暖渡春宵。

第七十二回　会亡妃玄宗宴驾　爱良娣肃帝惧内

春宵苦短日高起，从此君王不早朝。

承欢侍宴无闲暇，春从春游夜专夜。

后宫佳丽三千人，三千宠爱在一身。

金屋装成娇侍夜，玉楼宴罢醉和春。

姊妹弟兄皆列土，可怜光彩生门户！

遂令天下父母心，不重生男重生女。

骊宫高处入青云，仙乐风飘处处闻。

缓歌慢舞凝丝竹，尽日君王看不足。

渔阳鼙鼓动地来，惊破霓裳羽衣曲。

九重城阙烟尘生，千乘万骑西南行。

翠华摇摇行复止，西出都门百余里。

六军不发无奈何，宛转蛾眉马前死。

花钿委地无人收，翠翘金雀玉搔头。

君王掩面救不得，回看血泪相合流。

黄埃散漫风萧索，云栈萦纡登剑阁。

峨嵋山下少人行，旌旗无光日色薄。

蜀江水碧蜀山青，圣主朝朝暮暮情。

行宫见月伤心色，夜雨闻铃肠断声！

天旋日转回龙驭，到此踌躇不能去。

马嵬坡下泥土中，不见玉颜空死处。

君臣相顾尽沾衣，东望都门信马归。

归来池苑皆依旧，太液芙蓉未央柳。

芙蓉如面柳如眉，对此如何不泪垂！

春风桃李花开日，秋雨梧桐叶落时。

西宫南内多秋草，落叶满阶红不扫。

梨园弟子白发新，椒房阿监青娥老。

夕殿萤飞思悄然，秋灯挑尽未成眠。

沉沉钟漏初长夜，耿耿星河欲曙天。

鸳鸯瓦冷霜华重，翡翠衾寒谁与共？

悠悠生死别经年，魂魄不曾来入梦！

临邛道士鸿都客，能以精诚致魂魄。

为感君王展转思，遂教方士殷勤觅。

排空驭气奔如电，升天入地求之遍。

上穷碧落下黄泉，两处茫茫皆不见。

忽闻海上有仙山，山在虚无缥缈间。

楼阁玲珑五云起，其中绰约多仙子。

中有一人字太真，雪肤花貌参差是。

金阙西厢叩玉扃，转教小玉报双成。

闻道汉家天子使，九华帐里梦魂惊。

揽衣推枕起徘徊，珠箔银屏迤逦开。

云鬓半偏新睡觉，花冠不整下堂来。

风吹仙袂飘飘举，犹似霓裳羽衣舞。

玉容寂寞泪阑干，梨花一枝春带雨。

含情凝睇谢君王，一别音容两渺茫。

昭阳殿里恩爱绝，蓬莱宫中日月长。

回头下望人寰处，不见长安见尘雾。

惟将旧物表深情，钿盒金钗寄将去。

钗留一股盒一扇，钗擘黄金盒分钿。

但教心似金钿坚，天上人间会相见。

临别殷勤重寄词，词中有誓两心知。

七月七日长生殿，夜半无人私语时。

在天愿作比翼鸟，在地愿为连理枝。

天长地久有时尽，此恨绵绵无绝期。

第七十二回　会亡妃玄宗宴驾　爱良娣肃帝惧内

　　玄宗临死的时候，举目四望，却不见那高力士，便长叹一声而逝。这高力士因李辅国衔恨入骨，赖有上皇庇护，得居西内，陪侍上皇。待玄宗病危，李辅国又矫肃宗皇帝旨意，将高力士流配至岭南。高力士奉皇帝诏，便哭拜道："臣当死已久，天子哀怜至今日，愿一见上皇颜色，虽死不恨！"李辅国不许，即令武士扶掖出宫去，缧绁上道。直至宝应元年，赦罪还朝，见上皇遗诏，向北拜哭道："大行升遐，不得攀梓宫，死有余恨！"吐血斗余，一恸而绝。时年七十九岁。

　　死之日，来廷坊佛祠与宁坊道士祠为之击钟祈祷，早升西天。此二祠，原是高力士生前所造。当时高力士威势极盛，拜骠骑将军封渤海郡公时，建成两祠。祠中有珍楼室屋，所藏珍宝，虽国库亦不能及。又在祠门外建一大钟楼，楼成，高力士大宴公卿，诸贵亲欲得高公公欢心，每一扣钟，便纳礼钱十万，多有一人二十扣者，亦有十扣者。高力士一时又得钱千数百万。

　　玄宗明知力士之贪，便因其忠心于帝，亦容忍之。当时太子瑛被废，武惠妃正得宠。李林甫专权，有拥立寿王之意。玄宗因肃宗年长，思立之而意未决。心中郁郁不安，眠食俱废。高力士进谏道："大家不食，亦膳羞不具耶？"玄宗叹息道："尔我家老，揣我何为而然？"高力士道："岂因太子未定耶？推长而立，其谁敢争执？"玄宗闻高力士之言，便决定立肃宗为太子。后天宝中，边将争功，玄宗常自解道："朕春秋高，朝廷细事付宰相，蕃夷不靖付将军，宁不暇耶？"高力士奏对道："臣间至阁门，见奏事者言云南数丧师，又北兵强悍，陛下何以制之？臣恐祸成不可禁。"高力士意言安禄山将谋反也。自高力士死后，李辅国更是横行无忌。

　　在李辅国前，尚有一宦官，名程元振的。时张皇后谋立越王，元振见太子发其奸，与李辅国助平大难，立太子为代宗。拜元振为右监门卫将军，知内侍省事。再迁为骠骑大将军，封邠国公，统领禁兵，权震天下，势在辅国上，而性凶横又过之，军中呼为"十郎"。其时吐蕃兵势甚急，攻城陷地，京师危迫。因元振势压诸将，虽元振假天子命集天下兵，无一人肯奔命者。

吐蕃兵直扑便桥，肃宗仓皇避居陕地，京师又陷于贼。抢劫府库，焚杀人民，城郭为墟。于是太常博士翰林待诏柳伉上书，痛斥元振，表章上道：

> 犬戎以数万人犯关度陇，历秦渭，掠邠泾，不血刃而入京师。谋臣不奋一言，武士不力一战，提卒叫呼，劫宫闱，焚陵寝，此将帅叛陛下也！自朝义之灭，陛下以为智力所能，故疏元功，委近习，日引月长，以成大祸。群臣在廷，无一犯颜回虑者，此公卿叛陛下也！陛下始出都，百姓填然，夺府库相杀戮，此三辅叛陛下也！自十月朔，召诸道兵尽四十，无只轮入关者，此四方叛陛下也！内外离叛，虽一鱼朝恩以陕郡戮力，陛下独能以此守社稷乎？陛下以今日势安耶危耶？若以为危，岂得高枕不为天下计？臣闻良医疗疾当病饮药，药不当疾犹无益也。陛下视今日病何由至此乎？天下之心，乃恨陛下远贤良任宦竖，离间将相而几于亡。必欲存宗宙社稷，独斩元振首，驰告天下，悉出内使，隶诸州，独留朝恩备左右。陛下持神策兵，付大臣，然后削尊号，下诏引咎，率德励行，屏嫔妃，任将相。若日天下其许朕自新改过乎？宜即募士西与朝廷会。若以朕恶未悛耶？则帝王大器，敢妨圣贤，其听天下所往。如此而兵不至，人不感，天下不服，请赤臣族以谢！

肃宗读疏，便下诏，尽夺元振官爵，放归田里。四方兵皆至，杀退吐蕃兵，奉肃宗回京师，重整宫殿，再立社稷。此时元振从三原乔装作妇女模样，混入京师，投司农卿陈景诠家谋反；被御史省探得踪迹，捕元振与景诠二人，交刑部审服，长流元振至溱州，降景诠为新兴尉。元振行至江陵地方病死。

又有鱼朝恩，亦为宫中最有权力的宦官，史思明攻打洛阳时，鱼朝恩统领神策兵，屯陕中。洛阳陷落，思明长驱至硖石，使子朝义为游军。肃宗集勇武军士十万，沿渭河而东，朝恩按兵陕东，使神策将卫伯玉与贼将康文景等战，败之。京师平复，加开府仪同三司，封冯翊郡公，专领神策军，赏赐不绝。朝恩恃功而骄，在朝无所忌惮。时郭子仪功盖天下，朝恩心怀妒忌，因相州之败，便力为诋谮。肃宗虽不听其语，但因此罢子仪兵柄。吐蕃攻破京师，朝恩有勤皇之功，便欲挟天子迁都洛阳，藉避戎狄。文武百官正排列满朝的时候，鱼朝恩率领武士十余人，各执兵器，当殿高声道："虏数犯京师，天子欲避兵洛阳，诸文武云何?"宰相未对，有天子近臣抗声对道："中官反耶?今屯兵足以捍贼，何遽胁天子弃宗庙为?"朝恩低头无语，而郭子仪亦出班奏称不可。自此肃宗渐有不信朝恩之意，而宦官李辅国的威势，更甚于朝恩。

李辅国矫旨迁上皇于西内，并流陈元礼、高力士诸人，而权势愈大；又能结好张皇后。肃宗畏惧张后，便也畏惧辅国。

肃宗有子十四人，章敬皇后生代宗皇帝，孙宫人生皇子係，张贵妃生皇子倓，王妃生皇子佖，陈婕妤生皇子仅，韦妃生皇子僩，张美人生皇子侹，后宫生皇子荣，裴昭仪生皇子僙，段婕妤生皇子倕，崔妃生皇子偲，张皇后生皇子佋、皇子侗，后宫人生皇子僖。在玄宗末年，所有肃宗之子，俱封王爵。当时係封南阳郡王，至德二年，进封赵王，与彭王、兖王、泾王、郓王、襄王、杞王、召王、兴王、定王九王同封。

乾元二年，九节度兵在河北大败，朝廷震动，便用李光弼代郭子仪统兵。光弼求贤王为军中主帅，肃宗下诏，以赵王係充天下兵马元帅，而以光弼副之。事定回京，皇帝有疾，皇太子监国。

张皇后与宦官李辅国此时由结好转有仇怨，密召太子入内，对太子道："辅国执掌禁兵，用事已久，四方诏旨，皆出其口。矫天子旨，逼迁圣皇，天下侧目。平日心常怏怏，忌我与汝。又程元振阴结黄门，图谋不轨。若弃而不诛，祸在眉睫矣！"太子闻之，泣曰："此二人者，皆陛下勋旧，今上体不裕，重以此事，得无震惊乎？请出外徐议之。"张后叹曰："此子难与共事！"便召皇子係入内，问："汝能行杀元振之事乎？"係允诺。係退，即选勇士二百人，披甲执刀，伏于长生殿，竟矫帝命，召太子入宫。

元振已探得张后计谋，走告辅国，使勒兵在凌霄门迎接太子以难告。太子道："皇上病危，吾岂可畏死不入乎？"元振谏道："入则及祸。"乃以兵护送太子入飞龙厩，勒兵，夜入三殿，捕皇子係及恒俊等百余人下狱，又囚张后于别殿。辅国暗遣刺客，夜入宫禁，杀张后及皇子係。后肃宗病愈，而张良娣之宠愈甚，外与辅国结纳，欺压皇帝。

肃宗为太子时，与章敬皇后吴氏恩情甚深，生代宗皇帝。后玄宗亦重视之。肃宗未及登位，而吴氏已短命死，年仅十八岁。惟张良娣随侍肃宗最久。张氏之祖母原为窦昭成皇后之妹。玄宗幼年丧母，在姨家抚养，视张氏祖母，有如己母。窦氏亦鞠爱倍至。玄宗即位，封窦氏为邓国夫人，甚得玄宗亲信。生五子：长子去惑，次子去疑，三子去奢，四子去逸，五子去盈，皆为大官。去盈尚常芬公主，为驸马；去逸生张良娣。肃宗为忠王时，

第七十二回　会亡妃玄宗宴驾　爱良娣肃帝惧内

娶韦元娃女为孺人，后立为太子，即以孺人为妃，张氏为良娣。韦妃之兄，名坚，被李林甫陷害死。太子大惧，请与韦妃绝义，韦妃毁去衣裳，贬入冷宫。

安禄山反，韦妃落于贼手，此时惟张良娣得专侍太子。张氏性聪慧，而口能辩，又机警能迎合意旨。玄宗避兵西去，良娣随肃宗渡渭河，百姓拦跪道旁，请留太子守长安。太子不听，张良娣再三劝谏太子，以天下为重。肃宗没奈何，便折向北行，止于灵武。良娣日侍左右，每夜寝，良娣必居前室。肃宗与语道："前室非妇人所宜，且暮夜可虞，汝宜在后。"张良娣对道："天下方多事，倘有不测，妾愿以一身当贼，殿下可从容从帐后避难。宁可祸妾，不可及殿下。"因此肃宗宠爱良娣愈深。住灵武不久，便产一子，才阅三月，即起为战士缝衣。肃宗戒以产后须节劳，良娣奏答道："今日不应自养，殿下当为国家计，毋专为爱妾忧。"如张良娣这般灵心慧舌，哪得不动人怜爱，更以良娣姿色，美丽绝世，肃宗此时与良娣患难相依，倍觉恩爱。后玄宗传位与肃宗，闻良娣之贤，便赐以七宝雕鞍。良娣以上皇所赐，不觉大喜。

满朝中只一李泌，是真正忠臣。一日，入见肃宗，见良娣七宝雕鞍，即进奏道："今四海分崩，当以俭约示人，良娣不应乘此，请撤除鞍上珠玉，付库吏收藏，留赏有功之人。"肃宗此时，正倚重李泌，有所陈奏，无不听从。只张良娣因夺了她宝鞍，心中十分不快，时露怏怏之色。肃宗无可解慰，便与良娣饮博为欢。从此张良娣在宫中饮博成了习惯。后移驾彭原，日夕纵博，声达户外。所有四方奏报，多致停顿。李泌在元帅府中，与行宫只隔一墙，每夕闻良娣娇声呼叱，便又入宫劝谏。

肃宗一面怕受李泌劝诤，一面又怕失了张良娣的欢心，便晒木菌令干，制成骰子，掷时毫无声息。虽每日赌博，而外间却毫无知觉，李泌也便不去烦扰了。后肃宗欲得良娣的欢心，思立良娣为后，便与李泌商议道："良娣祖母，与朕祖母为姊妹行，上皇亦颇爱良娣。朕欲使良娣正位中宫，卿意如何？"李泌奏劝道："陛下在灵武时，因群臣劝进，以天下为念，践登大位，并非为一身一家之计也。若册后事，且当亲承上皇大命，方为合礼。"肃宗所了李泌一番言语，暂止了立后之念。张良娣竭力侍奉皇帝，一番苦心，满望肃宗宠爱，早定后位，偏偏不做美的李泌，被他三言两语，一天好事，化为云烟。良娣心中，恨不能拔去眼中之钉。平日在肃宗跟前，常有怨恨李泌之言。所幸肃宗信李泌甚深，君臣之间毫无嫌隙。

这李泌在玄宗时候，早已得皇帝信用，当时李泌才得八岁。只因玄宗深喜佛老之学，开元十六年，召天下能言佛老孔子之道者，入禁中互相答难。此时有一童子，名员俶者，年只九岁，便朝见天子，能言善辩。座中博学年长的文臣，俱被他屈服。玄宗大异之，赞叹道："世岂有如此聪明之童子耶？"员俶奏称："臣有舅氏子名李泌者，年少臣一岁，而敏慧则胜臣十倍。"玄宗不信，即下诏征召李泌。时玄宗正与燕国公张说奕棋，即令张说试其能否。张说便令李泌说方圆动静。李泌道："请闻其说？"张说便指案上棋局道："方若棋局，圆若棋子，动若棋生，静若棋死。"泌立刻答道："方若行义，圆若用智，动若聘才，静若得意。"张说离席贺道："得此奇童，陛下之福也！"玄宗亦大喜道："此子精神大于身体，便赐以彩帛、黄金，放之回家，诏其家人，善视养之。"

当时宰相张九龄与严挺之、萧诚均友善，挺之恨萧诚奸佞，劝九龄谢绝萧诚，九龄不能决。李泌问之，九龄道："严太苦劲，萧软美可喜。"泌大声道："公起布衣，以直道至宰相而喜软美者耶？"九龄大惊，急改容称谢。呼李泌为"少友"。

第七十二回　会亡妃玄宗宴驾　爱良娣肃帝惧内

泌渐年长，喜读《易》，常游嵩山、华山及终南山间，访求神仙不死之术。天宝年间，又被召入朝，请复明堂九鼎。玄宗与讲《老子》有法，拜为待诏翰林，供奉东宫。皇太子与之甚厚，常与肃宗赋诗，讥诮杨国忠、安禄山。国忠矫皇帝命，革斥李泌官职。后肃宗即位灵武，又令人物色求访，李泌自来谒见时，陈说天下成败之理。肃宗欲授以官，李泌力辞，愿从皇帝为客，入议国事，出陪舆辇。军中指肃宗，谓衣黄色衣者为圣人，衣白色衣者为山人。肃宗闻之，便赐李泌衣紫色衣，拜为元帅。广平王行军司马，从此言听计从，天下大治。

当时皇子俶，英俊有才，肃宗欲使之统兵为元帅。李泌谏道："建宁王倓，素称英毅，不愧将才。但广平王是兄，而建宁王是弟，他日建宁立功而使广平为吴太伯矣！"肃宗道："广平原是长子，名义自在，岂必以元师为重。"泌又道："广平未正位东宫，今天下艰难，众心所属，皆在元帅。若建宁大功得成，陛下虽无意立为太子，而建宁左右之臣，岂肯袖手不一争乎？太宗、上皇已有明征，请陛下三思。"肃宗大悟。时建宁王在牖下，李泌退出时，建宁王即迎谢之，谓："保全我兄弟之情，先生之功也！"李泌却步道："泌只知为国，不知植党，王不必疑泌，亦不必谢泌，但始终能孝友，便是国家之福矣！"次日，肃宗果下诏，拜广平王俶为天下兵马大元帅，统率诸将东征。

欲知后事如何，且听下回分解。

第七十三回　玉美人引出真美人
假夫妻配成怨夫妻

李泌在朝，尽心辅助肃宗，平定天下；守复两京，迎回上皇。待上皇去世，肃宗内宠张良娣，外溺李辅国。李泌知不可留。一日肃宗留李泌在宫中宴饮，同榻寝宿。泌乘间求退，略谓："臣已略报圣恩，今请许作闲人。"肃宗道："朕与先生同患难，当与先生共安乐，奈何思去耶？"李泌答道："臣有五不可留：臣遇陛下太早；陛下任臣太重；宠臣太深；臣功太高；迹亦大奇。有此五忌，是以不复可留也。"肃宗见李泌说话甚是坚决，心中却甚是舍不得，但却也是无法挽留，只是默然不语，忍不住流下泪来。李泌见肃宗如此情重，心中十分感动，忙爬下地去叩着头道："陛下天高地厚之恩，臣终身不言去矣！"肃宗上去，把李泌扶起，君臣二人握住手大笑。从此李泌又早晚在宫中。

肃宗在东宫的时候，常被李林甫欺压，便是吴妃，也因害怕林甫的威权，忧惧而死。如今肃宗登位，李林甫虽已死多年，但皇帝一口怨恨之气，终不曾出得。便欲去掘开李林甫的坟墓，烧他的尸骨。李泌劝道："陛下身为天子而不忘宿怨，未免示人以不广。"肃宗满面怒色道："李林甫之往事，卿岂敢忘之耶？"李泌答道："臣意不在此。上皇有天下五十年，寿数已高。一旦失意，南方气候恶，且春秋高，闻陛下修旧怨，将内惭不乐。万一有所伤感，因而成疾，是陛下以天下之广，不能安亲也。"肃宗恍然大悟，去抱住李泌的颈子，泪如雨下，连连说道："朕不如卿也！"

此时史思明扰乱东南，其势甚大，肃宗甚是忧虑。问李泌："何日能尽灭贼寇？"李泌对道："贼掠得金帛、子女，尽送至范阳，是有苟得之心，岂能取中国耶！唐人为所用者，皆胁制偷合；至天下大计，非所知也。臣意不出二年，尽灭寇矣！陛下无欲速。夫王者之师，当务万全，图久安，使无后患。今当下诏，使李光弼守太原，出井陉；郭子仪取冯翊，入河东，则史思明、张忠志不敢离范阳常山，安守忠、田乾真不敢离长安，是以三地禁其四将也。使子仪毋取华令，贼得通关中，则北守范阳，西救长安，奔命数千里，其精卒劲骑，不逾年而毙。我常以逸待劳，来避其锋，去蹑其疲。以所征之兵，会扶风与太原朔方军互系之；徐命建宁王为范阳节度大使，北并塞与光弼相掎角以取范阳。贼失巢窟，当死河南诸将手。"肃宗便依着李泌的计策行去，果然步步得手。

后来收复两京，肃宗意欲退回东宫，还政上皇，以尽子道。李泌又劝道："陛下必欲还政，则上皇不来矣！人臣尚七十而欲传，况欲劳上皇以天下事乎？"肃宗问道："然而如何可以两全？"李泌奏道："臣自有办法。"便退出宫去，与群臣拟就皇帝奏上皇一稿，言天子思恋上皇，欲尽人子定省之义，请上皇速返驾以就孝养。太上皇初得奏，便答谕道："与我剑南一道，自奉以终，不复东矣！"肃宗见谕，甚是忧虑。李泌又为再三上奏，太上皇始大喜，对高力士道："我今方得为天子父。"便回銮至大内，李泌时时劝肃宗须孝养上皇。

但是朝中有了这位李泌，使肃宗言听计从，使李辅国这班奸臣，心中老大的不快活。他们打听得肃宗皇帝是宠爱张良娣的，便拿了许多金银财帛去孝敬着良娣，又在背地里极力说李泌的坏话。良娣要立自己的儿子做太子，时时在肃宗皇帝耳根边絮聒。肃宗此时因宠爱张良娣，一变而为惧怕张良娣了。他不敢说自己不许，只推说是李泌一班大臣，甚是忠心于现在的太子。现在的太子在外面，颇立了战功，若无故废立太子，怕大臣们要不答应的。张良娣听了这个话，把一肚子怨气，齐喷在李泌身上，便私地里勾结了在朝的一班奸臣，日夜以攻击李泌为事。并且派刺客，在半夜里闯进李泌的卧室中去行刺。恰巧被李泌府中的差弁捉住了，审问出来，知是李辅国派遣来的刺客。

当时朝廷中有一班忠义大臣，都替李泌抱不平，要去奏明皇上。只是李泌不肯，说："此事还关碍着张良娣，俺们也得投鼠忌器，把这件事儿无形消灭了吧。"李泌便一面上奏章告老还乡，一任肃宗皇帝再三挽留，李泌只是求愿归隐衡山。肃宗皇帝没奈何，只有下诏给李泌三品禄，赐隐士服，又发内帑三万，替李泌去在衡山上建造园庐。李泌住在衡山，在屋子四周遍种着松树、樱树，把他屋子题名"养和草堂"。在衡山脚下，觅得一株如龙形的松树，便使人送进京去，献与肃宗。

李辅国见李泌能识趣告退，便渐渐地大权独揽起来的。这时，肃宗又立张良娣为张皇后，张皇后仗着皇帝宠爱，又因与皇帝患难相从，觑着皇帝身弱多病，懒问朝政，她便在深宫中替皇帝代管国家大事。起初还是和皇上商量着行去，后来慢慢地独断独行。肃宗一身多病，也懒得管事，一任皇后胡作妄为去。这张皇后大权在握，便勾通了丞相李辅国，竟招权纳贿地大弄起来。李辅国本是一个太监出身，因此只有他一个人能自由在宫中出入；见了肃宗皇帝，又故意做出那副小心谨慎的模样来。他见皇帝信佛，便也信佛，在宫中西苑地方，设着一个小佛堂，朝夕膜拜着。又终身不吃荤，见有杀害牲口的，他便做出那种不忍看的样子来。肃宗皇帝拍着李辅国的肩头，说道："此是天下第一善人！"因此李辅国在背地里所做阴险狠毒的事体，都被他瞒过。

肃宗皇帝因多病，身弱，常在内宫坐卧。一班大臣欲见天子的，须先孝敬李辅国些财帛，才得传见。当时有京兆尹元擢，应诏入宫，便备得阗州温玉雕成的美人一座，拿去孝敬李辅国。这温玉原是稀世之宝，任是大寒天气，那玉总是温暖的。若得人早晚摩弄，或是抱着渥在被中，真是和人的肌肤一般温暖。今拿它雕成美人儿模样，天姿国色，可称双绝。李辅国得了，也是十分欢喜，便替他在皇帝面前说着好话，从此元擢和李辅国二人，做了知己。

元擢在家中备着盛大的酒筵，独请李辅国赴席。元擢养着一班伎女，便传唤在当筵歌舞侑酒，把个李辅国乐得手舞足蹈，忘了形骸。他虽是经过阉割了的一个太监，但也不能忘情于人欲。久闻得元擢的女儿，是一个绝世容貌，他便仗着自己的势力，对元擢说道："俺们通家至好，岂不可以出妻见子？"元擢也巴不得李辅国说这一句话，便亲自进内院去叮嘱，把女儿打扮出来，拜见李总监。他女儿名春英，不但是长得琼姿玉貌，且也读得满腹诗书，颇懂得一些大义。那些富贵人家，慕春英小姐姿色的，都来求婚说配。春英小姐因他们都是纨绔子弟，只贪美色，不解情爱的，便一口回绝，说："此身愿老守闺中，长侍父母。"因此那班王孙公子都断了念头。如今听父亲说去拜见李总监，这是他家中从来没有的事，心中十分诧异，转念那李总监是一个阉割过的人，谅来也不至于有别的意思。当下便略略梳装，随着她母亲出到外堂来。

那李辅国正把酒灌得醺醺大醉，一见春英小姐青春美貌，早把他乐得心花怒放，乜斜着两道眼光，只在春英小姐鬓边、裙下打着旋儿。口中含含糊糊地说道："元太守！你那温玉美人儿，怎如这朵解语花儿使老夫动心也!"一句话,说得春英小姐满脸娇羞,忙把翠袖儿障着面。乳娘扶着,退进后堂去。接着第二天,便有相国李揆到元擢府中来替李总监说媒,愿娶元擢的女儿为妻。在元夫人膝下,只生有这个千娇百媚的女儿,有多少富贵人家,前来求婚的,她都不曾答应。如今听说李辅国是一个太监,又比他女儿大着一倍有余,叫她如何舍得。无奈那元擢一时功名念切,好似猪油蒙了心,便也不问夫人肯不肯、春英小姐愿不愿意,便忍心把这美人儿的终身断送了,满口答应招李辅国做女婿。可怜这位春英小姐,也不知痛哭了几次;那元夫人也不知和她丈夫大闹过几次,但终是没用,这粉妆玉琢的女孩儿终于嫁了这年过半百的老太监。

李辅国得春英小姐做妻子,他心中的快乐,自是不用说得。便先拿出私财二十万,在兴庆宫门外,盖造起一座壮丽的新府第来。到了好日,李辅国要讨春英小姐的好儿,先几日上了一道奏本,亲自捧进宫去,面求肃宗皇帝和张皇后,启驾到新府第去吃一杯喜酒,光彩光彩。肃宗皇帝看在他一朝元老面上;那张皇后平日原和李辅国打通一气的,岂有不答应之理。倒是老太监娶妻房,京师地方,便当做一件笑话谈论。那茶坊、酒肆,赵大、王二,都讲这件新闻。有的替春英小姐抱屈,说:"好一朵鲜花,插在牛粪里!"有的说:"李辅国是一个太监,缺了那话儿,在洞房花烛夜,见了这如花似玉的美人儿,不知如何发付呢!"这都是闲话,且不去提它。

再说到了那春英小姐出阁的这一天,顿时轰动了全京城的百姓,老的、少的、村的、俏的,都赶到兴庆宫外看热闹。单说那文武百官,一队一队地摆着舆仗,到李府中来道贺的,从辰牌到午牌时分,那旗锣伞扇,密密层层地几乎把李府门前一条大街挤破了。正热闹的时候,只听得唵唵喝道的声音,接着几下静鞭,呼呼地响着，皇帝和皇后的銮驾出来了。那道旁的百姓，便和山崩海啸一般，一齐跪倒在地，不住地磕着头，谁也不敢抬头。只听得满街上静悄悄的，靴脚声夹着马蹄声，按部就班地走着。半晌、半晌，那銮舆去远了，那百姓才敢站起身来。那御炉中的香烟还一阵一阵地扑进鼻管来，令人心醉。伸长了脖子望时，见前面黄旗舒展，彩盖辉煌，还隐约可见。

那李辅国正在府中招待同僚，十分忙碌。忽见门官接二连三地飞马报来，说："万岁和娘娘驾到！"李辅国忙带领众文武官员，个个全身披挂，抢出府门外去，在两旁挨次儿跪下接驾。帝、后两座銮舆，直至中庭歇下。一班大臣上去把肃宗皇帝从銮舆中接出来。那张皇后的凤驾自有一班夫人、命妇上去搀扶。那百官都回避过了，一班夫人围绕着皇后，走进了内院，休息更衣，献上茶果。张皇后和众夫人说笑了一回，那沐春园花厅上，已安排下筵席。内宫进来，几次请娘娘启驾入席。众夫人分两行领着路，走到大花厅上，那李辅国早已打扮做新郎模样，在阶石旁跪倒接娘娘凤驾。那张皇后和李辅国在宫中原朝夕见惯的，便笑对李辅国说道："五郎！停一回新娘来时，俺替你求着万岁主婚如何？"李辅国忙叩着头称："多谢娘娘洪恩！"一边起来，在前面领道，至正中一席，皇帝和皇后并肩儿坐下。李辅国站在一旁劝酒。阶下细乐齐奏，肃宗笑对李辅国说道："五郎自便，留些精神对付新娘要紧！"一句话，说得四座大笑起来。张皇后趁肃宗高兴，便把求皇帝主婚的话说了。肃宗十分高兴，满口答应。李辅国又跪下地去，谢过恩起来，退出廊下，陪众同僚饮酒去了。

这一天，肃宗皇帝十分有精神，罢宴出来，便和张皇后手拉手儿，在花园中闲走散步。见一洼绿水，四周绕着白石栏杆，池面很大。左面靠着一座湖石假山，堆垛得十分玲珑，沿山石种着琪树瑶草；那右面却是一片草地，绿得可爱。肃宗自即位以来，身体常常害病，卧床的时日多，游行的时日少。如今见了这一片草地，不觉精神焕发。一回头，见广平王跟随在身后。

肃宗一手去搭住广平王的肩头，父子二人在草地上说说笑笑地走着。忽见远远的一对花鹿，站在树林下面，伸长了颈子看人。张皇后在一旁说道："俶哥儿快射这鹿儿！"说着，早有内侍捧过弓箭来。广平王接着，也不试力，也不瞄眼，便随手一拉弓，飕的一声，把一支箭射出去，接着那边一声长嚎，一头鹿儿早着了一箭，倒在地上，四脚乱顿。肃宗皇帝看了，不觉哈哈大笑，一手抚着广平王的肩头，说道："太上皇在日，常称吾儿是英物，今果然不弱！"广平王忙谢过了恩，奏道："使臣他日得掌朝廷大权，杀奸臣如杀此鹿也！"肃宗听了，忙摇着手说道："吾儿莫妄言，恐招人忌。"

正说着，见四个内侍，扛着那一头死鹿来。李辅国也笑吟吟地赶来，口中连称贺千岁喜。广平王见了这个李辅国，便做出爱理不理的样子来。张皇后在一旁看了，怕李辅国下不得台，羞老弄成怒，便接着说道："俶哥儿，快谢过五郎送你的鹿！你俩还是干兄弟呢，也得亲近亲近。"

原来这李辅国兄弟五人，辅国最幼。他入宫的时候，善能趋承肃宗和张皇后的意旨。张皇后心中很爱李辅国，不好意思自己认他做干儿子，便趁着在灵武兵马慌乱的时候，李辅国也立了几件功，张皇后便逼着肃宗认李辅国为义子。从此张皇后便改口称李辅国为五郎，早晚在宫中出入，毫不避忌。满朝的臣工见李辅国得了宠，恨不得个个去拜在他门下做一个干儿子，藉此也得一个奥援，只是李辅国不肯收认。当朝只有丞相李揆，在暗地里不知孝敬了多少财帛，才把一个李辅国巴结上，称一声五父。从此满朝的官员，见了这李辅国，谁也不敢提名道姓，大家抢着也一

第七十三回　玉美人引出真美人　假夫妻配成怨夫妻

般地唤着五父。那肃宗十二个王子，都跟着唤五哥儿。独有这广平王，不肯称呼，一见李辅国，便唤一声五郎。

李辅国也明知广平王和他捉对，但他平日在暗地里窥探皇帝的旨意，大有立广平王为太子之意。因广平王在玄宗太上皇诸孙中，原是一位长孙，平日颇得玄宗太上皇和肃宗皇帝的宠爱。在安禄山、史思明反乱时候，广平王又亲率人马，从房琯、郭子仪一班大将，斩关杀贼，屡立奇功。直至肃宗奉太上皇回至京城，在肃宗意欲拜广平王为兵马元帅，广平王再三辞谢，只随侍父皇在宫中，早晚定省，十分孝敬。肃宗更是爱他，常与张皇后谈及，有立广平王为太子之意。

张皇后这时宠冠六宫，她生有二子，一名佋，一名侗。佋已封为兴王，在张皇后意思，欲立佋为太子。这时李辅国与张皇后勾结，也十分嫌忌广平王，两人便在背地里营私结党，又指使丞相李揆在皇帝跟前说广平王在外如何弄兵招权。谁知那肃宗皇帝宠任广平王已到了十分，任你如何说法，皇帝总是不信。

那广平王却也机警，他见李丞相和他捉对，打听得暗地里有这个李辅国从中指使，便专一与李辅国为难。他每见了李辅国，总是严辞厉声的。任你张皇后和肃宗皇帝如何劝说，李大臣是国家股肱之臣，宜稍假以辞色。但这广平王竟把个李辅国恨入骨髓，他二人不见面便罢，广平王倘在宫中朝见了李辅国的面，便要冷嘲热骂，说得李辅国无地自容。

如今冤家路狭，李辅国见广平王射中了一只花鹿，正要借着在皇帝跟前，说几句话凑凑趣。不料这广平王劈头一句，便说道："小王他日若得掌朝廷生杀之权，杀奸臣亦如杀此鹿！"一句话堵住了李辅国开不得口。正下不得台的时候，忽见内侍一叠连声地上来奏称："新娘的花舆已到！"张皇后便抢着道："待俺万岁认过了义女，再行大礼。"一句话，把个李辅国乐得忙磕头谢恩。这里内宫宫女簇拥着万岁和娘娘，出临大堂；一阵细乐、两行宫灯，把一位新娘春英小姐引上堂来。

见了万岁和娘娘，两个丫鬟忙扶她跪倒，又低低地在新娘耳边说了。只听得春英小姐娇声奏称："臣女叩见父皇万岁，母后千岁！"这几个字，说得如莺声出谷，圆珠走盘，早把合堂宾客，听得心头不觉起了一阵怜爱。接着春英小姐便和李辅国行过夫妇交拜之礼，一个似好花含苞，一个似经霜残柳，两两相对，实在委屈了这位春英小姐。一般地送入洞房，坐床撒帐，行过合卺之礼。李辅国退出洞房来，向皇帝、皇后叩谢过主婚之恩。这时只有四个丫鬟，伴着新娘坐在绣房中。忽见一位少年王爷，掀着帘儿闯进房来；那春英小姐忙站起身来迎接，这位王爷忙摇着手，说道："莫行客套！小王和新娘如今已是姊弟之分了，俺见姊姊今日受了委屈，特来看望看望。"说着，便在春英小姐对面坐下来，细细地向春英小姐粉脸上端相了一会。忽然拍手道："如此美人儿，才配做俺的姊姊呢！"接着，又连连顿足叹息道："可惜可惜！"说着头也不回地转身退出房去了。

这里肃宗皇帝便下旨，拜李辅国为兵部尚书南省视事，又拜元擢为梁州长史，春英小姐的弟兄皆位至台省。只苦了这一个春英小姐，每日陪伴着这个无用的老太监，守着活寡。有时她母亲到尚书府中去探望女儿，见没人在跟前的时候，她母女二人总是抱头痛哭一场。老夫人便把女儿接回娘家去住，不到三天，那李辅国便打发府中的使女，接二连三地来催逼着新夫人回府去。可怜那春英小姐，一听说李辅国来催唤，便吓得她朱唇失色，紧搂着她母亲，声声说："不愿回丈夫家去。"每次必得元老夫人用好言劝慰一番，才含着眼泪，坐上车儿，回府去。隔不到七八天，她又慌慌张张似逃灾一般地回到母亲家来，见了母亲，只有哭泣的份儿。元老夫人再三问："我儿心中有什么苦楚，说与你母亲知道？"那春英小姐只把粉脸儿羞得通红的，一句话也说不出来。

元老夫人看了，心中也觉诧异。两老夫妻见没人的时候，也常常谈论女儿的事。元老夫人说："一个女孩儿嫁了一个不中用的丈夫，误尽了她的终身，原也怨不得心中悲伤。只得俺细心体会女儿的神情，每次回家来慌慌张张的，每说起女婿，总是伤心到极处。她在女婿家中，不知怎样的受着委屈。俺看她心中总有难言之隐，只是她一个女孩，不好意思说罢了。"元擢也说："像这样李尚书，他是一个残缺的人了，娶一房妻子，也只是装装幌子，说不到闺房之乐。但俺女儿回家住不上三天，如何李尚书便好似待不得了，急急地把俺女儿唤回去。照他们这样亲热的情形，理应夫妻恩爱，却怎么我那女儿又伤心到如此？"他两老夫妇猜想了半天，也想不出一个道理来。

欲知后事如何，且听下回分解。

第七十四回　箭贯玉肩注缘分
　　　　　　杯饮洒泪识恩情

　　这一晚，适值元擢在官衙中值宿。春英小姐回在母家，时时对她母亲哭泣。元老夫人便拉她一被窝儿睡，母女二人在枕上谈说心事。元老夫人，无意中伸手去抚着春英小姐的粉臂，只觉她滑腻的肌肤上，如鱼鳞似地起了无数伤疤。顿觉诧异起来，忙问："我的儿，你好好似玉雪一般的皮肤，怎的弄了许多伤疤？怎由得俺做母亲的不痛心呢！"春英小姐见问，又不由得那眼泪扑簌簌地落在枕儿上。元老夫人不放心，忙霍地坐起身来，一手擎着烛台，向春英小姐身上照看时，只见她粉也似的肌肤上，青一块紫一块的浑身布满了伤疤。那颈脖子上和两条腿儿，更是伤得厉害。再细细看时；尽是牙齿咬伤、指甲抓伤的痕迹。元老夫人用指尖儿抚按着，见春英小姐十分痛楚。元老夫人心中万分不忍，便一把搂住春英小姐的娇躯，一声儿一声肉地唤着。又问："你怎么弄成这许多伤疤？"

　　春英小姐到此时，也顾不上得羞了，一边抹着泪，呜咽着说道："这都是那老厌物给我弄成的伤！他也不想想自己是一个没用的人了，还是每夜不饶人的，待睡上床去，便逼着把上下衣脱去，由他抱着搂着，揉着搓着，抓着咬着，直缠扰到天明，不得安睡。便是在白天，也是不肯罢休。每日必得要弄出几处伤疤来，才罢手。任你喊着痛，哭着求着饶，他总得玩个尽兴。"春英小姐说一句，元老夫人便说一句："可怜！"春英小姐说到伤心时候，便搂住她母亲的肩头，痛哭一阵，又低低地说道："他还不管人死活，拿着手指，尽把孩儿的下体弄坏了！"元老夫人急解开春英小姐的下体来看时，只见血迹模糊。元老夫人咬着牙不住地说："该死！该死！这老禽兽他险些要了我女儿的命去！这都是你父亲老糊涂了，多少富贵公子来求亲，却不肯，偏偏把我的宝贝葬送在这老禽兽手里。如今我也不要性命了，明日定不放我儿回去，待那老禽兽来时，我和他拼命去。"元老夫人说着，已气得喘不过气来。春英小姐急伸手替她母亲拍着胸脯，一夜无话。

第二天，元擢散值回家来，元老夫人便上去一把揪住他老爷的胡子，哭着嚷着说："赔我女儿来！"元擢一时摸不头路，一时性起，两老夫妇竟是揪打起来。春英小姐在中间劝着父亲，又拉着母亲。正闹得马仰人翻的时候，那尚书府中又打发香舆来迎接主母。吃元老夫人一顿臭骂，又喝令把香舆打烂。

那班随从婢仆见不是路，忙拥着空车儿回去，把这情形一长二短地上复与李尚书知道。李辅国如何能舍得他夫人的，便亲自来元府上接他的新夫人回去。这元擢和春英小姐的弟兄们，一身禄位，都仗着李辅国的照拂，才有今日。见李辅国亲自劳驾，如何不趋奉，他父子几人便在外院摆筵席款待，装着谄媚的样子，讨李辅国的好儿。李辅国一心只在春英小姐身上，也无心多坐，一叠连声地催春英小姐回府去。可怜这春英小姐，见了李辅国，好似见了山中的母大虫，躲在深闺中，不敢出来。

元擢见女儿不肯跟李辅国回去，便赶进内院来，顿足大骂。春英小姐给他父亲骂得十分气苦。这元老夫人却也不弱，她见女儿被逼得无路可走，便上去扭住她老爷的衣带厮打起来。元擢怕让李辅国听了，不雅，急转身避到外院去。这元老夫人竟赶出外院来，一手指着元擢，满嘴骂着李辅国。说他是禽兽，老厌物，淫恶之徒！又说："把我好好粉装玉琢的女孩儿，满身弄成紫一块、青一块的，没有好肉。"李辅国听了，一半恼怒，一半羞惭。自己也知道春英小姐受了委屈，当下也不说话，气愤愤地起身回府去了。慌得元擢父子三人，忙躬身送出大门。

这李辅国每日和春英小姐厮缠惯了，一连十多天不见春英小姐回来，只把个李辅国急得幽立不安。他明知道春英小姐吃了他的亏，一时不肯回家来了，便想得一条讨春英小姐好儿的法子。他进宫的时候，便在张娘娘跟前替春英小姐求彩地。他说："春英小姐承万岁爷和娘娘的大恩，收她做女儿，那春英小姐便是当朝的公主了。堂堂公主下嫁，岂能不赐她一方彩邑？在姊妹中，也得光彩光彩。"张娘娘原和李辅国相投的，巴不得他有这一句话，便去和肃宗皇帝说知。张皇后的话，肃宗皇帝没有不依的。第二日，圣旨下来，便把京师西面二十里一座章城小地方，赐给春英小姐，做了彩邑。李辅国接了圣旨，便兴斗斗地跑到元擢家中来，在春英小姐跟前献殷勤。春英小姐原不肯回李家去，只因为今圣旨下来，在面子上夫妇二人不能不双双地进宫去谢恩。便是元老夫人，也再三劝说，夫妇终究是夫妇，好孩儿跟着女婿回家去委屈过几天，再回娘家来休养。又替她打了一条主意，说："你如今既做了当朝的公主，便可时时进宫去，朝见母后，一来借此可与娘娘亲近，二来也避了这老厌物的折磨。"一句话提醒了春英小姐，便跟着李辅国回到府中，夫妻二人按品大装起来，一对儿进宫去谢恩。

春英小姐长的美丽面貌，袅娜身材，那张嘴又能说会话，进宫去不到半天，把个张皇后说得情投意合，当夜便留她住在宫中，不放回去。李辅国冷清清一个人，退出宫来。这是皇后的主意，他又不好说什么的，只是一天一天地在家中守着。

那春英小姐在宫中，早晚伴着娘娘，有说有笑。张皇后也很是喜欢她，索性在宫中替她在收拾起一间卧房。在张娘娘的意思，李辅国是一个残废的人，原不用女人的，把他妻子长留在宫中，谅来也是不妨事的。这李辅国没有春英小姐陪伴，心中说不出的寂寞。他自出娘胎，到这四十多岁，才知道女人的妙处。眼前没有春英小姐，便拿府中的丫鬟女仆出气，每夜选几个有姿色的女人，上床去玩弄。那班女人真是遭殃，个个被他捉弄得不死不活。李辅国的性情真是奇怪，他越是见了肌肤白净的女子，越是不肯饶她。不是拿口咬，便是拿爪抓，在这雪也似的皮肉上，淌出鲜红的血来，他看了心中才觉痛快。

有时他性起，把那班美貌的乐伎，唤到房中来，剥得身上一丝不留，喝令家奴擎着皮鞭，尽力向白嫩的肌肉上抽去。一鞭一条血痕，打得皮开肉绽，个个把精赤的身体，缩做一堆，宛转娇啼。李辅国坐在一旁看了，不禁呵呵大笑，心中一痛快，便把金锭、彩缎赏她们。这绸缎称做"遮羞缎"，那金锭称做"养伤钱"。李辅国在家中，如此淫恶胡闹，消息传进宫去，吓得那春英小姐，越发不敢回家去了。

宫中的一班妃嫔见春英小姐得张娘娘的欢心，这春英小姐做人又和气有趣，大家便赶着她玩笑。春英小姐住在宫中，却也不寂寞。只是一个年轻女子，遭了如此的身世，绮年玉貌，尽付与落花流水，聪明女子，没有不善感的。春英小姐每当花前月下、幽闷无聊的时候便不免洒几点伤心之泪。那宫女们见春英小姐伤心，大家便上来围着她，竭力解劝，又拉着她到御苑各处风景幽雅的地方去游玩解闷。春英小姐原是最爱花鸟的，她走到花丛深处，耳中听得树头鸟鸣婉转，便不觉信步走去，愈走愈远，花枝愈密，只把春英小姐一个身体裹住了。真是花影不离人左右，鸟声莫辨耳东西。春英小姐正十分有趣的时候，忽听得空中飕的一声响，一支金批箭从树外飞来，早射中在春英小姐的肩窝上，把个春英小姐痛得直沁心脾，早已支撑不住，"啊唷"一声，晕倒在花下。后面那班宫女各人只贪着玩，谁也不曾留心到春英小姐。

停了半晌，只见一个少年王爷，跳进花树丛中，找寻他的箭儿。一眼见一个绝色佳人，被他射倒在花下。再看时，已痛得晕绝过去了。这王爷也顾不得了，上去把春英小姐的娇躯一把抱起，搂在怀里，用力把那支箭儿拔下来。只听得"嘤"一声，那春英小姐又痛醒过来。只见自己的身躯，被一个少年哥儿抱在怀里。那少年正伸手替她在那里解开衣襟来。春英小姐这一羞，把痛也忘了，急欲挣脱身子逃去。那王爷见她雪也似的肩窝上，那鲜红的血正和潮水一般地直淌出来，忙低低地对她说道："姐姐莫动!"他一时找不到东西，便"嗤"的一声，把自己左手上一截崭新的袍袖撕了下来，把它按住箭创，才轻轻地替她掩上衣襟，放她站起身来。春英小姐这时实在痛得站不住身子了，这王爷伸过一个臂儿来，掖住春英小姐，一面回过头去，向树林外高声嚷道："你们快来呀!"喊了半天，只见走来四五个宫女，见春英小姐血淌得过多，几乎又要晕绝过去，这才慌张起来，手忙脚乱地上去，把春英小姐的身体抱住。又赶着这王爷唤千岁爷，问李家公主是谁射伤了肩窝? 那王爷一边连连向春英小姐赔罪，一面又向众宫女解说，自己在花丛外草地上练习骑射，不提防一支流箭，射坏了这位姐姐，叫俺心中如何过得去! 说着，又再三嘱咐宫女，好好地把这位姐姐扶回房去，好生请御医调理养伤。

春英小姐听了宫女唤着千岁爷，才知道他是一位太子。又听太子满口说着抱歉的话，他的神情，又和气又多情; 看他面貌，又长得俊秀，年纪也很轻，不觉把他看住了，肩窝上的痛也忘了。便是这位太子，抱过春英小姐的娇躯，亲过春英小姐的香泽，又见春英小姐长成这般绝色，他如何不动情。见宫女扶着春英小姐去远了，还是呆呆地望着，不肯离开。又看看自己撕断的袍袖，不觉一缕痴魂又飞到春英小姐身边去了。

这位王爷原久已看上了春英小姐的美色。你道他是谁？他便是从前的广平王。这广平王自从那天在李辅国家中见了这春英小姐，便替春英小姐抱屈。他当时情不自禁地，便对着新娘说了几句多情的话。从此以后，他时时想着春英小姐，只因自己是一位王爷，那李辅国也是当朝第一个擅权的大臣。虽说自己和他作对，但越是作对，却越不便到李辅国家中去。但这李辅国自从那天在家中，碰了广平王几个钉子以后，暗暗地探听皇帝的心意，他日免不了要立广平王做太子的，他为讨好广平王起见，便乐得做一个顺水人情。便自己领头儿，上了一道奏章，说广平王豫，仁孝圣武，堪为储君。肃宗皇帝一身多病，看看自己的病又是一天深似一天，原也要立一位太子，早定人心。心中所虑的，只怕内有张皇后，外有李辅国，他两人都是一心一意要立王子俏为太子的。恰巧不多几天，那王子俏已一病去世，张皇后心中失了一个依靠；如今又见李辅国上了这道奏章，便觉放心，立刻下旨，立广平王豫为太子。又为父子亲近起见，特令太子还居内宫，以便太子晨昏定省。

这位太子果然纯孝天成，见父皇时时卧病在床，便日夜在寝宫料理汤药，衣不解带。难得这几天父皇病势转轻，他便偷空到御苑中练习骑射去。恰巧一支流箭，射中在春英小姐的肩窝上，这暗暗之中，似有天意。春英小姐中了这一箭，虽说是痛入骨髓，但她心中也觉得十分诧异，太子这一箭，为何不射中在别的宫女身上，却巧射中在我身上？莫非我与太子有前缘吗？因这个念头，也便把痛也忘记了。

御医天天替她敷药医治，她病势到危险的时候，浑身烧热得厉害，昏昏沉沉的，只见那太子站在自己面前，有时和她说笑着，有时竟上前来搂抱她的身躯。春英小姐在睡梦中呻吟着，醒来睁眼一看，哪里有什么太子，只是几个宫女站立在床前伺候着。你们也不要笑春英小姐害了相思病儿，好好一个女孩，有名无实地嫁了一个太监做丈夫，葬送了她的终身，她年纪轻轻，如何耐得这凄凉？每当花月良辰，便不免有身世之感。她在平日，虽满肚子伤感，却没有一个人儿可以寄托她的痴情。如今见了这位年少貌美、又是多情多义的太子，叫她如何不想？况且她的想，也不全是落空的。她在这里想太子，太子也在那里想她。

这位太子每日侍奉父皇的汤药，抽空出来，便到春英小姐的房门口，偷偷地问着宫女："今天姐姐的病势如何？"宫女对他说病势有起色，他便十分高兴；若对他说病势沉重，便急得他双眉紧锁，不住地叹气。他每次来，手中总拿着花枝儿，问过了话以后，便把花枝儿交给宫女，叮嘱她悄悄地拿进房去，供养在春英小姐床前，给她看着玩。又再三叮嘱宫女："若姐姐问时，千万莫说是俺送来的。"宫女问："千岁爷为什么天天要送花来？"那太子笑说道："你们有所不知，俺知道李家那位姐姐，是爱花的。她因贪在花树下游玩，便吃了俺这一箭的亏。如今俺心中实在过意不去，又不便到姐姐床前去亲自对她说抱歉的话，只得每天亲自去采这花枝来，送与姐姐在病中玩赏，也是略略尽俺的心意。俺只图姐姐看了花枝儿欢喜，却不愿姐姐知道是俺采来送她的，免得她心中多起一番不安。"宫女听了太子一番话，忍不住吃吃地笑着，接过花枝儿进去了。

隔了几天，太子打听得李夫人的伤势痊愈了，已在屋中起坐。他再也忍不住了，觑着宫中午后闲静。原来肃宗皇帝因身体衰弱，照例用过午膳以后，便须入睡片时，休养精神。合宫的人，上自妃嫔，下至宫女，都趁这时候，偷一刻懒，有回屋去午睡的，有找伴儿去闲谈的。太子正在这时候，悄悄地走进李夫人房中来。那左右侍女恰巧一个也不在跟前。太子一脚踏进房来，满屋子静悄悄的，只觉得一阵甜腻腻的香气，送入鼻管来，不由得心中跳动起来。一眼见屋子中间帐幔齐齐垂地，侧耳一听，不觉有丝毫声息。太子这时心中却踌躇起来，那两脚跨进一步，又退了下来。

正在惶惑的时候，忽听一缕娇脆的声儿，从帐幔中度出来道："好闷损人也！"太子听了，便得了主意，觑那镜台上有玉杯儿、汤壶儿排列着，太子过去，倒了一杯茶汤，端在手中，一手揭起那帐幔，只见李夫人斜倚着坐在床沿上。看她云鬓蓬松，脂粉不施，尽直着脖子在那里出神。太子挨身上前，放低了声儿道："夫人！饮一杯汤儿解解闷吧！"那李夫人正出神的时候，认是平时宫女送茶来，便也不抬起头来，伸手去把太子手中的玉杯儿接过来，她也不饮，依旧是捧着茶杯出神儿。

把个太子倒弄怔了，只得屏息静声地站在一旁。偷眼看着李夫人的面庞，见她那面貌俊俏，自然娇艳，说不出的一肚子怜爱。他几次要想上去握住李夫人的手，诉说衷肠，他只是个不敢。

忽然见李夫人的玉颈直垂到酥胸前，那一点一滴的情泪正落在玉杯儿里面。太子看了，万分动情。他也顾不得了，一耸身，抢上前去，一屈膝跪倒在李夫人怀中。那李夫人见一个男子扑入怀中来，不觉大惊，一松手，把手中的玉杯直滚下地去，那茶汁倒得太子一身淋淋漓漓的。亏得太子抢得快，把那玉杯儿抢在手中，见还有半杯茶汁留着，太子一仰脖子，把那半杯茶汁和李夫人的眼泪，一齐吃下肚去。把个李夫人羞得急欲立起身来挣脱，谁知那两双纤手，早已被太子的两手紧紧地握住不放，却休想挣得脱。看那太子时，抬着脸，软贴在胸前；乜斜着两眼，只是望着自己的脸。从来说的，自古嫦娥爱少年，况且这李夫人长着如花般的容貌、似锦般的流年，想着红颜薄命，正多身世之感。如今这太子一番深情，已非一日，她在病中，也时时听宫女背地里说起太子每日在院门外问候，又每日送着花在屋中供养。人非木石，谁能无情？只是自己已是有夫的罗敷，虽说遇人不淑，也只得自安薄命。又在宫女跟前，不肯自失身价。因此虽有一言半语，落在耳中，却也装做不知。

但是一寸芳心，已把太子的一段痴情，深深嵌入。不料今日太子乘着室内无人的时候，竟是斩关直入，紧紧地伏在怀中，又做出那副可怜的样子来。太子的面貌又长得俊美。这李夫人便是要反抗，也不忍得反抗了，只是默默地坐着不动，一任太子的两手捧住她的纤手，不住地搓弄着。后来那太子渐渐地不老诚起来，竟摸索到身上来了。正在这时候，听得廊下有一阵宫女的说笑声儿，李夫人急推着太子，低声劝他快出去。那太子却延挨着不肯，紧拉住李夫人的臂儿，要她答应那心事。

李夫人没奈何，只得点点头儿，又凑着太子的耳根，低低地叮嘱了几句。冷不防头被太子朱唇上亲了一个吻去。这李夫人在家中的时候，是一个何等幽娴贞静的闺房小姐，如今被太子接了吻去，她便一心向着太子。这太子依着李夫人的嘱咐，挨到黄昏人静的时候，扮作宫女模样，偷偷地混在众宫女队中，挨进李夫人房去，如了他二人的心愿。

可怜这李夫人嫁了那残废的李辅国以后，幸得太子多情，直到今日，才解得男女之好。一时他二人迷恋着，真是如漆似胶。太子住在东宫，只碍着妃嫔的眼，不能每日和李夫人欢会，心中正想不出个好主意来。太子有一个弟弟，名倓，现封建宁王，生性极是热烈，和太子弟兄二人，却是情投意合，无话不说的。这建宁王眼看着张皇后和李辅国二人内外勾通，揽权行奸，心中久已不平。他常和太子说起父皇身旁，有两大害，不可不除。太子便再三劝慰他，说："此非人子所宜，望吾弟忍耐为是。"到这时候，建宁王又暗地里打听得张皇后和李辅国在背地里设法要谋害太子，改立张皇后的亲子侗为太子。这皇子侗原是张皇后与肃宗皇帝在灵武时所生，不知怎的，这肃宗皇帝在诸位皇子中，独钟爱这个皇子。从来说的，母以子贵，那时张皇后是一位良娣，因生了这个儿子，便升做皇后。张皇后的野心一天大似一天。

欲知后事如何，且听下回分解。

第七十五回　进忠言建宁王自尽
　　　　　　恋痴情李夫人乔装

　　张皇后和李辅国内外勾通了，招权纳贿的事体也不知做了多少，叫这性情暴烈的建宁王，在一旁如何看得过。他几次要去面奏父皇，每次都被太子拦阻住的。劝他说："事不干己，徒然招人怨恨。"建宁王勉强把性子按捺下去，如今听说他们要谋死太子，另立皇子侗为太子，他与太子手足之情甚厚，不由他不恼怒起来。怒气冲冲地赶进宫来，打听得父皇在御苑中向阳。肃宗身体一天衰弱似一天，每年冬令，太医奏劝皇上每日须向阳一个时辰，得些天地之和气。每遇肃宗皇帝在御花园中向阳，那张皇后总陪侍在一旁。今日建宁王进宫来，见有张皇后坐在一旁，他上去依礼朝见了父皇，也不便说什么。

　　这张皇后是何等机警的人，她见建宁王满面怒色，心知有异，便假托更衣，退出园来。一面便指使她的心腹，去躲在御苑走廊深处，偷听他父子说话。谁知这建宁王是一个率直的人，竟不曾预料到此。他见张皇后退去了，便把张皇后如何与李辅国勾通，招权纳贿，现在又如何密谋陷害太子的情形，一五一十地说了出来。末后，他又恳恳切切地说道："陛下若再听信妇人小子，那天下虽由陛下得之，亦将由陛下失之！其有何面目见祖宗于地下乎？"几句话，说得肃宗皇帝不觉勃然大怒起来。况且张皇后

第七十五回　进忠言建宁王自尽　恋痴情李夫人乔装

和李辅国二人，每日不离肃宗左右，时进谗言。肃宗正亲信张皇后和李辅国二人的时候，如何肯听建宁王的一番忠言？早已忍不住一叠连声地喝骂：“逆子有意离间骨肉！”也不听建宁王话说完，便唤内侍把建宁王逐出御花园去。

建宁王怀了一肚子冤屈，来见太子。弟兄二人一见面，便抱头大哭了一场。太子劝住了建宁王的哭，建宁王便把方才进谏父皇的话和被父皇申斥的话说了。太子听了，不觉大惊，说：“我的弟弟，你这事不是闯下祸来了吗！”建宁王问：“怎见得这事闯了祸？”太子说道：“吾弟今天受父皇一番训斥，却还是小事。只怕父皇回宫去，对张皇后说了，再经张皇后一番谗言，又经李辅国一番搬弄，他二人见吾弟揭穿了他的奸谋，他们非置吾弟于死地不可。依愚兄之见，吾弟连晚速速逃命，逃出京城去，躲在民间，这是最妥的法儿。”建宁王听了太子一番说话，细心一想，觉得自己的身体果然危险，但事已至此，惧怕也是无益。便慨然对太子说道：“从来说的，君要臣死，臣不得不死；父要子亡，子不得不亡。如今依哥哥的话，人子获罪于父，不得骨肉的原谅，便活在世上，也毫无趣味。俺便回家去候死罢了！”建宁王说罢，站起身来便走。这太子如何舍得，便上去一把拉住他，又苦苦地劝他出京去躲避几时再作道理。那建宁王只是摇着头呜咽着出去了。

这里太子究竟放心不下，便偷偷地来见李夫人。因为李夫人是张皇后亲信的人，又是李辅国的妻子，自然不疑心她的。便和李夫人商量，求她到张皇后跟前去探听消息。这李夫人爱上了太子，岂有不愿意的，当晚便假定省为由，去朝见皇后。

那皇后已由她派去偷听说话的心腹人，把建宁王在皇帝跟前的说话偷听来，统统告诉皇后。张皇后立刻去把李辅国宣进宫来，商量对付建宁王的法子。李辅国便劝张皇后在皇帝跟前，竭力进谗，务要取了建宁王的性命才罢。又劝皇后这机密事既被建宁王在万岁跟前说破了，俺们须索一不做二不休。趁此机会，便说是建宁王是太子指使他来离间骨肉的，便求万岁爷废去了太子，立皇子侗为太子，这便是一劳永逸之计。张皇后认李夫人是自己的心腹，便把她和李辅国二人商量的话，仔细仔细地告诉她。李夫人听说取建宁王的性命，却也不动心。后来听说要废去皇太子，不觉动了她的私情，十分慌张起来，便急急回自己院子去。那太子正躲在自己房中候着信，李夫人把探听得来的话说了。那太子手足情深，听说要废去自己太子的位，却也不动心，只听说要取建宁王的性命，却便十分慌张起来。急欲打发一个人去建宁王府中报一个信，其时已是深夜，左右又没人可以遣使。这一夜工夫，急得这位皇太子只是在屋子中间打着旋儿。好不容易挨到天明，又怕打发别人去走漏了消息，便自己乔扮作内侍模样，混出宫去。

赶到建宁王府中，一脚跨进门去，只听得人声鼎沸，赶进内院去一看，只见合府中男女都围定了建宁王，齐声哭喊着。大家见太子进来了，只得住了哭声，让太子挤进人丛中来。太子抬眼一看，只见那建宁王直挺挺躺在逍遥椅上，满脸铁青，两眼翻白。太子只唤得一声"弟弟"，扑上身去，抱头大哭。

可怜这建宁王，便在太子的一阵哭声里死去了！许多王妃、姬妾，围着尸身，大哭一场。哭罢了，太子问起情由。原来昨夜建宁王从宫中回府，便在自己书房里，长吁短叹。直到天明，还不见王爷回内院来。是王妃情急了，急急走进书房去一看，原来王爷早已服了毒，只剩了一丝气息，急传府中大夫施救已是来不及了。皇太子听这情形十分凄惨，由不得又搂着建宁王的尸身哭了一场。还是王妃上去劝住，又劝太子快回宫去。

只因太子和建宁王手足情重，如今私自出宫来探望建宁王，

第七十五回　进忠言建宁王自尽　恋痴情李夫人乔装

给张皇后知道了，又要无事生非，在皇帝跟前搬弄许多闲话，于太子实在有大不利的地方。皇太子听了众妃嫔的劝，便也只得含着一肚子悲哀，悄悄地回宫去。这里建宁王死去，不上两三个时辰，果然肃宗皇帝的圣旨下来，赐建宁王自尽，这原是张皇后在皇帝跟前进了谗言，才有这骨肉间的惨祸。从此张皇后便派了几个心腹宫婢，在东宫里留心太子的举动。李夫人得知了这个消息，又暗暗地去对太子说知，劝他平日在宫中一切言语举动要谨慎些。便是两下里的私情，也须少来往为是，免得破了这风流案，把好事弄坏了。太子听了李夫人的话，吓得在宫中也不敢胡行，也不敢乱道。看看半年下来，甚是苦闷。

便是那李辅国娶了这位李夫人，如今久住在宫中，夫妻不得亲近，虽说家中不少婢妾、姬妓，可以供他的玩弄，但如何赶得上李夫人这般美貌、这般白腻。愈是太监不讲床笫之私的，愈是爱赏鉴美丽的女人；愈是不在淫欲上用工夫的，愈是玩弄得妇女厉害。这一年多下来，李辅国和府中的婢妾，也被他玩弄得人人害怕，个个叫苦了。那李辅国也玩厌了，便又想起他宫中的这位夫人。在李夫人住在宫中的意思，一半也要避着李辅国玩弄她身体的灾难，一半也是迷恋着太子的痴情。因此李辅国几次进宫来接李夫人回府去，这李夫人总推着皇后不许，李辅国也没得话说。后来李辅国在家中，实在想得这位夫人厉害，便进宫去面求着张皇后，说要接李夫人回家去。张皇后很爱李夫人，留在宫中，早晚说笑着做着伴儿，因此也舍不得放她出宫去，又想李辅国是一个残废的身子，要夫人回家去无用，便又留住了她。李夫人巴不得张皇后这一留，一来也免得遭灾；二来也贪与太子多见几回。后来李辅国再三恳求，张皇后答应留李夫人在宫中过了新年回去。这时候正是腊月里，离新年是有限的日子。李夫人听了皇后这句话，心中万分着急，忙悄悄地与太子商量，两人也想不

759

出一条妙计来。

恰巧这时候天下兵马副元帅郭子仪回朝，奏陈军事。此番郭元帅杀敌立功，肃宗皇帝甚是欢喜，特在延曦殿赐见。郭子仪见过圣驾，奏报军情，说如今大敌已除，惟有史思明孽子史朝义，负隅顽抗，请万岁爷别遣知兵大臣，与臣协力共讨之。

肃宗甚是嘉许，便留郭子仪在殿上领宴；又大赐金帛与随征诸将。郭子仪领过了宴，谢恩出来，自有当朝一班文武大臣，替他接风洗尘。便是李辅国，也在府中摆下盛大的筵席，又用家伎歌舞劝酒。郭子仪四处应酬，忙了一天，回到行辕中，已是黄昏向尽，便在私堂中休养一会。

正曚眬欲睡，忽家院进来报称，外面有一少年官员求见。郭子仪看这夜静更深，那宾客来得十分突兀，忙问："可知来人名姓？问他黉夜求见有何事情？"家院回说："那官员只说有紧急公事，须与元帅商量。小人问他名姓，却不肯说，只说你家元帅见了俺，自会认识的。"郭子仪是一个正直的君子，便也不疑，立命传见。待那少年官员走进屋子来一看，不觉把郭子仪吓了一跳，忙回头喝退家院，上去拜见，口称千岁。原来这位少年官员，正是当朝的东宫太子。这太子是轻易不出宫门的，如今半夜来此，必有机密事务。

当时郭子仪便上去拉住太子的袍袖，一同进了后院幽密的所在，动问太子的来意。那太子便把近日张皇后勾通李辅国谋废太子的事体说了，又把建宁王被逼自尽的情形说了，便与郭子仪商量一条免祸之计。郭子仪听到李辅国专权作恶的情形，也是切齿痛恨，听到太子问他免祸之计，便低头半晌。忽然得了一条妙计，说："今天小臣朝见圣上之时，奏称贼势猖獗，求皇上别遣知兵大臣，协力讨贼。明日俺去朝见圣上，便把千岁保举上去，求圣上立拜千岁为天下兵马大元帅，率各路人马，前去讨贼。这一来，千岁离了宫廷，也免了许多是非；二来千岁爷手握重兵在外，那张皇后和李辅国也有个惧惮，不敢起谋废之念。"太子听了，也不觉大喜，连说："妙计，妙计！"

当夜辞退出来，悄悄地回宫去。第二天，郭子仪上朝，便把请太子亲自统兵讨贼，拜为天下兵马大元帅的话，奏明圣上。肃宗皇帝这几天听张皇后在耳根上尽说太子不好之处，如今听了郭子仪的话，乐得借一件事打发太子出去，免得宫廷之中多闹意见。当下便准了郭子仪的奏章，立刻下旨，拜太子为天下兵马大元帅，与副元帅郭子仪统率六路大兵，征讨史朝义贼寇。这史朝义，负固在江淮一带，声势还是十分浩大，兵力也是十分雄厚。肃宗也时时忧虑。

当时太子得了圣旨，便又上一道表章，请调集朔方、西域等军，大举出征，以厚兵力。这个话深合肃宗的心意，当下太子一共调齐了二十万大军。正待出发，忽然那回纥可汗磨延啜，遣使太子叶护等到唐朝来讲和，并率领精兵四千人，来助唐皇杀贼。肃宗大喜，立传叶护上殿朝见，并令与太子拜为兄弟。

这回纥的兵马，十分骁勇。唐太子得了他的帮助，声势更是浩大起来。在宫中耽搁不久，便要起程。在太子心中，独舍不下这个李夫人；便是李夫人在宫中，一听说太子要统兵出京，一寸芳心，也是难舍难分。况且一到腊尽春回，自己也要出宫回李辅国府中去。从此一别，二人不知何日方得相会，日夜盼望太子来和她叙别。这太子因怕在宫女跟前露出破绽来，便也不敢去见李夫人。但看看分别的日子一天近似一天，李夫人十分焦急，她心中的事，又不好对宫女说得，只是每日在黄昏人静的时候，独自一人，走在庭院里，花前月下，盼望一回，叹息一回。

这夜正是天上月圆，宫廷寂静，李夫人也不带一个宫女，独自倚栏望月。一阵北风刮得肌肤生寒，猛觉得衣衫单薄，便欲回到屋中去添衣。远远见一个侍女走来，便命她到房中去取一件半臂来添上。那侍女劝李夫人到庭心去步月，李夫人见天心里果然一片皓月，十分可爱。只是一个人怯生生的，在这夜静时候，不敢去得，便命那侍女伴着同行。那侍女随在身后，默默走去。待走到庭心里，又说："那西院里月台上望月，更是有精神。"李夫人听了她的说话，便也从花径中曲折走去。

走到那月台上，一看，果然见闲阶如水，万籁无声，当头一轮满月，圆圆的分外光明。李夫人看了，想起天上团圆、人间别离的心事，不觉发了一声长叹。

叹声未息，猛见那侍女上来，伸着两臂，把李夫人的纤腰，紧紧抱住，向怀中搂定。李夫人出其不意，十分惊诧。趁着月光向那侍女脸上细细看时，不觉心花怒放，忙把粉庞儿向那侍女的脸儿贴着，两个身体和扭股糖儿似的亲热起来。原来这个侍女不是别人，竟又是那太子改扮的。如此良夜，他二人真是你贪我爱，说不尽的别离心情、相思滋味。那李夫人因李辅国要逼着她回府去，心中已是万分的不愿意了；又见太子要统兵远征，心中更觉得不舍。二人说到情密之时，李夫人只把太子的颈子紧紧地搂着。那点点热泪，落在太子的肩头。太子一面替李夫人拭着泪，又打叠起千百般温存劝慰着。这李夫人只是声声要随着太子离开京师，双宿双飞地享乐去。太子听了，只是摇头，说："这千军万马之中，耳目众多，如何使得？"无奈这李夫人一心向着这太子，又因回到李府去，实在受不起这李辅国的折磨。当时他两人直谈到三更向尽，只怕给宫女、太监们露眼，便硬着心肠分别开了。

第二日，太子忙着检点兵士，准备起程。这位太子从前在灵武地方，也很立过一番战功。那时还不过一个王爷，如今已是一位太子，这声势自然比以前大不相同。肃宗皇帝又许他假天子旌旗，建帝王节钺，所到之处，文武百官都来朝参，一路十分威武。太子心中，只是想念这位李夫人，十分苦恼。

这一日，住在西京行宫里，天色已晚，一个内侍送上灯来。大元帅正闷坐无聊，行宫中原有守宫侍女，却很有几个长得美丽的，此时大家打扮得花枝儿似的，各各手中执着乐器，在廊下伺候着。那内侍进去，大元帅正闷坐着，长吁短叹。这内侍悄悄地向门外招手儿，那班宫女便挨身进屋子来，各人拿着手中的乐器弹奏起来。才奏了一曲，大元帅怕烦，连连摇着手，那班宫女便也只得停住了乐器，各各抽身退出去。只有这个内侍，站在一旁。大元帅从宫中出来，一路上晓行夜宿，总是这个内侍在跟前伺候呼唤。这内侍性情固然聪明，面貌也甚是清秀，大元帅也十分宠用他，每到寂寞时候，总得这内侍在一旁说着话解闷儿。这内侍却也很是忠心伺候大元帅，他见大元帅时时在无人的时候，皱着眉心不住地叹气，他总是提着很娇脆的嗓子唱着，逗着大元帅笑乐，解着闷儿。大元帅听他唱得抑扬宛转，胜于宫中的女乐，便也爱听他唱着。

这时一班宫女退了出去，大元帅又吩咐内侍，唱一曲解闷儿。那内侍便提起了精神，学着杨贵妃唱一阕《清平调》，又学着霓裳羽衣舞。看他腰肢软摆，珠喉轻啭，活像一个女孩儿。引得大元帅也不觉哈哈大笑起来。大元帅这一笑，那内侍更是舞得有精神，那身躯转着和风一般地快。谁知他脚下一不留神，被靴底儿一侧一个倒栽葱，全个身倒在地下。只听这内侍连声唤着："啊唷！"他这身体总是挣不起来。大元帅见他跌得可怜，便站起身来，亲自上前去扶着内侍的臂儿，拿灯光一照，不觉惊诧起来。原来这内侍竟是女人改扮的！这时她一双脚上的靴儿脱落了，露出六寸罗袜、一只小脚儿来。大元帅疑心是张皇后指使她来行刺自己的，心中一怒，便把腰间的宝剑拔下来，握在手中，喝问："你是何处贱婢，胆敢乔装来欺蒙本帅？"说着，伸手去揭她的帽子，露出一头云鬟来。大元帅看不是别人，正是他心中朝思暮想的李夫人。这李夫人见大元帅声势凶凶地要拿宝剑杀她，她索性一兀头去倒在大元帅怀里。这大元帅趁势搂住李夫人的纤腰，连问："夫人怎得出宫来随俺到此？"

那李夫人笑说道："自从那夜和千岁分别了，俺心中好似失了一样什么宝贝，睡也不安，食也无味。那时俺也明知千军万马之中，耳目众多。妾身一女子，如何能随着千岁出宫去。但妾身一点痴心，总要和千岁爷在一快儿行坐不离。便是千岁爷不知道，使妾身私地里常常得见千岁之面，于愿也足。因此被妾身想出一个乔扮的主意来，乘那夜东宫中人人收拾行装十分热闹的当儿，妾身便改扮了一个内侍模样，杂在众人里面，混出宫来。一路上吃尽千辛万苦，幸得如了妾身的心愿。每日得在千岁爷跟前侍候着，得千岁爷另眼相看，妾心已十分满足了。今日天也可怜俺，无意中在千岁爷跟前，脱一只靴子来，露了破绽。千岁爷见了妾身，不说动怜惜之念，反恶狠狠地要杀起妾身来。"李夫人说着，便不由得倒在元帅怀里，娇声呜咽起来。这元帅见了李夫人，原是千依百顺的。如今见李夫人为自己吃了这许多辛苦，如何不心痛。当时打叠起万种温存，只消一夜工夫，把他二人的相思病都治好了。从此这位多情太子，身边有意中人伴着，便是出去临阵，也加倍地有精神了。连日攻城略地，十分勇猛，杀得史朝义兵败将亡，逃去雍州城死守住不敢出来。这里接连报捷文书，申奏朝廷。肃宗皇帝看了，十分欢喜。

这宫中自从太子出征去了，张皇后和李辅国都好似拔去了眼中钉。一个在宫中，一个在宫外，只瞒着肃宗皇帝的耳目，招权纳贿，大胆妄为。这肃宗皇帝的身体更是衰弱不堪，每日在一间屋子里起卧，也没有精神去坐朝。所有朝廷大事一概交托给张皇

第七十五回　进忠言建宁王自尽　恋痴情李夫人乔装

后和李辅国二人掌握。自己在宫中养病，闲着无事，便爱读佛经。当时有一个三藏寺的主持和尚名不空的，道行十分高深，肃宗每日传不空和尚进宫去讲天竺密语，又讲经说法。不空和尚便劝肃宗皇帝在佛前多做善事，肃宗皇帝便传旨内藏大臣，把百品名香，舂成粉，和着银粉去涂在京师地方大小庙宇的佛殿墙上。一时京师地方，各寺院墙垣，都成了银色，路人经过的，远远里闻得一阵一阵香气，从寺院里吹来。

这时新罗国进贡来一方五彩宝毯，这地毯制造得十分精巧，每一方寸内，都织成歌舞伎乐，与列国山川之象，每遇微风吹动，氍毹上又有五色蜂蝶动摇着，又有燕雀跳跃着。蹲下身去细细地观看，也看不出是真是假。肃宗皇帝便把这一方宝毯施舍在三藏寺中佛堂上铺设着。接着又有月氏国献一座万佛山，名称"万佛"，那山上何止一万个佛。全山高约一丈，肃宗皇帝便传谕把万佛山陈设在佛殿上，山下铺设着宝毯，任一班善男信女进殿来膜拜观看。

欲知后事如何，且听下回分解。

第七十六回　辅国贪心窃奇宝
秋葵泄妒私俊男

这座万佛山，是拿沉檀香木、珠玉、珍宝镶嵌雕刻而成，漫山满谷，塑着佛像。那佛身大的也有寸许，小的竟至二三分。佛之首，有细如黍米的，有大如赤豆的；头部、眉目、口耳，螺髻毫相，无不俱备。又拿金银精练成细丝，织成流苏幡盖。又制成菴罗葡萄等树。用百宝堆积成楼阁台殿，间架虽微小，那檐角窗垣，势甚飞动。佛殿前排列着僧道，不知数千百人。山下有紫金钟一座，径阔三寸，人拿小槌子将钟打一下，那山上万余僧人，都能俯首至地，做出膜拜的形状来。当众僧人膜拜的时候，又有微微的一阵诵经唱佛号的声儿，从钟里发出来。

肃宗皇帝宫中原有一柄九光扇，映着灯光、日光，便发出九色光彩来。每年四月初八浴佛之期，肃宗皇帝亲率僧徒，数千人入内道场，绕着万佛山礼佛。把九光扇插在山顶上，顿时发出九道奇光来，照耀得满室灿烂，便称为"佛光"。引动得京师地方的百姓，扶老携幼的，都来看佛光。肃宗皇帝又在不空和尚处学得打坐，他在宫中，收拾起一间净室，每日在屋子里盘腿静坐。

这一天，心中忽然想起那李辅国是朝廷中第一奸臣，只因有张皇后从中包庇着，肃宗看在夫妻份上，也在心中隐忍住。但肃宗每想起李辅国那种骄横跋扈的行为，也是一肚子的气愤。如今

第七十六回　辅国贪心窃奇宝　秋葵泄妒私俊男

静悄悄一个人静坐着，不觉矇眬睡去。梦见高力士领着数百骑兵，各各手中拿着长戟追赶李辅国。李辅国拍马在前面逃去，高力士看看追上，便一戟掷去，正刺中李辅国的头颅，那血和水一般地淌下来。那一队骑兵见李辅国已被杀，便人人欢呼，向北而去。肃宗见了，十分诧异，忙打发内侍上去问高力士："为何杀李辅国？"那高力士答辞："是奉太上皇之命！"正疑惑的时候，忽然醒来。内侍进来报说："李辅国求见。"这李辅国原是在宫中出入惯的，当时便至净室中朝见肃宗。李辅国奏称："如今春事正盛，三代后妃皆亲蚕桑之事。今张娘娘德被六宫，正可行亲蚕之礼。"肃宗因体弱畏缩，不愿和李辅国多说话，便也答应了他。

这个李辅国得了皇帝圣旨，便大弄起来，在光顺门搭起高大的彩楼，沿路锦帐、宫灯，直到御花园中，十分繁盛。到了亲蚕之期，所有文武官员的命妇齐集在光顺门迎接圣驾。只听得三声静鞭响，那队队宫卫拥护着龙舆凤辇，到光顺门来。一班命妇都上前去朝见过了，跟着皇后的凤辇，走到御花园中。

只见一片桑林，翠叶如盖。中间搭起一座高台，一时鼓乐齐奏，赞礼官宣读文书。皇后盛服上台，祭过天地，拜过蚕神，便有丞相李揆的夫人捧过蚕筐来。皇后手执桑枝向筐中一抛，算是亲蚕了。接着一阵笙歌，皇后下台来，在迎晖殿中，赐夫人们领宴，文武大臣都在西偏殿领宴。饮酒中间，便由李辅国领头儿，上皇帝尊号，又上皇后尊号，称为"翊圣皇后"。这原是皇后私地里嘱咐李辅国上自己尊号，原来唐室里的故事，皇太后和皇后上尊号的，每加一字，便每月加俸十万两。张皇后是十分贪财的，便嘱咐李辅国上自己的尊字；一来可以夸耀六宫，二来也是欲多得钱财的意思。

谁知肃宗皇帝看了这本奏章，适值丞相李揆进宫来，肃宗问李揆："张皇后可加尊号否？"李揆再三谏劝说："皇后未有盛德，前吴皇后未上尊号，张皇后岂可独上尊号？"肃宗听了李丞相的一番话，便把李辅国的奏章搁了起来，不提上皇后尊号之事。过了几天，张皇后见皇帝尚无动静，便忍不住去面问皇帝。肃宗是一个最没有担当的人，见皇后来责问他，他便向李丞相身上一推。张皇后是一个刚愎的女子，听了皇帝的话，如何肯依，当时大怒，便和肃宗大吵大闹起来。足足闹了一夜，帝后二人都不得安睡，到最后还是肃宗皇帝答应她明日下旨上皇后尊号，才罢。

皇帝一夜不得安眠，第二天便睡了足足一日，起来时已日落西山，早已过午朝时候，也不及下谕了。谁知到第二夜，那天上忽然月蚀。正是月望的时期，那满满一轮明月，遮没得黯淡无光。满院子漆黑，六宫中顿时惊慌起来。这月蚀原来是皇后的责任。必是皇后有缺德，才使上天垂象。月蚀以后，皇后必得奇祸。张皇后看了，也不觉慌张起来，在宫中率领六宫妃嫔，排设香案，跪拜求天。直忙了大半夜，那月轮才慢慢地吐出光来。第二天，张皇后上一本表章，自己认罪。这一闹，把个皇后上尊号的事打消了。但从此张皇后便把个李丞相恨入骨髓，蓄意要谋害他。便有李揆的心腹，报与李丞相知道。李丞相便当夜邀了一班心腹同僚，计议皇后的事。众人的意思，都说张皇后弄权，都依着李辅国为爪牙。如今欲防止皇后的谋害，非先去说动李辅国，劝他脱离皇后不可。皇后失了李辅国，便如拔去爪牙，无能为力。在座几位官员听了这个话，便说："计原是一条好计，只是那李辅国是当朝的一个大奸臣，他与张皇后同流合污，为日已久，怕不肯轻易同我等联合。"李揆便说道："我只须以正理去劝服李辅国，又以利害晓之，便不虑他不归我等也。"

过了几天，李揆果然折简邀请李辅国到府中来，大开筵宴，又邀请百僚作陪。这一席酒，却备得十分丰盛，又备下女乐，在当筵歌舞着。从来说的，酒落欢肠，李辅国一欢喜，那酒便不觉

第七十六回　辅国贪心窃奇宝　秋葵泄妒私俊男

喝得多了，直至夜半，酒罢歌歇，李揆便把李辅国邀到书斋中去清谈。这时左右无人，只有李辅国和李揆二人，面面相对。李揆便说道："大将军功高望重，位极人臣，下官不胜钦敬！"这李辅国生平最爱别人给他戴高帽子，三句好话一说，乐得他手舞足蹈。何况这位李丞相素称刚直，平日李辅国见了他，还要畏惧三分，今日居然当面奉承他，叫李辅国怎么不要喜出望外，忙谦让着道："下官出身阉宦，怎及得大人簪缨世家，宰辅门第。位在一人之下，万人之上，不由老夫不钦敬也。"接着，李揆便促膝低声说道："从来说的，持盈保泰。大将军一生荣宠，须防人背后暗算。"一句话说得李辅国陡地变了颜色，忙站起身来，向李揆兜头一揖道："不知有谁人暗算下官来，还求丞相指教？"说着他二人的声音更是放低了。李揆当时不慌不忙，微笑着说道："如大将军的势力，还有谁敢暗算？只是听得道路传闻，张皇后因迎凉草和凤首木之事，颇不满意于将军。"李辅国听了这几句话，愈觉事情坐实了，便不由他不信。

原来那迎凉草和凤首木，是两样稀世的珍宝。当时回纥国出兵助太子平史思明之乱，甚是有功。回纥葛勒可汗，便上书求婚。肃宗皇帝念他出兵助战的份上，又因回纥国可汗长得品貌不凡，又与自己太子约为兄弟，便把幼女宁国公主遣嫁到回纥国去。在下嫁的时候，肃宗皇帝亲自护送到咸阳地方。父女二人自有一番惜别。肃宗再三劝慰，公主流着泪道："国家多难，以女和蕃，死且不恨！"

那宁国公主到了回纥，夫妇二人却是十分恩爱，便尊为可敦。当时葛勒可汗，便打点了五百匹名马、貂裘五百件、白毡一千条，来献与肃宗皇帝，算是谢礼。肃宗皇帝又下诏册封葛勒为英武威远毗伽可汗。从此两国密使往来，十分亲昵。后来回纥可汗得了这迎凉草和凤首木两样奇珍异宝，不敢自用，便特意打发使臣到唐朝来进贡。这时李辅国权侵中外，凡是外国进贡来的，都要先投到大将军府中，请李辅国检验。那李辅国一见了这两样宝贝，心中甚是欢喜。恰巧这几天肃宗皇帝抱病在宫中，连日不坐朝。他一面打发回纥国的使臣去后，便也不奏明皇帝，把这两件宝物，悄悄地吞没下来，陈设在自己府中，推说是回纥国使臣特意拿来孝敬他的。每到夏天，大将军府中举行盛大的宴会；李辅国便把迎凉草拿出来，陈设在座中。

那迎凉草的模样，干如苦竹，叶细如杉，枝叶全带翠绿色，虽终年形如干枯，但从不见有一叶凋落。在盛暑的时候，把这迎凉草陈列在窗户间，便有阵阵凉风，吹入屋中，满屋生凉。凤首木高一尺，雕成双凤的形状，虽已枯槁，但毛羽脱落不尽。每到严冬大寒的天气，把这凤首木陈列在高堂大厦之间，却有暖气蒸发出来，满室和煦，恍如二三月天气。又名为常春木。虽以烈火烧之，不见焦灼痕迹。

这两样宝物藏在李辅国府中，已是多日了。后来不知什么人多嘴，把这情形去悄悄地告与张皇后知道。张皇后听了，不觉大怒。原来张皇后与李辅国私地里约定的，不论外间收有贿赂宝物，先须报与皇后知道，然后内外平分。如今李辅国得了这两样宝物，他瞒着皇帝情有可恕，如今竟瞒起皇后来了，这岂不是令人可恨。当时李辅国进宫去，张皇后便向他索取这两件宝物。李辅国推说是回纥可汗孝敬自己的，竟说与皇后不相干。那皇后如何肯干休，便大声怒骂起来。李辅国因自己的私事，都在张皇后肚子里，倘被皇后一声张出来，便是欺君大罪。当下见皇后动怒，只得忍着气，自己认错，又说愿把此宝物送进宫来，孝敬皇后。看看隔了多日，依旧不见宝物送进宫来。张皇后也曾暗地里催问过几次，李辅国如何肯舍得这两样宝物，便一味地支吾着。

后来李夫人住在宫中，李辅国几次求着皇后要接李夫人出宫去，不料这时李夫人已悄悄地逃出宫去，跟着太子在西京行宫里，一双两好地度着恩爱光阴。叫张皇后如何还得出这个李夫人？因此，一面索夫人索得紧；一面索宝物也索得勤，成了一个骑虎之势。后来张皇后索性对李辅国说："献了宝物，再还你夫人。"这原是张皇后见走失了李夫人，无可奈何，一时缓兵之计。在李辅国一面见张皇后要挟得如此厉害，便不觉老羞成怒，拼着他这个夫人不要了，誓不肯把这两件宝物送进宫去。在当时满朝中人，都认作李辅国是张皇后的心腹爪牙，却不知道他二人已各把性子闹左了，一时愈闹愈坏。从来说的，小人以共利为朋，利尽则交疏。如今张皇后和李辅国二人，不但不是心腹，竟已变成了仇家。在张皇后心中，却处处防备着李辅国；在李辅国心中，也时时想推翻张皇后，灭去了口，免得把一生的私事暴露出来。

　　只有李丞相独打听得明白，当时便用话去打动他。李辅国怀着一肚子牢骚，正无处发泄。听李揆这样说了，便也把张皇后如何欺弄圣上、如何谋废太子的话说了。李揆便乘此说愿约为父子，共防张皇后，共护太子。李辅国大喜，急起立向李揆一揖至地，说道："所不如公言者，有如此烛！"当下他二人对烛拜认了父子，李揆称李辅国为"五父"。辅国欣欣得意地辞别回府去。

　　李辅国有一个极知己的同寅官，名程元振。原也是太监出身，现任飞龙厩内使之职。权位虽在李辅国之下，而凶狠又过之。满朝文武都称他做"十郎"。第二天，李辅国在府中酒醉醒来，想起昨夜李揆拜认父子的事体，便去把程元振请来，商议大事。元振也竭力劝说，以与李丞相结合为是。如今太子掌兵在外，立功不小，张皇后虽握宫廷重权，但圣上身体衰弱，不久便权属太子。我们做大臣的，总当顺势识时。几句话说得李辅国连声道妙。

　　从此以后，李辅国、程元振二人便与李丞相联合起来，竭力与张皇后作对。张皇后看看自己孤立了，便慌张起来，天天在肃宗皇帝跟前诉说李辅国的坏处，说李辅国如何贪赃枉法，如何欺君罔上。肃宗皇帝原知道李辅国是个大奸臣。在当初逼迁上皇的时候，便已十分可恶，无如他大权在握，羽翼已成，一时也无法剪除他。如今听张皇后说了许多话，也觉得这李辅国奸恶日甚。但此时肃宗每天病倒在床上，终日服药调治，也忙不过来。看看肃宗皇帝的病势，一天沉重似一天。太子这时领兵在外，朝内一切大事，全交给了李辅国、李揆二人。张皇后心中十分焦急，便悄悄地打发人去通报越王係。

这越王係是肃宗的次子。据当时传说，越王係和张皇后同避难在灵武的时候，也曾结下一段风流孽缘。后来张皇后随着肃宗皇帝进京，便把越王封在南阳地方，两下不能见面，这相思真是苦人。但此时张皇后权位一天高似一天，时时刻刻想谋害太子，把自己的亲生儿子名佋的立为太子，不幸佋一病而死。张皇后虽还有一个亲生儿子名侗，但因年纪太小，便是立了，张皇后也得不到他的帮助。如今见肃宗皇帝病势一天重似一天，那李辅国的势力也一天逼迫一天。张皇后便想起他昔日同心合意的越王係，悄悄地打发人去催越王进京来，又许他到京之日，便立他为太子，将来同居深宫，共享快乐。越王得了这个消息，既可得皇帝位，又可与心爱的张皇后聚首，他如何不愿意。当即星夜起程，从南阳城赶向京师来。

那太子在西京地方，一面与李夫人恩爱相守，一面监督兵马，征讨史思明。正十分胜利的时候，忽然接到李辅国和李揆二人送来的表文，说圣上病将垂危，请太子赶速回京，主持朝政。这太子是十分孝顺父皇的，一听说父皇病危，便把兵权交与郭子仪，自己带了李夫人星夜赶回京师。太子进宫之日，那越王还不曾到京师。张皇后见太子先到，便和颜悦色地迎接着太子，与从前那副骄傲神气，大不相同。太子也没有心思去对付张皇后，只问："父皇病情如何？"张皇后领着太子到寝宫里去一看，那肃宗皇帝紧闭着双眼，睡在床上。太子上前连唤几声，肃宗已开不得口了，只是微微点着头儿。太子一阵心酸，几乎要哭出声来。

张皇后邀太子到一间密室里去，悄悄地诉说近日李辅国如何跋扈。他久掌禁兵，朝廷制敕，皆从彼出。往日擅自逼迁上皇，为罪尤大。他心中所忌，只有我与太子二人。如今主上病势危急，李辅国接连他的死党程元振一班奸臣，阴谋作乱。太子为将来自身威权计，不可不速将李辅国奸贼拿下杀死。太子这时见父皇病势危急，五心已乱；听了张皇后这一番话，更急得流下泪来道："如今父皇抱病甚剧，不便把此事入告。若骤杀李辅国，万一事机不密，必至震惊宫廷，此事只得从缓商议。"正说话的时候，忽见一个心腹宫女，进室中来向张皇后耳边低低地诉说了几句，张皇后听了面带微笑。太子见了，正是莫名其妙，只见张皇后忽然变了一种懒懒的神情，对太子说道："太子远路奔波，想已疲倦，且回东宫，待以后再商量。"太子听了，也只得告辞出来。

这边太子前脚才出得宫门，那后脚越王便钻进这密室里来了。当时越王见了这张皇后久别重逢，自有一番迷恋。他二人明欺着肃宗皇帝在昏沉的时候，便尽情风流了一回。事过以后，张皇后便说起李辅国谋反的事体，又说："太子生性软弱，不能诛贼臣。汝若能行大事，不愁大位不落汝手。"这时越王一心只迷恋着张皇后，凡事也不计利害，便拍着自己的胸脯，满口答应了下来。

越王在京的时候，与内监总管段恒俊甚是亲近。那段恒俊原也是一个有大志的人，他见李辅国的权威一天大似一天，心中原也有些不甘。如今见越王回京，他知道越王是和张皇后是联通一气的，自己可得一个大大的帮手。当即连夜去拜见越王，告以李辅国谋变之事。越王在日间张皇后跟前夸下海口，但一时还想不出一个办法来。如今见段恒俊说了一大套话，又见他满脸愤怒之色，自己往日也与他很有交情，便想把这桩大事托付在段恒俊身上。当下他二人计议了半夜，段恒俊便担承回宫去，挑选二百名精壮太监，授以兵器，埋伏在后殿。一面矫诏把太子、李辅国二人召进宫来，乘其不备，伏兵齐起，把二人杀死，岂不干净。

越王和段恒俊二人计议的时候，左右只有一个俊俏婢女，在一旁伺候茶汤。这婢女小名秋葵，面貌长得绝顶美丽。越王爱上了她，私地里和她勾搭上手。从此行坐不能离她，越王早愿把秋葵封做第十二王妃，但这婢女却有特异的心思。他与越王约定，眼前甘愿做一个帖身婢女。一旦第一王妃去世，便须把她升做第一王妃。若第一王妃一辈子不死，她便甘心守着一辈子不受封号。她又与越王私地里设下一个密誓，须终身安于王位，不做篡逆之事，更不得再与张皇后发生暧昧情事。这女孩儿智虑原是十分周密的，他怕越王篡得了帝位，自己便无皇后之分；又越王若再与张皇后重拾了旧欢，自己的势力决敌不过张皇后，难免不把自己的宠爱夺了去。当时越王迷恋了秋葵的姿色，一一答应着。到后来事过景迁，越王肚子里早已把秋葵的说话忘了，尽和段恒俊商量谋害太子的事体。秋葵婢女在左右伺候着，听在耳中，叫她如何忍耐得住。她又从小厮嘴里打听出越王进宫去，又与张皇后做了暧昧事情。从来女子的妒念最毒，她听了这个话气得把个越王恨入心骨。

却巧这个小厮也长得眉清目秀，知情识趣。他心目中早已看上了这秋葵，只因秋葵已攀上了高枝儿，几次向她调戏，秋葵只是不从。如今这小厮在屋外，秋葵在屋内，两人伺候着主人。到夜静更深，秋葵偶然到屋外来坐着歇歇力，那小厮又上来向她纠缠。秋葵这时听了越王密议的话，已变了心，见小厮的面貌也长得不错，年纪又轻，便也甘心情愿地把这个小厮多年的相思医好了。事过之后，便劝他早图个出身之计。悄悄地唆使他到李辅国府中去告密，说越王和段恒俊如何勾通，欲谋杀太子和李辅国、程元振一干人，保你可得了富贵，可是得了富贵以后，却莫忘记俺二人今日的恩爱。那小厮听了，便指天立誓。当夜悄悄地偷出了越王府，奔向李辅国府第中告密去了。

那李辅国正欲就寝，忽家人进来报说："府门口来了一个告密的人。"李辅国吩咐传进来回话，那小厮便把秋葵教唆他的话，一五一十地告诉了出来。李辅国听了不觉大惊。连夜去把程元振、李揆二人邀进府来，密议对付的方法。还是李揆说道："此事俺们虽不可不信，却也不可全信。明日俺们不如派少数飞龙厩兵役，到凌霄门口去探听虚实。"随后由程元振带领大队人马在后接应。

欲知后事如何，且听下回分解。

第七十七回　李辅国行凶杀国母
　　　　　　　程元振设计除奸雄

　　段恒俊辞别越王回宫，便如法炮制。在越王以为事计做得十分机密，此番不怕李辅国和太子二人飞上天去了。当时进宫去，把越王定的计策，对张皇后说知了。张皇后也称妙计。一面由段恒俊去挑选二百名精壮的太监，各给短刀一柄，使他埋伏在后殿门口。一面由张皇后乘着肃宗皇帝精神昏迷的时候，把玉玺偷盗出来，在假圣旨上盖了印。那假圣旨派两个干练内监，分头送与东宫和李辅国两处，意欲候太子、李辅国二人进宫来的时候，伏兵齐起，乱刀杀死。

　　谁知那两个送圣旨的太监，刚走出宫门，便被程元振派兵捉住，送去空屋里锁闭起来。停了一会，李辅国也带了家将们到来，看事机紧迫，便带领众兵士直入凌霄门，探听宫中虚实。一面分派兵士，把各处宫门把守起来，不许放一人出入。时已天明，太子到来，李辅国便上前拦住，说道："宫中有变，殿下断不可轻人！"太子惊诧道："宫中好好的有什么事变？"

　　李辅国便把张皇后矫旨和段恒俊伏兵谋变的情形说了。太子听了不觉流下泪来说道："我昨日进宫时，见万岁病势十分沉重，我出宫来，心中十分记念。昨夜一夜无眠，今日清朝起来，意欲进宫去探听消息。父皇病势危急，我做人子的，难道因怕死，便不进宫去吗?"程元振也从一旁劝道:"社稷事大,殿下还须慎重为是。"李辅国再三劝着,这太子只因心中挂念父皇的病情,决意要进宫去探视。程元振看拦不住太子,心中万分焦急,他便向兵士们举一举手,兵士们会意,便蜂拥上前,把太子团团围住,也不由分说,半推半让地推进了飞龙殿,派一队兵士看守殿门,不放太子出来。李辅国又逼着太子下一道手谕,给禁兵监。

李辅国便带领禁兵,闯入中宫。劈面便遇见段恒俊带着他二百名内监,拦住路口。两面人马,便在丹墀下吆喝着厮杀起来。可怜这二百名太监,平日既不曾教练过,临时又欲以少敌众,却如何抵挡得住?看看太监已死了一半,其余各丢下刀棍,四散逃命。这里禁兵一声大喊,和潮水一般涌上殿去,把越王和段恒俊二人,活活捉住。程元振见了段恒俊,恨得他牙痒痒的,拔下佩刀便砍,还是李辅国拦住说道:"且慢杀这厮,俺们还有大事未了。"便吩咐把越王和段恒俊二人打入大牢去,他一转身,手执着宝剑,向内宫直冲。回头对程元振大声说道:"跟我来!"程元振见捉了越王和段恒俊二人,便想就此罢手。今见李辅国竟大胆仗剑冲进内宫去,却不觉迟疑起来。李辅国见程元振不敢进去,便独自一人,率领一队禁兵,大脚步向内宫进来。

这内宫地方,李辅国原是平日走熟的路,这时张皇后正在宫内坐着等候消息,听见内侍进来报说:"李辅国已杀进宫来,越王和段恒俊已被捕。"张皇后知道大势已去,不觉慌张起来。正窘急的时候,忽听得内宫门外一阵一阵呐喊的声音,愈传愈近。张皇后知道存身不住了,便起身向皇帝的寝宫中逃去。张皇后躲避得慢,李辅国追寻得快,便也追踪赶进寝宫来。张皇后一时情急,见无有可躲避之处,便去隐身在肃宗皇帝的龙床背后。

肃宗皇帝病势虽十分沉重,但他心神却还清明,睡在床上,不住地喘气。耳中听得宫门外喊杀连天,已觉得十分惊慌,只苦于身体不能转动，口中不能言语，只睁大了两眼看着窗外。

　　看看跟前走得一个人也不见，心中甚是恼怒。忽见那张皇后慌慌张张的从外面逃进屋子里来，向龙床后面躲去，便知道大事不妙，急得要喝问时，却苦于已开不得口了。只见那李辅国仗剑追进屋子来，李辅国虽说是一个奸雄，但他见皇帝躺在龙床上，心中却还有几分惧惮，忙把手中的剑藏入衣袖中，爬下地去，口称："臣李辅国参见，愿吾皇万岁！"站起身来看时，见肃宗皇帝撑大了嘴，正喘不过气来。李辅国知道皇帝快要死了，便把胆放大了。心想我如今已做出这叛逆的事来了，一不做，二不休，非把这张皇后杀死不可！他明欺肃宗皇帝开不得口了，便又大着胆子向龙床后追去。那张皇后见李辅国追来，急倒身欲向龙床下钻进去。李辅国一手仗着剑，腾出手来，上去一把握住张皇后的手，便往外拽，慌得张皇后只爬在地下，磕着头求饶。李辅国见拖她不动，他便横了心，发一个狠，把一柄剑咬在口内，伸出两手，捏住张皇后的两臂。那张皇后哭着嚷着，把全个身儿倒在地面上不肯走。李辅国也顾不得了，只把个皇后着地拖出来。拖过龙床面前，张皇后一捽手，攀住那龙床的柱子，口中大声嚷道："万岁爷快救我！求万岁爷看在俺十多年夫妻的份上，替我向李将军讨个保儿！李将军如今要杀我呢！"可怜这肃宗皇帝病势已到了九分九，眼看着李辅国如此横暴的情形，早气得晕绝过去了。任凭张皇后一声一声的万岁地唤着，那万岁爷只躺在龙床上不做声儿。究竟妇女的气力，如何敌得过男子的气力？张皇后攀住床柱上的那只手，被李辅国夺了下来，直拖出寝宫门外去。

　　一到了门外，自有那班如狼虎的禁卫兵，上前去接住。拿一条白汗巾，把张皇后的身体捆绑起来。李辅国领着头，到各处后宫去搜查。在李辅国的心意，原是要搜寻他的夫人李氏。谁知全把个后宫搜寻遍，也找不见他的妻子。问各宫人时大家都说不知。李辅国也没法，只得退出宫来，一面请令，暂把张皇后打入冷宫。他和程元振合兵在一处，正要到飞龙殿去见太子。忽然见肃宗的六皇子兖王俒带领了几十个王府家将，闯进宫来，劈头遇到李辅国、程元振二人，便大声喝问："李辅国为何带剑入宫？"李辅国昂着头，向天冷冷地说道："为因皇后谋逆，本大将军奉东宫太子之命，进宫来保护我万岁。"兖王又问："如今皇后何在？"李辅国答称："已被俺拿下，打入冷宫去了！"那兖王平日虽也和张皇后不对，但如今见李辅国这样跋扈的形状，不由得心中恼怒，便拔下佩刀，迎头砍去。

程元振在一旁喝一声："擒下！"左右赶过来两队禁兵，把兖王带进宫来的家将一齐捆下。兖王看着不是路，忙撇下李辅国，向内宫逃去。程元振带领一队禁兵，重复赶进内宫去。看着赶到肃宗寝宫外，那兖王也顾不得了，只得逃进寝宫去躲避。一眼见父皇直挺挺地躺在龙床上，双目紧闭，兖王抢步到床前，双膝跪倒，口中连连唤："父皇！快救孩儿的性命！"唤了半晌，也不见皇帝动静，急伸手去探着皇帝的鼻息，这肃宗不知什么时候早已去世了。兖王见死了父亲，便不禁嚎啕大哭起来。后面程元振追进寝宫，把兖王捉住，一齐打入大牢里去。

这时李辅国见皇帝已死，他的胆愈大了，便亲自赶到冷宫里去，看那皇后的身体，被那汗巾捆住好似一只死虾一般，倒在地下。那张皇后见李辅国进来，便没嘴地讨饶，连连喊着："五公公！五爷爷！"又说，"饶了婢子一条贱命吧！"李辅国也不去理会她，只吩咐四个禁兵，上去把皇后的绑松了，解下那条汗巾来，向张皇后的脖子上一套。四个禁兵一齐用力，活活把个张皇后勒死。这张皇后生前原有几分姿色的，如今死得十分惨苦。李辅国见结果了张皇后，转身出来，又从大牢提出越王係、兖王俒和段恒俊一班人来，一个个给他们脑袋搬家。把一座庄严的宫殿，杀得尸横遍地，血污满阶。

李辅国知道张皇后尚生一幼子，年只三岁，取名为侗。肃皇在日，已封为定王。这是张皇后的亲骨血，必须斩草除根，方免后患。便吩咐手下兵士，重复入宫去搜寻定王。那定王在宫中，原有乳母保姆看养着。又是张皇后的亲生儿子，平日何等保养宠爱。如今那班乳母保姆，一听说李将军三次来搜宫，大家把这三岁的小王爷，抛在床上，各自逃生要紧。只留一个姓赵的老宫人，她见小王爷被众人抛弃了，睡在床上，手足乱舞，力竭声嘶地哭着。她心中不忍，便去抱在怀中向后殿躲去，那后殿一带空屋，楼上只堆些帷幕帏帐之类。这赵宫人抱了小王爷，走上楼去，见屋中堆着和山一般高的帷帏，赵宫人一时无可藏躲，便把这个小王爷的身躯抱去，藏在帷帏下面。那小王爷却也知道，便也不哭嚷了。赵宫人退身走下楼来，便蹲身坐在楼梯口守着。

这时李辅国带领禁兵，已在后宫一带搜寻得家翻宅乱，却寻不到这定王的踪迹。心中正十分焦急，退出宫来，走过后殿门口，见一个宫女，在那门里探头。原来这赵宫女在楼梯上守候了半天，不听得外面的动静。她认定李辅国已出宫去了，便走出殿门口来探看动静。谁知事有凑巧，正遇到李辅国退出宫来，见这宫女探头探脑的，形迹可疑，便喝令禁军上去，一把揪住。李辅国把剑锋贴着宫女的脖子上，逼她说出实话来。那宫女却是面不改色，一句话也不肯说。李辅国说了一个搜字，那兵士便分头向后殿搜去，直搜到后殿楼上。见那定王已被一大堆帷帏压住，早已气闭死了。李辅国见这小王爷已死了，便也放心，随手拿剑锋向赵宫人脖子上一抹，可怜她一缕忠魂，也随着小王爷去了！

这里李辅国看着诸事都已办妥，便与程元振二人，同入飞龙殿，把这位太子请出来。说明皇上已崩，皇后已死等情。太子想起父亲死得可怜，便大哭了一场。换上素服，出九仙门，与满朝文武相见，传布肃宗皇帝晏驾的事。立李揆为首相，扶太子至两仪殿，祭肃宗丧，太子即位枢前。越四日，始御内殿听政，便称为代宗皇帝。

那时满朝中只有一个苗晋卿，是正直大臣。但他年已七十，素来胆小，不能有为。新任同平章事元载，由度支郎中升任。专知剥削百姓，趋奉权要，当然不敢说话。微此唯唯诺诺，一听辅国处置国事。辅国竟自命为定策功臣，越加专恣起来。一日，退朝，左右无人，李辅国向代宗奏称道："大家但居禁中可矣，外事自有老奴处分！"代宗听了此话，心中十分不乐。只因此时辅国手握兵权，不便指斥，只得阳示尊重，呼辅国为"尚父"，事无大小，俱由尚父作主。便是群臣出入，亦必先到辅国府中请托过以后，才敢去朝见代宗皇帝。李辅国侈然自大，他对百官呼叱任意。代宗只因李辅国盘查得宫廷很严，他心中有一个李夫人，不能够接她进宫来，心中十分挂念。这时代宗已追封生母吴氏为章敬皇太后，废张皇后和越王係、兖王僴皆为庶人。立长子适为鲁王，次子邈为郑王，三子回为韩王。

这长子适原是代宗侍女沈氏所生。说起这位沈氏，代宗皇帝也和她有一段情史。读唐宫历史的人，不可不知。原来章敬皇太后身体素弱，生下代宗来，年只十六岁，不能乳养孩儿。宫中原有乳母保姆十六人，轮流管养着皇子的。这代宗皇帝是肃宗的长子，又是玄宗太上皇最心爱的长孙，如何不小心看养。当时有一位姓沈的乳母，原是士人的妻子。只因家境贫寒，不得已进宫来充当乳母。她家中却抛下一个和代宗同年的女孩儿，小名珍珍。这乳母进宫来，却日夜想念她家中的女儿，在诸位乳母中，却算这姓沈的长得最是年轻美貌。

章敬皇后性情原是很仁慈的，见这沈乳母在宫中时时愁眉不展，问起情由，原来她家中有一个小女儿，时时在心中挂念。是章敬皇后的主意，命沈乳母把这个小女儿抱进宫来，一块儿乳着，将来也可以与皇子做一个伴儿。那珍珍面貌美丽得更胜过她母亲，真是雪肤花貌，我见犹怜。这代宗皇帝自幼儿便和珍珍性情相投，寝食与共。章敬皇后到十八岁上，便短命而死。临死的时候，便把代宗托给沈乳母。这时肃宗皇帝爱上了张良娣，便也不把代宗放在心里，只有张良娣生的两个儿子，一个名佋，一个名侗的，肃宗皇帝常常抱在手中把玩。这时代宗皇帝孤苦零丁，养在后宫。一切饥饱冷暖，全仗沈乳母照看。

那珍珍年纪慢慢地大起来，竟出落得天仙一般。代宗和她母女二人早晚做着伴儿，不离左右。两小无猜，渐渐地有了私情。这珍珍十七岁上，便替代宗皇帝生下这个长子适来。在代宗的意思，早愿立珍珍为妃。只因这珍珍名义上是个侍女，她虽生了一个皇子，但这是私情，不好对父皇说知的。直到安禄山攻入长安，这珍珍不及出奔，被乱兵掳至东京。后来代宗亲自统兵攻入东京，在民间寻觅得珍珍，二人始得见面。代宗把她接进宫来住下，二人相守着，不多几天，那东京又被史思明攻破了。代宗皇帝仓皇出走，不及救得珍珍，这珍珍竟无下落。

代宗皇帝也曾派人四处找寻过，终于不得踪迹。代宗为想念珍珍，几至废寝忘食。后来幸得遇到这李夫人，总算把他一段痴情，有了一个着落。

如今代宗即了皇帝位，满朝文武大臣齐上奏章，劝皇上早立正宫。无奈这代宗心中藏着一段私情，不好对众人说。他私意颇欲把李夫人升位正宫，只因有李辅国在朝，不好意思强占人妻。当时推说因长皇子适的母亲遭安史之乱，查无下落。把这后位虚留着，当时只册立韩王回的母亲独孤氏为贵妃。

朝廷一切大事，听之于李辅国一人所有前朝旧臣，和李辅国不相投的，到此时李辅国都要借着事故，把他们一齐排挤出去。

第七十七回　李辅国行凶杀国母　程元振设计除奸雄

不到一年时候，如知内省事朱光辉、内常侍啖庭瑶及山人李唐一班三十多人，均被他借着圣旨，远远地发配到黔中去。李辅国平日最恨的是礼部尚书萧华，便也借事贬萧华为峡州司马。那程元振因拥立有功，威权也一天一天地大起来。元振最忌的是左仆射裴冕，便在代宗皇帝跟前弹劾了一本，贬裴冕为施州刺史。那时全朝廷的文武官员，只知有李、程二大臣，却不知有代宗。

从来说的，两虎不并立，这朝中既有李辅国，又有程元振。他两人都是奸雄小人，终日争权夺利，置国家大事于不顾。程元振入宫密奏代宗，说李辅国有谋反之意。代宗惊慌起来，说："兵权俱在辅国手中，当以何法除之？"程元振奏说："不妨。李辅国手下有一大将，名彭体盈，久已怨恨辅国专横。只须陛下假以辞色，不愁彭体盈不为陛下用也。"代宗连夜传彭将军进宫，用好话安慰他说："汝能联络李辅国手下兵士，便当拜汝为大将军。"彭体盈奉诏大喜，便暗暗地去结合一班禁军将领，又许他们权利，令他们背叛李辅国。诸事停妥，代宗便下旨，解李辅国行军司马及兵部尚书兼职。又下旨以左武卫大将军彭体盈代为闲厩群牧苑内营田五坊等使，以右武卫大将军药子昂代判元帅行军司马。

李辅国得旨大怒，急亲自进宫去，欲面见代宗皇帝。那朝门口已由彭体盈派兵守卫着，见李辅国进宫来，便上前去拦住，说道："尚父已罢官，不当再入宫。"李辅国见手下的人都背叛自己，不觉一时气壅，双目紧闭，晕倒在地。左右上前扶起，李辅国气急败坏地说道："老奴死罪！事郎君不了，请赴地下事先帝矣！"停了一会，里面传出谕旨来，赐李辅国大第在京城外。满朝文武闻知李辅国失势解官，便故意赶到城门口拜贺。把个李辅国气得一句话也说不出来，急回府中，写表求解官职。第二天，圣旨下来，进封博陆郡王，仍拜为司空尚父，许朔望入朝。李辅国当堂谢过恩，便收拾家具，迁至城外赐第中去住。他原是一朝权贵，如今削职回家，只落得门庭冷落，车马稀少。

从来说的，福无双至，祸不单行。李辅国迁居城外，不多几天，便来了一个刺客，在半夜时候，跳进屋子里来。李辅国正左拥右抱，搂住两个侍女安睡着，一柄钢刀下去，人头落地。那两个侍女从梦中惊醒过来，只见一片血迹，李郡王脖子上不见了一个人头。再看时，那右臂也砍去了。这两个侍女被李辅国临睡的时候剥去上下衣服，一时穿衣也来不及，只得缩在被窝里，满口喊着："皇天爷爷！"府中人役听得了赶进来看，知道郡王爷被刺，合府中上下点起灯笼火把来，四处照寻人头。直照到毛厕中，得到了李辅国的头，却已被快刀割去了面皮，一片模糊，认不出眉目来。府中人无法，只得命精巧匠人，另雕一个人头埋葬。

圣旨下来，还赠他做太傅官，一面行文各处，捉捕凶手。这凶手原是代宗皇帝指使出来的，叫地方官向何处去捉捕。外面搜捕凶手的文书，雪片也似飞着。这真正的凶手却安居在程元振府中。原是这凶手姓杜名济，原系程元振府中一名武士。今因刺死李辅国有功，便升做了梓州刺史官。

元振自谋死了李辅国以后，又升任了骠骑大将军，独揽政权。只因郭子仪是一个忠正大臣，且手握重兵，诸事颇觉不便。他便矫皇帝召，召子仪入京。郭子仪正和史朝义交战，连获胜仗。一闻朝命，急急赶回京师来，欲朝见天子。那程元振便百方拦阻，宫门口满布着元振的兵士，总不放郭子仪进去。那郭子仪回京十日，还不得朝见天子，心下郁郁不乐，后来方明白是程元振的诡计。郭子仪十分愤怒，立刻拜表，请自撤副元帅及节度使职衔。有旨准奏。便徙封鲁王适为雍王，特授天下兵马大元帅，令统兵征讨史朝义。程元振怕雍王大兵在握，不易驾驭，便奏请以中使刘清潭为监军。刘清潭是程元振的心腹，他便另带一支兵马向回纥去征兵，令回纥国出兵助战。

那雍王适却是天生的一员战将，他行军至东京，与史朝义相遇，一连厮杀了几阵。史朝义伤折了许多人马，看看抵敌不住，便退进东京城去，闭关死守。又打听得刘清潭到回纥去请兵，史朝义便想得了一条反间之计，也遣发人到回纥可汗跟前去谎报。说唐室两遇大丧，中原无主，请回纥可汗遣派人马入关，收取府库，可得金帛、子女无数。此时回纥国葛勒可汗已死，传位与牟羽可汗。这牟羽可汗，原是肃宗幼女宁国公主下嫁时所出。回纥国风俗，父亲死后，儿子可娶母亲为妻。

欲知后事如何，且听下回分解。

第七十八回　牟羽可汗涎母色
代宗皇帝恋旧情

　　宁国公主在回纥国中，有美人之目，如今文君新寡，徐娘半老，她的亲生儿子牟羽可汗登位以后，忽恋亲母风韵，欲娶母亲为后。这以子妻母，在回纥国原是平常事情，但叫这宁国公主如何好意思抱子为夫，只得辞回大唐。牟羽可汗实因爱中国女子，见母亲不肯嫁他，便也打发大臣到唐朝来求婚。代宗因情面上推却不过，便指仆固怀恩之女，嫁与牟羽可汗为妻。

　　那仆固怀恩之女虽也是年少貌美，但在牟羽可汗眼中看去，总不及宁国公主的风韵动人。因此夫妻二人过不上一年光景，便时反目。在牟羽可汗的意思，仍欲到中国来，把他母亲接去，配作妻子。屡次派使臣到唐朝来，假问公主起居为名，请公主回国去。这宁国公主是一个贞静自爱的妇人，如何肯做这乱伦的事情？便坚辞不去。那时恼动了这位牟羽可汗，他便想亲自带兵，打进唐室京师来，抢劫他母亲回国去，硬做成亲。恰巧有史朝义谎报说，中原无主，牟羽可汗便带领回纥大兵长驱入关，见沿途州县空虚，人民流亡，他便乘机劫夺田地，掳掠人畜，一连失陷了十几座城池。

　　急报到了深宫，代宗也觉惊慌。急遣仆固怀恩前往抚慰，又命长子雍王适，统兵到陕州去，仰劳牟羽可汗的驾。那时回纥国的兵，列营在河北。雍王与御史中丞药子昂、兵马使魏琚、元帅府判官韦少华、行军司马李进，一行人共赴回纥营中，与牟羽可汗相见。那牟羽可汗高坐胡床，逼令雍王跪拜。药子昂在一旁看了大愤，趋前高声说道："雍王是大唐天子长子，两宫在殡，礼不当拜！"牟羽可汗不言，大将车鼻在一旁代答道："唐天子与可汗曾约为兄弟，雍王见我可汗，如子侄之见叔伯，礼应跪拜。"魏琚也在一旁抗声说道："雍王为大唐太子，他日即为华夷共主，岂能屈节拜汝外国可汗？"牟羽可汗听了大怒，便以目视车鼻，挥兵直上，捉住药子昂等四人，即按在地下，各鞭背三百。雍王满面羞惭，退出营来。当晚韦少华与魏琚二人，因伤势太重而死。

雍王十分愤怒，意欲进兵攻打回纥营，替二人报仇。诸路节度使亦调兵相助。药子昂便竭力劝阻，说："贼尚未灭，不应轻启衅端。"仆固怀恩与牟羽可汗，有翁婿之谊，便从中调处。令牟羽可汗带领回纥兵士为前驱，与各路兵马齐向东京进发，围攻史朝义。雍王在陕中留守。史朝义领兵十万，与唐朝诸将对阵。诸路节度使中，惟有镇西节度使马璘，最是勇敢，领众军直杀入敌阵，锐不可当。

史朝义被官兵杀得弃甲抛盔，自相践踏，尸满山谷，斩首至六万级，捕掳二万人。朝义退走郑州，仆固怀恩乘胜夺回东京城。可恨那回纥兵，自河阳入东京，肆行杀掠，抢劫奸淫，东京百姓，一再遭殃。待抢劫完毕，回纥兵便一把火，把一座东京城竟烧去了半座。诸路兵马皆因追杀朝义，亦无暇顾及。那史朝义被各路兵马，追赶得无路可走，便去投奔契丹部，又被范阳留守李怀仙，追杀回来。看看部下七零八落，只剩得十余骑，史朝义料难保全，便缢死在医闾庙门口。唐朝安禄山、史思明两次大乱，直闹了四年，到此时，才得太平。

　　但史朝义虽打平，而回纥却在各州县纵兵淫掠，人民逃散，城郭荒凉。代宗皇帝没奈何，一面令赵城尉马燧私赠贿赂，给回纥兵各将帅，劝阻他们的强暴行为；一面又下旨，特册立回纥可汗为英义建功毗伽可汗。自可汗至宰相，共赐实封二万户，又进仆固怀恩为尚书左仆射，兼中书令，坐镇朔方。令护送回纥可汗归国。那牟羽可汗见唐室天子如此优待，便也不好意思再胡闹了。只是临走的时候，还不能忘情于宁国公主，便请公主同返回纥国去。宁国公主知道牟羽可汗淫心未死，便愿选宫女四人，赠与牟羽可汗。牟羽可汗得了唐朝宫女四人，也是欢喜，带回宫去，昼夜淫乐。这且不在话下。

　　但这宁国公主真是红颜薄命，不知怎么的，因牟羽可汗如此一闹，她这美人的名儿，直传到吐蕃可汗的耳中。那吐蕃可汗，原也久已羡慕中国的女色。如今打听得唐朝有一位绝色的宁国公主，又是文君新寡，便也十分羡慕，即打发使臣到唐朝来，指名要求娶宁国公主。堂堂一位公主，岂肯做再醮妇人？

　　代宗皇帝便也严辞拒绝了。谁知那吐蕃可汗，竟羞恼成怒，顿时邀同吐谷浑、党项、氐、羌各部落蕃兵，二十万人马长驱东入。前锋冲关陷州，转眼已逼近邠州地界了。邠州节度使火急报与朝廷。那邠州地方与京师相距不远，代宗得了警报，不觉大骇，当即召集群臣商量退兵之计。那长安地方离邠州只数百里远近，叫代宗皇帝如何不焦急？但当时在朝的，都是文官，得了这个消息，彼此面面相觑，也想不出一条御敌的计策来。

　　当初唐朝金城公主，嫁与吐蕃可汗，与吐蕃在赤岭下，立定界碑，仗着金城公主与吐蕃可汗以恩义结合，总算保得几年太平。待金城公主去世以后，吐蕃又与唐朝失和，屡次觊觎唐室边界。当时幸得河陇一带节度使如王忠嗣、哥舒翰、高仙芝一班将帅，守御有方，尚无大患。至安史作乱，所有边界守兵俱征召入

第七十八回　牟羽可汗涎母色　代宗皇帝恋旧情

东西两京，四境空虚。在肃宗初年，吐蕃可汗娑悉笼猎赞乘唐室内乱，便攻取威武河源等军，并陷廓、霸、岷诸州。代宗即位时候，又攻入临洮。那时郭子仪虽力平安史之乱，但也颇忧虑吐蕃之祸，在前一年，便上奏劝代宗须慎防吐蕃。

这时朝廷内程元振专权，得了外人贿赂，私通吐蕃。郭子仪奏章入朝，俱被程元振扣留住。到这年春天，吐蕃又大举入寇，攻破大震关，连陷兰州、廓州、河州、鄯州、洮洲、岷州、秦州、成州、渭州一带地方，尽占了河西陇右地方。那边关告急文书，和雪片似地送进朝廷来，俱被程元振一人藏匿着，不使上闻。到此时，吐蕃可汗打听得宁国公主是中原第一个美人，便遣使来京求婚。若答应他的婚姻，他便愿退兵出关，永远称臣。无奈这宁国公主贞节自守，誓死也不肯做失节妇人。吐蕃可汗誓欲得此美人，便长驱直入，到泾州地方。那泾州刺史高晖，原是程元振的羽党，早与吐蕃可汗暗通声气。一见吐蕃兵到，便开城迎接，把城也献了；一面自愿充蕃人的向导，又攻入邻州。邻州刺史官逃进京师来，报告吐蕃凶横情形，代宗才得闻知。没奈何只得令郭子仪前去救应。

那郭子仪救兵未至，吐蕃兵已浩浩荡荡，杀奔奉天武功，横渡渭水而来。那时雍王适、使判王延昌，星夜赶进京师来，请求救兵，又被程元振拦阻，不得入见。那时渭河北面守将吕月，率精锐二千人，与吐蕃兵奋勇搏战。那吐蕃兵漫山遍野而来，吕月终至战败被擒。吐蕃兵直冲过便桥，攻至京师城下。

满朝文武俱各张皇逃命，宫廷大震；那班妃嫔，都围住代宗痛哭。代宗见势已危急，只得带领一班妃嫔，由雍王适率领一小队人马保护着，出奔陕州。

郭子仪闻得京师危急，忙从咸阳领兵赶回。一入京师，只见百官逃散，人民流离。打听得皇帝已出亡在外，便急急追踪出

城。才到开远门口，远远见将军王献忠，带领着骑士五百人，拥
了丰王珙，后面跟着几个官员；又另备花车一辆，车中却是空
的，前面一对红旗，夫役百余人，各各扛抬着猪羊牲口，脸上各
有得意之声，洋洋而来。郭子仪一看，知是投顺吐蕃去的。便横
刀跃马，赶上前去，拦住去路，大声喝问："汝等欲何往？"王献
忠见是郭子仪，先有几分胆寒，忙下马躬身说道："今主上东迁，
社稷无主。公身为元帅，何不行废君立君之事，以副民望？"献
忠话未说完，那丰王珙也上前来说道："元帅为国家重臣，今日
之事，只须公一言便定。公奈何不言？"郭子仪大声说道："朋友
尚不可乘人之危，况殿下与圣上系叔侄之亲，岂可骨肉相残？今
日之事，下官只知有天子，不知有他！"说着，便怒目而视。几
句话，说得人人惊慌，个个羞惭。郭子仪又喝着王献忠道："今
日献城降虏之计，必出于汝！岂不畏国法耶？"说得众人哑口无
言。郭子仪便令诸人随着自己，出了京城，向东而行，沿路招抚
散兵，前往陕州，保护代宗。

　　这京师只成了一座空城，那吐蕃可汗到京城，见宫殿巍峨，
却不敢径入。当有唐朝降将高晖，首先驰入。那吐蕃可汗随后进
了后宫。这时六宫妃嫔俱已逃散，只留那些老病的宫女，给吐蕃
人见了，已视为天仙美女，各各抢占了去。只有这吐蕃可汗，一
入宫门，便搜寻那宁国公主。这宁国公主看看城郭破碎，帝后远
走，自叹命薄，早已投入太液池中，自己淹死了。可怜这吐蕃可
汗，千辛万苦地杀进京师来，只扑了一个空，心中大失所望。便
令他手下大将马重英等，在京师地方，焚掠淫杀，把一座锦绣的
长安城，闹得十室九空。吐蕃又从民间去搜出一位唐朝的子孙广
武王承宏，便立他为帝。又令前翰林学士于可封为相。打听苗晋
卿是唐朝一位贤臣，便把他从家里拖出来，拜他做太宰官。那苗
晋卿站在朝堂上，却是闭口不说一语；吐蕃可汗，却高坐殿头，

呼叱百官。自有一班贪恋禄位的无耻官员，听这外国王的叱咤。

这时郭子仪手下军士甚少，到御宿川地方，扎住人马。一面令判官王延昌，到商州去招抚旧部。那各路军马得了郭子仪的号令，齐奔赴咸阳来。郭子仪对各将师哭说一番，求大家同心协力，收复京城。众军官都感激涕零，誓遵号令。郭子仪一人先至行在，朝见代宗皇帝。代宗怕吐蕃兵马赶出潼关来，欲留子仪护驾。子仪奏称："臣不收复京师，无以对先帝。我若出兵兰田，虏必不敢东来，请陛下勿忧。"代宗准奏。

郭子仪便派左羽林大将军长孙全绪，率二百骑出兰田，授以密计。并令第五琦为京兆尹，与全绪同行。且调宝应军使张知节，统兵千人，作为后应。全绪军驻在韩公堆，白日打鼓，夜间放火，作为疑兵。另选骑兵二百人，渡过沪水，游弋长安。吐蕃兵此时，已饱掠，正欲满载而归。忽听得城中百姓，彼此欢呼道："郭令公从商州调集大军来攻长安矣！"吐蕃可汗令探马出城去探听，回来报称："郭公确有大队官军，即日前来围攻京师。"吐蕃大将马重英，听了这消息，不由得惶恐起来。

在半夜人静时候，京师四城鼓声骤起，接着一片喧嚷，隐约听得"郭令公"三字。郭令公便是郭子仪，因前封代国公，后封汾阳王，京师百姓，都称他郭令公。那高晖听了这喊声，先已吓得惊魂失魄，连夜出城逃走。那吐蕃可汗亦站不住脚了，即带领众蕃兵向北退去。

其实此时郭子仪尚在咸阳地方，皆由长孙全绪打发手下部将王甫潜入城中，阴结少年数百人，乘夜在城中鼓噪。可笑吐蕃一二十万将士，竟被"郭令公"只三字吓退了。这全是郭子仪之妙计。吐蕃兵退，捷报到了咸阳，子仪转奏行在，请代宗回銮。代宗正巡阅潼关，查出丰王琪等在京师做的反叛事体，便勃然大怒，传旨赐丰王自尽。一面返驾京师。代宗寻觅得宁国公主的尸骨，从丰埋葬。

此番吐蕃作乱，皇帝出奔，全是程元振一人从中作祟。他在暗地里勾通了外国，满想借着吐蕃的兵力，灭去唐朝，平分天下。如今被郭子仪一番计谋，依旧保住了唐家天下，他心中万分恼闷，把个郭子仪恨入骨髓了。如今皇帝回銮，在程元振也只得装做没事人儿一般，也随驾回朝。当时只有一位太常博士柳伉，上奏弹劾程元振。他那表章上说道：

> 犬戎犯关度陇，不血刃而入京师。劫宫阙，焚陵寝，武士无一力战者，此将帅叛陛下也。陛下疏元功，委近习，日引月长，以成大祸；群臣在廷，无一人犯颜回虑者，此公卿叛陛下也。陛下始出都，百姓填然夺府库，相杀戮，此三辅叛陛下也。自十月朔召诸道兵，尽四十日，无只轮入关，此四方叛陛下也。陛下必欲存宗庙，定社稷，独斩程元振首，驰告天下；悉出内使，隶诸州，持神策兵，付大臣。然后削尊号，下诏引咎。如此而兵不至，人不感，天下不服，臣愿阖门寸斩以谢陛下！

他这疏中，说得何等痛切？当时诸路节度使，只因痛恨程元振一人，所以代宗屡发诏征诸道兵，却无一应召的。到此时，代宗读了柳伉的奏章，心中方有感动。只因当初程元振有护驾之功，便也不忍取他的性命。只削夺官爵，放回田里。那程元振得了诏书，还是说皇上不念旧情，十分怨恨。

代宗回朝的第三日，便在两仪殿赐郭子仪宴，文武百官陪宴。当殿又赐郭子仪铁券，画像在凌烟阁上，算是唐室极大的忠臣。到此时，复得安享太平。

第七十八回　牟羽可汗涎母色　代宗皇帝恋旧情

代宗在危急出奔的时候，还不忘情于李夫人，带着李夫人，一同至陕州避乱，如今又带着李夫人回宫来。李辅国早已去世，一无顾忌。代宗便下旨，册立李夫人为正宫皇后，立雍王适为皇太子。代宗和李夫人二人的心愿，到此才得偿了。帝后二人在宫中，形影不离，言笑相亲，十分恩爱。所有六宫妃嫔都不得望见天子颜色。代宗欲掩去皇后从前的事迹，特令皇后冒姓独孤氏，宫中都称她为独孤娘娘。

这独孤皇后随身带着一架短琴，每一弹奏，空中宛似有鬼神吟唱的声音。代宗皇帝问："此琴何以有如此神异？"独孤皇后奏答："此琴原为东海弥罗国所献，同时尚有一鞭，鞭称'软玉鞭'，琴称'软玉琴'。当时李辅国得了外国贡物，往往没收入自己府库中。宫中帝后，一无闻知。软玉鞭，李辅国已送入宫中，张皇后收藏着，独有此软玉琴，没在李辅国府库中。皇后在李辅国家中时，独爱此琴，因此随带在身旁。此琴身系平常桐木所制，原不足异，只因琴上的弦线，原是碧玉蚕所吐之丝。东海弥罗国有一种桑树，枝杆盘屈，覆地而生。大者连延十数顷，小者荫亦数百亩。树上有蚕，身长四寸，遍体金色，吐丝成碧绿色，亦称谓'金蚕丝'。一尺长的丝可以拉成一丈长，搓成弦索，里外透明，虽合十夫之力挽之，亦不能断。制成弩弦，箭发可达一千步远；制成弓弦，箭发可达五百步远。那软玉鞭光可鉴物，虽蓝田美玉，不能胜之。屈之首尾相接，舒之则劲直如绳。虽以斧锧锻斫，终不能伤缺。"代宗听了皇后这一番话，便在满宫中找寻这软玉鞭。后来代宗游幸兴庆宫，在夹墙内，寻得一个宝匣，匣中藏着一支玉鞭，那柄上刻着"软玉鞭"三字，与皇后那张软玉琴，配成对儿。

独孤皇后，是不会骑马的；代宗又每日退了早朝回宫来，亲自挽着一匹青鬃小驹，扶皇后跨上雕鞍。在兴庆宫四面走廊下，教皇后学着骑马。柳腰亲扶，玉肩软贴，笑语相亲，驰驱如意。宫廷之间，自有许多乐事。

代宗每日只爱与皇后亲昵，所有国家大事一齐托付与丞相元载。六宫中妃嫔见万岁性情和顺，便终日追随着游玩。便是代宗皇帝，要得皇后的欢喜，也令那班妃嫔们陪着饮酒歌舞。许多妃嫔，谁不要讨皇帝的好，便个个打扮得花枝招展似的，在万岁和娘娘跟前跳着唱着。可怜她们献尽狐媚，满心想得万岁的怜爱，得皇帝的临幸。谁知这代宗一心在皇后身上，一到宫灯明亮，那皇帝便和皇后二人，双双携手，回正宫自寻欢爱去了。只丢得六宫粉黛，冷落枕衾。这位娘娘未入宫以前，已和皇帝私地里生了一个皇子，取名一个回字，现已封为韩王。入宫以后，接着又生一个女儿，便是华阳公主，长得和母亲一般美丽。代宗十分欢喜，常常抱在怀中，逗着她玩笑。

一日，万岁和娘娘游幸，至宝库门前。远望屋顶上，透出一缕神光来，照射在空中，摇闪不定。代宗甚是诧异，忙传掌库大臣来问时，那大臣奏称："库中有宝物，每夜发光，穿射屋顶。"代宗便命开着宝库门，进屋去看时，只见那神光是从宝橱里一个绛纱袋中发出来的。代宗伸手去把绛纱袋摘下来，打开来看时，原来袋中藏着一粒洁白光明的大圆珠。那珠子托在掌中，光芒却照射一室。代宗看了这珍珠，不觉叹息着，对皇后说道："此名'上清珠'，原是玄宗太上皇在时，罽宾国所献。当时朕年甚幼，为太上皇所爱，常称朕有异相，为吾家一有福天子。便以此上清珠赐朕，裹以绛纱囊，系于朕颈上。直至太上皇升遐，才把此珠收入宝库中，日久朕亦忘之。今见此珠，如重见祖父也！"代宗说时，独孤皇后，去把上清珠取在手中看时，见珠中隐约有仙人玉女、云鹤绛节之像。适值保姆抱着华阳公主随在身后，那公主见了宝珠，便伸着两只玉雪似的小手来抓取，皇后便把上清珠连绳子替公主挂在颈子上。那小公主见得了珠子，便开口嘻嘻地笑着。代宗欢喜，便把珠子赏给公主。那保姆听了，忙抱着公主叩头谢恩。

这时李辅国已死，他生前吞没外国进贡来的珠宝，藏在府中的，有千余件。到此时独孤皇后对代宗皇帝说了，代宗便打发几个内臣，往李辅国府中去查抄。所有府中藏着的奇珍异宝，尽数没收入大内宝库中。有香玉、辟邪二宝，每件高一尺五寸，已被李辅国在生前毁去。那香玉的香气可闻于数百步以外，上面雕成楼台人物，十分工细。虽严锁密封，藏在金箱石匮中，终不能掩其气。人从玉房行过，或衣角拂拭，便香留襟袖，终年不散；便把衣服洗濯数回，亦不消失。

李辅国生时，常将此二宝置在座旁。一日，李辅国正脱巾栉沐，忽闻辟邪发声大笑，那香玉中却不住地发出悲哭声来。李辅国大诧，忙向二宝呵喝。谁知那大笑的，变而狂笑；悲哭的，却又涕泗交流。李辅国心中恶之，随手拿起一支铁如意，把二宝打成碎粉。喝令婢子拿去，投入厕中。从此李辅国屋中时时闻得悲号之声。那辅国所住的宅子四周，路人从他墙外走过，便闻得香风浓郁，终年不散。第二年，李辅国便被刺而死。

欲知后事如何，且听下回分解。

第七十九回　落魄女子充故钏
多情天子怜新人

　　李辅国平日最宠爱的一个婢子，姓慕容的，原是肃宗的宫人，张皇后赏与辅国。辅国因李夫人久不回家，便十分宠爱这婢子，合府中人，称她"慕容宫人"。那时她见李辅国把此两样宝物打成粉屑，又喝令婢子拿去，投入厕中。这慕容宫人，仗着自己是相公宠爱的人，便暗暗地把这玉屑留下一半，收藏起来。

　　至此时，鱼朝恩访得慕容宫人藏有香屑二合，便愿出钱三十万，向慕容宫人买得。谁知这宝物终是祸胎，鱼朝恩后来也因犯上作乱，天子大怒，将他捉去正法。在朝恩未死的前一年，那香屑忽然化为白蝶，四散飞去。一时京城地方，传为奇事。这都是后话。

　　如今再说代宗皇帝，把李辅国府中的宝物，尽数抄没入库以后，拣那独孤皇后所心爱的，一齐搬来陈列在皇后寝宫里。帝后二人，早晚把玩着。

　　这独孤皇后却也生性贤德，她在宫中，如此得皇帝宠爱，但丝毫不肯揽权。代宗每遇朝廷有疑难大事，便与皇后商酌，皇后便再三避让，说："妇人见识浅短，不当参预国家大事。"代宗皇帝要得皇后的欢心，便去访寻后家的子侄辈，赐以官爵。那皇后知道了，便竭力辞谢，说："妾父元擢，与李辅国同党，原负罪于国家。得逃显戮，已是万幸，岂可使罪人之后，复得功名。"代宗见皇后如此谦让，更是欢喜。

这一年，六月，是皇后四十岁大庆。代宗皇帝因欲使皇后欢喜，便在御园中遍扎灯彩，令命妇、夫人们，入宫陪伴皇后游宴。三十六宫妃嫔媵嫱，个个浓妆淡抹，在各处游玩不禁。入夜，灯光齐放，密如繁星，真是城开不夜，笙歌处处。这位多情天子，却终日追随皇后裙屐，言笑相亲。这一晚，万岁与娘娘在御园中，直游玩到夜深月落，才回宫安寝。第二天，群臣上表，请加皇后尊号。代宗下旨，尊为"贞懿皇后"，皇后心中，也甚是欢喜。

只因那夜万岁和娘娘在御园中游玩，天上一轮皓月，人间满地笙歌。代宗在月下花前，看贞懿皇后，愈觉美丽得和天仙一般，两人又说起从前在东宫月下偷情的事体，看看左右无人，便情不自禁地在那白石栏边亲热了一回。两人到情浓的时候，只管迷恋着眼前风流，谁知这贞懿皇后娇怯怯的身躯，受不住风露欺凌，过了三天，便病倒在床。代宗皇帝如何舍得，便把坐朝也废了，终日陪伴在皇后榻前，调弄汤药，又用好话安慰着。但从来好事易破，这位皇后病了二十四天，竟是香消玉殒了。这代宗如何忍得，便抱住皇后的身体，嚎啕大哭起来。合宫中多少妃嫔、宫女围着劝着，代宗总是涕泣不已，早哭到夜，夜哭到明。精神恍惚，好似害了疯癫病的一般，终日抱着皇后的尸身，不肯放手。

直过了三天，经一班元老大臣和妃嫔、宫女跪求着，才把皇后的尸身收殓，灵柩停在内殿。代宗便伴卧在棺木一旁，昼夜不肯离开。想到悲伤的时候，便拍着棺木，大哭一场。每到上食时候，代宗便坐在枢前伴食。御园中名花开放，代宗便亲自去采一枝来供养在灵座前；遇有大雷急雨，代宗便至枢前软语安慰着。

妃嫔们也去宿在内殿,伴着万岁。无奈这时代宗一心在已死的皇后身上,看着这六宫粉黛,好似粪土一般。看看这位万岁爷形容憔悴,精神惝恍,快要成大病了。

满朝的文武大臣,人人忧虑彷徨,天天在朝房里会集了许多官员,商议劝谏万岁的话。内中有一位补阙官姚南仲,便上了一道奏章,力劝皇上养身节哀。又说:"皇上宜上体祖宗付托之重,下慰贤后九泉之心,亦不当自取暴殄。"代宗读了这几句话,才觉恍然大悟,便下旨,于内宫园中治陵,以便朝夕望见。姚南仲又上奏力言不可,说历来帝皇,无此体制。且卜葬宫廷,亦非所以安阴灵之道。又经群臣再三劝谏,乃下诏葬于庄陵。

出殡这一天,仪仗十分隆盛。满朝官员俱步行送葬。代宗亦素衣白马,紧随在灵车后面。又令宰相常衮,代皇帝作哀册,表天子燕婉之情,叙皇后贤淑之德。那文武百官,俱献挽辞。代宗回宫去,择那辞章凄惋的,令乐府制成丧歌,付妃嫔曼声歌之。万岁一闻歌声,便哭不可抑。此时只有元载,常与皇帝相见,退出宫来,常与各大臣谈及,万岁哀毁不已,臣下应设法劝谏。但商量了半天,也想不出一个好方法来。

后来还是姚南仲,想得了一个解忧的方法。代宗在东宫未识皇后以前,曾私一沈氏宫婢,册为太子妃。生一皇子,现已立为太子。后因东京变乱,仓皇出奔,沈氏陷入贼中,至今生死未卜。当时代宗与沈氏情爱亦甚笃,曾行文各州,访寻沈氏下落,终不可得。至此时,姚南仲忽得一计,只推说沈氏尚在民间,便奏报皇上。代宗爱恋沈氏,当初也与爱皇后一般。如今皇后已死,忽听奏说沈氏尚在民间,不觉把已死的情怀,无端勾引了起来。接着又得中州太守报称,沈氏现已在中州地方觅得。代宗不觉大喜,便下旨以睦王述为奉迎使,工部尚书乔琳为奉迎副使,又遣升平公主同行,为侍起居使者。奉皇帝册文,向中州进发。

第七十九回　落魄女子充故钏　多情天子怜新人

那睦王到了中州行宫参拜，见上面坐着的，果然是一位沈氏贵妃。这睦王在宫中的时候，也曾见过沈妃的。今见那妇人面貌依然，只是更美丽了。那升平公主虽不曾见过沈氏的面貌，但平日听代宗皇帝常常说及沈妃，前侍万岁住西京的时候，冬夜因割牛脯奉皇帝，伤及左手食指。如今升平公主在一旁侍奉，暗地留心看沈氏的左手时，果然有伤痕。在沈氏帖身，尚留一女官，名李真一，这李真一原也曾侍奉过代宗皇帝的，升平公主原认识她的。后避难在东京，史朝义贼兵打破城池，肃宗带着代宗，逃出东京城。当时失散宫眷甚多，李真一也流落在民间，辗转与沈氏相遇。被中州太守访得，一齐收养在行宫里。到此时，代宗皇帝派朝廷大臣，备着全副法驾，到中州去把沈氏迎接进宫来。

到京师，已是傍晚时分。代宗皇帝亲御芸晖殿迎接，见了沈妃，对拉着手儿，不禁流下泪来。当即在殿上摆设盛筵，代宗与沈妃并坐在殿上饮酒，文武大臣挨次儿上来参拜道贺。代宗下旨，赐群臣就殿前饮酒。乐府献上女乐，一时笙歌杂奏，舞影翩跹。代宗方转悲为喜，开怀畅饮，大臣各献喜词。这一席筵宴，只饮到夜半，方撤席回宫。

那女官李真一送沈氏回宫，便退出来。在穹门口，遇到高力士之子高常春。这高常春当初与李真一在宫中，原是厮混惯的。今日相见，李真一便笑着迎上去。说："高公！俺们多日不见了！"谁知那高常春却一言不发，劈手向李真一当胸揪住，大声喝道："俺今日问你个欺君之罪！"那李真一不觉大惊，忙问："俺有什么欺君之罪？"高常春冷笑着说道："今日那个沈妃，分明是俺的妹妹。你如何拿她冒充沈妃，却送进京来欺蒙圣上？这欺君之罪，看你如何当得！"李真一到此时，被高常春看出破绽来，方不敢抵赖，忙爬在地下，不住地叩头，求常春替她包谎。说："这是俺和你妹妹在中州地方流落，穷极无赖时候商量下的计策。"原来高力士生前收养着一子一女，却是同胞的兄妹。他哥哥高常春，高力士在日，便带他进宫去，也充了一名内侍官。妹妹名彩云，因兄妹情爱很深，彩云便常进宫去，探望他哥哥，因与女官李真一相识。

那时代宗皇帝，已立为太子，住在东宫。沈氏原是一个侍女，与太子结识上了私情，生了王子，便扶立为太子妃。当时在东宫诸妃中，算沈妃的面貌，长得最是美丽。宫女们口中常常传说，彩云在暗地里最是留意沈妃的神态，凡是沈妃的一言一笑，彩云却模仿得十分相似。说也奇怪，这彩云的面貌，却又与沈妃长得一模一样的。更奇怪的，当年沈妃伴代宗皇帝在东宫的时候，因在夜静的时候，代宗和沈妃二人围炉清谈，那炉子上烤着肉脯，沈妃随手拿着佩刀，割取肉脯，奉与代宗吃着消遣。代宗挨近沈妃坐着，见沈妃的粉腮儿映着灯光，娇滴滴越显红白，忍不住伸手过去摸着沈妃的面庞。那沈妃佯羞躲避着，侧过腰儿去，一不留心，那金刀儿割破了左手的食指，顿时血流如注。慌得代宗皇帝，忙把沈妃搂在怀里，把袖口上的绸儿扯下来，急急替沈妃包着伤痕，忙用好言抚慰着。恰巧那彩云也因剖瓜割伤了左手食指。后来因安史之乱，彩云和李真一二人，都被贼兵追赶，流落在民间。

那李真一遇到一个老年尼僧，收留在佛院中，苦度光阴。

那彩云却还是一个处女，落在歹人手中，拿她去卖给一个员外，充当婢妾。这员外原有一位夫人的，一见彩云进门，便和她丈夫大闹，立逼着把彩云赶出大门，因此便保全了彩云的贞节。可怜彩云被那夫人痛打一顿，赶出大门，真是无路可走的时候，倚定在一家大宅院门口，只是掩面悲泣。却巧李真一从她身旁走过，两人患难相逢，便忍不住拉着手痛哭，各诉别后的苦楚。李真一见彩云无家可归，便劝她一块儿投到佛院中去。那佛院中的老尼僧，生性甚是慈悲，见彩云的身世可怜，便也一齐留下，好茶好饭看待她二人。

也是她二人的命中魔蝎未退，到第二年，那老尼僧圆寂了。佛院中只留下了几个年轻女尼们，却个个都是不守清规的。老尼在日，也瞒住了老尼，在外面偷偷地结识了许多浮头少年。如今老尼过世了，那班年轻女尼，索性丢去了脸面，个个把那班浮滑少年，拉进佛院来，吃酒唱小曲。到夜深的时候，便留在佛院中奸宿。李真一和高彩云二人看了这种不堪的形状，便知道安身不住，但一时也没有栖身之处。她二人每见有男子在屋中，便深深地去躲在后院，不敢向外面探头儿。被那班恶少落在眼中，打听说是宫里逃出来的，引得那恶少个个好似饿死雄狗一般，抢着到后院去，百般勾引她二人。到这时候，李真一和高彩云二人万万存不住身了，便在夜静更深时候，二人偷偷地逃出了佛院。

只因李真一偶然在恶少口中听得，说万岁正派奉迎使，到各路州县寻访沈贵妃。从来说的，人急智生。李真一平日把恶少的话，记在心中，今她二人从佛院中逃出来，苦于无路可奔，忽然记起那朝廷寻访贵妃的一句话来。看看高彩云的面貌，原也十分像沈贵妃的，最巧的是沈贵妃左手食指有刀伤痕迹，那高彩云的左手食指上，也有刀伤的痕迹。便想把彩云冒充做沈贵妃，去报到官里，暂图眼前温饱。将来得到宫中，再把真情说出，也不算迟。当时便把这意思对彩云说了，彩云原是个女孩儿，懂得什么欺君之罪？又因自己长着一副花容月貌，一生飘泊，得不到一个如意郎君，今听了李真一一番言语，不觉勾动了她的富贵之念。两个女人竟不知利害的，向中州太守堂上一报，那位太守听说是当今的贵妃到来，便吓得他屁滚尿流，忙唤他夫人出来，把彩云迎接进行宫里去住下，一面又急急上奏朝廷。

代宗一听说他心爱的沈妃，有了下落，便喜得他也不及细思，立派睦王和升平公主二人，去把彩云和李真一二人迎接进宫来。进宫的时候，已近黄昏，在灯光下面，只因彩云的面貌，十分像沈妃的，原是一时也分辨不出来的。从来说的，新婚不如久别。代宗心中原与沈妃分别了，当时并肩儿传杯递盏。正快乐时候，便有几分不似之处，也绝不料有欺冒之事。当局者迷，旁观者清。当时独有那彩云的哥哥高常春，在殿下伺候着，暗暗地留神看时，竟被他认清。那高坐在殿上的，绝是他妹妹，绝不是那沈氏贵妃。究竟他兄妹二人，自幼儿相伴到长大，有许多神韵之间，别人所看不出的，独有高常春能看得出来。这高常春因走失了他妹妹，他兄妹之情甚深，也曾几次在各州县寻觅过，正苦于寻觅不到。如今见他妹妹，竟敢高坐殿上，和万岁爷并肩促膝地浅斟低酌。那彩云因得亲近万岁，心中正是说不出的快乐；他哥哥在殿下站着，心中却又说不出的惶恐。

常春知道这欺君之罪，是要问斩的。他满意赶上殿去，把这事喊破了，却又没有这个胆量。眼看着万岁爷携着他妹妹的手，进内宫去了；他一个人只急得在穷门下打旋儿。一眼见那女官退出宫来，他心知这件事，都是这李真一闹的鬼。眼看着这件事，不能挨到天明，便要闹破了。这欺君之罪，不独他妹妹不能逃，便是他做哥哥的，也犯了勾结的嫌疑，不能免得一死。常春心中一急，便上去揪住那李真一不放。这李真一初意，只图能够回得宫来，她也不曾想到有欺君的大罪。如今被这高常春一说破，便也慌得眼泪直流，只是跪在地下，不住地磕头，求高常春救她，想一条免祸之计。高常春说道："这还有什么法儿想的，欺君之罪，如今已坐定了。俺二人在此挨着，到天明砍脑袋便了！"一句话说得李真一浑身索索地抖，满脸露出可怜的神色来。

这高常春到此时，看李真一一副可怜的样子，回心想他二人的性命，总在早晚难逃的了，便不觉把心肠放软下来了。这李真

第七十九回　落魄女子充故钏　多情天子怜新人

一原也有几分姿色的，高常春看着，心中不忍，便伸手去把李真一扶起来。他二人脸和脸儿偎着，高常春心中一股恋爱的热念，不觉鼓动着，自告奋勇。拍着胸脯道："我的人儿！你莫愁忧吧，事到如今，汤里火里，都有我承当！倘这件事闹破，万岁爷查问下来，你只推说一概不知，有俺上去顶替。俺只自己招承，说全是俺想这李代桃僵之计，欺蒙了圣上。当时只图安慰圣上的悲念，却不曾想到犯了欺君之罪。若有死罪，俺便一身去承当！"说着，却不由得李真一把全个身儿纵在高常春怀中，高常春趁势搂抱住了，二人却暂时得了乐趣。

如今再说代宗皇帝满心快乐，扶住这个假沈贵妃的肩头，退回寝宫去。左右宫嫔一齐退出。这个假贵妃手中捏着一把汗，服侍万岁上龙床睡下，自己也把上下衣卸去，临上床时候，不由得小鹿儿在心头乱跳。这位多情天子原是想得久了，见假贵妃钻进绡衾来，忙伸过两臂去，当胸一抱，腾身上去。却不由得大喝一声道："何处贱婢？胆敢冒充宫眷！"那假贵妃见诡计破了，慌得她赤条条地爬在枕边，只是磕头。口中连说："婢子该死！"原是这个假贵妃，还是一个处女的身体，如何能瞒得皇上？代宗一近身去，便已知道是假冒的，不由得大怒，喝问着。

如今见这女子长着一身白腻肌肤，跪在枕上，浑身打着颤，露出一副可怜的形状来。从来美人越是可怜，便使人越觉可爱。这位代宗皇帝，又最是多情不过，最能怜惜女人的。见身旁跪着这一个浑身一丝不挂的美人，再细看她眉目身材，却处处像那昔日的沈氏妃子，不觉把新欢旧爱，齐并在这彩云一个人身上。立刻转过和悦的脸色来，伸手把彩云扶起，搂在怀中，问个仔细。那彩云到此时，才放大了胆，把在外如何流落，又如何用计，冒充做贵妃。由地方官送进宫来，一五一十地在枕上奏明了。这一夜的恩爱，鸾颠凤倒，百事都有。

第二天万岁爷心中欢喜，立把彩云封做良娣。又下旨，再着各处地方官，访觅沈妃真身。又叮嘱，虽有疑似者，亦可送入京师，由朕察看。当时诏书上有两句道："吾宁受百罔，冀得一真。"但这道诏书下去，顿时又引起了许多假充的沈妃来了。内中有几个面容美丽的，代宗便将错就错地留在宫中。有立为贵嫔的，有立为昭仪的。代宗皇帝终日与这班美人寻乐，却把朝廷大事，抛在脑后。

当时最掌廷大权的，便是那元载一人，紊乱朝纲，公行贿赂。如有内外官员，欲出入朝见的，非先将良金重宝，孝敬元载不可。元载的府第，广大高敞，他因宫中有一座芸辉殿，便也在府第西边建造了一座芸辉堂。芸草，原出于阗国。煎其汁，洁白如玉，入土不烂。春成粉屑，涂在壁上，光照四座，香飞十里，所以称做芸辉堂。堂中雕沉檀为梁柱，饰金银为窗户；室内陈设黎屏风、紫绡帐。此屏风原是杨国忠府中的。屏上刻前代美人伎乐之形，外以玳瑁、水犀为押，又络以真珠瑟瑟，精巧奇妙，非人工所能及。紫绡帐得于南海溪洞之酋帅，是以鲛绡制成的，轻疏而薄，里外通明，望之如无物。虽在凝冬，而风不能入；盛夏，则自生清凉，其色隐隐焉，有帐如无帐也。

其他服玩之奢，僭拟于帝王之家。芸辉堂外有一池，悉以文石砌其岸；中有苹阳花，红大如牡丹，其种不知从何处得来。又有碧芙蓉，香洁肥大，胜于平常。元载每至春夏花开之际，凭栏观玩。忽闻歌声清亮，若十四五岁女子唱着。听其曲，便是《玉树后庭花》。元载十分惊诧，再审听之，歌声出自芙蓉花中；近听之，又闻喘息甚急。元载恶为不祥，即将花折下，以刀剖开花房，一无所得。合府中传为奇事。

元载卧床前，悬有一龙髯拂，色紫可长三尺，削水精为柄，刻红玉为环钮。每值风雨晦冥，将龙髯拂着雨点，便觉光彩动摇，奋然怒张。将此拂置之堂中，夜则蚊蚋不敢入；拂空中作呜呜响，鸡犬牛马闻之，无不惊窜。若将此拂浸入池潭，则鳞介之属，番匍匐而至。引水于空中，则成瀑布，三五尺滔滔不绝。烧燕肉薰之，则烨烨焉若生云雾。此物原是琉球国所贡，被元载隐没入府，每值府中宴会，元载必将此龙髯拂遍示座客。

后有人言之于代宗，代宗亦甚爱之，屡向元载索看。元载百般推委，代宗大怒。不得已，始将此龙髯拂进呈大内。元载十分好色，凡府中婢仆，略有姿色些的，他便引诱成奸。元载好洁成癖，他每行淫之前，必令此女再三洗沐，裹以绣衾，裸体入床；每次被污，必以珍物为之遮羞。暗令府中干仆，在左近物色妇女，携入府中，供相公淫乐。那妇女们贪得遮羞之物，便争以身献之。计前后所淫，不下五六百人。他又令府中姬妾，勾引官家内眷，暗与通情。元载卧处，分春夏秋冬四室；陈设华丽，衾枕精洁。每值内室筵宴，邀集官员内眷入府，往往因贪恋枕衾精洁而被污的，彼此含忍不言。

欲知后事如何，且听下回分解。

第八十回　元载纳娇妻身败名裂
子仪绑爱子义正辞严

　　元载淫污大臣眷属，当时人人畏其势焰，怒不敢言。然一般无知妇女，则贪恋其枕衾精美，争相献媚。曾有左拾遗林清，购得一姬人，献入元载内宅，为生平所未经之美色，元载得之大喜。

　　当初岐王有一爱妾，名赵娟的。元载入宫时，一度相见，美绝人寰，只以为亲贵内眷，不敢稍涉妄想。但事隔十年，常在元载心头盘旋，依依不能释。谁知如此美人，岐王竟不能消受。次年，岐王身死，赵娟飘泊在民间，嫁与薛氏为妻。薛为长安大贾，家财百万。自得赵娟，便百端宠爱，家中资财，任其挥霍。赵娟至薛家六月，便产一女，是为岐王遗种，取名瑶英，美丽更胜其母。瑶英在襁褓之中，因家中富有，赵娟便以香玉磨成粉屑，杂入乳中，使瑶英食之。故瑶英生而肌肤奇香。可怜薛氏一生经营，百万家产，尽败于赵娟一人之手。后薛氏去世，家已赤贫。惟薛瑶英长成如洛水神仙，姿容曼妙。

　　满京师地方，人人都嚷着称赞薛美人。这时赵娟贫困益甚，闻元载爱好妇女，凡妇女入府，荐寝的，皆给珍物遮羞。因赂干仆，得入府，与元载相亲。元载一见赵娟，得偿宿愿，固自欢喜。但相隔十年，不免有美人迟暮之叹，欲兼得瑶英。赵娟索身

806

价巨万，门下有林清者，方有求于元载，便以万金购得，献入府中。

元载见此绝世佳人，不觉神魂飞越。当纳瑶英为姬人，处以金丝之帐，却尘之褥。却尘是兽名，不染半点尘土，因名却尘。原出自高句丽国，取其毛为褥，贵重无比。高句丽国王遣贡入朝，没入元载府中。今以供美人寝卧，温软异常。其色深红，光彩四射。元载又从海外得龙绡之衣一袭，只一二两重，握之不满一把。瑶英体态轻盈，不胜重衣，元载即以此衣赐之。

薛瑶英幼读诗书，更善歌舞。仙姿玉质，元载对之，魂意都销。从此宠擅专房，元载亦一心供奉，视他家妇女如粪土矣。薛瑶英轻歌妙舞，动人心魄，当时有贾至、杨公南二人，与元载交谊最厚，每值宴会，座中有贾、杨二公，便令瑶英出内室，歌舞劝酒。贾至赠诗云：

> 舞怯铢衣重，笑疑桃脸开。
> 方知汉武帝，虚筑避风台！

杨公南赠长歌，中有句云：

> 雪面澹娥天上女，凤箫鸾翅欲飞去。
> 玉钗碧翠步无尘，楚腰如柳不胜春！

当时满堂宾客，尽为瑶英一人颠倒，争献珠衫、玉盆，供瑶英一人享用。群赞为："虽旋波摇光飞燕绿珠，古代美人不能胜也！"瑶英又善为巧媚，迷人心志。元载为其所惑，不事家务。瑶英有兄名从义，是异姓母所生。此时入元载府，与赵娟通奸，内外把持，凡天下赍宝货求大官职者，无不奔走于元载之门。而赵娟与从义二人，上下其手，纳贿贪财，亦致巨富。

当时满朝官吏，大半是元载一人引进的。贪污之声，令人怨望。但代宗皇帝亦正溺于女色，无暇管理朝政；便是那仆固怀恩，亦因久戍边关，已阴谋反叛。李抱真赴朝告密，代宗不省。直至接到河东节度使辛云京的急报，说怀恩已反，遣子玚直寇太原，方才惊惶起来，即召老臣郭子仪入宫。代宗道："怀恩父子，负朕实深。闻朔方将士思公，几如大旱望雨。公为朕往抚河东，天下事不难定也。"当即面授郭子仪为关内河东副元帅，兼河中节度使。郭子仪是先朝功臣，闲居家中已久。七子八婿，均属亲贵。天伦之乐非他人所能及。今忽得代宗降旨，为国家大事，不得不行。甫至河中，已闻仆固玚为下所杀，怀恩北走灵州，河东已解严了。

原来仆固怀恩之子玚，素性刚暴，从太原败后，转扑榆次，又是旬日不下。玚令裨将焦晖、白玉往祁县发兵。晖与玉调得人马赶到，玚责他迟慢，几欲加罪。两人惧招不测，即于夜间，率众兵攻玚，玚为乱兵所杀。怀恩在汾州，得了子死的消息，不免悲痛。怀恩有老母，闻之，即出帐怒责怀恩道："我嘱汝勿反，国家待汝不薄，汝不听我言，至有此变。我年已老，若因此受祸，问汝将有何面目对祖宗？"怀恩被母责骂，无言可答，匆匆避出。母大怒，提刀出逐，大声喝道："我为国家杀此贼，剖取贼心以谢三军。"幸怀恩急走得免。当时怀恩部下的将士，闻大将郭子仪出镇河中，营中各窃窃私语，谓无面目见汾阳王。怀恩窃听得此语，自思众叛亲离，决难持久，乃竟将老母弃去，自率亲兵三百骑渡河，走灵州，杀死朔方军节度留后浑释之，据州自固。当有沁州戍将张维岳闻知，怀恩业已北走，即统兵驰至汾州，收抚怀恩余众。并杀死焦晖、白玉二人；割取仆固玚首级，献与郭子仪；将玚首送至京师，群臣入贺。惟代宗不乐，谕群臣道："朕信不及人，乃致功臣颠越，朕方自愧，何足称贺？"便传旨送怀恩母至京师，给优膳养。

怀恩母至京师，因痛孙念子，一月，即殁。代宗诏封楚国太夫人，依礼厚葬。子仪大军驰往汾州，怀恩匍匐马下，涕泣迎谒，口称："犯臣誓不再叛！"子仪代奏朝廷，得免前罪，仍令统兵，驻守汾州。郭子仪大兵奏凯回朝，代宗拜为太尉，兼朔方节度使。子仪辞太尉职，不拜。

谁知那仆固怀恩，反叛性成。见郭子仪回京，又用计引诱回纥、吐蕃两外夷，同来入寇。当时有蕃兵十万众，边关将吏飞报入朝，代宗不禁大惊！急传郭子仪入议大事。郭子仪见了代宗皇帝，便奏称："怀恩有勇少思，军心不附，他麾下皆臣旧部，必不忍以锋刃相向，臣料怀恩是无能为的。"代宗便命郭子仪出镇奉天，郭子仪奉旨出守，即令其子郭晞与节度使白孝德防守邠州。自统兵至奉天严阵以待。那怀恩引导吐蕃兵已近奉天城，诸将俱踊跃请战。子仪摇首说道："贼众远来，利在速战。我且坚壁以待，俟贼寇临城，我自有计却敌，敢言战者斩。"便传命守城兵士，偃旗息鼓，待令后动。

不到一日，那怀恩果已引吐蕃兵直扑城下，见城上并无守兵，不觉疑虑起来，立马踌躇多时。见天色已近黄昏，便退军五里下寨。直候至黎明，始击鼓进攻。忽得远远的一声号炮，川鸣谷应，吐蕃军士急登高瞭望，只见那奉天城外南面角上一座高山，已埋伏了许多官军，摆成阵势，非常严整，阵中竖起一张帅旗，风动处露出一个大"郭"字来。怀恩看了不觉惊诧道："郭令公已到此城中么？"那吐蕃兵听得郭令公大名，便个个变了神色，纷纷退走。怀恩没奈何，独领着部众转赴邠州，未到城下，已远远看见城中竖起一张大旗，旗上面又端端正正地写着一个"郭"字。怀恩惊诧着道："难道郭令公也到了此城中来么？真是飞将军矣!"一句话未毕，城门忽然大开，见一个大将持矛跃马，领兵冲出大呼道："我奉郭大帅命令，只取反贼怀恩首级，余众皆无罪，不必交锋。"怀恩认识来将是节度使白孝德，正欲拍马上去接战，谁知他手下部众一齐投戈退散，只剩怀恩一人一骑，如何敌对，急拨转马头退去。那白孝德驱兵追击，郭晞又从斜路上杀出，逼得怀恩抱头鼠窜，渡泾水而逃。看部下已散亡大半，忍不住流泪道："身经百战，有胜无败，不料今日一败至此，岂不可痛!"不得已只得收拾残军，退向灵州去讫。

只是吐蕃兵十分凶猛，既攻入凉州，又连夺维州、松州、保州三地。得郭子仪令，剑南节度使严武出奇兵截之，败贼兵八万众，吐蕃兵始退去。郭子仪见大敌已去，也不穷追，即入朝复命。代宗慰劳再三，加封尚书令。子仪即上表辞退;"只因从前太宗皇帝尝任此官，所以后朝不复封拜。近惟皇太子为雍王时，平定关东，乃得兼此职。臣是何人，如何敢受此崇封，致坏国典。况自用兵以来，诸多僭赏，冒进无耻，亵渎名器，今凶丑略平，正宜详核赏罚，作法审官，请自臣始。"代宗阅奏乃收回成命，另加优赏，随命都统河南道节度行营还镇河中。

此年有老臣李光弼，病死在徐州，年五十七，追封太保，赐谥"武穆"。光弼本是营州柳城人，父名楷洛，原是契丹酋长，武后时叩关入朝，留官都中，受封蓟郡公，赐谥"忠烈"。光弼之母，虽是妇人，颔下却长有须髯数十，长五寸许，生子二人:长名光弼，次名光进。光弼累握军符，战功卓著。安史平定，进拜太尉，兼侍中，知河南、淮南、东西山南、东荆、南五道节度行营事，驻节泗州。寻又讨平浙东贼袁晁晋，封临淮王，赐给铁券，图形凌烟阁。只因程元振、鱼朝恩用事，妒功忌能，为诸镇所切齿。代宗奔陕，召李光弼入援，光弼亦迁延不赴。

及代宗回京，又命光弼为东都留守，光弼竟托词收赋，转往徐州。诸将田神功等见光弼不受朝命，也不复禀承。光弼愧恨成疾，郁郁而终。光弼母留居河中，曾封韩国太夫人。代宗令子仪辇送入京，殁葬长安南原。当时郭、李齐名，李光弼死后，郭子仪也十分伤感。

幸得天下暂时太平，代宗改广德三年为永泰元年，命仆射裴冕、郭英等在集贤殿待制，欲效贞观遗制，有坐朝问道的意思。当时有左拾遗独孤及上疏道：

> 陛下召冕等以备询问，此盛德也，然恐陛下虽容其直，不录其言；有容下之名，而无听谏之实。则臣之所耻也。今师兴不息十年矣，人之生产空于杼轴，拥兵者得馆亘街陌，奴婢厌酒肉，而贫人羸饿就役，剥肤及髓。长安城中，白昼椎剽吏不敢禁，民不敢诉，有司不敢以闻，茹毒饮痛，穷而无告。陛下不思所以救之，臣实惧焉。今天下虽朔方、陇西有仆固、吐蕃之忧，邠泾凤翔之兵，足以当之矣。东南洎海西尽巴蜀，无鼠窃之盗，而兵不为解，倾天下之货，竭天下之谷，以给无用之兵，臣实不知其何因。假令居安思危，自可扼要害之地，俾置屯御，悉休其余，以粮储扉屦之赀，充疲人贡赋，岁可减国粮之半，陛下岂可迟疑于改作，使率土之患日甚一日乎？休兵息民，庶可保元气而维国脉，幸陛下采纳焉。

独孤及所以上这疏，只因当时元载当道，专事峻削，凡苗一亩，税钱十五，不待秋收，即应税称为"青苗钱"。适值畿内麦熟，十亩取一，谓即古时什一税法，实皆是额外加征，人民困苦不堪。

当时代宗阅了独孤及奏章，心下虽是明白，只因优柔寡断，亦不能依奏行去。更可笑的是迷信佛教；下旨命百官至光顺门迎浮屠像。像系由内宫扮演，仿佛如戏中神鬼，或面涂杂色，或脸戴假具，并用着音乐卤簿，作为护卫。后面随着二宝舆，舆中置《仁王经》，此经系由大内颁出，移往资圣西明寺。令胡僧不空等，踞着高座讲经说法，令百官俱衣朝服听讲。当时只因鱼朝恩、元载、王猪一班权奸，都貌为好佛，又有兵部侍郎杜鸿渐，新任同平章事，因迎合权奸的意思，也上奏章称佛法无边，虔心皈依，定能逢凶化吉，遇难成祥，一时在寺中添设讲座，多至百余，当时称为"百高座"。代宗也被他们煽惑，时时入寺听经。

这里君臣讲经正讲得热闹，忽接连得到奉天、同州、盩厔的一带守吏各呈告急文书！称仆固怀恩又引诱北方夷狄来寇，快入国境了。代宗初还不信，嗣又接郭子仪奏章，略言："叛贼怀恩，嗾使回纥、吐蕃、吐谷浑、党项、奴剌等虏，分道入寇：吐蕃自北道趋奉天，党项自东道趋同州，吐谷浑、奴剌自西道趋盩厔；回纥为吐蕃后应；怀恩率领朔方兵，又为杂虏内应。铁骑如飞，约有数十万众，杀奔中原而来。"

代宗这才慌张起来！即由寺回朝下旨，令凤翔、滑濮、邠宁、镇西、河南、淮西诸节度各出兵，扼守冲要，阻截寇锋。

敕使方发，幸接得一大喜报说："怀恩途中遇疾，还至鸣沙已经暴死。"鱼朝恩、元载等闻信相率入贺，并归功于佛法。代宗亦十分喜慰。谁知只隔了一二日，风声又紧！怀恩部众由叛将范志诚接领，仍进攻泾阳，吐蕃兵已薄奉天。乃始罢百高座讲经，急下旨令郭子仪屯泾阳，命将军白元光、浑日进屯奉天，一面调陈郑泽潞节度使李抱玉出镇凤翔，渭北节度使李光进移守云阳，镇西节度使马璘、河南节度使郝廷玉，并驻便桥，淮西节度使李忠臣转扼东渭桥，同华节度使周智光屯同州，鄜坊节度使杜冕屯坊州，内侍骆奉仙将军李日越屯鳌屋。布置已定，代宗亲将六军，驻扎苑中，下令亲征。鱼朝恩推说筹备军饷，趁势搜括，大索士民私马，且令城中男子，各着皂衣，充作禁兵，城门塞二开一，阖城大骇！多半逾墙凿窦，逃匿郊外。

一日百官入朝，立班已久，阁门好半日不开，蓦闻兽环激响，朝恩率禁军十余人挺刃而出，顾语群臣道："吐蕃入犯郊畿，车驾欲幸河中，敢问诸公以为何如？"一时满朝公卿俱错愕不知所对，独有刘给事出班抗声道："鱼公欲造反么？今大军云集，不知戮力御寇，乃欲挟天子蒙尘，弃宗庙社稷而去，非反而何？"朝恩被他一揭破，却也哑然无语，始将阁门开放。代宗视朝，与群臣商议军情。正商议时候，可巧奉天传来捷音，朔方兵马使浑碱入援奉天，袭击虏营，擒一虏将，斩首千余级。

代宗闻报大喜，立遣中使传奖谕，随即退朝。会大雨连旬，寇不能进，吐蕃将尚结悉赞摩、马重英等大掠而去。庐舍田里，焚劫殆尽。代宗闻吐蕃兵退去，愈信是佛光普照，仍令寺僧讲经。哪知吐蕃兵退至邠州，遇着回纥兵到，又联军进围泾阳。郭子仪在泾阳城，命诸将严行守御，相持不战。

二虏见城守谨严，即退屯北原，越宿复至城下。子仪令牙将李光瓒赴回纥营责他弃盟背好自失信用，今怀恩已遭天殛，郭公在此屯军，欲和请共击吐蕃，欲战可预约时日。回纥都督药葛罗惊问光瓒道："郭公在此，可得拜见，只怕汝以此绐我。"光瓒道："郭公遣我来营，何敢相绐。"药葛罗道："郭公如在，请来面议。"光瓒即以此语还报子仪，子仪道："寇众我寡，难以力胜，我朝待回纥不薄，不若挺身而去，以大义责之，免动干戈。"言毕欲行。诸将请选铁骑五百随行，子仪道："五百骑怎敌十万众，此举非徒无益，且足启疑。"说罢，便一跃上马，扬鞭出营。子仪第三子名晞，亦随父在军，急叩马谏道："大人为国家元帅，奈何轻以身饵虏。"子仪道："今若与战，父子俱死，国家亦危。若往示至诚，幸得修和，不但利国，并且利家。即使虏众不从，我为国殉难，也自问无愧矣。"说至此，即把手中鞭一挥道："去!"头也不回地去了，背后只随着数骑将。

至回纥营前，令随骑先行，传呼道："郭令公来!"回纥兵闻之，人人大惊，药葛罗正执弓注矢立马营前。子仪远远望见，急免胄卸甲，投枪下马而入。药葛罗回顾部下道："果是郭令公。"说着也翻身下马，掷去弓矢，鞠躬下拜。回纥将士亦一齐下马罗拜，口称参见郭令公。子仪忙欠身还礼，且执药葛罗手，正言相责道："汝回纥为唐室立功，唐天子待汝也不为薄，奈何自负前约，深入我腹地，弃前功，结后怨，背恩德，助叛逆，窃为汝国不取。况怀恩叛君弃母，宁知感汝，今且殛死，我特前来劝勉。如从我言，汝即退兵；如不从我言，则听汝辈杀我。但汝若杀我，则我将士，亦必致死力以杀汝等，汝等亦无生还之望矣。"药葛罗闻郭子仪一番慷慨之谈，不觉露出惶恐的神色来，忙鞠躬答道："怀恩谎言唐天子已晏驾，令公亦去世，中国无主，我故前来。今日得见令公，始知怀恩欺我。且怀恩已受天诛，我辈与令公即无仇怨，岂肯以兵戎相见。"子仪乘机说道："吐蕃无道，乘我国有乱，不顾甥舅旧谊，入寇京畿。所掠财物不可胜载，马牛杂畜，弥漫百里。此不啻代汝搜罗，今日汝等能全师修好，破敌致富，为汝国计，无逾此著矣。"

药葛罗大为感动道："我为怀恩所误，负公诚深，今请为公力击吐蕃，自赎前愆。"说着，药葛罗领着子仪出观阵容，回纥兵分左右两翼，见郭子仪来，稍稍前进，郭晞随在身后，深防不测，亦引兵向前。子仪挥晞使退，惟令左右取酒，酒已取至，与药葛罗宣誓。药葛罗请子仪宣言，子仪取酒酹地道："大唐天子万岁!回纥可汗亦万岁!两国将相亦万岁!如有负约，身殒阵前，家族灭绝！"誓毕，斟酒递与药葛罗。药葛罗亦接酒酹地道："如令公誓！"子仪再令部将与回纥部酋相见，回纥将士大喜道："此次出军，曾有二巫预言，前行安稳，见一大人而还。今果然应验了！"子仪乃从容与别，率军还城。

药葛罗即遣部酋石野那等入觐代宗，一面与奉天守将白元光合击吐蕃。吐蕃闻之，连宵遁去。两军兼程追击，至灵台西原，遇吐蕃后哨兵，鼓噪杀入。吐蕃兵已饱掠财帛，急思归去，毫无斗志，一时奔避不及，徒丧失了许多生命，抛弃了许多辎重。白元光将夺回财帛，给与回纥，又夺回士女四千人。药葛罗亦收兵归国。吐谷浑、党项、奴剌等众，一齐遁去。

代宗认为天下承平，安然无虑。这时元载因入相有年，权势一天盛大一天。只怕被人讦发阴私，特请百官论事，先白宰相，然后奉闻。刑部尚书颜真卿上疏驳斥，元载便说他诽谤朝廷，矫旨贬为陕州别驾。又推荐鱼朝恩判国子监事。朝恩居然入内讲经，高踞师座，手执《周易》一卷，讲解"鼎折足，覆公𫗧"两语，反复解释，讥笑时相。这时黄门侍郎王缙，与元载相将入座；缙听讲后，面有怒容，载独怡然。朝恩出对人言曰："怒是常情，笑不可测。"

永泰二年十一月，是代宗生日。诸道节度使上寿，献入金帛珍玩，价值二十四万缗。当时南方有贡朱来鸟的，形状似戴胜。而红嘴绀尾，尾长于身，巧解人语，善别人意。其音清响，闻于庭外数百步。宫中人多怜爱之，常以玉屑和香稻饲之，鸣声益嘹亮。夜则栖于金笼，昼则飞翔于庭庑，而俊鹰大鹘，不敢近。一日，为巨雕所搏而死。代宗亦为之歔欷。当时朝廷收得的奇禽驯兽甚多，中书舍人常衮上言："各节度敛财求媚，剥民逢君，应却还为是。"代宗不能从。

这时郭子仪家中出了一件子媳反目的事，逼得郭子仪远远地从边地上跑回来，调停家事。原来郭子仪第六媳妇，便是代宗的女儿升平公主，嫁与郭子仪第六子名暧的，配成夫妇。起初两口子甚是恩爱，后因小故，互相反目。公主竟乘车入宫，哭诉帝后。郭子仪回家来，即将暧绑缚起来，关在囚车里，随身带着，径赴宫门来。唐朝定制，公主下嫁，当由舅姑拜公主，公主拱手受之。升平公主嫁郭暧时，也照此例，子妇受着翁姑的跪拜。郭暧在一旁看了，心中已是大不舒服。只因是朝廷的旧制，不得不勉强忍耐着。日久，同居室中，公主未免挟尊相凌。郭暧忍无可忍，夫妇二人常有口角之争。一日，公主竟欲令婆婆执巾栉。郭暧大怒，叱着公主道："汝倚乃父为天子么？我父不屑为天子，所以不为！"说着，欲上前掌公主的颊，幸得侍婢急上去劝住，那公主面颊上，只轻轻地抹了一掌。这羞辱叫升平公主如何受得住！只见她柳眉双竖，杏眼圆睁。趁着一腔怒气，便立刻驾车回宫，哭诉父皇去。

代宗是素来敬重郭子仪的，当下听了公主的话，便说道："这原是我儿的不是。汝亦知我唐家天下，全仗汝翁一人保全。汝翁果欲为天子，天下岂还为我家所能有？汝在郭家，只须敬侍翁姑，礼让驸马，切勿再自骄贵，常启争端。"公主尚涕泣不休，代宗令："且在宫中安住几时，待尔翁回家，朕与汝调处可也。"

欲知后事如何，且听下回分解。

第八十一回　粉面郎后宫惑女
　　　　　　　锦衣人深山访贤

　　代宗皇帝正因升平公主夫妇反目，心中不自在，忽殿中监入报道："汾阳王郭子仪绑子入朝求见万岁。"代宗便出御内殿，召子仪父子入见。郭子仪见了代宗皇帝，便叩头奏称："老臣教子不严，有忤公主，今特绑子入朝，求陛下赐死。"说着，便把那驸马都尉郭暧推上丹墀跪下。代宗见了，忙唤内侍官，把郭子仪扶起，当殿赐座。笑说道："从来说的，不痴不聋，不可以作阿翁。他们儿女闺房之私，朕与将军均可置之不理。"说着，传谕把郭暧松了绑，送进后宫去，令与崔贵妃相见。

　　原来这升平公主是崔贵妃所生。当时升平公主也坐在崔贵妃身旁，见了郭暧，一任他上来拜见，只是冷冷地爱理不理。倒是崔贵妃见了郭暧，却欢喜得有说有笑，用好言安慰着；又拉着升平公主，教与驸马爷同坐。又打叠起许多言语，开导着这位公主。这升平公主和郭暧，夫妻恩情原也不差；只是女孩儿骄傲气性，一时不肯服输。这时和驸马爷相对坐着，低着玉颈不说话。

　　那代宗在内殿，和郭子仪谈讲了一会军国大事。子仪起身退出朝来。那代宗皇帝因挂念着升平公主，便也踱进崔贵妃宫中来。见小两口还各自默默坐着，见了万岁爷进来，又各自上去叩见。那代宗皇帝哈哈大笑，左手拉住驸马，右手拉住公主，说道："好孩儿！快回家去吧。"这升平公主经崔贵妃一番劝说以后，心中早已把气消了。如今听了父皇的说话，便乐得收篷。升平公主坐着香车，郭驸马跨着马，双双回家来。

郭子仪接着，便自正家法，喝令儿子跪下，令家仆看杖，亲自动手，打了十数下。那升平公主在一旁看了，也心痛起来，忙上前去，在公公身前跪倒，代他丈夫求饶。郭子仪见公主也跪下来了，慌得忙丢下杖儿，唤丫鬟把公主扶起来，送一对小夫妻回房。从这一回事以后，郭子仪便有改定公主谒见舅姑之礼。待到德宗皇帝时候，才把这礼节改定，公主须拜见舅姑，舅姑坐中堂受礼，诸父兄姊立东序受礼，与平常家人礼相似。这都是后话。

如今再说郭子仪整顿家规以后，依旧辞别朝廷，出镇边疆。

朝廷中鱼朝恩、元载那班奸臣，见郭子仪去了，又放胆大弄起来，当时鱼朝恩为要拉拢私党及侵吞内帑起见，便上奏请立章敬寺。这章敬寺原是庄屋，代宗将这庄屋赐与朝恩，朝恩推说是为帝母吴太后祷祝冥福，把庄屋改为寺院，去迎合代宗皇帝的心志。又说庄屋不敷用，便奏请将曲江、华清两离宫，拨入寺中。代宗皇帝听说为供奉吴太后之用，如何不允，便下旨准把曲江、华清两宫，拨与鱼朝恩作为章敬寺之内院。这曲江、华清两宫，在玄宗时候建造得十分华丽，里面陈设珍宝锦绣，不计其数。代宗又拨内帑银四十万，为修理之费。

鱼朝恩得了这两座大宫院，便征集了十万人夫，动工兴筑。正兴高彩烈时候，忽有卫州进土高郢上书谏阻，说不宜穷工靡费，避实就虚。代宗览了这奏章，心中便又疑惑起来，便召元载等人入内，问："果有因果报应之说否？"那元载与鱼朝恩原是打通一气的。当时便奏对道："国家运祚灵长，全仗冥中福报。福报已定，虽有小灾，不足为害。试看安、史二贼均遭子祸；怀恩道死；回纥、吐蕃二寇，不战自退。这冥冥之中，皆有神佛保佑，亦先旁与万岁敬佛之报也。"代宗叹说："元载之言甚有理。"便又加拨内帑八万，与鱼朝恩建筑佛寺。

那章敬寺落成之日，代宗皇帝亲往拈香，剃度尼僧至三千余人；赐胡僧不空法号，称为"太辩正广智三藏和尚"，给公卿食俸。不空谄附朝恩，由朝恩引进宫去，拜见代宗皇帝。不空说朝恩是佛徒化身，代宗亦以另眼相看，朝恩因此愈见骄横。那不空和尚时时被代宗皇帝宣召进宫去，说无量法。引得宫中那班妃嫔们，个个到不空和尚跟前来膜拜顶礼，听和尚说法。

代宗皇帝也穿了僧人衣帽，盘腿静坐，合目听经。这时满屋香烟缭绕，梵韵悠扬。除代宗和不空二人，是男子身外，全是女子身体。那班妃嫔平日不得常见万岁面目的，到此时借着礼佛，个个打扮得粉香脂腻，娇声和唱。

代宗皇帝原是在脂粉队中混惯的。独有这不空和尚，他原是流落在北方的一个无赖胡儿，只因安史之乱，他混迹军中，辗转入于京师。京师人民十分迷信番僧的。这不空便冒充做番僧，在民间谎取银钱，勾淫妇女。后来由元载汲引他与王公大臣相见，鱼朝恩也要利用他哄骗皇帝，便把不空和尚收留在自己府里。暗地里去招觅了几个无赖士子，养在府中，造些因果报应的说头，合不空和尚学着，依样葫芦地说着。又串插了些奸盗邪淫的故事，每天在宫廷里和说评话一般的。听得那宫中一班妃嫔宫女们，人人欢喜，个个称道。有时万岁爷不在眼前，那班年轻妇女围住了不空和尚，纠缠着他说些野话。

那女徒弟们唤不空和尚，抢着唤他做师父。这师父是胡人，胡人原是最好色的。他在胡地，久已闻得中原的妇女，如何美丽，如何清秀，他做梦也想。后来混入京师，见了那班庸脂俗粉，已惊叹为天仙美女。今被代宗皇帝召进宫来，见那班宫眷，个个是国色天香。他虽高坐在台上说法，那一阵阵的甜香腻香，却直扑入鼻管中来，引得大和尚心旌动摇。日久了，那班妃嫔也与师父十分亲昵；不空又得代宗的信任，平日出入宫廷，毫不禁阻。不空和尚便渐渐的放出手段来，把一个陈嫔勾引上手。胡人又用灵药取妇人的欢心。宫中那班女子，原是久旷的，如今得了不空和尚鞠躬尽瘁地周旋着，人人把这和尚看作宝物一般，你抢我夺，竟有应接不暇之势。不空和尚实在因一人忙不过来，便又去觅了一个替身来。

这替身原是鱼朝恩的养子，名令徽的。这人虽长得面目娇好，却是穷凶极恶。他仗着养父鱼朝恩的威势，在京师地面，无恶不做。鱼朝恩在北军造一广大牢监，暗令养子令徽，率着地方恶少，劫捕富人，横加罪名，送府尹衙门，用毒刑拷打，令自认叛逆大罪，送入监牢中，使狱吏用药毒毙，尽将其资财没入官。京师人称"入地牢"。朝恩父子富可敌国。即万年吏贾明观，倚仗朝恩威势，捕审富人，亦得财千万以上。京师地方人民，敢怒不敢言。那令徽仗着有财有势，专一奸占良家妇女。那受害之家，只得含垢忍耻，无人敢在地方衙门前放一个屁的。

如今有这淫僧不空和尚，替他在宫中拉拢，令徽眉眼又长得清秀，在妇女们跟前，格外得人意儿。那千百个旷妇怨女，见了这少年哥儿，好似一群饿狼，得了肥羊肉一般。不空和令徽二人在宫中狼狈为奸，快乐逍遥，早已闹得秽声四播，独瞒住了代宗皇帝一人的耳目。满朝文武莫不切齿痛恨。但鱼朝恩一人的权威，却一天大似一天，大家也无可奈何他。

朝恩见了代宗皇帝，便渐渐地跋扈起来。朝廷大小事件非先与朝恩说知不可。那时满朝奸臣只惧惮郭子仪一人。元载屡次在代宗皇帝跟前毁坏郭子仪，劝代宗贬去郭子仪的官爵，代宗不听。元载忌子仪愈深。此时听不空和尚之计，令朝恩养子令徽，勾通恶少，在深夜赴京城外七十里郭氏祖坟，掘毁郭子仪先代的坟墓，又暴露郭子仪父亲的尸骨，以泄其恨。

盗坟贼四人被看守坟墓的庄丁擒住。当场打死了二人，又捉住了二人，送到京师御史官衙门中来。那秦御史闻说郭子仪祖坟被毁，不觉大骇，立刻进宫去奏与万岁。代宗闻知大怒，转谕严刑审问，是何人主使？一面遣常侍官赍圣旨到郭子仪家中去，安慰郭家诸子，又发银八万两，为郭家修复墓道。

御史官得了圣旨，忙回衙门去审问盗坟贼。谁知狱中的二人，早已由元载买通了狱官，用药把两个贼人毒死了。这场无头公案，叫那班御史官从何审起？郭子仪在边疆上，得了此消息，急急赶回京师来。七子八婿，纷纷把这情由对子仪说了。

子仪心中明白，知道是仇家所为。但此时元载、鱼朝恩二人的势焰，炙手可热，便是郭子仪，也不敢去在老虎头上抓痒。当即入朝去谢过圣恩，退朝出来，又去一一拜访元载、鱼朝恩二人。在家中设着盛大的筵席，请二人饮酒欢乐；又暗暗地拿四千两银子，去抚恤那四个盗坟贼的家属，也是不与小人结怨的意思。谁知鱼朝恩看看郭子仪尚且如此惧怕他，他的胆却愈是大起来了。

一日，有回纥可汗，遣使臣来贡献礼物，适值鱼朝恩与不空和尚、养子令徽三人，在郊外游猎。那外国使人径至丞相府中交纳。丞相见是回纥使臣，却不敢怠慢，一面派人招待，一面将贡物送进宫去。待鱼朝恩回府来，知道此事，不觉大怒，拍桌道："天下事可不由我处理乎！"当夜，鱼朝恩便召集自己一班心腹，如元载辈，在府中密议。令徽当即献计道："明公正可乘此易执政，以震朝廷而张明公之威。"鱼朝恩点头称是。次日，便大会百官于都堂，有六宰相在座。朝恩大声呵着宰相说道："宰相者，和元气，辑群生。今水旱不时，屯军数十万，馈运困竭，天子卧不安席，宰相何以辅之？不退避贤路，默默尚可赖乎？"宰相闻之，一齐俛首，合座失色。次日，鱼朝恩入奏，参革去二十个官员，尽把自己亲信的人，加封进爵。朝廷百官，人人震惧朝恩的威力，谁也不敢说一个不字。

那时朝恩养子令徽，年只二十岁，代宗因他年纪尚幼，拜为内给使，衣绿色袍。一日，在宫中与同辈因细过争闹，为紫色袍内给使所呵斥。在势，衣紫色袍者为尊。令徽大愤，回家告诉朝恩。朝恩即携令徽入朝，见代宗。奏道："臣儿令徽，官职大卑，屡受人欺，幸乞陛下赐以紫衣。"代宗还未及答言，忽见一内监，已捧着紫衣一袭，站立一旁候着。朝恩不待上命，即随向内监取来，递与令徽，嘱他将衣披在身上，即伏地谢恩。代宗看了，满肚子气愤，但回念如今朝廷兵权，尽在鱼朝恩手中，一时也不好意思开罪他，只得忍着气强笑道："儿服紫衣，谅可称心了！"朝恩父子洋洋得意地退出朝去。

从此代宗衔恨在心，暗暗地欲除去朝恩的名位，召元载入宫商议。这元载原是朝恩的同党，只因代宗允许，升他爵位，便也顾不得朋友的交情了。再说元载这人，也是有野心的，因鱼朝恩权势在自己上面，一时不得不低头屈伏。如今有代宗皇帝撑他的胆，他如何不愿意。当时朝中禁兵，都归朝恩一人掌握，代宗怕元载一人势力不能相敌。元载奏道："陛下但以事专属臣，必有济。"君臣二人议毕，退出宫来。当有神策都虞侯刘希暹，是鱼朝恩的心腹。他在宫中，打听得消息，挨到半夜人静，便偷偷地到朝恩府中来告密。说："万岁已有密诏与元载，令图相公。"朝恩听了大惧，从此见了元载，却十分恭敬。日久，见代宗待遇隆厚，礼不稍衰。朝恩疑希暹的消息不确，希暹力劝朝恩须先发制人，速为之备。朝恩仗着手下有六千禁兵，又有刘希暹十分骁勇，便与兵马使王驾鹤、万年吏贾明观、养子令徽，又有卫士长周皓、陕州节度使皇甫温，自己心腹共二十余人，聚集自己府中谋反。如何调集人马、如何劫挟天子，讲得井井有条。

谁知这时有两个最称心腹的人，都已被元载用金钱买来了，却在朝恩府中，做朝廷的探子。原来朝恩自从位高权重，便也深自防范，每次出入府门，或进宫朝见，身旁总常随着武士一百人，由家将周皓统带着，称卫士长。又有那皇甫温，他二人得了元载的钱财，便暗暗地欲谋取鱼朝恩的性命。当时在朝恩府中窃听得计谋出来，急去元载府中报信。元载又带领着周皓、皇甫温进宫去，朝见万岁，把他们商议定的计策奏明了。代宗只吩咐小心行事，勿反惹祸。

不多几天，便是寒食节。宫中、府中禁烟火食一日，到傍晚时候，方得传火备餐。当夜代宗便在宫中置酒，邀集朝中亲贵，入宫领宴。鱼朝恩当然也在座。宴罢，众官谢过恩辞退，令徽也替他义父招呼小车。鱼朝恩起身谢过恩，走下殿去。左有令徽，右有都虞侯刘希暹扶着，跨上小车去。忽一内监传出皇帝谕旨来说："请相公内殿议事。"那推车武士便把小车向内殿推去，令徽、希暹两人，在车后紧紧跟随着。看看走到内殿门口，禁军上来拦住。令徽、希暹二人，只得在门外站守，眼看着小车推进内殿门去，直到丹墀下停住。

朝恩身体十分肥胖，出入宫禁，必坐小车代步。今朝恩方从小车上跨下丹墀来，他那卫士长周皓，便劈手去把朝恩的两臂握住。朝恩只说得一句："大胆奴才！"左面走过元载来，右面走过皇甫温来，手执麻绳，把鱼朝恩两臂反绑起来，连那推车的四个武士，也一齐动手，把朝恩推上殿去。朝恩口中大喊："老臣无罪！"代宗喝令跪下，数责他招权纳贿，结党谋反十六条大罪。朝恩一味地嚷着冤枉。代宗大怒，便谕令当殿缢毙。即由周皓、皇甫温二人动手，揪住朝恩衣领，走下殿去，跪在丹墀上。朝恩回头对周皓、皇甫温二人说道："二公皆老夫旧人，岂不能相让？"周皓大声喝道："乱臣贼子，人人得而诛之！"内监递过带子来，大家动手，生生地把鱼朝恩勒死。仍把尸身装在小车里，推出宫来。由养子令徽接着，送回家去。

朝旨下来，说朝恩是奉旨自缢，特赐六百万缗治丧。神策军都虞侯刘希暹、都知兵马使王驾鹤，原是朝恩羽党。代宗为安抚人心计，俱加授御史中丞。后因刘希暹有怨恨朝廷的话，反由驾鹤奏闻，勒令自尽。所有朝恩同党，从此不敢有反叛之心。

只因元载自以为是有诛朝恩之功，虽代宗皇帝加以恩宠，但元载恃宠而骄，自夸有文武之才，古今人莫能及，便趁此弄权纳贿。岭南节度使徐浩是元载的心腹，在外搜括南方珍宝，运至元载府中。代宗皇帝自知懦弱，不能镇服百官，便想起那李泌来。他是三朝元老，足智多谋使吏部侍郎杨绾，赍着皇帝手诏，又彩缎、牛羊各种聘礼，到赤云山中去敦请。

那赤云山，曲折盘旋，甚是难行。沿路苍松夹道，赤云迷路。杨绾在山中，东寻西觅，直找了一天，还不曾找到李泌的家中，只得暂寄农家，息宿一宵。第二天清早起来，问了农夫的路径，再上山去找寻。转过山冈，只见一丛松林，有四五个樵夫，从林下挑着柴草行来。杨绾上去问李泌的家屋，那樵夫用手指着东北山峰下的数间茅屋，说："那便是李相国的家屋。"杨绾依着他的方向走去，见前面一条小径，架着一座小石桥，清泉曲折，从桥下流过；水声潺潺，送入耳中，令人俗念都消。

时有一山人，闲坐在桥头，抬头看云。杨绾从他跟前走过，后面随着十个内监，各各手中捧着礼物，一串儿走过桥来。那山人只是抬头望着天，好似不曾看见一般。杨绾到那茅屋下，扣着柴扉，出来一个绾髻的童儿。问李泌时，说到左近山上游玩去了。杨绾求这童儿引着路寻觅去，那童儿说："家中无人看门。"杨绾便把十个内监留下，替童儿看守茅屋。自己却跟着童儿，沿溪边小路寻去。谁知走不多几步路，在那小桥上，便遇着这李泌。杨绾一看，认得便是方才坐在桥栏上抬头看着云的山人。忙向李泌打躬拜见，一齐回到茅屋去。杨绾方取出圣旨来宣读，李泌拜过圣恩，便说："隐居多年，山野性成，不能再受拘束。"便要写表辞谢。经杨绾再三劝说："圣上眷念甚深，不可违旨。"李泌没奈何，便留杨绾和十个内监，在山中住宿一宿。第二天，一齐下了赤云山，向京师进发。

到得京师，进宫朝见万岁。那代宗见了李泌，十分喜悦，立赐金紫，又欲拜李泌为相。李泌再三辞谢，代宗便命在蓬莱殿西边，建筑一座书院，擅楼阁池石之胜。令李泌住在书院中，代宗每至闲暇时候，便从蓬莱殿走到书院中去，找李泌闲谈着。

所有军国大事，无不与李泌商酌办理。李泌素不食肉，代宗特设盛大筵宴，赐李泌食肉。这李泌碍于皇命，没奈何只得破戒食肉。代宗又打听得李泌年已四十六岁，尚未娶妻，代宗便替李泌作伐，娶前朝方留后李昁甥女窦氏为妻，赐第安福里。那宅第建造得十分高大。在完姻的这一天，代宗皇帝亲自到李泌家中来，主持婚礼。李泌和新夫人双双朝见万岁。代宗又赐新夫人宝物二箱。这新夫人窦氏年才十九岁，长得千娇百媚。夫妻二人十分恩爱。代宗在宫中，也时时赏赉金帛。李泌夫妇二人也常常入宫去谢恩。第二年，窦氏产下一个男孩儿来，代宗赐名一个"蘩"字。

元载见李泌的权势一天大似一天，心中十分妒忌，常在代宗跟前，说李泌才堪外用。在元载的意思，欲调泌出外，拔去了眼中钉，让他一人在朝中独断独行，不受人钳掣。这时适有江西观察使魏少游，请简官吏。元载便把李泌推举上去。代宗亦知道元载有意欲排去李泌，特召李泌进宫密语道："元载不肯容卿，朕今令卿往江西，暂时安处，俟朕除去元载，再行召卿进京。"李泌听了代宗的话，便唯唯受命，出为江西判官。

元载见李泌已南去，益发专横，同平章事王缙，朋比为奸，贪风大炽。各路州郡俱有元载的心腹安放着。元载的岳父褚义，原是一个田舍翁，一无才识，久住在宣州地方。他打听得女婿权倾天下，便急急赶进京来，向元载求官。元载给予一信，令往河北。褚义得信，心中怨女婿淡薄，行至幽州地方，私地里打开信来看，只见白纸一页，上面只写"元载"二字。这褚义到此时，弄得进退两难。不得已，怀着信去谒见幽州判官。谁知这判官看了元载的信，很是敬重。问明了褚义的来意，便去报与节度使知道。节度使立开盛筵，尊为上客，留在节度使衙署中盘桓了几天。临去的时候，赠绢千匹，黄金五百两。这样一个田舍翁，得了这一大注横财，便够他一世吃着不尽了。

那时元载的妻子和王缙的弟妹，倚仗着他夫兄的势力，在外面招摇纳贿。元载有书记卓英倩，生性更是贪狡，一味谄奉元载，尤得元载的欢心。因此天下求名求利的人都来买嘱英倩一人，求他引进。英倩竟因此得坐拥巨资，面团团作富家翁。成都司录李少良，上书力诋元载贪恶。元载即将奏折扣住不送，一面便讽令御史官弹劾少良，矫诏召少良入京，幽闭在一间暗室中，用狼牙棒打得遍体鳞作，流血满地而死。

欲知后事如何，且听下回分解。

第八十二回　吴国舅力除大憨
小公主下嫁狂儿

元载既打死了李少良，便有少良的友人韦颂和殿中侍御史陆珽二人，叩阙呼冤。都被元载喝令武士擒下，打入死囚牢。韦、陆二人，一时气愤填膺，齐撞壁而死。代宗知道了，心中十分懊恨，只是平日被元载胁制住了，一时不敢翻脸。忽想起浙西观察史李栖筠，是一个忠义刚直之臣，便暗暗地下手诏，传栖筠进京来，拜为御史大夫。

栖筠受职后，即察出吏部侍郎徐浩、薛邕和京兆尹杜济虚、礼部侍郎于劭四人，俱是元载党羽，专一欺君罔上，黩货卖官。栖筠给他一本参革，一齐罢官。元载深恨栖筠，便与同党阴谋陷害他。不多几天，栖筠在家中，竟然无疾而亡。因此外边许多人谣传，说李栖筠是被元载买嘱他帖身人，用药毒死的。代宗皇帝虽也十分悲伤怀疑，只是元载在朝中的党羽甚多，一时又拿不到他的真凭实据，便也只得忍耐在心中。但元载见李栖筠去世，越是肆无忌惮，进事骄横。代宗因此心中忧随，终日愁眉不展。

这一天，左金吾大将军吴凑入宫来，朝见代宗。见万岁爷面有忧色，觑着左右无人，便低声奏道："如今心腹大患，是在元载一人。陛下是否因此人劳心？"代宗长叹一声说道："朝事荒堕，全是朕一人之过。元载之敢于大胆妄为，亦朕平日纵任所致。今欲除之，亦已难矣！"原来这位吴大将军是章敬皇后的胞弟，与代宗有甥舅之亲，平日忠心为国，君臣素称相得。今吴将军一句话打动了万岁爷的心事，当时君臣二人在宫中秘密计议，直到更深，才退出宫来。

第二天，吴将军在家中悄悄地召集吏部尚书刘晏、御史大夫李涵、散骑常侍萧昕、礼部侍郎常衮，可怜这时朝官号称正直的大臣，只有这五六人了！吴将军受了代宗皇帝的密意，与这五六个忠义大臣，在府中南书斋里商议国家大事。正说话时候，忽见一个壮士，直闯进屋中来。众人大惊，十几道眼光一齐注定在那壮士身上。见那壮士黑纱罩住脸面，直立在当门，一言不发。吴将军按着剑，大声喝问："何人？"那壮士举手把脸上黑纱揭去，慌得一屋子的人，一齐跪倒在地，口称："万岁！"原来那壮士打扮的，竟是代宗皇帝。他见事机危急，便改装做禁兵模样，混出宫来，跨一头黑马，飞也似地跑到国舅府中，跳下马，便向府中直闯。府中自有守卫家将，把守大门。今日府中秘密会议，关防更是严紧，见这禁兵进来，齐向前去拦阻。那禁兵把手中小红旗一举，家将们知道是宫中的密使，便让出一条路，放禁兵进去。原来唐朝时候，皇帝有密事宣召大臣，便从宫中派一密使出来。手执小红旗，上有金印为凭。谁知今日这个密使竟是代宗皇帝自己充当的。

当时招呼众位大臣入座，愤愤地说道："昨夜有内侍探得消息，说近日元载与王缙谋反；连日在元载私宅中，借着夜醮为名，召集徒党，密谋起事。如今禁兵在元载手中，便由元载指挥禁兵，旦夕围攻宫廷，意欲劫朕西去，挟天子以号令百官。众大臣皆忠义之士，岂能坐视乱臣贼子倾覆李家社稷耶？"众大臣听了代宗的话，个个露着悲愤之色：有扼腕叹息的，有拍桌大骂的。一室中，君臣们也忘了仪节。只是纷扰了半天，却想不出一

第八十二回　吴国舅力除大憝　小公主下嫁狂儿

条计策来。

满室静悄悄的半晌，忽见又有一个壮士打扮的，走进屋子里来。众人看时，吴将军认识是府中的守卫长，名余龙的，便喝令退出去。谁知这余龙好似不曾听得主人的话一般，看他抢上几步，当着他主人跟前，噗地跪倒在地，说道："万岁爷有急难，责在主公；主公有急难，责在小人。今日事机已迫，小人却有一计。"吴将军问："汝有何计？快快说来！"那余龙爬在地下，说道："小人想元载这奸贼，平日胆大妄为。却有一人，是他的心腹爪牙。"吴将军道："却是何人？汝且说来。"余龙道："便是左卫将军，知内侍省事董秀。"这句话一说，满屋子的人都不觉愕然。原来董秀这人，是统带御林军的。时时随在皇帝左右，代宗皇帝也拿他当心腹看待。如今听说此人与奸臣同党，真出于众人意料之外。吴将军却不信，说道："汝言可有证据？"余龙道："小人有一八拜之交，名常胜的。他却当着董秀家的守卫长，所有他家主公和元载二人的来踪去迹，俱看在常胜眼中。如今元载、董秀二人的踪迹，过往愈密了，常胜在一旁，都听得仔细，心中也是气愤，来与小人说知，意欲辞了这守卫长的差使不干，免得他日事败以后，玉石不分。是小人劝他耐着性儿。如今听万岁说了，小人才敢说。如今小人意欲去把常胜唤来，请主公和他商量，看有什么妙计。俺们今日只须把董秀擒下，便什么事也不怕了。"代宗听余龙说到这里，便忍不住说道："好、好！汝快去把常胜唤来，便着在常胜身上，把那董秀擒下。事成之后，朕自有重赏。"余龙见万岁对他说话了，慌得他忙上去磕头谢恩，起身倒退着出去。

这里吴将军劝代宗："今日事机甚险，万岁既已出宫，一时不宜回宫，且在臣家驻驾几天，俟奸贼就擒，由臣等再护送陛下回宫。"众大臣也都劝说，吴将军便把南书斋收拾出一间卧室来，留皇帝住下。一面也把诸大臣留住在府中伴驾，随时商议机密。那余龙一去，直到傍晚，不见回来，吴将军心中甚是挂念。

看着屋中已上灯火了，忽听得门外一片喧嚷，只见余龙和常胜二人，揪住那左卫将军董秀，直至堂上。这时董秀正准备去赴元载的秘密会议，不料那守卫长常胜早已与余龙商议停妥，又与手下的守卫兵士暗约。俟董秀出门，路经吴将军府门口，那驾车的武士，却把那董秀的车辆，直驱进府门来。董秀坐在车上，大诧，连连喝问时，那常胜上去，劈胸一把，把董秀拖下车来。余龙也上去帮着，两人前牵后拥的，直上吴将军堂来。把个董秀拖得衣带散乱，纱帽歪斜，董秀大声咆哮着。

正喧嚷时候，忽见吴溱手捧皇帝诏书，踱出堂来，大声宣读道："董秀听旨！"董秀到此时，也不敢倔强，只得转身向内跪倒。听诏书上说道："元载谋为不轨，董秀素为内援，着左金吾大将军吴溱拿下，严刑审问。"董秀听了诏书，还是哓哓辩说。吴将军只喝得一声："搜！"上来四个武士，擒住董秀两手，向他身上里外一搜，不见有什么挟带；又抓下纱帽来，向帽中发髻中细细搜索一番，也看不出破绽来。吴将军又吩咐脱下靴来，果然在靴统子里，搜出一卷文书来。吴将军接在手中看时，竟是元载和王缙二人密谋起事的案卷。上面写明谋反日期和几路兵围攻宫廷、几路兵擒捉国戚大臣，写得明明白白。吴将军看了，不觉大怒，便把圣旨高高供起，在一旁设着一张公案。

吴将军就公案前坐下，武士推着董秀，跪在案下。堂上喝一声："打！"那大杖小棍，一齐向董秀身上打下去。那董秀只是忍着痛，一言不发。吴将军愈是愤怒，喝令把这奸贼上下衣服剥去，用皮鞭痛打。这董秀真是一个铁汉，打得浑身皮开肉绽，只在满地下打着滚，竟咬紧牙关，不嚷一声痛，也不招承一句话。吴将军看看无法可想，还是那余龙在一旁看了，心生一计，向他

第八十二回　吴国舅力除大憝　小公主下嫁狂儿

主公耳边低低地说了一句话。吴将军点着头，余龙便去厨下取一大桶盐卤来，向董秀身上泼去。那皮肉新开了裂的地方，一沾了盐卤，便痛彻心骨。任你好汉，也忍不住大声叫喊起来。连说："犯官愿意招认了！"当下吴将军取得口供。原来元载和董秀约定在大历十二年三月朔日起事。董秀带领御林军，在宫中为内应；元载又约王缙，调四城兵马，包围京城。

代宗听说平日亲信的董秀，果然为奸贼内应，不觉大怒，便亲自出至大堂。董秀见万岁爷在上，早吓得匍匐在地，不住地叩首求饶。代宗一腔怒气，尽发泄在董秀身上。喝令常胜和余龙二人，将乱棍活活地把董秀打死在堂下。一面下旨令左金吾大将军吴溱，兼统御林军。连夜点起一千兵马，悄悄地去把那元载的一座府第，团团围住。一声呐喊，直扑进去。吴将军仗剑当先，听了董秀的口供，知道他们都在萃秀轩中聚会，便领着百余个武士，向萃秀轩中赶来，其余的兵士和府中的守卫兵厮杀。府中原有三百名守卫兵，两下里捉对儿在廊头壁角上火并起来。吴将军也不去管他们，急急去找寻元载一班人。

谁知抢进萃秀轩中看时，已走得一个也不留。吴将军知道他们躲向后花园中去了，便又赶进后花园去，分头搜寻，果然在花木丛中、山石洞里，一个一个地揪出来。吴溱认得都是在朝的官员，共搜出五个，独不见那元载和王缙二人。吴将军又向四下里寻找，一抬头，见有一个穿红袍的，正爬在墙上，想逃出墙外去。吴将军一耸身，抢上前，揪住袍角，把那人拉下地来。看时，正是那同平章事王缙。吴将军喝问："元载这奸贼躲在何处？"王缙只是不说，吴将军拿剑锋搁在王缙脖子上，王缙害怕起来，才把手指着墙外，说："已逃出墙外去了。"吴将军只是微笑着，也不追寻。一手揪住王缙衣领，回至堂上来。

那府中三百个守卫兵，俱被御林军士活捉的活捉，杀翻的杀翻，满院子东倒西横的，尽是死人。吴将军检点，共捉住八个官员，喝武士拿一根长绳，把八个官员，一串儿捆绑着。正翻绑停当，忽见二三十个御林军士，早已捉住那元载，拿绳子捆绑成一只粽子相似，用大杠抬着，送上堂来。那元载见了吴溱，便大喊道："国舅快做个人情，松松绑儿！"原来吴将军早已埋伏着一支兵士，在后花园围墙外，元载逃过墙去，真是垂手而得。当时元载不住地唤："国舅救我！"吴将军也不去睬他。御林军士原带着十数个囚笼；到此时，抬过囚笼来，一一装进去。一大队军士押着，送往政事堂来。

次日，代宗下旨，着左金吾大将军吴溱，会同吏部尚书刘晏、御史大夫李涵、散骑常侍萧昕、礼部侍郎常衮，开堂公审。元载和王缙至此时，无可抵赖，只得悉数供认。一班承审官吏，不敢怠慢，据实奏闻。朝旨下来，令刑官监视，赐元载自尽。

这元载一身贪恶，更甚于鱼朝恩。剥削同僚，人人痛恨。今见朝旨赐死，人人心中痛快。元载临刑的时候，愿求速死，那刑官冷笑道："相公当朝二十年，行尽威福。今日落在下官手中，也是天网恢恢，疏而不漏。相公平日辱人多矣，今日稍受些污辱，想也不妨！"说罢，脱下脚上污袜来，塞在元载口内，然后慢慢地将他缢死。尸身抛在政事堂阶下，暴露了三天，任百姓们观看践踏。

元载妻王氏，系前河西节度使王忠嗣之女，骄侈泼悍。生三子，长名伯和，次名仲武，幼名季能，无一成材的。伯和官拜参军，仲武官拜员外郎。季能官拜校书郎。依势作恶，贪刻肆淫，在京城中立南北两第，广置姬妾，多蓄优伶，声色犬马，件件皆精。至此，元载已死，朝旨令将元载妻子，一并正法，家产没入宫中，财帛以万计。中如胡菽一物，多至八百石，尽分赐中书门下台省各官。王缙原当赐死，后刘晏奏称，国法宜分首从，便将王缙贬为括州刺史。吏部侍郎杨炎，谏议大夫韩洄、包佶，起居舍人韩会等，一班官吏俱是在元载家中捉住的，分别贬官。惟卓英倩一行六个官员，罪情重大，立刻在政事堂上用杖打死。英倩之弟英磷，家居金州，横行乡里，结识一班游民。知其兄伏诛，便纠众作乱，被金州刺史孙道平统兵围捕，一鼓成擒。当即斩首号令，奏报到京。代宗余怒未平，复打发中使，至元载家乡，发掘元载祖坟。自祖父以下，皆毁棺裂尸，平家庙，烧木主，才消得代宗皇帝胸头之气。

从来朝内宦官武权，没有不外结蕃镇的。唐朝安史之乱，蕃镇之祸，从此开始。当时肃宗、代宗二帝，皆因宫廷变乱，无暇顾及边疆。这时安史虽平，而安史的余孽尚在。那河北四镇，统是安史的旧部，据有遗众，渐觉骄横。卢龙节度使李怀仙性情暴戾，为幽州兵马使朱希彩所杀，自称留后。代宗优柔寡断，专事姑息，仍任希彩为节度使。希彩部下，又是不服，复将希彩杀死，改推经略使朱泚为元帅。代宗便也顺了部下的意思，把朱泚任为节度使。那时相、卫二州的节度使薛嵩病死，子名平，年只十二岁，将士推他继承父职。平又将此职让与叔父薛崿，夜奉父丧，奔归乡里。薛崿遂自称留后，代宗也无法可治，只得听其自然。

此中独魏博节度使田承嗣，最是跋扈，公然为安禄山、史思明二人建造祠堂，称做"四圣"。又上表求为宰相，代宗遣使慰谕，令其毁去四圣祠，便授他同平章事。田承嗣有一子名华，更是淫恶。他依仗父亲的权势，在魏、博两州的地方，专一奸淫良家妇女。那妇女们被奸污了，也有含羞自尽的，也有吵闹到节度衙门里去的。田承嗣见有妇女吵进衙门来，便吩咐守卫兵，用乱棍打死。可怜这班妇女，尽是白白受了糟蹋，白白送了性命！他家的父兄，吓得缩着头，躲在家里，谁敢说一个不字。那田华色胆愈闹愈大，见部下将士的妻小，略有长得体面些的，他便用强霸占。那班将士，人人敢怒而不敢言。代宗皇帝一位幼女永乐公主，长得十分妩媚。田华年幼时候，随着父亲进宫去，曾见过一面。他好色之性，自幼生成，直至如今，心中还念念不忘这位永乐公主。今见代宗遣使来劝田承嗣，毁去四圣祠，承嗣上表，便替他儿子田华求婚。代宗皇帝欲收服田承嗣，竟把这心爱的永乐公主，下嫁与承嗣之子田华为妻。

这田华性格粗暴，他仗着父亲蕃镇的权势，便也不把公主放在眼中，一般的大声呼叱，任意作践。独可怜这位公主，虽说是金枝玉叶，受这莽夫的欺凌，也只得忍气吞声地过着日子。这承嗣做了皇亲国戚，愈是骄横起来，便密诱相卫兵马使裴志清，逐去留后薛萼，率众归承嗣。承嗣即以兵袭取相州。代宗下旨阻止，承嗣抗不奉诏，反进陷洺、卫二州。从此田承嗣的声势，一天浩大似一天。

代宗忍无可忍，便下诏河东节度使薛兼训、成德李宝臣、幽州朱滔、昭义李承昭、淄青李正己、淮西李忠臣、永平李勉、汴宋田神玉，诸路兵马，共六万人，会攻承嗣。又下诏贬承嗣为永州刺史，承嗣诸子，皆逐居恶地。承嗣不奉诏，与诸路兵战，往往能以诡计取胜。承嗣诸子中，尤以长子悦，骁勇善战。诸路兵马，俱被他击败，反被他占据三四处州城，声势甚是锐急。看着已攻至临洺城下，这地方是河东咽喉，临洺若失，中原大震。当时诸路人马俱被田承嗣、田悦父子二路强兵冲断，不通消息。临洺守张伾，死守了三个月，粮尽援绝，其势甚危。

张伾有一爱女，面貌秀美，平日视如掌上明珠。至此，张伾不得已，便将爱女妆饰得十分娇艳，使坐在白玉盘中，出示众军道："今城中库禀竭矣，愿以此女代偿饷糈！"兵士俱大感动，不觉泪下，请为主将出一死战。开城鼓噪而出，锐不可当。田悦大败，退五十里。略得粮米无数，张伾收军入城，依旧深沟高垒，死守待援。后张伾思得一计，觑东风大作，便扎成一纸鸢，临高放去。飞腾空中百余丈，过田悦营。悦使善射者，骑马追射之，不可得。落河东马燧营中，见鸢背上有字道："三日不解，临洺士且为悦食。"马燧便合河阳李芃，与昭义军，三路救张伾。田承嗣父子被众军包围，势不得脱。马燧出锐兵，鼓噪直扑承嗣营，斩首五百级。承嗣军大乱，与田悦率余兵夜遁，尽弃旗幕铠仗五千乘。田氏父子穷无所归，便迫令永乐公主上书求情，许承嗣入朝请罪。代宗皇帝念在公主面上，便许承嗣的请求。有诏复田氏父子原官，又赐铁券。这时承嗣已年老，至大历十四年，一病身亡，年已七十五岁。

但到大历十四年五月，代宗也崩驾。遗诏召郭子仪入京，摄行冢宰事。立太子适为嗣皇帝，即位于太极殿，称德宗皇帝。尊郭子仪为尚父，加职太尉，兼中书令。封朱泚为遂宁王，兼同平章事。两人位兼将相，实皆不问朝政；独常衮居政事堂，每遇奏请，往往代二人署名。朱泚也是一个工于心计的人，从前将同乳猫鼠，献与代宗，说是国家的祥瑞。常衮便率领百官，入朝称贺。独崔祐甫上表力排众议，道："物反常为妖，猫本捕鼠，与鼠同乳，确是反常，应视为妖，何得称贺。"常衮从此怨恨崔祐甫。

及德宗即位，因会议丧服，祐甫说当遵遗诏臣民三日释服；常衮说人民可三日，群臣应服二十七日。两人便大争起来。常衮便上表斥祐甫为率情变礼，请加贬斥，署名连及郭、朱二人。德宗便贬祐甫为河南少尹。既而郭子仪与朱泚又表称祐甫无罪，德宗大诧，以谓前后言不相符，召问实情。二人皆说，前奏未曾列名，乃是常衮私署的。德宗斥常衮为欺君罔上，贬为潮州刺史，便令祐甫代相，给以专权。真是言听计从，知遇甚深。又下诏，令罢四方贡献；所有梨园子弟，概隶属太常，不必另外供奉。天下毋得奏祥瑞。纵驯象，出宫女。设登闻鼓于朝门，人民如有冤屈，得挝登闻鼓，发下三司询问，人民大悦。

便是四方军士，也都欢舞起来。德宗皇帝又因代宗沈妃是自己亲生的母亲，只因多年寻访不得，心中万分想念。如今自己登了帝位，便先下诏，封沈氏为睿真皇太后，赠太后曾祖士衡为太保，祖介福为太傅，父易直为太师，太后弟易良为司空，易直子震为太尉。一日之间，封拜一百二十七人。所有诏旨，皆用锦翠饰以御马，驮至沈氏家中，易良有妻崔氏，十分美艳。德宗召入相见，十分尊重。召后宫王美人、韦美人出拜，称为"舅娘"；王、韦二美人拜见，诏舅娘勿答拜。至建中元年，又册前上皇太后沈氏尊号。崔祐甫善画，帝命绘太后像，供奉在含元殿。举行大祭，德宗全身衮冕，出自左阶，立东方，群臣立西方，帝再拜上册，欷歔感咽，泣不可抑，左右百官皆泣下。

中书舍人高参上议，仿汉文帝即位遣薄昭迎太后于代故事，令有司择日，分遣诸沈氏子弟，行州县咨访，以宣述皇帝孝思。或得上天降休，灵命允答。若审知皇太后行在，然后遣大臣备法驾，奉迎还宫。但扰攘经年，依然杳无消息。

这沈氏太后原是代宗侍女，与代宗情爱甚深。今德宗皇帝在东宫时候，也曾爱恋一位美人。虽只与这美人会面一次，但心中依恋着，永远不能忘却。今日身为皇帝，后宫佳丽甚众，但都不能如此美人颜色。

欲知后事如何，且听下回分解。

第八十三回　德宗曲意媚王女
士会弃官娶美人

　　当时在朝大臣，有一位王承升，德宗在东宫时候，与他十分相投。承升好琴，德宗亦好琴；承升有妹名珠的，善弹琴。一日，王承升邀太子至私宅听妹奏琴。二人高坐厅事，中围绛屏，王珠坐屏后，叮咚的琴声，徐徐度出屏外来。德宗正饮酒时，听得琴声悠扬悦耳，不觉停下手中酒杯，凝神听着。那琴声忽如鸾凤和鸣，忽如风涛怒吼，一曲弹罢，德宗不住地拍案，赞叹不绝口。德宗在东宫时候，久已听人传说，这王珠小姐，是长得天姿国色，心中也十分企慕。如今听了琴声，更觉得这美人可爱。当时便对王承升说，愿请与令妹相见。承升奉了太子谕言，便诺诺连声，以为自己妹子得太子青眼，将来富贵无极。一团欢喜，跑进内室去，和他妹妹说知，催她急速打扮起来，与太子相见。自己便回身出来，伴着太子饮酒谈笑。这太子也因得见美人，心中自然也觉得高兴。

　　两人浅斟低酌地饮了多时，却还不见这位王珠小姐出来。急得王承升又赶进后院去催时，只见他妹妹依旧是乱头粗服的躺在绣榻上，手中捧着书卷儿看着，好似没事人儿一般。王承升十分诧异，忙又上去催促他妹妹，快快修饰起来，出去拜见当今太子。好一个王珠小姐，她哥哥在火里，她自己却在水里。见她哥哥急得在屋子里乱转，不禁嫣然微笑，说道："什么太子，与俺女孩儿有什么相干，也值得急到这个样儿！你们男子只图功名富贵，我们做女孩儿的，却不图什么功名富贵！不见也罢了！"王承升听他妹妹说出"不见"两字，急得忙向他妹妹打恭作揖，说道："好妹妹，你看做哥哥的面上，胡乱出去见一见吧！"王珠听说，便笑吟吟地站起身来，对了镜子，把鬓儿略拢了一拢，也不施粉脂，也不换衣裙，扶住丫鬟的肩儿，袅袅婷婷地向外院走去。

王承升急急抢出去，赶在他妹妹前面，向太子报着名儿，说："弱妹王珠，拜见千岁。"那王珠便也盈盈拜下地去。德宗看时，果然脂粉不施，天然妙丽。心中恍恍惚惚，便也站起身来；意欲上前伸过手去扶时，那王珠已站起身来，翩若惊鸿，转身进去了。

这里太子痴痴地立着，还是王承升上去招呼，请太子重复入席饮酒。德宗也无心再坐了，起身告辞，回东宫去。从此眠思梦想，饮食无味。这时王贵嫔最得德宗宠爱，见千岁忽然变了心情，百般探听，才知道为想念王家的闺女而起。王贵嫔便设法去与皇后说知，皇后奏闻皇上。那时代宗皇帝，最是疼爱德宗的，听说王承升之妹有绝世姿色，便先遣宗室大臣李晟夫妇二人，至王家传谕，欲纳王珠为太子贵嫔。李晟夫人陈氏奉了皇后懿命，便带领宫中保姆，直到王家内宅，服侍王珠香汤沐浴。又在暖室里，解下她上下的衣裳看时，只见她肤如凝脂，腰如弱柳；双肩削玉，乳峰高耸；臀阔脐圆，腿润趾敛。又看她面色娇艳，朱唇玉准，甚是秀美；发长委地，宛转光润。

陈氏一边看着，一边赞叹道："这女孩儿我见犹怜，真是天地间的尤物！"可怜这王珠是一个女孩儿，身体万分娇羞，如今被一班蠢妇人拿她翻弄玩着，早不觉把她羞得涔涔泪下。后来听说宣召她进宫去，封她做太子的贵嫔，她便娇声啼哭起来，说：
"死也不肯进宫去！"又说："自古来帝王，除玄宗皇帝以外，全
是薄幸男子。女孩儿一进宫去，决没有好结果的。"

她哥哥也进来劝说："今日的千岁便是将来的万岁。妹子一
进宫去，得了千岁的宠爱，怕不将来做到娘娘的份儿。"王承升
再三地说着劝着，又安慰着。王珠被她哥哥逼着，无可推托，便
说道："俺如今年纪还小，懂不得什么礼节，倘到东宫去，有什
么失礼的地方，岂不连累了哥哥？既承千岁青眼，便请哥哥去转
求着太子，俟太子登了大位，册立俺为贵妃时，再进宫去未迟。
今日若要俺进宫去，说不得俺犯了违旨之罪，便拿俺碎尸万段，
也是无用！"王承升素知他妹妹生性刚烈，若违拗了她，便真的
人命也闹得出来。当即到东宫去，把他妹妹的话奏明太子。这太
子果然是多情种子，听说王珠愿做他的贵妃，便也甘心耐性
守着。

一转眼，德宗登了大位，做了皇帝。原有一位贵嫔王氏，平
时甚是宠爱，自贞元三年，得了一病，终年卧床不起。在病时只
记念她亲生的皇子，劝德宗皇帝立皇子为太子。德宗要安王贵嫔
的心，便立皇子为太子，又册立王贵嫔为皇后。这一天，在坤德
宫举行册立的典礼，礼才毕，可怜王皇后已气力不支，双目一
闭，气绝过去死了。德宗十分悲伤，直至举殡立庙，诸事已毕，
德宗还是想念着皇后，每日愁眉泪眼。宗室王公大臣，李晟、浑
瑊等，见皇帝如此愁苦，怕苦坏了身体，便轮流着陪伴皇帝，在
御苑中饮酒说笑游玩。宰相张延赏、柳浑等，又制成乐曲，付宫
女歌舞。德宗的悲怀，渐渐地解了。猛然想起那王家美人，便令
翰林学士吴通玄，捧皇帝册文，至王承升家中宣读，立王珠为懿
贵妃。

这时那王珠出落得愈是美丽了。德宗把她宣进宫去，和珍宝

一般的捧着。从此把坐朝的大事也忘了，终日陪伴着王贵妃起坐玩笑，把那后宫的三千粉黛，都丢在脑后。每夜临幸王贵妃宫中，见王贵妃肌肤白净如玉，便拿宝库中收藏着的珠玉，串成衣裳，赐王贵妃穿着。粉面脂香，衬着珠光宝气，更觉美丽得和天仙相似。德宗看了，不知如何宠爱才好。这王贵妃生成又有洁癖的，每日须沐浴三次，梳洗三次，更衣三次；每一起坐，都有宫女挟着帔垫，在一旁伺候更换；每一饮食，必有八个宫女，在左右检看着酒饭。所以王贵妃每一行动，必有宫女数百人，前后拥护着。

德宗又为王贵妃起造一座水晶楼，楼中以水晶为壁，人行室中，影在四壁。水晶楼落成的一日，德宗便在楼下置酒高会，宣召大臣、命妇和六宫嫔嫱，在楼下游玩。一时笙歌叠奏，舞女联翩。众人正在欢笑的时候，忽然不见了这位王贵妃。德宗问时，宫女奏说："娘娘上楼休息去了。"德宗是一刻不能离开王贵妃的，便急令宫女上楼宣召去。那宫女去了半天，却不见王贵妃下楼来。

德宗忍不住了，便亲自上楼看时，只见王贵妃坐在牙床上，低头抹泪。德宗看了，心中又是痛惜，又是诧异。说也奇怪，这王贵妃自进宫以来，从不曾开过笑口。任德宗皇帝百般哄说劝慰，她总是低头默默。德宗皇帝见如此美人，不开笑口，真是平生第一恨事。德宗常自言自语道："朕若得见王贵妃一笑，便抛弃了皇位也欢喜的。"谁知这王贵妃竟是不肯笑，她非但不笑，愈是见皇帝宠爱，却愈见她蛾眉紧锁。德宗错认做自己恩情有欠缺的地方，便格外在美人身上用工夫。真是轻怜热爱，千依百顺，谁知愈弄愈坏，终日只听得这王贵妃长吁短叹。德宗只恐委屈了这位美人，便建造起这座水晶楼来，穷极华丽。满想守到水晶楼落成之日，必得美人开口一笑。谁知今日王贵妃竟痛哭起来，她见德宗皇帝站在跟前，却愈是哭得凄凉。

德宗皇帝还想上前去抚慰她，忽见王贵妃哭拜在地，声声求着："万岁爷饶放了俺这贱奴吧！贱奴自知命薄，受不住万岁爷天一般大的恩宠，更受不住宫廷中这般拘束。贱奴自入宫以来，因想念家中，心如刀割。又因宫中礼节繁琐，行动监视，宛如狱中囚犯。在万岁爷百般宠爱，而在贱妾受之，则如芒刺在背，针毡在股，饮食无味，魂梦不安。万岁爷如可怜贱妾命小福薄，务求放妾出宫，还我自然。则世世生生，感万岁爷天高地厚之恩！"德宗皇帝却不料王贵妃说出这番话来，心中十分扫兴，满意要训斥她几句，又看她哭得带雨梨花似的，十分可怜，便也默然下楼去，自寻一班妃嫔饮酒作乐去了。但德宗皇帝心中最宠爱的是这位王贵妃，如今王贵妃不在跟前，便觉举眼凄凉，酒也懒得吃，歌也懒得听，舞也懒得看。

当时有李夫人和左贵嫔在跟前伺候着，她们巴不得王贵妃失了宠，自己可以爬上高枝儿去。李夫人装出千娇百媚的样子来，劝万岁爷饮着酒。又说："万岁爷原也忒煞宠爱王贵妃了。从来说的，受宠而骄，也莫怪贵妃在万岁爷跟前做出这无礼的样子来了。"左贵嫔也接着说道："这也怪不得王贵妃当不起万岁爷天大的深恩，从来生成贱骨的人，决不能当富贵荣华之福。俺住在母家的时候，原养一婢女，名惜红的，后来赠与俺姨父为妾。姨父正值断弦，见惜红面貌较好，便有扶为正室之意。谁知此妾贱骨生成，见主人加以宠爱，与为敌体，便百般推让，不敢当夕。主人无可如何，便另娶继妻。终因惜红少好可爱，亦时赐以绮罗，赠以珠玉。但此妾皆屏之不御，终日乱头粗服，杂入婢妪，井臼操作，嬉笑自若。此岂非生成贱骨吧？"德宗听了，也不觉大笑。当夜席散，德宗皇帝便临幸左贵嫔宫中。

次日起身，终不能忘情于王贵妃，又至水晶楼看时，只见王贵妃亦乱头粗服，杂宫女中操作。德宗忽想起昨日左贵嫔之言，不觉大笑。那王贵妃见了万岁爷，依旧求着要放她出宫去。德宗听了，冷笑一声，说道："真是天生贱骨，无可救药。"当下便传总管太监下旨，除王贵妃名号；令王珠穿着原来入宫时的衣裳，用一辆小车王珠坐着，送出宫门，退归王家去。传谕王承升道："汝妹真穷相女子，朕不可违天强留。彼命中注定寒乞，将来必不能安享富贵，可择一军校配之，不可仍令嫁与仕宦之家。"王承升领了皇帝的谕旨，心中郁郁不乐。看他妹妹回得家来，却一般地笑逐言开，娇憨可怜。满心想埋怨她几句，看他妹妹又天真烂漫地赶着王承升，只是哥哥长哥哥短地唤着，说笑着，便也不忍得再说她了。王珠在家中，终日惟拉着府中婢媪，在后花园中嬉戏。有时在花前月下，奏琴一曲，引得那班婢媪听了，一个个的手舞足蹈的快乐起来。

这时有一个元士会，官拜中书舍人。面貌十分清秀，也深通音律。如今三十二岁，和王承升原是知己朋友。只因年龄比王承升小着三年，便拜王承升为兄。娶一妻室钟氏，却也解得宫商。夫妇二人在闺房之内，调筝弄瑟，甚是相得。这王珠小姐做闺女的时候，也曾几次和元士会相见。谈起音乐，彼此津津有味。只因避着男女之嫌，也不敢常常见面。王珠也曾在一班婢媪跟前，夸说元士会是当今第一才子。不知怎的，这一句话，竟辗转传到元士会耳中，便不觉起了知己之感，害得元士会好似害了疯病一般，常常独自一人，坐在书房中，叹说道："王家小姐，真是俺元士会的知己！"这句话落在钟氏耳中，夫妇之间也曾起一番争执，从此钟氏便禁着她丈夫不许再到王家去了。那王珠小姐不久也被德宗宣进宫去，册立为贵妃，却也断了两边的妄想。不料如今这位王小姐，又从宫里退出来，住在家中，依然做了待嫁的孤鸾。

第八十三回　德宗曲意媚王女　士会弃官娶美人

这一天，元士会因久不来王家了，在家中闷坐无聊，便信步至王府中来访问王承升。适值承升不在家中，这元士会是在王家走熟的人，他来到王家，自由进出，也没人去干预他。王承升这时，虽说不在家中，这元士会便走进承升的书房中去闲坐。身才坐下，忽听得琤琤的琴声，从隔墙传入耳中来。这是元士会心中所好的，便也忍不住站起身来，跟着琴声寻去。书房后墙开着一扇月洞门儿，原通着后花园的。元士会和王承升琴酒之会，也常涉足园亭，所以这花园中的路径也很熟悉。

听琴声从东面牡丹台边度来，便也从花径转去。果然见那王小姐，对花坐着鼓琴。说也奇怪，王小姐的琴声竟能通人心曲。有客在偷听琴声，她琴弦上便感动了，变出音调来。王小姐停下手，推开琴，笑着站起身来说道："琴声入征，必有佳客。"转过身来一看，果然见元士会远远地站在荼蘼架下听琴。见了王小姐，忙上前来着地一个揖，笑说道："小姐弹得好琴，小生偷听了。"王珠一眼看见元士会，一身缟素，便不觉问道："元君宅上不知亡过了何人，却穿如此的重孝？"元士会见问，不觉叹了一口气，说道："这也是寒家的不幸，拙妻钟氏，已于去年亡过了。俺夫妇在日，在闺房中调琴弄瑟，却也十分和好。如今小生记念着她。因此把孝服穿得重了一点。"元士会说罢，王小姐禁不住接着说道："好一个多情的相公！"转又觉这句话说得太亲密了，便止不住把粉腮儿羞得通红，低着脖子，说不出第二句话来。元士会见王小姐左右有婢媪陪伴着，她又是册立过贵妃的，自己是一个男子，也不便在此地久立，当即告辞。回到家中，不知怎的，从此便坐立不安起来。

好不容易，挨到第二天，他依旧假着访问王承升为名，跑到王府中去。那王承升正在家中，知好朋友多日不见，自然有番知心话。王承升又见士会容色郁郁，知道他是因新丧了妻子，心中还不忘了悲伤，便又用好话宽慰了一番。他却不知道元士会别有心事，一时不能如愿，因此面色抑郁，举止彷徨，只苦于不好向王承升说得。元士会自从先一天在花园中与王珠小姐相见以后，心中倍觉关切。他又是初次丧妻的人，正欲找一个闺中伴侣，解慰他的寂寞。这王珠小姐是他心中久已羡慕的人，又是一个妙解音乐的美人，叫他如何能不想。这一想，他和王承升朋友之情，反淡了下去。只一心向着那闺房中的王珠小姐。

他每次到王家去，只碍着承升不能和美人见面儿。他一连到王家去了三五次，总是和王承升饮酒谈笑，屡次要把想慕他妹妹的话说出来，无奈他妹妹是册立过贵妃的，如今虽说退出宫来，但这个美人，因曾承接过帝王，已视同禁脔，还有谁敢起这个求婚的妄想。因此他言在口头，却不敢说出来。后来想得了一个妙计，每日一早起来，他也不去随班上朝，只在王家大门外远远地候着。见王承升出门上朝去了，他便假意儿走上门去访问王承升。王家仆役回说主人不在家中，他便假意在王承升书房中俄延着候着。王家的仆役因他是主人的上客，便也不疑心他。这士会冷清清地一个人坐在书房中，直到王承升退朝回家和他琴酒相会。如此连着又是三五天，王承升心中虽觉怀疑，却也不好意思问得。

谁知这元士会一人坐在书房中，早有快嘴的丫头，听去传说与珠小姐知道。这珠小姐自宫中出来，早已把羞涩的性情减去了不少。当时便扶着一个丫鬟的肩儿，出到书房中来，替她哥招呼客人。他二人原各有心事的，一谈两谈不知不觉各把心事吐露了出来。士会觑着丫鬟不在跟前，那珠小姐正转过柳腰去，抚弄着琴弦，士会正坐在珠小姐身后。两情默默的时候，士会便忍不住站起身来，从珠小姐身后，耸身上去，把珠小姐的柳腰抱住，口中低低地说："望小姐可怜小生孤身独自！每日里想着小姐，快要疯癫了！"那珠小姐原也久已心照的了，当时便一任他抱住腰肢，只是拿罗帕掩住粉面，娇声呜咽起来，把个元士会慌得不住地小姐长、小姐短唤着安慰着。又连连地追问："小姐有什么伤心之处，告与小生知道？小生若可以为小姐解忧之处，便丢了小生的性命，也是甘心的！"

那珠小姐见问，便低低地叹息了一声，说道："想奴原是珠玉也似洁白的一个女孩儿，自从被这臭皇帝硬把奴拉到宫中去，糟蹋了奴的身子，成了残花败柳，害奴丢了廉耻，破了贞节。到如今，还有什么面目见人呢！"那元士会听了，却连连说道："小姐只是如此说，在小生却只把小姐当作清洁神圣的天仙一般看待呢！"接着，士会又问："听说小姐在宫中，深得万岁爷的怜爱，珠玉装饰，绮罗披体，为小姐又挑选数百个伶俐的宫女，终日伺候着，又为小姐建造一座水晶楼。如此恩情，小姐亦宜知万岁的好意，却为什么定要辞退出宫来？"珠小姐见问，却不觉动了娇嗔，伸着一个纤指儿，不禁向元士会额上轻轻的一点，说道："亏你自命风雅的人，还问这个呢！你想这庸人俗富的地方，是俺们风雅的人可以住得的吗？好好的一个女孩儿，一入了宫廷，便把廉耻也丢了。大家装妖献媚，哄着这臭皇帝欢喜。有不得皇帝临幸的，便怨天尤人。便是盼得皇帝临幸的，也拼着她女孩儿清洁的身体，任这淫恶的皇帝玩弄去。做妃嫔的，除每日打扮着听候皇帝玩弄以外，便是行动一步，笑谈一句，也不得自由自在的。你想这种娼妓般的模样，又好似终日关锁在牢狱中的犯人一般。这种苦闷羞辱的日子，是我们清洁风雅的人所挨得过的么？"珠小姐说着，不觉得愤愤地，粉腮儿也通红，柳眉儿也倒竖起来了。士会在一旁，听一句，不禁打一个躬。又听珠小姐说着："奴如今是残破的身子了，只求嫁一个清贫合意的郎君，一双两好地度着光阴。便是流为乞丐，也是甘心的。"珠小姐说到这里，竟把女儿们的臊也忘记了。元士会便乘机上去拉住珠小姐的玉手，涎着脸，贴着身儿，说道："那小姐看小可生勉强中得选么?"那珠小姐一任他握住手，只是摇着头。

欲知后事如何，且听下回分解。

第八十四回　急色儿好色取辱
薄命妇安命作丐

　　王珠小姐到此时，百折柔肠，寸寸欲断。士会见了如此美人，如何肯舍，便连连地追问。只听王珠叹一口气说道："相公已太晚了！俺当日原是好好的一位千金闺女，莫说人家羡慕，便是俺自己也看得十分尊贵的。如今不但成了残花败柳，且已成了一个薄命的弃妇，谁也瞧我不起了。莫说别人，便是俺哥哥，从前要劝俺进宫去的时候，便对着俺妹妹长、妹妹短的哄着俺；如今见俺出宫来了，便也把俺丢在脑后不理不睬了。如今谁来亲近我的，便也得不到好处。"士会听了，便说道："我也不问好处不好处，我只觉小姐可爱。我爱小姐，也不是从今天起头儿了。当时只因小姐是一位黄花闺女，我又有一位妻房在着。如今我妻子已死了，小姐又不幸出宫来，飘零一身，我不怜惜小姐，还有谁怜惜小姐呢？我不找小姐去做一个终身伴儿，却去找谁呢？"王珠小姐说道："你可知道俺出宫的时候，万岁爷传旨，不许俺再嫁与士宦之家，只许拿俺去配给军校。你若娶俺去做继室，你便要抛撇了前程，你可舍得么？"士会便指天誓日地说道："俺若得小姐为妻，莫说丢了冠带，便穷饿而死，也不悔恨的！"王珠小姐听了士会如此一番深情的话，不觉嫣然一笑道："郎君可真心的吗？"士会噗地跪倒在地，又拉王珠小姐并肩儿跪下，一边叩头，一边说道："苍天在上，俺元士会今日情愿弃官娶王珠小姐为继室，终身不相捐弃。若有食言之处，愿遭天灾而亡。"王珠小姐听了，忙伸手去捂住元士会的嘴，两人相视一笑，手挽着手儿，齐身立起。王珠笑说道："若得郎君如此多情，真薄命人之幸也！"一句话不曾说完，只听得外面一人呵呵地笑着进来，口中说道："若得贤弟如此多情，真吾妹之幸也！"王珠小姐早已看见，认得是他哥哥回来了，便啐了一声，一转身和惊鸿似地逃出屋子去了。

这里元士会和王承升二人，说定了婚姻之事。元士会真的立刻把冠带脱卸下来，交给王承升求他代奏皇上，挂冠归去。这里王承升念在同胞兄妹份上，便设了一席筵宴，替元士会夫妇二人饯别。王承升家中原也富有，便拿了许多珍宝赠别。元士会家乡在郑州地方，还有几亩薄田房屋，夫妻二人便双双回郑州家乡去住着。夫妻二人十分恩爱，朝弹一曲，暮下一局，却也十分清闲。

这郑州原是一个小地方，那元士会的左右邻居，尽是贫家小户。见这元士会夫妇二人，忽然衣锦荣归，便人人看得眼红。又打听得这位新夫人，曾经当今万岁爷册立过贵妃的，引动得众人一传十，十传百，那班乡村妇女把个元夫人，当做天仙一般看待，个个上门来拜见。那王珠小姐自从嫁得了元士会，便终日和颜悦色，笑逐颜开，再不如从前在宫中一般地愁眉泪眼了。因此那班村妇天天和她来缠扰，她也乐于和她们周旋，觉得和乡村妇女周旋着，却另有一种趣味。却不知道便在这里边，惹出祸水来了。

那班乡女去见了元夫人出来，便四处传说这位夫人的美貌，真是天上少见，地下无有的。这话传在一位姓褚的士子耳中。这褚官人仗着他父亲在京中吏部为官，便在家乡地方，横行不法起来，霸占田土，鱼肉乡民，却无恶不作。他有一样最坏的毛病，便爱奸污良家女子。他仗着郑州刺史是他父亲的门下，诸事自有刺史祖护他，因此终日在街头巷尾，寻花觅柳。

这日，听他邻居一个少妇去见了元夫人出来，传说元夫人如何美貌，又说元夫人原是进宫去，经当今万岁爷册立过她做过贵妃的，如今私从宫中逃出来，却和这位元相公勾搭上了。一个丢了冠带，一个瞒了天子，带着百万家财，私逃回乡间来。这几句话，直钻进褚官人耳中去了。他第二天，把衣帽穿戴得周全，竟老着脸皮挤在那班村妇队中，到元府上去要见那位元夫人。那元府上的仆役，见他是一个男子，如何肯放他进门去，早被众人吆喝着，驱逐出大门来。

这褚官人见不到这元夫人的面，便早夜眠食不安。他邻家那个少妇，原和他结识下私情的。这时他便和少妇商量，要借那少妇的衣裙，假扮做一个妇人，混进元府去。见了元夫人，施展他勾引的手段，和美人儿亲近一回，便死也情愿！又说："想她私奔着元相公，逃出京来的人，决不是什么三贞九烈的妇人。"那邻家妇人起初听他说要去勾引那元夫人，怕丢了她的一段恩情，如何肯放褚官人去。后来再三分说，这元夫人从宫中私逃出来，必广有金银珍宝，如勾搭上手，觑便偷了她的金银珍宝来，尽够你我两人一世的享用了。这邻家少妇听了这番话，亦欢喜起来。便把自己的衣裙，拣一套漂亮的，与褚官人穿着，又替他梳一个云髻，施了脂粉，贴了翠钿。这褚官人原也长得敷粉何郎似的，眉眼儿十分清秀，所以那邻家少妇捧着他和宝贝一般，不肯放手。

那少妇有一个小姑，也是不守妇道的人。她也看中了这褚官人多日了，只因自己面貌丑陋，褚官人也不爱她。她眼看着嫂嫂房中藏着一个野男人，闷着一肚子干醋，只因惧怕褚官人的势力，不敢在外面声张出来。如今见褚官人乔扮着女娘们，要混进元府去，勾引元夫人，她想这报仇的机会到了。她躲在嫂嫂隔房，听得清清楚楚，当时她便抢先一步，赶到元府上去，向那看守门口的奴仆，悄悄地说了一番。那班奴仆跟着他主人在京中，耀武扬威惯了的，都不是肯省事的人。当时听那小姑来告诉了，都当作一件好玩的事。大家说道："俺们俟这淫棍来时，剥得他赤条条，给他一顿老拳，这才知俺元府太爷的厉害呢。"说话之间，又有三五个乡妇人，手中提篮捧盒的。有的送水果来的，有的送蔬菜来的，都说要求见一见元夫人。那门丁因今天准备打褚官人，便把那班乡妇，一齐回绝了出去。

停了一会，果然见一个颀长妇人，扭扭捏捏地行来。那小姑这时还未走，见了，便隐在壁角里，向那门丁努嘴儿。那班奴仆一声吆喝，便一拥上去，七手八脚地一阵乱扯，把那妇人身上的衣裙扯成蝴蝶儿一般，片片飞散，顿时赤条条地露出男子的身体来。大家齐骂一声臭囚囊，拳脚交下，那褚官人见不是路，便两手捧着肚子，拔脚飞逃。饶他逃得快，那身上、脸上已着了十多拳，顿时青肿起来。褚官人也顾不得了，只低着头向家中逃去。他妻子见丈夫竟赤条条地从外面逃来，便十分惊诧。忙问时，褚官人也不说话，只向床上一倒。他被元府一个家人，踢伤了肚子。这一睡倒，忙请大夫治伤，足足医治了一个多月，才能勉强起床。

这一口怨气，他如何忍得，便跑到郑州刺史衙门里去告密，说元士会诱逃宫眷。这个罪名何等重大？那郑州刺史三年不得升官，正要找一件事立功，听了褚官人的话，正是富贵寻人，如何不认真办去。他便调齐通班军役，候到半夜时分，一声吆喝，打进元府去。不问情由，便把元士会夫妇二人双双擒住，捆绑起来，打入囚笼，带回衙门去。可怜那元夫人，是一个千娇百媚的美人儿，如何经得这阵仗儿，早已缩在囚笼里，哭得和泪人儿一般。元士会看了，虽是万分心痛，但也是无法可想。

那位剌史官捉住了士会夫妇二人，回衙去，也不审问。第二天，一匹马，亲自押着上路。晓行夜宿，径向京师行来。幸得郑州地方，离京师还不十分远，不消半个月工夫，已到了京师。

那剌史官把士会夫妇二人直送到吏部大堂，那班堂官原都认识元士会的，只是他娶了王承升的妹妹为继室，这是秘密的事，众人都不得知道。王承升的妹妹是经当朝万岁爷册立过为贵妃的，如今元士会竟大胆娶为妻子，这欺君犯上的罪，众人都替他捏一把汗。大家商议，看在同僚面上，便去把王承升请来会议。那元夫人见了他哥哥，只是啼哭，深怨那郑州剌史多事。王承升只得看在兄妹的情分上，替元士会做一个和事老，送了一笔程仪，打发郑州剌史回去，又把士会夫妻二人，带回家去。

那元夫人在路上，经过了这一番风霜跋涉，她这娇怯怯的身躯，早不觉大病起来。士会和她夫人是十分恩爱的，便躲在王府上，调理汤药。自己是挂冠归去的人了，便不敢出头露面。倘让人知道，他依旧逗留在京师，告到上官，又是一个欺君的罪名。好不容易，盼到夫人病体痊愈了，王承升打发盘川，送他夫妇回郑州去。

谁知天下的事，祸不单行，福无双至。那郑州元士会府中，只因士会不在家，一天深夜，打进来一群强人，把府中所有值钱的珍宝，打劫得干干净净，还杀死了两个家人。这桩盗案、命案，至今也还没有一个着落。这也不用说了，这显然是那褚官人做下的事。那褚官人原答应那邻家少妇，把元夫人的金银珍宝骗出来，和她过着日子的。如今觑着元士会犯了官司，押解进京去，这正是他下手的好机会。褚官人原结识下当地一班无赖光棍，惯做杀人放火事体的。褚官人只须化几文小钱，招集了一班狐群狗党，乘着黑夜，赶到元府上去，打破大门，见人便杀，见物便抢。那看守府第的男女仆人早吓得屁滚尿流，四散奔逃，还有谁肯去替主人保守财物？不消一个更次，早把元府上的细软财物，掳得干干净净，好似水洗过一般。待那防守官兵得到风声赶来时，早已溜得无影无踪。褚官人宅子后面原是临河的。那班强人，劫了财物，满满地装了一船，悄悄地运进褚家后门，在藏粮食的地窖子里，平分了赃物。内中独乐死了那个邻家淫妇，褚官人给了她许多珍宝首饰。这件事他们做得十分秘密，连褚官人的妻子也睡在鼓中。

只可怜元士会，因得了这位美人，闹得家破人亡，受尽惊慌，历尽折磨，把元士会历年积蓄下来的官俸和他夫人的闺房私蓄，都被此次褚官人抢得干干净净。从此他两夫妇在家度日，也艰难起来。所有旧日奴仆见主人失了势，也都星散了。

可怜元夫人身旁，只留下一个小丫头，一切家务烹调的杂事，少不得要元夫人亲自动手，把一个脂粉美人，顿时弄得乱头粗服，憔悴可怜。元士会也是自幼儿享福惯的，只如今家计零落，他心爱的夫人，井臼辛劳，也只有在一旁叹气的份儿。这也是元夫人命宫中犯了魔蝎，她在厨下炊饭，只因身体十分疲倦，草草收拾，便伴她丈夫就寝，在不知不觉中，留下了火种。挨到夜深时候，那厨下火星爆发，顿进轰轰烈烈，把全个府第，好似抛在洪炉中一般。元士会从梦中惊醒，只见满室通红，那千百条火舌，齐向他卧房中扑来。他也不及照顾衣物，只翻身把并头睡着的夫人向腋下一挟，单衣赤足，向窗户中跳出去。

回头看时，那卧房已全被火焰包围了。他夫人身上只穿了一件小红袄儿。寒夜北风，甚是难禁。只听他夫人一声哭一声唤着。元士会没奈何，鼓着勇气，再冲进屋子去，在下屋子里，拾得了几件破裙袄儿，拿来与他夫人穿上，暂时抵敌了寒威。

第八十四回　急色儿好色取辱　薄命妇安命作丐

这时早已轰动了左邻右舍，人头拥挤，有帮着救火的，有帮着叫喊的。这一场火直烧到天色微明，把一座高大府第，烧成白地。元夫人想想自己苦命，又连累了丈夫受这灾难，便不禁望着那火烧场，呜咽痛哭。元士会只顾解劝他夫人的悲哀，却把自己的悲哀反忘去了。那一班闲人只围定了他夫妻二人。也有拍着手打哈哈的，也有说着俏皮话的，却没有一个人可怜他的，更没有一个人招呼他到屋中去坐坐的。元士会看他妻子柔腰纤足，站立多时，知道她腰酸足痛，心中万分怜惜，便扶着他夫人向左右邻家去，求他们暂时收留，讨一碗水，给他夫人润润喉儿，借一个椅子给他夫人息息力儿。谁知他二人走到东，东家不理；走到西，西家不睬。说他二人是晦气鬼，没得把他的晦气带进门来。他们走遍了邻里，从前邻舍人家，抢着和看天仙一般找上门去求着要看这位元夫人的；如今元夫人亲自送上门来，给他们看，他们都好似见了鬼一般，把门儿关得紧腾腾的，连声息也没有。

元士会没奈何，扶着他夫人，慢慢地走到那离市街十里远的地方的一座破庙里。夫妻二人双双在神座下席地坐着。一位朝廷命官，一位也是官家小姐，如今弄成这样的下场头，岂不可怜？士会怔怔地坐了半天，才想到他此处有一位八拜至交姓吴的朋友。士会兴盛的时候，那姓吴的也得他许多好处。如今听说他甚是得意，何不向他去借贷几文，充作进京去的路费，找到了他内兄王承升，再从长计议。当下把这个意思，对他夫人说知。可怜他夫人，自出娘胎，从不曾孤凄凄一人住在屋子里的，何况是在这荒僻冷静的破庙里。元士会便替她把两扇破庙门关起，搬了一块石头，挂着大门，又安慰了他夫人许多话，从那庙的后门出去。元夫人亲自去把那后门关闭上，独自一人，危坐在神座前候着。她心惊胆战，从辰时直候到午牌时分，还不见他丈夫回来，把个元夫人急得在神座前掩面痛哭，这一哭，把她满腹的忧愁心事，都勾引起来了，直哭得泪枯肠断。正呜咽时候，他丈夫在外面打着后门，元夫人去开了进来，那元士会只是叹气。元夫人连连问："可借得银钱吗？"士会道："这狗贼，他见我失了势，连见也不见我，只令他家仆役送了一两银子出来，我赌气丢下银子出来，一连走了四家，都推说没有力量帮助。到最后，俺实在无法可想了，去找一个新结识的朋友，倒还是那新朋友，拿出十两银子来。"士会说着，便把这银子托在手中。这元夫人在家中的时候，原是看惯金银的，后来进入宫去，立为贵妃，更是看惯了堆天积地的金银；到如今山穷水尽的时候，可怜她见了这十两银子，不由得不和宝贝一般看待。

当下他夫妇二人雇了长行车马，赶进京去。谁知到了王府一打听，那王承升已去世了一个多月，就因元夫人不肯安居在宫中做贵妃，使他母家的人，不得倚势发迹。如今王承升死了，那王夫人却把这元夫人恨入骨髓。因此哥哥死了，也不曾去通报妹妹。王夫人因丈夫死了，久住在京师地方，也没有什么意思，便把一家细软，和奴仆子女，一齐搬出京城，回家乡住去。把京师地方的房屋，卖给了刑部堂官乔琳。这乔琳和元士会素昧平生，两人相见了，问起王承升夫人的来踪去迹，那乔琳一口回绝他不知道。

这次元士会夫妇二人到京师地方来，扑了一个空，真是上天无路，入地无门。回家既无盘费，又无财产；留在京师，也处处招人白眼，官家原是最势力的地方，如今见元士会失了势，还有谁肯去招呼他？又因元士会私娶了宫中的退妃，让万岁爷知道了，还有罪名，因此元士会夫妇二人在京师地方，逗留不住，两口子竟落在乞丐队中，向外州外县叫化度日去。这正合着德宗皇帝所说的"穷相女子，注定寒乞，将来必不能安享富贵的"这句话了。

第八十四回　急色儿好色取辱　薄命妇安命作丐

这德宗在位，朝廷中罢杨炎的相位，用右仆射侯希逸为司空，前永平军节度使张镒为中书侍郎；同平章事希逸不久便死，张镒性情迂缓，只知考察烦琐，一点没有宰相的气度。只有卢杞，他仗着德宗宠任，在位日久，便乘机揽权，侵轧同僚。当时杨炎权在己上，诸事不便，便决计要排去杨炎。杞府中有一谋士，便想了一条栽害杨炎的计策，拟了一本奏章。杨炎新立的家庙，靠近曲江离宫。这地方在开元年间，有萧嵩欲立私祠，玄宗因望其地有王者气象，便不许萧嵩之请。如今杨炎胆敢违背祖训，立家祠于其上，是杨炎显有谋篡的异志。这奏章一递上去，果然不出那谋士所料，德宗看了，不觉大怒，立降杨炎官阶为崖州司马，遣派八个禁兵，押送前去。卢杞用了些银钱，叮嘱那禁兵，在半途上把杨炎缢死。德宗去了杨炎，认卢杞是好人，便拜他为丞相。

独有郭子仪在军中，得了这消息，叹着气道："此人得志，吾子孙真无遗类了！"时在建中二年六月，郭子仪得病回京，满朝文武齐往大将军府中探问病情，卢杞也来候病。郭子仪原是一位风流福将，他平日在军中，随带姬妾甚多，且都是美貌的，每遇子仪见客，那姬妾也便侍立在旁，毫无羞涩之态。遇到常相见的宾客，那姬妾们也夹在里面歌唱谈笑，毫不避忌。

惟有此时一听中军官报说卢丞相到，便先令房中姬妾悉数避去，然后延卢丞相进见。待卢杞去后，有人问郭子仪："是何用意？"子仪说道："卢杞貌恶心险，若为妇人见之，必致骇笑。卢杞多疑，徒招怨恨。我正恐子孙受其祸害，如何反自招嫌隙呢？"诸宾客都佩服郭子仪的见识深远。但此次郭子仪抱病回京，病情却一天沉重似一天。德宗是十分敬重元老的，便打发皇帝从子舒王谟，赍圣旨省问郭子仪疾病。这时郭子仪病倒在床，不能起坐，只在床上叩头谢恩。那舒王转身出去，郭子仪便死了。年已八十五岁。德宗皇帝得了丧报，甚是悲伤，停止坐朝，下诏令众臣赴郭府唁吊，丧费全由朝廷支付。追赠太师，配享代宗庙堂。

子仪久为上将，平日为人谦和，更是忠心耿耿，当时朝中无论忠奸，一闻子仪名字，没有不敬重的。田承嗣是当时第一有威权的大臣了，子仪尝使人到魏州去，田承嗣听说郭子仪使至，便不觉向西下拜。当时对那使者说道："我不向人屈膝已多年矣，今当为汾阳王下拜。"郭子仪的威德，有叫人如此敬重的。

欲知后事如何，且听下回分解。

第八十五回 乱宫眷朱泚变节
击奸臣秀实尽忠

　　当时有李灵曜，占据汴州城池造反，不问公私各物，一概截留。郭子仪有私宅，置在汴州，宅中器物，却丝毫不敢损坏，又遣兵士护送汾阳王器物出境。德宗时候，郭子仪以一身保持天下安危，垂二十年。校中书考二十四次，家中子弟多至三千人。八子七婿，均为高官。诸孙数十人，朝夕到郭子仪室中问安。子仪因子孙太多，不能一一认辨，只略略点头含笑罢了。

　　当时传下一件故事，当初郭子仪从华州原籍从军到塞外去，因进京去催取军饷，回至银州地方。这一天正是七月七夕，忽然风起走石，月色无光。子仪在马上，不能分辨道路，便在路旁找得一所空屋，席地而宿。正在矇眬入睡的时候，忽然四壁红光齐发，光从屋外射入。子仪大惊，出至庭心中看时，只见一辆七宝云车，从空中冉冉而降。车中坐一美女，端庄美貌，仙骨不凡。子仪心中忽然觉悟，忙拜倒在地，祝道："今日是七月七夕，想降者必是织女星官？愿赐长寿富贵。"只见那仙女嫣然一笑道："大富贵，亦寿考！"她话说完，云光复合，彩舆徐升。女仙尚在舆中，低鬟笑子仪。后来子仪果然合了女仙之言，大富大贵，又得长寿。当时史官称他权倾天下，朝不加忌；功高一世，主不加疑；侈穷人欲，议不加贬。真是福德兼全，生荣死哀的了。

自郭子仪一死以后，唐室天下从此多事。有李宝臣，据成德军，扰乱十九年而灭；又有田悦之乱、朱滔之乱。当朝大臣不但不知改过，且暴虐百姓，日甚一日。德宗皇帝，授李怀光为朔方节度使，领北方健儿，征讨田悦，又拒朱滔。一面大招长安富商家财，去接济军费。

当时有一位官拜判度支的杜佑，想出各种苛刻的赋税来，百般敲迫，民不胜苦。有一班软弱的百姓，受不住官家的逼迫，便自己缢死。德宗又令度支官遍查都民税粟，硬借四分之一，先后共搜刮得二百万缗。都城地方，人民十分惊慌，宛如遇了盗贼一般。第二年，德宗又改任赵赞做判度支官，又创立苛例二条：一条是间架税。每屋二架为间，上屋抽税钱二千文，中屋抽税钱千文，下屋抽税钱五百文。一条是除陌钱。凡是公私授受买卖财物，每钱一缗，须交官税钱五十文。两法同时颁行，禁止百姓逃税。如有隐匿不报等情，除交官杖责以外，还要加罚。可怜百姓叫苦连天，皇帝毫不知道，只把民膏民血，搜刮至军中。那诸路军将又不肯齐心协力，你推我诿，历久无功。

接着李正己、梁崇义、惟岳等，又在四处反叛起来。就中最是李希烈、朱滔两路叛兵，来势十分凶猛。那官家兵马见贼便败。军情报至京师，德宗心中万分焦急。这时保卫京师的，只有李勉、刘德信两路兵马。德宗没奈何，把这两路人马，也调去救应东都。又命舒王谟为荆襄等道行营都元帅，户部尚书萧复为元帅府长史，右庶子孔巢父为左司马，谏议大夫樊泽为右司马。又调回泾原一带将士，令带同东行。

泾原节度使姚令言奉了皇命，率领五千泾原兵士，回至京师。时在十月，漫山遍野，下着大雨，兵士们冒雨兼程，冻饿交迫，千辛万苦，好不容易盼到了京师，满望得万岁爷的重赏，不料京兆尹王翃奉旨犒师，只给军士们吃了一餐粗饭菜羹，此外并无赏物。那五千兵士看了，心中不觉大怒，尽把饭菜泼掷在地上，用脚践踏成泥。齐声嚷道："我辈将替皇帝冒死赴敌，如何一饭亦不使饱？吾等岂肯再为皇家拼命呢！如今眼看着琼林、大盈二库中，金帛充满，朝廷如此小器，不肯分丝毫与我们，我们何妨自己动手去取呢！"一人创议，五千人齐声响应着。当时也不由长官说话，顿时披甲张旗，直向京城冲来。

当时姚令言从宫中辞行出来，忽听左右报说兵变，急急上马，赶至城外，向众人大声传谕道："诸军今日东去，能早日立功，何患不得富贵？如何无端生变，自取灭族之祸？"军士们如何肯听他的话，一声吆喝，和潮水般拥上来，反把他主帅团团围住，鼓噪着直至通化门。这时德宗在宫中，也得了兵变的消息，便急令总管太监，赍着圣旨，赶出城来抚慰军心，每人赏给他彩帛一端。军士们见了这彩帛，更觉动怒，大声呼骂道："这匹夫，我等岂为此区区彩帛来的吗？"就中有一个好箭手，便弯着弓搭上箭，飕的一箭射去，直中那太监的咽喉，倒地而死。众人一哄，打进了京城。见人便杀，见物便抢。百姓们拖儿挟女，啼哭而逃。那乱兵反向百姓大声呼道："我辈是来保护你们的，你们财物暂借给我们用用，此后打倒了朝廷，便不夺汝等商货僦质了，也不税汝等间架陌钱了。"

这兵士反乱的情形，早有朝廷官员，报至宫中。德宗大骇，忙令太子及翰林学士姜公辅，同出朝门慰谕。那乱军列阵丹凤门，擎着手中弓箭，大声鼓噪着，无可理喻。太子没奈何，返身逃进宫去。德宗急传手谕令禁兵抵敌乱军。不想那白志贞所统领的禁兵，尽是残缺不全的，平日只把虚名军在册子上，每月骗取绢饷，悉入私囊。到如今危急的时候，竟无一人前来。

德宗见召不到禁兵，便不觉慌乱起来。忙左手拉着王贵妃，右手拉着韦淑妃，后随太子、诸王、公主，从后苑逃出北门去。

仓促之间，连御玺都不及取得。德宗逃至北门外十里长亭，略坐休息。那宦官窦立场、霍仙鸣，率内监百余人，追赶出城来随从着。停了一会，那普王谊也带领一队兵士来护驾。德宗便命普王谊为前驱，太子为殿后。司农卿郭曙、右龙武军使令狐建也赶来护驾，才得了五六百名兵士。姜公辅当时叩马奏道："朱泚从前亦为泾原军元帅，后因朱泚叛逆，废去他功名，闲住在京城中。臣闻得朱泚平日心常怏怏，如今乱兵全是朱泚的旧部，若一旦奉朱泚为主，势必难除。不如请陛下便趁现在把朱泚召来同行，免生后患。"当时德宗心内十分慌张，也不暇顾虑到此，便不听姜公辅的话，一味催逼着人马前进，向西行去。

那时乱军在丹凤门外的，久候不见圣旨出来。知道皇帝已走了，便各各拔出利剑来，上去斩破宫门，直入含元殿，大掠琼林、大盈二库；京师居民亦因怨恨皇帝苛敛他们，如今也乘势入宫窃取库物。把一座壮丽的宫殿，顿时闹成破碎狼藉、争夺喧嚷。大众无主，扰乱不休。姚令言便去和朱泚商议。因泾原将士原为朱泚旧部。只因当时朱泚讨平刘文喜后留镇泾原，加官太尉。谁知朱泚的兄弟朱滔，举兵反叛，用蜡丸封密书，遣人送与朱泚。在半路上，那送书的人，被马燧部下兵士捉住，送至京师。德宗便召朱泚入朝，出示朱滔的书信。朱泚看了，十分惶恐，叩头请死。德宗却也明理，知道他兄弟远隔，不能同谋。但如今已把朱泚召来，为防他日朱滔再来诱惑起见，便把朱泚留住在京中，赐他府第，给他俸禄，也可以算得皇恩浩大了。如今乱兵攻入京城，一时六军无主，姚令言倡议拥戴朱泚为主帅。那泾原兵士原都是朱泚的旧部，便人人欢喜。

姚令信便亲领乱军，往朱泚府第中迎接去。那朱泚一再谦让，乱兵围立朱泚府门外，不肯散去。直延挨到夜半，姚令言劝朱泚当以社稷为重，出维大局，朱泚才答应下来。那五千名乱兵，便各各手中执着火炬，前呼后拥，把朱泚送入宫去。朱泚夜半升坐含元殿，传谕兵士，不得妄动。次日，朱泚又迁居北华殿，当即发下榜文来道："泾原将士，远来赴难，不习朝章，驰入宫阙，以致惊动乘舆，西出巡幸。现由太尉权总六军，一应神策等军士，及文武百官，凡有禄食者，悉诣行在。不能往者，即诣本司。若出三日检勘，彼此无名者，杀无赦！"

可笑当时满京城的文武官员，大半还睡在鼓中，以为皇帝尚在宫中。如今见了朱泚的榜文，才知道德宗已经西出。那卢丞相和新任同平章事关播，便也在深夜时，爬出中书省的后垣，和他亲随互换穿了衣帽，混出城去。同时有神策军使白志贞，京兆尹王翃，御史大夫于颀，中丞刘从一，户部侍郎赵赞，翰林学士陆贽、吴通微一班大臣，亦陆续赶赴行在，直赶到咸阳地方，始与车驾相遇。德宗传谕，车驾转赴奉天。那奉天太守听得万岁驾到，不知是何因由，顿时惊慌起来，欲逃至山谷中躲避。主簿苏弁，在一旁劝道："天子西来，理当出郭迎接。若一逃避，反召罪戾。"那太守便勉强把心神镇定了，出城去把天子车驾迎接进城来。各路将帅打听得万岁爷驻跸奉天，便纷纷前来朝见。最后左金吾大将军浑瑊，从东京赶来，奏称朱据京师作乱。德宗听了大惊，说朱泚原是忠义之臣，如何作此大逆之事。当时卢杞在侧，也极口称朱泚忠贞，臣请以百口保之。德宗也听信卢丞相之言，一面令浑瑊为行在都虞侯，兼京畿渭北节度使，下诏征诸道兵入援；一面又写诏与朱泚，命他早平大难，迎还乘舆。

诏书写成，独缺了一颗御玺，不能发出去。德宗到此时，才想起当时仓促出宫，不曾把御玺带得，如今诏书上缺了玺文，不能发下去。德宗心里万分焦急，回得宫中，只是长吁短叹。

这时王贵妃随侍在左右，见万岁爷神色忧郁，便问："今日朝中何事劳万爷忧虑？"德宗便把丢了御玺的话说出来。那王贵妃听了，却不慌不忙地从绣枕下拿出一颗玉玺来。德宗看时，果然是平日常用的那颗御印。忙问："爱卿从何处得来？"王贵妃奏称："原是臣妾见万岁爷仓皇出宫，把这玉玺遗留在案上，贱妾知此物是天子的信宝，不可遗失，便在慌张的时候，拿来系在里衣带上。如今藏在枕下多日，不是万岁说起，几乎也忘去了。"把个德宗欢喜得拉住王贵妃的手，只是唤爱卿。从此德宗虽在行在，也天天宠幸王贵妃，几无虚夕，这且慢表。

如今再说那朱泚，好好的一位忠义大臣，如何忽然变了心，反叛起来，这罪魁祸首还在姚令言和光禄卿源休二人。那光禄卿源休曾奉命出使回纥，原也替朝廷受过一番辛劳，回朝以来，不得重赏，心中颇怀怨望。如今见朱泚总管六军，便黄夜去见姚令言，说以叛逆之事。那姚令言起初听了十分惊慌。源休说道："将军此次率领泾原将士来京，便尔作乱，使乘舆西巡，此灭族之罪。将军虽欲不反，他日天子回銮，其有何道以自全？"一句话却把个姚令言问住了，忙起身把源休邀至密室中，长揖请教。源休便道："如今六宫无主，朱泚手握重兵，千载难得之机。我有一计可以逼住朱泚，使他不得不反。若能成事，再设法除此傀儡；若事不成，将军便杀朱泚自首。罪魁祸首在朱泚，而不在将军，将军何乐而不为？"姚令言听了，忙促膝附耳问大夫有何妙计，逼反朱泚。源休便笑说道："将军岂忘当年太祖在晋阳宫故事乎？"姚令言听了恍然大悟。

第二天姚令言便假北华殿大排筵宴，请大元帅朱泚入席饮酒。当时陪席的有光禄卿源休、检校司空李忠臣、太仆卿张光晟、工部侍郎蒋镇、员外郎彭偃、太常卿敬釭。这一班原是势力之徒，如今见朱泚得了时，便大家在饮酒之间，百般奉承着。你劝一杯、我敬一盏；你称他为圣贤，我称他为豪杰。几乎把个朱泚，捧上天去。这朱泚初任大事，原也十分谨慎。如今他在宫中一住下，坐着万岁爷的龙椅，睡着万岁爷的龙床，出入有一班禁军拱卫着，起坐有一班宫女、太监伺候着，他心中十分快乐。那帝王之念便油然而起。只以一向忠顺，又碍着众人的脸面不好意思做出反叛的事体来。如今一班大臣劝他饮酒，你递一杯，我送一盏，已有七八分醉意。耳中只听得不断的颂扬说话，有的说大元帅是万家生佛，也有的说大元帅是天生救星，捧得这朱泚心痒痒的，甚是有趣。接着一阵阵的笙歌，送入耳来；一队队的舞姬，走近身来。朱泚在泾原军中的时候，便传闻得唐宫中轻歌妙舞，十分艳美。自来英雄无不好色，当时他心中想念，若得万岁爷在宫中赐宴，领略得宫姬们的歌舞，真是三生之幸。他此次入宫，那六宫妃嫔共有二三千人，个个吓得躲在后宫，不敢出来。那朱泚也因她们是帝王的眷属，如何敢亵渎，因此他虽说占领宫殿已有一月余日，平日在北华殿中起居，却不敢向后宫中窥探。

如今原是这姚令言悄悄地进宫去劝着那班妃嫔道："如今朱大将军有保护宫廷之功，明日朝中大臣公宴朱大将军。如今尔等性命，全在他手下，明日饮酒时，须选几个绝色的美人，在筵前歌舞，使大将军快乐，则尔我均可保得长久安乐。"那妃嫔都是女儿之流，有何见识，听姚将军如此说，便齐声答应。

姚令言知道宫中平日歌舞领队的，是一位虞贵嫔，长得绝世容貌。德宗每次听罢歌舞，便要召幸她。只因韦淑妃妒心甚重，每次却被淑妃阻止住的。因此虞贵嫔心中恨韦淑妃甚深。便是现在天子蒙尘，王贵妃和韦淑妃都随着万岁爷西幸，独把这虞贵嫔丢下在宫中。她又惊慌，又气愤。姚令言也深知她的心事，便悄悄地叮嘱贵嫔："须好好伺候朱元帅，若得了好处，定能宠冠六宫，不但吐了平日之气，且使我辈得攀龙舞凤，富贵无极。"那虞贵嫔听了这番话，平空里勾起了她做皇后的念头。第二天她领了一班舞姬上殿歌舞的时候，越是妆扮得妖冶动人。朱泚正被众人灌得醺醺大醉，酒力张着色胆，他看那班舞姬，个个长得和天仙一般美丽。尤其是那领班的虞贵嫔长得身材袅娜、容光焕发。朱泚那两道眼光，只是滴溜溜地转个不定。姚令言在暗地里留心看时，知道是时候了，便悄悄地向众人递过眼色去。众人会意，便一个个溜下殿来，不别而去。

看看那虞贵嫔跳着，唱着，娇喉啭得和黄莺儿一般地圆脆，细腰转得和杨柳儿一般的轻柔，慢慢地移近朱泚的身旁去。那朱泚实在忍不住了，便伸出一只脚来，悄悄地把靴尖儿踏住虞贵嫔的裙幅儿。那虞贵嫔站不住身体了，把柳腰儿一折，看看要倒下地去了。那朱泚趁势伸手把虞贵嫔的玉臂捏住。虞贵嫔一缩手，只是拿她的媚眼儿斜觑着朱泚嗤嗤地笑，这一笑露出千娇百媚，把朱泚的魂儿，直勾向九霄云外去。他也顾不得了，便一转身，伸着两臂，把虞贵嫔的纤腰一抱，虞贵嫔便扶着朱泚，向后宫走去。那虞贵嫔住在春华宫中，当夜朱泚便留宿在虞贵嫔宫中，一连四天不见朱泚出来。

姚令言每日在宫门外探听，只听得宫中一片笙歌嬉笑的声音。这时朱泚只顾眼前快乐，也顾不得君臣之义了。姚令言便去邀集了李忠臣、张光晟、蒋镇、彭偃一、敬钆，一班文武大臣，上了一道劝进表。劝朱泚应天顺人，接了唐家天下，即皇帝位。朱泚读了表文，心中犹豫豫不决。那姚令言直入宫来，对朱泚大声说道："元帅已占据了唐家宫廷，奸污了唐家宫眷，不造反也是死罪，造反也是死罪，尚有何疑虑之有！"朱泚听了，点头称是。接着，那光禄卿源休也进宫来引说符命，劝朱泚称尊。朱泚忽然想起那段秀实来，他是一位国家的元老，京师地方，不论军民人等，都是爱戴他的。只因他秉性忠诚，敢言直谏，当时奸臣如卢杞一般人不能容他，常常在皇帝跟前，说他的坏话，要设计陷害他。段秀实便弃官回家，终日在家中闭户读书，不问外事。

如今朱泚自己要称皇作帝，心想若得段秀实出来帮助，他必能得人民的信服，且能得京外各路官员的信服。他便和众人商量停妥，立刻遣发一队骑兵，执军中令箭，去召段秀实进宫来。

那秀实早已打听得朱泚有谋反的心迹，便把大门紧闭，不放那骑兵进门来。那骑兵见无门可入，便从后垣越墙进去硬逼迫着秀实进宫去。段秀实知道此去凶多吉少，便把他子弟唤来，一一嘱咐后事完毕，才进宫去。朱泚见段秀实到来，便甚是欢喜。笑说道："司农卿来，吾事成矣！"秀实正色说道："将士东征，犒赐不丰，这全是有司的过失，天子何从与闻？公以忠义闻天下，何勿开谕将士，晓示祸福，扫清宫禁，迎乘舆，自尽臣职，此不世出之功也。"朱泚听了，心中甚是惭愧，默无一言。秀实出宫，便悄悄地招呼将军刘海宾，泾原将吏何明礼、岐灵岳，在家中密议，欲共杀朱贼。

此时德宗遣金吾将军吴溆，来京师宣慰。朱泚佯为受命，把吴溆留住在省中，一面却私遣泾原兵马使韩旻领铁骑三千，直取奉天。一路去扬言说迎皇帝銮驾回京。便有岐灵岳探得消息，私地里来报与段将军知道。段秀实听了，不觉大惊，说道："事在危急，只可以诈应诈。"便授计与灵岳，令他往姚令言军中去偷得兵符，只推说朱元帅另有机宜，须面授，星夜去把韩旻的战骑追回来。秀实明知此次死在朱泚手中，便对灵岳说道："韩旻回来，吾侪盗符之事必要败露，我当直搏逆贼，不成即死，决不拖累诸公。"灵岳道："公为国家柱石，应留任大难。现在事迫燃眉，且由灵岳暂当此任。他日果能诛杀逆贼，灵岳死亦瞑目矣！"

正说时，果然韩旻兵马回来了。朱泚十分诧异，当着众将，严问是谁人追还的？灵岳这时在门外，忍不住了，便挺身而入，以手直指朱泚之面，说道："天子今蒙尘在外，正臣子百身莫赎之时，如何反遣兵往袭？灵岳生为大唐忠臣，如何肯袖手旁观。

追还韩旻寇兵，是俺盗得兵符去召回的。想尔奸贼，也无可奈何我的！"朱泚听了这一番话，怒不可遏，喝令左右将灵岳推出宫门斩首。那灵岳临刑时，骂不绝口。

欲知后事如何，且听下回分解。

第八十六回　安乐王月下刺贼
德宗帝宫中绝粮

灵岳被朱泚喝令左右推出宫门杀死，他至死也不曾把秀实主谋的情形说出。那朱泚因急于称帝，便天天召源休、李忠臣、姚令言一班同党，进宫去商议。只有段秀实，托故不去。那朱泚再三遣人，催逼秀实进宫去商议大事。那秀实没奈何，只得跟着来使进宫去。他一走进殿门，瞥眼只见那源休手执牙笏，恭恭敬敬地对着朱泚朝拜，在那里行君臣之礼，不觉激起了他一腔忠愤，急步走到朱泚眼前，不待朱泚开口，便奋身跃起，夺过源休手中的牙笏来，直向朱泚面门上打去。厉声喝道："狂贼！大胆做此大逆之事，便当碎尸万段。我是忠义男儿，岂肯从汝反耶？"朱泚慌忙退立，伸臂遮避。那笏头已打在朱泚额上，用力甚重，左右看时，已血流满面。秀实再欲赶步上去打时，已被李忠臣、姚令言一班人上前来拦阻住。随有三五个力士，上前来擒住秀实，秀实大声说道："士可杀不可辱！今日吾杀贼不成，便当被贼所杀。"众力士不俟秀实话说完，乱刀齐下，立把秀实砍倒。朱泚见了，霎时良心发现，忙向众人摇手说道："这是义士，不可妄杀！"却已来不及，那秀实的尸首已被众人砍成肉泥。

秀实一死，那京师地方的忠义大臣，人人悲愤。接着刘海滨也被朱泚捉去杀死。何明礼原是与段秀实同谋，亦被朱泚捕去斩首。当即有凤翔节度使张镒部下营将李楚琳，杀死张镒，率领全部兵马，前来投降朱泚。这时朱泚羽翼已成，罪名愈重。

一不做、二不休，索性迁居在宣政殿，自称为大秦皇帝。改元应天，立虞贵嫔为皇后，立兄子遂为太子，弟朱滔为冀王太尉尚书令，称皇太弟。因姚令言、李忠臣一班人拥立有功，便拜姚令言为侍中，李忠臣为司空，源休为中书侍郎，蒋镇为门下侍郎，并同平章事，蒋链为御史中丞，敬钍为御史大夫，彭偃为中书舍人。余如张光晟等，都拜为节度使。当时太常卿樊系颇有文才，合朝的人都十分敬重他。朱泚登位的时候，无人撰册文。姚令言说樊系文学甚好。此时樊系因愤恨朱泚，不肯上朝称臣。朱泚便命一队武士到樊系家中去押着他进宫。左右有太监执剑立，逼着樊系撰书册文，樊系无奈，只得执笔为文。待册文写成，他便走下殿去，向西跪倒，嚎啕大哭。朱泚在殿上看了大怒，喝令武士推出朝门去斩首。好个樊系，他不待武士近身，便低头向石柱上一撞，脑浆迸裂而死。当时又有大理卿蒋沇，也是不甘心在朱泚殿前称臣，悄悄地溜出京城，打算赶上奉天行在去。谁知出京城走不上三五里路，被朱泚派兵追上去，捉回宫来，硬授他官职。那蒋沇只得绝食称病，逃去山谷中躲着。

这时朱泚霸占住唐德宗的宫廷，在二千个宫女中，挑选了三百个年轻貌美的女子，日夜淫乐。内中有一位安乐王妃，那安乐王是德宗皇帝的侄儿，安乐王妃又是王皇后的甥女。因此常常留住在宫中，伴着皇后和群皇妃游玩。此次变起，安乐王妃不及逃出宫去，却深匿在后宫。朱泚临幸后宫，瞥眼见了一个容颜秀丽的女子，他也不问情由，便拉进宫去奸污了她。

第二天，安乐王妃见人不备，便悬梁自尽。那安乐王只因王妃被困在宫中，也死守在宫外，不肯离去京城。后来打听得他最心爱的王妃，被朱泚奸污，含羞而死。可怜这安乐王在家中，哭得几次绝过气去。他凭着一时气愤，拿家里所有金银珍宝，去买通了宫中一个宿卫。那宿卫悄悄地把自己的衣帽，借与安乐王穿戴。那安乐王假扮了一个宿卫，混进宫去，怀中藏着利刃，待到夜半，便去站在锦华宫东廊下。那锦华宫正是虞贵嫔的卧室，朱泚这时，荒淫无度，每夜临幸过虞贵嫔以后，便轮流到各心爱的妃嫔房中去寻欢乐，每夜最少亦要临幸五六处地方。直到天明，方回锦华宫安寝。这锦华宫东廊下，是来往必由之路。安乐王打听得明白，便静静地在廊下守候着。

听景阳钟报过三更，果然见一对红纱灯，两个小太监领导着，那朱泚从宫中出来，身后也紧跟着两个宿卫。这时一天凉月，匝地虫声，一簇人从空廊下走来，只听得一群橐橐的靴声。

看看走到安乐王跟前，是那朱泚眼快，只见安乐王从怀中拔出一柄短刀来，那刀光映着月光，恰恰射在朱泚眼中。朱泚故意装做不曾觉得，慢慢地走近身时，冷不防朱泚抬起右脚来，用力一踢，接着唿啷啷一声，那安乐王手中一柄匕首，被朱泚踢落在地。朱泚见刺客没有了刺刀，便把胆放大了，一耸身上去两人扭做一堆，倒在地下乱滚。这朱泚虽说把色欲淘空了身体，但他究竟是大将出身，膂力是有的；这安乐王是一个娇生惯养的王子，如何能敌得他住，早被朱泚双手擒住，反绑起来，喝令剥去衣帽，拿红灯照看时，朱泚认识是安乐王。便传谕连夜交刑部堂官用严刑审问。

次日，众文武听说大秦皇帝在宫中受了惊吓，大家齐到宫中来请安。那源休恨唐室天子切骨，便乘机劝朱泚翦除唐朝宗室，免留后患。一句话打动了朱泚的心，连声称："源侍郎的主意不差！"当即下谕，把六城锁闭起来。把在京城中所有的皇室宗亲，不论老少男女，一共捉了七十七人。又捉得藏匿在家的官员和逃亡在外各文武的眷属，共有二百余人，齐押赴西郊斩首。从此满京城都是朱泚的同党，朱泚居然也是一身衮冕，每日受百官的朝贺，称孤道寡起来。

连日有探马报到，说唐德宗皇帝困守在奉天，粮尽援绝，士无斗志，正可趁此攻取。朱泚便点齐十万大兵，自为征西大元帅，姚令言为副元帅，浩浩荡荡，杀奔奉天来。奉天城中的德宗皇宗得了消息，甚是焦急。适右龙武将军李观率领卫兵千名赶到，德宗令速备战。李观这一千兵士，如何敌得十万大兵？当在奉天城中，竖起招兵旗子，三日招得五千名新兵，便在城中教练着。接着又有泾原兵马使冯河清，令将士押解兵器一百车来。德宗正苦军械不足，得此便觉气壮。

当时有右仆射崔宁，从京师间道奔至奉天，叩见德宗，奏说朱泚杀戮宗室，占污宫眷。德宗听了，也不觉流下泪来。这崔宁是一位足智多谋的忠臣，德宗皇帝原很看重他的，当下慰劳了一番。崔宁退出宫来，悄悄地对众大臣说道："主上原是十分英武，只被那卢杞奸贼所误，致有今日。"他不知道当时大臣，大半皆是卢杞同党，便有人把崔宁的话转告卢杞。卢杞大怒，便与他的密友王翃商议。翃便假造崔宁的笔迹，与朱泚通信。卢杞怀着此假信去献与德宗观看。又说崔宁适从朱贼处来，陛下不可不防。

德宗看崔宁的假信，听了卢杞的话，不由大怒起来，立刻召崔宁进帐。那崔宁奉诏进帐，见帐内静悄悄地虚无一人，不觉疑虑起来。正要退出帐时，忽见左右跳出二力士来，抱住崔宁的颈子，生生地扼死了。

其时朱泚的大兵已临城下。德宗令浑瑊督同城中将士，合力御敌。瑊令都虞侯高固，曳草车塞住城门，纵火御敌。火盛势烈，烟焰齐向外扑，城中兵士，从火中杀出，统用长刀乱砍，杀死敌兵多人，敌兵才退。朱泚亲自拍马上来救应，列阵城东，张火布满原野，呐喊之声远闻百里。邠宁留后韩游环带领士卒，通夜在城上守望。只见城外兵士，乘夜拆毁西明寺，往来十分忙碌。游环料知敌人借用寺院木材，制作云梯，为明日攻城之用。便命兵士赶造火箭。次日，朱泚果然督着兵士，搬运云梯，前来攻城。城中火箭齐发，云梯着火便燃，敌兵多从梯上坠地而死。朱泚见一时不能取胜，便约退兵士，远远地围住城池，不放一人一马出城。

此时城中不但兵士不多，且粮食亦渐渐不能接济。德宗日坐围城内，心中万分焦急。那班妃嫔公主躲在屋子里，只听得喊声震地，入夜火光烛天，个个吓得玉容失色、柔魂欲断。德宗也只是终日长吁短叹，无法可施。当时有一个内侍，名常德的，随侍德宗有六年之久，为人甚是忠诚。如今也随侍在围城里，见主上忧愁得寝食不安，便跪奏道："万岁爷可有告急密旨，奴婢愿拼九死一生，冲出城去求救兵。"德宗听了大喜，说道："朕心腹之臣，只朔方节度使李怀光，尚拥兵数万，可以救朕。汝可冒死前去告急，倘得怀光发兵到来，救了此奉天城池，朕当记汝为首功。"说着，便就龙案写了密旨，令怀光速速发兵前来救应。写成，印上皇帝的小印。那王贵妃亲自拿针线替常德密缝在衣领里面，缝罢，也深深地向常德裣衽，说道："你此去路上若有差失，俺在宫中，便供着你的神位，四时祭祀，决不令你忠魂失所依持。倘能见得李将军，求他速速发兵，解了俺主上的忧愁。"慌得常德忙爬在地下，叩头还礼不迭。君臣三人在宫中挥泪而别。

那常德带了密诏，扮作樵夫模样，守到三更时分，浑瑊派一队兵士，送他出城去，远远地保护着他，偷过朱泚营地。正行时，只听得一声梆子响，早有朱泚营中守夜兵士，在山僻小路中埋伏着。见一樵夫走来，便从暗地里飞出数十支箭来，一箭正射中常德的腿腕，应声倒地，接着他肩窝背脊上连中了四箭。常德痛澈心骨，一时站立不起。那敌兵一拥上去，正要下手擒捉，忽

871

见常德大喊一声，从地上直跳起来，看他带滚带爬，向草木深处躲去。后面那敌兵还不肯舍下，赶上前去，拿枪尖拨着草根，四处找寻。城中兵士便在后面发声喊，扑上前去挑战。那敌兵在黑地里，忽见有兵士前来挑战，认做是中了伏兵，便也无心恋战，丢下那常德，且战且退，回敌营去了。

次日，朱泚又得幽州散骑和普润两路戍卒，合成数万人，前来攻城。敌兵声势愈见浩大，那城中兵士都吓得手足无措。左龙武大将军吕希倩，出城应敌，便被敌人杀死在阵上。幸得浑瑊和高重捷出兵接应，也杀死了朱泚手下一员大将名曰月的。那高重捷因恋战不退，被朱泚亲自赶来，刀起首落，斩于马下。接着，朱泚挥大队人马，直逼城下，奋勇攻城，恨不得把这座奉天城池，立刻踏平。城内浑瑊、韩游环二人，昼夜血战，勉强把城守住。但此时城中粮道，早已被敌兵断绝。搜括仓廪，只剩了二斛白米，留着为供奉御食之用。那满城文武官员，以及大小将士，个个都饿着肚子。

看看已饿过了三天，德宗早朝时候，见左右大臣，个个面黄肌瘦，喉音低哑，目光无神。德宗不觉流下眼泪来，说道："朕躬不德，自取灭亡！卿等何罪，却受此困顿？为今之计，卿等宜自保身家，速将朕绑送与敌人，开城出降。既免饥饿，且保富贵。"德宗说到这里，不觉呜咽起来。那文武官员齐拜倒在地，流泪奏道："臣等愿尽死力，为陛下效忠。"浑瑊令军士每夜缒出城去，觑敌人静睡时候，便在城根下采掘草根，剥取树皮，运进城中来，寻食充饥。每日又泣劝将士，晓以大义。因此兵士们虽饥寒交迫，却毫无变志。但兵士们每日吃一顿树皮草根，只能苟延残喘，却如何能抵敌贼寇？一班饥饿兵士天天爬在城墙上守城，眼见得天天倒毙。

正在危急的时候，忽见城外推来四座云梯，高宽数丈，下有巨轮，每梯可立兵士五百人，箭如飞蝗，向四面城中攻来。敌人据高临下，城中兵士一无遮拦，早见一排一排兵士中箭倒地而死的，累累皆是。看看那云梯，愈追愈近，矢石如雨。城中守兵愈死愈多，一片嚎哭之声，惨不忍听。浑瑊在城上督战，身中数创。起初几日，他还裹创力战。后来看看实在支持不住了，便去奏知皇帝。德宗听说城亡已在旦夕，亦无法可施，只是呜咽流涕。侍从诸臣，俱各面面相觑，束手无法。德宗挨到夜静更深，便沐浴更衣，当庭设下香案。王贵妃在一旁伺候，德宗含泪拜祷天地，又遥拜宗庙社稷，声声哀求，保住唐朝天下。

次日，浑瑊又入宫来，说："兵士死亡殆尽，宜再募死士。"德宗便在御案上，取下无名告身千余通，交给浑瑊，连案上的御笔，也授与浑瑊。嘱浑瑊自去填发，只求有忠勇将士，却不惜功名重赏，如一时填写不及，只将御笔写功绩在将士身上，朕无不照办。浑瑊接过御笔来，哭道："万一围城被贼兵攻破，臣决以一死报答陛下！陛下一身关系宗社，须速筹良策。"德宗听了，也不觉凄然，起身握住浑瑊的手，说道："朕不忘将军今日之功。"说着，亲自送浑瑊走出宫门。这时守宫卫士都上城御敌。那班太监也各自逃命去，任德宗皇帝独往独来，在宫门口出入，也无一个侍卫，景象十分凄凉。他君臣二人正走到宫门口，忽听得外面一声响亮，好似城墙坍塌一般。德宗和浑瑊顿时变了脸色。浑瑊急急辞别出宫，飞马赶到城下，看城墙依然完好；只见城外烟焰薰天，并有一股臭气，扑鼻难闻。浑瑊十分诧异，急急上城瞭望。只见城外敌兵纷纷逃散，后面敌人营中，火光烛天，哭声震地。

原来朔方节度使李怀光接了德宗的密旨，便带领大兵，星夜赶来。看看将近奉天地方，李怀光登山一望，只见敌兵声势甚大，漫山遍野地立着营头。知道只可智取，不可力敌，便悄悄地把人马驻扎在深山密林的地方，偃旗息鼓。那朱泚一味攻打奉天城池，却不把后路放在心里。不料李怀光令数万兵士，日夜工作，从地下掘成极长的隧道，直通到朱泚中军帐下。这地道的工程，足足做了半个月光阴。这地道甚是宽阔，在地道中满塞着硫磺火药。这一天，朱泚亲自督阵，正奋力攻城的时候，忽听得自己营地上震天价一声响亮，地道中火药爆发，那数千兵士的尸身，直轰向半天里去。朱泚的心中万分慌张，急挥兵退去，正寻路逃时，那李怀光率领大兵，掩杀过来。朱泚如何抵敌得住，急急带了数百残兵，落荒而走。幸得逃了性命，便遁回长安城去。

奉天城解了围，德宗心中万分快乐。那李怀光打退了贼兵，急欲进城问圣天子安。谁知怀光才走到城门口，便有中使赍着圣旨，到城外来，拦住李怀光马头，传谕李将军，不必入城，速引本部军马，收复长安去。怀光听了，不觉心中懊恨道："我远来勤王，却咫尺不得见天子颜色。这全是奸臣卢杞，从中搬弄是非。"李怀光的话却说得不错。原来卢杞、白志贞、赵赞一班奸臣，见城围已解，自命有保驾之功。忽听人传说李怀光带领大兵，有入清君侧的意思。卢杞便心生一计，急进宫去奏上德宗道："如今朱泚贼退守长安，必无守志。李怀光千里来援，锐气正盛，何不令他追踪，急攻长安，乘胜平贼？"德宗十分听信卢杞的话，便打发中使传旨，至怀光军中，阻住人马。

怀光奉了圣旨，没奈何领着本部人马，转至咸阳。接着，李晟也带了兵马，前来勤王，军至东渭桥，便上表奏闻。也是卢杞劝德宗下逾，阻住李晟兵马，也不许李晟进宫朝见，令与李怀光同攻长安。李晟到了咸阳，遇见怀光，两人说起卢杞专权，阻塞贤路，便一同具名上表，指斥卢杞、白志贞、赵赞三人。德宗正信任卢杞一班奸臣，见怀光的奏本，也不忍心革去他的功名。李怀光见皇帝不听他的话，心中大愤，便与李晟接连上了十道奏本，务欲革斥卢杞一班人。他一面把军队驻扎的咸阳城外，拥兵不进，声称：如天子不准他的奏，便要回师直攻奉天；先清君侧，再除逆贼。接着那随从护驾的一班臣子也人人在德宗跟前，指斥卢杞罪恶。今天也说，明天也说，说得德宗皇帝的心也动了，便下谕贬卢杞为新州司马，降白志贞为恩州司马，赵赞为播州司马。一面下谕安慰李怀光、李晟一班将帅。怀光又上奏申斥宦官翟文秀，说他恃宠不法，宜加诛戮。德宗虽心喜翟文秀，但国势危急，全赖将帅扶持。不得已依了怀光的奏本，杀了翟文秀。一面催促怀光进兵。

欲知后事如何，且听下回分解。

第八十七回　退长安朱泚纵色
守项城杨氏助夫

德宗皇帝依了怀光奏章，把卢杞一班奸臣降官，又杀了宦官翟文秀，满想李怀光进兵长安，除了朱泚，得早日还宫。谁知那李怀光屯兵在咸阳，依旧不肯进战。时有考功郎中陆贽，上表劝皇帝下诏罪己，德宗也依了陆贽的话，颁下大赦的诏书道：

致理兴化，必在推诚。忘己济人，不吝改过。朕嗣服不一构，君临万邦。失守宗祧，越在草莽。不念率德，诚莫追于已往；永言思咎，期有复于将来。明征其义，以示天下。小子惧德不嗣，罔敢怠荒。然以长于深宫之中，昧于经国之务。积习易溺，居安思危。不知稼穑之艰难，不恤征戍之劳苦。泽靡下究，情未上通。事既壅隔，人怀疑阻。犹昧省己，遂用兴戎。征师四方，转饷千里。赋居藉马，远近骚然。行赍居送，众庶劳止。或一日屡交锋刃，或连年不解甲胄。祀奠乏主，室家靡依。死生流离，怨气凝结。力役不息，田菜多荒。暴令峻于诛求，疲甿空于杼轴。转死沟壑，离去乡闾。邑里邱墟，人烟断绝。天谴于上，而朕不悟；人怨于下，而朕不知。驯至乱阶变兴都邑，万品失序，九朝震

惊。上累祖宗，下负蒸庶，痛心靦貌，罪实在予。永言
愧悼。若坠泉谷！自今中外所上书奏，不得更言神圣文
武之号。李希烈、田悦、王武俊、李纳等，咸以勋旧，
各守藩篱。朕抚驭乖方，致其疑惧。皆由上失其道，而
下罹其灾，朕实不君，人则何罪？宜并所管将吏等，一
切待之如初。朱滔虽缘朱泚连坐，路远必不同谋。念其
旧勋，务在弘贷，如能效顺，亦与维新。朱泚反易天
常，盗窃名器，暴犯陵寝，所不忍言。获罪祖宗，朕不
敢赦。其赦从将吏百姓等，在官军未到京城以前，去逆
效顺，并散归本道本军者，并从赦例。

　　诸军诸道，应赴奉天，及进收京城将士，并赐名奉
天定难功臣。其所加垫陌钱税间架竹木茶漆榷铁之类，
悉宜停罢，以示朕悔过自新，与民更始之意。

皇帝下了这一道可怜的诏书，总算把王武俊、田悦、李纳三
个人的反心劝了转来。他们都去了王号，上书谢罪。那朱泚罪在
不赦，且不去说他。那李希烈见了皇帝的罪己诏，知道德宗是一
个懦弱无能的人，便越发打动了他的野心。他自恃兵强，便思自
立为帝。

德宗又得了一个密报，说李怀光也有反叛之意。德宗大惊，
自顾奉天城中，兵马空虚。一旦事起，只愁无兵可战。德宗便和
浑瑊商议，欲添招兵士。浑瑊奏说："如今人心慌乱，决无人肯
应募。且初募的兵士，决不能应战。为今之计，不如向吐蕃去借
兵。"德宗皇帝也深以浑瑊的话为是，当下立刻修了国书，命陆
贽前往吐蕃去借救兵。那吐蕃的大丞相尚结赞，得了德宗的御
书，便遣他大将论莽罗，统兵二万，来救中国。这消息传到李怀
光耳中，不觉大怒，立刻也上书与德宗，说："向吐蕃借兵，是

有三大害：如克复京城，吐蕃必纵兵大掠，是第一大害；吐番立了大功，必求厚赏，是第二大害；吐蕃兵至，必先观望，我军胜，彼求分功，我军败，彼必生变，是第三大害。"

德宗读了怀光奏本，觉得他的话说得很有道理。此时吐蕃大兵已到边关，德宗忙又令陆贽去止住吐蕃人马。那吐蕃将士见中国皇帝疑惑不决，心中便起怨望。那李怀光见皇上不用自己人马，却去向吐蕃借兵，这显然是不信任自己了，因此他反叛的心愈迫愈急。便上表与德宗，说他不信任自己将士，轻召外兵，言下颇露怨恨之意。德宗看了表本，心中颇觉不安，便欲亲率六师，直趋咸阳，令怀光兵马前进，攻打长安。怀光得了信息，疑是德宗皇帝亲自来擒捉他，便与他部下商议，欲举大事。正在慌张的时候，忽见又有圣旨颁来，加怀光为太尉，赐他铁券，永不加罪。这原是德宗要安怀光的心。无奈怀光此时已决心反叛，对着中使，把铁券掷在地下，大声喝道："怀光本不欲反，今赐铁券，是促我反矣！"吓得那中使缩着脖子，转身逃去。这里李怀光见事已至此，便索性竖起反旗，遣使至朱泚处，连成一气，共讨唐室。那朱泚来信，便与怀光约为弟兄；他日灭了唐朝，两家平分天下。一面又拿黄金十万、彩缎千端，去送与吐蕃将士。那吐蕃兵得了好处，也不愿帮助唐天子了，便偃旗息鼓地自回外国去。

这里德宗皇帝见走了吐蕃兵，反了李怀光，更是吓得手足无措。正无计可施的时候，忽见浑瑊慌慌张张地走进宫来，报说道："李怀光已令他部将赵升鸾，混入奉天城中，来运动陛下禁兵为内应。如今宫中禁兵已不复为陛下有矣！陛下宜策万全之计。"德宗皇帝听浑瑊的话，立刻慌乱起来。他也不和众大臣商议，急急退进宫去。那浑瑊也退出宫来，检点部下，尚未完毕，那德宗已带着妃嫔公主和太子一大群人，悄悄地从后宫逃出，径奔向西门城外，意欲幸梁州去。这奉天地方只留刺史戴休颜留守。满朝大臣听说万岁爷已出奔了，大家急急丢下家私，赶出城去，跟上了御驾。

　　一路上狼狈情形，不堪设想。浑瑊统领部下五六百人断后。君臣们凄凄惶惶地正在山僻小路中行着，忽见树林深处，隐隐露出一片旌旗。探路的禁兵急回身奏明万岁。万岁忙传谕约退车马，命浑瑊拍马上前，探问何处军马，拦住去路。浑瑊上前去看时，只见当头一员大将，后面满山遍野的人马。浑瑊心想，万岁爷此番休矣！万一那人马扑向前来，教俺单枪匹马，如何抵敌！正想时，那大将一人一骑迎上前来。待走近时，浑瑊却认得，便是李晟。浑瑊不待他开口，便先问一声道："李将军亦从李怀光反耶？"李晟慌忙下马，躬身道："末将如何敢反。"又问车驾现在何处？浑瑊忙摇着手道："禁声些，万岁便在后面大榆树下，快去见来！"李晟便随着浑瑊到德宗驾前，慌忙跪倒，奏说："逆臣李怀光反叛，欲与臣合军，同犯御驾。是臣宛辞推托，带着本部一万人马，脱身出来，特来保驾。"德宗听了，不觉点头赞叹。便在车前拜为右将军，令带领本部人马，回军先去攻取长安。浑瑊依旧保护车驾，前往梁州。当时不受李怀光诱惑，肯出死力为皇帝杀贼的还有崔汉衡、韩游环、李楚琳一班大将。他们奉了皇帝诏书，合兵一处，昼夜攻打长安城池。

　　那朱泚自从兵败回守长安，便也无意于天下，终日占据在宫中，与那班宫眷美人等，放纵淫乐。自从与怀光约为兄弟以后，他仗着怀光兵多将勇，每日攻得唐家城池，他便坐享现成。

　　那怀光每得一郡县，便送书与朱泚，商决进退之计。朱泚见怀光如此忠顺，便不觉骄傲起来，复书召怀光进京辅政，拜他为大师司，公然自称为朕，称怀光为卿。这怀光如何肯受，接了朱泚覆文，又惭又愤，掷书在地。朱泚原与怀光约分关中之地，各立帝号，永为邻国。不料朱泚忽然变卦，竟要收怀光为臣。不由得大怒，放一把火把自己营垒烧毁去，拔寨齐起，大掠泾阳。十二县人民，四散逃亡，鸡犬不留。

那朱泚走了怀光，便溃了一个帮手，再加李晟、浑碱一班将军，奋力围攻，那四面勤王兵士如云一般会集在长安城外。李晟召集诸将军，令商议进取方法。诸将请先取外城，占据坊市，然后北攻宫阙。李晟独说不可，因坊市狭隘，贼若伏后格斗，不特扰害居民，亦与我军有碍。不若自苑北进兵，直捣中坚，腹心一溃，贼必奔亡。那时宫阙不残，坊市无扰，才不失为上计。诸将齐声称善。李晟便自领一军，至光泰门外，督众星夜建造营垒。到天色平明，刚把营垒造成，突见贼兵蜂拥而至。李晟笑顾诸将道："我只虑贼兵潜匿不出，坐老我师。今乃自来送死，真天助我也！"便下令使两路兵奋勇杀出，两军相见，甚是骁勇。李晟匹马当先，自去找张庭芝厮杀。两下鏖战有三四个时辰，朱泚的人马渐渐不支，齐向白华门退去。

李晟也自收兵回营。当夜尚可孤、骆元光两路兵赶到，与李晟合兵在一处。次晨李晟下令，牙前将李演及牙前兵马使王佖带着骑兵，牙前将史万顷带着步兵，合成冲锋队。自督大军押后，直杀入光泰门来。贼兵抵敌不住，退至苑北神麚村。李晟大兵追踪而至，扑毁苑墙二百余步。敌兵竖起木栅，拦住缺口，埋伏弓箭手，躲在栅中刺射。李晟兵士前队，多被射倒，兵士不觉向后退却。李晟在阵后大声呵叱，军心复振。史万顷甚是勇猛，只见他左手握盾，右手握刀，劈断木栅数排，步兵和潮水一般涌进栅门去，把栅木一齐踏倒。那冲锋队纵横驰骤，锐不可当。朱泚手下一班大将，如姚令言、张庭芝辈，都赶出来拼命力战。李晟命四路步兵骑兵，包围住敌军，且战且进。正酣战的时候，忽见有数千骑兵，在内城门左右埋伏着，出击李晟军后。晟领百余校刀手，着地滚杀过去，砍断马脚，命兵士且战且喊道："相公来！"这三字才喊出口，那骑兵都已惊得四散奔逃。姚令言见敌不住李军，急急回进宫去，报与朱泚知道。

朱泚听说全城被破，惊得魂不附体。姚令言劝朱泚速速弃城而逃。朱泚独携着虞贵嫔，由姚令言、源休一班人率领着残败军士，约有万人，保着朱泚出西门逃去。

李军进至内城，先搜捕余孽，捉住李希倩、敬釭、彭偃数十人；又回至含元殿，使军士们扫除宫禁。后宫一班妃嫔曾被朱泚所奸污过的，如今听说李晟入城，唐天子快要回宫，便含着一腔羞愤，各各淹死的淹死，缢死的缢死。李晟一面派人收拾宫中的尸体，一面传谕将士，不得骚扰民间。次日，有别将高明曜，私取贼妓一人；尚可孤偏将司马伷，私取贼马一匹，被李晟察觉，把二人斩首示众，全军肃然，便真的秋毫无犯了。

那朱泚从长安败走出来，径向泾州地界来。沿途因缺乏粮食，所有万余人马都零落散去，只剩得骑士数百人。待到得泾州城下，城门却紧紧闭上。朱泚令骑士大呼开门，只见城楼上站着一将，大声说道："我已为唐天子守城，不愿再见伪皇帝矣！"朱泚抬头看时，认得是节度使田希鉴。便对希鉴说道："我曾授汝旌节，如何临危相负？"希鉴冷笑说道："汝何故负唐天子？"朱泚不觉大怒，便命骑士纵火烧门。希鉴取旌节投下火中，大喝道："还汝节，速退休！"朱泚部下见无路可去，不禁流下泪来。希鉴对朱泚部下说道："汝等多系泾原旧卒，为何跟着姚令言自寻死路？如今唐天子不追既往，许汝等自新，汝等速降我，便得生路！"那士卒听了此言，齐声说愿降。姚令言站在朱泚身后，忙上前喝阻，被士卒拔刀乱砍，立即倒毙。朱泚大骇，急转过马头，向北驰去。那虞贵嫔遗落在后，被他部下掳去，不知下落。那朱泚奔至驿马关，被宁州刺史夏侯英带领人马上前拦住。朱泚没奈何，又转赴彭原，随身只得十余骑士。部将梁庭芬、韩旻二人，起了歹心，密谋杀泚。

梁庭芬在朱泚身后，偷偷地发过一支箭去，正射中朱泚的颈项。朱泚大叫一声，翻身落马，落在路旁深坑中。韩旻赶上前去，咯嗒一声，斩下朱泚首级来。二人又同至泾州投降希鉴，献上首级。希鉴把檀木盒子装着朱泚的首级，送至梁州。德宗下谕，拜希鉴为泾原节度使，把他从前私通朱泚的罪状，概置不问。又封李晟为司徒中书令，一面下诏回銮。自梁州启行，直抵长安。浑瑊、韩游环、戴休颜一班大臣俱从咸阳迎谒，护从至京。

李晟、骆元光、尚可孤出京十里，恭迎御驾。统领马步各军十余万，前呼后拥，旌旗遍野。德宗率领妃嫔、公主、太子，径自还宫。检点宫眷，死亡大半。德宗甚是凄怆，按所有宫女，每人赐绢一匹，名为压惊。又隔一日，宴飨功臣。自然李晟居首，浑瑊次之。所有随征将士，俱依次列坐。饮酒中间，李晟起身奏称："如今尚留有大逆二人：一是李怀光，一是李希烈，请陛下下旨声讨。"德宗准奏，便命浑瑊统兵前往征讨李怀光，李晟统五万人马去征讨李希烈。

那李希烈占据了汴州地方，僭称帝号，兵马四出劫略各地。那时有一项城县，是往来要道。李希烈急欲攻得此城，便可进取咸阳。那时项城县令李侃是一个拘窘小儒，不能当大事的。听说李希烈派兵来攻，吓得他欲弃城而逃。他夫人杨氏却是一位女中豪杰。便厉声对她丈夫道："寇至当守，不能守当死！奈何欲逃耶？"李侃叹着气道："兵少财乏，如何可守！"杨氏道："此城如不能守，地为贼有，仓廪为贼粮，府库为贼利，百姓为贼民，国家要汝守土官何用？今尽所有财粟，招募死士，共守此城。城存俱存，城亡俱亡，方能上对朝廷，下对百姓。"那李侃总是摇着头，不肯发兵。杨氏大愤，便召吏民入庭中。

杨氏出庭，高声向吏民说道："县令为一邑之主，应保汝吏民，但岁满即迁，与汝等不同。汝等生长此土，田庐在是，坟墓在是，当共同死守，谁肯失身事贼？"群吏民听了都攘臂大呼道："吾等誓不从贼！"杨氏又下令道："我今与汝等约，有能取瓦石击贼者，赏千钱，持刀矢杀贼者，赏万钱。"群人听了，都十分踊跃。杨氏复从后堂去推出李侃来，逼令率众登城。杨氏亲为造饭，遍饷吏民。

忽见一贼将鼓噪而至，李侃胆寒，逃下城来。杨氏即代丈夫登城，向城下贼人说道："项城父老都知大义，誓守此城。汝等得此城，不足示威，不如他去，免得多费心力。"贼众见城上站一妇人，忍不住大笑。杨氏下，复推她丈夫上城，率众抵御。仓猝间，敌阵中飞来一箭，射中李侃肩头。李侃忍痛不住，返身下城，正与杨氏相遇。杨氏道："君奈何下城，吏民无主，城亡在即。今日之事，虽战死在城上，亦得千古留名。"李侃不得已，裹住伤口，重复登城，督吏兵反射。万弩齐发，敌势稍挫。贼见力攻不得，便竖起云梯，一敌将首先登梯，忽被城中守卒，飞出一箭，射中面颊，坠死城下。敌中失了主将，阵势顿乱，如鸟兽一般，向四处退散，这项城县幸得保全。事后，刺史官把杨氏守城的功，列表上闻。德宗下诏，升李侃为太平令。这是后话。

如今李希烈的兵，见攻项城不下，又去围攻陈州。相持一个月，也不能攻下。那希烈的兄弟希倩，反被朝廷捉去正法。希烈大怒，令部将崇晖并力攻取陈州，又亲自督兵攻打守陵。谁知被李晟遣部将刘洽、高彦昭，用十面埋伏之计，打破希烈阵线，兵士伤亡过半。希烈逃至汴梁。那陈州崇晖的兵马被李晟派都虞侯刘昌、陇右节度使曲环等战将率兵三万人，大破陈州围兵。杀得希烈部下首级至三万五千人，又生擒大将崇晖，兵威大震，远近惊心。李希烈站脚不住，出奔至蔡州，那汴州、滑州一带地方，都归顺唐朝。

那浑瑊、韩游环二人奉德宗手诏征讨李怀光，也甚得手。召集十二路人马，力攻渡河。怀光听说唐朝兵马大集，便吩咐放起烽烟，却不见人马来救他；部下将士反自相惊扰。忽嚷西城被围了，又哗噪着说东城捉队了。第二天，城中将士都改易了章饰，自写着"太平"字样。怀光住在宫中，一夕数惊。他一时良心发现，便自尽而死。当有朔方将士牛石俊割下怀光的首级来，献城出降。浑瑊麾众入城，捕杀怀光部下阎宴等七人。奏凯至京师，德宗皇帝亲自出城劳军。

此时惟有李希烈固守蔡州，倔强不服。至贞元二年正月，又遣他部将杜文朝，来攻取襄州，被唐山南东道节度使樊泽所擒。三月，又遣部将袭取郑州，又被义成节度使李澄所败。希烈眼看着兵势日衰，便不觉积忧成疾，终日惟奄卧在床褥中。

希烈有一个最宠爱的姬妾窦氏，小名桂娘，原是汴州户曹参军窦良的爱女。不但长得面貌美丽，更兼文才丰富。希烈取得了汴州，便慕桂娘的艳名，先使人送聘礼至窦家，言明欲聘取桂娘为次妻。那窦良爱他的女儿，好似掌上明珠一般，如何肯舍，便将那来使辱骂了一场，又把他的聘礼掷出庭去。

欲知后事如何，且听下回分解。

第八十八回　窦桂娘忍辱报仇
李宿卫痴情烝主

　　李希烈见娶不得窦桂娘为妻，他心中万分懊恨；又听说窦良向他遣去下聘的人，如此无礼，便老羞成怒。立刻遣发将士领亲兵数十人，拥至窦良家中，把这脂粉娇娃强劫了去。她父亲见来人如此无礼，如何甘心忍受，便提着剑在后面追赶着。

　　可怜这窦良是快六十岁的人了，年老力弱，如何追赶得上。看看那班强人，劫着他的女儿在前面跑着，他气急败坏地在后追着，不知不觉追了二十里路。窦桂娘在前面，看看她父亲追得可怜，又怕她父亲真的追上了，还免不了要遭强人的毒手，便回头带哭着对她父亲说道："阿父舍了孩儿吧！儿此去必能灭贼，使大人得邀富贵。"窦良听了他女儿的劝告，眼看他女儿是夺不回来的了，便忍着一肚子冤气，回家去。他两老夫妻相对大哭了一场。

　　这窦桂娘见了李希烈却也不十分抗拒，希烈当日便如了他心愿，曲尽欢爱。从此日夕相依，爱如珍宝。后来希烈称帝，便册立桂娘为贵妃。桂娘趁此时机，便竭力拿她美色去媚惑希烈，又故意卖弄她的才情，常常替希烈管理军国大事。因此希烈平日无论什么机密，都被桂娘知道。待后来希烈奔至蔡州，桂娘对希烈说道："妾见诸将，不乏忠勇之士，但皆不及陈光奇。妾闻之光奇妻窦氏，甚得光奇欢心。若妾与之联络，将来缓急有恃，可保万全。"希烈这时十分宠爱桂娘，岂有不言听计从之理！便令桂娘去结纳窦氏，闺中互相往来。

桂娘小窦氏数岁，便称窦氏为姊。日久情深，便互诉肺腑。桂娘便乘间对窦氏说道："蔡州一隅之地，如何能敌得全国。妹察希烈，早晚不免败亡，姊须早自为计，免得有绝种之忧。"窦氏听了颇以桂娘之言为是，便把这一番话去转告光奇。光奇便从此变了心，欲谋杀希烈，苦于无隙可乘。凑巧这时希烈有病，便拿黄金去买通了希烈的家医陈山甫，把毒物投在汤药里，希烈服下药去，果然毒性发作，立刻七窍流血，翻腾呼号而死。希烈有一子，甚是机警，见父亲死于非命，知为部下所害，故意把父亲的尸身收藏起来，秘不发丧，竟欲借希烈之命，尽杀旧时将吏。

计尚未定，恰巧有人献入含桃一筐。桂娘乘机说道："先将此含桃遗光奇妻，可免人疑虑。"希烈之子依她的话，便由桂娘遣一女仆，拿含桃去赠与窦氏。窦氏也是精细人，见含桃内有一颗形式相似，却非真桃，只是一粒蜡丸，外面涂以红色。心中知道蹊跷，待女仆转身去后，便捡出此蜡丸，与光奇剖丸验看。中露一纸，有细小蝇头楷字写着："反贼前夕已死，今埋尸于后堂。孽子秘不发丧，欲假命谋杀大臣，请好自为计。"光奇连夜把他部下将士召来，告以机密之事。内有牙将薛育说道："怪不得希烈屋中乐曲杂发，昼夜不绝。试想希烈病剧，如何有这般闲暇，这明是有谋未定，伪作音乐以掩饰外人耳目。吾等倘不先发制人，必遭毒手矣！"光奇便与薛育二人，各率部兵，围入牙门，声称请见希烈。希烈子见事已败露，仓皇出拜道："愿去帝号，一如李纳故事。"光奇厉声道："尔父悖逆，天子有命，令我诛贼。"说着，也不待答话，便上去一刀把希烈子杀死，又杀死希烈之妻，并割下希烈首级来。共得头颅七颗，献入都中，只保留着桂娘性命不杀。

　　德宗以光奇杀贼有功，便拜光奇为淮西节度使。又因窦桂娘智勇有谋，此次希烈死亡，全出桂娘之计，便把桂娘宣召进宫。王贵妃见桂娘长得十分美丽，便认她做义女，留养在宫中。一面奏请德宗拜她父亲窦良为蔡州刺史，真应了桂娘使大人得邀富贵一句话了。

　　德宗时候，被朱泚一变，接着李怀光、李希烈东也称皇，西自称帝，闹得天翻地覆。直至此时，方得略见太平。谁知疆场烽烟未尽，而朝内意见又生。只因德宗心喜文雅，不乐质直。

　　当有李泌，因文采风流，深得德宗皇帝赏幸，加封至邺侯；惟丞相柳浑，素性朴直，常在当殿，直言敢谏，为德宗所不喜。柳浑又与张延赏屡生龃龉，延赏暗使人与柳浑通意道："公能寡言，相位尚可久保。"柳浑正色答道："为我致谢张公，浑头可断，浑舌不可禁！"不久，柳浑被德宗下诏，罢为左散骑常侍。这原是延赏从中进谗，使柳浑不能安于相位。延赏又与禁卫将军李叔明有仇，又欲设法陷害，竟欲连及东宫。

　　叔明原是鲜于仲通的弟弟，赐姓为李氏，有一子名昪，与郭子仪的儿子郭曙、令狐彰的儿子令狐建，同为宫中宿卫。讲到他三人之面貌，真是与潘安、宋玉、卫玠相似。长得眉清目秀，年少风流，甚是得人意儿。德宗西奔时，三人都因护驾有功，待德宗回銮以后，便各拜为禁卫将军。从来说的，自古嫦娥爱少年。你想这三个美少年，在宫中宿卫多年，宫中的妃嫔媵嫱，多半是久旷的怨女，见了这粉搓玉琢似的男孩儿，岂有不垂涎之理？他三人平日在宫中出入，和一班宫娥彩女调笑厮混惯了，渐渐地瞒着万岁爷耳目，做出风流事体来。起初各人找着各人心爱的，在月下偷情，花前诉恨。自来宫廷中的妇女心中的怨恨最深。她年深月久地幽闭在深宫里，有终身见不到一个男子的。因此她对于男子的情爱，也是最深。如今得与这几个美少年在暗地里偷香送暖，怎不要乐死了这班女孩儿。

当时德宗皇帝最宠爱的妃嫔，除王贵妃、韦淑妃几个人以外，大都是长门春老、空守辰夕的。那班背时的妃嫔们却因同病相怜，彼此十分亲昵。日长无事，各人诉说着自己的心事，却毫不隐瞒。在这班妃嫔中，却颇有几个年轻貌美的，像当时的荣昭仪、郭左嫔，都是长得第一等的容貌。只因生性娇憨，不善逢迎，既不得皇帝的宠幸，手头便自然短少金银了。平日既没有金银去孝敬宫中的总管太监，那太监在万岁跟前只须说几句坏话，那妃嫔们愈是得不到帝王的宠幸了。如今那宫女们得了这三位少年宿卫官的好处，想起那荣昭仪、郭左嫔二人，长成美人胎子似的，终日守着空房，甚是可怜，便也分些余情给她。

从此郭曙和荣昭仪做了一对，令狐建和郭左嫔做了一对。他们每到值宿之期，便悄悄冥冥地在幽房密室中尽情旖旎，撒胆风流。独有一个李昇，在他同伴中年纪是最轻，面貌也是最漂亮。

宫中几百个上千个女人都拿他当肥羊肉一般看待，用尽心计，装尽妖媚去勾引他。这李昇却有一种古怪脾气，他常常对同伴说："非得有绝色可爱的女子，我才动心，像宫中那班庸脂俗粉，莫说和她去沾染，便是平常看一眼，也是要看坏我眼睛的。"你看他眼光是何等的高超？因此，他看那郭曙、令狐建一班同僚的宿卫官，见了宫中的女人，不论她是香的臭的，村的俏的，一个个地搂向怀中去，宝贝心肝地唤着。他只是暗暗地匿笑。

他们好好地在长安宫中各寻欢乐，忽然霹雳般的一声，反贼杀进长安城来了。德宗皇帝慌张出走，看那万岁爷左手牵住王贵妃的衣袖，右手拉住韦淑妃的纤手，在黑夜寒风里，脚下七高八低，连爬带跌地逃出北门去。这时候皇帝后面还跟着一班六宫妃嫔，和公主、太子等一大群男女，啼啼哭哭地在荒郊野地里走着。走了一个更次，眼前白茫茫的一片拦住去路。原来已在白河堤上，便有几个护驾的宿卫官，沿着河岸去搜寻船只。

好不容易，被他们捉得了三艘渔船，自然先把万岁爷扶上船去，后面妃嫔们带滚带跌地也下了船。无奈船小人多，堤岸又高，又在黑暗地里，有几个胆小足软的宫眷，却不敢下船去。那船在河心里行着，许多妃嫔公主却沿岸跟着船，带爬带跌地走着哭着。北风吹来，哭声甚是凄咽。这时李昇也保护着几个妃嫔在堤岸上一步一步慢慢地走着。

忽有一个妇人，晕倒在地，正伏在李昇的脚旁，李昇这时，明知这妇人是宫中的贵眷，但也顾不得了，便伸手去把这妇人拦腰抱起，掮在肩头走着。觉得那妇人的粉臂，触在自己的脖子上，十分滑腻。那一阵阵的甜香，不住地往鼻管里送来。任你坐怀不乱的柳下惠，到此时也不由得心头怦怦地跳动起来。

李昇暗暗地想道："这么一个有趣的妇人，不知她的面貌如何呢。"这真是天从人愿，李昇心中正这样想着，忽然天上云开月朗，照在那妇人脸上，真是一个绝世的美人。看她蛾眉双蹙、樱唇微启，这时口脂微度，鼻息频闻，直把李昇这颗心醉倒了。

正在这时候，那宿卫官又搜得了几条渔船，扶着那岸上的妃嫔们，一齐下了船去。那李昇怀中抱着的妇人，也清醒过来了，李昇慢慢地也扶她下了渔船。说也奇怪，李昇自抱过这妇人以后，这颗心便好似被那妇人挖去一般，只是不肯离开她。这妇人一路行去，李昇也一路追随裙带，在左右保护着。德宗驻跸在奉天城中，李昇也在行宫中当着宿卫官。后来又奔梁州，李昇和他同僚郭曙、令狐建三人，总是在宫中守卫着。

李昇在暗中探听那妇人究是何等宫眷，后来被他探听明白，这妇人却不是什么妃嫔，竟是当今皇上的幼女邠国长公主。这位公主是德宗皇帝最心爱的，自幼儿生成聪明美丽，只是一位薄命的红颜。公主在十六岁时候，便下嫁与驸马裴徽。夫妻两口儿过得很好的日子。第二年便生下一个女孩儿来，长得和她母亲一般美丽，小名筝儿。他父亲裴徽，更是欢喜她，常常抱着她到宫中去游玩。德宗见筝儿长得可爱，便聘她为太子的妃子。谁知公主和裴徽夫妻做了第六年上，便生生地撒开了手；驸马死去，公主做了寡鹄孤鸾。有时德宗接她进宫去住着，总见她愁眉泪眼的，甚是可怜。德宗便替公主做主，又替她续招了一个驸马，便是长史萧升。那萧升长得面如冠玉，年纪还比公主小着几岁。公主下嫁了他，很觉得人意儿。但薄命人终究是薄命的，他夫妻二人聚首了不上十年，萧驸马又一病死了。

鄌国公主进宫去搂住父皇的脖子，哭得死去活来。她和萧驸马又不曾生得一子半女。此时筝儿已长成了，德宗便替她做主，把筝儿娶进宫去，做了太子妃；又把鄌国公主接进宫去，和太子一块儿住着。从此五更梦回，一灯相对，尝尽寡鹄孤鸾的凄清风味。这位公主虽说是三十以外的年纪，但她是天生丽质，肌肤娇嫩；又是善于修饰，望去宛如二十许美人。公主虽在中年，但德宗每次见面，还好似搂婴儿一般搂着，公主也在父皇跟前撒痴撒娇的。德宗传旨，所有公主屋子里，一切日用器物，与王贵妃、韦淑妃一般地供养着。如此娇生惯养的美人，叫她如何经得起这样风波惊慌！

幸得天教有缘，遇到了这个多情的宿卫官李昇。他因迷恋鄌国公主的姿色，平日在宫中值宿，总爱站立在公主的宫门外守望着。他便是远远地望见公主的影儿，他心中也觉得快乐的。日间在宫中来往的人多，耳目也杂，李昇也不敢起什么妄想。每到夜静更深的时候，李昇便悄悄地走进宫门去，站在公主的窗外廊下，隔着窗儿厮守着，在李昇心中，已是很得安慰的了。

但鄌国公主秉着绝世容颜、绝世聪明，又在中年善感的时候，又在流离失所的时候，人孰无情，谁能遗此，因此在五更梦回的时候，常常从屋子里度出一二声娇叹来。听了这美人叹息，又勾起李昇心中无限的怜爱来！那时公主仓皇出走的时候，得李昇温存服侍，鄃国公主一寸芳心中，未尝不知道感激！便是那李昇的一副清秀眉目，看在公主眼中，也未尝不动心。但自己究竟是一个公主的身份，便是感激到十分，动心到十分，也只是在无人的时候想想罢了，叹着气罢了。她却不料她心上想的人，每夜站在她窗外伺候着。

这时候天气渐渐地暖了，听那公主每到半夜时分，便起身在屋子里闲坐一会，接着便有宫女走进房去服侍她，焚香披衣；有时听得公主娇声低吟着诗歌，那声儿呜咽可怜。有时从窗上看见公主的身影儿从灯光中映出云环松堕，玉肩双削，李昇恨不能跳进屋子里去，当面看个仔细。后来天气愈热，公主每爱半夜出房来站在台阶儿上，望月纳凉。如雪也似的月光，照着公主如雪也似的肌肤，看她袒着酥胸，舒着皓臂，斜躺在一张美人榻上。有两个丫鬟，轮流替换着，在一旁打扇。最可爱的是她赤着双足，洁白玲珑，好似白玉雕成的一般。这时公主因夜深无人，身上只穿一件睡衣，愈显得腰肢一搦，袅娜可爱。

这月下美人的娇态，每夜却尽看在李昇的眼中。原来这时李昇却隐身在台阶下一丛牡丹花里，看得十分亲切。他觉鄃国公主，竟是一位天仙下凡，嫦娥入世。他爱到万分，便是死也不怕，满心想跳身出去。跪在公主肩下，求她的怜惜。便是得美人发恼，一剑杀死，也是愿意的。但他又怕在这夜静更深的时候，惊坏了美人儿，又怕当着宫女的跟前，又羞坏了美人儿。

守着，守着，这一夜公主又出廊下来纳凉，忽因忘了什么，命宫女复进屋子去。这时只剩公主一人，斜倚在榻上，她抬着粉脖子正望着月光。李昇心想，这是天赐良机，他便大着胆，悄悄地爬上台阶，从公主身后绕过去。那公主一条粉搓成似的臂儿正垂在榻沿上，月光照在肌肤上面，更显得洁白可爱。

李昇看着，也顾不得什么了，抢步上前，捧住公主的臂儿，只是凑上嘴去，发狂似地亲着。公主冷不防背后有人，不觉大惊。娇声叱咤着，便送过一掌去，打在李昇的脸上，清脆可听。急回过身去看时，月光照在李昇脸上，公主认识是一路服侍着她的那个少年宿卫。但公主平日何等娇贵，从不曾被人轻薄过。

如今被一个宿卫官轻薄着，她心中忍不住一股娇嗔！再看李昇时，早已直挺挺地跪在公主跟前，低着脖子，不说一句话。又见他腰上佩着宝剑，公主便伸手去把他宝剑拔下来，那剑锋十分犀利，映着月光，射出万道寒光来。公主也不说一句话，提起那宝剑，向李昇脖子砍去。那李昇依旧是直挺挺地跪着，反伸长了脖子迎上去。说时迟，那时快，李昇的脖子正与宝剑相触的时候，忽听得那两个宫女，在屋子里说笑着出来。公主心中忽转了一念，忙缩回手中的剑，伸着那脚尖儿，向李昇当胸轻轻地一点。李昇是何等乖巧的人，便趁势向公主的榻下一倒，把身子缩做一团，在公主身体下面躲着。那公主也把裙幅儿展开遮住，又把宝剑藏在身后。两个宫女站在公主左右，一个替公主捶着腿，一个替公主打着扇。公主口中尽找些闲话，和宫女们说笑着。听那公主的口气，不和从前一般的长吁短叹。

李昇缩身在榻下听了，知道公主心中，也有了意思，他心头也不觉万分的得意！她主婢三人说笑多时，公主便起身一手扶住一个宫女的肩头，头也不回地回进屋子睡去。丢下了这个李昇，冷清清地缩身在榻下。他不知公主是喜还是怒，便一动也不敢动，直候到月色西斜。李昇因缩身在榻下，十分局促，不觉手足十分麻木，那耳中好似雷鸣，眼前金星乱迸。

正在窘迫的时候，忽见榻上，伸下一只纤手来，扶着李昇的身体，把他慢慢地从榻下扶出来，又扶他悄悄地走进公主房中去，从此两人都如了心愿。这郜国公主虽是三十许的妇人了，但长得十分妖媚，把个李昇迷恋得几乎性命也不要了。李昇只有二十余岁的少年，但厮磨了不久，已是十分消瘦。

欲知后事如何，且听下回分解。

第八十九回　听谗言谋废太子　和番人遣嫁公主

从来说的，中年妾如方张寇。这不但是妾，凡是中年的妇人，她的性欲都是十分旺盛的。尤其是中年的寡妇，更尤其是中年的寡妇对于少年男子。如这李昇遇到郜国长公主，一个是深怜热爱，一个是贪恋痴迷。他们也不问自己地位的危险，也不管名誉的败坏，都是暗去明来地终日干着风流事体。满宫中沸沸扬扬都传说着李昇和公主二人的风流事情。传在太子妃子的耳中，万分地羞恨。这太子妃子原是郜国公主的生女，她母亲做了这丢人的事体，叫她做女儿的脸面搁到什么地方去。她也曾悄悄地去劝她母亲，在形式上检点些。她母亲正在热恋的时候，如何肯听她女儿的话。

却不料朝廷中，有一班大臣是和禁卫将军李叔明作对的。那李昇便是李叔明的儿子，他们打听得李昇有这污乱宫廷的行为，便要藉为口实，去陷害叔明父子二人。内中有一个张延赏，最是和李叔明有仇恨，又与太子作对的。他非但藉李昇污乱宫廷的事，去推倒李叔明，且要连带推倒东宫，从中掀起极大的风潮来。便独自进宫去，朝见德宗皇帝，竟把李昇私通郜国长公主的情形，一一直奏出来。那郜国公主是德宗平日所最宠爱的，如今听她做出这种寡廉鲜耻的事体来，由不得心中十分愤怒。当时便要立刻去传公主来查问。这张延赏万分刁恶，他又奏道："如今东宫妃子是长公主的亲女。陛下若查问起来，于东宫太子和东宫妃子面上却十分地丢脸。东宫将来须继陛下为天子，若今日此事一经传扬，他日使太子有何面目君临天下？万岁若必欲彻查此事，须先将太子废立，然后可以放胆行去。"一句话点醒了德宗皇帝，便低头思索了一会，对张延赏说道："卿且退去，朕自有道理。"延赏知道自己的计策已行，便退出宫去。

那德宗便又立刻把丞相李泌传进宫去，这李泌年高德厚，是德宗生平最敬重的人。如今把李泌传进宫去，便拿张延赏的一番话对他说了。这李泌是何等有见识的人，听了德宗的话，便知道张延赏有意要摇动东宫。便奏道："此是延赏有意欲诬害东宫的话，望陛下不可轻信。"德宗便问："卿何以知之？"李泌又奏道："延赏与李昇之父李叔明有嫌怨，李昇自回銮以后，蒙陛下恩宠，任为禁卫将军，眷爱正隆，一时无可中伤。郜国长公主原是太子生母，从这秽乱之事入手，便可以兴一巨案，陛下尚须明察。"德宗听了这番话，不禁点头称是。但李昇污乱宫廷的事，在李泌也颇有闻知，便趁此机会奏道："李昇年少，入居宿卫，既已被嫌，理宜罢斥，免得外间多生是非。"

德宗到了第二天，真的依了李泌的言语，免了李昇禁卫之职。从此也不听信延赏的言语了。张延赏弄巧成拙，心中郁郁不乐。你想李昇得了郜国公主的私情，平日言动，何等地跋扈。那郜国公主因得德宗的宠爱，在宫中也是有很大的势力。如今见她所宠爱的人，无端被张延赏在万岁跟前进了谗言，便革去了官职。她心中便把这张延赏恨入骨髓。从来说的，最毒妇人心。郜国公主平日在宫中，原和一班禁卫官通着声气的，当时她便悄悄地打发一个有本领的禁卫官，在半夜时分，跳墙进去，把张延赏杀死。李昇见死了他的对头人，愈是胆大了。他如今是没有官职的人了，便更觉出入自由，终日伴着公主，在宫中尽情旖旎，撤胆风流。

那公主初死丈夫的时候，却能贞静自守，如今一经失节，便十分淫放起来。她与李昇，昼夜欢乐还嫌不足。打听得那郭曙和令狐建二人，也是一般的少年美貌，便令她宫中的侍女，悄悄地去把二人引诱进宫来，藏在屋子里。三个少年男子伴着一个中年妇人，轮流取乐。这郜国公主却十分地勇健，不需三个月工夫，把三个强壮少男，调弄得人人容貌消瘦，精疲力尽。后来李昇看看公主的爱情渐渐地移转到别人身上去了，不觉醋念勃发。有一夜，在更深时候，三个少年在公主的屋子里大闹起来，甚至拿刀动杖，闹得沸反盈天，连太子的宫中也听得了。太子带领一队中官，赶来把三人捆绑起来，锁闭在暗室里。第二天，发交内省衙门审问。那郭曙和令狐建二人，在宫中当着禁卫将军之职，自然有言语推托；但这李昇已是革职的人员，深夜在内宫中喧闹，该当死罪。念他从前护驾之功，从宽问了一个充军的罪名，流配到岭表去。

宫中自出了这一桩风流案件，人人传说着，郜国公主淫荡的坏名儿，闹得内外皆知。但妇人的性情十分偏执她若守贞节时，便能十分贞节；她若放荡的时候，便也十分放荡，任你如何旁人劝告，总是劝告不转来的。可怜那太子妃，是一个十分贞静的女子。她去跪在郜国公主跟前，哭着劝着，那公主总是不肯悔悟的。她见去了郭、李、令狐三人，转眼又勾引了三个强壮有力的少年进屋子去寻着欢乐。那三个少年，一个名李万，一个名萧鼎，一个名韦恽。这三个人中，李万最是淫恶。

他不但污乱了宫廷，他还要谋为不轨。他趁着郜国公主迷恋他的时候，唆使郜国公主去谋杀德宗皇帝。他日自己篡了位，这郜国公主便稳稳地是一位皇后了。这郜国公主听了李万的话，起初不肯。后来李万想得了一个厌魔的法子，把德宗的生辰八字，写在纸上，垫在公主的床褥下面，七天工夫，保管这位皇帝便要无疾而亡。谁知事机不密，到第四天上，那德宗跟前便有人去告密。德宗大怒，立刻调了十个禁卫武士，到郜国公主宫中去搜捕，三个人一齐捉住；又搜得那厌魔的物件。德宗十分恼怒，亲自动手在郜国公主的粉颊上用力批了几下，喝令打入冷宫去，永远监禁起来。又把李万拖至阶下，十个武士各拿金棍一阵乱打，生生地把他打死在阶下。萧鼎、韦悟二人，一齐流配到塞外去。

德宗余怒未息，又召太子进宫，当面训责了一番。太子见父皇盛怒不休，十分恐惧，便叩头认罪，又说情愿与太子妃离婚。德宗又召李泌进内，德宗此时，便有废立太子的意思。当时对李泌说道："舒王年已长成，孝友温厚，可当大位。"李泌听了，十分惊骇，便奏道："陛下立储，告之天地祖宗，天下咸知。今太子无罪，忽欲废子立侄，臣实以为不可。"德宗道："舒王幼时，朕已取为己子。今立为太子，有何分别？"李泌跪奏道："侄终不可为子，陛下有亲子而不能信，岂能信侄乎？且舒王今日之孝，原出于天性。若经陛下立为太子，则反陷舒王于不义，而兄弟间渐生嫌隙，非人伦之福也。"德宗正在愤怒头上，听了李泌的一番话，便不觉勃然变色。大声斥道："此朕家事，丞相何得强违朕意，岂不畏灭族耶？"李泌却毫不惊惧，只哀声说道："臣正欲顾全家族，所以为此忠言。若一味阿顺，不救陛下今日之失，则恐他日太子废后，陛下忽然悔悟，反怨臣不尽臣子谏劝之道，彼时罪有应得，虽灭族亦不足以赎臣误国之罪！臣只有一子，他日同遭死罪，便有绝嗣之忧。臣虽亦有侄，然臣在九泉，以无嫡子奉宗祠，虽欲求血食而不可得矣！"

李泌说着，便不禁痛哭流涕。德皇原是素来敬重李泌的，如今听了他一番痛哭流涕的话，也不禁动容。李泌知道皇帝渐有悔悟之意，便追紧一步奏道："从古到今父子相疑，天伦间多生惨祸。远事且不必说他，那建宁之事，想陛下也还能记忆。"德宗却又不便就此罢手，便又问道："贞观、开元二次也曾俱更易太子过来，何故却不生危乱？"李泌奏答道："承乾谋反，事被觉察，由亲舅长孙无忌及大臣数十人，问成实罪，便下诏废立。但当时言官尚入奏太宗，请太宗不失为慈父，承乾因得终享天年。太宗亦依议，只废魏王泰。如今太子并无过失，如何可以承乾比之？况陛下既知建宁蒙冤，肃宗躁急，今日之事，是更宜详细审察，力戒前失。万一太子确实有过，希望陛下依贞观故事，并废舒王，另立皇孙，庶万世以后，仍是陛下嫡派子孙。至如武惠妃进谗陷害太子瑛兄弟，海内冤愤，可为痛戒。望陛下勿信谗言。即有手书如晋愍怀，衷甲如太子瑛，亦当辨明真假，岂因妻母不法，女夫便为有罪乎？臣敢以百口保太子。"李泌说着，脸上露着坚毅的神色，毫不畏惧。

德宗冷冷地说道："此乃是朕家事，于卿何与，必欲如此力争耶？"李泌应声道："天子当以四海为家。臣今得任宰相，四海以内，一物失所，臣当负责，况坐视太子含冤？若臣知而不言，是宰相溺职矣！"德宗到此时，也便无话可说，挥着手说道："丞相且去，容朕细思，明日再议可也。"李泌知道皇帝心志尚未坚定，他如何肯放。便又叩着头泣谏道："陛下果信臣言，父子必能慈孝如初。但陛下今日回宫，在妃嫔前幸勿露丝毫辞色，恐有金壬宵小，乘隙生风，欲附舒王以得富贵，则太子从此危矣。"德宗点头说："知道了。"

李泌退归私第。接着太子来求见，谢过丞相保全之德。又说此事若必不可救，当先自仰药，免受耻辱。李泌劝慰着太子说道："殿下不必忧虑，万岁明德，必不至此。只愿太子从此益勤于孝敬，勿露怨望，泌在世一日，必为太子尽力一日。"

第八十九回　听谗言谋废太子　和番人遣嫁公主

果然隔不多日，德宗独御延英殿，召泌入见，流泪说道："前日非卿切谏，朕今日已铸成大错了。朕今日方知太子仁孝，实无大过。从今以后，所有军国重务及朕家事，均当与卿熟商。"李泌见大事已定，自己年纪亦太老，便上表告老回乡去了。

谁知李泌才回到家中不多几天，那朝中的黄门官便奉着圣旨，接二连三地召李泌进京去。如今李泌年老龙钟，再三辞谢，不肯入朝。德宗便派亲信大臣，就李泌家中计议。原来这时吐蕃集合羌浑，大举入寇陇州，连营数十里，关中震动，连京城百姓一齐恐慌起来。西边将士多坚壁自守，不敢出战。

陇右人民尽被掳掠，丁壮妇女悉受蕃人的奸污，选那年轻的，齐掳回营去享用。那些老弱百姓，大半被他断手凿目，抛掷路旁。同时云南、大食、天竺各部落，都与吐蕃响应，骚扰中国内地。德宗连得警报，无计可施，便又想起李泌来。派亲信大臣去问退兵之计。那李泌说道："这事容易，吐蕃心目中最惧怕的，便是回纥国。如今俺只须遣一使去与回纥连和，那吐蕃闻知，必惊骇而退。"那大臣便问："我朝廷因先帝蒙尘陕州之事，久与回纥结怨。今又与之修和，恐反被夷狄耻笑。"李泌便就书案上写就国书一通，约依开元故事，来使不得过二百人，市马不得过千匹，又不得携中国人及胡商出塞。当时德宗便依计遣使臣到回纥国去。那回纥国可汗正因多年不朝，心怀疑惧。如今见中国反遣使连和，顿觉十分荣耀。当即带领人马，亲自入关来，朝见中国皇帝。那吐蕃的军马一见回纥国的兵将，果然销声匿迹的退出关外去。

德宗在宫中，设宴款待回纥可汗。见那可汗长得状貌魁悟，年正少壮，便下诏将第八皇女咸安公主，许配与回纥可汗。回纥可汗喜出望外，便就当筵拜谢。德宗令先将公主画像携回国去，在宫中张挂，使外臣俱得瞻仰天朝贵女；又约定至次年春天，由回纥可汗来中国亲迎。一转眼到了婚期。那回纥可汗果然亲送牛羊聘礼；又怕公主在途中寂寞，便由可汗之妹骨咄禄毗伽公主及回纥国中大臣妻五十人，到中国来宫中陪伴着。回纥可汗亲带骑兵一千人护卫着。德宗亲御延喜门，接见回纥可汗，行子婿礼。可汗又奉上手表。那表上写道："昔为兄弟，今为子婿，陛下若患西戎，子愿以兵除患，且请改名为回鹘，是取捷鸷如鹘的意思。"德宗许诺。

次日，德宗皇帝亲宴骨咄禄公主，又遣使去问李泌宴飨的礼节。李泌道："从前敦煌王尝妻回纥女，后至彭原，谒见肃宗。肃宗与敦煌王原是从祖兄弟，当时便呼回纥公主为妇，不再为嫂，公主亦拜庭下。彼时国势艰难，借彼为助，尚不失君臣大节，况今日回纥可汗系就婚于我。"德宗于是引骨咄禄公主入银台门，由长公主三人延见，朝拜德宗，礼节十分隆重。又有女官导公主入宴所，由贤妃降阶相迎。骨咄禄公主先拜，然后贤妃答礼。妃与公主邀坐席间，遇帝赐必降拜，非帝赐亦避席才拜，俱由女译官传达。前后两次盛宴俱不失礼。德宗心中甚是欢喜，便下旨设咸安公主官属，立亲王府，拜回纥可汗为亲王，授滕王湛然为婚礼正使，右仆射关播为护送使，骨咄禄公主伴着一同西行。第二年，又命滕王赍送册书，封合骨咄禄为长寿天亲可汗，咸安公主为长寿孝顺可敦。

谁知天不从人愿，长寿的寿反不长。咸安公主嫁到回纥国去，不上一年，那长寿天亲可汗，便不幸短命死了。妙年公主，孤孤凄凄，别国万里，却做了寡鹄孤鸾。公主修了一封伤心诉苦的信，奉与中国大皇帝。那德宗见女儿在外国做了寡妇，活活地葬送了她一生，便也觉可怜。忙打发一个使臣，随带了几个宫女和许多金珠缎帛，德宗又亲自写了一封信给公主，信上说了无数安慰怜惜的话。谁知这封御书送到回纥宫中，那咸安公主早已配对成双，锦衾绣窝中，早已有一个如意郎君安慰着她。原来番人风俗，父死子得妻母。那咸安公主正是妙年美貌，那合骨咄禄的儿子多罗斯可汗也正在盛年，两人相见，如何不爱。咸安公主也顾不得一生的名节了，竟和前子配成一对儿。那赍信去的使臣，见了这情形，也只得悄悄地回到国中，一句话却不敢提起。

这一年八月，德宗正带着一班妃嫔，在御苑中望月。忽见月色暗淡无光，时太子随侍在一旁。德宗便问主何吉凶？太子奏称："昔年燕国公逝世，亦见月蚀东壁，今又月蚀东壁，想必又欲丧一大臣。"不多几天，果然地方官报来说，前丞相李泌逝世。德宗听了，不觉流泪。这李泌自幼便富于智略，七岁时有神童之名，玄宗召入宫中相见。李泌入宫时，正值玄宗与张说对弈，玄宗便令张说面试李泌才器。张说即随手指着棋盘说道："方若棋局，圆若棋子，动若棋生，静若棋死。"李泌当时不加思索，随口答道："方若行义，圆若用智，动若骋材，静若得意。"张说大为叹服，起身拜贺得此奇童。当时宰相张九龄与李泌结为小友。后来李泌历仕三朝，因才高器大，俱得帝王重用。死时年已六十八岁。

德宗因李泌已死，每遇军国大事，实无人可与咨商。当时有户部侍郎裴延龄，为人十分奸险，遇事能迎合皇帝意旨。德宗也爱听裴延龄的话，不悟其奸。这一年，因四海澄平，德宗便欲大修神龙氏寺，报答天恩。裴延龄便奏称："同州谷中，有大木数十株，高约八十丈，可以采作寺材。"德宗惊喜道："朕闻开元、天宝年间，因宫中大兴土木，在近畿搜求美材，百不得一，如今从何处忽得此嘉木？"延龄即献着谀辞道："天生珍材，必待圣君乃出。开元、天宝年间，何从得此！"德宗听之甚喜。延龄欲得皇帝欢心，便又上疏奏道："在粪土中得银十三万两，缎匹杂货百万有余。此皆是库藏羡余，应移杂库别供支用。"当时即有韦少华上表弹劾延龄欺君罔上，请令三司查核，库藏何来如许粪土中物。此明明是延龄移正藏为羡余，欺君大罪，杀不可赦！无奈此时德宗宠用延龄，任你旁人如何谏诤，德宗总是不悟。太子诵在东宫，见此情形，操心虑患，颇称练达。

欲知后事如何，且听下回分解。

第九十回　拘弭国进宝
卢眉娘全贞

太子诵，身畔有侍臣二人，最称相得。一个是杭州人王伾，一个是山阴人王叔文，均拜为翰林待诏，出入东宫。叔文诡谲多谋，自言读书明理，能通治道。太子尝与诸侍读坐谈，论及朝中宫中杂事，众人大放厥辞，呶呶不休，独叔文在侧，不发一言。及侍臣齐退，太子乃留住叔文，问他何故无言？叔文答道："殿下身为太子，但当视膳问安，不宜谈及外事。且皇上享国日久，如疑殿下收揽人心，试问将何以自解？"太子不觉感动，说道："若无先生今日之言，俺未能明白此理，今后当一惟先生之教是从。"从此王伾和王叔文二人甚得太子的信任。王伾善书，王叔文善弈，两人早晚以书弈二事娱侍太子。在弈棋的时候，二人乘机进言，或推荐某人可为相，某人可为将，这原是二王的私党。在二王便欲依附太子的声势，植立他的党羽。一朝太子登位，他二人便可以大权在握了。

谁知人生疾病无常，那太子忽然染了疯瘫的症候，病势十分沉重，竟成了一个哑子，不能发音说话。这时正是贞元二十一年的元旦，德宗御殿受群臣朝贺，那太子的病势正在危急的时候，不能上朝。德宗知太子病势厉害，心中也十分悲伤。退朝回至后宫，且叹且泣，身体渐觉不豫，便也卧倒在床，得了感冒之症，病势也是一天沉重似一天。直过了二十多天，并不见天子坐朝，太子的病势也不见轻减。朝廷内外都不通消息。百官日日在朝堂上候驾，人人疑惧。

到了八月初二这一天晚上，忽然内廷太监传出谕旨来，宣召翰林学士郑絪、卫次公进内宫去草遗诏。到此时，那两位学士才知道德宗早已崩逝，便握管匆匆立即定稿。正落笔时，忽有一内侍出语道："禁中因嗣皇帝未定，正在计议，请学士暂且停笔，听候禁中消息。"卫次公听了，便忍不住大声说道："太子虽然有病，位居冢嫡，中外归心。必不得已，也须立广陵王，否则必致大乱。一朝事变，敢问何人能担当此责？"郑絪在旁，亦应声道："此言甚是。"那内侍听了这两位学士的话，便传达至禁中。这废立之议原是宦官李忠言一班人在那里从中拨弄，如今听了这一番话，知道不能违背众人意思，才宣言德宗皇帝已驾崩，立太子诵为嗣皇帝。郑絪、卫次公二人依旨写就诏书，立刻颁发出去。

太子知因自己害病，人心忧疑，使力疾出御九仙门，召见诸军使，群臣齐呼万岁。次日，即位太极殿，卫士还疑非真太子。待嗣皇帝升坐，群臣入谒，引领相望，果是真太子，不觉大喜，甚至泣下。这位新皇帝便是顺宗，尊德宗为神武皇帝，奉葬崇陵。举殡之日，那德宗贤妃韦氏，便请出宫奉侍园陵。顺宗替她在陵旁造几间房屋，韦贤妃便移入居住，守制终身。宫廷内外，都称道韦氏的贤德。

这时顺宗皇帝虽能勉强起坐听政，但喉音喑哑，终未痊愈，不能躬亲庶务。每当百官入宫奏事，便在内殿设一长幔，由幔中太监代传旨意，裁决可否。百官从幔子外面望去，常隐隐见顺宗皇帝左右，互陪着两人；一是顺宗亲信的太监李忠言，一是顺宗宠爱的妃子牛昭容。外面王叔文主裁草诏，王伾便专司出纳帝命。叔文如有奏白，便托王伾入告忠言，忠言又转告牛昭容，昭容代达之顺宗。顺宗甚信任此四人，往往言听计从，无不照行。从此翰苑大权，几高出于中书门下二省。叔文复荐引韦执谊为相，得拜为尚书左丞同平章事；又引用韩泰、柳宗元、刘禹锡一班人，互相标榜。不是称伊、周复出，便是说管、葛重生。所有进退百官，都要从他们跟前通疏过，可进则进，不可进则退。从此一班利禄小人，各以金帛奔走于二王之门，昏夜乞怜，贿赂公行。叔文和伾的私宅中，门庭如市，日夜不绝。金帛略少的，往往不得传见。那钻营利禄的人都不远千里万里而来，一时不得进见，便多就邻近寓宿。长安市上，凡饼肆、酒垆中，都寄满宾客。那店家定出规矩来，每晚须出旅资一千文，方准留宿。一时市上满坑满谷，全是来求见二王要差使的。那王伾尤其是爱财如命，他接见宾客，按人取贿，毫无忌惮。所得金帛，用一大柜收藏起来。伾与他夫人每夜共卧柜上，以防盗窃。

这时顺宗久病不痊，而储君尚未立定，一旦若有不测，便起内变。朝中大臣俱各忧虑。便欲上表请皇上早定储位，只有王伾和王叔文二人欲便自私，便多方挠阻。宫中有宦官二人，一名俱文珍，一名刘光锜，亦甚有权势。见二王专权，心中也甚是愤恨，便趁二王不在跟前的时候，密奏顺宗，速立太子。

顺宗皇帝因自己久病不起，也曾想到立嗣这一节。今见二人密奏，便传谕宣召翰林学士郑絪进宫，商议大事。那郑絪进宫去，朝见过万岁，万岁不能言语，只把手指向身后指着。郑絪会意，便书立嫡以长四字，进呈御览。顺宗看了，也点头微笑。郑絪便就御案前草就诏书，立广陵王纯为太子。

原来顺宗有二十七子，广陵王是王良娣所生，为顺宗长子。顺宗又怕立纯为太子，诸子不服，便又封弟谓为钦王，诚为珍王，封子建唐郡王经为郯王，洋川郡王纬为均王，临淮郡王纵为溆王，弘农郡王纾为莒王，汉东郡王纳为密王，晋陵郡王总为郇王，高平郡王约为邵王，云安郡王结为宋王，宣城郡王湘为集王，德阳郡王绲为冀王，河东郡王绮为和王；又封子绚为衡王，繟为会王，绾为福王，纮为抚王，绲为岳王，绅为袁王，纶为桂王，绰为翼王。这诏书全由郑绚一人起稿，内中只太监俱文珍预闻其事，连牛昭容也不及闻知。次日传下圣旨去，宫中、朝中都不觉惊异。

太子奉诏迁入东宫居住，平日侍奉父皇，接见大臣，甚是贤孝。陆质为侍读使，入讲经义，乘间进劝太子监国，太子不禁变色道："皇上令先生来此，无非为寡人讲经，奈何旁及他务！寡人实不愿与闻。"陆质抹了一鼻子的灰，便也不敢再说。

但这位顺宗皇帝，自从登位以后，病势只是有增无减，久已不登殿坐朝了。便有西川节度使韦皋，也上表请太子监国。表上大意说："皇上哀毁成疾，请权令太子亲临庶政，俟帝躬痊愈，太子可复归东宫。"又另上太子书道："圣上谅阴不言，委政臣下。王叔文、王伾、李忠言等谬当重任，树党乱纪，恐误国家。愿殿下即日奏闻，斥逐群小，令政出人主，治安天下。"接着荆南节度使裴均、河东节度使严绶，纷纷上表，促请太子监国。

那太监俱文珍也在宫中顺宗皇帝跟前朝夜奏请，许太子监国。那顺宗看看自己的精神，也实在不能支持，便依群臣之请，下诏令太子即日监国。太子出临东赣室，引见百官，受百官朝贺。这位太子纯孝天成，念父皇疾病，便逡巡避席，忍不住流下泪来，暗地里用袍袖拭着眼泪。臣下见了，无不称颂。这时宫外一个王叔文，宫内一个朱昭容，顿时失了权势。独有太子生母王氏，却终日陪伴在顺宗皇帝身旁，扶侍疾病。顺宗皇帝因不理朝政，身心安闲起来，他病势也略略轻减了些。

太子欲使父皇在病中得消遣之物，便下诏使四方贡献珍奇之物。当时便有拘珥国贡却火雀一雌一雄，又有履水珠、常坚冰、变昼草，各种名物。那却火雀毛色纯黑，只和燕子一般大小，鸣声十分清脆，不类寻常鸟鸣声。捉此雀投入火中，那火焰顿时熄灭。顺宗皇帝甚爱之，配以水晶笼，悬在寝殿中，每夜使宫女持蜡炬烧之，终不能毁它的羽毛。履水珠是黑色的，和铁质相似，大和鸡卵相似；上面有水波绉纹，正中有一眼。

拘弭国贡此珠的使臣说："人握此珠在掌中，入江海内，可以在波涛中行走，不被水打湿。"顺宗皇帝闻之，初不之信。便命宫中内侍，善于泅水的，掌中握珠，跃入太液池中，只见此内侍能在水面下往来行走，宛如平地。又能钻入池心，良久出水，衣帽干燥，毫无水渍。顺宗十分诧异，令将此珠藏入内宫。

这年夏季，天气奇热。有一宫女，十分美貌，因年轻好弄，私窃水珠入液池沐浴，忽闻水中起霹雳一声，手中珠化作黑龙，冲天而去，此宫女亦被龙卷上天去，无可追寻，顺宗叹为奇事。

常坚冰原是一块极寻常的冰，产在拘弭国大凝山上，山中冰千年不化，从拘弭国送至京师，清洁坚冷如故。虽在盛暑烈日之下，亦不溶化。变昼草叶如芭蕉，长有三尺；每一枝有千叶，树在室中或庭中百步以内，不见人面，昏黑如夜。顺宗见之，不禁大怒道："此背明向暗之物，我中国不足贵也！"令当庭焚去。拘弭国使臣不觉大惭，退谓鸿胪卿曰："我国以变昼为异，今皇帝以向暗为非，真明德之君也！"

此时岭表又献一奇女子，名卢眉娘，年只十四岁，而美丽入骨，最动人的，因她眉弯细长，眉彩绿色，因名曰眉娘。顺宗召入宫中相见，问她的家世，原来她祖宗是后汉卢景祚、景宣、景裕、景融兄弟四人，为皇帝师傅，后避难流落在岭表。传至眉娘，已十二世了。顺帝问："有何技能？"眉娘献上绣本，见是一尺白绢，上绣《法华经》七卷，字大小如半粒米，但点画分明，细如毛发；书上品题章句，无有遗缺的。眉娘又献上一物，名飞仙盖。是用一缕丝染成五彩，在掌中结成华盖五重，中有十洲三岛、天人玉女、台殿麟凤之象；外列执幢捧节之童，亦有千数。盖阔一丈，称之无三数两重；用灵香膏敷之，便宛转坚硬而不断。顺帝见之十分叹赏，称她神姑。又令走近御床，细看她的肌肤，明净娇腻，十分可爱。顺宗叹道："好女儿！"命送至太子宫中。眉娘在宫中，每日只食胡麻饭三、四合。太子亦甚爱之，宫中群呼为神姑。

此时顺宗体愈衰弱，便禅位与太子，自称太上皇，改元名永贞，御例大赦。隔五日后，太子纯即位太极殿，称为宪宗，奉太上皇居兴庆宫，尊生母王氏为太上皇后，贬王伾为开州司马，王叔文为渝州司户。宪宗初登帝位，竭力振作朝纲，一时奸佞小人，都被罢黜。当时有升平公主，便是郭子仪之子郭暧的妻子，入宫朝贺，又献女伎数人。宪宗道："太上皇尚不受献，朕如何敢受？"便命将女伎退还。接着荆南地方，献上毛龟，宪宗亦不受。下诏道："朕所宝惟贤才，嘉禾、神芝，全是人臣谄媚君王之事，何足为宝？从今日始，勿再以瑞兆上闻。所有珍禽野兽，亦毋得进献。"从此臣下十分畏惧，天下有治。

每月朔望，宪宗必带领百官至兴庆宫朝贺顺宗皇帝。元和元年，奉上尊号，称为应乾圣寿太上皇。顺宗皇帝见宪宗如此孝顺，心中也甚是欢喜。到了第二年，太上皇病体愈剧，医药无效，便尔崩逝，年只四十六岁。

计顺宗在位，前后仅有半年。此后宪宗皇帝登位，顺宗病倒在床，足有三年工夫。在这三年之内，宪宗皇帝常在太上皇榻前侍奉汤药。太上皇每到十分痛苦的时候，便欲传唤神姑至榻前唱游仙歌。歌声婉转美妙，太上皇的神情渐渐地安静下来。这神姑是天生娇喉，每一阕曲终，便细如游丝，余韵绕梁。便是宪宗皇帝在一旁听了，也为之神往。又见她面容美丽皎洁，衬着弯弯的眉儿，小小的唇儿，真好似天仙一般。这神姑每与宪宗皇帝在榻前相见，便掩唇一笑，顿觉百媚横生。直到顺宗皇帝升遐，宪宗因在谅闇中，不便视朝，终日惟在宫中起坐。每到忧闷无聊的时候，便命宣召神姑卢眉娘来唱游仙歌。今天也唱，明天也唱，宪宗皇帝渐渐地非有眉娘不欢了。

卢眉娘年纪也渐渐长大了，出落得苗条妩媚，又是娇憨烂漫。叫人见了，不由得不爱。这位宪宗皇帝虽说是不好女色的；但天天听着她婉转的歌喉、曼妙的姿色，便不由得不动心起来。宪宗皇帝在卢眉娘身上，既然有了心，以后每传卢眉娘进宫，便把左右宫女以及伺候他的妃嫔，一齐支使开去，只留眉娘在跟前。那眉娘见了宪宗，也十分娇酣。每次宪宗命她唱歌，她便盘腿席地依着宪宗皇帝膝前坐下，娇声唱着。唱到悠扬动神的时候，那宪宗皇帝便忍不住伸过手去，摸着眉娘的脖子。那眉娘便如小鸟入怀，婉恋依顺。待宪宗要把她搂定在怀中时，那眉娘却又嗤嗤地笑着，和惊鸿一般地，把柳腰儿一折，避去在壁角上，只是憨笑。宪宗皇帝见她这天真烂漫的样子，倒也不忍逼得她太紧，但从此宠爱眉娘的念头却一天深似一天。宫中每有珍宝脂粉，便先去赐与眉娘。看宪宗皇帝的情形，几非有眉娘不欢的了。待到见了眉娘的面，却又奈何她不得。

这时天气渐渐地暖了，宪宗皇帝每日听眉娘唱歌，便移在殿东南角廊下。这时已月上黄昏，一片皎洁照射在眉娘脸儿上，好似搓脂摘粉一般。宪宗皇帝目不转睛地注射在眉娘脸上，看她长眉侵鬓，朱唇含娇，实在忍不住了，便乘眉娘正抬着脖子唱着的时候，便过去搂住她细腰，向怀中一坐。那眉娘惊得玉容失色，宪宗凑上脸去，正要和她亲热，那眉娘却一纳头倒在宪宗的怀里，便嘤嘤地啜泣起来。这一哭，哭得带雨梨花似的，粉面上珠泪淋漓，任你是铁石人看了也要动起怜惜之念来。做皇帝的，调弄几个宫眷，原是寻常事体。但这卢眉娘实在娇憨得厉害，宪宗也是一位多情天子，终于不忍下这个辣手，便也放开了手，又用好言劝慰她，拿袍袖替她拭干了脸上的泪痕，又赏她轻纱明珠，命宫女们好好地伴送她回房去。

这眉娘自受了这次惊恐以后，到第二天便病了，浑身发烧，病势十分凶险，一连七八天不能唱歌。那宪宗皇帝原是一天也离不得眉娘的，如今多日不见眉娘，万岁心中十分挂念。过了七八天，宪宗再也忍耐不住了，便亲自移驾至后宫探望卢眉娘的病情。从此宪宗每日朝罢，便在眉娘房中伴坐在病榻旁。那眉娘病势渐渐减轻，神情也慢慢地清醒过来。她见宪宗皇帝，偏又百般地撒娇，十分地亲热。眉娘善哭，在病苦时候，更是爱哭。每哭时，必得宪宗皇帝劝慰一番，才住了悲伤。宪宗每日和她在床头枕畔厮混熟了。宪宗便慢慢地把要纳她为妃子的话，对眉娘说了。眉娘听了，却也不拒绝，只奏说："婢子年纪尚幼，不知礼节，怕冒犯天颜，万岁爷若有意怜惜婢子，求开恩缓一二年，容婢子学熟得礼节，再奉侍万岁不迟。"宪宗听她话说得婉转可怜，便也许她缓一二年册立妃子。那眉娘又求着宪宗释放后宫年长宫女五百人。过了几天又求释放教坊女伎六百人。宪宗宠爱全在眉娘身上，便事事听从。那宫女们都颂扬眉娘的功德。在宪宗皇帝心目中，却只爱这个眉娘，原也不用这班宫女和伎女了。宪宗皇帝心中所盼望的，只是一二年以后的册立眉娘为贵妃，到那时，有这样一个美人陪伴着，却要那三千粉黛何用。莫说那三千粉黛，便是宪宗皇帝平日所最恩爱的郭皇后、郑淑妃也十分厌恶的了。

宪宗度日如年地挨过了一年二年，直过了三年。有一天，宪宗皇帝到后宫去探望眉娘，只见她云鬓蓬松，已把三千烦恼一齐剪去了。宪宗这心中的失望到了极地，忙拉住眉娘的手，连连追问。那眉娘只说得一句："万岁爷饶放了奴婢吧。"便跪倒在地，呜咽痛哭起来。宪宗看她哭得十分伤心，便也不忍强逼她。到了第二天，宪宗又去探望，原想把她的心劝慰过来的。谁知宪宗不曾开得口，那眉娘也是一般地哭着说着。如此接连五六天。宪宗看看眉娘，终是不肯回心转意了，便叹道："此天上女仙，非朕等俗人所得享其艳福。"便赐金凤环，宪宗去替她束在臂儿上，说道："留作纪念。"便度作姑子赐号逍遥仙子，放归南海。

欲知后事如何，且听下回分解。

第九十一回　云烟缥缈天子求仙
粉黛连翩学士承宠

　　宪宗皇帝自眉娘去后，终日郁郁不乐，心中只是想念着眉娘的秀美。任你郭皇后、郑淑妃百般地劝慰，又令后宫嫔嫱歌舞取乐，在宪宗皇帝心中，终觉好似失去了一样什么似的。正想念得苦，忽内侍报说："逍遥仙子已仙去了！"宪宗万分悲伤，命高僧高道在宫中大做法事，超荐仙子。又有人报道："在东海上，常常见到眉娘乘一片紫云，往来遨游。"宪宗忙遣中使备香车宝马，往东海迎接眉娘仙驾。那中使去了三个月工夫，空手回来说："不见眉娘仙踪。"那宪宗却从此信了神仙不死之术。便有东莱节度使荐高僧田佐元，又僧人大通。宪宗召之入宫禁，早夕讲道。大通又能炼石成仙，宪宗特备净室。大通选一玉石，日夜磨炼，石窈窕如美女形。大通再加以雕凿工夫，衣袖翩翩。宪宗望去，宛如眉娘伫立的形状，便十分宝爱，装以锦盒，藏在寝宫中，朝夕抚摸。

　　同平章事李绛又奏称："青兖间有奇人玄解，能知过去未来事；童颜鹤发，吹气如兰。跨一头黄色牝马，马身只三尺高；不食草谷，日饮酒三数升；不用鞍勒，只以青毡一幅披背。玄解骑着，往来街市间，与人谈话，道千百年间事，历历在目。"宪宗召之入宫，供养在九英室中。宪宗平日自用紫荙席，色紫如荙叶，光软香洁，冬暖夏凉。今将此席赐与玄解坐用，又赐饮龙膏酒。此酒原是乌弋山离国所献，色黑如漆，饮之使人神爽。宪宗每日罢朝回宫，便往来于僧道间，访问仙法，十分地信仰。那玄解生性朴实，不知礼节。宪宗常问："先生年岁已高，何以颜色却不老？"玄解答道："臣家在海上，常在海边种灵草食之，能使人容颜不老。"玄解说着，便从衣袋中取灵草种子三包。宪宗吩咐太监去种在殿前。这灵草有三种：一名双麟芝，二名六合葵，三名万根藤。双麟芝褐色，一茎分两穗，隐约如鱼鳞，头尾俱全，结子有如瑟瑟；六合葵红色，叶如茙葵，初生有六茎，至枝梢合成一株，共生十二叶，开二十四花，形如桃花，一朵千叶，一叶六角，结子如相思子；万根藤一本有万根，枝叶都成碧色，钩连盘屈，荫遮一亩，其花鲜洁，形如芍药，花瓣细如发丝，长略五六寸，一朵之花，有蕊千根。灵草既成，玄解奏请皇上朝晚自采食之，果觉精神日健，宪宗愈礼重玄解。

又有西域进美玉二方：一圆形，一方形，径各五寸，光彩凝冷，可照见毛发。玄解见之，奏道："此圆形者为龙玉，方形者为虎玉。龙玉为龙所爱，生于水中，今若投之水中，必生虹蜺；虎玉为虎所爱，如以虎毛拂玉，便见紫光四射，群兽畏服。"宪宗不信，问西域使臣："此二玉从何处得来"使臣奏道："圆玉是从一渔人处得来，方玉是从一猎人处得来。"宪宗便命将二玉如法试之，将圆玉投入液池，便见波涛汹涌，雷雨齐作，水底隐隐有龙吟声。又将方玉在后苑万牲园中拂拭之，果见紫色光四射，园中野兽齐俯首帖耳，不敢动。宪宗大喜，即命以锦囊分装二玉，藏入内府。

玄解住宫中三年，便欲求去。宪宗强留之，玄解奏道："野人出入三山，疏野性成，如今局促于宫禁，久不见三山景色，心甚念之。"宪宗便传命巧匠，令刻木作三山形状，嵌以珠玉。宪宗与玄解同往观看，宪宗笑指三山道："若非上仙，如何能登此蓬莱仙境？"玄解笑答道："臣观三山犹咫尺耳！"只见他笑言未毕，即耸身向此木刻三山中跳去；那玄解的身体顿时缩小，细如小指，入珠玉殿阁中，忽已不见。宪宗命左右大声唤之，竟不复出。宪宗十分懊伤，便称此三山为"藏真岛"，每日朝罢，在岛前焚凤脑香，表示崇敬追念之意。只隔十余日，便有青州司马奏称："见玄解又跨黄马过东海去矣！"宪宗览奏，心念玄解不能去怀，便命内给事张维则去青莱间寻访神仙。

一日，张维则停船在东海岛屿间，时正夜深月朗，忽闻鸡犬吠鸣声，海面顿起烟雾，张维则出视，向烟雾中望去，隐约见楼台重叠。张给事乘月色信步行去，约走一二里，便见花木台殿，金户银阙中，出公子数人，戴章甫冠，著紫霞衣，吟啸自如。维则上去拜见，公子问："汝从何来？"张维则自称是大唐天使。公子笑道："唐皇帝原是吾友，汝回朝时，为吾传语唐皇。"便命一青衣，捧金龟印以授维则，即将此印置于宝盒。复对维则道："为我致意唐皇帝。"维则携之回舟中，回视楼台人迹，都已消灭。那金龟印长有五寸，面方一寸八分，上负黄金玉印，有篆刻八字，为"凤芝龙木受命无疆。"维则送至京师，面呈与宪宗皇帝。皇帝大喜道："此海上公子，当是玄解化身。朕前生当亦是仙人，但不解印上文意，"命藏以紫泥玉锁，悬在帐门，每夜有五色光发射，光长数尺。忽见寝殿前连理树上生灵芝二株，形状绝似龙凤，宪宗大悟印文上"凤芝龙木"四字之意。

自宪宗信神仙之术，四方常进奇异之物。八年，大轸国贡重明枕、神锦衾、绿色麦、紫色米。大轸国在海东南三万里，是在轸星之下，所以称为大轸国。重明枕长一尺二寸，高六寸，洁白过于水晶；中有楼台之形，四方有道士十人，持香执简，绕行不休，称做"行道真人"。其中楼台瓦木丹青以及真人衣服簪帔，无一不精细完美，里外通澈，好似隔水视物。神锦衾是用冰蚕的丝织成，方二丈，厚一寸，上有龙文凤彩，精细非人工能成。在大轸国中，用五色石砌成一池塘，采大柘叶饲蚕在池中。初生时，细才如蚊蠛，游泳于水中，待长成，长有五六寸。池中种荷，荷叶茂盛。荷干挺直，虽大风暴雨不能吹折。叶大有三四尺，蚕经十五日后，便跳入荷叶中，吐丝成茧，形如方斗，自成五色。大轸国人取其丝织成神锦，又称"灵泉丝"。宪宗初见此神锦衾，与妃嫔观之，不禁大笑说道："此区区不足以被婴儿，岂能被朕体耶？"大轸国使臣在一旁奏道："此锦是织水蚕所吐之丝而成，若喷以水，则能倍宽，遇火则缩。"便命四太监各执一衾角，力拽之，又使人在衾面上喷以水，立刻宽至二丈，五色光彩，愈觉鲜明。宪宗叹道："本乎天者亲上，本乎地者亲下，此言信不虚也！"便又令以火薰，立即缩小如旧时。绿色麦粒粗于中国之麦子，里外通明，颜色深绿，气息芬芳如粳米。人食之，体量渐轻，可以乘风飞行。紫色米，则如巨藤，炊米一升，可得饭一斛，人食之须发衰白的可变黑色，颜色不老，宪宗十分宝贵。在中元日祭祀玄元皇帝，煮碧麦、紫米以荐。祭毕，与宫中道人分食之。

接着，又有吴明国进贡常燃鼎、鸾蜂蜜二种。吴明国离东海数万里，须经过挹娄、沃沮等国才到。吴明国中土地，宜种五谷，出产珍珠、白玉最多。国中人民，最讲礼乐仁义，没有做盗贼的人。人寿可活至二百岁，国中人都解神仙法术，常常见有坐云车、骑白鹤的仙子，在天空中来往。吴明国王望见西方空中有黄气如盖，知道中国有圣人出世，便特遣使臣来进贡。所谓常燃鼎，可容三斗，鼎光润如玉，颜色纯紫，在鼎中煮食物，不用柴炭而能自熟。食物香洁，与平常釜中所煮的食物不同，久食此鼎中所煮之食物，可令人返老还童，疾病不生。所谓鸾蜂蜜，因吴明国所产之蜂，其鸣声如鸾凤，身有五色，大者重约十余斤，筑巢在高山岩谷之中。最大的窠巢占地有二三亩大，每年产蜜甚多。但每次取蜜，每一巢中，只能取二三合。如采取过多，便有风雷的变异。倘误被蜂螫，便生疮毒，只须采石上菖蒲根涂之，便能痊愈。蜂蜜作绿色，贮之白玉碗中，里外明澈，有如碧琉璃一般。久食之，可令人长寿，颜色如童子，白发便长成黑色。如有聋哑残疾的，食此蜜都能痊愈。

宪宗得此二物，也十分爱惜，常将蜂蜜赐于后妃，又常与诸亲贵大臣，用常燃鼎煮食。君臣之间，甚是和乐。

但宪宗皇帝因迷信神仙之术，常在空室中静坐，摒去妃嫔，又欲绝食，修成仙体，戒食稻米，终日把药饵瓜果充食，渐渐弄得身体瘦弱。郭皇后和郑淑妃再三劝谏，又亲自调弄食物进献，宪宗皆拒绝不食。后妃二人退至私室，忧愁万分。郭皇后说："万岁如此迷惑左道，必致妨碍圣体。为今之计，须以声色改易万岁心意。"郑淑妃亦深以皇后之言为是，但环视六宫粉黛，却无一人有绝世容颜能怡情悦性的。郭皇后便私用财帛，令中官至四方去访求有奇才绝色的女子。那中官至贝州清扬地方，访得宋氏有姊妹五人，均有奇才绝色，俱在闺中，尚未字人。

宋氏父名庭芬，富于才华。膝下有女五人，不独容颜长得个个美丽，且又聪明绝伦。庭芬家居无事，授五女以经艺，又教以诗赋，年未及笄，皆能文章又富于词藻。长女名若莘，次名若昭，三女名若伦，四女名若宪，五女名若荀。若莘、若昭二女之文，尤淡丽，性亦贞静闲雅，不喜纷华之饰，远近闻其名，遣媒求聘者甚众。若莘姊妹五人，相约不嫁，愿以学艺扬名显亲。若莘在家，教诲四妹，有如严师，又著《女论语》十篇，其文气都模仿《论语》体裁，以韦逞母宣文君宋氏代孔子，以曹大家等代颜闵。其间问答辞意，全是讲究妇道。若昭又从而注解之，一时乡党传诵，贤德之名四起。那中官亦闻名而至，与宋庭芬相见，多赠以金帛。宋庭芬说："我女都立志不嫁，我不能以富贵屈之。"中官请采若莘姊妹所著书进献，庭芬便将若昭所写本，交与中官携至宫中。郭皇后问宋氏姊妹姿容，中官对称姊妹五人，均艳绝人寰，而若昭尤美。

郭皇后又虑万岁无情于女色，郑淑妃思得一计，即将《女论语》薰以兰麝，乘宪宗不留心时候，便悄悄地拿去陈列在寝宫御案上。宪宗在夜静更深时候，闭目静修，忽觉奇香触鼻，从案头度来，宪宗不觉心中一动，急近案寻觅，忽见一锦盒黄标，写着《女论语》三字。宪宗便随手打开盒子来翻读过几页，心中不觉起敬。次日即传中官讯问，中官即奏称为昭义节度使李抱真所献。宪宗又详问宋氏家世，中官把宋氏姊妹五人的才色，详细奏说了一番。宪宗大喜，立命中官赍诏至清阳，宣宋氏五女入宫。谁知那宋若莘姊妹，却很有志气，说皇帝如不以礼聘，我姊妹决不入宫；如屈我姊妹在妃嫔之列，虽死亦不入宫！中官无法，只得拿此话转奏皇上。宪宗此时欲见宋氏姊妹的心很切，便令昭义节度使李抱真，用厚币赍着皇帝的圣旨，到宋家去聘请若莘姊妹五人，进宫教读后妃。又拜若莘父宋庭芬为金华令。

昭莘姊妹五人进宫，宪宗命宫中后妃嫔嫱，俱以师礼事之。又辟延秋宫，为讲室，令后妃嫔嫱都从若莘姊妹诵读《女论语》。一时六宫嫔嫒及诸王、公主、驸马，俱拜若莘、若昭为师，女弟子百余人，宫中成为女学堂。宪宗常至学堂中游幸，只见粉黛云鬓，济济一室，各拥一卷，娇声吟诵着。宪宗看着，甚是欢乐。看若莘时，却长得容光端丽，仪态万方；若昭却又是美丽在骨，顾盼动人；若伦妩媚天成；若宪则娇艳照人；若荀则娇憨袅娜，令人神往。宪宗见她姊妹五人，俱生成丽质，便常召在左右，谈笑为欢。偶问经史大义，试以诗赋，都能奏答称善。

此中惟宋若莘最擅文才，宪宗便令掌管后宫记注簿籍，兼批答奏牍，文词丽洁，中外传诵。若昭则姊妹中为最美，又善于辞令，宪宗常召在内宫，纵谈经史，又与她敲诗唱和甚乐，日久情意甚洽。宪宗便将若昭临幸了，又临幸了若莘，宠爱甚深。

宪宗欲将她姊妹二人，册立为贵妃，若昭再三辞谢说："进宫之初，原立意不作妃嫔，今因万岁情意不可推却，致成儿女之好，但妃嫔的封号，抵死不敢承受。"宪宗无法，便下诏称若昭为学士，称若莘为先生。若昭情意深长，宪宗在若昭宫中临幸的次数最多，若莘却耽于翰墨，倒也不计较及此。只是若昭自得皇帝宠幸以后，那若伦、若宪、若荀姊妹三人，也常在内宫中行走，与宪宗皇帝起坐不避，谈笑无忌。宪宗也爱她姊妹可怜，日子久了，她姊妹五人，都承受了皇帝的恩宠，却都不愿受妃嫔的封号。除若昭称学士以外，姊妹四人都称先生，此四先生一学士，在内宫中权势甚大。

宪宗皇帝每日与五位美人周旋着，心中十分得意，早把那班修道之士，丢在脑后。便是宪宗自己，也从不打坐修道了。终日纵情酒色，荒弃朝事。从来色欲最大，这位宪宗皇帝，自从开了这色字的戒以后，在宋氏姊妹五人以外，便常常挑选后宫美女临幸，一时宠爱的妃嫔甚多，共有二十余人。有立为贵嫔的，有立为昭容的，个个都出落得美丽轻盈。在数年之中，各宫眷共生皇子二十人，公主三十二人。内中最得宠的宫眷，除宋氏姊妹五人以外，有纪美人和郭贵妃。纪美人生子最长，名宁，当时丞相李绛，奏请立储，宪宗便立宁为皇太子。

郭贵妃原是郭子仪的孙女，她的父亲名暧，母亲便是升平公主，与宪宗皇帝原是中表兄妹，以母家豪贵入宫，便立为贵妃。郭贵妃生一子一女，子名恒，后亦立为太子；女称岐阳公主。公主生性，十分贤淑，宪宗甚是溺爱，历命各宰相拣选朝中各公卿子弟，如有才貌清秀的，便招为驸马。只因宪宗钟爱公主甚深，选婿也甚是详慎，虽有宰相荐举了十余个官家子弟，送进宫去，由宪宗召见，但都不能合适。足足选了一年，最后选到太子司议郎杜悰。果然才貌清秀，宪宗十分合意，又送入内宫，令郭贵妃与岐阳公主传见。那岐阳公主见了杜悰这副秀美的面貌，不禁盈盈一笑；又见杜悰彬彬有礼，郭贵妃也大喜。便把岐阳公主下嫁与杜悰为妻。

这杜悰的祖父，便是杜佑。因祖父有功勋于国家，便世袭太子司议郎官职。到成婚的一日，宪宗皇帝亲御麟德殿，送公主下嫁。由西朝堂出发，再由宪宗御延喜门，送公主登舆，大赐宾从金钱，在昌化里建立府第，凿龙首池为恩沼。杜氏原是世代贵族，今又尚公主，遇此大典，自然竭力铺张，服用十分豪华。但公主生性谦抑，并不自恃尊贵，下嫁至杜家，毫无骄傲的举动。孝奉舅姑，敬事尊长。杜家老少长幼不下数百人，公主一一以礼接待。成婚才数日，便和杜悰说道："皇上所赐奴仆，恐未肯从命，倘有忤逆，转难驾驭，不如奏请纳还宫中，另买贫家子女，较为易制。"杜悰依了公主的话，从此闺房静好，不闻喧噪。第二年，杜悰升任殿中少监，驸马都尉，又外放为澧州刺史。公主随驸马赴任所，只带仆从十余人，奴婢皆令乘驴，不准食肉。沿路州县供张，概不领受。杜悰自持亦十分廉洁，不敢有骄侈之色。数日后，杜悰母抱病，公主昼夜侍奉，亲尝汤药。杜母终至不起，公主泣哭尽哀。总计公主在杜家二十余年，无一事不循法度，府中上下，人人称扬。这原是郭贵妃平日能以礼教养儿女的好处。

郭贵妃生了这一位贤德的公主，又生了一位遂王恒，长得品貌端正，性情温厚。当时原已立有太子名宁的，是宫中纪美人所生的，长子初封邓王，元和四年，由李绛奏请，立为皇太子。但宪宗皇帝甚是宠爱遂王，遂王是第三皇子，又是郭贵妃所生；郭贵妃是郭子仪的孙女，又是升平公主所生。在一班妃嫔中，再也没有比她高贵的了。便是宪宗皇帝，也另眼相看，因此颇招妃嫔们的妒忌，大家在宪宗皇帝跟前，说了许多郭贵妃的不是，说她仗着母家的势力，在宫中揽权植党。恰巧皇太子宁又死了，宪宗便立遂王恒为太子。从来说的母以子贵，宫中一班妃嫔见郭贵妃的儿子立为太子，深怕皇帝册立郭贵妃为皇后，大家便齐心去倾轧郭贵妃。

　　欲知后事如何，且听下回分解。

第九十二回　法门寺迎佛骨
中和殿破私情

　　宪宗皇帝在后宫中，宠爱的妃嫔甚多，尤其是宋氏姊妹五人。那宋若昭生成慧美绝伦，最能得宪宗的宠爱。因若昭是一名女学士，连皇帝也十分敬重她，称她为先生。若昭的长姊若莘，虽也一般美貌，只是生性端庄，宪宗皇帝命她掌管后宫记注簿籍的事体。不料在元和末年，若莘一病身亡，宪宗甚是哀痛，从此更加宠爱这个若昭，便令若昭亦掌管后宫记注簿籍的事。但若昭终日陪伴着宪宗皇帝，宴饮游乐，不得闲暇，便把这管理簿籍的事体，交给她的妹妹若宪、若伦二人分别掌理。

　　那若宪得了大权，宫中上自妃嫔，下至诸媛，谁不趋奉孝敬她姊妹？宪宗又进封若昭为梁国夫人，一时她姊妹在宫中的威权很大，独有那郭贵妃自己仗着门第清高，又是皇太子的生母，如何肯屈节来趋奉宋氏姊妹呢。因此宋氏姊妹皆仇恨这郭贵妃，乘着宪宗皇帝临幸的时候，便在枕席上诋毁郭贵妃，说她私结大臣，阴谋大权。那若伦、若宪、若荀姊妹三人，便装尽妖媚，把个精明强干的宪宗皇帝，竟深深陷入她们的迷魂阵中去。日子久了，便也听信了她们的说话。

　　这一年，恰恰正宫皇后死了，群臣交章奏请立郭贵妃为后。这一来，越发动了宪宗的疑心。宋氏姊妹所说郭贵妃私结大臣的一句话，更是有了着落。宪宗这时，后宫得宠的妃嫔不下二十余人。只怕一立郭氏为皇后，便从此受她的钳掣，因此愈不肯立郭氏为皇后了。所有宫中一切大权都交与若昭一人。可惜美人福薄，若昭得宠了不多几年，也是短命死了。宪宗这一回伤心，真是哀毁欲绝，无日无夜地在宫中淌眼抹泪。任你后宫三千美人百般劝慰，百般献媚，终不能止住他的悲哀。宪宗下诏，在若昭灵枢出殡这一天，京师全城市街居民，一齐悬帛志哀，令有司盛供卤簿，假用皇后凤辇，宪宗亲自执绋。百官交章劝阻，宪宗正在悲哀时候，如何肯听。

那若宪见有机可乘，便终日追随着万岁，陪寝陪宴。宪宗看着若宪的面貌，竟与若昭相同，便又把一腔痴情用到若宪身上去，终日与若宪淫乐。又把掌管后宫的大权，交给若宪一人。

若宪和她姊姊若伦、妹妹若荀，都是年轻貌美的，不怕这位多情天子不入了她们的彀中。她姊妹一面迷惑皇帝，一面招弄权势。外有神策中尉王守澄，与若宪暗通声气，招权纳贿，声势甚大。王守澄手下有两个死党，一个是翼城医人郑注，一个是司空李训。他们在朝中结合徒党，欺压良懦，所有朝中正直大臣，都被他们倾轧得不能安于职位。独有宰相李宗闵、李德裕，刚正不阿，上殿奏参王守澄勾通宫禁，狼狈为奸。无奈这时宪宗正迷恋着若宪姊妹，又在若宪口中常常听得说起王守澄是一个忠良的大臣。这个美人的说话当然比外面大臣的话有力。

任你李宗闵如何一谏再谏，宪宗皇帝总是一个不信。那一切奏章公文，全由若宪一人掌管，见有臣工忠正劝谏的议论，若宪早已把这奏牍藏匿起来。从此宪宗左右，只听得妇人、小臣阿谀的话，愈加把个皇帝弄得昏昏沉沉。若宪姊妹却得了外间许多贿赂，不要说别的，便是驸马都尉，议私送若宪的黄金，足足有十万两。若宪却暗暗地把所有的钱财，统统运至清阳家乡，交给她父亲庭芬收藏。若宪在宫中，只有学士先生的名义，原与一班妃嫔不同。若皇帝去世以后，一样可以出宫回家去享受富贵。因此若宪在宫中，得了四方的贿赂，又因能得宪宗的欢心，常常受皇帝的赏赐，她一齐搬回家去，预备他日出宫享用。

若宪迷惑宪宗皇帝却与各妃嫔打通一气，二三十个美人把个皇帝包围起来，装着千娇百媚，不由这皇帝不动心，招引得宪宗连日连夜在宫中宴游淫乐，把朝廷大事，丢在脑后。你想一人的精力能有多少，那二三十个妃嫔天天用淫声媚态去引诱着，弄得宪宗皇帝渐渐精力不济起来。

那时在宫中养着的一班和尚道士，见皇帝迷于色欲，不把修佛学道的事体放在心上，冷落了这班方士道家。他们便在背地里商量，如何把这万岁爷的心恢复过来，依旧使他信奉仙佛之法。那时宪宗皇帝因宠爱这班妃嫔，终日带领这班妃嫔在御苑宫殿中游玩，还恨玩得不畅快。便召度支使皇甫镈、监铁使程异，动用百万国库银两，大兴土木。建造麟德殿、龙首池、承晖殿。龙首池上建一座龙宫，穷极美丽。宪宗把若宪搬在里面住着。那若宪忽然得了身孕，一班谄佞的大臣都奏说学士先生腹中的是龙种，便是宪宗，也是十分欢喜。待到十月满足，生下地来果然是品貌不凡，啼声宏亮。若宪说这是上天赐陛下的贵子，陛下宜为此子祝福。因若宪一句话，宪宗却又想起那班和尚道士来了。

恰巧李道古荐入一个方士柳泌和浮屠大通，说能为人祝福延寿。宪宗便命他在宫中建设道场，做三十三天法事，为新生的皇子祝福。那时宪宗后宫，宠幸既多，生子亦多，都有宪宗领导着柳泌、大通二人，到妃嫔床前去，一一替婴儿摩顶祝福。柳泌出长生不老的药，献与皇帝。宪宗服下，果然精神倍长，眠食都足。宪宗恃着自己精神充足，便日夜与后宫各妃嫔周旋着。宪宗所宠爱的，除若宪以外，如章昭仪、吴左嫔、金良娣一班十余人，个个都出落得月貌花容。宪宗雨露遍施，恩爱倍浓，但一人的精力究属有限，日夜剥削着，渐渐觉得精神不济起来。那柳泌欲得皇帝的欢心，便暗进房中药丸，宪宗服下，果然精神抖擞，百战不疲。宪宗宠爱的妃嫔太多，有了这个，又丢下那个。他如今仗着药丸之力，便每夜宣召了七八个妃嫔，伴着他寻欢取乐，居然哄得那班美人个个欢喜，人人开怀。

宪宗见药有奇验，愈加把个柳泌看得和神灵一般；又替柳泌在华清宫中建一座炼丹室，每天宪宗陪着柳泌二人，在室中修道炼丹。柳泌拿着金块、石块，向丹炉中去烧炼着，给宪宗服下。它的精力十倍于药丸，顿觉神气清爽、精神健朗。郭贵妃知道了，便去朝见皇帝极口劝谏，说金石不合于人体；从来服金石的人，都害及身体，请万岁屏除金石，另求延年益寿之方。宪宗非但不肯听贵妃的话，反把那丹炉中炼出来的金石，赏几块与贵妃服下。可笑郭贵妃当初劝谏皇上不可服用金石，如今自己却也服用起来，果然觉得身体清健。从此不但不劝皇上，且和宪宗抢着服用金石。

柳泌又奏称天台山多生灵草，须有道之士，方能寻得。服用灵草，更比服食金石有益，寿至千年。宪宗听了，甚是欢喜，便下谕命柳泌做台州刺史，这宫中炼丹、烧汞的事，便交托与大通。当时有许多谏议大夫，纷纷上奏章，说历代从无有任方士为亲民之官的。宪宗看了，心中十分不乐，便下谕道："如今只烦劳一州的民力，能令人主长生，臣下何竟不乐从耶？"这几句话，吓得人人不敢再开口。

这时宫中只有一个浮屠大通，他见柳泌在宫中的时候，十分得皇上的信用，自己却毫无权势。如今这柳泌不在皇上跟前，无人和他争权的了。他便慢慢地把佛法去打动皇帝的心。这位宪宗只知崇信仙佛，自己心中却毫无主意。今见大通说佛法无边，他

第九十二回　法门寺迎佛骨　中和殿破私情

也十分相信大通和尚。又说凤翔法门寺塔上，有一节佛指骨留存着，劝宪宗派京师高僧去把佛骨迎进宫来供养着，便能得佛天保佑，万寿无疆。宪宗听从了大通和尚的话，下旨京中各寺院主持僧，随着钦使大臣，前往凤翔恭迎佛骨。一时朝中大臣便如醉如狂一般，都随着和尚去迎佛骨。佛骨到京师之日，真是万人空巷，男女膜拜的拥塞道路。

当时独有一位刑部侍郎韩愈，他是一代大儒，文章泰斗，看了宪宗皇帝，只是迷信仙佛，把国家大事丢在脑后，心中便觉万分难受，便借迎佛骨的事，上了一道奏章。说道：

> 佛者，夷狄之一法耳！自后汉时始入中国，上古未尝有也。昔黄帝在位百年，年百一十岁；少皞在位八十年，年百岁；颛顼在位七十九年，年九十岁；帝喾在位七十年，年百五岁；尧在位九十八年，年百一十八岁；帝舜及禹，年皆百岁。其后汤亦年百岁，汤孙太戊在位七十五年，武丁在位五十年，史不言其寿。推其年数，当不减百岁。周文王年九十七，武王年九十三，穆王在位百年。当其时，佛法未至中国。非因事佛使然也。汉明帝时始有佛法，明帝在位才十八年，其后乱亡相继，运祚不长。宋、齐、梁、陈、元、魏以下，事佛渐谨，年代尤促。唯梁武帝在位四十八年，前后三舍身施佛，宗庙祭不用牲宰，尽日一食止于菜果；后为侯景所逼，饿死台城，国亦浸灭。事佛求福，乃更得祸。由此观之，佛不足信，亦可知矣！高祖始受隋禅，则议除之。当时美臣识见不远，不能深究先王之道、古今之宜，推阐圣明以救斯弊，其事遂止，臣常恨焉！
>
> 今陛下令群僧迎佛骨于凤翔，御楼以观，舁入大

内，又令诸寺递加供养。臣虽至愚，必知陛下不惑于佛，作此崇奉以祈福祥也。但以丰年之乐、徇人之心，为京都士庶设诡异之观，戏玩之具耳！安有圣明如陛下，而肯信此等事哉？然百姓愚冥，易惑难晓。苟见陛下如此将谓真心信佛，皆云天子大圣，犹一心信向，百姓微贱，岂宜更惜身命。遂至灼顶燔指，十百为群，解衣散钱，自朝至暮，转相仿效，唯恐后时，老幼奔波，弃其生业。若不即加禁遏，更历诸寺，必有断臂脔身以为供养者。

伤风败俗，传笑四方，非细事也。佛本夷狄，与中国言语不通，衣服殊制。口不道先王之法言，身不服先王之法服；不知君臣之义、父子之情。假使其身尚在，来朝京师，陛下容而接之，不过宣政一见，礼宾一设，赐衣一袭，卫而出之于境，不令惑众也。况其身死已久，枯朽之骨，岂宜以入宫禁？乞付有司，投诸水火，断天下之疑，绝前代之惑，使天下之人知大圣人之所作为，固出于寻常万万也。佛如有灵，能作祸祟，凡有殃咎，悉加臣身！上天鉴临，臣不怨悔！

宪宗这时正迷信佛法，见了韩愈这一疏，不觉大怒，说他亵渎神佛，当即发下丞相，欲定他死罪。幸得当时丞相裴度，还能主持公道，上书力言，韩愈语虽狂悖，心却忠恳，宜宽容以开言路。宪宗还是怒不可遏。后经崔群一班大臣，再三求恳，便念在诸位大臣和宰相分上，把韩愈刑部侍郎的官革去，降为潮州刺史。从此宪宗在宫中，终日与僧道为伴，满朝文武不但没有人敢劝谏一句，反大家顺着皇帝的意旨，从朝到晚，跟着皇帝东也求神，西也拜佛。

第九十二回　法门寺迎佛骨　中和殿破私情

当时皇甫镈是一个大奸臣，专一献媚贡谀，他便领头儿奉宪宗尊号，称为"元和圣文神武法天应道皇帝"；令四方度支使、监铁使，多多进奉贺礼。那左右军中尉亦各献钱万缗。那些钱财却个个剥削百姓得来的。弄得人民怨恨，少壮流亡。那柳泌自从奉了圣旨去做台州刺史以后，便天天威逼着百姓，入山采药。当时柳泌要讨好皇帝，把百姓逼得走投无路。谁知他采了一年，却不曾采得一株仙草。那宪宗皇帝因日夜与妃嫔们寻欢作乐，身体渐渐有些支持不住，便很想天台山的仙草，常常打发使臣到台州去催取。柳泌怕犯了欺君之罪，便去躲在山中，不敢出来。宪宗大怒，便令浙东观察使捉获柳泌，送进京去。幸得那皇甫镈和李道古一班人，都和柳泌通同一气的，便竭力替柳泌求情，宪宗便免了柳泌的罪。那柳泌又在宫中合了金石酷烈的药，献与宪宗服下，宪宗一时贪恋女色，那药力十分勇猛，果然添助精神不少。宪宗又重用柳泌，拜他为待诏翰林。

从此宪宗的亲信大臣，各立党派，互相倾轧。那柳泌一班人结成一党；吐突承璀一班人结成一党；又有那宫内太监王守澄、陈弘志一班人，结成一党。这宪宗因沉迷在神仙色欲的路上，早把朝廷大事，置之度外，一听那朝外大臣和宫中太监互相争夺。那宪宗皇帝因服金石之药太多，中了热毒，性情十分躁烈。一时怒起，那左右太监往往被杀，内侍们人人自危，便与王守澄、陈弘志、马进潭、刘承、韦元素一班太监暗地里结成一死党，常常瞒着众人的耳目，在宫中密谋大事。

那吐突承璀与二皇子澧王恽，交情甚厚。前太子宁病死的时候，承璀即进言宜立恽为太子。宪宗原也爱二皇子的，只因皇子的母亲出身微贱，便改立遂王恒为太子。如今宫中各立私党，每党又各拥一皇子，大家阴谋废太子恒。太子得了消息，甚是恐慌，便密遣人去问计于司农卿郭钊。郭钊原是太子的母舅，便进宫来，面见太子，劝道："殿下只须存孝谨之心，静候天命，不必惶恐。"

不多几天，便是元和十五年的元旦，群臣齐集麟德殿朝贺。宪宗精神十分清健，便赐百官在明光殿筵宴。皇上与各丞相王公同席饮酒，甚是欢乐。席间君臣雅歌投壶，直至黄昏时候，才尽欢而散。不料到了第二天，宫中竟传出消息，说皇上圣驾已宾天了。那文武大臣急入宫问候，走到中和殿前，那殿内便是御寝所在，只见殿门外已由中尉梁守谦带兵执戟，环绕殿门，不放众大臣进去。遥望门里，那班管宫太监，如王守澄、陈弘志、马进潭、刘承、韦元素等，各各执剑怒目。陈弘志高声向门外诸大臣说道："万岁爷昨晚因误服金丹，毒发暴崩。"郭钊大声问道："大行皇帝可留有遗诏？"那王守澄答道："遗诏命太子恒嗣位，授司空兼中书令韩弘摄行冢宰。太子现在寝室，应即日正位，然后治丧。"就中惟吐突承璀十分愤怒，便大声说道："昨夜万岁爷好好地饮酒欢乐，何得今日就无病而崩？我们身为臣子，不能亲奉汤药于生前，亦欲一拜遗体！尔等何得在宫内挂剑拦住大臣！"他说着，一手拉住澧王恽的袍袖，便欲闯进宫去。那班执戟武士如何肯放他进去，便横着戟拦住宫门。两面争闹起来，那皇甫镈和令狐楚一班人，原是怕事的，见他们愈闹愈激烈了，便上前去竭力把吐突承璀和澧王恽二人劝出宫来。谁知那班太监的手段十分恶辣，见承璀、澧王二人退出宫去，便暗暗地派了两个刺客去跟在他二人背后。第二天，满京师人传说那承璀和澧王二人在半途上被人刺死了。这时宫中被众太监包围住，谁也不敢去把这消息去奏与新皇帝知道。承璀和澧王二人，也便白白地送了两条性命。

事后有人传说，那宪宗也是被宫内太监刺死的。只因那日黄昏时候，宪宗皇帝宴罢群臣回进宫来，行至中和殿门口，便回头吩咐侍卫退去，只留两个小太监掌着一对纱灯，慢慢地走进宫来。正走到正廊下，忽听得屋中有男女的嬉笑之声。宪宗因多服丹药，性情原是十分急躁的了。如今听了这种声音，叫他如何不怒。正要喝问，忽见屋子里奔出一男一女来，男的在前面逃，女的在后面追，口中戏笑着，不住地娇声唤着："小乖乖!"那男的一面假装逃着，却不住地回过脸儿去，向那女的笑着。宪宗皇帝迎面行去，他两人都不曾看见，那男子竟与宪宗皇帝撞了一个满怀。宪宗大喝一声，这一对男女方才站住。借着廊下的灯光看去，认得那男子便是太监王守澄，那女子便是学士先生若宪。

若宪是宪宗皇帝心中最宠爱的人，如今亲眼见她做出这种事体来，真把个宪宗气破了胸膛，当时也不说话，劈手去拔小太监腰上挂的剑来，向若宪的酥胸前刺去。却不防头背地里王守澄也挥过一剑来，深深刺在宪宗皇帝的腰眼上。只听得皇帝"啊哟"喊了一声，便倒地死了。若宪见惹了大祸，便十分慌张，要哭喊出来。王守澄抢上一步，把若宪的嘴按住。

欲知后事如何，且听下回分解。

第九十三回　春色微传花障外
　　　　　　　　私情败露掖庭中

　　太监王守澄因与女学士若宪调戏，致犯了弑君的大罪，若宪在一旁，见万岁爷死得甚惨，一时良心发现，正要叫唤。那王守澄便上去，把若宪的嘴按住。他到此时，一不做，二不休，立刻把宫内一班有权势的同党，召集在密室里，当时陈弘志、马进潭、刘承、韦元素和那中尉梁守谦一班内侍，在密室中足足商议了一个更次，便决定假说是皇上误服金丹、中毒暴崩的消息，传出宫去。一面把皇上的尸体，安放在龙床上，拭净了血污；又拿棉絮塞住腰间的伤口，外面罩上龙袍，停尸在寝宫里，谁也不放他进宫来见皇上的尸体。便是太子恒，他们假着皇帝的遗诏，宣召进宫去，只把他留住在东偏殿里，直待到皇帝棺敛已毕，那太子才御太极殿，接着皇帝位，称为穆宗。

　　这时宫内外大权都在王守澄一班太监手中。他们假着穆宗皇帝的命令，去把方士柳泌和浮屠大通二人捉来，活活的在当殿杖毙。又说丞相皇甫镈是荐引方士，同谋药死皇上的，便下诏把丞相收监，充军到崖州去。这王守澄原是和女学士若宪有私情的；但因那夜王守澄杀死宪宗皇帝，若宪一时慌张，叫喊起来。这行凶的情形是若宪亲眼目睹的。王守澄只怕若宪日后宣扬他的罪恶，因此由爱反成仇，便也假用皇帝诏旨，把若宪幽囚在外第；

又恐若宪怨恨，便赐若宪死。若宪母家的弟侄女婿一班人，共十三人，都被捕流配到岭表去。一时满朝全是王守澄的死党，还有谁敢说一个不字。便是穆宗皇帝和皇太后郭氏母子二人，也见了王守澄一班党羽，十分害怕。所有朝廷大权全在那内侍手中，穆宗从不过问。当时穆宗迎生母郭太后移居兴庆官，每遇朔望，穆宗率领百官，至宫门上寿。每遇良辰令节，穆宗又率领六宫妃嫔，陪奉皇太后在御苑中游览宴饮。

王守澄拿女色去引诱穆宗，便以陪奉太后游玩为名，密令内外命妇、后宫亲戚，各各华装艳服进宫去。穆宗也夹在众命妇队里，左顾右盼。看看那命妇个个都长成仙姿国色，颦笑宜人，便也忍不住和她们轻薄调笑起来了。那班命妇谁不爱亲近皇帝，因此在花前月下，闹出许多风流故事来。

内中有一位金吾将军的妇人曹氏，出落得最是美丽冶荡；横波流处，魂意也销。她初次入宫，和穆宗相见，两人便深情默契。当夜穆宗便假着宫中宴饮为由，把曹氏留住在兴庆宫中。两人酒至半酣，便偷偷地避出席来，走到花深月静的地方，穆宗竟在一幅草茵上临幸了曹氏。第二天，曹氏辞别出宫，穆宗皇帝便赏她一箱珍宝，又封她为曹国夫人。从此，穆宗常常把曹国夫人宣召进宫去游玩，一进宫去，总是十天八天不放她出来。这曹氏生性又是十分流动，她在御苑中，爱好骑马。穆宗便替她在御堤上开一马道，夹路种着桃柳，软泥十丈，芳草如茵。穆宗皇帝跨一头栗色马，曹国夫人跨一头银鬃马；两人并着马头，在马道上往来驰骤，笑乐相亲。一到春天，那道旁桃红柳绿，万花齐放。曹国夫人又打扮得十分娇艳，在花下徘徊着，望去好似天上仙子。穆宗又怕曹国夫人一人在宫中太寂寞了，便把王公命妇，一齐召进宫来，陪曹国夫人饮宴游玩。这御花园中，顿时绣带招展，粉面掩映。穆宗插身在里面，调情打趣，十分快活。

这日是七夕良辰，穆宗皇帝亲御丹凤门，宣诏大赦。因欲博曹国夫人的欢心，便召入教坊娟妓，令在殿前搬演杂戏。众夫人夹在倡伎队中，往来笑乐。当时京师地方，有一个名娟叫杨雪雪的，也入宫供奉，只见她容光焕发，转侧动人。穆宗便当夜召幸了她。那杨雪雪还有一种动人之处，她的一串珠喉，婉转动人，且她唱的词意艳雅，尽是新曲儿。穆宗常携雪雪在花前月下，娇声歌唱，不多几天，那宫中妃嫔尽传遍了她的歌词。穆宗问："这歌词何人所作？"雪雪奏对："是江陵士人元稹制的歌曲。"穆宗便把元稹召进宫来，拜为知制诰。却终日陪侍在宫中，为雪雪制艳曲。

当时有一位中书舍人，名武懦衡的，瞧他不起。一天，正是大热天气，各文武朝罢，与同僚坐阁下食瓜。元稹亦在座，懦衡见瓜上有蝇飞集，便用扇挥去之，且斥道："适从何来，遽集于此！"同僚闻之失色，元稹也满面羞惭，低头退去。但那时元稹因雅擅词曲，得皇帝的宠用。元稹又制一首《端阳竞渡曲》，献与穆宗，令后宫歌女五百人，齐声歌唱起来，娇媚动人。穆宗便命王守澄打造五十条龙舟，雕刻彩画，十分生动华丽。令小太监扮做各种鱼妖水怪，在水面上绕着龙舟，游行往来。到了端阳佳节，穆宗皇帝便带了六宫妃嫔和各命妇夫人，驾临鱼藻宫，观龙舟竞渡。那五百名宫女打扮得人人妖艳，个个娇美；齐趁着珠喉，唱起《端阳竞渡曲》来，婉转悠扬，从水面渡来。

这时穆宗皇帝正与诸宫妃嫔传杯递盏，谈笑取乐，尤其和曹国夫人，十分关情。两人在筵前眉来眼去，履舄交错。说到情浓之处，便不觉忘形起来，拉住曹国夫人的手，径向御苑中走去。那一群宫女知道这位风流天子的性格，便忙忙各人捧着巾栉盆盒，去跟在身后。看看万岁爷倚住曹国夫人的肩头，慢慢地走到花障子后面去。那宫女们也很知趣，忙齐齐地站住，屏气静息地候着。只听得曹国夫人的一阵一阵娇笑和那万岁爷低声唤着爱卿的声音，度出花障外来。那班宫女，个个羞得红潮上颊，你看着我，我看着你，尽是抿着嘴笑。隔了半晌，那万岁爷才笑嘻嘻地拉着曹国夫人的手，从花障子后面转出来。便有几个宫女，上去拥着曹国夫人，走进更衣室去，梳洗沐浴。那万岁爷自然有一班宫女服侍他。

这位穆宗皇帝专一欢喜玩弄外来的夫人命妇。那妃嫔宫女们也看惯了。内中独有与曹国夫人，最是情浓。这曹国夫人又是放诞风流的，最爱围猎的游戏。穆宗皇帝也因宠爱曹国夫人，每到秋天，便亲自带领神策军，到骊山去打猎。又因伴着曹国夫人，给臣民看了不雅，便推说奉郭太后游幸华清宫。待到了华清宫，便又撇下郭太后一人冷冷清清地住下，自己便和曹国夫人同坐着车儿，向骊山进发。两人住在骊山行宫里，整天整夜地游玩着。也不想回宫去。

这一天，穆宗皇帝正带着曹国夫人围猎，那曹国夫人柳腰粉臂，扎缚得和卖解儿似的，一匹银鬃马驮着。她要在万岁跟前显她的好手段，便往来驰骤，追兔逐鹿，十分快活。那位万岁也拍马跟在她后面，帮着曹国夫人追逐。忽有一神策军人，翻身落马。那匹马吃了一惊，便在围场中飞也似地乱跑。直冲到御驾跟前。那穆宗胯下的一头栗色马，也大吃一惊，擎着前蹄，和人一般地直立起来。穆宗两腿失了劲，也从马背上直撞下来。正在这个时候，那匹溜了缰的马，竟向穆宗皇帝身上直奔过去。这时穆宗皇帝跌闪了腰，倒在地下，一时动不得。那匹奔马举起前蹄，直向穆宗的面门上踏下去。左右大臣个个吓得脸上失色，齐发一声喊。在这喊声里，忽然斜刺里飞过一支箭来，不偏不倚地射中在那马眼上。那马也应声倒地，接着那曹国夫人拍马过来，轻舒玉臂，把万岁爷扶起来。原来这一箭也是曹国夫人射的。曹国夫人本领高强，一箭救了御驾。穆宗皇帝心中更是说不出的欢喜，便攀住曹国夫人的肩头，正要站起身来，忽然他手脚抽搐起来，顿时因受了惊吓，成了风疾。

一团扫兴，众文武百官保住皇帝的圣驾，回到华清宫中。郭太后看皇上只是四肢不停地抽搐，目定口呆，也不觉慌张起来，急急回至长安京城里，一面传御医服药调治，一面由郭太后召集大臣会议立嗣的事体。就中丞相李逢吉一力奏请立景王湛为太子。那中书门下两省和翰林学士等官，都纷纷上奏。原来穆宗在位多年，还不曾册立正宫。生有王子五人，长子湛，原是后宫王氏所生，当时封为景王。有许多臣子，纷纷请立长子为太子。穆宗便立景王湛为太子，册王氏为妃。

这穆宗虽患了瘫痪之症，但依旧不忘记淫乐之事，每日坐在一小车上，用四个小太监前后推拥着，一群美人绕住了这位风流皇帝，弹唱调笑。到十分动情的时候，便把这美人拉进小车去，四面窗幔放下，顿时笑停乐止，只听得车中低低地唤声，轻轻的笑声，直到欢尽乐极，才放那美人出来。穆宗皇帝最不能忘怀的，是那曹国夫人。这时把夫人留住在宫中，穆宗每夜宿夫人宫中。这样夜以继日地伐之不休，任你是铁石人也要倒坏的，何况穆宗是多病之躯，早已支撑不住，神色败坏起来。郭太后看了十分心痛；想起宪宗在日，服方士丹石，一时颇能见效。如今眼见这位穆宗爷精力不济，死在眼前了，便没奈何，令方士修炼丹药，与穆宗服下。无奈穆宗此时真阳已涸，元气愈亏。看着大变即在目前，郭太后便下谕命太子监国。

这时太子年只有十六岁，性情又十分痴呆，内侍们便请郭太后临朝。郭太后大怒，斥退内侍，厉声说道："尔等欲我为武后耶？"谁知那穆宗皇帝正在这时候，一病而崩，宫中顿时慌乱起来。国太舅郭钊，受穆宗顾命，欲扶太子湛为皇帝。谁知四处寻觅，却不见这个太子，直寻到西偏殿下，那太子正与一个小太监在殿下踢球玩耍。众大臣把太子簇拥着到太极殿东序，即了皇帝位，便是敬宗皇帝。尊帝母王氏为皇太后，封次弟涵为江王，三弟凑为漳王，四弟溶为安王，幼弟瀍为颖王。

这敬宗做了皇帝以后，自免不了有许多坐朝的仪式。敬宗因受不了这拘束，往往在朝会的时候，溜下座来，偷偷地跑到中和殿去，找几个小太监和他打球玩耍。见有略具姿色的宫女，便不肯放手，当着众太监的面前，便胡乱奸淫着。此时穆宗的灵柩，尚供奉在太极殿上。敬宗每过梓宫，毫无敬意。常带着一群小太监，在穆宗灵柩前，打着大锣大鼓，大声歌唱。这时李逢吉为丞相，见皇上荒淫无道，他屡次劝谏，敬宗不肯听从。李丞相无法，只得捉住几个小太监斩首，说他犯了大不敬的罪。敬宗见杀了小太监，从此他也不坐朝了，也不出宫来游玩；终日在宫中，只与那班妃嫔、宫女们嬉戏淫乐。

一天正追着一个小宫女，那小宫女却长得十分美丽，只因年纪尚幼，害怕皇帝的淫暴，见皇帝追着她，知道干的不是好事，她也顾不得了，只向那宫门外跑去。这敬宗见了美丽的女孩子，如何肯舍，便也追出宫门来。顶头撞见了那左拾遗官刘栖楚。这刘栖楚是著名的忠直之臣，见了这样子，不觉大怒，随举手中牙笏，向那宫女面门上打去，只听得"啊唷"一声，那宫女被打破了脑门，倒地死了。慌得刘栖楚跪倒在地，连连叩头，口称："臣罪万死！"可怜刘栖楚额上直碰出血来，响声直闻殿角。只听他一面叩着头，口中奏道："陛下年富力强，今在嗣位之初，正当宵旰勤劳，以问政事。今陛下迷于声色，日晏方起；梓宫在殡，鼓吹不休，陛下之令闻未彰，而恶声已远布。如此荒淫，福祚不长。今臣请碎首阶前，以谢旷职之罪！"说着，又叩头不已。敬宗厌听刘栖楚的话，便令左右太监扶刘拾遗出宫去。

当时又有大臣德裕，献玉屏六幅，屏上写着六箴：一曰宵衣，是讥讽敬宗坐朝稀晚；二曰正服，是讥讽敬宗服装怪异；三曰罢献，是讥讽敬宗贪得物玩；四曰纳诲，是讥讽敬宗不听忠言；五曰辨邪，是讥讽敬宗信任奸臣；六曰防微，是讥讽敬宗轻于出游。敬宗如何肯听这些话，他把玉屏围着众妃嫔，令众美女脱去衣裙，裸着身体，在屏中跳舞。德裕和刘栖楚二人，探听得皇帝如此荒淫，便一齐推脱有病，辞去冠带，回家去了。

那敬宗又欲率领六宫至骊山温汤沐浴，右拾遗张权舆，手捧劝谏表文，跪在紫宸殿下，口呼万岁。那敬宗久不坐朝，紫宸殿上，也无人接受他的表文，可怜这张权舆，不住地叩头号泣，从辰牌时分，直跪到申牌时候。那值殿太监，看他哭得可怜，便替他把表文送进宫去。敬宗见表文上满纸都是劝谏不可巡幸的话，又说昔周幽王幸骊山，为犬戎所杀；秦始皇幸骊山，卒至亡国；唐玄宗幸骊山，安禄山作乱；先帝幸骊山，而享年不久。敬宗读罢奏文，仰天大笑道："骊山有如此的凶恶吗？朕更宜一巡幸！"便大举巡幸骊州，骊山上行宫，因荒废日久，成了野兽狐狸的巢穴。敬宗住在行宫中，狐狸作祟，不得安宁。敬宗大怒，便鞭杀管宫太监十余人，又亲自拿着灯笼，隐身殿角，捉射狐狸。妃嫔一齐劝谏，敬宗不听。

当时宫中妃嫔，有很多与太监们通奸的。内中有一刘克明，长得性情伶俐，皮肤白净。原是太监刘光的养子，因善踢球，敬宗在东宫的时候，刘克明便伴着太子踢球玩耍。到年纪长大，也不曾阉割。此时他在宫中，便暗暗地与美貌宫女通奸。渐渐地胆大起来，又与董淑妃结识上私情。不料事有凑巧，这一夜，敬宗皇帝又在半夜时分，躲身在东偏殿角上，守候着擒捉狐狸。

一个小太监怀中藏着灯笼，正在暗地里静悄悄地守着。忽听得那东廊尽头，有悉索悉索爬抓之声，接着一团黑影，着地滚着，渐渐地走近身来。敬宗皇帝在暗地里觑得亲切，便抽弓搭箭，飕的一矢飞去，接着那边"啊唷"一声，一个人倒下地来。敬宗皇帝十分诧异，忙抢步上去看时，见倒在地下的，不是别人，正是宦官刘克明。小太监擎起灯笼，照住他的脸，大声喝问着；那宦官一时慌张，答不出话来。敬宗皇帝见他支吾着，愈加动了疑心，那刘克明才哼着说道："奴婢打听得万岁爷深夜出宫来，特在暗地里保护着万岁爷的。"那敬宗皇帝原是毫无心计的人，听了刘克明的话，便信以为真，便哈哈大笑。这一笑把那宿殿的太监，一齐惊起。那敬宗便吩咐众太监，扶着刘克明回房养伤去。

这刘克明自从中了万岁爷这一箭，足足睡在床上，养伤二十多天，不得下床。他和董淑妃打伙得正在热烈的时候，如今因受着伤，两地里不能暗去明来，心中万分焦急。他这一把无名火，全中在万岁身上。在敬宗皇帝早已不把这事放在心上了。但从来做贼的心虚，刘克明却总疑心万岁爷已经窥破了他的秘密，从此衔恨在心，把个敬宗皇帝当做眼中钉看待。

这刘克明在宫中多年，威权很大。宫中大小太监全是他的党羽。他病在床上二十多天，那班太监天天在他榻前开会，秘密商议，举行大逆不道的事体。这时到了严冬，敬宗皇帝也觉兴倦，回銮长安宫中。兵部尚书余应龙奏称："有征西大将军苏佐明，班师回京。"敬宗皇帝忽然高兴起来，便传旨当晚在正仪殿赐宴。当时与宴的，除苏佐明、余应龙二人以外，共有二十八个文武大臣。君臣对酌，倍觉开怀。这敬宗皇帝原是酷好杯中之物的。如今君臣同座，毫无拘束的，便不觉酩酊大醉，顿时呕吐起来，狼藉衣袖。小太监扶着，退回隔室去，更换衣服，众大臣齐坐在筵前守候着。

正在这时候，忽听得隔室中一声惨呼，听去好似皇帝的呼声，吓得众大臣一齐变了脸色。那苏佐明便忍不住了，推案而起。正慌张的时候，忽见殿上的灯火，一齐熄灭了。眼前一片漆黑，众大臣一步也行走不得。隔了半晌，才有小太监把灯火重明起来。回头看时，只见殿屋四周，站满了兵士，肩上搠着雪亮的刀枪。众大臣知道是中了计，大家面面相觑，开口不得。

又隔了半晌，只见那太监刘克明带剑上殿，满脸露着杀气，身后随着一队铁甲军士。

欲知后事如何，且听下回分解。

第九十四回　叔恋侄文宗急色
　　　　　　　女负男太子殉情

　　太监刘克明对众大臣厉声说道："万岁爷已驾崩了！"一句话吓得众大臣目定口呆。那苏佐明止不住扑簌簌滚下泪来。余应龙只问得一句："万岁爷好好的，如何忽然崩了驾？"那刘克明便瞪着双眼，一手按住剑柄，大有拔剑出鞘之势，吓得余应龙忙低下头去，不敢作声儿。这时学士路隋坐在余应龙左首肩下。刘克明右手仗着剑，腾出左手来，上去一把把路隋揪下席来，喝令小太监叫捧过笔砚来，逼着路学士草遗诏，命传位给绛王悟。绛王年幼，便令刘克明摄政，尊为尚父。遗诏发出宫去，人人诧异。这明知是刘克明一人闹的鬼，但满朝中尽是宦官的势力，大家也奈何他不得。众文武二十八人入宫赴宴，一齐被刘克明监禁在宫中，不放出来。大家再三向刘克明哀求着，直到敬宗皇帝的尸体收殓完毕，那绛王悟入宫来，在枢前即位，诸事停妥，才把众大臣放去。

　　这二十八人在宫中，足足关了三天三夜，待放出宫来，独苏佐明一人，十分悲愤。他扮作农人模样，混出了京城；又悄悄地召集枢密大臣王守澄、杨承和中尉魏从简、梁守谦一班忠义之臣，秘密商议。由苏佐明率领兵士往涪州迎江王涵，乘城中不备，攻入京师，直至宫中。这时宦官刘克明竟与董淑妃成双作

939

对，也不把绛王放在眼中。听得宫门外喊杀连天，忙命小太监打听，知道是苏佐明兵士已把宫禁团团围住，水泄不通。他便指挥众太监，出至宫门外抵敌。苏佐明出死力攻打。这时宫中有左右神策飞龙兵帮助守住宫门，实是不易攻打。余应龙扶住江王，令兵士高声齐呼："有真天子在此！快开宫门！"

那宫中神策兵听得了，忽然自相残杀起来。苏佐明兵士乘势杀入；那神策飞龙兵见了江王，便齐呼万岁。转过身来，便帮着杀太监死党。苏佐明眼快，在人丛中看见刘克明抱着一位小王，东西乱窜。苏佐明站在高处，觑的亲切，便在冷地里发过一箭去，那刘克明应弦而倒。众人一拥上去，举刀乱砍，顿时剁成肉泥，可怜那绛王悟，也和刘克明陈尸在一处。众太监见刘克明已死，便和鸟兽一般，四散奔逃。江王入宫，见了绛王的尸首，兄弟之情，免不了抚尸一哭。

众大臣奉着江王，在凝禧殿即皇帝位，称作文宗。文宗是穆宗皇帝的次子，母后萧氏，尊为皇太后。第二天，宫中发出一道圣旨来，命宫女非有职事者，一律放出宫去，共有三千多宫女，又放去五坊的鹰犬，罢田猎之事，更裁去教坊总监、闲职太监，共有一千二百余人。这一年大熟，文宗命司农收藏五谷，以备荒年。文宗天性俭朴，在宫中布衣麦饭，见有文绣雕镂的器物，便命撤去，藏入府库。此时太极殿久不坐朝，两墀下草长，几及人肩，文宗命割除。从此每逢单日，便坐朝听政。

众大臣奏事，至日午，还不退朝。因为从前敬宗皇帝在日，每月坐朝只一二日，百官公事压积日多，文宗一一查问，不觉日长。

此时刘克明的死党都已搜杀尽绝。只有中监仇士良，原是文宗最亲信的人。他在江王藩府中，已服侍文宗多年，如今奉文宗入宫，因当时保护圣驾的功劳，文宗便另眼看觑着他。

第九十四回　叔恋侄文宗急色　女负男太子殉情

谁知小人得志，便顿时跋扈起来。仇士良在宫中，暗结党羽，把持朝政，凡有朝命出入，都是仇士良一人从中操纵着。如加一官晋一爵，仇士良都要向那官员索取孝敬，千金万金不等。

这位文宗皇帝，却又出奇地信任仇太监，每日坐朝，遇有疑难不决的事，便问士良。这仇太监原也很有口才，他便当殿代万岁爷宣布旨意。日子渐久，满朝政事都听仇士良一人的号令；慢慢地太阿倒持，每天朝堂上，只听得仇士良一人说话的声音。遇有臣下奏请，仇士良便代皇帝下旨，处断国家大事。

那文宗高坐在龙椅上，好似木偶一般，心中甚是气愤。但仇士良党羽已成，文宗在宫中，一举一动都被太监钳掣住了，举动不得自由。文宗到此时，也便心灰意懒，无志于国事，渐渐地也不坐朝了，所有的内外大事都操在仇士良一人手中，顿时招权纳贿，大弄起来。文宗终日在宫中闲着无事，便和一班妃嫔们厮缠着，渐渐地沉迷色欲。

那时文宗最宠爱的是纪昭容，长得容貌端丽、性情贤淑，文宗常去临幸。但这纪昭容房屋中，忽然有一对姊妹花发现，讲她的姿色，比芙蓉还艳；讲她的肌肤，比霜雪还白；行动婉转，腰肢袅娜。他姊妹每见文宗驾到，便和惊鸿一瞥般转身遁去。天下的美人最好是不得细看。模模糊糊，好似雾里看花，越是看不清楚，越是爱看，越是爱又越是想。这时文宗眼花缭乱，心旌动摇，越是心中想得厉害，越是口中不敢问得。只因纪昭容妒念甚重，文宗宠爱着纪昭容，也不愿兜这闲气。但美色谁人不爱，文宗越是口中不说，越是心中奇想。

从来说的，天从人愿。这一天，文宗独自在御园中闲走，慢慢地走到万花深处，一瞥眼从叶底露出一双美丽的容貌来。文宗认得，便是在纪昭容屋中遇到的一双姊妹花，如今不怕她飞上天去了。文宗到了这时，也忘了自己是天子之尊，便满脸堆着笑容，迎上前去。那姊妹二人见避无可避，只得拜倒在地，娇呼万岁。这和出谷新莺似的娇声，听在文宗耳中，万分欢喜，当时也不暇问话，便伸过手去，一手拉住一个，慢慢地踱出来。就近转入延晖宫，一夜临幸了她姊妹二人。初入温柔，深怜热爱，一连十多天不出宫来。

那纪昭容打听得万岁爷有了新宠，心中虽万分悲怨，但却也不敢去惊动圣驾。直到第二十天上，还不见万岁爷出延晖宫来，纪昭容满肚子醋气，再也挨不住了，便借着叩问圣安为由，闯进宫去，打算看看万岁爷的新宠，究竟是怎么一个美人儿。谁知不看时便也糊里糊涂地过去，待到一见面，却把个纪昭容急得忙跪下地去，连连叩头说道："万岁爷错了！万岁爷错了！"文宗听了，也便怔怔的。那姊妹二人听了纪昭容的话，也一齐羞得粉面红晕，低垂双颈。纪昭容又说道："万岁可知这两个新宠是万岁爷的什么人？她姊妹二人原是万岁爷的侄女呢！"文宗听了，不觉直跳起来。忙问："是什么人的女儿，却是朕的女侄？"

纪昭容奏道："她姊妹二人原来是李孝本的女儿。"文宗听说是他哥哥湘王李孝本的女儿，便急得在屋子里乱转，嘴里连说："糟了！糟了！"纪昭容又接着说道："她姊妹二人是新出阁的，嫁与段右军为妻室。只因平日和贱妾最是性情相投，因此常常进宫来起坐，不想给万岁爷看上了眼，如今这事却如何打发她姊妹二人？"文宗一眼见她姊妹二人，娇啼婉转，备觉娇艳，他心中万分爱怜。当时心中一横，便把双脚一顿，说道："这事木已成舟，如今一不作、二不休，朕也顾不得什么侄女不侄女！她姊妹二人，朕如今爱定了，明日朕便当下旨册立她姊妹为昭仪，拼在宫中另选两个美貌的赏给段右军罢了。"纪昭容听说万岁爷欲册立自己的侄女做昭仪，这乱伦的事如何使得，忙磕头苦劝。无奈这时文宗被美色迷住了，如何省得这伦常的大义。

第二天，竟发下谕旨去，立她姊妹为昭仪。满朝大臣不觉大哗。有拾遗魏謩上疏道："数月以来，教坊选试以百数，庄宅收市犹未已；又召李孝本女，不避宗姓，大兴物议，臣窃惜之！"文宗读此奏章，不觉自惭，便亲笔批在表文后面道："朕广选女子，原欲以赐诸王；只怜孝本孤露，收养其女于宫中，并无册立之事。"把这乱伦的秽德，轻轻抹去，那魏謩却也无话可说了。文宗又怕这劝谏之事一开了端，大臣们纷纷都要上奏章劝谏，便又假装做有道德的模样。当时有起居舍人，专记皇帝平日起居；文宗便向舍人要那起居注查看。舍人奏道："起居注专记人主善恶，是儆戒人主的意思；陛下只须力行善政；不必观注。帝王若自读注记，则从此舍人不敢直书帝王之善恶，他日不能取信于后人。"

魏謩又请早立太子。文宗每日游玩，必令长子永随侍左右。那王子永已是二十岁年纪，长得长身玉立，自幼便爱踢球骑马。待年纪慢慢长大，自有一班大臣子弟，陪着他在外面斗鸡走狗，渐渐地在娼家出入，行动十分放浪。他又仗着自己容貌长得漂亮，每遇王公大臣家中私宴，他便闯席进去；见有内室美眷，他便施展手段，百般勾引，竟有许多闺秀命妇，因贪他富贵，又爱他年少貌美，私地里和王子永偷香送暖，给她丈夫暗暗地戴上绿头巾的。他这性情便合上了他父皇的脾胃。因此文宗在宫中，每有宴乐，便召王子永随侍在左右。王子永当着父皇跟前，与宫女们调笑无忌。

那时有一位杨贤妃，原是文宗最近在教坊中挑选进宫去临幸的。只因这女子生成美丽的容颜、活泼的性情，文宗得了她，又是出奇的宠爱她。谁知事有凑巧，从前王子永在教坊出入，原和杨贤妃结下一段深情。两人海誓山盟，只因王子永是当今的长王子，将来有做太子的希望，若娶了一个妓女去做妃子，只怕招惹

943

物议，因此两边延宕着。却不知哪里一个大臣，要讨皇帝的好儿，把这杨贤妃长得如何美貌，传在天子耳中。这文宗正在爱好色欲的时候，如何肯轻轻放过，便立刻打发宫监去把杨贤妃娶进宫来。居然一见钟情，一宵雨露，便册立为杨贤妃。满朝大臣迎合万岁爷的心意，纷纷上表进贺。四方官员又进献脂粉珠玉。文宗要得杨贤妃的欢心，便在熙春殿上，大排筵宴，赐群臣饮酒。酒罢，退至后宫，又传各王子、各公主拜见贤妃，尊以母礼。第一个是王子永，他不行礼也还罢了，待进宫去行礼，一抬头见坐在上面的新妃子，不是别人，正是和他在枕上花开并蒂海誓山盟的意中人。他心中一酸，如何能不气？但当着父皇跟前，却不得不拜倒在他意中人的石榴裙下。

拜罢起来，一肚子肮脏气，便觉按纳不住，便立刻退出宫。回至府中，一时无处发泄，便把自己书室中陈列着的文具珍宝，打成雪片模样，把合府中上下的人，惊得个个目定口呆。正在不可开交的时候，忽报说父皇册旨下来；王子永纳住气愤，忙排香案接旨。中官宣读诏旨，原来是册立长子永为皇太子。一班趋炎附势的大臣得了这个消息，忙又纷纷齐集在太子府中贺喜。三日三夜的笙歌宴饮，险些不曾把这一座府第闹翻。举行过庆贺以后，照例太子迁入东宫去居住；又派了一群东宫的官员，天天陪着太子饮酒游乐。这太子虽天天和一班近臣太监们游玩着，但他每一念起那意中人，不觉心中如捣。

这时东宫离杨贤妃的凝晖宫，近在咫尺。他每日清早在楼头眺望，只见烟树迷濛。封住了凝晖宫的屋顶。太子见屋怀人，常常叹息。有一天，这太子觑人不留意的时候，便一个人悄悄地溜进凝晖宫去。这时正值黄昏月上，那宫廷廊下映着红绿的灯光照在院子里，十分暗淡。太子隐身在灯光后面候着，半晌半晌，果然见杨贤妃扶着一个小宫侍，慢慢地步出廊下来，倚定栏杆，望着月儿。太子因心中想念多时，意中人骤然相见，他心中如何忍耐得住？便也顾不得避宫侍的耳目，急耸身出去，伸着两手，攀住杨贤妃的肩头，只说得一句："害我想得好苦呀！"

那杨贤妃大吃一惊，立时玉容失色，不觉双眉紧蹙，娇声咤道："有贼！"那太子见不是路，怕惊动宫中侍卫出来，不好意思，便急急转身遁回东宫去。此时杨贤妃攀上高枝儿，早已不拿这太子放在心眼中了。如今太子当着宫侍面前，做出这轻薄样儿来，这杨贤妃心中又气又羞，她又怕落在宫侍眼中，口没遮拦，把太子的轻薄样儿，在人前说出来，传给万岁爷知道了，疑心自己和太子有什么暧昧事体，保不住失去了皇帝的宠爱。因此杨贤妃便打了一个狠毒的主意，索性先发制人，在文宗皇帝跟前，日夜说着太子的坏话。这文宗皇帝正宠爱杨贤妃头里，听说太子胆敢调戏贤妃，便立刻要传旨，废去太子名位，发交刑部看管。这消息传在太子的耳中，知道大祸即在目前。他心中又悲伤，又恐慌，一个人闭上屋子，在室中绕行着，踯躅通宵，他愈想愈害怕，便悄悄地在室中自刎而死。

第二天东宫侍臣奏与万岁知道，万岁爷勃然大怒，把所有东官近臣，一齐收了监。这消息传至杨贤妃耳中，这时杨贤妃正伴着一位少年王爷在密室中谈心。这王爷便是文宗皇帝的弟弟溶，现封为安王；在诸位王爷中，面貌长得最美，因此杨贤妃入宫之初，一眼便看中了，他二人早晚秘密来往着。如今杨贤妃听说太子已死，她乘万岁爷夜间临幸的时候，便在枕席之间，替安王进言，请万岁爷立安王为太子。那安王原也神通广大，他用黄金买通了宫中太监，第二天那宦官仇士良为首，率领一班总管太监，一起有二十多个人，去见万岁爷，奏称愿请立安王为太子。说话的时候，其势汹汹，声色俱厉。文宗是一向害怕宦官的威权，如今见他们众口一辞，欲立安王为太子；心中明知道安王与他们结了同党，他当面也不敢说破，只推说立储是国家大事，须与宰相商量。

次日，文宗皇帝召左丞相李珏至密室中，告以宦官欲立安王之事；李珏力言不可。文宗叹着气说道："朕如今身心受制于宦官，岂尚有朕的说话吗?"说着，不觉流下泪来。李珏也伏地流涕，奏道："老臣必有以报陛下！"他匆匆退出宫来，便在相府中，召集了众文武大臣，秘密商议。众意欲立敬宗少子成美为太子，只怕宫中宦官不愿意，便联合众文武大臣，在奏本上具名，共有五百多人，一体入奏，请立成美为太子。这成美却是一位循规蹈矩的少年，文宗见有许多大臣具着名，便也胆大起来。便是仇士良一班太监，见有许多外臣扶助成美，便也不敢有什么反抗的话。文宗才得大胆下着圣旨，册立成美为皇太子。

文宗在宫中，时时受宦官的气恼，心中郁郁不乐。从来说的，忧能伤人，文宗心中郁积日久，便一病不起。文宗在病中，欲传命太子监国。这时宫中密布仇士良的心腹，见皇帝寝宫中传出密旨来，早被仇士良派心腹侍卫，在半途中劫去。仇士良一人的主意，便私改诏书，立皇弟瀍为太弟，命太弟监国。次日，文宗驾崩，那太子成美得了消息，便欲至寝宫哭送。走到寝宫门外，忽然跳出四个方士来，不由分说，擒住太子，送至密室中，活活地被太弟用麻绳缢死。这太弟见太子已死，便胆大放心地自立为皇帝，坐朝听政，称为武宗皇帝。

这武宗皇帝却是精明强干的；他是用阴谋强力把这皇位霸占过来，只怕内外人心不服，便用威力整顿朝纲。所有从前文宗时候堕落的大权，在武宗手中，一朝统统收复过来。那中尉仇士良，自己仗有扶立之功，每值朝会，便高视阔步，叱咤百官。武宗心中含怒已久，当时因宫中太监，俱是仇士良的同党，不便下手。武宗便多与内侍金帛，使他叛离士良，都归心于皇帝。仇士良渐渐地觉得势孤，便告老回家。当时便有许多太监，在士良府中饮酒钱别，士良对众内宫说道："诸位皆欲在宫中立权威，第不可令天子过于精察；常宜引导奢靡，娱其耳目，使日新月盛，无暇更及他事。然后吾辈可以得志，慎勿使天子亲近儒生，彼知读书，即知前代兴亡，且知忧惧，则吾辈无所用其权矣！"几句话，说得众人点头叹服。因此仇士良去后，宫中太监又朋比为奸起来。

那时武宗明察内外，众内侍无所用其技；武宗皇帝又别无嗜好，众太监又无法使天子昏惰。武宗平日，惟爱杯中物，常常饮酒至醉。

欲知后事如何，且听下回分解。

第九十五回　夺美妾武宗下辣手
　　　　　　报宿恨郑后行残心

　　众太监听了仇士良的话，便又结合私党，背着武宗皇帝，在暗地里做招权纳贿的勾当。但武宗却是一位英明之主，朝廷政事不论大小，都是亲自管理。那太监便是要在暗地里舞弊，也是无可下手。因此太监们在背地里商议，欲探听万岁爷有什么嗜好，便设法投其所好，使万岁爷昏迷在这嗜好之中，便也无暇顾及国家的政事了。后来打听得万岁爷酷好杯中之物，众太监便设法去搜罗各处的名酒。武宗爱酒的名儿传至四方，便有那幽州刺史官苏允中来凑趣儿。他献上十二坛名酒，又献一个劝酒的美人儿，一齐送进宫去。

　　那劝酒美人原是扬州的娼妓，名小翠的。她不但容貌美丽，更是善于劝酒。每当华筵初张，小翠儿便顿着娇喉，唱《酒中八仙歌》。每唱一阕，便劝酒一巡。座中的宾客既贪她的美色，又爱她的娇喉，便不觉举杯痛饮。那小翠又藏着满肚子的新奇酒令儿，屋中十景架上又满排列着片筹玉筒。每一筒便是一种酒令，又风雅，又香艳。牙筹上雕着艳雅的词句，人见了便是不能饮酒的，也由不得鼓动兴趣，强饮几杯，凑凑趣儿。因此一班文人雅士、达官富商，都拥挤在小翠儿的妆阁中，盘桓不忍去。那小翠儿的名气一天大似一天。便有那官府大员，常常把她唤进府去，陪伴饮酒。十天八天，不放她出来。

从此小翠儿也不把那班文人商贾，放在眼中，专一巴结达官贵人。每一次坐着香车出行，前呼后拥，招摇过市。如今她索性巴结上了皇帝。武宗虽是一个英明之主，但见了这个如花一般的美人儿，又能歌唱，又能说笑，不由得把这万岁爷的神魂儿迷住了。当时宫中太监见把这一位英明的万岁也捉弄倒了，便大家趁万岁他昏迷的时候，在暗地里招权纳贿。那武宗得了这个小翠儿，每日伴着在绛云轩饮酒听歌，猜拳行令。把个英明天子，灌得酒醉如泥。当时有一位节度使杜悰，看万岁如此沉迷不醒，便上了一道奏章，力劝皇上须励精图治。此时武宗皇帝因饮酒过量，伤害肺腑，卧病不起，心中深自悔恨，不该好色贪酒。如今读了杜悰这本奏章，心中万分悲伤！依着床头，不住地流泪。无奈肺病一天沉重一天，挣扎到冬天时候，便晏了驾。这时宫中太监的威权，一天大似一天，在武宗皇帝病势危急的时候，便在宫中秘密会议，欲立太叔光王忱为太子。

说起这光王忱，当初也有一段风流故事，留传在宫廷间。这光王忱是武宗皇帝的弟弟、宪宗皇帝的少子。光王的母亲郑氏原是当初丞相李锜的姬人。李锜和宪宗自幼在东宫，原打伙得很是相投的。有时宪宗还在李锜家中游玩，自朝至暮，十分快乐。也忘了回东宫去，便留住在李锜府中。那李锜的内眷，妻妾子女们也都和宪宗谈笑无忌。内中惟有爱姬郑氏，长得更是美艳出众，尤其是善于烹调。恰巧这位宪宗皇帝又是讲究饮食的。如今在李锜家中，尝了美味的酒菜。那李锜也要讨好宪宗，便令这爱妾郑氏，出堂拜见。谁知他二人真是前世的冤孽，一见了面，便各自生了心。

宪宗从此更是在李锜家中走得勤。但此后的来往，与从前大不相同了。从前宪宗到李锜家去，总是觑着李锜在家的时候，两人吃喝游玩着，大说大笑，十分亲热。自从宪宗心中有了郑氏以后，便觑着李锜不在家的时候，偷偷地走去，和郑氏私会。他是一位东宫太子，又是将来的皇帝，有谁敢去管他的闲事。每次宪宗到李锜家中去，便和郑氏在花园中，尽情旖旎，彻胆风流。后来也被李锜亲自冲破过几次，李锜心中虽觉得酸溜溜儿似的，万分难受。但总不肯因儿女之好，坏了君臣的义气；因此李锜便忍了心头的痛，索性向宪宗说明，把这个爱姬奉赠与宪宗。宪宗大喜，把这郑氏娶进宫去，不上半年工夫，便生下这光王忱。待宪宗即位以后，因宠爱郑氏，也便宠爱这位光王。

无奈这光王因他母亲在惊恐羞耻时所生的，自幼便有几分呆气。又是生性十分残刻，宫中诸王子都不和光王亲爱，在背地里说他是私生子。宪宗见他不理于众口，只得立文宗为太子。这光王见自己不能得势便也在宫中安分静守。直守了十多年，忽然又得时起来。

原来光王平日在宫中，与一班太监甚是联络。宫中太监都称他作太叔。在武宗时候，太叔的权势很大。在宫中人人尊敬他，因此一班太监都要仗着太叔的势力，植党营私。那太叔也渐渐地起了野心。更有他母亲郑太妃，在一旁竭力撺掇着各太监，拥戴光王。又许各太监将来事成以后，给他许多好处。那太监们在宫中密议，联合外面大臣，矫皇帝诏旨，说皇子年幼，立光王为皇太叔，权当军国政事。待武宗晏驾以后，太叔居然高坐朝堂，裁决庶事。所理国事，都井井有条，文武百官十分信服。

当时宰相李德裕便奏请皇太叔自为天子，号称宣宗。谁知宣宗一朝登位，却甚是精明，处事又苛刻少恩，所有旧日用事的几个太监都被宣宗假着事故，一齐裁撤。待外臣也颇少恩德。因此弄得内外怨恨！当时宣宗因自身贵为天子，便尊生母郑氏为皇太后。又怕李锜在朝，把宪宗旧日的私情，漏泄出来，有关他母子的颜面，便硬说李锜有大逆之罪，拿他家族尽行斩首。

武宗在日，原有一位得宠的王才人，长得美秀玲珑。武宗生平最是钟爱。这王才人原是穆宗时代选进宫去的，那时年只十三岁，已是擅长歌舞。十四岁时，模样儿长得愈是苗条。武宗为太子时，见了已十分爱悦。穆宗便拿她赏与太子。武宗登位，原欲册王氏为皇后，只因她出身微贱，又是不生子息，丞相李德裕竭力劝谏，说怕贻天下人讥笑。但是这王才人却实在长得令人可爱。你道是怎样一个可爱的模样？原来她不但眉眼俊美，却又体格苗条，肌肤白腻，姿态翩跹。最可爱的，她和武宗一般地披着甲胄，戎装跨马；在西山下围猎，和武宗立马并肩，远望去好似一对璧人，刚健婀娜，十分动人。原来武宗也长得白皙肌肤，颀长身材。如今武宗欲册立她为皇后，被大臣谏阻，没奈何只得暂屈王氏为才人，宫中均呼为"王才人"。

这王才人在宫中，直至武宗崩驾，宠幸不曾稍衰。王才人不但容貌美丽，却又心性灵敏，凡是皇帝的嗜好，王才人无不先意承志。武宗看了，爱也爱不过来。从来爱美人的，总不免在床第之间，多用些工夫。因此武宗的身体，渐渐地淘虚了。

当时武宗最信道教，却又痛恶佛法，令京师东都，只许留佛寺两所。每寺留僧三十人，各道亦只许留寺院一所，余皆毁废。僧尼勒令还俗，田产没入官中，寺院木材改造作公廨驿舍，所有铜像钟磬一律熔化，改铸制钱。共计毁去寺院四千六百余座，闲庵冷庙四余座；勒令还俗的尼僧共有二十六万五百人，收没良田数千万顷，奴婢十五万人。从来排佛的帝王共有三人：一是魏太武，二是周武帝，三是唐武宗，佛家称为"三武之祸"。

武宗既力排佛教，便专信道教。在即位的初年，便宣召方士赵归真入宫，传授符箓之术，拜为道门教授先生。便在西安宫外，建一座望仙观，供养教授先生。武宗每日朝罢，便至观中听讲法典，十分地诚敬。那归真趁此广引徒党，又迎合意旨，为皇帝修合快乐仙丹、不老神药。武宗服下，陡觉精神倍长，春兴甚浓，自暮达旦，采战不休。武宗只顾得王才人欢心，便也不念伤害身体，渐渐地容颜憔悴，形体枯瘦。这王才人也曾几次劝谏万岁爷，以少服丹药为是。无奈武宗只图眼前的快乐，也不暇念及将来的惨痛。果然挨到会昌六年，武宗竟一病不起，在弥留的时候，只有王才人一人侍立榻旁。此时武宗已不能说话，便用手指着王才人，两目瞪着，注视不瞬。王才人知道万岁爷舍她不下的意思，便忙拜倒在御榻下，一面拭着泪奏道："陛下千秋万岁后，妾愿相从地下。"一句话才说完，那武宗便咽了气。

那时宣宗即位，久已打听得王才人的美貌。那王才人正哭倒在龙床前，宣宗已传旨下来，宣召王才人晋见。那王才人知道新皇帝不怀好意，便推说入室更衣去。她退入寝室，紧闭双扉，急急解下衣带，自缢而死。宣宗十分悼惜！便下旨追封王才人为贤妃。出殡之日，宫中妃嫔念她在日时待人的好处，又可惜她的美貌，便一齐哭送。尤其是宣宗，见死了一个美人儿，便终日长吁短叹，闷闷不乐！那皇太后郑氏原是疼爱皇帝的，见万岁爷因想念美人，闹得废寝忘餐，便替他在后宫中，挑选了十个美貌的娇娃，一任宣宗临幸。那宣宗眼前有了美人，便也解了心中烦闷。

这时宫中大权全操在皇太后郑氏一人手中。但郑太后入宫之初，便和太皇太后郭氏，结下了生死之仇。你道为什么？

原来那太皇太后郭氏，安居兴庆宫，颐养多年，历穆宗、敬宗、文宗、武宗四朝，都十分尊重这位太皇太后。直到宣宗即位，他与太皇太后原有母子之义。但只因宣宗是郑氏所出，郑氏在当初和郭氏，一个是母后，一个却是偷偷摸摸来的。妇人的妒念是有生俱来的。那郑氏得了皇帝宠幸，自不免恃宠而骄，在郭皇后跟前，常有失礼的去处。这郭皇后是郭子仪的孙女，诗礼之家，最重名节。她见了郑氏轻狂的样儿，如何容得。从来母后有统率六宫之权，郭氏便瞒着宪宗的耳目，把一腔怨恨，尽发泄在郑氏身上。郑氏也自知来路不正，便也只得挨打受骂，过着日子。此次母以子贵，郑氏得为太后，所有从前对于郭氏的宿怨，便要乘机报复。

宣宗此时，也欲为生母吐气，对着这太皇太后郭氏，便十分失礼。郑氏又唆使宫中太监，造作谣言，说宪宗的暴崩，是太皇太后在暗中下的毒药。顿时沸沸扬扬，把这个话传遍了宫廷。传在宣宗耳朵里，怎地不悲愤，他便指使兴庆宫监，断绝太皇太后的饮食。

那郭氏是六七十岁的老妇人了，一身养尊处优，从未遭人欺凌，如今忽遭此变，叫她如何禁受得起。她悲愁交集，终日以泪洗面。当时那宫中的太监、宫女，都走尽了，只留下太皇太后，孤苦零丁，一人闷坐在宫中。有一个老侍女，原是服侍太皇太后二十多年了，为人甚是忠心，宫中宫女都走尽了，独有这老宫女忍着饥饿，不肯离开。太皇太后几次令她出宫去，那宫女说：“奴婢愿侍奉太皇太后至死。”太皇太后一夜睡至三更时分，心中万分悲凉，见窗外明月如昼，便悄悄地起来，登着勤政楼眺望一会，不觉悲从中来，心中一阵辛酸！她也顾不得了，便一耸身，向楼下跳去。那上身正探出窗外，后面老宫女早已伸手上去，拦腰抱住。太皇太后回进屋子去，便抱头痛哭，到天色将明，忽然暴崩。因此宫中谣说：“太皇太后是服毒自尽的。”宣宗余怒未息，不愿使太皇太后祔葬宪宗，竟葬之景陵外园。有太常官王皞上奏，请合葬祔庙，宣宗不许。王皞再上疏说道：“太皇太后系汾阳王孙女，事宪宗为妇，身历五朝，母仪天下，万不可废正嫡大礼。”宣宗不理，贬王皞为句容令。

宣宗除对太皇太后失德以外，对于朝政，却能励精图治，教训子女又能守礼。宣宗虽孝养郑氏太后，但太后之弟光，因出身低贱，举动粗陋，原出镇河中。宣宗常得到谏议大夫弹劾他的奏本，便把他召回京师，拜为右羽林统军，不再令他治理百姓。郑太后屡在宣宗跟前，说光家贫。宣宗便赐他黄金千两，又常常赐他珍宝玉帛，但始终不给他好官做。又有宣宗长女万寿公主，下嫁起居郎郑颢。天子嫁女，向例用银叶装点车辆，宣宗命易银为铜，以示天子的俭德。公主临嫁的时候，宣宗面训她要谨守妇道，不得轻视夫族，干预朝事。郑颢忽得了危险的症候，宣宗特派中使，到驸马府中去探视。中使回宫，宣宗问我家公主何在？中使答称在慈恩寺中观戏。宣宗大怒道；"朕家女儿，何得如此骄放，怪道士大夫家，每不欲与朕家联婚。"立刻令中使至慈恩寺，召公主回宫，面责道："小郎有病，汝应不离左右，侍奉汤药，何得自去观戏？且入寺观戏，亦非妇道。"公主谢罪而出。从此贵族都不敢放肆，谨守礼法。宣宗次女永福公主，面貌美丽，原拟下嫁于琮。一日永福公主伴宣宗食，适不合意，公主便娇声叱咤，把匕箸一齐折断。宣宗艴然大怒道："如此情性，尚可为士大夫妻耶？"便改以四女广德公主，下嫁为琮妻。

当时公主县主，甚是不守妇道，在婿家任意出游。间有驸马身死，公主便入宫另嫁。宣宗便下诏道："国家教化，始于夫妇，凡公主县主之有知者，已寡不得再嫁。"即此数端，已是难能可贵，当时史官，称宣宗为"小太宗"。因太宗为唐朝极盛之时，如今宣宗在位，也有太宗时候一般的太平。可惜太平不久，宣宗年至五十，便觉精力衰弱，不知不觉，又犯了从前文宗、武宗的大病，爱服金石丹药。初服尚称有效，延至大中十三年秋季，药性猝发，背上生疽，那精神日见衰败，不久便崩了驾。

宣宗在日，并未立有太子。幸有右军中尉王宗实，竭力主持，立郓王温为嗣皇帝，史称"懿宗"。谁知这懿宗，因自幼儿在外居住，游荡成性，如今一旦住在宫中，便觉十分拘束。他渐渐地也行为放荡起来，骄奢无度，淫乐不悟，且十分信佛。时时出幸安国寺，赐沉檀讲座二，各高二丈，费钱十数万。又设万人斋，令人民不论男女，入寺饮食。传闻法门寺供养佛骨，便打发中使，香车宝马，往法门寺迎接佛骨。群臣交章劝谏，日有数起，王宗实一奏，最是沉痛，说宪宗因迎佛骨而晏驾，愿陛下谨慎。

欲知后事如何，且听下回分解。

第九十六回　竞豪华公主下嫁
　　　　　　贪荒淫天子蒙尘

　　懿宗皇帝却是一位昏庸之主，他自即位以来，不及三年，在宫中穷极奢侈。内宫又宠爱许多妃嫔，平日起居服用，十分豪华。一衣一饰，动辄千金万金，渐渐弄得国库空虚。此时关东连年水灾、旱灾，百姓伤亡，日以千计；懿宗还要穷兵黩武，借着征剿各处盗匪为名，调集军队，征收军粮。那百姓因惧怕军粮，流亡在四方，变而为盗。因此盗匪愈聚愈多，到处打家劫舍。那良民也不得安居，天下骚乱。懿宗在宫中整日和一班妃嫔寻着快乐，外面变乱得不堪收拾，那朝中大臣也相约不去奏报皇帝。

　　懿宗生平最宠爱的，便是那郭淑妃。这郭淑妃原是出身微贱，懿宗在王府中的时候，那郭氏的母亲在府中充当裁缝妈妈，郭氏也随着她母亲在府中游玩。讲到郭氏的面貌，原也不十分美丽，因她搔首弄姿，善于修饰，看在懿宗眼中，便觉得万分可爱。当时背着人，便在私地里和她勾搭上了。郭氏虽说年纪小，却很知道攀高。她在懿宗跟前，却撒痴撒娇的，甚得懿宗宠爱。后来懿宗做了皇帝，只因偏爱这位郭妃，在位十年之久，还不曾把皇后立定。屡次要把郭氏立为皇后，那臣下都说郭氏出身微贱，不能母仪天下。懿宗无法，只得封郭氏为淑妃。

　　郭淑妃生有一女，在婴儿的时候，便封她为同昌公主。这同昌公主面貌长得平庸，且又是一个哑子。但懿宗因她是郭氏所生，便也出奇地宠爱她。平日千依百顺，养成骄惰的习性。一衣一食，十分奢华。到十二岁上，这同昌公主忽然说起话来，她一开口便说道："今日始得活了。"郭氏和懿宗皇帝听了十分诧异，连连追问她，却只是摇头不说。从此以后，这位公主却是娇声说笑歌唱着，引得懿宗更是欢喜，拿各种奇珍异宝哄她快活。

当时有一个韦保衡，原是谏议大夫韦诚的儿子，只因面貌长得俊美，翩翩如玉树临风，年纪比同昌公主长三岁。郭淑妃见了，却是出奇的欢喜。常常把他传唤进宫去，随着郭妃游玩着。这时韦保衡年纪只十八岁，小孩子心性，只知道游玩，原不知道什么男女私情的事体。无奈这郭妃每见了韦保衡，便把左右宫女支使出去，把韦保衡抱在怀中，百般地挑逗着，任你是铁石的心肠，也不由得勾动了春情。一个是中年妇人，一个是少年男子，一个是皇妃，一个是臣子，竟轻轻地犯了一个"奸"字。日子久了，外面沸沸扬扬地传说。郭淑妃要遮掩外人的耳目，便和懿宗皇帝商议，愿将同昌公主下嫁与韦保衡为妻。

懿宗皇帝宠爱郭妃，郭妃说的话，无有不听从。谁知同昌公主知道她母亲和韦保衡是有私情的，便不愿意下嫁。这一下，把个郭淑妃急死了。在郭淑妃满心希望把同昌公主嫁与韦保衡，从此韦保衡是她的驸马，她是韦保衡的岳母，从此可以光明正大地来往了，她二人觑便可以偷续旧欢。不料如今同昌公主竟是不愿，郭淑妃再三劝说着，同昌公主总是不愿。郭淑妃无法可思，便愿把自己所有的珠宝首饰珍奇玩好，一齐给同昌公主作妆奁。又与懿宗皇帝商量，出内帑五百万缗，赐以公主为嫁产。又在仁寿宫旁，造一座第宅，飞檐画栋，备极崇宏，屋中窗牖栏槛俱镶嵌珠玉，平常动用器具均用金银铸成。那朝中文武官员，见懿宗如此宠爱公主，便大家争献妆奁。内中有一位司空李从仁，便异想天开，用金银铸成一井栏，进赠公主。又有一个吏部官，用金质铸成一药臼，进赠驸马。同昌公主下嫁之日，赐与京师人民，各得彩缎一方，又制线一贯。京师大街，都扎着彩幔。所有公主府中大小器皿，用四万人夫扛抬着，在大街上游行一周。京师人民，万头攒动，把一条大街拥挤的水泄不通。这种豪奢情形，便是从前太平公主、安乐公主下嫁时，也不及她的。

那韦保衡得了这样一位贵妇人，又有许多钱财，早不觉乐得骨软筋酥。每日除入朝站班以外，便终日陪伴这同昌公主在闺房中说笑游玩，如胶似漆，寸步不离。那郭淑妃也借着探望女儿为名，时时移驾驸马府中，留恋宴饮，深夜不归。母女共一夫婿，京师臣民传为笑话。懿宗也因爱女宠妃，任她自由出入，无法禁止。韦保衡又得岳母、妻子吹嘘之力，得迁授翰林学士。咸通十一年，曹确罢相，韦保衡竟得与兵部侍郎于悰、户部侍郎刘瞻，同时入相，掌握机要。从此朝中文武大臣，都与韦驸马交欢，打成一气，内外为奸。一般蝇营狗苟的臣僚，争着趋承伺候。当时人称他为"牛头阿旁"，是说他阴恶可怕，与鬼相类。

谁知这韦保衡正在得意的时候，忽然同昌公主害起病来了。这病也害得甚是古怪，只见她两目向上，四肢拳屈，口中不住地怪声叫唤着。懿宗立时传唤禁中医官二十余人，入府诊脉。大家都说不知是何症候，束手无策。奄奄数日，这同昌公主便长辞人世了。懿宗见失了爱女，心中万分痛悼，那郭淑妃也是悲念不休。懿宗皇帝自制挽歌，交群臣属和。驸马府中供着灵座，懿宗皇帝亲自哭临，令宰相以下，尽往祭吊。又下旨追封同昌公主为卫国公主，令礼部定谥法为"文懿"二字。

郭淑妃失去了爱女，悲痛之余，便把一口怨气出在那医官身上。她竟私用皇帝玉玺，矫诏尽捕当时为公主诊脉的医官二十余人，硬说他们误用方药，屈死了公主。那承审的官员竟不分皂白，把二十余位医官，一律斩首。又搜医官亲族三百余人，尽系之狱中。直至次年正月葬同昌公主，郭妃命从狱中提出医官的亲族三百余人来，一齐用铁索牵住，在公主的柩后匍匐行走，一边鞭打着。那一鞭下去，一条血痕，呼号之声，惨不忍闻。懿宗与郭淑妃并坐延兴门上，公主灵柩从延兴门下经过，皇帝不禁掩面悲啼，郭妃更是哽咽难言。那护丧的仪仗，远远数十里，拿黄金铸成开路神，高有三丈，用二百人抬着，在前面引导。此外所有公主的珍宝服玩，分装成一百二十车，香车宝马，辉煌蔽日。当时有乐工名李可及的，作《叹百年曲》，招民间歌女五百人，各人手执香花，随着丧车，且行且歌。又招舞女五百人，为地衣舞，用杂宝为首饰，彩绸八百匹，系在腰间，且行且舞。舞女经过之处，珠玑满地，任民拾取。贫家拾得一珠，可作三年之粮。所有公主生前服玩等件，悉埋入墓中。

同昌公主死后，韦保衡的宠幸依旧不衰。郭淑妃却不便再至驸马府中住宿，便常常秘密召韦保衡进宫，陪伴着郭淑妃游玩，两人任意调笑，不避耳目。郭淑妃常对懿宗皇帝说道："妾想念亡女，十分痛心！欲常见女婿之面，见吾婿如见吾女也。"懿宗信以为真。郭妃若不见韦保衡，便愁眉泪眼，郁郁不乐。懿宗见妃子不快，便使中官去驸马府中，把韦保衡宣召进宫来。郭妃一见驸马，便笑逐颜开。那懿宗见郭淑妃快乐，他也快乐了。从此韦保衡的权力，更比往日强大。

当时有于琮与韦保衡同在相位，韦保衡有意排挤他，便常常在皇帝跟前毁谤于琮。懿宗听信了韦保衡的话，便把于琮贬为韶州刺史。韦保衡欲取于琮的性命，便募刺客，在半途相候，欲得便下手。这消息传在广德公主耳中，十分惊惶起来。

原来这于琮便是广德公主的丈夫，那广德公主又是懿宗的同胞妹妹，如今听说韦保衡欲谋死她的丈夫，岂有不惊惶之理！当时心生一计，广德公主穿着男子衣冠，扮作于悰模样，端坐在肩舆之中，却令于悰坐在自己的香车中。夫妇二人沿途谨慎小心地行着。每到一客店，公主便与于悰换榻而眠。那刺客几次要下手，却找寻不到于悰的所在，于悰才能保全性命，平安到了韶州。

但这韦保衡却为什么要与于悰结下如此的深仇呢？这一半固由于同僚争权，两不相容；一半却因广德公主撞破了他的秘密。那天广德公主入宫去朝见懿宗皇帝，退出宫来，经过御园，瞥眼见郭淑妃正在和那韦保衡，做不端的事体，把个广德公主吓得掩面而走。但郭妃眼快，已看见了她，怕广德公主在懿宗皇帝跟前多嘴多舌，便唆使韦保衡为先发制人之计，下这个毒手，把于悰夫妇二人远远地赶到韶州去。从此拔去了眼中之钉，韦保衡和郭妃二人在宫中，撒胆干着风流事体。这时懿宗已抱病在床，韦保衡更是毫无禁忌。

但一对痴男怨女，只知贪恋色欲，谁知宫中的太监，早已在背地里结党营私。为头的便是左神策中尉刘行深，右神策中尉韩文约。他二人俱是太监出身，所有宫中大小的太监，都听他二人的号令。那懿宗只因宠爱郭淑妃，直到如今，不曾立得皇后，也不曾立得太子。讲到懿宗亲生的儿子，却有八人。长子魏王佾，次子凉王健，三子蜀王佶，四子威王偘，五子普王俨，六子吉王保，七子寿王杰，八子睦王倚。全是后宫妃嫔所出，原不分什么嫡庶。若照立嗣以长的理说来，那魏王佾却是懿宗的长子，更该立为太子。只以刘行深、韩文约二人欲利用幼君，便于专权起见，竟乘懿宗病势昏聩的时候，拥立懿宗第五子普王俨为太子。那普王的母亲王氏，出身也甚是微贱。当时她母子二人勾结着这两个阉竖，所有禁卫军的兵权，全握在刘、韩二人手中。

那郭淑妃一生不曾生得儿子，平日只知道迷恋着一个韦保衡。那王氏在背地里谋划的大事，她却睡在梦中，一点儿也不知道。直至懿宗崩了驾，刘、韩二人便矫着遗诏，传位普王，在枢前即位，称为僖宗。这僖宗登位之初，便把郭淑妃幽禁起来。一面贬韦保衡为贺州刺史。从来说的："人情反复。"所有从前趋奉韦保衡的一班官员，如今见韦保衡失了势，便又抢着上奏章弹劾他。那僖宗看了众人的奏章，又降韦保衡为澄迈令，接着又下谕赐他自尽。好好的一个风流俊美的少年，只因贪恋女色，把自己的前程也毁了，性命也送了。

这时朝廷大权，全在刘行深、韩文约二人之手。又有田令孜，却是僖宗皇帝最亲密的人。僖宗即位之初，年纪只十二岁，童心未除，终日在宫中，只和一班小太监游玩追逐，遇有大臣奏议，均交与枢密田令孜处决。令孜原是一个小马坊使，平日读书识字，颇有领悟。僖宗在王府时候，已与令孜朝夕相亲，呼令孜为阿父。待僖宗即位以后，便使令孜入主枢密，平日倚如股肱。那令孜也能取得僖宗的欢心，拣那僖宗爱吃的果实，常亲自入宫进献。把各种奇珍异果，陈列榻前，君臣二人，对坐畅饮。又引宫中小儿数百人，侍奉僖宗，高兴的时候，便与诸儿击鞠抛毬，赏赐万钱。皇帝平日服用，十分豪华。再加刘、韩二人暗中的剥削，早不觉库藏空虚。那田令孜又代为计划，劝僖宗下旨，没收两市商货，统统输入内库，任皇帝使用。那田令孜和刘行深、韩文约三人打通一气，在外面招权纳贿，照银钱的多少，定官位的大小。少主童昏，权奸骄恣，人怨沸腾，天变交作，水旱频仍，饿殍载道，盗贼到处横行。

那时有两个大盗，最是猖獗，劫夺州县，官军不能控御。一个是濮州盗王仙芝，一个是冤句盗黄巢。仙芝与黄巢，都是贩卖私盐为生，出没江湖，横行无忌。黄巢又有一种防身的绝技，他袖藏弹弓，百发百中。性爱豪侠，粗读诗书，屡试进士，不得一第，便与仙芝往来，结成生死之交。仙芝在乾符元年，聚众数千人，揭竿起事。次年得众数万，攻陷濮州、曹州等处，声势十分浩大。那黄巢闻仙芝得利，也纠众响应，剽掠州县，声势更是汹涌。不及一年，黄巢有众数十万人，东西驰突，锐不可当，转眼半壁江山，已入黄巢之手。那黄巢竟杀入潼关，攻破华州，留党目乔铃居守，自率众兵，直趋长安。

僖宗连得警报，十分惊慌。便至南郊求天，默乞神佑。求神毕，回至朝中，再与众大臣会议退贼之计。谁知宣召的诏书接二连三地发出宫去，却不见有一个大臣进宫来议事。僖宗愈觉慌张。正在焦急的时候，忽见田令孜慌慌张张，三步并一步地抢进宫来，报说道："万岁爷，不好了！贼众已杀进长安来了。万岁爷，速速准备出巡吧。"僖宗听了这句话，顿时吓得目瞪口呆，连声问道："这、这叫朕到什么地方去安身呢？"田令孜大声说道："陛下还不如幸蜀吧。臣已召集神策兵五百人，准备护驾。请万岁爷赶速启行！"僖宗慌忙回至后宫，只带得平日所最爱幸的妃嫔三四人，和福、穆、潭、寿四王，踉跄出宫。田令孜在前面领路，五百神策兵在后面保驾，奔出长安城，向西行去。

京城中失了主脑，军士及坊士人民，一齐拥入府库，盗取金帛。到午后，百官始知车驾西行。有几个稍有良心的，便出城追踪而去；其余多手足无措，不知所为。原来这时黄巢还未入城，进城来的原是凤翔、博野的救兵。如今救兵成了反兵，在京城中烧杀劫夺，横行不法。只因当时田令孜在外招募新兵，所穿的服装尽是裘马鲜明。恰巧有凤翔、博野的救兵到来，走到渭桥，他见新军如此华丽，众兵士心中十分不服，大声鼓噪道："此辈有甚功劳，却得如此享用？反叫俺们在外面，挨冻受饿！"大家一拥而上，剥夺新军的衣服，反身出城，为贼兵向导。

直至靠晚，黄巢前锋将柴存入都，金吾将军张直方与群臣迎贼灞上。黄巢乘着黄金舆，戎服兜鍪，昂然入宫。徒党全是华帧绣袍，乘着铜舆，随后护卫，骑士数十万，多半是披发执兵；沿途掠夺得辎重财帛，自东京至京师，千里相属。都民夹道聚观，贼众见人民衣衫褴楼，便分给金帛，人民欢呼，称为黄王。黄巢进入春明门，升太极殿，有宫女数千人迎谒。黄巢见有这许多美女，不觉大喜，口中连称"天意"。

欲知后事如何，且听下回分解。

第九十七回　遭大劫黄巢造反
忌明主季述逼宫

　　黄巢入宫霸占了僖宗的数千宫女，在他眼中看去，个个是西施、王嫱，终日终夜，寻着欢乐。那班趋奉势力的大臣，便今天上一表、明天上一奏，劝黄巢登位称帝。黄巢原也早有这个心，便择了吉日，坐朝称帝。谁知黄巢一坐上龙位，经文武大臣呼了三声万岁，顿时觉得头晕眼花，手足无措起来。慌得黄巢急急跳下龙位来，不敢再坐。一面派心腹人守住宫廷，自己却出居田令孜宅中，改称将军，申明军律，约束兵士。

　　过了数日，贼党渐渐放肆，四出骚乱，焚毁都市，杀人满街。见有富贵人家，便逞情搜掠，任意淫戮，黄巢亦不去禁止他。那文武大臣见黄巢不敢称帝，辜负了他们一片攀龙附凤之心，如何肯甘休。便又大家约着，不断地上劝进表文。便是那黄巢，自从那日坐了一次龙位以后，虽觉心惊胆战，但过后思量，还觉津津有味。他每睡到夜半的时候，便跳起身来，在庭心里走着，心中打着主意。后来他主意决定了，便令手下兵士，捕杀唐家宗族，便是三尺孩提，也不能避免。重复挈眷入宫，受百官朝贺，自称"大齐皇帝"，即位含元殿，画皂缯为衮衣，击战鼓数百杖代音乐，列长剑大刀为卫，大赦天下，改元"金统"，改年号为"广明"二字，是寓"唐"去"丑"、"口"二字易一

"黄"字，当"代唐"之意。立妻曹氏为皇后。从此黄巢专一与唐家官吏为难，凡有不肯降顺他的官员，他便四处搜捕，杀人遍地；便是京师人民，也有大半惨遭杀戮的，弄得人民怨恨不堪。

当时僖宗皇帝避难在蜀，一面调遣大将程宗楚、唐弘夫二人，统兵直攻京师。京师人民，在城内暗地响应。黄巢闻知官军大至，便也无心守城，即率众向东，出城而去。程、唐二军，自延秋门杀入。谁知官兵一入京师，见街市繁华，便一齐起了异心，到黄昏时候，人民还未安枕，一声叫喊，大家掠取金帛妇女，恣意享乐。市中无赖少年，也混入劫夺。黄巢兵离城不远，打听得官军有变，便又引兵还击，掩入都门。程、唐二将未曾防备，手下兵士又四散寻乐去了，一时无法调集，可怜两人相继阵亡。黄巢再入长安，那班附逆的奸臣，齐上黄巢的尊号，称为"承天应运启圣睿文宣武皇帝"。

黄巢自称帝以后，前后共历十年，攻城略地，所向无敌。后遇陈州刺史赵犨，用强兵守住要路，四面埋伏，专待贼兵到来厮杀。果然贼将孟楷移兵进攻，赵犨伏兵四起，立斩孟楷。黄巢得了败报，十分愤怒，便合兵十万，围攻陈州，掘壕五重，百道攻扑。犨涕泣劝谕兵士，誓死固守，觑贼稍懈，即引锐卒，开城袭击，杀贼甚多。巢愈愤怒。幸得朱全忠引救兵到来，李克用又引汉蕃兵五万，合攻黄巢。克用追贼至中牟，乘贼渡河之时，逆击中流，杀贼万余人。黄巢渡过汴河，向北遁走。克用穷追不舍，至封邱，杀贼数千；至兖州，又杀贼数千。黄巢手下只有千人，走保泰山。他自知难免，便对他甥儿林言说道："我本欲入清君侧，洗濯朝廷。如今事败，我亦无颜见天下人。汝可取我首级，献与天子，保得一生富贵。"林言不忍下手，黄巢急拔佩刀自刎，一时颈子不断，气已垂绝。黄巢只把两眼，望着他甥儿。林言无奈，便把黄巢首级割下，又斩黄巢兄弟妻子首级，并自己首级也割下来。

唐将时溥,送各人首级至行在。僖宗闻报大喜,即御大玄楼受俘,命将黄巢首级悬在都门。黄巢姬妾数百人,一齐跪在楼下。僖宗在楼上望去,只见个个花容暗淡、玉貌凄惶,不觉动了怜香之念,便传为首几个女子上楼来,当面问话道:"汝等皆勋贵女子,世受国恩,如何甘心从贼?如有委屈之意,可从实奏闻,朕当恕汝已往之过。"在僖宗见那些女子,个个都长得花容月貌,故意说这几句话,原望她们叩首乞怜,便可以借此开恩,收没在后宫,可以慢慢地召幸。谁知那几个女子,却毫无乞怜之态,反侃侃地说道:"狂贼凶悖,国家动数十万众,尚不能立时消灭,竟至宗庙失弃,远迁巴蜀。陛下君临宇宙,抚有万众,尚不能拒一强贼,吾辈弱女子,有何能力抵抗。今吾辈有罪当诛,试问满朝从贼将相,将如何处置?"僖宗听了,不觉老羞成怒,便喝令处斩。可怜数百花容月貌的好女子,到头来难免身首异处。临刑时,那刽子手反觉不忍,先与药酒使之昏迷。那女子且泣且饮,形状十分凄惨。只为首那女子,不饮亦不泣,毅然就刑。

僖宗退入内宫,细思"满朝从贼将相,如何处置"的话,便立刻下旨,密令神策军监,在京师地方搜捉从前从贼诸将相,所有亲族,一齐处斩。但那时田令孜自居功高,在朝愈见骄横,每遇朝会,只有令孜一人的说话,却不许天子有所主张。僖宗心中敢怒而不敢言,只对着左右流涕。那将士们见令孜如此骄横,人人怨恨。秦宗权便率兵反出长安,劫略外府州县。朱全忠、李克用也纷纷逞兵,国内几无宁日,人人以清君侧为言,扰攘数年,才得大局粗定。

僖宗启驾回宫,沿途苍凉满目,触景生悲;及入都城,更觉得铜驼荆棘,狐兔纵横。趋至大内,只有几个老年太监,出来拜谒，所有前时宫女，都失散不知去向；便是懿宗在日最宠爱的郭淑妃，此时也杳无下落了。僖宗十分伤感。那田令孜又处处逼迫着僖宗，连行动也不得自由。京兆尹王徽，雇用人夫五万人，修治宫廷，整葺城垣，才得粗定。

忽报李克用叛兵又逼近京师，田令孜大惊，也不由分说，立刻要挟僖宗出走凤翔。长安宫室，复为乱兵所毁，荡然无存。李克用见僖宗已出走，便还军河中，上表请皇上还宫，仍乞诛杀令孜。僖宗见表，亦有还宫之意。那田令孜偏又在夜间，引兵入行宫，胁迫着僖宗，转幸兴元，黄门卫士，卫众只数百人。太子少保孔纬，奉太庙神主出京，在中途遇盗，神主尽行抛弃。那宰相萧遘，见令孜劫夺车驾，便令朱玫率兵五千，欲追还圣驾。令孜见后有追兵，又劫僖宗西走，命神策军使王建为清道斩斫使。沿途多系盗贼，王建率长剑手五百人，前驱奋击，才得杀退众贼、开出一条道路来，迤逦前进。

看看走至大散岭下，车马不能通行，僖宗便取传国玺，交与王建负着，君臣二人手拉住手，登大散岭。一行人走着山中崎岖小道，甚是迟缓。行到傍晚，忽见朱玫兵马追至，放火焚烧阁道，顿时烟焰薰天，迷住去路。那栈道已焚去丈余，势将摧折。王建肩负僖宗，向烟焰中一跃而过，幸得脱险。夜宿板下，君臣二人搂抱而眠。僖宗头枕着王建膝上，略得休息一夜。至天色微明，王建扶着僖宗，从草际起身。僖宗不觉大哭，哭罢，僖宗即解御袍，赐与王建道："上有泪痕，留为他日纪念。"至日午，一行人进了大散关，闭关拒住追兵。

朱玫攻城，数日不下，只得退兵。路过遵涂驿，见肃宗玄孙襄王煴，病卧在驿舍中，朱玫即扶之上马，同回凤翔，召集凤翔百官会议。朱玫厉声说道："我今立李氏一王，敢有异议的，立即斩首！"百官面面相觑，不敢发言。朱玫便奉襄王煴，权监军国事。朱玫自任左右神策十军使，次年改立襄王为帝，改元"建贞"，独揽大权。他部将王行瑜，朱玫原令他带兵五万，进攻大散关的，至此时，行瑜忽然回至长安。朱玫见他擅自回师，不觉大怒，召行瑜入内，朱玫怒目相视，大声喝道："汝擅自回京，欲造反耶？"行瑜亦厉声答道："我不造反，特来捕杀反贼！"说至此，便举手一挥，门外拥进一群武士，擒住朱玫，立刻斩首。又杀朱玫同党数百人，又杀死襄王煴。

王行瑜一面迎僖宗返跸凤翔，一面奏请夺田令孜官爵，流为端州令。次年，僖宗又从凤翔回京，人民流亡，城郭已墟。进得宫来，更是满目荒凉，井败垣颓。僖宗连年奔波，受尽恐吓，吃尽辛苦，如今眼见着这凄凉景象，便终日悲伤。从来说的："忧能伤人。"僖宗入宫的第二日，便已抱病，勉强趋谒太庙，次日疾病大作，卧床不起，不上一个月，竟致不起。群臣入宫商议大事，因僖宗子年幼，便欲立皇弟吉王保为嗣皇帝。独杨复恭请立皇弟寿王傑，傑原是懿宗的第七子，为懿宗后宫王氏所出。僖宗一再出奔，傑随从左右，常得倚重，至是由杨复恭写了寿王名字，趋至僖宗榻前。此时僖宗口已不能言语，只略点首。僖宗当晚驾崩，遗诏命皇太弟傑嗣位。百官率禁军从寿王邸中，迎新皇帝入宫，在枢前即位，称为昭宗。

昭宗体貌雄伟，时露英气，又喜文学，常与文学大臣亲近。每与丞相孔纬说起僖宗威令不行、朝纲日落，有恢复前烈的意思。立淑妃何氏为皇后，立戒不得宠任宦官。但宦官专权，已历数代，一时积重难返。当时宫中有一宦官刘季述，最是奸险阴恶，数千太监，都是他的同党。如今见昭宗的行为，处处与宦官为难，心中十分愤恨。便与王仲仙，枢密王彦范、薛齐偓等，阴谋推倒昭宗，立太子为嗣皇帝。恰巧昭宗在苑中围猎，多饮了几杯酒，醉意甚浓，回至宫中，天色已是昏暗。一小太监与二三宫女，在殿头捉迷藏，不提防万岁驾到，一个小太监箭也似地跑过来，与昭宗撞个满怀。昭宗大喝一声，那小太监慌得忙爬在地下，不住地叩头。昭宗便拔下佩剑，亲自去砍下太监和宫女的脑袋来，血染袍袖，怒冲冲地跑到皇后宫中，责何皇后约束不严。何皇后也伏地请罪。

谁知昭宗杀死一个小太监，竟惹起宫中数千太监的公怒，到了第二天一清早，那宫中太监相约不开宫门，尽把六宫锁匙收藏起来。刘季述在外面带领禁兵千人，把两扇宫门打得应天价响。刘季述亲拔佩刀，劈门而入。那宫中太监一齐围住刘季述，诉说皇帝杀死小太监的情形。刘季述大怒，立时把在朝的文武大臣唤进宫去，对着众大臣说道："主上所为如此，岂可复理天下事？废去昏君，另立明主，为社稷计，理之当然！"众大臣均诺诺连声，不敢赞一词。季述又召禁中将士，在殿前列成阵势。枢密王彦范起草立表章，请太子监国，逼着百官皆署名在表章上。将士们大声呼唤，一拥入思政殿。昭宗正在书房，览群臣奏状，见众将士纷纷夺门而入，不觉大惊。刘季述亦佩刀入宫，手持表章，掷与昭宗观看。大声说道："此非臣等所为，皆南司主张，众情不可遏也。"昭宗见此情形，不觉长叹起立，绕室而行。

刘季述到此时，其势不能罢休，便上去扶住昭宗。昭宗怒愤填胸，大声喝骂。季述不作一语，扶皇帝走出书房来，瞥眼见众太监，亦扶着何皇后，从内宫出来。可怜这何皇后，早吓得玉容失色，珠泪交流，当阶推过一辆御辇来，季玉手持佩刀，逼着昭宗皇帝与皇后同上御辇，后面妃嫔十余人，涕泣相随，直入少阳院中来。季述余怒未息，用刀尖画地，历数皇帝罪恶，亲手锁闭少阳院门；又熔铁灌入锁眼，使不能开，在墙上开一洞，以通饮食。季述转身出外，矫天子诏，迎太子入宫，立为嗣皇帝，奉昭宗为太上皇，何氏为皇太后，加百官爵秩，优赏士卒。季述自为大将军。凡宫人左右，前为昭宗宠信者，一律榜死。可怜昭宗与何皇后二人，被幽禁在少阳院中，写诏与刘季述，欲得钱帛使用、书籍诵读，一概不与。其时天适大寒，嫔御公主俱无衣衾，号哭之声，直达户外。司天监胡秀林私取衣被，从墙穴中送入。便有人去报与季述知道，季述命捕胡秀林，用绳子捆绑，送入大将军府中。胡秀林见了季述，大声说道："中尉幽囚君父，尚欲多杀无辜耶？"季述却也无话可说，令松绑，听秀林自去。

刘季述又密遣养子希度，至汴中说朱全忠，把唐室江山作为赠品；那崔胤却又致书全忠，使兴兵救驾。朱全忠得了两面书信，便踌躇莫决。那副使李振便在一旁进言道："王室有难，便是助公成就霸业。今公为唐室桓文，安危所系，在公一举。季述阉宦，敢于因废天子，今不能讨，他日何以号令诸将？如今幼主定位，则他日天下之权，真属刘宦了。"全忠听了这一番话，也恍然大悟，立刻囚住希度。一面特遣心腹人蒋玄晖偷入京师，与崔胤约定。又结合右军都将董彦弼、周承诲一班忠勇将军，说定除夕举事，伏兵安福门外，掩捕逆党。

其时天色熹微，鸡声初唱，一贼将王仲先，驰马入朝，至安福门外。当有神策指挥使孙德昭，从暗中突出，麾动将士，一拥上去擒住，趁手一刀，砍作两段。德昭提着人头，径至少阳院门外，叩门大呼道："逆贼已服诛，请陛下出劳将士。"何皇后在院中，正与昭宗皇帝对坐而泣，骤闻门外呼声，尚不敢信，令小太监隔门问道："逆贼果诛，首级何在？"德昭令将首级从墙穴中送入。何后与昭宗视之，见果是仲先首级，不觉大喜。其时德昭已破门而入，崔胤从东殿赶来，奉昭宗御长乐门楼，自率百官称贺。同时周承诲亦擒住刘季述、王彦范一班贼首，押至楼下。昭宗见了，不觉眼中冒火，正欲诘问，已被各军士一拥而上，用白梃乱击，打成肉堆。又有薛齐偓，也是季述同党，此时便也投井而死。德昭分兵到四人家宅中去搜捉，亲族同党六百余人，一齐斩首。

这时宦官奉太子匿在左军，献还传国玺。

欲知后事如何，且听下回分解。

第九十八回　杀宦官全忠立威　弑昭帝史太行凶

昭宗既得复位，便赐孙德昭、承海、彦弼三人姓李，德昭充静海节度使，承海充岭南西道节度使，彦弼充宁远节度使，留住在宫中，赐宴十日，始放还家，尽国库所有，赐与他三人平分，时人称为"三使相"。德昭请定太子的罪，昭宗说："吾儿年幼无知，被奸人所陷，不足言罪。可仍还居东宫，降为德王。"

德昭辞朝回镇，昭宗令兵三千人，充作宿卫，暗地里监督宦官。当时昭宗最亲信的，要算丞相崔胤。崔胤每日在宫中划策，外削藩镇之权，内除宦官之党，弄得内外怨恨。崔胤却暗地结合朱全忠，抵抗德昭。昭宗每日留崔胤在宫议论朝事，至晚不休。昭宗意欲尽诛宦官，崔胤亦在一旁怂恿。那宦官党羽甚众，耳目甚长，便在背地里结成死党，预备抵抗。崔胤先令宫人掌管内事，阴夺宦官事权。宦官中韩全海，对昭宗哭诉崔胤阴谋大逆，又唆使禁军对皇帝喧噪起来，只说崔胤克扣冬衣。昭宗是一个惊弓之鸟，见崔胤威权一天大似一天，深怕养成第二个刘季述，再闹出逼宫的大事来，便撤崔胤为盐铁使。崔胤心怀怨恨，便打发心腹人，秘密送信给朱全忠，令他入清君侧。全忠此时正取河中晋绛等州，擒斩王珂，复攻下河东沁、泽、潞、辽等州，威振四方。奉皇帝诏，兼任宣武宣义天平护国节度使。既得崔胤私书，便自河中还大梁，刻日发兵。

韩全海亦有人在外面，探得朱全忠欲入清君侧的消息，便急与三使相阴谋劫驾，先奔凤翔行宫。会议时候，独德昭不肯。全海见话已说出，势在必行，无论德昭允否，他却决计先劫车驾，便立刻调动禁兵，分别把守宫禁诸门，所有文书来往、诸人出入，都令禁兵搜查盘诘。当有人去密报与昭宗知道。昭宗听说禁兵已把守宫门，心中顿时慌张起来，忙召谏议大夫韩偓。那韩偓行至彰仪门口，便被守兵拦住，不得通行。当日午时，全海竟令承海、彦弼二人，勒兵登殿，请车驾西幸凤翔。昭宗支吾对付，说是待晚再商，承海暂退。昭宗密书手札，赐与崔胤，札上有数语道："朕为宗社大计，不得不西幸凤翔，卿等但东行可矣，惆怅！惆怅！"当晚便开延英殿，召全海等议事。

三更时候，德昭留下的三千兵士，已直入内库，劫夺宝物。全海见了昭宗，厉声说"速幸凤翔"四字，昭宗不答。全海转身出屋去，竟招呼禁兵，追送诸王宫人，先往凤翔。昭宗一人坐在殿上，遣中使宣召百官，久待不至。只见全海复带兵登殿，厉声说道："朱全忠欲入京劫天子，幸洛阳，求禅位。臣等愿奉陛下幸凤翔，一面下诏令诸将勤王。"昭宗见全海说话，声色俱变，急拔佩剑在手，避登乞巧楼。全海如何肯休，便也追至楼上，硬逼着昭宗下楼。昭宗才走至寿春殿，李彦弼便在内院纵火，烟焰四腾。昭宗不得已，与后妃诸王百余人，出殿上马，且泣且行。沿途饱受饥寒，不得食宿，奔波一日夜，始到田家硇。李茂贞来迎，始得薄粥一盂，上马再行，同至凤翔城中安息。

朱全忠闻天子已蒙尘在外，便领兵入长安，自充大将军，发号施令；朝中文武，俱皆畏服。一面派康怀贞领兵数千，作为前驱；全忠自统大军，向凤翔进发。两路兵马，直抵凤翔城下，耀武扬威。昭宗令茂贞登城传话，说"天子系避灾而来，并非宦官所劫，公勿轻信谗言"。全忠在城下应声道："韩全诲勒逼乘舆，我今特来问罪，迎驾回宫。"全诲见全忠如此说，便又逼着天子，亲自登城去晓谕全忠，令他退兵。全忠暂不攻城，先去略取邠州，夺得邠宁节度使李继徽的妻子，还至河中，淫乐享用。全忠手下兵马，四处攻城略地，所向无敌。昭宗困守在凤翔城中，天天受着全诲的逼勒。那时全诲和崔胤同在一城，彼此渐渐水火不容。昭宗受全诲逼迫，罢崔胤相位。崔胤黄夜奔至河中，泣求全忠发兵。全忠又发兵五万，直至凤翔城下，分设五寨，日夜围攻。

城中李茂贞出兵应敌，每次败进城去。看看困守过了数十天，凤翔城中食物已尽，时在隆冬，连朝雨雪，不知饿死冻死了几多士兵。城中杀卖人肉犬肉，人肉每斤值钱百文，犬肉值钱五百文。昭宗也每天吃着人肉，又脱卖御衣，及后宫诸王服饰，聊充日用。看看一天难支持一天，城中兵士多有缒城偷降全忠的。茂贞无法可施，便密谋诛杀宦官，赎自己的罪恶。在半夜人静的时候，写就书信，缚在箭杆头儿上，射出城外去。书上把劫驾的事体，全归罪在全诲身上，请全忠保驾回都。全忠把复信射进城来，信上说道："举兵至此，原为保护圣驾。公能协力诛奸，尚有何言。"茂贞便独入行宫，谒见昭宗，请杀韩全诲等，与全忠议和。昭宗也甚是欢喜，便密遣殿中侍御使崔构、供奉官郭遵训，赍诏书出城，抚慰全忠，私订和议，约以明年正月为期，尽杀全诲私党。

到天复三年正月，李茂贞内变起来，阖住宫门，搜捕韩全诲，及继昭、彦弼等十六人，一并斩首。昭宗遣后宫赵国夫人、翰林学士韩偓，囊全诲等首级出城，前赴全忠营中；且传语道："向来逼胁车驾，不欲议和，均出若辈所为。今朕已一体加以诛戮，卿可将朕意晓谕众军士，俾申公愤。"全忠拜受诏旨，遣判官李振奉表入谢。但兵围依然不撤。茂贞疑崔胤从中作梗，请昭宗飞诏召崔胤，令率百官赴行在，崔胤竟迁延不至。诏书连下至六七通，仍不见崔胤到来。再令全忠作书相招，全忠作书戏崔胤道："我未识天子，请公速来辨明是非。"崔胤始入城谒见昭宗，请立刻回銮。茂贞无法挽留，只求着何皇后：愿将平原公主赐为子妇，何后不愿。昭宗叹道："但使朕得生还长安，何惜一女。"便将平原公主下嫁与茂贞之子侃为妇，一面启跸出城，幸全忠营。崔胤搜杀扈从宦官七十二人，全忠又密令京兆尹捕杀退休诸阉人，及留居京中各内侍九十余人。全忠迎圣驾入营，素服谢罪，顿首流涕。昭宗命韩偓扶起全忠，且语且泣道："宗庙社稷赖卿再安，朕与宗族赖卿再生，卿真功臣也！"说着，解下自己的玉带来，赐与全忠。全忠拜谢，便命兄子朱友伦，统兵保驾先行，自留部兵随后，焚弃诸寨。驾至兴平，崔胤召集百官，迎谒昭宗。

及昭宗回宫，全忠亦至，当即上殿面奏，说宦官兴兵干政，危害社稷，此根不除，祸害未已，请悉罢诸内司事务，统归省寺诸道，监军均召还阙下。昭宗当殿答应。全忠、崔胤二人退朝出来，即麾动兵士，大索宦官，捕得左右中尉及枢密使等以下数百人，驱至内侍省，悉数斩首，呼号之声，达于内外。又命远方宾客诸中使，不问有罪无罪，概由地方长官就近捕杀，只留幼弱黄衣三十人，司宫廷洒扫。从此诏命出入，均由宫女赍送。命崔胤总管六军十二卫事。从此崔胤愈加专权自恣，忌害同僚，请令皇子祚为诸道兵马元帅，朱全忠为副元帅。那皇子祚年幼无知，兵权全在全忠掌中。次年加封崔胤为司徒，兼侍中。全忠进爵为梁王，赐号"回天再造竭忠守正功臣"。全忠留部骑万人，拱卫京师。

这年冬日，朱全忠辞行归镇。昭宗亲御廷喜楼，赐宴饯别。

全忠谢宴启行，百官送至长乐驿，崔胤更远送至灞桥。从此全忠心腹，满布宫禁，他身虽在河中，却无时无刻不想篡夺唐朝的天下，常常与崔胤秘密通着消息。崔胤见全忠渐露反迹，便不觉良心发现，外面虽与亲厚，暗中却徐图抵制。但崔胤手下，兵马甚少，便假说防备茂贞，欲招募兵士。这计策被全忠窥破，佯为不知，暗中却令部下的心腹壮士入京，投在崔胤部下，藉便侦察隐情。可笑崔胤却全未知道，每日缮治兵甲，兴高彩烈。恰值宿卫使朱友伦，因击毬坠马，重伤身死。全忠疑是崔胤所谋害，便暗使刺客，把友伦击毬时的伴侣杀死十余人，又奏请令兄子友谅，代掌宿卫。一面密表昭宗，说崔胤专权乱国，须加严惩。昭宗畏惧全忠威势，不得已罢免崔胤职司，只令他为太子太傅，留住京师。不料友谅竟受全忠唆使，带领长安留守军士，突入崔胤宅第，将崔胤用乱刀砍毙。

昭宗在宫中得了这个消息，便登延喜楼，宣召友谅问话。忽接到全忠表章，请昭宗速速迁都洛阳，免得受制于邠岐。昭宗览罢奏章，正彷徨无主见，那同平章事裴枢，也昂然直入，后面跟随一队禁兵。他见了昭宗，也不行礼，也不说话，只立逼着皇帝下楼，又逼着百官一齐东行；又令军士们驱赶着长安士民，搬向洛阳城去。可怜都中人士，沿途号哭，叫骂不绝。车驾才离得长安城，那张廷范已奉了全忠命令，任为御营使，督率兵役，拆毁宫阙和官宦民房，取得造屋木料，命抛在渭河里，浮水而下。好好一座长安城，顿时成为荒墟。在洛阳地方，又大兴土木，建造起宫殿来。全忠发两河诸镇丁匠数万人，令张全义治东都，日夜赶造。

此时昭宗正行至华州，那夹道人民，齐呼万岁。昭宗在舆中不觉流泪，向道旁人民凄声说道："勿呼万岁，朕恐不能再为汝等之主矣。"当晚宿兴德宫，眼前只有后妃王子数人，景状十分凄寂。昭宗顾语侍臣道："朕久闻都中俚言道：'纥干山头冻杂雀，何不飞去生处乐。'朕今漂泊，不知竟落何所。"说着不觉泪湿襟袖，左右侍臣亦歔欷不能仰视。

至二月初旬，才到陕中，因东都新宫未成，暂作勾留。全忠带领兵马，从河中来朝。昭宗延见，又令何皇后出见。那何后见了全忠，不觉掩袖悲啼，呜咽着说道："自今大家夫妻，委身全忠了。"全忠谈笑领宴，出居陕州私宅。昭宗命全忠兼掌左右神策军，及六军诸卫事。次日全忠置酒私第中，请皇上临幸。昭宗惧全忠势力，不敢不往。在饮酒之间，全忠请皇上先赴洛阳，督造宫殿，昭宗亦不敢不从。又次日，昭宗大宴群臣，并替全忠饯行。酒过数巡，群臣辞出，独留全忠一人在座，又有忠武节度使韩建一人陪坐。何皇后从内室出来，亲捧玉卮，劝全忠饮。正在这时候，偏偏那后宫晋国夫人，从后屋出来，行至昭宗身旁，向昭宗耳边低低地说了几句，全忠看了，未免动疑。韩建原是全忠的同党，见此情形，疑是宫中有了埋伏，要杀他二人，便伸过一只脚去，暗暗地踢着全忠的靴尖，全忠托醉起去。昭宗再三挽留，全忠头也不回地去了。昭宗见全忠如此倔强样子，更是忧急。

次日，全忠已赴东都，临行时，上书请改长安为佑国军，以韩建为佑国节度使。昭宗虽然准奏，心中时时怀着鬼胎，乘夜深人静的时候，昭宗扯下袖上白绢，悄悄地把诏书写在上面，次日递与心腹内侍，至西川、河东、淮南分投告急。他诏书上说道"朕被朱全忠逼遣洛阳，迹同幽闭，诏敕皆出彼手，朕意不得复通。卿等可纠合各镇，速图匡复"这一番话头。那内侍尚未回宫，昭宗又接全忠表文，说洛阳宫室已经构成，请车驾从速启行。适有司天监王墀奏言星气有变，今秋不利东行。昭宗听了王墀之言，便差宫人往谕全忠，推说是皇后新产，不便就道，欲迟至十月东行。又把医官关佑之诊皇后的药方，送至东都作证。全忠更是疑惑昭宗有意推延，徘徊观变，便打发牙官寇彦卿，带兵直赴陕中，嘱语速催官家发来。彦卿到了行宫，便狐假虎威，更是逼迫得凶。昭宗拗他不过，只得随寇彦卿启跸。

全忠来至新安迎驾，阴使医官许昭远，告讦关佑之、王墀及晋国夫人谋害元帅，一并收捕处死。自从崔胤被杀，六军散亡俱尽，所余击毬供奉内园小儿二百余人，悉随驾东来。全忠设食帐中，诱令赴饮，帐中预先埋伏下甲士五百人，待小儿饮啖时，甲士齐起，悉数缢死，另选二百余人大小相类的，代充此役，昭宗尚不觉察。从此御驾左右，尽是全忠私人，所以帝后一举一动，全忠无不预先闻知。昭宗进全忠为护国宣武宣义忠武四镇节度使。皇帝幽居宫中，毫无主权。

此时只越王钱镠、邺王罗绍威，以及李茂贞、李继徽、李克用、刘仁恭、王建、杨行密一班是唐室忠臣；他们都移檄往来，声讨全忠。那全忠见事机已迫，便与他的心腹李振、蒋玄晖、朱友恭、氏叔琮一班人，秘密议行大逆之事。

一晚，昭宗正夜宿内宫，玄晖率领牙官史太等百余人，直扣宫门，托言有紧急军事，当面奏皇上。宫人裴贞一前往开门，史太等一拥而进。贞一娇声叱道："何得带兵直入内宫门！"言未了，那颈子上早已着了一刀，倒地而死。玄晖在宫廷中四面找寻，口中大呼道："至尊何在？"昭仪李渐荣披衣急起，推窗一望，只见刀光四闪，知是有变，不觉颤声道："宁杀我曹，勿伤大家。"昭宗亦惊起，单衣跣足，跑出寝门来。正值史太手持利刃对面，昭宗急避入西殿，绕柱而走。史太大喝站住，却追赶不舍。李昭仪大哭，急抢去以身蔽帝。史太竟举刀直刺李昭仪乳间，只听得一声惨号，李昭仪便倒地而死。史太逼紧一步，直扑昭宗。昭宗这时被史太逼住在墙角间，欲走无路，用手抱住颈子，浑身打战，只觉得眼前刀光一闪，这位可怜的皇帝，便也断颈而死。何皇后闻变，披发嚎哭而出。恰巧遇到玄晖，何后急跪地哀求。玄晖一时也不忍下手，喝令快避入后宫去。一面矫诏说："李昭仪、裴宫人弑逆，立辉王柞为太子，在枢前即位。"

那辉王是何后所生，年只十三岁，一切事权，全无主意。次日御殿受朝，称为昭宣帝。全忠上朝，假作惊惶之状，自投地上道："奴辈负我。使我受万代恶名。"又奏称友恭不能救驾，应加贬死。这友恭原是全忠养子，此时贬为崖州司户，又矫旨赐自尽，友恭临死时，向人大呼道："卖我塞天下谤，但能欺人，不能欺鬼。"昭宣帝每见全忠，但觉股栗无措，何皇后称全忠为相父。那全忠见孤寡可欺，便决意行篡夺大事。

欲知后事如何，且听下回分解。

第九十九回　缢太后归束唐室　恋妻婶断送晋朝

全忠大权在握，便决意举行大事。唆使蒋玄晖邀集昭宗诸子，共宴九曲池畔。一时德王裕、棣王祤、虔王禊、沂王禋、遂王祎、景王祕、祁王祺、雅王禛、琼王祥等九人，齐来赴宴。

全忠在座，殷勤款待，灌得诸王酩酊大醉，便举箸在碗上扣一下，闯进一队武士来，把诸王一一扼死，投尸池中。那昭宣帝和何皇后明明知道，却也不敢查问。全忠又恐朝廷将相不服，便拣那平素与自己疏远的如裴枢等三十余人，尽行杀死，投尸河中。笑对他同党的人说道："此辈自称清流，今便投之于浊流。"一面令私党玄晖等，在宫中矫皇帝诏命，晋封全忠为魏王，宠加九锡。全忠一心要做皇帝，如何肯受此虚名。接着玄晖又矫造禅位诏书，迫令何皇后用玺印。何皇后见大局已去，自与昭宣帝退居积善宫中，终日以泪洗面。又惧子母性命不保，暗遣宫人阿秋、阿虔，出告玄晖，只求传禅以后，保全母子性命。

这时王殷与玄晖争权，探得了此项消息，便诬称玄晖在积善宫与何太后夜宴焚香，立誓兴复唐室。全忠正疑惑玄晖，听得了此话，不觉大怒。便令王殷捕杀玄晖一行十余人，积尸都门外，焚骨扬灰。王殷又诬告玄晖私通何太后，由宫人阿虔、阿秋，从中牵合。全忠原也看中了何太后，今听此话，不觉醋意勃发，密

980

令王殷入积善宫，缢死何太后，又矫诏废太后为庶人，阿秋、阿虔二人活活地杖死。

昭宣帝此时孤苦零丁，幽居深宫，自知不久，便决计下诏禅位，令张文蔚为册礼使，礼部尚书苏循为副使；杨涉为押传国宝使，翰林学士张策为副使；薛贻矩为押金宝使，尚书左丞赵光达为副使。六个唐室大臣，带领百官，把唐朝二百八十九年相传的天下赠与朱全忠。全忠接了册宝，居然被服衮冕，称为大梁皇帝。昭宣帝被废为济阴王，徙居曹州，由全忠派兵监守着。次年又将济阴王鸩死，年只十七岁。

全忠下了这个毒手，惹得各路节度使有所藉口，一齐反抗起来，不受全忠的号令，纷纷自立为王，把唐朝的天下，弄成四分五裂。最大的是全忠的大梁，以下便是李克用的晋，李茂贞的岐，杨渥的吴，王建的蜀，共成五国。此外尚有吴越王钱镠，湖南王马殷，荆南王高季昌，福建王王审知，岭南王刘隐，当时称为五大镇。从此天下扰攘，强弱相争，数年以后，便成了五代的天下，称为梁、唐、晋、汉、周五国。那梁太祖便是朱全忠；唐庄宗是李存勖，原是李克用的儿子，唐朝末年，李克用封为晋王，存勖自称唐帝；晋高祖原是北京留守石敬瑭；汉高祖是刘知远，原是沙陀部人；周太祖是邺都留守郭威。他们这五位开国皇帝，成立了五个短期的国家，原也从汗马血战得来的，待到一旦天下在手，安享富贵，各国皇帝不觉都露出风流本色来。

第一个大梁太祖皇帝，他登位之初，立张氏为皇后。那张氏庄严多智，太祖见了，也不觉畏惧三分。谁知称后未久，张皇后便已去世，当时只有一个淑妃吴氏，但太祖因她是娼妓出身，不十分宠爱她。吴氏生有一子，名友珪，封为郢王，为控鹤指挥使。太祖因贱视他母亲，便也不宠爱这郢王，郢王心中甚怀怨恨。太祖有长子友裕，早死；次是假子友文，留守东都；幼子友

贞为东都指挥使。说也奇怪，这四个子妇，个个都长成花容月
貌。太祖自张皇后死后，内宫颇少得宠的人，往日见友文的妇人
王氏，长得最是妖媚动人，如今随着丈夫留守东京，太祖便借着
入侍翁父的名义，把四个媳妇，一齐召唤进宫去，却暗地里与王
氏勾搭上了。那王氏得宠于太祖，居然与父翁双宿双飞。王氏趁
枕席上欢爱的时候，便替丈夫友文谋立为太子，太祖满口答应。

过了一年光阴，太祖因房劳过度，便病倒在床，命王氏密召
友文进宫，欲传以太子之位。那友珪的媳妇张氏同在宫中，打听
得了此事，便暗地里通一个消息给她丈夫；友珪便把牙兵扮作控
鹤军士模样，乘夜斩关直入。太祖惊而起，只骂得一声"贼子"，
那友珪也回骂一声"老贼"，当有仆夫冯延谔，举刀直刺入太祖
腹中。友珪命以破毡裹尸，埋于寝殿阶下，一面命友贞杀友文。
友珪便在宫中即位。那友贞出至东都，见友珪大逆无道，心内愤
怒，便与姊丈驸马都尉赵岩、表兄龙虎统军袁象先，密谋诛杀友
珪。象先领禁兵数千人，在午夜突扑入禁宫。友珪惊起，见宫外
已围得水泄不通，知不可逃死。便令手下仆夫冯延谔，先杀死妻
子张氏，后杀自己，冯延谔也自刎而死。友贞便在大梁即位，便
是梁末帝，在位十一年，为唐帝李存勖所灭。

那存勖见梁末帝昏庸无道，国内又自相残杀，便带领本部人
马，直攻大梁，兵势十分强盛，梁国灭在旦夕。那梁国左右大
臣，在末帝卧内，偷得传国宝玺，出城去迎接唐军。忽见宫中大
乱，宫女太监被唐兵四处追杀，号哭之声，惨不忍闻。末帝知不
可保，便在寝宫中与近臣皇甫麟，双双缢死。存勖命漆末帝首
领，装入木匣，藏在太社。从此存勖也称起帝来，便是唐庄宗。

庄宗生平最宠爱刘大人，那刘大人貌美善怒。庄宗欲使刘大
人欢笑，便自敷粉墨，与优人在庭前歌舞，刘夫人果作媚笑。庄
宗原很懂得音乐，常常自谱新声，登台演唱，取优名为"李天

下"，平日自呼亦称为李天下。李天下一日与优人敬新磨在台上对唱，庄宗又自称李天下。优人直批帝颊，厉声喝道："理天下者，只有一人，汝是优人，可理天下耶？"庄宗更喜其敏慧，赏赐金帛无数。从此伶人出入宫禁，欺压大臣，调弄妃嫔。群臣愤恨，敢怒而不敢言。宫廷如此秽乱，独有皇太后曹氏，素恶刘夫人，常劝庄宗，不可宠爱太甚。但庄宗正偏愿刘夫人，如何肯听太后的话？便欲立刘夫人为皇后，只因尚有正妃韩夫人在，不便越礼。

那时朝中最有大权的便是郭崇韬，他位兼将相，权倾中外，欲迎合皇上的意志，便率百官共奏请立刘夫人为皇后，反废正妃韩氏为庶人。那郭崇韬素与宦官为难，宦官便联合伶人，诟事刘皇后。刘皇后因在庄宗跟前毁谤郭丞相，庄宗设计召崇韬入内，令仆夫李环出其不备，用大锤挝碎其头，并杀其子廷诲、廷信。在外诸军知大将军被害，便四起叛变，围攻京师。庄宗闻之，不觉神色沮丧，叹曰："吾不济矣！"当晚兵攻兴教门，庄宗正就食，闻变，便自率卫兵御乱。乱兵放火烧兴教门，攀城而进，近臣宿将尽弃甲而逃。庄宗在忙乱的时候，中乱箭而死，左右惊散。庄宗尸身，被鹰坊人用火葬之。

当时有李克用养子李嗣源，素得将士心，便入洛阳，禁兵焚掠，拾庄宗骸骨埋葬。百官环请嗣源即位，称为明宗。明宗立妃子曹氏为皇后，封子从荣为秦王，从厚为宋王。秦王生性阴刻，骄纵不法。此时石敬瑭兼六军诸卫副使，敬瑭妻永宁公主与从荣义属姊弟，只因同父异母，姊弟二人素不相容。敬瑭不愿与从荣同列朝廷，欲外调以避从荣之锋。恰巧有契丹入寇，明宗调敬瑭坐镇河东。从此石敬瑭在外，声势一天强盛一天。那明宗原是胡人，本名邈佶烈，是李克用养子，赐名李嗣源。他即位的时候，年已六十，每夜在宫中焚香祷天，默祝道："某胡人，因乱为众所推，愿天早生圣人，为万民之主。"因明帝生性廉和，爱人如己，在位年谷屡丰，兵革不用。独有秦王见石敬瑭已外调，好似拔去了眼中之钉，便在京中勾结徒党，称兵作乱。幸有枢密使范延光、赵延寿，早事防范，生擒秦王，明帝下诏斩首。不久明帝亦逝世，三子从厚即位，称为闵帝。

闵帝年幼无知，一切朝廷大事，尽付之胥吏小人。明宗在时，有一养子名从珂，封为潞王。至此时，潞王见闵帝幼弱，便统兵谋反，直入长安，闵帝惊走，急幸魏州。朝中百官，齐上表劝进。从珂入宫谒见太后、太妃，由太后下令，废闵帝，以潞王即皇帝位。这时闵帝逃在卫州刺史王私赟的州廨中，从珂密令私赟之子王峦，进毒酒与闵帝。闵帝不肯饮，王峦便亲自动手，缢死闵帝。

潞王在宫中享受富贵美人，十分快乐。此时适值千春节，潞王在宫中置酒高会，召各王公大臣及公主命妇，入宫饮宴。石敬瑭妻晋国长公主入宫上寿毕，即欲辞归晋阳。潞王此时已大醉，即大声曰："何不且留，岂欲急归与石郎谋反耶？"此语传入敬瑭耳中，不觉大恐。尽收在洛阳之货宝，藏入晋阳。因之外面沸沸扬扬，都说石敬瑭有谋反之意。潞王得了这个消息，刻刻提防，问端明殿学士李崧。李崧劝潞王与契丹和亲，结为外援。独薛文遇以谓不可，说道："陛下以天子之尊，屈身夷狄，不亦大辱国体乎？且契丹若循故事，求尚公主，将何以拒之？"潞王左右无所适从。

敬瑭欲试潞王之意，屡次上表，自请解除兵柄。那潞王听信了左右的话，便下诏徙敬瑭镇太平，解除兵柄。石敬瑭得诏大怒道："吾之坐镇河东，主上面许终身不除不代。今昏主乱命，是欲杀吾，吾安能束手死于道路！"谋士刘知远进言曰："明公久将兵，得士卒心。今据形胜之地，士马精强，若称兵传檄，帝业可成。"书记桑维翰亦劝敬瑭力谋自全，又说："契丹主，素与明公约为兄弟，公诚能推心屈节事之，朝呼夕至，何患大事不成。"

石敬瑭听了这一番话，主意便决，上表称潞王是光帝之养子，不能承受天下，请传位许王。潞王读表大怒，手裂表文，掷于地下，尽夺石敬瑭官爵，令张敬达、杨光远将兵讨之。敬瑭一面调兵抵敌，一面遣发使臣，赴契丹求救，上表称臣，又请以父事契丹之主。契丹主得表大喜，立发五万骑兵入中国境，与唐将高行周、符彦卿合战，唐兵大败。石敬瑭出兵与契丹兵合围晋安寨，潞王大恐，逃至怀州，日夕酣饮悲歌。左右劝其北行，便摇首道："卿等勿言石郎，使我心胆俱碎。"石敬瑭具臣子礼。进谒契丹主。契丹主谕之曰："吾三千里来赴难，必有成功；今观汝器貌识量，真中原之主也！吾欲立汝为天子。"敬瑭辞谢再四，左右将吏又竭力劝进，敬瑭才许之。由契丹主作策书，命敬瑭为大晋皇帝，登坛即位，割中国十六州以献与契丹，又许每岁献帛三十万匹，改国号称晋。晋帝驱兵直入洛阳，洛阳将校飞状往迎。潞王闻晋帝入城，便与曹太后、刘皇后、雍王重美，一行人手捧国宝，登玄妙楼，纵火自焚而死。后唐立国十三年，共易四帝，至此亡于石敬瑭之手。

石敬瑭虽得了唐帝天下，但因帝位是契丹册立的，那契丹主时时诛求无厌；又以新得天下，各路藩镇多未服从，内又府库殚竭，人民困穷。敬瑭便励精图治：推心置腹，以抚藩镇；卑辞厚礼，以奉契丹；训练兵卒，以修武备；务农课桑，以实仓廪；通商行贾，以丰货财。数年之间，幸得稍安。但不久四海又骚动起来，契丹兵又时时入寇。

当时石敬瑭因年老力衰，便把军国大事，委托于刘知远一人，又重用冯道。一日，冯道进宫独对，晋帝唤幼子重睿出拜。重睿拜罢，便令宦官抱重睿坐冯道怀中，原是希望冯道，他日辅立幼主之意。六月，晋帝去世，称为高祖。那冯道见重睿年幼无知，便与侍卫马步都虞侯景延广议，国家多难，宜立长君，便立齐王重贵为嗣皇帝，便是出帝。重贵原是石敬瑭兄敬儒之子。石敬瑭在位，重用刘知远。今出帝即位，即罢撤知远，知远由是痛恨出帝。

那出帝又是一个不争气的皇帝，他一旦得居内宫，见宫中三千粉黛，早把他乐得神魂颠倒，终日迷恋裙带，佚荡荒行，凡宫女略有姿色的，莫不受皇帝召幸。出帝原有正妃孙氏，在齐王府中，夫妇十分恩爱；后登皇位，遍幸后宫女子，便厌恶孙氏，说她不解行幸，帝后二人常因闺房韵事反目。孙后有一叔母冯氏，虽在中年，姿色未衰，又因体态风骚，在家中招惹得一班游蜂浪蝶，背地里作出许多偷香窃玉的事体来。嗣因帝后常在宫反目，冯氏便入宫去解劝。这也是前生的孽缘，谁知那出帝一见了冯氏，便好似蚊蚋吸住人血一般，迷恋不舍。那冯氏也企慕富贵，故意对这风流天子放出许多艳声浪态来。他二人眉来眼去，在无人之处，便已成了心愿。出帝把冯氏留在宫中，朝夕欢娱，从此愈加不拿这孙氏放在眼中了。第二年，索性废了孙氏，立叔岳母冯氏为皇后。这一件背逆伦常的事，传遍天下，天下大哗，大臣纷纷上奏，劝出帝速黜冯氏。而这出帝自从得了冯氏，昼夜淫乐，把六宫粉黛俱丢在脑后，便是朝廷大事，他也不理，渐渐地奸臣弄权，人心尽失。那契丹便又大举入寇，直驱至滹沱河边。朝中大臣以国家危在旦夕，入朝求见出帝。那出帝方在深宫，拥冯氏高卧，不得见。此时契丹令张彦泽，领二千骑兵，倍道疾驰，袭取京师，自封邱门斩关而入。京城中顿时大乱，宫廷被围，出帝没奈何，只得与太后及妻冯氏，面缚出降，彦泽送出帝至开封府。

此时有河东节度使北平王刘知远，部下兵精粮足。但因出帝平时甚是厌恨他，到此时闻契丹兵已破京师，他便分兵把守四境，河东将士劝知远自上尊号，皆曰："天下无主，天下者非我王而谁?"一时军士齐呼万岁，知远便在军中称帝，一时中外大悦。

契丹主大掠晋宫室，掠文武军吏数千人，宦官宫女数百人，金银玉帛数百车，满载而归，相望于道。契丹主行至临城得病，行至杀狐林病死，部下剖其腹，实盐数斗，载之北去，时人称为"帝羓"，因其似干肉也。

刘知远行至大梁，旧时晋室藩镇相继来降。知远复以汴州为东京，改国号曰"汉"，称后汉高祖。高祖在位十二年，得一重病，自知不起，便召苏逢吉入宫，托以辅佐幼主承祐，又说须慎防重威。

欲知后事如何，且听下回分解。

第一百回　长安祸起郭威称帝
陈桥兵变赵宋受禅

　　后汉高祖逝世以后，逢吉一班大臣，便商议处置重威的方法。先把高祖的尸身移入后宫藏起，秘不发丧。一面矫天子诏，称重威父子因朕小疾，便造谣惑众，应即弃市。当有禁军把重威家宅团团围住，擒住重威父子二人，弃尸于市，市人争食其肉。然后发丧，立皇子承祐为周王。时周王年只十八岁，史称后汉隐帝，尊李氏为皇太后，朝廷大事，一切托与郭威。

　　那郭威的威权，一天强盛似一天，朝廷官吏以及外州节度，都怨恨郭威一人。同时河中、永兴、凤翔三镇节度使，抗不奉命，各起作乱。郭威代隐帝领兵讨伐，一一征服。郭威班师入朝，隐帝在延寿殿设下筵宴，替郭大将军洗尘。饮酒中间，忽大风四起，推屋拔木，吹去殿门前窗，远掷十余步以外。隐帝认作怪异，便召司天监赵延义问以吉凶。赵延义奏称王者欲免灾害，莫如修德。但承祐一旦登了帝位，享尽富贵，有粉白黛绿的美女子，终日在身旁献尽妖媚，早把国家的正事抛在脑后，日夜与宫女们玩笑着，荒淫日甚。

　　说也奇怪，这汉宫中自从那日大风以后，常见怪异，有时听得空室中大哭大笑；有时在庭院中，见人影幢幢。吓得那班妃嫔，人人不敢居在室中。一群女子，一到天晚，便大家挤在一处，不敢归寝。隐帝是一个好色之徒，便以一身在众妃嫔前，周旋欢乐，日夜淫纵着，把个身体淘得枯瘦支离，把朝廷大事，付于左右嬖臣。

此时太后之弟李业，权势最大。那苏逢吉、杨邠、史弘肇一班自命为托孤大臣，遇事便要干涉。李业怨恨日甚，与手下私党约定，率甲士埋伏在殿头，俟弘肇、杨邠一班人入朝，甲士齐起，乱刀杀死。苏逢吉在家，也被乱军闯入，割去首级。一面矫皇帝诏旨，至郭威营中，欲收除郭威兵权。部下将士大愤道："天子年幼，此必左右群小所为。"郭威大悟，便留其养子荣镇守邺都，令部将崇威前驱，自将大兵，长驱来京师，声称入清君侧。

那隐帝得了奏报，便遣慕容彦超等自将兵抵御。军屯七里居，隐帝坐小车，自出劳军。当夜彦超引轻兵袭郭威行营，郭威早已有了埋伏，用铁骑直冲慕容阵地。一时军士纷乱，死伤枕藉，彦超部下四散奔逃。那郭军大队追杀，隐帝匹马奔逃，行至赵村，追兵已近，左右扶隐帝上马，避入民家马厩中，被乱兵搜出杀死。此时郭威大军已至长安城下，郭威的军士在城外驻扎，独自入迎春门，先归私宅。便有丞相冯道，领朝廷百官入见。郭威以礼拜见各官员，便带领百官入宫，相见太后，奏请早立嗣君。太后面谕道："如今河东节度使崇，忠武节度使信，皆高祖之弟。又有武宁节度使赟，开封尹承勋，都是高祖之子，令百官议立。"郭威欲立赟，太后令郭威至徐州接新皇帝。

那郭威原也服从太后命令，谁知他回至营中，将士数万，忽然大哗起来。郭威正坐在中军帐中读兵书，听得帐外一片喧哗之声，正欲派人出去查问。只见十数个为首的大将，匆匆进帐来说道："天子须侍中自为之，将士已与刘氏为仇，不可立也。"就中一位黄将军，也不待郭威说话，即扯裂帐前黄旗，披在郭威身上，不由分说，十几位将士把郭威一拥，拥出帐外去。帐外已搭起一座高台，众将官把郭威拥在台上，台下数万将士环立，齐呼万岁，喊声震地。立刻拔寨齐起，向南行去。在半途上，郭威修表上汉太后，请奉汉室宗庙，事太后为母。又下诏遍贴大梁城厢，晓谕人民，勿有忧疑。军行至七里居，窦真固统领百官，出郊外十里迎接，又齐上劝进表文。太后下诏，废赟为湘阴公。那四方节度使也齐上表文，劝郭威上尊号称帝。郭威见臣下都归向自己，便自立为帝，改国号为"后周"，史称"周太祖"。

周太祖入居汉宫室，力求节俭，凡四方有贡献珍美宝物的，命一律罢去；搜集汉宫中旧有珍宝玉器，便一齐掷碎在庭前。谕群臣道："凡为帝王，安用此物？"又发放宫女万人，一一使归父母。上下安宁，人民大悦。郭威少不读书，及至身为帝王，颇喜诗书，常就丞相李谷问字。这一年冬月，太祖拜谒孔子祠庙，欲下拜。左右大臣劝道："孔子陪臣也，天子不当拜之。"太祖道："孔子为百世帝王之师，岂可不敬？"便行跪拜礼。又谒孔子墓，禁在墓旁樵采。又亲访颜渊、孔子的子孙，拜为曲阜令。

周太祖年轻的时候，出身甚是微贱，只在尧山脚下，替人看守牛羊，又上山去砍柴，在街市上叫卖。那和他早晚在一处街同伴，大家每人在臂儿颈儿上，刺一个鱼儿或是鸟儿玩耍。周太祖便在颈儿上，刺了一个飞的雀儿，用墨涂上，当时同伴们都唤他为"郭雀儿"。待郭雀儿长大成人，有一个柴姓老人，见他体格魁梧、性情忠厚，便把女儿柴氏配给他做妻子。这柴氏天性灵敏，治家有条。后来周太祖官至枢密使，柴夫人内权甚重。待太祖称帝，立柴氏为皇后。后性格十分严厉，妒念甚深，太祖爱幸后宫，不能随时宣召，凡有举动，必先在皇后处告明。太祖因敬畏皇后，便也无可如何。

　　太祖登位时，年已五十，后年不相上下。但夫妇三十年尚无子息，太祖与皇后都深抱忧虑。同时有妃子金氏、董氏，都生有皇子，皇后不愿继嗣妃嫔之子，只欲在皇室子弟中，立为养子。柴皇后常对太祖说道："从来母以子贵，今日吾若以他妃之子承接嗣统，则他日太皇太后之权，将让与他人矣。"柴皇后有一兄子，名荣，深得皇后欢心，皇后欲收为养子，屡与太祖言及。太祖不忍违后意，便令荣改姓郭氏，封为晋王。朝廷百官皆知晋王，将立为太子。次年，太祖忽大病，群臣都不得进见，人心惶惶。深宫传出诏书，令晋王听政。不久太祖逝世，荣立为世宗皇帝。

　　此时忽有北汉后代子孙刘钧，自立为王，举兵直犯周朝京城。世宗大怒，自统大军，至高平迎敌。两方兵士大战，未数合，那周朝右军将樊受能先领骑兵逃亡，右军兵一齐溃散，纷纷投降刘钧。世宗看了，更是愤恨，便跃马当先，亲冒矢石，领兵血战。世宗身旁有宿卫将赵匡胤，见皇帝如此奋勇，便回顾同伴道："主危如此，吾等岂可坐视！"便自统二千人前进，奋勇杀敌，士卒亦喊杀助威，立败敌将，杀敌兵万人，刘钧乘夜逃去。当夜世宗与赵匡胤露宿营中，君臣甚是欢乐。皇后符氏，闻天子陈兵在外，便带领宫中女兵数百人，出至郊外，迎皇帝回宫。

　　那符皇后原是符彦卿之女，初嫁与李守贞之子李崇训为妇。有一相士见符氏面貌，叹为天神，说当为天下之母。李守贞大喜，便自言道："吾妇尚能母仪天下，况吾一堂堂男子乎？"便称兵反乱。终被周太祖攻破城池，李守贞夫妇自焚而死。守贞子崇训，先持刀杀死弟妹，又欲杀符氏。符氏躲在夹幔中，崇训四处寻觅不得，外面兵已破门而入，崇训也自刎而死。乱兵闯入内堂，符氏持剑危坐，大声叱退乱兵道："吾父与汝主为兄弟，何得无礼！"太祖闻之，便令人送回母家。后柴后收世宗为养子，太祖便娶符氏为世宗妇。世宗为帝，符氏亦立为皇后，那相士的话，果然大验。这符皇后生成刚强性格，在宫中每日教练女兵，教成个个精熟勇敢。世宗甚是看重她，遇有国家大事，必与符皇后商议，帝后爱情极深。今闻知皇帝露宿在外，便亲自去把皇帝接进宫来。皇后每日帮助皇帝，在宫中管理国家大政，国势便日渐兴盛。独有北汉刘钧，固守晋阳，自称汉王，不肯降服。

当时战将中唯赵匡胤，最是有勇有谋。世宗便命赵将军带领六万人马，出清流关，倍道进攻，直攻至滁州城下。守将皇甫晖断桥死守，赵匡胤跃马过河，猛力攻城。皇甫晖在城上高声道："人各为其主，请退三舍，俟我兵饱食而战。"匡胤笑而许之，待城中兵士开城出战，匡胤兵齐进，生擒守将，夺得滁州城池。世宗虑匡胤独力难支，便令匡胤之父赵弘殷，统领一万人马，在后策应。当夜弘殷兵至滁州城下，传呼开门。匡胤在城中传话道："父子虽至亲，城门则王事，不敢乱启。"命至天明，始放他父亲入城。赵匡胤这次立了大功，世宗拜为大将军。赵将军得胜回朝，世宗常郊迎十里劳军。赵将军与世宗，并辔入城。

当时朝廷中，唯一柴守礼十分跋扈，官为光禄卿，而权压百官。这柴守礼原是世宗的生父，子为人君，父为人臣，已是大失伦常之礼。守礼也自恃为皇帝生父，与当时将相王溥、王晏在各处游乐，依势凌人，京师地方，人人侧目，呼之为"十阿父"。十阿父尝至京师酒家，酒醉，杀死店中伙伴，地方官不敢按问。独赵匡胤直言敢谏，在世宗前奏称"光禄卿柴守礼，在外依势凌人，杀戮无辜"。世宗明知守礼有罪，但因彼此是父子之亲，便也不忍过由殊求，只暗地令人劝守礼辞官回家。世宗为守礼建深院大宅，又为广置姬妾，使守礼安居享受，亦略尽人子之孝意。

当时世宗因北方契丹常入寇中国，因道路阻塞，无法追击，便先命亲军都虞侯韩通，将水陆军先行，从沧州开掘河道，直通入契丹地界，开游口三十六道，四通八达，随处可以攻契丹境地。那契丹主却还睡在梦中，以沧州地处荒僻，平日无人留意。河成之日，世宗随统步骑兵数万，直入契丹境地。那契丹宁州刺史王洪，便举城投降。世宗下诏，以韩通为陆路都部署，赵匡胤为水路都部署。世宗自坐龙舟，沿流北进，舳舻相接，蔓延数十里。水军至独流口，益津关，契丹守将献城纳降。赵匡胤统陆路军马，攻击瓦桥关，契丹守将姚内斌、莫州刺史刘楚信，齐献纳城池。世宗军行四十二日，尽得燕南之地，便在行宫中大宴功臣，当然是赵匡胤居首功。世宗又欲再振兵威，攻取契丹幽州的地方，诸将皆劝道："契丹重兵，均聚幽州，不当深入。"世宗心中不乐。当时回銮至大梁行宫，世宗病甚，不能行动。各路军马均驻在大梁城外。

在五代之世，只周世宗为最英明之主，他在即位之初，便能留心农事，令匠人刻木为农夫蚕妇，置之殿廷，早晚敬礼之。又欲均定天下赋税，先以唐元稹均田图赐诸道，诏散骑常侍艾颖等三十四人，分行诸州，均散田租。平日在宫中，敬礼符皇后，夫妻甚是恩爱，不肯轻易召幸妃嫔，六宫粉黛备而无用。但符皇后颜色渐衰，又无子息，常暗令别宫妃嫔，为皇帝荐枕，均被世宗斥退。符皇后自惭形秽，每伴睡至夜午，乘世宗熟睡，便换一少年妃嫔。世宗醒觉，亦一笑置之。因此渐生王子四人。此番北征回来，因路上感受风寒，病倒在行宫中，承相奏请速立太子。世宗下诏，立长子宗训为梁王。梁王奉父皇回京。看看世宗的病势一天沉重似一天，竟至神态昏迷。世宗也自知不久于人世，便召亲信大臣范质等，入宫托孤，立梁王为太子。便对太子道："汝父辛苦一生，以马上治天下。当高平一战，攻城死战，矢石落汝父左右，汝父略不动容。平日应机定策，出入意表；在朝又于政治发奸摘伏，明察如神。有暇便召儒者课读经史，商略大义。汝父性不好丝竹珍玩之物，平日不因喜赏人、因怒刑人，群臣有过则面质责之，服则赦之，有功则厚赏之，文武参用，各尽其能。人无不畏汝父之明，而感汝父之惠。汝今后须处处效法汝父，亲贤人，远佞人，是治国的要道。"世宗说罢，便瞑目长逝。梁王崇训便在枢前即位，称为恭帝。

恭帝年幼无知，一切军国大权，都在殿前都检点赵匡胤之手。此时加匡胤为检校太尉，除归德节度使。匡胤勇略胜人，处事明决，天下兵马，大半都出于赵将军部下。只因主上幼弱，大权旁落，各路藩镇暗地都和赵将军通声气，四方都有拥戴赵将军之意。匡胤原是涿州人，父亲弘殷，娶妻杜氏。父为周检校司徒、岳州防御使，在夹马营中，生子匡胤，当时只见红光满室，异香扑鼻。幼年便觉容貌宏伟，器度豁达。二十岁便在周朝补东西班行首，累官至殿前都指挥使，管理军政。前后六年，从世宗皇帝，经大小战阵百数十次，无不建立大功，部下甚是爱戴。世宗尝读书，于文书囊中得一木尺，长三尺余，上面题着一行字道："点检作天子。"世宗心中不乐。此时张永德为殿前都点检，便疑张有异心，即命匡胤代张为都点检。

恭帝初立，人心浮动，赵匡胤声望日隆，各军都有拥戴之意。此时北汉又会合契丹人马，入寇中国。恭帝令赵匡胤统兵抵敌。当时有殿前副都点检慕容延钊，与部下各将士秘密定计，欲以出军之由，拥立赵点检为天子。那内廷官员，却还都睡在梦里。癸卯日，大军出发。军校苗训深知天文，见日下又生一日，黑光摩荡，历久不灭，便指示部下诸将道："此天意也。"当夜大军驻扎陈桥驿，将士相聚谈天上二日之变。有都押衙李处耘，大声说道："主上幼弱，我辈出死力破敌，谁则知之？不如先册立赵点检为天子，然后北征未晚也。"众将士听了，便齐声欢呼，当去把匡胤之弟匡义、书记赵普，邀至帐中商议。又打发牙队军使郭延赞，飞骑潜入京师，报殿前指挥使石守信、都虞侯王审骑，二人皆素归心赵点检。

甲辰日，天色黎明，匡义、赵普二人，与部将进逼匡胤帐中。匡胤此时醉卧帐中，起视，见诸将已拔剑围立，齐声说道："诸将无主，愿拥太尉为皇帝。"匡胤不及答言，当有李处耘奉黄袍，加诸匡胤之身，众将罗拜帐下，齐呼万岁。拥匡胤出帐上马，回军至汴中。匡胤停辔回顾众将道："汝等贪富贵，能从我命则可；不然，我不能为若辈之主矣。"众将皆下马齐声说道："愿受命。"匡胤即与诸将约曰："太后主上，我北面事者，不得惊犯。公卿皆我比肩，不得侵害。朝市府库，不得劫掠。听命者有重赏，不听命者斩首。"众军士齐声应诺，即排队徐行。

乙巳日，入汴中。匡胤先遣楚昭辅往私宅，安慰家中细小。匡胤进明德门，命甲士各归营伍，自亦退居公署。忽见将士拥丞相范质至阶下，匡胤见之，流涕曰："吾受世宗皇帝厚恩，今为六军所迫，一旦行此大逆，惭负天地，丞相将何以教我？"质未及答言，众将皆拔剑厉声道："我辈无主，今日必得天子！"范质与文武各官，均仓皇下拜，口称万岁。便请匡胤登崇元殿，行受禅礼。百官分列殿下，候至日暮，有翰林陶谷，从袖中出诏书宣读。范丞相引匡胤就殿庭北面拜受之，又扶之升殿，服衮冕，即皇帝位，册周恭帝为郑王，符太后为周太后，迁居西宫，大赦天下。因匡胤所领归德军在宋州，改国号称"宋"。当时有华山隐士陈搏，骑驴过陈桥，闻宋主代周之事，便仰天大笑道："天下自此定矣。"

　　自唐室亡后，梁太祖代立，历后唐、后晋、后汉、后周，共五代，五十五年，至此而天下一统，为赵宋所有。